HEYNE
JUBILÄUMS
REIHE

In derselben Reihe erschienen außerdem als Heyne-Taschenbücher:

Thriller · Band 50/6
Klinik · Band 50/19
Horror · Band 50/21
Das endgültige Buch der Sprüche und Graffiti · Band 50/26
Sinnlichkeit · Band 50/31
Noch mehr Witze · Band 50/34
Das Buch der Sprüche und Graffiti · Band 50/39
Lust · Band 50/40
Beschwingt & heiter · Band 50/47
Sex · Band 50/50
Deutsche Erzähler des 19. Jahrhunderts · Band 50/52
Sehnsucht · Band 50/53
Körner, Sprossen, Keime · Band 50/57
Glück muß man haben · Band 50/59
Männerwitze · Band 50/62
Zauber der Leidenschaft · Band 50/65
Super-Sex · Band 50/67
Ärzte · Band 50/68
Immer fröhlich, immer heiter · Band 50/69
Alptraum · Band 50/71
Bürosprüche · Band 50/72
Lateinamerikanische Erzähler · Band 50/73
Louisiana · Band 50/74
Samurai · Band 50/76
Obsession · Band 50/77
Ratgeber Bauen und Wohnen · Band 50/79
Viel Vergnügen · Band 50/80
Ekstase · Band 50/81
Österreichische Erzähler · Band 50/82
Ratgeber Versicherung · Band 50/83
Grauen Pur · Band 50/84
Fröhlich und beschwingt · Band 50/85
Arztpraxis · Band 50/86
Bombenstimmung · Band 50/87
Starke Frauen · Band 50/88
Heiter und so weiter · Band 50/89
Frauenkrimis · Band 50/90
Lachsalven · Band 50/91
Romantische Liebe · Band 50/92
Geheimnisvolles Erbe · Band 50/93
Hinter dem Schleier · Band 50/94
1000 neue Witze zum Totlachen · Band 50/95
Herr Doktor · Band 50/96
Leidenschaftliche Liebe · Band 50/97
Glücklich und zufrieden · Band 50/98
Crime Ladies · Band 50/99
Die große Liebe · Band 50/100
Psycho · Band 50/101
Tatmotiv: Liebe · Band 50/102
Vergnügliches · Band 50/103
Halbgott in Weiß · Band 50/104
Stürme des Herzens · Band 50/105
König Artus · Band 50/106
Lachen ist ansteckend · Band 50/107
Die Patientin · Band 50/108
Shadorun · Band 50/109
Liebesglück · Band 50/110
Verborgene Zuflucht · Band 50/111
Im Reich der Fantasy · Band 50/112
Bitte lächeln · Band 50/113
U-Boot · Band 50/114
Gefühle · Band 50/115
Thriller spezial · Band 50/116
Hoffnung · Band 50/117
Schwestern · Band 50/118
Notfall · Band 50/119
Liebeserwachen · Band 50/120
Star Trek spezial · Band 50/121
Zärtliches Feuer · Band 50/122
Thriller · Band 50/123
Liebe und Macht · Band 50/124
Macht der Leidenschaft · Band 50/127
Nichts als die Wahrheit · Band 50/128
Rache ist Weiblich · Band 50/129
Akte X · Band 50/130
Männer · Band 50/132
Liebe für ein ganzes Leben · Band 50/133
Mord am Golden Gate · Band 50/134
Herzerfrischend heiter · Band 50/135

HEYNE
JUBILÄUMS
REIHE

HOCH-SPANNUNG

ZWEI BRISANTE THRILLER

WILHELM HEYNE VERLAG
MÜNCHEN

HEYNE JUBILÄUMSBÄNDE
Nr. 50/140

QUELLENHINWEIS

Robert Harris VATERLAND/Fatherland
Copyright © 1992 by Robert Harris
Copyright © 1996 der deutschen Ausgabe by
Wilhelm Heyne Verlag GmbH & Co. KG, München
Aus dem Englischen von Hanswilhelm Haefs
(Der Titel erschien bereits in der Allgemeinen Reihe
mit der Band-Nr. 01/8902.)

Robert Ludlum DIE SCORPIO-ILLUSION/Scorpio-Illusion
Copyright © 1993 by Robert Ludlum
Copyright © 1994 der deutschen Ausgabe by
Wilhelm Heyne Verlag GmbH & Co. KG, München
Aus dem Amerikanischen von Hans Heinrich Wellmann
(Der Titel erschien bereits in der Allgemeinen Reihe
mit der Band-Nr. 01/9608.)

Besuchen Sie uns im Internet:
http://www.heyne.de

Umwelthinweis:
Dieses Buch wurde auf chlor- und säurefreiem Papier gedruckt.

5. Auflage

Copyright © 1998 dieser Ausgabe
by Wilhelm Heyne Verlag GmbH & Co. KG, München
Printed in Germany 2000
Umschlagillustration: Tony Stone Images/Penny Gentieu, München
Umschlaggestaltung: Atelier Ingrid Schütz, München
Satz: Buch-Werkstatt GmbH, Bad Aibling
Druck und Bindung: Elsnerdruck, Berlin

ISBN 3-453-14053-2

INHALT

**Robert Harris
Vaterland**

Seite 7

**Robert Ludlum
Die Scorpio-Illusion**

Seite 347

ROBERT HARRIS
Vaterland

Die hundert Millionen selbstbewußter deutscher Herrenmenschen sollten aufs brutalste in Europa eingesetzt und in ihrer Macht gesichert werden durch ein Monopol technischer Zivilisation und die Sklavenarbeit einer abnehmenden eingeborenen Bevölkerung von vernachlässigten, kranken, illiteraten *Kretins*, damit sie die Muße gewönnen, über unendliche *Autobahnen* dahinzubrausen, die Kraft-durch-Freude-Hotels, die Parteihauptquartiere, das Militärmuseum und das Planetarium zu bewundern, die ihnen ihr Führer in Linz (seinem neuen Hitleropolis) erbauen wollte, durch die örtlichen Kunstgalerien zu traben und bei Sahneteilchen endlosen Wiederholungen der *Lustigen Witwe* zuzuhören. Das sollte das Deutsche Jahrtausend sein, aus dem nicht einmal die Einbildungskraft mehr Fluchtmittel haben würde.

HUGH TREVOR-ROPER
Der Geist Adolf Hitlers

Wenn einer sagt: Passen Sie auf, Sie kriegen jetzt zwanzig Jahre Partisanen-Krieg! Diese Aussicht erfreut mich ... Deutschland wird in einem Zustand der ewigen Wachsamkeit bleiben.

ADOLF HITLER
29. August 1942

Vorbemerkung des Autors

Ich danke den Bibliothekaren der Wiener Library in London für ihre langjährige Hilfe.
Ebenso danke ich David Rosenthal und – besonders – Robyn Sisman, ohne die dieses Buch nie begonnen, geschweige beendet worden wäre.

R. H.

Inhalt

TEIL I	Dienstag, 14. April 1964	11
TEIL II	Mittwoch, 15. April	47
TEIL III	Donnerstag, 16. April	117
TEIL IV	Freitag, 17. April	193
TEIL V	Samstag, 18. April	233
TEIL VI	Sonntag, 19. April	289
TEIL VII	Führers Geburtstag	323
Nachbemerkung		335
Anmerkungen des Übersetzers		337

TEIL I

DIENSTAG,
14. APRIL 1964

Ich schwöre Dir, Adolf Hitler,
als Führer und Kanzler des Deutschen Reiches
Treue und Tapferkeit.
Ich gelobe Dir und den von Dir bestimmten Vorgesetzten
Gehorsam bis in den Tod,
so wahr mir Gott helfe.

FAHNEN-EID DER SS

1

Dicke Wolken hatten während der ganzen Nacht auf Berlin gedrückt und jetzt schleppten sie sich in das hinein, was als Morgen galt. An den westlichen Stadträndern trieben Regenfahnen wie Rauch über die Oberfläche der Havelseen.

Himmel und Wasser verschmolzen zu einer grauen Schicht, die nur von der dunklen Linie des gegenüberliegenden Ufers unterbrochen wurde. Da bewegte sich nichts. Kein Licht war zu sehen.

Xaver März, Mordfahnder der Berliner Kriminalpolizei, stieg aus seinem Volkswagen und hielt sein Gesicht in den Regen. Er liebte diesen besonderen Regen. Er kannte seinen Geschmack und seinen Geruch. Es war baltischer Regen, aus dem Norden, kalt und von der See gewürzt, scharf vom Salz. Für einen Augenblick fühlte er sich wie vor zwanzig Jahren, im Kommandoturm eines U-Bootes, das aus Wilhelmshaven hinausglitt, mit gelöschten Lichtern, hinein in die Dunkelheit.

Er sah auf die Uhr. Es war kurz nach sieben.

Am Straßenrand vor ihm standen drei andere Wagen. Die Insassen von zweien schliefen in den Fahrersitzen. Der dritte war ein Streifenwagen der Ordnungspolizei – der Orpo, wie jeder sie nannte. Er war leer. Durch seine offenen Fenster kam scharf in der feuchten Luft das Knistern des Funkgeräts, unterbrochen von heruntergerasselten Redefetzen. Das Drehlicht auf dem Dach leuchtete den Wald neben der Straße an: blau-schwarz, blau-schwarz, blau-schwarz.

März suchte nach den Orpo-Männern und sah sie sich am See unter einem tropfenden Birkenbaum schützen. Im Schlamm zu ihren Füßen schimmerte etwas fahl. Nahebei saß auf einem Baumstamm ein junger Mann in schwarzem Trainingsanzug mit den SS-Zeichen auf der Brusttasche. Er war vorwärts gekrümmt, die Ellenbogen auf den Knien, die Hände seitwärts gegen den Kopf gepreßt – ein Bild des Elends.

März nahm einen letzten Zug aus seiner Zigarette und schnipste sie weg. Sie zischte und erstarb auf der nassen Straße.

Als er näher kam, hob einer der Polizisten den Arm.

»Heil Hitler!«

März beachtete ihn nicht und rutschte das schlammige Ufer hinab, um sich die Leiche anzusehen.

Es war der Körper eines alten Mannes – kalt, fett, haarlos und erschreckend weiß. Aus einiger Entfernung hätte es eine Alabasterstatue sein können, die man in den Schlamm geworfen hatte. Mit Dreck beschmiert lag die Leiche auf dem Rücken, halb aus dem Wasser, die Arme abgespreizt, das Gesicht zurückgeworfen. Ein Auge war fest zugedrückt, das andere schielte bösartig in den schmutzigen Himmel.

»Ihr Name, Unterwachtmeister?« März hatte eine sanfte Stimme. Ohne den Blick von der Leiche zu wenden, redete er den Orpo-Mann an, der ihn gegrüßt hatte.

»Ratka, Herr Sturmbannführer.«

Sturmbannführer war ein SS-Titel, der dem Wehrmachtsrang eines Majors entsprach, und Ratka schien – obwohl hundemüde und naß bis auf die Knochen – eifrig bedacht, Ehrerbietung zu zeigen. März kannte diesen Typ, ohne auch nur hinzusehen: drei Gesuche um Versetzung zur Kripo, alle abgelehnt; eine pflichtbewußte Frau, die dem Führer eine Fußballmannschaft Kinder geschenkt hatte; ein Monatseinkommen von 200 Reichsmark. Ein Leben, in Hoffnung gelebt.

»Gut, Ratka«, sagte März, wieder mit dieser sanften Stimme. »Wann hat man ihn entdeckt?«

»Vor knapp über einer Stunde. Wir hatten gerade Schichtende und patrouillierten in Nikolassee. Wir haben den Anruf entgegengenommen, Dringlichkeitsstufe 1. Fünf Minuten später waren wir hier.«

»Wer hat ihn gefunden?«

Ratka wies mit dem Daumen über die Schulter.

Der junge Mann im Trainingsanzug stand auf. Er konnte kaum älter als achtzehn sein. Sein Haar war so kurz geschoren, daß die rosa Kopfhaut durch den Staub hellbraunen Haares schimmerte. März bemerkte, wie er vermied, auf die Leiche zu blicken.

»Ihr Name?«

»SS-Schütze Hermann Jost.« Er sprach mit sächsischem Akzent – nervös, unsicher, eifrig zu gefallen. »Von der Sepp-Dietrich-Ausbildungsakademie in Schlachtensee.« März kannte sie: eine Monstrosität aus Beton und Asphalt, die in den fünfziger Jahren am Südufer der Havel errichtet worden war. »Ich laufe hier fast jeden Morgen. Es war noch dunkel. Zuerst hab' ich gedacht, es sei ein Schwan«, fügte er hinzu, hilflos.

Ratka schnaubte, Verachtung im Gesicht. Ein SS-Kadett, der sich vor einem toten alten Mann fürchtete! Kein Wunder, daß sich der Krieg im Ural ewig weiterschleppte.

»Haben Sie sonst jemanden gesehen, Jost?« März sprach in einem freundlichen Ton, wie ein Onkel.

»Nein. Es gibt eine Fernsprechzelle im Picknick-Eck, etwa einen halben Kilometer zurück. Ich hab' angerufen und bin dann hergekommen und hab' gewartet, bis die Polizei kam. Auf der Straße war keine Menschenseele.«

März blickte wieder auf die Leiche. Sie war sehr fett. Vielleicht 110 Kilo.

»Wir sollten ihn aus dem Wasser holen.« Er wandte sich der Straße zu. »Zeit, unsere Dornröschen zu wecken.« Ratka, der im strömenden Regen vom einen Fuß auf den anderen trat, grinste.

Es regnete jetzt stärker, und das Kladower Ufer des Sees war praktisch verschwunden. Wasser prasselte auf die Blätter der Bäume und trommelte auf die Dächer der Wagen. Es gab einen schweren Regengeruch nach Verfall: fette Erde und verrottende Vegetation. März' Haare waren an die Kopfhaut geklatscht, Wasser rann ihm den Hals hinab. Er nahm es nicht wahr. Für März enthielt jeder Fall, wie routinemäßig auch immer, wenigstens zu Anfang das Versprechen auf Abenteuer.

Er war zweiundvierzig Jahre alt – schlank, mit grauem Haar und kühlen grauen Augen, die zum Himmel paßten. Während des Krieges hatte das Propagandaministerium einen Spitznamen für die U-Boot-Männer erfunden – die ›grauen Wölfe‹ –, das wäre in gewisser Weise ein guter Name für März gewesen, denn er war ein leidenschaftlicher Detektiv. Aber von Natur aus war er kein Wolf, rannte nicht mit dem Rudel, verließ sich mehr aufs Hirn als auf Muskeln, und so nannten ihn seine Kollegen statt dessen ›der Fuchs‹.

U-Boot-Wetter!

Er riß die Tür des weißen Škoda auf und wurde von einem Schwall heißer Luft der Autoheizung getroffen.

»Morgen, Speidel!« Er schüttelte die knochige Schulter des Polizeifotografen. »Zeit naß zu werden.« Speidel fuhr zusammen und wurde wach. Er warf März einen wütenden Blick zu.

Das Fahrerfenster des anderen Škoda wurde herabgedreht, als März sich näherte. »Schon gut, März. Schon gut.« Es war SS-Chirurg August Eisler, Pathologe der Kripo, seine Stimme ein Quietschen beleidigter Würde. »Heben Sie sich Ihren Kasernenhumor für die auf, die Sinn dafür haben.«

Sie sammelten sich am Wasserrand, alle außer Doktor Eisler, der abseits stand und sich unter einem alten schwarzen Regenschirm schützte, unter den er niemanden sonst bat. Speidel schraubte ein Blitzlicht auf seine Kamera und setzte den rechten Fuß sorgsam auf einen Lehmklumpen. Er fluchte, als ihm eine Welle über den Schuh platschte.

»Scheiße!«

Der Blitz flammte auf und fror die Szene einen Augenblick lang ein: die weißen Gesichter, die silbrigen Regenfäden, die Dunkelheit der Bäume. Ein Schwan schoß irgendwo aus dem nahen Schilf, um sich anzusehen, was da vor sich ging, und begann, in einigen Metern Entfernung zu kreisen.

»Er bewacht sein Nest«, sagte der junge SS-Mann.

»Ich brauch hier noch eine.« März zeigte. »Und eine hier.«

Speidel fluchte wieder und zerrte seinen triefenden Fuß aus dem Schlamm. Die Kamera blitzte noch zweimal.

März beugte sich nieder und ergriff die Leiche unter den Achseln. Das Fleisch war hart, wie kaltes Gummi, und glitschig.

»Helft mir.«

Die Orpo-Männer nahmen jeder einen Arm, gemeinsam hievten sie, vor Anstrengung grunzend, die Leiche aus dem Wasser, und zerrten sie über das schlammige Ufer und auf das durchtränkte Gras. Als März sich aufrichtete, fing er den Ausdruck auf Josts Gesicht ein.

Der alte Mann trug blaue Badehosen, die ihm bis auf die Knie hinabgerutscht waren. In dem eisigen Wasser waren die Genitalien zu einem winzigen Klümpchen weißer Eier in einem Nest schwarzer Schamhaare zusammengeschrumpelt.

Der linke Fuß fehlte.

Das muß wohl so sein, dachte März. Das war einer der Tage, an denen nichts einfach ist. Ein Abenteuer, also wirklich.

»Herr Doktor. Ihre Meinung bitte.«

Mit einem gereizten Seufzer trat Eisler geziert vor und zog sich den Handschuh von der einen Hand. Das Bein der Leiche endete unterhalb der Wade. Während er immer noch den Schirm hielt, beugte Eisler sich steif nach vorne und ließ die Finger um den Stumpf gleiten.

»Eine Schiffsschraube?« fragte März. Er hatte Leichen gesehen, die aus belebten Wasserwegen gezogen wurden – dem Tegeler See und der Spree in Berlin, der Alster in Hamburg – und aussahen, als ob Metzger über sie hergefallen seien.

»Nein.« Eisler zog die Hand zurück. »Eine alte Amputation. Übrigens ausgezeichnet gemacht.« Er preßte mit der Faust hart auf die Brust. Schlammiges Wasser schoß aus dem Mund und blubberte aus den Nasenlöchern. »Rigor mortis ziemlich fortgeschritten. Zwölf Stunden tot. Vielleicht weniger.« Er zog seinen Handschuh wieder an.

Ein Dieselmotor ratterte irgendwo hinter ihnen durch die Bäume.

»Der Krankenwagen«, sagte Ratka. »Die lassen sich Zeit.«

März winkte Speidel zu sich. »Machen Sie noch eine Aufnahme.«

März blickte auf die Leiche hinab und zündete sich eine Zigarette an. Dann hockte er sich hin und starrte in das einzige offene Auge. So blieb er eine lange Zeit. Wieder blitzte die Kamera. Der Schwan bäumte sich auf, schlug mit den Schwingen und kehrte auf der Suche nach Nahrung in die Mitte des Sees zurück.

2

Das Kripo-Hauptquartier liegt auf der anderen Seite Berlins, eine Fünfundzwanzig-Minuten-Fahrt von der Havel aus. März brauchte eine Aussage von Jost und bot ihm an, ihn an seiner Kaserne abzusetzen, damit er sich umziehen könne, aber Jost lehnte ab: er wolle seine Aussage lieber so rasch wie möglich machen. Nachdem die Leiche im Krankenwagens verstaut und zum Leichenschauhaus unterwegs war, machten sie sich also in März' kleinem viertürigen Volkswagen auf durch den Stoßverkehr.

Es war einer jener trostlosen Berliner Morgende, an denen die berühmte Berliner Luft nicht erfrischend, sondern nur scharf ist und die Feuchtigkeit wie mit tausend Eisnadeln in Gesicht und Hände sticht. Auf der Potsdamer Chaussee zwang das Spritzwasser der vorüberrauschenden Wagen die wenigen Fußgänger an die Hauswände. Und während er sie durch die regenbespritzte Windschutzscheibe beobachtete, stellte März sich eine Stadt voller Blinder vor, die sich ihren Weg zur Arbeit ertasten.

Es war alles so *normal*. Später sollte ihn das am meisten berühren. Es war wie bei einem Unfall: zuvor ist alles ganz gewöhnlich; dann der Augenblick; und danach hat sich die Welt für immer verändert. Denn es gab nichts Routinemäßigeres als eine aus der Havel gefischte Leiche. Das geschah zweimal im Monat – verkommenes Volk und gescheiterte Geschäftsleute. Leichtsinnige Kinder und liebeskranke Jugendliche; Unfälle und Selbstmorde und Morde; die Verzweifelten, die Törichten, die Traurigen.

Das Telefon hatte kurz nach 6.15 Uhr in seiner Wohnung in der Ansbacher Straße geläutet. Das Klingeln hatte ihn nicht geweckt. Er hatte mit offenen Augen im Halbdunkel gelegen und auf den Regen gelauscht. Während der letzten Monate hatte er schlecht geschlafen.

»März? Wir haben ne Meldung über ne Leiche in der Havel bekommen.« Es war Krause, der Kripobeamte vom Nachtdienst. »Sein Sie ein guter Junge, fahrnse hin und sehnse nach.«

März sagte, er sei nicht interessiert.

»Ob Sie interessiert sind oder nicht, spielt keine Rolle.«

»Ich bin nicht interessiert«, sagte März »weil ich keinen Dienst habe. Ich hatte letzte Woche Dienst, und die Woche davor.« *Und auch die Woche davor*, hätte er hinzufügen können. »Heute ist mein freier Tag. Sehn Sie noch mal in Ihre Liste.«

Danach hatte es eine Pause am anderen Ende gegeben, dann hatte Krause sich wieder gemeldet und sich widerwillig entschuldigt. »Sie haben Glück gehabt, März. Ich hab' in den Dienstplan von letzter Woche geguckt. Sie können weiter schlafen. Oder ...« Er hatte gewiehert: »Oder was immer Sie sonst tun.«

Eine Windbö hatte Regen gegen das Fenster gepeitscht und die Scheibe klirren lassen.

Es gab ein Standardverfahren, wenn eine Leiche entdeckt wurde: ein Pathologe, ein Polizeifotograf und ein Fahnder hatten sich umgehend zum Tatort zu begeben. Die Fahnder arbeiteten nach einem Dienstplan, den das Kripo-Hauptquartier am Werderschen Markt führte.

»Wer ist übrigens heute eigentlich dran?«

»Max Jäger.«

Jäger. März teilte ein Büro mit Jäger. Er hatte auf den Wecker gesehen und an das kleine Haus in Pankow gedacht, in dem Max mit seiner Frau und den vier Töchtern lebte: Während der Woche war das Frühstück so ziemlich die einzige Zeit, in der er sie sah. März andererseits war geschieden und lebte allein. Er hatte sich vorgenommen, den Nachmittag mit seinem Sohn zu verbringen. Aber vor ihm erstreckten sich die langen Morgenstunden, eine Leere. So wie er sich fühlte, würde es gut sein, irgendeine Routinearbeit zu tun, um sich abzulenken.

»Na schön, lassen Sie ihn in Frieden weiterschlafen«, hatte er gesagt. »Ich bin sowieso wach. Ich übernehme den Fall.«

Das war vor fast zwei Stunden gewesen. März sah im Rückspiegel nach seinem Mitfahrer. Jost schwieg, seit sie die Havel verlassen hatten. Er saß steif auf dem Rücksitz und starrte auf die grauen Gebäude, die vorbeiglitten.

Am Brandenburger Tor signalisierte ihnen ein motorisierter Polizist mit einer Flagge anzuhalten.

In der Mitte des Pariser Platzes vollführte eine SA-Kapelle in braunen triefnassen Uniformen Schwenkungen und stampfte durch die Pfützen. Durch die geschlossenen Fenster des Volkswagens kam das gedämpfte Dröhnen von Trommeln und Trompeten eines alten Parteimarschs. Einige Dutzend Leute hatten sich vor der Akademie der Künste versammelt, um ihnen zuzusehen, die Schultern gegen den Regen eingezogen.

Es war unmöglich, zu dieser Jahreszeit durch Berlin zu fahren, ohne solchen Übungen zu begegnen. In sechs Tagen hatte Adolf Hitler Geburtstag, Führers Geburtstag, ein staatlicher Feiertag, und jede Kapelle im Reich würde an den Paraden teilnehmen. Die Scheibenwischer schlugen den Takt wie ein Metronom.

»Hier sehen wir den endgültigen Beweis«, murmelte März und beobachtete die Menge, »daß das deutsche Volk angesichts von Militärmusik *verrückt* wird.«

Er drehte sich zu Jost um, der dünn lächelte.

Ein Becken-Tusch beendete das Stück. Ein feuchter Applaus prasselte. Der Kapellmeister wandte sich um und verneigte sich. Hinter ihm hatten die SA-Männer bereits begonnen, halb gehend, halb rennend zu ihrem Bus zurückzukehren. Der Polizist auf dem Streifenkrad wartete, bis der Platz leer war, dann stieß er kurz in seine Pfeife. Mit einer weißbehandschuhten Hand winkte er sie durch das Tor.

Vor ihnen gähnte Unter den Linden. Die Straße hatte ihre Lindenbäume '36 verloren – niedergemacht in einem Akt amtlichen Vandalismus zur Zeit der Berliner Olympischen Spiele. An ihrer Stelle hatte der Gauleiter der Stadt Joseph Goebbels eine Allee aus 10 Meter hohen Steinsäulen errichten lassen, auf deren jeder ein Parteiadler mit ausgebreiteten Flügeln hockte. Wasser tropfte ihnen von den Krummschnäbeln und den Flügelspitzen. Es war, als führe man durch einen indianischen Begräbnisgrund.

März fuhr wegen der Ampeln an der Kreuzung Friedrichstraße langsamer und bog nach rechts ab. Zwei Minuten später parkten sie auf dem Platz gegenüber dem Kripobau am Werderschen Markt.

Es war ein häßliches Gebäude – eine mächtige, rußverschmutzte Monstrosität der Wilhelminischen Zeit, sechs Stockwerke hoch, an der Südseite des Marktes. März war seit zehn Jahren fast sieben Tage in der Woche hergekommen. Wie seine ehemalige Frau oftmals beklagt hatte, war es ihm vertrauter als seine Wohnung. Im Innern gab jenseits der SS-Posten und der knarzenden Drehtür ein Anschlagbrett den gegenwärtigen Stand des Terrorismusalarms bekannt. Vier Farbcodes in aufsteigender Reihung nach der Dringlichkeit: grün, blau, schwarz und rot. Heute war der Alarm wie immer rot.

Der Doppelposten in der Glaskabine überprüfte sie, als sie die Eingangshalle betraten. März zeigte seinen Ausweis und unterzeichnete für Jost.

Der Markt war geschäftiger als üblich. Die Arbeit verdreifachte sich in der Woche vor Führers Geburtstag immer. Sekretärinnen klapperten auf hohen Absätzen mit Aktenstapeln über den Marmorboden. Die Luft roch dick nach nassen Mänteln und Bohnerwachs. Gruppen von Offizieren in Orpo-Grün und Kripo-Schwarz standen beisammen und flüsterten von Verbrechen. Über ihren Köpfen sahen von den entgegengesetzten Enden der Halle mit Girlanden geschmückte Büsten des Führers und des Chefs des Reichssicherheitshauptamtes, Reinhard Heydrich, mit leeren Augen einander starr an. März zog das Metallgitter des Aufzugs zurück und geleitete Jost hinein.

Die Sicherheitskräfte, die Heydrich kontrollierte, waren in drei Gruppen gegliedert. Am unteren Ende der Hackordnung war die Orpo, die gewöhnlichen Bullen. Sie lasen Betrunkene auf, patrouillierten die Autobahnen, stellten die Strafzettel wegen überhöhter Geschwindigkeit aus, nahmen die Verhaftungen vor, bekämpften Brände, kontrollierten die Eisenbahnen und die Flughäfen, nahmen die Notrufe entgegen und fischten die Leichen aus den Seen.

An der Spitze stand die Sipo, die Sicherheitspolizei. Die Sipo umfaßte sowohl die Gestapo, die Geheime Staatspolizei, als auch den

SD, den parteieigenen Sicherheitsdienst. Ihr Hauptquartier lag in einem grimmen Komplex um die Prinz-Albrecht-Straße, einen Kilometer südwestlich des Marktes. Sie befaßte sich mit Terrorismus, Subversion, Gegenspionage und ›Verbrechen gegen den Staat‹. Sie hatte ihre Ohren in jeder Fabrik und jeder Schule, in jedem Krankenhaus und jeder Kirche; in jeder Stadt, in jedem Dorf, in jeder Straße. Eine Leiche in einem See würde die Sipo lediglich dann beschäftigen, wenn es sich um einen Terroristen oder einen Verräter handelte.

Und irgendwo zwischen den beiden anderen und in beide übergehend war die Kripo – Abteilung V des Reichssicherheitshauptamtes. Sie untersuchte alle offenkundigen Verbrechen, vom Einbruch über Bankraub, Tätlichkeiten, Vergewaltigung und Mischehen, bis hinauf zum Mord. Leichen in Seen – wer sie waren und wie sie dahin kamen –, das war Kripo-Sache.

Der Aufzug hielt im zweiten Stock. Der Korridor war wie ein Aquarium beleuchtet. Schwaches Neon prallte von grünem Linoleum und grünlackierten Wänden ab. Derselbe Geruch nach Wachs wie in der Eingangshalle, hier aber noch gewürzt mit den Desinfektionsmitteln der Toiletten und abgestandenem Zigarettenrauch. Zwanzig Milchglastüren säumten den Durchgang, einige halb offen. Das waren die Büros der Fahnder. Aus einem kam der Klang eines einsamen Fingers, der auf einer Schreibmaschine hackte; in einem anderen klingelte ein unbeantwortetes Telefon.

»›Das Nervenzentrum des unermüdlichen Kampfes gegen die verbrecherischen Feinde des Nationalsozialismus‹«, sagte März und zitierte damit eine kürzliche Schlagzeile im ›Völkischen Beobachter‹, dem Parteiblatt. Er machte eine Pause, und als Jost weiterhin verständnislos blickte, erklärte er: »Ein Witz.«

»Bitte?«

»Vergessen Sie's.«

Er stieß eine Tür auf und knipste das Licht ein. Sein Büro war wenig mehr als ein düsterer Wandschrank, eine Zelle, deren einsames Fenster sich auf einen Hof geschwärzter Ziegel öffnete. An einer Wand Regale: zerlesene ledergebundene Bände mit Vorschriften und Anweisungen, ein Handbuch der forensischen Medizin, ein Wörterbuch, ein Atlas, ein Straßenführer von Berlin, Fernsprechbücher, Kästen mit aufgeklebten Etiketten – ›Braune‹, ›Hundt‹, ›Stark‹, ›Zadek‹ –, jeder ein bürokratischer Grabstein, der an irgendein lange vergessenes Opfer erinnerte. Eine andere Wand des Büros nahmen vier Aktenschränke ein. Auf einem stand oben ein Gummibaum, den vor zwei Jahren eine mittelalterliche Sekretärin auf dem Höhepunkt ihrer unausgesprochenen und unerwiderten Leidenschaft für Xaver März da hingestellt hatte. Jetzt war der Baum tot. Das war die ganze Ausstattung, abgesehen von zwei hölzernen Schreibtischen, die unter dem Fenster aneinandergeschoben waren. Der eine war der von März, der andere der von Max Jäger.

März hängte seinen Überzieher an einen Haken neben der Tür. Er zog vor, keine Uniform zu tragen, wenn er es vermeiden konnte, und an diesem Morgen hatte er den Regensturm über der Havel als Entschuldigung dafür genommen, graue Hosen und einen dicken blauen Pullover anzuziehen. Er schob Jägers Stuhl Jost hin. »Setzen Sie sich. Kaffee?«

»Gern.«

Im Korridor stand ein Automat. »Wir haben *Fickfotos* reinbekommen. Das glaubst du nicht. Sieh dir das mal an.« Entlang des Durchgangs konnte März die Stimme von Fiebes hören von VB3, der Abteilung für Sexualverbrechen, wie er mit seinem letzten Erfolg angab. »Hat ihr Mädchen geschossen, sieh mal, kann man jedes *Haar* sehn. Das Mädchen sollte Profi wern.«

Worum mochte es da wohl gehen? März schlug gegen die Seite des Kaffeeautomaten, und der warf einen Plastikbecher aus. Die Frau eines Offiziers, vermutete er, und ein polnischer Arbeiter, den man aus dem Generalgouvernement zur Gartenarbeit rangekarrt hatte. Meistens war es ein Pole; ein träumerischer, seelenvoller Pole, der an dem Herzen der Frau zupfte, deren Mann fort an der Front war. Es klang so, als ob sie von einem eifersüchtigen Mädchen aus dem BDM, dem Bund Deutscher Mädel, *in flagranti* fotografiert worden wären, begierig darauf, den Behörden zu gefallen. Das war ein Sexualverbrechen, wie es 1935 das Gesetz über Rassenschande festgeschrieben hatte.

Das würde ein Verfahren vor dem Volksgerichtshof geben. ›Der Stürmer‹ würde darüber saftiggeil als Warnung für andere berichten. Zwei Jahre Ravensbrück für die Frau. Degradierung und Ungnade für den Ehemann. Fünfundzwanzig Jahre für den Polen, wenn er Glück hatte; wenn nicht, der Tod.

»Ficken!« Eine männliche Stimme murmelte etwas, und Fiebes, ein wieselartiger Inspektor Mitte Fünfzig, dessen Frau vor zehn Jahren mit einem SS-Skilehrer durchgebrannt war, stieß ein kurzes Meckern aus. März kehrte mit je einem Becher schwarzen Kaffees in den Händen in sein Büro zurück und schmiß die Tür hinter sich so laut zu, wie er das mit dem Fuß nur konnte.

Reichskriminalpolizei   *Werderscher Markt 5/6*
                                                                                        Berlin

ZEUGENAUSSAGE

Mein Name ist Hermann Friedrich Jost. Ich wurde am 23.2.45 in Dresden geboren. Ich bin Kadett an der Sepp-Dietrich-Akademie in Berlin. Um 5.30 Uhr heute morgen unternahm ich meinen regelmäßigen Trainingslauf. Ich ziehe es vor, allein zu laufen. Mein normaler Weg führt mich nach Westen durch den Grunewald zur Havel, nach Norden am Seeufer entlang zum Lindwerder Restaurant, dann südlich zur Kaserne in Schlachtensee. 300 Meter nördlich der Schwanenwerder Chaussee sah ich etwas im Wasser am Rand des Sees liegen. Es war die Leiche eines Mannes. Ich rannte zu einer Fernsprechzelle, die etwa einen halben Kilometer entfernt am Rand des Seeweges steht, und unterrichtete die Polizei. Ich kehrte zu der Leiche zurück und wartete auf die Ankunft der Behörden. Während dieser ganzen Zeit regnete es stark, ich habe niemanden gesehen.
Ich gebe diese Erklärung aus eigenem freien Willen in der Anwesenheit des Kripo-Fahnders Xaver März ab.

    SS-Schütze H. F. Jost
    08.24/14.4.64

März lehnte sich in seinen Stuhl zurück und studierte den jungen Mann, während der seine Aussage unterschrieb. In dessen Gesicht gab es keine harten Züge. Es war so rosa und weich wie das eines Säuglings, mit einem kräftigen Ausbruch von Akne um den Mund und einem Hauch blonden Haares auf der Oberlippe. März bezweifelte, daß er sich rasierte.
»Warum laufen Sie allein?«
Jost gab die Aussage zurück. »Das gibt mir die Möglichkeit, meinen Gedanken nachzuhängen. Es tut gut, einmal am Tag allein zu sein. Man ist in der Kaserne nicht oft allein.«
»Seit wann sind Sie Kadett?«

»Seit drei Monaten.«

»Gefällt es Ihnen?«

»Gefallen!« Jost wandte sein Gesicht dem Fenster zu. »Ich hatte gerade mit meinem Studium an der Universität Göttingen angefangen, als meine Mobilmachung kam. Ich will mal so sagen, das war nicht der glücklichste Tag in meinem Leben.«

»Was haben Sie studiert?«

»Literatur.«

»Deutsche?«

»Gibt es denn andere?« Jost zeigte eines seiner wäßrigen Lächeln. »Ich hoffe, daß ich an die Universität zurückkann, wenn ich meine drei Jahre abgedient habe. Ich will Lehrer werden; Schriftsteller. Kein Soldat.«

März überflog die Erklärung. »Wenn Sie so gegen das Militär sind, was machen Sie dann in der SS?« Er konnte die Antwort erraten.

»Mein Vater. Er war Gründungsmitglied der Leibstandarte Adolf Hitler. Sie wissen wie das ist: Ich bin sein einziger Sohn; es war sein glühendster Wunsch.«

»Sie müssen das hassen.«

Jost zuckte mit den Schultern. »Ich überlebe. Und man hat mir gesagt – natürlich inoffiziell –, daß ich nicht an die Front muß. Sie brauchen in der Offiziersschule in Bad Tölz einen Assistenten, um einen Lehrgang über die Degeneration der amerikanischen Literatur zu halten. Das klingt mehr nach meinem Gebiet: Degeneration«, er wagte ein weiteres Lächeln. »Vielleicht werde ich auf dem Gebiet noch ein Experte.«

März lachte und blickte erneut auf die Aussage. Etwas stimmte da nicht, und jetzt sah er es. »Werden Sie sicher.« Er legte die Aussage zur Seite und stand auf. »Ich wünsche Ihnen Glück beim Lehren.«

»Kann ich gehn?«

»Sicher.«

Mit einem Ausdruck der Erleichterung stand Jost auf. März griff nach der Türklinke. »Noch was.« Er drehte sich um und starrte dem SS-Kadetten in die Augen. »Warum lügen Sie mich an?«

Josts Kopf fuhr zurück. »Was …«

»Sie haben gesagt, Sie hätten die Kaserne um 5.30 Uhr verlassen. Sie haben die Bullen um 5 nach 6 angerufen. Schwanenwerder ist 3 Kilometer von der Kaserne entfernt. Sie sind fit: Sie laufen jeden Tag. Sie bummeln nicht herum: es gießt in Strömen. Wenn Sie also nicht plötzlich zu hinken begonnen haben, müssen Sie lange vor 6 am See angekommen sein. Damit sind – wie viele? – 20 Minuten von 35 in Ihrer Aussage nicht erklärt. Was haben Sie da gemacht, Jost?«

Der junge Mann sah wie erschlagen aus. »Vielleicht hab' ich die Kaserne später verlassen. Oder vielleicht hab' ich erst ein paar Runden auf der Laufbahn gedreht …«

»›Vielleicht, vielleicht …‹« März schüttelte traurig den Kopf. »Das sind Tatsachen, die überprüft werden können, und ich warne Sie: Es wird hart für Sie, wenn ich die Wahrheit herausfinden und Ihnen vorlegen muß. Sind Sie homosexuell?«

»Herr Sturmbannführer! Um Gottes willen …«

März legte seine Hände auf Josts Schultern. »Das ist *mir* egal. Vielleicht laufen Sie jeden Morgen allein, um irgendeinen Burschen für zwanzig Minuten im Grunewald zu treffen. Das ist Ihre Angelegenheit. Für mich ist das kein Verbrechen. Alles, was mich interessiert, ist die Leiche. Haben Sie irgendwas gesehen? Was haben Sie wirklich gemacht?«

Jost schüttelte den Kopf. »Nichts, ich schwöre es.« Tränen stiegen in seine weiten blassen Augen.

»Na schön.« März ließ ihn los. »Warten Sie unten. Ich werd veranlassen, daß man Sie nach Schlachtensee zurückbringt.« Er öffnete die Tür. »Denken Sie daran, was ich gesagt hab': Besser, Sie sagen mir jetzt die Wahrheit, als daß ich sie später allein herausfinde.«

Jost zögerte, und für einen Augenblick glaubte März, er würde etwas sagen, aber dann ging er den Korridor hinab und war fort.

März rief in die Kellergarage durch und orderte einen Wagen. Er legte auf und starrte durch das schmierige Fenster auf die gegenüberliegende Mauer. Die schwarzen Ziegel glitzerten unter dem Regenfilm, der aus den oberen Stockwerken herabstürzte. War er mit dem Jungen zu hart umgegangen? Wahrscheinlich. Aber manchmal kann man die Wahrheit nur überlisten, kann sie nur in einem unbewachten Augenblick durch einen Überraschungsangriff fangen. Hatte Jost gelogen? Sicher. Aber wenn er homosexuell war, dann konnte er es sich kaum leisten, nicht zu lügen: Jeder, der einer ›widernatürlichen Handlung gegen die Gesellschaft‹ für schuldig befunden wurde, wanderte prompt ins Arbeitslager. SS-Leute, die man wegen Homosexualität verhaftete, wurden zu Strafbataillonen an der Ostfront abkommandiert; wenige kehrten zurück.

März hatte im letzten Jahr Dutzende junger Männer wie Jost gesehen. Und jeden Tag gab es mehr davon. Sie lehnten sich gegen ihre Eltern auf. Sie stellten den Staat in Frage. Sie hörten amerikanische Radiosender. Sie brachten ihre grob gedruckten Kopien verbotener Bücher in Umlauf – Graham Greene und Arno Schmidt, George Orwell und J. D. Salinger. Vor allem aber protestierten sie gegen den Krieg – den anscheinend endlosen Kampf gegen die von den USA unterstützten sowjetischen Freischärler, der nun bereits seit zwanzig Jahren östlich des Urals vor sich hin mahlte.

Plötzlich schämte er sich, wie er Jost behandelt hatte, und erwog, runterzulaufen und sich bei ihm zu entschuldigen. Aber dann entschied er, wie immer, daß seine Pflicht dem Toten gegenüber zuerst komme. Seine Buße für die Grobheit des Morgens würde sein, der Leiche im See ihren Namen zu geben.

Der Dienstraum der Berliner Kriminalpolizei nimmt den größten Teil der dritten Etage am Werderschen Markt ein. März nahm zwei Stufen zugleich hinauf. Vor dem Eingang verlangte ein Posten mit Maschinenpistole seinen Ausweis. Die Tür öffnete sich unter dem dumpfen Schlagen elektrischer Riegel.

Eine erleuchtete Karte Berlins nimmt die halbe Rückwand ein. Eine Sternengalaxie, orange im Halbdunkel, kennzeichnet die 122 Polizeireviere der Hauptstadt. Zu ihrer Linken ist eine zweite Karte, größer noch, die das ganze Reich darstellt. Rote Lichter kennzeichnen die Städte, die groß genug für eigene Kriminalabteilungen sind. Die Mitte Europas glüht blutigrot. Weiter nach Osten werden die Lichter immer seltener, bis es jenseits Moskaus nur noch einige wenige einzelne Funken sind, die wie Lagerfeuer im Dunkeln blinken. Ein Planetarium des Verbrechens.

Krause, der Beamte vom Dienst für den Gau Berlin, saß unter den Schautafeln auf einer erhöhten Plattform. Er telefonierte, als März herankam, und hob die Hand zum Gruß. Vor ihm saßen in gestärkten weißen Hemden ein Dutzend Frauen in gläsernen Abteilungen mit Kopfhörern und Mikrofonen. Was sie sich alles anhören mußten! Der Feldwebel einer Panzerdivision kommt von seiner Dienstzeit aus dem Osten zurück. Nach dem Essen nimmt er seine Pistole heraus und erschießt nacheinander seine Frau und die drei Kinder. Dann verspritzt er sein Gehirn über die Zimmerdecke. Eine hysterische Nachbarin ruft die Bullen. Die Nachricht kommt hier rein – wird überprüft, gewertet, entschlackt – ehe sie nach unten in jenen Korridor mit rissigem grünem Linoleum und abgestandenem Zigarettenrauch weitergegeben wird.

Hinter dem Beamten vom Dienst nahm eine uniformierte Sekretärin mit saurem Gesicht Eintragungen auf der Tafel der Nachtzwischenfälle vor. Es gab vier Kolumnen: Verbrechen (ernst), Verbrechen (gewaltsam), Zwischenfälle, Unfälle. Jede Kategorie war weiter geviertelt: Zeit der Meldung, Informant, Einzelheiten, veranlaßte Maßnahme. Das durchschnittliche Chaos einer Nacht in der größten Stadt der Welt mit ihren 10 Millionen Einwohnern wurde hier auf wenigen Quadratmetern weißen Plastiks in Hieroglyphen verwandelt.

Es hatte seit 10 Uhr am Vorabend achtzehn Tote gegeben. Der schlimmste Zwischenfall – *1H 2D 4K* – war ein Autozusammenstoß, bei dem drei Erwachsene und vier Kinder in Pankow kurz nach 11 starben. Keine Maßnahme veranlaßt; das konnte der Orpo überlassen bleiben. Eine Familie verbrannte bei einem Hausbrand in Kreuzberg, eine Messerstecherei vor einer Kneipe im Wedding, eine Frau in Spandau zu Tode geprügelt. Die Notiz über März' unterbrochenen Morgen war die letzte der Liste: *06:07 [0]* (das bedeutete, die Nachricht war von der Orpo gekommen) *1H Havel/März*. Die Sekretärin trat zurück und sicherte ihren Füller mit einem scharfen Klick.

Krause hatte sein Telefonat beendet und blickte sich verteidigend auf. »Ich hab' mich schon entschuldigt, März.«

»Schon gut. Ich will die Vermißtenliste. Raum Berlin. Sagen wir: der letzten achtundvierzig Stunden.«

»Kein Problem.« Krause sah erleichtert aus und drehte sich in seinem Sitz zu der sauergesichtigen Frau um. »Du hast den Fahnder gehört, Helga. Überprüf mal, was in der letzten Stunde reingekommen ist.« Er drehte sich wieder zurück und sah März an, rotäugig vor Schlafmangel. »Ich wär ja schon vor ner Stunde gegangen. Aber jeder Ärger in *der* Gegend – Sie wissen ja, wie das ist.«

März blickte auf die Berlin-Karte. Das meiste war ein graues Spinnennetz aus Straßen. Aber auf der Linken gab es zwei Farbkleckse: das Grün des Grunewalds und, daran entlanglaufend, das blaue Band der Havel. In den See hinein krümmte sich wie ein Fötus eine Insel, mit dem Ufer durch eine Nabelschnurchaussee verbunden.

Schwanenwerder.

»Hat Goebbels da immer noch sein Haus?«

Krause nickte. »Und die übrigen.«

Da waren die elegantesten Adressen Berlins, praktisch ein Regierungsviertel. Ein paar Dutzend große Häuser, von der Straße abgeschirmt. Ein Wachposten am Eingang der Chaussee. Ein guter Ort fürs Privatleben, für Sicherheit, für den Anblick des Waldes und für private Anlegestellen; ein schlechter Ort, eine Leiche zu entdecken. Die Leiche war weniger als 300 Meter entfernt angetrieben worden.

Krause sagte: »Die lokale Orpo nennt es den ›Fasanenstrich‹.«

März lächelte. ›Goldfasanen‹ war Gossensprache für Parteibonzen.

»Nicht gut, ne Schweinerei zu lange vor *der* Türschwelle liegenzulassen.«

Helga war zurückgekommen. »Personen, die seit Sonntagmorgen als vermißt gemeldet wurden«, verkündete sie, »und deren Identität noch nicht geklärt ist.« Sie gab Krause eine lange Rolle ausgedruckter Namen, der überflog sie und gab sie dann an März weiter. »Das reicht, um Sie beschäftigt zu halten.« Das schien ihn zu amüsieren. »Sie sollten das Ihrem fetten Freund Jäger geben. Der hätte sich schließlich um diese Sache kümmern sollen, erinnern Sie sich?«

»Danke. Aber ich will wenigstens damit anfangen.«

Krause schüttelte den Kopf. »Sie machen doppelt soviel Stunden wie die anderen. Sie werden nicht befördert. Sie kriegen ein beschissenes Gehalt. Sind Sie verrückt, oder was?«

März hatte die Liste vermißter Personen zu einer Röhre zusammengerollt. Er lehnte sich vorwärts und klopfte Krause damit leicht gegen die Brust. »Sie vergessen sich, Genosse«, sagte er. »Arbeit macht frei.« Das Motto der Arbeitslager. Arbeit macht frei.

Er drehte sich um und ging durch die Reihen der Telefonistinnen zurück. Hinter sich konnte er Krause zu Helga sagen hören: »Siehst du, was ich meine? Was für' n Scheißwitz soll das jetzt wieder sein?«

März kam in sein Büro zurück, als Max Jäger gerade seinen Mantel aufhängte. »Xavi!« Er breitete die Arme weit aus. »Ich hab' ne Nachricht aus dem Dienstraum bekommen. Wie kann ich das je wiedergutmachen?« Er trug die Uniform eines SS-Sturmbannführers. Die schwarze Jacke wies immer noch Spuren seines Frühstücks auf.

»Schreib's meinem guten alten Herzen an«, sagte März. »Und reg dich nicht zu sehr auf. An der Leiche war nichts, was hilft, sie zu identifizieren, und seit Sonntag werden in Berlin über hundert Personen vermißt. Es wird Stunden dauern, auch nur die Liste durchzugehen. Und da ich meinem Jungen versprochen habe, mit ihm heute nachmittag auszugehen, wirst du dich damit allein herumschlagen müssen.«

Er zündete sich eine Zigarette an und beschrieb die Einzelheiten: den Ort, den nicht vorhandenen Fuß, seinen Verdacht betreffend Jost. Jäger nahm alles mit einer Reihe von Grunzern auf. Er war ein schwabbeliger, schmuddeliger, massiger Mann, zwei Meter groß, mit plumpen Händen und Füßen. Er war fünfzig, fast zehn Jahre älter als März, aber sie teilten sich seit 1959 ein Büro und hatten oft als Mannschaft zusammengearbeitet. Die Kollegen am Werderschen Markt spotteten hinter ihren Rücken über sie: der Fuchs und der Bär. Und vielleicht hatten sie auch was von einem alten Ehepaar an sich, in der Art, wie sie sich zankten und dann doch wieder zusammenhielten.

»Das hier ist die Vermißtenliste.« März setzte sich an seinen Schreibtisch und rollte den Ausdruck aus: Namen, Geburtsdaten, Zeit des Verschwindens, Anschrift der Informanten. Jäger lehnte sich über seine Schulter. Er rauchte stumpfe dicke Zigarren, und seine Uniform stank danach. »Laut dem guten Doktor Eisler starb unser Mann vermutlich irgendwann nach 6 Uhr gestern abend, also wird ihn wohl niemand vor 7 oder 8 Uhr frühestens vermißt haben. Vielleicht warten sie sogar ab, ob er heute morgen auftaucht. Vielleicht steht er also noch gar nicht auf der Liste. Aber wir müssen auch noch zwei andere Möglichkeiten erwägen, oder nicht? Erstens: Er war schon einige Zeit verschwunden, *bevor* er gestorben ist. Zweitens – und wir wissen aus bitterer Erfahrung, daß das nicht unmöglich ist –: Eisler hat die Todeszeit zu hoch an gesetzt.«

»Der Kerl taugt nicht mal zum Tierarzt«, sagte Jäger.

März zählte schnell. »Einhundertzwei Namen. Ich würd das Alter von unserem Mann auf sechzig schätzen.«

»Sag sicherheitshalber lieber fünfzig. Nach 12 Stunden in der Brühe sieht niemand mehr besonders gut aus.«

»Wohl wahr. Also schließen wir jeden auf der Liste aus, der nach 1914 geboren ist. Dann dürften noch rund ein Dutzend übrigbleiben. Die Identifizierung könnte nicht leichter sein: Fehlt dem Opa ein Fuß?« März faltete das Blatt, riß es entzwei und gab die eine Hälfte Jäger. »Welche Orpo-Reviere liegen an der Havel?«

»Nikolassee«, sagte Max. »Wannsee. Kladow. Gatow. Pichelsdorf – aber das ist wohl schon zu weit im Norden.«

Während der nächsten halben Stunde rief März eines nach dem anderen an, einschließlich Pichelsdorf, um nachzufragen, ob irgendwo Kleidung gefunden worden war oder ob einer der örtlichen Säufer der Beschreibung des Mannes im See entsprach. Nichts. Er wandte seine Aufmerksamkeit seiner Hälfte der Liste zu. Um 11.30 Uhr hatte er jeden in Frage kommenden Namen abgeklärt. Er stand auf und reckte sich.

»Herr Niemand.«

Jäger war mit seinen Anrufen zehn Minuten früher fertig und starrte rauchend aus dem Fenster. »Beliebter Junge, was? Läßt selbst dich begehrt aussehn.« Er nahm die Zigarre aus dem Mund und zupfte sich Tabakfetzen von der Zunge.

»Ich seh mal nach, ob der Dienstraum noch mehr Namen bekommen hat. Überlaß das mir. Viel Spaß mit Paule.«

Die späte Morgenmesse in der häßlichen Kirche gegenüber dem Kripo-Hauptquartier war gerade vorbei. März stand auf der anderen Seite der Straße und beobachtete den Priester, der in einem schäbigen Regenmantel über seiner Soutane die Kirchentür schloß. Religion wurde in Deutschland von Staats wegen behindert. März fragte sich, wie viele Gläubige den Spionen der Gestapo getrotzt hatten, um der Messe beizuwohnen. Ein halbes Dutzend? Der Priester ließ den schweren Schlüssel in die Tasche gleiten und wandte sich um. Er sah, wie März ihn anblickte, und schlurfte sofort davon, die Augen niedergeschlagen, wie jemand, den man bei einer illegalen Handlung erwischt hatte. März knöpfte seinen Regenmantel zu und folgte ihm in den schmutzigen Berliner Morgen.

3

»Mit dem Bau des Triumphbogens wurde 1946 begonnen, und die Arbeiten waren rechtzeitig zum Tag der Nationalen Wiedergeburt 1950 vollendet. Die Idee für den Entwurf kam vom Führer selbst und beruht auf Zeichnungen, die er während der Kriegsjahre gemacht hat.«

Die Passagiere in dem Bus auf Stadtrundfahrt – zumindest jene, die verstanden – verdauten die Information. Sie erhoben sich von ihren Sitzen oder lehnten sich in den Gang, um eine bessere Sicht zu haben. Xaver März, der etwa in der Mitte des Busses saß, hob seinen

Sohn auf den Schoß. Die Stadtführerin, eine mittelalte Frau, in das Grün des Reichsfremdenverkehrsministeriums gekleidet, stand vorne, die Füße weit auseinander, mit dem Rücken zur Windschutzscheibe. Ihre Stimme kam kalt über das Lautsprecheranlage.

»Der Bogen ist aus Granit und hat ein Volumen von 2 365 685 Kubikmeter.« Sie nieste. »Der Arc de Triomphe in Paris paßt 49mal hinein.«

Einen Augenblick lang dräute der Bogen über ihnen. Dann fuhren sie plötzlich durch ihn hindurch – ein ungeheurer steingerippter Tunnel, länger als ein Fußballfeld, höher als ein 15 stöckiges Gebäude, mit der gewölbten verschatteten Decke einer Kathedrale. Die Scheinwerfer und Rücklichter von acht Straßenspuren tanzten durch das nachmittägliche Düster.

»Der Bogen ist 118 Meter hoch. Er ist 168 Meter breit und ist 119 Meter lang. In die Innenwände sind die Namen der drei Millionen Soldaten eingemeißelt, die bei der Verteidigung des Vaterlandes in den Kriegen von 1914 bis 1918 und von 1939 bis 1946 gefallen sind.«

Sie nieste wieder. Die Passagiere verrenkten sich pflichtbewußt die Hälse, um auf die Liste der Gefallenen zu starren. Es war eine gemischte Gesellschaft: eine Gruppe Japaner mit Kameras; ein amerikanisches Paar mit einem kleinen Mädchen in Paules Alter; einige deutsche Siedler, aus dem Ostland oder der Ukraine, zu Führers Geburtstag in Berlin. März sah fort, als sie an der Liste der Gefallenen vorüberfuhren. Irgendwo standen da die Namen seines Vaters und seiner beiden Großväter. Er starrte auf die Stadtführerin. Als sie glaubte, niemand sehe es, wandte sie sich um und wischte sich ihre Nase rasch am Ärmel ab. Der Wagen tauchte im Nieselregen wieder auf.

»Nachdem wir den Triumphbogen verlassen haben, kommen wir in das mittlere Stück der Siegesallee. Die Allee wurde von Reichsminister Albert Speer entworfen und 1957 fertiggestellt. Sie ist 123 Meter breit und 5,6 Kilometer lang. Sie ist sowohl breiter als auch zweieinhalbmal länger als die Champs-Elysées in Paris.«

Höher, länger, größer, breiter, teurer ... Selbst nach dem Sieg, dachte März, hat Deutschland einen Minderwertigkeitskomplex. Nichts stand für sich selbst. Alles mußte mit dem verglichen werden, was das Ausland hat.

»Der Blick von dieser Stelle aus nach Norden entlang der Siegesallee gilt als eines der Weltwunder.«

»Eines der Weltwunder«, wiederholte Paule flüsternd.

Und das war es, selbst an einem Tag wie diesem. Voll dichten Verkehrs erstreckte sich die Allee vor ihnen, flankiert auf beiden Seiten von den Glas- und Granitwänden der Neubauten Speers: Ministerien, Ämter, große Geschäfte, Kinos, Wohnblocks. Am fernen Ende dieses Lichterstroms erhob sich grau wie ein Schlachtschiff die Große Reichshalle im Sprühregen, ihre Kuppel halb in den niedrigen Wolken verborgen.

Von den Siedlern kam anerkennendes Gemurmel. »Das ist ja wie ein Gebirge«, sagte die Frau, die hinter März saß. Sie war in Begleitung ihres Mannes und ihrer vier Söhne. Sie hatten diese Reise vermutlich den ganzen Winter über geplant. Eine Broschüre des Fremdenverkehrsministeriums und ein Traum vom April in Berlin: Luxus, sie in den schneegefesselten mondlosen Nächten in Minsk oder Kiew tausend Kilometer von zu Hause entfernt zu wärmen. Wie mochten sie hergekommen sein? Vielleicht eine organisierte Reise der Kraft-durch-Freude: zwei Stunden im Junkers-Düsenklipper mit einem Zwischenaufenthalt in Warschau. Oder eine 3-Tage-Fahrt im Familien-Volkswagen auf der Autobahn von Moskau nach Berlin.

Paule strampelte sich aus dem Griff seines Vaters und ging unsicher nach vorne. März kniff sich mit Daumen und Zeigefinger in den Nasenrücken, eine nervöse Angewohnheit, die er sich – wann? – wohl im U-Boot-Dienst angeeignet hatte, nahm er an, als die Schrauben britischer Kriegsschiffe so nahe dröhnten, daß der Schiffskörper erzitterte und man nie wußte, ob ihre nächsten Wasserbomben die letzten sein würden, die man erlebte. Er war 1948 mit Verdacht auf Tuberkulose aus der Marine ausgemustert worden und hatte ein Jahr zur Erholung verbracht. Danach war er, weil er nichts Besseres fand, der Marine-Küstenpolizei beigetreten, in Wilhelmshaven, als Leutnant. In jenem Jahr hatte er Klara Eckart geheiratet, eine Krankenschwester, die er in dem TB-Sanatorium kennengelernt hatte. 1952 war er in die Hamburger Kripo eingetreten. 1954 als sie schwanger war und die Ehe bereits zu scheitern drohte, war er nach Berlin befördert worden. Paul – Paule – war genau vor 10 Jahren und 1 Monat geboren worden.

Was war schiefgegangen? Er machte Klara keine Vorwürfe. Sie hatte sich nicht verändert. Sie war immer eine starke Frau gewesen, die bestimmte einfache Dinge vom Leben wollte: ein Heim, eine Familie, Freunde, Anerkennung. Aber März: Er hatte sich verändert.

Nach 10 Jahren in der Marine und 12 Monaten Isolation war er in einer Welt an Land gegangen, die er kaum noch kannte. Wenn er zur Arbeit ging, Fernsehsendungen ansah, mit Freunden aß, sogar wenn er – Gott verzeih's – mit seiner Frau schlief, stellte er sich manchmal vor, daß er immer noch an Bord eines U-Bootes war: unter der Oberfläche des Alltagslebens kreuzend, einsam und wachsam.

Er hatte Paule mittags von Klaras Wohnung abgeholt – einem Einfamilienhaus in einem trübsinnigen Nachkriegswohnviertel in Lichtenrade, einem südlichen Vorort. In der Straße parken, zweimal hupen, auf die Bewegung des Vorhangs am Wohnzimmerfenster warten. Das war die Routine, die sich, ohne abgesprochen zu werden, seit ihrer Scheidung vor fünf Jahren ergeben hatte – ein Weg, peinliche Begegnungen zu vermeiden; ein Ritual, das an jedem vierten Sonntag zu erdulden war, falls die Arbeit es gestattete, unter den strengen Vorschriften des Reichsehegesetzes. Es geschah nur selten, daß er seinen Sohn an einem Dienstag sah, doch waren jetzt Schulferien: Seit 1959 hatten die Kinder zu Führers Geburtstag eine Woche frei, statt zu Ostern.

Die Tür hatte sich geöffnet und Paule war erschienen, wie ein schüchterner Schauspieler, den man gegen seinen Willen auf die Bühne hinausstößt. Er trug seine neue Pimpfuniform – steifes schwarzes Hemd und dunkelblaue kurze Hosen – und war wortlos in den Wagen geklettert. März hatte ihn ungeschickt umarmt.

»Du siehst schick aus. Wie gehts in der Schule?«
»Alles in Ordnung.«
»Und deiner Mutter?«
Der Junge zuckte die Schultern.
»Worauf hast du Lust?«
Er zuckte wieder mit den Schultern.

Sie hatten in der Budapester Straße gegenüber dem Zoo gegessen, in einem modernen Restaurant mit Vinylstühlen und Plastiktischen: Vater und Sohn, der eine Bier und Würstchen, der andere Apfelsaft und Buletten. Sie hatten über Pimpfe gesprochen, und Paule war aufgetaut. Solange man kein Pimpf war, war man gar nichts, ›eine uniformierte Kreatur, die noch nie an einem Gruppentreffen oder einem Übungsmarsch teilgenommen hat‹. Man konnte ab zehn eintreten und bis vierzehn bleiben und danach in die eigentliche Hitlerjugend überwechseln.

»Ich war Bester bei der Aufnahmeprüfung.«

»Guter Junge.«

»Wir mußten 60 Meter in 12 Sekunden laufen«, sagte Paule. »Weitsprung und Kugelstoßen. Einen Übungsmarsch – anderthalb Tage. Schriftliches. Parteiphilosophie. Und man muß das *Horst-Wessel-Lied* auswendig aufsagen.«

Einen Augenblick befürchtete März, er werde das Lied anstimmen. Also fragte er eilig: »Und dein Dolch?«

Paule griff nach seinem Koppel, auf der Stirn eine Falte der Konzentration. Wie ähnlich er seiner Mutter sieht, dachte März. Die gleichen hohen Wangenknochen, und der volle Mund, dieselben ernsten braunen Augen, weit auseinander. Paule legte den Dolch behutsam vor ihn auf den Tisch. Er nahm ihn auf. Das erinnerte ihn an den Tag, als er seinen eigenen bekam – wann war das? '34? Die Aufregung eines Jungen, der glaubt, jetzt sei er in die Gemeinschaft der Männer aufgenommen. Er drehte ihn um, und das Hakenkreuz am Griff glitzerte im Licht. Er wog das Gewicht des Dolchs in der Hand, dann gab er ihn zurück.

»Ich bin stolz auf dich«, log er. »Was möchtest du jetzt machen? Wir können ins Kino gehen. Oder in den Zoo.«

»Ich möchte eine Stadtrundfahrt machen.«

»Aber das haben wir doch schon beim letzten Mal gemacht. Und das Mal davor.«

»Macht nichts. Ich möchte es gern.«

»Die Große Reichshalle ist das größte Gebäude auf Erden. Sie erhebt sich in eine Höhe von über einem Viertel Kilometer, und an bestimmten Tagen – wie etwa heute – verschwindet die Spitze ihrer Kuppel aus der Sicht. Die Kuppel selbst mißt 140 Meter im Durchmesser, und der Petersdom zu Rom paßt 16mal hinein.«

Sie hatten das Ende der großen Allee erreicht und fuhren auf den Adolf-Hitler-Platz. Zur Linken begrenzte den Platz das Hauptquartier des Oberkommandos der Wehrmacht, zur Rechten die neue Reichskanzlei und der Palast des Führers. Davor lag die Halle. Ihr Grau löste sich in dem Maße auf, je näher man kam. Jetzt konnten sie sehen, was ihre Führerin ihnen erzählte: daß die tragenden Säulen der Vorderfront aus rotem Granit waren, in Schweden gebrochen, und auf beiden Seiten von goldenen Statuen flankiert, Atlas und Tellus, die auf ihren Schultern die Sphären trugen, den Himmel und die Erde.

Das Gebäude war so kristallweiß wie ein Hochzeitskuchen, die Kuppel aus gehämmertem Kupfer dumpfgrün. Paule stand vorne im Bus ganz still.

»Die Große Halle wird nur für die feierlichsten Zeremonien des Deutschen Reiches verwendet und faßt 180 000 Menschen. Ein interessantes und unvorhergesehenes Phänomen: Der Atem dieser Menschenmenge steigt in die Kuppel auf und bildet dort Wolken, die kondensieren und als leichter Regen herabfallen. Die Große Halle ist das einzige Gebäude auf Erden, das sein eigenes Klima schafft ...«

März hatte das alles schon früher gehört. Er blickte aus dem Fenster und sah nur die Leiche im Schlamm. Badehosen! Was hatte sich der alte Mann dabei gedacht, am Montagabend zu schwimmen? Berlin war schon seit dem späten Nachmittag von schwarzen Wolken verschlungen worden. Als der Sturm schließlich losbrach, war der Regen in Stahlstäben heruntergeschossen und durchbohrte Straßen und Dächer und ertränkte den Donner. Selbstmord vielleicht? Man stelle sich vor. In den kalten See waten, in die Mitte hinausschwimmen, Wassertreten in der Dunkelheit, die Blitze über den Bäumen beobachten, darauf warten, daß die Erschöpfung den Rest tut.

Paule war auf seinen Sitz zurückgekehrt und hüpfte vor Aufregung auf und ab.

»Werden wir den Führer sehen, Papa?«

Die Vision schwand, und März fühlte sich schuldig. Dieses Tagträumen von seiner Arbeit war genau das, worüber Klara sich zu beklagen pflegte: *Selbst wenn du hier bist, bist du nicht wirklich hier.*«

Er sagte: »Ich glaube nicht.«

Wieder die Führerin: »Zur Rechten die Reichskanzlei und die Residenz des Führers. Die gesamte Fassade mißt 700 Meter und übertrifft um 100 Meter die Fassade des Palastes von Ludwig XIV. in Versailles.«

Die Kanzlei zog langsam vorüber, während der Bus vorbeifuhr: Marmorsäulen und rote Mosaiken, Bronzelöwen, vergoldete Silhouetten, gotische Schrift – ein chinesischer Drache von einem Bauwerk, der da zur Seite des Platzes schlief. Eine Vier-Mann-Ehrenwache der SS stand unter einer sich blähenden Hakenkreuzfahne stramm. Es gab keine Fenster, aber 5 Stockwerke über der Erde war in die Wand der Balkon eingelassen, auf dem der Führer sich bei jenen Gelegenheiten zeigte, zu denen sich eine Million Menschen auf dem Platz versammelten. Selbst jetzt gab es einige Dutzend Neugieriger, die zu den geschlossenen Jalousien hochstarrten, die Gesichter vor Erwartung blaß, hoffend ...

März sah seinen Sohn an. Paule war erstarrt, er hielt den kleinen Dolch in der Hand wie ein Kruzifix umklammert.

Der Bus brachte sie zurück zum Ausgangspunkt der Rundfahrt vor dem Bahnhof der Berlin-Gotenland-Eisenbahn. Es war fünf Uhr vorbei, als sie aus dem Bus stiegen und die letzten Ränder des natürlichen Lichtes erloschen. Der Tag gab sich selbst mit Abscheu auf.

Der Eingang zum Bahnhof spie Leute aus – Soldaten mit Rucksäcken in Begleitung ihrer Freundinnen und Frauen, Fremdarbeiter mit Pappkoffern und schäbigen Bündel mit Kordeln verschnürt, und Siedler, die nach zwei Tagen Bahnfahrt aus der Steppe auftauchten und verblüfft die Lichter und die Menge anstarrten. Überall sah man Uniformen. Dunkelblau, grün, braun, schwarz, feldgrau. Es glich einer Fabrik bei Schichtende. Da waren die Fabrikgeräusche von rangiertem Metall und schrillem Pfeifen und der Fabrikgeruch nach Hitze und Öl, schaler Luft und Stahlstaub. Ausrufezeichen schrien von den Wänden. ›Seid ständig wachsam‹ – ›Achtung! Meldet sofort verdächtige Pakete!‹ – ›Terroristenalarm!‹

Von hier aus gingen haushohe Züge auf 4 Meter breiter Gleisspur nach den Außenposten des Deutschen Reiches ab – nach Gotenland (früher die Krim) und Theoderichshafen (früher Sewastopol); ins Generalkommissariat Taurien und dessen Hauptstadt Melitopol; nach Wolhynien-Podolien, Schitomir, Kiew, Nikolajew, Dnjepropetrowsk, Charkow, Rostow, Saratow ... Das war der Kopfbahnhof einer neuen Welt. Die Ankündigungen von Ankünften und Abfahrten unterbrachen die Coriolan-Ouvertüre im öffentlichen Lautsprechersystem. März versuchte, Paule an die Hand zu nehmen, als sie sich ihren Weg durch die Menge suchten, aber der Junge schüttelte sie ab.

Sie brauchten fünfzehn Minuten, mit dem Wagen aus der unterirdischen Garage herauszukommen, und weitere fünfzehn, um aus den verstopften Straßen um den Bahnhof herauszukommen. Sie fuhren schweigend. Und erst als sie fast zurück in Lichtenrade waren, platzte Paule plötzlich heraus: »Du bist ein Asozialer, nicht wahr?«

Das war ein so eigenartiges Wort aus dem Mund eines Zehnjährigen, und es wurde so sorgfältig ausgesprochen, daß März fast laut herauslachte. Ein Asozialer: nur noch einen Schritt vom Verräter nach dem Verbrecherlexikon der Partei entfernt. Ein Nichtbeiträger zur Winterhilfe. Ein Nichtmitglied der ungezählten NS-Organisationen. Des NS-Skiverbandes. Des Bundes der NS-Wanderer. Des Großdeutschen NS-Motorclubs. Der Gesellschaft von NS-Kriminalpolizeibeamten. Eines Nachmittags hatte er sogar im Lustgarten eine Parade der NS-Liga der Träger der Lebensrettungsmedaille gesehen.

»Das ist Unsinn.«

»Onkel Erich sagt, das es wahr ist.«

Erich Helfferich. Der war jetzt also ›Onkel Erich‹ geworden. Ein Fanatiker der übelsten Sorte, ein Ganztagsbürokrat im Berliner Hauptquartier der Partei. Ein aufdringlicher bebrillter Pfadfinderführer ... März spürte, wie sich seine Hand um das Lenkrad krampfte. Helfferich hatte vor einem Jahr angefangen, Klara zu besuchen.

»Er sagt, du verweigerst den Führergruß und reißt Witze über die Partei.«

»Und woher will er das alles wissen?«

»Er sagt, es gibt im Parteihauptquartier eine Akte über dich, und es sei nur eine Frage der Zeit, bevor sie dich hoppnehmen.« Dem Jungen kamen vor Scham fast die Tränen. »Ich glaub, er hat recht.«

»Paule!«

Sie fuhren vor dem Haus vor.

»Ich hasse dich.« Das mit ruhiger flacher Stimme. Er stieg aus dem Wagen. März öffnete seine Tür, lief um den Wagen und folgte ihm auf dem Weg zum Haus. Er konnte im Haus den Hund bellen hören.

»Paule!« rief er erneut.

Die Tür öffnete sich. Klara stand da in der Uniform der SS-Frauenschaft. März sah hinter ihr die braungekleidete Gestalt Helfferichs lauern. Der Hund, ein junger Schäferhund, kam herausgerannt und sprang an Paule hoch, der sich an seiner Mutter vorbeidrängte und im Haus verschwand. März wollte ihm folgen, aber Klara versperrte ihm den Weg.

»Laß den Jungen zufrieden. Verschwinde. Laß uns alle in Ruhe.«

Sie schnappte sich den Hund und zerrte ihn an seinem Halsband zurück. Die Tür knallte in sein Jaulen hinein zu.

Später, als er nach Berlin-Mitte zurückfuhr, dachte März über den Hund nach. Dabei wurde ihm klar, daß der Hund die einzige lebende Kreatur in dem ganzen Haus war, die keine Uniform trug.

Wenn er sich nicht so elend gefühlt hätte, hätte er schallend gelacht.

4

»Was für 'n Scheißtag«, sagte Max Jäger. Es war 19.30 Uhr; am Werderschen Markt zog er sich die Jacke an. »Kein persönlicher Besitz aufgetaucht; keine Kleidung. Ich bin die Vermißtenliste bis Donnerstag zurückgegangen. Nichts. Damit sind über 24 Stunden seit dem vermutlichen Zeitpunkt seines Todes vergangen, und nicht eine Seele hat ihn vermißt. Bist du sicher, der ist nicht nur so' n Penner?«

März schüttelte kurz den Kopf. »Zu gut ernährt. Und Penner haben keine Badehosen. Normalerweise.«

»Und zu allem Überfluß«, Max nahm noch einen Zug an seiner Zigarre und drückte sie dann aus, »muß ich heute abend zu einer Parteiversammlung. ›Die deutsche Mutter: Kämpferin des Volkes an der Heimatfront‹.«

Wie alle Kripofahnder, einschließlich März, hatte Jäger den SS-Rang eines Sturmbannführers. Anders als März war er im vergangenen Jahr der Partei beigetreten. Nicht daß März ihm das vorwarf. Man mußte Parteimitglied sein, um befördert zu werden.

»Kommt Hannelore mit?«

»Hannelore? Trägerin des Ehrenkreuzes der Deutschen Mutter in Bronze? Natürlich kommt sie mit.« Max blickte auf die Uhr. »Gerade noch Zeit für ein Bier. Was meinst du?«

»Heute abend nicht, danke. Ich komm mit dir runter.«

Sie trennten sich auf der Treppe des Kripo-Gebäudes. Mit einem Winken bog Jäger nach links in Richtung auf die Kneipe in der Oberwallstraße ein, während März sich nach rechts dem Fluß zuwandte. Er ging schnell. Der Regen hatte aufgehört, aber die Luft war noch immer feucht und dunstig. Die Vorkriegsstraßenlampen schimmerten auf dem schwarzen Pflaster. Von der Spree kam der tiefe, durch die Häuser gedämpfte Ton eines Nebelhorns.

Er bog um eine Ecke und wanderte den Fluß entlang und genoß die kalte Nachtluft auf seinem Gesicht. Ein Flußkahn tuckerte stromauf, eine einsame Laterne am Bug, hintern Heck ein Kessel kochenden dunklen Wassers. Davon abgesehen herrschte Schweigen. Hier gab es keine Autos, keine Menschen. Die Stadt hätte in der Dunkelheit verdampft sein können. Er verließ widerstrebend den Fluß und überquerte den Spittelmarkt zur Seydelstraße. Wenige Minuten später betrat er die Leichenhalle der Stadt Berlin.

Dr. Eisler war nach Hause gegangen. Keine Überraschung. »Ich liebe dich«, atmete eine Frauenstimme in den verlassenen Empfang, »und ich möchte deine Kinder austragen.« Ein Aufseher in bekleckerter weißer Jacke wandte sich widerstrebend von seinem tragbaren Fernsehgerät ab und überprüfte März' Ausweis. Er trug eine Notiz in sein Kontrollbuch ein, nahm einen Schlüsselbund und winkte dem Detektiv, ihm zu folgen. Hinter ihnen erklang die Titelmusik der abendlichen Familienserie des Reichsrundfunks.

Schwingtüren führten in einen Korridor, der Dutzenden anderen am Werderschen Markt glich. Irgendwo, dachte März, muß es einen Reichsdirektor für grünes Linoleum geben. Er folgte dem Aufseher in einen Aufzug. Das Metallgitter schloß sich krachend, und sie fuhren in die Keller hinab.

Am Eingang zum Aufbewahrungsraum zündeten sie sich beide unter einem Schild ›Rauchen verboten‹ Zigaretten an – zwei Profis, die dieselbe Vorbeugemaßnahme trafen, nicht gegen den Geruch der Leichen (der Raum war tiefgekühlt: keine Spur von Verwesungsgestank), aber gegen die stechenden Dünste der Desinfektionsmittel.

»Sie wollen den alten Knaben? Der kurz nach 8 reingekommen ist?«

»Richtig«, sagte März.

Der Aufseher zog an einem langen Handgriff und schwenkte die schwere Tür auf. Es gab ein Zischen kalter Luft, als sie eintraten. Grelle Neonröhren beleuchteten einen Flur aus weißen Kacheln, der sich von beiden Seiten leicht zu einem Abfluß in der Mitte hin senkte. Schwere Metallschubladen waren wie Aktenschränke in die Wände eingelassen. Der Aufseher nahm eine Liste vom Haken neben dem Lichtschalter, ging an ihnen entlang und überprüfte die Nummern.

»Der hier.«

Er klemmte sich die Liste unter den Arm und zog heftig an der Lade. Sie glitt heraus. März trat hinzu und schlug das weiße Laken zurück.

»Wenn Sie wollen, können Sie gehen«, sagte er, ohne sich umzudrehen. »Ich rufe, wenn ich fertig bin.«

»Ist nicht erlaubt. Vorschriften.«

»Für den Fall, daß ich Beweise frisiere? Ich bitte Sie.«

Auch bei der zweiten Begegnung gewann die Leiche nicht. Ein hartes fleischiges Gesicht, kleine Augen und ein grausamer Mund. Der Schädel war fast kahl, abgesehen von einer merkwürdigen Strähne weißen Haares. Die Nase war scharfrückig mit zwei tiefen Eindellungen an beiden Nasenflügeln. Er mußte seit vielen Jahren Brillen getragen haben. Das Gesicht selbst wies keine Verletzungen auf, außer symmetrischen Kratzern auf beiden Wangen. Er schob die Finger in den Mund, stieß aber nur auf den weichen Gaumen. Irgendwann mußte das vollständige falsche Gebiß herausgeschlagen worden sein.

März zog das Laken weiter zurück. Die Schultern waren breit, der Rumpf eines kräftigen Mannes, der gerade begann, fett zu werden. Er faltete das Laken sauber einige Zentimeter über dem Stumpf zusammen. Er benahm sich Toten gegenüber immer respektvoll. Kein Gesellschaftsarzt am Kurfürstendamm ging mit seinen Patienten zartfühlender um als Xaver März mit seinen Leichen.

Er hauchte Wärme in seine Hände und griff in die Innentasche seines Mantels. Er holte eine schmale Zinnschachtel heraus, die er öffnete, und zwei weiße Karten. Der Zigarettenrauch schmeckte bitter im Mund. Er ergriff das linke Handgelenk der Leiche – so *kalt*; das erschütterte ihn immer aufs neue – und zwang die Finger auf. Sorgfältig preßte er jede Fingerspitze auf das Kissen mit schwarzer Tinte in der Schachtel. Dann stellte er die Schachtel ab, nahm eine der Karten auf und preßte jeden einzelnen Finger darauf. Nachdem er das zu seiner Zufriedenheit getan hatte, wiederholte er die Prozedur mit der rechten Hand des alten Mannes. Der Aufseher sah ihm fasziniert zu.

Die schwarzen Schmierflecken sahen an den weißen Händen scheußlich aus; eine Entweihung.

»Machen Sie ihn bitte sauber«, sagte März.

Das Hauptquartier der Reichs-Kripo befindet sich am Werderschen Markt, aber die forensischen Laboratorien, Verbrechensregister, Waffenkammern, Gewahrsamszellen liegen im Gebäude des Berliner Polizeipräsidiums am Alexanderplatz. Zu dieser ausladenden preußischen Bastion gegenüber der belebtesten U-Bahn-Station der Stadt begab sich März als nächstes.

»Sie wollen *was?*«

Die Stimme, geschärft durch Ungläubigkeit, gehörte Otto Koth, dem stellvertretenden Leiter der Fingerabdruckabteilung.

»Vorrang«, wiederholte März. Er nahm einen weiteren Zug aus seiner Zigarette. Er kannte Koth gut. Vor zwei Jahren hatten sie eine Bande bewaffneter Einbrecher, die einen Polizeileutnant in Lankwitz ermordet hatte, in einer Falle gefangen. Koth war daraufhin befördert worden. »Ich weiß, das ihr einen Rückstau von hier bis zum 100. Geburtstag des Führers habt. Ich weiß, ihr habt die Sipo wegen Terroristen und Gott weiß was im Nacken. Aber tun Sie das für mich.«

Koth lehnte sich in seinen Stuhl zurück. In dem Bücherregal hinter ihm konnte März Artur Nebes Buch über die Kriminologie sehen, das vor dreißig Jahren veröffentlich worden war, aber immer noch das Standardwerk war. Nebe war schon seit 1933 Chef der Kripo.

»Lassen Sie mich sehen, was Sie da haben«, sagte Koth.

März gab ihm die Karten. Koth sah sie sich an und nickte.

»Männlich«, sagte März. »Um die sechzig. Seit einem Tag tot.«

»Ich weiß, wie er sich fühlt.« Koth setzte die Brille ab und rieb sich die Augen. »Na schön. Ich leg sie ganz oben auf den Haufen.«

»Bis wann?«

»Morgen früh sollte eine Antwort da sein.« Koth setzte die Brille wieder auf. »Was ich nicht verstehe ist, woher wissen Sie, daß dieser Mann, wer immer er war, in der Verbrecherkartei steht.«

März wußte es nicht, aber er dachte nicht daran, Koth einen Vorwand zu liefern, sich aus seiner Zusage herauszuwinden. »Glauben Sie mir«, sagte er.

März war um 11 Uhr in seiner Wohnung zurück. Der alte Käfiglift war außer Betrieb. Die Treppen mit ihrem abgewetzten braunen Teppich rochen nach alten Mahlzeiten, nach gekochtem Kohl und angebranntem Fleisch. Als er am zweiten Stockwerk vorüberkam, konnte er das junge Paar, das unter ihm wohnte, sich streiten hören.

»*Wie kannst du das sagen?*«

»*Du hast nichts gemacht! Überhaupt nichts!*«

Eine Tür schlug zu. Ein Säugling schrie. In einer anderen Wohnung drehte jemand als Antwort sein Radio auf volle Lautstärke. Die Symphonie des Lebens in einem Wohnblock. Früher war das mal eine vornehme Gegend gewesen. Jetzt waren darüber wie über viele Bewohner schwerere Zeiten gekommen. Er stieg bis zum nächsten Stock hoch und schloß seine Wohnung auf.

Es war kalt, da die Heizung wie üblich nicht ging. Er hatte fünf Zimmer: ein Wohnzimmer mit einer schönen hohen Decke zur Ansbacher Straße; ein Schlafzimmer mit einem eisernen Bett; ein kleines Badezimmer und eine noch kleinere Küche, ein Nebenraum war mit den Überbleibseln seiner Ehe vollgestopft, nach fünf Jahren immer noch in Kartons verpackt. Zu Hause. Sie war größer als die 44 Quadratmeter, die übliche Größe einer Volkswohnung, aber nicht viel.

Bevor März einzog, gehörte die Wohnung der Witwe eines Luftwaffengenerals. Sie hatte in ihr seit dem Krieg gewohnt und sie verkommen lassen. Als er während seines zweiten Wochenendes das Schlafzimmer neu tapezieren wollte und die angemoderte Tapete herunterriß, hatte er dahinter ein ganz klein zusammengefaltetes Foto gefunden. Ein Sepiaporträt, in bräunlichen und cremefarbenen Tönen, datiert 1929, aufgenommen in einem Berliner Fotoatelier. Eine Familie stand vor einem gemalten Hintergrund von Bäumen und Feldern. Eine dunkelhaarige Frau blickte auf einen Säugling in ihren Armen. Ihr Ehemann stand stolz hinter ihr, die Hand auf ihrer Schulter. Neben ihm ein kleiner Junge. Seither stand es bei ihm auf dem Kaminsims. Der Junge war in Paules Alter und würde heute in März' Alter sein.

Wer waren diese Leute? Was war aus dem Kind geworden? Seit Jahren fragte er sich das, hatte aber immer gezögert – er hatte am Werderschen Markt stets ausreichend Anspannung für seinen Geist, ohne daß er neue Geheimnisse zu enträtseln suchte. Dann hatte er unmittelbar vor letzter Weihnacht aus keinem Grund, den er hätte präzis bezeichnen können – aus einer vagen und wachsenden Unbehaglichkeit, die zufälligerweise mit seinem Geburtstag zusammenfiel, nicht mehr –, mit der Suche nach einer Antwort begonnen.

Die Bücher des Vermieters wiesen aus, daß die Wohnung von 1928 bis 1942 an einen Weiß, Jakob, vermietet gewesen war. Aber die Polizei hatte keinerlei Unterlagen über einen Jakob Weiß. Er war weder als umgezogen noch als erkrankt noch als verstorben verzeichnet. Nachfragen bei den Archiven von Heer, Marine und Luftwaffe bestätigten, daß er nicht als Soldat eingezogen worden war. Aus dem Fotoatelier war ein Geschäft geworden, das Fernsehgeräte vermietete, die Geschäftsunterlagen waren verschwunden. Niemand von den jungen Leuten im Büro des Vermieters erinnerte sich an die Familie Weiß. Sie war verschwunden. *Weiß. Eine Leere.* Inzwischen war März klar, daß er die Wahrheit wußte – sie vielleicht immer gewußt hatte –, aber eines Abends ging er dann doch mit dem Foto wie ein Polizist herum und suchte nach Zeugen, und die anderen Bewohner des Wohnblocks hatten ihn angesehen, als sei er verrückt, auch nur zu fragen. Mit einer Ausnahme.

»Das waren Juden«, hatte die Alte im Dachgeschoß gesagt, ehe sie ihm die Tür vor der Nase zuschlug.

Natürlich. Alle Juden waren während des Krieges nach Osten evakuiert worden. Das wußte jeder. Was danach mit ihnen geschehen war, gehörte nicht zu den Fragen, die man in der Öffentlichkeit stellte – und nicht privat, wenn man auch nur einen Funken Verstand hatte, selbst nicht als SS-Sturmbannführer.

Und da, das begriff er jetzt, hatte seine Beziehung zu Paule sich zu verschlechtern begonnen; und die Zeit, da er vor Morgengrauen wach zu werden pflegte und jeden Fall freiwillig übernahm, der ihm über den Weg lief.

März stand ein paar Minuten da, ohne das Licht anzumachen, und blickte hinab auf den Verkehr, der nach Süden zum Wittenbergplatz floß. Dann ging er in die Küche und goß sich einen großen Whisky ein. Die Montagsausgabe des ›Berliner Tageblatt‹ lag neben der Spüle. Er nahm sie mit ins Wohnzimmer.

März hatte beim Lesen der Zeitung eine bestimmte Angewohnheit. Er begann hinten, mit der Wahrheit. Wenn es hieß daß im Fußball Leipzig Köln vier zu null geschlagen habe, war die Wahrscheinlichkeit groß, daß es wahr war: Selbst die Partei müßte erst noch eine Methode erfinden, die Sportergebnisse umzuschreiben. Sportnachrichten waren eine andere Sache. COUNTDOWN DER OLYMPISCHEN SPIELE TOKIO. USA NEHMEN VIELLEICHT ZUM ERSTEN MAL SEIT 28 JAHREN TEIL. DEUTSCHE SPORTLER IMMER NOCH WELTWEIT FÜHREND. Dann die Anzeigen. DEUTSCHE FAMILIEN! VERGNÜGEN WARTET IN GOTENLAND, DER RIVIERA DES REICHES! Französisches Parfum, belgischer Kaffee, russischer Kaviar, englische Fernseher – das Füllhorn des Reiches ergoß sich über die Seiten. Geburten, Heiraten, Tod: TEBBE, Ernst und Ingrid; ein Sohn für den Führer. WENZEL, Hans, 71 Jahre alt; ein wahrer Nationalsozialist, schmerzlich vermißt.

Und die einsamen Herzen:

FÜNFZIGJÄHRIGER, rein arischer Arzt, Veteran der Schlacht um Moskau, der sich auf dem Land niederlassen will, wünscht sich männliche Nachkommenschaft durch Heirat mit gesunder, arischer, jungfräulicher, junger, bedürfnisloser, fleißiger Frau, an harte Arbeit gewöhnt; breite Hüften, flache Absätze, keine Ohrringe Voraussetzung.
WITWER, sechzig, wünscht sich erneut nordische Lebensgefährtin, bereit, ihm Kinder zu schenken, damit alte Familie im Mannesstamm nicht ausstirbt.

Die Kunstseiten: Zarah Leander, immer noch umjubelt in *Die Frau von Odessa*, jetzt im Gloria-Palast: die epische Geschichte der Neuansiedlung der Südtiroler. Ein Artikel des Musikkritikers, der das ›gefährliche, negroide Gefaule‹ einer Viererbande junger Engländer aus Liverpool angriff, die in Hamburg bei ihren Auftritten Massenanstürme deutscher Jugendlicher auslösten. Herbert von Karajan wird eine Sonderaufführung von Beethovens Neunter – der europäischen Hymne – in der Royal Albert Hall zu London an Führers Geburtstag dirigieren.

Leitartikel über die Antikriegsdemonstrationen der Studenten in Heidelberg: VERRÄTER MÜSSEN MIT GEWALT ZERSCHMETTERT WERDEN! Das ›Tageblatt‹ bezog immer entschlossen Stellung.

Nachruf: irgendein alter Bonze aus dem Innenministerium. ›Ein lebenslanger Dienst am Reich …‹

Nachrichten aus dem Reich: FRÜHLINGSSCHMELZE BRINGT NEUE GEFECHTE AN DER SIBIRISCHEN FRONT! DEUTSCHE TRUPPEN ZERSCHMETTERN IWANS TERRORGRUPPEN! In Rowno, der Hauptstadt des Reichskommissariats Ukraine, hatte man 5 Terroristenführer exekutiert, weil sie die Ermordung einer deutschen Siedlerfamilie organisiert hatten. Dann eine Aufnahme des neuesten Atom-U-Bootes des Reiches, der *Großadmiral Dönitz*, in seiner neuen Basis Trondheim.

Weltnachrichten. In London war bekanntgegeben worden, daß König Edward und Königin Wallis im Juli dem Reich einen Staatsbesuch abstatten würden, ›um die tiefen Bande des Respekts und der Zuneigung zwischen den Völkern Großbritanniens und des Deutschen Reiches weiter zu verstärken. In Washington nimmt man an, daß der jüngste Sieg Präsident Kennedys bei den US-Vorwahlen seine Chancen gestärkt hat, die Wiederwahl zu gewinnen …‹

Die Zeitung glitt März aus den Fingern zu Boden.

Eine halbe Stunde später läutete das Telefon.

»Tut mir *so* leid, Sie zu wecken.« Koth war sarkastisch. »Aber ich dachte, daß dies Vorrang hat. Soll ich morgen noch mal anrufen?«

»Nein, nein.« März war hellwach.

»Sie werden das mögen. Das ist wunderbar.« Zum ersten Mal in seinem Leben hörte März Koth kichern. »Alsdann, Sie spielen doch keine Spielchen mit mir? Das ist doch kein kleiner Witz, den Sie und Jäger miteinander ausgeknobelt haben?«

»Wer ist es?«

»Zuerst den Hintergrund.« Koth amüsierte sich viel zu sehr, als daß er sich hetzen ließ. »Wir mußten weit zurückgehen, um die Entsprechung zu finden. Sehr weit zurück. Aber wir haben sie gefunden. Perfekt. Kein Zweifel. Über Ihren Mann gibt es tatsächlich eine Akte. Er ist ein einziges Mal in seinem Leben verhaftet worden. Von unseren Kollegen in München vor vierzig Jahren. Um genau zu sein, am 9. November 1923.«

Schweigen. Fünf, sechs, sieben Sekunden verstrichen.

»Aha! Ich merke, daß selbst Sie die Bedeutung dieses Datums erkennen.«

»Ein alter Kämpfer.« März griff neben den Sessel nach seinen Zigaretten. »Sein Name?«

»In der Tat. Ein alter Parteigenosse. Zusammen mit dem Führer nach dem Putsch im Bürgerbräukeller verhaftet. Sie haben einen der ruhmreichen Pioniere der Nationalsozialistischen Revolution aus dem See gefischt.« Koth lachte wieder. »Ein klügerer Mann hätte ihn da gelassen, wo er war.«

»Wie heißt er?«

Nachdem Koth aufgelegt hatte, marschierte März fünf Minuten lang durch die Wohnung und rauchte wütend. Dann machte er drei Anrufe. Der erste galt Max Jäger. Der zweite dem Beamten vom Dienst am Werderschen Markt. Der dritte einer Berliner Nummer. Die Stimme eines Mannes, vom Schlaf verquollen, antwortete, als März gerade auflegen wollte.

»Rudi? Hier Xaver März.«

»Xavi? Bist du verrückt? Es ist Mitternacht.«

»Noch nicht ganz.« März patrouillierte über den verblaßten Teppich, den Apparat in der einen Hand, den Hörer unter das Kinn geklemmt. »Ich brauch deine Hilfe.«

»Um Gottes willen!«

»Was kannst du mir über einen Mann namens Josef Bühler sagen?«

In jener Nacht hatte März einen Traum. Er stand wieder am Seeufer im Regen, und da lag die Leiche, das Gesicht im Schlamm. Er zog an ihrer Schulter – zog heftig –, aber konnte sie nicht bewegen. Die Leiche war grauweißes Blei. Als er sich aber umdrehte, um zu gehen, ergriff sie sein Bein und begann, ihn in den See zu zerren. Er wühlte in der Erde und versuchte, seine Finger in den weichen Schlamm zu graben, aber da war nichts, um sich daran festzuhalten. Der Griff der Leiche war ungeheuer stark. Und als sie untergingen, verwandelte sich ihr Gesicht in das von Paule, verzerrt vor Wut, grotesk in seiner Scham, und es schrie: »Ich hasse dich ... ich hasse dich ... ich hasse dich!«

TEIL II

MITTWOCH,
15. APRIL 1964

Entspannung, die(a) entspannen, lockern,
nachlassen (von etwas, das straff ist);
lockern (der Muskeln).
(b) Entspannung, auch Détente (einer politischen
Situation).

1

Der Regen des Vortages war eine schlechte Erinnerung, aus den Straßen schon halb verschwunden. Die Sonne – die wunderbare, unparteiische Sonne – prallte gegen die Fenster von Geschäften und Wohnungen und glitzerte darin.

Im Badezimmer klirrten und ächzten die verrosteten Leitungen, die Dusche gab einen Faden kaltes Wasser her. März rasierte sich mit seines Vaters altem Rasiermesser zum Gurgelschlitzen. Durch das offene Badezimmerfenster konnte er die Geräusche der erwachenden Stadt hören: das Quietschen und Rattern der ersten Straßenbahn; das ferne Summen des Verkehrs in der Tauentzienstraße; die Schritte der Frühaufsteher, die zur großen U-Bahn-Station am Wittenbergplatz eilten; das Rasseln der Gitter, die in der gegenüberliegenden Bäckerei hochgezogen wurden. Es war noch nicht 7, und Berlin war lebendig von Möglichkeiten, die der Tag noch dämpfen würde.

Seine Uniform lag im Schlafzimmer aus: der Panzer der Autorität.

Braunes Hemd mit schwarzen Lederknöpfen. Schwarze Krawatte. Schwarze Reithosen. Schwarze Reitstiefel (der satte Geruch polierten Leders).

Schwarze Jacke: vier Silberknöpfe; drei parallele Silberstreifen auf den Schulterstücken; auf dem linken Ärmel eine rot-weiß-schwarze Hakenkreuzarmbinde; auf dem rechten eine Raute mit dem gotischen Buchstaben K für Kriminalpolizei.

Schwarzes Pistolenkoppel. Schwarze Mütze mit silbernem Totenkopf und dem Parteiadler. Schwarze Lederhandschuhe.

März starrte sich im Spiegel an, und ein Sturmbannführer der Waffen-SS starrte zurück. Er nahm seine Dienstpistole, eine 9-mm-Luger, vom Toilettentisch, überprüfte sie und schob sie in den Halfter. Dann trat er in den Morgen hinaus.

»Bist du sicher, daß dir das reicht?«

Rudolf Halder grinste über März' Sarkasmus und lud sein Tablett ab: Käse, Schinken, Salami, drei hartgekochte Eier, ein Berg Schwarzbrot, Milch, eine Tasse dampfenden Kaffees. Er baute die Teller in einer ordentlichen Reihe auf dem weißen Leinentischtuch auf.

»Ich hab' gehört, daß das Frühstück im Reichssicherheitshauptamt üblicherweise nicht so üppig ist.«

Sie saßen im Speiseraum des Prinz-Friedrich-Karl-Hotels in der Dorotheenstraße, auf halbem Wege zwischen dem Kripo-Hauptquartier und Halders Büro im Reichsarchiv gelegen. März kam regelmäßig. Das Friedrich Karl war eine billige Absteige für Touristen und Handelsvertreter, aber es servierte ein gutes Frühstück. Von einem Fahnenmast über dem Eingang hing schlaff eine Europafahne herab – die zwölf goldenen Sterne der Nationen der Europäischen Gemeinschaft auf dunkelblauem Grund. März vermutete, daß der Geschäftsführer, ein Herr Brecker, sie aus zweiter Hand gekauft und aufgehängt hatte, um so Ausländer anzulocken. Offenbar hatte es nicht gewirkt. Ein Blick über die schäbige Kundschaft des Restaurants und die gelangweilte Bedienung ließ nichts erkennen, das auf Überwachung hingedeutet hätte.

Wie üblich machten die Leute um März' Uniform einen weiten Bogen. Alle paar Minuten bebten die Wände, wenn ein Zug in den Bahnhof Friedrichstraße einlief.

»Nimmst du nichts mehr?« fragte Halder. »Kaffee?« Er schüttelte den Kopf. »Schwarzer Kaffee, Zigaretten und Whisky. Als Diät: nix gut. Ich glaube, ich hab' dich nicht mehr ordentlich essen gesehen, seit du und Klara euch getrennt habt.« Er schlug ein Ei auf und begann die Schale abzupellen.

März dachte: Von uns allen hat sich Halder am wenigsten verändert. Unter den Fettschichten und hinter den erschlaffenden Muskeln des beginnenden mittleren Alters lauerte immer noch der Geist des schlaksigen Rekruten, der vor über zwanzig Jahren direkt von der Universität weg auf die U-174 gekommen war. Er war Funker gewesen – ein schlechter, durch die Ausbildung und zu Beginn 1942 in den Dienst gehetzt, als die Verluste am höchsten waren und Dönitz ganz Deutschland nach Ersatz abgraste. Damals wie heute trug er eine drahtgefaßte Brille und hatte dünnes rötliches Haar, das im Nacken wie ein Entenschwanz abstand. Während einer Fahrt, auf der sich die übrigen Männer Bärte stehen ließen, hatte Halder rötliche Büschel auf Wangen und Kinn, wie ein Kater in der Mauser. Die Tatsache, daß er auf einem U-Boot diente, war ein gespenstischer Irrtum, ein Witz. Er war ungeschickt und kaum imstande, einen Zünder einzusetzen. Die Natur hatte ihn zum Akademiker und nicht zum U-Boot-Mann bestimmt, und jede Fahrt verbrachte er in Schweiß vor Angst und Seekrankheit.

Aber er war beliebt. U-Boot-Mannschaften sind abergläubisch, und irgendwie war das Gerücht aufgekommen, daß Rudi Halder Glück bringe. Also umsorgten sie ihn, deckten seine Fehler und ließen ihn eine extra halbe Stunde in seiner Koje sich ächzend herumwälzen. Er wurde zu einer Art Maskottchen. Als der Frieden kam, nahm Halder, erstaunt überlebt zu haben, seine Studien an der Fakultät für Geschichte der Berliner Universität wieder auf. 1958 trat er einer Gruppe von Historikern bei, die im Reichsarchiv an der amtlichen Geschichte des Krieges arbeiteten. Für ihn hatte sich der Kreis geschlossen, seit er seine Tage zusammengekauert in einem unterirdischen Gelaß in Berlin verbrachte und eben jene große Strategie Stück für Stück zusammensetzte, von der er einst ein winziges, verängstigtes Teilchen gewesen war. *Der U-Boot-Dienst: Operationen und Taktiken 1939-43* war 1963 erschienen. Jetzt half Halder bei der Zusammenstellung des dritten Bandes der Geschichte der Deutschen Wehrmacht an der Ostfront.

»Das ist wie in den Volkswagenwerken in Fallersleben arbeiten«, sagte Halder. Er biß von seinem Ei ein Stück ab und kaute eine Weile. »Ich schraube die Räder an, Jäckel setzt die Türen ein und Schmidt den Motor.«

»Und wie lange dauert das noch?«

»Oh, ewig, nehme ich an. Geld spielt keine Rolle. Das ist der Triumphbogen aus Wörtern, weißt du? Jeder Schuß, jedes Scharmützel, jede Schneeflocke, jedes Niesen. Irgendwer wird sogar die Amtliche Geschichte der Amtlichen Geschichten schreiben. Ich werd das noch weitere fünf Jahre machen.«

»Und dann?«

Halder wischte sich Eikrümel von der Krawatte. »Ein Lehrstuhl an irgendeiner kleinen Universität im Süden. Ein Haus auf dem Land mit Ilse und den Kindern. Ein paar Bücher, die respektvoll rezensiert werden. Mein Ehrgeiz ist bescheiden. Und wenn auch nichts anderes, so kann einem diese Art von Arbeit doch einen Sinn für die Perspektive der eigenen Sterblichkeit geben. Apropos …« Aus seiner Innentasche zog er ein Blatt Papier hervor. »Mit den besten Grüßen des Reichsarchivs.«

Es war die Fotokopie einer Seite aus einem alten Parteihandbuch. Vier Paßbilder als Porträts uniformierter Beamter, jedes von einer kurzen Biographie begleitet, Brün, Brunner, Buch. Und Bühler.

Halder sagte: »*Führende Persönlichkeiten der NSDAP.* Ausgabe 1951.«

»Kenn ich gut.«

»Gib zu, ein feiner Haufen.«

Die Leiche in der Havel war die von Bühler, keine Frage. Er starrte März durch seine randlose Brille an, streng und humorlos, die Lippen geschürzt. Das Gesicht eines Bürokraten, eines Rechtsanwalts; ein Gesicht, das man tausendmal sehen mochte und doch nie beschreiben konnte; scharf in Person, verwischt in der Erinnerung; das Gesicht eines Maschinenmenschen.

»Du wirst sehen«, faßte Halder zusammen, »eine Säule nationalsozialistischer Ehrbarkeit. Ist der Partei '22 beigetreten – das ist so ehrbar wie nur möglich. Arbeitete als Rechtsanwalt mit Hans Frank, dem Rechtsanwalt des Führers. Stellvertretender Präsident der Akademie des Deutschen Rechts.«

»›Staatssekretär, Generalgouvernement 1939‹«, las März. »›SS-Brigadeführer.‹« Brigadeführer, auch das noch. Er nahm sein Notizbuch heraus und begann zu schreiben.

»Ehrenrang«, sagte Halder mit vollem Mund. »Ich bezweifle, daß er je einen Schuß im Zorn abgefeuert hat. Er war der reine Schreibtischmann. Als Frank '39 rausgeschickt wurde, um als Gouverneur zu regieren, was noch von Polen übrig war, muß der seinen alten Mitarbeiter Bühler als Chefbürokrat mitgenommen haben. Probier mal diesen Schinken. Ausgezeichnet.«

März kritzelte rasch. »Wie lange war Bühler im Osten?«

»Zwölf Jahre, glaub ich. Ich hab' die Ausgabe von 1952 überprüft. Da gibt es keinen Bühler mehr. Also muß '51 sein letztes Jahr gewesen sein.«

März hörte auf zu schreiben und klopfte mit dem Füller gegen die Zähne. »Entschuldige mich ein paar Minuten.«

Im Foyer gab es eine Fernsprechzelle. Er rief die Vermittlung der Kripo an und bat um seinen eigenen Anschluß. Eine Stimme grummelte: »Jäger.«

»Hör zu, Max.« März wiederholte, was ihm Halder erzählt hatte. »Da wird eine Frau erwähnt.« Er hielt das Papier in das schwache elektrische Licht in der Zelle und sah angestrengt hin. »Edith Tulard. Kannst du die auftreiben? Damit wir die Leiche identifizieren lassen können.«

»Die ist tot.«

»Was?«

51

»Sie ist vor über zehn Jahren gestorben. Ich hab' das im SS-Mitgliedschaftsamt überprüft – selbst die Ehrenränge mußten ihre nächsten Verwandten angeben. Bühler hatte keine Kinder, aber ich hab' seine Schwester aufgetrieben. Sie ist Witwe, zweiundsiebzig Jahre alt und heißt Elisabeth Trinkl. Lebt in Fürstenwalde.« Kannte März: eine kleine Stadt etwa 45 Autominuten südöstlich Berlins. »Die Ortspolizei bringt sie direkt zum Leichenschauhaus.«

»Ich treff dich da.«

»Noch was. Bühler hatte ein Haus auf Schwanenwerder.«

Das erklärte den Fundort der Leiche. »Gute Arbeit, Max.« März hängte auf und machte sich auf den Weg zurück in den Speisesaal.

Halder hatte sein Frühstück beendet. Er warf seine Serviette hin, als März zurückkam, und lehnte sich auf seinem Stuhl zurück. »Ausgezeichnet. Nun finde ich die Aussicht, 1500 Signale der Ersten Panzerarmee unter Kleist zu sortieren, schon fast erträglich.« Er stocherte in seinen Zähnen. »Wir sollten uns häufiger treffen. Ilse fragt immer: Wann bringst du endlich Xavi mal mit?« Er lehnte sich vor: »Hör zu, da ist eine Frau in den Archiven, die arbeitet an der Geschichte des Bundes Deutscher Mädel in Bayern von 1935 bis 1950. Eine fantastische Frau. Ihr Mann ist im letzten Jahr an der Ostfront verschollen. Armer Teufel. Wie auch immer: du und sie. Was hältst du davon? Wir könnten euch beide einladen, sagen wir nächste Woche?«

März lächelte. »Du bist wirklich nett.«

»Das ist keine Antwort.«

»Stimmt.« Er pochte auf die Fotokopie. »Kann ich die behalten?« Halder zuckte die Achseln. »Warum nicht?«

»Noch was.«

»Na los.«

»Staatssekretär beim Generalgouvernement. Was genau wird er da getan haben?«

Halder spreizte die Hände. Die Handrücken waren dicht mit Sommersprossen übersät, Büschel rotgoldenen Haares kräuselten sich aus den Manschetten. »Er und Frank hatten die absolute Macht. Sie machten, was sie wollten. Damals dürfte die Wiederansiedlung Vorrang vor allem anderen gehabt haben.«

März schrieb ›Wiederansiedlung‹ in sein Notizbuch und umgab es mit einem Kreis. »Wie ging das vor sich?«

»Was soll das? Ein Seminar?« Halder stellte die Teller vor sich zu einem Dreieck zusammen – zwei kleinere links, den größeren rechts.

Er schob sie so zusammen, daß sie aneinanderstießen. »Das hier ist Polen vor dem Krieg. Nach '39 wurden die westlichen Provinzen« – er tippte auf die kleineren Teller – »heim ins Reich geführt. Reichsgau Danzig-Westpreußen und Reichsgau Wartheland.«

Er schob den größeren Teller beiseite. »Und das wurde zum Generalgouvernement. Der Rumpfstaat. Die beiden westlichen Provinzen wurden germanisiert. Das ist zwar nicht mein Gebiet, weißt du, aber ich habe einige Zahlen gesehen. 1940 war die Zielsetzung eine Dichte von 100 Deutschen pro Quadratkilometer. Und das haben sie binnen drei Jahren geschafft. Eine unglaubliche Operation, wenn man bedenkt, daß damals noch der Krieg tobte.«

»Wie viele Menschen waren betroffen?«

»Eine Million. Die SS-Rasseämter trieben Deutsche an Orten auf, von denen man nicht einmal geträumt hätte – in Rumänien, Bulgarien, Serbien, Kroatien. Wenn der Schädel die richtigen Maße hatte und man aus dem richtigen Dorf kam – bekam man eben seinen Fahrschein.«

»Und Bühler?«

»Ach ja. Um in den neuen Reichsgauen Platz für 1 Million Deutsche zu schaffen, mußte man 1 Million Polen rausschaffen.«

»Und die gingen ins Generalgouvernement?«

Halder wandte den Kopf um und blickte sich verstohlen um, ob ihn auch niemand hören könne – den ›deutschen Blick‹ nannten die Leute das. »Sie mußten auch mit den Juden fertig werden, die aus Deutschland und den westlichen Ländern vertrieben wurden – aus Frankreich und Holland und Belgien.«

»Juden?«

»Ja doch. Bleib leise.« Halder sprach so leise, daß März sich über den Tisch lehnen mußte, um ihn zu verstehen. »Du kannst dir vorstellen – das reine Chaos. Überfüllung. Hunger. Seuchen. Nach dem, was man so hört, ist das Gebiet immer noch das reinste Scheißloch, egal, was sie sagen.«

Jede Woche veröffentlichten Zeitungen und Fernsehen Aufrufe vom Ostministerium an Siedler, die willens sind, ins Generalgouvernement zu ziehen. ›Deutsche! Fordert euer Geburtsrecht! Einen Bauernhof – kostenlos! Einkommen in den ersten fünf Jahren garantiert!‹ Die Anzeigen zeigten glückliche Kolonisten, die in Luxus lebten. Aber Berichte über die wirkliche Lage waren durchgesickert – von einer Existenz, die durch schlechte Böden, knochenbrechende

Schwerstarbeit und trübselige Satellitenstädte bestimmt wurde, in die sich die Deutschen bei Dämmerung zurückziehen mußten, aus Angst vor den örtlichen Partisanen. Das Generalgouvernement war da schlimmer als die Ukraine; schlimmer als Ostland; schlimmer sogar als Muskowien.

Ein Kellner kam und bot mehr Kaffee an. März winkte ab. Als der Mann außer Hörweite war, fuhr Halder mit derselben leisen Stimme fort: »Frank regierte alles aus dem Wawel in Krakau. Dort dürfte also auch Bühler stationiert gewesen sein. Ich hab' einen Freund, der da in den amtlichen Archiven arbeitet. Was der für Geschichten kennt … Der Luxus war offenbar unglaublich. Wie ein Stück aus dem Römischen Reich. Malereien, Gobelins, aus den Kirchen zusammengeraubte Schätze, Juwelen. Bestechung in bar und Bestechung in Natur, du weißt schon, was ich meine.« Halders blaue Augen leuchteten bei der Vorstellung auf, und seine Augenbrauen tanzten.

»Und Bühler war darin verwickelt?«

»Wer weiß. Wenn nicht, dürfte er der einzige gewesen sein.«

»Das würde erklären, wieso er ein Haus auf Schwanenwerder hatte.«

Halder pfiff leise. »Na endlich. Wir haben die falsche Art Krieg geführt, mein Freund. Statt in einem stinkigen Blechsarg 200 Meter unter dem Atlantik eingepfercht zu sein, hätten wir in schlesischen Schlössern auf Seide schlafen und ein paar polnische Mädchen zur Gesellschaft haben können.«

März hätte ihn gerne noch mehr gefragt, aber er hatte keine Zeit. Als sie gingen, sagte Halder: »Kommst du zum Abendessen mit meinem BDM-Weib?«

»Ich denk dran.«

»Vielleicht können wir sie dazu überreden, ihre Uniform anzuziehn.« Wie er da vor dem Hotel stand, die Hände tief in den Taschen und einen langen Schal zweimal um den Hals geschlungen, sah Halder mehr denn je wie ein Student aus. Plötzlich klatschte er sich mit der flachen Hand vor die Stirn. »Total vergessen! Ich wollte dir noch erzählen … Mein Gedächtnis … Ein paar Sipo Jungs waren in der letzten Woche im Archiv und haben nach dir gefragt.«

März spürte, wie sein Lächeln schrumpfte. »Die Gestapo? Was wollten die denn?« Es gelang ihm, einen leichten, nebensächlichen Ton beizubehalten.

»Och, das übliche Zeugs. ›Was zum Teufel hat er im Krieg gemacht? Hat er irgendeine starke politische Überzeugung? Wer sind seine Freunde?‹ Was geht vor, Xavi? Stehst du zur Beförderung an oder was?«

»Muß wohl so sein.« Er redete sich zu, sich zu entspannen. Vielleicht war es ja nur eine Routinekontrolle. Er mußte daran denken, Max zu fragen, ob der was von einer neuen Überprüfung gehört hatte.

»Na schön, wenn du Chef der Kripo wirst, vergiß deine alten Freunde nicht.«

März lachte. »Bestimmt nicht.« Sie schüttelten sich die Hände. Als sie auseinandergingen, sagte März: »Ich frage mich, ob Bühler Feinde hatte?«

»O ja«, sagte Halder, »natürlich.«

»Wen?«

Halder zuckte die Schultern. »Zum Beispiel dreißig Millionen Polen.«

Die einzige Person auf dem zweiten Stockwerk am Werderschen Markt war eine polnische Putzfrau. Ihr Rücken war März zugekehrt, als er aus dem Aufzug stieg. Alles, was er sehen konnte, war ein mächtiger Rumpf, der auf den Sohlen ihrer schwarzen Gummistiefel ruhte, und das rote Kopftuch um ihr Haar, das auf und nieder hüpfte, während sie den Boden schrubbte. Sie sang leise in ihrer Muttersprache vor sich hin. Als sie ihn näher kommen hörte, hielt sie inne und wandte den Kopf der Wand zu. Er drückte sich hinter ihr vorbei und ging in sein Büro. Nachdem sich die Tür geschlossen hatte, hörte er, wie sie wieder zu singen begann.

Es war noch nicht 9 Uhr. Er hängte seine Mütze an die Tür und knöpfte seine Uniformjacke auf. Auf seinem Schreibtisch lag ein großer brauner Umschlag. Er öffnete ihn und schüttelten den Inhalt heraus, Fotografien vom Tatort. Glänzende Farbaufnahmen von Bühlers Körper, wie ein Sonnenanbeter am Rand des Sees ausgebreitet.

Er hob die antike Schreibmaschine vom Aktenschrank herab und trug sie zu seinem Schreibtisch. Aus einem Drahtkorb nahm er zwei Blatt oft benutzten Kohlepapiers, zwei Blatt Durchschlagpapier und ein Berichtsformular, sortierte sie zusammen und zog sie in die Schreibmaschine. Dann zündete er sich eine Zigarette an und starrte einige Minuten lang auf die tote Pflanze.

Er begann zu schreiben.

An: Leiter VB3 (a)
Betr.: Unidentifizierte Leiche, männlich
Von: X. März, SS-Sturmbannführer   15.4.64

Ich bitte, wie folgt berichten zu dürfen.

1. Um 6.28 gestern wurde ich abkommandiert, um der Bergung einer Leiche aus der Havel beizuwohnen. Die Leiche war vom SS-Schützen Hermann Jost um 6.02 entdeckt und der Ordnungspolizei gemeldet worden (Aussage liegt bei).
2. Da kein männliches Wesen zutreffender Beschreibung als vermißt gemeldet war, veranlaßte ich, daß die Fingerabdrücke der Person mit den gespeicherten verglichen wurden.
3. Dadurch konnte die Person als Dr. Josef Bühler identifiziert werden, ein Parteimitglied im Ehrenrang eines SS-Brigadeführers. Er diente 1939-1951 als Staatssekretär im Generalgouvernement.
4. Eine vorläufige Untersuchung vor Ort durch SS-Sturmbannführer Dr. Kurt Eisler ergab als vermutliche Todesursache Ertrinken, als vermutliche Todeszeit die Nacht des 13. April.
5. Das Opfer lebte auf Schwanenwerder, nahe der Stelle, wo die Leiche entdeckt wurde.
6. Es gab keine offensichtlichen verdächtigen Umstände.
7. Eine Autopsie wird nach der förmlichen Identifizierung durch nächste Anverwandte durchgeführt.

März zog den Bericht aus der Schreibmaschine, unterzeichnete ihn und gab ihn anschließend in der Eingangshalle einem Boten, als er hinausging.

Die alte Frau saß auf einer harten Holzbank aufrecht im Leichenschauhaus in der Seydelstraße. Sie trug ein braunes Tweedkostüm, einen braunen Hut mit einer herabhängenden Feder, kräftige braune Schuhe und graue Wollstrümpfe. Sie starrte vor sich hin, umkrampfte die Handtasche auf dem Schoß und achtete nicht auf das Pflegepersonal, die Polizisten, die trauernden Verwandten, die durch den Korridor kamen. Max Jäger saß neben ihr, die Arme gekreuzt, die Beine ausgestreckt, und sah gelangweilt drein. Als März eintraf, nahm er ihn beiseite.

»Sie ist seit zehn Minuten hier. Hat kaum gesprochen.«

»Schock?«

»Nehm ich an.«

»Bringen wir's hinter uns.«

Die alte Frau sah nicht auf, als sich März neben sie auf die Bank setzte. Er sagte sanft: »Frau Trinkl, mein Name ist März. Ich bin Fahnder der Berliner Kriminalpolizei. Wir müssen einen Bericht über den Tod Ihres Bruders machen, und dazu ist es notwendig, daß Sie die Leiche identifizieren. Danach werden wir Sie nach Hause bringen. Haben Sie verstanden?«

Frau Trinkl wandte sich zu ihm um. Sie hatte ein dünnes Gesicht, eine dünne Nase (die Nase ihres Bruders), dünne Lippen. Eine Kameenbrosche zog eine gekräuselte Purpurbluse um ihren knochigen Hals zusammen.

»Haben Sie verstanden?« wiederholte er.

Sie blickte ihn mit klaren grauen Augen an, die nicht von Tränen gerötet waren. Ihre Stimme war knapp und trocken: »Vollkommen.«

Sie gingen durch den Korridor in einen kleinen fensterlosen Empfangsraum. Der Boden bestand aus Holzblöcken. Die Wände waren limonengrün. Jemand hatte in dem Bemühen, den Raum aufzuhellen, Fremdenverkehrsplakate der Deutschen Reichsbahn angebracht: eine Nachtansicht der Großen Halle, das Führermuseum in Linz, der Starnberger See. Das Plakat, das an der vierten Wand gehangen hatte, war heruntergerissen worden und hatte Löcher im Verputz hinterlassen, wie Kugeleinschüsse.

Ein Geräusch draußen kündigte die Ankunft der Leiche an. Sie wurde auf einem metallenen Schiebewagen hereingerollt, von einem Laken verhüllt. Zwei Aufseher in weißen Jacken stellten ihn in der Mitte des Bodens ab – ein Speisebüffet, das seine Gäste erwartete. Jäger schloß die Tür.

»Sind Sie bereit?« fragte März. Sie nickte. Er schlug das Laken zurück, und Frau Trinkl stellte sich neben ihn. Als sie sich nach vorne lehnte, schlug ihm ein starker Duft – nach Pfefferminzpastillen und Parfum und Kampfer, der Geruch einer alten Frau – ins Gesicht. Sie starrte lange Zeit in das tote Gesicht, öffnete dann den Mund, als ob sie etwas sagen wollte, aber es kam nur ein Seufzer. Ihre Augen schlossen sich. März fing sie auf, als sie fiel.

»Er ist es«, sagte sie. »Ich habe ihn zwar seit zehn Jahren nicht mehr gesehen, und er ist auch dicker geworden, und ich habe ihn vorher nie ohne seine Brille gesehen, nicht mehr, seit er ein Kind war. Aber er ist es.« Sie saß auf einem Stuhl unter dem Plakat von Linz und lehnte sich mit gesenktem Kopf nach vorne. Ihr Hut war heruntergefallen. Dünne weiße Haarsträhnen hingen ihr ins Gesicht. Die Leiche war weggerollt worden.

Die Tür öffnete sich, und Jäger kam mit einem Glas Wasser zurück, das er ihr in die magere Hand drückte. »Hier bitte.« Sie hielt es einen Augenblick lang fest, dann hob sie es an die Lippen und nahm einen Schluck. »Ich werde nie ohnmächtig«, sagte sie. »Niemals.« Hinter ihr zog Jäger eine Grimasse.

»Natürlich nicht«, sagte März. »Ich muß Ihnen einige Fragen stellen. Geht es Ihnen gut genug? Unterbrechen Sie mich, wenn ich Sie überanstrenge.« Er nahm sein Notizbuch heraus. »Warum haben Sie Ihren Bruder seit zehn Jahren nicht mehr gesehen?«

»Nachdem Edith gestorben war – seine Frau –, hatten wir nichts mehr gemein. Wir haben uns nie sehr nahegestanden. Auch nicht als Kinder. Ich war acht Jahre älter als er.«

»Seine Frau ist schon vor einiger Zeit gestorben?«

Sie dachte einen Augenblick lang nach. »1953, glaube ich. Im Winter. Sie hatte Krebs.«

»Und in der ganzen Zeit danach haben Sie nichts mehr von ihm gehört? Gibt es noch andere Brüder oder Schwestern?«

»Nein. Nur uns beide. Gelegentlich hat er geschrieben. Vor zwei Wochen hab' ich einen Brief zu meinem Geburtstag von ihm bekommen.« Sie kramte in ihrer Handtasche und zog ein einzelnes Blatt Briefpapier hervor – gute Qualität, cremefarben und dick, mit einem Stich des Schwanenwerder Hauses als Kopf. Die Handschrift war gestochen, die Botschaft so formell wie eine amtliche Mitteilung. ›Meine liebe Schwester! Heil Hitler! Ich sende Dir zu Deinem Geburtstag Grüße. Ich hoffe sehr, daß Du Dich ebenso guter Gesundheit erfreust wie ich. Josef.‹ März faltete es wieder zusammen und gab es ihr zurück. Kein Wunder, daß ihn niemand vermißt hatte.

»Hat er in seinen anderen Briefen jemals etwas erwähnt, das ihn beunruhigte?«

»Worüber hätte er beunruhigt sein sollen?« Sie spie die Worte aus. »Edith hat im Krieg ein Vermögen geerbt. Sie hatten Geld. Er lebte in angenehmsten Umständen. Und wie.«

»Sie hatten keine Kinder?«

»Er war unfruchtbar.« Sie sagte das ohne Mitgefühl, als ob sie seine Haarfarbe beschriebe. »Edith war so unglücklich. Ich glaube, das hat sie umgebracht. Sie hockte da allein in dem großen Haus – es war so was wie psychischer Krebs. Sie liebte Musik – sie spielte wunderbar Klavier. Ein Bechstein, ich erinnere mich. Und er – er war ein so kalter Mann.«

Jäger grummelte von der anderen Seite des Raumes: »Sie haben also nicht viel von ihm gehalten?«

»Nein, hab' ich nicht. Überhaupt nicht viel.« Sie wandte sich wieder März zu. »Ich bin seit vierundzwanzig Jahren Witwe. Mein Mann war Aufklärer bei der Luftwaffe, abgeschossen über Frankreich. Ich bin nicht mittellos zurückgeblieben – keineswegs. Aber die Pension ... *sehr* klein für jemanden, der an etwas Besseres gewohnt war. Und kein einziges Mal in all den Jahren hat Josef angeboten, mir zu helfen.«

»Was ist mit seinem Bein?« Das war wieder Jäger, sein Ton war feindselig. Er hatte sich offenbar entschlossen, in diesem Familienstreit die Partei Bühlers zu ergreifen. »Was ist damit passiert?« Sein Benehmen war so, als glaube er, sie habe es gestohlen.

Die alte Dame übersah ihn und richtete ihre Antwort an März. »Er hat nie darüber gesprochen, aber Edith hat es mir erzählt. Es passierte 1951, als er noch im Generalgouvernement war. Er fuhr mit einer Eskorte von Krakau nach Kattowitz, als sein Auto von polnischen Partisanen überfallen wurde. Eine Landmine, sagte sie. Der Fahrer wurde getötet. Josef hatte das Glück, nur einen Fuß zu verlieren. Danach ist er aus dem Regierungsdienst ausgeschieden.«

»Aber er ging immer noch schwimmen?« März blickte aus seinem Notizbuch auf. »Wissen Sie, daß wir ihn in Badehosen gefunden haben?«

Sie lächelte schwach. »Mein Bruder betrieb alles fanatisch, Herr März, ob es nun um Politik ging oder um seine Gesundheit. Er rauchte nicht, er rührte niemals Alkohol an, und er trieb jeden Tag Sport, trotz seiner ... Behinderung. Deshalb überrascht es mich nicht im geringsten, wenn er schwimmen war.« Sie setzte das Glas ab und hob ihren Hut auf. »Ich möchte jetzt nach Hause, wenn ich darf.«

März stand auf, hielt ihr die Hand hin und half ihr auf. »Was hat Dr. Bühler nach 1951 gemacht? Da war er doch erst – was? – so in den frühen Fünfzigern?«

»Das ist das Merkwürdige.« Sie öffnete ihre Handtasche und nahm einen kleinen Taschenspiegel heraus. Sie überprüfte, ob ihr

Hut gerade saß, und steckte mit nervösen, zittrigen Fingerbewegungen einige lose Haare weg. »Vor dem Krieg war er so ehrgeizig. Er arbeitete achtzehn Stunden am Tag, sieben Tage in der Woche. Aber als er aus Krakau kam, hat er aufgehört. Er hat nicht einmal die Juristerei wieder aufgenommen. Seit über zehn Jahren saß er, nachdem die arme Edith gestorben war, den lieben langen Tag in diesem großen Haus herum und tat nichts.«

Zwei Stockwerke tiefer ging in den Kellern des Leichenschauhauses SS-Chirurg August Eisler von der Kripo-Abteilung VD$_2$ (Pathologie) seiner Arbeit mit brutalem Vergnügen nach. Bühlers Brustkorb war im Standardverfahren geöffnet worden: ein Y-Einschnitt, ein Schnitt von jeder Schulter zur Magenhöhle, eine gerade Linie hinab zum Schambein. Jetzt hatte Eisler seine Hände tief im Inneren des Bauches, seine grünen Handschuhe schimmerten rot, und er drehte und schnitt und zerrte. März und Jäger lehnten neben der offenen Tür an der Wand und rauchten Jägers Zigarren.

»Haben Sie schon gesehen, was euer Mann zu Mittag gegessen hat? Zeigen Sies Ihnen, Eck.«

Eislers Assistent wischte sich die Hände an der Schürze ab und hielt einen durchsichtigen Beutel hoch. Darin befand sich etwas Kleines und Grünes.

»Kopfsalat. Wird langsam verdaut. Bleibt stundenlang im Darm.«

März hatte schon früher mit Eisler gearbeitet. Vor zwei Wintern, als der Schnee Unter den Linden blockierte und es auf dem Tegeler See Schlittschuhrennen gab, hatte man einen Flußbootskapitän namens Kempf aus der Spree gezogen, vor Kälte fast tot. Er war im Krankenwagen auf dem Weg zum Spital gestorben. Unfall oder Mord? Die Zeit, zu der er ins Wasser gefallen war, war entscheidend. März hatte sich das Eis angesehen, das sich zwei Meter vom Ufer entfernt gebildet hatte: Er schätzte, daß fünfzehn Minuten das Äußerste waren, das man im Wasser überleben könnte. Eisler hatte fünfundvierzig gesagt, und seine Meinung überzeugte den Staatsanwalt. Das reichte, um das Alibi des Bootsmanns zu zerstören und ihn zu hängen.

Später hatte der Staatsanwalt – ein redlicher, altmodischer Mann – März in sein Büro gerufen und die Tür abgeschlossen. Dann hatte er ihm Eislers ›Beweise‹ gezeigt: Kopien von Dokumenten, die als Geheime Reichssache abgestempelt und 1942, Dachau, datiert waren. Es handelte sich um einen Bericht über Erfrierungsexperimente mit verurteilten Gefangenen, der ausschließlich der Abteilung des SS-Generalarztes vorbehalten war. Die Männer waren mit Handfesseln in Tanks voller Eiswasser geworfen und in Abständen herausgezogen worden, um ihre Temperatur zu messen, bis sie starben. Fotografien lagen bei von Köpfen, die zwischen Eisschollen auf und nieder tauchten, und Diagramme, die den vorausgesagten und den wirklichen Temperaturverlust zeigten. Die Experimente hatten zwei Jahre gedauert und waren unter anderem von einem jungen Untersturmführer durchgeführt worden, von August Eisler. An jenem Abend waren März und der Staatsanwalt in eine Kneipe in Kreuzberg gegangen und hatten sich bis zur Bewußtlosigkeit betrunken. Am nächsten Tag hatte keiner von ihnen erwähnt, was sich abgespielt hatte. Sie hatten nie mehr miteinander geredet.

»Wenn Sie sich einbilden, ich rücke mit irgendeiner fantastischen Theorie heraus, März, dann vergessen Sies.«

»Das erwarte ich auch nicht.«

Jäger lachte. »Ich auch nicht.«

Eisler ignorierte ihre Erheiterung. »Er ist ertrunken, kein Zweifel. Die Lungen voller Wasser, er muß also noch geatmet haben, als er in den See ging.«

»Keine Schnitte?« fragte März. »Oder Quetschungen?«

»Wollen Sie herkommen und meine Arbeit tun? Nein? Dann glauben Sie mir: Er ist ertrunken. Es gibt keine Kontusionen am Kopf, die darauf hinwiesen, daß man ihn geschlagen oder unter Wasser gedrückt hätte.«

»Ein Herzanfall? Irgendeine Art Krampf?«

»Möglich«, räumte Eisler ein. Eck gab ihm ein Skalpell. »Aber das werde ich erst wissen, sobald ich eine vollständige Untersuchung der inneren Organe durchgeführt habe.«

»Wie lang wird das dauern?«

»Solange es dauert.«

Eisler stellte sich hinter den Kopf von Bühler. Sanft strich er der Leiche das Haar aus der Stirn, auf sich zu, als ob er ein Fieber lindern wolle. Dann beugte er sich hinab und stieß das Skalpell durch die linke Schläfe. Er zog es in einem Bogen über die Stirn, unmittelbar unterhalb der Linie des Haaransatzes. Es gab ein Knirschen von Metall und Knochen. Eck grinste sie an. März nahm einen tiefen Lungenzug aus seiner Zigarre.

Eisler legte das Skalpell in eine Metallschale. Dann beugte er sich erneut hinab und arbeitete sich mit den Fingern in den tiefen Schnitt hinein. Nach und nach begann er, die Kopfhaut zurückzuziehen. März drehte den Kopf weg und schloß die Augen. Er betete, daß niemand, den er liebte oder mochte oder auch nur flüchtig kannte, jemals durch die Schlachterarbeit einer Autopsie geschändet werden müsse.

Jäger sagte: »Und was jetzt?«

Eisler hatte eine kleine handgroße Kreissäge genommen. Er schaltete sie ein. Sie jaulte wie ein Zahnbohrer.

März nahm einen letzten Zug aus der Zigarre. »Ich denke, wir sollten jetzt gehen.«

Sie gingen den Korridor hinab. Hinter sich hörten sie aus dem Autopsieraum, wie sich der Ton der Säge vertiefte, als sie sich in den Knochen fraß.

2

Eine halbe Stunde später saß Xaver März am Steuer eines der Kripo-VWs und folgte hoch über dem See den Windungen der Havelchaussee. Manchmal verbargen Bäume den Blick auf den See. Dann fuhr er um eine Biegung, oder der Wald wurde dünner, und er konnte das Wasser wieder sehen, wie es in der Aprilsonne wie ein Tablett voller Diamanten funkelte. Zwei Jachten durchschnitten die Oberfläche – wie Papierschiffchen von Kindern, weiße Dreiecke in der Bläue.

Er hatte das Fenster herabgekurbelt, den Ellbogen aufgelegt, die Brise zupfte an seinem Ärmel. Auf beiden Seiten waren die kahlen Zweige der Bäume mit dem Grün des späten Frühlings gesprenkelt. Einen Monat weiter, und die Straße würde mit Autos verstopft sein: Berliner, die aus der Stadt flüchteten, um zu segeln oder zu schwimmen oder zu picknicken oder einfach auf einem der großen öffentlichen Strände in der Sonne zu liegen. Aber heute war die Luft noch zu frisch und der Winter noch zu nahe, so daß März die Straße für sich allein hatte. Er kam an dem roten Ziegelwachhaus des Kaiser-Wilhelm-Turms vorüber, und dann führte die Straße hinab auf die Seehöhe.

Binnen zehn Minuten war er an der Stelle, wo die Leiche entdeckt worden war. In dem schönen Wetter sah sie völlig anders aus. Es war dies eine Touristenattraktion, ein Aussichtspunkt, bekannt als das Große Fenster. Was gestern eine graue Masse gewesen war, war heute ein herrlicher klarer Blick über acht Kilometer Wasser, bis hin nach Spandau.

Er parkte und ging dann den Weg zurück, den Jost gelaufen war, als er die Leiche entdeckt hatte – hinab den Forstpfad, eine scharfe Biegung nach rechts, und dann den See entlang. Er tat das ein zweites und dann ein drittes Mal. Befriedigt stieg er in den Wagen und fuhr über die niedrige Brücke nach Schwanenwerder. Eine rote und weiße Barriere versperrte die Straße. Ein Wachtposten tauchte aus einem kleinen Häuschen auf, ein Notizbrett in der Hand, das Gewehr über die Schulter gehängt.

»Ihren Ausweis bitte.«

März reichte ihm seinen Kripo-Ausweis durch das offene Fenster. Die Wache studierte ihn und gab ihn zurück. Er salutierte. »In Ordnung, Herr Sturmbannführer.«

»Was ist hier das übliche Verfahren?«

»Jeden Wagen anhalten. Die Papiere prüfen und fragen, zu wem sie wollen. Wenn sie verdächtig aussehen, rufen wir das Haus an und fragen, ob sie erwartet werden. Manchmal durchsuchen wir den Wagen. Hängt davon ab, ob der Reichsminister zu Hause ist.«

»Führen Sie eine Liste?«

»Jawohl.«

»Tun Sie mir einen Gefallen. Sehen Sie doch mal nach, ob Dr. Josef Bühler am Montag abend irgendwelche Besucher hatte.«

Der Wachtposten rückte sein Gewehr zurecht und ging in sein Häuschen. März konnte sehen, wie er die Seiten des Hauptbuches umblätterte. Als er zurückkam, schüttelte er den Kopf. »Den ganzen Tag niemand für Dr. Bühler.«

»Hat er denn die Insel verlassen?«

»Wir führen keine Aufzeichnungen über die Bewohner, nur über die Besucher. Und wir überprüfen keine Leute, die gehen, nur solche, die kommen.«

»Aha.« März sah an dem Wachtposten vorbei über den See. Einzelne Möwen schossen niedrig über das Wasser. Einige Jachten lagen an einer Mole vertäut. Er konnte das Knarren ihrer Masten im Winde hören.

»Wie ist das mit dem Ufer: Wird das den ganzen Tag über bewacht?«

Der Wachtposten nickte. »Die Wasserschutzpolizei fährt hier alle paar Stunden Patrouille. Aber die meisten Häuser haben genügend Sirenen und Hunde, um ein KZ zu bewachen. Wir scheuchen nur die Neugierigen fort.«

KZ. Kürzer als Konzentrationslager.

In der Ferne klang das Geräusch starker Motoren auf. Der Wachtposten drehte sich um und beobachtete die Straße hinter ihm, zur Insel hin.

»Einen Augenblick.«

Um die Biegung kam mit hoher Geschwindigkeit ein grauer BMW, die Scheinwerfer an, gefolgt von einer langen schwarzen Mercedes-Limousine, und dann ein weiterer BMW. Der Posten trat zurück, drückte auf einen Knopf, die Barriere ging hoch, und er salutierte. Als der Konvoi vorüberraste, erhaschte März einen flüchtigen Blick auf die Insassen des Mercedes – eine junge Frau, wunderschön, eine Schauspielerin vielleicht oder ein Mannequin, mit kurzem blondem Haar; und neben ihr, geradeaus starrend, ein verschrumpelter alter Mann, dessen nagetierähnliches Profil sofort erkennbar war. Die Wagen-Kavalkade donnerte stadtwärts davon.

»Fährt der immer so schnell?« fragte März.

Der Posten sah ihn mit wissendem Blick an. »Der Herr Reichsminister hatte Probeaufnahmen. Frau Goebbels wird zum Mittagessen zurückerwartet.«

»Aha. Dann ist ja alles klar.« März drehte den Zündschlüssel, und der VW sprang an. »Wußten Sie, daß Dr. Bühler tot ist?«

»Nein.« Der Posten zeigte keinerlei Interesse. »Wann ist denn das passiert?«

»Montag abend. Er wurde wenige hundert Meter von hier angeschwemmt.«

»Ich hab' nur gehört, daß man eine Leiche gefunden hat.«

»Wie war er denn?«

»Ich hab' ihn kaum gekannt. Er ist nicht oft ausgegangen. Keine Besucher. Hat nie was gesagt. Aber so enden hier schließlich viele von denen.«

»Wo war sein Haus?«

»Sie können es nicht verfehlen. Auf der Ostseite der Insel. Zwei große Türme. Es ist eines der größten.«

»Danke.«

Als er die Chaussee hinabfuhr, sah März in den Rückspiegel. Der Posten stand da einige Sekunden und sah ihm nach, rückte dann erneut sein Gewehr zurecht und ging langsam in sein Häuschen zurück.

Schwanenwerder war klein, weniger als einen Kilometer lang und einen halben Kilometer breit, und eine einzige Straße lief als Einbahnstraße im Uhrzeigersinn herum. Um Bühlers Besitz zu erreichen, mußte März dreiviertel der Straße um die Insel herumfahren. Er fuhr vorsichtig und verlangsamte jedesmal fast bis zum Stillstand, wenn er ein Haus zu seiner Linken erblickte.

Die Insel, die früher Sandwerder hieß, hatte ihren lieblicheren Namen von den berühmten Schwanenkolonien erhalten, die am südlichen Ende der Havel lebten. Sie war während des letzten Jahrhunderts in Mode gekommen. Die meisten der Gebäude stammten aus dieser Zeit: große Villen mit steilen Dächern und steinernen Fassaden im französischen Stil, mit langen Auffahrten und Rasenflächen, und vor spionierenden Augen durch hohe Mauern und Bäume geschützt. Ein Stück aus den Ruinen des Tuilerien-Palastes stand sinnlos am Straßenrand – eine Säule und ein Stück Bogen, die ein seit langem toter Kaufmann der Wilhelminischen Zeit aus Paris hergeschleppt hatte. Manchmal sah März durch die Gitter eines Tores einen Wachhund und – einmal – einen Gärtner, der den Rasen harkte. Die Besitzer waren entweder in der Stadt bei ihrer Arbeit oder verreist oder verhielten sich ruhig.

März kannte einige von ihnen: Parteibonzen; einen Manager der Autoindustrie, der unmittelbar nach dem Krieg durch die Profite der Sklavenarbeit reich geworden war; den Geschäftsführer von Wertheim, dem großen Kaufhaus am Potsdamer Platz, dessen jüdische Besitzer vor über dreißig Jahren enteignet worden waren; einen Rüstungsfabrikanten; den Chef eines Baukonzerns, der die großen Autobahnen in die östlichen Gebiete baute. Er fragte sich, wie Bühler sich eine so wohlhabende Nachbarschaft leisten konnte, dann erinnerte er sich an Halders Beschreibung: Luxus wie im alten Rom.

»KP 17, hier KHQ. KP 17, bitte antworten.« Eine drängende Frauenstimme füllte den Wagen. März nahm den Hörer des unter dem Armaturenbrett verborgenen Funkgerätes auf.

»Hier KP 17. Was ist los?«

»KP 17, ich habe hier Sturmbannführer Jäger für Sie.«

Er war vor den Toren zu Bühlers Villa angekommen. Durch die Metallgitter konnte März die Biegung der gelben Auffahrt und die beiden Türme sehen, genau wie der Posten es beschrieben hatte.

»Du hast etwas von Ärger gesagt«, dröhnte Jäger, »und den haben wir.«

»Also was?«

»Ich war kaum zehn Minuten hier, als zwei unserer geschätzten Kollegen von der Gestapo kamen. ›Angesichts der herausragenden Position des Parteigenossen Bühler blahblahblah ist der Fall jetzt neu als Sicherheitsangelegenheit eingestuft worden.‹«

März hämmerte mit der Faust aufs Steuerrad. »Scheiße!«

» ... alle Dokumente sind sofort der Sicherheitspolizei zu übergeben, von den Untersuchungsbeamten werden Berichte über den gegenwärtigen Stand der Untersuchung gefordert, die Kripo-Untersuchung ist mit sofortiger Wirkung zu beenden.‹«

»Wann ist denn das passiert?«

»Es passiert jetzt. Die sitzen in unserem Büro.«

»Hast du denen gesagt, wo ich bin?«

»Natürlich nicht. Ich hab' sie einfach sitzen lassen und hab' ihnen gesagt, ich würde versuchen, dich zu finden. Ich bin direkt in den zentralen Kontrollraum gegangen.« Jäger senkte seine Stimme. März konnte sich vorstellen, wie er der weiblichen Telefonistin den Rücken zukehrte. »Hör zu, Xavi. Ich würde jetzt keine Heldentaten empfehlen. Die meinen es ernst, glaub mir. Es wird jeden Augenblick in Schwanenwerder von Gestapo wimmeln.«

März starrte auf das Haus. Es war vollkommen still und verlassen. Scheiß auf die Gestapo.

In dem Augenblick traf er seine Entscheidung. Er sagte: »Ich kann dich nicht hören, Max. Tut mir leid. Die Verbindung ist zusammengebrochen. Ich habe nichts von dem verstanden, was du gesagt hast. Bitte melde Versagen des Funkgerätes. Aus.« Er schaltete den Empfänger aus.

Ungefähr dreißig Meter vor dem Haus war März auf der rechten Seite an einem Pfad mit einem Tor vorbeigekommen, der in den Wald führte, der in der Mitte der Insel war. Jetzt legte er den Rückwärtsgang ein, stieß schnell dorthin zurück und parkte ein. Er trabte zu Bühlers Tor zurück. Er hatte nicht viel Zeit.

Das Tor war verschlossen. Damit hatte er gerechnet. Das Schloß war ein solider Metallblock. Er zwängte seine Stiefelspitze in das Tor und kletterte hoch. Über seinem Kopf war eine Reihe von Eisenspitzen, dreißig Zentimeter auseinander, das ganze Tor entlang. Er packte mit jeder Hand eine und zog sich hoch, bis er ein Bein hinüberschwingen konnte. Ein riskantes Unternehmen. Einen Augenblick saß er rittlings auf dem Tor und versuchte, zu Atem zu kommen. Dann ließ er sich auf der anderen Seite auf den Kiesweg fallen.

Das Haus war groß, von eigenartigem Schnitt. Es hatte drei Stockwerke, die ein steiles Dach aus blauem Schiefer überdeckte. Zur Linken standen die zwei Steintürme. Sie waren mit dem Hauptgebäude verbunden, an dem ein Balkon mit steinerner Balustrade entlang des ganzen ersten Stockwerks lief. Den Balkon trugen Säulen. Hinter diesen lag, halb im Schatten verborgen, der Haupteingang. März lief auf ihn zu. Buchen und Föhren standen in ungepflegtem Durcheinander entlang der Auffahrt. Die Kanten waren vernachlässigt. Welke Blätter, die seit dem Winter nicht mehr zusammengefegt worden waren, wehten über den Rasen.

Er blieb zwischen den Säulen stehen. Die erste Überraschung: Die Eingangstür war nicht verschlossen.

März stand in der Diele und sah sich um. Zur Rechten eine eichene Treppe, zur Linken zwei Türen, geradeaus ein düsterer Flur, der vermutlich in die Küche führte.

Er probierte die erste Tür. Hinter ihr war ein holzgetäfeltes Speisezimmer. Ein langer Tisch und zwölf hochlehnige, geschnitzte Stühle. Kalt und muffig vom Nichtgebrauch.

Die nächste Tür führte ins Wohnzimmer. Er setzte seine geistige Bestandsaufnahme fort. Brücken auf poliertem Parkett. Schwere Möbel, reich mit Brokat gepolstert. Gobelins an den Wänden, und zwar gute, auch wenn März nicht gerade ein Kenner war. Am Fenster stand ein großes Piano mit zwei großen Fotografien darauf. März hielt eine in das Licht, das schwach durch die staubigen Butzenscheiben schien. Der Rahmen war aus schwerem Silber, mit einem Hakenkreuzmotiv. Das Bild zeigte Bühler und seine Frau an ihrem Hochzeitstag, wie sie eine Treppe zwischen einer Ehrenwache von SA-Männern herunterkamen, die Eichenzweige über das glückliche Paar hielten. Bühler war ebenfalls in SA-Uniform. Seine Frau trug Blumen ins Haar geflochten und war – um einen Lieblingsausdruck von Max Jäger zu verwenden – so häßlich wie eine Kiste Kröten. Keiner von beiden lächelte.

März nahm die andere Fotografie auf und spürte sofort seinen Magen schlingern. Da war wieder Bühler, der sich diesmal leicht verneigte und eine Hand schüttelte. Der Mann, der der Gegenstand dieser Ehrerbietung war, hatte sein Gesicht halb der Kamera zugewendet, als ob er während der Begrüßung von etwas hinter der Schulter des Fotografen abgelenkt worden wäre. Da war eine Inschrift. März fuhr mit dem Finger durch den Schmutz auf dem Glas, um die hingekritzelte Schrift zu entziffern. ›Dem Parteigenossen Bühler‹, lautete sie. ›Adolf Hitler, 17. Mai 1945.‹

Plötzlich hörte März ein Geräusch. Als ob gegen eine Tür getreten würde, und dem folgte ein Jaulen. Er stellte die Fotografie zurück und ging zurück in die Diele. Das Geräusch kam vom anderen Ende des Flurs.

Er zog die Pistole und schlich sich den Korridor hinab. Wie er vermutet hatte, führte er zur Küche. Da, wieder das Geräusch. Ein Schrei des Entsetzens und ein Trappeln von Füßen. Außerdem war da noch ein Geruch – irgendwie nach Schmutzigem.

Am anderen Ende der Küche war eine Tür. Er streckte den Arm aus und ergriff die Türklinke und riß dann mit einem Ruck die Tür auf. Etwas Mächtiges sprang aus der Dunkelheit. Ein Hund, mit Maulkorb, die Augen weit vor Entsetzen, raste krachend über den Boden, durch den Flur, in die Diele und hinaus durch die offene Vordertür. Der Boden der Speisekammer war voller stinkender Exkremente und Urin und Lebensmittel, die der Hund aus den Regalen herabgerissen hatte, aber nicht fressen konnte.

Danach wäre März gerne für einige Minuten still stehen geblieben, um sich zu beruhigen. Aber er hatte keine Zeit. Er steckte die Luger weg und untersuchte schnell die Küche. Ein paar fettige Teller im Abwaschbecken. Auf dem Tisch eine Flasche Wodka, fast leer, daneben ein Glas. Es gab eine Tür in den Keller, aber sie war abgeschlossen; er entschloß sich, sie nicht aufzubrechen. Er stieg hinauf. Schlafzimmer, Badezimmer – überall die gleiche Atmosphäre eines schäbigen Luxus'; eines grandiosen Lebensstils, der verwahrlost war. Und überall gab es, bemerkte er, Bilder – Landschaften, religiöse Allegorien, Porträts – die meisten unter dicken Staubschichten. Das Haus war seit Monaten nicht mehr ordentlich gereinigt worden, vielleicht seit Jahren.

Das Zimmer, das wohl Bühlers Arbeitszimmer gewesen war, lag im obersten Stockwerk eines der Türme. Regale voller juristischer Bücher, Fallstudien, Gesetze. Ein großer Schreibtisch mit Drehsessel neben einem Fenster, das den rückwärtigen Rasen des Hauses überschaute. Ein langes Sofa mit gestapelten Decken, das so aussah, als sei darauf regelmäßig geschlafen worden. Und noch mehr Fotografien. Bühler in Rechtsanwaltsrobe. Bühler in SS-Uniform. Bühler mit einer Gruppe von Nazi-Großkopfeten, von denen März einen undeutlich als Frank erkannte, in der ersten Reihe einer Veranstaltung, einem Konzert vielleicht. Alle Bilder schienen mindestens zwanzig Jahre alt zu sein.

März setzte sich an den Schreibtisch und blickte aus dem Fenster. Der Rasen führte hinab zum Ufer der Havel. Dort gab es eine kleine Mole, an der ein Kabinenkreuzer vertäut war, und dahinter der freie Blick auf den See bis hin zum gegenüberliegenden Ufer. Weit in der Ferne tuckerte die Fähre Kladow-Wannsee vorüber.

Er wandte seine Aufmerksamkeit dem Schreibtisch selbst zu. Ein Tintenlöscher. Ein schweres Tintenfaß aus Messing. Ein Telefon. Er streckte die Hand danach aus.

Es begann zu läuten.

Seine Hand hing bewegungslos. Ein Läuten. Zwei. Drei. Die Stille des Hauses verstärkte den Klang; die staubige Luft vibrierte. Vier. Fünf. Er krümmte seine Finger über dem Hörer. Sechs. Sieben. Er nahm ab.

»Bühler?« Die Stimme eines alten Mannes, mehr tot als lebendig; Geflüster aus einer anderen Welt. »Bühler? Sprich doch. Wer ist da?«

März sagte: »Ein Freund.«

Pause. *Klick.*

Wer immer es war, er hatte aufgelegt. März legte den Hörer auf die Gabel. Dann begann er rasch die Schreibtischschubladen aufzuziehen. Einige Bleistifte, etwas Schreibpapier, ein Wörterbuch. Er zog die unteren Schubladen ganz heraus, eine nach der anderen, und tastete den Raum ab.

Da war nichts.

Da war etwas.

Ganz hinten stießen seine Finger gegen einen kleinen und glatten Gegenstand. Er zog ihn heraus. Ein kleines Notizbuch in schwarzem Leder, mit Hakenkreuz und Adler in Goldprägung auf dem Einband. Er blätterte es durch. Der Parteitaschenkalender 1964. Er schob ihn in seine Tasche und setzte die Schubladen wieder ein.

Draußen spielte Bühlers Hund verrückt, rannte von einem Ende zum anderen am Ufer entlang, starrte über die Havel und wieherte wie ein Pferd. Alle paar Sekunden ließ er sich auf seinen Hinterbeinen nieder, ehe er seine verzweifelte Patrouille wieder aufnahm. Jetzt konnte er erkennen, daß seine rechte Seite fast ganz von vertrocknetem Blut verklebt war. Als März zum See hinunterging, achtete der Hund nicht auf ihn.

Die Absätze seiner Stiefel dröhnten auf den Planken der hölzernen Mole. Durch die Ritzen zwischen den wackeligen Planken konnte er einen Meter tiefer das schlammige Wasser sehen, das ins Seichte schwappte. Am Ende der Mole stieg er in das Boot. Es schwankte unter seinem Gewicht. Einige Zentimeter Regenwasser standen auf dem Achterdeck, vermischt mit Dreck und Blättern, ein öliger Regenbogen auf der Oberfläche. Das ganze Boot stank nach Benzin. Irgendwo mußte ein Leck sein. Er beugte sich hinab und versuchte die kleine Tür zur Kabine zu öffnen. Sie war verschlossen. Er wölbte seine Hände und sah durch das Fenster, aber es war drinnen zu dunkel, als daß er etwas hätte sehen können.

Er sprang aus dem Boot und begann auf seiner Spur zurückzulaufen. Das Holz der Mole war zu Grau verwittert, abgesehen von einer Stelle entlang der Kante gegenüber dem Boot. Hier gab es orangefarbene Splitter und einen Kratzer weißer Farbe. März beugte sich hinab, um die Spuren zu untersuchen, als etwas fahl Schimmerndes im Wasser seinen Blick einfing, nahe der Stelle, wo die Mole das Ufer verließ. Er ging zurück und kniete nieder, und als er sich mit der Linken festhielt und die Rechte so weit wie nur möglich ausstreckte, konnte er es gerade noch herausziehen. Rosafarben und angeschlagen wie eine alte chinesische Puppe, mit Lederzungen und Stahlschnallen: eine Prothese, ein künstlicher Fuß.

Der Hund hörte sie als erster. Er warf den Kopf hoch, wandte sich ab und trottete den Rasen hinauf zum Haus. Sofort ließ März seine Entdeckung ins Wasser zurückfallen und rannte hinter dem Hund her. Er verfluchte seine Dummheit und arbeitete sich um die Seite des Hauses voran, bis er im Schatten der Türme stand und das Tor sehen konnte. Der Hund sprang an dem Eisengitter hoch und grunzte durch seinen Maulkorb. Auf der anderen Seite konnte er zwei Gestalten ausmachen, die da standen und zum Haus hinaufblickten. Dann erschien eine dritte mit einem großen Bolzenschneider, den er am Schloß ansetzte. Nach zehn Sekunden Druck gab es mit lautem Krachen nach.

Der Hund wich zurück, als die drei Männer nacheinander das Grundstück betraten. Wie März trugen sie die schwarzen Uniformen der SS. Einer schien etwas aus seiner Tasche zu nehmen und ging mit ausgestreckter Hand auf den Hund zu, als biete er ihm etwas zu fressen an. Das Tier duckte sich. Ein einzelner Schuß sprengte die Stille, hallte auf dem Grundstück wider und jagte einen Schwarm Krähen krächzend aus dem Wald hoch in die Luft. Der Mann schob den Revolver in seinen Halfter und winkte einen seiner Gefährten zu dem Hund, der ihn an den Hinterbeinen ergriff und ins Gebüsch zerrte.

Alle drei Männer gingen auf das Haus zu. März blieb hinter der Säule stehen, um die er sich langsam herumschob, während sie die Auffahrt heraufkamen, und hielt sich so in Deckung. Ihm fiel ein daß er keinen Grund hatte, sich zu verstecken. Er konnte den Gestapo-Männern sagen, daß er das Grundstück durchsucht habe, daß ihn Jägers Nachricht nicht erreicht habe. Aber etwas in ihrem Benehmen, die Rücksichtslosigkeit, mit der sie sich des Hundes entledigt hatten, warnte ihn davor. *Sie waren schon vorher hier gewesen.*

Als sie näher kamen, konnte er ihre Ränge erkennen. Zwei Sturmbannführer und ein Obergruppenführer – zwei Majore und ein General. Welche Art von Staatssicherheit konnte die persönliche Aufmerksamkeit eines richtigen Gestapo-Generals erfordern? Der Obergruppenführer war in seinen späten Fünfzigern, gebaut wie ein Ochse, mit dem zerschlagenen Gesicht eines ehemaligen Boxers. März kannte sein Gesicht vom Fernsehen, aus den Zeitungen

Wer war denn das?

Dann erinnerte er sich. Odilo Globocnik. In der SS als Globus bekannt. Der frühere Gauleiter von Wien. Es war Globus, der den Hund erschossen hatte.

»Sie – Erdgeschoß«, sagte Globus. »Sie – Rückseite kontrollieren.«

Sie zogen ihre Pistolen und verschwanden im Haus. März wartete eine halbe Minute, dann brach er zum Tor auf. Er drückte sich an den äußersten Rändern des Gartens entlang, vermied die Auffahrt und suchte sich statt dessen, tief gebeugt, seinen Weg durch das Dickicht der Büsche. Fünf Meter vor dem Tor hielt er, um Luft zu holen. In den Torpfosten zur rechten Hand war so unauffällig, daß er kaum erkennbar war, ein rostiger Metallbehälter eingelassen – ein Briefkasten –, in dem ein großes braunes Päckchen lag.

Das ist Wahnsinn, dachte er. Absoluter Wahnsinn.

Er rannte nicht zum Tor: Nichts, wußte er, zieht das menschliche

Auge so an wie eine plötzliche Bewegung. Statt dessen zwang er sich, ganz beiläufig aus den Büschen zu schlendern, als sei das die natürlichste Sache der Welt, nahm das Päckchen aus dem Briefkasten und bummelte durch das offene Tor hinaus.

Er wartete darauf, einen Ruf hinter sich zu hören oder einen Schuß. Aber der einzige Laut war das Rascheln des Windes in den Bäumen. Als er seinen Wagen erreichte, stellte er fest, daß seine Hände zitterten.

3

»Warum glauben wir an Deutschland und den Führer?«

»Weil wir an Gott glauben, glauben wir an Deutschland, das ER in Seiner Welt erschaffen hat, und an den Führer, Adolf Hitler den ER uns gesandt hat.«

»Wem vor allem müssen wir dienen?«

»Unserem Volk und unserem Führer Adolf Hitler.«

»Warum gehorchen wir?«

»Aus innerer Überzeugung, aus dem Glauben an Deutschland an den Führer, an die Bewegung und die SS und aus Treue.«

»Gut!« Der Ausbilder nickte. »Gut. Sammeln in 35 Minuten auf dem südlichen Sportfeld. Jost: bleiben. Der Rest von euch: entlassen!«

Mit ihrem kurzgeschorenen Haar und den lose sitzenden hellgrauen Arbeitsuniformen sah die Klasse der SS-Kadetten aus wie Sträflinge. Sie zogen geräuschvoll ab, mit kratzendem Verschieben ihrer Stühle und Trampeln der Stiefel auf dem rohen Holzfußboden. Ein großes Porträt des verstorbenen Heinrich Himmler lächelte auf sie herab, wohlwollend. Jost sah verloren aus, wie er da allein in der Mitte des Klassenzimmers Habtacht stand. Einige der anderen Kadetten hatten ihn neugierig angesehen, als sie gingen. Es mußte der Jost sein, schienen sie zu denken. Jost: der Eigenbrötler, der Einsame, der immer auffiel. Heute abend mochten ihm wohl weitere Klassenkeile in der Kaserne drohen.

Der Ausbilder nickte in Richtung des hinteren Klassenzimmers. »Da ist ein Besucher für Sie.«

März lehnte gegen einen Heizkörper, die Arme überkreuzt, und beobachtete.

»Da bin ich noch mal, Jost«, sagte er.

Sie gingen über den weiten Exerzierplatz. In einer Ecke wurde ein Haufen neuer Rekruten von einem SS-Hauptscharführer mit einer bombastischen Rede traktiert. In einer anderen streckten und bogen und berührten hundert andere Jugendliche in schwarzen Trainingsanzügen ihre Zehenspitzen in vollkommener Unterwerfung unter gebrüllte Befehle. Jost hier zu treffen erinnerte März an den Besuch von Häftlingen im Gefängnis. Derselbe Anstaltsgeruch nach Wachs und Desinfektionsmitteln und verkochtem Essen. Dieselben häßlichen Gebäudeblocks aus Beton. Dieselben hohen Mauern und patrouillierenden Wachen. Wie ein KZ war auch die Sepp-Dietrich-Akademie: zugleich riesig und klaustrophobisch; eine vollkommen in sich geschlossene Welt.

»Können wir uns irgendwo privat unterhalten?« fragte März.

Jost sah ihn verächtlich an. »Hier gibt es nichts Privates. Das ist die Hauptsache.« Sie taten einige weitere Schritte. »Ich nehme an, wir können es im Schlafsaal versuchen. Alle anderen sind beim Essen.«

Sie kehrten um, und Jost führte März in ein niedriges, grau gestrichenes Gebäude. Innen war es düster, mit einem starken Geruch von Männerschweiß. Da standen mindestens hundert Betten. In vier Reihen aufgestellt. Jost hatte richtig vermutet: Er war leer. Sein Bett stand in der Mitte, zweidrittel den Gang hinab. März saß auf der groben braunen Decke und bot Jost eine Zigarette an.

»Das ist hier nicht erlaubt.«

März winkte ihm mit dem Päckchen. »Los doch. Sie können ja sagen, ich hätte es Ihnen befohlen.«

Jost nahm dankbar an. Er kniete sich hin, öffnete das Metallschränkchen neben dem Bett und begann nach etwas zu suchen, was man als Aschenbecher verwenden konnte. Als die Tür aufstand, konnte März ins Innere blicken: Stöße von Taschenbüchern, Zeitschriften, eine gerahmte Fotografie.

»Darf ich?«

Jost zuckte mit den Achseln. »Sicher.«

März nahm die Fotografie heraus. Eine Familie, es erinnerte ihn an das Bild der Weiß'. Der Vater in einer SS-Uniform. Die schüchtern dreinblickende Mutter mit Hut. Die Tochter: ein hübsches Kind mit blonden Zöpfen; vierzehn vielleicht. Und Jost selbst: pausbäckig und lächelnd, kaum erkennbar als die gequälte kurzgeschorene Gestalt, die da jetzt auf dem steinernen Kasernenfußboden kniete.

Jost sagte: »Ich hab' mich verändert, was?«

März war entsetzt und versuchte das zu verbergen. »Ihre Schwester?« fragte er.

»Sie geht noch zur Schule.«

»Und Ihr Vater?«

»Er hat jetzt ein Baugeschäft in Dresden. Er war einer der ersten 1941 in Rußland. Daher die Uniform.«

März sah sich die strenge Gestalt näher an. »Trägt er nicht das Ritterkreuz?« Das war die höchste Auszeichnung für Tapferkeit.

»O ja«, sagte Jost. »Ein wirklicher Kriegsheld.« Er nahm die Fotografie und verstaute sie wieder im Schränkchen. »Was ist mit Ihrem Vater?«

»Er war in der Kaiserlichen Marine«, sagte März. »Er wurde im Ersten Weltkrieg verwundet. Hat sich nie mehr richtig erholt.«

»Wie alt waren Sie, als er gestorben ist?«

»Sieben.«

»Denken Sie immer noch an ihn?«

»Jeden Tag.«

»Sind Sie auch zur Marine gegangen?«

»Beinahe. Ich war bei den U-Booten.«

Jost schüttelte langsam den Kopf. Sein blasses Gesicht war rosa angelaufen. »Wir alle folgen unseren Vätern, oder nicht?«

»Die meisten von uns vielleicht. Aber nicht alle.«

Sie rauchten eine Weile schweigend. Von draußen konnte März hören, daß die Übungsstunde noch im Gange war. »Eins, zwei, drei … Eins, zwei drei …«

»Diese Leute«, sagte März und schüttelte den Kopf. »Es gibt ein Gedicht von Erich Kästner ›Marschliedchen‹.« Er schloß die Augen und zitierte:

»Ihr liebt den Haß und wollt die Welt dran messen.
Ihr werft dem Tier im Menschen Futter hin,
damit es wächst, das Tier tief in euch drin!
Das Tier im Menschen soll den Menschen fressen.«

März war angesichts der aufflammenden plötzlichen Leidenschaft des jungen Mannes unbehaglich. »Wann ist das geschrieben worden?«

»1932.«

»Kenn ich nicht.«

»Können Sie auch kaum. Es ist verboten.«

Es entstand ein Schweigen, und dann sagte März: »Wir kennen jetzt die Identität der Leiche, die Sie entdeckt haben. Dr. Josef Bühler. Ein Beamter aus dem Generalgouvernement. Ein SS-Brigadeführer.«

»O Gott.« Jost stützte den Kopf in die Hände.

»Damit ist die Sache sehr viel ernster geworden, verstehen Sie? Bevor ich zu Ihnen gekommen bin, habe ich die Eintragungen des Postens am Haupttor überprüft. Nach dessen Aufzeichnung haben Sie die Kaserne gestern morgen um 5.30 Uhr verlassen, wie üblich. Also machen die Zeitangaben in Ihrer Aussage keinen Sinn.«

Jost hielt sein Gesicht bedeckt. Die Zigarette brannte zwischen seinen Fingern ab. März lehnte sich vor, nahm sie und drückte sie aus. Er stand auf.

»Sehen Sie her«, sagte er. Jost blickte auf, und März begann auf der Stelle zu laufen.

»Das sind Sie, gestern, richtig?« März tat so, als sei er erschöpft, blies die Wangen auf, wischte sich die Stirn mit dem Unterarm. Gegen seinen Willen lächelte Jost. »Gut«, sagte März. Er fuhr fort zu laufen. »Jetzt denken Sie an irgendwelche Bücher oder wie elend Ihr Leben ist und kommen nun durch die Bäume auf den Pfad neben dem See. Es schifft, und das Licht ist nicht gut, aber zu Ihrer Linken sehen Sie etwas ...«

März drehte den Kopf. Jost sah ihn aufmerksam an.

»... und was immer es ist, es ist nicht die Leiche ...«

»Aber ...«

März zeigte auf Jost. »Ich rate Ihnen, graben Sie sich nicht noch tiefer in die Scheiße. Vor zwei Stunden bin ich hingegangen und habe die Stelle überprüft, wo die Leiche gefunden wurde – es gibt keine Möglichkeit, daß Sie sie von der Straße aus hätten sehen können.«

Er begann wieder zu laufen. »Also: Sie sehen etwas, bleiben aber nicht stehen. Sie rennen dran vorbei. Aber da Sie ein gewissenhafter Bursche sind, entscheiden Sie sich fünf Minuten später, daß Sie besser umkehren und sich das doch mal ansehen sollten. Und dann entdecken Sie die Leiche. Und erst dann rufen Sie die Bullen.«

Er schnappte sich Josts Hand und riß ihn hoch auf die Beine.

»Sie laufen jetzt mit mir«, befahl er.

»Ich kann nicht ...«

»Laufen!«

Jost fiel in einen unwilligen Schlurfschritt. Ihre Füße trappelten auf den Steinplatten.

»Jetzt beschreiben Sie, was Sie sehen können. Sie kommen aus dem Wald und sind jetzt auf dem Seeweg ...«

»Bitte ...«

»Sagen Sie's!«

»Ich ... ich sehe ... ein Auto.« Jost hatte die Augen geschlossen.

»... dann drei Männer ... es regnet stark, sie haben Mäntel an, Kapuzen, wie Mönche ... sie halten die Köpfe gesenkt ... kommen den Hang vom See rauf ... ich ... ich hab' Angst ... ich überquere die Straße und renne zwischen die Bäume, so daß sie mich nicht sehen ...«

»Weiter.«

»Sie steigen in das Auto und fahren ab ... ich warte, und dann komme ich aus dem Wald und finde die Leiche ...«

»Sie haben was ausgelassen.«

»Nein, ich schwöre ...«

»Sie haben ein Gesicht gesehen. Als die in das Auto gestiegen sind, haben Sie ein Gesicht gesehen.«

»Nein ...«

»Sagen Sie mir, wessen Gesicht das war, Jost. Sie können es sehen. Sie kennen es. Sagen Sie es mir.«

»Globus!« schrie Jost. »Ich sehe Globus.«

4

Das Päckchen, das er aus Bühlers Briefkasten genommen hatte, lag ungeöffnet auf dem Vordersitz neben ihm. Vielleicht ist es eine Bombe, dachte März, als er den Volkswagen anließ. Es hatte während der letzten paar Monate eine Welle von Bombenpäckchen gegeben, die einem halben Dutzend Regierungsbeamter die Hände und die Gesichter weggerissen hatten. Er könnte es auf Seite drei des ›Tageblatt‹ schaffen: ›Fahnder stirbt bei rätselhafter Explosion vor der Kaserne.‹

Er fuhr durch Schlachtensee, bis er einen Feinkostladen fand, wo er einen Laib Schwarzbrot, westfälischen Schinken und eine Viertelliterflasche schottischen Whisky kaufte. Noch schien die Sonne; die Luft war frisch. Er steuerte den Wagen westwärts zurück zu den

Seen. Er würde etwas tun, was er seit Jahren nicht mehr gemacht hatte. Er würde picknicken.

Nachdem Göring 1934 Reichsjägermeister geworden war, hatte es einige Versuche gegeben, den Grunewald zu lichten. Kastanien und Linden, Buchen und Birken und Eichen waren angepflanzt worden. Aber das Herz war – wie schon vor tausend Jahren, als die Ebenen des nördlichen Europas noch Urwald waren –, das Herz waren die hügeligen Wälder aus melancholischen Föhren geblieben. Aus diesen Wäldern waren fünf Jahrhunderte vor Christus die kriegerischen germanischen Stämme aufgetaucht; und in diese Wälder kehrten fünfundzwanzig Jahrhunderte später mit Zelten und in Wohnwagen und meistens an Wochenenden die siegreichen germanischen Stämme zurück. Die Germanen sind eine Rasse von Waldbewohnern. Schlag Lichtungen in deinen Geist, wenn du willst; die Bäume warten nur darauf, sie wieder zu besetzen.

März parkte und nahm seine Vorräte und Bühlers Päckchenbombe oder was immer das war, und ging vorsichtig auf einem steilen Pfad in den Wald hinein. Nach fünf Minuten des Steigens kam er an eine Stelle, von der aus man einen klaren Blick auf die Havel und auf die rauchig blauen Baumhänge hatte, die sich in der Ferne verloren. Die Föhren rochen in der Wärme stark und süß. Über ihm rumpelte ein großer Jet durch den Himmel im Anflug auf den Berliner Flughafen. Als er verschwand, erstarb der Lärm, bis schließlich Vogelgezwitscher als einziges Geräusch blieb.

März wollte das Päckchen immer noch nicht öffnen. Es machte ihm Unbehagen. Also setzte er sich auf einen großen Stein – den zweifellos die zuständige Stadtbehörde genau zu diesem Zweck ganz zufällig hierhergeschafft hatte –, nahm einen Schluck Whisky und begann zu essen.

Von Odilo Globocznik – Globus – wußte März wenig; nur was man gerüchteweise hörte. Das Schicksal hatte Globus wie einen Wetterhahn hin- und hergedreht während der letzten dreißig Jahre. Österreicher von Geburt und Bauingenieur von Beruf, war er Mitte der dreißiger Jahre Parteiführer von Kärnten und Herrscher in Wien geworden. Danach hatte es eine Zeit der Ungnade als Folge illegaler Devisenspekulationen gegeben, denen ein Wiederaufstieg als Polizeichef im Generalgouvernement gefolgt war, als der Krieg begann – dort mußte er Bühler gekannt haben, überlegte März. Bei Kriegsende hatte es einen zweiten Sturz gegeben nach – wohin doch? – Triest, glaubte er sich zu erinnern. Aber nach Himmlers Tod war Globus nach Berlin zurückgekehrt, und jetzt hatte er eine nicht genau präzisierte Stellung in der Gestapo inne und arbeitete direkt unter Heydrich.

Sein eingeschlagenes und brutales Gesicht war unverkennbar, und Jost hatte es trotz des Regens und des schlechten Lichtes sofort erkannt. Ein Porträt von Globus hing in der Ruhmeshalle der Akademie, und Globus selbst hatte noch vor wenigen Wochen vor den in Ehrfurcht erstarrten Kadetten eine Vorlesung über die Polizeistrukturen des Reiches gehalten. Kein Wunder, daß Jost so verängstigt war. Er hätte die Orpo anonym anrufen und verschwinden sollen, ehe sie eintraf. Von seinem Gesichtspunkt aus hätte er sie am besten überhaupt nicht anrufen sollen.

März hatte sein Schinkenbrot aufgegessen. Er nahm die Brotreste, brach sie in Stückchen und streute die Krümel auf den Waldboden. Zwei Schwarzdrosseln, die ihm beim Essen zugesehen hatten, tauchten vorsichtig aus dem Unterholz auf und begannen, sie aufzupicken.

Er nahm den Taschenkalender heraus. Standardausgabe für Parteimitglieder, in jedem Papiergeschäft erhältlich. Nützliche Informationen vorne. Die Namen der Parteihierarchie: Regierungsmitglieder, Leiter der Kommissariate, Gauleiter

Staatliche Feiertage: Tag der Nationalen Wiedergeburt 30. Januar; Tag von Potsdam 21. März; Führers Geburtstag 20. April; Nationalfeiertag des Deutschen Volkes 1. Mai …

Karte des Reiches mit Angabe der Reisedauer der Eisenbahn. Berlin-Rowno 16 Stunden, Berlin-Tiflis 27 Stunden; Berlin-Ufa 4 Tage …

Der Taschenkalender selbst hatte für jede Woche zwei Seiten, und die Eintragungen waren so selten, daß März ihn zuerst für leer hielt. Er blätterte ihn aufmerksam durch. Am 7. März gab es ein kleines Kreuzchen. Beim 1. April hatte Bühler vermerkt ›Geburtstag meiner Schwester‹. Ein weiteres Kreuzchen gab es am 9. April. Zum 11. April hatte er notiert ›Stuckart/Luther morgens 10‹. Schließlich hatte Bühler beim 13. April, dem Tag vor seinem Tod, ein weiteres Kreuzchen eingetragen. Das war alles.

März übertrug die Angaben in sein Notizbuch. Er begann eine neue Seite. Der Tod von Josef Bühler. Lösungen. Die erste: Der Tod war ein Unfall, die Gestapo hatte davon einige Stunden vor der Benachrichtigung der Kripo erfahren, und Globus untersuchte lediglich die Leiche, als Jost vorbeikam. Absurd.

Na schön. Die zweite: Bühler war von der Gestapo verurteilt worden, und Globus hatte die Hinrichtung durchgeführt. Wieder absurd. Die ›Nacht-und-Nebel‹-Anweisung von 1941 war immer noch in Kraft. Bühler hätte ganz legal zu einem geheimen Tod in irgendeiner Gestapo-Zelle gebracht werden können bei Einziehung seines Besitzes durch den Staat. Wer würde ihn betrauert haben? Oder nach seinem Verschwinden fragen?

Demnach also die dritte: Bühler war von Globus ermordet worden, der seine Spuren verwischte, indem er diesen Tod zu einer Frage der Staatssicherheit erklärte und die Untersuchungen selbst übernahm. Aber warum hatte man dann zugelassen, daß die Kripo überhaupt in die Sache verwickelt wurde? Und was war das Motiv von Globus? Und warum hatte man Bühlers Leiche an einem öffentlichen Ort gelassen?

März lehnte sich an den Stein zurück und schloß die Augen. Die Sonne auf seinem Gesicht ließ es in der Dunkelheit blutrot aufleuchten. Ein warmer Whiskydunst hüllte ihn ein.

Er mochte kaum mehr als eine halbe Stunde geschlafen haben, als er im Unterholz neben sich ein Rascheln hörte und etwas seinen Ärmel berühren fühlte. Im gleichen Augenblick war er hellwach, gerade rechtzeitig, um die weiße Blume und die Hinterläufe eines Rehs zwischen den Bäumen verschwinden zu sehen. Eine niedliche Idylle, zehn Kilometer entfernt vom Herzen des Reiches! Entweder das oder der Whisky. Er schüttelte den Kopf und nahm das Päckchen auf.

Dickes braunes Papier, sauber gefaltet und verklebt. Sogar *professionell* verpackt und verklebt. Saubere Linien und scharfe Kanten, ökonomischer Einsatz von Material und Arbeit. Das Musterbeispiel eines Päckchens. Noch nie hatte März einen Mann getroffen, der so etwas gekonnt hätte – das mußte von einer Frau verpackt worden sein. Dann die Briefmarken. Drei Schweizer Briefmarken, die kleine gelbe Blümchen auf grünem Grund zeigen. In Zürich am 13.4.1964 um 16.00 Uhr aufgegeben. Das war vorgestern gewesen.

Er spürte, wie seine Handflächen zu schwitzen begannen, als er es mit übertriebener Sorgfalt auspackte, zunächst das Klebeband abzog und dann langsam Zentimeter für Zentimeter das Papier entfaltete. Er öffnete es stückweise. Im Inneren war eine Pralinenschachtel.

Der Deckel zeigte flachshaarige Mädchen, die in rotgewürfelten Röcken auf einer blumigen Wiese einen Maibaum umtanzten. Hinter ihnen erhoben sich weißgipflig gegen einen strahlend Blauen Himmel die Alpen. In schwarzer gotischer Schrift aufgedruckt war zu lesen: ›Unserem geliebten Führer Geburtstagsgrüße, 1964‹. Aber da war etwas Eigenartiges. Die Schachtel war zu schwer, als daß sie nur Pralinen hätte enthalten können.

Er nahm ein Taschenmesser heraus und schnitt den Zellophanumschlag auf. Er setzte die Schachtel sanft auf den Stein. Mit abgewandtem Gesicht und ganz ausgestrecktem Arm hob er den Deckel mit der Spitze seines Messers hoch. Im Inneren begann ein Mechanismus zu surren. Dann:

> Lippen schweigen,
> 's flüstern Geigen:
> Hab' mich lieb!
> All die Schritte
> Sagen: Bitte
> Hab' mich lieb!
> Jeder Druck der Hände
> Deutlich mir's beschrieb,
> Er sagt klar: 's ist wahr, 's ist wahr,
> Du hast mich lieb!

Nur die Melodie natürlich, nicht der Text; aber den kannte er gut genug. Allein auf einem Hügel im Grunewald stehend, lauschte März, während die Spieldose das Walzerduett aus dem 3. Akt der *Lustigen Witwe* spielte.

5

Die Straßen erschienen ihm während der Rückfahrt ins Zentrum Berlins unnatürlich ruhig, und als März den Werderschen Markt erreichte, entdeckte er auch den Grund. Die große Anschlagtafel in der Eingangshalle gab bekannt, daß um 16.30 Uhr eine Regierungserklärung erfolge. Das Personal habe sich in der Stabskantine zu versammeln. Anwesenheit: Pflicht. Er kam gerade noch rechtzeitig.

Im Propagandaministerium hatten sie eine neue Theorie entwickelt, wonach die beste Zeit für große Ankündigungen das Ende der Arbeitszeit sei. So nehme man die Neuigkeit gemeinsam entgegen und in kameradschaftlicher Stimmung: Das ließ keinen Platz für private Skepsis oder gar für Defätismus. Und außerdem wurden die Sendungen immer so abgestimmt, daß die Arbeiter ein wenig früher nach Hause gehen konnten –, sagen wir um 16.30 Uhr statt um 17 Uhr – und so ein Gefühl der Zufriedenheit mit dem Regime verbanden. So machte man das heutzutage. Der schneeweiße Propagandapalast an der Wilhelmstraße beschäftigte mehr Psychologen als Journalisten.

Der Stab des Werderschen Marktes schob sich nacheinander in die Kantine: Beamte und Angestellte und Sekretärinnen und Fahrer, Schulter an Schulter in einer lebendigen Verkörperung des nationalsozialistischen Ideals. Die vier Fernsehschirme in den vier Ecken zeigten eine Karte des Reiches unter einem Hakenkreuz zur Begleitung eines Beethoven-Potpourris. Von Zeit zu Zeit schaltete sich ein männlicher Ansager mit erregter Stimme ein: »Deutsche, bereitet euch auf eine wichtige Erklärung vor!« In den alten Tagen sendete das Radio nur Musik. Wieder ein Fortschritt.

An wieviele solcher Gelegenheiten konnte März sich erinnern? Sie erstreckten sich hinter ihm wie Inseln in der Zeit. 1938 war er aus dem Klassenzimmer gerufen worden, um zu hören, daß deutsche Truppen nach Wien einmarschiert und Österreich ins Vaterland heimgekehrt sei. Der Direktor, der an Gasverletzungen aus dem Ersten Weltkrieg litt, hatte auf der Bühne des kleinen Gymnasiums geweint, beobachtet von einem schnatternden Haufen verständnisloser Jungen.

1939 war er bei seiner Mutter zu Hause in Hamburg gewesen. An einem Freitag morgen war die Rede des Führers direkt aus dem Reichstag übertragen worden: »*Ich will jetzt nichts andres sein als der erste Soldat des Deutschen Reiches. Ich habe damit wieder jenen Rock angezogen, der mir selbst der heiligste und teuerste war. Ich werde ihn nur ausziehen nach dem Sieg oder – ich werde dieses Ende nicht erleben!*« Donnernder Beifall. Diesmal hatte seine Mutter geweint – ein dünnes heulendes Elend, während ihr Körper vorwärts und rückwärts schaukelte. März, siebzehn, hatte sich voller Scham abgewendet und nach dem Foto seines Vaters geblickt – strahlend in der Uniform der Kaiserlichen Marine –, und er hatte gedacht: *Gott sei Dank. Endlich Krieg. Vielleicht kann ich jetzt deinen Vorstellungen gerecht werden.*

Während der nächsten Zeit war er auf See gewesen. Sieg über Rußland im Frühjahr 1943 – ein Triumph des strategischen Genies des Führers! Die Sommeroffensive der Wehrmacht im Jahr zuvor hatte Moskau vom Kaukasus und damit die Rote Armee von den Ölfeldern Bakus abgeschnitten. Stalins Kriegsmaschine war einfach aus Mangel an Treibstoff stehengeblieben.

Friede mit den Briten 1944 – ein Triumph des Genies des Führers in Sachen Gegenspionage! März erinnerte sich, wie alle U-Boote in ihre Basen an der Atlantikküste zurückberufen worden waren, um mit einem neuen Chiffriersystem ausgerüstet zu werden: Die verräterischen Briten, hatte man ihnen gesagt, hätten die Codes des Vaterlandes dechiffrieren können. Danach war es einfach gewesen, Handelsschiffe abzufangen. England wurde ausgehungert. Churchill und seine Bande von Kriegstreibern waren nach Kanada geflohen.

Friede mit den Amerikanern 1946 – ein Triumph des wissenschaftlichen Genies des Führers! Als Amerika Japan besiegte, indem es dort eine Atombombe zündete, hatte der Führer eine V-3 losgeschickt, die im Himmel über New York explodierte, um zu beweisen, daß er auf die gleiche Weise zurückschlagen könne. Danach war der Krieg zu einer Reihe blutiger Guerilla-Konflikte an den Rändern des neuen Deutschen Reiches zusammengeschrumpft. Ein nukleares Patt, das die Diplomaten den Kalten Krieg nannten.

Aber die Rundfunksendungen dauerten an. Als Göring 1951 starb, hatte es einen ganzen Tag lang feierliche Musik gegeben, ehe die Bekanntmachung erfolgte. Himmler hatte eine ähnliche Behandlung erfahren, als 1962 sein Flugzeug explodierte. Tode, Siege, Kriege, Aufrufe zu Opfern und Rache, der abgestumpfte Kampf gegen die Roten an den Fronten des Ural mit ihren unaussprechlichen Schlachtfeldern und Offensiven – Oktjabrskoje, Polunochnoje, Alapajewsk ...

März blickte in die Gesichter um ihn herum. Erzwungene gute Laune, Resignation, Vorahnungen. Menschen mit Brüdern und Söhnen und Männern im Osten. Sie starrten auf die Bildschirme.

»Deutsche, bereiten Sie sich auf eine wichtige Erklärung vor!«

Was würde es jetzt sein?

Die Kantine war fast voll. März wurde gegen eine Säule gepreßt. Er konnte einige Meter weiter Max Jäger sehen, wie er mit einer vollbusigen Sekretärin aus VA(I), der Rechtsabteilung, herumscherzte. Max erblickte ihn über ihre Schulter und grinste ihm zu. Ein Trommelwirbel. Der Raum war still. Ein Nachrichtensprecher sagte: »Wir schalten jetzt um ins Außenministerium in Berlin.«

Ein Bronzerelief glitzerte in den Fernsehscheinwerfern. Ein Nazi-Adler, der die Erdkugel in seinen Fängen umkrallte, umgab ein Kranz von Feuerwerksstrahlen, wie die Zeichnung eines Kindes vom Sonnenaufgang. Davor stand mit dicken schwarzen Augenbrauen und blauschattigem Kinn der Sprecher des Auswärtigen Amtes, Drexler. März unterdrückte ein Lachen: Man sollte meinen, daß Goebbels in ganz Großdeutschland einen Sprecher hätte auftreiben können, der nicht wie ein verurteilter Verbrecher aussah.

»Meine Damen und Herren, ich habe für Sie eine kurze Erklärung vom Reichsministerium des Auswärtigen.« Er wandte sich an eine Zuhörerschaft von Journalisten, die nicht ins Blickfeld kamen. Er setzte eine Brille auf und begann zu lesen.

»In Übereinstimmung mit dem alten und wohlüberlegten Wunsch des Führers und des Volkes des Großdeutschen Reiches mit den Staaten der Erde in Frieden und Sicherheit zu leben, und nach ausführlichen Konsultationen mit allen unseren Verbündeten in der Europäischen Gemeinschaft hat das Reichsministerium für Auswärtige Angelegenheiten im Namen des Führers heute eine Einladung an den Präsidenten der Vereinigten Staaten von Amerika ausgesprochen, das Großdeutsche Reich zu persönlichen Gesprächen zu besuchen, um ein tieferes Verständnis zwischen unseren beiden Völkern zu fördern. Diese Einladung wurde angenommen. Die amerikanische Administration hat uns heute morgen wissen lassen, daß Herr Kennedy beabsichtigt, den Führer im September in Berlin zu treffen. Heil Hitler! Lang lebe Deutschland!«

Das Bild verblaßte ins Schwarze, und dann kündigte ein weiterer Trommelwirbel die Nationalhymne an. Die Frauen und Männer in der Kantine begannen zu singen. März stellte sie sich in diesem Augenblick in ganz Deutschland vor – in Werften und Stahlwerken, in Büros und Schulen –, wie die harten Stimmen und die hohen zusammenschmolzen in ein einziges großes Zustimmungsgebell, das zum Himmel emporstieg:

Deutschland, Deutschland über alles!
Über alles in der Welt!

Seine Lippen bewegten sich übereinstimmend mit denen der anderen, aber es kam kein Laut heraus.

»Noch mehr Scheiß-Arbeit für uns«, sagte Jäger. Sie waren wieder im Büro. Er hatte die Füße auf den Schreibtisch gelegt und paffte an einer Zigarre. »Wenn du dir einbildest, der Geburtstag des Führers sei ein Sicherheitsalbtraum – vergiß es. Kannst du dir vorstellen, was los ist, wenn auch noch der Kennedy kommt?«

März lächelte. »Mir scheint, Max, dir entgeht die historische Dimension des Ereignisses.«

»Scheiß auf die historische Dimension des Ereignisses. Ich denke an meinen Schlaf. Die Bomben gehen jetzt schon hoch wie die Feuerkracher. Sieh dir das an.«

Jäger schwang die Beine vom Tisch und wühlte in einem Haufen Aktendeckel herum. »Während du an der Havel herumgespielt hast, mußten einige von uns richtig arbeiten.«

Er nahm einen Umschlag und schüttelte den Inhalt heraus. PBT. Persönlicher Besitz von Toten. Aus dem Häufchen Papiere zog er zwei Pässe hervor und gab sie März. Einer gehörte einem SS-Offizier, Paul Hahn; der andere einer jungen Frau, Magda Voß.

Jäger sagte: »Hübsches Ding, oder? Sie hatten gerade geheiratet. Hatten die Hochzeitsfeier in Spandau verlassen. Wollten in die Flitterwochen. Er fährt. Sie biegen in die Nauener Straße ein. Ein LKW rollt vor sie. N Kerl mit nem Gewehr springt hinten raus. Unser Mann bekommts mit der Angst. Geht in den Rückwärtsgang. Wumm! Den Bordstein rauf und krach in nen Laternenpfahl. Während er versucht, den ersten Gang zu finden – peng! – Schuß in den Kopf. Abgang Bräutigam. Klein-Magda raus außem Wagen, versucht um ihr Leben zu rennen. Peng! Abgang Braut. Ende der Flitterwochen. Ende von allem verdammten Dreck. Nur isses das nich, weil nämlich die Familljen sind immer noch bei der Feier und trinken auf die Neuvermählten, und niemand macht sich die Mühe, denen während der nächsten zwei Stunden mitzuteilen, was geschehen ist.«

Jäger putzte sich die Nase in ein schmieriges Taschentuch. März blickte wieder in den Paß des Mädchens. Sie war hübsch: blond und dunkeläugig; und jetzt mit vierundzwanzig tot im Rinnstein.

»Wer war es?« Er gab die Pässe zurück.

Jäger zählte an den Fingern ab. »Polen. Letten. Esten. Ukrainer. Tschechen. Kroaten. Kaukasier. Georgier. Rote. Anarchisten. Wer weiß? Heutzutage könnte es jeder sein. Der arme Narr hat in seiner Kaserne ne offene Einladung an die Ankündigungstafel gesteckt. Die Gestapo nimmt an, ne Putzfrau, ne Köchin, irgendso jemand hats gesehen und die Nachricht weitergegeben. Die meisten dieser Hilfsweiber in den Kasernen sind Ausländerinnen. Die sind alle heute nachmittag hoppgenommen worden, die armen Schweine.«

Er schob Pässe und Führerscheine zurück in den Umschlag und warf ihn in eine Schublade.

»Und wie ist es dir ergangen?«

»Nimm dir ne Praline.« März reichte Jäger die Schachtel, der sie öffnete. Die dünne Musik erfüllte das Büro.

»Sehr geschmackvoll.«

»Was weißt du davon?«

»Wovon? *Die lustige Witwe?* Die Lieblingsoperette des Führers. Meine Mutter war ganz verrückt danach.«

»Meine auch.« Jede deutsche Mutter war verrückt danach. *Die lustige Witwe* von Franz Lehar. Uraufführung in Wien 1905: so zuckrig wie die Sahnetorten der Stadt. Lehar war 1948 gestorben, und Hitler hatte einen persönlichen Vertreter zur Beerdigung geschickt.

»Was soll man sonst dazu sagen?« Jäger nahm eine Praline in eine seiner großen Pranken und warf sie sich in den Mund. »Wo kommen die her? Von einer heimlichen Bewunderin?«

»Ich hab' sie aus Bühlers Briefkasten.« März biß in eine Praline und zuckte bei dem widerwärtigen Geschmack der Kirschschnaps-Füllung zusammen. »Paß mal auf: Du hast keine Freunde, aber jemand schickt dir aus der Schweiz eine kostspielige Schachtel Pralinen. Ohne jede Nachricht. Eine Schachtel, die des Führers Lieblingsschnulze spielt. Wer würde so was tun?« Er schluckte die andere Hälfte der Praline runter. »Vielleicht ein Giftmörder?«

»O Gott!« Jäger spie sich den Mundinhalt in die Hand, zerrte sein Taschentuch heraus und begann, sich die braune Speichelschmiere von Fingern und Lippen abzuwischen. »Manchmal zweifle ich an deinem Verstand.«

»Ich zerstöre systematisch Beweismittel des Staates«, sagte März. Er zwang sich, noch eine Praline zu essen. »Schlimmer noch: Ich *verzehre* staatliche Beweismittel und begehe dadurch ein doppeltes Vergehen. Ich behindere die Justiz, während ich mich selbst bereichere.«

»Mach Urlaub, Mann. Ich meins ernst. Du brauchst Ruhe. Mein Rat ist, geh runter und schmeiß diese Scheißpralinen so schnell wie möglich in den Müll. Dann komm mit nach Hause und iß mit mir und Hannelore zu Abend. Du siehst aus, als ob du seit Wochen nicht mehr anständig gegessen hast. Die Gestapo hat sich die Akten geholt.

Der Autopsie-Bericht geht direkt in die Prinz-Albrecht-Straße. Es ist vorbei. Erledigt. Vergiß es.«

»Hör zu, Max.« März erzählte ihm von Josts Geständnis, daß Jost Globus mit der Leiche gesehen hatte. Er zog Bühlers Taschenkalender hervor. »Hier stehn diese Namen. Wer sind Stuckart und Luther?«

»Keine Ahnung.« Das Gesicht von Max war plötzlich angespannt und hart. »Und was wichtiger ist, ich will es gar nicht wissen.«

Eine steile Flucht von Steinstufen führte in das Halbdunkel hinab. Unten zögerte März, die Pralinen in der Hand. Ein Durchgang zur Linken führte hinaus auf den gepflasterten Haupthof, wo man den Abfall aus großen rostigen Tonnen abholte. Nach rechts führte ein schwach beleuchteter Durchgang zur Registratur.

Er schob sich die Pralinen unter den Arm und wandte sich nach rechts.

Die Kripo-Registratur war in einem Gewirr von Räumen neben dem Heizungskeller untergebracht. Die Nähe der Heizkessel und das Netz aus Heißwasserleitungen, die die Decke im Zickzack überzogen, hielten die Registratur ständig heiß. Da war der beruhigende Geruch von warmem Staub und trockenem Papier, und in der schwachen Beleuchtung schienen sich die Drahtgehänge der Akten und Berichte in die Ewigkeit zu erstrecken.

Die Registratorin, eine fette Frau in einer schmutzigen Uniformbluse, vormals Wärterin im Gefängnis Plötzensee, fragte nach seinem Ausweis. Er gab ihn ihr, wie er das während der letzten zehn Jahre mehr als einmal pro Woche getan hatte. Sie sah ihn sich an, wie sie das immer tat, als ob sie ihn nie zuvor gesehen hätte, dann sein Gesicht, dann zurück, dann gab sie ihn zurück und dann reckte sie ihr Kinn hoch, etwas zwischen Anerkennung und Hohn. Sie wackelte mit dem Finger. »Und nicht rauchen«, sagte sie, zum 500 Mal.

Aus dem Regal mit Nachschlagewerken neben ihrem Schreibtisch wählte er sich *Wer ist's?* aus – einen rotgebundenen Band von über 1000 Seiten. Er nahm sich auch die schmalere Parteiveröffentlichung, *Führende Persönlichkeiten der NSDAP*, der bei jedem Eintrag auch paßfotogroße Bilder enthielt. Dieses Buch hatte Halder am Morgen verwendet, um Bühler zu identifizieren. Er trug beide Bände zu einem Tisch und drehte die Leselampe an. Weit weg summten die Heizkessel. Die Registratur war verlassen.

März zog von den beiden Büchern den NSDAP-Führer vor. Der

war seit Mitte der dreißiger Jahre mehr oder weniger jährlich veröffentlicht worden. Oftmals war er während der dunklen ruhigen Nachmittage des Winters herabgekommen, um in der Wärme die alten Ausgaben durchzublättern. Es bewegte ihn, zu verfolgen, wie die Gesichter sich verändert hatten. Die frühen Bände wurden von den ergrauten Ex-Freikorps-Kommunistenhassern beherrscht, Männer mit Nacken breiter als ihre Stirnen. Sie starrten sauber geschrubbt und unbehaglich in die Kamera, wie Landarbeiter aus dem 19. Jahrhundert in ihren Sonntagsanzügen. Aber in den Fünfzigern hatten die Bierhauskrakeeler den glatten Technokraten vom Typ Speer Platz gemacht – wohlerzogene Akademiker mit leerem Lächeln und harten Augen.

Einen Luther gab es. Vorname: Martin. Das, Volksgenossen, ist nun wirklich ein historischer Name, mit dem man herumspielen kann. Aber dieser Luther sah seinem historischen Namensvetter überhaupt nicht ähnlich. Er hatte ein Puddinggesicht mit schwarzem Haar und dicker Hornbrille. März nahm sein Notizbuch heraus.

> Geb.: 16. Dezember 1895, Berlin. Diente 1914-1918 in der Transportabteilung des Deutschen Heeres. Beruf: Möbelpacker. Trat am 1. März 1933 NSDAP und SA bei. Abgeordneter des Bezirks Dahlem im Berliner Stadtrat. Eintritt in den Auswärtigen Dienst 1936. Leiter der Abteilung Deutschland im Auswärtigen Amt bis zur Pensionierung 1955. Beförderung zum Unterstaatssekretär im Juli 1941.

Die Einzelheiten waren spärlich, aber klar genug für März, um den Typus zu erraten. Fade und aggressiv, ein wüster Straßenpolitiker. Und ein Opportunist. Wie Tausende andere hatte sich Luther gedrängt, wenige Wochen nach der Machtübernahme durch Hitler Parteimitglied zu werden.

Er blätterte weiter bis zu Stuckart, Wilhelm, Doktor der Jurisprudenz. Die Fotografie war eine Studioaufnahme, das Gesicht in brütendem Halbschatten wie das eines Filmstars aufgenommen. Ein eitler Mann und eine eigenartige Mischung gekräuseltes graues Haar, intensiver Blick, gerade Kiefernlinie – aber ein schlaffer, fast wollüstiger Mund. März machte sich weitere Notizen.

> Geb.: 16. November 1902, Wiesbaden. Studierte Jura und Wirtschaftswissenschaften an den Universitäten München und Frankfurt/Main.

Promovierte Juni 1928 Magna cum laude. Trat der Partei in München 1922 bei. Verschiedene Posten bei SA und SS. 1933 Oberbürgermeister von Stettin. 1935-55 Staatssekretär im Reichsministerium des Innern. Veröffentlichungen: *Kommentar zu den deutschen Rassegesetzen*, 1936. 1944 zum Ehren-SS-Obergruppenführer befördert. Kehrte 1953 in die private Rechtspraxis zurück.

Das war ein von Luther völlig verschiedener Charakter. Ein Intellektueller, ein alter Kämpfer wie Bühler; ein Überflieger. Oberbürgermeister von Stettin, einer Hafenstadt von nahezu 300 000, im Alter von 31 ... Plötzlich wurde März klar, daß er das alles vor gar nicht langer Zeit schon einmal gelesen hatte. Aber wo? Er konnte sich nicht erinnern. Er schloß die Augen. *Na los doch.*

Wer ist's? fügte nichts Neues hinzu, außer daß Stuckart unverheiratet war, während Luther bereits die dritte Frau hatte. Er fand eine leere Doppelseite in seinem Notizbuch und zeichnete drei Kolumnen ein; überschrieb sie mit Bühler, Luther und Stuckart; und begann, Datenlisten anzulegen. Chronologien anzulegen war ihm sein bevorzugtes Mittel, eine Methode, Muster in einem Nebel aus Zufällen aufzuspüren.

Sie wurden alle etwa zur gleichen Zeit geboren. Bühler war 64; Luther 68; Stuckart 61. Sie waren alle in den Dreißigern in den Staatsdienst getreten – Bühler 1939, Luther 1936, Stuckart 1935. Sie hatten alle ungefähr die gleichen Ränge erreicht – Bühler und Luther waren Staatssekretäre gewesen, Luther Unterstaatssekretär. Sie hatten sich alle in den Fünfzigern zur Ruhe gesetzt – Bühler 1951, Luther 1955, Stuckart 1953. Sie mußten einander alle gekannt haben. Sie hatten sich alle am vergangenen Freitag um 10 Uhr getroffen. Wo war der Zusammenhang?

März lehnte sich in seinem Stuhl zurück und starrte zu dem Gewirr von Röhren hinauf, die einander wie Schlangen über die Decke jagten.

Und dann erinnerte er sich.

Er warf sich vorwärts auf die Füße.

Neben dem Eingang lagerten lose gebundene Bände vom ›Berliner Tageblatt‹, vom ›Völkischen Beobachter‹ und von der SS-Zeitung ›Das Schwarze Korps‹. Er blätterte die Seiten des ›Tageblatt‹ durch, bis zu der Ausgabe von gestern, bis zu den Todesanzeigen. Da war es. Er hatte es gestern abend gesehen.

Parteigenosse Wilhelm Stuckart, ehemals Staatssekretär im Reichsministerium des Innern, der plötzlich am Sonntag, dem 13. April, an Herzversagen gestorben ist, wird immer als ergebener Diener der nationalsozialistischen Sache in der Erinnerung ...

Der Boden schien sich unter seinen Füßen zu bewegen. Es wurde ihm bewußt, daß die Registratorin ihn anstarrte.

»Geht es Ihnen nicht gut, Herr Sturmbannführer?«

»Doch. Mir gehts gut. Wollen Sie mir einen Gefallen tun?«

Er nahm sich einen Anforderungszettel und trug Stuckarts vollen Namen mit dem Geburtsdatum ein. »Sehen Sie doch bitte nach, ob es über ihn eine Akte gibt.«

Sie blickte den Zettel an und streckte eine Hand aus. »Ihren Ausweis.«

Er gab ihn ihr. Sie leckte den Bleistift an und trug die 12 Ziffern von März' Dienstnummer auf dem Zettel ein. Auf diese Weise konnte man nachprüfen, welcher Kripo-Fahnder welche Akte wann angefordert hatte. Damit war für die Gestapo klar, daß er dranblieb, ganze acht Stunden, nachdem man ihm den Fall Bühler entzogen hatte. Ein weiterer Beweis seines Mangels an nationalsozialistischer Disziplin. Das war nicht zu ändern.

Die Registratorin hatte einen langen hölzernen Schubkasten voller Karteikarten hervorgezogen und ließ ihre eckigen Fingerspitzen über sie hinwegmarschieren. »Stroop«, murmelte sie. »Strunck, Struß. Stülpnagel ...«

März sagte: »Sie sind schon vorbei.«

Sie grunzte und zog einen Streifen rosafarbenen Papiers heraus. »–›Stuckart, Wilhelm‹ –«. Sie sah ihn an. »Es gibt eine Akte. Die ist nicht da.«

»Wer hat sie?«

»Sehen Sie selbst.«

März beugte sich vor. Stuckarts Akte befand sich bei Sturmbannführer Fiebes von der Kripo-Abteilung VB(3). Der Abteilung für Sexualverbrechen.

Der Whisky und die trockene Luft hatten ihn durstig gemacht. Im Korridor vor der Registratur gab es einen Trinkwasserbehälter. Er nahm sich einen Becher und überlegte, was er jetzt tun sollte.

Was würde ein vernünftiger Mann getan haben? Das war einfach.

Ein vernünftiger Mann würde getan haben, was Max Jäger jeden Tag tat. Er würde sich seinen Hut aufsetzen, seinen Mantel anziehen und nach Hause zu Weib und Kindern gehen. März hatte diese Wahl nicht. Die leere Wohnung in der Ansbacher Straße, die streitenden Nachbarn und die Zeitung von gestern übten keine Anziehungskraft auf ihn aus. Er hatte sein Leben dermaßen auf einen Punkt eingeengt, daß ihm als einziges seine Arbeit blieb. Wenn er die aber verriete, was bliebe dann noch?

Und dann war da noch etwas, jener Instinkt, der ihn jeden Morgen aus dem Bett in einen Tag schleuderte, der ihn nicht willkommen hieß, und das war die Begierde zu *wissen*. Bei der Polizeiarbeit gab es immer eine neue Kreuzung, die man erreichen, eine andere Ecke, um die man spähen konnte. Wo war die Familie Weiß, und was war mit ihr geschehen? Wessen Leiche lag da im See? Wie hingen die Tode von Bühler und Stuckart zusammen? Das ließ ihn weitermachen, sein Segen oder sein Fluch, sein Zwang zum *Wissen*. Und also gab es letzten Endes doch keine Wahl.

Er warf den Pappbecher in den Abfallkorb und stieg die Treppen hinauf.

6

Walther Fiebes saß in seinem Büro und trank Schnaps. Von einem Tisch unter dem Fenster aus beobachtete ihn eine Reihe von fünf menschlichen Köpfen – weiße Gipsköpfe mit Schädeldecken an Scharnieren, alle hochgeklappt wie Klodeckel, alle wiesen ihre Gehirne als rote und graue Sektionen vor – die fünf Arten, aus denen das Deutsche Reich bestand.

Schilder kennzeichneten sie von links nach rechts, in der absteigenden Reihung ihrer Annehmbarkeit für die Behörden. Kategorie Eins: rein Nordisch. Kategorie Zwei: vorwiegend Nordisch oder Faliskisch. Kategorie Drei: harmonische Mischlinge mit leichten alpin-dinarischen oder mediterranen Eigenschaften. Diese drei Gruppen kamen für die Mitgliedschaft in der SS in Frage. Die anderen konnten keine öffentlichen Ämter bekleiden und starrten Fiebes vorwurfsvoll an. Kategorie Vier: Mischlinge überwiegend ostbaltischen oder alpinen Ursprungs. Kategorie Fünf: Mischlinge außereuropäischen Ursprungs.

März war ein Eins/Zwei; Fiebes ironischerweise ein Grenzfall Drei. Aber schließlich waren die Rassenfanatiker selten die blauäugigen arischen Übermenschen – die waren nach den Worten des ›Schwarzen Korps‹ ›zu leicht geneigt, ihre völkische Mitgliedschaft für gesichert anzusehen‹. Statt dessen wurde über die schwammigen Grenzen der germanischen Rasse von jenen gewacht, die des Wertes ihres Blutes weniger sicher waren. Unsicherheit bringt gute Grenzwächter hervor. Der fränkische Schulmeister mit seinen knöchrigen Knien, lächerlich in seiner Lederhose; der bayerische Ladenbesitzer mit seinen Glasmurmeln; der rothaarige thüringische Buchhalter mit dem nervösen Tick und der Vorliebe für jüngere Mitglieder der Hitlerjugend; der Lahme und der Häßliche, die kleinsten Ferkel aus dem nationalen Wurf – das waren die lautesten Verteidiger des Volkes.

So war es auch bei Fiebes – dem kurzsichtigen, krummschultrigen, gehörnten Fiebes mit den vorstehenden Zähnen –, den das Reich mit der einzigen Arbeit gesegnet hatte, die er sich wirklich wünschte. Homosexualität und Rassenmischung hatten Vergewaltigung und Inzest als Kapitalverbrechen abgelöst. Abtreibung, ›ein Sabotageakt gegen Deutschlands rassische Zukunft‹, wurde mit dem Tode bestraft. Die permissiven Sechziger zeigten eine starke Neigung zu solchen Geschlechtsverbrechen. Fiebes, vom Wesen her ein Lakenschnüffler, arbeitete während all der Stunden, die ihm der Führer schenkte, und war dabei nach Max Jägers Worten so glücklich wie ein Schwein in der Pferdescheiße.

Aber heute nicht. Heute trank er im Büro, seine Augen waren wäßrig, und sein Fledermaustoupet hing leicht schräg.

März sagte: »Den Zeitungen zufolge starb Stuckart an Herzversagen.«

Fiebes zwinkerte.

»Aber der Registratur zufolge befindet sich die Akte Stuckart bei Ihnen.«

»Dazu kann ich nichts sagen.«

»Natürlich können Sie. Wir sind doch Kollegen.« März setzte sich und zündete sich eine Zigarette an. »Ich nehme an, wir haben es mit dem bekannten Spiel zu tun, ›der Familie Peinlichkeiten ersparen‹.«

Fiebes murmelte: »Nicht nur der Familie.« Er zögerte. »Kann ich davon eine haben?«

»Natürlich.« März gab ihm eine Zigarette und bot ihm Feuer an. Fiebes nahm versuchsweise einen Zug, wie ein Schuljunge.

»Diese Angelegenheit hat mich ganz schön erschüttert, März, wie ich gern zugebe. Der Mann war für mich ein Held.«

»Haben Sie ihn gekannt?«

»Dem Ruf nach natürlich. *Getroffen* habe ich ihn in Wirklichkeit nie. Warum? Was haben Sie für ein Interesse?«

»Staatssicherheit. Das ist alles, was ich sagen kann. Sie wissen ja, wie das ist.«

»Aha. Jetzt verstehe ich.« Fiebes goß sich einen weiteren großen Schnaps ein. »Wir haben ne ganze Menge gemeinsam, März, Sie und ich.«

»Haben wir?«

»Sicher. Sie sind der einzige Fahnder, der so oft hier ist wie ich. Wir haben uns von unseren Frauen getrennt, von unseren Kindern – von all dieser Scheiße. Wir leben für die Aufgabe. Wenn es da gut geht, geht es uns gut. Wenn es da schlecht geht ...« Der Kopf fiel ihm nach vorne. Dann sagte er: »Kennen Sie Stuckarts Buch?«

»Leider nein.«

Fiebes zog eine Schublade heraus und gab März einen abgestoßenen ledergebundenen Band. *Kommentar zu den deutschen Rassegesetzen.* März blätterte es durch. Da gab es Kapitel zu jedem der 3 Nürnberger Gesetze von 1935: das Reichsbürgergesetz, das Gesetz zum Schutze des deutschen Blutes und der deutschen Ehre, das Gesetz zum Schutze der rassischen Gesundheit des deutschen Volkes. Einige Passagen waren rot unterstrichen mit Ausrufezeichen am Rand. ›Zur Vermeidung rassischer Schädigung ist es nötig, daß Paare sich vor der Eheschließung einer ärztlichen Untersuchung unterziehen.‹ ›Eheschließung zwischen Personen, die an Geschlechtskrankheiten, angeborenem Schwachsinn, erblicher Fallsucht oder erblicher körperlicher Mißbildung leiden (siehe Sterilisierungsgesetz, 1933) ist nur zulässig nach Vorlage einer Sterilisierungsbescheinigung.‹ Es gab Tabellen: ›Eine Übersicht über die Zulässigkeit von Eheschließungen zwischen Ariern und Nichtariern‹, ›Das Überwiegen von Mischlingen ersten Grades‹.

Für Xaver März war das alles unverständliches Kauderwelsch.

Fiebes sagte: »Das meiste davon ist heute veraltet. Vieles bezieht sich auf Juden, und die Juden sind, wie wir wissen« – er zwinkerte – »alle in den Osten gegangen. Aber der Stuckart ist in meinem Geschäft immer noch die Bibel. Der wahre Grundstein.«

März gab ihm das Buch zurück. Fiebes umschlang es wie einen

Säugling. »Was ich nun wirklich sehen muß«, sagte März, »ist die Akte über Stuckarts Tod.«

Er war auf eine Auseinandersetzung vorbereitet. Statt dessen machte Fiebes nur eine allumfassende Geste mit seiner Schnapsflasche. »Na los.«

Die Kripo-Akte war alt. Sie reichte über mehr als ein Vierteljahrhundert zurück. 1936 war Stuckart Mitglied des ›Ausschusses für den Schutz des deutschen Blutes‹ im Innenministerium geworden – einem Tribunal aus Beamten, Rechtsanwälten und Ärzten, das über Anträge auf Eheschließung zwischen Ariern und Nichtariern zu befinden hatte. Kurz danach begann es, daß der Polizei anonyme Anschuldigungen zugingen, Stuckart stelle Heiratsgenehmigungen gegen Bargeld aus. Außerdem hatte er offenbar von einigen der betroffenen Frauen geschlechtliche Gunst gefordert.

Der erste namentliche Klageführer war ein Dortmunder Schneider, ein Herr Maser, der sich bei seiner örtlichen Parteidienststelle beschwert hatte, seine Verlobte sei belästigt worden. Seine Aussage war an die Kripo weitergeleitet worden. Es gab keinerlei Unterlagen über irgendwelche Untersuchungen. Statt dessen waren Maser und seine Freundin in Konzentrationslagern verschwunden. Eine ganze Reihe anderer Berichte, einschließlich solcher von Stuckarts Blockwart während des Krieges, befanden sich in der Akte. Nie war etwas unternommen worden.

1953 hatte Stuckart eine Beziehung zu einer 18jährigen Warschauerin namens Maria Dymarski aufgenommen. Sie hatte behauptet, bis 1720 zurück deutsche Ahnen zu haben, nur um einen Hauptmann der Wehrmacht heiraten zu können. Die Fachleute des Ministeriums des Inneren waren zu dem Schluß gelangt, daß die vorgelegten Dokumente Fälschungen seien. Im folgenden Jahr hatte man der Dymarski die Genehmigung erteilt, als Hausgehilfin in Berlin zu arbeiten. Als Arbeitgeber war Wilhelm Stuckart eingetragen.

März sah auf. »Wie konnte er denn damit zehn Jahre lang durchkommen?«

»Er war schließlich Obergruppenführer, März. Über einen solchen Mann beschwert man sich nicht. Erinnern Sie sich daran, was mit Maser passierte, als er sich beschwert hatte? Außerdem hatte niemand Beweise – damals.«

»Und jetzt gibt es Beweise?«

»Sehn Sie in den Umschlag.«

In der Akte lag ein großer brauner Umschlag, und darin waren ein Dutzend Farbfotos von aufregend guter Qualität, die Stuckart und Dymarski im Bett zeigten. Weiße Körper auf roten Satinlaken. Die Gesichter – auf einigen Aufnahmen verzerrt, auf anderen entspannt – waren leicht zu erkennen. Sie waren alle vom selben Blickpunkt aus aufgenommen worden, entlang des Bettes. Der Körper des Mädchens, fahl und unterernährt, sah unter dem des Mannes zerbrechlich aus. Auf einer Aufnahme saß sie rittlings auf ihm – die dünnen weißen Arme hinter dem Kopf verschlungen, das Gesicht der Kamera zugewandt. Breite, slawische Gesichtszüge. Aber mit ihrem schulterlangen blondgefärbten Haar hätte sie als eine Deutsche durchgehen können.

»Die sind aber doch nicht in jüngster Zeit aufgenommen?«

»Vor rund zehn Jahren. Er ist grauer geworden. Sie hat ein bißchen Fleisch angesetzt. Je älter sie wurde, desto mehr sah sie wie ne Hure aus.«

»Haben wir irgendeine Vorstellung, wo das ist?« Der Hintergrund bestand aus verwischten Farben. Das braune Kopfende des Bettes, rot und weiß gestreifte Tapeten, eine Lampe mit gelbem Schirm; es hätte überall sein können.

»Das ist nicht seine Wohnung – wenigstens nicht so, wie sie heute dekoriert ist. Ein Hotel, vielleicht ein Bordell. Die Kamera lag hinter einem Zweiwegspiegel. Sehn Sie, wie die manchmal in die Kamera zu starren scheinen? Ich hab' den Blick hunderte Male gesehen. Die überprüfen sich dann im Spiegel.«

März sah sich jede der Aufnahmen von neuem an. Glanzabzüge, nicht zerkratzt – neue Abzüge von alten Negativen. Die Art von Aufnahmen, die einem ein Zuhälter in einer der Hinterstraßen von Kreuzberg verkaufen mochte.

»Wo haben Sie die gefunden?«

»Direkt neben den Leichen.«

Stuckart hatte zunächst seine Mätresse erschossen. Dem Autopsiebericht zufolge hatte sie voll bekleidet und mit dem Gesicht nach unten auf dem Bett in Stuckarts Wohnung am Fritz-Todt-Platz gelegen. Er hatte ihr eine Kugel mit seiner SS-Luger in den Hinterkopf geschossen (wenn das stimmt, dachte März, hat der alte Bürohengst die vermutlich zum ersten Mal gebraucht). Spuren von Baumwolle und Daunen in der Wunde deuteten darauf hin, daß er die Kugel durch ein Kissen gefeuert hatte. Dann hatte er sich selbst auf die Kante des Bettes gesetzt und sich offenbar durch den Gaumen geschossen. Auf den Tatortaufnahmen war keine der beiden Leichen zu erkennen. Stuckarts Hand umklammerte die Pistole noch immer.

»Er hat eine Nachricht hinterlassen«, sagte Fiebes, »auf dem Tisch im Eßzimmer.«

»*Durch diese Tat hoffe ich, meiner Familie, dem Reich und dem Führer Peinlichkeiten zu ersparen. Heil Hitler! Lang lebe Deutschland! Wilhelm Stuckart.*«

»Erpressung?«

»Vermutlich.«

»Wer hat die Leichen gefunden?«

»Das ist das Beste daran.« Fiebes spie die Wörter aus wie Gift: »Eine amerikanische Journalistin.«

Ihre Aussage befand sich in den Akten: Charlotte Maguire, 25 Jahre, Berliner Vertreterin einer amerikanischen Nachrichtenagentur, der ›World European Features‹.

»'N richtiges kleines Miststück. Fing im gleichen Augenblick, in dem sie reingebracht wurde, an, nach ihren Rechten zu schreien. Rechte!« Fiebes nahm einen weiteren Schluck Schnaps. »Scheiße, aber ich nehm an, wir müssen zu Amerikanern jetzt *nett* sein, oder?«

März schrieb sich ihre Adresse auf. Der einzige andere Zeuge, der befragt worden war, war der Portier in Stuckarts Wohnblock. Die Amerikanerin behauptete, sie habe zwei Männer auf der Treppe gesehen, unmittelbar vor der Entdeckung der Leichen; aber der Portier beharrte darauf, daß da niemand gewesen sei.

März sah plötzlich auf. Fiebes fuhr zusammen. »Was ist los?«

»Nichts. Vielleicht ein Schatten an Ihrer Tür.«

»Mein Gott, dieses Büro ...« Fiebes stieß die Milchglastür auf und sah nach beiden Seiten in den Korridor. Während er ihm den Rücken zukehrte, löste März den Umschlag, der hinten in die Akte eingeheftet war, und schob ihn in seine Tasche.

»Niemand.« Er schloß die Tür. »Sie verlieren die Nerven, März.«

»Überwache Fantasie war schon immer mein Verhängnis.« Er schloß den Aktenhefter und stand auf.

Fiebes schwankte und schielte. »Wolln Se das nich mitnehm? Arbeitense da nich mit der Gestapo dran?«

»Nein. Eine andere Angelegenheit.«

»Oh.« Er ließ sich schwer nieder. »Als Sie gesacht ham ›Staatssicherheit‹, hab' ich angenomm ... Spielt keine Rolle. Habs nich mehr am Hals. Die Gestapo hat übernomm, Gottseidank. Obergruppenführer Globus hat die Verantwortung übernomm. Sie müssen doch von ihm gehört ham? N Gurgelschlitzer, stimmt schon, aber der wird das schon auseinandersortiern.«

Das Informationsbüro am Alexanderplatz hatte Luthers Adresse. Den Polizeiverzeichnissen zufolge lebte er immer noch in Dahlem. März steckte sich eine weitere Zigarette an und wählte dann die Nummer. Das Telefon klingelte lange – ein kahles unfreundliches Echo irgendwo in der Stadt. Gerade als er auflegen wollte, antwortete eine Frau.

»Ja?«

»Frau Luther?«

»Ja.« Sie klang jünger, als er erwartet hatte. Ihre Stimme war belegt, als ob sie geweint hätte.

»Mein Name ist Xaver März. Ich bin Fahnder der Berliner Kriminalpolizei. Könnte ich Ihren Mann sprechen?«

»Tut mir leid ... ich versteh das nicht. Wenn Sie von der Polizei sind, dann wissen Sie doch sicher ...«

»Wissen? Was wissen?«

»Daß er vermißt wird. Er ist seit Sonntag verschwunden.« Sie fing wieder an zu weinen.

»Es tut mir leid, das zu hören.« März balancierte seine Zigarette auf dem Rand des Aschenbechers.

Gott im Himmel, noch einer.

»Er hat gesagt, daß er in Geschäften nach München fährt und am Montag zurück ist.« Sie putzte sich die Nase. »Aber das habe ich doch alles schon erklärt. Sie wissen doch sicher, daß man sich mit dieser Angelegenheit auf *höchster* Ebene befaßt. Was ...«

Sie brach ab. März konnte am anderen Ende ein Gespräch hören. Da war im Hintergrund die Stimme eines Mannes: barsch und fragend. Sie sagte etwas, das er nicht verstehen konnte, und kam dann wieder an den Hörer.

»Obergruppenführer Globocznik ist jetzt bei mir. Er würde gerne mit Ihnen sprechen. Wie war doch Ihr Name?«

März legte auf.

Auf seinem Weg nach draußen dachte er an den Anruf in Bühlers Wohnung heute morgen. Die Stimme eines alten Mannes.
»*Bühler Sprich doch. Wer ist da?*«
»*Ein Freund.*«
Klick.

7

Die Bülowstraße verläuft ungefähr einen Kilometer von West nach Ost durch eines der geschäftigsten Viertel Berlins, in der Nähe des Gotenland-Bahnhofs. Die Adresse der Amerikanerin erwies sich als ein Wohnblock auf halber Strecke.

Er war heruntergekommener, als März erwartet hatte: fünf Stockwerke, schwarz von einem Jahrhundert Verkehrsqualm, von Vogelscheiße gestreift. Ein Betrunkener saß neben dem Eingang auf dem Pflaster und drehte seinen Kopf jedesmal, wenn ein Passant vorüberkam, um ihm nachzusehen. Auf der anderen Seite der Straße verlief eine erhöhte Strecke der U-Bahn. Als er parkte, verließ gerade ein Zug die Station Bülowstraße, über dessen rotgelben Wagen blauweiße Blitze um den Stromabnehmer tanzten, leuchtend in der sinkenden Dunkelheit.

Ihre Wohnung lag im vierten Stockwerk. Die Bewohnerin war nicht da. ›Henry‹, stand auf einer Notiz, die an die Tür geheftet war, ›I'm in the bar on Potsdamer Straße. Love, Charlie.‹

März kannte nur wenige Worte Englisch – aber genug, um den Sinn der Nachricht zu begreifen. Erschöpft stieg er die Treppen wieder hinab. Die Potsdamer Straße war eine lange Straße mit vielen Kneipen.

»Ich suche Fräulein Maguire«, sagte er zu der Portiersfrau in der Eingangshalle. »Irgendeine Vorstellung, wo ich sie finden kann?«

Es war, als habe er einen Schalter eingeschaltet: »Sie ist vor einer Stunde ausgegangen, Herr Sturmbannführer. Sie sind schon der zweite Mann, der nach ihr fragt. Fünfzehn Minuten, nachdem sie gegangen war, ist ein junger Kerl gekommen und hat gefragt. Auch ein Ausländer – elegant gekleidet, kurzgeschnittenes Haar. Sie wird kaum vor Mitternacht zurück sein, soviel kann ich Ihnen sagen.«

März fragte sich, über wie viele ihrer anderen Mieter die alte Frau Informationen an die Gestapo geben mochte.

»Gibt es eine Kneipe, die sie regelmäßig besucht?«

»Die von Heini, gerade um die Ecke. Da treffen sich alle diese verdammten Ausländer.«

»Ihre Beobachtungsgabe ehrt Sie.«

Als er sie fünf Minuten später wieder ihrem Stricken überließ, war er mit Informationen über ›Charlie‹ Maguire vollgestopft. Er wußte, daß sie dunkle Haare hatte, kurzgeschnitten; daß sie klein und schlank war; daß sie einen Regenmantel aus schimmerndem blauem Plastik trug, ›und hohe Absätze, wie ein Strichmädchen‹; daß sie hier seit sechs Monaten wohnte; daß sie mit der Miete im Rückstand war; daß er nur mal all die leeren Flaschen sehen sollte, die dieses Flittchen immer wegwarf ... Nein danke, liebe Frau, er habe kein Bedürfnis, sie sich anzusehen, das würde wohl nicht nötig sein, Sie sind äußerst hilfreich gewesen ...

Er wandte sich in der Bülowstraße nach rechts. Eine weitere Biegung nach rechts brachte ihn in die Potsdamer Straße. Heinis Kneipe war knapp 50 Meter weiter links. Ein gemaltes Schild zeigte einen Wirt mit Schürze und einem Schnauzbart wie eine Lenkstange, der einen schäumenden Bierkrug trug. Darunter war ein Teil der roten Neonröhren ausgebrannt: Hein s.

Die Kneipe war ruhig, abgesehen von einer Ecke, in der eine Gruppe von sechs um einen Tisch saß und laut Englisch sprach. Sie war die einzige Frau. Sie lachte und zerzauste einem älteren Mann die Haare. Der lachte auch. Dann erblickte er März und sagte etwas, und das Lachen erstarb. Sie sahen ihn an, als er näher kam. Er war sich seiner Uniform bewußt und des Geräuschs seiner Stiefel auf dem polierten Holzboden.

»Fräulein Maguire, mein Name ist Xaver März, ich bin von der Berliner Kriminalpolizei.« Er zeigte ihr seinen Ausweis. »Ich würde mich gerne mit Ihnen unterhalten.«

Sie hatte dunkle Augen, die im Licht der Kneipe glitzerten.

»Fahren Sie fort.«

»Unter vier Augen, bitte.«

»Ich habe nichts mehr zu sagen.« Sie wandte sich dem Mann zu, dem sie die Haare zerzaust hatte, und murmelte etwas. März verstand es nicht. Sie lachten alle. März rührte sich nicht. Schließlich stand ein jüngerer Mann in einem Sportjackett und durchgeknöpftem

Hemd auf. Er zog eine Karte aus seiner Brusttasche und hielt sie ihm hin.

»Henry Nightingale. Zweiter Sekretär in der Botschaft der Vereinigten Staaten. Tut mir leid, Herr März, aber Fräulein Maguire hat alles, was sie zu sagen hatte, bereits Ihren Kollegen gesagt.«

März ignorierte die Karte.

Die Frau sagte: »Wenn Sie nicht gehen, warum setzen Sie sich dann nicht zu uns? Das hier ist Howard Thompson von der ›New York Times‹.« Der ältere Mann hob sein Glas. »Das ist Bruce Fallon von der ›United Press‹. Peter Kent von ›CBS‹. Arthur Haines von ›Reuters‹. Henry hat sich schon vorgestellt. Mich kennen Sie allem Anschein nach. Wir trinken gerade auf die *große Neuigkeit*. Die Amerikaner und die SS – jetzt sind wir alle Freunde.«

»Sei vorsichtig, Charlie«, sagte der junge Mann von der Botschaft.

»Ach, halt doch den Mund, Henry. Bei Gott, wenn dieser Mann nicht bald abhaut, werde ich aus lauter Langeweile mit ihm reden. Hier – Auf dem Tisch vor ihr lag ein Stück zerknäultes Papier. Sie stieß es zu März hinüber. »Das da hab' ich dafür bekommen, daß ich in diese Angelegenheit verwickelt wurde. Man hat mir mein Visum entzogen, weil ich ›mit einem deutschen Bürger ohne amtliche Erlaubnis fraternisiert‹ haben soll. Ich hätte heute schon abreisen müssen, aber meine Freunde hier haben mit dem Propagandaministerium gesprochen und eine Verlängerung um eine Woche erlangt. Würde nicht gut ausgesehen haben, oder? Mich ausgerechnet am Tag der *großen Neuigkeit* rauszuschmeißen.«

März sagte: »Es ist wichtig.«

Sie starrte ihn an, ein kalter Blick. Der Mann von der Botschaft legte ihr die Hand auf den Arm. »Du mußt nicht mitgehen.«

Das schien ihr den Ausschlag zu geben. »Willst du wohl den Mund halten, Henry?« Sie schüttelte ihn ab und zog den Mantel um die Schultern. »Er sieht ganz anständig aus. Für einen Nazi. Danke für den Drink.« Sie kippte den Inhalt ihres Glases herunter – dem Aussehen nach Whisky mit Wasser – und stand auf. »Gehn wir.«

Der Mann namens Thompson sagte etwas auf Englisch.

»Mach ich, Howard. Mach dir keine Sorgen.«

Draußen sagte sie: »Wohin gehen wir?«

»Zu meinem Wagen.«

»Und dann?«

»In Dr. Stuckarts Wohnung.«

»Wie schön.«

Sie *war* klein. Obwohl sie auf ihren hohen Absätzen einherklapperte, reichte sie März nicht mal bis an die Schulter. Er öffnete die Tür des Volkswagens für sie, und als sie sich vorbeugte, um einzusteigen, roch er den Whisky in ihrem Atem, und auch Zigaretten französische, keine deutschen –, und Parfüm: ein sehr kostspieliges, dachte er.

Der 1300-Kubik-Motor des Volkswagens ratterte hinter ihnen. März fuhr aufmerksam: nach Westen durch die Bülowstraße, um den Berlin-Gotenland-Bahnhof herum, nach Norden durch die Siegesallee. Die erbeutete Artillerie aus dem Barbarossa-Feldzug säumte die Prachtstraße, die Rohre auf die Sterne gerichtet. Normalerweise war dieser Teil der Hauptstadt abends ruhig, da die Berliner die lärmigeren Cafés hinter dem Ku-Damm vorzogen, oder die überfüllten Straßen in Kreuzberg. Aber an diesem Abend waren hier überall Menschen – sie standen in Gruppen zusammen, bewunderten die Geschütze und die von Flutlicht angestrahlten Gebäude, bummelten und sahen sich die Schaufenster an.

»Was für ein Mensch wird wohl abends ausgehen und sich Geschütze ansehen?« Sie schüttelte verwundert den Kopf.

»Touristen«, sagte März. »Am 20. werden mehr als 3 Millionen hier sein.«

Es war riskant, die Amerikanerin mit in Stuckarts Wohnung zu nehmen, vor allem jetzt, da Globus wußte, daß jemand von der Kripo auf der Suche nach Luther war. Aber er mußte die Wohnung sehen und die Geschichte der Frau hören. Er hatte keinen Plan, keine wirkliche Vorstellung von dem, was er finden mochte. Er erinnerte sich an die Worte des Führers – *»Ich gehe den Weg, den die Vorsehung mir diktiert, mit der Sicherheit eines Schlafwandlers«* – und lächelte.

Vor ihnen waren Suchscheinwerfer auf den Adler der Großen Halle gerichtet. Er schien in der Luft zu stehen, ein goldener Raubvogel, der über der Hauptstadt lauerte.

Sie bemerkte sein Grinsen. »Was ist so komisch?«

»Nichts.« Er wandte sich beim Europaparlament nach rechts. Die Fahnen der 12 Mitgliedsstaaten wurden von Punktstrahlern angeleuchtet. Das Hakenkreuz, das über ihnen flatterte, war doppelt so groß wie die übrigen Fahnen. »Erzählen Sie mir von Stuckart. Wie gut haben Sie ihn gekannt?«

»Praktisch überhaupt nicht. Ich hab' ihn durch meine Eltern kennengelernt. Mein Vater war vor dem Krieg hier an der Botschaft. Er hat eine Deutsche geheiratet, eine Schauspielerin. Das ist meine Mutter. Monika Koch, haben Sie je von ihr gehört?«

»Nein, ich glaube nicht.« Ihr Deutsch war einwandfrei. Sie mußte es von Kindheit an gesprochen haben; ihre Mutter, kein Zweifel.

»Sie wird traurig sein, das zu hören. Sie glaubt, daß sie hier ein großer Star war. Nun ja, beide haben Stuckart flüchtig gekannt. Als ich im letzten Jahr nach Berlin kam, haben sie mir eine Liste von Leuten mitgegeben, die ich besuchen und mit denen ich sprechen sollte – Kontakte. Die Hälfte davon stellte sich auf die eine oder andere Weise als tot heraus. Die meisten der übrigen wollten mich nicht treffen. Amerikanische Journalisten sind keine gesundheitsfördernde Gesellschaft, wenn Sie wissen, was ich meine. Stört es Sie, wenn ich rauche?«

»Nur zu. Wie war Stuckart?«

»Scheußlich.« Ihr Feuerzeug flammte in der Dunkelheit auf; sie inhalierte tief. »Er hat mich begrabscht, obwohl gleichzeitig diese Frau in der Wohnung war. Das war kurz vor Weihnachten. Danach hab' ich mich von ihm ferngehalten. In der vergangenen Woche kam dann eine Mitteilung von meinem Büro in New York. Sie wollten was zu Hitlers 75. Geburtstag, Gespräche mit einigen von den Leuten, die ihn noch aus der alten Zeit kennen.«

»Und da haben Sie Stuckart angerufen?«

»Richtig.«

»Und ein Treffen mit ihm für Sonntag verabredet, und als Sie hinkamen, war er tot?«

»Wenn Sie schon alles wissen«, sagte sie ärgerlich, »warum müssen Sie denn dann noch mal mit mir sprechen?«

»Ich weiß noch nicht alles, mein Fräulein. Darum geht es.«

Danach fuhren sie schweigend weiter.

Der Fritz-Todt-Platz befand sich ein paar Blocks von der Siegesallee entfernt. Mitte der fünfziger Jahre angelegt als Teil des Weiterentwicklungsplanes von Speer für die Stadt, war er ein Quadrat aus teuer aussehenden Gebäuden mit Eigentumswohnungen, die um einen kleinen Gedenkpark errichtet worden waren. In der Mitte stand eine absurd heldische Statue von Todt, dem Erbauer der Autobahnen, geschaffen von Professor Thorak.

»Wo ist die von Stuckart?«

Sie zeigte auf einen Block an der anderen Seite des Platzes. März fuhr um ihn herum und parkte davor.

»Welches Stockwerk?«

»Viertes.«

Er blickte hoch. Das vierte Stockwerk war dunkel. Gut.

Todts Statue wurde von Flutlicht bestrahlt. In der Widerspiegelung des Lichtes war ihr Gesicht weiß. Sie sah aus, als werde ihr übel. Dann erinnerte er sich an die Fotografien, die Fiebes ihm von den Leichen gezeigt hatte – Stuckarts Schädel war ein Krater gewesen, wie eine austropfende Kerze –, und da verstand er.

Sie sagte: »Ich muß das doch nicht machen, oder?«

»Nein. Aber Sie werden.«

»Warum?«

»Weil Sie ebensosehr wie ich wissen wollen, was passiert ist. Deshalb sind Sie doch bis hierher mitgekommen.«

Sie starrte ihn erneut an, drückte dann ihre Zigarette aus, indem sie sie in den Aschenbecher drehte und zerbrach. »Dann lassen Sie uns rasch machen. Ich will zu meinen Freunden zurück.«

Die Schlüssel zum Gebäude waren immer noch in dem Umschlag, den März aus Fiebes' Akte entfernt hatte. Es waren insgesamt fünf. Er fand den, der zur Eingangstür paßte, und ließ sie in die Eingangshalle ein. Sie war von vulgärem Luxus, im neuen Reichsstil – weißer Marmorfußboden, Kristallüster, vergoldete Stühle des 19. Jahrhunderts mit roter Plüschpolsterung, die Luft parfümiert mit getrockneten Blumen. Kein Portier, Gottseidank: seine Schicht war wohl zu Ende. Tatsächlich schien das ganze Gebäude verlassen. Vielleicht hatten die Bewohner sich in ihre Zweithäuser auf dem Land zurückgezogen. Berlin konnte in der Woche vor Führers Geburtstag unerträglich überfüllt sein. Dann flüchteten die Feinen immer aus der Hauptstadt.

»Und jetzt?«

»Erzählen Sie mir einfach, was sich abgespielt hat.«

»Der Portier war an seinem Tisch, hier«, sagte sie. »Ich fragte nach Stuckart. Er wies mich in den vierten Stock. Ich konnte den Aufzug nicht nehmen, weil er gerade repariert wurde. Ein Mann arbeitete darin. Also ging ich zu Fuß.«

»Wie spät war es?«

»Genau 12.00 Uhr.«

Sie stiegen die Treppen hinauf.

Sie fuhr fort: »Ich hatte gerade den zweiten Stock erreicht, als mir zwei Männer rennend entgegen kamen.«

»Bitte beschreiben Sie sie.«

»Es ging alles zu schnell, als daß ich sie hätte genau ansehen können. Beide in den Dreißigern. Der eine trug einen braunen Anzug, der andere einen grünen Anorak. Kurzes Haar. Das ist alles.«

»Was haben die getan, als sie Sie sahen?«

»Sie rannten einfach an mir vorbei. Der im Anorak sagte etwas zu dem anderen, aber ich konnte nicht verstehen, was. Aus dem Aufzugschacht kamen Bohrgeräusche. Danach ging ich rauf zu Stuckarts Wohnung und läutete. Da kam keine Antwort.«

»Und was haben Sie dann gemacht?«

»Ich bin runter zum Portier gegangen und habe ihn gebeten, Stuckarts Tür zu öffnen, um zu sehen, ob alles in Ordnung war.«

»Warum?«

Sie zögerte. »Da war etwas an diesen beiden Männern. Ich hatte so ein Gefühl. Wissen Sie: das Gefühl, das man hat, wenn man an eine Tür klopft und niemand antwortet, aber man ist ganz sicher, daß jemand da ist.«

»Und haben Sie den Portier überredet, die Tür zu öffnen?«

»Ich hab' ihm gesagt, ich würde die Polizei rufen, wenn er es nicht macht. Ich habe gesagt, er würde es den Behörden gegenüber zu verantworten haben, wenn Doktor Stuckart irgendwas passiert wäre.«

Gerissene Psychologie, dachte März. Nachdem man ihnen dreißig Jahre lang gesagt hatte, was sie zu tun hatten, war der durchschnittliche Deutsche sorgsam darauf bedacht, für nichts die endgültige Verantwortung zu übernehmen, nicht einmal dafür, eine Tür nicht geöffnet zu haben. »Und dann haben Sie die Leichen gefunden?«

Sie nickte. »Der Portier sah sie als erster. Er schrie, und ich bin hingerannt.«

»Haben Sie die beiden Männer erwähnt, die Sie auf der Treppe gesehen haben? Was hat der Portier gesagt?«

»Er war zuerst viel zu sehr mit Kotzen beschäftigt, als daß er hätte reden können. Danach hat er darauf beharrt, er habe niemanden gesehen. Er sagte, ich müsse mir das eingebildet haben.«

»Glauben Sie, daß er gelogen hat?«

Sie dachte darüber nach. »Nein, glaube ich nicht. Ich glaube, er hat sie wirklich nicht gesehen. Andererseits begreife ich nicht, wie er sie verpaßt haben kann.«

Sie standen immer noch im zweiten Stock an der Stelle, an der – wie sie sagte – die beiden Männer an ihr vorbeigekommen waren. März ging die Treppe wieder hinab. Sie wartete einen Augenblick, dann folgte sie ihm. Am Fuß der Treppe führte eine Tür in den Korridor des ersten Stockwerks.

Er sagte, halb zu sich selbst: »Sie könnten sich hier versteckt haben, nehme ich an. Wo sonst?«

Sie gingen weiter hinab bis ins Erdgeschoß. Hier gab es zwei weitere Türen. Die eine führte in die Eingangshalle. März versuchte die andere. Sie war nicht verschlossen. »Oder sie hätten hier unten rausgehen können.«

Nackte Betonstufen, neonbeleuchtet, führten hinab in den Keller. Unten gab es einen langen Korridor, von dem Türen abgingen. März öffnete sie eine nach der anderen. Ein Waschraum. Ein Vorratsraum. Ein Generatorraum. Ein Luftschutzraum.

Nach dem Reichszivilverteidigungsgesetz von 1948 mußte jeder Neubau mit einem Luftschutzraum ausgestattet werden; diejenigen unter Büros und Wohnungsblocks mußten außerdem eigene Generatoren und Luftfiltersysteme haben. Dieser hier war besonders gut eingerichtet: Etagenbetten, ein Vorratsschrank, eine abgetrennte Ecke mit Toiletten. März trug einen Metallstuhl hinüber zur Belüftungsklappe, die sich in der Mauer zweieinhalb Meter über dem Boden befand. Er faßte nach dem Metallgitter. Es ging mühelos ab. Alle Schrauben waren entfernt worden.

»Das Bauministerium hat eine Öffnung mit einem halben Meter Durchmesser vorgeschrieben«, sagte März. Er schnallte sein Koppel ab und hängte es mit der Pistole über die Stuhllehne. »Wenn sie sich nur der Schwierigkeiten bewußt wären, die uns das macht.«

Er zog die Jacke aus und gab sie der Frau, dann bestieg er den Stuhl. Als er in den Schacht hineingriff, fand er etwas Solides, sich daran festzuhalten, und zog sich hinein. Filter und Ventilator waren ebenfalls entfernt worden. Indem er seine Schultern gegen den Metallrahmen preßte, konnte er sich langsam vorwärtsbewegen. Es war vollkommen dunkel. Er würgte vor Staub. Seine Hände, die er vor sich hochstreckte, berührten Metall, und er drückte. Das Außengitter gab nach und stürzte zu Boden. Die Nachtluft strömte herein. Für einen Augenblick empfand er einen fast überwältigenden Drang, in sie hinauszukriechen, aber statt dessen schlängelte er sich rückwärts und ließ sich wieder in den Schutzkeller hinab. Er landete, staubig und fettverschmiert.

Die Frau richtete die Pistole auf ihn.

»Peng, peng«, sagte sie. »Sie sind tot.« Sie lächelte über seinen Schrecken. »Amerikanischer Scherz.«

»Sehr witzig.« Er nahm die Luger und steckte sie wieder ins Halfter zurück.

»Okay«, sagte sie, »hier ist ein besserer. Zwei Mörder werden von einem Zeugen gesehen, wie sie ein Gebäude verlassen, und die Polizei braucht vier Tage, um herauszufinden, wie. Ich würde sagen, das ist komisch, Sie nicht?«

»Das hängt von den Umständen ab.« Er klopfte den Staub von seinem Hemd. »Wenn die Polizei neben der Leiche eines der Opfer einen Abschiedsbrief in seiner eigenen Handschrift findet, die besagt, daß es Selbstmord war, verstehe ich, warum sie sich keine Mühe gegeben hat, weiter zu suchen.«

»Aber dann kommen Sie daher und suchen weiter.«

»Ich bin von der neugierigen Sorte.«

»Na klar.« Sie lächelte wieder. »Also ist Stuckart erschossen worden und die Mörder haben versucht, es wie einen Selbstmord aussehen zu lassen?«

Er zögerte. »Das ist eine Möglichkeit.«

Er bedauerte die Worte in dem Augenblick, in dem er sie aussprach. Sie hatte ihn dazu verleitet, mehr von Stuckarts Tod zu enthüllen, als klug war. Jetzt spielten schwache spöttische Lichter in ihren Augen. Er verfluchte sich, weil er sie unterschätzt hatte. Sie war von der Gerissenheit eines Berufsverbrechers. Er erwog, sie zur Bar zurückzubringen und allein weiterzumachen, verwarf den Gedanken dann aber. Er taugte nichts. Um zu wissen, was sich abgespielt hatte, mußte er es mit ihren Augen sehen.

Er knöpfte seine Uniformjacke zu. »Jetzt müssen wir die Wohnung des Parteigenossen Stuckart inspizieren.«

Das wischte ihr zu seinem Vergnügen das Lächeln aus dem Gesicht. Aber sie weigerte sich nicht, mit ihm zu gehen. Sie stiegen die Treppe hinauf, und wieder fiel ihm auf, daß sie fast ebenso begierig darauf war, Stuckarts Wohnung zu sehen, wie er.

Sie nahmen den Aufzug in den vierten Stock. Als sie hinaustraten, hörte er, wie im Flur zu ihrer Linken eine Tür geöffnet wurde. Er packte die Amerikanerin beim Arm und steuerte sie um die Ecke außer Sicht. Als er zurückblickte, konnte er eine Frau mittleren Alters im Pelzmantel sehen, die auf den Aufzug zuging. Sie trug einen kleinen Hund.

»Sie tun mir weh.«

»Tut mir leid.«

Er verbarg sich in den Schatten. Die Frau redete ruhig mit ihrem Hund und verschwand im Aufzug. März fragte sich, ob Globus die Akte von Fiebes schon geholt, und ob er schon entdeckt hatte, daß die Schlüssel fehlten. Sie würden sich beeilen müssen.

Die Tür zu Stuckarts Wohnung war an jenem Tag nahe dem Türgriff mit rotem Wachs versiegelt worden. Ein Zettel unterrichtete Neugierige, daß diese Räume nunmehr unter der Jurisdiktion der Gestapo standen und daß der Eintritt verboten war. März zog sich ein Paar dünner Handschuhe an und erbrach das Siegel. Der Schlüssel drehte sich leicht im Schloß.

Er sagte: »Fassen Sie nichts an.«

Mehr Luxus, der dem Stil des Gebäudes entsprach: kunstvolle vergoldete Spiegel, antike Tische und Stühle mit kannelierten Beinen und elfenbeinfarbener Damastpolsterung, ein königsblauer Teppich mit persischen Brücken. Kriegsbeute, die Früchte des Reiches.

»Jetzt erzählen Sie mir noch mal, was sich abgespielt hat.«

»Der Portier öffnete die Tür. Wir kamen in den Flur.« Ihre Stimme war höher geworden. Sie zitterte. »Er rief, und da niemand antwortete, kamen wir beide rein. Ich habe zuerst die Tür da geöffnet.«

Es war die Art von Badezimmer, die März bisher nur in Hochglanzmagazinen gesehen hatte. Weißer Marmor und rauchige Spiegel, eine versenkte Badewanne, Doppelhandwaschbecken mit goldenen Hähnen ... Das hier, dachte er, war die Hand von Maria Dymarski, die bei einem Ku-Damm-Friseur die deutsche ›Vogue‹ durchblätterte, während ihre polnischen Wurzeln arisch weiß gebleicht wurden.

»Dann bin ich ins Wohnzimmer gekommen ...«

März knipste das Licht an. Eine Wand bestand aus großen Fenstern, die auf den Platz hinausgingen. An den anderen drei hingen große Spiegel. Wohin immer er sich drehte, er konnte Spiegelbilder von sich und dem Mädchen sehen: die schwarze Uniform und der schimmernde blaue Mantel, so fehl am Platz zwischen den Antiquitäten. Nymphen waren der Grundgedanke der Dekoration. In Gold gefaßt schmiegten sie sich um die Spiegel; in Bronze gegossen trugen sie Tischlampen und Uhren. Es gab Bilder von Nymphen und Statuen von Nymphen; Baumnymphen und Wassernymphen; Amphitrite und Thetis.

»Ich hörte ihn schreien. Ich wollte ihm helfen ...«

März öffnete die Tür zum Schlafzimmer. Sie wandte sich ab. Blut sieht im Halbdunkel schwarz aus. Dunkle Schatten sprangen die Wände hinauf und über die Decke.

»Sie lagen auf dem Bett, ja?«

Sie nickte.

»Was haben Sie dann gemacht?«

»Die Polizei angerufen.«

»Wo war der Portier?«

»Im Badezimmer.«

»Haben Sie sie noch mal angesehen?«

»Was denken Sie denn?« Sie fuhr sich mit dem Ärmel ärgerlich über die Augen.

»Na schön, Fräulein Maguire. Das reicht. Warten Sie im Wohnzimmer.«

Der menschliche Körper enthält sechs Liter Blut: genug, um eine große Wohnung anzustreichen. März versuchte, nicht auf das Bett und die Wände zu blicken, während er arbeitete – die Schranktüren öffnete, die Nähte jedes Kleidungsstücks abtastete, mit seinen behandschuhten Händen in jede Tasche fuhr. Er kam zu den Nachttischen neben dem Bett. Sie waren schon vorher geöffnet und durchsucht worden. Der Inhalt der Schubladen war zur Untersuchung herausgekippt und nachher wieder hineingestopft worden – eine typische, ungeschickte Orpo-Arbeit, die mehr Hinweise zerstörte als aufdeckte.

Nichts, nichts. Hatte er dafür alles riskiert?

Er lag auf den Knien, die Arme unter das Bett gestreckt, als er es hörte. Er brauchte eine Sekunde, bis er den Klang wahrnahm.

Lippen schweigen,
's flüstern Geigen:
Hab' mich lieb!

»Tut mir leid«, sagte sie, als er hereinraste. »Ich hätte es nicht anfassen sollen.«

Er nahm ihr die Pralinenschachtel vorsichtig ab und schloß den Deckel über der Melodie.

»Wo war das?«

»Da auf dem Tisch.«

Jemand hatte Stuckarts Post der letzten drei Tage geholt und untersucht, die Briefumschläge säuberlich aufgeschnitten, die Briefe herausgezogen. Sie lag neben dem Telefon aufgehäuft. Er hatte sie nicht bemerkt, als er hereingekommen war. Wie konnten sie ihm entgehen? Die Pralinen waren, wie er sah, genau so verpackt gewesen wie die von Bühler, von der Post in Zürich abgestempelt um 16 Uhr, am Montag nachmittag.

Dann sah er, daß sie ein Papiermesser hielt.

»Ich hab' Ihnen doch gesagt, nichts anfassen.«

»Ich hab' gesagt, tut mir leid.«

»Glauben Sie, daß das hier ein Spiel ist?« *Die ist ja noch verrückter als ich.* »Sie werden jetzt gehen müssen.« Er versuchte, sie zu fassen, aber sie wand sich frei.

»Auf keinen Fall.« Sie trat zurück und richtete das Messer auf ihn. »Ich nehme an, ich habe genausoviel Recht hier zu sein wie Sie. Versuchen Sies nur und schmeißen mich raus, dann werde ich so laut schreien, daß jeder Gestapo-Mann in Berlin hier gegen die Türe hämmert.«

»Sie haben ein Messer, aber ich hab' eine Pistole.«

»Ah, aber Sie wagen nicht, sie zu benutzen.«

März fuhr sich mit der Hand durch die Haare. Er dachte: *Da hast du geglaubt, so schlau zu sein, sie zu finden, sie zu überreden, mit hierher zu kommen. Und während der ganzen Zeit wollte sie nichts mehr, als herzukommen. Sie sucht nach was ...* Er war ein Idiot gewesen.

Er sagte: »Sie haben mich angelogen.«

Sie sagte: »Sie haben mich angelogen. Gleichstand.«

»Das hier ist gefährlich. Ich flehe Sie an, Sie haben keine Vorstellung ...«

»Was ich weiß, ist das: Meine Karriere könnte zu Ende sein wegen dem, was in dieser Wohnung passiert ist. Ich könnte gefeuert werden, wenn ich nach New York zurückkomme. Man hat mich aus diesem lausigen Land rausgeschmissen, und ich will wissen warum.«

»Woher weiß ich, daß ich Ihnen vertrauen kann?«

»Woher weiß ich, daß ich *Ihnen* vertrauen kann?«

Sie standen so da für vielleicht eine halbe Minute: er die Hand in seinem Haar, sie das silberne Papiermesser immer noch gegen ihn gerichtet. Draußen begann über dem Platz eine Uhr zu schlagen. März sah auf seine Uhr. Es war fast zehn.

»Dafür haben wir keine Zeit.« Er sprach schnell. »Hier sind die

Schlüssel zur Wohnung. Dieser öffnet die Tür unten. Dieser ist für die Eingangstür hier oben. Dieser paßt in den Nachttisch. Das ist ein Schreibtischschlüssel. Dieser hier« – er hob ihn hoch –, »dieser ist, glaube ich, der Schlüssel zum Safe. Wo ist er?«

»Ich weiß es nicht.« Da sie Ungläubigkeit in seinem Blick sah, fügte sie hinzu: »Ich schwöre.«

Sie suchten schweigend zehn Minuten, verschoben Möbel, hoben Teppiche hoch, sahen hinter Bilder. Plötzlich sagte sie: »Dieser Spiegel ist locker.«

Es war ein schlanker, antik aussehender Spiegel, vielleicht dreißig Zentimeter im Quadrat, über dem Tisch, auf dem sie die Briefe geöffnet hatte. März faßte den Messingrahmen. Er bewegte sich etwas, wollte sich aber nicht von der Wand lösen.

»Versuchen Sie es damit.« Sie gab ihm das Messer.

Sie hatte recht. Hinter dem Rand des Rahmens war, etwa zwei Drittel von oben herab, ein kleiner Riegel. März drückte die Messerspitze dagegen und spürte, wie etwas nachgab. Der Spiegel hing an einem Scharnier. Er schwang auf und enthüllte den Safe.

Er untersuchte ihn und fluchte. Der Schlüssel genügte nicht. Da war auch noch ein Zahlenschloß.

»Zuviel für Sie?« fragte sie.

»– ›Im Fall von Schwierigkeiten‹ –«, zitierte er, »–›wird der einfallsreiche Beamte immer eine Möglichkeit finden‹.« Er nahm den Telefonhörer ab.

8

Präsident Kennedy ließ über eine Entfernung von 5000 Kilometern sein berühmtes Lächeln blitzen. Er stand hinter einem Knäuel von Mikrofonen und sprach zu einer Menge in einem Football-Stadion. Rot-weiß-blaue Banner wehten hinter ihm – ›Wählt Kennedy wieder!‹ ›Vier mehr, 64!‹ Er rief etwas, das März nicht verstand, und die Menge jubelte zurück.

»Wovon redet er?«

Das Fernsehgerät warf einen blauen Schimmer in die Dunkelheit von Stuckarts Wohnung. Die Frau übersetzte: »– ›Die Deutschen haben ihr System, und wir haben unseres. Aber wir alle sind die Bürger eines Planeten. Und solange sich unsere beiden Nationen daran erinnern, bin ich zutiefst davon überzeugt: können wir Frieden haben.‹ Einsatz für lauten Beifall der dummen Menge.«

Sie hatte ihre Schuhe fortgeschleudert und lag bäuchlings der Länge nach vor dem Gerät.

»Aha. Jetzt kommt der ernsthafte Teil.« Sie wartete, bis er zu sprechen aufhörte, und übersetzte dann wieder: »Er sagt, er wolle während seines Besuchs im Herbst die Frage der Menschenrechte anschneiden.« Sie lachte und schüttelte den Kopf. »Gott, dieser Kennedy ist so voller Scheiße. Das einzige, was er wirklich will, ist, im November mehr Stimmen kriegen.«

»– ›Menschenrechte‹?«

»Die Tausenden von Andersdenkenden, die ihr in Lager gesperrt habt. Die Millionen Juden, die im Krieg verschwunden sind. Die Folter. Das Morden. Tut mir leid, davon zu sprechen, aber wir haben die spießige Vorstellung, daß menschliche Wesen Rechte haben. Wo haben Sie denn die letzten zwanzig Jahre verbracht?«

Die Verachtung in ihrer Stimme versetzte ihm einen Schock. Er hatte noch nie wirklich mit einem Amerikaner gesprochen, war nur den gelegentlichen Touristen begegnet – und die wenigen wurden sorgsam durch die Hauptstadt geleitet und bekamen das zu sehen, was das Propagandaministerium sie sehen lassen wollte, wie Rotkreuz-Vertreter bei einer Besichtigungsfahrt der KZs. Während er ihr jetzt zuhörte, wurde ihm bewußt, daß sie vermutlich mehr über die jüngste Geschichte seines Landes wußte als er. Er fühlte, daß er sich irgendwie verteidigen sollte, aber wußte nicht, was sagen.

»Sie reden wie ein Politiker«, war alles, was er herausbekam. Sie machte sich nicht einmal die Mühe zu antworten.

Er blickte wieder zu der Gestalt auf dem Bildschirm. Kennedy strahlte ein Bild von jugendlicher Kraft aus, trotz seiner Brille und dem erkahlenden Kopf.

»Wird er gewinnen?« fragte er.

Sie schwieg. Einen Augenblick lang dachte er, sie habe sich entschlossen, nicht mit ihm zu reden. Dann sagte sie: »Jetzt ja. Er sieht gut aus für einen Mann von fünfundsiebzig, oder nicht?«

»In der Tat.« März stand einen Meter vom Fenster entfernt und rauchte eine Zigarette, wobei er abwechselnd das Fernsehgerät und den Platz unten betrachtete. Der Verkehr war spärlich – meistens Leute, die vom Abendessen oder aus dem Kino kamen. Ein junges

Paar hielt unter der Statue von Todt Händchen. Sie konnten von der Gestapo sein; schwer zu sagen.

Die Millionen Juden, die im Krieg verschwunden sind ... Er riskierte das Kriegsgericht, einfach dadurch, daß er mit ihr sprach. Aber ihr Geist mußte eine Schatzkammer sein, voller kaum erwogener Themen, die für sie nichts bedeuteten, für ihn aber Gold wären. Wenn er nur irgendwie ihren zornigen Widerstand brechen und sich seinen Weg um die Propaganda herum suchen könnte ...

Nein. Ein lächerlicher Gedanke. Er hatte schon so genug Probleme.

Eine feierliche blonde Nachrichtensprecherin füllte den Schirm aus; hinter ihr sah man eine Bildmontage von Kennedy und dem Führer mit dem einzigen Wort ›Entspannung‹.

Charlotte Maguire hatte sich aus Stuckarts Getränkeschrank ein Glas Scotch genommen. Nun hob sie es dem Fernsehschirm zu höhnischem Gruß entgegen. »Auf Joseph P. Kennedy: Präsident der Vereinigten Staaten – Beschwichtigungspolitiker, Antisemit, Verbrecher und Hurensohn. Mögest du in der Hölle rösten.«

Die Uhr draußen schlug 10.30 Uhr, 10.45 Uhr, 11 Uhr.

Sie sagte: »Vielleicht hat Ihr Freund es sich noch einmal überlegt.«

März schüttelte den Kopf. »Der kommt.«

Einige Augenblicke später rollte ein zerschrammter blauer Skoda auf den Platz. Er fuhr langsam einmal um den Platz herum, kam dann zurück und parkte gegenüber dem Wohnblock. Max Jäger tauchte auf der Fahrerseite auf; von der anderen Seite kam ein kleiner Mann in einer schäbigen Sportjacke, der einen weichen Filzhut und einen Arztkoffer trug. Er schielte zum vierten Stock empor und wich zurück, aber Jäger faßte ihn beim Arm und wirbelte ihn auf den Eingang zu.

In die Stille des Wohnzimmers ertönte der Summer.

»Am besten«, sagte März, »Sie sagen nichts.«

Sie zuckte die Achseln. »Wie Sie wollen.«

Er ging in die Diele und nahm das Haustelefon ab.

»Hallo, Max.«

Er drückte auf einen Knopf und öffnete die Tür. Der Korridor war leer. Nach einer Minute kündigte ein sanftes *Ping* die Ankunft des Aufzugs an, und der kleine Mann erschien. Er schlurfte den Gang herab und in Stuckarts Flur, ohne ein Wort zu sagen. Er war in seinen Fünfzigern und schleppte mit sich wie Mundgeruch den Mief der

Hinterhöfe – nach flüchtigen Geschäften und dreifacher Buchführung, nach Kartentischen, die man beim Geräusch von Tritten auf der Treppe wegräumt. Jäger folgte dicht hinter ihm.

Als der Mann sah, daß März nicht allein war, schreckte er zurück in die Ecke.

»Wer ist die Frau?« Er flehte Jäger an. »Sie haben nichts von einer Frau gesagt. Wer ist die Frau?«

»Halt den Mund, Willi«, sagte Max. Mit einem sanften Puff schubste er ihn ins Wohnzimmer.

März sagte: »Mach dir keine Sorgen, Willi. Sieh dir das an.«

Er knipste die Lampe an und richtete sie aufwärts.

Willi Stiefel nahm den Safe mit einem Blick auf. »Englisch«, sagte er. »Kasten: anderthalb Zentimeter, hochzäher Stahl. Feiner Mechanismus. Acht-Ziffern-Code. Sechs, wenn Sie Glück haben.« Er flehte März an: »Ich bitte Sie, Herr Sturmbannführer. Für mich ist es beim nächsten Mal die Guillotine.«

»Für dich wird es diesmal die Guillotine sein«, sagte Jäger, »wenn du nicht voran machst.«

»Fünfzehn Minuten, Herr Sturmbannführer. Dann bin ich hier raus. Abgemacht?«

März nickte. »Abgemacht.«

Stiefel warf der Frau einen letzten nervösen Blick zu. Dann legte er Hut und Jacke ab, öffnete seinen Koffer und nahm ein Paar dünner Gummihandschuhe sowie ein Stethoskop heraus.

März nahm Jäger mit sich zum Fenster und flüsterte: »Hast du viel Überredung gebraucht?«

»Was glaubst du denn? Aber dann hab' ich ihm gesagt, daß er immer noch unter dem 42 steht. Da hat er begriffen.«

Paragraph 42 des Reichsstrafgesetzbuchs stellte fest, daß ›alle Berufsverbrecher und solche, die sich gegen die Moral vergehen‹, schon auf den Verdacht hin, daß sie ein Verbrechen begehen *könnten*, verhaftet werden konnten. Der Nationalsozialismus lehrte, daß das Verbrechertum im Blut liege: etwas, mit dem man geboren wird, wie mit musikalischer Begabung oder blonden Haaren. Also entschied der Charakter des Verbrechers mehr über das Urteil als sein Verbrechen. Ein Gangster, der nach einer Prügelei ein paar Mark stahl, konnte zum Tode verurteilt werden, weil er ›eine so tiefverwurzelte Neigung zum Verbrechen an den Tag legt, daß es ausgeschlossen erscheint, daß er jemals zu einem nützlichen Mitglied der Volksgemeinschaft werden kann‹. Aber am nächsten Tag mochte dasselbe Gericht ein treues Parteimitglied, das seine Frau wegen einer beleidigenden Bemerkung erschossen hatte, mit einer Verwarnung, Frieden zu halten, davonkommen lassen.

Stiefel konnte sich keine weitere Verhaftung leisten. Er hatte zuletzt 9 Jahre in Spandau wegen Bankraubs abgesessen. Er hatte keine Wahl, sondern mußte mit der Polizei zusammenarbeiten, was immer sie auch von ihm verlangen mochte – Informant, *Agent provocateur* oder Safeknacker. Gegenwärtig betrieb er eine Uhrenreparaturwerkstatt im Wedding und schwor, er bleibe absolut sauber: eine Versicherung der Unschuld, die schwer zu glauben war, wenn man ihm jetzt zusah. Er hatte das Stethoskop an die Safetür gepreßt und drehte das Ziffernrad jeweils um eine Stelle weiter. Seine Augen waren geschlossen, während er dem Klicken lauschte, mit dem die Zuhaltungen des Schlosses in ihre Öffnungen fielen.

Los doch, Willi März rieb sich die Hände. Seine Finger waren vor Spannung taub.

»O Gott«, sagte Jäger leise. »Ich hoffe, du weißt, was du tust.«

»Ich erklärs dir später.«

»Nein danke. Ich hab' dir doch gesagt: ich will nichts wissen.«

Stiefel streckte sich und stieß einen langen Seufzer aus. »Eins«, sagte er. Eins war die erste Ziffer der Kombination.

Wie Stiefel blickte auch Jäger immer wieder zu der Frau hin. Sie saß bescheiden auf einem der vergoldeten Stühle, die Hände im Schoß gefaltet. »Eine Ausländerin, um Gottes willen!«

»Sechs.«

So ging das weiter, alle paar Minuten eine weitere Ziffer, bis um 11.35 Uhr Stiefel zu März sagte: »Der Besitzer: wann ist er geboren?«

»Warum?«

»Das würde Zeit sparen. Ich glaube, er hat das Ding auf sein Geburtsdatum eingestellt. Bisher hab' ich eins-sechs-eins-eins-eins-neun. Der 16. im 11. 19 …«

März sah in seine Notizen aus Stuckarts Eintrag im *Wer ist's?*

»1902.«

»Null-zwei.« Stiefel versuchte die Kombination, dann lächelte er. »Es ist gewöhnlich der Geburtstag des Besitzers«, sagte er, »oder Führers Geburtstag oder der Tag der Nationalen Wiedergeburt.« Er zog die Tür auf.

Der Safe war klein: ein 15-Zentimeter-Kubus, der weder Banknoten noch Juwelen enthielt, nur Papiere – zumeist alte Papiere. März türmte sie auf den Tisch und begann sie durchzusehen.

»Ich möchte jetzt gehen, Herr Sturmbannführer.«

März achtete nicht auf ihn. Mit einem roten Band verschnürt waren die Besitzurkunden für eine Liegenschaft in Wiesbaden – dem Anschein nach das Familienhaus. Dann gab es Aktien. Hoesch, Siemens, Thyssen: die Gesellschaften gehörten zum Standard, aber die investierten Summen sahen astronomisch aus. Versicherungspapiere. Eine menschliche Regung: eine Fotografie von Maria Dymarski, mit dem süßlichen Lächeln der Fünfziger.

Plötzlich schrie Jäger vom Fenster aus eine Warnung »Da kommen sie, du verdammter verfluchter Narr!«

Ein grauer BMW fuhr schnell um den Platz, gefolgt von einem Armee-Lastwagen. Die Fahrzeuge schwenkten vor dem Haus in Haltepositionen, die die Straße blockierten. Ein Mann in Ledermantel mit Gürtel sprang aus dem Wagen. Die Heckklappe des LKWs wurde herabgeklappt, und SS-Männer mit automatischen Gewehren begannen herauszuspringen.

»Los doch! Los doch!« schrie Jäger. Er begann, Charlie und Stiefel zur Tür zu stoßen.

Mit zitternden Fingern arbeitete März sich durch die restlichen Papiere. Ein blauer Umschlag, ohne Adresse. Etwas Schweres darin. Die Lasche des Umschlags war auf. Er sah einen Briefkopf in Kupferstich – Zaugg & Cie, Bankiers – und stopfte ihn in seine Tasche.

An der Tür unten begann es, in langen und drängenden Tönen zu summen.

»Die wissen, daß wir hier oben sind!«

Jäger sagte: »Und was jetzt?« Stiefel war grau geworden. Die Frau stand bewegungslos da. Sie schien nicht zu begreifen, was vor sich ging.

»Der Keller«, schrie März. »Wir könnten ihnen gerade noch entwischen. Holt den Aufzug.«

Die anderen drei rannten in den Korridor. Er begann die Papiere wieder in den Safe zu stopfen, warf ihn zu, drehte das Rad, stieß den Spiegel wieder an seinen Platz. Keine Zeit mehr, noch etwas mit dem gebrochenen Siegel an der Tür zu machen. Sie hielten den Aufzug für ihn auf. Er quetschte sich hinein, und sie begannen ihren Abstieg.

Dritter Stock, zweiter Stock ...

März betete, daß er nicht im Erdgeschoß anhalte. Er hielt nicht. Er öffnete sich in den leeren Keller. Über ihren Köpfen konnten sie die Hacken der Sturmtruppler auf dem Marmor hören.

»Hier entlang!« Er führte sie in den Luftschutzraum. Das Gitter der Belüftung stand da, wo er es gelassen hatte, gegen die Mauer gelehnt.

Stiefel brauchte man nichts zu sagen. Er rannte zu dem Luftschacht, hievte seinen Koffer über den Kopf und warf ihn hinein. Er griff nach der Ziegelmauer und versuchte, sich hinterherzuziehen, seine Füße kratzten nach einem festen Ansatz an der glatten Mauer. Er schrie über die Schulter: »Helft mir doch!« März und Jäger schnappten sich seine Beine und hoben ihn hoch. Der kleine Mann schlängelte sich mit dem Kopf voran in das Loch und war verschwunden.

Sie kamen näher – das Dröhnen und Kratzen der Stiefel auf Beton. Die SS hatte den Eingang zum Keller gefunden. Ein Mann rief etwas.

März zu Charlie: »Jetzt Sie.«

»Ich sag Ihnen was«, sagte sie und zeigte auf Jäger. »Der schafft es nie.«

Jägers Hände fuhren an seine Taille. Es stimmte. Er war zu dick. »Ich bleib hier. Ich denk mir was aus. Ihr zwei haut ab.«

»Nein.« Das wurde zur Farce. März zog den Umschlag aus seiner Tasche und preßte ihn Charlie in die Hand. »Nehmen Sie das. Wir könnten durchsucht werden.«

»Und Sie?« Sie hielt ihre blöden Schuhe in der einen Hand und stieg schon auf den Stuhl.

»Warten Sie, bis Sie von mir hören. Erzählen Sie niemandem was.« Er schnappte sie sich, schloß die Hände gerade unter ihren Knien, und warf sie. Sie war so leicht, er hätte weinen können.

Die SS war im Keller. Entlang den Durchgang – das Krachen aufgeworfener Türen.

März schwang das Gitter zurück an seinen Platz und trat den Stuhl fort.

TEIL III

DONNERSTAG, 16. APRIL 1964

Wenn der Nationalsozialismus längere Zeit geherrscht hat, wird man sich etwas anderes gar nicht mehr denken können. Auf die Dauer vermögen Nationalsozialismus und Kirche nicht nebeneinander zu bestehen.

ADOLF HITLER,
11./12. Juli 1941

1

Der graue BMW fuhr in südlicher Richtung durch die Saarlandstraße, vorüber an den schlafenden Hotels und den verlassenen Geschäften im Zentrum Berlins. An der dunklen Masse des Museums für Völkerkunde bog er nach links ein in die Prinz-Albrecht-Straße auf das Hauptquartier der Gestapo zu.

Wie bei allem anderen, so gab es auch bei den Dienstwagen eine Hierarchie. Die Orpo steckte in winzigen Opeln. Die Kripo hatte Volkswagen – die viertürige Version des ursprünglichen KdF-Wagens, des rundrückigen Modells für die Arbeiter, das zu Millionen von den Autowerken Fallersleben hergestellt wurde. Die Gestapo aber war schicker. Sie fuhr den BMW 1800 – einen düsteren Kasten mit einem grollenden, aufgemotzten Motor und stumpfgrauer Karosserie.

Während er im Fond neben Max Jäger saß, hielt März den Blick auf den Mann gerichtet, der sie verhaftet hatte, den Befehlshaber des Sturmtrupps auf Stuckarts Wohnung. Als man sie aus dem Keller hinauf in die Eingangshalle geführt hatte, hatte er sie mit einem makellosen Führergruß gegrüßt. »Sturmbannführer Karl Krebs, Gestapo!« Das hatte März nichts gesagt. Erst jetzt im BMW erkannte er ihn am Profil. Krebs war einer der beiden SS-Offiziere, die zusammen mit Globus in Bühlers Villa waren.

Er war ungefähr dreißig Jahre alt, hatte ein eckiges, intelligentes Gesicht und hätte ohne Uniform so ziemlich alles sein können - Rechtsanwalt, Bankier, Eugeniker, Henker. So war das heutzutage mit jungen Männern seines Alters. Sie liefen vom Fließband: Pimpf, Hitlerjugend, Arbeitsdienst und Kraft-durch-Freude. Sie hatten dieselben Reden gehört, dieselben Schlagworte gelesen, im Rahmen der Winterhilfe denselben Eintopf gegessen. Sie waren die Arbeitspferde des Regimes, sie hatten keine andere Autorität als die Partei kennengelernt, und sie waren so zuverlässig und alltäglich wie die Volkswagen der Kripo.

Der Wagen hielt an, und fast im gleichen Augenblick stand Krebs auf dem Pflaster und öffnete ihnen die Tür. »Hier entlang, meine Herren. Bitte.«

März stemmte sich aus dem Wagen und blickte die Straße hinab. Krebs mochte so höflich wie ein Pfadfinder sein, aber zehn Meter zurück öffneten sich die Türen eines zweiten BMW, noch ehe er stand, und heraus kamen bewaffnete Männer in Zivil. So war es schon, seit man sie am Fritz-Todt-Platz entdeckt hatte. Keine Gewehrkolben in den Bauch, keine Flüche, keine Handschellen. Nur ein Telefonanruf im Hauptquartier und die ruhige Aufforderung, ›diese Angelegenheit weiter zu besprechen‹. Krebs hatte sie auch aufgefordert, ihre Waffen zu übergeben. Höflich, doch hinter der Höflichkeit immer die Drohung.

Das Gestapo-Hauptquartier war in einem großen, fünfstöckigen Wilhelminischen Gebäude, das nach Norden blickte und niemals die Sonne sah. Vor vielen Jahren, in den Tagen der Weimarer Republik, hatte das museumsähnliche Gebäude die Berliner Kunstschule beherbergt. Als die Geheimpolizei es übernahm, waren die Studenten gezwungen worden, ihre modernistischen Malereien im Hof zu verbrennen. Jetzt wurden die hohen Fenster von dicken Netzvorhängen geschützt, eine Vorsichtsmaßnahme gegen Terrorangriffe. Hinter der Gaze brannten Kronleuchter wie im Nebel.

März hatte es sich zu einem Grundsatz seines Lebens gemacht, diese Schwelle niemals zu übertreten, und bisher hatte er Erfolg gehabt. Drei Steinstufen führten zur Eingangshalle hinauf. Weitere Stufen, und dann eine weite überwölbte Halle: ein roter Teppich auf einem Steinfußboden, der hohle Widerhall einer Kathedrale. Es ging geschäftig zu. Die frühen Morgenstunden waren für die Gestapo immer geschäftig. Aus den Tiefen des Gebäudes kam das gedämpfte Läuten von Klingeln, hörte man Schritte, ein Pfeifen, einen Ruf. Ein fetter Mann in der Uniform eines Obersturmführers bohrte in der Nase und betrachtete sie ohne Interesse.

Sie gingen weiter, einen Korridor entlang, den Hakenkreuze und Marmorbüsten der Parteiführung säumten – Göring, Goebbels, Bormann, Frank, Ley und die übrigen –, nach dem Vorbild römischer Senatoren gestaltet. März konnte hören, daß ihnen die Wachen in Zivil folgten. Er blickte zu Jäger, aber Max starrte mit zusammengebissenen Zähnen geradeaus.

Weitere Stufen, ein anderer Gang. Der Teppich war Linoleum gewichen. Die Wände waren schmuddelig. März vermutete, daß sie sich irgendwo in der Nähe des hinteren Gebäudeteils befanden, im zweiten Stock.

»Bitte warten Sie hier«, sagte Krebs. Er öffnete eine stabile Holztür. Neonlicht stotterte sich ins Leben. Er trat beiseite, um sie eintreten zu lassen. »Kaffee?«

»Danke.«

Und dann war er gegangen. Als die Tür sich schloß, sah März einen der Wächter draußen im Korridor mit gekreuzten Armen Posten beziehen. Halb erwartete er, einen Schlüssel sich im Schloß drehen zu hören, aber das Geräusch kam nicht.

Man hatte sie in eine Art Verhörzimmer gebracht. Ein grober Holztisch stand mitten auf dem Boden, auf jeder Seite ein Stuhl, ein halbes Dutzend andere entlang der Wände. Es gab ein kleines Fenster. Gegenüber hing in einem Plastikrahmen eine Reproduktion des Porträts von Reinhard Heydrich, gemalt von Joseph Vietze. Auf dem Boden waren kleine braune Flecken, die für März wie getrocknetes Blut aussahen.

Die Prinz-Albrecht-Straße war Deutschlands schwarzes Herz, ebenso berühmt wie die Siegesallee und die Große Halle, aber ohne Touristenbusse. Nummer acht: die Gestapo. Nummer neun: Heydrichs Residenz. Um die Ecke: das Prinz-Albrecht-Palais selbst, das Hauptquartier des SD, des Sicherheitsdienstes der Partei. Ein Komplex von unterirdischen Gängen verband die drei.

Jäger murmelte etwas und sackte auf einem Stuhl zusammen. März fand nichts Passendes zu sagen, also sah er aus dem Fenster. Es hatte eine klare Sicht auf den Park des Palais, der sich hinter dem Gestapo-Gebäude erstreckte – die dunklen Klumpen der Büsche, der Tintensee des Rasens, die skelettartigen Äste der Linden, die sich krallengleich in den Himmel reckten. Zur Rechten sah man durch die kahlen Bäume den Würfel des Europa-Hauses aus Beton und Glas, den in den zwanziger Jahren der jüdische Architekt Mendelssohn gebaut hatte. Die Partei hatte es als Monument seiner ›zwergischen Vorstellungskraft‹ stehen lassen: zwischen Speers granitenen Monolithen war es nur ein Spielzeug. März konnte sich an einen Sonntagnachmittagstee mit Paule in dem Dachgartenrestaurant erinnern. Limonade und Obsttorte mit Sahne, und die kleine Kapelle hatte – was denn sonst? – eine Auswahl aus der *Lustigen Witwe* gespielt, ältliche Frauen mit kunstvollen Sonntagshüten, die kleinen Finger von den hauchdünnen Porzellantassen abgespreizt.

Die meisten achteten sorgfältig darauf, nicht auf die schwarzen

Gebäude hinter den Bäumen zu blicken. Anderen schien die Nähe der Prinz-Albrecht-Straße ein Bibbern der Erregung zu verschaffen, wie ein Picknick neben einem Gefängnis. In den Kellern durfte die Gestapo ausüben, was das Justizministerium ›verschärfte Befragung‹ nannte. Die Regeln waren von zivilisierten Männern in beheizten Büros entworfen worden und sahen die Anwesenheit eines Arztes vor. Vor einigen Wochen hatte es am Werderschen Markt eine Unterhaltung gegeben. Jemand hatte ein Gerücht über den neuesten Trick der Folterer gehört: Man führte einen dünnen Glaskatheter in den Penis des Verdächtigen ein und zerbrach es dann.

's flüstern Geigen:
Hab' mich lieb!

Er schüttelte den Kopf, kniff sich in den Nasenrücken und versuchte, einen klaren Kopf zu bekommen.

Nachdenken.

Er hatte eine papierene Spur von Hinweisen hinterlassen, deren jeder einzelne ausreichend gewesen wäre, die Gestapo zu Stuckarts Wohnung zu führen. Er hatte Stuckarts Akte verlangt. Er hatte den Fall mit Fiebes besprochen. Er hatte in Luthers Wohnung angerufen. Er hatte Charlotte Maguire gesucht.

Er sorgte sich um die Amerikanerin. Selbst wenn es ihr gelungen war, vom Fritz-Todt-Platz zu entkommen, konnte die Gestapo sie doch schon morgen holen. »*Routinefragen, Fräulein … Was ist in diesem Umschlag, bitte? … Wie sind Sie daran gekommen? … Beschreiben Sie den Mann, der den Safe geöffnet hat …*« Sie war zäh, mit dem Selbstbewußtsein einer Schauspielerin, aber in ihren Händen würde sie keine fünf Minuten durchhalten.

März lehnte die Stirn gegen die kalte Glasscheibe. Das Fenster war verriegelt. Es war ein glatter Sturz von 15 Metern bis zum Erdboden.

Hinter ihm öffnete sich die Tür. Ein Mann mit dunkler Haut, in Hemdsärmeln und nach Schweiß stinkend, kam herein und stellte zwei Becher Kaffee auf den Tisch.

Jäger, der mit gekreuzten Armen dasaß und auf seine Stiefel starrte, fragte: »Wie lange noch?«

Der Mann zuckte die Schultern – *eine Stunde? eine Nacht? eine Woche?* – und ging wieder. Jäger kostete den Kaffee und zog eine Grimasse. »Schweinepisse.« Er zündete sich eine Zigarette an und bewegte den Rauch wie spülend im Munde herum, ehe er ihn in Schwaden durch das Zimmer blies.

Er und März sahen einander an. Nach einer Weile sagte Max: »Du weißt, du hättest abhauen können.«

»Und dich da drin stecken lassen? Kaum fair.« März versuchte den Kaffee. Er war lauwarm. Das Neonlicht flackerte und zischte, und machte ihm den Kopf pochen. Das also machten sie mit einem. Ließen einen bis zwei oder drei am Morgen allein, bis der Körper am schwächsten und die Verteidigung am verletzbarsten ist. Er kannte diesen Teil des Spieles ebenso gut wie sie.

Er schluckte den scheußlichen Kaffee und zündete sich eine Zigarette an. Alles tun, um wach zu bleiben. Schuldgefühle wegen der Frau, Schuldgefühle wegen des Freundes.

»Ich bin ein Idiot. Ich hätte dich da nicht reinziehen sollen. Tut mir leid.«

»Vergiß es.« Jäger wedelte den Rauch fort. Er lehnte sich vor und sprach sanft. »Du mußt mich meinen Teil der Verantwortung tragen lassen, Xavi. Ich bin der gute Parteigenosse Jäger. Braunhemd. Schwarzhemd. Jede verdammte Sorte Hemd. Zwanzig Jahre hab' ich der heiligen Sache gewidmet, meinen Arsch sauber zu halten.« Er griff nach März' Knie. »Ich habe Schulden einzufordern. Man schuldet mir was.«

Er hatte den Kopf gesenkt. Er flüsterte. »Dich haben sie aufs Korn genommen, mein Freund. Ein Einzelgänger. Geschieden. Dir werden sie das Fell bei lebendigem Leibe abziehn. Und ich? Der große Anpasser Jäger. Verheiratet mit einer Trägerin des deutschen Mutterkreuzes. In Bronze, nicht weniger. Vielleicht nicht ganz so gut bei der Arbeit …«

»Das stimmt nicht.«

»… aber in *Sicherheit*. Stell dir mal vor, ich hätte dir gestern morgen nichts davon gesagt, daß die Gestapo den Fall Bühler übernommen hat. Als du dann zurückgekommen bist, hab *ich* gesagt, wir wollen mal Stuckart überprüfen. Die sehen sich meine Personalakte an. Die könnten das vielleicht schlucken, wenn es von mir kommt.«

»Das ist wirklich anständig.«

»Lieber Gott, Mann – vergiß es.«

»Aber es wird nicht klappen.«

»Warum nicht?«

»Weil das eine Sache jenseits von Schulden und sauberen Personalpapieren ist, begreifst du das nicht? Was ist mit Bühler und Stuckart? Die waren schon in der Partei, als wir noch nicht einmal geboren waren. Und wo blieben die Vergünstigungen, als sie die brauchten?«

»Glaubst du tatsächlich, daß die Gestapo sie umgebracht hat?« Jäger sah erschreckt aus.

März legte den Finger auf die Lippen und wies auf das Bild. »Sag mir nichts, was du nicht auch zu Heydrich sagen würdest«, flüsterte er.

Die Nacht schleppte sich schweigend dahin. Gegen drei Uhr schob sich Jäger ein paar Stühle zusammen, legte sich unbeholfen hin und schloß die Augen. Nach wenigen Minuten schnarchte er. März kehrte auf seinen Posten am Fenster zurück.

Er konnte spüren, wie sich Heydrichs Blicke in seinen Rücken bohrten. Er versuchte, das zu ignorieren, schaffte es nicht, und drehte sich zur Konfrontation mit dem Bild um. Eine schwarze Uniform, ein hageres weißes Gesicht, silbernes Haar – überhaupt kein menschlicher Zug, sondern das fotografische Negativ eines Schädels; eine Röntgenaufnahme. Die einzige Farbe war im Zentrum dieses Totenmaskengesichtes: diese winzigen blaßblauen Augen, wie Splitter vom Winterhimmel. März war Heydrich nie begegnet, hatte ihn nie gesehen; hatte nur Geschichten über ihn gehört. Die Presse schilderte ihn als Nietzsches Übermenschen, der in ihm lebendig geworden war. Heydrich in seiner Pilotenuniform (er hatte Kampfeinsätze an der Ostfront geflogen). Heydrich in seinem Fechtdreß (er hatte bei den Olympischen Spielen für Deutschland gefochten). Heydrich mit seiner Geige (er konnte durch das Pathos seines Spiels die Zuhörer zu Tränen rühren). Als vor zwei Jahren das Flugzeug mit Heinrich Himmler in der Luft explodiert war, hatte Heydrich das Amt des Reichsführers SS übernommen. Nun hieß es, er gehöre zu den möglichen Nachfolgern Hitlers. Bei der Kripo munkelte man, der oberste Polizist des Reiches liebe es, Prostituierte zu verprügeln.

März setzte sich. Eine betäubende Müdigkeit durchsickerte ihn, eine Lähmung zuerst die Beine, dann den Körper, und zuletzt den Geist. Gegen seinen Willen trieb er in einen seichten Schlaf ab. Einmal glaubte er, er habe von ferne einen Schrei gehört – menschlich und verloren –, aber das hätte auch ein Traum sein können. Schritte klangen in seinem Geist auf. Schlüssel drehten sich. Zellentüren dröhnten.

Er wurde grob wachgerüttelt.

»Guten Morgen, meine Herren. Ich hoffe, Sie konnten sich etwas ausruhen?«

Es war Krebs.

März fühlte sich wie wund. Seine Augen waren in dem kränklichen Neonlicht sandig. Durch das Fenster sah er den Himmel im nahenden Morgen perlgrau werden.

Jäger grunzte und schwang die Beine auf den Boden. »Und jetzt?«
»Jetzt unterhalten wir uns«, sagte Krebs. »Kommen Sie.«
»Wer ist dieses Jüngelchen«, brummte Jäger März zu, »uns so herumzuschubsen?« Aber er war vorsichtig genug, seine Stimme leise zu halten.

Nacheinander gingen sie durch den Korridor, und wieder fragte sich März, welches Spiel hier gespielt werde. Verhören ist eine Kunst der Nacht. Warum damit bis zum Morgen warten? Warum ihnen die Möglichkeit geben, wieder zu Kräften zu kommen, sich eine Geschichte auszudenken?

Krebs hatte sich kürzlich rasiert. Seine Haut war mit winzigen Schnittwunden übersät. Er sagte: »Der Waschraum ist rechts. Sie werden sich frisch machen wollen.« Das war eher eine Anordnung denn eine Frage.

März sah im Spiegel rotäugig und unrasiert eher nach einem Verbrecher als nach einem Polizisten aus. Er ließ das Waschbecken volllaufen, rollte die Ärmel hoch und löste die Krawatte, klatschte sich eisiges Wasser ins Gesicht, auf die Arme, in den Nacken, ließ es den Rücken hinunter tröpfeln. Das kalte Stechen brachte ihn ins Leben zurück.

Jäger stand neben ihm. »Denk dran, was ich dir gesagt hab.«
März drehte schnell den Hahn wieder auf. »Vorsicht.«
»Du glaubst, die hören die Toilette ab?«
»Die hören alles ab.«

Krebs führte sie nach unten. Die Wache schloß sich ihnen an. *In den Keller?* Sie klapperten durch die Empfangshalle – jetzt ruhiger als bei ihrer Ankunft – und hinaus in das mürrische Licht.

Nicht in den Keller.

Im BMW wartete der Fahrer, der sie von Stuckarts Wohnung hergefahren hatte. Der Konvoi fuhr los, nach Norden in den Stoßverkehr hinein, der sich schon um den Potsdamer Platz herum zusammenbraute. Die Schaufenster der großen Geschäfte stellten fromm große, goldgerahmte Fotografien des Führers zur Schau – das offizielle Porträt aus der Mitte der Fünfziger, von dem englischen Fotografen Beaton. Zweige und Blumen schmückten die Rahmen, der traditionelle Schmuck, der Führers Geburtstag ankündigte. Noch vier Tage, und jeder Tag würde ein neues Emporblühen von Hakenkreuzfahnen sehen. Bald würde die Stadt ein Wald aus Rot und Weiß und Schwarz sein.

Jäger umkrampfte die Armstütze und sah aus, als sei ihm übel. »Kommen Sie schon, Krebs«, sagte er mit schmeichelnder Stimme. »Wir haben doch alle den gleichen Rang. Sie können uns doch sagen, wo wir hinfahren.«

Krebs gab keine Antwort. Die Kuppel der Großen Halle ragte vor ihnen auf. Zehn Minuten später, als der BMW nach links in die Ost-West-Achse einbog, erriet März ihr Ziel.

Es war fast acht, als sie ankamen. Die eisernen Tore zu Bühlers Villa standen weit auf. Das Gelände war voller Fahrzeuge und mit schwarzen Uniformen übersät. Ein SS-Mann überprüfte den Rasen mit einem Protonenmagnetometer. Hinter ihm hatte man einen Pfad von roten Fähnchen in den Boden getrieben. Auf dem Kies standen BMWs der Gestapo, ein LKW, ein großer gepanzerter Transportwagen von der Art, mit dem man Goldbarren transportiert.

März spürte, wie Jäger ihn anstieß. Im Schatten neben dem Haus stand eine kugelsichere Mercedes-Limousine, deren Fahrer sich gegen die Karosserie lehnte. Ein metallener Stander hing über dem Kühlergrill: silberne SS-Blitze auf schwarzem Untergrund; in einer Ecke wie ein kabbalistisches Zeichen der gotische Buchstabe K.

2

Der Chef der Reichskriminalpolizei war ein alter Mann. Er hieß Artur Nebe, und er war eine Legende.

Nebe war schon Chef der Berliner Kripo gewesen, ehe die Partei an die Macht kam. Er hatte einen kleinen Kopf und die fahle schuppige Haut einer Schildkröte. 1954 hatte ihm der Reichstag zu Ehren seines 60. Geburtstages ein großes Gut in der Nähe von Minsk im Ostland geschenkt, mit vier Dörfern, aber er war nicht einmal hingefahren, um es sich anzusehen. Er lebte mit seiner bettlägerigen Frau allein in Charlottenburg in einem großen Haus, das nach Desinfektionsmitteln und reinem Sauerstoff roch. Es wurde behauptet, Heydrich wolle ihn loswerden, um seinen eigenen Mann mit der Kripo zu betrauen, es aber nicht wage. Am Werderschen Markt nannten sie ihn ›Onkel Artur‹. Onkel Artur wußte alles.

März hatte Nebe aus der Entfernung gesehen, war ihm aber noch nie begegnet. Jetzt saß er an Bühlers Flügel und schlug mit seiner gelben Klaue einen hohen Ton an. Das Instrument war nicht gestimmt, der Ton in der staubigen Luft ein Mißklang.

Am Fenster stand mit dem breiten Rücken zum Zimmer Odilo Globus.

Krebs schlug die Hacken zusammen und grüßte. »Heil Hitler! Die Fahnder März und Jäger.«

Nebe fuhr fort, Klaviertasten anzuschlagen.

»Aha!« Globus drehte sich um. »Die großen Detektive.«

Aus der Nähe war er ein Stier in Uniform. Sein Hals spannte seinen Kragen. Die Hände hingen ihm an den Seiten, zu ärgerlichen roten Fäusten geballt. Auf seiner linken Wange war er voller Narben, hochrot gefleckt. Gewalttätigkeit knisterte in der trockenen Luft um ihn herum wie statische Elektrizität. Jedesmal, wenn Nebe einen Ton anschlug, zuckte er zusammen. Er will den alten Mann verprügeln, dachte März, aber er kann nicht. Nebe stand im Rang über ihm.

»Falls der Herr Oberstgruppenführer seinen Vortrag beendet haben sollte«, sagte Globus durch zusammengebissene Zähne, »könnten wir beginnen.«

Nebes Hand erstarrte über der Tastatur. »Warum hat jemand einen Bechstein und läßt ihn ungestimmt?« Er sah März an. »Warum tut er das?«

»Seine Frau hat gespielt«, sagte März. »Sie ist vor elf Jahren gestorben.«

»Und seither hat niemand mehr darauf gespielt?« Nebe schloß den Deckel leise über den Tasten und fuhr mit dem Finger durch den Staub. »Sonderbar.«

Globus sagte: »Wir haben viel zu tun. Heute habe ich am frühen Morgen dem Reichsführer bestimmte Vorgänge berichtet. Wie Sie wissen, Herr Oberstgruppenführer, findet dieses Treffen auf seine Anweisung hin statt. Krebs wird die Position der Gestapo vortragen.«

März wechselte Blicke mit Jäger. Also war es bis rauf zu Heydrich gegangen.

Krebs hatte ein getipptes Memorandum. Mit seiner genauen und ausdruckslosen Stimme begann er zu lesen.

»Die Nachricht vom Tod des Dr. Josef Bühler wurde über Fernschreiber im Gestapo-Hauptquartier vom Beamten vom Nachtdienst der Berliner Kriminalpolizei gestern Morgen, dem 15 April, um 2.15 Uhr empfangen. Um 8.30 Uhr wurde im Hinblick auf den SS-Ehrenrang eines Brigadeführers des Parteigenossen Bühler der Reichsführer persönlich von seinem Hinscheiden unterrichtet.«

März hatte seine Hände hinter dem Rücken zusammengepreßt, die Nägel gruben sich in seine Handflächen. In Jägers Wange zuckte ein Muskel.

»Zur Zeit des Todes führte die Gestapo eine Untersuchung der Tätigkeiten des Parteigenossen Bühler durch. Im Hinblick darauf und angesichts der früheren Stellung des Verstorbenen im Generalgouvernement wurde der Fall zu einer Sache der Staatssicherheit erklärt und die weitere Durchführung der Gestapo übertragen.

Jedoch wurde wegen eines offensichtlichen Zusammenbruchs der Verbindungsverfahren diese Neubewertung dem Kripo-Fahnder Xaver März nicht mitgeteilt, der ein illegales Eindringen in das Haus des Verstorbenen vornahm.«

Die Gestapo überprüfte Bühler? März zwang sich, mit ausdruckslosem Gesicht seinen Blick auf Krebs geheftet zu halten.

»Als nächstes: der Tod des Parteigenossen Wilhelm Stuckart. Untersuchungen der Gestapo wiesen darauf hin, daß die Fälle Stuckart und Bühler miteinander verbunden sind. Erneut wurde der Reichsführer unterrichtet. Erneut wurde die Untersuchung des Falles der Gestapo übertragen. Und erneut führte der Fahnder März, diesmal in Begleitung des Fahnders Jäger, seine eigenen Untersuchungen in der Wohnung des Verstorbenen durch.

Am 16. April um 0.12 Uhr wurden die Fahnder März und Jäger von mir im Wohnblock des Parteigenossen Stuckart festgenommen. Sie stimmten zu, mich bis zur Klärung der Angelegenheit auf höherer Ebene in das Gestapo-Hauptquartier zu begleiten.

Unterzeichnet Karl Krebs, Sturmbannführer.

Ich habe das 6 Uhr heute morgen datiert.«

Krebs faltete das Memorandum zusammen und übergab es dem Chef der Kripo. Draußen knirschte ein Spaten im Kies.

Nebe schob sich das Papier in seine Innentasche. »Soviel für die Akten. Natürlich werden wir ein eigenes Protokoll anfertigen. Und jetzt, Globus: worum geht es wirklich? Ich weiß, daß Sie begierig sind, es uns zu erzählen.«

»Heydrich möchte, daß Sie es selbst sehen.«

»Was sehen?«

»Was Ihr Mann hier bei seinem kleinen unabhängigen Ausflug gestern verpaßt hat. Bitte folgen Sie mir.«

Es war im Keller, aber März bezweifelte, daß er es gefunden hätte, selbst wenn er das Vorhängeschloß aufgesprengt und sich den Weg nach unten erzwungen hätte. Hinter dem üblichen Haushaltsabfall – zerbrochenen Möbeln, ausrangierten Geräten, Rollen schmutziger und zusammengeschnürter Teppiche – war eine holzverkleidete Wand. Ein Stück der Verkleidung war falsch.

»Wir wußten, wonach wir suchten, müssen Sie wissen.« Globus rieb sich die Hände. »Meine Herren, ich garantiere Ihnen, daß Sie in Ihrem ganzen Leben so etwas noch nie gesehen haben.«

Hinter der Holzverkleidung war ein Zimmer. Als Globus die Lampen andrehte, wurden sie in der Tat geblendet: eine Sakristei; ein Juwelenkammer. Engel und Heilige; Wolken und Tempel; hochwangige Adlige in weißen Pelzen und rotem Damast; sich räkelndes rosa Fleisch auf parfümierter gelber Seide; Blumen und Sonnenaufgänge und Kanäle in Venedig ...

»Treten Sie ein«, sagte Globus. »Der Reichsführer wünscht, daß Sie sich alles genauestens ansehen.«

Es war ein kleines Zimmer – fünf Quadratmeter, schätzte März – mit einer in die Decke eingelassenen Schiene voller Punktstrahler, auf die Gemälde gerichtet, die jede Wand bedeckten. In der Mitte stand ein altmodischer Drehstuhl von der Art, die ein Schreiber des 19. Jahrhunderts in seiner Buchhaltung benutzt haben mochte. Globus setzte seinen Stiefel auf die Armlehne und ließ ihn herumwirbeln.

»Stellen Sie sich vor, wie er hier sitzt. Die Tür geschlossen. Wie ein schmutziger alter Mann in einem Hurenhaus. Wir haben es gestern Nachmittag gefunden. Krebs?«

Krebs trat vor. »Zur Zeit ist ein Fachmann aus dem Führermuseum in Linz auf dem Weg hierher. Professor Braun vom Kaiser-Friedrich-Museum in Berlin hat uns gestern abend eine vorläufige Schätzung gegeben.«

Er zog ein Bündel Notizen zu Rate.

»Im Augenblick wissen wir, daß wir da das *Porträt eines jungen Mannes* von Raphael haben, das *Porträt eines jungen Mannes* von Rembrandt, von Rubens *Christus trägt das Kreuz,* Guardis *Venezianischer Palast,* von Bellotto *Krakauer Vororte,* acht Canalettos, wenigstens fünfunddreißig Stiche von Dürer und Kulmbach, einen Gobelin. Was den Rest angeht, konnte er nur raten.«

Krebs ratterte das herunter, als sei es die Speisekarte eines Restaurants. Er ließ seine blassen Finger auf dem Altar von wunderschönen Farben ruhen, der am Ende des Zimmers auf Bohlen stand.

»Das ist eine Arbeit des Nürnberger Künstlers Veit Stoß, die der König von Polen 1477 in Auftrag gegeben hat. Es dauerte zehn Jahre, ihn zu vollenden. Das Mittelstück des Triptychons zeigt die schlafende Jungfrau, von Engeln umgeben. Die beiden Seitentafeln zeigen Szenen aus dem Leben von Jesus und Maria. Die Predella« – er wies auf den Sockel des Altares – »zeigt den Stammbaum Christi.«

Globus sagte: »Sturmbannführer Krebs kennt sich da aus. Er ist einer unserer begabtesten Offiziere.«

»Da bin ich sicher«, sagte Nebe. »Höchst interessant. Und woher ist das alles?«

Krebs begann: »Der Veit Stoß wurde im November 1939 aus der Kirche Unserer Lieben Frau in Krakau entfernt ...«

Globus unterbrach: »Es kommt aus dem Generalgouvernement. Wir nehmen an, hauptsächlich aus Warschau. Bühler hat es entweder als verloren oder als zerstört gemeldet. Gott allein weiß, womit das korrupte Schwein sonst noch durchgekommen ist. Stellen Sie sich nur vor, was er verschachert haben muß, um sich dieses Haus zu kaufen!«

Nebe streckte die Hand aus und berührte eine der Leinwände: das Martyrium des heiligen Sebastian, der an eine dorische Säule gebunden war und dem Pfeile aus seiner goldenen Haut ragten. Der Firnis war gesprungen, wie das Bett eines ausgetrockneten Flusses, aber die Farben darunter – rot, weiß, purpurn, blau – waren immer noch leuchtend. Das Gemälde gab einen leichten Geruch nach Staub und Weihrauch ab – den Duft des Vorkriegspolens, einer von der Landkarte verschwundenen Nation. An den Rändern einiger der Holztafeln hingen, wie März bemerkte, noch pulvrige Reste von Mauerwerk – Spuren der Kloster- und Schloßmauern, von denen sie herabgerissen worden waren.

Nebe war von dem Heiligen hingerissen. »Etwas in seinem Ausdruck erinnert mich an Sie, März.« Er zog die Konturen des Körpers mit seinen Fingerspitzen nach und lachte keuchend. »›Der bereitwillige Märtyrer‹. Was meinen Sie, Globus?«

Globus grinste. »Ich glaube nicht an Heilige. Oder Märtyrer.« Er funkelte März an.

»Seltsam«, murmelte Nebe, »sich ausgerechnet Bühler vorzustellen mit all diesen …«

»Sie haben ihn gekannt?« Die Frage sprudelte aus März heraus.

»Flüchtig, kurz vor dem Krieg. Ein fanatischer Nationalsozialist und ein hingebungsvoller Rechtsanwalt. Eine eigenartige Mischung. Ein Fanatiker des Details. Wie unser Kollege von der Gestapo hier.«

Krebs verneigte sich leicht. »Der Herr Obergruppenführer ist sehr freundlich.«

»Es geht um folgendes«, sagte Globus gereizt. »Wir haben seit einiger Zeit über den Parteigenossen Bühler Bescheid gewußt. Wußten von seinen Tätigkeiten im Generalgouvernement. Wußten von seinen Verbündeten. Leider hat der krumme Hund irgendwann in der letzten Woche herausgefunden, daß wir hinter ihm her waren.«

»Und sich umgebracht?« fragte Nebe. »Und Stuckart?«

»Das gleiche. Stuckart war völlig degeneriert. Er hat sich nicht nur mit Schönheit auf Leinwand versorgt. Er wollte sie auch im Fleisch schmecken. Bühler hatte die Auswahl im Osten unter allem, was er wollte. Wie lauten die Zahlen, Krebs?«

»1940 wurde von den polnischen Museumsbehörden ein geheimes Verzeichnis erstellt. Das haben wir jetzt. Allein aus Warschau entfernte Kunstgegenstände: 2700 Gemälde der europäischen Schule; 10700 Gemälde polnischer Künstler; 1400 Skulpturen.«

Wieder Globus: »Wir graben gerade einige der Skulpturen im Garten aus. Das meiste von diesem Zeugs ging dahin, wohin es bestimmt war: ins Führermuseum, ins Museum von Reichsmarschall Göring in Karinhall, in Galerien in Wien und Berlin. Aber es gibt einen großen Unterschied zwischen den polnischen Listen mit dem, was entfernt worden ist, und unseren Listen dessen, was wir bekommen haben. Das hat sich so abgespielt. Als Staatssekretär hatte Bühler Zugang zu allem. Er ließ das Zeugs unter Bewachung zu Stuckart vom Innenministerium bringen. Sah alles ganz legal aus. Stuckart sorgte dafür, daß es eingelagert – oder aus dem Reich geschmuggelt wurde, im Tausch gegen Bargeld, Juwelen, Gold, alles, was man tragen und nicht nachweisen kann.«

März konnte sehen, daß Nebe gegen seinen Willen beeindruckt war. Seine kleinen Augen tranken Kunst. »War sonst noch jemand hohen Ranges in die Sache verwickelt?«

»Kennen Sie den früheren Unterstaatssekretär im Außenministerium Martin Luther?«

»Natürlich.«

»Das ist der Mann, den wir suchen.«

»Suchen? Wird er vermißt?«

»Er ist vor drei Tagen von einer Geschäftsreise nicht zurückgekommen.«

»Ich nehme an, Sie sind sicher, daß Luther in diese Angelegenheit verwickelt ist?«

»Während des Krieges war Luther der Leiter der deutschen Abteilung im Außenministerium.«

»Ich erinnere mich. Er war verantwortlich für die Verbindungen des Außenministeriums mit der SS und mit uns von der Kripo.« Nebe wandte sich an Krebs. »Ein weiterer fanatischer Nationalsozialist. Sie würden seinen – ah – Enthusiasmus geschätzt haben. Aber ein ungehobelter Patron. Übrigens möchte ich bei dieser Gelegenheit für die Akten mein Erstaunen darüber zu Protokoll geben, daß er in irgend etwas Kriminelles verwickelt sein soll.«

Krebs holte seinen Füllhalter hervor. Globus fuhr fort: »Bühler hat die Kunstwerke gestohlen. Stuckart hat sie in Empfang genommen. Luthers Stellung im Außenministerium gab ihm die Möglichkeit, frei ins Ausland zu reisen. Wir nehmen an, daß er bestimmte Gegenstände aus dem Reich geschmuggelt und sie dann verkauft hat.«

»Wo?«

»Vor allem in der Schweiz. Aber auch in Spanien. Möglicherweise in Ungarn.«

»Und als Bühler aus dem Generalgouvernement zurückkam ... wann war das?«

Er sah März an, und März sagte: »1951.«

»1951 wurde das hier ihre Schatzkammer.«

Nebe ließ sich in den Drehstuhl nieder und drehte sich langsam, wobei er nacheinander jede Wand betrachtete. »Außerordentlich. Das dürfte eine der besten Kunstsammlungen in privater Hand auf der ganzen Welt sein.«

»Eine der besten Sammlungen in *krimineller* Hand«, warf Globus ein.

»Ach.« Nebe schloß die Augen. »So viel Vollkommenheit an einem Ort betäubt die Sinne. Ich brauche Luft. Geben Sie mir Ihren Arm, März.«

Als er stand, konnte März die alten Knochen krachen hören. Aber der Griff um seinen Arm war aus Stahl.

Nebe ging an seinem Stock – *taptaptap* – über die Veranda an der Rückseite der Villa.

»Bühler hat sich selbst ertränkt. Stuckart hat sich erschossen. Ihr Fall scheint sich ziemlich überzeugend selbst zu lösen, Globus, ohne etwas so Lästiges wie ein Verfahren zu benötigen. Rein statistisch gesehen würde ich sagen, daß Luthers Überlebenschancen recht gering sind.«

»Zufällig hat Herr Luther ein schlechtes Herz. Nach den Angaben seiner Frau infolge der Nervenbelastungen während des Krieges.«

»Sie überraschen mich.«

»Nach den Angaben seiner Frau braucht er Ruhe, Medikamente und Frieden – was er gegenwärtig nicht bekommt, wo immer er sein mag.«

»Diese Geschäftsreise ...«

»Er sollte am Montag aus München zurückkommen. Wir haben das bei der Lufthansa überprüft. An jenem Tag gab es niemanden namens Luther auf irgendeinem der Münchenflüge.«

»Vielleicht ist er ins Ausland geflohen.«

»Vielleicht. Aber ich bezweifle das. Aber letzten Endes werden wir ihn schon aufspüren, wo immer er sein mag.«

Taptap. März bewunderte Nebes geistige Beweglichkeit. Als Berliner Polizeichef hatte er in den Dreißigern eine Abhandlung über Kriminologie geschrieben. Er erinnerte sich, sie Dienstag abend auf Koths Regalen in der Fingerabdruckabteilung gesehen zu haben. Sie war noch immer ein Standardwerk.

»Und Sie, März.« Nebe blieb stehen und schwang sich herum. »Was ist Ihre Meinung zu Bühlers Tod?«

Jäger, der seit ihrer Ankunft in der Villa geschwiegen hatte, mischte sich unruhig ein: »Wenn ich das sagen darf, wir haben nur Tatsachen gesammelt ...«

Nebe schlug heftig mit seinem Stock gegen Stein. »Die Frage war nicht an Sie gerichtet.«

März brauchte dringend eine Zigarette. »Ich habe nur vorläufige Beobachtungen«, begann er. Er fuhr sich mit der Hand durch die Haare. Er war hier nicht in seinem Gewässer; bei weitem nicht. So kann man nicht anfangen, dachte er, so kann man nur enden. Globus hatte die Arme gekreuzt und starrte ihn an.

»Parteigenosse Bühler«, begann er, »ist irgendwann zwischen 6 Uhr am Montagabend und 6 Uhr am nächsten Morgen gestorben. Wir warten noch auf den Autopsiebericht, aber die Todesursache war mit größter Wahrscheinlichkeit Ertrinken – seine Lungen waren mit Flüssigkeit gefüllt, was darauf hinweist, daß er noch atmete, als er ins Wasser kam. Wir wissen ferner von dem Wachtposten auf der Chaussee, daß Bühler während jener zwölf kritischen Stunden keinen Besucher empfangen hat.«

Globus nickte. »Also: Selbstmord.«

»Nicht notwendigerweise, Herr Obergruppenführer. Bühler hat keine Besucher *über Land* empfangen. Aber die hölzerne Mole ist in jüngster Zeit angeschrammt worden, was es als möglich erscheinen läßt, daß dort ein Boot angelegt haben könnte.«

»Bühlers Boot«, sagte Globus.

»Bühlers Boot ist seit Monaten nicht mehr gebraucht worden; vielleicht seit Jahren.«

Jetzt, da er die Aufmerksamkeit seiner kleinen Zuhörerschaft gefangen hielt, fühlte März einen Ansturm der Erheiterung; ein Empfinden der Erleichterung. Er begann rasch zu reden. Langsamer, mahnte er sich, sei vorsichtig.

»Als ich gestern morgen die Villa inspiziert habe, befand sich Bühlers Wachhund in der Speisekammer, mit einem Maulkorb. Eine Seite seines Kopfes blutete. Ich habe mich gefragt: Warum sollte ein Mann, der sich umbringen will, seinem Hund das antun?«

»Wo ist dieses Tier jetzt?« fragte Nebe.

»Meine Männer mußten es erschießen«, sagte Globus. »Das Tier hatte den Verstand verloren.«

»Aha. Natürlich. Weiter, März.«

»Ich nehme an, daß Bühlers Angreifer am späten Abend gelandet sind, in der Dunkelheit. Wenn Sie sich erinnern wollen, Montagabend war Sturm. Der See dürfte reichlich aufgewühlt gewesen sein – was die Schäden an der Mole erklärt. Ich glaube, daß der Hund alarmiert war, und da haben sie ihn bewußtlos geschlagen, ihm den Maulkorb umgebunden, und sind unversehens über Bühler hergefallen.«

»Und haben ihn in den See geworfen?«

»Nicht sofort. Trotz seiner Behinderung war Bühler, laut Aussage seiner Schwester, ein guter Schwimmer. Das konnte man bei seinem Anblick erkennen: die Schultern waren gut entwickelt. Aber ich habe die Leiche, nachdem man sie gesäubert hatte, in der Leichenhalle untersucht. Sie wies Verletzungen hier« – März berührte seine Wangen – »und am Gaumen ganz vorne im Mund auf. Gestern stand auf dem Küchentisch eine Flasche Wodka, fast leer. Ich vermute, daß der Autopsiebericht Alkohol in Bühlers Blut nachweisen wird. Ich nehme an, daß sie ihn gezwungen haben zu trinken, ihn dann ausgezogen, auf ihr Boot geschleppt und über Bord geworfen haben.«

»Intellektuelle Schweinescheiße«, sagte Globus. »Bühler hat den Wodka wahrscheinlich getrunken, um sich Mut zum Selbstmord anzutrinken.«

»Laut Aussage seiner Schwester war Parteigenosse Bühler Abstinenzler.«

Es gab ein langes Schweigen. März konnte Jäger schwer atmen hören. Nebe schaute über den See. Schließlich murmelte Globus: »Was diese fantastische Theorie nicht erklärt, ist, warum diese geheimnisvollen Mörder nicht einfach eine Kugel in Bühlers Hirn geschossen haben, das wärs gewesen.«

»Ich meine, das sollte offenkundig sein«, sagte März. »Sie wollten es wie einen Selbstmord aussehen lassen. Aber sie haben es versiebt.«

»Interessant«, murmelte Nebe. »Wenn Bühlers Selbstmord vorgetäuscht ist, dann ist es nur logisch anzunehmen, daß es der von Stukkart auch ist.«

Weil Nebe immer noch auf die Havel blickte, begriff März zunächst nicht, daß diese Bemerkung eine an ihn gerichtete Frage war.

»Das war auch meine Schlußfolgerung. Und deshalb habe ich gestern abend Stuckarts Wohnung aufgesucht. Der Mord an Stuckart war nach meiner Ansicht ein Drei-Mann-Unternehmen: zwei waren in der Wohnung; einer täuschte in der Halle vor, den Aufzug zu reparieren. Der Krach seines elektrischen Bohrers sollte das Geräusch des Schusses übertönen und so den Mördern die Zeit verschaffen zu verschwinden, ehe die Leiche entdeckt würde.«

»Und der Abschiedsbrief?«

»Vielleicht gefälscht. Oder unter Zwang geschrieben. Oder ...«

Er hielt inne. Ihm wurde klar, daß er laut dachte – eine möglicherweise tödliche Beschäftigung. Krebs starrte ihn an.

»Ist das alles?« fragte Globus. »Sind wir heute in Grimms Märchenstunde? Ausgezeichnet. Wir haben noch Arbeit zu erledigen. Luther ist der Schlüssel zu diesem Geheimnis, meine Herren. Sobald wir ihn haben, wird sich alles aufklären.«

Nebe sagte: »Wenn sein Herz so schlecht ist, wie Sie behaupten, dann müssen wir uns beeilen. Ich werde mit dem Propagandaministerium vereinbaren, daß Luthers Bild in der Presse und im Fernsehen erscheint.«

»Nein, nein. Auf gar keinen Fall.« Globus klang aufgeschreckt. »Der Reichsführer hat ausdrücklich jede öffentliche Aufmerksamkeit untersagt. Das letzte, was wir brauchen, ist ein Skandal, der die Parteiführung betrifft, vor allem jetzt vor Kennedys Besuch. Gott im Himmel, können Sie sich vorstellen, was die ausländische Presse daraus machen würde? Nein. Ich versichere Ihnen, wir können ihn schnappen, ohne die Presse zu alarmieren. Was wir brauchen, ist eine vertrauliche Blitznachricht an alle Orpo-Patrouillen Überwachung der wichtigsten Bahnhöfe, der Häfen, Flughäfen, Grenzübergänge ... Krebs kann das veranlassen.«

»Dann rege ich an, daß er es tut.«

»Sofort, Herr Oberstgruppenführer.« Krebs verbeugte sich kurz vor Nebe und trabte über die Veranda ab ins Haus.

»Ich habe Geschäfte in Berlin, um die ich mich kümmern muß«, sagte Nebe. »März wird als Verbindungsmann der Kripo fungieren, bis Luther gefaßt ist.«

Globus schnaubte. »Das wird nicht nötig sein.«

»O doch, wird es. Verwenden Sie ihn klug, Globus. Er hat Köpfchen. Halten Sie ihn unterrichtet. Jäger: Sie können zum Dienst zurückkehren.«

Jäger sah erleichtert aus. Globus schien etwas sagen zu wollen, überlegte es sich dann aber doch noch.

»Begleiten Sie mich zu meinem Wagen, März. Ihnen einen guten Tag, Globus.«

Als sie um die Ecke waren, sagte Nebe: »Sie haben uns nicht die Wahrheit berichtet, nicht wahr? Oder wenigstens nicht die ganze Wahrheit. Das ist gut. Steigen Sie ein. Wir müssen reden.«

Der Fahrer salutierte und öffnete die Hintertür. Nebe manövrierte sich schmerzvoll auf den Hintersitz. März stieg auf der anderen Seite ein.

»Heute morgen um 6 Uhr ist das durch Kurier bei mir zu Hause eingetroffen.« Nebe schloß seine Aktentasche auf und zog eine Akte heraus, einige Zentimeter dick. »Das ist alles über Sie, Sturmbannführer. Ganz schön schmeichelhaft, soviel Aufmerksamkeit zu erregen, oder nicht?«

Die Fenster des Mercedes waren grün getönt. In dem Halblicht sah Nebe wie eine Eidechse im Reptilienhaus aus.

»Geboren Hamburg 1922; Vater seinen Verwundungen erlegen 1929; Mutter durch britischen Bombenangriff getötet 1942; in die Marine eingetreten 1939; zu den U-Booten überstellt 1940; wegen Tapferkeit ausgezeichnet und befördert 1943; 1946 bekamen Sie Ihr eigenes U-Boot-Kommando – einer der jüngsten U-Boot-Kommandanten des Reiches. Eine glänzende Karriere. Und dann fängt alles an, schiefzugehen.«

Nebe blätterte durch die Akte. März starrte auf den grünen Rasen, in den grünen Himmel.

»Bei der Polizei seit *zehn Jahren* keine Beförderung. 1957 geschieden. Und dann fangen die Berichte an. Der Blockwart: ständige Weigerung, für das Winterhilfswerk zu spenden. Parteibeamte am Werderschen Markt: ständige Weigerung, der NSDAP beizutreten. In der Kantine hat man gehört, wie Sie abschätzige Bemerkungen über Himmler gemacht haben. In Bars hat man gehört, in Restaurants hat man gehört, auf Korridoren hat man gehört ...«

Nebe zog Seiten heraus.

»Weihnachten 1963 – Sie fangen an, Fragen nach irgendwelchen Juden zu stellen, die mal in Ihrer Wohnung gelebt haben. Juden! Sind Sie verrückt? Dann liegt hier eine Beschwerde Ihrer Ex-Frau vor; und eine von Ihrem Sohn ...«

»Von meinem Sohn? Mein Sohn ist gerade zehn Jahre alt ...«

»Also alt genug, sich ein Urteil zu bilden, auf das man auch hört – wie Sie wissen.«

»Darf ich fragen, was ich ihm angeblich getan haben soll?«

»– ›Hat mangelhafte Begeisterung für seine Parteiarbeit gezeigt‹.

Der Punkt ist, Sturmbannführer, daß diese Akte zehn Jahre lang in der Gestapo-Registratur herangereift ist – ein bißchen hier, ein bißchen da, jahrein, jahraus wie ein Tumor im Dunklen gewachsen. Und jetzt haben Sie sich einen mächtigen Feind gemacht, und er will das verwenden.«

Nebe schob den Aktenordner zurück in seine Aktentasche.

»Globus?«

»Globus, ja. Wer denn sonst? Gestern abend hat er gefordert, Sie vors Kriegsgericht der SS ins Columbia-Haus zu bringen.« Das Columbia-Haus war das SS-eigene Gefängnis in der General-Pape-Straße. »Ich muß Ihnen sagen, März, daß es hier genug gibt, um Sie ins KZ zu stecken. Und dann kann Ihnen keiner mehr helfen – weder ich noch sonst jemand.«

»Und was hat ihn aufgehalten?«

»Um ein Kriegsgerichtsverfahren gegen einen Kripo-Beamten im Dienst einzuleiten, braucht er zunächst einmal die Genehmigung Heydrichs. Und Heydrich hat das an mich verwiesen. Also habe ich zu unserem geliebten Reichsführer gesagt: ›Dieser Knabe Globus hat offenbar Angst, daß März etwas gegen ihn in der Hand hat, und deshalb will er ihn aus dem Weg räumen.‹ ›Ich verstehe‹, sagt der Reichsführer ›was schlagen Sie also vor?‹ ›Warum‹, sage ich ›sollen wir ihm nicht Zeit bis zum Führertag geben, um seinen Fall gegen Globus zu beweisen? Das sind noch vier Tage.‹ ›In Ordnung‹, sagt Heydrich. ›Aber wenn er bis dahin nichts ausgegraben hat, kann Globus ihn haben.‹« Nebe lächelte zufrieden. »So werden die Affären des Reichs zwischen Kollegen erledigt, die sich seit langem kennen.«

»Ich denke, ich muß dem Herrn Oberstgruppenführer danken.«

»O nein, danken Sie nicht mir.« Nebe war heiter. »Heydrich fragt sich nämlich ernsthaft, ob Sie irgendwas gegen Globus in der Hand haben. Und wenn, würde er das gerne wissen. Ich übrigens auch. Aber vielleicht aus einem anderen Grund.« Er ergriff wieder März' Arm – derselbe harte Griff – und zischte: »Diese Schweine haben etwas vor. Was ist das? Sie werden es herausfinden. Sie werden es mir sagen. Vertrauen Sie niemandem. So hat Onkel Artur so lange überlebt, wie er überlebt hat. Wissen Sie, warum einige von den Alten Globus ›das U-Boot‹ nennen?«

»Nein, Herr Oberstgruppenführer.«

»Weil er während des Krieges in einem polnischen Keller ein

U-Boot aufgehängt hatte und die Abgase dazu verwendete, Menschen zu töten. Globus liebt es, Menschen umzubringen. Er würde Sie liebend gerne umbringen. Daran sollten Sie denken.« Nebe ließ März' Arm los. »Und jetzt müssen wir uns verabschieden.«

Er klopfte mit dem Knauf seines Stockes gegen das Trennglas. Der Fahrer stieg aus und öffnete März' Tür.

»Ich würde Ihnen anbieten, bis Berlin Mitte mitzufahren, aber ich fahre lieber allein. Halten Sie mich unterrichtet. Finden Sie Luther, März. Finden Sie ihn, bevor Globus ihn faßt.«

Die Tür schlug zu. Der Motor flüsterte. Als die Limousine über den Kies knirschte, konnte März Nebe kaum noch ausmachen – nur ein grüner Umriß hinter der schußsicheren Scheibe.

Er drehte sich um und sah, daß Globus ihn beobachtete.

Der SS-General begann, auf ihn zuzugehen, und hielt eine Luger ausgestreckt.

Er ist verrückt, dachte März. Er ist verrückt genug, mich auf der Stelle niederzuschießen wie Bühlers Hund.

Aber alles, was Globus tat, war, ihm die Waffe zu geben. »Ihre Dienstwaffe, Sturmbannführer. Sie werden sie brauchen.« Und dann kam er ganz nahe heran – nahe genug, daß März den sauren Geruch nach Knoblauchwurst in seinem heißen Atem riechen konnte. »Sie haben keinen Zeugen«, war alles, was er flüsterte. »Sie haben keinen Zeugen. Keinen mehr.«

März rannte.

Er rannte von dem Grundstück herunter und über die Chaussee und hinauf in den Wald – geradeaus durch ihn hindurch, bis er die Autobahn erreichte, die die östliche Grenze des Grunewalds bildet.

Da hielt er an, seine Hände umkrampften seine Knie, sein Atem kam in Schluchzern, während unter ihm der Verkehr nach Berlin brauste.

Dann war er wieder unterwegs, trotz der starken Seitenstiche, jetzt eher ein Trab, über die Brücke, an der S-Bahnstation Nikolassee vorbei, die Spanische Allee hinunter auf die Kaserne zu.

Sein Kripo-Ausweis brachte ihn an der Wache vorbei, seine Erscheinung – rotäugig, atemlos, mit mehr als einem Tagesbartwuchs – deutete einen schrecklichen Notfall an, der keine Diskussion duldete. Er fand den Schlafblock. Er fand Josts Bett. Das Kopfkissen war verschwunden, die Decken waren abgezogen worden. Alles, was da noch übrig war, waren der Eisenrahmen und eine harte braune Matratze. Der Spind war leer.

Ein einsamer Kadett, der ein paar Betten weiter seine Stiefel wienerte, erklärte, was sich ereignet hatte. Sie hatten Jost in der Nacht abgeholt. Sie waren zu zweit. Er werde in den Osten geschickt, hatten sie gesagt, zu einem ›Sonderlehrgang‹. Er war ohne ein Wort gegangen – so als habe er es erwartet. Der Kadett schüttelte den Kopf vor Verwunderung: ausgerechnet Jost. Der Kadett war eifersüchtig. Sie alle waren es. Er würde wirklichen Kampf erleben.

3

Das Fernsprechhäuschen stank nach Urin und altem Zigarettenrauch, und ein gebrauchtes Kondom war in den Dreck getreten worden.

»Komm doch, komm doch«, flüsterte März. Er klopfte mit einer Reichsmarkmünze gegen das trübe Glas und lauschte auf das elektronische Surren ihres klingelnden Telefons, das unbeantwortet blieb. Er ließ es lange Zeit klingeln, ehe er aufhängte.

Auf der anderen Seite der Straße machte ein Lebensmittelladen auf. Er kaufte sich eine Flasche Milch und ein paar frische Brötchen, die er am Straßenrand verschlang, wobei ihm ständig bewußt war, daß der Lebensmittelhändler ihn durch sein Schaufenster beobachtete. Da wurde ihm klar, daß er schon jetzt wie ein Flüchtiger lebte – nur dann für Lebensmittel Halt machen, wenn man zufällig über sie stolpert, sie im Freien verzehren, ständig in Bewegung sein. Milch rann ihm übers Kinn. Er wischte sie mit dem Handrücken ab. Seine Haut fühlte sich an wie Schmirgelpapier.

Er sah sich aufs neue prüfend um, ob man ihm folge. Auf seiner Straßenseite schob ein uniformiertes Kindermädchen einen Kinderwagen. Auf der anderen war eine alte Frau in das Fernsprechhäuschen gegangen. Ein Schuljunge rannte auf die Havel zu und umklammerte eine Spielzeugjacht. Normal, normal …

März, der brave Bürger, ließ die Milchflasche in einen Abfalleimer fallen und machte sich dann auf den Weg, die Vorstadtstraße hinab.

Sie haben keinen Zeugen. Keinen mehr …

Er empfand eine große Wut auf Globus, um so größer, da sie

durch Schuldgefühle genährt wurde. Die Gestapo mußte Josts Zeugenaussage in der Akte über Bühlers Tod gesehen haben. Sie würde das mit der SS-Akademie abgeklärt und dabei entdeckt haben, daß März gestern nachmittag zurückgekommen war, um ihn noch einmal zu verhören. Das würde sie in der Prinz-Albrecht-Straße aufgescheucht haben. Also war sein Besuch in der Kaserne Josts Todesurteil gewesen. Er hatte seiner Neugier nachgegeben – und so einen Mann umgebracht.

Und jetzt ging die Amerikanerin nicht ans Telefon. Was mochten sie mit ihr machen? Ein Heeres-LKW überholte ihn, der Sog zerrte an ihm, und in seinem Geist stieg die Vision empor, wie Charlotte Maguire zerbrochen im Rinnstein lag. »*Die Berliner Behörden bedauern diesen tragischen Unfall zutiefst ... Der Fahrer des betroffenen Fahrzeugs wird immer noch gesucht ...*« Er fühlte sich wie der Träger einer gefährlichen Krankheit. Er sollte eine Tafel tragen: Halten Sie sich von diesem Mann fern, er ist ansteckend.

Und endlos kreisten in seinem Kopf Bruchstücke von Gesprächen.

Artur Nebe: »*Finden Sie Luther, März. Finden Sie ihn, bevor Globus ihn findet ...*«

Rudi Halder: »*Ein paar Sipo-Jungs waren in der letzten Woche im Archiv und haben nach dir gefragt ...*«

Wieder Nebe: »*Dann liegt hier eine Beschwerde Ihrer Ex-Frau vor; sogar eine von Ihrem Sohn ...*«

Eine halbe Stunde wanderte er durch die blühenden Straßen entlang an den hohen Hecken und den Spriegelzäunen der wohlhabenden Berliner Vororte. Als er Dahlem erreichte, hielt er einen Studenten an, um sich nach dem Weg zu erkundigen. Beim Anblick von März' Uniform senkte der junge Mann den Kopf. Dahlem war ein Studentenviertel. Die männlichen Studenten wie dieser hier ließen ihre Haare ein paar Zentimeter über ihre Kragen wachsen; einige der weiblichen trugen Jeans – Gott allein wußte, wo sie die herbekamen. Die Weiße Rose, jene studentische Widerstandsbewegung, die während der vierziger Jahre kurz geblüht hatte, bis ihre Führer hingerichtet worden waren, wurde plötzlich wieder lebendig. IHR GEIST LEBT WEITER, sagten die Graffiti. Mitglieder der Weißen Rose murrten über die Einberufungsbescheide, hörten verbotene Musik, ließen aufrührerische Zeitschriften umlaufen, wurden von der Gestapo schikaniert.

Der Student machte auf März' Frage hin eine vage Bewegung mit seinen bücherbeladenen Armen und war froh, weitergehen zu können.

Luthers Haus stand nahe beim Botanischen Garten, von der Straße zurückgesetzt – ein Landhaus des 19. Jahrhunderts am Ende einer sichelförmigen Auffahrt aus weißem Kies. Zwei Männer saßen in einem ungekennzeichneten grauen BMW, der gegenüber der Einfahrt parkte. Der Wagen und seine Farbe machten sie sofort kenntlich. Zwei weitere würden die Hinterseite überwachen und mindestens einer die anliegenden Straßen durchkreuzen. März ging vorbei und bemerkte, wie sich einer der Gestapo-Schergen zu dem anderen herumdrehte und etwas sagte.

Irgendwo jaulte ein Motormäher; der Geruch von frischgeschnittenem Gras hing über der Auffahrt. Haus und Grundstück mußten ein Vermögen gekostet haben – vielleicht nicht ganz soviel wie Bühlers Villa, aber nicht viel weniger. Der rote Kasten einer neu installierten Alarmanlage ragte unter dem Dachgesims hervor.

Er läutete und spürte, wie er durch den Spion in der Mitte der massiven Tür überprüft wurde. Nach einer halben Minute öffnete sich die Tür und ließ ein englisches Dienstmädchen in schwarzweißer Uniform erkennen. Er gab ihr seinen Ausweis, und sie verschwand, um ihre Herrin zu fragen. Ihre Füße patschten über den polierten Holzfußboden. Sie kam zurück und führte März in das verdunkelte Wohnzimmer. Ein süßlicher Nebel von Kölnisch Wasser lag über der Szene. Frau Marthe Luther saß auf einem Sofa und zerknüllte ein Taschentuch. Sie sah zu ihm auf – glasige blaue Augen, die mit winzigen Adern durchsetzt waren.

»Etwas Neues?«

»Nein, gnädige Frau. Ich bedaure, das sagen zu müssen. Aber Sie dürfen sicher sein, daß keine Anstrengung unterlassen wird, um Ihren Mann zu finden.« *Das ist wahrer als du ahnst*, dachte er.

Sie war eine Frau, die rasch an Anziehungskraft verloren hatte, aber ein tapferes Rückzugsgefecht lieferte. Allerdings war sie in ihrer Taktik schlecht beraten: unnatürlich blondes Haar, ein enger Rock, eine um einen Knopf zu weit geöffnete Seidenbluse, die eine fette, milchweiße Klüftung zur Schau stellte. Sie sah Zentimeter für Zentimeter nach einer dritten Frau aus. Ein romantischer Roman lag offen mit dem Gesicht nach unten auf dem bestickten Kissen neben ihr. *Der Kaiserball* von Barbara Cartland.

Sie gab ihm seinen Ausweis zurück und schneuzte sich. »Bitte, setzen Sie sich. Sie sehen erschöpft aus. Nicht einmal Zeit, sich zu rasieren! Kaffee? Oder vielleicht einen Sherry? Nein? Rose, bring dem Herrn Sturmbannführer Kaffee. Und ich werde mich doch mit einem *winzigen* Sherry stärken.«

Während er da unbehaglich auf dem Rand eines tiefen, chintzbezogenen Armsessels kauerte, das Notizbuch offen auf dem Knie, lauschte März der weinerlichen Geschichte von Frau Luther. Ihr Gatte? So ein guter Mensch, kurz angebunden – ja, vielleicht, aber das waren die Nerven, der arme Mann. Der arme, arme Mann – er hatte tränende Augen, wußte März das?

Sie zeigte ihm ein Foto: Luther in irgendeinem Mittelmeerbad, in absurden Shorts, finsteren Angesichts, die Augen hinter den dicken Brillengläsern geschwollen.

Und sie machte weiter: Ein Mann seines Alters – er würde im Dezember neunundsechzig werden, und zu seinem Geburtstag würden sie nach Spanien fahren. Martin war ein Freund von General Franco – so ein netter kleiner Mann, war März ihm jemals begegnet?

»Nein, ich hatte bisher nicht das Vergnügen.«

Aha, nun ja. Sie könne kaum ertragen, daran zu denken, was alles geschehen sein mochte, immer war er so fürsorgend, ihr zu sagen, wohin er gehe, noch nie habe er so was zuvor getan. Es war so hilfreich, reden zu können, so mitfühlend ...

Ein Seufzer von Seide, als sie die Beine übereinanderschlug, und der Rock schob sich aufreizend über ein molliges Knie hoch. Das Mädchen erschien wieder und setzte Kaffeetasse, Sahnekännchen und Zuckerdose vor März ab. Ihre Herrin wurde mit einem Glas Sherry und einer dreiviertel geleerten Kristallkaraffe versorgt.

»Haben Sie ihn jemals die Namen Josef Bühler oder Wilhelm Stukkart nennen hören?«

Ein kleiner Riß der Konzentration erschien in dem Brei aus Makeup: »Nein, ich erinnere mich nicht ... Nein, wirklich nicht.«

»Ist er am vergangenen Freitag ausgegangen?«

»Am vergangenen Freitag? Ich glaube – ja. Er ging am frühen Morgen aus.« Sie trank ihren Sherry schlückchenweise. März machte sich eine Notiz.

»Und wann hat er Ihnen gesagt, daß er verreisen müsse?«

»Am Nachmittag. Er ist gegen zwei zurückgekommen, sagte, es sei etwas geschehen, und daß er am Montag in München sein müsse.

Er ist am Sonntag nachmittag geflogen, damit er die Nacht dort verbringen und früh aufstehen könne.«

»Und hat er Ihnen gesagt, worum es ging?«

»In der Beziehung war er sehr altmodisch. Seine Angelegenheiten waren seine Angelegenheiten, wenn Sie verstehen, was ich meine.«

»Wie erschien er denn vor der Reise?«

»Ach, reizbar, wie üblich.« Sie lachte – ein mädchenhaftes Kichern. »Naja, vielleicht *war* er ein bißchen abwesender als üblich. Die Fernsehnachrichten deprimierten ihn immer – der Terrorismus, die Kämpfe im Osten. Ich habe ihm gesagt, er solle doch nicht darauf achten – aus Sorgen entsteht nichts Gutes, hab' ich gesagt – aber da gab es Sachen ... ja, die nagten an ihm.« Sie senkte die Stimme. »Er hatte während des Krieges einen Zusammenbruch, der arme Kerl. Die Belastung ...«

Sie wollte wieder weinen. März mischte sich ein: »In welchem Jahr war sein Zusammenbruch?«

»Ich glaube 1943. Das war natürlich, bevor ich ihn kannte.«

»Natürlich.« März lächelte und verbeugte sich leicht. »Damals müssen Sie noch die Schule besucht haben.«

»Vielleicht nicht mehr gerade die *Schule* ...« Der Rock schob sich ein bißchen höher.

»Wann haben Sie angefangen, sich um seine Sicherheit zu sorgen?«

»Als er am Montag nicht zurückgekommen ist. Ich war die ganze Nacht wach.«

»Und dann haben Sie ihn am Dienstag morgen vermißt gemeldet?«

»Das wollte ich gerade, als Obergruppenführer Globocznik kam.«

März bemühte sich, die Überraschung aus seiner Stimme fernzuhalten. »Er kam, noch *bevor* Sie es der Polizei gemeldet haben? Wie spät war das?«

»Kurz nach neun. Er sagte, er müsse meinen Mann sprechen. Ich habe ihm die Situation erklärt. Der Obergruppenführer hat das sehr ernst genommen.«

»Ich bin sicher, daß er das getan hat. Hat er Ihnen gesagt, warum er Herrn Luther sprechen mußte?«

»Nein. Ich nehme an, es war eine Parteiangelegenheit. Warum?« Plötzlich bekam ihre Stimme einen härteren Klang. »Wollen Sie andeuten, daß mein Mann etwas Falsches getan hat?«

»Nein, nein ...«

Sie zog sich den Rock über die Knie und glättete ihn mit üppig beringten Fingern. Es gab eine Pause, und dann sagte sie: »Herr Sturmbannführer, was ist eigentlich der Zweck dieser Unterredung?«

»Ist Ihr Mann jemals in der Schweiz gewesen?«

»Von Zeit zu Zeit, vor einigen Jahren. Er hatte da Geschäfte. Warum?«

»Wo ist sein Reisepaß?«

»Er ist nicht in seinem Arbeitszimmer. Das habe ich aber schon alles mit dem Obergruppenführer durchgesprochen. Martin hat seinen Reisepaß immer bei sich gehabt. Er sagte, er wisse nie, wann er ihn brauche. Das war seine Schulung aus dem Außenministerium. Wirklich, daran gibt es nichts Ungewöhnliches, bestimmt nicht ...«

»Verzeihen Sie, gnädige Frau.« Er drängte weiter. »Die Alarmanlage. Ich hab' sie bemerkt, als ich hereinkam. Sie sieht neu aus.«

Sie blickte hinab in ihren Schoß. »Martin hat sie letztes Jahr anbringen lassen. Wir hatten Eindringlinge.«

»Zwei Männer?«

Sie sah überrascht auf. »Woher wissen Sie das?«

Das war ein Fehler gewesen. Er sagte: »Ich muß den Bericht darüber in der Akte Ihres Mannes gelesen haben.«

»Unmöglich.« Die Überraschung in ihrer Stimme wich Mißtrauen. »Er hat das nie angezeigt.«

»Warum nicht?«

Sie war im Begriff, eine grobe Antwort zu geben – so etwas wie ›Was geht denn Sie das an?‹ –, aber dann sah sie den Ausdruck in März' Augen und änderte ihre Meinung. Sie sagte mit resignierender Stimme: »Ich habe ihn angefleht, Herr Sturmbannführer. Aber er wollte nicht. Und er wollte mir nicht sagen, warum nicht.«

»Was ist geschehen?«

»Es war im letzten Winter. Wir hatten vor, den Abend zu Hause zu verbringen. Da haben Freunde im letzten Augenblick angerufen, und wir sind zusammen zum Abendessen ausgegangen. Bei Horcher. Als wir zurückkamen, waren zwei Männer *in diesem Zimmer*.« Sie sah sich um, als ob sie immer noch irgendwo versteckt sein könnten. »Gott sei Dank waren unsere Freunde mit uns gekommen. Wenn wir allein gewesen wären ... Als sie sahen, daß wir zu viert waren, sprangen sie aus dem Fenster da.« Sie wies über März' Schulter.

»Also ließ er ein Alarmsystem anbringen. Hat er noch andere Vorsichtsmaßnahmen ergriffen?«

»Er hat eine Wache angestellt. Vier Wachmänner insgesamt. Sie arbeiteten schichtweise. Er behielt sie bis nach Weihnachten. Dann beschloß er, daß er ihnen nicht mehr trauen könne. Er war dermaßen *verängstigt*, Herr Sturmbannführer.«

»Wodurch?«

»Das wollte er mir nicht sagen.«

Heraus kam das Taschentuch. Ein weiterer Sherry wurde aus der Karaffe eingegossen. Ihr Lippenstift hatte dicke rote Schmierflecke am Rand ihres Glases hinterlassen. Sie glitt wieder auf den Rand des Weinens zu. März hatte sie falsch eingeschätzt. Sie fürchtete um ihren Mann, gewiß. Aber noch mehr fürchtete sie, daß er sie vielleicht betrüge. In ihrem Geist jagten einander die Schatten und hinterließen Spuren in ihren Augen. War es eine andere Frau? Ein Verbrechen? Ein Geheimnis? War er aus dem Land geflohen? Für immer gegangen? Er empfand Mitleid mit ihr und erwog einen Augenblick lang, ihr zu sagen, daß die Gestapo gegen ihren Mann ermittelte. Aber warum ihr Elend vergrößern? Sie würde bald genug wissen. Er hoffte, daß der Staat das Haus nicht beschlagnahmen würde.

»Ich werde ihn wohl nie mehr wiedersehen, oder?«

»Doch«, sagte er.

Nein dachte er.

Es war eine Erleichterung, den dunklen und kränklichen Raum zu verlassen und in die frische Luft zu entkommen. Die Männer der Gestapo saßen immer noch in dem BMW. Sie beobachteten ihn, als er ging. Er zögerte einen Augenblick und wandte sich dann nach rechts, zum Bahnhof Botanischer Garten.

Vier Wachmänner!

Langsam begann er, es vor sich zu sehen. Ein Treffen in Bühlers Villa am Freitag morgen, an dem Bühler, Stuckart und Luther teilnahmen. Ein Treffen in Panik, alte Männer in Angstschweiß – und aus guten Gründen. Vielleicht hatte jeder von ihnen eine andere Aufgabe übernommen. Jedenfalls war Luther am Sonntag nach Zürich geflogen. März war sicher, daß er es war, der vom Zürcher Flughafen aus am Montag nachmittag die Pralinen geschickt hatte, vielleicht unmittelbar bevor er an Bord eines anderen Flugzeugs ging. Was bedeuteten sie? Kein Geschenk: ein Zeichen. Sollte ihr Eintreffen bedeuten, daß er seine Aufgabe erfolgreich erledigt hatte? Oder daß er gescheitert sei?

März sah sich über die Schulter um. Ja, jetzt folgte man ihm, war er sicher. Sie hatten genügend Zeit gehabt, das zu organisieren, während er in Luthers Haus war. Wer waren ihre Leute? Die Frau in dem grünen Mantel? Der Student auf seinem Fahrrad? Hoffnungslos. Die Gestapo war zu gut, als daß er sie hätte erkennen können. Es würden mindestens drei oder vier sein. Er verlängerte seine Schritte. Er näherte sich dem Bahnhof.

Frage: ist Luther am Montag nachmittag aus Zürich nach Berlin zurückgekommen, oder ist er außer Landes geblieben? Insgesamt neigte März der Ansicht zu, er sei zurückgekehrt. Jener Anruf gestern Morgen in Bühlers Villa – »*Bühler? Sprich doch. Wer ist da?*« –, das war Luther gewesen, da war er auch sicher. Also: angenommen, Luther hat die Päckchen aufgegeben, unmittelbar bevor er an Bord ging, sagen wir gegen 5 Uhr. Dann würde er gegen 7 Uhr an jenem Abend in Berlin gelandet sein. Und dann war er untergetaucht.

Der Bahnhof Botanischer Garten lag an der Linie der elektrisch betriebenen Stadtbahn in die Vororte. März kaufte sich einen Fahrschein für eine Mark und lungerte vor der Sperre herum, bis der Zug kam. Er stieg ein und dann, gerade als die Türen zuzischten, sprang er wieder heraus und rannte über die metallene Fußgängerbrücke zum anderen Bahnsteig. Zwei Minuten später bestieg er den Zug in südlicher Richtung, nur um in Lichterfelde herauszuspringen und die Strecke zurückzufahren. Der Bahnhof lag verlassen. Er ließ den ersten Zug nach Norden weiterfahren, bestieg den zweiten und ließ sich auf seinem Platz nieder. Der einzige andere Passagier in seinem Wagen war eine schwangere Frau. Er lächelte sie an; sie sah weg. Gut.

Luther, Luther. März zündete sich eine Zigarette an. Ging auf die siebzig zu, nervöses Herz, tränende Augen. Zu paranoid, um auch nur seiner Frau zu trauen. Vor sechs Monaten sind sie zum ersten Mal gekommen, und da bist du ihnen durch Zufall entkommen. Warum bist du vor ihnen zum Berliner Flughafen geflüchtet? Bist du durch die Kontrollen gekommen und hast dann beschlossen, deine Verbündeten anzurufen? In Stuckarts Wohnung muß das Telefon unbeantwortet geläutet haben, neben dem schweigenden blutüberströmten Schlafzimmer. In Schwanenwerder muß Bühler, wenn Eislers Schätzung der Todeszeit richtig war, schon von seinen Mördern überrascht gewesen sein. Haben sie das Telefon läuten lassen? Oder hat einer von ihnen geantwortet, während die anderen Bühler niederzwangen?

Luther, Luther: irgend etwas ist geschehen, das dich um dein Leben laufen ließ – an jenem Montagabend hinaus in den eisigen Regen.

Er stieg an der Station Gotenland aus. Ein weiteres Stück Wirklichkeit gewordener architektonischer Fantasie – Mosaikfußböden, polierte Steine, dreißig Meter hohe Fenster aus buntem Glas. Das Regime schloß Kirchen und ersetzte sie dann durch den Bau von Hauptbahnhöfen, die wie Kathedralen aussahen.

Als er von der Überführung auf die Tausende von hastenden Reisenden hinabblickte, überließ März sich fast der Verzweiflung. Myriaden von Leben – jedes mit seinen eigenen Geheimnissen und Plänen und seiner persönlichen Last von Schuld – kreuzten unter ihm hin und her, und keines berührte das andere, und jedes war abgespalten und unterschiedlich. Sich vorzustellen, daß er – allein – einen einzelnen alten Mann unter so vielen herausfinden sollte – zum ersten Mal kam ihm der Gedanke fantastisch und absurd vor.

Aber Globus konnte es. Schon waren, wie März erkennen konnte, die Polizeistreifen verstärkt worden. Das mußte während der letzten halben Stunde geschehen sein. Die Orpo-Männer überprüften jeden Mann über sechzig. Ein Penner ohne Papiere wurde jammernd weggeführt.

Globus! März wandte sich vom Geländer ab und stieg in den abwärtsfahrenden Aufzug, um die eine Person in Berlin zu suchen, die ihm vielleicht das Leben retten konnte.

4

Mit der zentralen U-Bahn-Linie zu fahren, war, in den Worten des Reichsministeriums für Propaganda und Kulturelle Aufklärung, eine Reise durch die deutsche Geschichte, Berlin-Gotenland, Bülowstraße, Nollendorfplatz, Wittenbergplatz, Nürnberger Platz, Hohenzollernplatz – die Stationen folgten einander wie Perlen auf einer Schnur.

Die Wagen, die auf dieser Linie liefen, stammten noch aus der Vorkriegszeit. Rote Wagen für Raucher, gelbe für Nichtraucher. Die harten Holzbänke waren von drei Jahrzehnten Berliner Hintern glänzend poliert worden. Die meisten Passagiere standen, und hielten sich an den abgenutzten ledernen Handgriffen fest und schwankten im Rhythmus des Zuges. Anschläge forderten sie auf, Informanten zu werden. ›Der Profit der Schwarzfahrer ist der Verlust der Berliner! Zeigt den Behörden jedes Vergehen an!‹

›Hat er seinen Platz einer Frau oder einem Kriegsveteranen angeboten? Die Strafe für Nichtanbieten: 25 Reichsmark!‹

März hatte sich an einem Bahnsteigkiosk das ›Berliner Tageblatt‹ gekauft und durchflog es nahe der Tür lehnend. Kennedy und der Führer, der Führer und Kennedy – das war praktisch alles, was zu lesen war. Das Regime investierte eindeutig und heftig in den Erfolg der Gespräche. Das konnte nur bedeuten, daß die Dinge im Osten noch schlechter standen, als man allgemein annahm. »Ein ständiger Kriegszustand an der Ostfront wird uns helfen, eine gesunde Menschenrasse zu formen«, hatte der Führer einmal gesagt, »und wird uns daran hindern, wieder in die Weichlichkeit eines auf sich beschränkten Europas zurückzufallen.« Die Menschen *waren* aber weich geworden. Welchen Sinn hat denn der Sieg sonst? Sie hatten Polen, um ihnen die Gärten umzugraben, und Ukrainer, die Straßen zu kehren, und französische Köche, ihre Speisen zu kochen, und englische Dienstmädchen, sie aufzutragen. Nachdem sie die Bequemlichkeiten des Sieges gekostet hatten, war ihnen der Appetit auf Krieg vergangen.

Ganz unten auf einer der Innenseiten stand in einer so kleinen Schrift, daß man es kaum wahrnahm, Bühlers Todesanzeige. Es hieß, er sei infolge eines ›Badeunfalls‹ gestorben.

März stopfte die Zeitung in die Tasche und stieg an der Bülowstraße aus. Von der offenen Plattform aus konnte er zu Charlotte Maguires Wohnung hinübersehen. Ein Schatten bewegte sich hinter dem Vorhang. Sie war zu Hause. Oder vielmehr: jemand war in der Wohnung.

Die Portiersfrau saß nicht in ihrem Sessel, und als er an die Wohnungstür klopfte, antwortete niemand. Er klopfte wieder, diesmal lauter.

Nichts.

Er ging von der Tür weg und klapperte den ersten Teil der Treppe hinab. Dann blieb er stehen, zählte bis zehn und schlich sich wieder aufwärts, seitlich, den Rücken an die Wand gepreßt, eine Stufe; Pause

– noch eine Stufe; Pause –, und jedesmal zuckte er zusammen, wenn er ein Geräusch verursachte, bis er schließlich erneut vor der Tür stand. Er zog seine Pistole.

Minuten verstrichen. Hunde bellten, Autos und Züge und Flugzeuge kamen vorüber, Säuglinge schrien, Vögel sangen: die Kakophonie der Stille. Und dann krachte im Innern der Wohnung lauter als alles andere eine Fußbodenplanke.

Die Tür öffnete sich einen Bruchteil.

März wirbelte herum und rammte sie mit der Schulter. Wer immer sich hinter der Tür befand, wurde von der Gewalt des Rammstoßes zurückgeschleudert. Und dann war März drinnen und auf ihm, und schob ihn durch die winzige Diele ins Wohnzimmer. Eine Lampe stürzte zu Boden. Er versuchte die Pistole hochzubekommen, aber der Mann griff nach seinen Armen. Und jetzt war er es, der rückwärts gedrängt wurde. Die Rückseiten seiner Beine stießen gegen einen niedrigen Tisch, und er stürzte hintenüber und schlug mit dem Kopf gegen etwas, und die Luger rutschte über den Boden.

Nun ja, das war ganz lustig, und unter anderen Umständen hätte März vielleicht gelacht. Aber er war bei dieser Art von Auseinandersetzungen nie besonders gut gewesen, und jetzt – nachdem er mit dem Überraschungsvorteil begonnen hatte – lag er unbewaffnet auf dem Rücken, den Kopf im Kamin, und die Beine immer noch auf dem Kaffeetischchen, in der Haltung einer Schwangeren, die sich einer inneren Untersuchung unterzieht.

Sein Angreifer stürzte sich über ihn und trieb ihm die Luft aus. Eine behandschuhte Hand krallte nach seinem Gesicht, die andere schloß sich um seine Kehle. März konnte weder sehen noch atmen. Er warf den Kopf von Seite zu Seite und biß in die Lederhand. Er drosch mit seinen Fäusten nach dem Kopf des anderen Mannes, konnte aber keine Kraft in seine Hiebe legen. Was da über ihm war, war nicht menschlich. Das war die erbarmungslose Gewalt einer Maschine. Sie zermalmte ihn. Stählerne Finger hatten jene Arterie gefunden – die sich März nie merken, geschweige denn finden konnte –, und er spürte, wie er sich der Gewalt ergab, der rauschenden Schwärze, die alle Schmerzen auslöscht. Und er dachte: *also bin ich auf Erden gewandelt, um so zu enden.*

Ein Krachen. Die Hände lösten sich, zogen sich zurück. März trieb wieder in den Kampf hinein, zumindest als Zuschauer. Der Mann war zur Seite geschleudert worden, durch einen Hieb mit einem

Stahlrohrstuhl gegen den Kopf. Blut zog sich als Maske über sein Gesicht, es pulste aus einem Schnitt über seinem Auge. Krachen. Wieder der Stuhl. Mit einem Arm versuchte der Mann, die Schläge abzuwehren, mit dem anderen wischte er sich krampfhaft die geblendeten Augen. Er begann, auf seinen Knien auf die Tür zuzukriechen, einen Teufel auf dem Rücken – eine zischende, speiende Furie, deren Klauen nach seinen Augen krallten. Langsam, als ob er eine ungeheure Last schleppe, stemmte er sich auf ein Bein, dann auf das andere. Alles was er sich noch wünschte, war wegzukommen. Er stolperte gegen den Türrahmen, drehte sich um und hämmerte seinen Peiniger gegen ihn – einmal, zweimal.

Erst da ließ Charlotte Maguire ihn los.

Nester von Schmerzen explodierten wie Feuerwerk: sein Kopf, die Rückseiten seiner Beine, seine Rippen, die Kehle.

»Wo haben Sie denn so zu kämpfen gelernt?«

Er war in der kleinen Küche und beugte sich über das Spülbecken. Sie tupfte Blut aus dem Schnitt an seinem Hinterkopf.

»Versuchen Sie mal als einziges Mädchen der Familie mit drei Brüdern aufzuwachsen. Dann lernen Sie zu kämpfen. Halten Sie still.«

»Mir tun die Brüder leid. Autsch.« März' Kopf schmerzte am meisten. Blutiges Wasser tropfte auf fettige Teller wenige Zentimeter vor seinem Gesicht, und das ließ ihm übel werden. »Ich dachte, in Hollywood ist es üblich, daß der Mann das Mädchen rettet.«

»Hollywood ist reine Scheiße.« Sie legte ein frisches Tuch auf. »Das ist ziemlich tief. Bist du sicher, daß du nicht doch ins Krankenhaus willst?«

»Keine Zeit.«

»Wird der Mann zurückkommen?«

»Nein. Jedenfalls vorläufig nicht. Vermutlich handelt es sich immer noch um eine Geheimaktion. Danke.«

Er drückte das Tuch gegen seinen Hinterkopf und streckte sich. Als er das tat, entdeckte er einen weiteren Schmerz, an der Wurzel seines Rückgrats.

»›Geheimaktion‹?«, wiederholte sie. »Glauben Sie nicht, daß er ein einfacher Dieb war?«

»Nein. Er war ein Profi. Ein authentischer, Gestapo-geschulter Profi.«

»Und ich hab' ihn besiegt!« Das Adrenalin verlieh ihrer Haut ein Schimmern; ihre Augen sprühten. Ihre einzige Verletzung war eine Prellung an der Schulter. Sie war attraktiver, als er sich erinnern konnte. Zarte Wangenknochen, eine kräftige Nase, volle Lippen, große braune Augen. Sie hatte braunes Haar, das bis zum Nackenansatz geschnitten war und das sie hinter die Ohren gekämmt trug.

»Wenn sein Befehl gelautet hätte, Sie umzubringen, hätte er das getan.«

»Wirklich? Und warum hat er es nicht getan?« Plötzlich klang sie ärgerlich.

»Sie sind Amerikanerin. Eine geschützte Art, vor allem jetzt.« Er sah sich das Tuch an. Der Blutstrom war zum Stillstand gekommen. »Unterschätzen Sie den Gegner nicht, mein Fräulein.«

»Unterschätzen Sie *mich* nicht. Wenn ich nicht nach Hause gekommen wäre, hätte er Sie umgebracht.«

Er beschloß nichts zu sagen. Ihre Stimmung war offenbar auf dem Tiefpunkt.

Die Wohnung war gründlich durchsucht worden. Ihre Wäsche hing aus den Schubladen heraus, ihre Papiere waren über den Schreibtisch und auf den Fußboden verstreut, die Koffer waren umgedreht worden. Zwar dürfte es, dachte er, auch vorher nicht besonders ordentlich gewesen sein: die schmutzigen Teller in der Spüle, das Durcheinander von (meist leeren) Flaschen im Badezimmer, die vergilbenden Ausgaben der ›New York Times‹ und von ›Time‹, deren Blätter von der deutschen Zensur in Streifen geschnitten waren, wahllos an den Wänden aufgestapelt. Das zu durchsuchen mußte ein Albtraum gewesen sein. Schwaches Licht sickerte durch schmutzige Netzvorhänge. Alle paar Minuten bebten die Wände, wenn Züge vorbeifuhren.

»Gehört die Ihnen?« Sie zog die Luger unter einem Stuhl hervor und hielt sie zwischen Zeigefinger und Daumen hoch.

»Ja. Danke.« Er nahm sie. Sie hatte eine besondere Gabe, daß er sich dumm vorkam. »Fehlt was?«

»Ich glaube nicht.« Sie sah sich um. »Ich bin nicht sicher, daß ich es sehen könnte, wenn dem so wäre.«

»Was ich Ihnen gestern abend gegeben habe …?«

»O das? Es war hier auf dem Kaminsims.« Sie strich mit der Hand darüber und runzelte die Stirn. »Es *war* hier …«

Er schloß die Augen. Als er sie wieder aufmachte, grinste sie.

»Machen Sie sich keine Sorgen, Sturmbannführer. Es ruhte nahe meinem Herzen. Wie ein Liebesbrief.«

Sie wandte ihm den Rücken zu und knöpfte ihre Bluse auf. Als sie sich wieder umdrehte, hielt sie den Umschlag in der Hand. Er nahm ihn mit zum Fenster. Er fühlte sich warm an.

Er war lang und schmal, aus dickem Papier – ein reiches, sahniges Blau mit braunen Altersflecken, wie Leberflecken. Er war Luxusware, handgemacht, ein Überbleibsel aus einer anderen Zeit. Er trug weder Namen noch Adresse.

In dem Umschlag befanden sich ein kleiner Messingschlüssel und ein Brief, geschrieben auf passendem blauen Papier, dick wie Karton. In die obere rechte Ecke war in üppigem Kupferstich gedruckt: Zaugg & Cie, Bankiers, Bahnhofstraße 44, Zürich. Ein einziger Satz, der darunter getippt war, wies den Träger als Mitinhaber des Nummernkontos 2402 aus. Der Brief war vom 8. Juli 1942 datiert. Er war unterschrieben mit Hermann Zaugg, Direktor.

März las ihn noch einmal durch. Er war nicht überrascht, daß Stuckart den im Safe eingeschlossen hatte: Für einen deutschen Bürger war es ungesetzlich, im Ausland ein Bankkonto ohne Genehmigung der Reichsbank zu unterhalten. Auf Nichtbeachtung stand die Todesstrafe.

Er sagte: »Ich habe mir Sorgen um Sie gemacht. Ich habe vor ein paar Stunden versucht, Sie anzurufen, aber niemand hat sich gemeldet.«

»Ich war aus, Nachforschungen.«

»Nachforschungen?«

Jetzt grinste sie wieder.

Auf März' Anregung hin machten sie einen Spaziergang durch den Tiergarten, den traditionellen Treffpunkt für Berliner, die Geheimes zu besprechen hatten. Selbst die Gestapo hätte erst noch Methoden erfinden müssen, wie man einen Park abhört. An Baumwurzeln sprossen Osterblumen aus dem Rasen. Kinder fütterten die Enten auf dem Neuen See.

Aus Stuckarts Wohnblock herauszukommen sei einfach gewesen, sagte sie. Der Luftschacht habe sich fast zu ebener Erde auf die Allee geöffnet. Dort waren keine SS-Männer. Die waren alle vorne vor dem Eingang. Also war sie einfach an dem Gebäude entlang zu der Straße hinter ihm gegangen und hatte sich ein Taxi nach Hause genommen.

Sie war die halbe Nacht aufgeblieben und hatte auf seinen Anruf gewartet und hatte den Brief immer wieder gelesen, bis sie ihn auswendig kannte. Als sie um 9 Uhr immer noch nichts gehört hatte, beschloß sie, nicht länger zu warten.

Sie wollte wissen, was mit ihm und Jäger geschehen war. Er erzählte ihr nur, daß man sie ins Hauptquartier der Gestapo gebracht und sie am Morgen freigelassen hatte.

»Sind Sie in Schwierigkeiten?«

»Ja. Und jetzt erzählen Sie mir, was Sie entdeckt haben.«

Sie war zuerst in die öffentliche Bücherei am Nollendorfplatz gegangen – da man ihr den Presseausweis abgenommen hatte, wußte sie nichts Besseres zu tun. In der Bücherei war ein Handbuch der europäischen Banken. Zaugg & Cie gab es noch. Die Bankadresse war immer noch Bahnhofstraße. Von der Bücherei aus war sie in die US-Botschaft gegangen, um Henry Nightingale zu sprechen.

»Nightingale?«

»Sie sind ihm gestern abend begegnet.«

März erinnerte sich: der junge Mann in dem Sportjackett mit dem durchgeknöpften Hemd und seiner Hand auf ihrem Arm. »Sie haben ihm doch nichts erzählt?«

»Natürlich nicht. Außerdem ist er diskret. Wir können ihm vertrauen.«

»Ich ziehe es vor, selbst zu beurteilen, wem ich vertrauen kann.« Er fühlte sich von ihr enttäuscht. »Ist er Ihr Liebhaber?«

Sie blieb stehen. »Was ist das für eine Frage?«

»Für mich steht mehr auf dem Spiel als für Sie, mein Fräulein. Sehr viel mehr. Ich habe ein Recht darauf, es zu wissen.«

»Sie haben *überhaupt kein* Recht, etwas zu wissen.« Sie war wütend.

»Schon gut.« Er hob die Hände hoch. Die Frau war unmöglich. »Ihre Angelegenheit.«

Sie nahmen den Spaziergang wieder auf.

Nightingale, erklärte sie, war Fachmann für schweizerische Wirtschaftsangelegenheiten, nachdem er mit den Angelegenheiten einiger deutscher Flüchtlinge in den Vereinigten Staaten befaßt gewesen war, die versuchten, ihr Geld aus Banken in Zürich und Genf abzuziehen.

Es war fast unmöglich.

1934 hatte Heydrich einen Gestapo-Agenten namens Georg Hannes Thomae in die Schweiz geschickt, um die Namen von so vielen deutschen Konteninhabern wie nur möglich herauszufinden. Thomae hatte sich in Zürich niedergelassen, Affären mit einigen einsamen Kassiererinnen angefangen und sich mit untergebenen Bankangestellten angefreundet. Wenn die Gestapo den Verdacht hatte, daß eine bestimmte Person ein illegales Konto unterhielt, besuchte Thomae die Bank als Bote und versuchte, Geld auf das Konto einzuzahlen. In dem Augenblick, in dem Geld angenommen wurde, wußte Heydrich, daß ein Konto bestand. Der Inhaber wurde verhaftet, bis zur Enthüllung aller Einzelheiten gefoltert, und bald erhielt die Bank in der vorgeschriebenen Form ein Telegramm, in dem die Rücküberweisung aller Einzahlungen verfügt wurde.

Der Krieg der Gestapo gegen die Schweizer Banken wurde immer ausgeklügelter und ausgedehnter. Ferngespräche, Telegramme und Briefe zwischen Deutschland und der Schweiz wurden routinemäßig abgefangen. Kunden wurden hingerichtet oder in Konzentrationslager geschickt. In der Schweiz brach ein Sturm der Entrüstung los. Schließlich verabschiedete die Schweizer Nationalversammlung in aller Eile ein neues Bankgesetz, das es allen Banken unter Androhung von Haftstrafen verbot, irgendwelche Einzelheiten über die Konten ihrer Kunden bekanntzugeben. Georg Thomae flog auf und wurde ausgewiesen.

Die Schweizer Banken begannen, Geschäfte mit deutschen Bürgern als zu gefährlich und zeitraubend für eine Weiterführung anzusehen. Mit Kunden in Verbindung zu treten war praktisch unmöglich. Hunderte Konten wurden von ihren schreckerfüllten Inhabern einfach aufgegeben. Zumindest ehrbare Bankiers hatten keine Lust, sich in solche Transaktionen auf Leben und Tod einzulassen. Die Veröffentlichungen waren zerstörerisch. 1939 war das einst einträgliche deutsche Nummernkontengeschäft zusammengebrochen.

»Und dann kam der Krieg«, sagte Charlie. Sie hatten das Ende des Neuen Sees erreicht und gingen jetzt zurück. Von jenseits der Bäume kam das Brummen des Verkehrs auf der Ost-West-Achse. Die Kuppel der Großen Halle erhob sich über den Bäumen. Die Berliner spotteten, der einzige Weg, sie nicht sehen zu müssen, sei, in ihr zu wohnen.

»Nach 1939 stieg die Nachfrage nach Schweizer Konten aus offensichtlichen Gründen dramatisch an. Die Menschen versuchten verzweifelt, ihre Vermögen aus Deutschland hinauszuschaffen. Also ersannen sich Banken wie Zaugg eine neue Art von Einlagekonten. Für eine Gebühr von 200 Franken bekam man einen Depotkasten und eine Nummer, einen Schlüssel und einen Beglaubigungsbrief.«

»Genau wie Stuckart.«

»Richtig. Man brauchte nur Schlüssel und Brief vorzuzeigen, und alles gehörte einem. Keine Fragen. Zu jedem Konto konnte man so viele Schlüssel und Beglaubigungsbriefe haben, wie der Inhaber zu bezahlen bereit war. Das Schöne daran war – die Banken hatten nicht länger etwas damit zu tun. Eines Tages mochte, wenn sie sich eine Reiseerlaubnis beschaffen konnte, eine zierliche alte Dame mit den Ersparnissen ihres Lebens auftauchen. Und zehn Jahre danach konnte ihr Sohn mit Brief und Schlüssel kommen und mit seiner Erbschaft fortgehen.«

»Oder die Gestapo konnte auftauchen …«

»… und wenn sie Brief und Schlüssel hatte, konnte die Bank ihr alles aushändigen. Keine Peinlichkeiten, keine Publizität. Kein Verstoß gegen das Bankgesetz.«

»Diese Konten – gibt es die immer noch?«

»Die Schweizer Regierung hat sie unter Druck von Berlin gegen Kriegsende verboten, und seither sind keine neuen mehr zugelassen worden. Aber die alten – die gibt es immer noch, denn die Bedingungen der ursprünglichen Vereinbarung müssen eingehalten werden. Sie sind selbst zu Wertgegenständen geworden. Leute handeln damit. Henry sagt, daß Zaugg daraus eine Spezialität gemacht hat. Gott allein weiß, was in all seinen Kästen steckt.«

»Haben Sie gegenüber diesem Nightingale Stuckarts Namen genannt?«

»Natürlich nicht. Ich habe ihm erzählt, ich schriebe für ›Fortune‹ über *Die verlorenen Erbschaften des Krieges*.«

»So wie Sie mir erzählt haben, Sie wollten von Stuckart ein Interview für einen Artikel über *Des Führers frühe Jahre?*«

Sie zögerte und fragte dann ruhig: »Was soll das heißen?«

Sein Kopf pochte, seine Rippen schmerzten immer noch. *Was wollte er wissen?* Er zündete sich eine Zigarette an, um Zeit zum Nachdenken zu gewinnen.

»Menschen, die dem gewaltsamen Tod begegnen – die versuchen es zu vergessen, wegzulaufen. Nicht Sie. Gestern abend: Ihre Bereitwilligkeit, in Stuckarts Wohnung zurückzukommen, die Art, wie Sie seine Briefe öffneten. Heute morgen: das Ausgraben von Informationen über Schweizer Banken …«

Er hörte auf zu sprechen. Ein älteres Paar ging auf dem Fußweg an ihnen vorüber und starrte sie an. Ihm wurde klar, daß sie ein seltsames Paar abgaben: ein SS-Sturmbannführer, unrasiert und reichlich zerzaust, und eine Frau, die ganz offensichtlich eine Ausländerin war. Ihr Akzent mochte vollkommen sein, aber da war etwas um sie, in ihrem Ausdruck, ihrer Kleidung, ihrer Haltung – etwas, das verriet, daß sie keine Deutsche war.

»Gehen wir hier lang.« Er führte sie vom Fußweg fort auf die Bäume zu.

»Kann ich eine davon haben?«

Als er ihr im Schatten eine Zigarette anzündete, schützte sie die Flamme mit gewölbten Händen. Das Widerspiel des Feuers tanzte in ihren Augen.

»Na schön.« Sie trat einen Schritt zurück und umschlang sich mit den Armen, als sei ihr kalt. »Es stimmt, daß meine Eltern Stuckart vor dem Krieg gekannt haben. Es stimmt, daß ich ihn vor Weihnachten besucht habe. Aber nicht ich habe ihn angerufen. Er hat mich angerufen.«

»Wann?«

»Samstag. Spät.«

»Was hat er gesagt?«

Sie lachte. »O nein, Sturmbannführer. In meinem Geschäft sind Informationen eine Ware, die auf dem freien Markt gehandelt wird. Aber ich bin bereit zu handeln.«

»Was wollen Sie wissen?«

»Alles. Warum Sie gestern Abend in die Wohnung einbrechen mußten. Warum Sie Geheimnisse vor Ihren eigenen Leuten haben. Warum die Gestapo Sie vor einer Stunde fast umgebracht hat.«

»Ach, *das* …« Er lächelte. Er fühlte sich erschöpft. Er lehnte den Rücken gegen die rauhe Borke des Baumes und starrte über den Park. Es schien ihm, daß er nichts zu verlieren hatte.

»Vor zwei Tagen«, begann er, »habe ich eine Leiche aus der Havel gefischt.«

Er erzählte ihr alles. Er erzählte ihr von Bühlers Tod und Luthers Verschwinden. Er erzählte ihr, was Jost gesehen hatte und was ihm zugestoßen war. Er erzählte ihr von Nebe und Globus, von den Kunstschätzen und den Gestapo-Akten. Er erzählte ihr sogar von

Paules Aussage. Und etwas, das er bei Verbrechern bemerkt hatte, während sie gestanden, auch wenn sie wußten, daß ihr Geständnis sie eines Tages umbringen würde: als er geendet hatte, fühlte er sich besser.

Lange Zeit schwieg sie. »Das ist fair«, sagte sie. »Ich weiß nicht, ob es Ihnen hilft, aber mir ist Folgendes zugestoßen.«

Sie war Samstag abend früh ins Bett gegangen. Das Wetter war schlecht – der Anfang jener riesigen Regenbank, die drei Tage lang die Stadt ertränkt hatte. Sie hatte keine Lust auf Gesellschaft, schon seit Wochen nicht. Berlin kann einen dazu bringen. Kann einen sich im Schatten jener gewaltigen grauen Gebäude klein und hoffnungslos fühlen lassen; die ewigen Uniformen; die nie lächelnden Bürokraten.

Das Telefon klingelte gegen 11.30 Uhr, gerade als sie in den Schlaf abzudriften begann. Eine Männerstimme. Straff. Präzise. »Es gibt eine Fernsprechzelle gegenüber Ihrer Wohnung. Gehen Sie dahin. Ich werde Sie da in 5 Minuten anrufen. Wenn die Zelle besetzt ist, warten Sie bitte.«

Sie hatte nicht erkannt, wer das war, aber etwas in der Stimme des Mannes hatte ihr gesagt, daß das kein Scherz sei. Sie hatte sich angezogen, ihren Mantel geschnappt, war die Treppen hinuntergehastet, auf die Straße, und hatte versucht, sich gleichzeitig die Schuhe anzuziehen und weiterzugehen. Der Regen war ihr wie ein Schlag übers Gesicht gefahren. Auf der anderen Seite der Straße stand vor dem Bahnhof eine alte Telefonkabine – Gottseidank leer.

Und während sie auf den Anruf wartete, erinnerte sie sich, wo sie diese Stimme zum ersten Mal gehört hatte.

»Gehen Sie ein bißchen zurück«, sagte März. »Ihre erste Begegnung mit Stuckart. Beschreiben Sie die.«

Das war vor Weihnachten gewesen. Sie hatte ihn einfach angerufen. Erklärt, wer sie war. Er schien ablehnend, aber sie war hartnäckig geblieben, und schließlich hatte er sie zum Tee gebeten. Er hatte einen Schopf weißer welliger Haare und eine jener orangefarbenen Bräunungen, die man entweder bei langen Aufenthalten unter der Sonne oder unter Ultraviolettlampen erwirbt. Die Frau, Maria, war auch in der Wohnung, benahm sich aber wie ein Dienstmädchen. Sie servierte den Tee und ließ sie dann allein. Das übliche Geschwätz: wie geht es Ihrer Mutter? Sehr gut, danke der Nachfrage.

Ha, war das ein Witz.
Sie schnippte die Asche vom Ende ihrer Zigarette.
»Die Karriere meiner Mutter ist gestorben, als sie Berlin verließ. Und wurde durch meine Ankunft begraben. Wie Sie sich vorstellen können, gab es während des Krieges in Hollywood keine große Nachfrage nach deutschen Schauspielerinnen.«

Und dann hatte er sie nach ihrem Vater gefragt, in einer gewissermaßen zähneknirschenden Weise. Und sie hatte großes Vergnügen empfunden, als sie sagen konnte: ausgezeichnet, ich danke Ihnen. Er sei 1961 in den Ruhestand getreten, als Kennedy an die Macht kam. Der Stellvertretende Unterstaatssekretär Michael Maguire. Gott schütze die Vereinigten Staaten von Amerika. Stuckart hatte ihn durch Mom getroffen, hatte ihn gekannt, als er hier bei der Botschaft war.

März unterbrach: »Wann war das?«
»1937 bis 1939.«
»Weiter.«

Na ja, dann habe er nach ihrem Job gefragt, und sie habe ihm davon erzählt. ›World European Features‹: er hatte nie davon gehört. Kaum überraschend, hatte sie gesagt: Niemand habe davon gehört. Solche Sachen. Höfliches Interesse, wissen Sie. Und als sie gegangen war, hatte sie ihm ihre Karte gegeben, und er hatte sich verneigt und ihr die Hand geküßt, und war dabei verweilt und war nicht zu bremsen gewesen, und sie hatte sich schlecht gefühlt. Als sie hinausgingen, hatte er ihr den Hintern getätschelt. Und sie sei froh zu sagen: das war's. Fünf Monate: nichts.

»Bis Samstag abend?«

Bis Samstag abend. Sie hatte in der Telefonkabine kaum mehr als dreißig Sekunden gewartet, als er anrief. Jetzt war alle Arroganz aus seiner Stimme gewichen.

»Charlotte?« Er hatte die zweite Silbe betont. Schar-*lott*-e. »Verzeihen Sie dieses Melodram. Ihr Telefon wird abgehört.«

»Man sagt, daß die Anschlüsse aller Ausländer abgehört werden.«

»Das stimmt. Als ich noch im Ministerium war, legte man mir Abschriften vor. Aber öffentliche Fernsprecher sind sicher. Ich bin jetzt in einem öffentlichen Fernsprecher. Ich bin am Donnerstag vorbeigekommen und habe mir die Nummer der Fernsprechzelle aufgeschrieben, in der Sie jetzt sind. Es ist ernst, wissen Sie. Ich muß Kontakt zu den Behörden Ihres Landes aufnehmen.«

»Warum gehen Sie nicht in die Botschaft?«
»Die Botschaft ist nicht sicher.«

Er hatte verängstigt geklungen. Und angetrunken. Er hatte mit Sicherheit getrunken.

»Wollen Sie sagen, daß Sie überlaufen wollen?«

Ein langes Schweigen. Sie hörte hinter sich ein Geräusch. Das Geräusch von Metall gegen Glas. Sie hatte sich umgedreht und im Regen und der Dunkelheit einen Mann entdeckt, der die Hände um seine Augen wölbte, in die Kabine starrte und wie ein Tiefseetaucher aussah. Sie hatte wohl aufgeschrien oder so, denn Stuckart war noch verschreckter geworden.

»Was war das? Was ist?«
»Nichts. Nur jemand, der telefonieren will.«
»Wir müssen schnell machen. Ich werde nur mit Ihrem Vater verhandeln, nicht mit der Botschaft.«
»Was wollen Sie, daß ich tue?«
»Kommen Sie morgen zu mir, und ich werde Ihnen alles erzählen. Schar-*lott*-e, ich werde Sie zur berühmtesten Reporterin auf Erden machen.«
»Wo? Und wann?«
»In meiner Wohnung. Mittags.«
»Ist es dort sicher?«
»Sicher ist es nirgendwo.«

Dann hatte er aufgehängt. Das waren die letzten Worte, die sie Stuckart hatte sprechen hören.

Sie rauchte ihre Zigarette zu Ende und zertrat die Kippe.

Den Rest kannte er mehr oder weniger schon. Sie hatte die Leichen gefunden und die Polizei gerufen. Sie hatten sie in die große Wache am Alexanderplatz mitgenommen, wo sie in einem Zimmer mit kahlen Wänden über drei Stunden gesessen hatte und langsam verrückt wurde. Dann hatte man sie zu einem anderen Gebäude gefahren, wo sie vor einem kriecherischen SS-Mann mit billiger Perücke, dessen Büro eher wie das eines Pathologen als das eines Detektivs aussah, ihre Aussage zu machen hatte.

März lächelte über die Beschreibung von Fiebes.

Sie war da schon entschlossen, der Polizei nichts von Stuckarts Anruf am Samstag abend zu sagen, und zwar aus einem augenscheinlichen Grund. Wenn sie angedeutet hätte, daß sie bereit gewesen sei, Stuckart beim Überlaufen zu helfen, hätte man sie ›mit dem

Status als Journalist nicht vereinbarter Tätigkeiten‹ angeklagt und verhaftet. So hatte man beschlossen, sie abzuschieben. So geht das.

Die Behörden planten zur Feier des Führergeburtstags ein Feuerwerk im Tiergarten. Ein Teil des Parks war abgezäunt worden, und in dem bereiteten Pyrotechniker in blauen Overalls ihre Überraschungen vor, von einer neugierigen Menge beobachtet. Mörserrohre, mit Sandsäcken geschützte Feuerstellungen, Schutzlöcher, Kilometer von Kabeln: das alles sah eher nach der Vorbereitung eines Artillerieüberfalls als nach einer Feier aus. Niemand schenkte dem SS-Sturmbannführer und der Frau in dem blauen Plastikmantel irgendwelche Aufmerksamkeit.

Er kritzelte auf eine Seite seines Notizbuches.

»Das hier sind meine Telefonnummern – im Büro und zu Hause. Und hier sind die Nummern meines Freundes Max Jäger. Wenn Sie mich nicht erreichen können, rufen Sie ihn an.« Er riß die Seite heraus und gab sie ihr. »Wenn sich irgend etwas Verdächtiges ereignet, wenn irgendwas Sie beunruhigt – rufen Sie an, egal um welche Zeit.«

»Was ist mit Ihnen? Was wollen Sie tun?«

»Ich will versuchen, heut nacht nach Zürich zu fliegen. Und morgen als erstes dieses Bankkonto zu überprüfen.«

Er wußte, was sie sagen wollte, noch ehe sie den Mund öffnete.

»Ich komm mit Ihnen.«

»Sie sind hier viel sicherer.«

»Aber es ist auch meine Geschichte.«

Sie klang wie ein enttäuschtes Kind. »Es ist keine Geschichte, um Himmels willen.« Er schluckte seinen Ärger herunter. »Hören Sie. Ein Vorschlag. Ich schwöre Ihnen, daß ich Ihnen alles erzähle, was ich herausfinde. Sie können alles haben.«

»Nicht so gut wie dabeisein.«

»Besser als tot sein.«

»Im Ausland würden die das nie tun.«

»Im Gegenteil, genau das würden die tun. Wenn hier etwas passiert, sind sie verantwortlich. Wenn im Ausland was passiert ...« Er zuckte die Achseln. »Wie das beweisen?«

Sie trennten sich in der Mitte des Tiergartens. Er strebte energisch über das Gras auf das Summen der Stadt zu. Während er ausschritt, nahm er den Umschlag aus der Tasche, drückte ihn, um zu prüfen, ob der Schlüssel noch darin sei – und hob ihn impulsiv an die Nase. Ihr Duft. Er blickte über die Schulter zurück. Sie ging durch die Bäume, mit dem Rücken zu ihm. Sie verschwand für einen Augenblick und erschien dann wieder; verschwand, erschien – ein kleines Vögelchen – leuchtendblaue Federn vor trübseligen Stämmen.

5

Die Tür zu März' Wohnung hing in ihren Angeln wie ein gebrochener Kiefer. Er stand im Gang vor der Tür, mit gezogener Pistole, und lauschte. Die Wohnung lag schweigend da, verlassen.

Man hatte seine Wohnung ebenso wie die von Charlotte Maguire durchsucht, aber mit sehr viel böswilligeren Händen. Alles war in der Mitte des Wohnzimmers auf einen Haufen gekippt worden – Kleider und Bücher, Schuhe und alte Briefe, Fotografien, Steingut und Möbel – die Ablagerungen eines Lebens. Es sah aus, als habe jemand ein Freudenfeuer entzünden wollen, sei aber im letzten Augenblick, ehe er die Fackel hineinschleuderte, abgelenkt worden.

Oben auf dem Scheiterhaufen stand aufrecht eine holzgerahmte Aufnahme von März im Alter von zwanzig Jahren, wie er einen Händedruck mit dem Befehlshaber der U-Boot-Flotte austauschte, dem Admiral Dönitz. Warum hatte man sie so stehen lassen? Was sollte das bedeuten? Er nahm sie auf, trug sie zum Fenster und blies den Staub herunter. Er hatte sogar vergessen, daß er sie besaß. Dönitz liebte es, bei jedem Boot an Bord zu kommen, ehe es aus Wilhelmshaven auslief: eine ehrfurchtgebietende Gestalt, aufrecht wie ein Ladestock, mit eisernem Griff, schroff. »Gute Jagd« hatte er März angebellt. Das knurrte er jedem zu. Die Aufnahme zeigte fünf junge Männer, die sich zu seinem Empfang unter dem Kommandoturm aufgereiht hatten. Links neben März stand Rudi Halder. Die anderen drei waren dann später in jenem Jahr umgekommen, im Rumpf eines U-175 gefangen.

Gute Jagd.

Er warf das Bild zurück auf den Haufen.

Es hatte Zeit gekostet, das alles so zuzurichten. Zeit und Ärger und die Gewißheit, nicht gestört zu werden. Es mußte geschehen sein, während er in der Prinz-Albrecht-Straße gefangengehalten war.

Es konnte nur das Werk der Gestapo sein. Er erinnerte sich an eine Zeile, die die Weiße Rose als Graffiti an eine Mauer nahe dem Werderschen Markt gesprüht hatte: EIN POLIZEISTAAT IST EIN LAND, DAS VON VERBRECHERN BEHERRSCHT WIRD.

Sie hatten seine Post geöffnet. Ein paar längst überfällige Rechnungen – *die* durften sie gerne haben – und ein Brief von seiner Exfrau, am Dienstag datiert. Er überflog ihn. Sie hatte entschieden, daß er Paule in Zukunft nicht mehr sehen dürfe. Das rege den Jungen zu sehr auf. Sie hoffe, er werde zustimmen, da es so am besten sei. Falls nötig, sei sie aber auch bereit, vor dem Reichsfamiliengericht eine eidesstattliche Erklärung über ihre Gründe abzulegen. Sie vertraue darauf, daß das nicht nötig sein werde, in seinem und des Jungen Interesse. Sie hatte mit ›Klara Eckert‹ unterschrieben. Also hatte sie ihren Mädchennamen wieder angenommen. Er knüllte den Brief zusammen und warf ihn neben die Fotografie zum Rest des Abfalls.

Wenigstens das Badezimmer hatten sie intakt gelassen. Er duschte und rasierte sich, und sah sich im Spiegel seine Verletzungen an. Die fühlten sich schlimmer an, als sie aussahen: eine große Quetschung, die sich auf seiner Brust prachtvoll entwickelte, weitere Quetschungen an den Rückseiten seiner Beine und unten an seinem Kreuz; ein bleigrauer Fleck an seiner Kehle. Nichts Ernsthaftes. Wie pflegte sein Vater zu sagen? Jener väterliche Balsam gegen alle Beschädigungen der Kindheit? »Du wirst es überleben, Junge.« So war es. »Du wirst es überleben!«

Nackt ging er zurück ins Wohnzimmer, durchstöberte den Trümmerhaufen, zog eine saubere Hose hervor, ein Paar Schuhe, einen Koffer, eine lederne Reisetasche. Er befürchtete, sie hätten ihm seinen Reisepaß weggenommen, aber er war da, am Fuße des Hügels. Er war 1961 ausgestellt worden, als März nach Italien gefahren war, um einen Verbrecher zurückzubringen, den man in Mailand festhielt. Sein jüngeres Ich starrte ihn an, mit volleren Wangen und einem halben Lächeln. *Mein Gott*, dachte er, *ich bin in 3 Jahren um 10 Jahre gealtert.*

Er bürstete seine Uniform aus und zog sie zusammen mit einem sauberen Hemd wieder an und packte dann seinen Koffer. Als er sich vorbeugte, um ihn zu schließen, fiel sein Blick auf etwas im leeren Kamin. Das Foto der Familie Weiß lag da, Gesicht nach unten. Er zögerte, nahm es auf, faltete es zu einem kleinen Viereck zusammen – genau so wie er es vor fünf Jahren gefunden hatte – und schob es in seine Brieftasche. Wenn er angehalten und durchsucht werden sollte, würde er sagen, das sei seine Familie.

Dann warf er einen letzten Blick auf alles und ging, und schloß die zerbrochene Tür hinter sich, so gut er konnte.

In der Hauptniederlassung der Deutschen Bank am Wittenbergplatz fragte er nach, wieviel er noch auf seinem Konto habe.

»4277 Reichsmark und 38 Pfennige.«

»Ich hebe es ab.«

»Alles, Herr Sturmbannführer?« Der Kassierer blinzelte ihn durch eine drahtgerahmte Brille an. »Wollen Sie das Konto schließen?«

»Alles.«

März sah ihm zu, wie er 42 Hundertmarkscheine abzählte, dann schob er sie in seine Brieftasche zu der Fotografie. Nicht viel als Ersparnis eines Lebens.

Das haben dir keine Beförderungen und 7 Jahre Alimente angetan.

Der Kassierer starrte ihn an. »Hat der Herr Sturmbannführer etwas gesagt?«

Er hatte seinen Gedanken also die Stimme geliehen. Er verlor wohl schon den Verstand. »Nein. Tut mir leid. Danke.«

März nahm seinen Koffer auf, ging hinaus auf den Platz und nahm sich ein Taxi zum Werderschen Markt.

Als er allein in seinem Büro war, erledigte er zwei Dinge. Er rief das Hauptbüro der Lufthansa an und bat den Sicherheitschef – einen ehemaligen Kripo-Fahnder namens Friedmann, den er kannte –, zu überprüfen, ob die Lufthansa auf einem ihrer Berlin-Zürich-Flüge am Sonntag oder Montag einen Passagier namens Martin Luther an Bord gehabt habe.

»Martin Luther, ja?« Friedmann war ziemlich erheitert. »Sonst noch jemanden, März? Karl den Großen vielleicht? Oder Herr von Goethe?«

»Es ist wichtig.«

»Es ist immer wichtig. Natürlich. Weiß ich doch.« Friedmann versprach, die Information sofort herauszusuchen. »Hören Sie zu. Wenn Sie es eines Tages leid sind, krummen Hunden nachzujagen: Hier können Sie immer einen Job bekommen, wenn Sie wollen.«

»Danke. Vielleicht komm ich eines Tages darauf zurück.«

Nachdem er aufgehängt hatte, nahm März die tote Pflanze vom

Aktenregal herunter. Er hob die verdorrten Wurzeln aus dem Topf, legte den Messingschlüssel hinein, setzte die Pflanze wieder ein und stellte den Topf auf seinen alten Platz.

Fünf Minuten später rief ihn Friedmann zurück.

Artur Nebes Büroräume lagen im vierten Stockwerk – nur cremefarbene Teppiche und cremefarbener Anstrich, gedämpftes Licht und schwarze Ledersofas. An den Wänden hingen Drucke von Thoraks Skulpturen. Herkulische Gestalten mit gargantuanischen Torsi rollten zur Feier des Baus der Autobahnen Felsen steile Hänge empor; Walküren bekämpften die drei Dämonen Dummheit, Bolschewismus und Slawentum. Die ungeheuren Ausmaße der Thorakschen Statuen boten Anlaß zu geflüsterten Witzen. »Thorax« nannte man ihn: »Der Herr Professor empfängt heute keine Besucher – er arbeitet im linken Ohr des Pferdes.«

Nebes Adjutant Otto Beck, ein glattgesichtiger Absolvent von Heidelberg und Oxford, blickte auf, als März ins Vorzimmer kam.

März sagte: »Ich muß den Oberstgruppenführer sprechen.«

»Er empfängt niemanden.«

»Mich wird er empfangen.«

»Wird er nicht.«

März lehnte sich vornüber, sehr nahe an Becks Gesicht heran, die Fäuste auf dem Schreibtisch. »Fragen Sie.«

Hinter sich hörte er Nebes Sekretärin fragen: »Soll ich die Wache rufen?«

»Einen Augenblick, Ingrid.« Unter den Absolventen der SS-Akademie in Oxford galt es als schick, sich englischer Kühle zu befleißigen. Beck schnipste sich ein unsichtbares Stäubchen vom Ärmel seiner Uniformjacke. »Und wie heißen Sie?«

»März.«

»Aha. Der berühmte *März* ist gekommen.« Beck nahm den Hörer ab. »Sturmbannführer März bittet darum, Sie zu sprechen, Herr Oberstgruppenführer.« Er sah März an und nickte. »In Ordnung.«

Beck drückte auf einen unter dem Schreibtisch verborgenen Knopf, der die elektronischen Riegel löste. »Fünf Minuten, März. Er hat eine Verabredung mit dem Reichsführer.«

Die Tür zum inneren Büro bestand aus massiver Eiche, sechs Zentimeter dick. Im Inneren waren die Jalousien gegen das Tageslicht fest geschlossen. Nebe krümmte sich über seinen Schreibtisch in eine

Pfütze gelben Lichtes und studierte durch ein Vergrößerungsglas eine getippte Liste. Er wandte seinem Besucher ein großes und verschwommenes Fischauge zu.

»Und was haben wir hier ...?« Er senkte das Glas. »Sturmbannführer März. Mit leeren Händen, nehme ich an?«

»Leider ja.«

Nebe nickte. »Ich habe vom diensthabenden Büro erfahren, daß die Polizeistationen des Reichs schon jetzt bis zum Platzen mit ältlichen Bettlern gefüllt sind, mit alten Säufern, die ihre Papiere verloren haben, mit ausgerissenen Insassen von Altersheimen ... Genug, um Globus bis Weihnachten auf Trab zu halten.« Er lehnte sich in seinen Sessel zurück. »Wie ich Luther kenne, ist er viel zu gerissen, um sich jetzt schon zu zeigen. Er wird noch ein paar Tage abwarten. Darauf werden Sie Ihre Hoffnung gesetzt haben.«

»Ich möchte um eine Vergünstigung bitten.«

»Fahren Sie fort.«

»Ich möchte das Land verlassen.«

Nebe stieß ein Lachen aus. Er trommelte mit beiden Händen auf den Schreibtisch. »Ihre Akte ist ganz schön umfangreich, März, aber nirgendwo wird da Ihr Sinn für Humor erwähnt. Ausgezeichnet! Wer weiß? Vielleicht werden Sie doch noch überleben. Irgendein KZ-Kommandant könnte Sie als sein Spielzeug adoptieren.«

»Ich möchte in die Schweiz fahren.«

»Aber gewiß doch. Die Landschaft ist aufregend.«

»Ich habe einen Anruf von der Lufthansa erhalten. Luther ist am Sonntag nachmittag nach Zürich geflogen und mit dem letzten Flug Montag abend nach Berlin zurückgekommen. Ich glaube, er hat Zugang zu einem Nummernkonto.«

Nebes Gelächter war auf ein gelegentliches Schnauben geschrumpft. »Beweise?«

März legte den Umschlag auf Nebes Schreibtisch. »Ich habe gestern abend das hier aus Stuckarts Wohnung mitgenommen.«

Nebe öffnete ihn und untersuchte den Brief durch sein Vergrößerungsglas. Er blickte auf. »Gibt es dazu nicht auch einen Schlüssel?«

März starrte auf die Gemälde hinter Nebes Kopf – von Schmutzler *Bauernmädchen kehren vom Feld heim*, von Padua *Der Führer spricht* – scheußlicher orthodoxer Mist.

»Aha. Ich verstehe.« Nebe lehnte sich wieder zurück und strich sich mit dem Glas über die Wange. »Wenn ich Ihnen nicht gestatte zu fliegen, bekomme ich den Schlüssel nicht. Ich könnte Sie natürlich der Gestapo übergeben, und die könnten Sie überreden, den Schlüssel auszuspucken – vermutlich ziemlich schnell. Aber dann würden Globus und Heydrich vor mir vom Inhalt des Schließfachs erfahren.«

Er schwieg eine Weile. Dann zog er sich auf die Füße und hinkte zu den Jalousien. Er öffnete die Schlitze einen Bruchteil und blickte hinaus. März konnte sehen, wie sich seine Augen langsam von einer Seite zur anderen bewegten.

Schließlich sagte er: »Ein verlockender Handel. Aber warum habe ich nur diese Vision, in der ich Ihnen mit einem weißen Taschentuch vom Vorfeld des Hermann-Göring-Flughafens aus zum Abschied winke, während Sie nie mehr zurückkommen?«

»Ich nehme an, mein Ehrenwort, daß ich zurückkäme, würde Ihnen nichts nützen?«

»Der Vorschlag beleidigt unsere Intelligenz.«

Nebe ging zu seinem Tisch zurück und las den Brief noch einmal. Er drückte einen Knopf auf seinem Schreibtisch. »Beck.«

Der Adjutant erschien. »März – geben Sie ihm Ihren Reisepaß. Und jetzt, Beck, schaffen Sie das ins Innenministerium und lassen Sie sofort ein 24-Stunden-Ausreisevisum ausstellen, gültig ab 6 Uhr heute abend bis 6 Uhr morgen abend.«

Beck blickte März an und glitt dann aus dem Büro.

Nebe sagte: »Dies ist mein Angebot. Der Chef der Zürcher Kriminalpolizei, Herr Streuli, ist ein guter Freund von mir. Von dem Augenblick an, in dem Sie aus dem Flugzeug steigen, bis zu dem Augenblick, in dem Sie es wieder besteigen, werden seine Leute Sie überwachen. Versuchen Sie nicht, ihnen zu entwischen. Wenn Sie morgen nicht zurückkommen, werden Sie verhaftet und abgeschoben. Wenn Sie versuchen sollten, nach Bern durchzubrennen, um sich dort in eine ausländische Botschaft zu begeben, wird man Sie aufhalten. In jedem Fall gibt es für Sie keinen Ausweg. Nach der glücklichen Ankündigung von gestern würden die Amerikaner Sie uns einfach über den Zaun zurückschmeißen. Die Briten, die Franzosen und die Italiener tun, was wir ihnen sagen. Australien und Kanada gehorchen den Amerikanern. Da gibt es noch die Chinesen, nehme ich an, aber ich würde mich da wohl in ein KZ begeben. Und in dem Augenblick, in dem Sie wieder zurück in Berlin sind, werden Sie mir alles berichten, was Sie herausgefunden haben. Einverstanden?«

März nickte.

»Gut. Der Führer nennt die Schweizer ›eine Nation von Hoteliers‹. Ich empfehle das Baur au Lac in der Talstraße mit Blick über den See. Äußerst luxuriös. Ein hübscher Ort für einen Verurteilten, dort eine Nacht zu verbringen.«

Zurück in seinem Büro buchte er, die Parodie eines Touristen, sein Hotelzimmer und ließ sich einen Flugzeugplatz reservieren. Binnen einer Stunde hatte er seinen Paß zurück. Mit eingestempeltem Visum: der allgegenwärtige Adler und das umkränzte Hakenkreuz, die leeren Stellen für die Daten ausgefüllt von einer mürrischen Bürokratenhandschrift.

Die Gültigkeit eines Ausreisevisums stand in direkter Beziehung zur politischen Zuverlässigkeit des Antragstellers. Parteibonzen erhielten 10 Jahre; Parteigenossen 5; Bürger mit makelloser Führung 1; der Abschaum aus den Lagern bekam natürlich gar nichts. März hatte man einen Tagespaß in die Außenwelt gegeben. Damit gehörte er zu den Unberührbaren der Gesellschaft – den Murrenden, den Parasiten, den Arbeitsscheuen, den geheimen Verbrechern. Er rief die Kripo-Abteilung für Wirtschaftsfragen an und fragte nach dem Experten für die Schweiz. Als er Zauggs Namen nannte und fragte, ob die Abteilung darüber irgendwelche Informationen habe, lachte der Mann am anderen Ende. »Wieviel Zeit haben Sie?«

»Fangen Sie vorne an.«

»Warten Sie bitte.« Der Mann legte den Hörer nieder und ging, die Akte zu holen.

Zaugg & Cie waren 1877 von einem französisch-deutschen Finanzier namens Louis Zaugg gegründet worden. Hermann Zaugg, der Unterzeichner von Stuckarts Beglaubigungsbrief, war der Enkel des Gründers. Er war immer noch als Generaldirektor der Bank eingetragen. Berlin hatte seine Aktivitäten über mehr als zwei Jahrzehnte verfolgt. Während der vierziger Jahre hatte Zaugg umfangreiche Geschäfte mit deutschen Bürgern fragwürdiger Zuverlässigkeit gemacht. Er wurde gegenwärtig verdächtigt, Millionen Reichsmark in Bargeld, Kunstwerken, Barren, Juwelen und Edelsteinen zu lagern – was alles rechtmäßig hätte konfisziert sein sollen, zu dem aber das Finanzministerium keinen Zugang erhalten konnte. Man hatte das seit Jahren versucht.

»Was haben wir über Zaugg persönlich?«

»Nur die nackten Daten. Er ist vierundfünfzig, verheiratet, ein

Sohn. Hat eine Villa am Zürichsee. Sehr ehrbar. Sehr zurückgezogen. Viele mächtige Freunde in der Schweizer Regierung.«

März zündete sich eine Zigarette an und schnappte sich ein Stück Papier. »Geben Sie mir noch mal die Anschrift.«

Max Jäger kam herein, als März ihm gerade eine Notiz schrieb. Er stieß die Tür mit dem Hintern auf, und kam mit einem Berg von Akten herein, und sah verschwitzt aus. Ein fast zweitägiger Bartwuchs gab ihm ein bedrohliches Aussehen.

»Xavi, Gottseidank.« Er blickte über sein Papiergebirge. »Ich hab' dich schon den ganzen Tag zu erreichen versucht. Wo bist du gewesen?«

»Unterwegs. Was ist das? Deine Lebenserinnerungen?«

»Die Schießerei in Spandau. Du hast doch Onkel Artur heute morgen gehört.« Er machte Nebes Stimme nach. »»Jäger, Sie können zu Ihrem normalen Dienst zurückkehren.‹«

Er ließ die Akten auf seinen Schreibtisch fallen. Das Fenster klapperte. Staub wirbelte durch das Büro. »Aussagen von Zeugen und Hochzeitsgästen. Autopsiebericht – sie haben fünfzehn Kugeln aus dem armen Schwein rausgepult.« Er streckte sich und rieb sich mit den Fäusten die Augen. »Ich könnte eine Woche lang schlafen. Ich sage dir: Ich bin zu alt für solche Schrecknisse wie letzte Nacht. Mein Herz hält das nicht aus.« Er brach ab. »Was zum Teufel machst du da?«

März hatte die tote Pflanze aus ihrem Topf genommen und angelte sich den Schlüssel zum Bankschließfach heraus.

»Ich muß in zwei Stunden ein Flugzeug erwischen.«

Jäger blickte auf seinen Koffer. »Nun sag bloß noch – ein paar Ferientage! Ein bißchen Balalaika-Musik an den Ufern des Schwarzen Meeres ...« Er kreuzte die Arme und warf die Beine tanzend hoch, auf russische Art.

März schüttelte lächelnd den Kopf. »Hast du Lust auf ein Bier?«

»Hab' ich Lust auf ein Bier?« Jäger war aus der Tür getanzt, ehe März sich noch umdrehen konnte.

Die kleine Kneipe in der Oberwallstraße führte ein Orpo-Mann im Ruhestand namens Fischer. Sie roch nach Rauch und Schweiß, nach schalem Bier und gebratenen Zwiebeln. Die meisten Kunden waren Polizisten. Grüne und schwarze Uniformen versammelten sich an der Theke oder drückten sich in der Düsternis der holzverkleideten Nischen herum.

Der Fuchs und der Bär wurden herzlich begrüßt.

»Ferien, März?«

»He, Jäger! Stell dich beim nächsten Mal n bißchen näher ans Rasiermesser!«

Jäger bestand darauf, einen auszugeben. März setzte sich in eine Ecknische, schob den Koffer unter den Tisch und zündete sich eine Zigarette an. Manche der Männer hier kannte er seit einem Jahrzehnt. Die Fahrer von Rahnsdorf mit ihren Pokerrunden und ihren schmutzigen Witzen. Die schweren Trinker aus der Abteilung Schwerverbrechen in der Wörthstraße. Er mochte keinen von ihnen missen. Walter Fiebes saß allein an der Theke und brütete über einer Schnapsflasche.

Jäger hob sein Glas. »Prost!«

»Prost!«

Max wischte sich den Schaum von den Lippen. »Gute Würste, gute Motoren, gutes Bier – die drei Geschenke Deutschlands an die Welt.« Das sagte er immer, wenn sie etwas tranken, und März fehlte immer der Mut, ihn darauf hinzuweisen. »So. Und was ist das mit dem *Flugzeug*?« Für Jäger schien das Wort Bilder von dem Exotischen in der Welt heraufzubeschwören. Die weiteste Reise, die er je von Berlin aus unternommen hatte, war die zu einem Familienferienlager am Schwarzen Meer gewesen – Ferien im vergangenen Jahr in der Nähe von Gotenburg, organisiert von Kraft-durch-Freude.

März drehte leicht den Kopf und sah sich nach allen Seiten um. Der deutsche Blick. Die Nischen auf beiden Seiten waren leer. Lachstürme kamen von der Theke.

»Ich muß in die Schweiz. Nebe hat mir ein Visum für 24 Stunden gegeben. Der Schlüssel, den du eben im Büro gesehen hast – den habe ich gestern Abend aus Stuckarts Safe genommen. Er öffnet ein Bankschließfach in Zürich.«

Jägers Augen öffneten sich weit. »Dann müssen sie da das ganze Kunstzeugs aufheben. Erinner dich an das, was Globus heute morgen gesagt hat: Sie haben es rausgeschmuggelt und in der Schweiz verkauft.«

»Da hängt noch mehr dran. Ich habe noch mal mit der Amerikanerin gesprochen. Es sieht so aus, als hat Stuckart sie Samstag abend zu Hause angerufen, weil er überlaufen will.«

Überlaufen. Die unnennbare Tat. Sie hing zwischen ihnen in der Luft.

Jäger sagte: »Die Gestapo muß das schon wissen, Xavi. Die haben doch sicher ihr Telefon angezapft?«

März schüttelte den Kopf. »Dafür war Stuckart zu klug. Er hat die Telefonzelle gegenüber ihrer Wohnung benutzt.« Er nippte an seinem Bier. »Verstehst du, was da los ist, Max? Ich fühle mich wie ein Mann, der im Dunkeln Treppen hinuntersteigt. Zuerst stellt sich heraus, daß die Leiche im See ein alter Kämpfer war. Dann ergibt sich, daß sein Tod mit dem von Stuckart in Verbindung steht. Gestern abend wird mein einziger Zeuge für Globus' Verwicklung in die Geschichte – der Kadett Jost – auf Globus' Befehl hin von der SS abtransportiert. Was kommt als nächstes?«

»Du stürzt die Treppen runter und brichst dir das Genick, mein Freund. Das kommt als nächstes.«

»Gute Voraussage. Und dabei weißt du das Schlimmste noch nicht.«

März berichtete ihm von seinem Gestapo-Dossier. Jäger sah erschlagen aus. »O Gott. Und was willst du tun?«

»Ich habe daran gedacht, nicht mehr ins Reich zurückzukommen. Ich habe sogar all mein Geld von der Bank abgehoben. Aber Nebe hat recht: Kein anderes Land würde mich auch nur anrühren.« März trank aus. »Würdest du was für mich tun?«

»Sags nur.«

»In die Wohnung der Amerikanerin ist heute morgen eingebrochen worden. Könntest du die Orpo in Schöneberg bitten, daß sie da ab und zu vorbeischauen – ich hab' die Adresse auf meinem Schreibtisch gelassen. Ich hab' ihr auch für alle Fälle deine Telefonnummer gegeben.«

»Kein Problem.«

»Und kannst du das für Paule aufheben?« Er gab Jäger einen Umschlag, der die Hälfte des Geldes enthielt, das er abgehoben hatte. »Es ist nicht viel, aber vielleicht brauche ich den Rest. Heb es auf, bis er alt genug ist, um zu wissen, was er damit anfangen kann.«

»Hör schon auf, Mann!« Max lehnte sich herüber und schlug ihm auf die Schulter. »So schlimm ist es doch wohl nicht? Oder? Was?«

März starrte ihn an. Nach ein oder zwei Sekunden grunzte Jäger und blickte fort. »Na schön. Gut …« Er schob sich den Umschlag in die Tasche. »Mein Gott«, sagte er mit plötzlicher Heftigkeit, »wenn einer meiner Jungens mich bei der Gestapo denunzieren würde, würde ich ihm auch was geben – aber bestimmt kein Geld.«

»Das ist nicht der Fehler des Jungen, Max.«

Fehler, dachte März. *Wie bringt man einen Zehnjährigen zu solchen Fehlern?* Der Junge brauchte eine Vaterfigur. Das gab ihm die Partei – Stabilität, Kameradschaft, einen Glauben –, all die Dinge, die März ihm hätte geben sollen, ihm aber nicht gegeben hatte. Außerdem *erwarteten* die Pimpfe, daß die Jungens ihre Treue von der Familie auf den Staat übertrugen. Nein, er wollte seinem Sohn – konnte seinem Sohn keine Vorwürfe machen.

Düsternis war über Jäger gekommen. »Noch ein Bier?«

»Tut mir leid.« März stand auf. »Ich muß gehen. Ich bin dir was schuldig.«

Jäger schob sich auch auf die Füße. »Wenn du zurück bist, Xavi, komm ein paar Tage zu uns. Die jüngeren Mädels sind diese Woche im BDM-Lager – du kannst ihr Zimmer haben. Und dann können wir uns was fürs Kriegsgericht ausdenken.«

»Einen Asozialen zu beherbergen würde dir bei deiner Ortsparteigruppe keinen Blumentopf einbringen.«

»Scheiß auf die Ortsparteigruppe.«

Das sagte er mit Gefühl. Jäger streckte die Hand aus, März ergriff und schüttelte sie – eine große, schwielige Pranke.

»Paß auf dich auf, Xavi.«
»Paß auf dich auf, Max.«

6

Auf den Rollbahnen des Hermann-Göring-Flughafens standen aufgereiht Maschinen der jüngsten Generation von Passagierjets und schimmerten durch den Treibstoffdunst: die blauen und weißen Boeings der PanAmerican, die rot-weiß-schwarzen mit Hakenkreuzen übersäten Junkers der Lufthansa.

Berlin hat zwei Flughäfen. Das alte Tempelhofer Flugfeld nahe der Stadtmitte dient den inländischen Kurzstreckenflügen. Der internationale Fernverkehr wird über Hermann-Göring in den nordwestlichen Vororten abgewickelt. Die neuen Ankunfts- und Abflughallen sind lange, niedrige Gebäude aus Marmor und Glas, entworfen – natürlich – von Albert Speer. Vor der Ankunftshalle steht eine Statue von Hanna Reitsch, Deutschlands führender Fliegerin, geschaffen aus zusammengeschmolzenen Spitfires und Lancasters. Sie sucht den Himmel nach Eindringlingen ab. Eine Tafel hinter ihr besagt WILLKOMMEN IN BERLIN, DER HAUPTSTADT DES GROSSDEUTSCHEN REICHES, in fünf Sprachen.

März bezahlte den Taxifahrer, gab ihm ein Trinkgeld und ging die Rampe hinauf zu den automatischen Türen. Die Luft war hier kühl und künstlich: durchsetzt mit Flugzeugtreibstoff und zerrissen vom Kreischen gedrosselter Motoren. Dann öffneten sich die Türen und zischten hinter ihm wieder zu, und plötzlich stand er in der schallisolierten Blase der Abflughalle.

»*Lufthansaflug 401 nach New York. Die Passagiere werden gebeten, sich zum Ausgang 8 zu begeben ... Letzter Aufruf für Lufthansaflug 014 nach Theoderichshafen. Die Passagiere ...*«

März ging zunächst zum Lufthansaschalter, um seine Flugkarte abzuholen, dann zum Abfertigungsschalter, wo eine Blonde mit ›Gina‹ auf der linken Brust und einem Hakenkreuzabzeichen am Aufschlag sorgfältig seinen Paß kontrollierte.

»Möchte der Herr Sturmbannführer irgendwelches Gepäck aufgeben?«

»Nein, vielen Dank. Ich habe nur das da.« Er klopfte auf seinen kleinen Koffer.

Sie gab ihm seinen Paß mit der eingelegten Bordkarte zurück. Diese Tat begleitete ein Lächeln so strahlend und freudlos wie Neonlicht.

»Einsteigen in dreißig Minuten. Einen guten Flug, Herr Sturmbannführer.«

»Danke, Gina.«

»Bitte.«

»Danke.«

Sie verneigten sich voreinander wie zwei japanische Geschäftsleute. Luftreisen waren für März eine neue Welt, ein fremdes Land mit eigenen undurchdringlichen Ritualen.

Er folgte den Hinweisschildern zu den Waschräumen, wählte die den Waschbecken fernste Kabine, verschloß die Tür, öffnete den Koffer und nahm die lederne Reisetasche heraus. Dann setzte er sich nieder und zerrte sich die Stiefel aus. Weißes Licht glänzte auf Chrom und Fliesen.

Nachdem er sich bis auf die Unterhose ausgezogen hatte, packte er Stiefel und Uniform in die Reisetasche, stopfte seine Luger mitten hinein, zog den Reißverschluß zu und schloß sie ab.

Fünf Minuten später tauchte er verwandelt aus der Kabine auf. Ein hellgrauer Anzug, ein weißes Hemd, eine blaßblaue Krawatte und weiche braune Schuhe hatten aus dem arischen Übermenschen wieder einen normalen Bürger gemacht. Er konnte die Verwandlung sich in den Augen der Menschen spiegeln sehen. Keine furchtsamen Blicke mehr. Der Bedienstete der Gepäckaufbewahrung, in der er seine Reisetasche abgab, blickte griesgrämig drein. Er gab März den Aufbewahrungsschein.

»Verlieren Sie den nicht. Und wenn Sie's tun, brauchen Sie gar nicht erst wiederzukommen.« Er wies mit dem Kopf auf das Schild hinter ihm: ›Achtung! Gegenstände werden nur auf Vorlage des Aufbewahrungsscheins ausgehändigt!‹

März lungerte im Bereich der Paßkontrolle herum und sah sich die Sicherheitsmaßnahmen an. Hürde eins: Kontrolle der Bordkarten, die man ohne gültiges Visum nicht bekam. Hürde zwei: erneute Kontrolle der Visa selbst. Drei Mitglieder des Grenzschutzes standen mit Maschinenpistolen auf beiden Seiten des Eingangs. Der ältere Mann vor März wurde mit besonderer Sorgfalt überprüft, ein Paßbeamter sprach mit jemandem übers Telefon, dann winkte man ihn durch. Sie suchten immer noch nach Luther.

Als März an die Reihe kam, bemerkte er, wie sein Paß den Kontrollbeamten verwirrte. Ein SS-Sturmbannführer nur mit 24-Stunden-Visum? Die normalen Zeichen für Rang und Privilegien, im allgemeinen so klar, waren zu wirr, als daß man sie hätte lesen können. Neugier und Unterwürfigkeit stritten im Gesicht des Beamten miteinander. Wie üblich gewann die Unterwürfigkeit.

»Gute Reise, Herr Sturmbannführer.«

Auf der anderen Seite der Schranke nahm März sein Studium der Sicherheitsmaßnahmen des Flughafens wieder auf. Alles Gepäck wurde geröntgt. Er wurde abgetastet und dann ersucht, seinen Koffer zu öffnen. Jeder Gegenstand wurde untersucht – der Schwammbeutel aufgezogen, die Rasiercreme aufgeschraubt und berochen. Die Wachen arbeiteten mit der Sorgfalt von Männern, die wußten, daß sie die nächsten 5 Jahre in einem KZ verbringen würden, wenn ein Flugzeug während ihrer Schicht Entführern oder einer Terroristenbombe zum Opfer fiele.

Schließlich hatte er die Kontrollen überstanden. Er befühlte seine Innentasche, um sich zu versichern, daß Stuckarts Brief immer noch da war, und drehte den kleinen Messingschlüssel in der anderen Hand. Dann ging er an die Bar, bestellte einen großen Whisky und rauchte eine Zigarette.

Er ging zehn Minuten vor dem Abflug an Bord der Junkers.
Es war der letzte Flug des Tages von Berlin nach Zürich und der Passagierraum war voller Geschäftsleute und Bankiers in dunklen Dreiteilern, die rosafarbene Finanzzeitungen lasen. März hatte einen Platz am Fenster. Der Platz neben ihm war leer. Er verstaute seinen Koffer in der Ablage über seinem Kopf, lehnte sich zurück und schloß die Augen. Im Flugzeug erklang eine Bachkantate. Draußen wurden die Motoren angelassen. Sie durchliefen die ganze Skala, vom Summen bis zum schneidenden Heulen, und einer nach dem anderen fiel wie in einen Chor ein. Das Flugzeug ruckelte leicht und begann dann, sich zu bewegen.
Von den letzten 36 Stunden war März 33 wach gewesen. Jetzt badete ihn Musik, wiegten ihn die Vibrationen. Er schlief ein.
Er verpaßte die Vorführung der Sicherheitsmaßnahmen. Das Abheben drang kaum in seine Träume. Und die Person, die auf den Sitz neben ihm glitt, nahm er nicht wahr.
Erst als sie ihre Reisehöhe von 10 000 Metern erreicht hatten und der Pilot sie informierte, daß sie Leipzig überflögen, öffnete er die Augen. Die Stewardeß neigte sich ihm zu und fragte, ob er etwas zu trinken wünsche. Er wollte sagen ›Einen Whisky‹, doch dann wurde er dermaßen abgelenkt, daß er nicht mehr antworten konnte. Neben ihm saß und gab vor, in einem Magazin zu lesen, Charlotte Maguire.

Der Rhein glitt unter ihnen dahin, eine weite Kurse geschmolzenen Metalls in der untergehenden Sonne. März hatte ihn noch nie aus der Luft gesehen. ›Lieb Vaterland, magst ruhig sein: Fest steht und treu die Wacht am Rhein.‹ Zeilen aus seiner Kindheit, die auf einem ungestimmten Klavier in einem zugigen Gymnasium heruntergehämmert wurden. Wer hatte sie geschrieben? Er konnte sich nicht erinnern.
Die Überquerung des Flusses war das Zeichen, daß sie aus dem Reich in die Schweiz übergewechselt waren. In der Ferne: Berge,

graublau und dunstig; unten: saubere rechteckige Felder und dunkle Tannenschläge; steile rote Dächer und kleine weiße Kirchen.

Als er aufgewacht war, hatte sie über die Verblüffung in seinem Gesicht gelacht. Vielleicht sind Sie daran gewöhnt, sich mit ausgekochten Verbrechern abzugeben, hatte sie gesagt, und mit der Gestapo und der SS. Aber bisher haben Sie es noch nie mit der guten alten amerikanischen Presse zu tun gehabt.

Er hatte geflucht, worauf sie mit einem weitäugigen Blick der vorgespielten Unschuld wie eine der Töchter von Max Jäger geantwortet hatte. Eine Aufführung, die bewußt schlecht gespielt, aber dadurch eine um so bessere wurde und seinen Ärger gegen ihn selbst richtete, indem er Teil des Spiels wurde.

Danach hatte sie darauf bestanden, alles genau zu erklären, ob er nun zuhören wollte oder nicht, und dabei hatte sie mit einem Plastikbecher voll Whisky gestikuliert. Es sei ganz leicht gewesen, sagte sie. Er habe ihr erzählt, daß er am Abend nach Zürich fliegen werde. Es gab nur einen Flug. Im Flughafen hatte sie den Lufthansaschalter unterrichtet, daß sie mit Sturmbannführer März reisen solle. Sie habe sich verspätet: und ob sie bitte den Platz neben ihm haben könne? Als man dem zustimmte, wußte sie, daß er sich an Bord befinden müsse.

»Und da waren Sie und schliefen«, schloß sie, »wie ein Säugling.«

»Und wenn man Ihnen gesagt hätte, es gebe keinen Passagier namens März?«

»Dann wäre ich trotzdem gekommen.« Sein Ärger machte sie ungeduldig. »Hören Sie zu, ich hab' schon den größten Teil der Geschichte. Ein Kunstdiebstahl. Zwei höhere Beamte tot. Ein dritter auf der Flucht. Ein Überlauf-Versuch. Ein geheimes Schweizer Bankkonto. Schlimmstenfalls hätte ich in Zürich allein etwas Atmosphäre eingefangen. Bestenfalls hätte ich vielleicht Herrn Zaugg dazu gebracht, mir ein Interview zu geben.«

»Das bezweifle ich nicht.«

»Sehn Sie doch nicht so sauer aus, Sturmbannführer – ich werde Sie aus der Geschichte raushalten.«

Zürich liegt nur zwanzig Kilometer südlich des Rheines. Sie sanken rasch ab. März trank seinen Scotch aus und setzte den leeren Becher auf das ausgestreckte Tablett der Stewardeß.

Charlotte Maguire stürzte ihren in einem Zug herunter und stellte ihn neben seinen. »Wir haben wenigstens Whisky gemein, Herr März.« Sie lächelte.

Er wandte sich zum Fenster. Das war ihre Geschicklichkeit, dachte er: ihn töricht aussehen zu lassen, wie einen teutonischen Plattfuß. Zuerst hatte sie ihm nichts von Stuckarts Telefonanruf gesagt. Dann hatte sie ihn dazu gebracht, sie bei der Durchsuchung von Stuckarts Wohnung mitmachen zu lassen. Heute morgen hatte sie, statt darauf zu warten, daß er sich bei ihr melde, mit diesem amerikanischen Diplomaten Nightingale über Schweizer Banken gesprochen. Jetzt das. Es war, als habe man ständig ein Kind an den Fersen – ein hartnäckiges, intelligentes, lästiges, trügerisches, gefährliches Kind. Wiederholt tastete er seine Taschen ab, ob Brief und Schlüssel noch da waren. Sie war keineswegs darüber erhaben, sie ihm zu stehlen, während er schlief.

Die Junkers setzte zur Landung an. Die Schweizer Landschaft begann wie ein Film, der immer schneller abläuft, vorüberzurasen: ein Traktor auf einem Feld, eine Straße mit einigen wenigen Scheinwerfern in der rauchigen Dämmerung, und dann berührten sie – ein Hüpfer, zwei – den Boden.

Der Zürcher Flughafen war nicht so, wie er ihn sich vorgestellt hatte. Hinter dem Flugzeug und den Hangars erhoben sich bewaldete Hügelhänge und nicht die Spur einer Stadt. Einen Augenblick lang fragte er sich, ob Globus wohl seine Mission entdeckt und dafür gesorgt habe, daß das Flugzeug umgeleitet werde. Vielleicht hatten sie auf einem abgelegenen Flugfeld in Süddeutschland aufgesetzt? Aber dann las er an der Empfangshalle ZÜRICH.

In dem Augenblick, da das Flugzeug zum Stehen kam, erhoben sich die Passagiere – die meisten berufsmäßige Pendler – wie ein Mann. Auch sie war schon auf den Füßen und nahm ihren Reisekoffer und den lächerlichen blauen Mantel herab. Er griff an ihr vorbei. »Entschuldigung.«

Sie zog sich den Mantel an. »Und jetzt?«

»Was mich angeht, mein Fräulein, so gehe ich in mein Hotel. Was Sie angeht, so ist das Ihre Angelegenheit.«

Es gelang ihm, sich an einem fetten Schweizer vorbeizudrängen, der Dokumente in seinen ledernen Attachékoffer stopfte. Das Manöver ließ sie ein Stück hinter ihm eingeklemmt zurück. Er blickte sich nicht um, als sie den Gang hinabschlurften und dann aus dem Flugzeug hinaus.

Energisch schritt er durch die Eingangshalle zur Paßkontrolle, wobei er die meisten seiner Mitpassagiere überholte und sich nahe dem

Kopf der Schlange aufstellen konnte. Hinter sich hörte er Durcheinander, als sie versuchte, ihn einzuholen.

Der Schweizer Grenzbeamte, ein ernsthafter junger Mann mit herabhängendem Schnurrbart, blätterte durch seinen Paß.

»Geschäft oder Vergnügen, Herr März?«

»Geschäft.« Ganz entschieden Geschäft.

»Einen Augenblick.«

Der junge Mann nahm den Hörer auf, wählte drei Ziffern, wandte sich von März ab und flüsterte etwas in den Hörer. Er sagte: »Ja. Ja. Natürlich.« Dann legte er auf und reichte März seinen Paß zurück.

Sie warteten am Gepäckkarussell zu zweit auf ihn. Er erkannte sie schon aus fünfzig Metern Entfernung: massige Gestalten mit kurzgeschorenem Haar, die kräftige schwarze Schuhe trugen und rehbraune Regenmäntel mit Gürteln. Polizisten – auf der ganzen Welt einander gleich. Er ging ohne einen Blick an ihnen vorbei und spürte mehr als er sah, daß sie sich ihm anschlossen.

Er ging unbehelligt durch den grünen Zollgang und hinaus auf den Hauptplatz. Taxis. Wo standen die Taxis?

Klipp-klapp, klipp-klapp. So kam es hinter ihm heran.

Die Luft im Freien war einige Grade kälter als in Berlin. *Klipp-klapp, klipp-klapp.* Er wirbelte herum. Da war sie, in ihrem Mantel, und umklammerte ihr Gepäck, und balancierte auf ihren hohen Absätzen.

»Verschwinden Sie endlich. Verstehen Sie? Oder brauchen Sie es schriftlich? Fahren Sie zurück nach Amerika und veröffentlichen Sie Ihre dämliche Geschichte. Ich habe Dinge zu erledigen.«

Ohne ihre Antwort abzuwarten, öffnete er die Hintertür des wartenden Taxis, warf seinen Koffer hinein und stieg dann ein. »Baur au Lac«, sagte er zu dem Fahrer.

Sie fuhren aus dem Flughafengelände auf die Autobahn, die in Richtung Süden auf die Stadt zuführt. Der Tag war fast vergangen.

Als März sich umdrehte, um durch das Rückfenster zu blicken, konnte er ein Taxi sehen, das sich etwa zehn Meter hinter ihnen einreihte, und dahinter einen weißen Mercedes, der ihm folgte.

Gott, zu was für einer Komödie wurde das. Globus jagte Luther, er jagte Globus, Charlie Maguire jagte ihn, und jetzt war ihnen beiden auch noch die Schweizer Polizei auf den Fersen. Er zündete sich eine Zigarette an.

»Können Sie nicht lesen?« sagte der Fahrer. Er wies auf ein Schild DANKE DASS SIE NICHT RAUCHEN.

»Willkommen in der Schweiz«, murmelte März. Er drehte das Fenster ein paar Zentimeter herunter, und die Wolke aus blauem Rauch wurde in die kalte Luft gezerrt.

Zürich war schöner, als er erwartet hatte. Das Zentrum erinnerte ihn an Hamburg. Alte Gebäude drängten sich um den Rand des weiten Sees. Blau-weiße Tramwagen ratterten vor hellerleuchteten Geschäften und Cafés am Ufer entlang. Der Fahrer hörte *Die Stimme Amerikas*. In Berlin war sie ein Gemenge statischer Geräusche; hier war sie ganz klar. ›I wanna hold your hand‹, sang eine junge englische Stimme. ›I wanna hold your ha-a-and!‹ Und tausend junge Mädchen kreischten.

Das Baur au Lac lag eine Straßenbreite vom See entfernt. März bezahlte den Taxifahrer in Reichsmark – jedes Land auf dem Kontinent nahm Reichsmark an, dies war Europas gemeinsame Währung – und ging hinein. Es war so luxuriös, wie Nebe versprochen hatte. Sein Zimmer kostete ihn ein halbes Monatsgehalt. »*Ein hübscher Ort für einen Verurteilten, dort eine Nacht zu verbringen …*« Als er sich ins Anmelderegister eintrug, erhaschte er an der Eingangstür einen Blitz aus Blau, dem rasch die rehbraunen Regenmäntel folgten. Ich bin wie ein Filmstar, dachte März, als er in den Aufzug stieg. Wo immer ich hingehe, folgen mir zwei Detektive und eine Brünette.

Er breitete einen Stadtplan auf dem Bett aus und setzte sich daneben, wobei er in die weiche Matratze einsank. Er hatte so wenig Zeit. Die Weite des Zürichsees stieß wie eine blaue Klinge in den Straßenkomplex hinein. Laut seiner Kripo-Akte hatte Hermann Zaugg ein Haus in der Seestraße. März fand sie. Die Seestraße lief etwa vier Kilometer südlich des Hotels am Ostufer des Sees entlang.

Jemand klopfte leise an die Tür. Eine Männerstimme rief seinen Namen.

Was nun? Er ging durch das Zimmer und riß die Tür auf. Ein Kellner mit Tablett stand im Korridor. Er sah erschreckt aus.

»Entschuldigung. Mit den Empfehlungen der Dame von Nummer 277.«

»Aha.« März trat beiseite, um ihn einzulassen. Der Kellner trat zögernd ein, als ob er fürchte, daß März ihn verprügle. Er setzte das Tablett ab, wartete noch kurz auf ein Trinkgeld und ging, als es keines gab. März schloß die Tür hinter ihm.

Auf dem Tablett stand eine Flasche Glenfiddich, mit einer Einwortnotiz. ›Détente?‹

Er stand mit gelockerter Krawatte am Fenster, schlürfte den Malzwhisky und schaute hinaus über den Zürichsee. Girlanden gelber Laternen waren um das schwarze Wasser ausgespannt; auf seiner Oberfläche hüpften und blinkten rote, grüne und weiße nadelspitzkleine Lichter. Er zündete sich eine neue Zigarette an, die millionste dieser Woche.

In der Auffahrt unter seinem Fenster lachten Leute. Ein Licht bewegte sich über den See. Keine Große Halle, keine marschierenden Kapellen, keine Uniformen. Zum ersten Mal seit – ja seit wann? Seit mindestens einem Jahr war er fort von Berlins Eisen und Granit. Also. Er hob sein Glas und betrachtete die fahle Flüssigkeit. Es *gab* also andere Leben, andere Städte.

Er bemerkte, daß sie mit der Flasche zwei Gläser bestellt hatte.

Er setzte sich auf den Rand des Bettes und sah aufs Telefon. Er trommelte mit den Fingern auf dem Tischchen herum.

Wahnsinn.

Sie hatte eine Art, die Hände tief in ihre Taschen zu vergraben und dazustehen, den Kopf leicht zur Seite geneigt, mit einem halben Lächeln. Er erinnerte sich, daß sie im Flugzeug ein rotes Wollkleid mit Ledergürtel getragen hatte. Sie hatte schöne Beine, in schwarzen Strümpfen. Und wenn sie ärgerlich war oder erheitert, was sie meistens war, strich sie ihr Haar hinter ihre Ohren.

Das Lachen draußen entfernte sich.

»*Wo haben Sie denn die letzten zwanzig Jahre verbracht?*« Ihre verächtliche Frage an ihn in Stuckarts Wohnung.

Sie wußte so viel. Sie tanzte um ihn herum.

»*Die Millionen Juden, die im Krieg verschwunden sind …*«

Er spielte mit ihrer Notiz herum, goß sich einen neuen Whisky ein und legte sich rücklings aufs Bett. Zehn Minuten später nahm er den Hörer hoch und sprach zur Vermittlung.

»Zimmer 277.«

Wahnsinn. *Wahnsinn.*

Sie trafen sich in der Halle unter den Wedeln einer üppigen Palme. In der gegenüberliegenden Ecke schrammte ein Geigenquartett durch ein *Fledermaus*-Potpourri.

März sagte: »Der Scotch ist wirklich gut.«

»Ein Friedensangebot.«

»Angenommen. Danke.« Er blickte hinüber zu der ältlichen Cellistin. Ihre dicken Beine waren weit auseinandergesetzt, als ob sie eine Kuh melke. »Gott weiß, warum ich Ihnen trauen sollte.«

»Gott weiß, warum ich *Ihnen* trauen sollte.«

»Grundregeln«, sagte er fest. »Eins: keine Lügen mehr. Zwei: wir tun, was ich sage, ob Ihnen das paßt oder nicht. Drei: Sie zeigen mir, was Sie schreiben wollen, und wenn ich Sie bitte, das eine oder andere nicht zu schreiben, dann streichen Sie es. Einverstanden?«

»Einverstanden.« Sie lächelte und bot ihm die Hand. Er nahm sie. Sie hatte einen kühlen, festen Griff. Zum ersten Mal bemerkte er, daß sie eine Männeruhr ums Handgelenk trug.

»Was hat Ihre Meinung geändert?« fragte sie.

Er ließ ihre Hand los. »Sind Sie fertig zum Ausgehen?« Sie trug immer noch ihr rotes Kleid.

»Ja.«

»Haben Sie ein Notizbuch?«

Sie klopfte auf ihre Rocktasche. »Ich bin nie ohne unterwegs.«

»Ich auch nicht. Gut. Gehen wir.«

Die Schweiz war ein Nest von Lichtern in einer großen Dunkelheit, und Feinde umgaben sie auf allen Seiten: Italien im Süden, Frankreich im Westen, Deutschland im Norden und Osten. Ihr Überleben war eine Quelle ständigen Staunens: ›Das Schweizer Wunder‹ nannten sie es.

Luxemburg war zum Moselland geworden, Elsaß-Lothringen zur Westmark; Österreich war die Ostmark. Was die Tschechoslowakei angeht – jenes Bastardkind aus Versailles war zum Protektorat Böhmen-Mähren geschrumpft. Polen, Lettland, Litauen, Estland – von der Landkarte verschwunden. Im Osten war das Deutsche Reich in die vier Reichskommissariate Ostland, Ukraine, Kaukasus und Muskowien gegliedert.

Im Westen hatte Deutschland zwölf Nationen – Portugal, Spanien, Frankreich, Irland, Großbritannien, Belgien, die Niederlande, Italien, Dänemark, Norwegen, Schweden und Finnland – durch den Vertrag von Rom in einem europäischen Handelsblock zusammengepfercht. Deutsch war auf allen Schulen offizielle Zweitsprache. Die Leute fuhren deutsche Autos, hatten deutsche Radios, besaßen deutsche Fernsehgeräte, arbeiteten in Fabriken in deutschem Besitz, stöhnten über das Benehmen deutscher Touristen in deutsch beherrschten Ferienorten, während deutsche Mannschaften jeden internationalen Sportwettkampf gewannen, mit Ausnahme von Cricket, das nur die Engländer spielten.

Und inmitten von all dem war allein die Schweiz neutral. Das war nicht die Absicht des Führers gewesen. Aber als die Wehrmachtsplaner endlich eine Strategie entwickelt hatten, um auch die Schweiz zu unterwerfen, hatte das Patt des Kalten Krieges begonnen. So blieb sie ein Stück Niemandsland, die mit den vergehenden Jahren für beide Seiten immer nützlicher wurde, ein Ort, wo man sich insgeheim treffen und miteinander verhandeln konnte.

»In der Schweiz gibt es nur drei Klassen von Bürgern«, hatte der Kripo-Experte zu März gesagt. »Amerikanische Spione, deutsche Spione und Schweizer Bankiers, die versuchen, beiden ihr Geld abzunehmen.«

Während des vergangenen Jahrhunderts hatten diese Bankiers sich entlang der Ostküste des Zürichsees wie eine reiche Kruste angesetzt; ein Wasserstandsmesser des Reichtums. Wie auf Schwanenwerder stellten sich ihre Villen der Welt mit kahlen Gesichtern aus hohen Mauern und festen Toren, und dahinter dichte Baumabschirmungen.

März lehnte sich nach vorn und sagte zu dem Fahrer: »Fahren Sie hier langsamer.«

Inzwischen bildeten sie schon einen beachtlichen Aufzug: März und Charlie in einem Taxi, dem zwei Wagen folgten, in denen je ein Schweizer Polizist saß. Die Bellerive-Straße ging über in die Seestraße. März zählte die Hausnummern.

»Halten Sie hier an.«

Der Fahrer hielt am Bordstein. Die Polizeiwagen überholten sie; hundert Meter weiter leuchteten ihre Bremslichter auf.

Charlie sah sich um. »Was jetzt?«

»Jetzt werden wir einen Blick auf das Heim des Doktors Hermann Zaugg werfen.«

März bezahlte den Taxifahrer, der sofort wendete und zur Stadtmitte zurückfuhr. Die Straße war still.

All diese Villen waren gut bewacht, aber die von Zaugg – die dritte, zu der sie kamen – war eine Festung. Tore aus massivem Metall, drei Meter hoch, auf beiden Seiten von Steinmauern flankiert. Eine Sicherheitskamera überwachte den Eingang. März nahm Charlies

Arm, und wie ein Liebespaar auf einem Spaziergang bummelten sie vorbei. Sie überquerten die Straße und warteten auf der anderen Seite in einer Einfahrt. März blickte auf die Uhr. Es war kurz nach neun. Fünf Minuten vergingen. Schon wollte er vorschlagen zu gehen, als die Tore klirrend und mit Maschinengebrumm aufzuschwingen begannen.

Charlie flüsterte: »Jemand kommt raus.«

»Nein.« Er nickte die Straße hinauf. »Jemand will rein.«

Die Limousine war groß und mächtig ein britischer Wagen, ein Bentley, schwarz. Er kam aus der Stadt, fuhr schnell, bog ein und schwang in die Einfahrt. Ein Fahrer und noch ein Mann vorne hinten ein Blitz von silbernem Haar – vermutlich das von Zaugg. März hatte gerade noch Zeit zu bemerken, wie niedrig die Karosserie über dem Boden hing. Dann schluckten die Reifen einer nach dem anderen die Stöße, als der Bentley über den Bordstein holperte – *wumm wumm wumm wumm* –, und dann war er verschwunden.

Die Tore begannen sich zu schließen, blieben dann aber auf halbem Wege stehen. Zwei Männer erschienen vom Haus her, sie gingen schnell.

»Sie!« schrie einer von ihnen. »Sie beide! Bleiben Sie stehen, wo Sie sind!« Er lief auf die Straße. März packte Charlie am Ellbogen. In diesem Augenblick begann einer der Polizeiwagen rückwärts auf sie zuzufahren, mit jaulendem Getriebe. Der Mann sah nach rechts, zögerte und zog sich zurück.

Der Wagen schlidderte zum Stillstand. Das Fenster wurde herabgekurbelt. Eine gelangweilte Stimme sagte: »Verfluchte Scheiße, rein mit Ihnen.«

März öffnete die Hintertür und schob Charlie hinein und glitt dann hinter ihr her. Der Schweizer Polizist vollführte eine rasend schnelle Dreipunktewendung und brauste dann stadtwärts ab. Zauggs Leibwache war bereits verschwunden; die Tore schlossen sich dröhnend.

März drehte sich um und starrte aus dem Rückfenster. »Sind Ihre Bankiers alle so gut bewacht?«

»Hängt davon ab, mit wem sie Geschäfte machen.« Der Polizist richtete seinen Rückspiegel, um sie sehen zu können. Er war Ende Vierzig, mit blutunterlaufenen Augen. »Haben Sie noch weitere Abenteuer vor, Herr März? Vielleicht irgendwo eine kleine Prügelei? Es würde uns sehr helfen, wenn wir vorher benachrichtigt würden.«

»Ich dachte, Sie sollten uns nur folgen, nicht aber uns beschützen?«

»– ›Folgen und nach Bedarf schützen‹: so lautet unser Befehl. Übrigens, der Mann in dem Wagen hinter uns ist mein Kollege. Das war ein scheißlanger Tag. Entschuldigen Sie meine Sprache, Fräulein – niemand hat uns gesagt, daß da eine Frau dabeisein würde.«

»Können Sie uns zum Hotel zurückbringen?« fragte März. Der Polizist grummelte. »Soll ich jetzt zusätzlich zu meinen Dienstpflichten auch noch Chauffeur spielen?« Er schaltete seine Funkanlage ein und sprach mit seinem Kollegen. »Panik vorbei. Wir fahren zurück zum Baur au Lac.«

Charlie hatte ihr Notizbuch auf dem Schoß und schrieb. »Wer sind diese Leute?«

März zögerte, aber dachte dann: was soll's? »Dieser Beamte und sein Kollege sind Mitglieder der Polizei, die sicherstellen sollen, daß ich keinen Versuch unternehme, abzuspringen, während ich mich außerhalb der Reichsgrenzen aufhalte. Und dafür sorgen, daß ich heil und in einem Stück zurückkehre.«

»Immer ein Vergnügen, unseren deutschen Kollegen zu helfen«, grunzte eine Stimme von vorne.

Charlie sagte: »Besteht denn die Gefahr, daß Sie das nicht tun?«

»Offenbar.«

»O Gott.« Sie schrieb sich etwas auf. Er sah fort. Zu ihrer linken sah man ein paar Kilometer über dem See die Lichter von Zürich ein gelbes Band auf dem dunklen Wasser bilden. Sein Atem ließ die Scheibe anlaufen.

Zaugg war wohl aus seinem Büro zurückgekommen. Es war spät, aber die Züricher arbeiten hart für ihr Geld – üblich waren zwölf bis vierzehn Stunden am Tag. Das Haus des Bankiers konnte man nur über diese Straße erreichen, was die wirksamste aller Sicherheitsmaßnahmen ausschloß: Jeden Abend die Fahrstrecke ändern. Die Seestraße, die auf der einen Seite vom See begrenzt wurde und auf die von der anderen Seite Dutzende von Nebenstraßen mündeten, war der Alptraum jedes Sicherheitsmannes. Das mochte einiges erklären.

»Haben Sie sein Auto gesehen?« sagte er zu Charlie. »Wie schwer es war, welches Geräusch seine Reifen machten? Solche Wagen sieht man oft in Berlin. Der Bentley war gepanzert.« Er fuhr sich mit der Hand durch sein Haar. »Zwei Leibwächter, ein Paar Gefängnistore, ferngesteuerte Kameras und ein bombensicheres Auto. Was ist das für eine Art von Bankier?«

Im Schatten konnte er ihr Gesicht nicht genau sehen, aber er konnte neben sich ihre Erregung spüren. Sie sagte: »Wir haben das Beglaubigungsschreiben, erinnern Sie sich? Welche Art Bankier auch immer er sein mag – jetzt ist er *unser* Bankier.«

7

Sie aßen in einem Restaurant in der Altstadt – in dem es dicke Leinenservietten und schweres Tafelsilber gab, und wo die Kellner hinter ihnen aufgereiht standen und die Bedeckungen der Platten wegzauberten, als seien sie eine Truppe Zauberkünstler. Wenn das Hotel ihn die eine Hälfte seines Monatsgehalts gekostet hatte, dann dieses Essen die andere Hälfte, aber das war März egal.

Sie war anders als alle anderen Frauen, denen er begegnet war. Sie war keines der Heimchen aus dem NS-Frauenbund, nur ›Kinder, Kirche, Küche‹ – das Abendessen für den Mann immer fertig, seine Uniform frisch gebügelt, fünf Kinder schlafend oben im Bett. Und während ein gutes nationalsozialistisches Mädel vor Kosmetika, Nikotin und Alkohol entsetzt zurückschreckt, bediente Charlotte Maguire sich aller drei freizügig. Ihre dunklen Augen schimmerten sanft im Kerzenschein, sie redete fast pausenlos von New York, von Auslandsreportagen, von der Zeit ihres Vaters in Berlin, der Verkommenheit von Joseph Kennedy, von Politik und Geld, von Männern und von sich selbst.

Sie war im Frühjahr 1939 in Washington, D.C. geboren worden. (›Den letzten Friedensfrühling nennen ihn meine Eltern – in jeder Beziehung.‹) Ihr Vater war kurz zuvor aus Berlin zurückgekommen, um im State Department zu arbeiten. Ihre Mutter versuchte, als Schauspielerin Erfolg zu haben, mußte aber nach 1941 glücklich sein, daß es ihr gelang, der Internierung zu entgehen. Nach dem Krieg war Michael Maguire in den fünfziger Jahren nach Omsk gegangen, der Hauptstadt dessen, was noch von Rußland übriggeblieben war, um dort in der US-Botschaft zu arbeiten. Die Stadt wurde als zu gefährlich angesehen, als daß man vier Kinder hätte mitnehmen können. Also ließ man *Charlotte* zurück, damit sie in kostspieligen Schulen in Virginia erzogen werde; aber *Charlie* war da mit siebzehn ausgestiegen – spuckend und fluchend und gegen alles in Sichtweite rebellierend.

»Ich bin nach New York gegangen. Hab' versucht, Schauspielerin zu werden. Das klappte nicht. Hab' versucht, Journalistin zu werden. Das paßte besser zu mir. Hab' mich an der Columbia eingeschrieben – zur großen Erleichterung meines Vaters. Und dann – stellen Sie sich bloß vor – hab' ich ein Verhältnis mit dem Prof angefangen.« Sie schüttelte den Kopf. »Wie dumm kann man eigentlich sein?« Sie stieß einen Strahl Zigarettenrauch aus. »Ist da noch Wein drin?«

Er goß ihr den Rest aus der Flasche ein und bestellte eine neue. Es schien ihm an der Zeit, auch etwas zu sagen. »Warum Berlin?«

»Eine Möglichkeit, aus New York wegzukommen. Daß meine Mutter Deutsche ist, machte es einfacher, ein Visum zu bekommen. Ich muß gestehen: World European Features ist nicht ganz so groß wie es klingt. Zwei Männer in einem Büro am falschen Ende der Stadt mit einem Telex. Um ehrlich zu sein, die wären über jeden glücklich gewesen, dem es gelang, von Berlin ein Visum zu bekommen. Sogar über mich.« Sie sah ihn mit leuchtenden Augen an. »Ich wußte nicht, daß er verheiratet war, wissen Sie. Der Prof.« Sie schnipste mit den Fingern. »Grundlegendes Versagen bei den Nachforschungen, würden Sie nicht auch sagen?«

»Wann ist es zu Ende gegangen?«

»Im letzten Jahr. Ich bin nach Europa gekommen, um ihnen allen zu beweisen, daß ich das konnte. Vor allem ihm. Deshalb macht es mich so krank, ausgewiesen zu sein. Gott, der Gedanke daran, denen allen wieder entgegentreten zu müssen ...« Sie schlürfte ihren Wein. »Vielleicht hab' ich einen Vaterkomplex. Wie alt sind Sie?«

»Zweiundvierzig.«

»Genau mein Alter.« Sie lächelte ihn über den Rand ihres Glases an. »Sie sollten besser aufpassen. Sind Sie verheiratet?«

»Geschieden.«

»Geschieden! Das ist vielversprechend. Erzählen Sie mir von ihr.«

Ihre Offenheit erwischte ihn wehrlos. »Sie war«, begann er, und dann verbesserte er sich. »Sie ist ...« Er stockte. Wie kann man jemanden zusammenfassen, mit dem man neun Jahre lang verheiratet war, von dem man seit sieben Jahren geschieden ist und der einen gerade bei den Behörden denunziert hat? »Sie ist nicht so wie Sie« war alles, was er sagen konnte.

»Und das heißt?«

»Sie hat keine eigenen Gedanken. Sie sorgt sich darum, was die Leute denken. Sie ist nicht neugierig. Sie ist verbittert.«

»Wegen Ihnen?«

»Natürlich.«

»Gibt es jemand anderen?«

»Ja. Einen Parteibürokraten. Paßt viel besser zu ihr als ich.«

»Und Sie? Haben Sie jemanden?«

In März' Geist ertönte eine Hupe. *Abtauchen, abtauchen, abtauchen.* Seit seiner Scheidung hatte er zwei Affären gehabt. Mit einer Lehrerin, die in der Wohnung unter ihm lebte, und mit einer jungen Witwe, die an der Uni Geschichte lehrte – eine andere Freundin von Rudi Halder: Er verdächtigte Rudi, daß er es sich zur Lebensaufgabe gemacht habe, ihm eine neue Frau zu suchen. Die Beziehungen hatten sich jeweils ein paar Monate hingezogen, bis beide Frauen der Anrufe in letzter Minute vom Werderschen Markt müde wurden: »Tut mir leid, es ist etwas dazwischengekommen ...«

Statt zu antworten sagte März: »So viele Fragen. Sie hätten Detektiv werden sollen.«

Sie schnitt ihm ein Gesicht. »So wenige Antworten. *Sie* hätten Reporter werden sollen.«

Der Kellner goß ihnen erneut Wein ein. Nachdem er sich zurückgezogen hatte, sagte sie: »Wissen Sie, als wir uns begegnet sind, hab' ich Sie auf Anhieb gehaßt.«

»Ach. Die Uniform. Sie löscht den Mann aus.«

»Die Uniform tut das. Als ich heute im Flugzeug nach Ihnen suchte, habe ich Sie kaum wiedererkannt.«

März wurde klar, daß es noch einen anderen Grund für seine gute Laune gab: Er hatte in keinem Spiegel einen Blick auf seine schwarze Silhouette erhascht, er hatte niemanden bei seinem Kommen zusammenfahren sehen.

»Sagen Sie«, sagte er, »was erzählt man sich in Amerika über die SS?«

Sie rollte mit den Augen. »Ach bitte, März. Nicht. Wir wollen uns doch einen schönen Abend nicht verderben.«

»Ich meine es ernst. Ich möchte es wissen.« Er mußte sie mühsam zu einer Antwort überreden.

»Na schön, Mörder«, sagte sie schließlich. »Sadisten. Das personifizierte Böse. Alles. Sie haben danach gefragt. Das ist nicht persönlich gemeint, verstehen Sie? Noch Fragen?«

»Eine Million. Ausreichend für ein ganzes Leben.«

»Ein Leben! Na schön, machen Sie weiter. Ich habe sonst nichts vor.«

Einen Augenblick lang war er sprachlos, von den Wahlmöglichkeiten wie gelähmt. Womit anfangen?

»Der Krieg im Osten«, sagte er. »In Berlin hören wir nur von Siegen. Aber die Wehrmacht muß von der Front am Ural die Särge nachts in Sonderzügen heimschaffen, damit niemand sieht, wie viele Tote es da gibt.«

»Ich hab' irgendwo gelesen, das Pentagon schätzt, daß seit 1960 rund 100 000 Deutsche gefallen sind. Die Luftwaffe bombardiert Tag für Tag die russischen Städte flach, aber immer noch greifen sie euch an. Ihr könnt nicht gewinnen, weil die nirgendwohin flüchten können. Und ihr wagt nicht, Kernwaffen einzusetzen, weil wir sonst vielleicht zurückschlagen, und dann fliegt die Erde in die Luft.«

»Was noch?« Er versuchte, sich an neuere Schlagzeilen zu erinnern. »Goebbels sagt, Deutschlands Weltraumtechnik schlage die der Amerikaner jederzeit.«

»Ich glaube, das stimmt. Peenemünde hatte Satelliten Jahre vor uns in Umlaufbahnen.«

»Lebt Winston Churchill noch?«

»Ja. Er ist jetzt ein alter Mann. In Kanada. Da lebt er. Auch die Königin.« Sie nahm seine Verblüffung wahr. »Elizabeth fordert die Krone von ihrem Onkel.«

»Und die Juden?«, fragte März. »Was haben wir ihnen nach Meinung der Amerikaner angetan?«

Sie schüttelte den Kopf. »Warum tun Sie das?«

»Bitte. Die Wahrheit.«

»Die Wahrheit? Woher soll ich wissen, was die Wahrheit ist?« Plötzlich wurde ihre Stimme lauter, sie schrie fast. Leute an den Nachbartischen begannen, sich zu ihr umzudrehen. »Uns hat man beigebracht, an die Deutschen wie an etwas aus einer anderen Welt zu denken. Für Wahrheit ist da kein Platz.«

»Nun gut. Dann erzählen Sie mir die Propaganda.«

Sie blickte außer sich fort, aber dann sah sie mit einer solchen Intensität zurück, daß es ihm schwerfiel, ihrem Blick standzuhalten. »Na schön. Man sagt, daß ihr Europa nach jedem lebenden Juden durchkämmt habt – nach Männern, Frauen, Kindern, Säuglingen. Man sagt, ihr habt sie in den Osten in Gettos verfrachtet, wo Tausende von ihnen an Unterernährung gestorben sind. Dann habt ihr die Überlebenden noch weiter in den Osten gezwungen, und niemand weiß, was danach geschehen ist. Eine Handvoll entkam über den Ural nach Rußland. Ich habe sie im Fernsehen gesehen. Komische alte Männer, die meisten von ihnen; ein bißchen verrückt. Sie sprechen von Hinrichtungsgruben, von medizinischen Experimenten, von Lagern, in die Leute hineingegangen sind, aber aus denen niemand mehr herauskam. Sie sprechen von Millionen Toten. Aber dann kommt der deutsche Botschafter in seiner eleganten Uniform und sagt jedem, daß das alles nur kommunistische Propaganda ist. Also weiß niemand, was wahr ist und was nicht. Und ich sag Ihnen noch etwas – den meisten Leuten ist das alles egal.« Sie lehnte sich in ihren Stuhl zurück. »Zufrieden?«

»Tut mir leid.«

»Mir auch.« Sie griff nach ihren Zigaretten, hielt dann inne und sah ihn erneut an. »Deshalb haben Sie im Hotel Ihre Meinung darüber geändert, mich mitzunehmen, oder? Hat nichts mit dem Whisky zu tun. Sie wollten mein Gehirn anzapfen.« Sie begann zu lachen. »Und ich hab' geglaubt, *ich* benutzte *Sie*.«

Danach ging es mit ihnen besser. Was immer es an Gift zwischen ihnen gegeben haben mochte, es war abgesaugt. Er erzählte ihr von seinem Vater, und wie er ihm in die Marine gefolgt war, und wie er zur Polizei gekommen war und langsam Geschmack daran gefunden hatte – fast eine Berufung.

Sie sagte: »Ich kann immer noch nicht verstehen, wie Sie die tragen können.«

»Was?«

»Diese Uniform.«

Er goß sich ein weiteres Glas Wein ein. »Oh, da gibt es eine einfache Antwort. 1936 wurde die Kriminalpolizei in die SS eingegliedert; alle Beamten mußten SS-Ehrenränge annehmen. Also hatte ich die Wahl: entweder Fahnder in dieser Uniform mit der Möglichkeit zu versuchen, ein bißchen was zu tun; oder jemand ohne Uniform sein und überhaupt nichts tun zu können.«

Und wie die Dinge laufen, werde ich bald nicht einmal mehr diese Wahl haben, dachte er.

Sie neigte den Kopf auf die Seite und nickte. »Das kann ich verstehen. Das ist fair.«

Er wurde ungeduldig, er hatte sich selbst satt. »Nein, ist es nicht. Das ist Scheiße, Charlie.« Zum ersten Mal, seit sie zu Beginn des Essens darauf bestanden hatte, nannte er sie so; den Namen zu verwenden erschien ihm wie eine Liebeserklärung. Er hastete weiter: »Das ist die Antwort, die ich in den letzten zehn Jahren jedem gegeben habe, auch mir selbst. Unglücklicherweise habe sogar ich aufgehört, daran zu glauben.«

»Aber was geschehen ist – das Schlimmste von dem, was geschehen ist –, hat sich während des Krieges ereignet, und da waren Sie nicht dabei. Sie haben mir doch erzählt, daß Sie da auf See waren.«

Er sah schweigend auf seinen Teller. Sie fuhr fort: »Und außerdem ist im Krieg alles anders. Alle Länder tun im Krieg schlimme Dinge. Mein Land hat eine Atombombe auf japanische Zivilisten abgeworfen – und hat auf einen Schlag eine Viertel Million Menschen getötet. Und während der letzten zwanzig Jahre sind die Amerikaner Verbündete der Russen gewesen. Und erinnern Sie sich daran, was die Russen getan haben?«

Es war wahr, was sie sagte. Nach und nach hatten die Deutschen, als sie nach Osten vorrückten, die Massengräber der Opfer Stalins entdeckt, angefangen mit den 10 000 Leichen von polnischen Offizieren im Wald von Katyn. Millionen waren in den Hungersnöten, den Säuberungen, den Deportationen der dreißiger Jahre umgekommen. Niemand kannte die genauen Zahlen. Die Hinrichtungsgruben, die Folterkammern, die GULags im Polarkreis – all das wurde jetzt von den Deutschen als Gedenkstätten für die Toten gepflegt, als Museen des bolschewistischen Übels. Kinder wurden durch sie geführt; ehemalige Häftlinge dienten als Führer. Es gab einen speziellen historischen Forschungszweig, der sich der Erforschung der kommunistischen Verbrechen widmete. Das Fernsehen zeigte Dokumentationen über Stalins Holocaust – gebleichte Schädel und lebende Skelette, von Bulldozern zermatschte Leichen und von der Erde zusammengebackene Überreste von Frauen und Kindern, die man mit Draht zusammengeschnürt und dann ins Genick geschossen hatte.

Sie legte ihre Hand auf seine. »Die Welt ist, wie sie ist. Sogar ich sehe das.«

Er sprach, ohne sie anzusehen. »Ja. Schön. Aber alles, was Sie da sagen, habe ich schon gehört. ›Das war vor langer Zeit.‹ ›Das war im

Krieg.‹ ›Die Iwans waren die Schlimmsten von allen.‹ ›Was kann ein Mann allein machen?‹ Ich habe zugehört, wie Menschen das seit zehn Jahren flüstern. Das ist übrigens alles, was sie tun. Flüstern.«

Sie zog ihre Hand zurück und zündete sich eine neue Zigarette an und drehte ihr kleines goldenes Feuerzeug zwischen den Fingern. »Als ich zuerst nach Berlin ging und meine Eltern mir die Liste von Leuten gaben, die sie früher gekannt hatten, da standen viele Theaterleute auf ihr, Künstler – Freunde meiner Mutter. Ich nehme an, eine ganze Reihe von ihnen müssen nach Lage der Dinge Juden gewesen sein, oder Homosexuelle. Und ich bin losgezogen und habe sie gesucht. Sie waren natürlich alle verschwunden. Das hat mich nicht überrascht. Aber sie waren nicht nur verschwunden. *Es war, als habe es sie nie gegeben.*«

Sie klopfte mit dem Feuerzeug leicht auf die Tischdecke. Er nahm ihre Finger wahr – schlank, nicht manikürt, ohne Schmuck.

»Natürlich lebten jetzt Leute in den Wohnungen, in denen die Freunde meiner Mutter gelebt haben. Oft alte Leute. Sie müssen es gewußt haben, oder? Aber sie haben mich nur leer angesehen. Sie sahen Fernsehen, sie tranken Tee, sie hörten Musik. Übriggeblieben war *überhaupt nichts.*«

März sagte: »Sehen Sie sich das an.«

Er zog seine Brieftasche und nahm das Foto heraus. Es sah zwischen dem plüschigen Luxus des Restaurants völlig fehl am Platze aus – Reste aus einer Dachkammer, Abfall von einem Verkaufsstand auf dem Flohmarkt.

Er gab es ihr. Sie studierte es. Eine Strähne fiel ihr ins Gesicht, und sie wischte sie beiseite. »Wer ist das?«

»Als ich in die Wohnung zog, nachdem Klara und ich uns getrennt hatten, war sie seit Jahren nicht mehr tapeziert worden. Ich habe das da im Schlafzimmer hinter der Tapete gefunden. Ich sage Ihnen, ich habe die Wohnung in ihre Einzelteile zerlegt, aber das da war alles. Ihr Familienname war Weiß. Aber wer waren sie? Wo sind sie jetzt? Was ist mit ihnen geschehen?«

Er nahm die Fotografie, faltete sie wieder zusammen und steckte sie zurück in seine Brieftasche.

»Was soll man tun«, sagte er, »wenn man sein Leben der Jagd von Verbrechern geweiht hat und dann nach und nach entdeckt, daß die wirklichen Verbrecher die sind, für die man arbeitet? Was soll man tun, wenn einem jeder sagt, man solle sich nicht darum kümmern, man könne doch nichts dagegen tun, es sei schon vor so langer Zeit geschehen?«

Sie sah ihn jetzt auf eine ganz andere Weise an. »Ich nehme an, man wird verrückt.«

»Oder schlimmer. Man kommt zur Vernunft.«

Sie bestand trotz seiner Proteste darauf, die Hälfte der Rechnung zu bezahlen. Als sie das Restaurant verließen, war es fast Mitternacht. Sie gingen schweigend zu ihrem Hotel. Sterne wölbten sich über den Himmel; am Fuß der steilen gepflasterten Straße wartete der See. Sie nahm seinen Arm. »Du hast mich gefragt, ob der Mann in der Botschaft, Nightingale, ob er mein Liebhaber ist.«

»Das war sehr ungezogen von mir. Es tut mir leid.«
»Wärst du enttäuscht, wenn ich dir sage, daß er es nicht ist?«
Er zögerte.
Sie fuhr fort: »Also, er ist es nicht gewesen. Er wäre es gerne gewesen. Tut mir leid. Das klingt nach Angeberei.«
»Überhaupt nicht. Ich bin sicher, viele wären das gerne gewesen.«
»Aber ich hatte nie jemanden getroffen ...«
Hatte nie ...
Sie blieb stehen. »Ich bin fünfundzwanzig. Ich gehe, wohin ich will. Ich tue, was ich will. Ich suche mir aus, wen ich will.« Sie wandte sich ihm zu und berührte leicht seine Wange mit ihrer warmen Hand. »Gott, ich hasse es, diese Art Dinge aus dem Weg räumen zu müssen, und du?«

Sie zog seinen Kopf heran.

Wie eigenartig das doch ist, dachte März hinterher, *sein Leben in Unkenntnis der Vergangenheit, der eigenen Welt, seiner selbst zu leben. Und doch, wie einfach! Da geht man durch die Tage über Wege, die andere für einen bereitet haben, und hebt niemals den Kopf – eingewickelt in ihre Logik, von den Windeln bis zum Leichentuch* Es war eine Art von Furcht.

Na schön, dem allem ein Lebewohl. Und es tat gut, das alles zurückzulassen, was immer jetzt auch geschehen mochte.

Seine Füße tanzten auf den Pflastersteinen. Er schlang seinen Arm um sie. Er hatte so viele Fragen.

»Warte, warte«, sie lachte und schmiegte sich an ihn. »Genug. Hör auf. Ich fange an mich zu sorgen, daß du mich nur meines *Geistes* wegen willst.«

In seinem Hotelzimmer löste sie ihm die Krawatte und zog ihn wieder an sich, ihr Mund sanft auf seinem. Und während sie ihn immer noch küßte, schob sie ihm die Jacke von den Schultern, knöpfte ihm das Hemd auf, öffnete es. Ihre Hände fuhren ihm über die Brust, um seinen Rücken, über seinen Bauch.

Sie kniete nieder und zerrte an seinem Gürtel.

Er schloß die Augen und wühlte mit den Fingern in ihren Haaren.

Nach einigen Augenblicken löste er sich zärtlich von ihr und kniete nieder, Angesicht zu Angesicht, und streifte ihr das Kleid ab. Davon befreit, warf sie den Kopf zurück und schüttelte ihren Hals, ihre Brüste, ihren Bauch; er sog ihren Duft ein, fühlte ihr festes Fleisch sich glatt und straff unter seinen Händen spannen, ihre sanfte Haut auf seiner Zunge.

Später geleitete sie ihn zum Bett und setzte sich auf ihn. Das einzige Licht kam vom See. Kräuselnde Schatten um sie herum. Als er den Mund aufmachte, um etwas zu sagen, legte sie ihm einen Finger auf die Lippen.

TEIL IV

FREITAG,
17. APRIL 1964

Die Gestapo, die Kriminalpolizei und die Sicherheitsdienste sind umhüllt von der geheimnisvollen Aura der politischen Detektivgeschichte.

REINHARD HEYDRICH

1

Die Berliner Börse hatte vor dreißig Minuten eröffnet. Auf der Schautafel im Fenster der Union des Banques Suisses in der Zürcher Bahnhofstraße klickten die Zahlen wie Stricknadeln. Bayer, Siemens, Thyssen, Daimler – auf, auf, auf, auf. Die einzigen Aktien, die bei Entspannungsmeldungen fielen, waren die von Krupp.

Elegant gekleidete Geschäftsleute hatten sich wie jeden Morgen unruhig versammelt, um diesen Monitor der wirtschaftlichen Gesundheit des Reiches zu beobachten. Die Preise an der Börse waren seit sechs Monaten gefallen und eine der Panik nahe Stimmung hatte die Investoren ergriffen. Aber in dieser Woche war dank des alten Joe Kennedy – der wußte über die Märkte genau Bescheid, der alte Joe: hatte zu seiner Zeit in der Wall Street eine halbe Milliarde gemacht –, ja, dank Joe war die Talfahrt zum Stehen gekommen. Berlin war glücklich. Jeder war glücklich. Niemand achtete auf das Pärchen, das da die Straße vom See heraufspaziert kam, zwar nicht Hand in Hand, aber einander nahe genug, daß sich ihre Körper ab und zu berührten, und dem zwei gelangweilt dreinblickende Herren in rehbraunen Regenmänteln folgten.

März hatte an dem Nachmittag, bevor er aus Berlin abflog, eine kurze Einführung in die Bräuche und Praktiken des Schweizer Bankwesens erhalten.·

»Die Bahnhofstraße ist das Finanzzentrum. Sie sieht wie die Haupteinkaufsstraße aus und ist es auch. Aber die Höfe hinter den Geschäften und die Büros über ihnen, die sind wichtig. Da findet man die Banken. Aber man muß seine Augen offenhalten. Die Schweizer sagen: Je älter das Geld ist, desto schwieriger ist es zu sehen. In Zürich ist das Geld so alt, daß es unsichtbar geworden ist.«

Unter den Pflastersteinen und den Tramschienen der Bahnhofstraße erstreckten sich die Gewölbekatakomben, in denen drei Generationen von Europas Reichen ihren Reichtum vergraben hatten. März blickte auf die Einkaufsbummler und die Touristen, die die Straße entlangströmten, und fragte sich, auf welche alten Träume und Geheimnisse, auf welche Gebeine sie wohl traten.

Diese Banken waren kleine Familienkonzerne. Ein oder zwei Dutzend Angestellte, eine Büroflucht, eine kleine Messingplatte. Zaugg & Cie war typisch. Der Eingang befand sich in einer Seitenstraße, hinter einem Juwelier, überwacht von einer ferngesteuerten Kamera, die der vor Zauggs Villa glich. Als März die Klingel neben der diskreten Tür läutete, fühlte er, wie Charlie seine Hand streichelte.

Eine Frauenstimme fragte über die Sprechanlage nach seinem Namen und seinem Anliegen. Er blickte in die Kamera.

»Mein Name ist März. Das hier ist Fräulein Maguire. Wir möchten Herrn Zaugg sprechen.«

»Haben Sie eine Verabredung?«

»Nein.«

»Der Herr Direktor empfängt niemanden ohne Verabredung.«

»Sagen Sie ihm, wir haben ein Beglaubigungsschreiben für das Konto Nummer 2402.«

»Einen Augenblick, bitte.«

Die Polizisten lungerten am Eingang der Seitenstraße herum. März sah Charlie an. Ihm schien es, als seien ihre Augen strahlender, ihre Haut schimmernder. Er nahm an, er schmeichle sich selbst. Alles sah heute erhöht aus – die Bäume waren grüner, die Blüten weißer, der Himmel blauer, wie mit einem Glanzmittel gewaschen.

Sie trug eine lederne Schultertasche, aus der sie nun eine Kamera zog, eine Leica. »Ich mach eine Aufnahme fürs Familienalbum.«

»Wie du willst. Aber laß mich aus.«

»Welche Bescheidenheit.«

Sie machte eine Aufnahme von Zauggs Tür und Firmenschild. Die Stimme der Empfangsdame schnappte über den Hausruf. »Bitte kommen Sie in die zweite Etage.« Ein Summen von gelösten Riegeln, und März stieß die schwere Tür auf.

Das Gebäude war eine optische Täuschung. Klein und nichtssagend von außen, innen ein Treppenhaus aus Glas und Chromrohren, das in eine weite Empfangshalle führte, die moderne Kunst schmückte. Hermann Zaugg erwartete sie. Neben ihm stand eine der Leibwachen von gestern abend.

»Herr März, ja?« Zaugg streckte die Hand aus. »Und Fräulein Maguire?« Er schüttelte ihre Hand und verneigte sich leicht. »Engländerin?«

»Amerikanerin.«

»Ah. Gut. Ich freue mich immer, amerikanische Freunde zu treffen.« Er war wie eine kleine Puppe: silbernes Haar, rosa schimmerndes Gesicht, kleine Hände und Füße. Er trug einen makellos schwarzen Anzug, ein weißes Hemd, eine perlgraue Krawatte. »Soviel ich weiß, verfügen Sie über die notwendige Beglaubigung?«

März zog den Brief hervor. Zaugg hielt das Papier rasch ans Licht und untersuchte die Unterschrift. »Ja, tatsächlich. Die Handschrift meiner jungen Jahre. Ich fürchte, seit dem ist meine Handschrift schlechter geworden. Kommen Sie.«

In seinem Büro wies er sie zu einem niedrigen Sofa aus weißem Leder. Er setzte sich hinter seinen Schreibtisch. Jetzt lag der Vorteil der Höhe bei ihm: der älteste Trick.

März hatte sich entschlossen, offen zu sein. »Wir sind gestern an Ihrem Haus vorbeigekommen. Ihr Privatleben wird gut bewacht.«

Zaugg hatte die Hände auf dem Schreibtisch gefaltet. Er machte eine bedeutungslose Geste mit seinen kleinen Daumen, als ob er sagen wollte: *Sie wissen ja, wie das ist.* »Ich hörte von meinen Mitarbeitern, daß Sie selbst ebenfalls Schutz hatten. Habe ich diesen Besuch als einen amtlichen anzusehen oder als einen privaten?«

»Beides. Das bedeutet, keins von beiden.«

»Ich bin mit der Lage vertraut. Als nächstes werden Sie mir sagen, daß es sich ›um eine delikate Angelegenheit‹ handelt.«

»Es ist eine delikate Angelegenheit.«

»Meine Spezialität.« Er rückte seine Manschetten zurecht. »Manchmal erscheint es mir, als sei die ganze Geschichte Europas des 20. Jahrhunderts durch dieses Büro geströmt. In den dreißiger Jahren waren es jüdische Flüchtlinge, die da saßen, wo jetzt Sie sitzen – oftmals pathetische Gestalten, die umklammerten, was immer sie hatten retten können. Sie wurden meist dicht von Herren der Gestapo verfolgt. In den vierziger Jahren waren es deutsche Beamte von – wie soll ich sagen? – kürzlich erworbenem Reichtum. Manchmal kamen die gleichen Männer, die zuvor gekommen waren, um die Konten anderer zu schließen, um nun Konten für sich selbst zu eröffnen. In den fünfziger Jahren hatten wir es mit den Nachfahren jener zu tun, die in den vierzigern verschwunden waren. Jetzt, in den sechziger Jahren, sehe ich eine Zunahme des Amerika-Geschäftes voraus, da Ihre beiden großen Länder sich erneut näher kommen. Die siebziger Jahre werde ich meinem Sohn überlassen.«

»Dieses Beglaubigungsschreiben«, sagte März, »wieviel Zugang verschafft es uns?«

»Sie haben den Schlüssel?«

März nickte.

»Dann haben Sie vollständigen Zugang.«

»Wir würden gerne mit dem Kontenbericht beginnen.«

»Sehr gut.« Zaugg studierte den Brief, dann nahm er den Hörer ab. »Fräulein Graf, bringen Sie mir die Akte zu 2402.«

Sie erschien eine Minute später, eine Frau mittleren Alters, die ein dünnes Bündel Papiere in einem dicken Pappeinband trug. »Was möchten Sie wissen?«

»Wann wurde das Konto eröffnet?«

Er sah die Papiere durch. »Im Juli 1942. Am 8. jenen Monats.«

»Und wer hat es eröffnet?«

Zaugg zögerte. Er ging mit seinem Vorrat an wertvollen Informationen um wie ein Geizhals: Sich von einer Tatsache trennen zu müssen war jedesmal eine Qual. Aber nach den Bedingungen seiner eigenen Regeln hatte er keine Wahl.

Schließlich sagte er: »Herr Martin Luther.«

März machte sich Notizen. »Und welche Bedingungen wurden für das Konto vereinbart?«

»Ein Schließfach. Vier Schlüssel.«

»*Vier* Schlüssel?« März zog überrascht die Augenbrauen hoch. Einer war für Luther selbst, und vermutlich jeweils einer für Bühler und Stuckart. Aber wer bekam den vierten Schlüssel? »Wie wurden sie verteilt?«

»Sie wurden alle Herrn Luther übergeben, zusammen mit vier Beglaubigungsschreiben. Natürlich, was er mit ihnen vorhatte, war nicht unsere Angelegenheit. Sie werden verstehen, daß es sich hier um eine besondere Kontenform handelte – ein Konto für Notzeiten, für den Krieg –, entwickelt, um die Anonymität zu wahren, zugleich aber dem Erben oder dem Nutznießer leichten Zugang zu ermöglichen, sollte dem ursprünglichen Konteninhaber etwas zustoßen.«

»Wie hat er das Konto bezahlt?«

»In bar. Schweizer Franken. Miete für dreißig Jahre. Im voraus. Machen Sie sich keine Sorgen, Herr März – bis 1972 ist nichts zu zahlen.«

Charlie sagte: »Haben Sie Angaben über die Transaktionen im Zusammenhang mit diesem Konto?«

Zaugg wandte sich ihr zu. »Nur die Daten, an denen das Schließfach geöffnet worden ist.«

»Wann war das?«

»Am 8. Juli 1942. Am 17. Dezember 1942. Am 9. August 1943. Am 13. April 1964.«

Am 13. April! März konnte einen Triumphschrei kaum unterdrücken. Seine Vermutung war richtig gewesen. Luther *war* Anfang der Woche nach Zürich geflogen. Er kritzelte die Daten in sein Notizbuch. »Nur viermal?« fragte er.

»Korrekt.«

»Und bis zum letzten Montag ist das Fach während nahezu 21 Jahren nie geöffnet worden?«

»Das deuten die Daten an.« Zaugg schlug die Akte mit einer Geste der Ungeduld zu. »Ich möchte hinzufügen, daß daran nichts Ungewöhnliches ist. Wir haben Fächer hier, die fünfzig Jahre oder länger unberührt liegen.«

»Haben ursprünglich Sie das Konto eingerichtet?«

»Ja.«

»Hat Herr Luther gesagt, warum er das Konto eröffnen wollte, oder warum er diese besondere Regelung brauchte?«

»Bankgeheimnis.«

»Bitte?«

»Das ist eine spezielle Information zwischen Kunde und Bankier.« Charlie unterbrach. »Aber wir sind doch Ihre Kunden.«

»Nein, Fräulein Maguire. Sie sind die Nutznießer meines Kunden. Ein wichtiger Unterschied.«

»Hat Herr Luther das Fach bei jeder dieser Gelegenheiten selbst geöffnet?« fragte März.

»Bankgeheimnis.«

»War es Luther, der die Box am Montag geöffnet hat? Und in welcher Stimmung befand er sich?«

»Bankgeheimnis, Bankgeheimnis.« Zaugg hob die Hände. »Wir können so den ganzen Tag weitermachen, Herr März. Nicht nur bin ich in keiner Weise verpflichtet, Ihnen solche Informationen zu geben, es wäre unter dem schweizerischen Bankengesetz für mich sogar illegal, wenn ich es täte. Ich habe Ihnen alles mitgeteilt, was zu wissen Sie einen Anspruch haben. Gibt es sonst noch etwas?«

»Ja.« März schloß sein Notizbuch und sah Charlie an. »Wir würden uns das Fach gern selbst ansehen.«

Ein kleiner Aufzug führte hinab in die Gewölbe. Er hatte gerade Platz für vier Passagiere. März und Charlie, Zaugg und sein Leibwächter standen unbequem zusammengepreßt. Aus der Nähe roch der Bankier nach Kölnisch Wasser; sein Haar glitzerte unter einer öligen Pomade.

Der Tresorraum war wie ein Gefängnis oder eine Leichenhalle: ein weiß gefliester Korridor erstreckte sich vor ihnen über 30 Meter, mit Gittern auf beiden Seiten. Am anderen Ende saß neben der Tür an einem Pult ein Sicherheitsbeamter. Zaugg zog einen schweren Schlüsselbund aus seiner Tasche, der mit einer Kette an seinem Gürtel befestigt war. Er summte vor sich hin, während er den richtigen suchte.

Die Decke vibrierte leicht, als eine Tram über sie hinwegfuhr.

Er ließ sie in den Käfig ein. Stahlwände glänzten im Neonlicht: Reihen aus Türen, jede einen halben Quadratmeter groß. Zaugg bewegte sich vor ihnen hin, schloß dann eine in Hüfthöhe auf und trat zurück. Der Sicherheitsbeamte zog ein langes Fach heraus, von der Größe einer metallenen Feldkiste, und trug sie zu einem der Tische.

Zaugg sagte: »Ihr Schlüssel paßt zu diesem Fach. Ich warte draußen.«

»Nicht nötig.«

»Danke, aber ich ziehe es vor zu warten.«

Zaugg verließ den Käfig und blieb draußen stehen, den Rücken zum Gitter. März sah Charlie an und gab ihr den Schlüssel.

»Mach du.«

»Ich zittere ...«

Sie führte den Schlüssel ein. Er drehte sich leicht. Das Ende des Fachs öffnete sich. Sie langte hinein. Auf ihrem Gesicht erschien ein Ausdruck der Verblüffung, dann der Enttäuschung.

»Ich glaube, es ist leer.« Ihr Ausdruck wechselte. »Nein ...«

Sie lächelte und zog einen flachen Kasten aus Karton heraus, etwa 50 Quadratzentimeter groß und 5 Zentimeter hoch. Der Deckel war mit rotem Wachs versiegelt und trug ein aufgeklebtes Schildchen mit der maschinengeschriebenen Aufschrift: »Eigentum des Vertragsarchivs des Reichsministeriums des Äußeren, Berlin.« Und darunter in gotischer Schrift: »Geheime Reichssache«.

Ein Vertrag?

März brach das Siegel auf, wozu er den Schlüssel benutzte. Er hob den Deckel auf. Das Innere entließ eine Geruchsmischung aus Staub und Weihrauch.

Eine andere Tram fuhr vorüber. Zaugg summte immer noch und klingelte mit seinen Schlüsseln.

Im Inneren des Pappkartons lag ein Gegenstand, der in Wachstuch eingewickelt war. März hob ihn heraus und legte ihn flach auf den Tisch. Er schlug das Tuch zurück: eine angekratzte alte Holztafel; eine der Ecken war abgebrochen. Er drehte sie um.

Charlie stand unmittelbar neben ihm. Sie murmelte: »Wie schön.«

Die Kanten der Tafel waren abgesplittert, als ob sie von ihrem Platz losgebrochen worden seien. Aber das Porträt selbst war vollständig erhalten. Eine junge Frau, erlesen, mit blaßbraunen Augen, sah nach rechts, eine Schnur schwarzer Perlen zweimal um den Hals geschlungen. In ihrem Schoß hielt sie mit langen aristokratischen Fingern ein kleines Tier mit weißem Fell. Kein Hündchen; eher ein Wiesel.

Charlie hatte recht. Es *war* schön. Es schien das Licht des Tresorraums aufzusaugen und dann zurückzustrahlen. Die blasse Haut des Mädchens glühte – leuchtend wie die eines Engels.

»Was bedeutet das?« flüsterte Charlie.

»Das mag der liebe Gott wissen.« März fühlte sich undeutlich betrogen. War das Schließfach nichts anderes als eine Außenstelle von Bühlers Schatzkammer? »Was weißt du über Kunst?«

»Nicht viel. Aber das kommt mir irgendwie bekannt vor. Darf ich?« Sie nahm das Tafelbild und hielt es auf Armeslänge. »Ich glaube, das ist italienisch. Sieh mal ihre Kleidung – die Art, wie der Ausschnitt ihres Kleides eckig geschnitten ist, die Ärmel. Ich würde sagen Renaissance. Sehr alt und sehr echt.«

»Und sehr gestohlen. Leg es zurück.«

»Müssen wir?«

»Natürlich. Es sei denn, du kannst dir eine gute Geschichte für den Zoll am Berliner Flughafen ausdenken.«

Noch ein Gemälde: das war alles! Leise fluchend ließ März sich das Wachstuch durch die Finger laufen und kontrollierte noch einmal den Pappkarton. Er stellte das Fach aufrecht und schüttelte es. Nichts. Das leere Metall verhöhnte ihn. Worauf hatte er gehofft? Er wußte es nicht. Jedenfalls aber auf etwas, was ihm mehr Aufschluß als das hier verschafft hätte.

»Wir müssen gehen«, sagte er.

»Noch eine Minute.«

Charlie lehnte das Tafelbild gegen das Fach. Dann kauerte sie sich nieder und machte ein halbes Dutzend Aufnahmen. Dann wickelte sie das Bild wieder ein, legte es in sein Behältnis, und verschloß das Fach.

März rief: »Wir sind fertig, Herr Zaugg. Danke.«

Zaugg erschien mit dem Sicherheitsbeamten – einen Bruchteil zu rasch, dachte März. Er vermutete, daß der Bankier versucht hatte, sie zu belauschen.

Zaugg rieb sich die Hände. »Ich nehme an, es ist alles zu Ihrer Zufriedenheit?«

»Vollkommen.«

Der Wächter schob das Fach in seine Vertiefung zurück, Zaugg verschloß die Tür, und das Mädchen mit dem Wiesel war wieder in der Dunkelheit vergraben. »*Wir haben Boxen hier, die fünfzig Jahre oder länger unberührt liegen ...*« Wie lange es wohl dauern würde, ehe sie wieder ans Licht kann?

Sie fuhren schweigend mit dem Fahrstuhl hoch. Zaugg geleitete sie auf Straßenebene hinaus. »Und damit auf Wiedersehen.« Er schüttelte jedem von ihnen die Hand.

März fühlte, er solle noch etwas sagen, noch einen letzten Zug versuchen. »Ich glaube, ich sollte Sie darauf aufmerksam machen, daß in der vergangenen Woche zwei der gemeinsamen Inhaber dieses Kontos ermordet worden sind, und daß Martin Luther selbst verschwunden ist.«

Zaugg zwinkerte nicht einmal. »Mein Gott, mein Gott. Alte Kunden verscheiden und neue« – er wies auf sie – »nehmen ihren Platz ein. So dreht sich die Welt. Das einzige, dessen Sie versichert sein dürfen, Herr März, ist, daß gleichgültig, wer gewinnt, am Ende, wenn der Schlachtenqualm sich verzieht, die Banken in den schweizerischen Kantonen immer noch stehen werden. Einen guten Tag.«

Sie standen auf der Straße und die Tür schloß sich bereits, als Charlie rief: »Herr Zaugg!«

Sein Gesicht erschien, und bevor er es zurückziehen konnte, klickte die Kamera. Seine Augen öffneten sich weit und sein kleiner Mund schmollte ein perfektes O der Empörung.

Der Zürichsee lag dunstigblau da, wie ein Bild aus einem Märchen – eine Landschaft für Seeungeheuer und für Helden, sie zu bekämpfen. Wenn die Welt nur so wäre, wie man sie uns versprochen hat, dachte März. Dann würden sich jetzt Burgen mit spitzen Türmen durch diesen Dunst erheben.

Er lehnte sich gegen die feuchte Steinbalustrade vor dem Hotel und wartete auf Charlie, die ihre Rechnung beglich.

Er wünschte sich, er hätte länger bleiben können – mit ihr ans Wasser gehen, die Stadt erforschen, die Hügel; in der Altstadt mit ihr essen; und jeden Abend mit ihr in sein Zimmer zurückkehren und sie da lieben, zum Klang des Sees ... Ein Traum. Fünfzig Meter zu seiner Linken saßen in ihren Wagen seine Beschützer von der Zürcher Polizei und gähnten.

Vor vielen Jahren, als März noch junger Beamter der Hamburger Kripo war, hatte er den Befehl erhalten, einen Häftling, der wegen Raubes lebenslang hatte, während eines eintägigen Sonderurlaubs zu begleiten. Der Prozeß des Mannes hatte in den Zeitungen gestanden; seine Jugendliebe hatte das gelesen und ihm geschrieben; hatte ihn im Gefängnis besucht; hatte eingewilligt, ihn zu heiraten. Die Angelegenheit hatte jenen sentimentalen Zug berührt, der so tief in die deutsche Psyche eingebettet ist. Es hatte einen öffentlichen Kampf gegeben, die Zeremonie zu genehmigen. Die Behörden hatten nachgegeben. Also begleitete März ihn zu seiner Heirat, stand mit Handschellen an ihn gefesselt während der Messe neben ihm, und sogar während der Hochzeitsaufnahmen, ein ungewöhnlich verbundener Trauzeuge.

Der Hochzeitsempfang hatte in einer düsteren Halle neben der Kirche stattgefunden. Gegen Ende hatte ihm der Bräutigam zugeflüstert, da gebe es einen Lagerraum mit einem Teppich, und der Priester habe nichts dagegen ... Und März, noch jungverheiratet, hatte den Lagerraum überprüft und festgestellt, daß es da keine Fenster gab, und hatte den Mann mit seiner Frau für zwanzig Minuten allein gelassen. Der Priester, der als Kaplan dreißig Jahre lang auf den Hamburger Docks gearbeitet und wohl das meiste gesehen hatte, hatte März ernst zugenickt.

Auf dem Weg zurück ins Gefängnis hatte März, als die hohen Mauern in Sicht kamen, angenommen, daß der Mann niedergeschlagen sei, vielleicht um zusätzliche Zeit bäte, vielleicht sogar einen Fluchtversuch unternehmen würde. Nichts dergleichen. Er hatte lächelnd dagesessen und seine Zigarre aufgeraucht. Jetzt, als er über dem Zürichsee stand, begann März zu begreifen, was er empfunden hatte. Es war ihm genug gewesen zu wissen, daß es die Möglichkeit eines anderen Lebens gebe; und ein Tag davon hatte ausgereicht.

Er spürte, wie Charlie sich neben ihn stellte. Sie küßte ihn leicht auf die Wange.

In einem Geschäft am Zürcher Flughafen Kloten stapelten sich bunte Geschenke – Kuckucksuhren, Spielzeugskier, Aschenbecher mit dem eingebrannten Bild des Matterhorns und Pralinen. März suchte sich eine der Schachteln aus, mit Spieluhr, auf deren Deckel die Worte standen ›Unserem geliebten Führer Geburtstagsgrüße, 1964‹, und nahm sie mit zum Verkaufstresen, wo eine mollige Frau mittleren Alters wartete.

»Könnten Sie das für mich einpacken und auf die Post geben?«

»Kein Problem. Schreiben Sie mir nur auf, wohin Sie es wünschen.«

Sie gab ihm einen Vordruck und einen Bleistift, und März schrieb Hannelore Jägers Namen und Adresse auf. Hannelore war noch fetter als ihr Mann und liebte Pralinen. Er hoffte, Max werde den Witz erkennen.

Die Angestellte wickelte die Schachtel mit geübten Fingern rasch in braunes Papier.

»Verkaufen Sie viel davon?«

»Hunderte. Ihr Deutschen liebt euren Führer wirklich.«

»Ja, das ist wahr.« Er sah sich das Päckchen an. Es war genau so gepackt wie jenes, das er aus Bühlers Briefkasten genommen hatte. »Sie führen wohl keine Liste der Adressen, an die Sie solche Päckchen schicken?«

»Das wäre unmöglich.« Sie adressierte es, klebte eine Marke auf und legte es auf den Haufen hinter ihr.

»Natürlich. Und Sie erinnern sich wahrscheinlich auch nicht daran, einen älteren Deutschen gegen vier Uhr am Montagnachmittag bedient zu haben? Er trägt eine dicke Brille und hat tränende Augen.«

Plötzlich war ihr Gesicht hart vor Mißtrauen. »Wer sind Sie? Ein Polizist?«

»Es ist unwichtig.« Er zahlte für die Pralinen und auch für einen Bierkrug, der auf der Seite die Inschrift trug ICH LIEBE ZÜRICH.

Luther würde nicht den Weg in die Schweiz gemacht haben, um das Gemälde wieder in den Banktresor zu *bringen*, überlegte März. Selbst als Beamter des Außenministeriums im Ruhestand hätte er niemals ein Päckchen von der Größe mit dem Stempel ›Geheime Reichssache‹ am Zoll vorbeischmuggeln können. Er mußte hergekommen sein, um etwas *abzuholen* und wieder mit nach Deutschland zu nehmen. Und da es sich um seinen ersten Besuch im Tresor seit einundzwanzig Jahren handelte, und da es noch drei weitere Schlüssel gab, und da er niemandem traute, mußte er Zweifel empfunden haben, ob sich *das andere Ding* immer noch da befand.

Er stand da und starrte in den Warteraum der Abflughalle und versuchte, sich das Bild des älteren Mannes vorzustellen, der da in das Terminal hastet und seine wertvolle Fracht an sich preßt, während ihm sein schwaches Herz heftig gegen die Rippen schlägt. Die Pralinen mußten eine Erfolgsmeldung gewesen sein: so weit, meine alten Kameraden, so gut. Was mochte er bei sich getragen haben? Keine Gemälde und kein Geld; von beidem hatten sie in Deutschland genug.

»*Papiere.*«

»Was?« Charlie, die auf ihn in dem Menschengewimmel wartete, fuhr erstaunt herum.

»Das muß das Bindeglied gewesen sein, Papiere. Sie waren alle Beamte. Sie haben ihre Leben mit Papieren auf Papier gelebt.«

Er stellte sie sich im Berlin der Kriegszeit vor – wie sie da nachts in ihren Büros saßen und in einer ewigen bürokratischen Schnitzeljagd Memoranden und Protokollnotizen umlaufen ließen, und sich aus Papieren eine Burg schufen. Millionen Deutscher hatten im Kriege gekämpft: in dem eisigen Schlamm der Steppen oder in den Wüsten Libyens oder im klaren Himmel Südenglands oder – wie März – auf See. Diese alten Männer aber hatten ihren Krieg geführt, und hatten geblutet und ihr mittleres Alter vergeudet: *auf Papier.*

Charlie schüttelte den Kopf. »Ich versteh dich nicht.«

»Ich weiß. Vielleicht versteh ich mich. Ich hab' dir das hier gekauft.«

Sie wickelte den Krug aus und lachte und drückte ihn ans Herz.

»Ich werde ihn wie einen Schatz hüten.«

Sie gingen rasch durch die Paßkontrolle. Hinter der Schranke drehte März sich zu einem letzten Blick um. Die beiden Schweizer Polizisten sahen vom Flugscheinschalter aus zu. Der eine von ihnen – der, der sie vor Zauggs Villa gerettet hatte – hob die Hand. März winkte zurück.

Ihre Flugnummer wurde zum letzten Mal aufgerufen: »*Passagiere für den Lufthansaflug 227 nach Berlin bitte umgebend ...*«

Er ließ den Arm sinken und wandte sich dem Abflugausgang zu.

2

Während dieses Fluges kein Whisky, dafür aber Kaffee – viel und stark und schwarz. Charlie versuchte, eine Zeitung zu lesen, schlief aber ein. März war zu erregt, um zu ruhen.

Er hatte ein Dutzend leerer Seiten aus seinem Notizbuch gerissen, und sie dann in Hälften gerissen, und dann noch mal in Hälften. Nun hatte er die Stücke auf dem Plastiktischchen vor sich ausgebreitet. Auf jedes hatte er einen Namen geschrieben, ein Datum, einen Vorfall. Jetzt sortierte er sie unaufhörlich – den Anfang ans Ende, das Ende in die Mitte, die Mitte an den Anfang –, und eine Zigarette hing ihm von den Lippen, und Rauch umwirbelte ihn, und sein Kopf stak in den Wolken. Für die anderen Passagiere, von denen einige verstohlen und neugierig zu ihm hinblickten, mußte es aussehen, als ob er eine besonders irrsinnige Form von Patience spielte.

Juli 1942. An der Ostfront hat die Wehrmacht ihre Operation ›Blau‹ begonnen: jene Offensive, die schließlich den Krieg für Deutschland gewinnen wird. Amerika steckt von den Japanern schwere Prügel ein. Die Briten bombardieren die Ruhr und kämpfen in Nordafrika. In Prag erholt Reinhard Heydrich sich von einem Attentatsversuch.

Also: Gute Tage für die Deutschen, vor allem für jene in den besetzten Gebieten. Elegante Wohnungen, Geliebte, Bestechungen – Kisten voller Beute nach Hause zu schicken. Korruption von oben bis unten, vom Gefreiten bis zum Kommissar; vom Alkohol bis zu Altären. Bühler, Stuckart und Luther haben eine besonders raffinierte Gaunerei aufgezogen. Bühler beschlagnahmt Kunstgegenstände im Generalgouvernement, schickt sie unter falschen Bezeichnungen an Stuckart ins Innenministerium – besonders sicher, denn wer würde es wagen, die Post so mächtiger Diener des Reiches aufzumachen? Luther schmuggelt die Gegenstände ins Ausland, um sie zu verkaufen – wiederum sicher, denn wer würde es wagen, den Chef der Deutschlandabteilung des Außenministeriums aufzufordern, seine Koffer zu öffnen. Alle drei gehen in den fünfzigern in den Ruhestand, reiche und geachtete Männer.

Und dann 1964: Katastrophe

März sortierte seine Papierstückchen neu, und wieder neu.

Am Freitag, dem 11. April, treffen sich die drei Verschwörer in Bühlers Villa: das erste Anzeichen, das auf Panik hindeutet ...

Nein. So stimmte das nicht. Er blätterte durch seine Notizen zurück, bis zu Charlies Bericht über ihr Gespräch mit Stuckart. Natürlich.

Am Donnerstag, dem 10. April, am Tag vor dem Treffen, steht Stuckart in der Bülowstraße und notiert sich die Nummer des Telefons in der Zelle gegenüber der Wohnung von Charlotte Maguire. Damit geht er am Freitag in Bühlers Villa. Etwas Schreckliches bedroht sie, so daß die drei Männer das Undenkbare erwägen: in die Vereinigten Staaten von Amerika zu desertieren. Stuckart legt das Verfahren fest. Der Botschaft können sie nicht trauen, weil Kennedy sie mit seinen Beschwichtigern vollgestopft hat. Sie brauchen eine direkte Verbindung mit Washington. Stuckart hat die: Michael Maguires Tochter. Das ist abgesprochen. Am Samstag ruft Stuckart das Mädchen an, um ein Treffen zu vereinbaren. Am Sonntag fliegt Luther in die Schweiz: nicht um Bilder oder Gelder zu holen, wovon sie in Berlin im Überfluß haben, sondern um etwas abzuholen, das dort während der drei Besuche zwischen dem Sommer 1942 und dem Frühling 1943 eingelagert worden ist.

Aber es ist schon zu spät. Zu der Zeit, da Luther sich absetzte, die Botschaft aus Zürich schickte, in Berlin landete, waren Bühler und Stuckart bereits tot. Und also entschloß er sich, zu verschwinden und das mitzunehmen, was er aus dem Tresor in Zürich geholt hatte.

März lehnte sich zurück und erwog sein halbfertiges Puzzle. Das war eine Version der Ereignisse, die ebenso wahrscheinlich war wie jede andere.

Charlie seufzte und bewegte sich im Schlaf, und kuschelte sich zurecht, um ihren Kopf an seine Schulter zu lehnen. Er küßte ihr Haar. Heute war Freitag. Führertag war Montag. Er hatte nur noch das Wochenende. »O mein liebes Fräulein Maguire«, murmelte er. »Ich fürchte, wir haben an der falschen Stelle gesucht.«

»Meine Damen und Herren! In Kürze beginnen wir mit der Landung auf dem Flughafen Hermann Göring. Bitte stellen Sie Ihre Sitze wieder aufrecht und klappen Sie die Tische vor sich hoch ...«

März zog seine Schulter vorsichtig, um sie nicht zu wecken, unter Charlies Kopf vor, sammelte seine Papierstückchen ein und machte sich unsicher auf den Weg in den hinteren Teil des Flugzeugs. Ein Junge in der Uniform der Hitlerjugend kam aus der Toilette und hielt ihm höflich die Tür auf. März nickte, ging hinein und schloß hinter sich ab. Ein schwaches Licht flackerte.

Das kleine Abteil stank nach ewig wiederaufbereiteter schaler Luft; nach billiger Seife; nach Fäkalien. Er hob den Deckel des metallenen Klosetts hoch und ließ die Papierstückchen hineinfallen. Das Flugzeug bockte und schüttelte sich. Ein Warnlicht ging mit einem *Ping* an. ACHTUNG! KEHREN SIE AUF IHREN SITZ ZURÜCK! Die Turbulenz ließ seinen Magen hochkommen. Hatte Luther sich so gefühlt, als sein Flugzeug auf Berlin heruntersank? Das Metall fühlte sich feuchtkalt an. Er drückte auf einen Hebel, und das Klosett wurde geflutet und seine Notizen von einem Wirbel blauen Wassers aus der Sicht gesogen.

Die Lufthansa hatte die Toilette nicht mit Handtüchern, sondern mit feuchten kleinen Papiertüchern ausgestattet, die mit irgendeiner widerwärtigen Flüssigkeit imprägniert waren! März wischte sich durchs Gesicht. Er konnte die Hitze seiner Haut durch die glitschige Textur fühlen. Wieder eine Vibration, als ob ein U-Boot mit Tiefenbomben angegriffen würde. Sie gingen schnell runter. Er preßte sein brennendes Gesicht gegen den kühlen Spiegel. *Abtauchen, abtauchen, abtauchen ...*

Sie war wach und zog sich einen Kamm durch ihr dichtes Haar. »Ich dachte schon, du wärest abgesprungen.«

»Stimmt, der Gedanke ist mir auch gekommen.« Er befestigte seinen Sitzgurt. »Aber vielleicht bist du meine Rettung.«

»Du sagst die nettesten Sachen.«

»Ich sagte ›vielleicht‹.« Er nahm ihre Hand. »Hör zu. Bist du sicher, daß Stuckart dir gesagt hat, er sei am *Donnerstag* gekommen, um sich die Nummer des Telefons gegenüber deiner Wohnung aufzuschreiben?«

Sie dachte einen Augenblick lang nach. »Ja, ich bin sicher. Ich erinnere mich, daß mich das denken ließ: Dieser Mann meint es ernst, der hat seine Hausaufgaben gemacht.«

»Das denk ich mir auch. Die Frage ist nur, ob Stuckart auf eigene Rechnung gehandelt hat – ob er versucht hat, sich seine eigene Fluchtroute aufzubauen – oder ob er dich angerufen hat im Verlauf einer Aktion, die er zuvor mit den anderen abgesprochen hatte?«

»Spielt das eine Rolle?«

»Und ob. Denk mal nach. Wenn er sich mit den anderen am Freitag abgesprochen hat, bedeutet das, daß Luther vielleicht weiß, wer du bist, und das Verfahren kennt, mit dir in Kontakt zu treten.«

Sie zog ihre Hand überrascht zurück. »Aber das ist doch verrückt. Er würde mir niemals trauen.«

»Du hast recht, es ist verrückt.« Sie waren durch eine Wolkenschicht hinabgestoßen; darunter lag eine weitere. März konnte die Spitze der Großen Halle durch sie emporstechen sehen, als wäre es die Spitze eines Helmes. »Aber nimm mal an, Luther lebt noch irgendwo da unten, welche Möglichkeiten hat er dann? Der Flughafen wird überwacht. Ebenso die Häfen, die Bahnhöfe, die Grenzen. Er kann nicht wagen, direkt in die amerikanische Botschaft zu gehen, nicht nach dem ganzen Rummel um den Kennedy-Besuch. Was also kann er tun?«

»Das glaub ich einfach nicht. Er hätte mich am Dienstag anrufen können oder am Mittwoch. Oder am Donnerstag morgen. Warum sollte er warten?«

Doch er konnte den Zweifel in ihrer Stimme hören. Er dachte: Du *willst* es nicht glauben. Du hast geglaubt, du wärest schlau, als du in Zürich nach deiner Geschichte gesucht hast, aber während der ganzen Zeit könnte deine Geschichte in Berlin nach dir gesucht haben.

Sie hatte sich von ihm abgewendet, um durch das Fenster zu blicken.

März fühlte sich plötzlich entmutigt. In Wahrheit kannte er sie trotz allem kaum. Er sagte: »Der Grund, warum er gewartet haben könnte, ist, daß er versucht hat, einen besseren, einen sichereren Weg zu finden. Wer weiß? Vielleicht hat er einen gefunden.«

Sie antwortete nicht.

Sie landeten kurz vor zwei Uhr in Berlin im Nieselregen. Am Ende der Rollbahn trieb, als die Junkers wendete, die Feuchtigkeit quer über das Fenster und hinterließ Ketten aus Tröpfchen. Das Hakenkreuz über dem Ankunftsgebäude hing schlaff in der Nässe.

An der Paßkontrolle gab es zwei Schlangen: eine für Deutsche und für Bürger der Europäischen Gemeinschaft, und eine andere für den Rest der Welt.

»Hier müssen wir uns trennen«, sagte März. Er hatte sie mit einiger Schwierigkeit überredet, ihn ihren Koffer tragen zu lassen. Nun gab er ihn ihr zurück. »Was machst du?«

»In meine Wohnung fahren, nehme ich an, und auf den Anruf warten. Und du?«

»Ich glaube, ich verschaff mir eine Geschichtsstunde.« Sie sah ihn verständnislos an. Er sagte: »Ich ruf dich später an.«

»Mach das bitte.«

Ein Überrest des alten Mißtrauens war zurückgekehrt. Er konnte es in ihren Augen sehen und spüren, wie sie es in seinen suchte. Er wollte etwas sagen, um sie zu beruhigen, so was wie ›Mach dir keine Sorgen. Ein Geschäft ist ein Geschäft.‹

Sie nickte. Ein unbehagliches Schweigen. Dann stellte sie sich plötzlich auf die Zehenspitzen und rieb ihre Wange gegen seine. Sie war gegangen, ehe er sich eine Antwort ausdenken konnte.

Die Reihe der zurückkehrenden Deutschen schlurfte einer nach dem anderen schweigend heim ins Reich. März wartete mit hinter dem Rücken gefalteten Händen geduldig, während sein Reisepaß überprüft wurde. An diesen letzten Tagen vor Führers Geburtstag waren die Grenzkontrollen immer schärfer, die Beamten immer nervöser.

Die Augen des Grenzschutzbeamten waren im Schatten seines Augenschirms verborgen. »Der Herr Sturmbannführer ist schon drei Stunden vor der Zeit zurück.« Er zog eine dicke schwarze Linie durch das Visum, kritzelte ›Ungültig‹ darüber und gab den Paß zurück. »Willkommen daheim.«

In der vollen Halle sah sich März nach Charlie um, aber er konnte sie nicht sehen. Vielleicht hatten sie sich geweigert, sie wieder ins Land zu lassen. Er hoffte es fast: Es würde sicherer für sie sein.

Der Grenzschutz öffnete jede Tasche. Niemals zuvor hatte er solche Sicherheitsmaßnahmen gesehen. Es war ein Chaos. Die Passagiere wirbelten und stritten sich um die Kleiderhaufen herum, die Halle sah aus wie ein indischer Basar. Er wartete, bis er dran war.

Erst nach drei erreichte März die Gepäckaufbewahrung und bekam seinen Koffer zurück. In der Toilette zog er wieder seine Uniform an, legte seine Zivilsachen zusammen und verstaute sie. Er kontrollierte seine Luger und schob sie in den Halfter. Als er ging, sah er sich selbst im Spiegel. Eine vertraute schwarze Gestalt.

Willkommen daheim.

3

Wenn die Sonne schien, nannte die Partei das ›Führerwetter‹. Für Regen hatte sie keinen Namen.

Dennoch war verordnet worden, daß dieser Nachmittag, ob Nieselregen oder nicht, der Beginn der dreitägigen Feiern sein sollte. Und so machte sich das Volk mit verbissener nationalsozialistischer Entschlossenheit ans Feiern.

März fuhr in einem Taxi südwärts durch Wedding. Dies war das Berlin der Arbeiter, in den zwanzigern eine kommunistische Hochburg. Die Fabriksirenen hatten als festliche Geste eine Stunde früher als gewöhnlich gegellt. Jetzt waren die Straßen voller durchnäßter Feiernder. Die Blockwarte waren tätig gewesen. Von jedem zweiten oder dritten Gebäude hing eine Fahne herab – meistens das Hakenkreuz, manchmal aber auch ein Banner mit Schlagworten, das zwischen den eisernen Balkonen an den festungsähnlichen Wohnblocks ausgespannt war.

DIE ARBEITER VON BERLIN GRÜSSEN DEN FÜHRER ZU SEINEM 75. GEBURTSTAG! LANG LEBE DIE RUHMREICHE NATIONALSOZIALISTISCHE REVOLUTION! LANG LEBE UNSER FÜHRER UND REICHSKANZLER ADOLF HITLER! Die Hinterstraßen befanden sich in einem Farbtaumel und pulsierten zum *uhm-pah!* der örtlichen SS-Kapellen. Und das war erst der Freitag. März fragte sich, was die Behörden von Wedding wohl für den eigentlichen Tag geplant haben mochten.

Während der Nacht hatte ein rebellischer Geist an der Ecke Wolffstraße in weißer Schrift ein Graffiti hinzugefügt: WER SICH NICHT FREUT, WIRD ERSCHOSSEN! Eine Gruppe beunruhigter Braunhemden bemühte sich, das abzuwaschen.

März benutzte das Taxi bis zum Fritz-Todt-Platz. Sein Volkswagen stand immer noch vor Stuckarts Wohnung, wo er ihn vorgestern abend geparkt hatte. Er blickte zum vierten Stockwerk hoch. Jemand hatte alle Vorhänge zugezogen.

Am Werderschen Markt verstaute er den Koffer in seinem Büro und rief den wachhabenden Beamten an. Martin Luther war noch nicht aufgefunden worden.

Krause sagte: »Unter uns, März, Globus treibt uns alle in den heulenden Wahnsinn. Tobt hier alle halbe Stunde rein und rast und brüllt, daß irgendwer ins KZ wandern müsse, wenn er keine Ergebnisse bekomme.«

»Der Herr Obergruppenführer ist ein sehr hingebungsvoller Offizier.«

»Natürlich, ja, das ist er.« Krauses Stimme war plötzlich voller Panik. »Ich wollte doch keineswegs andeuten …«

März hängte auf. Wer immer seine Telefongespräche abhörte, hatte jetzt etwas zum Nachdenken.

Er schleppte die Schreibmaschine zu seinem Schreibtisch und zog ein einzelnes Blatt Papier ein. Er zündete sich eine Zigarette

An: Artur Nebe, SS-Oberstgruppenführer, Reichskriminalpolizei
Von: X. März, SS-Sturmbannführer   17.4.64

1. Ich beehre mich, Ihnen mitzuteilen, daß ich um 10 Uhr am heutigen Morgen die Geschäftsstelle von Zaugg &: Cie, Bankiers, Bahnhofstraße, Zürich, betreten habe.
2. Das Nummernkonto, über dessen Existenz wir gestern gesprochen haben, wurde vom Unterstaatssekretär im Außenministerium Martin Luther am 8.7.42 eröffnet. Es wurden vier Schlüssel ausgegeben.
3. In der Folge wurde die Box bei drei Gelegenheiten geöffnet: 17.12.42, 9.8.43, 13.4.64
4. Bei der Untersuchung durch mich stellte sich heraus, daß die Box

März lehnte sich auf seinem Stuhl zurück und blies ein paar saubere Rauchringe gegen die Decke. Der Gedanke an jenes Gemälde in den Händen von Nebe – inmitten seiner Sammlung bombastischer süßlicher Schmutzler und Kirchner – war abstoßend, war geradezu ein Sakrileg. Besser es seinem Frieden in der Dunkelheit zu belassen. Er ließ seine Finger einen Augenblick lang auf den Tasten der Schreibmaschine ruhen und schrieb dann

nichts enthielt.

Er drehte das Papier aus der Maschine, unterzeichnete es und versiegelte es in einem Briefumschlag. Er rief Nebes Büro an und wurde angewiesen, es persönlich und sofort zu überbringen. Er hängte auf und starrte aus dem Fenster auf die Ziegelaussicht.

Warum nicht?

Er stand auf und suchte in den Bücherregalen, bis er das *Verzeichnis der Fernsprechteilnehmer für den Großraum Berlin* fand Er nahm es herab und suchte eine Nummer, die er vom Büro daneben anrief, um nicht abgehört zu werden.

Eine Männerstimme antwortete: »Reichsarchiv.«

Zehn Minuten später versanken seine Stiefel in dem sanften Sumpf von Artur Nebes Büroteppich.

»Glauben Sie an Zufälle, März?«

»Nein, Herr Oberstgruppenführer.«

»Nein«, sagte Nebe. »Gut. Ich auch nicht.« Er legte sein Vergrößerungsglas hin und schob März' Bericht zur Seite. »Ich glaube nicht, daß zwei Beamte im Ruhestand gleichen Alters und Ranges *rein zufällig* beschließen, Selbstmord zu begehen, um nicht als korrupt entlarvt zu werden. Mein Gott« – er stieß ein scharfes Lachen aus –, »wenn jeder Regierungsbeamte in Berlin sich dazu entschlösse, lägen auf den Straßen sehr hohe Stapel von Toten. Und sie sind auch nicht *rein zufällig* in der Woche ermordet worden, in der ein amerikanischer Präsident ankündigt, er wolle uns mit seinem Besuch beglücken.«

Er schob seinen Sessel zurück und hinkte zu einem kleinen Bücherschrank, in dem die heiligen Schriften des Nationalsozialismus standen: *Mein Kampf* Rosenbergs *Mythos des XX Jahrhunderts*, Goebbels' *Tagebücher* ... Er drückte auf einen Knopf, der Bücherschrank schwang auf und enthüllte einen Getränkeschrank. Die Bände, sah März jetzt, waren lediglich auf Holz geklebte Bücherrücken.

Nebe goß sich einen großen Wodka ein und kehrte an seinen Schreibtisch zurück. März stand immer noch davor, weder ganz stramm noch ganz gelockert.

»Globus arbeitet für Heydrich«, sagte Nebe. »Das ist einfach. Globus würde sich nicht mal den eigenen Arsch abwischen, bevor Heydrich ihm sagt, jetzt sei es an der Zeit dazu.«

März sagte nichts.

»Und Heydrich arbeitet die meiste Zeit für den Führer, und während der ganzen Zeit arbeitet er für sich ...«

Nebe hob den schweren Schwenker an die Lippen. Seine Eidechsenzunge fuhr in den Wodka und spielte mit ihm. Er schwieg für eine Weile. Dann sagte er: »Wissen Sie, warum wir den Amerikanern Honig ums Maul schmieren, März?«

»Nein, Herr Oberstgruppenführer.«

»Weil wir in der Scheiße stecken. Hier ist was, das Sie nicht in den

Zeitungen des kleinen Doktors lesen werden. Himmlers Plan war, zwanzig Millionen Siedler im Osten bis 1960. Neunzig Millionen bis Ende des Jahrhunderts. Schön. Gut, wir haben sie also richtig hingebracht. Die Schwierigkeit ist nun, daß die Hälfte wieder zurück will. Betrachten Sie dieses Stückchen kosmischer Ironie, März: Lebensraum, in dem niemand leben möchte. Terrorismus« er gestikulierte mit der Hand, das Eis im Glase klingelte –, »ich brauche einem Kripo-Beamten nicht zu erzählen, wie ernst der Terrorismus geworden ist. Die Amerikaner stellen Geld und Waffen und Ausbildung zur Verfügung. Sie ermöglichen es den Roten, seit zwanzig Jahren weiterzumachen. Und was uns angeht: Die Jungen wollen nicht kämpfen, und die Alten wollen nicht arbeiten.«

Ob solcher Torheit schüttelte er sein graues Haupt, fischte sich einen Eiswürfel aus dem Schwenker und saugte geräuschvoll daran.

»Heydrich ist verrückt nach diesem Amerikageschäft. Er würde morden, damit es glatt geht. Ist es das, was hier läuft, März? Bühler, Stuckart, Luther – stellten die dafür irgendeine Bedrohung dar?«

Nebes Blicke durchforschten sein Gesicht. März sah starr geradeaus.

»Sie sind selbst eine Ironie, März. Haben Sie schon mal darüber nachgedacht?«

»Nein, Herr Oberstgruppenführer.«

»›Nein, Herr Oberstgruppenführer‹.« Nebe machte ihn spöttisch nach. »Na schön, dann tun Sie es jetzt. Wir haben uns aufgemacht, eine Generation von Übermenschen hervorzubringen, um ein Reich zu beherrschen, ja? Wir haben sie geschult, harte Logik anzuwenden – erbarmungslos, sogar grausam. Erinnern Sie sich, was der Führer einmal gesagt hat? ›Mein größtes Geschenk an die Deutschen ist, daß ich sie gelehrt habe, klar zu denken.‹ Und was geschieht? Ein paar von euch – vielleicht die besten von euch – fangen an, dieses erbarmungslose klare Denken gegen uns zu richten. Ich sage Ihnen, ich bin froh, daß ich ein alter Mann bin. Ich fürchte die Zukunft.« Er blieb eine Minute lang ruhig, in seine eigenen Gedanken verloren.

Schließlich nahm der enttäuschte alte Mann sein Vergrößerungsglas wieder auf. »Dann soll es also Korruption sein.« Er las noch einmal März' Bericht, zerriß ihn und ließ ihn in seinen Papierkorb fallen.

Clio, die Muse der Geschichte, bewachte das Reichsarchiv: eine amazonenhafte Nackte, entworfen von Adolf Ziegler, dem ›Reichsmeister des Schamhaares‹. Sie blickte mit gerunzelter Stirn über die Siegesallee zur Halle der Soldaten, vor dem eine lange Schlange von Touristen darauf wartete, an den Gebeinen Friedrichs des Großen vorbeizuziehen. Tauben hockten auf den Abhängen ihrer mächtigen Brüste wie Bergsteiger auf einem Gletscher. Hinter ihr war über dem Eingang zum Archiv eine Inschrift eingemeißelt worden, Blattgold auf poliertem Granit. Ein Zitat des Führers: FÜR EINE JEDE NATION IST DIE RICHTIGE GESCHICHTE 100 DIVISIONEN WERT.

Rudolf Halder führte März ins Innere und hinauf in den dritten Stock. Er stieß eine Doppeltür auf und trat beiseite, um ihn einzulassen. Ein Korridor mit Steinwänden und Steinfußboden schien sich ins Unendliche zu erstrecken.

»Ganz schön eindrucksvoll, was?« An seinem Arbeitsplatz sprach Halder mit der Stimme des professionellen Historikers, die gleichzeitig Stolz und Sarkasmus vermittelte. »Wir nennen diesen Stil pseudoteutonisch. Es wird dich nicht überraschen, daß dieses das größte Archivgebäude auf Erden ist. Über uns zwei Stockwerke Verwaltung. Auf diesem Stockwerk: die Büros der Forscher und Lesesäle. Unter uns: *sechs* Stockwerke voller Dokumente. Du schreitest hier, mein Freund, über die Geschichte des Vaterlandes. Ich für meinen Teil hüte Clios Lampe da drinnen.«

Es war eine Mönchszelle: klein, ohne Fenster, die Wände aus Granitblöcken. Papiere stapelten sich auf dem Tisch zu halbmeterhohen Haufen und flossen auf den Boden über. Überall Bücher – einige Hundert –, und aus jedem sproß ein Dickicht aus Merkzetteln hervor: Papierfetzen in allen Farben, Straßenbahnfahrscheine, Stückchen von Zigarettenschachteln, verbrauchte Streichhölzer.

»Die Aufgabe des Historikers. Aus Chaos noch mehr Chaos zu machen.« Halder hob einen Stapel alter Armeezeitungen von dem einsamen Stuhl, wedelte den Staub ab und winkte März, sich zu setzen.

»Ich brauche deine Hilfe, Rudi – schon wieder.«

Halder hockte sich auf die Ecke seines Schreibtischs. »Monatelang hab' ich nichts von dir gehört, und dann plötzlich zweimal in einer Woche. Ich vermute, es hat wieder mit der Bühler-Sache zu tun. Ich hab' die Todesanzeige gesehen.«

März nickte. »Ich sollte dir jetzt sagen, daß du mit einem Aussätzigen sprichst. Du könntest dich schon allein dadurch, daß du dich mit mir triffst, in Gefahr bringen.«

»Das macht es nur um so faszinierender.« Halder legte seine langen Finger gegeneinander und knackte mit den Gelenken. »Also los.«

»Das wird dich wirklich fordern.« März hielt inne und holte Atem. »Drei Männer: Bühler, Wilhelm Stuckart und Martin Luther. Die ersten beiden tot; der dritte auf der Flucht. Alle drei hohe Beamte, wie du weißt. Im Sommer 1942 haben sie ein Bankkonto in Zürich eröffnet. Zuerst habe ich angenommen, sie hätten da Schätze von Geld oder Kunstwerken versteckt – Bühler steckte, wie du vermutet hast, bis über beide Ohren in der Korruption –, aber jetzt vermute ich, daß es wahrscheinlich Dokumente waren.«

»Welche Art von Dokumenten?«

»Keine Ahnung.«

»Gefährliche?«

»Vermutlich.«

»Du hast da von Anfang an ein Problem. Du sprichst von drei verschiedenen Ministerien – Äußeres, Inneres und Generalgouvernement, das im übrigen kein wirkliches Ministerium ist. Das sind Tonnen von Dokumenten. Und das meine ich wörtlich, Xavi – Tonnen.«

»Hast du deren Unterlagen hier?«

»Äußeres und Inneres ja. Die vom Generalgouvernement sind in Krakau.«

»Hast du Zugang zu ihnen?«

»Amtlich – nein. Inoffiziell ...« Er wedelte mit seiner knochigen Hand. » ... Vielleicht, wenn ich Glück habe. Aber, Xavi, es würde ein Leben lang dauern, sie auch nur durchzusehen. Was sollen wir denn deiner Meinung nach tun?«

»Irgendwo in ihnen müssen Hinweise stecken. Vielleicht fehlen Unterlagen.«

»Aber das ist eine unmögliche Aufgabe.«

»Ich hab' dir doch gesagt, es wird uns fordern.«

»Und wie schnell müssen diese ›Hinweise‹ entdeckt werden?«

»Ich muß sie heute nacht finden.«

Halder gab einen explosiven Laut von sich, eine Mischung aus Ungläubigkeit, Ärger und Hohn. März sagte ruhig »Rudi, in drei Tagen werden sie mich vor ein SS-Ehrengericht stellen. Du weißt, was das bedeutet. *Ich muß sie jetzt finden.*«

Halder sah ihn einen Augenblick lang an, unwillig zu glauben, was er da hörte, wandte sich dann ab und murmelte: »Laß mich nachdenken ...«

März sagte: »Kann ich rauchen?«

»Im Flur. Nicht hier drin – dieses Zeugs ist unersetzlich.«

Während März rauchte, konnte er hören, wie Halder in seinem Büro hin und her ging. Er sah auf seine Uhr. Sechs Uhr. Der lange Korridor war verlassen. Die meisten Mitarbeiter mußten schon nach Hause gegangen sein, um das Ferienwochenende zu beginnen. März versuchte zwei Bürotüren, doch sie waren beide verschlossen. Die dritte war offen. Er nahm den Telefonhörer ab, lauschte auf das Zeichen und wählte dann neun. Das Zeichen änderte sich: eine Amtsleitung. Er wählte Charlies Nummer. Sie antwortete sofort.

»Ich bin's. Geht's dir gut?«

Sie sagte: »Mir geht's gut. Ich habe was entdeckt – nur eine Kleinigkeit.«

»Erzähl mir nichts davon. Ich rede später mit dir.« Er versuchte, an etwas anderes zu denken, was er sagen könnte, aber sie hatte den Hörer schon aufgelegt.

Jetzt war Halder am Telefon, seine fröhliche Stimme hallte durch den steinernen Korridor. »Eberhard? Schönen guten Abend ... Wohl wahr, keine Ruhe für manche von uns. Eine schnelle Frage, wenn ich darf. Die Serien des Innenministeriums ... Oh, schon gemacht? Ausgezeichnet. Auf Bürobasis? ... Aha. Hervorragend. Und das ist alles schon gemacht? ...«

März lehnte sich mit geschlossenen Augen gegen die Wand und versuchte, nicht an den Ozean aus Papieren unter seinen Füßen zu denken. Mach schon, Rudi. *Mach schon*.

Er hörte eine Glocke schlagen, als Halder auflegte. Einige Sekunden später erschien Rudi im Korridor und zog sich die Jacke an. Eine Reihe von Bleistiftköpfen ragte aus seiner Brusttasche. »Ein kleines bißchen Glück. Meinem Kollegen zufolge sind die Akten des Innenministeriums wenigstens schon katalogisiert worden.« Er ging rasch den Korridor entlang. März lief neben ihm her.

»Und was bedeutet das?«

»Das bedeutet, daß es einen Zentralindex geben müßte, aus dem wir entnehmen können, welche Akten wirklich über Stuckarts Schreibtisch gegangen sind und wann.« Er hämmerte auf die Knöpfe des Fahrstuhls. Nichts rührte sich. »Sieht so aus, als hätten sie das Ding über Nacht abgestellt. Wir müssen laufen.«

Als sie die breite Wendeltreppe hinabklapperten, rief Halder: »Dir ist ja wohl klar, daß das gegen alle Regeln ist? Ich hab' die Zulassung für Militär, Ostfront, nicht für Verwaltung, Inneres. Wenn wir angehalten werden, mußt du der Sicherheit ein Garn über Polizeiarbeit vorspinnen – irgendwas, wozu sie Stunden brauchen, um es nachzuprüfen. Was mich angeht, ich bin nur ein armer Trottel, der dir einen Gefallen tut, klar?«

»Weiß ich zu schätzen. Wie weit noch?«

»Wir müssen bis ganz runter.« Halder schüttelte den Kopf. »Ein Ehrengericht! Mein Gott, Xavi, was ist bloß mit dir los?«

Sechzig Meter unter der Erde zirkulierte die Luft kühl und trocken und waren die Lampen gedämpft, um die Archive zu schonen. »Man sagt, das hier sei so gebaut worden, daß es dem direkten Einschlag einer amerikanischen Rakete widerstehen könnte«, sagte Halder.

»Was ist hier hinter?«

März zeigte auf eine Stahltür, die mit Warnschildern bedeckt war. ›ACHTUNG! UNBEFUGTEN IST DER ZUTRITT VERBOTEN!‹ und ›EINTRITT VERBOTEN!‹ und ›DER AUSWEIS IST VORZUZEIGEN‹.

»›Die richtige Geschichte ist 100 Divisionen wert‹, erinnerst du dich? Da geht die falsche Geschichte hin. Scheiße. Paß auf.«

Halder zerrte März in einen Durchgang. Ein Sicherheitsmann kam auf sie zu, gebeugt wie ein Bergmann in einem Flöz, er schob eine Metallkarre vor sich her. März war überzeugt, daß er sie sehen werde, aber er ging vor Anstrengung stöhnend einfach vorüber. Er blieb an der Metallschranke stehen und schloß sie auf. Ein flüchtiger Blick auf einen Hochofen, das Gebrüll von Flammen, bevor sich die Tür klirrend hinter ihm wieder schloß.

»Komm, gehen wir.«

Als sie weitergingen, erklärte ihm Halder das Verfahren. Das Archiv arbeitete nach den Grundsätzen eines Warenhauses. Aktenanforderungen wurden an eine zentrale Bearbeitungsstelle auf jedem Stockwerk gerichtet. Dort befand sich in Schubladen von einem Meter Höhe und zwanzig Zentimetern Breite der Hauptindex. Neben jeder Aktennummer stand eine Lagernummer. Die Bestände selbst befanden sich in feuersicheren Lagerräumen, die neben der Bearbeitungsstelle lagen. Das ganze Geheimnis sei, sagte Halder, sich im Index auszukennen. Er ging die Front der dunkelroten Lederrücken ab, klopfte gegen jeden mit seinem Finger, bis er den einen gefunden hatte, den er suchte, und schleppte ihn zum Schreibtisch des Stockwerksleiters.

März war einmal auf einem Flugzeugträger unter Deck gewesen, der *Großadmiral Räder*. Die Tiefen des Reichsarchivs erinnerten ihn daran: niedrige Decken über die Lampenreihen liefen, und das Gefühl, etwas Gewaltiges erdrücke einen. Neben dem Arbeitstisch: ein Fotokopierer – in Deutschland ein seltener Anblick, da man deren Verteilung scharf überwachte, um die subversive Herstellung verbotener Literatur zu unterbinden. Ein Dutzend leerer Karren stand neben dem Aufzugschacht. Er konnte in jede Richtung fünfzig Meter weit sehen. Der Bereich war verlassen.

Halder stieß einen Triumphschrei aus. »Staatssekretär, Büroakten 1939-1950. O Gott: vierhundert Kästen. Welche Jahre willst du sehen?«

»Das Schweizer Bankkonto ist im Juli 1942 eröffnet worden, sagen wir also die ersten sieben Monate dieses Jahres.«

Halder drehte die Seite um und sprach mit sich selbst. »Aha. Ich sehe, wie sie das gemacht haben. Sie haben die Unterlagen in vier Serien geteilt: Bürokorrespondenz, Protokolle und Denkschriften, Gesetze und Erlasse, Personalfragen ...«

»Ich suche nach etwas, das Stuckart mit Bühler und Luther in Verbindung bringt.«

»In dem Fall sollten wir mit der Bürokorrespondenz anfangen. Das sollte uns ein Gefühl dafür geben, was sich damals abgespielt hat.« Halder kritzelte Notizen. »D/15/M/28-34. Alsdann. Auf geht's.«

Lagerraum D lag zwanzig Meter weiter zur Linken. Ablagenummer 15, Abschnitt M, befand sich genau in der Mitte des Raumes. Halder sagte: »Nur sechs Kästen, Gott sei Dank. Nimm du Januar bis April, ich übernehme Mai bis August.«

Die Kästen waren aus Pappkarton, jeder so groß wie eine große Schreibtischschublade. Es gab keinen Tisch, also setzten sie sich auf den Fußboden. Den Rücken gegen das Metallregal gepreßt, öffnete März den ersten Karton, nahm eine Handvoll Papiere heraus und begann zu lesen.

Manchmal braucht man im Leben etwas Glück.

Das erste Dokument war ein Brief vom 2. Januar, vom Unterstaatssekretär im Luftfahrtministerium, und betraf die Ausgabe von Luftschutzmasken an den Reichsluftschutzbund. Der zweite vom 4. Januar kam aus dem Amt für den Vierjahresplan und beschäftigte sich mit der angeblich ungenehmigten Ausgabe von Benzin an hohe Regierungsbeamte.

Der dritte war von Reinhard Heydrich.

März erblickte zunächst die Unterschrift – ein eckiges spinnenhaftes Gekritzel. Dann wanderten seine Augen zum Briefkopf – Reichssicherheitshauptamt, Berlin SW 11, Prinz-Albrecht-Straße – und dann zum Datum: 6. Januar 1942. Und erst dann zum Text:

> Hiermit wird bestätigt, daß die gemeinsame Besprechung mit anschließendem Mittagessen, das usprüglich für den 9. Dezember 1941 angesetzt war, nunmehr auf den 20. Januar 1942 im Büro der Kommission der Internationalen Kriminalpolizei, Berlin, Am Großen Wannsee, Nr. 56/58, verschoben worden ist.

März durchblätterte die anderen Briefe in dem Kasten: Kohlepapierdurchschläge und cremefarbene Originale, beeindruckende Briefköpfe – Reichskanzlei, Wirtschaftsministerium, Organisation Todt; Einladungen zu Essen und Treffen; Bitten, Forderungen, Rundschreiben. Aber da war nichts mehr von Heydrich.

März gab Halder den Brief: »Was meinst du dazu?«

Halder runzelte die Stirn: »Ungewöhnlich, ich würde sagen, daß das Reichssicherheitshauptamt ein Treffen von Regierungsbehörden einberuft.«

»Können wir herausfinden, über was sie gesprochen haben?«

»Sollte möglich sein. Wir wollen es über die Querverweise zu den Protokollen und Denkschriften versuchen. Laß mal sehen: 20. Januar ...«

Halder zog seine Notizen zu Rate, stand auf und ging am Regal entlang. Er zog einen anderen Kasten heraus, kam damit zurück und setzte sich mit gekreuzten Beinen nieder. März sah ihm zu, wie er den Inhalt durchblätterte. Plötzlich hielt er inne. Er sagte langsam: »Mein Gott ...«

»Was ist?«

Halder gab ihm ein einzelnes Blatt Papier, auf das getippt war:

> Im Interesse der Staatssicherheit wurde auf Anweisung des Reichsführers SS das Protokoll des zwischenbehördliches Treffens vom 20. Januar 1942 entfernt.

Halder sagte: »Sieh dir das Datum an.«

März tat es. Das Datum war der 6. April 1964. Das Protokoll war vor 11 Tagen von Heydrich entfernt worden.

»Kann der das – legal, meine ich?«

»Die Gestapo kann aus Sicherheitsgründen aussondern, was immer sie will. Normalerweise verbringen sie solche Papiere in die Tresore in der Prinz-Albrecht-Straße.«

Im Korridor draußen gab es ein Geräusch. Halder hob warnend einen Finger. Beide saßen bewegungslos da, während der Wachmann vorbeiklirrte und den leeren Karren aus dem Brennraum zurückbrachte. Sie lauschten, bis die Geräusche sich zum anderen Ende des Gebäudes hin verloren.

März flüsterte: »Und was machen wir jetzt?«

Halder kratzte sich am Kopf. »Ein zwischenbehördliches Treffen auf der Ebene der Staatssekretäre …«

März verstand, woran er dachte. »Bühler und Luther werden dann ebenfalls eingeladen gewesen sein?«

»Das erscheint logisch. In dem Rang sind sie bei Protokollfragen empfindlich. Du kannst nicht aus dem einen Ministerium einen Staatssekretär dabei haben und aus einem anderen nur einen einfachen Beamten. Wie spät ist es?«

»Acht.«

»In Krakau sind sie schon eine Stunde weiter.« Halder kaute einen Augenblick lang auf den Lippen, dann faßte er einen Entschluß. Er stand auf. »Ich ruf einen Freund an, der im Archiv des Generalgouvernements arbeitet und frage ihn, ob die SS in den letzten Wochen bei ihnen herumgeschnüffelt hat. Wenn nicht, kann ich ihn vielleicht überreden, morgen hinzugehen und nachzusehen, ob sich das Protokoll noch in Bühlers Papieren befindet.«

»Könnten wir das nicht hier überprüfen, im Archiv des Außenministeriums? In Luthers Papieren?«

»Nein. Zu umfangreich. Das würde uns Wochen kosten. Das ist der beste Weg, glaub mir.«

»Sei vorsichtig, was du ihm sagst, Rudi.«

»Keine Sorge. Ich kenne die Gefahren.« Halder blieb an der Tür stehen. »Und nicht rauchen, während ich weg bin, um Gottes willen nicht. Das ist das leichtest entflammbare Gebäude im Reich.«

Nur zu wahr, dachte März. Er wartete, bis Halder gegangen war und begann dann, zwischen den Regalen voller Kästen auf und ab zu gehen. Er gierte nach einer Zigarette. Seine Hände zitterten. Er steckte sie in die Taschen.

Welch ein Monument der deutschen Bürokratie dieser Ort war. Herr A, der etwas tun wollte, ersuchte Doktor B um Erlaubnis. Doktor B sicherte sich selbst ab, indem er es an Ministerialdirektor C nach oben weitergab. Ministerialdirektor C legte es Reichsminister D vor, der sagte, er überlasse das der Beurteilung durch Herrn A, der sich natürlicherweise wieder an Doktor B wendet ... Die Bündnisse und Rivalitäten, die Fallen und Intrigen aus drei Jahrzehnten Parteiherrschaft westen in diesen metallenen Regalen; zehntausende Gewebe aus Papierfäden hingen in der kühlen Luft.

Halder war nach zehn Minuten zurück. »Die SS ist tatsächlich vor zwei Wochen in Krakau gewesen.« Er rieb sich unbehaglich die Hände. »Man erinnert sich noch lebhaft daran. Ein hoher Besuch. Obergruppenführer Globocznik persönlich.«

»Wo immer ich mich hinwende«, sagte März, »Globocznik!«

»Er ist mit einem Gestapo-Jet aus Berlin eingeflogen, mit Sondervollmachten, die Heydrich persönlich unterschrieben hatte. Er hat ihnen offensichtlich allen die Furcht des Herrn eingejagt. Er hat gebrüllt und geflucht. Und hat genau gewußt, wonach er suchte: Er hat eine Akte entfernt. Zum Mittagessen war er schon wieder weg.«

Globus, Heydrich, Nebe. März legte den Kopf in die Hand. Der drehte sich. »Dann endet hier alles?«

»Hier endet alles. Es sei denn, du glaubst, es könnte sonst noch was in Stuckarts Papieren sein.«

März sah sich die Kästen an. Die Inhalte erschienen ihm so tot wie Staub; wie die Gebeine toter Männer. Der Gedanke daran, noch weitere zu durchwühlen, war ihm widerwärtig. Er brauchte frische Luft. »Vergiß es, Rudi. Und danke.«

Halder bückte sich, um Heydrichs Botschaft aufzuheben. »Interessant, daß die Konferenz vom 9. Dezember zum 20. Januar verschoben wurde.«

»Und was bedeutet das?«

Halder sah in mitleidig an. »Warst du tatsächlich dermaßen eingesperrt in der verfluchten Blechbüchse, in der wir damals leben mußten? Ist die Außenwelt niemals eingedrungen? Am 7. Dezember 1941 haben, du Döskopp, die Streitkräfte Seiner Kaiserlichen Majestät, des Kaisers Hirohito von Japan, die Pazifikflotte der USA in Pearl Harbor angegriffen. Am 11. Dezember hat Deutschland den Vereinigten Staaten den Krieg erklärt. Gute Gründe, eine Konferenz zu verschieben, meinst du nicht?« Halder grinste, aber langsam erlosch sein Grinsen und machte einem nachdenklicheren Ausdruck Platz. »Ich frage mich ...«

»Was?«

Er klopfte gegen das Papier. »Es muß vor dem hier eine ursprüngliche Einladung gegeben haben.«

»Und?«

»Hängt davon ab. Manchmal sind unsere Freunde von der Gestapo nicht ganz so erfolgreich beim Ausräumen lästiger Einzelheiten, wie sie belieben sich einzubilden, vor allem wenn sie in Eile sind ...«

März stand schon vor den Regalen und blickte an ihnen auf und ab, seine Niedergeschlagenheit war verflogen. »Welcher? Wo fangen wir an?«

»Bei einer Konferenz auf der Ebene muß Heydrich den Teilnehmern wenigstens zwei Wochen vorher Bescheid gesagt haben.« Halder sah in seinen Notizen nach. »Das bedeutet Stuckarts Büroakte vom November 1941. Laß mich sehen. Das sollte Kasten 26 sein, glaube ich.«

Er schloß sich März vor den Regalen an und zählte die Kästen ab, bis er den einen gefunden hatte, den er suchte. Er nahm ihn herab und wiegte ihn in den Armen. »Nicht zerren, Xavi. Alles zu seiner Zeit. Die Geschichte lehrt uns Geduld.«

Er kniete nieder, stellte den Kasten vor sich hin, öffnete ihn, nahm einen Armvoll Papiere heraus. Er sah sich jedes einzelne an und stapelte sie links neben sich. »Einladung zu einem Empfang des italienischen Botschafters: langweilig. Konferenz, die Walter Darré ins Landwirtschaftsministerium einberufen hat: *sehr* langweilig ...«

So machte er etwa zwei Minuten lang weiter, während März dastand und zusah und sich nervös die Faust in die Handfläche bohrte. Dann erstarrte Halder plötzlich. »O Scheiße!« Er las es noch mal und blickte dann auf. »Die Einladung von Heydrich. Überhaupt nicht langweilig, fürchte ich. Überhaupt nicht langweilig.«

4

Im Himmel herrschte Chaos. Sternennebel explodierten. Kometen und Meteore sausten über den Himmel, verschwanden für einen Augenblick und explodierten dann vor einem grünen Wolkenozean.

Über dem Tiergarten näherte sich das Feuerwerk seinem Höhepunkt. Fallschirmleuchten erhellten Berlin wie bei einem Luftangriff.

Als März in seinem Wagen wartete, um nach links Unter den Linden einbiegen zu können, schlingerte ihm eine Bande SA-Männer vor den Bug. Zwei von ihnen führten, die Arme umeinandergeschlungen, in den Strahlen seiner Scheinwerfer einen betrunkenen Cancan auf. Die anderen trommelten auf die Karosserie des Volkswagens oder preßten ihre Gesichter gegen die Scheiben – mit hervorquellenden Augen und heraushängenden Zungen; groteske Affen. März schaltete in den ersten Gang und fuhr an. Es gab einen Schlag, als einer der Tänzer fortgeschleudert wurde.

Er fuhr zurück zum Werderschen Markt. Bei der Polizei war jeder Urlaub gestrichen worden. Durch jedes Fenster strahlte elektrisches Licht. In der Eingangshalle grüßte ihn jemand, aber März übersah das. Er klapperte die Treppen in den Keller hinab.

Banktresore und Keller und unterirdische Lagerräume ... langsam werde ich zum Troglodyten, dachte März; zum Höhlenbewohner; zum Einsiedler; zum Räuber papierener Gräber.

Die Gorgone der Registratur saß immer noch in ihrem Versteck. Schlief sie denn nie? Er zeigte ihr seinen Ausweis. Am großen Mitteltisch standen noch andere Detektive, die gelangweilt durch die allgegenwärtigen Aktenumschläge blätterten. März suchte sich einen Platz in der fernsten Ecke des Raumes. Er schaltete eine Leselampe ein und beugte deren Schirm tief über den Tisch. Aus seiner Uniformjacke zog er die drei Blätter heraus, die er aus dem Reichsarchiv mitgenommen hatte.

Es waren Fotokopien von schlechter Qualität. Das Gerät war zu schwach eingestellt gewesen, die Originale waren hastig und schief eingelegt worden. Das warf er Rudi nicht vor. Rudi hatte die Kopien überhaupt nicht machen wollen. Rudi hatte die blanke Furcht ergriffen. All sein Schuljungenübermut hatte ihn verlassen, als er Heydrichs Einladung las. März hatte ihn buchstäblich zum Kopierer schleppen müssen. In dem Augenblick, in dem der Historiker fertig war, war er in den Lagerraum zurückgestürzt, hatte die Papiere in ihre Kästen gestopft und die Kästen in die Regale zurückgestellt. Auf sein Insistieren hatten sie das Archivgebäude durch eine Hintertür verlassen.

»Ich glaube, Xavi, wir sollten uns jetzt für eine lange Zeit nicht mehr sehen.«

»Natürlich nicht.«

»Du weißt ja, wie das ist ...«

Halder hatte elend und hilflos dagestanden, während über ihren Köpfen die Feuerwerkskörper zischten und knallten. März hatte ihn umarmt – »Mach dir keine Vorwürfe; ich weiß: die Familie kommt zuerst« – und war dann schnell gegangen.

Dokument eins. Heydrichs Originaleinladung, datiert Berlin, den 29. November 1941:

Lieber Parteigenosse Luther!

Am 31.7.1941 beauftragte mich der Reichsmarschall des Großdeutschen Reiches, unter Beteiligung der in Frage kommenden anderen Zentralinstanzen alle erforderlichen Vorbereitungen in organisatorischer, sachlicher und materieller Hinsicht für eine Endlösung der Judenfrage in Europa zu treffen und ihm in Bälde einen Gesamtentwurf hierüber vorzulegen. Eine Kopie dieser Bestellung lege ich meinem Schreiben bei.

In Anbetracht der außerordentlichen Bedeutung, die diesen Fragen zuzumessen ist, und im Interesse der Erreichung einer gleichen Auffassung bei den in Betracht kommenden Zentralinstanzen an den übrigen mit dieser Endlösung zusammenhängenden Arbeiten rege ich an, diese Probleme zum Gegenstand einer gemeinsamen Aussprache zu machen, zumal seit dem 15.10.1941 bereits in laufenden Transporten Juden aus dem Reichsgebiet einschließlich Protektorat Böhmen und Mähren nach dem Osten evakuiert werden.

Ich lade Sie daher zu einer solchen Besprechung mit anschließendem Frühstück zum 9. Dezember 1941, 12 Uhr, in die Dienststelle der Internationalen Kriminalpolizeilichen Kommission, Berlin, Am Großen Wannsee Nr. 56-58, ein.

Dokument zwei. Die Fotokopie einer Fotokopie, an manchen Stellen fast unlesbar, die Wörter abgerieben wie bei einer uralten Grabinschrift. Hermann Görings Auftrag an Heydrich, vom 31. Juli 1941:

In Ergänzung der Ihnen bereits mit Erlaß vom 14.1.39 übertragenen Aufgabe, die Judenfrage in Form der Auswanderung oder Evakuierung einer den Zeitverhältnissen entsprechend möglichst günstigen Lösung zuzuführen, beauftrage ich Sie hiermit, alle erforderlichen Vorbereitungen in organisatorischer, sachlicher und materieller Hinsicht zu treffen für eine Gesamtlösung der Judenfrage im deutschen Einflußgebiet in Europa.

Sofern hierbei die Zuständigkeiten anderer Zentralinstanzen berührt werden, sind diese zu beteiligen.

Ich beauftrage Sie weiter, mir in Bälde einen Gesamtentwurf über die organisatorischen, sachlichen und materiellen Vorausmaßnahmen zur Durchführung der angestrebten Endlösung der Judenfrage vorzulegen.

Dokument drei. Eine Liste der vierzehn Personen, die Heydrich zu der Konferenz eingeladen hatte. Stuckart war der dritte auf der Liste; Bühler der sechste; Luther der siebente. März kannte auch einige der anderen.

Er riß ein Blatt aus seinem Notizbuch, schrieb elf Namen auf und ging damit zur Ausgabe. Die beiden Detektive waren gegangen. Die Registratorin war nirgends zu sehen. Er klopfte auf die Platte und rief: »Bedienung!« Hinter einer Reihe von Aktenschränken erklang das Klirren von Glas gegen Flasche. Das also war ihr Geheimnis. Sie mußte vergessen haben, daß er da war. Einen Augenblick später watschelte sie in Sicht.

»Was haben wir über diese elf Männer?«

Er versuchte, ihr die Liste zu geben. Sie faltete ihre molligen Arme über der schmierigen Uniformjacke. »Ohne Sondergenehmigung nie mehr als drei Akten auf einmal.«

»Kümmern Sie sich nicht drum.«

»Es ist nicht erlaubt.«

»Es ist auch nicht erlaubt, im Dienst Alkohol zu trinken, und doch stinken Sie danach. Und jetzt holen Sie mir diese Akten.«

Für jeden Mann und jede Frau eine Kennziffer; zu jeder Kennziffer eine Akte. Nicht alle Akten befanden sich am Werderschen Markt. Nur solche, deren Leben auf irgendeine Weise mit der Kriminalpolizei in Berührung gekommen waren und ihre Spur hier hinterlassen hatten. Aber indem März das Informationsbüro am Alexanderplatz heranzog und die Todesanzeigen des ›Völkischen Beobachters‹ (die jährlich als *Ehrenliste der Gefallenen* veröffentlicht wurden), konnte er die Lücken schließen.

Der erste Mann auf der Liste war Dr. Alfred Meyer vom Ostministerium. Laut seiner Kripo-Akte hatte Meyer 1960 Selbstmord begangen, nachdem er wegen einer Reihe geistiger Erkrankungen behandelt worden war.

Der zweite Name: Dr. Georg Leibbrandt, ebenfalls vom Ostministerium. Er war 1959 bei einem Autounfall ums Leben gekommen. Ein LKW hatte seinen Wagen auf der Autobahn zwischen Stuttgart und Augsburg gerammt. Der Fahrer des LKWs war nie gefunden worden.

Erich Neumann, Staatssekretär im Amt für den Vierjahresplan, hatte sich 1957 erschossen.

Roland Freisler, Staatssekretär im Justizministerium: im Winter 1954 von einem Wahnsinnigen auf den Stufen des Berliner Volksgerichtshofs mit einem Messer zu Tode gehackt. Eine Untersuchung, wie es hatte geschehen können, daß seine Sicherheitswachen einen kriminellen Wahnsinnigen so nahe hatten an ihn herankommen lassen, ergab, daß niemandem ein Vorwurf zu machen war. Der Mörder war Sekunden nach dem Angriff auf Freisler erschossen worden.

Als er soweit gekommen war, war März auf den Korridor gegangen, um eine Zigarette zu rauchen. Er hatte den Rauch tief in seine Lungen gesogen, den Kopf zurückgelegt und ihn dann langsam wieder ausströmen lassen, als ob er eine Kur anwende.

Als er zurückkam, fand er einen weiteren Haufen Akten auf seinem Tisch.

SS-Oberführer Gerhard Klopfer, Stellvertretender Leiter der Parteikanzlei, wurde von seiner Frau im Mai 1963 als vermißt gemeldet; seine Leiche wurde von Bauarbeitern im südlichen Berlin in einer Zementmischmaschine gefunden.

Friedrich Kritzinger. Der Name klang vertraut. Natürlich. März erinnerte sich der Szenen aus den Fernsehnachrichten: die auf bekannte Weise abgesperrte Straße, das zertrümmerte Auto, die von ihren Söhnen gestützte Witwe. Kritzinger, der ehemalige Ministerialdirektor in der Reichskanzlei, war vor etwas über einem Monat am 7. März in München vor seinem Haus in die Luft gesprengt worden. Bisher hatte keine der Terroristengruppen die Verantwortung dafür beansprucht.

Von zwei Männern berichtete der ›Völkische Beobachter‹, daß sie auf natürliche Weise gestorben seien. SS-Standartenführer Adolf Eichmann vom Reichssicherheitshauptamt war 1961 einer Herzattacke erlegen. SS-Sturmbannführer Doktor Rudolf Lange vom KdS Lettland war 1955 an einem Hirntumor verstorben.

Heinrich Müller. Das war ein weiterer Name, den März kannte. Der bayerische Polizist Müller, vormals Leiter der Gestapo, hatte sich an Bord von Himmlers Flugzeug befunden, als es 1962 abstürzte, keiner an Bord überlebte.

SS-Oberführer Doktor Karl Schöngarth von den Sicherheitsdiensten des Generalgouvernements war am 9. April 1964 – vor kaum mehr als einer Woche – vor die Räder eines U-Bahnzuges gestürzt, der gerade in den Bahnhof Zoo einfuhr. Es hatte keine Zeugen gegeben.

SS-Obergruppenführer Otto Hoffmann vom Reichssicherheitshauptamt war am zweiten Weihnachtstag in seiner Spandauer Wohnung aufgefunden worden, an einer Wäscheleine hängend.

Das war alles. Von den 14 Männern, die auf Einladung Heydrichs der Konferenz beigewohnt hatten, waren 13 tot. Der 14., Luther, wurde vermißt.

Das Propagandaministerium hatte als Teil seines Feldzugs, die öffentliche Wachsamkeit gegenüber dem Terrorismus zu schärfen, eine Reihe von Bildergeschichten für Kinder herstellen lassen. Jemand hatte eine davon an das Anschlagbrett im zweiten Stockwerk geheftet. Ein kleines Mädchen empfängt ein Paket und beginnt, es zu öffnen. Auf jedem der nachfolgenden Bilder entfernt es weitere Schichten Packpapier, bis es mit einem Wecker dasteht, an den zwei Dynamitstangen befestigt sind. Das letzte Bild ist eine Explosion mit der Unterschrift: ›Warnung! Öffne niemals ein Paket, wenn du seinen Inhalt nicht kennst!‹

Ein guter Witz. Ein Grundsatz für jeden deutschen Polizisten. Mach kein Paket auf, wenn du den Inhalt nicht kennst. Stell keine Fragen, wenn du die Antwort nicht kennst.

Endlösung. Endlösung. Endlösung. Das Wort hallte in März' Kopf wider, als er den Korridor zu seinem Büro halb hinabging, halb hinab rannte.

Endlösung.

Er stemmte die Schubladen von Max Jägers Schreibtisch auf und wühlte sich durch den Wust. Max war in Verwaltungsangelegenheiten berüchtigt nachlässig und wegen dieser Nachlässigkeit oft genug verwarnt worden. März betete, er möge sich die Warnungen nicht zu Herzen genommen haben.

Er hatte nicht.

Gott segne dich, Max, du Trottel.

Er stieß die Schubladen wieder zu.

Erst dann bemerkte er es. Jemand hatte einen gelben Nachrichtenzettel an März' Telefon geheftet: ›Dringend. Sofort Dienstraum anrufen.‹

5

Auf dem Rangiergelände des Bahnhofs Gotenland hatten sie Bogenlampen um die Leiche aufgestellt. Aus der Entfernung sah das Ganze sonderbar glanzvoll aus, wie eine Filmszene.

März stolperte darauf zu, rauf und runter, über die hölzernen Schwellen und die metallenen Gleise und den dieseldurchtränkten Schotter.

Bevor man ihn in Gotenland umbenannt hatte, war das der Anhalter Bahnhof gewesen: des Reiches Hauptbahnhof für den Ostverkehr. Von hier aus war der Führer im Krieg in seinem Panzerzug *Amerika* in sein ostpreußisches Hauptquartier aufgebrochen; von hier aus mußten auch die Berliner Juden, unter ihnen die Weiß, auf ihre Reise gen Osten gegangen sein.

›... *seit dem 10. Oktober sind die Juden vom Territorium des Reichs aus in einer ununterbrochenen Reihe von Transporten in den Osten evakuiert worden* ...‹

Hinter ihm wurden die Bahnsteigansagen in der Luft schwächer; irgendwo vor ihm das Klirren von Rädern und Kupplungen, eine freudlose Pfeife. Das Gelände war weitläufig – eine Traumlandschaft in dem orangefarbenen Sodiumlicht – genau in der Mitte der eine Fleck strahlender Weiße. Als März näher kam, konnte er ein Dutzend Gestalten ausmachen, die vor einem hochbordigen Güterwagen standen: ein paar Orpo-Männer, Krebs, Dr. Eisler, ein Fotograf, eine Gruppe beunruhigter Beamter der Deutschen Reichsbahn und Globus.

Globus sah ihn als erster und schlug langsam seine behandschuhten Hände in einem gedämpften und höhnischen Applaus zusammen. »Meine Herren, wir können uns entspannen. Die heldenhaften Kämpen der Kriminalpolizei sind eingetroffen, um uns ihre Theorien vorzutragen.«

Einer der Orpo-Männer kicherte.

Die Leiche – oder das, was von ihr übriggeblieben war – lag unter einer rauhen wollenen Decke, die über die Gleise ausgebreitet war, und auch in einem grünen Plastiksack.

»Kann ich die Leiche sehen?«

»Natürlich. Wir haben sie noch nicht angerührt. Wir haben auf Sie gewartet, den großen Detektiv.« Globus nickte Krebs zu, der die Decke wegzog.

Der Torso eines Mannes, an beiden Enden sauber entlang der Gleislinien abgeschnitten. Er lag auf dem Bauch, schräg über die Gleise ausgestreckt. Die eine Hand war abgetrennt, der Kopf war zerschmettert. Beide Beine waren ebenfalls überrollt worden, aber die blutigen Kleidungsfetzen machten es schwierig, die genaue Stelle der Amputation zu erkennen. Es roch stark nach Alkohol.

»Und jetzt müssen Sie hier reinsehen.« Globus hielt den Plastiksack hoch ins Licht. Er öffnete ihn und hielt ihn März nahe vors Gesicht. »Die Gestapo möchte nicht der Unterschlagung von Beweisen angeklagt werden.«

Zwei Füße, einer noch im Schuh; eine Hand, die in einem zersplitterten weißen Knochen und dem goldenen Band einer Armbanduhr endete. März schloß die Augen nicht, was Globus zu enttäuschen schien. »Ach, na schön.« Er ließ den Sack fallen. »Sie sind schlimmer, wenn sie stinken und wenn die Ratten schon an ihnen waren. Durchsuchen Sie seine Taschen, Krebs.«

In seinem flappenden Ledermantel kauerte Krebs über der Leiche wie ein Aasgeier. Er griff unter den Körper und tastete nach dem Inneren der Jacke. Krebs sagte über seine Schulter: »Wir wurden vor zwei Stunden von der Reichsbahnpolizei unterrichtet, daß ein Mann vom Aussehen Luthers hier gesehen worden sei. Aber als wir hier eintrafen …«

»… hatte er bereits seinen tödlichen Unfall erlitten.« März lächelte bitter. »Wie unerwartet.«

»Gefunden, Herr Obergruppenführer.« Krebs hatte Paß und Brieftasche hervorgezogen. Er richtete sich auf und übergab sie Globus.

»Das ist ohne jede Frage sein Reisepaß«, sagte Globus und blätterte ihn durch. »Und hier sind einige tausend Reichsmark in bar. Genügend Geld für Seidenlaken im Hotel Adlon. Aber natürlich konnte der Kerl seine Visage in zivilisierter Umgebung nicht zeigen. Also hatte er keine andere Wahl, als hier draußen zu schlafen.«

Dieser Gedanke schien ihn zu befriedigen. Er zeigte März den Reisepaß: Luthers massiges Gesicht starrte unter seinem schwieligen Daumen hervor. »Sehen Sie es sich an, Sturmbannführer, und dann rennen Sie los und erzählen Nebe, daß alles vorbei ist. Die Gestapo wird sich von jetzt an um alles kümmern. Sie können verschwinden und sich ein bißchen ausruhen.« *Und genießen Sie es,* schienen seine Augen zu sagen, *solange Sie es noch können.*

»Der Herr Obergruppenführer ist sehr freundlich.«

»Sie werden noch rausfinden, wie freundlich ich bin, März, das verspreche ich Ihnen.« Er wandte sich an Eisler. »Wo ist die verdammte Ambulanz?«

Der Pathologe stand stramm. »Auf dem Weg hierher, Herr Obergruppenführer. Ganz bestimmt.«

März begriff, daß er entlassen war. Er ging zu den Eisenbahnarbeitern, die etwa zehn Meter entfernt in einer verlorenen Gruppe standen. »Wer von euch hat die Leiche entdeckt?«

»Ich, Herr Sturmbannführer.« Der Mann, der vortrat, trug die blaue Uniformjacke und die weiche Kappe eines Lokomotivführers. Seine Augen waren rot, seine Stimme war rauh. War das wegen der Leiche, fragte sich März, oder aus Angst vor der unerwarteten Anwesenheit eines SS-Generals?

»Zigarette?«

»O ja gerne, Herr Sturmbannführer. Danke.«

Der Lokführer nahm sich eine und warf dann einen verstohlenen Blick auf Globus, der jetzt mit Krebs redete.

März bot ihm Feuer an. »Entspannen Sie sich. Lassen Sie sich Zeit. Haben Sie so was schon mal erlebt?«

»Einmal.« Der Mann stieß den Rauch aus und blickte dankbar auf die Zigarette. »Das passiert hier alle drei oder vier Monate. Die Obdachlosen schlafen hier unter den Güterwagen, die armen Teufel, um sich vor dem Regen zu schützen. Und wenn dann die Maschinen anfahren, bleiben sie nicht etwa, wo sie sind, sondern versuchen, rauszukriechen.« Er fuhr sich mit der Hand über die Augen. »Ich muß ihn überfahren haben, als ich zurückgestoßen bin, aber ich habe nichts gehört. Als ich zurück auf die Gleise blickte, war er da – einfach ein Haufen Fetzen.«

»Sind hier viele Obdachlose auf dem Gelände?«

»Immer ein paar Dutzend. Die Reichsbahnpolizei versucht zwar, sie fernzuhalten, aber das Gelände ist zu groß, um gründlich überwacht zu werden. Sehen Sie mal da rüber. Da laufen ein paar von ihnen weg.«

Er wies über die Gleise. Zunächst konnte März nichts anderes sehen als eine Reihe von Viehwaggons. Dann nahm er im Schatten des Zuges fast unsichtbare Bewegungen wahr – ein Schatten, der ruckweise wie eine Marionette rannte; dann noch einer; dann noch mehr. Sie rannten die Waggons entlang, schossen in die Lücken zwischen ihnen, warteten, und hasteten dann wieder heraus der nächsten Deckung zu.

Globus hatte ihnen den Rücken zugekehrt. Ohne Kenntnis ihrer Anwesenheit redete er immer noch mit Krebs und schmetterte seine rechte Faust in die Fläche seiner linken Hand.

März beobachtete, wie die hölzernen Figuren sich ihren Weg in die Sicherheit erarbeiteten – und dann vibrierten plötzlich die Gleise, ein Windsog, und der Blick wurde von dem Schlafwagenzug nach Rowno abgeschnitten, der aus Berlin heraus beschleunigte. Die Mauer aus doppelstöckigen Speisewagen und Schlafwagen brauchte eine halbe Minute, um an ihnen vorbeizubrausen, und als sie vorbei war, hatte die kleine Kolonie von Herumtreibern sich in der orangenfarbenen Dunkelheit aufgelöst.

TEIL V

SAMSTAG,
18. APRIL 1964

Von Euch werden die meisten wissen, was es heißt, wenn 100 Leichen beisammen liegen, wenn 500 daliegen oder wenn 1000 daliegen. Dies durchgehalten zu haben, und dabei – abgesehen von Ausnahmen menschlicher Schwächen – anständig geblieben zu sein, das hat uns hart gemacht. Dies ist ein niemals geschriebenes und niemals zu schreibendes Ruhmesblatt unserer Geschichte.

HEINRICH HIMMLER
Geheimrede vor höheren SS-Offizieren
Posen, am 4. Oktober 1943

1

Unter ihrer Tür blickte ein Lichtspalt hervor. In ihrer Wohnung spielte ein Radio. Liebesmusik – weiche Geigen und zärtliches Schmachten, angemessen für den Abend. Ein Fest? Benahmen sich Amerikaner angesichts einer Gefahr so? Er stand allein auf dem kleinen Vorplatz und sah auf seine Uhr. Es war fast zwei. Er klopfte, und nach einigen Augenblicken wurde die Tonstärke herabgedreht. Er hörte ihre Stimme.

»Wer ist da?«

»Polizei.«

Eine Sekunde oder zwei verstrichen, dann war da das Klacken von Riegeln und das Klirren von Ketten, und dann öffnete sich die Tür. Sie sagte: »Das war ein guter Witz«, aber ihr Lächeln war vorgetäuscht, zu seinen Gunsten aufgeklebt. In ihren dunklen Augen sah er die Erschöpfung, und auch – wirkliche? – Angst. Er beugte sich vor und küßte sie, und seine Hände ruhten leicht auf ihrer Hüfte, und im gleichen Augenblick verspürte er den Stachel des Begehrens. *Mein Gott*, dachte er, *sie macht aus mir einen Sechzehnjährigen ...*

Irgendwo in der Wohnung Schritte. Er blickte auf. Über ihrer Schulter ragte ein Mann in der Tür des Badezimmers auf. Er war ein paar Jahre jünger als März: kräftige braune Straßenschuhe, Sportjakke, eine Fliege, ein weißer Jersey, der nachlässig über ein Geschäftshemd gezogen war. Charlie versteifte in März' Umarmung und machte sich sanft frei. »Erinnerst du dich an Henry Nightingale?«

Er richtete sich auf und fühlte sich verlegen. »Natürlich, die Kneipe in der Potsdamer Straße.«

Keiner der beiden Männer machte einen Schritt auf den anderen zu. Das Gesicht des Amerikaners war eine Maske.

März blickte Nightingale an und fragte sanft: »Was geht hier vor, Charlie?«

Sie stellte sich auf ihre Zehenspitzen und flüsterte ihm ins Ohr: »Sag nichts. Nicht hier. Es ist etwas geschehen.« Dann, laut: »Ist das nicht interessant, wir drei hier?« Sie nahm März' Arm und führte ihn zum Badezimmer. »Ich glaube, du solltest in mein Empfangszimmer kommen.«

Im Badezimmer benahm sich Nightingale wie der Eigentümer. Er drehte die Kaltwasserhähne über Bad und Handwaschbecken an und die Tonstärke des Radios wieder auf. Das Programm hatte gewechselt. Jetzt vibrierten die gefliesten Wände im Rhythmus des ›deutschen Jazz‹ – eine behördlich genehmigte verwässerte Nachahmung, aus der alle ›negroiden Einflüsse‹ ausgemerzt worden waren. Nachdem er alles zu seiner Zufriedenheit arrangiert hatte, hockte Nightingale sich auf den Rand der Badewanne. März saß neben ihm. Charlie kauerte auf dem Boden.

Sie eröffnete das Treffen: »Ich habe Henry über meinen Besucher von vorgestern morgen erzählt. Der, mit dem du gekämpft hast. Er glaubt, die Gestapo könnte eine Wanze angebracht haben.«

Nightingale grinste freundschaftlich. »Tut mir leid, aber ich fürchte, so ist das in Ihrem Land, Herr Sturmbannführer.«

Ihr Land ...

»Ich bin sicher, daß das hier eine weise Maßnahme ist.«

Vielleicht ist er doch nicht jünger als ich, dachte März. Der Amerikaner hatte dichtes blondes Haar, blonde Augenbrauen, eine Skibräunung. Seine Zähne waren geradezu absurd regelmäßig – Emailstreifen, die weiß glänzten. Nicht viele Eintopfmahlzeiten in *seiner* Kindheit, keine wäßrigen Kartoffelsuppen oder Würste mit Sägemehl in *diesem* Teint. Seine jungenhaften Züge paßten zu jedem Alter zwischen fünfundzwanzig und fünfzig.

Einige Augenblicke lang redete niemand. Eurobrei füllte das Schweigen. Charlie sagte zu März: »Ich weiß, du hast mir gesagt, ich sollte mit niemandem reden. Aber ich mußte. Jetzt mußt du Henry vertrauen, und Henry muß dir vertrauen. Glaub mir, es gibt keinen anderen Weg.«

»Und wir *beide* müssen natürlich dir trauen.«

»Ach laß doch ...«

»Na schön.« Er hob die Hände in der Geste der Ergebung.

Neben ihr stand auf dem Klosettdeckel das Modernste an amerikanischem tragbarem Tonbandgerät. Aus einem seiner Stecker hing ein Kabel heraus, das am Ende statt eines Mikrofons einen Saugnapf aufwies.

»Hör zu«, sagte sie. »Dann wirst du verstehn.« Sie beugte sich vor und drückte eine Taste. Die Bandspulen begannen, sich zu drehen.

»*Fräulein Maguire?*«

»*Ja?*«

»*Dasselbe Verfahren wie zuvor, bitte.*«

Es folgte ein Klicken und dann ein Summen.

Sie drückte eine andere Taste und hielt das Band an. »Das war der erste Anruf. Du hast gesagt, er würde anrufen. Ich habe auf ihn gewartet.« Sie triumphierte. »Es ist Martin Luther.«

Das war eine verrückte Angelegenheit, die verrückteste, mit der er es jemals zu tun gehabt hatte. Es war, als ob man sich seinen Weg im Vergnügungspark des Tiergartens durch ein Geisterhaus sucht. Kaum setzt man den Fuß auf festen Boden, da geben die Fußbodenbretter unter einem nach. Man geht um eine Ecke, und ein Verrückter kommt einem entgegen. Dann tritt man zurück und erkennt, daß man die ganze Zeit sich selbst in einem Zerrspiegel gesehen hat.

Luther.

März fragte: »Wann war das?«

»11.45 Uhr«

11.45 Uhr: vierzig Minuten nach der Entdeckung der Leiche auf den Gleisen. Er dachte an den frohlockenden Ausdruck auf dem Gesicht von Globus und lächelte.

Nightingale fragte: »Was ist denn da so lustig?«

»Nichts. Ich erklär's gleich. Was ist dann passiert?«

»Genau wie vorher. Ich bin zur Telefonzelle rübergegangen, und fünf Minuten später hat er wieder angerufen.«

März hob die Hand an die Stirn. »Jetzt sag bloß, du hast diesen Apparat quer über die Straße mitgeschleppt?«

»Verdammt ja, ich brauch doch einen Beweis!« Sie blitzte ihn an. »Ich hab' schon gewußt, was ich tat. Sieh her.« Sie stand auf, um es vorzuführen. »Der Kasten hängt an diesem Schultergurt. Das ganze Ding paßt unter meinen Mantel. Das Kabel läuft durch meinen Ärmel. Ich befestige den Saugnapf am Hörer, so. Einfach. Es war dunkel. Niemand hätte was sehen können.«

Nightingale, der geschulte Diplomat, mischte sich ruhig ein: »Egal, wie du an das Band gekommen bist, Charlie, oder ob du es überhaupt hättest aufnehmen sollen.« Er sagte zu März: »Darf ich vorschlagen, daß wir sie es einfach abspielen lassen?«

Charlie drückte auf einen Knopf. Es gab ein kratzendes Geräusch, vielfach verstärkt – das Geräusch, wie sie das Mikrofon an dem Hörer anbrachte –, und dann:

»*Wir haben nicht viel Zeit. Ich bin ein Freund von Stuckart.*«

Eine ältere Stimme, aber keineswegs brüchig. Eine Stimme mit dem sarkastischen Singsangton des geborenen Berliners. Er redete genau so, wie März es erwartet hatte. Dann Charlies Stimme in ihrem guten Deutsch:

»*Sagen Sie mir, was Sie wollen.*«

»*Stuckart ist tot.*«

»*Ich weiß. Ich habe ihn gefunden.*«

Eine lange Pause. März konnte auf dem Band im Hintergrund eine Bahnhofsansage hören. Luther mußte die Verwirrung nach der Entdeckung der Leiche benutzt haben, um von einem der Bahnsteige des Bahnhofs Gotenland aus anzurufen.

Charlie flüsterte: »Er wurde so still, daß ich fürchtete, ich hätte ihn verjagt.«

März schüttelte den Kopf. »Ich hab's dir doch gesagt. Du bist seine einzige Hoffnung.«

Die Unterredung auf dem Band setzte wieder ein.

»*Sie wissen, wer ich bin?*«

»*Ja.*«

Erschöpft: »*Sie fragen, was ich will? Was glauben Sie denn, was ich will? Asyl in Ihrem Land.*«

»*Sagen Sie mir, wo Sie sind.*«

»*Ich kann bezahlen.*«

»*Das wird nicht …*«

»*Ich habe Informationen. Bestimmte Tatsachen.*«

»*Sagen Sie mir, wo Sie sind. Ich hol Sie ab. Dann fahren wir in die Botschaft.*«

»*Zu früh. Noch nicht.*«

»*Wann?*«

»*Morgen früh Hören Sie zu. Um 9 Uhr. An der Großen Halle. Haupttreppe. Haben Sie das verstanden?*«

»*Genau.*«

»*Bringen Sie jemanden von der Botschaft mit. Aber Sie müssen auch dasein.*«

»*Wie können wir Sie erkennen?*«

Ein Lachen. »*Nein. Ich werde Sie erkennen und mich erst dann zeigen, wenn ich zufrieden bin.*« Pause. »*Stuckart sagte, Sie seien jung und hübsch.*« Pause. »*Typisch Stuckart.*« Pause. »*Tragen Sie etwas Auffälliges.*«

»*Ich habe einen Mantel. Leuchtendblau.*«

»*Ein hübsches Mädchen in Blau. Das ist gut. Bis morgen früh also.*«

Klick.
Purr.
Das Surren des Tonbandgerätes wird abgeschaltet.
»Spiel es noch einmal«, sagte März.

Sie spulte das Band zurück, hielt es an, drückte auf WIEDERGABE. März sah weg und beobachtete das rostige Wasser, wie es durch den Ablauf hinabwirbelte, während Luthers Stimme sich mit dem schrillen Klang einer einsamen Klarinette mischte.

»*Ein hübsches Mädchen in Blau* ...« Als sie es zum zweiten Mal gehört hatten, langte Charlie hinüber und stellte den Apparat ab.

»Nachdem er aufgehängt hatte, bin ich zurückgekommen und habe das Band herausgenommen. Dann bin ich zurück zur Telefonzelle gegangen und habe versucht, dich anzurufen. Du warst nicht da. Also habe ich Henry angerufen. Was hätte ich sonst tun sollen? Er hat gesagt, er will jemanden von der Botschaft.«

»Hat mich aus dem Bett geholt«, sagte Nightingale. Er gähnte und reckte sich und enthüllte dabei eine Menge blassen unbehaarten Beines. »Was ich nicht verstehe, ist, warum er Charlie nicht einfach ihn hat auflesen und ihn noch heute direkt in die Botschaft bringen lassen.«

»Sie haben ihn doch gehört«, sagte März. »Heute ist zu früh. Er wagt noch nicht, sich sehen zu lassen. Er muß bis zum Morgen warten. Bis dahin dürfte die Suche der Gestapo nach ihm vermutlich eingestellt worden sein.«

Charlie runzelte die Stirn. »Ich verstehe nicht ...«

»Der Grund dafür, daß du mich zwei Stunden nicht erreichen konntest, war, daß ich unterwegs war zum Rangiergelände des Bahnhofs Gotenland, wo die Gestapo sich vor Freude umarmte, daß sie endlich Luthers Leiche entdeckt hatten.«

»Das kann nicht wahr sein.«

»Nein. Kann es nicht.« März kniff sich in den Nasenrücken und schüttelte den Kopf. Es war schwer, den Kopf klar zu behalten. »Ich vermute, daß Luther sich während der letzten vier Tage auf dem Gelände versteckt hielt, seit er aus der Schweiz zurückgekommen ist, und versucht hat, einen Plan auszuarbeiten, wie er mit dir in Kontakt treten kann.«

»Aber wie hat er denn die ganze Zeit überlebt?«

März zuckte die Achseln. »Er hatte Geld, erinnere dich. Vielleicht hat er sich einen Streuner ausgesucht, dem er vertrauen konnte, und hat ihm Geld für Essen und Trinken gegeben; vielleicht auch für warme Kleidung. Bis er seinen Plan hatte.«

Nightingale fragte: »Und was war dieser Plan, Sturmbannführer?«

»Er brauchte jemanden, der seinen Platz einnehmen konnte, um die Gestapo zu überzeugen, daß er tot sei.« Sprach er zu laut? Die Paranoia der Amerikaner war ansteckend. Er lehnte sich vorwärts und sagte leise: »Gestern muß er nach Einbruch der Dunkelheit einen Mann getötet haben. Einen Mann ungefähr seines Alters und seiner Statur. Hat ihn betrunken gemacht, hat ihn bewußtlos geschlagen – ich weiß nicht wie –, ihm seine Kleidung angezogen, ihm seine Brieftasche und seinen Paß eingesteckt und seine Uhr angelegt. Dann hat er ihn unter einen Güterzug gelegt, die Hände und den Kopf auf dem Gleis. Dann ist er bei ihm geblieben, um darauf zu achten, daß er sich nicht bewegt, bis die Räder über ihn wegrollten. Er versucht, sich noch etwas Zeit zu kaufen. Er setzt darauf, daß die Berliner Polizei bis morgen 9 Uhr aufgehört hat, nach ihm zu suchen. Ziemlich gute Wette, würde ich sagen.«

»Um Gottes willen«, Nightingale blickte von März zu Charlie und wieder zurück. »Und diesen Mann soll ich mit in die Botschaft bringen?«

»Oh, das kommt noch besser.« März zog aus der Innentasche seiner Uniformjacke die Dokumente aus dem Archiv hervor. »Am 20. Januar 1942 war Martin Luther einer der 14 Männer, die zu einer Sonderkonferenz im Hauptquartier der Interpol am Wannsee bestellt worden waren. Seit dem Kriegsende sind 6 dieser Männer ermordet worden, 4 haben Selbstmord begangen, 1 ist bei einem Unfall ums Leben gekommen. 2 sind angeblich auf natürliche Weise gestorben. Heute lebt nur noch Luther. Eine monströse Statistik, meinen Sie nicht auch?« Er gab Nightingale die Papiere. »Sie werden sehen, daß die Konferenz von Reinhard Heydrich einberufen worden ist, um die Endlösung der Judenfrage in Europa zu diskutieren. Ich nehme an, daß Luther Ihnen ein Angebot machen wird: ein neues Leben in Amerika im Austausch für die dokumentarischen Beweise für das, was mit den Juden geschehen ist.«

Das Wasser rauschte. Die Musik hörte auf. Die seidige Stimme einer Ansagerin flüsterte in das Badezimmer: »Und jetzt für die Nachtliebhaber überall Peter Kreuder mit seinem Orchester und ihrer Version von *I'm in Heaven* ...«

Ohne ihn anzusehen, streckte Charlie ihre Hand aus. März ergriff sie. Sie flocht ihre Finger zwischen seine und drückte, kraftvoll. Gut, dachte er, sie sollte sich wirklich fürchten. Ihr Griff verstärkte sich. Ihre Hände waren miteinander verbunden wie Fallschirmspringer im freien Fall. Nightingale hatte seinen Kopf über die Dokumente gebeugt und murmelte »Um Gottes willen, um Gottes willen«, immer und immer wieder.

»Jetzt haben wir ein Problem«, sagte Nightingale. »Ich will mit euch beiden offen sein. Charlie, das ist nicht zur Veröffentlichung.« Er sprach so leise, daß sie sich anstrengen mußten, ihn zu hören. »Vor drei Tagen hat der Präsident der Vereinigten Staaten aus welchen Gründen auch immer angekündigt, er werde dieses gottverlassene Land besuchen. In diesem Augenblick wurden zwanzig Jahre amerikanischer Außenpolitik auf den Kopf gestellt. Nun könnte dieser Knabe Luther theoretisch – wenn das, was Sie sagen, stimmt – sie wieder umdrehen, und das alles binnen 72 Stunden.«

Charlie sagte: »Dann würde sie die Woche wenigstens richtigrum beenden.«

»That's a cheap crack.«

Er sagte es auf englisch. März starrte ihn an. »Was sagen Sie, Mr. Nightingale?«

»Ich sagte, Herr Sturmbannführer, daß ich zunächst mit Botschafter Lindenbergh reden muß, und dann muß Botschafter Lindenbergh mit Washington reden. Und ich habe so eine Ahnung, daß beide sehr viel mehr Beweise haben wollen als das da« – er warf die Fotokopien auf den Boden –, »ehe sie die Tore der Botschaft für einen Mann öffnen, der nach dem, was Sie gesagt haben, wahrscheinlich ein gemeiner Mörder ist.«

»Aber Luther bietet Ihnen die Beweise an.«

»Das sagen *Sie*. Aber ich glaube nicht, daß Washington den ganzen Fortschritt, den es in dieser Woche bei der Entspannung gegeben hat, nur aufgrund Ihrer ... Theorien aufs Spiel setzen wird.«

Jetzt war Charlie auf den Füßen. »Das ist Wahnsinn. Wenn Luther nicht sofort mit dir in die Botschaft geht, wird man ihn schnappen und umbringen.«

»Tut mir leid, Charlie. Das kann ich nicht machen.« Er flehte sie an. »Begreif doch! Ich kann nicht jeden alten Nazi aufnehmen, der überlaufen will. Nicht ohne Genehmigung. Und besonders jetzt nicht, wo die Dinge so sind, wie sie sind.«

»Ich kann nicht glauben, was ich höre.« Sie hatte die Hände in die Hüften gestemmt und starrte auf den Boden und schüttelte den Kopf.

»Denk doch mal eine Minute nach.« Wieder flehte er fast. »Dieser Luther sucht Asyl. Die Deutschen sagen: Liefert ihn aus, er hat gerade einen Mann umgebracht. Wir sagen: Nein, denn er wird uns erzählen, was ihr Schweine den Juden im Krieg angetan habt. Und was wird das für den Gipfel bedeuten? Nein – Charlie – sieh nicht einfach weg. *Denk nach* Kennedy hat *über Nacht* am Mittwoch in den Umfragen 10 Punkte zugelegt. Was meinst du, wie das Weiße Haus reagiert, wenn wir ihnen das hier an die Köpfe schmeißen?« Zum zweiten Mal wurden Nightingale die Folgen klar; zum zweiten Mal schauderte es ihn. »Um Gottes willen, Charlie, in was bist du da bloß hineingeraten?«

Die beiden Amerikaner diskutierten weitere zehn Minuten hin und her, dann sagte März ruhig »Übersehen Sie da nicht etwas, Mr. Nightingale?«

Nightingale wandte seine Aufmerksamkeit widerwillig von Charlie ab. »Vielleicht. Sie sind der Polizist. Sagen Sie es mir.«

»Mir scheint, daß wir alle – Sie, ich, die Gestapo – den guten Parteigenossen Luther unterschätzen. Erinnern Sie sich, was er zu Charlie über das 9-Uhr-Treffen gesagt hat: ›*Sie müssen auch da sein*‹.«

»Na und?«

»Er wußte, daß dies Ihre Reaktion sein würde. Vergessen Sie nicht, er hat im Außenministerium gearbeitet. Er nimmt an, daß angesichts einer bevorstehenden Gipfelkonferenz die Amerikaner ihn liebend gerne direkt der Gestapo in den Schoß werfen möchten. Warum hätte er sonst nicht einfach Montag abend ein Taxi vom Flughafen zur Botschaft genommen? Deshalb will er eine Journalistin dabeihaben. Als Zeugin.« März bückte sich und hob die Dokumente auf. »Verzeihen Sie mir, als einfacher *Polizist* verstehe ich nicht die Funktionsweise der amerikanischen Presse. Aber Charlie hat jetzt ihre Geschichte, oder nicht? Sie hat Stuckarts Tod, das Schweizer Bankkonto, diese Papiere, ihre Bandaufnahmen von Luther …« Er drehte sich zu ihr um. »Die Tatsache, daß die amerikanische Regierung sich entscheidet, Luther kein Asyl zu gewähren, sondern ihn der Gestapo überläßt – würde es das für die verkommenen US-Medien nicht um so attraktiver machen?«

Charlie sagte: »Darauf kannst du wetten.«

Nightingale sah wieder verzweifelt aus. »He. Laß das, Charlie. All das war nicht für die Veröffentlichung. Ich habe niemals gesagt, daß ich irgendeiner dieser Überlegungen zustimme. Es gibt viele von uns in der Botschaft, die meinen, daß Kennedy nicht kommen sollte. Unter keinen Umständen. Ausrufezeichen.« Er spielte mit seiner Fliege herum. »Aber die Lage ist höllisch verzwickt.«

Schließlich kamen sie zu einer Übereinkunft. Nightingale würde Charlie um 5 Minuten vor 9 auf den Stufen der Großen Halle treffen. Vorausgesetzt, Luther käme, würden sie ihn schleunigst in einen Wagen schaffen, den März fahren sollte. Nightingale würde sich Luthers Geschichte anhören und auf der Grundlage dessen, was er hörte, entscheiden, ob er ihn mit in die Botschaft nähme. Er würde weder dem Botschafter noch Washington noch sonst jemandem sagen, was er vorhatte. Sobald sie auf dem Gelände der Botschaft wären, würde es bei, wie er sagte, ›höheren Autoritäten‹ liegen, über Luthers Schicksal zu entscheiden – aber sie würden in dem Bewußtsein zu entscheiden haben, daß Charlie die ganze Geschichte hatte und sie drucken würde. Charlie war zuversichtlich, daß das State Department nicht wagen würde, Luther abzuweisen.

Wie man ihn dann aus Deutschland herausschaffen würde, war eine ganz andere Angelegenheit.

»Wir haben da so unsere Methoden«, sagte Nightingale. »Wir *haben* es schon früher mit Überläufern zu tun gehabt. Aber darüber will ich nicht diskutieren. Nicht vor einem SS-Offizier. Wie vertrauenswürdig auch immer.« Am meisten besorgt, sagte er, sei er um Charlie. »Man wird dich mächtig unter Druck setzen, damit du den Mund hältst.«

»Damit kann ich fertig werden.«

»Sei da nicht so sicher. Kennedys Leute kämpfen unfair. Na schön. Nehmen wir an, Luther *hat* da wirklich was. Sagen wir mal das bringt alle auf – Reden im Kongreß, Demonstrationen, Leitartikel – wir haben ein Wahljahr, vergiß das nicht! Und dann ist das Weiße Haus urplötzlich in Schwierigkeiten wegen des Gipfels. Was meinst du, werden sie machen?«

»Damit kann ich fertig werden.«

»Sie werden ganze Lastwagen voll Scheiße über deinen Kopf ausschütten und über diesen alten Nazi. Sie werden sagen: Was hat er denn Neues? Dieselben alten Geschichten, die wir seit zwanzig Jahren hören, und ein paar Dokumente, die wahrscheinlich von den Kommunisten gefälscht worden sind. Kennedy wird vor die Kameras treten, und er wird sagen: ›Meine amerikanischen Landsleute, fragt euch doch selbst, warum das alles ausgerechnet jetzt hochgekommen ist? Wer hat ein Interesse daran, das Gipfeltreffen zu verhindern?‹« Nightingale lehnte sich zu ihr hin, sein Gesicht nur wenige Zentimeter vor ihrem. »Als erstes werden sie Hoover und das FBI darauf ansetzen. Kennst du irgendwelche Linke, Charlie? Irgendwelche jüdische Militante? Hast du mit irgendwelchen geschlafen? Denn so sicher wie die Hölle brennt, werden sie ein paar aufgabeln, die aussagen, du hast, ob du ihnen nun jemals begegnet bist oder nicht.«

»Fick dich selbst, Nightingale.« Sie schob ihn mit der Faust fort. »Fick *dich*.«

Nightingale liebte sie wirklich, dachte März. Verloren in Liebe, hoffnungslos verliebt. Und sie wußte das und spielte damit. Er erinnerte sich an jenen ersten Abend in der Kneipe, als er sie zusammen sah: wie sie seine zurückhaltende Hand abgeschüttelt hatte. Heute: wie sie März angesehen hatte, als er sah, wie er sie küßte; wie er ihre Launen hinnahm und sie mit seinen verträumten Augen ansah. In Zürich ihr Flüstern: »*Du hast mich gefragt, ob er mein Liebhaber ist ... Er wäre es gerne gewesen ...*«

Und nun auf ihrer Türschwelle in seinem Regenmantel: er zögerte, er war unsicher, es widerstrebte ihm, sie gemeinsam zurückzulassen, aber dann verschwand er endlich in der Nacht.

Er würde morgen da sein, um Luther zu treffen, dachte März, und wenn auch nur, um sich zu vergewissern, daß sie in Sicherheit ist.

Nachdem der Amerikaner gegangen war, lagen sie Seite an Seite auf ihrem schmalen Bett. Lange Zeit sprach keiner. Die Straßenlampen warfen lange Schatten, der Fensterrahmen lag wie ein Zellengitter quer über der Decke. In der leichten Brise zitterten die Vorhänge. Einmal gab es Geräusche von Rufen und zuknallenden Autotüren – Bummler, die vom Feuerwerk zurückkamen.

Sie hörten zu, wie die Stimmen auf der Straße verklangen, dann flüsterte März: »Gestern abend am Telefon hast du gesagt, daß du etwas herausgefunden hast.«

Sie berührte seine Hand und stieg vom Bett. Er konnte hören, wie sie im Wohnzimmer zwischen den Papierstapeln herumsuchte. Eine halbe Minute später kam sie zurück mit einem mächtigen Bildband. »Ich hab' das auf dem Weg vom Flughafen her gekauft.« Sie saß auf dem Rand des Bettes, schaltete die Lampe ein, wendete die Seiten um. »Da.« Sie gab März das aufgeschlagene Buch.

Es war eine Schwarzweiß-Reproduktion des Gemäldes in dem Schweizer Bankfach. Die Einfarbigkeit wurde ihm nicht gerecht. Er hielt die Seite fest und schloß das Buch, um den Titel zu lesen. *Die Kunst Leonardo da Vincis* von Professor Arno Braun vom Kaiser-Wilhelm-Museum in Berlin.

»Mein Gott.«

»Ich weiß. Ich habe geglaubt, ich hätte es wiedererkannt. Lies mal.«

Die Dame mit dem Hermelin nannte der Gelehrte es. »Eine der rätselhaftesten Arbeiten Leonardos.« Man nehme an, daß es etwa um 1483 bis 1486 gemalt worden sei und »vermutlich Cecilia Gallerani zeigt, die junge Geliebte von Lodovico Sforza, dem Herrscher von Mailand«. Dafür gebe es zwei veröffentlichte Hinweise: den einen in einem Gedicht von Bernardino Bellincioni (gestorben 1492); der andere eine zweideutige Bemerkung über ein ›unfertiges‹ Porträt in einem Brief von Cecilia Gallerani selbst, geschrieben im Jahre 1498. »Doch stellt für den Erforscher Leonardos das wirkliche Geheimnis heute der Aufenthaltsort des Gemäldes dar. Es ist bekannt, daß es im späten 18. Jahrhundert in die Sammlung des polnischen Fürsten Adam Czartoryski gelangte und in Krakau 1932 fotografiert wurde. Seither ist es in dem verschwunden, was Karl von Clausewitz so beredt ›die Nebel des Krieges‹ genannt hat. Alle Bemühungen der Reichsbehörden, es aufzuspüren, sind bisher gescheitert, und jetzt muß befürchtet werden, daß diese unschätzbare Blüte der italienischen Renaissance der Menschheit für immer verloren ist.«

Er schloß das Buch. »Mir scheint, noch eine Geschichte für dich.«

»Und auch noch eine gute. Auf der ganzen Welt gibt es nur 9 unumstrittene Leonardos.« Sie lächelte. »Wenn ich jemals hier herauskomme, um sie zu schreiben.«

»Mach dir da keine Sorgen. Wir werden dich schon rausbekommen.« Er legte sich zurück und schloß die Augen. Nach einigen Augenblicken hörte er, wie sie das Buch niederlegte, und dann kam sie zu ihm aufs Bett und schmiegte sich eng an.

»Und du?« atmete sie ihm ins Ohr. »Willst du mit mir rauskommen?«

»Wir können jetzt nicht darüber reden. Nicht hier.«

»Tut mir leid. Hatte ich vergessen.« Ihre Zungenspitze berührte sein Ohr.

Ein Schlag, wie Strom.

Ihre Hand lag leicht auf seinem Bein. Mit ihren Fingern fuhr sie die Innenseite seiner Schenkel entlang. Er begann etwas zu murmeln, aber wie schon einmal in Zürich legte sie ihm einen Finger auf die Lippen.

»Das Ziel des Spieles ist: keine Geräusche machen.«

Später, als er selbst nicht schlafen konnte, lauschte er auf sie: das leise Seufzen ihres Atmens, ein gelegentliches Gemurmel – sehr weit weg und undeutlich. In ihren Träumen drehte sie sich stöhnend zu ihm um. Ihr Arm flog über das Kissen und schützte ihr Gesicht. Sie schien eine private Schlacht auszukämpfen. Er streichelte ihren Haarschopf, wartete, bis ihr Dämon sie wieder freiließ, und schlüpfte dann unter der Bettdecke hervor.

Der Küchenboden war unter seinen nackten Füßen kalt. Er öffnete ein paar Einbauschränke. Verstaubtes Steingut und ein paar halbleere Packungen mit Lebensmitteln. Der Kühlschrank war alt und hätte aus einem biologischen Institut entliehen sein können, der Inhalt blaubepelzt und durchsetzt von exotischen Formen. Es war eindeutig, daß Selbstversorgung hier keinen Vorrang genoß. Er setzte den Wasserkessel auf, spülte einen Becher und häufte drei Löffel Instantkaffeepulver hinein.

Er wanderte durch die Wohnung und schlürfte das bittere Gebräu. Im Wohnzimmer stand er am Fenster und zog den Vorhang ein winziges Stückchen zurück. Die Bülowstraße war verlassen. Er konnte die schwachbeleuchtete Fernsprechzelle sehen und dahinter die Schatten des Bahnhofseingangs. Er ließ den Vorhang wieder fallen.

Amerika. Die Vorstellung war ihm zuvor nie gekommen. Als er daran dachte, bediente sich sein Gehirn automatisch der Bilder, die Doktor Goebbels da so wohlüberlegt eingepflanzt hatte. Juden und Neger. Kapitalisten in Zylindern und verqualmte Fabriken. Bettler auf den Straßen. Striptease-Bars. Gangster, die aus großen Autos aufeinander schießen. Schwelende Mietskasernen und moderne Jazzbands, die wie Polizeisirenen durch die Ghettos schrillen. Kennedys zahniges Lächeln. Charlies dunkle Augen und weiße Glieder. *Amerika.*

Er ging ins Badezimmer. Die Wände waren von Dampfwolken und Seifenspritzern gefleckt. Überall Fläschchen und Tuben, und kleine Töpfchen. Geheimnisvolle weibliche Gegenstände aus Glas und Plastik. Es war schon lange her, daß er das Badezimmer einer Frau gesehen hatte. Es ließ ihn sich linkisch und fremd fühlen – der schwerfüßige Botschafter einer anderen Rasse. Er nahm ein paar Dinge hoch und roch an ihnen, er drückte einen Tropfen weiße Creme auf seinen Finger und rieb mit seinem Daumen daran herum. Dieser Duft von ihr vermischte sich mit ihren anderen, die schon an seiner Hand waren.

Er wickelte sich in ein großes Handtuch und setzte sich auf den Boden, um nachzudenken. Drei- oder viermal hörte er sie noch vor der Dämmerung im Schlaf schreien – Schreie wirklicher Angst. Erinnerungen oder Voraussicht? Er wünschte, er wüßte es.

2

Kurz vor 7 ging er hinab in die Bülowstraße. Sein Volkswagen parkte hundert Meter straßauf auf der Linken vor einem Metzgerladen. Der Besitzer hängte unförmige Fleischstücke ins Schaufenster. Ein hochgehäuftes Tablett blutroter Würste vor seinen Füßen erinnerte März an etwas.

Die Finger von Globus, das war es – diese ungeheuren rohen Fäuste.

Er beugte sich über den Rücksitz des Volkswagens und zog seinen Koffer an sich. Als er sich aufrichtete, blickte er rasch in beide Richtungen. Es war nichts Besonderes zu sehen – nur die üblichen Anzeichen eines frühen Samstagmorgens. Die meisten Geschäfte würden wie üblich öffnen, gegen Mittag aber wegen des Feiertages schließen.

Zurück in der Wohnung machte er mehr Kaffee, stellte einen Becher auf das Nachttischchen neben Charlie und ging ins Badezimmer, um sich zu rasieren. Nach einigen Minuten hörte er sie hinter sich hereinkommen. Sie legte ihm die Arme um die Brust und drückte ihn, wobei sich ihre Brüste in seinen nackten Rücken preßten. Ohne sich umzudrehen küßte er ihre Hand und schrieb in den Dampf auf dem Spiegel: PACKEN. OHNE RÜCKKEHR. Als er die Botschaft auswischte, sah er sie zum ersten Mal deutlich – die Haare zerzaust, die Augen halbgeschlossen, die Züge ihres Gesichts vom Schlaf noch sanft. Sie nickte und schlenderte zurück ins Schlafzimmer.

Er zog sich seine Zivilsachen an wie für Zürich, aber mit einem Unterschied. Er schob sich seine Luger in die rechte Tasche seines Trenchcoats. Der Mantel – alte Überbestände der Wehrmacht, billig vor langer Zeit erworben – war ausgebeult genug, daß man von der Waffe nichts sehen konnte. Er konnte die Pistole sogar halten und mit ihr durch die Tasche zielen, gangstermäßig. »Na schön, Kumpel, gehn wir.« Er lächelte sich zu. Wieder Amerika.

Die mögliche Anwesenheit eines Mikrofons warf einen Schatten über ihre Vorbereitungen. Sie bewegten sich leise durch die Wohnung ohne zu reden. Um 10 nach 8 war sie fertig. März holte das Radio aus dem Badezimmer, stellte es auf den Tisch im Wohnzimmer und drehte die Tonstärke hoch. *»Ich habe hier unter den eingeschickten Bildern manche Arbeiten beobachtet, bei denen tatsächlich angenommen werden muß, daß gewissen Menschen das Auge die Dinge anders zeigt, als sie sind, das heißt, daß es wirklich Männer gibt, die die heutigen Gestalten unseres Volkes nur als verkommene Kretins sehen, die grundsätzlich Wiesen blau, Himmel grün, Wolken schwefelgelb usw. empfinden oder, wie sie vielleicht sagen, erleben ...«*

Es war zu diesen Tagen üblich, die bedeutendsten Ansprachen des Führers wiederholt zu senden. Diese hier wiederholten sie jedes Jahr – den Angriff auf die modernen Maler, vorgetragen bei der Eröffnung des Hauses der Deutschen Kunst 1937.

Ohne auf ihre schweigenden Proteste zu achten, nahm März ihren Koffer ebenso wie seinen auf. Sie zog sich ihren blauen Mantel an. Über die eine Schulter hängte sie sich einen Lederbeutel. Die Kamera baumelte ihr von der anderen. Auf der Schwelle drehte sie sich zu einem letzten Abschiedsblick um.

»Entweder diese sogenannten ›Künstler‹ sehen die Dinge wirklich so und glauben daher an das was sie darstellen, dann wäre nur zu untersuchen, ob ihre Augenfehler entweder auf mechanische Weise oder durch Vererbung zustande gekommen sind. Im einen Fall tief bedauerlich für diese Unglücklichen, im zweiten wichtig für das Reichsinnenministerium, das sich dann mit der Frage zu beschäftigen hätte, wenigstens eine weitere Vererbung derartiger grauenhafter Sehstörungen zu unterbinden. Oder aber sie glauben selbst nicht an die Wirklichkeit solcher Eindrücke, sondern sie bemühen sich aus anderen Gründen, die Natur mit diesem Humbug zu belästigen, dann fällt so ein Vorgehen in das Gebiet der Strafrechtspflege.«

Sie schlossen die Tür gegen einen Sturm von Gelächter und brausendem Beifall.

Als sie die Treppen hinabgingen, flüsterte Charlie: »Wie lange wird das weitergehen?«

»Das ganze Wochenende.«

»Das wird den Nachbarn Freude machen.«

»Aja, aber wird es einer wagen, dich aufzufordern, es leiser zu drehen?«

Am Fuß der Treppe stand still wie ein Wachtposten die Hausmeisterin – eine Flasche Milch in der Hand, ein Exemplar des ›Völkischen Beobachter‹ unter den Arm geklemmt. Sie sprach zu Charlie, starrte aber März an. »Guten Morgen, Fräulein Maguire.«

»Guten Morgen, Frau Schustermann. Das ist mein Vetter aus Aachen. Wir gehen jetzt los, um Fotos von den spontanen Feiern in den Straßen aufzunehmen.« Sie tätschelte ihre Kamera. »Los doch, Harald, sonst werden wir noch den Anfang verpassen.«

Die alte Frau blickte März weiterhin finster an, und er fragte sich, ob sie ihn von dem früheren Abend her wiedererkenne. Er bezweifelte das: Sie würde sich nur an die Uniform erinnern. Nach ein paar Augenblicken grunzte sie und watschelte in ihre Wohnung zurück.

»Du lügst ganz schön glaubwürdig«, sagte März, als sie auf der Straße waren.

»Ausbildung der Journalistin.« Sie gingen schnell zum Volkswagen. »Es ist gut, daß du die Uniform nicht anhast. Sonst hätte sie wirklich einige Fragen gestellt.«

»Es ist nicht möglich, Luther in einen Wagen zu kriegen, den ein Mann in der Uniform eines SS-Sturmbannführers fährt. Sag mir: sehe ich wie ein Botschaftsfahrer aus?«

»Wie einer der feinsten.«

Er verstaute den Koffer auf dem Rücksitz des Wagens. Als er auf dem Vordersitz Platz genommen hatte, sagte er, bevor er den Motor anließ: »Du kannst nie mehr zurückkommen, weißt du das? Ob das jetzt klappt oder nicht. Einem Überläufer helfen – sie werden dich für eine Spionin halten. Und da geht es nicht mehr nur um Ausweisung. Es geht um etwas viel Schlimmeres.«

Sie wedelte das mit der Hand fort. »Mir hat es hier sowieso nie gefallen.«

Er drehte den Zündschlüssel, und sie fuhren in den Morgenverkehr hinein.

Sie fuhren sehr vorsichtig, überprüften alle dreißig Sekunden, ob sie verfolgt würden, und erreichten den Adolf-Hitler-Platz um 20 vor 9. März fuhr einmal um den Platz herum. Reichskanzlei, Große Halle, Gebäude des Oberkommandos der Wehrmacht – alles schien so, wie es sein sollte: das Quaderwerk schimmerte, die Wachen zogen auf; alles war so wahnsinnig außer allen Maßen wie immer.

Ein Dutzend Reisebusse spie bereits ihre ehrfurchtsvollen Ladungen aus. Eine Reihe Kinder stieg im Gänsemarsch die verschneiten Stufen zur Großen Halle in Richtung auf die roten granitenen Säulen empor, wie eine Reihe von Ameisen. In der Mitte des Platzes lagen unterhalb der großen Springbrunnen Haufen von Absperrgittern, die man am Montag morgen aufstellen würde, ehe der Führer die Reichskanzlei verließ, um zur alljährlichen Danksagungsfeier in die Große Halle zu fahren. Danach würde er in seine Residenz zurückkehren und auf dem Balkon erscheinen. Das Deutsche Fernsehen hatte genau gegenüber einen Kameraturm errichtet. Um dessen Basis scharten sich die Übertragungswagen für Live-Sendungen.

März hielt in einer Parklücke nahe den Touristenbussen an. Von hier aus hatte er klare Sicht über die Verkehrsspuren zur Mitte der Halle.

»Geh die Stufen rauf«, sagte er, »geh rein, kauf dir einen Führer, sieh so natürlich aus, wie du nur kannst. Wenn Nightingale erscheint, stürz auf ihn los: Ihr seid alte Freunde, ist das nicht wunderbar, du bleibst stehen und redest ein Weilchen mit ihm.«

»Und was ist mit dir?«

»Sobald ich sehe, daß du Kontakt zu Luther aufgenommen hast, fahr ich rüber und sammel euch auf. Die Hintertüren sind nicht abgeschlossen. Bleibt auf den unteren Stufen, nahe der Straße. Und laß dich auf keine lange Diskussion ein – wir müssen hier so schnell wie möglich weg.«

Sie war verschwunden, ehe er ihr noch ›viel Glück‹ wünschen konnte.

Luther hatte sich die Stelle gut ausgewählt. Es gab überall um den Platz herum gute Beobachtungspunkte. Der alte Mann konnte die Stufen überwachen, ohne sich selbst zu zeigen. Niemand würde auf drei Fremde achten, die sich da trafen. Und wenn etwas schiefgehen sollte, boten die Scharen von Besuchern idealen Fluchtschutz.

März zündete sich eine Zigarette an. Noch 12 Minuten. Er beobachtete, wie Charlie die lange Stufenflucht emporstieg. Sie hielt oben an, um Atem zu schöpfen, drehte sich dann um und verschwand im Inneren.

Überall: Betriebsamkeit. Weiße Taxen und die langen grünen Mercedes des Oberkommandos der Wehrmacht umkreisten den Platz. Die Fernsehtechniker überprüften ihre Kameraeinstellungen und schrien einander Anweisungen zu. Budenbesitzer räumten ihre Waren ein – Kaffee, Würstchen, Ansichtskarten, Zeitungen, Speiseeis. Ein Geschwader Möwen kreiste oben in dichter Formation und flatterte neben einem der Springbrunnen zur Landung. Eine Gruppe Jungen in Pimpfuniformen rannte auf sie los und schlug mit den Armen, und März dachte an Paule – ein Stich –, und schloß für einen Augenblick die Augen, um seine Schuld ins Dunkel einzuschließen.

Genau um 5 vor 9 kam sie aus dem Schatten und begann, die Treppe herabzusteigen. Ein Mann in einem rehfarbenen Regenmantel ging auf sie zu. Nightingale.

Mach es nicht zu offenkundig, du Idiot ...

Sie blieb stehen und warf die Arme weit auseinander – eine vollkommene Darstellung von Überraschung. Sie begannen zu reden.

2 Minuten vor 9.

Würde Luther kommen? Wenn ja, von wo? Von der Reichskanzlei im Osten? Dem Gebäude des Oberkommandos im Westen? Oder direkt von Norden, aus der Mitte des Platzes?

Plötzlich erschien am Fenster neben ihm eine behandschuhte Hand. Daran befestigt: der Körper eines Verkehrspolizisten der Orpo in Lederuniform.

März drehte das Fenster herunter.

Der Bulle sagte: »Parken derzeit hier verboten.«

»Verstanden. In zwei Minuten bin ich weg.«

»Nicht in zwei Minuten. Jetzt.« Der Mann war ein aus dem Berliner Zoo entsprungener Gorilla.

März versuchte, die Stufen weiter im Blick zu behalten, ein Gespräch mit dem Orpo-Mann zu führen und seinen Kripo-Ausweis aus seiner Innentasche zu ziehen.

»Sie bringen hier alles böse durcheinander, mein Freund«, zischte er. »Sie sind mitten in einer Sipo-Überwachungsoperation, und ich muß Ihnen sagen, Sie passen zum Hintergrund wie ein Schwanz ins Nonnenkloster.«

Der Bulle schnappte den Kripo-Ausweis und hielt ihn sich dicht vor die Augen. »Mir hat niemand was von einer Operation gesagt, Herr Sturmbannführer. Was für eine Operation? Wer wird überwacht?«

»Kommunisten. Freimaurer. Studenten. Slawen.«

»Hat mir niemand was von gesagt. Muß ich überprüfen.«

März umklammerte das Steuerrad, um seine bebenden Hände zu beruhigen. »Wir haben Funkstille. Wenn Sie die brechen, wird sich Heydrich persönlich Ihre Eier als Manschettenknöpfe holen, garantiere ich Ihnen. Und jetzt: meinen Ausweis.«

Zweifel umwölkte das Gesicht des Orpo-Mannes. Einen Augenblick lang schien er fast bereit, März aus dem Wagen zu zerren, aber dann gab er langsam den Ausweis zurück. »Ich weiß nicht ...«

»Vielen Dank für Ihre Unterstützung, Unterwachtmeister.« März kurbelte das Fenster hoch und beendete die Auseinandersetzung.

1 Minute nach 9. Charlie und Nightingale sprachen immer noch. Er sah in seinen Rückspiegel. Der Bulle war ein paar Schritte weggegangen, war stehengeblieben und starrte jetzt zum Wagen zurück. Er sah nachdenklich aus, dann entschloß er sich, ging zu seinem Krad und nahm den Funkhörer auf.

März fluchte. Er hatte noch 2 Minuten, höchstens.

Von Luther: kein Anzeichen.

Dann sah er ihn.

Ein Mann mit einer dickrandigen Brille, der einen schäbigen Mantel trug, war aus der Großen Halle aufgetaucht. Er stand da und blickte um sich, die eine Hand gegen einen der Granitpfeiler gelegt, als ob er Furcht habe, den loszulassen. Dann begann er zögernd, die Stufen herabzusteigen.

März ließ den Motor an.

Charlie und Nightingale wandten ihm immer noch die Rücken zu. Er ging auf sie zu.

Los doch. Los doch Seht euch nach ihm um, um Himmels willen.

In diesem Augenblick drehte sich Charlie um. Sie sah den alten Mann und erkannte ihn. Luthers Arm ging hoch, wie der eines erschöpften Schwimmers, der nach dem Uferrand greift.

Etwas wird schiefgehen, dachte März plötzlich. *Irgendwas ist nicht in Ordnung. Etwas, an das ich nicht gedacht habe ...*

Luther hatte noch 5 Meter zu gehen, als sein Kopf verschwand. Er verschwand in einem Wölkchen aus feuchtem rotem Sägemehl, und dann kippte sein Körper vorneüber und rollte die Stufen herab, und Charlie warf die Hände hoch, um ihr Gesicht vor dem Sonnenaufgang aus Blut und Hirn zu schützen.

Ein Herzschlag. Und noch ein halber. Dann heulte der Knall eines Hochgeschwindigkeitsgewehres über den Platz, und scheuchte die Tauben auf und zerstreute sie wie grauen Abfall über den Platz.

Leute begannen zu schreien.

März warf den Gang ein, ließ seinen Blinker aufleuchten und schnitt scharf in den Verkehr, ohne sich um das empörte Gehupe zu kümmern – quer über eine der Spuren, und dann über eine weitere. Er fuhr wie ein Mann, der glaubt, er sei unverwundbar, als ob ihn Glaube und Willenskraft allein vor einem Zusammenstoß schützen könnten. Er konnte sehen, daß sich eine kleine Gruppe um die Leiche gesammelt hatte, aus der Blut und Gewebeteilchen die Stufen hinabströmten. Er konnte die Polizeipfeifen hören. Gestalten in schwarzen Uniformen strömten aus allen Richtungen herbei – Globus und Krebs unter ihnen.

Nightingale hatte Charlie beim Arm gepackt und riß sie von der Szene fort, auf die Straße zu, wo März das Auto bremste. Der Diplomat riß die Tür auf und warf sie auf den Hintersitz und sich hinterher. Die Tür krachte zu. Der Volkswagen schoß davon.

Wir sind verraten worden.
14 Männer waren zusammengerufen worden, jetzt waren 14 tot.
Er sah Luthers ausgestreckte Hand, den Springbrunnen aus seinem Hals schießen, seinen Rumpf in den Sturz nach vorne explodieren. Globus und Krebs rennen. Geheimnisse sich in jenem Schauer aus Gewebe verstreuen, keine Rettung mehr ...
Verraten ...

Er fuhr in ein unterirdisches Parkhaus, unmittelbar an der Rosenstraße, nahe der Börse, wo früher die Synagoge gestanden hatte – sein Lieblingsplatz, um Informanten zu treffen. Konnte es irgendwo einsamer sein? Er zog einen Parkschein aus dem Automaten und steuerte den Wagen die steile Rampe hinab. Die Reifen kreischten auf dem Beton; die Scheinwerfer beleuchteten alte Flecken aus Öl und Kohle auf Boden und Wänden wie Höhlenmalereien.

Ebene zwei war leer – an Samstagen war das Finanzviertel Berlins eine Einöde. März parkte in einer Bucht in der Mitte. Als der Motor erstarb, war die Stille vollkommen.

Niemand sagte etwas. Charlie tupfte mit einem Papiertaschentuch an ihrem Mantel herum. Nightingale lehnte sich mit geschlossenen Augen zurück. Plötzlich ließ März seine Fäuste auf das Lenkrad donnern.

»Wem haben Sie es gesagt?«

Nightingale öffnete die Augen. »Niemandem.«

»Dem Botschafter? Washington? Dem Chefspion vor Ort?«

»Ich sage Ihnen doch: niemandem.« In seiner Stimme war Ärger.

»Das ist keine Hilfe«, sagte Charlie.

»Außerdem ist es beleidigend und absurd. Mein Gott, ihr beiden ...«

»Betrachten Sie die Möglichkeiten.« März zählte sie an den Fingern ab. »Luther hat *sich* jemandem verraten – lächerlich. Die Telefonzelle in der Bülowstraße war angezapft – unmöglich: Selbst die Gestapo hat nicht die Mittel, jedes öffentliche Telefon in Berlin anzuzapfen. Na schön. Hat man unser Gespräch gestern abend belauscht? Kaum anzunehmen, wir konnten uns selbst kaum hören!«

»Warum muß es denn die große Verschwörung sein? Vielleicht ist man Luther einfach gefolgt.«

»Warum ihn dann nicht festnehmen? Warum ihn in der Öffentlichkeit genau im Augenblick des Kontaktes erschießen?«

»Er sah mich an ...« Charlie bedeckte ihr Gesicht mit den Händen.

»Es muß ja nicht ich gewesen sein«, sagte Nightingale. »Das Leck hätte auch bei einem von euch beiden gewesen sein können.«

»Wie? Wir waren die ganze Nacht zusammen.«

»Natürlich wart ihr das.« Er spuckte die Worte aus und tastete nach dem Türgriff. »Ich muß mir von Ihnen solchen Scheiß nicht anhören. Charlie – du kommst besser mit mir zurück in die Botschaft. Jetzt. Wir fliegen dich heut nacht aus Berlin raus und können zu Gott beten, daß dich niemand mit dieser Sache in Verbindung bringt.« Er wartete. »Komm schon.«

Sie schüttelte den Kopf.

»Wenn nicht um deinetwillen, dann denk an deinen Vater.«

Sie war ungläubig. »Was hat mein Vater damit zu tun?«

Nightingale hievte sich aus dem Volkswagen. »Ich hätte mich niemals zu diesem Wahnsinn überreden lassen sollen. Du bist eine Närrin. Und was ihn angeht« – er nickte März zu –, »er ist ein toter Mann.«

Er ging vom Wagen fort, seine Schritte hallten in der leeren Parkhauslandschaft wider – zuerst laut, dann schnell immer leiser. Dann das Klirren einer zuschlagenden Metalltür, und weg war er. März sah Charlie im Rückspiegel an. Sie erschien sehr klein, wie sie da auf dem Rücksitz zusammengekauert saß.

Weit weg ein anderes Geräusch. Die Schranke oben an der Rampe ging hoch. Ein Auto kam. März fühlte, wie ihn plötzlich Panik überkam und Platzangst. Ihre Zuflucht konnte genausogut zur Falle werden.

»Wir können hier nicht bleiben«, sagte er. Er ließ den Motor an. »Wir müssen in Bewegung bleiben.«

»In dem Fall will ich noch mehr Fotos machen.«

»Muß das sein?«

»Du sammelst deine Beweise, Herr Sturmbannführer, und ich sammle meine.«

Er sah sie wieder an. Sie hatte das Taschentuch weggelegt und starrte ihn in zerbrechlichem Trotz an. Er nahm den Fuß von der Bremse. Die Stadt zu durchqueren war fraglos gefährlich, aber was sollten sie sonst tun? Hinter einer verschlossenen Türe liegen und darauf warten, daß man sie abholte?

Er schwang den Wagen im Kreis herum und steuerte auf den Ausgang zu, als in der Düsternis hinter ihnen Scheinwerfer aufleuchteten.

3

Sie parkten neben der Havel und gingen ans Ufer hinab. März zeigte ihr die Stelle, an der man Bühlers Leiche gefunden hatte. Ihre Kamera klickte wie die von Speidel vor vier Tagen, aber es gab nur noch wenig aufzunehmen. Im Matsch waren noch ein paar Fußstapfen sichtbar. Das Gras war noch etwas zusammengedrückt, wo man die Leiche aus dem Wasser geschleift hatte. Aber schon in ein oder zwei Tagen würden diese Zeichen verschwinden. Sie wandte sich vom Wasser ab und zog fröstelnd ihren Mantel um sich.

Da es zu gefährlich war, zu Bühlers Villa zu fahren, hielt er mit laufendem Motor am Ende der Chaussee an. Sie lehnte sich heraus, um eine Aufnahme von der Straße zu machen, die auf die Insel führte. Die rot-weiße Schranke war unten. Von dem Wachtposten war nichts zu sehen.

»Ist das alles?« fragte sie. »Dafür wird ›Life‹ nicht viel bezahlen.«

Er dachte einen Augenblick lang nach. »Vielleicht gibt es noch eine andere Stelle.«

Nr. 56-58 Am Großen Wannsee stellte sich als ein weitläufiges Landhaus des 19. Jahrhunderts mit einer Säulenfassade heraus. Es beherbergte nicht länger das deutsche Hauptquartier von Interpol. Zu irgendeinem Zeitpunkt in den Jahren nach dem Krieg war es zu einem Mädcheninternat geworden. März blickte hin und her, und die blätterübersäte Straße hinauf und hinunter, an der die Blüte in leuchtendem Rosa stand, und ging zum Tor. Es war nicht verschlossen. Er winkte Charlie, ihm zu folgen.

»Wir sind Herr und Frau März«, sagte er, als er das Tor aufstieß. »Wir haben eine Tochter ...«

Charlie nickte. »Ja, natürlich, Heidi. Sie ist sieben und trägt Zöpfe ...«

»Sie fühlt sich in ihrer jetzigen Schule unglücklich. Diese hier ist uns empfohlen worden. Wir möchten uns gerne umsehen ...« Sie betraten das Gelände.

Sie sagte: »Natürlich, wenn wir gegen irgendwelche Regeln verstoßen, bitten wir um Entschuldigung ...«

»Aber Frau März sieht ganz gewiß nicht alt genug aus, um eine siebenjährige Tochter zu haben!«

»Sie wurde in einem noch beeinflußbaren Alter von einem bildschönen Fahnder verführt ...

»Eine äußerst glaubwürdige Geschichte.«

Die Kiesauffahrt führte in einer Schleife um ein kreisförmiges Blumenbeet. März versuchte, sich vorzustellen, wie alles im Januar 1942 ausgesehen haben mochte. Rauhreif auf der Erde, oder vielleicht Frost. Kahle Bäume. Ein Doppelposten friert neben dem Eingang. Die Regierungswagen knirschen einer nach dem anderen über den vereisten Kies. Ein Adjutant grüßt und tritt vor, um die Schläge zu öffnen. Stuckart: gut aussehend und elegant. Bühler: seine Notizen eines Rechtsanwalts sorgsam in seiner Aktentasche sortiert. Luther: hinter seiner dicken Brille zwinkernd. Blieb ihr Atem hinter ihnen in der

Luft hängen? Und Heydrich. Ist er als Gastgeber wohl zuerst erschienen? Oder als letzter, um seine Macht vorzuführen? Hat die Kälte sogar seinen bleichen Wangen Farbe verliehen?

Das Haus war verriegelt und verlassen. Während Charlie eine Aufnahme vom Eingang machte, suchte März sich einen Weg durch das niedrige Gebüsch, um einen Blick durch ein Fenster zu werfen. Reihen von zwerghaften Schultischen mit zwerghaften Stühlchen, die umgekehrt auf den Tischen standen. Zwei Anschlagtafeln, von denen man den Schülerinnen die besonderen Tischgebete der Partei beibrachte. Das eine:

VOR DEN MAHLZEITEN
Führer, mein Führer, mir vom Herrn gesandt,
Schütze und bewahre mich, solange ich lebe!
Der du Deutschland aus der tiefsten Verzweiflung gerettet hast,
Dir danke ich heute für mein täglich Brot.
Bleib bei mir und verlaß mich nicht,
Führer, mein Führer, mein Glaube, mein Licht!
Heil mein Führer!

Das andere:

NACH DEN MAHLZEITEN
Dank sei dir für dieses reichliche Mahl,
Schützer der Jugend und Freund unsrer Alten!
Ich weiß, du hast Sorgen, doch sorge dich nicht,
Ich bin mit dir bei Tag und bei Nacht.
Lege dein Haupt mir getrost in den Schoß,
Und sei gewiß: du mein Führer bist groß!
Heil mein Führer!

Kindliche Malereien schmückten die Wände – blaue Wiesen, grüner Himmel, schwefelgelbe Wolken. Kinderkunst ist der entarteten Kunst gefährlich nahe; solche Perversionen würde man ihnen auszutreiben haben ... März konnte den Schulgeruch selbst von hier aus riechen: die vertraute Mischung aus Kalkstaub, Holzfußböden und schalem institutionalisiertem Essen. Er wandte sich ab. Im Nachbargarten hatte jemand ein Freudenfeuer angezündet. Stechender weißer Rauch – aus nassem Holz und toten Blättern – trieb über den Rasen hinter dem Haus. Eine weite Freitreppe, die von steinernen Löwen mit gefrorenem Hohn flankiert wurde, führte hinab zum Rasen. Jenseits des Rasens sah man durch die Bäume die stumpfe glasige Oberfläche der Havel. Sie blickten nach Süden. Schwanenwerder, kaum einen halben Kilometer entfernt würde von den Fenstern des oberen Stockwerks gerade sichtbar sein. Als Bühler die Villa Anfang der fünfziger Jahre kaufte, hatte da die Nähe der beiden Gebäude zueinander für ihn ein Motiv ergeben – war er der Verbrecher, den es zum Ort seines Verbrechens zurückzieht? Und wenn ja, welches Verbrechen war es dann genau?

Am Ende des Gartens standen ein paar hölzerne Tonnen, grün vom Alter, die der Gärtner verwendete, um in ihnen Regenwasser zu sammeln. März und Charlie saßen Seite an Seite auf ihnen, ließen die Beine baumeln und blickten über den See. Er hatte keine Eile, sich weiter zu bewegen. Niemand würde hier nach ihnen Ausschau halten. Das alles war von etwas unbeschreiblich Melancholischem umgeben – die Stille, die toten Blätter, die über den Rasen trieben, der Geruch nach Rauch – ein Etwas, das der Gegensatz zum Frühling war. Es sprach vom Herbst und vom Ende aller Dinge.

Er sagte: »Hab' ich dir erzählt, daß es in unserer Stadt Juden gab, bevor ich zur See ging? Als ich zurückkam, waren alle verschwunden. Ich habe nach ihnen gefragt. Die Leute sagten mir, sie seien in den Osten evakuiert worden. Zur Wiederansiedlung.«

»Haben sie das geglaubt?«

»In der Öffentlichkeit sicher. Und selbst im privaten Kreis war es weiser, nicht darüber zu spekulieren. Und leichter. So zu tun, als ob es wahr ist.«

»Hast du das geglaubt?«

»Ich habe nicht darüber nachgedacht.«

»Wen kümmert es?« sagte er plötzlich. »Nimm mal an, jeder hätte alle Einzelheiten gewußt. Wen hätte es gekümmert? Hätte es wirklich einen Unterschied gemacht?«

»Jemand denkt es«, erinnerte sie ihn. »Deshalb ist jeder, der an Heydrichs Konferenz teilgenommen hat, tot. Mit Ausnahme von Heydrich.«

Er sah zum Haus zurück. Seine Mutter, die fest an Geister glaubte, pflegte ihm zu erzählen, daß Ziegelgemäuer und Verputz Geschichte aufsögen und wie ein Schwamm speicherten, was sie gesehen hatten. Seither hatte März seinen Teil an Mauern gesehen, in denen Böses getan worden war, und er glaubte nicht daran. Es gab nichts besonders Böses um Am großen Wannsee 56-58. Es war nur das große Landhaus eines Geschäftsmannes, jetzt in ein Mädchenpensionat umgewandelt. Was also sogen die Wände jetzt auf? Die Zänkereien von Heranwachsenden? Geometrieunterricht? Prüfungsnervositäten?

Er zog Heydrichs Einladung heraus. »Eine Besprechung mit anschließendem Frühstück.« Beginn 12 Uhr. Ende – wann? – gegen drei oder vier am Nachmittag. Zu der Zeit, da sie gingen, würde es schon zu dunkeln begonnen haben. Gelber Lampenschein aus den Fenstern; Nebel vom See. 14 Männer. Wohlgenährt; manche vielleicht vom Gestapo-Cognac beschwipst. Wagen, die nach Berlin Mitte zurückfahren. Chauffeure, die lange draußen warteten, mit kalten Füßen und Nasen wie Eiszapfen ...

Und dann war, weniger als fünf Monate später, in Zürich in der Hitze des Mittsommers Martin Luther in das Büro von Hermann Zaugg marschiert, dem Bankier der Reichen und Geängstigten, und hatte ein Konto mit vier Schlüsseln eröffnet.

»Ich frage mich, warum er leere Hände hatte.«

»Was?« Sie war verwirrt. Er hatte sie in ihren Gedanken unterbrochen.

»Ich habe mir immer vorgestellt, daß Luther einen kleinen Koffer irgendeiner Art bei sich tragen würde. Aber als er die Stufen herabkam, um dich zu treffen, hatte er leere Hände.«

»Vielleicht hatte er sich alles in die Taschen gesteckt.«

»Vielleicht.« Die Havel sah fest aus; ein See aus Quecksilber. »Aber als er aus Zürich kam, muß er mit irgendwelchem Gepäck gelandet sein. Er hatte die Nacht im Ausland verbracht. Und er hatte irgendwas aus der Bank geholt.«

Der Wind regte sich in den Bäumen. März sah sich um. »Er war schließlich ein mißtrauischer alter Schweinehund. Es hätte seinem Charakter entsprochen, das wirklich wertvolle Material zurückzuhalten. Er würde es nicht riskiert haben, den Amerikanern alles auf einmal zu geben – wie hätte er sonst handeln können?«

Ein Jet flog über sie hinweg, er sank auf den Flughafen zu, und das Heulen seiner Motoren sank mit ihm. *Das* nun war ein Geräusch, das 1942 noch nicht existiert hatte ...

Plötzlich war er auf den Füßen, hob sie herab, daß sie sich ihm anschließe, und dann lief er mit langen Schritten auf das Haus zu, und sie folgte ihm – stolpernd und lachend, und rief ihm zu, langsamer zu gehen.

Er parkte den Volkswagen am Straßenrand in Schlachtensee und stürmte in die Telefonzelle. Max Jäger antwortete nicht, weder am Werderschen Markt noch zu Hause. Das einsame Surren des unbeantworteten Telefons ließ März wünschen, er möge jemand anderen erreichen, irgend jemanden.

Er versuchte es mit Rudi Halders Nummer. Vielleicht konnte er um Entschuldigung bitten, irgendwie andeuten, daß es sich gelohnt habe. Niemand meldete sich. Er blickte auf den Hörer. Was war mit Paule? Selbst die Feindseligkeit des Jungen würde einen gewissen Kontakt schaffen. Aber auch im Bungalow zu Lichtenrade antwortete niemand.

Die Stadt hatte sich vor ihm verschlossen.

Er war schon halb aus der Zelle hinaus, als er sich, einem Impuls folgend, umdrehte und die Nummer seiner Wohnung wählte. Beim zweiten Klingeln meldete sich ein Mann.

»Ja?« Es war die Gestapo: die Stimme von Krebs. »März? Ich weiß, daß Sie es sind! Legen Sie nicht auf!«

Er ließ den Hörer fallen, als ob der ihn gebissen hätte.

Eine halbe Stunde später schob er sich durch die abgenutzten Holztüren des Berliner Leichenschauhauses. Ohne seine Uniform kam er sich nackt vor. In einer Ecke weinte leise eine Frau, und eine Hilfspolizistin saß steif neben ihr, peinlich berührt von dieser Zurschaustellung von Gefühlen an amtlicher Stelle. Er zeigte dem Angestellten seinen Ausweis und fragte nach Martin Luther. Der Mann sah seine eselsohrigen Notizen durch.

»Männlich, Mitte 60, identifiziert als Luther, Martin. Wurde direkt nach Mitternacht reingebracht. Eisenbahnunfall.«

»Und was ist mit der Schießerei heut morgen, der auf dem Platz?«

Der Angestellte seufzte, beleckte einen nikotingelben Zeigefinger und wendete eine Seite um. »Männlich, Mitte 60, identifiziert als Stark, Alfred. Ist vor ner Stunde reingekommen.«

»Das ist er. Wie hat man ihn identifiziert?«

»Er hatte nen Ausweis in der Tasche.«

»Richtig.« März ging entschlossen auf den Aufzug zu und kam so jedem Widerspruch zuvor. »Ich finde meinen Weg nach unten.«

Es war sein Unglück, daß er sich, als die Aufzugstür aufging, Aug in Auge mit Dr. August Eisler fand.

»März!« Eisler sah schockiert aus und trat einen Schritt zurück. »Man erzählt sich, Sie seien verhaftet worden.«

»Man erzählt Unfug. Ich arbeite verdeckt.«

Eisler starrte seinen Zivilanzug an. »Als was? Als Zuhälter?« Das erheiterte den SS-Chirurgen dermaßen, daß er sich die Brille abnehmen und die Augen trocknen mußte. März fiel in sein Gelächter ein.

»Nein, als Pathologe. Ich hab' mir sagen lassen, die Bezahlung sei gut, und es gibt so gut wie keine Arbeitsstunden.«

Eisler hörte zu lächeln auf. »*Sie* haben gut reden. *Ich* bin seit Mitternacht hier.« Er senkte die Stimme. »Ein sehr hohes Tier. Gestapo-Operation. Alles pst, pst.« Er klopfte gegen seine lange Nase. »Ich kann nichts sagen.«

»Entspannen Sie sich, Eisler. Ich kenne den Fall. Hat Frau Luther die Überreste identifiziert?«

Eisler sah enttäuscht aus. »Nein«, murmelte er. »Wir haben ihr das erspart.«

»Und Stark?«

»Mein Gott, März – Sie sind aber gut unterrichtet. Ich bin gerade auf dem Weg, mich mit ihm zu befassen. Wollen Sie mich begleiten?«

In seinem Geiste sah März wieder den explodierenden Kopf und den dicken Strahl aus Blut und Gehirn. »Nein. Danke.«

»Hab' ich mir gedacht. Womit hat man ihn erschossen? Mit einer Panzerfaust?«

»Haben sie den Mörder gefaßt?«

»Sie sind der Fahnder. Erzählen Sie's mir. ›Nicht zu tief graben‹ war, was man mir gesagt hat.«

»Starks Sachen. Wo sind sie?«

»Verpackt und fertig zum Abtransport. Im Eigentumszimmer.«

»Wo ist das?«

»Den Korridor runter. Vierte Tür links.«

März ging. Eisler rief ihm nach: »He, März! Heben Sie mir ein paar Ihrer besten Huren auf!« Das schrille Gelächter des Pathologen verfolgte ihn noch lange den Gang hinab.

Die vierte Tür links war nicht abgeschlossen. Er kontrollierte, ob er unbeobachtet war, und trat dann ein.

Es war ein kleiner Lagerraum, drei Meter breit, mit gerade so viel Platz, daß ein Mensch in der Mitte gehen konnte. Auf beiden Seiten des Mittelganges standen staubige Metallregale voller Kleiderbündel in dichtem Plastik. Dann gab es da Koffer, Handtaschen, Schirme, Beinprothesen, einen grotesk verformten Kinderwagen, Hüte ... Die Habseligkeiten der Toten wurden gewöhnlich von den Angehörigen aus dem Leichenschauhaus abgeholt. Wenn die Todesumstände verdächtig waren, wurden sie von den Fahndern mitgenommen oder unmittelbar in die Gerichtsmedizin und ihre Labors in Schönefeld geschickt. März begann, die Plastikkarten zu überprüfen, auf denen Zeit und Ort des Todes sowie der Name des Opfers verzeichnet wurden. Einiges von dem Zeugs lagerte hier schon seit Jahren – pathetische Bündel aus Lumpen und Kinkerlitzchen, die Hinterlassenschaft von Leichen, um die sich niemand kümmerte, nicht einmal die Polizei.

Wie typisch für Globus, seinen Fehler nicht einzugestehen. Die Unfehlbarkeit der Gestapo mußte um jeden Preis gewahrt werden! Deshalb wurde Starks Körper weiterhin als der von Luther behandelt, während Luther als der Herumtreiber Stark in ein Armengrab geraten würde.

März zerrte das der Tür nächste Bündel hervor und drehte das Täfelchen ins Licht. *18.4 64. Adolf-Hitler-Platz. Stark, Alfred.*

So hatte also Luther diese Welt verlassen wie der erbärmlichste KZ-Insasse – gewaltsam, halb verhungert, in den schmutzigen Kleidern eines anderen, die Leiche ungeehrt, und ein Fremder durchwühlt nach seinem Tod seine Habseligkeiten. Poetische Gerechtigkeit – so ziemlich die einzige Art Gerechtigkeit, die es überhaupt gibt.

Er zog sein Taschenmesser heraus und durchschnitt das aufgebauschte Plastik. Der Inhalt ergoß sich auf den Boden wie Innereien.

Ihm lag nichts an Luther. Alles, woran ihm lag, war, wie Globus in den Stunden zwischen Mitternacht und 9 Uhr morgens hatte herausfinden können, daß Luther noch lebte.

Amerikaner!

Er riß die letzten Stücke Plastik weg.

Die Kleider stanken nach Scheiße und Pisse, nach Kotze und Schweiß – nach jeder Art von Geruch, die der menschliche Körper absondert. Gott allein mochte wissen, welche Parasiten in den Textilien hausten. Er durchsuchte die Taschen. Die waren leer. Seine Hände juckten. *Gib die Hoffnung nicht auf. Ein Aufbewahrungsschein für Gepäck ist ein kleines Ding – eng zusammengerollt nicht größer als ein*

Streichholz; ein Einschnitt im Jackenkragen würde es verbergen. Mit seinem Messer hackte er an den Nähten des langen braunen Mantels herum, den geronnenes Blut bedeckte, und seine Finger wurden braun und glitschig ...

Nichts. All der übliche Abfall, den Landstreicher nach seiner Erfahrung mit sich führen – ein Stückchen Kordel und Papier, die Knöpfe und Zigarettenkippen –, waren schon entfernt worden. Die Gestapo hatte Luthers Kleidung sorgfältig durchsucht. Natürlich hatte sie. Er war ein Narr gewesen zu glauben, sie hätte nicht. Wütend hackte er in das Material – von rechts nach links, von links nach rechts, von rechts nach links ...

Er trat von den Haufen Fetzen zurück und keuchte wie ein Meuchelmörder. Dann hob er einen der Fetzen auf und wischte Messer und Hände sauber.

»Weißt du, was ich glaube?« sagte Charlie, als er mit leeren Händen zum Wagen zurückkam. »Ich glaube, er hat aus Zürich überhaupt nichts hergebracht.«

Sie saß immer noch auf dem Rücksitz des Volkswagens. März drehte sich um, um sie anzusehen. »Doch hat er. Natürlich hat er.« Er versuchte, seine Ungeduld zu unterdrücken; es war nicht ihr Fehler. »Aber er hatte zuviel Angst, um es bei sich zu behalten. Also hat er es aufgegeben und einen Aufbewahrungsschein dafür bekommen – entweder am Flughafen oder am Bahnhof – und hatte vor, es später abzuholen. Ich bin sicher, daß dem so ist. Nun hat Globus es, oder es ist eben verloren.«

»Nein. Hör zu. Ich habe nachgedacht. Als ich gestern durch den Flughafen ging, habe ich Gott dafür gedankt, daß du mich daran gehindert hast zu versuchen, das Gemälde mit uns zurück nach Berlin zu bringen. Erinnerst du dich an die Schlangen? Die haben jede Handtasche durchsucht. Wie also hätte Luther *überhaupt was* am Grenzschutz vorbeibringen können?«

März dachte darüber nach und massierte sich die Schläfen. »Eine gute Frage«, sagte er schließlich. »Vielleicht«, setzte er eine Minute später hinzu, »die beste Frage, die ich jemals gehört habe.«

Vor dem Hermann-Göring-Flughafen oxydierte die Statue von Hanna Reitsch im Regen stetig vor sich hin. Sie starrte mit rostverklebten Augen über das Gewimmel vor der Abflughalle.

»Bleib du besser im Wagen«, sagte März. »Kannst du fahren?«

Sie nickte. Er warf ihr die Schlüssel in den Schoß. »Wenn die Flughafenpolizei kommt und dich wegscheucht, versuch nicht, mit ihnen zu diskutieren. Fahr los und komm wieder. Fahr immer im Kreis. Gib mir 20 Minuten.«

»Und dann?«

»Ich weiß es nicht.« Seine Hand wedelte durch die Luft. »Laß dir was einfallen.«

Er ging in die Abflughalle des Flughafens. Die große Digitaluhr über dem Paßkontrollbereich schnappte auf 13.22. Er blickte hinter sich. Er konnte seine Freiheit wahrscheinlich nur noch nach Minuten messen. Oder weniger, falls Globus bereits einen allgemeinen Alarm ausgegeben hatte, denn nirgendwo wurde im Reich schärfer kontrolliert als auf Flughäfen.

Er dachte an Krebs in seiner Wohnung, und an Eisler: *Man erzählt sich, sie seien verhaftet worden.*«

Ein Mann mit einem Andenkenbeutel aus der Ruhmeshalle der Soldaten sah vertraut aus. Ein Gestapo-Überwacher? März wechselte abrupt die Richtung und ging zu den Toiletten. Er stand an der Pinkelrinne und pißte Luft, die Augen auf den Eingang gerichtet. Niemand kam herein. Als er hinausging, war der Mann gegangen.

»Letzter Aufruf für Lufthansaflug zwo-null-sieben nach Tiflis …«

Er ging zum zentralen Lufthansaschalter und zeigte einem der Wächter seinen Ausweis. »Ich muß Ihren Sicherheitschef sprechen. Dringend.«

»Vielleicht ist er nicht da, Herr Sturmbannführer.«

»Sehen Sie nach.«

Der Wachmann war lange Zeit fort. 13.27 sagte die Uhr. 13.28. Vielleicht rief er die Gestapo. 13.29. März schob die Hand in die Tasche und spürte das kalte Metall der Luger. Besser sich hier bis zum Ende verteidigen als in der Prinz-Albrecht-Straße auf dem Steinfußboden herumkriechen und sich die eigenen Zähne in die Hand spucken.

13.30.

Der Wachmann kam zurück. »Hier entlang, Herr Sturmbannführer. Bitte.«

Friedmann war der Berliner Kripo zur gleichen Zeit wie März beigetreten. Er hatte sie fünf Jahre später verlassen, genau einen Schritt vor einer Korruptionsuntersuchung. Jetzt trug er handgearbeitete englische Anzüge, rauchte zollfreie Schweizer Zigarren und verdiente sich zusätzlich das Fünffache seines Gehaltes durch Methoden, für die man ihn seit langem verdächtigte, die man aber nie hatte nachweisen können. Er war ein Handelsfürst und der Flughafen sein korruptes kleines Königreich.

Als ihm klarwurde, daß März nicht gekommen war, ihn zu überprüfen, sondern eine Gunst zu erbitten, geriet er fast in Ekstase. Seine ausgezeichnete Laune dauerte an, während er März durch einen Gang des Abfertigungsgebäudes fortführte. »Und wie geht es Jäger? Und Fiebes? Fährt der immer noch ab auf Fotos von arischen Maiden mit ukrainischen Fensterwäschern? Ach, wie ich euch alle vermisse, ich wage nicht, daran zu denken! Wir sind da.« Friedmann schob sich die Zigarre in den Mund und zerrte an einer großen Tür. »Die Höhlen Aladins!«

Das Metall glitt kreischend auf und ließ einen kleinen Hangar sichtbar werden, der mit verlorenem und verlassenem Eigentum vollgestopft war. »Die Sachen, die Leute liegenlassen«, sagte Friedmann. »Sie würden es nicht glauben. Wir hatten sogar schon einmal einen Leoparden.«

»Einen Leoparden? Eine Katze?«

»Er ist gestorben. Irgendein fauler Schweinehund hat vergessen, ihn zu füttern. Er hat einen guten Mantel abgegeben.« Er lachte und schnalzte mit den Fingern, und aus den Schatten erschien ein ältlicher zusammengeduckter Mann – ein Slawe, weit auseinanderstehende furchtsame Augen.

»Steh gerade, Mann. Zeig Respekt.« Friedmann gab ihm einen Stoß, der ihn rückwärts taumeln ließ. »Der Herr Sturmbannführer ist ein guter Freund. Er sucht nach etwas. Sagen Sie's ihm, März.«

»Einen Koffer, vielleicht einen Beutel«, sagte März. »Letzter Flug von Zürich am Montagabend, dem dreizehnten. Entweder im Flugzeug liegengeblieben oder im Bereich der Gepäckaufbewahrung.«

»Verstanden? Richtig?« Der Slawe nickte. »Dann los!« Er schlurfte fort, und Friedmann wies auf seinen Mund. »Stumm. Man hat ihm im Krieg die Zunge herausgeschnitten. Der ideale Arbeiter!« Er lachte und schlug März auf die Schulter. »Und jetzt. Wie geht es?«

»Ganz gut.«

»Zivilanzug. Arbeit am Wochenende. Muß was Großes sein.«

»Vielleicht.«

»Es geht um diesen Martin Luther, oder?« März antwortete nicht. »Sie sind also auch stumm. Ich verstehe.« Friedmann schnippte die Zigarrenasche auf den sauberen Fußboden. »Soll mir recht sein. Ein Braune-Hosen-Job. Möglich?«

»Ein was?«

»Ausdruck des Grenzschutzes. Jemand will was reinbringen, was er nicht darf. Er kommt zur Kontrolle, sieht die Sicherheitsmaßnahmen, beginnt sich vollzuscheißen. Läßt fallen, was immer es ist, und rennt weg.«

»Aber das ist ungewöhnlich, oder? Ihr öffnet doch nicht jeden Tag jeden Koffer?«

»Nur in der Woche vor Führers Geburtstag.«

»Was ist mit verlorenem Eigentum, öffnet ihr das?«

»Nur wenn es wertvoll aussieht!« Friedmann lachte wieder. »Nein. Das war nur ein Witz. Wir haben nicht genug Leute. Es wird auf jeden Fall geröntgt, erinnern Sie sich – keine Waffen, keine Sprengstoffe. Also lassen wir es einfach hier und warten ab, ob jemand es haben will. Wenn binnen eines Jahres niemand kommt, öffnen wir es und sehen nach, was wir da haben.«

»Ich nehme an, das zahlt ein paar Anzüge.«

»Was?« Friedmann zupfte an seinem makellosen Ärmel. »Diese armseligen Lumpen?« Es gab ein Geräusch, und er drehte sich um. »Sieht so aus, als hätten Sie Glück, März.«

Der Slawe kam zurück und trug etwas. Friedmann nahm es ihm ab und wog es in der Hand. »Reichlich leicht. Kann kein Gold sein. Was ist es nach Ihrer Meinung, März? Drogen? Dollars? Schmuggelseide aus dem Osten? Eine Schatzkarte?«

»Wollen Sie es öffnen?« März faßte die Waffe in seiner Tasche an. Er würde sie gebrauchen, wenn er mußte.

Friedmann schien geschockt. »Das ist eine Gunst. Von einem Freund zum anderen. Ihre Angelegenheit.« Er gab März den Koffer. »Sie werden sich daran erinnern, Sturmbannführer, oder nicht? Eine Gunst? Eines Tages werden Sie etwas für mich tun, oder? Von Kamerad zu Kamerad?«

Der Koffer war von der Art, wie sie Ärzte tragen, mit messingverstärkten Ecken und einem kräftigen Messingschloß, stumpf vor Alter. Das braune Leder war zerkratzt und verblichen, die starken Nähte waren schwarz, der Handgriff war durch viele Jahre des Tragens glattgescheuert wie ein brauner Kiesel, bis er sich wie eine Verlängerung der Hand anfühlte. Er verkündete Verläßlichkeit und Sicherheit; Professionalismus; ruhigen Wohlstand. Er stammte sicher aus der Zeit vor dem Krieg, vielleicht sogar vor dem Ersten Weltkrieg – geschaffen, um eine Generation oder zwei zu überdauern. Solide. Eine Menge wert.

All das nahm März in sich auf, während er zum Volkswagen zurückging. Sein Weg umging den Grenzschutz – eine weitere Gunst Friedmanns.

Charlie stürzte sich darauf wie ein Kind auf sein Geburtstagsgeschenk und fluchte enttäuscht, als sie es verschlossen fand. Als März aus dem Flughafengelände herausfuhr, wühlte sie in ihrer Tasche herum und fand eine Nagelschere. Sie stocherte damit verzweifelt an dem Schloß herum, doch die Scherenklingen hinterließen nur wirkungslose Kratzer auf dem Messing.

März sagte: »Du verschwendest deine Zeit. Ich werde es aufbrechen müssen. Warte, bis wir da sind.«

Sie schüttelte enttäuscht die Tasche. »Wo sind?«

Er fuhr sich mit der Hand durchs Haar.

Eine gute Frage.

Jedes Zimmer in der Stadt war vermietet. Das Eden mit dem Dachgartencafé, das Bristol Unter den Linden, der Kaiserhof in der Mohrenstraße – sie alle hatten schon vor Monaten aufgehört, Reservierungen anzunehmen. Die Riesenhotels mit tausend Zimmern waren ebenso wie die kleinen Pensionen um die Bahnhöfe herum vollgestopft mit Uniformen. Nicht nur die SA und die SS, die Luftwaffe und die Wehrmacht, die Hitlerjugend und der Bund Deutscher Mädel, sondern auch all die anderen: der Nationalsozialistische Reichskriegsbund, der Deutsche Falkenorden, die NS-Führungsschulen ...

Vor dem berühmtesten und luxuriösesten aller Berliner Hotels – dem Adlon an der Ecke Pariser Platz und Wilhelmstraße – drängte sich die Menge vor den metallenen Abschirmgittern, um einen Blick auf die Berühmtheiten zu erhaschen: einen Filmstar, einen Fußballspieler, einen Parteisatrapen, der wegen des Führertages in der Stadt weilte. Als März und Charlie vorbeifuhren, fuhr gerade ein Mercedes vor, dessen schwarzuniformierte Insassen in einem Meer von Blitzlichtern badeten.

März fuhr über den Platz und Unter den Linden hinein, bog nach links ab und dann nach rechts in die Dorotheenstraße. Er parkte zwischen den Abfalleimern auf der Rückseite des Hotels Prinz Friedrich-Karl. Hier hatte während seines Frühstücks mit Rudi Halder diese Angelegenheit richtig begonnen. Wann war das gewesen? Er konnte sich nicht erinnern.

Der Geschäftsführer des Friedrich-Karl war wie üblich in einen altmodischen schwarzen Cut und gestreifte Hosen gekleidet und zeigte eine verblüffende Ähnlichkeit mit dem verblichenen Reichspräsidenten Hindenburg. Er kam geschäftig zum Empfang und streichelte seine weißen Backenbärte, als seien es Schoßtierchen.

»Sturmbannführer März, welch eine Freude! Wirklich, welch eine Freude! Und zur Erholung gekleidet!«

»Guten Tag, Herr Brecker. Eine schwierige Frage. Ich brauche ein Zimmer.«

Brecker warf die Hände verzweifelt hoch. »Das ist unmöglich! Selbst für einen so ausgezeichneten Kunden wie Sie.«

»Kommen Sie, Herr Brecker. Sie müssen da noch was haben. Eine Dachkammer würde genügen, oder eine Besenkammer. Sie würden der Reichskriminalpolizei den größten Dienst erweisen ...«

Breckers ältliches Auge wanderte über das Gepäck und kam auf Charlie zur Ruhe, wobei in ihm ein Glanz aufleuchtete. »Und dies ist Frau März?«

»Unglücklicherweise nein.« März legte seine Hand auf Breckers Ärmel und geleitete ihn in eine Ecke, wo sie die ältliche Empfangsdame mißtrauisch beäugte. »Diese junge Dame besitzt Informationen von besonders kritischer Art, aber wir möchten sie vernehmen ... wie soll ich sagen?«

»In einem informellen Rahmen?« schlug der alte Mann vor.

»Genau!« März zog hervor, was von den Ersparnissen seines Lebens noch übrig war und begann, Banknoten abzuzählen. »Für diesen ›informellen Rahmen‹ würde die Kriminalpolizei sich Ihnen natürlich angemessen erkenntlich zeigen.«

»Ich verstehe.« Brecker sah auf das Geld und leckte sich die Lippen. »Und da dies eine Sicherheitsangelegenheit ist, würden Sie zweifellos auch vorziehen, wenn bestimmte Formalitäten – wie zum Beispiel die Registrierung – unterblieben?«

März hörte zu zählen auf, drückte die ganze Notenrolle in die feuchten Hände des Geschäftsführers.

Als Gegenleistung für seinen Bankrott erhielt März das Zimmer eines Küchenmädchens unter dem Dach, das vom dritten Stockwerk aus über eine wackelige Hintertreppe zu erreichen war. Sie mußten fünf Minuten am Empfang warten, bis das Mädchen aus ihrem Heim vertrieben und das Bett neu bezogen war. März lehnte Herr Breckers wiederholte Angebote, ihnen beim Gepäck zu helfen, ebenso ab, wie er seine lüsternen Blicke übersah, die der alte Mann Charlie ständig zuwarf. Allerdings fragte er nach etwas zu essen – Brot, Käse, Schinken, Obst, eine Thermoskanne schwarzen Kaffees –, was der Geschäftsführer persönlich hochzubringen versprach. März sagte ihm, er solle es auf dem Gang stehenlassen.

»Das ist nicht das Adlon«, sagte März, als er mit Charlie allein war. Der kleine Raum war erstickend. Alle Hitze des Hotels schien emporgestiegen zu sein und sich unter den Ziegeln gesammelt zu haben. Er stieg auf einen Stuhl, um die Luke der Dachkammer zu öffnen, und sprang in einem Staubregen wieder herab.

»Wen kümmert das Adlon?« Sie schlang ihre Arme um ihn und küßte ihn fest auf den Mund.

Der Geschäftsführer stellte das Tablett mit Essen wie angewiesen vor die Tür. Die Treppen zu steigen hatte ihn fast umgebracht. Durch drei Zentimeter Holz lauschte März auf sein rasselndes Keuchen und dann auf seine Schritte, die sich durch den Gang entfernten. Er wartete, bis er sicher war, daß der alte Mann wirklich gegangen war, ehe er das Tablett hereinholte und auf den winzigen Ankleidetisch stellte. Da es an der Tür kein Schloß gab, keilte er einen Stuhl unter die Klinke.

März legte Luthers Koffer auf das harte Holzbrett und nahm sein Taschenmesser heraus.

Das Schloß war so gearbeitet worden, daß es eben dieser Art von Angriff widerstehen konnte. Es kostete ihn fünf Minuten des Hakkens und Stemmens, wobei ihm eine kurze Klinge zerbrach, ehe der Verschluß aufsprang. Er zog die Tasche auf.

Wieder dieser Papiergeruch – der Geruch von lange verschlossenen Aktenschränken oder Schreibtischschubladen, ein Hauch von Schreibmaschinenöl. Und dahinter noch etwas: etwas Antiseptisches, Medizinisches ...

Charlie lehnte sich über seine Schulter. Er konnte ihren warmen Atem auf seiner Wange spüren. »Sag's mir nicht. Er ist leer.«

»Nein. Er ist nicht leer. Er ist voll.«

Er zog sein Taschentuch heraus und wischte sich den Schweiß von den Händen. Dann stürzte er den Koffer um und schüttete seinen Inhalt auf die Bettdecke.

4

EIDESSTATTLICHE ERKLÄRUNG VON WILHELM STUCKART,
STAATSSEKRETÄR, MINISTERIUM DES INNERN:
[4 Seiten; maschinegeschrieben]

Am Sonntag, dem 31. Dezember 1941, ersuchte mich der Berater des Innenministeriums für Jüdische Angelegenheiten, Dr. Bernhard Losener, um ein dringendes Privatgespräch. Er unterrichtete mich, daß sein Untergebener, der Stellvertretende Berater für Rassenfragen, Dr. Werner Feldscher, von einer ›absolut vertrauenswürdigen Quelle, einem Freund‹ erfahren habe, daß die eintausend Juden, die kürzlich aus Berlin evakuiert worden waren, im Wald von Rumbuli in Polen ermordet worden seien. Er unterrichtete mich ferner, daß seine Gefühle der Empörung so stark seien, daß er seine gegenwärtige Arbeit im Ministerium nicht weiter fortsetzen könne und daß er daher ersuche, ihn mit anderen Aufgaben zu betrauen. Ich erwiderte, daß ich mir in dieser Angelegenheit Klarheit verschaffen würde.

Am nächsten Tag suchte ich auf meine Bitte hin Obergruppenführer Reinhard Heydrich in seinem Büro in der Prinz-Albrecht-Straße auf. Der Obergruppenführer bestätigte, daß Dr. Feldschers Informationen zutreffend seien und drängte mich, die Quelle herauszufinden, da solche Sicherheitslecks nicht geduldet werden könnten. Dann schickte er seinen Adjutanten aus dem Zimmer und sagte, er wolle mit mir auf privater Basis sprechen.

Er unterrichtete mich, daß er im Juli in das Führerhauptquartier in Ostpreußen bestellt worden sei. Der Führer habe zu ihm ganz offen wie folgt gesprochen: Er habe sich entschieden, die jüdische Frage ein für allemal zu lösen. Die Stunde sei gekommen. Er könne nicht darauf vertrauen, daß seine Nachfolger den nötigen Willen oder die militärische Macht hätten, über die er jetzt verfüge. Er habe keine Angst vor den Folgen. Heute verehrten die Leute die Französische Revolution, wer aber erinnere an die Tausenden Unschuldigen, die gestorben seien? Revolutionäre Zeiten würden durch ihre eigenen Gesetze beherrscht. Sobald Deutschland den Krieg gewonnen habe, werde niemand mehr fragen, wie wir es gemacht hätten. Falls Deutschland den Kampf auf Leben und Tod verliere, würden wenigstens jene, die sich aus der Niederlage des Nationalsozialismus einen Profit erhofft hätten, ausgerottet sein. Es sei nötig, die biologischen Fundamente des Judaismus für immer zu beseitigen. Andernfalls würde das Problem erneut hervorbrechen, um künftige Generationen zu quälen. Das sei die Lehre der Geschichte.

Obergruppenführer Heydrich stellte ferner fest, daß ihm die nötigen Vollmachten, um diese Anordnung des Führers zu verwirklichen, von Reichsmarschall Göring am 31.7.41 erteilt worden seien. Diese Angelegenheiten würden bei der bevorstehenden zwischenbehördlichen Konferenz besprochen werden. In der Zwischenzeit, drängte er mich, solle ich mit allen zur Verfügung stehenden Mitteln versuchen, die Identität des Informanten von Dr. Feldscher herauszufinden. Es handele sich hier um eine Angelegenheit der allerhöchsten Sicherheitsstufe.

Ich regte daraufhin an, angesichts der Schwere der anstehenden Fragen würde es vom rechtlichen Standpunkt aus angemessen sein, die Anordnung des Führers schriftlich zu bekommen. Obergruppenführer Heydrich erklärte hierzu, ein solches Vorgehen sei aus politischen Erwägungen unmöglich, wenn ich aber irgendwelche Bedenken hätte, sollte ich sie dem Führer persönlich vortragen. Obergruppenführer Heydrich beendete unser Gespräch, indem er in scherzhafter Weise bemerkte, eigentlich sollten wir keinen Grund für rechtliche Besorgnisse haben, da ich ja der oberste Gesetzesentwerfer des Reiches sei und er des Reiches oberster Polizist.

Ich beschwöre, daß dies eine wahrheitsgetreue Widergabe unseres Gesprächs ist, auf der Grundlage von Notizen, die ich mir noch am gleichen Abend gemacht habe.

                        Gez.: Wilhelm Stuckart (Rechtsanwalt)
                        Dat.: 4.Juni 1942, Berlin
                        Zeuge: Josef Bühler (Rechtsanwalt)

5

Jenseits der Stadt starb der Tag. Die Sonne versank hinter der Kuppel der Großen Halle und vergoldete sie wie die Kuppel einer Moschee. Mit Gebrumm sprangen die Flutlichter in der Siegesallee und auf der Ost-West-Achse an. Die Nachmittagsmenge schmolz, löste sich auf, bildete sich neu zu Schlangen vor Kinos und Restaurants, während über dem Tiergarten ein Luftschiff im Düstern dahindröhte.

REICHSMINISTERIUM   GEHEIMES STAATSDOKUMENT
FÜR AUSWÄRTIGE ANGELEGENHEITEN

TELEGRAMM DES DEUTSCHEN BOTSCHAFTERS IN LONDON,
HERBERT VON DIRKSEN

*Bericht über Unterhaltungen mit Botschafter Joseph P. Kennedy,
Botschafter der Vereinigten Staaten in Großbritannien*

[Auszüge]

Eingegangen in Berlin am 13. Juni 1938:

Er kenne zwar Deutschland nicht, habe aber von den verschiedensten Seiten gehört, daß die jetzige Regierung Großes für Deutschland getan habe und die deutsche Bevölkerung zufrieden sei und in guten materiellen Verhältnissen lebe …

Der Botschafter kam dann auf die Judenfrage zu sprechen und sagte, daß sie natürlich von großer Bedeutung für die deutsch-amerikanischen Beziehungen sei. Dabei sei es nicht so sehr die Tatsache, daß wir die Juden loswerden wollten, die uns so schädlich sei, als vielmehr das lärmende Getöse, das wir mit dieser Absicht verbänden. Er selbst habe durchaus Verständnis für unserer Judenpolitik; er stamme aus Boston und dort würden in einem Golf-Club und in anderen Clubs seit 50 Jahren keine Juden zugelassen.

Eingegangen in Berlin am 18. Oktober 1938:

Wie bei früheren Unterhaltungen so erwähnte Kennedy auch heute, daß in den Vereinigten Staaten sehr starke antisemitische Tendenzen bestünden und daß weite Teile der Bevölkerung für die deutsche Haltung gegenüber den Juden Verständnis hätten ... Nach seiner ganzen Persönlichkeit glaube ich, daß er mit dem Führer gut harmonieren würde.

»Das können wir nicht alleine schaffen.«
»Das müssen wir.«
»Bitte. Laß mich das zur Botschaft bringen. Die können es mit der Diplomatenpost rausschmuggeln.«
»Nein!«
»Du weißt doch nicht sicher, daß er uns verraten ...«
»Wer könnte es denn sonst sein? Und sieh dir das an. Glaubst du wirklich, amerikanische Diplomaten würden das anfassen wollen?«
»Aber wenn wir damit geschnappt werden ... Das ist das Todesurteil.«
»Ich hab' einen Plan.«
»Einen guten?«
»Ich glaub schon.«

HAUPTBAUBÜRO, AUSCHWITZ,
AN: DEUTSCHE AUSRÜSTUNGSWERKE,
AUSCHWITZ, 31.MÄRZ 1943

BEZ.: IHR SCHREIBEN VOM 24 MÄRZ 1943

[Auszug]

Es wird ... mitgeteilt, daß drei gasdichte Türen gemäß des Auftrages vom 18.1.1943 ... auszuführen sind, genau nach den Ausmaßen und der Art der bisher gelieferten Türen.

Bei dieser Gelegenheit wird an einen weiteren Auftrag vom 6. 3. 43 über Lieferung einer Gastür 100/192 für Leichenkeller I des Krematoriums III ... erinnert, die genau nach Art und Maß der Kellertür des gegenüberliegenden Krematoriums II mit Guckloch aus doppeltem 8-mm-Glas mit Gummidichtung und Beschlag auszuführen ist. Dieser Auftrag ist als besonders dringend anzusehen ...

Und dann werden noch für die Krematorien IV und V ›drei gasdichte Türen ... genau nach den Ausmaßen und der Art der bisher gelieferten Türen‹ bestellt.

Nicht weit vom Hotel, Unter den Linden nach Norden, war eine Drogerie, die während der ganzen Nacht geöffnet hatte. Sie gehörte, wie alle Geschäfte, Deutschen, aber sie wurde von Rumänen betrieben – den einzigen Menschen, die arm genug waren, um bereit zu sein, zu solchen Stunden zu arbeiten. Sie war wie ein Basar vollgestopft mit Kochtöpfen, Paraffinheizöfen, Strümpfen, Babynahrung, Glückwunschkarten, Briefpapier, Spielzeug, Filmen … Sie machte unter Berlins anschwellender Bevölkerung von Gastarbeitern ausgezeichnete Geschäfte.

Sie kamen getrennt herein. An einem Tresen sprach Charlie mit der älteren weiblichen Bedienung, die prompt in einem dunklen Hinterzimmer verschwand und dann mit einer Auswahl von Flaschen zurückkam. An einem anderen kaufte März ein Schulheft, zwei Bogen Packpapier, zwei Bogen Geschenkpapier und eine Rolle Klarsichtklebeband.

Sie gingen hinaus und dann zwei Blocks weiter zum Bahnhof Friedrichstraße, wo sie die U-Bahn nach Süden bekamen. Der Wagen war vollgestopft mit der üblichen Samstagabendmenge – Liebespaare, die Händchen hielten, Familien, die vom Feuerwerk kamen, junge Männer auf Sauftour –, und niemand widmete ihnen, soweit März erkennen konnte, auch nur die geringste Aufmerksamkeit. Dennoch wartete er, bis die Türen begannen zuzuzischen, ehe er sie beim Arm packte, sie herauszerrte, zum Bahnsteig für Züge zum Bahnhof Tempelhof. Eine Zehnminutenfahrt mit einer Straßenbahn der Linie 35 brachte sie zum Flughafen.

Während des Ganzen sagte keiner ein Wort.

KRAKAU

18. 8. 43 *[handschriftlich]*

Mein lieber Kritzinger!

Hier ist die Aufstellung.

Auschwitz	50.02N	19.11 0
Kulmhof	53.20N	18.25 0
Belzec	50.12N	23.28 0
Treblinka	52.48 N	22.20 0

| Majdanek | 51.18 N | 22.31 0 |
| Sobibor | 51.33 N | 23.31 0 |

Heil Hitler!

gez.: Bühler (?)

Tempelhof war älter als der Flughafen Hermann-Göring – schäbiger, urtümlicher. Die Abflughalle war vor dem Krieg erbaut worden und mit Bildern aus den Kindertagen der Passagierluftfahrt geschmückt – alte Junkers der Lufthansa mit Rümpfen aus Wellblech, kühne Piloten mit Schutzbrille und Seidenschal, unerschrockene weibliche Reisende mit kräftigen Knöcheln und Glockenhüten. Tage der Unschuld! März bezog Stellung nahe beim Halleneingang und gab vor, sich diese Aufnahmen anzusehen, während Charlie zum Schalter für Mietwagen ging.

Sie lächelte und machte mit den Händen Gesten der Entschuldigung – und spielte vollendet die Dame in Schwierigkeiten. Sie habe die Maschine verpaßt, ihre Familie warte … Der Angestellte der Mietagentur war bezaubert und zog ein maschinegeschriebenes Blatt zu Rate. Einen Augenblick lang hing die Frage in der Schwebe, dann aber – ja, mein Fräulein, zufälligerweise *habe* er da etwas. Natürlich nur für jemanden mit so schönen Augen wie Sie … Ihren Führerschein, bitte …

Sie gab ihn ihm. Er war im Vorjahr auf den Namen Voss, Magda, Alter 24, aus Mariendorf, Berlin, ausgestellt worden. Es war die Fahrerlaubnis des Mädchens, das vor fünf Tagen an ihrem Hochzeitstag ermordet worden war – die Fahrerlaubnis, die Max Jäger in seinem Schreibtisch mit allen anderen Unterlagen über die Schießerei in Spandau hatte liegen lassen.

März sah weg und zwang sich, eine alte Luftaufnahme des Tempelhofer Flugfeldes zu studieren. BERLIN war da mit großen weißen Buchstaben auf die Rollbahn gemalt. Als er sich umsah, trug der Angestellte Einzelheiten aus dem Führerschein in den Mietvertrag ein und lachte über eines seiner eigenen Witzchen.

Als Strategie war das nicht ungefährlich. Am Morgen würde automatisch eine Kopie des Mietvertrages an die Polizei gehen, und selbst die Orpo würde sich wundern, warum sich eine ermordete Frau einen Wagen gemietet haben mochte. Aber morgen war Sonntag, und

Montag war Führers Geburtstag, und Dienstag – der früheste Tag, an dem die Orpo vermutlich die Finger aus ihren Ärschen ziehen würde – würden er und Charlie, hatte März sich überlegt, entweder in Sicherheit sein oder verhaftet oder tot.

Zehn Minuten später überreichte man ihr während eines letzten Austauschs von Lächeln die Schlüssel eines viertürigen schwarzen Opels, der 10 000 Kilometer auf dem Tacho hatte. Fünf Minuten danach traf März sie auf dem Parkplatz. Er gab ihr die Straßen an, während sie fuhr. Er sah sie zum ersten Mal hinter dem Lenkrad: eine weitere Seite von ihr. In dem geschäftigen Verkehr legte sie eine übertriebene Vorsicht an den Tag, die – das fühlte er – nicht natürlich war.

FAUSTSKIZZE DER ANLAGE VON MARTIN BÜHLER
[datiert 15. Juli 1943; handschriftlich 1 Seite]

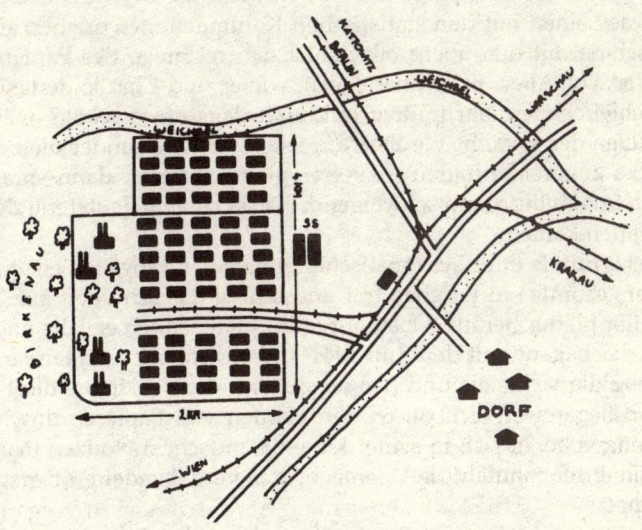

Die Empfangshalle des Prinz-Friedrich-Karl war verlassen: Die Gäste waren für den Abend ausgegangen. Als sie auf dem Weg zu den Treppen hindurchgingen, hielt die Empfangsdame ihren Kopf unten. Sie waren nur eine andere der kleinen Gaunereien von Herrn Brecker – und am besten wußte man davon nicht allzu viel.

Ihr Zimmer war nicht durchsucht worden. Die Baumwollfäden hingen noch dort, wo März sie eingeklemmt hatte: zwischen Tür und Türrahmen. Und als er im Innern Luthers Koffer unter dem Bett hervorzog, war das einzelne Haar immer noch durch das Schloß geschlungen.

Charlie stieg aus ihrem Kleid und legte sich ein Handtuch um die Schultern.

In dem Badezimmer am Ende des Ganges beleuchtete eine nackte Birne ein schmuddeliges Waschbecken. Eine Badewanne stand auf Zehenspitzen, auf Eisenklauen.

März ging ins Zimmer zurück und schloß sich ein, indem er erneut den Stuhl gegen die Tür stemmte. Er stapelte den Inhalt des Koffers auf dem Ankleidetischchen – die Karte, die unterschiedlichen Umschläge, die Protokolle und Denkschriften, die Berichte, einschließlich des einen mit den statistischen Kolumnen, geschrieben auf der Maschine mit den übergroßen Buchstaben. Einige der Papiere knisterten vor Alter. Er erinnerte sich, wie er und Charlie den sonnendurchleuchteten Nachmittag hindurch dagesessen hatten, während draußen der Verkehr vorüberrumpelte; wie sie einander die Beweisstücke zugereicht hatten – zuerst voller Erregung, dann sprachlos, dann ungläubig, dann schweigend, bis sie zu dem Beutel mit den Fotografien kamen.

Jetzt mußte er es systematischer angehen. Er zog sich einen Stuhl heran, räumte ein Eckchen frei und schlug das Schulheft auf. Er riß dreißig Blätter heraus. Oben auf jedes Blatt schrieb er Jahr und Monat, das begann mit dem Juli 1941 und endete mit dem Januar 1944. Er zog die Jacke aus und hängte sie über die Rücklehne des Stuhls. Dann begann er, sich durch den Haufen von Papieren durchzuarbeiten, wobei er sich in seiner klaren Handschrift Notizen machte.

Ein Eisenbahnfahrplan, schlecht auf vergilbendem Kriegspapier getippt:

Tag	Zug	Nr.	Von	ab	nach	an
26.1.	Da	105	Theresienstadt		Auschwitz	
27.1.	Lp	106	Auschwitz		Theresienstadt	
29.1.	Da	13	Berlin Mob	17.20	Auschwitz	10.48
	Da	107	Theresienstadt		Auschwitz	

30.1.	Lp	108	Auschwitz		Theresienstadt	
31.1.	Lp	14	Auschwitz		Zamocz	
1.2.	Da	109	Theresienstadt		Auschwitz	
2.2.	Da	15	Berlin Mob	17.20	Auschwitz	10.48
	Lp	110	Auschwitz		Myslowitz	
3.2.	Po	65	Zamocz	11.00	Auschwitz	
4.2.	Lp	16	Auschwitz		Litzmannstadt	

… und so weiter, bis in der zweiten Februarwoche eine neue Endstation auftauchte. Jetzt aber waren fast alle Zeiten bis auf die Minute ausgearbeitet:

11.2	Pj	131	Bialystok	9.00	Treblinka	12.10
	Lp	132	Treblinka	21.18	Bialystok	1.03
12.2	Pj	133	Bialystok	9.00	Treblinka	12.10
	Lp	134	Treblinka	21.18	Grodno	
13.2	Pj	135	Bialystok	9.00	Treblinka	12.10
	Lp	136	Treblinka	21.18	Bialystok	1.30
14.2	Pj	163	Grodno	5.40	Treblinka	12.10
	Lp	164	Treblinka		Scharfenwiese	

… und so weiter, bis zum Monatsende.

Eine rostige Papierklammer hatte die Ecke des Fahrplans fleckig gemacht. Mit ihr war ein Telegrammbrief der Deutschen Reichsbahn, Generalbetriebsleitung Ost, angeheftet, datiert zu Berlin am 16.1.1943. Zunächst die Empfänger:

An die Reichsbahndirektionen
- Berlin, Breslau, Dresden, Erfurt, Frankfurt, Halle (S), Karlsruhe, Königsberg (Pr), Linz, Mainz, Oppeln, Osten in Frankfurt (O), Posen, Wien
- Generaldirektion der Ostbahn in Krakau
- Reichsprotektor, Gruppe Eisenbahnen in Prag
- Generalverkehrsdirektion Warschau
- Reichsverkehrsdirektion Minsk
- nachrichtlich GBL Süd München, GBL West Essen,
    – je besonders 3 x –

Dann der Text:

> Betr.: Sdz für Umsiedler in der Zeit
> vom 20.1. bis 28.2.1943
> Wir übersenden eine Zusammenstellung der am 15.1.43 in Berlin vereinbarten Sonderzüge für Umsiedler (Vd, RM, Po, Pj u Da) in der Zeit vom 20.1. bis 28.2.43 und einen Umlaufplan für die zur Bedienung dieser Züge zu verwendenden Wagenzüge.
> Die Zugbildung ist bei jeden Umlauf angegeben und zu beachten. Nach jeder Vollfahrt sind die Wagen gut zu reinigen, erforderlichenfalls zu entwesen und nach Beendigung des Programms zum weiteren Einsatz bereitzustellen. Zahl und Gattung der Wagen sind beim Auslauf des letzten Zuges festzustellen, und fernmündlich mitzuteilen und mit Dienstkarte zu bestätigen.
> gez Dr.Jacobi

März blätterte zum Fahrplan zurück und las ihn erneut durch. Theresienstadt/Auschwitz, Auschwitz/Theresienstadt, Bialystok/Treblinka, Treblinka/Bialystok: Die Silben dröhnten in seinem müden Hirn wie der Rhythmus der Räder auf den Eisenbahngleisen.

Er fuhr mit dem Finger die Zahlenkolonnen entlang und versuchte, die Botschaft hinter ihnen zu entziffern. Also: In der polnischen Stadt Bialystok wird zur Frühstückszeit ein Zug beladen. Zur Zeit des Mittagessens erreicht er seine Hölle Treblinka. (Nicht alle Fahrten waren so kurz – ihn schauderte bei dem Gedanken an die 17 Stunden von Berlin nach Auschwitz.) Nachmittags wird er in Treblinka entladen und ausgeräuchert. Um 9 Uhr abends kehrt er nach Bialystok zurück, kommt dort in den frühen Morgenstunden an und kann zur Frühstückszeit wieder beladen werden.

Am 12. Februar verändert sich das Muster. Statt ihn nach Bialystok zurückzufahren wird der leere Zug nach Grodno geschickt. Nach zwei Tagen auf den Abstellgleisen dort wird der Zug – in der Dunkelheit lange vor der Dämmerung – erneut vollbeladen zurück nach Treblinka gefahren. Er kommt zur Zeit des Mittagessens an. Wird entladen. Und beginnt noch am gleichen Abend, zurück nach Westen zu rattern, diesmal nach Scharfenwiese.

Was konnte ein Fahnder der Berliner Kriminalpolizei sonst noch aus diesem Dokument folgern?

Er konnte Zahlen folgern. Sagen wir: 60 Menschen pro Wagen bei durchschnittlich 60 Wagen pro Zug 3600 Menschen pro Transport.

Im Februar liefen die Züge im Rhythmus von 1 pro Tag. Folgerung: 25 000 Menschen pro Woche; 100 000 Menschen pro Monat; 1 250 000 Menschen pro Jahr. Und das war der Durchschnitt, den man im tiefen mitteleuropäischen Winter erreichte, wenn die Weichen einfrieren und Schneeverwehungen die Gleise blockieren und Partisanen aus den Wäldern wie Gespenster auftauchen, um ihre Minen zu legen.

Folgerung: Die Zahlen dürften im Frühling und im Sommer noch höher sein.

Er stand in der Badezimmertür. Charlie in schwarzem Slip wandte ihm den Rücken zu und beugte sich über das Waschbecken. Mit den nassen Haaren sah sie schmaler aus; fast zerbrechlich. Die Muskeln in ihren blassen Schultern spannten sich, während sie sich die Kopfhaut massierte. Sie spülte ihr Haar ein letztes Mal durch und streckte die Hand blindlings hinter sich. Er gab ihr ein Handtuch.

Auf dem Rand der Badewanne hatte sie eine Reihe von Gegenständen aufgebaut – ein Paar grüner Gummihandschuhe, eine Bürste, eine Schale, einen Löffel, zwei Flaschen. März nahm die Flaschen und studierte ihre Etiketten. Die eine enthielt eine Mischung aus Magnesiumkarbonat und Sodiumazetat, die andere eine 20%ige Lösung aus Wasserstoffsuperoxid. Neben dem Spiegel über dem Becken hatte sie den Paß des Mädchens aufgeschlagen hingelegt. Magda Voss sah März mit weiten und unbeschwerten Augen an.

»Bist du sicher, daß das klappt?«

Charlie wickelte sich das Handtuch wie einen Turban um ihren Kopf. »Zuerst werde ich rot. Dann orangefarben. Dann weißblond.« Sie nahm ihm die Flaschen ab. »Ich war ein fünfzehnjähriges Schulmädchen und schwärmte für Jean Harlow. Meine Mutter wurde verrückt. Vertrau mir.«

Sie zwängte ihre Hände in die Gummihandschuhe und maß die Chemikalien in die Schale ab. Mit dem Löffel begann sie, daraus eine dicke blaue Paste zu mischen.

GEHEIME REICHSSACHE. KONFERENZPROTOKOLL. 30 KOPIEN. KOPIE NR ...

[Die Zahl war ausradiert worden.]

I. An der am 20. I. 1942 in Berlin, Am Großen Wannsee Nr. 56/58 stattgefundenen Besprechung über die Endlösung der Judenfragen nahmen teil: ...

März hatte das Protokoll an diesem Nachmittag zweimal gelesen. Dennoch zwang er sich, sich noch einmal in die Seiten reinzuknien. Unter III. stand: ›Im Zuge dieser Endlösung der europäischen Judenfrage kommen rund 11 Millionen Juden in Betracht ...‹ Nicht nur deutsche Juden. Das Protokoll führte über 30 europäische Nationalitäten auf, darunter französische Juden (865 000), niederländische Juden (160 000), polnische Juden (2 284 000), ukrainische Juden (2 994 684); da gab es die englischen, spanischen, irischen, schwedischen und finnischen Juden, die Konferenz hatte sich sogar Zeit für die albanischen Juden genommen (200). Und:

> Unter entsprechender Leitung sollen nun im Zuge der Endlösung die Juden in geeigneter Weise im Osten zum Arbeitseinsatz kommen. In großen Arbeitskolonnen, unter Trennung der Geschlechter, werden die arbeitsfähigen Juden straßenbauend in diese Gebiete geführt, wobei zweifellos ein Großteil durch natürliche Verminderung ausfallen wird.
>
> Der allfällig endlich verbleibende Restbestand wird, da es sich bei diesen zweifellos um den widerstandsfähigsten Teil handelt, entsprechend behandelt werden müssen, da dieser, eine natürliche Auslese darstellend, bei Freilassung als Keimzelle eines neuen jüdischen Aufbaus anzusehen ist. (Siehe die Erfahrung der Geschichte.)
>
> Im Zuge der praktischen Durchführung der Endlösung wird Europa von Westen nach Osten durchgekämmt.

›*Unter entsprechender Leitung ... in geeigneter Weise ... den widerstandsfähigsten Teil entsprechend behandelt werden ...*‹ ›Entsprechend, entsprechend.‹ Das Lieblingswort im Bürokratenlexikon – das Schmierfett, darauf um Unerfreuliches herumzuglitschen, das Schlupfloch, um Präzisierungen zu vermeiden.

März entfaltete einen Satz grober Fotokopien. Es schien sich um Kopien des ursprünglichen Entwurfs vom Protokoll der Wannseekonferenz zu handeln, zusammengestellt vom SS-Standartenführer Eichmann aus dem Reichssicherheitshauptamt. Es war ein getipptes Dokument, voller Ergänzungen und ärgerlicher Ausstreichungen in einer sauberen Handschrift, die März inzwischen als die von Reinhard Heydrich zu erkennen gelernt hatte.

Eichmann hatte zum Beispiel geschrieben:

> Schließlich wurde Obergruppenführer Heydrich nach den praktischen Schwierigkeiten gefragt, die sich bei der Verarbeitung so großer Zahlen ergaben. Der Obergruppenführer stellte fest, daß unterschiedliche Methoden zum Einsatz gekommen sind. Erschießen müsse aus den verschiedensten Gründen als unangemessene Lösung angesehen werden. Die Arbeit sei langsam. Die Abschirmungsmöglichkeiten seien schlecht, mit dem daraus entstehenden Risiko einer Panik unter denen, die die Sonderbehandlung erwarten. Auch habe man festgestellt, daß diese Methode eine schädliche Wirkung auf unsere Männer hat. Er forderte Sturmbannführer Dr. Rudolf Lange (KdS Lettland) auf, einen Augenzeugenbericht zu geben.
>
> Sturmbannführer Lange berichtete, daß kürzlich drei Methoden zum Einsatz gekommen seien, die Vergleichsmöglichkeiten bieten. Am 3o. November habe man 1000 Berliner Juden in einem Wald bei Riga erschossen. Am 8. Dezember hätten seine Männer eine Sonderbehandlung mit Gas-LKWs in Kulmhof organisiert. In der Zwischenzeit habe man seit Oktober im Lager Auschwitz Versuche an russischen Gefangenen und polnischen Juden mit Zyklon B durchgeführt. Hierbei seien die Ergebnisse sowohl vom Gesichtspunkt der Kapazität wie auch dem der Sicherung besonders vielversprechend gewesen.

Daneben hatte Heydrich an den Rand geschrieben ›Nein!‹ März überprüfte das in der Schlußversion des Protokolls. Dieser ganze Konferenzabschnitt war in einen einzigen Satz zusammengefaßt worden:

> Abschließend wurden die verschiedenen Arten der Lösungsmöglichkeiten besprochen.

Auf solche Weise gereinigt war das Protokoll für die Archive geeignet.

März kritzelte weitere Notizen: Oktober, November, Dezember 1941. Langsam füllten sich die leeren Blätter. Im gedämpften Licht des Dachzimmers entwickelte sich ein Bild: Verbindungen, Strategien, Ursachen und Wirkungen ... Er schlug die Beiträge Luthers, Stuckarts und Bühlers zur Wannseekonferenz nach. Luther sah Probleme ›in den nordischen Staaten‹ voraus, aber ›keine größeren Probleme im südöstlichen und westlichen Europa‹, Stuckart, als er nach Personen mit nur einem jüdischen Großelter gefragt wurde, ›schlug vor, zwangsweise Sterilisation anzuwenden‹. Bühler kroch charakteristischerweise vor Heydrich: ›Er bat nur um eine Vergünstigung – daß die jüdische Frage im Generalgouvernement so schnell wie möglich gelöst werde.‹

Er unterbrach für fünf Minuten, um eine Zigarette zu rauchen, durch den Gang zu wandern, seine Papiere zu sortieren: ein Schauspieler, der seinen Text lernt. Aus dem Badezimmer: das Geräusch laufenden Wassers. Aus dem übrigen Hotel: nichts außer Knarren in der Dunkelheit wie bei einer Galeone vor Anker.

6

NOTIZEN ÜBER EINEN BESUCH IN AUSCHWITZ-BIRKENAU VON
MARTIN LUTHER,
UNTERSTAATSSEKRETÄR, REICHSMINISTERIUM
FÜR AUSWÄRTIGE
ANGELEGENHEITEN

[handschriftlich; 11 Seiten]

14. Juli 1943

Endlich wird mir nach fast einem Jahr wiederholter Ersuchen die Erlaubnis erteilt, für das Außenministerium eine volle Besichtigung des Lagers Auschwitz-Birkenau durchzuführen.

Ich lande von Berlin kommend auf dem Flugfeld Krakau kurz vor Sonnenuntergang und verbringe den Abend mit Generalgouverneur Hans Frank, Staatssekretär Josef Bühler und ihrem Stab im Wawel. Morgen früh soll ich bei Dämmerung vom Schloß abgeholt und ins Lager gefahren werden (Fahrzeit: etwa 1 Stunde), wo mich der Kommandant mit Rudolf Höß empfangen soll.

15. Juli 1943.

Das Lager. Mein erster Eindruck ist der von der schieren Größe der Anlage, die nach Höß fast 2 X 4 km mißt. Die Erde ist gelber Lehm, ähnlich dem in Ostschlesien – eine einödhafte Landschaft, ab und zu von grünen Baumdickichten unterbrochen. Im Inneren des Lagers erstrecken sich weit über meine Sicht hinaus Hunderte von Holzbaracken, deren Dächer mit grüner Teerpappe gedeckt sind. In der Entfernung sehe ich, wie sich zwischen ihnen kleine Gruppen von Häftlingen in blau-weiß gestreifter Kleidung bewegen – die einen tragen Bretter, andere Schaufeln und Hacken; ein paar verladen große Kisten auf LKWs. Ein Geruch hängt über der Stätte.

Ich danke Höß, daß er mich empfängt. Er erklärt die Verwaltungsstruktur. Dieses Lager untersteht der Jurisdiktion des SS-Wirtschaftsverwaltungs-Hauptamt. Die anderen im Bezirk Lublin unterstehen der Kontrolle von SS-Obergruppenführer Odilo Globocznik. Leider verhindert seine Arbeitslast Höß daran, mich persönlich durchs Lager zu führen, und deshalb übergibt er mich der Fürsorge eines jungen Untersturmführers, Weidemann. Er weist Weidemann aber an, sicherzustellen, daß mir alles gezeigt wird und daß alle meine Fragen vollständig beantwortet werden. Wir beginnen mit einem Frühstück in der SS-Unterkunft.

Nach dem Frühstück: wir fahren in den südlichen Abschnitt des Lagers. Hier: ein Abstellgleis von etwa 1,5 km Länge. Auf beiden Seiten: Stacheldraht an Betonpfeilern und hölzerne Wachtürme mit MG-Nestern. Es ist schon heiß. Hier ist der Geruch schlimm, Millionen Fliegen summen umher. Nach Westen erhebt sich über den Bäumen ein viereckiger Fabrikschlot aus roten Ziegeln, dem Rauch entquillt.

7.40 Uhr: der Bereich um die Eisenbahngleise beginnt, sich mit SS-Männern zu füllen, manche mit Hunden und mit Sonderhäftlingen, die abgestellt sind, ihnen zu helfen. In der Ferne hören wir das Pfeifen des Zuges. Ein paar Minuten später: die Lokomotive zieht langsam durch die Einfahrt, ihr Dampfablassen wirft Wolken aus gelbem Staub hoch. Er kommt vor uns zum Stehen. Die Tore schließen sich hinter ihm. Weidemann: »Das ist ein Transport von Juden aus Frankreich.«

Ich schätze die Länge des Zuges auf rund 60 Güterwagen mit hohen Holzwänden. Die Männer und die Sonderhäftlinge scharen sich zusammen. Die Türen werden entriegelt und aufgeschoben. Entlang des Zuges werden die gleichen Worte gebrüllt: »Alles raus! Nehmt das Handgepäck mit! Das große Gepäck bleibt in den Wagen!« Die Männer kommen zuerst heraus, vom Licht geblendet, springen auf die Erde – 1,5 m – und drehen sich dann um, um ihren Frauen und Kindern und den Älteren zu helfen und das Gepäck entgegenzunehmen.

Der Zustand der Deportierten: erbärmlich – dreckig, verstaubt, halten Schalen und Becher und weisen auf ihre Münder und weinen vor Durst. Hinter ihnen liegen in den Wagen die Toten und die, die zu krank sind, sich zu bewegen – Weidemann sagt, ihre Reise hat vor 4 Tagen begonnen. SS-Wachmannschaften zwingen die Gehfähigen in zwei Reihen. Wenn die Familien getrennt werden, schreien sie einander zu. Mit vielen Gesten und Rufen marschieren die Reihen in verschiedene Richtungen ab. Diejenigen, die in gutem körperlichen Zustand sind, marschieren zum Arbeitslager. Die anderen ziehen auf den Baumschleier zu, Weidemann und ich folgen ihnen. Als ich zurückblicke, sehe ich, wie die Häftlinge in ihrer gestreiften Kleidung in die Güterwagen klettern und das Gepäck und die Leichen herauszerren.

8.30 Uhr: Weidemann schätzt die Größe der Kolonne auf nahezu 2000: Frauen, die Säuglinge tragen, und Kinder, die sich an ihren Röcken festhalten; alte Männer und Frauen; Heranwachsende; Kranke; Verrückte. Sie gehen zu fünft nebeneinander einen Schlackenweg von 3oo Metern hinunter, durch einen Hof, dann über einen anderen Weg, an dessen Ende 12 Betonstufen in eine ungeheure unterirdische Kammer führen, 100 Meter lang. Ein Schild gibt in verschiedenen Sprachen (Deutsch, Französisch, Griechisch, Ungarisch) bekannt: ›Bäder und Desinfektionsraum‹. Er ist hell erleuchtet, mit Dutzenden von Bänken und Hunderten von numerierten Haken.

Die Wachen brüllen: »Alles ausziehen! Ihr habt 10 Minuten!« Die Leute zögern, sehen sich gegenseitig an. Der Befehl wird wiederholt, schärfer, u. dieses Mal befolgen sie ihn zögernd, aber ruhig. »Merkt euch eure Hakennummer, damit ihr eure Kleider wiederfindet!« Die Vertrauenshäftlinge aus dem Lager bewegen sich zwischen ihnen, flüstern Ermutigungen, helfen den Schwachen und Geistesschwachen, sich auszuziehen. Einige Mütter versuchen, ihre Säuglinge in den Haufen abgelegter Kleider zu verstecken, aber die Kinder werden rasch entdeckt.

9.05 Uhr: Nackt schiebt sich die Menge durch weite Eichentüren, die von Wachtposten flankiert werden, in einen zweiten Raum, der so groß ist wie der erste, aber vollständig leer, abgesehen von vier dicken viereckigen Säulen in Abständen von 20 Metern, die die Decke tragen. Am

Fuß einer jeden Säule befindet sich ein Metallgitter. Nachdem die Kammer gefüllt ist, schwingen die Türen zu. Weidemann winkt. Ich folge ihm durch den leeren Ausziehraum die Betonstufen hinauf an die Luft. Ich kann das Geräusch eines Automotors hören.

Über das Gras, das die Decke der Anlage bedeckt, holpert ein kleiner LKW mit dem Rot-Kreuz-Zeichen. Er hält an. Ein SS-Offizier und ein Arzt steigen aus, die Gasmasken tragen u. vier Metallkanister. Vier gedrungene Betonrohre ragen in Abständen von 20 Metern aus dem Gras hervor. Der Arzt u. der SS-Mann heben die Deckel von den Rohren u. kippen eine veilchenfarbene gekörnte Substanz hinein. Sie nehmen die Masken ab und zünden sich im Sonnenschein Zigaretten an.

9.09 Uhr: Weidemann führt mich die Stufen hinab zurück. Das einzige Geräusch ist ein gedämpftes Trommeln, das vom anderen Ende des Raumes kommt, von jenseits der Koffer u. der Haufen noch warmer Kleidung. Eine kleine Glasscheibe ist in die Eichentür eingelassen. Ich lege mein Auge an sie. Die Handfläche eines Mannes schlägt gegen die Öffnung, und ich fahre mit dem Kopf zurück.

Da sagt einer der Wachposten: »Das Wasser im Duschraum muß heute besonders heiß sein, weil sie so laut schreien.«

Draußen sagt Weidemann: Jetzt müssen wir 20 Minuten warten. Ob ich Kanada besuchen möchte? Ich frage: was? Er lacht: »Kanada« – einen bestimmten Lagerabschnitt. Warum Kanada? Er zuckt die Achseln: niemand weiß es.

Kanada. 1 km nördlich der Gaskammer. Ein großer rechteckiger Hof, Wachtürme in den Ecken u. von Stacheldraht umgeben. Berge von Sachen – Schrankkoffer, Rucksäcke, Koffer, Seesäcke, Pakete; Decken; Kinderwagen, Rollstühle, Prothesen; Bürsten, Kämme. Weidemann: Zahlen für den RF-SS über die kürzlich ins Reich geschickten Sachen – Männerhemden 132 000, Frauenkleider 155 000, Frauenhaar 3000 kg (›ein Güterwagen‹), Knabenjacken 15 000, Mädchenkleider 9000, Taschentücher 135 000. Ich bekomme eine wunderbar gearbeitete Arzttasche als Souvenir – Weidemann besteht darauf.

9.31 Uhr: zurück in der unterirdischen Anlage. Lautes elektrisches Summen erfüllt die Luft – das patentierte Exhalator-System, zum Absaugen von Gas. Türen auf. Die Leichen stapeln sich an einem Ende *(unleserlich)* Beine von Exkrementen und Menstrualblut verschmiert; Biß- u. Kratzspuren. Jüdisches Sonderkommando kommt, um Leichen herabzuziehen, trägt Gummistiefel, Schürzen, Gasmasken (laut W. bleiben Gastaschen auf Bodenhöhe bis zu 2 Stunden hängen). Leichen glitschig. Man benutzt Stricke um Gelenke, um sie zu vier doppeltürigen Aufzügen zu ziehen. Kapazität je: 25 *(unleserlich)* Glocke läutet, steigen eine Etage hoch zu …

10.02 Uhr: Verbrennungsraum. Erstickend heiß: 15 Öfen arbeiten mit voller Hitze. Lautes Geräusch: Dieselmotoren fachen Flammen an. Leichen aus Aufzug auf Transportband geladen (Metallrollen). Blut usw. in Betonabfluß. Barbiere auf beiden Seiten rasieren Köpfe. Haar in Säcke gesammelt. Ringe, Halsketten, Armbänder usw. in Metallkisten geworfen. Zuletzt: Zahnmannschaft – 8 Männer mit Brecheisen u. Zangen – entfernt Gold (Zähne, Brücken, Füllungen). W. gibt mir Dose aus Gold, um Gewicht zu prüfen: sehr schwer. Leichen von metallenen Schiebkarren in Brennöfen gekippt.

Weidemann: 4 solcher Gaskammer/Krematorium-Anlagen im Lager. Gesamtkapazität je: 2000 Leichen pro Tag = 8000 insgesamt. Von jüdischen Arbeitern betrieben, die alle 2-3 Monate ausgetauscht werden. Operation trägt sich so selbst; das Geheimnis versiegelt sich selbst. Größte Geheimhaltungskopfschmerzen – Gestank aus den Schloten u. Flammen bei Nacht, sichtbar über viele Kilometer, besonders für Truppentransportzüge, die auf der Hauptstrecke nach Osten fahren.

März überprüfte die Daten. Luther hatte Auschwitz am 15. Juli besucht. Am 17. Juli hatte Bühler die geographischen Örter der sechs Lager an Kritzinger von der Reichskanzlei übermittelt. Am 9. August war die letzte Niederlegung in der Schweiz erfolgt. Im gleichen Jahr hatte Luther nach Angaben seiner Frau einen Zusammenbruch erlitten.

Er machte sich eine Notiz. Kritzinger war der vierte Mann. Sein Name tauchte überall auf. Er verglich mit Bühlers Taschenkalender. Auch die Daten paßten. Ein weiteres Geheimnis gelöst.

Seine Feder glitt übers Papier. Er war fast am Ende. Etwas Kleines; es war während des Nachmittags unbemerkt durchgeschlüpft; eines von einem guten Dutzend Papieren, die durcheinander in einen angerissenen Hefter gestopft worden waren. Es war ein Rundschreiben von SS-Obergruppenführer Richard Glücks, dem Chef der Amtsgruppe D des SS-Wirtschafts-Verwaltungshauptamts im Konzentrationslager Oranienburg. Es war vom 6. August 1942 datiert und an die Kommandanten der 16 Stamm-KLs gerichtet.

Betrifft: Verwertung der abgeschnittenen Haare.

Der Chef des SS-Wirtschafts-Verwaltungshauptamtes, SS-Obergruppenführer Pohl, hat auf Vortrag angeordnet, daß das in allen KL anfallende Menschenschnitthaar der Verwertung zugeführt wird. Menschenhaare werden zu Industriefilzen verarbeitet und zu Garn versponnen. Aus ausgekämmten und abgeschnittenen Frauenhaaren werden Haargarnfüßlinge für U-Boot-Besatzungen und Haarfilzstrümpfe für die Reichsbahn angefertigt.

Es wird daher angeordnet, daß das anfallende Haar weiblicher Häftlinge nach Desinfektion aufzubewahren ist. Schnitthaar von männlichen Häftlingen kann nur von einer Länge von 20 mm an Verwertung finden.

...

Die Mengen der monatlich gesammelten Haare, getrennt nach Frauen- und Männerhaaren, sind jeweils zum 5. eines jeden Monats, erstmalig zum 5. September 1942, nach hier zu melden.

gez. Glücks, SS-Brigadeführer und Generalmajor der Waffen-SS.

Er las es noch einmal: ›*U-Boot-Besatzungen ...*‹

»Eins. Zwei. Drei. Vier. Fünf ...« März lag unter Wasser, hielt den Atem an und zählte. Er lauschte auf die gedämpften Geräusche und sah Muster wie Algenketten an sich vorbei in die Dunkelheit treiben. »Vierzehn. Fünfzehn. Sechzehn ...« Mit Gebrüll tauchte er aus dem Wasser empor, schlang Luft ein, strömte von Wasser. Er füllte seine Lungen noch einige Male, nahm dann einen mächtigen Schluck Sauerstoff, und tauchte erneut weg. Dieses Mal schaffte er es bis fünfundzwanzig, ehe ihm der Atem explodierte und er hochbrach und Wasser auf den Boden des Badezimmers überschwappen ließ.

Würde er je noch einmal sauber werden?

Danach lag er da, die Arme baumelten über die Ränder der Wanne, sein Kopf war zurückgeworfen, und er starrte an die Decke wie ein Ertrunkener.

TEIL VI

SONNTAG, 19. APRIL 1964

Wie immer dieser Krieg auch enden mag, wir haben den Krieg gegen euch gewonnen; von euch wird niemand übrigbleiben, um Zeugnis abzulegen, aber selbst wenn jemand übrigbleiben sollte, würde die Welt ihm nicht glauben. Es wird vielleicht Verdacht geben, Diskussionen, Untersuchungen von Historikern, aber es wird keine Gewißheit geben, denn wir werden die Beweise zusammen mit euch zerstören. Und selbst wenn einige Beweise übrigbleiben und einige von euch überleben sollten, werden die Leute doch sagen, daß die Vorgänge, die ihr beschreibt, viel zu monströs sind, um glaubhaft zu sein: Sie werden sagen, daß das Übertreibungen der alliierten Propaganda sind und uns glauben, die wir alles abstreiten werden, und nicht euch. Wir werden die Geschichte der Lager diktieren.

Ein SS-Offizier, nach Primo Levi, ›Die Atempause‹

1

Im Juli 1953, als Xaver März gerade dreißig war und seine Arbeit aus kaum mehr bestand als der Verhaftung von Huren und Zuhältern im Hamburger Hafen, hatten er und Klara Ferien gemacht. Sie waren in Freiburg am Fuße des Schwarzwalds angekommen, waren entlang des Rheins nach Süden gefahren und dann in seinem zerbeulten KdF-Auto ostwärts zum Bodensee und hatten in einem der kleinen Hotels am See während eines regnerischen Nachmittags, als ein Regenbogen sich über den Himmel wölbte, die Saat gelegt, die sich zu Paule entwickelte.

Er konnte den Ort immer noch vor sich sehen: der schmiedeeiserne Balkon, drüben das Rheintal, durch dessen weites Wasser sich die Flußkähne langsam dahinbewegten; die Steinmauern der alten Stadt, die kühle Kirche; Klaras Rock, von der Hüfte bis zu den Knöcheln, sonnenblumengelb.

Und da gab es etwas, das er immer noch sehen konnte: einen Kilometer flußab, den Abgrund zwischen Deutschland und der Schweiz überspannend – das Glitzern einer stählernen Brücke.

Vergiß den Versuch, durch die Luft- oder die Seehäfen zu entkommen: Die werden ebenso dicht überwacht und bewacht wie die Reichskanzlei. Vergiß die Grenzübergänge nach Frankreich, Belgien, Holland, Dänemark, Ungarn, Jugoslawien, Italien – das hieße lediglich, die Mauern des einen Gefängnisses zu überklettern, um in den Freihof eines anderen zu fallen. Vergiß den Postweg, um die Dokumente aus dem Reich hinauszuschaffen: Es werden zu viele Päckchen routinemäßig durch die Post geöffnet, als daß das sicher wäre. Vergiß es, das Material einem der anderen Korrespondenten in Berlin zu geben: Zum einen sähen die sich dann denselben Problemen gegenüber, und zum andern waren sie nach Charlies Worten so vertrauenswürdig wie Klapperschlangen.

Die Schweizer Grenze bot die beste Hoffnung; die Brücke winkte.

Jetzt versteck es. Versteck es alles.

Er kniete auf dem abgewetzten Teppich und breitete einen einzelnen Bogen braunen Packpapiers aus. Er machte einen sauberen Stapel aus den Dokumenten und klopfte ihre Ränder gerade. Aus seiner Brieftasche nahm er die Fotografie der Familie Weiß. Er starrte sie einen Augenblick lang an und füge sie dann zu dem Stapel. Er umwickelte das Ganze straff mit dem Papier und umwickelte es dann noch mit dem Klarsichtklebeband, bis das Päckchen sich so fest anfühlte wie ein Stück Holz.

Er saß da mit einem länglichen Päckchen, zehn Zentimeter dick das auf Druck nicht nachgab und dem Auge nichts verriet.

Er atmete auf. Das war schon besser.

Er fügte eine weitere Schicht hinzu, diesmal aus Geschenkpapier. Goldene Buchstaben riefen ALLES GUTE! und VIEL GLÜCK!, und die Wörter schlängelten sich wie Banner zwischen Ballons und Champagnerkorken hinter einer lächelnden Braut und ihrem Bräutigam.

Von Berlin nach Nürnberg über die Autobahn: 500 Kilometer. Von Nürnberg nach Stuttgart über die Autobahn: 150 Kilometer. Von Stuttgart aus schlängelte sich die Straße durch die Täler und Wälder Württembergs nach Waldshut am Rhein: noch mal 150 Kilometer. Insgesamt 800 Kilometer.

»Wieviel Meilen sind das?«

»500. Glaubst du, daß du das schaffst?«

»Natürlich. Zwölf Stunden, vielleicht weniger.« Sie hockte auf dem Rand des Bettes und lehnte sich aufmerksam nach vorne. Sie trug zwei Handtücher, das eine um ihren Körper, das andere als Turban um ihren Kopf.

»Nicht hetzen – du hast vierundzwanzig. Sobald du glaubst, daß du eine sichere Entfernung zwischen dich und Berlin gelegt hast, ruf das Hotel Bellevue in Waldshut an und bestell ein Zimmer – es ist keine Saison, also dürfte das keine Schwierigkeit machen.«

»Hotel Bellevue. Waldshut.« Sie nickte langsam, als sie es auswendig lernte. »Und du?«

»Ich komm ein paar Stunden später nach. Ich will versuchen, gegen Mitternacht bei dir im Hotel zu sein.«

Er konnte sehen, daß sie ihm nicht glaubte. Er machte rasch weiter: »Wenn du bereit bist, das Risiko einzugehen, dann solltest du die Papiere mitnehmen, und auch das ...« Aus seiner Tasche zog er den anderen gestohlenen Reisepaß. Paul Hahn, SS-Sturmbannführer, geboren in Köln am 16. August 1925. Er war drei Jahre jünger als März, und man sah es ihm an.

Sie sagte: »Warum behältst du den nicht selbst?«

»Wenn ich verhaftet und durchsucht werde, werden sie ihn finden. Dann wissen sie auch, welche Identität du benutzt.«

»Du hast überhaupt nicht die Absicht zu kommen.«

»Ich habe jede Absicht zu kommen.«

»Du denkst, du bist erledigt.«

»Stimmt nicht. Aber meine Chancen, 800 Kilometer zu fahren, ohne entdeckt zu werden, sind geringer als deine. Das mußt du doch begreifen. Deshalb müssen wir getrennt fahren.«

Sie schüttelte den Kopf. Er kam und setzte sich neben sie und streichelte ihre Wange und drehte ihr Gesicht zu seinem. »Hör zu. Du sollst auf mich warten – hör zu! –, warte auf mich im Hotel bis 8.30 Uhr morgen früh. Wenn ich bis dahin nicht eingetroffen bin, mußt du ohne mich fahren. Warte dann nicht länger, denn das ist nicht mehr sicher.«

»Warum 8.30 Uhr?«

»Du mußt versuchen, die Grenze möglichst gegen 9 Uhr zu überqueren.« Ihre Wangen waren feucht. Er küßte sie. Er redete weiter. Sie mußte das begreifen. »9 Uhr ist die Stunde, zu der der geliebte Vater des deutschen Volkes die Reichskanzlei verläßt, um zur Großen Halle zu fahren. Seit Monaten hat man ihn nicht mehr gesehen – das ist ihre Art, Spannung aufzubauen. Du kannst sicher sein, daß die Grenzposten ein Radio in ihrem Postenhaus haben und zuhören. Wenn es überhaupt eine Zeit gibt, zu der sie dich noch am ehesten einfach durchwinken, dann ist es diese.«

Sie stand da und wickelte sich den Turban ab. Im schwachen Licht des Dachzimmers schimmerte ihr Haar weiß.

Sie ließ das zweite Handtuch fallen.

Helle Haut, weißes Haar, dunkle Augen. Ein Geist. Er mußte sich versichern, daß sie wirklich war, daß sie beide lebendig waren. Er streckte die Hand aus und berührte sie.

Sie lagen umschlungen auf dem kleinen Holzbett, und sie flüsterte ihm ihre Zukunft zu. Ihr Flug würde morgen am frühen Abend auf dem New Yorker Flughafen Idlewild landen. Dann würden sie sofort zum Gebäude der ›New York Times‹ gehen. Dort gab es einen Redakteur, den sie kannte. Als erstes mußte man Kopien ziehen – mindestens ein Dutzend – und dann so viel wie möglich so schnell wie möglich gedruckt bekommen. Dafür war die ›Times‹ wie geschaffen.

»Und was, wenn sie es nicht drucken wollen?« Der Gedanke an Menschen, die druckten, was immer sie wollten, war für ihn schwer faßbar.

»Gott, wenn die das nicht drucken, stell ich mich wie einer der Verrückten, deren Romane nicht gedruckt werden, in die Fifth Avenue und verteil Kopien an die Passanten. Aber mach dir keine Sorgen – die werden das drucken, und wir werden die Geschichte verändern.«

»Aber glaubt uns irgendwer?« Der Zweifel war in ihm gewachsen, seit sie den Koffer geöffnet hatten. »Ist das nicht zu unglaubwürdig?«

Nein, sagte sie mit großer Gewißheit, denn jetzt hätten sie Tatsachen, und Tatsachen veränderten alles. Ohne die habe man nichts, eine gähnende Leere. Aber leg Tatsachen vor – bring ihnen Namen, Daten, Befehle, Zahlen, Zeittafeln, Ortsangaben, Kartenhinweise, Programme, Fotos, Diagramme, Beschreibungen – und plötzlich besitzt die Leere eine Geometrie, wird der Vermessung zugänglich, ist zu einem festen Gegenstand geworden. Natürlich könne man diesen festen Gegenstand ableugnen, oder in Frage stellen, oder einfach nicht beachten. Aber jede dieser Reaktionen sei per definitionem eben eine *Re-Aktion*, die Antwort auf etwas, das existiere.

»Manche Leute werden es nicht glauben wollen – sie werden es nicht glauben wollen, egal, wie viele Beweise wir haben. Aber ich glaube, wir haben hier genug, um Kennedy zu stoppen. Kein Gipfeltreffen. Keine Wiederwahl. Keine Entspannung. Und in fünf Jahren oder in fünfzig wird diese Gesellschaft auseinanderfallen. Du kannst auf einem Massengrab nichts aufbauen. Menschen sind besser – sie müssen einfach besser sein –, daran glaube ich – du nicht auch?«

Er antwortete nicht.

Er lag wach und sah im Berliner Himmel ein weiteres Morgendämmern. Ein vertrautes graues Gesicht in der Dachluke, ein alter Widersacher.

»Ihr Name?«
»Magda Voß.«
»Geboren?«

»Am 25. Oktober 1939.«

»Wo?«

»In Berlin.«

»Beruf?«

»Ich lebe bei meinen Eltern, in Berlin.«

»Wohin fahren Sie?«

»Nach Waldshut am Rhein. Um meinen Verlobten zu treffen.«

»Name?«

»Paul Hahn.«

»Was ist der Zweck Ihres Besuchs in der Schweiz?«

»Die Hochzeit einer Freundin.«

»Wo?«

»In Zürich.«

»Was ist das?«

»Ein Hochzeitsgeschenk. Ein Fotoalbum. Oder eine Bibel? Oder ein Buch? Oder ein Hackbrett?« Sie probierte die Antworten an ihm aus.

»Hackbrett – sehr gut. Genau die Art von Geschenk, das zu übergeben ein Mädchen wie Magda *wirklich* 800 Kilometer fahren würde.« März war im Zimmer herumgelaufen. Jetzt blieb er stehen und zeigte auf das Päckchen in Charlies Schoß.

»Bitte öffnen Sie es.«

Sie dachte einen Augenblick lang nach. »Was soll ich darauf antworten?«

»Da gibt es nichts zu antworten.«

»Scheußlich.« Sie nahm eine Zigarette heraus und zündete sie an. »Oha, sieh dir das mal an. Meine Hände zittern.«

Es war fast sieben. »Wir müssen gehn.«

Das Hotel begann zu erwachen. Als sie an den Reihen dünner Türen vorbeigingen, hörten sie Wasser platschen, ein Radio, Kinder lachen. Irgendwo auf dem zweiten Stock schnarchte ein Mann unbeeinflußt weiter.

Sie hatten das Päckchen vorsichtig behandelt, auf Armes Länge, so als handele es sich um Uran. Sie hatte es mitten in ihrem Koffer versteckt, in ihren Kleidern vergraben. März trug ihn die Treppen hinunter, quer durch die leere Empfangshalle und durch den engen Notausgang auf die Rückseite des Hotels. Sie trug ein dunkelblaues Kostüm und hatte ihre Haare unter einem Schal verborgen. Der gemietete Opel stand neben seinem Volkswagen. Aus den Küchen kamen Rufe, der Geruch nach frischem Kaffee, das Zischen von Pfannen.

»Wenn du das Bellevue verläßt, halt dich links. Die Straße folgt dem Tal. Dann kannst du die Brücke nicht verfehlen.«

»Das hast du mir doch schon gesagt.«

»Versuch herauszufinden, auf welcher Sicherheitsstufe sie sind, ehe du dich in Gefahr begibst. Wenn es so aussieht, als ob sie alles durchsuchen, dann dreh ab und versuch, es irgendwo zu verstecken. Wälder, Gräben, Scheunen – irgendwo, woran du dich erinnern kannst, eine Stelle, wohin jemand zurückkommen und es wiederfinden kann. Dann fahr raus. Versprich mir das.«

»Ich versprech es dir.«

»Es gibt täglich einen Flug der Swissair von Zürich nach New York. Er geht um zwei Uhr ab.«

»Um zwei. Ich weiß. Das hast du mir schon zweimal gesagt.«

Er trat einen Schritt auf sie zu, um sie in den Arm zu nehmen, aber sie stieß ihn zurück. »Ich sag dir nicht auf Wiedersehn. Nicht hier. Ich seh dich heut abend. *Ich seh dich.*«

Es gab einen Tiefpunkt, als der Opel sich weigerte anzuspringen. Sie zog den Choke und versuchte es erneut, und diesmal sprang der Motor an. Sie setzte rückwärts aus der Parklücke und weigerte sich immer noch, ihn anzusehen. Er erhaschte noch einen letzten Blick auf ihr Profil – und dann war sie fort und hinterließ eine Spur aus blauweißem Qualm, der in der kalten Morgenluft hing.

März saß allein in dem leeren Zimmer auf der Kante des Bettes und hielt ihr Kissen im Arm. Er wartete eine ganze Stunde, ehe er seine Uniform anzog. Er stand vor dem Ankleidespiegel und knöpfte sich die schwarze Uniformjacke zu. Das würde das letzte Mal sein, daß er sie anhatte, so oder so.

»Wir werden die Geschichte verändern …«

Er setzte die Mütze auf und richtete sie aus. Dann nahm er seine dreißig Blätter, sein Notizbuch und Bühlers Taschenkalender, faltete alles zusammen, schlug es in den übrigen Bogen braunes Packpapier ein und steckte es in seine Innentasche.

Konnte man die Geschichte so einfach ändern? fragte er sich. Gewiß, nach seiner Erfahrung waren Geheimnisse Säuren – waren sie einmal ausgegossen, dann fraßen sie sich durch eine Präsidentschaft, warum nicht durch einen Staat? Aber von Geschichte zu reden – er schüttelte den Kopf über seine Überlegungen –, Geschichte lag hinter ihm. Fahnder verwandelten Verdachtsmomente in Beweise. Das hatte er getan. Die Geschichte würde er ihr überlassen.

Er trug Luthers Tasche ins Badezimmer und warf all den Abfall hinein, den Charlie zurückgelassen hatte – die leeren Flaschen, die Gummihandschuhe, die Schale und den Löffel, die Bürsten. Dasselbe machte er im Schlafzimmer. Es war eigenartig, wie sehr sie diesen Raum erfüllt hatte, wie leer er ohne sie war. Er sah auf seine Uhr. 8.30 Uhr. Inzwischen sollte sie schon aus Berlin raus sein, vielleicht schon so weit südlich wie Wittenberg.

Am Empfang lungerte der Geschäftsmann herum.

»Guten Morgen, Herr Sturmbannführer. Ist die Befragung beendet?«

»Ist sie, Herr Brecker. Ich danke Ihnen für Ihre patriotische Unterstützung.«

»Es war mir ein Vergnügen.« Brecker deutete eine kleine Verbeugung an. Er schlang seine fetten weißen Hände umeinander, als ob er Öl einreibe. »Und falls der Herr Sturmbannführer jemals den Wunsch verspüren sollte, weitere Befragungen hier vorzunehmen ...« Seine buschigen Augenbrauen tanzten. »Vielleicht wäre ich sogar imstande, ihn mit einer oder zwei Verdächtigen zu versorgen ...?«

März lächelte. »Ich wünsche Ihnen einen guten Tag, Herr Brekker.«

»Ich *Ihnen*, Herr Sturmbannführer.«

Er saß auf dem vorderen Beifahrersitz des Volkswagens und dachte einen Augenblick lang nach. Der Ersatzreifen wäre die ideale Stelle, aber dazu hatte er keine Zeit. Die Plastikverkleidungen der Türen waren zu gut befestigt. Er reichte hinab unter das Trittbrett, bis seine Finger eine glatte Stelle ertasteten. Die würde seinen Zwecken dienen. Er riß zwei Längen vom Klebeband ab und heftete das Päckchen an das kalte Metall.

Dann ließ er die Rolle Klebeband in Luthers Tasche fallen und warf ihn in einen der Abfalleimer vor den Küchen. Das braune Leder sah, wie es da so auf der Oberfläche lag, zu fehl am Platze aus. Er fand einen Besenstiel und grub ihm damit ein Grab und begrub es wenigstens unter dem Kaffeesatz, den stinkenden Fischköpfen, den Fettfetzen und dem von Maden durchsetzten Schweinefleisch.

2

Gelbe Schilder mit dem einzigen Wort *Fernverkehr* wiesen den Weg heraus aus Berlin, zu der Autobahnrennstrecke, die die Stadt umgab. März hatte die nach Süden führende Fahrbahn fast für sich allein – die wenigen Autos und Busse, die so früh an diesem Sonntagmorgen unterwegs waren, fuhren in die andere Richtung. Er fuhr an der äußersten Drahtbewehrung des Tempelhofer Feldes vorbei und befand sich dann plötzlich in den Vorstädten, in denen die breite Straße durch trübselige Strecken voller Geschäfte und Wohnhäuser aus roten Ziegeln führte und von kränklichen Bäumen mit schwarzen Stämmen gesäumt war.

Zu seiner Linken ein Krankenhaus; zu seiner Rechten eine Kirche außer Gebrauch, mit Brettern zugenagelt und mit Parteisprüchen beschmiert. Marienfelde, sagten die Schilder.

Buckow. Lichtenrade.

An einer Verkehrsampel hielt er an. Die Straße nach Süden lag offen vor ihm – zum Rhein, nach Zürich, nach Amerika ... Hinter ihm hupte jemand. Die Ampel war umgesprungen. Er stellte den Blinker an, bog von der Hauptstraße ab und hatte sich bald in dem Netz rechtwinkliger Straßen der Wohnstadt verloren.

In den frühen fünfzigern hatte man die Straßen in der Nachglut des Sieges nach Generalen benannt: Studentstraße, Reichenaustraße, Manteuffelstraße. März fand sich nie richtig zurecht. Ging es rechts von der Model in die Dietrich? Oder links in die Paulus und *dann* in die Dietrich? Er fuhr langsam an den Reihen identischer Einfamilienhäuser entlang, bis er es schließlich erkannte.

Er parkte an der vertrauten Stelle und hätte fast gehupt, als er sich erinnerte, daß dies der dritte Sonntag im Monat war und nicht der erste – und deshalb nicht seiner – und daß auf alle Fälle seine Besuchsgenehmigung zurückgezogen worden war. Einen frontalen Zusammenstoß, eine Handlung im Geist von Hasso von Manteuffel selbst, wollte er vermeiden.

Es lag kein Spielzeug auf der Betonauffahrt herum, und als er klingelte, bellte kein Hund. Er fluchte schweigend. Es schien in dieser Woche sein Schicksal zu sein, vor verlassenen Häusern zu stehen. Er trat von der Eingangstür zurück und richtete den Blick auf die Fenster daneben. Der Netzvorhang bewegte sich.

»Paule! Bist du da?«

Eine Ecke des Vorhangs wurde plötzlich zurückgezogen, als ob ein versteckter Würdenträger an einer Schnur gezogen hätte, um ein Porträt zu enthüllen, und da war es – das weiße Gesicht seines Sohnes starrte ihn an.

»Kann ich reinkommen? Ich möchte mit dir sprechen.«

Das Gesicht war ausdruckslos. Der Vorhang fiel zurück.

Ein gutes Zeichen oder ein schlechtes? März war nicht sicher. Er winkte zu dem leeren Fenster hinüber und wies in den Garten. »Ich warte da auf dich.«

Er ging zurück zu dem kleinen Holztor und blickte über die Straße. Einfamilienhäuser auf beiden Seiten, Einfamilienhäuser gegenüber. Sie erstreckten sich in alle Richtungen, wie die Zelte eines Armeelagers. In den meisten lebten alte Leute: Veteranen aus dem Ersten Weltkrieg, Überlebende all dessen, was danach folgte – Inflation, Arbeitslosigkeit, die Partei, der Zweite Weltkrieg. Schon vor zehn Jahren waren sie grau und gebeugt gewesen. Sie hatten genug gesehen, genug erlitten. Jetzt blieben sie zu Hause und schrien Paule an, er mache zuviel Lärm, und sahen den ganzen Tag Fernsehen.

März strich auf dem kleinen Handtuch von Rasen herum. Kein besonderes Leben für den Jungen. Autos fuhren vorüber. Zwei Türen weiter reparierte ein alter Mann ein Fahrrad und pumpte die Reifen mit einer quietschenden Pumpe auf. Von irgendwoher das Geräusch eines Rasenmähers ... Keine Spur von Paule. Er fragte sich, ob er sich auf Hände und Füße niederlassen und die Nachricht durch den Briefschlitz rufen müsse, als er hörte, wie die Tür sich öffnete.

»Guter Junge. Wie geht es dir? Wo ist deine Mutter? Und wo ist Helfferich?« Er brachte es nicht über sich, ›Onkel Erich‹ zu sagen.

Paule hatte die Tür gerade weit genug geöffnet, daß er um sie herumsehen konnte. »Sie sind nicht da. Ich mach mein Bild fertig.«

»Wo sind sie hin?«

»Proben für die Parade. Ich bin verantwortlich. Haben sie gesagt.«

»Natürlich bist du das. Kann ich reinkommen und mit dir reden?«

Er hatte Widerstand erwartet. Statt dessen trat der Junge ohne ein Wort beiseite, und März überschritt zum ersten Mal seit ihrer Scheidung die Schwelle der Wohnung seiner ehemaligen Frau. Er sah sich die Möbel an – billig, aber gut aussehend; der Strauß frischer Osterblumen auf dem Kaminsims; die Sauberkeit; die fleckenlosen Oberflächen. Sie hatte alles so gut gemacht, wie sie nur konnte, ohne dabei viel Geld ausgeben zu können. So hatte er es erwartet. Sogar das Bild des Führers über dem Telefon – eine Aufnahme des alten Mannes, wie er ein Kind umarmt – war geschmackvoll: Klaras Gottheit war immer ein wohlwollender Gott, Neues Testament eher als Altes. Er nahm die Mütze ab. Er kam sich wie ein Einbrecher vor.

Er stand auf der Nylonbrücke und begann seine Ansprache. »Ich muß verreisen, Paule. Vielleicht für lange Zeit. Und die Leute werden dir vielleicht manches über mich sagen. Schreckliche Dinge, die nicht wahr sind. Und ich wollte dir sagen …« Ihm gingen die Worte aus. *Was soll ich dir sagen?* Er fuhr sich mit der Hand durch die Haare. Paule stand da mit gekreuzten Armen und sah ihn an. Er versuchte es noch einmal. »Es ist schwer, wenn man keinen Vater hat. Mein Vater ist gestorben, als ich noch sehr klein war – viel jünger als du jetzt. Und manchmal habe ich ihn dafür gehaßt …«

Diese kalten Augen.

»… Aber das ging vorüber, und dann – hab' ich ihn vermißt. Und wenn ich jetzt mit ihm reden könnte – ihn fragen könnte … Dafür würde ich alles geben …«

›… *daß das in allen KL anfallende Menschenschnitthaar der Verwertung zugeführt wird Menschenhaare werden zu Industriefilzen verarbeitet und zu Garn versponnen* …‹

Er war nicht sicher, wie lange er da gestanden hatte, ohne zu reden und mit gesenktem Kopf. Schließlich sagte er: »Ich muß jetzt gehn.«

Und da kam Paule auf ihn zu und zupfte ihn an der Hand. »Ist schon gut, Papa. Bitte geh noch nicht. Komm und sieh dir mein Bild an.«

Das Zimmer des Jungen sah aus wie ein Kommandostand. Plastikmodelle von Luftwaffendüsenjägern aus Nachbausätzen hingen an unsichtbarer Angelschnur von der Decke und kreisten herum. An einer Wand eine Karte der Ostfront mit farbigen Nadeln, die die Stellungen der Armeen zeigten. An einer anderen eine Gruppenaufnahme von Paules Pimpfzug – nackte Knie und feierliche Gesichter, vor einer Zementwand fotografiert.

Während er ihn mit sich zog, gab Paule einen laufenden Kommentar mit Toneffekten ab. »Das hier sind unsere Jets – rrrrroo – uuuuu! – und das hier die roten Flak-Stellungen. Pouuh! Pouuh!« Striche von gelber Kreide schossen himmelwärts. »Jetzt geben wir's ihnen. Feuer!« Kleine schwarze Ameiseneier regneten zu Boden und ließen zerfetzte Feuerkronen aufblühen. »Die Kommies lassen ihre alten Jäger aufsteigen, aber die sind für unsere kein Problem ...« So ging das noch fünf Minuten lang weiter, Handlung häufte sich auf Handlung.

Plötzlich ließ Paule, von seiner eigenen Schöpfung gelangweilt, die Hände fallen und tauchte unters Bett. Er zog einen Stapel Illustrierte aus der Kriegszeit hervor.

»Wie bist du da drangekommen?«

»Onkel Erich hat sie mir gegeben. Er hat sie gesammelt.«

Paule warf sich aufs Bett und begann, die Seiten umzublättern. »Was steht hier in der Unterschrift, Papa?« Er gab März die Illustrierte und setzte sich nahe zu ihm und hielt seinen Arm fest.

»›Der Pionier hat sich seinen Weg bis zu den Drahtverhauen gebahnt, die das Maschinengewehrnest schützen‹«, las März vor. »›Ein paar Flammenstöße und der tödliche Strom brennenden Öls hat den Feind ausgeschaltet. Die Flammenwerfer erfordern furchtlose Männer mit Nerven aus Stahl.‹«

»Und in der hier?«

Das war nicht das Lebewohl, das März sich vorgestellt hatte, aber wenn es das war, was der Junge sich wünschte ... Er machte weiter: »›Ich will für das neue Europa kämpfen: so sagten drei Brüder aus Kopenhagen, mit ihrem Kompaniechef im SS-Ausbildungslager im Oberelsaß. Sie haben alle Bedingungen im Hinblick auf Rasse und Gesundheit erfüllt und genießen jetzt das männliche Leben an der freien Luft im Lager im Walde.‹«

»Und das hier?«

Er lächelte. »Aber Paule. Du bist zehn Jahre alt. Du kannst das doch leicht selbst lesen.«

»Ich will aber, daß du es mir vorliest. Hier ist ein Bild von einem U-Boot wie deinem. Was steht hier?«

Er hörte auf zu lächeln und legte die Illustrierte hin. Etwas war merkwürdig hier. Dann wurde es ihm klar: die Stille. Seit einer Reihe von Minuten schon hatte sich draußen auf der Straße nichts mehr ereignet – kein Auto, keine Schritte, keine Stimmen. Selbst der Rasenmäher hatte aufgehört. Er sah, wie Paules Augen zum Fenster schielten, und da begriff er.

Irgendwo im Haus: ein Klirren von Glas. März wollte zur Tür, aber der Junge war zu schnell für ihn – er warf sich vom Bett, umfing seine Beine, und rollte sich um seines Vaters Füße zu einem embryonalen Ball zusammen, die Parodie kindlichen Flehens. »*Bitte geh nicht, Papa*«, sagte er, »*bitte* …« März' Finger schlossen sich um die Türklinke, aber er konnte sich nicht bewegen. Er war wie vor Anker, wie im Sumpf. *Das habe ich doch schon mal geträumt*, dachte er. Hinter ihnen barst die Scheibe nach innen und übersäte ihre Rücken mit Glassplittern – jetzt füllten wirkliche Uniformen mit wirklichen Waffen das Zimmer –, und plötzlich lag März auf dem Rücken und starrte empor zu den kleinen Kriegsflugzeugen aus Plastik, die wie verrückt am Ende ihrer unsichtbaren Schnüre hüpften und kreisten. Er konnte Paules Stimme hören: »Es wird alles gut werden, Papa. Sie helfen dir. Sie machen dich gesund. Dann kannst du wieder zu uns kommen und mit uns leben. Das haben sie versprochen …«

3

Seine Hände waren ihm mit Handschellen eng auf den Rücken geschlossen, die Gelenke nach außen. Zwei SS-Männer lehnten ihn gegen die Wand, gegen die Karte der Ostfront, und Globus stand vor ihm. Gott sei Dank hatte man Paule rasch fortgebracht. »Ich habe lange auf diesen Augenblick gewartet«, sagte Globus, »wie ein Bräutigam auf seine Braut wartet«, und schlug März in den Magen, hart. März klappte zusammen, fiel auf die Knie, riß dabei die Karte mit all ihren kleinen Nadeln mit sich, glaubte, er werde nie wieder atmen können. Dann packte Globus ihm ins Haar und riß ihn hoch, und sein Körper versuchte, zu gleicher Zeit zu erbrechen und Luft einzusaugen, und Globus schlug ihn wieder, und er ging wieder zu Boden. Dies wurde mehrmals wiederholt. Schließlich setzte ihm Globus, während er mit angezogenen Knien auf dem Teppich lag, den Stiefel auf die Gesichtsseite und bohrte ihm dessen Spitze ins Ohr. »Sieh mal an«, sagte er, »da bin ich doch mit meinem Stiefel in Scheiße geraten«, und von sehr weit her hörte März das Geräusch lachender Männer.

»Wo ist das Mädchen?«
»Welches Mädchen?«
Globus entfaltete vor März' Gesicht langsam seine wurstartigen Finger und ließ seine Hand dann in einem Bogen mit einem Karateschlag gegen seine Nieren krachen.

Das war schlimmer als alles andere – ein blendendweißer Blitz aus Qual schoß durch ihn und schleuderte ihn wieder zu Boden, wo er Galle erbrach. Am schlimmsten aber war es, zu wissen, daß er sich erst in den Vorhügeln eines langen Aufstiegs befand. Die Etappen der Folterung erstreckten sich vor ihm und stiegen an wie die Noten auf einer Tonskala, vom dumpfen Baß des Hiebs in den Bauch über das Mittelregister der Nierenhaken weiter und höher hinauf zu Tonhöhen weit jenseits der Hörfähigkeiten des menschlichen Ohres, zu einer Spitze aus reinem Kristall.

»Wo ist das Mädchen?«
»Welches ... Mädchen ...?«

Sie entwaffneten ihn, sie durchsuchten ihn, dann trieben sie ihn halb, halb schleppten sie ihn aus dem Bungalow. Eine kleine Menge hatte sich auf der Straße versammelt. Klaras ältliche Nachbarn sahen zu, wie er mit gesenktem Kopf auf den Rücksitz des BMWs verfrachtet wurde. Er erhaschte einen kurzen Blick auf vier oder fünf Wagen mit Warnlichtern in der Straße, auf einen LKW, auf Mannschaften. Was hatten sie erwartet? Einen kleinen Krieg? Immer noch keine Spur von Paule. Die Handschellen zwangen ihn, vornübergekauert dazusitzen. Zwei Gestapo-Männer quetschten sich zusätzlich auf den Hintersitz, einer auf jeder Seite. Als der Wagen anfuhr, konnte er sehen, wie einige der alten Leute bereits wieder in ihre Häuser zurückschlurften, zurück zum beruhigenden Schein ihrer Fernsehapparate.

Man fuhr ihn durch den Feiertagsverkehr, die Saarlandstraße hinauf und dann in die Prinz-Albrecht-Straße. Fünfzig Meter hinter dem Haupteingang schwang die Kolonne nach rechts ab durch ein hohes Gefängnistor in einen Ziegelmauernhof an der Rückseite des Gebäudes.

Er wurde aus dem Wagen gezerrt, und durch einen niedrigen Eingang steile Betonstufen hinab. Dann schleiften seine Absätze über den Boden eines gewölbten Durchgangs. Eine Tür, eine Zelle, und Stille.

Sie ließen ihn allein, um seiner Fantasie zu ermöglichen, sich an die Arbeit zu machen – das Standardverfahren. Sehr gut. Er kroch in eine Ecke und lehnte den Kopf gegen die feuchten Ziegel. Jede verstreichende Minute war eine weitere Reiseminute für sie. Er dachte an Paule, an all die Lügen, und ballte die Fäuste.

Die Zelle wurde von einer schwachen Birne über der Tür erleuchtet, die in ihrem eigenen rostigen Metallkäfig gefangen war. Er blickte nach seinem Handgelenk, ein sinnloser Reflex, denn sie hatten ihm seine Uhr weggenommen. Sicher war sie jetzt nicht mehr weit von Nürnberg entfernt. Er versuchte, seinen Geist mit Bildern der gotischen Türme zu füllen – Sankt Lorenz, Sankt Sebaldus, Sankt Jakob ...

Jedes Glied – jeder Teil von ihm, dem er einen Namen geben konnte – schmerzte, und doch konnten sie ihn kaum länger als fünf Minuten bearbeitet haben, und noch immer hatten sie es geschafft, in seinem Gesicht keine Spuren zu hinterlassen. Er war wahrlich in die Hände von Experten gefallen. Fast hätte er gelacht, aber da das seine Rippen schmerzte, ließ er es sein.

Er wurde durch den Durchgang in einen Verhörraum geführt: weißgekalkte Wände, ein schwerer Eichentisch mit einem Stuhl an jedem Ende, ein Eisenofen. Globus war verschwunden, Krebs war an der Reihe. Die Handschellen wurden abgenommen. Wieder Standardverfahren – erst der harte Bulle, dann der sanfte. Krebs versuchte sogar einen Witz: »Normalerweise hätten wir auch Ihren Sohn verhaftet und ihm ebenfalls gedroht, um Sie zur Zusammenarbeit zu ermutigen. Aber in Ihrem Fall wissen wir, daß ein solches Verfahren kontraproduktiv wäre.« Der Humor des Geheimpolizisten! Er lehnte sich auf seinem Stuhl zurück, lächelte und spitzte seinen Bleistift an. »Immerhin. Ein bemerkenswerter Junge.«

»›Bemerkenswert‹ – Sie sagen es.« Irgendwann hatte sich März, während man ihn verprügelte, auf die Zunge gebissen. Jetzt sprach er, als habe er eine Woche auf dem Stuhl eines Zahnarztes verbracht.

»Gestern abend hat man Ihrer früheren Frau eine Telefonnummer gegeben für den Fall, daß Sie Kontakt suchten. Der Junge hat sie auswendig gelernt. Im gleichen Augenblick, als er Sie gesehen hat, hat er angerufen. Er hat Ihren Kopf geerbt, März. Ihre Tatkraft. Darauf sollten Sie stolz sein.«

»In diesem Augenblick sind meine Gefühle meinem Sohn gegenüber allerdings sehr stark.«

Gut, dachte er, *machen wir so weiter. Noch eine Minute und noch ein Kilometer.*

Aber Krebs wandte sich schon seinem Geschäft zu, indem er einen dicken Aktenordner durchblätterte. »Es stehen hier zwei Fragen an, März. Erstens: Ihre allgemeine politische Zuverlässigkeit, und die reicht viele Jahre zurück. Aber die beschäftigt uns heute nicht – wenigstens nicht direkt. Zweitens: Ihr Verhalten während der letzten Woche – besonders Ihre Verwicklung in den Versuch des verblichenen Parteigenossen Luther, in die Vereinigten Staaten überzulaufen.«

»Ich bin in so etwas nicht verwickelt.«

»Sie sind gestern morgen von einem Beamten der Ordnungspolizei auf dem Adolf-Hitler-Platz angesprochen worden – genau zu dem Zeitpunkt, als der Verräter Luther die amerikanische Journalistin Maguire zusammen mit einem Beamten der Botschaft der Vereinigten Staaten treffen wollte.«

Woher wußte er das? »Absurd.«

»Streiten Sie ab, daß Sie auf dem Platz waren?«

»Nein. Natürlich nicht.«

»Warum waren Sie denn da?«

»Ich bin der Amerikanerin gefolgt.«

Krebs machte sich Notizen. »Warum?«

»Sie war die Person, die die Leiche des Parteigenossen Stuckart entdeckt hat. Also hatte ich natürlich einen Verdacht gegen sie in ihrer Rolle als Agentin der bourgeoisen demokratischen Presse.«

»Pissen Sie mich nicht an, März.«

»Na schön. Ich hatte mich in ihre Gesellschaft gedrängt. Ich hatte mir gedacht: Wenn sie über die Leiche eines Staatssekretärs im Ruhestand stolpern kann, dann könnte sie vielleicht über noch eine stolpern.«

»Guter Punkt.« Krebs rieb sich das Kinn und dachte einen Augenblick lang nach, dann machte er ein neues Päckchen Zigaretten auf und gab März eine, die er ihm mit einem Streichholz aus einer ungebrauchten Dose anzündete. März füllte sich die Lunge mit Rauch.

Krebs hatte sich selbst keine genommen, bemerkte er – sie waren nur Teil seines Spiels, die Requisiten eines Verhörers.

Der Gestapo-Mann durchblätterte seine Notizen aufs neue und runzelte die Stirn. »Wir glauben, daß der Verräter Luther plante, der Journalistin Maguire bestimmte Informationen zu enthüllen. Welcher Art waren diese Informationen?«

»Ich habe keine Ahnung. Vielleicht der Kunstraub?«

»Am Donnerstag sind Sie nach Zürich geflogen. Warum?«

»Dahin war Luther geflogen, bevor er verschwunden ist. Ich wollte überprüfen, ob es dort möglicherweise Hinweise gab, die hätten erklären können, warum er verschwand.«

»Und gab es welche?«

»Nein. Meine Reise war genehmigt. Ich habe dem Oberstgruppenführer Nebe einen vollständigen Bericht übermittelt. Haben Sie den nicht gesehen?«

»Natürlich nicht.« Krebs machte sich eine Notiz. »Der Oberstgruppenführer zieht niemanden ins Vertrauen, nicht einmal uns. Wo ist Maguire?«

»Woher soll ich das wissen?«

»Sie sollten das wissen, weil Sie sie auf dem Adolf-Hitler-Platz gestern nach der Schießerei aufgelesen haben.«

»Nicht ich, Krebs.«

»Doch, Sie, März. Danach sind Sie ins Leichenschauhaus gefahren und haben die persönlichen Effekten des Verräters Luther durchsucht – das wissen wir mit absoluter Sicherheit von Dr. Eisler.«

»Ich wußte nicht, daß es sich um die Effekten *Luthers* handelte«, sagte März. »Ich war der Meinung, sie gehörten einem Mann namens Stark, der sich drei Meter von Maguire entfernt befand, als er erschossen wurde. Natürlich war ich daran interessiert zu erfahren, was er bei sich hatte, weil ich mich für die Maguire interessierte. Übrigens haben *Sie* mir, wenn Sie sich erinnern, Freitag abend eine Leiche gezeigt, von der Sie behauptet haben, es sei die von Luther. Und wer hat denn nun Luther erschossen?«

»Das braucht Sie jetzt nicht zu kümmern. Was haben Sie denn erwartet, im Leichenschauhaus einsammeln zu können?«

»Viel.«

»Was? Seien Sie genauer!«

»Flöhe. Läuse. Einen Hautausschlag von seiner verschissenen Kleidung.«

Krebs warf seinen Bleistift hin. Er kreuzte die Arme. »Sie haben Köpfchen, März. Erfreuen Sie sich an der Tatsache, daß wir Ihnen wenigstens das zugestehen. Glauben Sie denn, wir hätten uns auch nur für einen Groschen darum gekümmert, wenn Sie ein ebenso dummer fetter Wichser wie Ihr Freund Max Jäger wären? Ich wette, Sie könnten stundenlang so weitermachen. Aber wir haben keine Stunden, und wir sind nicht so dumm, wie Sie meinen.« Er wühlte in seinen Papieren, grinste höhnisch, und spielte sein As aus.

»Was war in dem Koffer, den Sie vom Flughafen mitgenommen haben?«

März sah ihn offen an. *Sie hatten es die ganze Zeit gewußt.* »Welchen Koffer?«

»Der Koffer, der aussieht wie eine Ärztetasche. Der Koffer, der nicht viel wiegt, aber vielleicht Papiere enthält. Der Koffer, den Friedmann Ihnen gegeben hat, dreißig Minuten bevor er uns anrief. Als er zurückkam, fand er ein Telex vor, März, aus der Prinz-Albrecht-Straße – eine Aufforderung, Sie daran zu hindern, das Land zu verlassen. Als er das sah, hat er – als patriotischer Bürger – beschlossen, uns besser von Ihrem Besuch zu unterrichten.«

»Friedmann!« sagte März. »Ein ›patriotischer Bürger‹? Der führt Sie doch an der Nase rum, Krebs. Der verfolgt seine eigenen Pläne.«

Krebs seufzte. Er stand auf und kam um den Tisch, um sich hinter März zu stellen, wobei seine Hände auf der Rücklehne von März' Stuhl lagen. »Wenn das hier vorbei ist, dann möchte ich Sie kennenlernen. Wirklich. Vorausgesetzt, daß irgendwas von Ihnen zum Kennenlernen übrigbleibt. Warum ist jemand wie Sie so abgerutscht? Das interessiert mich. Vom technischen Standpunkt aus. Damit man versuchen kann, so was in Zukunft zu verhindern.«

»Ihre Leidenschaft, noch besser zu werden, ist lobenswert.«

»Das ist wieder typisch für Sie. Eine Frage der Haltung. Die Dinge ändern sich in Deutschland, März, von innen heraus, und Sie hätten ein Teil davon sein können. Der Reichsführer selbst nimmt Anteil an der neuen Generation, er hört auf uns, er befördert uns. Er glaubt an die Erneuerung, an größere Offenheit, an Gespräche mit den Amerikanern. Die Zeit von Männern wie Odilo Globocznik ist vorbei.« Er hielt inne und flüsterte März dann ins Ohr: »Wissen Sie, warum Globus Sie nicht mag?«

»Klären Sie mich auf.«

»Weil Sie ihm das Gefühl geben, dumm zu sein. Und nach Globus'

Regeln ist das ein Kapitalverbrechen. Helfen Sie mir, dann kann ich Sie vor ihm schützen.« Krebs richtete sich wieder auf und faßte mit seiner normalen Stimme zusammen: »Wo ist die Frau? Welche Informationen wollte Luther ihr geben? Wo ist Luthers Koffer?«

Diese drei Fragen, immer und immer wieder.

Verhöre enthalten zumindest diese eine Ironie: Sie können dem Befragten ebensoviel – oder mehr – mitteilen wie den Befragern.

Aus der Art, wie Krebs fragte, konnte März das Ausmaß seiner Kenntnisse abschätzen. Die waren zu bestimmten Fragen sehr gut: Er wußte zum Beispiel, daß März das Leichenschauhaus besucht und daß er den Koffer vom Flughafen abgeholt hatte. Aber es gab da eine bedeutungsvolle Lücke. Vorausgesetzt, daß Krebs nicht ein geradezu teuflisch hinterhältiges Spiel trieb, hatte er offenbar keine Ahnung von der Art der Informationen, die Luther den Amerikanern versprochen hatte. Und auf diesem einen schmalen Halt beruhte März' einzige Hoffnung.

Nach einer ergebnislosen halben Stunde öffnete sich die Tür, und Globus erschien, einen langen Prügel aus poliertem Holz schwingend. Hinter ihm standen zwei massig gebaute Männer in schwarzen Uniformen.

Krebs stand stramm.

Globus sagte: »Hat er ein volles Geständnis abgelegt?«

»Nein, Herr Obergruppenführer.«

»Welche Überraschung. Dann bin ich wohl an der Reihe.«

»Natürlich.« Krebs bückte sich und sammelte seine Papiere ein.

Bildete März sich das nur ein, oder sah er über jenes lange unbewegte Gesicht ein Zucken des Bedauerns, gar des Widerwillens huschen?

Nachdem Krebs gegangen war, schlenderte Globus herum, summte einen alten Parteimarsch und schleifte den Prügel über den Steinfußboden.

»Wissen Sie, was das ist, März?« Er wartete. »Nein? Keine Antwort? Das ist eine amerikanische Erfindung. Ein Baseballschläger. Einer meiner Freunde an der Botschaft in Washington hat ihn mir mitgebracht.« Er schwang ihn ein paarmal um seinen Kopf. »Ich denke daran, ein SS-Team aufzustellen. Dann könnten wir gegen ein Team der US-Armee spielen. Was halten Sie davon? Goebbels ist ganz scharf darauf. Er denkt, die amerikanischen Massen würden auf solche Bilder gut reagieren.«

Er lehnte den Schläger gegen den schweren Eichentisch und begann, sich die Uniformjacke aufzuknöpfen.

»Wenn Sie meine Meinung hören wollen, dann hat man 1936 den grundlegenden Fehler begangen, als Himmler anordnete, daß jeder Kripo-Plattfuß im Reich SS-Uniform tragen sollte. Das hat uns solchen Abschaum wie Sie eingebracht, und solche verschrumpelten alten Arschlöcher wie Artur Nebe.«

Er gab seine Jacke einer der beiden Wachen und begann, sich die Ärmel aufzukrempeln. Plötzlich brüllte er.

»Mein Gott, wir wußten, wie man mit Leuten wie dir umspringt. Aber jetzt sind wir weich geworden. Jetzt heißt es nicht mehr ›Hat er Mut?‹, sondern ›Hat er den Doktor?‹ Im Osten haben wir keine Doktortitel gebraucht, 1941, als fünfzig Grad unter Null Frost war und dir die Pisse mitten in der Luft einfror. Du hättest Krebs hören sollen, März. Das hätte dir Spaß gemacht. Scheiße, ich glaub, der gehört zu eurem Pack.« Er ahmte eine gezierte Stimme nach. »»Mit Erlaubnis des Herrn Obergruppenführers würde ich den Verdächtigen gern zuerst vornehmen. Ich habe den Eindruck, daß er vielleicht auf ein subtileres Vorgehen antworten könnte.‹ Subtiler, bei meinem Arsch! Was ist bloß mit dir los? Wenn du mein Hund wärst, gäb ich dir Gift zu fressen.«

»Wenn ich Ihr Hund wäre, würde ich es fressen.«

Globus grinste eine der Wachen an. »Hör dir den großen Mann an!« Er spuckte sich in die Hände und hob den Baseballschläger hoch. Er drehte sich zu März um. »Ich hab' mir Ihre Akte angesehn. Sie schreiben gern. Ständig Notizen machen, Listen zusammenstellen. Ganz der frustrierte Autor. Sagen Sie: Sind sie Linkshänder oder Rechtshänder?«

»Linkshänder.«

»Noch eine Lüge. Legen Sie den rechten Arm auf den Tisch.«

März spürte, wie sich ihm eiserne Bande um die Brust legten. Er konnte kaum noch atmen. »Fick dich selbst.«

Globus sah die Wachen an, und mächtige Fäuste ergriffen März von hinten. Der Stuhl stürzte um, und er wurde mit dem Kopf nach vorne über den Tisch gezwungen. Einer der SS-Männer bog ihm den linken Arm hoch in den Rücken und verdrehte ihn, und März brüllte vor Schmerzen, bis der andere Mann seine freie Hand ergriff. Der

Mann kletterte halb auf den Tisch und pflanzte sein Knie genau unter März' rechten Ellbogen, womit er ihm den rechten Vorderarm mit der Handfläche nach unten auf die hölzerne Tischplatte nagelte.

In Sekundenschnelle war alles an seinem Platz befestigt, mit Ausnahme seiner Finger, die gerade noch schwach flattern konnten.

Globus stand einen Meter vom Tisch entfernt und fuhr mit der Spitze des Schlägers leicht über März' Knöchel. Dann hob er ihn hoch, schwang ihn wie eine Axt in einen weiten Bogen von 300 Grad und schmetterte ihn mit all seiner Kraft herab.

März wurde nicht ohnmächtig, zuerst nicht. Die Wachen ließen ihn los, und er rutschte auf seine Knie, ein Faden Speichel rann ihm aus dem Mundwinkel und hinterließ eine Schneckenspur auf dem Tisch. Sein Arm war immer noch ausgestreckt. Er blieb eine Weile so, bis er den Kopf hob und die Überreste seiner Hand sah – einen fremdartigen Haufen aus Blut und Knorpel auf dem Hackklotz eines Metzgers – und dann wurde er ohnmächtig.

Schritte im Dunkel. Stimmen.
»Wo ist die Frau?«
Ein Tritt.
»Welche Information?«
Ein Tritt.
»Was hast du gestohlen?«
Ein Tritt. Ein Tritt.
Ein Stiefel stampfte auf seine Finger, drehte sich, und matschte sie in den Stein.

Als er wieder zu sich kam, lag er in der Ecke, und seine zerbrochene Hand lag neben ihm auf dem Boden, wie man ein totgeborenes Kind neben seiner Mutter liegen läßt. Ein Mann – vielleicht Krebs – kauerte vor ihm und sagte etwas. Er versuchte, sich zu konzentrieren.

»Was ist das?« fragte Krebs' Mund. »Was bedeutet das?«
Der Gestapo-Mann war atemlos, als ob er treppab, treppauf gerannt sei. Mit einer Hand ergriff er März' Kinn und zwang sein Gesicht ins Licht. In der anderen hielt er ein Bündel Papiere.

»Was bedeutet das, März? Die waren vorne unter Ihrem Volkswagen versteckt. Unter das Trittbrett geklebt. Was bedeuten sie?«

März zog seinen Kopf zurück und drehte sein Gesicht zur dunkel werdenden Mauer.

Taptaptap. In seinen Träumen. *Taptaptap.*

Einige Zeit später – genauer wußte er es nicht, denn Zeit war jenseits des Meßbaren, wurde schneller und dann wieder so langsam wie ein kaum mehr wahrnehmbares Kriechen – erschien über ihm eine weiße Jacke. Ein Blitzen von Stahl. Eine dünne Klinge erschien vertikal vor seinen Augen. März versuchte wegzukriechen, aber Finger schlossen sich um sein Gelenk, und die Nadel wurde in eine Vene gestoßen. Zuerst brüllte er auf, als man seine Hand berührte, aber dann spürte er, wie sich die Flüssigkeit durch seine Adern ergoß, und die Agonie schwand.

Der Folterarzt war alt und bucklig, und März, der vor Dankbarkeit für ihn überströmte, hatte den Eindruck, daß er schon seit vielen Jahren in diesen Kellern lebte. Der Ruß hatte sich in seinen Poren festgesetzt, und die Dunkelheit hing in Beuteln unter seinen Augen. Er redete nicht. Er säuberte die Wunde, bestrich sie mit einer klaren Flüssigkeit, die nach Krankenhäusern und Leichenhallen roch, und umwickelte sie fest mit einem weißen Gazeverband. Dann half er, immer noch ohne zu reden, gemeinsam mit Krebs März auf die Beine. Sie setzten ihn auf einen Stuhl. Ein Emailbecher mit süßem Milchkaffee wurde auf den Tisch vor ihn gestellt. Eine Zigarette wurde ihm in die gesunde Hand geschoben.

4

März hatte in seinem Geist eine Mauer errichtet. Dahinter hatte er Charlie in ihrem dahinschießenden Auto gesetzt. Es war eine hohe Mauer, aus allem errichtet, was seine Einbildungskraft nur auftreiben konnte – aus Pflastersteinen und Betonblöcken, aus ausgebrannten eisernen Bettgestellen, umgestürzten Straßenbahnwagen, Koffern und Kinderwagen –, und sie erstreckte sich nach beiden Seiten durch die sonnenbeglänzten deutschen Landschaften, wie die Große Mauer in China auf einer Ansichtskarte. Vor ihr patrouillierte er. *Über die Mauer würde er sie nicht lassen.* Alles andere konnten sie haben.

Krebs las März' Notizen. Er saß da, beide Ellenbogen auf den Tisch gestemmt, das Kinn auf den Knöcheln. Ab und zu löste er eine

Hand, wendete eine Seite um, legte sie wieder an, fuhr fort zu lesen. März beobachtete ihn. Nach dem Kaffee und der Zigarette und der Dämpfung seiner Schmerzen fühlte er sich fast hochgestimmt.

Krebs hatte geendet und schloß für einen Augenblick die Augen. Sein Teint war weiß wie üblich. Dann richtete er die Seiten aus und legte sie vor sich hin, neben März' Notizbuch und Bühlers Kalender. Er richtete sie millimetergenau aus zu einer Linie von Paradegenauigkeit. Vielleicht war es die Wirkung der Drogen, aber plötzlich sah März alles so klar – wie die Tinte auf dem billigen Papier leicht ausgelaufen war und wie jedem Buchstaben winzige Härchen sprossen; wie schlecht Krebs sich rasiert hatte: und das Wäldchen schwarzer Stoppeln in der Hautfalte unter seiner Nase. In dem Schweigen glaubte er wirklich, er könne den Staub fallen und auf den Tisch prasseln hören.

»Haben Sie mich erledigt, März?«

»Sie erledigt?«

»Mit dem da.« Krebs' Hand schwebte einen Zentimeter über den Notizen.

»Es hängt davon ab, wer weiß, daß Sie sie haben.«

»Nur ein Kretin von Unterscharführer, der in der Garage arbeitet. Er hat sie gefunden, als wir Ihren Wagen reinbrachten. Er hat sie sofort mir gegeben. Globus weiß nichts davon – noch nicht.«

»Dann haben Sie ja Ihre Antwort.«

Krebs begann, sich heftig das Gesicht zu reiben, als wolle er sich abtrocknen. Er hielt inne, preßte die Hände gegen seine Wangen und starrte März durch die gespreizten Finger an. »Was geht hier vor?«

»Sie können doch lesen.«

»Ich kann lesen, aber ich verstehe es nicht.« Krebs griff nach den Seiten und blätterte sie durch. »Hier zum Beispiel – was ist ›Zyklon B‹?«

»Kristallisiertes Hydrogencyanid. Davor haben sie Kohlenmonoxyd verwandelt. Und davor Kugeln.«

»Und hier – ›Auschwitz/Birkenau‹. ›Kulmhof‹. ›Belzec‹. ›Treblinka‹. ›Majdanek‹. ›Sobibor‹.«

»Die Schlachthöfe.«

»Diese Zahlen: 8000 pro Tag …«

»Das ist die Gesamtmenge, die sie in Auschwitz/Birkenau unter Einsatz der 4 Gaskammern und Krematorien vernichten konnten.«

»Und diese ›11 Millionen‹?«

»11 Millionen ist die Gesamtzahl europäischer Juden, hinter denen sie her waren. Vielleicht haben sie Erfolg gehabt. Wer weiß das? Aber ich sehe kaum noch welche, Sie etwa?«

»Hier: der Name ›Globocznik‹ …«

»Globus war SS- und Polizeiführer in Lublin. Er hat die Tötungszentren aufgebaut.«

»Das habe ich nicht gewußt.« Krebs ließ die Notizen auf den Tisch fallen, als ob sie ansteckend wären. »Ich habe von all dem nichts gewußt.«

»Natürlich haben Sie's gewußt! Sie wußten es jedesmal, wenn jemand einen Witz über ›in den Osten gehen‹ gemacht hat, jedesmal, wenn Sie eine Mutter ihrem Kind sagen hörten, es solle sich gut benehmen, sonst müsse man durch den Schornstein gehen. Wir wußten es, als wir ihre Häuser bezogen, als wir ihr Eigentum übernahmen, ihre Arbeitsplätze. Wir wußten es, aber wir kannten die Tatsachen nicht.« Er wies mit seiner linken Hand auf die Notizen. »Die da geben Fleisch an die Knochen. Und Knochen, wo vorher gar nichts war.«

»Ich meinte: ich wußte nicht, daß Bühler und Stuckart und Luther damit zu tun hatten. Ich wußte nicht, daß Globus …«

»Sicher. Sie haben geglaubt, Sie untersuchen einen einfachen Kunstraub.«

»Das ist wahr! Das ist wahr!« wiederholte Krebs. »Am Mittwoch morgen – können Sie sich noch soweit zurückerinnern? – untersuchte ich Korruption bei der Deutschen Arbeiterfront: Handel mit Arbeitserlaubnissen. Dann werde ich plötzlich aus heiterem Himmel zum Reichsführer befohlen, unter vier Augen. Er sagt mir, hohe Beamte im Ruhestand seien bei einem riesigen Kunstbetrug erwischt worden. Die möglichen Schäden für die Partei seien groß. Obergruppenführer Globocznik leite die Untersuchung. Ich solle mich sofort nach Schwanenwerder begeben und seine Befehle entgegennehmen.«

»Warum Sie?«

»Warum nicht? Der Reichsführer kennt mein Kunstinteresse. Wir haben darüber gesprochen. Mein Auftrag lautete einfach, die Kunstschätze zu katalogisieren.«

»Aber Sie müssen doch gewußt haben, daß Globus Bühler und Stuckart umgebracht hat?«

»Natürlich. Ich bin ja kein Idiot. Ich kenne Globus' Ruf genausogut wie Sie. Aber Globus handelte auf Heydrichs Anweisungen hin, und wenn Heydrich beschlossen hatte, ihn von der Leine zu lassen, um der Partei einen öffentlichen Skandal zu ersparen – wer war ich, zu widersprechen?«

»Wer waren Sie, zu widersprechen?« wiederholte März.

»Lassen Sie uns das klarstellen, März. Wollen Sie behaupten, ihre Tode hätten nichts mit der Unterschlagung zu tun?«

»Nichts. Die Unterschlagung war ein Zufall, der gerade recht kam als nützliche Verschleierungsgeschichte, das ist alles.«

»Aber die ergab einen Sinn. Sie erklärte, warum Globus als Staatshenker handelte und warum er sich so verzweifelt bemühte, eine Untersuchung durch die Kripo abzuwehren. Mittwoch abend war ich immer noch dabei, die Bilder auf Schwanenwerder zu katalogisieren, als er mich voller Wut anrief – Ihretwegen. Er sagte, Sie seien offiziell vom Fall abgezogen worden, und jetzt seien Sie in Stuckarts Wohnung eingebrochen. Ich solle losgehen und Sie holen; was ich getan habe. Und das will ich Ihnen sagen: Wenn Globus seinen Willen bekommen hätte, wären Sie da schon erledigt worden, aber Nebe wollte das nicht. Dann haben wir am Freitag abend gefunden, was wir für Luthers Leiche hielten, und damit schien das erledigt zu sein.«

»Wann haben Sie entdeckt, daß die Leiche nicht die von Luther war?«

»Gegen 6 am Samstag morgen. Globus rief mich zu Hause an. Er sagte, er habe Informationen, daß Luther immer noch lebe und vorhabe, die amerikanische Journalistin um 9 zu treffen.«

»Er wußte das«, bestätigte März, »weil er einen Hinweis aus der amerikanischen Botschaft bekommen hatte.«

Krebs schnaubte. »Was soll denn der Scheiß? Er wußte es von einem Telefonmitschnitt.«

»Das ist unmöglich ...«

»Wieso unmöglich? Sehen Sie selbst.« Krebs schlug einen seiner Aktendeckel auf und holte ein einzelnes Blatt dünnen braunen Papiers heraus. »Es wurde von den Abhörern in Charlottenburg mitten in der Nacht rübergeschickt.«

März las:

Forschungsamt   *Geheime Reichssache*
G745, 275
23:51

MÄNNLICH:	Sie fragen: was ich will? Was glauben Sie denn, was ich will? Asyl in Ihrem Land.
WEIBLICH:	Sagen Sie mir, wo Sie sind.
MÄNNLICH:	Ich kann bezahlen.
WEIBLICH:	[unterbricht]
MÄNNLICH:	Ich habe Informationen. Bestimmte Tatsachen.
WEIBLICH:	Sagen Sie mir, wo Sie sind. Ich werde Sie abholen. Dann werden wir in die Botschaft fahren.
MÄNNLICH:	Zu früh. Noch nicht.
WEIBLICH:	Wann?
MÄNNLICH:	Morgen früh. Hören Sie mir zu. Um 9 Uhr. An der Großen Halle. Haupttreppe. Haben Sie das verstanden?

Noch einmal konnte er ihre Stimme hören; sie riechen; sie berühren.

Im Hintergrund seines Geistes bewegte sich etwas.

Er schob das Papier über den Tisch zu Krebs zurück, der es in seinen Aktendeckel legte und zusammenfaßte: »Was danach geschah, wissen Sie. Globus ließ Luther in dem Augenblick erschießen, in dem er auftauchte – und das hat mich, um ehrlich zu sein, schockiert. So was auf einem öffentlichen Platz zu machen … Ich dachte: Dieser Mann ist verrückt. Natürlich wußte ich da nicht, warum er so versessen darauf war, daß Luther nicht lebend gefaßt werden sollte.« Plötzlich brach er ab, als ob er vergessen hatte, wo er war und welche Rolle er spielen sollte. Er beendete es rasch: »Wir haben die Leiche durchsucht und nichts gefunden. Dann haben wir uns hinter Ihnen her gemacht.«

März' Hand begann wieder zu pochen. Er schaute auf sie herab und sah karmesinrote Flecken durch den weißen Verband sickern.

»Wie spät ist es?«

»5.47 Uhr«

Sie war jetzt schon seit 11 Stunden fort.

Gott, seine Hand … Die roten Flecken wurden größer, berührten sich, bildeten Blutarchipele.

»Insgesamt waren vier daran beteiligt«, sagte März. »Bühler, Stukkart, Luther und Kritzinger.«

»Kritzinger?« Krebs machte sich eine Notiz.

»Friedrich Kritzinger, Ministerialdirektor in der Reichskanzlei. Wenn ich Sie wäre, würde ich davon nichts aufschreiben.«

Krebs legte seinen Bleistift weg.

»Was die betrifft, so hatten sie nichts gegen das Ausrottungsprogramm selbst – vergessen Sie nicht, es waren ja hohe Parteifunktionäre –, aber es war das Fehlen eines ordnungsgemäß ausgestellten Führerbefehls. Es gab nichts Schriftliches. Alles, was sie hatten, waren mündliche Versicherungen von Heydrich und Himmler, daß das die Wünsche des Führers seien. Kann ich noch eine Zigarette haben?«

Nachdem Krebs ihm eine gegeben und er die ersten süßen Züge getan hatte, fuhr er fort: »Das alles sind Vermutungen, verstehen Sie?« Sein Verhörer nickte. »Ich nehme an, sie haben sich gefragt: Warum gibt es keine schriftliche Verbindung zwischen dem Führer und dieser Politik? Und ich nehme an, sie haben sich gesagt: Weil das alles so monströs ist, daß das Staatsoberhaupt nicht da hinein verwickelt erscheinen darf. Und wo standen sie? Sie standen in der Scheiße. Denn wenn Deutschland den Krieg verlieren würde, dann könnte man sie als Kriegsverbrecher verurteilen, und wenn Deutschland ihn gewann, dann mochte man sie eines Tages zu Sündenböcken für den größten Massenmord in der Geschichte machen.«

Krebs murmelte: »Ich bin mir nicht sicher, ob ich das alles wissen möchte.«

»Also haben sie sich eine Versicherung besorgt. Sie formulierten eidesstattliche Erklärungen – das war einfach: drei von ihnen waren ja Rechtsanwälte – und brachten Dokumente an sich, wo immer sie konnten. Und schrittweise stellten sie eine Dokumentation zusammen. Für jedes Ergebnis war vorgesorgt. Wenn Deutschland gewann und man gegen sie vorgehen würde, dann konnten sie damit drohen, zu veröffentlichen, was sie wußten. Und wenn die Alliierten gewannen, konnten sie sagen: Seht her, wir waren gegen diese Politik und haben sogar unser Leben aufs Spiel gesetzt, um Informationen darüber zu sammeln. Luther hat noch einen Hauch Erpressung hinzugefügt – peinliche Dokumente über den amerikanischen Botschafter in London, Kennedy. Geben Sie mir die da.«

Er nickte zu seinem Notizbuch und zu Bühlers Kalender hinüber. Krebs zögerte, dann schob er sie über den Tisch.

Es war schwierig, das Notizbuch mit nur einer Hand zu öffnen. Der Verband war durchtränkt. Er verschmierte die Seiten.

»Die Lager waren so organisiert, daß sichergestellt war, daß es keine Zeugen gab. Sonderhäftlinge betrieben die Gaskammern, die Krematorien. Bei Gelegenheit wurden diese Sonderhäftlinge selbst vernichtet und durch andere ersetzt, die ihrerseits auch wieder vernichtet wurden. Und so weiter. Wenn das aber auf der untersten Ebene geschehen konnte, warum dann nicht auch auf der höchsten? Sehen Sie hier. 14 Leute bei der Wannseekonferenz. Der erste stirbt 1954. Ein weiterer 1955. Dann jedes Jahr einer: 1957, 1959, 1960, 1961, 1962. Vermutlich sollten ›Einbrecher‹ Luther 1963 umbringen, und danach hat er Wachmänner angestellt. Aber als die Zeit verging und nichts passierte, hat er wohl angenommen, es sei ein Zufall gewesen.«

»Das genügt, März.«

»1963 begann es, sich zu beschleunigen. Im Mai stirbt Klopfer. Im Dezember erhängt Hoffmann sich. Im März dieses Jahres wird Kritzinger mit einer Autobombe in die Luft gesprengt. Jetzt bekommt Bühler es wirklich mit der Angst zu tun. Kritzinger ist der Auslöser. Er war der erste der Gruppe, der starb.«

März hob den Taschenkalender auf.

»Hier – sehen Sie her –, er markiert den Tag von Kritzingers Tod mit einem Kreuzchen. Danach aber vergehen die Tage und nichts geschieht; vielleicht sind sie in Sicherheit. Dann am 9. April – ein weiteres Kreuzchen! Bühlers alter Kollege aus dem Generalgouvernement, Schöngarth, ist im Bahnhof Zoo unter die Räder einer U-Bahn gerutscht. Panik auf Schwanenwerder! Aber da ist es schon zu spät ...«

»Ich sagte: Es reicht!«

»Eine Frage störte mich: Warum gab es während der ersten 9 Jahre nur 8 Tote, denen dann weitere 6 in den letzten 6 Monaten folgten? Warum diese Eile? Warum dieses schreckliche Risiko nach so langer Geduld? Aber wir Polizisten heben ja selten unsere Nasen aus dem Dreck, um uns das größere Bild anzusehen, nicht wahr? Alles sollte am letzten Dienstag erledigt sein und bereit für den Besuch unserer guten neuen Freunde, der Amerikaner. Und das wirft eine weitere Frage auf: ...«

»Geben Sie mir die!« Krebs riß Kalender und Notizbuch aus März' Griff. Draußen im Gang: die Stimme von Globus ...

»... würde Heydrich das alles aus eigenem Antrieb getan haben, oder handelte er auf Befehl von höher oben? Befehl vielleicht von derselben Person, die ihre Unterschrift unter kein Dokument hatte setzen wollen ...?«

Krebs hatte den Ofen aufgerissen und stopfte die Papiere hinein. Einen Augenblick lang lagen sie schwelend auf den Kohlen, und dann flammten sie gelb auf, als sich der Schlüssel im Schloß der Zellentür drehte.

5

»Kulmhof!« schrie er Globus an, als der Schmerz zu schlimm wurde. »Belzec! Treblinka!«

»Na also, jetzt machen wir Fortschritte.« Globus grinste seine beiden Gehilfen an.

»Majdanek! Sobibor! Auschwitz/Birkenau!« Er hielt die Namen wie einen Schild vor sich, um die Schläge abzuwehren.

»Und was soll ich jetzt tun? Zusammenschrumpfen und sterben?« Globus hockte sich auf seine Schenkel, ergriff März bei den Ohren und zerrte sein Gesicht auf sich zu. »Das sind nur Namen, März. Da gibt es nichts mehr, nicht mal einen Ziegelstein. Niemand wird das jemals glauben. Und soll ich Ihnen was sagen? *Ein Teil von Ihnen kann das selbst nicht glauben.*« Globus spie ihm ins Gesicht – einen Klumpen graugelben Speichels. »So viel wird das die Welt kümmern.« Er schleuderte ihn fort, mit dem Kopf gegen den Steinboden.

»Und jetzt noch einmal: Wo ist das Mädchen?«

6

Die Zeit kroch mit gebrochenem Kreuz auf allen vieren. Er bibberte. Seine Zähne klapperten wie eine Spielzeugmechanik.

Andere Häftlinge waren Jahre vor ihm hier gewesen. Anstelle von Grabsteinen hatten sie mit zersplitternden Fingernägeln in die Zellenwände gekratzt. ›J.F.G. 22.2.57‹. ›Katja‹. ›H.K. Mai 44‹. Jemand hatte nur den halben Buchstaben E geschafft, ehe ihn die Kraft oder

Zeit oder Wille verließen. Aber immer noch dieser Drang zu schreiben ...

Keines der Zeichen war, wie er bemerkte, höher als einen Meter über dem Boden.

Die Schmerzen in seiner Hand machten ihn fiebern. Er hatte Halluzinationen. Ein Hund zermalmte seine Finger zwischen seinen Kiefern. Er schloß die Augen und fragte sich, wie spät es wohl sei. Als er Krebs zuletzt gefragt hatte, war es – was? – fast 6 gewesen. Danach hatten sie vielleicht noch eine weitere halbe Stunde geredet. Danach war eine zweite Sitzung mit Globus gewesen – endlos. Und jetzt diese Strecke allein in der Zelle, wobei er ins Licht und aus dem Licht glitt, von der Erschöpfung in die eine, von dem Hund in die andere Richtung gezerrt.

Der Boden war warm unter seiner Wange, der glatte Stein löste sich auf.

Er träumte von seinem Vater – sein Kindheitstraum –, wie jene steife Gestalt auf der Fotografie lebendig wird und ihm von Deck seines Schiffes aus zuwinkt, während es aus dem Hafen ausläuft, ihm zuwinkt, bis er zu einem Strichmännchen geschrumpft ist, bis er verschwindet. Er träumte von Jost, wie der auf der Stelle lief und mit seiner feierlichen Stimme das Gedicht intoniert:

Ihr werft dem Tier im Menschen Futter hin,
damit es wächst ...

Er träumte von Charlie.

Meistens aber träumte er, er sei wieder in Paules Zimmer, in jenem furchtbaren Augenblick, in dem er begriffen hatte, was der Junge aus Zuneigung – *Zuneigung!* – getan hatte, und sich seine Arme nach der Tür ausstreckten, aber seine Beine gefangen blieben – und das Fenster barst und Fäuste an seinen Schultern zerrten ...

Der Aufseher schüttelte ihn wach.

»Los, hoch!«

Er hatte sich auf seiner linken Seite zusammengerollt wie ein Fötus – sein Körper wund, seine Gelenke verschweißt. Das Schütteln des Aufsehers weckte den Hund, und ihm war übel. Es war nichts in ihm, das er hätte ausspeien können, aber schon allein um der alten Zeiten willen krampfte sich sein Magen. Die Zelle zog sich weit zurück und stürzte dann wieder heran. Er wurde hochgezogen.

Der Aufseher schwang ein Paar Handschellen. Neben ihm stand Krebs, Gottseidank nicht Globus.

Krebs sah ihn mit Abscheu an und sagte zu dem Aufseher: »Legen Sie sie ihm die besser vorne an.«

Die Gelenke wurden vor ihm zusammengeschlossen, die Mütze wurde ihm auf den Kopf gestülpt, und er wurde vornübergebeugt durch den Gang geführt und dann die Stufen hinauf in die frische Luft.

Eine kalte Nacht und klar. Die Sterne sprühten aus dem Himmel über dem Binnenhof herab. Die Gebäude und die Wagen hatten vom Mondenschein silberne Ränder. Krebs schob ihn auf den Rücksitz eines Mercedes und stieg nach ihm ein. Er nickte dem Fahrer zu: »Columbia-Haus. Verriegeln Sie die Türen.«

Als die Riegel in der Tür neben ihm an ihren Platz glitten, empfand März ein Aufflackern der Erleichterung.

»Machen Sie sich keine Hoffnungen«, sagte Krebs. »Der Obergruppenführer wartet immer noch auf Sie. Wir haben nur mehr moderne Technik im Columbia-Haus. Das ist alles.«

Sie fuhren durch das Tor hinaus und sahen für jeden aus wie zwei SS-Offiziere mit ihrem Fahrer. Eine Wache salutierte.

Das Columbia-Haus stand etwa 3 Kilometer südlich der Prinz-Albrecht-Straße. Die verdunkelten Regierungsgebäude wichen bald schäbigen Bürohäusern und mit Brettern vernagelten Kaufhäusern. Das Gebiet um das Gefängnis war in den fünfziger Jahren in den Plan der Stadtentwicklung aufgenommen worden, und hier und da hatten Speers Bulldozer zerstörerische Ausfälle unternommen. Aber das Geld war ausgegangen, ehe an der Stelle dessen, was sie niedergewalzt hatten, etwas Neues gebaut werden konnte. Jetzt schimmerten überwucherte Flächen verfallenden Landes im bläulichen Licht wie die Ecken alter Schlachtfelder. In den dunklen Seitenstraßen zwischen ihnen brodelten die wimmelnden Kolonien osteuropäischer Gastarbeiter.

März saß ausgestreckt da, und sein Kopf ruhte auf der Rücklehne des Ledersitzes, als sich Krebs plötzlich zu ihm beugte und dann schrie: »O Scheiße!« Er wandte sich an den Fahrer. »Er bepißt sich selbst. Halten Sie hier an.«

Der Fahrer fluchte und bremste hart.

»Öffnen Sie die Türen!«

Krebs stieg aus, kam herum auf März' Seite und hievte ihn heraus. »Los doch! Wir haben nicht die ganze Nacht Zeit!« Zum Fahrer: »Eine Minute. Lassen Sie den Motor laufen.«

Und dann wurde März geschoben – und stolperte über grobe Steine, eine Allee hinab, in den Eingang einer Kirche außer Betrieb –, und dann schloß ihm Krebs die Handschellen auf.

»Sie sind ein glücklicher Mann, März.«

»Ich verstehe nicht ...«

Krebs sagte: »Sie haben einen Lieblingsonkel.«

Taptaptap. Aus der Dunkelheit der Kirche. *Taptaptap.*

»Sie hätten sofort zu mir kommen sollen, mein Junge«, sagte Artur Nebe. »Dann hätten Sie sich solche Quälereien ersparen können.« Er fuhr mit der Fingerspitze über März' Wange. In den tiefen Schatten konnte März die Einzelheiten seines Gesichtes nicht erkennen, nur einen fahlen Fleck.

»Nehmen Sie meine Pistole.« Krebs preßte die Luger in März' linke Hand. »Nehmen Sie sie! Sie haben mich aufs Kreuz gelegt. Sie haben meine Pistole in die Finger bekommen. Verstehen Sie!«

Er mußte wohl träumen, oder? Aber die Pistole fühlte sich solide genug an ...

Nebe redete immer noch – eine leise, drängende Stimme. »O März, März. Krebs ist heute abend zu mir gekommen – schockiert! so zutiefst schockiert! – und hat mir erzählt, was Sie da haben. Wir haben es natürlich alle vermutet, hatten aber niemals Beweise. Jetzt müssen Sie sie rausbringen. Um unser aller willen. Sie müssen diese Scheißkerle aufhalten ...«

Krebs unterbrach: »Um Vergebung, Herr Oberstgruppenführer, aber unsere Zeit ist fast um.« Er zeigte. »Da unten, März. Können Sie sehen? Ein Wagen.«

Unter einer zerbrochenen Straßenlampe konnte März am fernen Ende der Allee noch gerade einen niedrigen Schatten geparkt sehen, einen Motor laufen hören.

»Was soll das?« Er sah von einem Mann zum anderen.

»Gehn Sie zum Wagen, und steigen Sie ein. Wir haben jetzt keine Zeit mehr. Ich zähle bis zehn, dann schreie ich.«

»Lassen Sie uns nicht im Stich, März.« Nebe kniff ihn in die Wange. »Ihr Onkel ist ein alter Mann, aber er hofft, noch lange genug zu leben, um diese Schweine hängen zu sehen. Gehen Sie. Bringen Sie die Papiere raus. Veröffentlichen Sie sie. Wir setzen alles aufs Spiel, um Ihnen eine Chance zu geben. Ergreifen Sie sie. Gehen Sie.«

Krebs sagte: »Ich zähle: eins ... zwei ... drei ...«

März zögerte, begann zu gehen, verfiel dann in einen Trab. Die Wagentür öffnete sich. Er sah zurück. Nebe war schon in der Dunkelheit verschwunden. Krebs hatte die Hände um den Mund gewölbt und begann zu schreien.

März wandte sich um und kämpfte sich auf den wartenden Wagen zu, als eine vertraute Stimme rief: »Xavi! Xavi!«

TEIL VII

FÜHRERS GEBURTSTAG

Die Bahn nach Krakau führt nordöstlich weiter über (348 km von Wien) *Auschwitz*, eine Industriestadt von 12 000 Einwohnern, ehemals Hauptort der Piastenherzogtümer Auschwitz und Zator (Hotel Zator, 20 B.), von wo eine Nebenbahn über Skawina (49 km) nach Krakau führt (69 km in 3 St.) ...

BAEDEKER *Das Generalgouvernement 1943*

1

Mitternächtliches Glockenläuten klang auf, um den Tag zu begrüßen. Fahrer brausten vorüber, die mit ihren Scheinwerfern blinkten und auf ihre Hupen hämmerten, und verschmierte Töne über der Straße hinter sich hängen ließen. Fabriksirenen riefen einander quer über Berlin zu, wie stehende Züge.

»Mein lieber alter Freund, was haben die bloß mit dir gemacht?«

Max Jäger versuchte, sich aufs Fahren zu konzentrieren, doch alle paar Sekunden drehte sich sein Kopf in entsetzter Faszination zum Beifahrersitz um.

Er wiederholte immer wieder: »Was haben die bloß mit dir gemacht?«

März war benommen und unsicher, was Traum und was Wirklichkeit sei. Er hatte den Kopf halb gewendet und starrte aus dem Rückfenster. »Wohin fahren wir, Max?«

»Das weiß Gott allein. Wo willst du denn hin?«

Die Straße hinter ihnen war sauber. März blickte sich sorgfältig um, um Jäger anzusehen. »Hat Nebe dir das nicht gesagt?«

»Nebe hat gesagt, du würdest es mir sagen.«

März sah zur Seite, auf die Gebäude, die vorüberglitten. Er sah sie nicht. Er dachte an Charlie in ihrem Hotelzimmer in Waldshut. Wach, allein, auf ihn wartend. Es waren noch immer mehr als 8 Stunden übrig. Er und Max würden die Autobahnen praktisch für sich allein haben. Vermutlich könnten sie es schaffen.

»Ich war am Markt«, sagte Jäger gerade. »Das war gegen 9. Das Telefon klingelt. Onkel Artur. ›Sturmbannführer! Ein wie guter Freund ist Xaver März?‹ ›Es gibt nichts, was ich nicht für ihn tun würde‹, sage ich – inzwischen hatte es sich herumgesprochen, wo du warst. Er sagt, ganz ruhig: ›Na schön, Sturmbannführer, wir werden ja sehen, ein wie guter Freund Sie sind. Kreuzberg. Ecke Axmann-Weg, nördlich der Kirche. Warten Sie da von Viertel vor bis Viertel nach Mitternacht. Und zu niemandem ein Wort, sonst stecken Sie morgen früh im KZ.‹ Das war's. Dann hat er aufgelegt.«

Auf Jägers Stirn lag ein Schweißglanz. Er blickte von der Straße zu März und zurück. »Verdammte Scheiße, Xavi. Ich weiß nicht, was ich mache. Ich hab' Angst. Ich fahr nach Süden. Ist das in Ordnung?«

»Du machst das schon richtig.«

»Freust du dich nicht, mich zu sehen?« fragte Jäger.

»Ich freu mich sehr.«

März fühlte sich wieder schwach. Er verdrehte seinen Körper und kurbelte das Fenster mit der linken Hand herunter. Über dem Sausen von Wind und Reifen: ein Geräusch. Was war das? Er steckte den Kopf hinaus und sah nach oben. Er konnte es nicht sehen, aber er konnte es über sich hören. Das Knattern eines Hubschraubers. Er schloß das Fenster.

Er erinnerte sich an den Telefonmitschnitt: »*Was ich will? Was glauben Sie denn, was ich will? Asyl in Ihrem Land …*«

Die Skalen und Anzeiger des Wagens schimmerten in der Dunkelheit in sanftem Grün. Die Polsterungen rochen nach frischem Leder.

Er sagte: »Wo hast du den Wagen her, Max?« Es war ein Mercedes: das neueste Modell.

»Aus dem Fuhrpark am Werderschen Markt. Schön, was? Der Tank ist voll. Wir können hin, wohin du willst. Überall hin.«

Da begann März zu lachen. Nicht sehr laut und nicht sehr lange, denn seine schmerzenden Rippen zwangen ihn bald, aufzuhören. »O Max, Max«, sagte er. »Nebe und Krebs sind so gute Lügner, und du bist ein so schlechter, sie tun mir fast leid, daß sie dich in ihrer Mannschaft haben müssen.«

Jäger starrte geradeaus. »Die haben dich mit Drogen vollgepumpt, Xavi. Die haben dir weh getan. Du bist verwirrt, glaub mir.«

»Wenn sie sich irgendeinen anderen Fahrer ausgesucht hätten und nicht dich, dann wäre ich vermutlich drauf reingefallen. Aber dich … sag mir, Max: Warum ist die Straße hinter uns so leer? Ich nehme an, wenn man einem glänzenden neuen Wagen folgt, der vollgepackt ist mit Elektronik und ein Signal sendet, braucht man ihm nicht näher als einen Kilometer zu kommen. Besonders dann nicht, wenn man einen Hubschrauber einsetzen kann.«

»Ich setze mein Leben aufs Spiel«, jammerte Jäger, »und das ist mein Lohn.«

März hielt die Luger von Krebs in der Hand – in der Linken, sie war unbequem zu halten. Dennoch gelang es ihm überzeugend, den Lauf in die dicken Falten von Jägers Nacken zu bohren. »Krebs hat mir seine Pistole gegeben. Um diesen wesentlichen Hauch von Wahrhaftigkeit hinzuzufügen. Ich bin sicher, nicht geladen. Aber willst du's drauf ankommen lassen? Ich glaube nicht. Halt die linke Hand am Steuerrad, Max, und die Augen auf der Straße, und mit der Rechten gib mir deine Luger. Ganz langsam.«

»Du bist verrückt geworden.«

März verstärkte den Druck. Der Lauf glitschte an der schweißigen Haut hoch und kam genau hinter Jägers Ohr zur Ruhe.

»Schon gut, schon gut …«

Jäger gab ihm die Pistole.

»Ausgezeichnet. Paß auf, ich werde jetzt hier sitzen und damit auf deinen fetten Bauch zielen, und wenn du irgendwas versuchst, Max – irgendwas –, dann werde ich eine Kugel reinjagen. Dir ist klar, daß ich nichts mehr zu verlieren habe.«

»Xavi …«

»Halt den Mund. Bleib auf dieser Straße, bis wir den äußeren Autobahnring erreicht haben.«

Er hoffte, Jäger könne nicht sehen, wie seine Hand zitterte. Er ließ die Waffe in seinem Schoß ruhen. Es stand gut, redete er sich ein. Wirklich gut. Es bewies, daß sie sie noch nicht hatten. Und noch nicht entdeckt hatten, wo sie war. Denn sonst hätten sie nicht mehr zu diesem Mittel gegriffen.

Fünfundzwanzig Kilometer südlich der Stadt schwangen sich die Lichter der Autobahn wie ein Halsband durch die Nacht. Große Flächen Gelb wuchsen aus dem Boden hoch und trugen in Schwarz die Namen der Reichsstädte: im Uhrzeigersinn von Stettin über Danzig, Königsberg, Minsk, Posen, Krakau, Kiew, Rostow und Odessa nach Wien; dann hinauf über München und Nürnberg, Stuttgart, Straßburg, Frankfurt und Hannover nach Hamburg.

Auf März' Anweisung hin fuhren sie gegen den Uhrzeiger. Zwanzig Kilometer später bogen sie am Friedersdorfer Kreuz nach rechts ab. Ein anderes Schild: Liegnitz, Breslau, Kattowitz …

Die Sterne schlugen einen Bogen. Kleine Flecken leuchtender Wolken schimmerten über den Bäumen.

Der Mercedes flog über den Zubringer und schoß auf die mondbeschienene Autobahn zu. Die Straße schimmerte wie ein weiter Fluß. Er stellte sich vor, wie hinter ihnen ein Drachenschweif aus Lichtern und Waffen zur Verfolgung herumschwang.

Er war der Kopf. Er zog sie alle hinter sich her – von ihr weg über die leere Autobahn gen Osten.

2

Schmerzen und Erschöpfung hetzten ihn. Um wach zu bleiben, redete er.

»Ich nehme an«, sagte er, »wir haben Krause hierfür zu danken.«

Seit fast einer Stunde hatte keiner von ihnen gesprochen. Die einzigen Geräusche waren das Brummen des Motors und das Hämmern der Reifen auf der Betonstraße. Jäger fuhr von März' Stimme zusammen. »Krause?«

»Krause hat die Dienstpläne durcheinandergebracht und mich an deiner Stelle nach Schwanenwerder geschickt.«

»Krause!« grollte Jäger. Sein Gesicht sah aus wie das eines Bühnendämons, vom Schimmer des Armaturenbretts grün angemalt. Alle Schwierigkeiten in seinem Leben gingen auf Krause zurück!

»Die Gestapo hatte es so gedreht, daß du am Montagabend Dienst hattest, oder nicht? Was haben sie dir gesagt? ›Man wird eine Leiche in der Havel finden, Sturmbannführer. Keine Eile, sie zu identifizieren. Verlegen Sie die Akte für ein paar Tage …‹«

Jäger murmelte: »So ungefähr.«

»Und dann hast du verschlafen, und als du am Dienstag am Markt ankamst, hatte ich den Fall übernommen. Armer Max. Konntest morgens nie aufstehn. Die Gestapo muß dich in ihr Herz geschlossen haben. Mit wem hast du's zu tun gehabt?«

»Mit Globocznik.«

»Mit Globus persönlich!« März pfiff. »Ich wette, du hast gedacht, es wär Weihnachten! Was hat er dir versprochen, Max? Beförderung? Versetzung zur Sipo?«

»Fick dich, März.«

»Und dann hast du ihn über alles auf dem laufenden gehalten. Als ich dir erzählt hab', daß Jost Globus mit der Leiche am Rand des Sees gesehen hat, hast du das weitergegeben, und Jost verschwand. Als ich dich aus Stuckarts Wohnung anrief, hast du ihnen gesagt, wo wir waren, und wir wurden festgenommen. Am nächsten Morgen haben sie die Wohnung der Frau durchsucht, weil du ihnen gesagt hast, sie hätte was aus Stuckarts Safe. Sie haben uns in der Prinz-Albrecht-Straße zusammengelassen, damit du mich für sie vernehmen konntest ...«

Jägers rechte Hand flog vom Steuerrad herüber, ergriff den Pistolenlauf und drehte ihn weg und hoch, aber März' Finger blieben um den Hahn gepreßt und zogen ab.

Die Explosion in dem geschlossenen Raum zerriß ihnen die Trommelfelle. Der Wagen schleuderte über die Autobahn und auf den Grasstreifen, der die beiden Fahrbahnen voneinander trennte und sie holperten über die rauhe Spur. Einen Augenblick lang glaubte März, er sei getroffen, und dann dachte er, Jäger sei getroffen. Aber Jäger hatte beide Hände am Steuer und kämpfte um die Kontrolle über den Mercedes, und März hatte immer noch die Waffe. Kalte Luft schoß durch ein ausgefranstes Loch in der Decke ins Auto.

Jäger lachte wie ein Verrückter und sagte irgend etwas, aber März war von dem Schuß immer noch taub. Der Wagen schlitterte vom Gras herunter und gewann wieder die Autobahn.

Der Rückstoß des Schusses hatte März gegen seine zerschmetterte Hand geschleudert und ihn fast in Ohnmacht sinken lassen, aber der Strom eiskalter Luft peitschte ihn wieder ins Bewußtsein zurück. Er verspürte ein verzweifeltes Bedürfnis, seine Geschichte zu Ende zu bringen – *Ich wußte erst sicher, daß du mich verraten hast, als Krebs mir die Bandmitschrift zeigte: Da wußte ich es, weil du der einzige Mensch warst, dem ich von der Telefonzelle in der Bülowstraße erzählt hatte, und wie Stuckart das Mädchen anrief* –, aber der Wind riß seine Worte fort. Und was spielte es im übrigen für eine Rolle?

In all diesem war die Ironie Nightingale. Der Amerikaner war ein redlicher Mann gewesen; sein engster Freund der Verräter.

Jäger grinste immer noch wie ein Verrückter und sprach zu sich selbst, während er fuhr, und Tränen glitzerten auf seinen feisten Wangen.

Kurz nach 5 fuhren sie von der Autobahn ab in eine Tankstation, die die ganze Nacht geöffnet hatte. Jäger blieb im Wagen und sagte dem Tankwärter durch das offene Fenster, er solle auftanken. März hielt die Luger gegen Jägers Rippen gepreßt, aber den hatte die Kampfeslust offenbar verlassen. Er war in sich zusammengesackt. Er war nur noch ein Sack Fleisch in Uniform.

Der junge Mann, der die Pumpen bediente, sah auf das Loch der Decke und sah auf sie – zwei SS-Sturmbannführer in einem brandneuen Mercedes –, biß sich auf die Lippen und sagte nichts.

Durch den Baumschleier, der das Tankstellengelände von der Autobahn trennte, konnte März ab und zu vorbeifliegende Scheinwerfer sehen. Aber von der Kavalkade, die ihnen, wie er wußte, folgte: keine Spur.

Er vermutete, daß sie etwa einen Kilometer zurück angehalten hatte, um abzuwarten, bis sie sehen könnten, was er als nächstes vorhabe.

Als sie wieder auf der Straße waren, sagte Jäger: »Ich hab' nie gewollt, daß dir was zustößt, Xavi.«

März, der an Charlie dachte, grunzte.

»Um Himmels willen, Globocznik ist General der Polizei. Wenn der einem sagt: ›Jäger! Wegsehen!‹ – dann sieht man eben weg, oder? Ich meine, so ist das Gesetz, oder nicht? Wir sind Polizisten. Wir haben dem Gesetz zu gehorchen!«

Jäger nahm den Blick lange genug von der Straße, um März anzusehen, der nichts sagte. Er blickte wieder auf die Straße.

»Als er mir befohlen hat, ihm mitzuteilen, was du herausgefunden hast – was hätte ich da tun sollen?«

»Du hättest mich warnen können.«

»Ja? Und was hättest du dann getan? Ich kenne dich: Du hättest weitergemacht. Und wo wäre ich dann geblieben – ich und Hannelore und die Kinder? Wir sind nicht alle dazu geschaffen, Helden zu sein, Xavi. Es muß auch Leute wie mich geben, damit Leute wie du so schlau aussehen können.«

Sie fuhren der Dämmerung entgegen. Über den niedrigen bewaldeten Hügeln vor ihnen war schon ein fahles Leuchten, als stünde eine ferne Stadt in Flammen.

»Ich nehme an, sie werden mich erschießen, weil ich zugelassen habe, daß du die Waffe gegen mich gerichtet hast. Sie werden sagen, ich hätte dich gelassen. Sie werden mich erschießen. O Gott, ist das nicht ein Witz?« Er sah März mit nassen Augen an. »Was für ein Witz!«

»Wirklich ein Witz«, sagte März.

Als sie die Oder überquerten, war es schon hell. Der graue Fluß erstreckte sich auf beiden Seiten der stählernen Brücke. Zwei Flußkähne glitten in der Mitte des sich langsam bewegenden Wassers aneinander vorüber und dröhnten sich ein lautes Gutenmorgen zu.

Die Oder: Deutschlands natürliche Grenze zu Polen. Nur gab es da keine Grenze mehr; es gab kein Polen mehr.

März starrte geradeaus. Das war die Straße, über die die 10. Armee der Wehrmacht im September 1939 gerollt war. In seinem Geiste sah er wieder die alten Wochenschauen: die mit Pferden bespannte Artillerie, die Panzer, die Marschkolonnen ... Der Sieg war so leicht erschienen. Wie hatten sie gejubelt!

Da war das Ausfahrtschild nach Gleiwitz, der Stadt, wo der Krieg angefangen hatte.

Jäger stöhnte. »Ich bin erledigt, Xavi. Ich kann nicht mehr viel weiter fahren.«

März sagte: »Ist nicht mehr weit.«

Er dachte an Globus. ›*Da gibt es nichts mehr, nicht mal einen Ziegelstein. Niemand wird das jemals glauben. Und soll ich Ihnen was sagen? Ein Teil von Ihnen kann das selbst nicht glauben.*‹ Das war sein schlimmster Augenblick gewesen, weil es wahr war.

Eine Totenburg erhob sich nicht weit von der Straße auf einem kahlen Hügel: 4 Türme aus Granit, 50 Meter hoch, umschlossen zum Viereck angeordnet einen bronzenen Obelisken. Während sie vorüberfuhren, schimmerte für einen Augenblick die schwache Sonne in dem Metall wie in einem Spiegel. Es gab Dutzende solcher Tumuli zwischen hier und dem Ural – unvergängliche Mahnmale für die Deutschen, die gestorben waren – starben, sterben werden – für die Eroberung des Ostens. Jenseits Schlesiens waren die Autobahnen durch die Steppen auf Dämmen gebaut, damit sie vom Winterschnee freiblieben – einsame Schnellstraßen, die unaufhörlich vom Wind gepeitscht wurden ...

Sie fuhren noch weitere zwanzig Kilometer über die rauchspeienden Fabrikschlote von Kattowitz hinaus, und dann sagte März zu Jäger, er solle von der Autobahn abfahren.

Er kann sie in seinem Geist sehen.

Sie verläßt das Hotel. Sie sagt am Empfang: »Sind Sie sicher, daß keine Nachricht gekommen ist?« Die Empfangsdame lächelt. »Keine, Fräulein

Voß.« Sie hat das ein dutzendmal gefragt. Ein Träger bietet ihr an, beim Gepäck zu helfen, aber sie lehnt ab. Sie sitzt in dem Auto und blickt über den Fluß und liest noch einmal den Brief den sie in ihrem Koffer versteckt gefunden hat. »Hier ist der Schlüssel zum Tresor, mein Liebling. Sorge dafür, daß sie eines Tages wieder das Licht erblickt ...« *Eine Minute vergeht. Noch eine. Und noch eine. Sie blickt stetig nach Norden, in die Richtung, aus der er kommen soll.*

Schließlich sieht sie auf die Uhr. Dann nickt sie langsam, läßt den Motor an und biegt nach rechts in die ruhige Straße ein.

Jetzt fuhren sie durch industrialisiertes Land: braune Felder, begrenzt von struppigen Hecken; weißliches Gras; vom Kohlenstaub schwarze Hänge; die hölzernen Türme alter Schächte mit geisterhaft sich drehenden Rädern, wie die Skelette von Windmühlen.

»Was für ein Scheißloch«, sagte Jäger. »Was passiert hier?«

Die Straße lief an einem Eisenbahngleis entlang und überquerte dann einen Fluß. Flöße aus gummiartigem Schaum trieben an den Ufern entlang. Sie befanden sich unmittelbar unterm Wind aus Kattowitz. Die Luft stank nach Chemikalien und Kohlenstaub. Der Himmel war hier normalerweise schwefelgelb, die Sonne eine orangefarbene Scheibe im Dunst.

Sie fuhren abwärts, unter einer geschwärzten Eisenbahnbrücke durch, dann über eine Eisenbahnkreuzung. Nahe jetzt ... März versuchte, sich an Luthers grobe Faustskizze zu erinnern.

Sie kamen an eine Kreuzung. Er zögerte.

»Nach rechts.«

An Wellblechhütten vorbei, an ärmlichen Baumgruppen, und ratterten über noch mehr stählerne Gleise ...

Er erkannte eine aufgegebene Eisenbahnstrecke. »Halt!«

Jäger bremste.

»Hier ist es. Du kannst den Motor abstellen.«

Völlige Stille. Nicht einmal ein Vogelruf.

Jäger sah sich mit Widerwillen auf der engen Straße, den kahlen Feldern mit den fernen Bäumen um. Ödland. »Wir sind ja mitten im Nichts!«

»Wie spät ist es?«

»Gerade nach 9.«

»Mach das Radio an.«

»Was soll das? Willst du ein bißchen Musik? *Die lustige Witwe?*«

»Mach es einfach an.«

»Welchen Sender?«

»Der Sender spielt keine Rolle. Wenn es 9 ist, haben alle das gleiche Programm.«

Jäger drückte auf eine Taste und drehte an einem Wählknopf. Ein Geräusch wie ein Ozean, der sich an einer felsigen Küste bricht. Als er durch die Frequenzen ging, verschwand das Geräusch, kam wieder, ging wieder verloren und war dann in voller Stärke da: nicht der Ozean, aber Millionen Stimmen, die sich zujubelnd erhoben.

»Nimm deine Handschellen raus, Max. Gib mir den Schlüssel. Und jetzt feßle dich selbst ans Lenkrad. Tut mir leid, Max.«

»O Xavi ...«

»*Hier kommt er!*« schrie der Kommentator. »*Ich kann ihn sehen! Hier kommt er!*«

Er war mehr als fünf Minuten gegangen und hatte schon fast das Birkenwäldchen erreicht, als er den Hubschrauber hörte. Er sah einen Kilometer zurück, über das wogende Gras hinweg und an den überwachsenen Gleisen entlang. Dem Mercedes hatten sich auf der Straße ein Dutzend anderer Wagen angeschlossen. Eine Reihe schwarzer Gestalten begann, auf ihn zuzukommen.

Er drehte sich um und ging weiter.

Sie hält am Grenzübergang – jetzt. Die Hakenkreuzfahne flattert über dem Kontrollposten. Die Wache nimmt ihren Paß »Aus welchem Grund verlassen Sie Deutschland?« »Um an der Hochzeit einer Freundin teilzunehmen. In Zürich.« Er blickt vom Paßfoto zu ihrem Gesicht und wieder zurück und überprüfte die Daten des Visums. »Sie reisen allein?« »Mein Verlobter sollte mitkommen, aber er wurde in Berlin aufgehalten. Er muß seine Pflicht tun. Sie wissen ja, wie das ist.« Lächeln, natürlich ... So ist es gut, mein Liebling. Niemand kann das besser als du.

Er suchte den Boden ab. Da mußte etwas sein.

Ein Beamter befragt sie, ein anderer geht um den Wagen herum. »Was für Gepäck führen Sie mit sich?« »Nur Sachen zur Übernachtung. Und ein Hochzeitsgeschenk.« Sie setzt eine verdutzte Miene auf. »Warum? Ist was nicht in Ordnung? Wollen Sie, daß ich alles auspacke?« Sie beginnt, die Tür zu öffnen ... O Charlie, übertreib es nicht. Die Beamten tauschen Blicke aus ...

Und dann sah er es. Fast vergraben in der Wurzel eines Schößlings: ein Streifen Rot. Er bückte sich und nahm es auf, und drehte es in der Hand. Der Ziegel war von gelblichen Flechten bedeckt, von der Sprengung verbrannt, und zerbröselte an den Kanten. Aber noch war er solide genug. Er war da. Er kratzte mit dem Daumen an den Flechten herum, und der karmesinrote Staub setzte sich unter seinen Nagel wie vertrocknetes Blut. Als er sich bückte, um ihn wieder hinzulegen, sah er andere, halb im fahlen Gras verborgen – zehn, zwanzig, hundert ...

Ein hübsches Mädchen, eine Blondine, ein schöner Tag, ein Feiertag ... Die Beamten lesen das Blatt noch einmal durch. Da heißt es nur, Berlin bemühe sich, eine Amerikanerin zu finden, eine Brünette. »Nein.« Er gibt ihr den Paß zurück und winkt dem anderen Beamten zu. »Eine Durchsuchung wird nicht nötig sein.« Die Schranke öffnet sich. »Heil Hitler!« sagt er. »Heil Hitler!« antwortet sie.
Fahr los, Charlie Fahr los.
Es ist, als ob sie ihn hört Sie wendet den Kopf nach Osten, ihm entgegen, dahin, wo die Sonne frisch am Himmel steht, und als der Wagen anfährt, scheint sie den Kopf zustimmend zu neigen. Über die Brücke: das weiße Kreuz der Schweiz. Das Morgenlicht glitzert auf dem Rhein ...

Sie ist entkommen. Er sah zur Sonne empor und wußte es – wußte es mit absoluter Sicherheit.
»Bleiben Sie stehen, wo Sie sind!«
Der schwarze Schatten des Hubschraubers flappte über ihm. Hinter ihm Rufe – sehr viel näher jetzt – metallene, roboterhafte Befehle: »Lassen Sie die Waffe fallen!«
»Bleiben Sie, wo Sie sind!«
»Bleiben Sie, wo Sie sind!«
Er nahm die Uniformmütze ab und schleuderte sie über das Gras, wie sein Vater einst flache Hüpfsteine über den See schleuderte. Dann zog er die Pistole aus dem Hosenbund, prüfte nach, ob sie geladen war, und bewegte sich auf die schweigenden Bäume zu.

NACHBEMERKUNG

Viele der Personen, deren Namen in diesem Roman verwendet werden, haben wirklich gelebt. Die biographischen Einzelheiten sind bis 1942 zutreffend. Ihr späteres Schicksal hat sich natürlich anders gestaltet.

Josef Bühler, Staatssekretär im Generalgouvernement, wurde in Polen zum Tode verurteilt und 1948 hingerichtet.

Wilhelm Stuckart wurde bei Kriegsende festgenommen und verbrachte vier Jahre in Haft. Er wurde 1949 freigelassen und lebte in Westberlin. Im Dezember 1953 wurde er bei einem ›Autounfall‹ in der Nähe von Hannover getötet. Der ›Unfall‹ ist vermutlich von einer Rächergruppe arrangiert worden, die Nazi-Kriegsverbrecher jagte, die sich in Freiheit befanden.

Martin Luther versuchte in einem Machtkampf 1943, den deutschen Außenminister Joachim von Ribbentrop zu stürzen. Er scheiterte und wurde in das Konzentrationslager Sachsenhausen geschickt, wo er einen Selbstmordversuch unternahm. Er wurde 1945 kurz vor Kriegsende entlassen und starb im Mai 1945 in einem örtlichen Krankenhaus an Herzversagen.

Odilo Globocznik wurde von einer britischen Patrouille am 31. Mai 1945 in Weißensee/Kärnten festgenommen. Er beging Selbstmord durch Zerbeißen einer Zyankalikapsel.

Reinhard Heydrich wurde von tschechischen Agenten in Prag im Sommer 1942 ermordet.

Artur Nebes Schicksal ist – typisch – sehr viel rätselhafter. Es wird angenommen, daß er in das Attentat auf Hitler im Juli 1944 verwickelt war, sich auf einer Insel im Wannsee versteckte und von einer abgewiesenen Geliebten verraten wurde. Offiziell wurde er am 21. März 1945 in Berlin hingerichtet. Dennoch wurde er angeblich später in Italien und Irland gesehen.

Jene, die als Teilnehmer der Wannsee-Konferenz genannt werden, waren tatsächlich anwesend. Alfred Mayer beging 1945 Selbstmord. Roland Freisler wurde bei einem Bombenangriff 1945 getötet. Friedrich Kritzinger starb nach schwerer Krankheit in Freiheit. Adolf Eichmann wurde von den Israelis 1962 hingerichtet. Karl Schöngarth wurde von einem britischen Gericht 1946 zum Tode verurteilt. Otto Hoffmann wurde von einem US-Militärgericht zu 15 Jahren Haft verurteilt. Heinrich Müller gilt seit Kriegsende als verschollen. Die anderen lebten entweder in Deutschland oder in Südamerika weiter.

Die folgenden, im Text zitierten Dokumente sind authentisch: Heydrichs Einladung zur Wannsee-Konferenz; Görings Anweisung an Heydrich vom 31. Juli 1941; die Telegramme des deutschen Botschafters, die die Kommentare Joseph P. Kennedys beschreiben; die Anweisung vom Zentralen Baubüro in Auschwitz; der Eisenbahnfahrplan (gekürzt); die Auszüge aus den Protokollen der Wannsee-Konferenz; das Rundschreiben über die Verwendung von Häftlingshaaren.

Wo ich Dokumente erfinden mußte, habe ich mich bemüht, das auf der Basis von Tatsachen zu tun – zum Beispiel: die Wannsee-Konferenz *wurde* verschoben, und die Protokolle *sind* von Eichmann in sehr viel umfassenderer Weise niedergeschrieben, dann aber von Heydrich redigiert worden; Hitler vermied – notorischerweise –, seinen Namen unter irgend etwas zu setzen, das wie eine direkte Anweisung zur Endlösung aussah, hat aber mit größter Wahrscheinlichkeit im Sommer 1941 eine mündliche Anweisung erteilt.

Das Berlin in diesem Buch entspricht dem, das Albert Speer zu bauen plante.

Leonardo da Vincis Porträt der Cecilia Gallerani wurde in Deutschland nach Kriegsende wiedergefunden und an Polen zurückgegeben.

Anmerkungen des Übersetzers

Der Autor Robert Harris hat in seinem Roman eine Reihe von Textzitaten aus dem Großdeutschen Reich teils als Motti einzelner Kapitel, teils als Textpassagen eingearbeitet, aber nicht im Sinne einer historischen Dokumentation, sondern nach den Bedürfnissen seiner Geschichte. Manche hat er in genauer Übersetzung übernommen, wie z. B. den SS-Eid auf Seite 11; andere in bearbeiteter Form, wie etwa das Hitler-Zitat auf Seite 8, das in der englischen Ausgabe lautet: »People sometimes say to me: ›Be careful! You will have twenty years of guerilla warfare on your hands!‹. I am delighted at the prospect ... Germany will remain in a state of perpetual alertness.« Hierzu lautet die Originalfassung »Das wird jetzt ein hundertjähriger Kampf, was auch ganz gut ist: Wir schlafen nicht ein! Wenn einer sagt: *Passen Sie auf, Sie kriegen jetzt zwanzig Jahre Partisanen-Krieg!* Gut, das ist ja letzten Endes auch das Geheimnis gewesen, warum kleine Armeen eine Vielzahl von Völkern in Schach zu halten vermochten. Kommt in Zukunft eine Division nicht nach dem Lager Lechfeld oder nach Hammelburg, sondern nach dem Kaukasus: Die Jungens haben immer gejubelt vor Freude, wenn es hieß: packen. Dafür werde ich sorgen, daß diese Jugend herumgewirbelt wird. Es muß immer was los sein.« Dementsprechend wurde den Originaltexten entnommen, was zu entnehmen war; alles andere wurde aus dem Englischen nach Harris übersetzt.

Ganz oder teilweise übernommene Texte:
Seite 8
Adolf Hitler am 29. August 1942 aus: *Monologe im Führerhauptquartier 1941-1944*. Die Aufzeichnungen Heinrich Heims, herausgegeben von Werner Gochmann, Albrecht Knaus Verlag, Hamburg 1980 (Seite 374/5).
Seite 11:
Der SS-Eid aus: Heinz Höhne, *Der Orden unter dem Totenkopf. Die Geschichte der SS*. Verlag Der Spiegel, Hamburg 1966 (Seite 138).
Seite 81
Rede Hitlers am 1. September 1939 vor dem Reichstag zum Kriegsausbruch: »Seit 5.45 Uhr wird jetzt zurückgeschossen.« Nach: Archiv der Gegenwart, Band 1939, Seite 4200.
Seite 117
Hiter aus *Monologe* (wie zu Seite 8; dort Seite 40: »Das lehrt uns die bol-

schewistische Front: Sie kennen keinen Gott, und doch verstehen sie, zu sterben. Wenn der Nationalsozialismus längere Zeit geherrscht hat, wird man sich etwas anderes gar nicht mehr denken können. Auf die Dauer vermögen Nationalsozialismus und Kirche nicht nebeneinander zu bestehen.«

Seite 224

Aus: Eichmann-Prozeß, *Beweisdokumente* 871–950. Ref. Nr. G 01. Blatt 946 der *Materialsammlung der Police d'Israel*, Quartier Général 6-ème Bureau. Anschließend an den hier zitierten Text heißt es in dem Einladungsschreiben weiter: »Ähnliche Schreiben habe ich an Herrn Generalgouverneur Dr. Frank, Herrn Gauleiter Dr. Meyer, die Herren Staatssekretäre Stuckart, Dr. Schlegelberger, Gutterer und Neumann, sowie an Herrn Reichsamtsleiter Dr. Leibbrandt, SS-Obergruppenführer Krüger, SS-Gruppenführer Hoffmann, SS-Gruppenführer Greifelt, SS-Oberführer Klopfer und an Herrn Ministerialdirektor Kritzinger gerichtet.«

Seite 225

Dokument 710-PS in *Der Prozeß gegen die Hauptkriegsverbrecher vor dem Internationalen Militärgerichtshof*, Nürnberg, 14. November 1945 – 1. Oktober 1946«, Band XXVI »Urkunden und anderes Beweismaterial« (Seite 266/7): »Der Reichsmarschall des Großdeutschen Reiches/Beauftragter für den Vierjahresplan/Vorsitzender des Ministerrats für die Reichsverteidigung« – »An den Chef der Sicherheitspolizei und des SD SS-Gruppenführer Heydrich – Berlin.«

Seite 233

Dokument 1919-PS in *Der Prozeß* (wie zu Seite 225; Band XXIX, Seite 110-173, hier Seite 145), Rede Himmlers bei der SS-Gruppenführertagung in Posen am 4. Oktober 1943: Ausführung des Gedankens: Andere Völker sind als Sklaven für die deutsche Kultur zu betrachten; Einzelnes über Russen, Italiener; Befreiung Mussolinis durch die SS; Lage und Stimmung in Deutschland; Beurteilung der Lage der Alliierten; SS-Ideale und Zukunftspläne (Beweisstück US-170). Die fragliche Passage behandelt die »Judenevakuierung, die Ausrottung des jüdischen Volkes«.

Seite 247

Hitlers Rede am 18. Juli 1937 zur »feierlichen Weihe des Hauses der Deutschen Kunst und Eröffnung der großen deutschen Kunstausstellung«, aus: *Die »Kunststadt« München 1937. Nationalsozialismus und »Entartete Kunst«*, Prestel Verlag, München 1987 (hier Seite 250/1)

Seite 271f

Aus: *Akten zur Deutschen Auswärtigen Politik* 1918–1945, von Neurath zu Ribbentrop, Band 1, Serie D (1937–1945). Institut für Zeitgeschichte, München. Von Dirksen stellte in seinem Schreiben vom 18. Oktober 1938 an Staatssekretär von Weizsäcker zum Inhalt seiner Unterredung mit US-Botschafter Kennedy neben dem Interesse von Oberst Charles Lindbergh am neuen Deutschland ferner u. a. fest: »Wie Sie daraus entnehmen werden, erwartet Kennedy nunmehr eine Stellungnahme unsererseits, ob uns seine Reise nach Deutschland genehm sein würde und ob er Gelegenheit haben wird, den Führer zu sehen.«

Seite 272

Aus: *Nationalsozialistische Massentötungen durch Giftgas* – eine Dokumentation, herausgegeben von Kogon, Langbein, Rückerl u. a. im S. Fischer Verlag GmbH, Frankfurt/Main 1983 (hier: S. 222).

Seite 276f

Aus: *Sonderzüge nach Auschwitz*, herausgegeben von Raul Hilberg im Horst-Werner Dumjahn Verlag, Mainz 1981 (hier: Anlage 45, S. 207-210).

Seite 279ff

Aus: *Akten* ... (wie zu Seite 271f), Band 1, Serie E (1941-1945) Seite 267ff. *Undatiertes Protokoll der Wannseekonferenz* (die ursprünglich für den 9. Dezember 1941 einberufene Konferenz war wegen politischer Ereignisse kurzfristig auf den 20. Januar 1942 anberaumt worden; das Protokoll sandte Heydrich erst mit Schreiben vom 26. Februar 1942 dem Auswärtigen Amt zu. Die Teilnehmerliste lautet: Gauleiter Dr. Meyer und Reichsamtsleiter Dr. Leibbrandt, Reichsministerium für die besetzten Ostgebiete; Staatssekretär Dr. Stuckart, Reichsministerium des Innern; Staatssekretär Neumann, Beauftragter für den Vierjahresplan; Staatssekretär Dr. Freisler, Reichsjustizministerium; Staatssekretär Dr. Bühler, Amt des Generalgouverneurs; Unterstaatssekretär Luther, Auswärtiges Amt; SS-Oberführer Klopfer, Partei-Kanzlei; Ministerialdirektor Kritzinger, Reichskanzlei; SS-Gruppenführer Hofmann, Rasse- und Siedlungshauptamt; SS-Gruppenführer Müller, SS-Obersturmbannführer Eichmann, Reichssicherheitshauptamt; SS-Oberführer Dr. Schöngarth, Befehlshaber der Sicherheitspolizei und des SD im Generalgouvernement, Sicherheitspolizei und SD; SS-Sturmbannführer Dr. Lange, Kommandeur der Sicherheitspolizei und des SD für den Generalbezirk Lettland, als Vertreter des Befehlshabers der Sicherheitspolizei und des SD für das Reichskommissariat Ostland, Sicherheitspolizei und SD.« Im Teil III des Protokolls heißt es zur Frage der rund 11 Millionen Juden, »die sich wie folgt auf die einzelnen Länder verteilen:

A. Altreich	131 800
Ostmark	43 700

Ostgebiete	420 000
Generalgouvernement	2 284 000
Bialystok	400 000
Protektorat Böhmen und Mähren	74 200
Estland – judenfrei –	
Lettland	3 500
Litauen	34 000
Belgien	43 000
Dänemark	5 600
Frankreich/Besetztes Gebiet	165 000
Unbesetztes Gebiet	700 000
Griechenland	69 600
Niederlande	160 800
Norwegen	1 300

B.
Bulgarien	48 000
England	330 000
Finnland	2 300
Irland	4 000
Italien einschl. Sardinien	58 000
Albanien	200
Kroatien	40 000
Portugal	3 000
Rumänien einschl. Bessarabien	342 000
Schweden	8 000
Schweiz	18 000
Serbien	10 000
Slowakei	88 000
Spanien	6 000
Türkei (europ. Teil)	55 500
Ungarn	742 800
UdSSR	5 000 000
Ukraine	2 994 684
Weißrußland ausschl. Bialystok	446 484
zusammen über	11 000 000

Bei den angegebenen Judenzahlen der verschiedenen ausländischen Staaten handelt es sich jedoch nur um Glaubensjuden, da die Begriffsbestimmungen der Juden nach rassischen Grundsätzen teilweise dort noch fehlen.« Und ferner: »Die berufständische Aufgliederung der im europäischen Gebiet der UdSSR ansässigen Juden« war etwa folgende:

In der Landwirtschaft	9,1%
als städtische Arbeiter	14,8%
im Handel	20,0%
als Staatsarbeiter angestellt	23,4%
in den privaten Berufen – Heilkunde, Presse, Theater usw.	32,7%

Seite 287
Dokument UdSSR-511 in *Der Prozeß* ... (wie zu Seite 225; Band XX »Verhandlungsniederschriften 30. Juli 1946–10. August 1946«, Seite 387/8).
Seite 323
Karl Baedeker *Das Generalgouvernement*, Reisehandbuch, mit 3 Karten und 6 Stadtplänen, Verlag Baedeker, Leipzig 1943 (hier: Seite 10 »Route von Wien nach Krakau«).

BERLIN, SIEGESALLEE, 1964

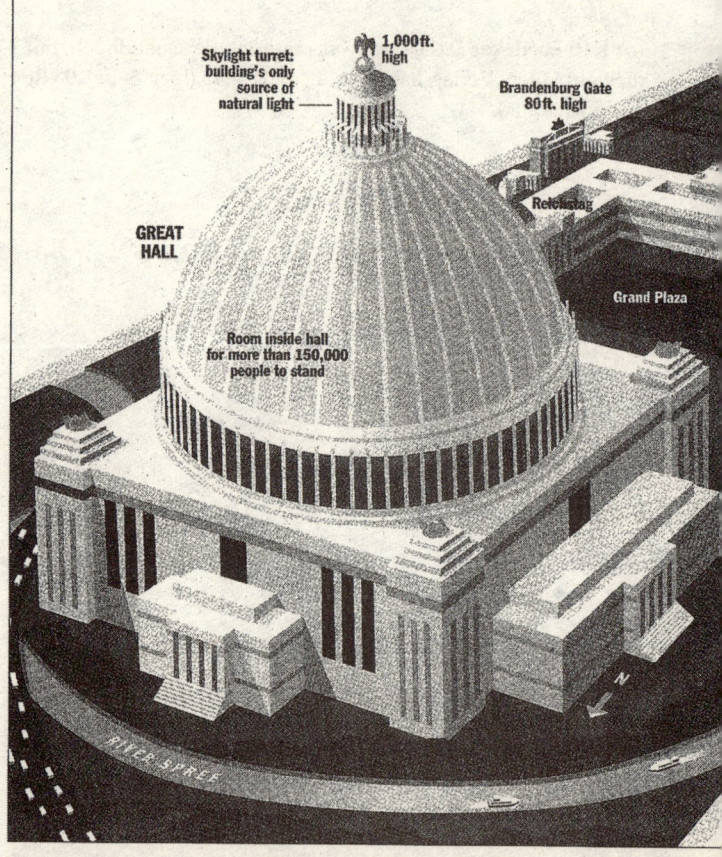

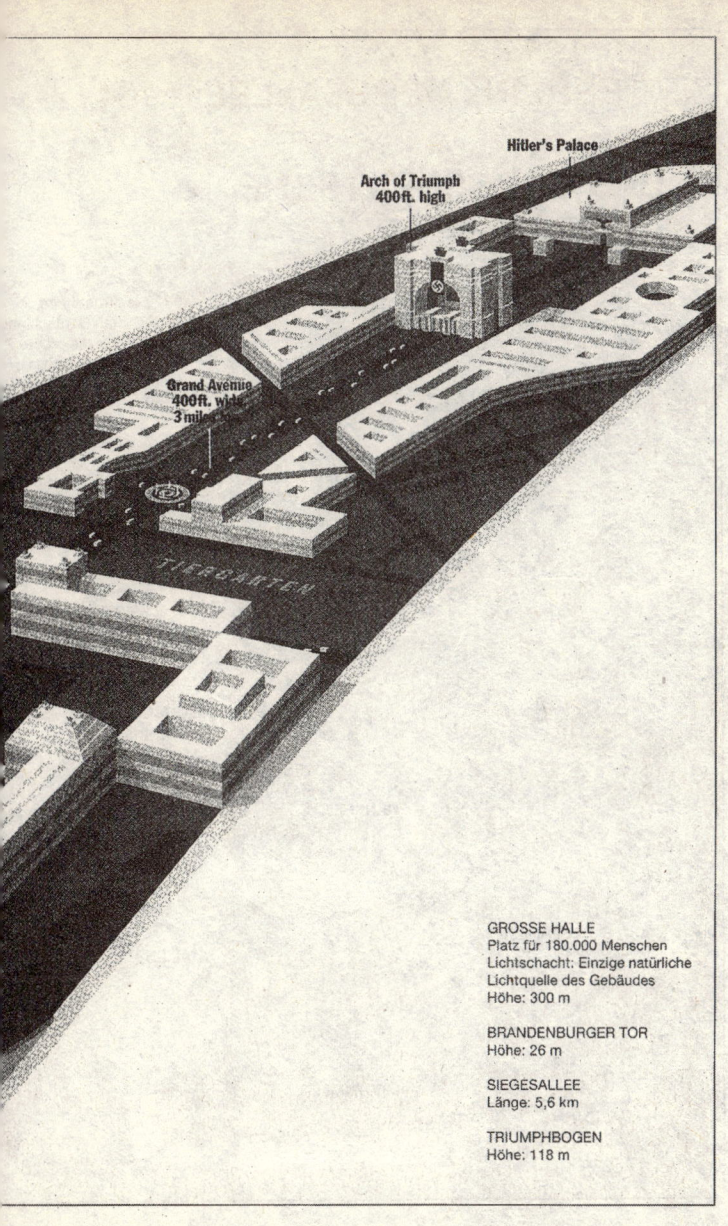

GROSSE HALLE
Platz für 180.000 Menschen
Lichtschacht: Einzige natürliche
Lichtquelle des Gebäudes
Höhe: 300 m

BRANDENBURGER TOR
Höhe: 26 m

SIEGESALLEE
Länge: 5,6 km

TRIUMPHBOGEN
Höhe: 118 m

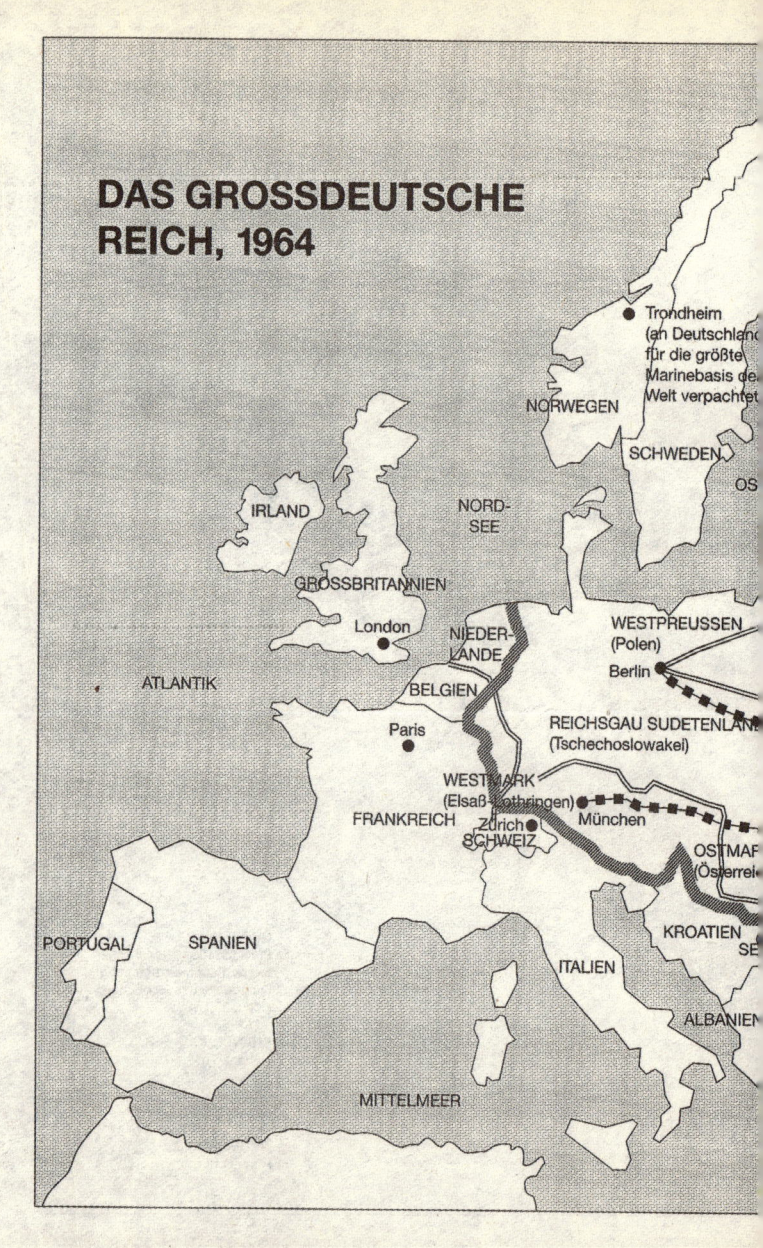

ROBERT LUDLUM
Die Scorpio-Illusion

Für
Jeffrey, Shannon
und James

PROLOG

Askalon, Israel, 2 Uhr 47

Dichter Regen durchschnitt die Nacht wie mit silbernen Messern. Der dunkle Himmel bezog sich mit noch dunkleren Massen wirbelnder schwarzer Wolken, als sich die beiden miteinander vertäuten Schlauchboote, schutzlos der Dünung des Meeres und dem peitschenden Wind ausgesetzt, der Küste näherten.

Die Mitglieder des Stoßtrupps waren völlig durchnäßt. Schweiß und Regen hatten Streifen in ihre geschwärzten Gesichter gezogen; mit zusammengekniffenen Augen versuchten sie angestrengt, den Strand in der Dunkelheit auszumachen. Die Einheit bestand aus acht Palästinensern aus dem Beka'a-Tal und einer Frau, die selber keine Palästinenserin war, sich aber ihrer Sache angeschlossen hatte, da diese untrennbar mit dem verbunden war, wozu sie sich vor Jahren bekannt hatte: *Muerte a toda autoridad!* Sie war die Frau des Führers der Einheit.

»Nur noch wenige Minuten!« rief der große Mann, als er sich neben der Frau niederkniete. Seine Waffen waren wie die der anderen mit Riemen am dunklen Tarnanzug festgebunden; auf dem Rücken trug er einen schwarzen wasserdichten Rucksack mit Sprengstoff. »Denk daran, den Anker zwischen den Booten auszuwerfen, wenn wir an Land gehen. Das ist wichtig.«

»Ich verstehe, mein Gemahl. Aber es wäre mir lieber, wenn ich mitkommen könnte …«

»Damit wir hier nicht mehr wegkommen, um weiterzukämpfen?« fragte er. »Die Hochspannungsleitungen sind keine drei Kilometer von der Küste entfernt; sie versorgen Tel Aviv mit Strom, und wenn wir sie erst in die Luft gejagt haben, wird die Hölle los sein. Wir besorgen uns ein Fahrzeug und sind in einer Stunde wieder zurück. Aber unsere Ausrüstung muß hierbleiben.«

»Ich verstehe.«

»Wirklich? Kannst du dir vorstellen, was das bedeutet? Der größte Teil, wenn nicht ganz Tel Aviv ohne Licht! – Und natürlich Askalon.

Perfekt ... Und du, mein Augenstern, warst es, die den wunden Punkt ausfindig gemacht hat, das ideale Ziel.«

»Ich habe nur einen Vorschlag gemacht.« Ihre Hand streichelte seine Wange. »Komm bald zurück, Geliebter.«

»Zweifle nicht daran, meine Amaya der Feuer ... Wir sind nahe genug dran ... *Jetzt*!« Der Führer der Einheit gab den Männern auf beiden Booten ein Zeichen. Alle ließen sich in die schwere Brandung gleiten und hielten die Waffen hoch über dem Kopf, während sie sich gegen die Wellen stemmten und durch den weichen Sand zum Strand vorrückten. Sobald sie ihn erreicht hatten, ließ der Führer seine Taschenlampe einmal kurz aufleuchten, um anzuzeigen, daß die gesamte Einheit sich auf feindlichem Boden befand – bereit, die Aktion zu beginnen. Die Frau warf den schweren Anker zwischen den beiden Booten aus, die einträchtig den Bewegungen der Wellen folgten. Sie hielt das Funkgerät einsatzbereit an Ohr und Mund; sie würde es nur im Notfall benutzen, da die Juden den Funkverkehr an der Küste überwachten.

Dann, plötzlich, mit einer schrecklichen Endgültigkeit, zerbarsten alle Träume des Ruhms in den Salven eines Maschinengewehrfeuers, das von beiden Seiten auf die Einheit niederging. Es war ein Massaker. Soldaten rannten über den Strand, feuerten ihre Waffen in die zuckenden Körper der Askalon-Brigade ab, zerfetzten Schädel, verschonten keinen der Palästinenser. *Keine Gefangenen! Nur Tote!*

Die Frau im Schlauchboot handelte rasch trotz ihres Schmerzes, trotz des Schocks, der sie lähmte. Nur von dem Impuls bestimmt zu überleben, stieß sie ihr langes Messer an mehreren Stellen in die PVC-Haut der Boote, ergriff eine wasserdichte Tasche, die Waffen und gefälschte Papiere enthielt, und sprang in die Wellen. Gegen die Brandung und die Unterströmung ankämpfend, hielt sie, nach Süden vordringend, einen Abstand von fünfzig Metern zur Küste ein, ehe sie quer zu den Wellen an den Strand schwamm. Sie sah fast nichts in dem dichten Regen, als sie das seichte Wasser erreicht hatte und zurück zum Kampfplatz kroch. Dann hörte sie die israelischen Soldaten, die auf hebräisch Rufe austauschten. Jede Faser ihres Körpers erstarrte in kalter Wut.

»Wir hätten Gefangene machen sollen.«

»Wozu? Damit sie später unsere Kinder töten, wie meine beiden Söhne, die sie im Schulbus abgeschlachtet haben?«

»Man wird uns einen Vorwurf daraus machen – sie sind alle tot.«

»*Genau wie meine Mutter und mein Vater. Die Schweine haben sie in einem Weinberg niedergeschossen, zwei alte Leute, mitten unter den Reben.*«

»*Mögen sie in der Hölle schmoren! Die Hisb Allah hat meinen Bruder zu Tode gefoltert!*«

»*Nehmt ihre Waffen und schießt ein bißchen in die Gegend ... ein paar Streifschüsse an Armen und Beinen werden uns nicht umbringen!*«

»*Jacob hat recht. Sie haben zurückgeschossen. Wir hätten alle getötet werden können.*«

»*Einer von uns sollte in die Siedlung laufen und Verstärkung anfordern!*«

»*Wo sind ihre Boote?*«

»*Die sind doch längst weg, auf Nimmerwiedersehen. Wahrscheinlich waren es Dutzende! Grund genug, die zu töten, die wir gesehen haben!*«

»*Beeil dich, Jacob! Wir dürfen der verdammten liberalen Presse keinen Stoff liefern!*«

»*Warte! Dieser hier lebt noch!*«

»*Laß ihn sterben. Nehmt ihnen die Waffen ab und schießt die Magazine leer.*«

Das Stakkato der Schüsse drang durch die Nacht und den Regen. Dann warfen die Soldaten die Gewehr des Stoßtrupps neben die Leichen und eilten zurück in die seegrasüberspülten Dünen. Streichhölzer und Feuerzeuge flammten hinter vorgehaltenen Händen auf. Das Massaker war vorbei; das Vertuschungsmanöver hatte begonnen.

Die Frau kroch in dem seichten Wasser vorsichtig weiter. Das Gewehrfeuer klang noch in ihren Ohren nach, gab dem Haß, der sie erfüllte, neue Nahrung – dem Haß und dem Gefühl des Verlustes. Sie hatten den Mann getötet, den sie liebte, den einzigen Mann auf Erden, den sie als gleichwertig anerkennen konnte; denn kein anderer besaß ihre Kraft, ihre Entschlossenheit. Er war tot, und es würde nie wieder jemanden wie ihn geben, wie diesen göttlichen Anführer mit seinen brennenden Augen, dessen Stimme die Menschen zu Weinen und Lachen bewegen konnte. Und sie war stets neben ihm gewesen, hatte ihn geleitet, hatte ihn bewundert. Die Welt der Gewalt würde nie wieder ein solchen Paar sehen.

Sie hörte ein Stöhnen, einen leisen Aufschrei, der durch das Geräusch des Regens und der Brandung drang. Ein Körper rollte den Strandhang hinunter und blieb wenige Meter vor ihr liegen. Schnell kroch sie auf den regungslosen Körper zu und griff nach ihm; er lag mit dem Gesicht nach im Sand. Sie drehte ihn um, und der Regen rann über die von Blut verkrusteten Züge. Es war ihr Mann, mit durchschnittener Kehle und zertrümmertem Schädel. Sie hielt ihn fest umschlungen. Er öffnete noch einmal die Augen, dann schloß er sie für immer.

Die Frau blickte nach oben in die Dünen zu den in der Dunkelheit glühenden Zigaretten. Mit dem Geld in ihrer Tasche und den falschen Papieren würde sie sich durch das verhaßte Israel schlagen, eine Spur von Tod und Vernichtung hinter sich lassend. Sie würde zum Beka'a-Tal zurückkehren, um vor den Hohen Rat zu treten. Sie wußte genau, was sie zu tun hatte: *Muerte a toda autoridad!*

Beka'a-Tal, Libanon, 12 Uhr 17

Das Flüchtlingscamp lag unter der glühenden Mittagssonne, eine Enklave von Vertriebenen, von denen viele durch Ereignisse, die sie weder zu verantworten hatten noch beeinflussen konnten, zutiefst erniedrigt worden waren. Ihr Schritt war langsam und schleppend, ihre Gesichter starr, und in ihren dunklen, niedergeschlagenen Augen lag eine Verzweiflung, die von dem Schmerz verblassender Erinnerungen kündete, von Bildern, die nie wieder Wirklichkeit gewinnen würden. Andere hingegen waren aufsässig; sie trotzten der Erniedrigung, dachten nicht daran, den Status quo zu akzeptieren. Es waren die *Mudschahidin*, die Kämpfer Allahs, die Rächer Gottes. Sie bewegten sich, ihre Waffen stets griffbereit über die Schulter geschnallt, mit schnellen Schritten, voller Entschlossenheit. Aufmerksam spähten sie um sich, ständig auf der Hut; ihre Augen waren von Haß erfüllt.

Vier Tage waren seit dem Massaker von Askalon vergangen. Die in eine grüne Khaki-Uniform gekleidete Frau verließ ihre aus drei Zimmern bestehende Hütte; ›Haus‹ wäre dafür eine falsche Bezeichnung gewesen. Die Tür war mit schwarzem Tuch verhängt, der Farbe des Todes. Die Passanten blieben stehen, um sie anzuschauen, hoben die Augen zum Himmel und murmelten Gebete für den Verstorbenen. Von Zeit zu Zeit stieg ein klagender Schrei auf, die Bitte an Allah, den Toten zu rächen. Denn dies war die Wohnung des Führers der Askalon-Brigade; und die Frau, die jetzt über die staubige Straße schritt, war seine Frau gewesen. Auch sie gehörte zu den großen

Mudschahidin in diesem Tal der Erniedrigung und der Rebellion. Sie und ihr Mann waren Symbole der Hoffnung für eine fast verlorene Sache.

Als sie die in der prallen Sonne liegende Straße hinunterging, machte die Menge ihr Platz. Viele berührten sie sacht, fast andächtig, murmelten Gebete, bis einer »*Baj, Baj, Baj …Baj*« zu rufen begann – ein Ruf, der wie eine Beschwörung klang und in den bald alle anderen einfielen.

Die Frau beachtete keinen von ihnen. Sie ging geradewegs auf ein aus Holz errichtetes, barackenähnliches Gemeindehaus am Ende der Straße zu, in dem die Mitglieder des Hohen Rats des Beka'a-Tals sie erwarteten. Sie traf ein; ein Wächter schloß die Tür hinter ihr, und sie stand neun an einem langen Tisch sitzenden Männern gegenüber. Eine kurze Begrüßung, knappe Beileidsbekundungen. Der Vorsitzende des Komitees, ein älterer Araber, der den Stuhl in der Mitte eingenommen hatte, sagte:

»Deine Nachricht hat uns erreicht. Sie hat uns nicht überrascht.«

»Dein Vorhaben«, sagte ein Mann in mittleren Jahren, der eine der vielen Uniformen der *Mudschahidin* trug, »kann für dich den Tod bedeuten. Ich hoffe, du weißt da.«

»Und wenn. Um so schneller werde ich wieder mit meinem Mann vereint sein.«

»Ich wußte nicht, daß du dich zu unserem Glauben bekennst«, sagte ein anderer.

»Das ist unerheblich. Ich bitte euch nur, mich finanziell zu unterstützen. Ich glaube, daß ich mir im Laufe der Jahre diese Unterstützung verdient habe.«

»Zweifellos«, stimmte ein anderer zu. »Du bist uns mit deinem Mann, möge er mit Allah in seinen Gärten ruhen, eine große Hilfe gewesen. Doch ich sehe eine Schwierigkeit …«

»Ich werde allein vorgehen – nur von denen unterstützt, die mich begleiten –, um Rache für Askalon zu nehmen. Eine außerplanmäßige Einsatztruppe, die allein sich selbst verantwortlich sein wird. Ist deine ›Schwierigkeit‹ damit ausgeräumt?«

»Wenn du das kannst«, erwiderte ein anderer Führer.

»Ich habe bereits bewiesen, daß ich es kann. Muß ich euch an das erinnern, was ich geleistet habe?«

»Nein, das ist nicht nötig«, sagte der Vorsitzende. »Du hast unsere Feinde immer wieder so rettungslos in die Irre geführt, daß befreundete Regierungen für Taten bestraft wurden, von denen sie überhaupt nichts wußten.«

»Wenn nötig, werde ich diese Praxis fortsetzen. Überall gibt es Feinde und Verräter, selbst unter euren ›befreundeten‹ Regierungen. Alle Regierungen sind korrupt.«

»Du traust niemandem, was?« fragte der Araber in mittleren Jahren.

»Das weise ich entschieden zurück. Ich habe einen von euch geheiratet. Ich habe euch sein Leben gegeben.«

»Ich bitte um Entschuldigung.«

»Das solltest du auch. Eure Antwort, bitte.«

»Du bekommst, was du brauchst«, sagte der Vorsitzende des Komitees. »Stimme dich mit Bahrein ab, wie du es früher getan hast.«

»Danke.«

»Wenn du in den Vereinigten Staaten bist, wirst du mit einer anderen Organisation zusammenarbeiten. Sie werden dich beobachten, dich prüfen, und wenn sie überzeugt sind, daß du keine Bedrohung für sie darstellst, werden sie mit dir Kontakt aufnehmen. Dann wirst du eine von ihnen sein.«

»Wer sind sie?«

»Sie sind nur wenigen bekannt. Sie selber nennen sich Scorpios, die *Skorpione*.«

1

Sonnenuntergang. Die ramponierte Jolle – der Hauptmast durch einen eingeschlagenen Blitz zertrümmert, die Segel von den Stürmen der offenen See zerfetzt – fuhr in die stille Bucht einer der zahllosen Inseln der Kleinen Antillen ein. Während der letzten drei Tage, bevor die Windstille eintrat, hatte über diesem Abschnitt des Karibischen Meeres nicht nur ein Hurrikan von der Stärke des berüchtigten Hugo, sondern sechzehn Stunden später auch ein tropischer Sturm gewütet, dessen Blitze tausend Palmen in Brand gesteckt und die hunderttausend Bewohner der Inselkette veranlaßt hatten, sämtliche Götter um Beistand anzuflehen.

Das Haus auf dieser Insel hatte jedoch beide Katastrophen überstanden. Es war aus festem Stein und Stahl errichtet und stand im Abhang des hohen Berges an der Nordseite, uneinnehmbar, unzerstörbar, eine Festung. Daß die stark beschädigte Jolle überhaupt bis in diese von Felsen umgebene Bucht und an diesen kleinen Strand gelangt war, war ein Wunder – aber ein Wunder, welches sich für das schwarze Hausmädchen in weißer Schürze, das jetzt die Stufen zum Strand hinunterlief und vier Schüsse aus einer Pistole abfeuerte, als tödlich erweisen sollte.

»Ganja!« rief sie. »Wir wollen hier keine lausigen *ganja* haben. Verschwindet!«

Die einsame Gestalt, die an Deck des Bootes kniete, war eine etwa fünfunddreißigjährige Frau. Ihr Gesicht war hager; ihr langen Haare strähnig und ungekämmt, Shorts und Büstenhalter ausgeblichen und verschlissen ... und ihre Augen blickten rätselhaft kalt, als sie das mächtige Gewehr auf das Dollbord legte und durch das Zielfernrohr sah. Sie drückte ab. Der laute Knall erschütterte die Stille der Inselbucht, hallte von den Felsen und den dahinterliegenden Bergen wider. Im gleichen Augenblick fiel das Hausmädchen mit dem Gesicht nach unten in die sanft auf den Strand schlagenden Wellen.

»Da wird geschossen. Ich hab' ein *Gewehr* gehört!« Ein junger Mann mit bloßem Oberkörper, über 1,85 Meter groß und siebzehn Jahre alt, stürzte aus der unter Deck liegenden Kajüte. Er war muskulös und sah gut aus mit seinen klar geschnittenen, fast klassisch römischen Gesichtszügen. »Was ist los? Was hast du gemacht?«

»Was getan werden mußte. Nicht mehr und nicht weniger«, sagte die Frau ruhig. »Spring ins Wasser und zieh uns an Land. Es ist noch hell genug.«

Er rührte sich nicht, starrte unverwandt auf die weißbeschürzte Gestalt am Strand, während er mit den Händen über seine abgeschnittenen Jeans strich. »Mein Gott, sie ist nur ein Hausmädchen!« rief er. Sein Englisch hatte einen italienischen Akzent. »Du bist ein Ungeheuer!«

»So ist es nun mal, mein Junge. Bin ich es nicht auch im Bett? Und war ich es nicht, als ich die drei Männer erschoß, die dir einen Strick über den Kopf gezogen hatten und dich von der Kaimauer stoßen wollten, um dich für den Mord an dem *suprèmo* zu hängen?«

»Ich habe ihn nicht getötet. Das habe ich dir schon hundertmal gesagt!«

»Aber sie glaubten, daß du es warst. Und das hat genügt.«

»Ich wollte zur Polizei gehen. Du hast mich daran gehindert!«

»Einfaltspinsel! Glaubst du, daß du je vor ein Gericht gestellt worden wärest? Nie. Du wärest auf der Straße erschossen worden wie ein räudiger Hund, denn der *suprèmo*, so korrupt wie er war, stand bei den Hafenarbeitern hoch im Ansehen. Sie haben schließlich auch von ihm profitiert.«

»Ich habe mich mit ihm gestritten, das war alles! Dann bin ich weggegangen und hab' Wein getrunken.«

»Und das reichlich! Als man dich auf der Straße fand, hattest du deine Sinne nicht mehr beisammen. Du bist erst wieder zu dir gekommen, als du mit einem Strick um den Hals an der Kaimauer standest ... Und wie viele Wochen habe ich dich versteckt, bin mit dir von einem Ort zum anderen gezogen, während die Kerle aus dem Hafenviertel hinter dir her waren, um dich umzulegen?«

»Ich habe nie verstanden, warum du so gut zu mir warst.«

»Ich hatte meine Gründe ... Ich habe sie noch immer.«

»Gott ist mein Zeuge, Cabi«, sagte der junge Mann, immer noch die Leiche auf dem Strand anstarrend. »Ich schulde dir mein Leben; aber ich habe nie ... nie gedacht, daß so etwas passieren würde.«

»Möchtest du lieber nach Italien zurückkehren, nach Portici zu deiner Familie, den sicheren Tod vor Augen?«

»Nein, nein, natürlich nicht, Signora Cabrini.«

»Dann willkommen in unserer Welt, mein kleiner Liebling«, sagte die Frau. »Und glaube mir, du wirst Verlangen haben nach allem, was du von mir bekommst. Du bist ein Schatz; ich kann dir gar nicht sagen, was für ein Schatz du bist ... Zieh das Boot an Land, mein süßer Nico ... *Sofort!*«

Der junge Mann tat, wie ihm befohlen war.

Deuxième bureau, Paris

»Das ist sie«, sagte der Mann hinter dem Schreibtisch in dem abgedunkelten Büro. An die rechte Wand war eine detailgetreue Karte der Karibik projiziert, einschließlich der Kleinen Antillen. Ein flackernder blauer Punkt markierte die Insel Saba. »Wir können annehmen, daß sie durch die Anegada-Passage zwischen Dog Island und Virgin Gorda gesegelt ist – das war die einzige Möglichkeit, den Sturm zu überstehen. Wenn sie ihn überstanden hat.«

»Vielleicht hat sie's nicht«, sagte ein Untergebener, der vor dem Schreibtisch saß und die Karte anschaute. »Das würde uns das Leben leichter machen.«

»Ohne Frage.« Der Leiter des Deuxième zündete sich eine Zigarette an. »Aber bei dieser reißenden Wölfin, die die schlimmsten Tage von Beirut überlebt hat, brauche ich unwiderlegbare Beweise, bevor ich die Jagd abblase.«

»Ich kenne die Gewässer dort«, sagte ein zweiter Mann, der links neben dem Schreibtisch stand. »Ich war während der Kuba-Krise auf Martinique stationiert, und ich weiß, wie tückisch die Winde dort sein können. Nach allem, was ich über den Sturm erfahren habe, kann sie ihn nicht überlebt haben – nicht mit dem Boot, das sie hatte.«

»Und ich glaube, daß sie es geschafft hat«, sagte der Chef des Deuxième scharf. »Ich kann es mir nicht erlauben, Vermutungen anzustellen. Ich kenne die Gewässer nur von den Karten, aber ich sehe hier Dutzende von kleinen Buchten, in denen sie Zuflucht gefunden haben könnte. Ich habe sie mir genau angesehen.«

»Nein, Henri. Bei diesen Inseln wechseln die Winde von einer Minute zur anderen ihre Richtung. Wenn eine Insel bewohnt ist, dann ist sie auch als solche markiert. Ich *kenne* diese Inseln. Sie auf der Karte anzuschauen ist etwas anderes, als sie auf der Suche nach einem sowjetischen U-Boot einzeln abzufahren. Ich sage Ihnen, sie hat es nicht geschafft.«

»Ich hoffe, daß Sie recht haben, Ardisonne. Auf dieser Welt ist für Amaya Bajaratt kein Platz.«

Central Intelligence Agency, Langley, Virginia

In dem weißgekalkten, unterirdischen Kommunikationszentrum der CIA war ein abgeschlossener Raum einer Einheit von zwölf Analytikern vorbehalten, neun Männern und drei Frauen, die jeweils in drei Schichten rund um die Uhr arbeiteten. Es waren Spezialisten, die mehrere Sprachen beherrschten und den internationalen Funkverkehr abhörten, darunter zwei der erfahrensten Kryptographen der Agency. Sie alle waren verpflichtet worden, ihre Tätigkeit niemandem zu offenbaren, selbst den eigenen Ehepartnern nicht.

Ein etwa fünfundvierzigjähriger Mann im offenen Hemd schob seinen gepolsterten Drehstuhl zurück und blickte seine Kollegen an, eine Frau und zwei andere Männer. Es war fast vier Uhr morgens, die Hälfte der Nachtschicht vorüber. »Vielleicht ist da etwas für uns«, sagte er, sich an alle wendend.

»Was?« fragte die Frau. »Soweit es mich betrifft, ist heute nichts los.«

»Spuck es aus, Ron«, sagte der Mann, der dem Sprecher am nächsten saß. »Radio Bagdad macht mich ganz dusselig mit dem Unsinn, den die da verzapfen.«

»Versuch es mit Bahrein statt Bagdad«, sagte Ron und nahm ein von seinem Rechner ausgedrucktes Blatt aus dem Ablagekorb.

»Was ist mit Bahrein?« Der dritte Mann sah von seinem Kontrollpult auf.

»Unsere Quelle in Manamah meldet, daß eine halbe Million, in US-Dollar, auf ein Nummernkonto in Zürich überwiesen worden ist, bestimmt für ...«

»Eine halbe Million?« unterbrach der zweite Mann. »Für das reiche Bahrein ist das doch nur Schneckenschiß.«

»Ich habe euch noch nicht gesagt, für wen das Geld bestimmt ist und wie es überwiesen wird. Die Bank von Abu Dhabi an der Crédit Suisse in Zürich ...«

»Das ist die Beka'a-Tal-Verbindung«, sagte die Frau sofort. »Bestimmungsort?«

»Die Karibik, genauer Bestimmungsort unbekannt.«
»*Finde* ihn!«
»Im Augenblick ist das unmöglich.«
»Warum?« fragte der dritte Mann. »Hast du keine Bestätigung bekommen?«
»Ich *habe* eine Bestätigung – die denkbar schlechteste. Unser Informant wurde getötet – eine Stunde nachdem er Kontakt mit unserem Verbindungsmann in der Botschaft aufgenommen hatte, einem Protokollbeamten, der jetzt auf schnellstem Weg abgezogen wird.«
»Das Beka'a-Tal«, sagte die Frau ruhig. »Die Karibik. *Bajaratt*.«
»Ich schicke ein Fax an O'Ryan. Wir brauchen seine Hilfe.«
»Wenn es heute eine halbe Million sind«, sagte der dritte Mann, »können es morgen, sobald sich die Verbindung bewährt hat, fünf sein.«
»Ich kannte unseren Mann in Bahrein«, sagte die Frau leise. »Er war ein netter Kerl mit einer reizenden Frau und Kindern – verdammte Scheiße. *Bajaratt*!«

MI-6, London

»Unser Außenposten in Dominica ist nach Norden geflogen und bestätigt die Information, die wir von den Franzosen erhalten haben.« Der Direktor der Auslandsabteilung des britischen Geheimdienstes näherte sich einem quadratischen Tisch in der Mitte des Konferenzraums. Auf dem Tisch lag ein großer, dicker Band, einer von den Hunderten, die in den Bücherregalen an den Wänden des Raumes standen und detaillierte Karten von allen Gegenden der Welt enthielten. Der Band auf dem Tisch trug in goldgeprägten Buchstaben die Aufschrift *The Caribbean – Windward and Leeward Islands. The Antilles. British and U. S. Virgin Territories*. »Könnten Sie mir bitte die Anegada-Passage heraussuchen«, bat er seinen Untergebenen.

»Natürlich.« Der andere Mann im Kartenraum trat schnell an den Tisch, als er die Verlegenheit seines Vorgesetzten bemerkte, dessen rechte Hand so verkrüppelt war, daß er sie nicht gebrauchen konnte. Er durchblätterte die schweren Glanzpapierseiten und schlug die entsprechende Karte auf. »Hier ist sie ... Großer Gott, niemand hätte bei diesem Sturm so weit kommen können, nicht in einem so kleinen Boot.«

»Vielleicht hat sie es auch nicht geschafft.«
»Was geschafft?«
»Dorthin zu gelangen.«
»Von Basse-Terre zur Anegada in *den* drei Tagen? Kann ich mir nicht vorstellen. Sie hätte mehr als die Hälfte der Zeit auf offener See kreuzen müssen.«

»Deswegen habe ich Sie hergebeten. Sie kennen die Gegend ziemlich gut, nicht wahr? Sie waren dort stationiert.«

»Wenn es einen Mann gibt, der sich in diesem Teil der Karibik auskennt, dürfte ich es ein. Ich war neun Jahre dort, Stützpunkt Tortola, und habe die ganze verdammte Region abgeklappert – ein recht angenehmes Leben übrigens. Ich stehe immer noch mit einigen alten Freunden in Verbindung. Sie alle dachten, ich sei ein reicher Nichtstuer, der es sich leisten kann, mit seinem Flugzeug von einer Insel zu nächsten zu fliegen.«

»Ja, ich habe Ihre Akten gelesen. Sie haben hervorragende Arbeit geleistet.«

»Der Kalte Krieg war auf meiner Seite, und ich war vierzehn Jahre jünger – obwohl schon damals kein junger Mann mehr. Heute würde ich mich über diesen Gewässern nicht mehr in eine Maschine setzen.«

»Ich verstehe«, sagte der Direktor und beugte sich über die Karte. »Nach Ihrer Expertenmeinung hat sie also nicht überleben können.«

»*Können* ist zu absolut. Sagen wir, es ist höchst unwahrscheinlich, fast unmöglich.«

»Das glaubt auch Ihr Kollege im Deuxième.«
»Ardisonne?«
»Sie kennen ihn?«
»Deckname Richelieu. Ja, natürlich. Guter Mann, wenn auch ein bißchen rechthaberisch. Hat von Martinique aus operiert.«

»Er ist felsenfest davon überzeugt, daß sie auf offener See untergegangen ist.«

»In diesem Fall mag er wirklich recht haben. Aber da Sie mich schon mal hergebeten haben – darf ich ein, zwei Fragen stellen?«

»Schießen Sie los, Cooke.«

»Diese Bajaratt ist offensichtlich so etwas wie eine Legende im Beka'a-Tal; aber obwohl ich in den letzten Jahren immer wieder diese Listen durchgegangen bin, kann ich mich nicht erinnern, jemals ihren Namen gelesen zu haben. Wie kommt das?«

»Weil es nicht ihr eigener Name ist, jedenfalls nicht der Bajaratt-Teil«, erwiderte der Leiter von MI-6. »Es ist der Name, den sie sich vor Jahren selbst gegeben hat – der Name, hinter dem sie ihr Geheimnis sicher versteckt glaubt. Denn sie nimmt an, daß niemand weiß, woher sie kommt und wer sie wirklich ist. Wir können die Möglichkeit nicht ausschließen, daß jemand sich als Maulwurf bei uns einschleicht; außerdem ist anzunehmen, daß sie eines Tages für größere Sachen eingesetzt wird, deshalb haben wir diese Information geheimgehalten.«

»Ach so, ich verstehe. Wenn Sie ihren wirklichen Namen kennen, können sie ihre Vergangenheit rekonstruieren, sich ein Bild von ihrer Persönlichkeit machen und sogar in gewissem Maße voraussagen, was sie tun wird. Aber wer ist sie denn nun eigentlich, was ist sie?«

»Eine der gefährlichsten Terroristinnen, die es heute gibt.«

»Araberin?«

»Nein.«

»Israeli?«

»Nein. Sie sollten Ihre Spekulationen nicht zu weit treiben.«

»Unsinn. Der Mossad hat ein breites Spektrum von Aktivitäten ... Aber würden Sie bitte meine Frage beantworten. Vergessen sie nicht – ich habe den größten Teil meiner Dienstzeit auf der anderen Seite der Erde verbracht. Warum also ist diese Frau so ungeheuer gefährlich?«

»Sie ist käuflich.«

»Sie ist was ...?«

»Sie geht überall hin, wo Unruhe herrscht, wo eine Rebellion, ein Aufstand vorbereitet wird, und bietet ihre Dienste dem an, der am meisten zahlt – mit bemerkenswerten Ergebnissen, wie ich hinzufügen darf.«

»Entschuldigen Sie, aber das klingt bescheuert. Eine alleinstehende Frau begibt sich an einen Unruheherd und bietet ihre *Dienste* an? Wie macht sie das, liest sie die Anzeigen in der Zeitung?«

»Das braucht sie nicht, Geoff«, erwiderte der Leiter von MI-6. Er kehrte an den Konferenztisch zurück und setzte sich etwas ungeschickt auf den Stuhl, den er mit seiner linken Hand zu sich hinzog. »Sie ist gründlich vertraut mit allem, was Destabilisierung betrifft. Weltweit. Sie kennt die Stärken und Schwächen der kriegführenden Parteien, kennt ihre Führer und weiß, wo sie zu erreichen sind. Sie ist weder moralisch noch politisch an irgend etwas gebunden. Ihr Beruf ist der Tod. So einfach ist das.«

»Ich finde nicht, daß das einfach ist.«

»Das Ergebnis ist es. Natürlich nicht der Anfang – das, was sie zu dem gemacht hat, was sie heute ist. Setzen Sie sich, Geoffrey. Ich werde Ihnen eine Geschichte erzählen, die wir uns Stück um Stück zusammengetragen haben.« Der Direktor öffnete einen großen Umschlag, dem der drei Fotos entnahm, Vergrößerungen von Schnappschüssen.

Das Gesicht auf jeder Aufnahme war deutlich zu erkennen. »Das ist Amaya Bajaratt.«

»Das sind drei verschiedene Frauen!« rief Geoffrey Cooke.

»Welche ist sie?« fragte der Direktor. »Oder sind alle drei dieselbe Person?«

»Ich sehe, was Sie meinen ...« sagte der Beamte nachdenklich. »Das Haar ist bei jeder anders – blond, schwarz und brünett, nehme ich an. Kurz, lang und mittellang. Aber die Gesichtszüge unterscheiden sich ... wenn auch nicht stark. Dennoch *sind* sie unterschiedlich.«

»Plastikteile in Fleischtönen? Wachs? Beherrschung der Gesichtsmuskeln? Alles nicht schwer zu bewerkstelligen.«

»Eine Spektrographie würde es vermutlich erweisen. Jedenfalls hinsichtlich der Aufsätze, ob aus Plastik oder Wachs.«

»Sollte man glauben, aber unsere Fachleute behaupten, daß es chemische Verbindungen gibt, die spektrographisch nicht zu erfassen sind. Selbst Brechungen von hellem Licht können täuschen. Das heißt natürlich, daß sie es nicht wissen und nicht riskieren wollen, etwas Falsches zu sagen.«

»Also gut«, sagte Cooke. »Vermutlich ist sie zumindest eine der Frauen. Aber wie können Sie das mit Sicherheit wissen?«

»Es ist eine Frage des Vertrauend, nehme ich an.«

»Des Vertrauens?«

»Wir und die Franzosen haben viel Geld für diese Fotos bezahlt – aus einem Geheimfonds, auf den wir schon seit Jahren zurückgreifen. Niemandem ist daran gelegen, von dieser wichtigen Geldquelle abgeschnitten zu werden, indem er uns eine Fälschung unterjubelt. Sie sind alle felsenfest überzeugt, die Bajaratt auf dem Film zu haben.«

»Aber wohin ist sie gesegelt? Von Basse-Terre zur Anegada, wenn es Anegada war, sind es mehr als zweihundert Kilometer – und das bei zwei heftigen Stürmen. Und warum die Anegada-Passage?«

»Weil die Jolle vor der Küste von Marigot gesichtet wurde. Sie konnte wegen der Felsen nicht in die Bucht einlaufen, und der kleine Hafen war vom Sturm völlig zerstört worden.«

»Von wem gesichtet?«

»Von Fischern, die die Hotels auf Anguilla beliefern. Außerdem ist ihre Aussage von unserem Mann in Dominica bestätigt worden.« Als er Cookes fragenden Ausdruck sah, fuhr der Direktor fort: »Unser Mann flog, Anweisungen aus Paris folgend, nach Basse-Terre und versicherte, daß eine Frau etwa im Alter der Bajaratt zusammen mit einem großen, muskulösen jungen Mann ein Boot gechartert hat. Einem sehr jungen Mann. Das stimmt mit Informationen aus Paris überein, daß eine Frau ihres Alters und ihrer Beschreibung, vermutlich mit einem falschen Paß, in Gesellschaft eines solchen Jünglings von Marseille auf die Insel Guadeloupe geflogen ist, die, wie Sie wissen, aus zwei Inseln besteht, Grande- und Basse-Terre.«

»Wieso hat der Zoll in Marseille den Jungen und die Frau miteinander in Verbindung gebracht?«

»Er sprach kein Französisch. Sie sagte, er sei ein entfernter Verwandter aus Lettland, dessen sie sich angenommen habe, als seine Eltern starben.«

»Verdammt unwahrscheinlich.«

»Aber völlig glaubwürdig für unsere Freunde in Frankreich. Denen ist sowieso alles egal, was sich nördlich der Rhône abspielt.«

»Aber warum sollte sie mit einem Teenager reisen?«

»Fragen Sie mich nicht. Ich habe keine blasse Ahnung.«

»Und noch einmal: Wohin ist sie gesegelt?«

»Ein noch größeres Rätsel. Sie ist eine erfahrene Seglerin und wäre normalerweise vor Anker gegangen, bevor das Unwetter losbrach – vor allem, da die Jolle ein Funkgerät an Bord hatte und im ganzen Gebiet in vier Sprachen Sturmwarnungen ausgegeben wurden.«

»Falls sie nicht ein Rendezvous hatte, das sie unbedingt einhalten wollte.«

»Das ist natürlich die einzig plausible Erklärung. Aber auf das Risiko hin, dabei ihr Leben zu verlieren?«

»Ebenfalls unwahrscheinlich«, räumte Cooke ein. »Es sei denn, es gibt Umstände, von denen wir nichts wissen ... Fahren Sie fort; Sie haben anscheinend eine Antwort gefunden.«

»Nur teilweise, fürchte ich. Gehen wir einmal davon aus, daß niemand als Terrorist geboren wird, sondern erst durch bestimmte Ereignisse dazu gemacht wird. Außerdem gibt es verläßliche Berichte, nach denen sie zwar mehrere Sprachen spricht, aber auch in einer gehört wurde, die kein Mensch verstehen konnte ...«

»Das kann von den europäischen Sprachen nur Baskisch gewesen sein«, unterbrach Cooke.

»Genau. Wir haben eine Undercover-Einheit in die Provinzen Vizcaya und Alva geschickt, um zu sehen, ob sich da etwas ausgraben läßt, und sind auf einen Zwischenfall gestoßen, der sich vor einigen Jahren in einem kleinen, von aufständischen Basken bewohnten Dorf in den westlichen Pyrenäen ereignet hat. Eine dieser grauenvollen Geschichten, die in Legenden fortleben, von einer Generation zu nächsten.«

»So etwas wie My Lai oder Bai Jar?« fragte Cooke. »Ein Massen-Massaker?«

»Noch schlimmer. Bei einem Überfall auf das Dorf wurde die gesamte erwachsene Bevölkerung von einer marodierenden Einheit hingerichtet – wobei unter *erwachsen* alle zu verstehen sind, die zwölf Jahre oder älter waren. Die jüngeren Kinder wurden gezwungen, dem Gemetzel zuzuschauen, und dann schutzlos in den Bergen zurückgelassen.«

»Die Bajaratt war eines dieser Kinder?«

»Ich will versuchen, es Ihnen zu erklären. Die Basken, die in diesen Bergen leben, sind sehr isoliert. Es ist Brauch bei ihnen, daß sie ihre Aufzeichnungen unter Zypressen an der äußersten Nordgrenze ihres Gebiets vergraben. Zu unserer Einheit gehörte ein Anthropologe, der sich auf die Bergstämme der Pyrenäen spezialisiert hat und ihre Sprache beherrscht. Er fand die Aufzeichnungen. Die letzten Seiten waren von einem jungen Mädchen geschrieben worden, das die Schreckenstaten schilderte – unter anderem die Enthauptung ihrer Eltern, wobei die Henker ihre Bajonette an den Felsen wetzten, bevor sie vor den Augen des Mädchens den Vater und die Mutter töteten.«

»Wie grauenvoll! Und dieses Mädchen ist die Bajaratt?«

»Sie unterschrieb als *Amaya el Baj ... Yovamanaree*, was im Baskischen dem spanischen *jovena mujer* entspricht, einer jungen Frau. Danach folgt ein Satz in perfektem Spanisch: *Muerte a toda autoridad.*«

»Tod jeder Obrigkeit«, übersetzte Cooke. »Das ist alles?«

»Nein, es gibt da noch zwei Dinge. Sie fügte eine letzte Bemerkung hinzu – ein Kind von zehn Jahren, stellen Sie sich das vor! Sie schrieb: *Shirharrá Baj.*«

»Was zum Teufel soll das heißen?«

»Grob übersetzt eine junge Frau, die bald empfängnisbereit ist, aber nie ein Kind in die Welt setzen wird.«

»Sicher makaber, aber unter den Umständen durchaus zu verstehen.«

»Die Legenden der Bergstämme berichten von einer Kindfrau, die die anderen Kinder des Dorfes aus den Bergen führte, an Dutzenden von Patrouillen vorbei. Sie tötete sogar Soldaten mit deren eigenen Bajonetten, nachdem sie sie in ausgeklügelte Fallen gelockt hatte.«

»Ein Mädchen von zehn ... Es ist unglaublich!« Geoffrey Cooke runzelte die Stirn. »Sie sagten, es gäbe noch zwei Dinge. Was ist das zweite?«

»Das letzte Beweisstück, das ihre Identität für uns bestätigte. Unter den vergrabenen Aufzeichnungen befanden sich auch Familien-Stammbäume – einige isolierte Stämme der Basken leben in der ständigen Furcht vor Inzucht; das ist der Grund, weshalb so viele junge Männer und Frauen ins Ausland geschickt werden. Jedenfalls gab es eine Familie ›Aquirre, erstes Kind eine auf den Namen Amaya getaufte Tochter‹, ein geläufiger Name. Der Nachname war ausgekratzt – wütend ausgekratzt wie von einem zornigen Kind – und durch den Namen Bajaratt ersetzt worden.«

»Mein Gott, warum? Haben Sie es herausgefunden?«

»Ja. Unsere Jungs brachten es schließlich von unseren Kollegen in Madrid in Erfahrung – nicht ohne damit zu drohen, ihnen unsere dringend benötigte Hilfe zu entziehen, wenn sie nicht bestimmte geheime Unterlagen über die Kämpfe gegen die Basken für sie öffneten. Sie haben das Wort ›makaber‹ benutzt, ohne zu wissen, wie angebracht es ist. Wir fanden den Namen Bajaratt. Ein Unteroffizier – Mutter Spanierin, Vater an der Grenze lebender Franzose, was den Namen erklärt –, der an dem Massaker an den Dorfbewohnern beteiligt war. Kurz gesagt, er war der Soldat, der Amaya Aquirres Mutter getötet hat. Sie nahm den Namen an, der für sie alles an Grauen in sich barg, das sie durchgemacht hatte – sie würde es nie vergessen, solange sie lebte. Sie würde eine Mörderin werden wie der Mann, der vor ihren Augen das Bajonett durch den Hals ihrer Mutter gezogen hatte.«

»Eine perverse Vorstellung«, sagte Cooke kaum hörbar. »Aber

nachvollziehbar. Ein Kind nimmt die Gestalt eines Ungeheuers an, lebt seine Rachefantasien dadurch aus, daß es sich mit ihm identifiziert. Das hat Ähnlichkeiten mit dem Stockholm-Syndrom, bei dem brutal behandelte Gefangene sich mit ihren Wärtern identifizieren. Wie muß sich so etwas erst auf ein Kind auswirken ... Amaya Aquirre ist also Amaya Bajaratt. Doch obwohl sie ihren wirklichen Nachnamen verleugnet, hatte sie offensichtlich Schwierigkeiten, den Namen Bajaratt voll auszuschreiben.«

»Wir haben einen Psychiater konsultiert, der sich mit seelischen Störungen im Kindesalter beschäftigt«, sagte der Leiter von MI-6. »Er sagte uns, daß ein junges Mädchen von zehn Jahren weiter entwickelt sei als ein Junge gleichen Alters – und angesichts meiner zahlreichen Enkelkinder muß ich ihm widerwillig zustimmen. Er fügte hinzu, daß ein Mädchen dieses Alters, das einer derartigen Streßsituation ausgesetzt sei, dazu neige, nur einen Teil ihrer Persönlichkeit preiszugeben.«

»Ich weiß nicht, ob ich Sie richtig verstehe.«

»Er nannte es das Testosteron-Syndrom. Ein Junge würde unter ähnlichen Umständen ›Tod jeder Obrigkeit‹ schreiben und mit seinem vollen Namen unterzeichnen, während ein Mädchen sich anders verhält. Sie muß ihren Feind überlisten, sie kann ihn nicht durch Körperkraft überwinde ... Sie kann nur einen Teil ihrer selbst ins Spiel bringen.«

»Das leuchtet mir ein«, sagte Cooke und nickte. »Aber mein Gott – im Boden vergrabene Aufzeichnungen, Zypressen und blutige Initiationsriten, Massenhinrichtungen, enthauptete Menschen ... Und das alles hat ein zehnjähriges Kind durchgemacht! Wir müssen es hier mit einer hochgradigen Psychopathin zu tun haben! Sie hat nur den einen Wunsch, Köpfe rollen zu sehen – wie es mit ihren Eltern geschehen ist.«

»*Muerte a toda autoridad*«, sagte der Leiter von MI-6. »Die Köpfe der Obrigkeit – überall.«

»Ja, ich verstehe den Satz ...«

»Ich fürchte, Sie verstehen die Tragweite nicht ganz.«

»Bitte?«

»In den letzten Jahren hat die Bajaratt mit dem Führer einer besonders radikalen Palästinenser-Gruppe im Beka'a-Tal zusammengelebt und sich fanatisch seiner Sache angeschlossen. Offensichtlich hat sie ihn im letzten Frühling geheiratet. Er wurde vor neun Wochen bei einem Überfall am Strand von Askalon, südlich von Tel Aviv, getötet.«

»Ja, ja. Ich erinnere mich, darüber gelesen zu haben«, sagte Cooke. »Bis auf den letzten Mann niedergemacht, keine Gefangenen.«

»Erinnern sie sich auch an die Verlautbarung, die von den restlichen Mitgliedern der Gruppe, namentlich ihrer neuen Führerin, weltweit veröffentlicht wurde?«

»Irgendwas über Waffen, oder?«

»Genau. Es hieß dort, daß die israelischen Waffen, durch welche die ›Freiheitskämpfer‹ getötet wurden, aus Amerika, England und Frankreich stammten und daß die ihres Landes beraubten Menschen nie den Bestien vergeben würden, die diese Waffen geliefert hätten.«

»Wir hören dauernd solchen Blödsinn. Was soll's?«

»Amaya Bajaratt, die ihrem Namen den *nom de guerre* ›Die nie Verzeihende‹ hinzugefügt hat, hat dem Hohen Rat im Beka'a-Tal eine Nachricht zukommen lassen, die Ihre Freunde oder Ex-Freunde im Mossad glücklicherweise abgefangen haben. Die Bajaratt und ihre Genossen haben demnach ihr Leben der Aufgabe geweiht, ›die Köpfe der vier großen Bestien‹ abzuschlagen. Sie selbst wird der ›Blitzstrahl‹ sein, der das Zeichen gibt.«

»Was für ein Zeichen?«

»Soweit der Mossad herausgefunden hat, wird es das Zeichen für die von ihr gedungenen Killer in London, Paris und Jerusalem sein, zuzuschlagen. Die Israelis glauben, es sei in dem Teil der Nachricht impliziert, der lautet: ›Wenn die abscheulichste dieser Bestien jenseits des großen Meeres stirbt, müssen die anderen ihr folgen.‹«

»Die abscheulichste ...? Jenseits des ... Mein Gott, Amerika?«

»Ja, Cooke. Amaya Bajaratt ist ausgezogen, den Präsidenten der Vereinigten Staaten zu ermorden. Das ist ihr ›Zeichen‹.«

»Aber das ist grotesk!«

»Nach allem, was wir von ihr wissen, keineswegs. Professionell hat sie noch nie versagt. Sie ist ein pathologisches Genie, und dies ist ihre Rache an der ›brutalen‹ Obrigkeit – verstärkt durch ein zutiefst persönliches Motiv, den Tod ihres Mannes. Wir müssen sie aufhalten, Geoffrey. Das ist der Grund, weshalb das Foreign Office, mit voller Billigung unserer Organisation, sich entschlossen hat, Sie unverzüglich an ihren früheren Posten in der Karibik zurückzuversetzen. Wie Sie selbst gesagt haben, gibt es keinen, der sich dort besser auskennt.«

»Hören Sie! Sie reden mit einem vierundsechzig Jahre alten Mann, der kurz vor seiner Pensionierung steht.«

»Sie haben immer noch Kontakte auf den Inseln. Wo sie nicht mehr bestehen, werden wir Ihnen ein Entree verschaffen. Offen gesagt, wir sind der Überzeugung, daß Sie schneller vorankommen werden als jeder andere. Wir müssen sie finden und außer Landes schaffen.«

»Sind Sie schon mal auf die Idee gekommen, alter Junge, daß sie, selbst wenn ich noch heute abfliegen würde, bereits Gott weiß wo sein kann? Das ist doch ... Entschuldigen Sie, aber mir fällt immer noch kein anderes Wort ein als *bescheuert*.«

»Was den ersten Teil Ihrer Bemerkungen betrifft«, sagte der Direktor und lächelte, »so glauben weder die Franzosen noch wir, daß sie ihren momentanen Aufenthaltsort in den nächsten Tagen verlassen wird. Nicht vor Ablauf mindestens einer Woche.«

»Haben Ihre Kristallkugeln Ihnen das gesagt?«

»Nein, unser gesunder Menschenverstand. Was sie sich vorgenommen hat, erfordert sorgfältige Planung; sie muß auf menschliche, finanzielle und technische Ressourcen zurückgreifen, zu denen auch ein Flugzeug gehört. Sie ist vielleicht eine Psychopathin, aber sie ist nicht dumm. Sie wird die nötigen Vorbereitungen nicht auf dem amerikanischen Festland treffen.«

»Und wo könnte sie das besser als an einem Ort, der den unmittelbaren Nachforschungen der Bundesbehörden entzogen ist«, räumte Cooke widerwillig ein, »doch wiederum nahe genug, um Zugang zu sämtlichen Festland-Ressourcen zu behalten.«

»So sehen wir das auch«, sagte der Leiter von MI-6.

»Ich frage mich, warum sie dem Beka'a-Rat bloß diese Nachricht hat zukommen lassen.«

»Ihre Götterdämmerung vielleicht. Sie braucht das Gefühl, bewundert zu werden, mit ihren Taten in die Geschichte einzugehen. Psychologisch vollkommen verständlich.«

»Nun ja. Und Sie meinen, die Aufgabe, vor die Sie mich da stellen, sei einfach unwiderstehlich, was?«

»Das hatte ich gehofft.«

»Sie haben mich gut darauf vorbereitet, nicht wahr? Ausgehend von der Beschreibung einer rätselhaften Persönlichkeit über ein grauenvolles, doch faszinierendes Dossier bis zur akuten Krisensituation. Immer die richtigen Knöpfe gedrückt.«

»Hätten Sie's anders gemacht?«

»Nein. Sie sind ein Profi und würden nicht auf diesem Stuhl sitzen, wenn Sie es nicht wären.« Cooke stand auf und sah seinen Vorgesetzten an. »Also schön, Sie können mit mir rechnen. Aber ich würde gern einen Vorschlag machen.«

»Nur zu, alter Freund.«

»Ich war nicht ganz offen Ihnen gegenüber. Ich habe gesagt, daß ich noch immer Kontakt zu einigen alten Freunden habe und damit so etwas wie eine lockere Verbindung angedeutet. Das stimmt auch mehr oder weniger, aber es ist nicht alles. Tatsächlich habe ich in den letzten Jahren fast jeden Urlaub auf den Inseln verbracht – man kehrt immer wieder zurück, wenn man einmal dort gewesen ist, wissen Sie. Und natürlich«, fuhr er fort, »kommen frühere Kollegen und neue Bekannte mit ähnlichem beruflichen Hintergrund zusammen und tauschen alte Erinnerungen aus.«

»Natürlich.«

»Also, vor zwei Jahren bin ich einem Amerikaner begegnet, der die Inseln besser kennt, als ich sie jemals kennen werde. Er besitzt zwei Yachten, die er in mehreren Häfen von Charlotte Amalie bis Antigua verchartert. Er kennt jede Bucht und jeden Meeresarm der Inselkette; es ist sein Beruf.«

»Das sind ausgezeichnete Referenzen, Geoffrey, aber kaum ...«

»Bitte«, unterbrach Cooke. »Ich bin noch nicht fertig. Um Ihren Einwänden entgegenzukommen – er ist ein ehemaliger Offizier des Geheimdienstes der U. S. Navy. Noch relativ jung, Anfang bis Mitte vierzig, schätze ich. Ich weiß nicht, warum er den Dienst quittiert hat. Ich vermute jedoch, daß die Umstände nicht sehr angenehm waren. Dennoch könnte er bei dieser Sache sehr hilfreich sein.«

Der Leiter von MI-6 beugte sich über den Tisch, die steife rechte Hand mit der linken umfassend, und sagte: »Sein Name ist Tyrell Nathaniel Hawthorne der Dritte. Er ist der Sohn eines Professors für amerikanische Literatur an der University of Oregon. Die Umstände seiner Entlassung aus der Marine waren tatsächlich alles andere als angenehm. Ja, er könnte eine enorme Hilfe sein; aber niemand von unseren Freunden in Washington hat ihn bewegen können, wieder für sie zu arbeiten. Sie haben ständig versucht, ihn umzustimmen, aber vergeblich. Er hat wenig Achtung vor diesen Leuten, da er der Überzeugung ist, daß sie den Unterschied zwischen der Wahrheit und einer Lüge nicht kennen. Er hat ihnen gesagt, daß sie sich zum Teufel scheren sollen.«

»Du meine Güte!« rief Geoffrey Cooke. »Sie wußten von meinen Ferien auf den Inseln, Sie wußten von Anfang an davon. Sie wußten sogar von meiner Bekanntschaft mit Hawthorne.«

»Ein dreitägiger Segeltörn durch die Leewards, zusammen mit Ihrem Freund Ardisonne, Deckname Richelieu.«

»Sie *alter Gauner*.«

»Aber, aber, Cooke, Sie gehen zu weit. Übrigens, der ehemalige Lieutenant Commander Hawthorne ist auf dem Weg zum Yachthafen in Britisch Gorda, wo er Probleme mit seinem Motor bekommen dürfte. Ihre Maschine nach Anguilla fliegt um fünf Uhr ab, Zeit genug zum Packen. Von dort werden Sie und Ihr Freund Ardisonne eine kleine Privatmaschine nach Virgin Gorda nehmen.« Der Leiter von MI-6 bedachte sein Gegenüber mit einem strahlenden Lächeln. »Freuen Sie sich auf ein nettes Wiedersehen.«

State Department, Washington, D. C.

Um den Tisch im Konferenzsaal saßen der Außen- und der Verteidigungsminister, die Direktoren der Central Intelligence Agency und des Federal Bureau of Investigation, die Chefs des Geheimdienstes der Army und der Navy und der Vorsitzende der Joint Chiefs of Staff. Links neben ihnen hatten die jeweiligen Adjutanten Platz genommen, alles hochrangige, von den Sicherheitsdiensten sorgfältig überprüfte Offiziere. Den Vorsitz führte der Außenminister. Er eröffnete das Gespräch.

»Sie sind alle im Besitz derselben Informationen wie ich; ich kann mich also kurz fassen. Einige von Ihnen sind vielleicht der Meinung, daß wir übertrieben reagieren, und bis zum heutigen Morgen bin ich auch dieser Meinung gewesen. Eine allein operierende Terroristin, die von dem Wahn besessen ist, den Präsidenten zu ermorden, um dadurch das Signal zur Ermordung der politischen Führer Großbritanniens, Frankreichs und Israels zu geben – eine absurde Vorstellung, wie es scheint. Aber heute morgen um sechs erhielt ich einen Anruf von unserem Direktor der CIA, der mich um elf Uhr nochmals anrief. Da begann ich, meine Meinung zu ändern. Würden Sie bitte berichten, Mr. Gillette?«

»Gern, Mr. Secretary«, sagte der untersetzte DCI. »Gestern wurde unser Informant in Bahrein, der die finanziellen Transaktionen aus dem Beka'a-Tal überwacht hat, getötet – eine Stunde nachdem er unseren Undercover-Agenten davon unterricht hatte, daß eine halbe Million Dollar an den Crédit Suisse in Zürich überwiesen worden waren. Der Betrag war nicht übermäßig hoch, aber als unser V-Mann in Zürich versuchte, mit seinem eigenen Informanten bei der Bank Verbindung aufzunehmen, konnte er ihn nicht erreichen. Als er es später noch einmal versuchte – anonym natürlich, er gab sich als alter Freund aus –, wurde ihm gesagt, daß der Mann aus geschäftlichen Gründen nach London geflogen sei. Als er einige Stunden später in seine Wohnung zurückkehrte, fand er eine Nachricht auf seinem Anrufbeantworter vor. Sie war von seinem Informanten, der bestimmt nicht in London war, denn er bat, ziemlich aufgeregt, unseren Mann, ihn in einem Café in Dudendorf, einer kleinen Stadt etwas zwanzig Meilen von Zürich, zu treffen. Unser V-Mann fuhr sofort hin, aber sein Informant war nicht da.«

»Was halten Sie davon?« fragte der Chef des Army-Geheimdienstes.

»Er wurde aus dem Verkehr gezogen, um zu vertuschen, welchen Weg das Geld genommen hat«, antwortete ein stämmiger Mann mit gelichteten roten Haaren, der links neben dem Direktor der Central Intelligence Agency, dem DCI, saß. »Das ist eine – freilich noch unbestätigte – Vermutung.«

»Die sich worauf gründet?« fragte der Verteidigungsminister.

»Auf Logik«, erwiderte der Adjutant des DCI. »Zunächst wird der Mann in Bahrein getötet, weil er die ursprüngliche Information weitergegeben hat; dann erfindet der Mann in Zürich die Reise nach London, damit er unseren V-Mann in Dudendorf treffen kann. Die Beka'a-Leute kommen dahinter und versuchen die Spur zu vertuschen.«

»Und alles wegen einer sechsstelligen Überweisung?« fragte der Chef des Geheimdienstes der Navy.

»Die Höhe des Betrages hat nichts zu bedeuten«, sagte der Adjutant des DCI. »Es geht darum, wer der Empfänger ist und wo er sich aufhält. Das ist es, was sie verbergen wollen. Außerdem kann sich die Höhe des Betrages verhundertfachen, sobald sich der Überweisungsweg als unbedenklich erwiesen hat.«

»*Bajaratt*«, sagte der Außenminister. »Sie hat sich also auf den Weg gemacht ... In Ordnung, wir wissen, wie wir vorzugehen haben. Maximale Sicherheit ist die Parole. Wir, die wir hier am Tisch sitzen, und *nur* wir, werden die von unseren Abteilungen gesammelten Informationen untereinander austauschen. Kennzeichnen Sie ab sofort jede Mitteilung, die über Ihr Faxgerät läuft, als streng vertraulich; alle Telefongespräche zwischen uns werden nur noch auf abhörsicheren Leitungen geführt. Nichts darf nach außen dringen, sofern es nicht von mir oder dem DCI abgesegnet ist. Selbst Gerüchte über eine solche Operation können eine Verwirrung anrichten, die uns gefährlich werden kann.« Ein Summen war zu hören; es kam von dem roten Telefonapparat vor dem Außenminister. Er hob den Hörer ab. »Ja? ... Es ist für Sie«, sagte er mit einem Blick auf den Leiter des CIA. Gillette stand von seinem Stuhl auf und trat an das Kopfende des Tisches. Er nahm den Hörer und meldete sich.

»Ich verstehe«, sagte er nach einer Minute konzentrierter Aufmerksamkeit. Er legte den Hörer auf und sah seinen Adjutanten an. »Da haben Sie Ihre Bestätigung, O'Ryan. Unser Mann in Zürich wurde auf dem Spitzplatz gefunden, mit zwei Kugeln im Kopf.«

»Die sorgen dafür, daß die Schlampe nicht mit dem Arsch auf Grundeis geht«, sagte der CIA-Mann namens O'Ryan.

2

Der große, unrasierte Mann in weißen Shorts und einem schwarzen T-Shirt, die Haut von der Tropensonne tief gebräunt, ging über die Brücke und betrat den Anlegesteg. Am Ende der hölzernen Planken blieb er stehen, um auf die beiden Männer zu warten, die in einem Ruderboot auf ihn zukamen. Als sie anlegten, sagte er:

»Was zum Teufel soll das heißen? Mein Motor verliert Öl! Ich habe ihn bei Gegenwind benutzt, und er lief einwandfrei.«

»Hör mal, Kumpel«, erwiderte ein britischer Mechaniker und ergriff das Seil, das Tyrell Hawthorne ihm zugeworfen hatte. »Mir ist es scheißegal, wie dein Motor läuft. Du hast keinen Tropfen Öl mehr in der Kurbelwelle; das verschmutzt jetzt alles unseren hübschen kleinen Hafen hier. Wenn du wieder auslaufen willst, kannst du da draußen deinen Motor anwerfen, so oft du willst. Aber hier habe ich die Verantwortung, und melden muß ich dich dann auch.«

»Ist ja schon gut«, sagte Hawthorne und streckte dem Mann die Hand entgegen, um ihm auf den Laufsteg zu helfen. »Woran kann's denn liegen?«

»Kaputte Dichtungen und zwei defekte Zylinder, Tye.« Der Mechaniker drehte sich um und legte ein zweites Seil um den Poller. Dann half er seinem Begleiter, auf den Steg zu klettern. »Wie oft habe ich dir gesagt, daß du deinen Motor bei längeren Törns zwischendurch arbeiten lassen mußt. Die Dinger trocknen in dieser verdammten Hitze aus. Hab' ich dir das nicht schon zwanzigmal gesagt?«

»Ja, Marty, das hast du. Ich kann es nicht leugnen.«

»Na siehst du! Und bei den Preisen, die du verlangst, brauchst du dir wohl keine Gedanken wegen der Benzinkosten zu machen.«

»Es ist nicht das Geld«, protestierte der Skipper. »Die Leute, die das Boot chartern, wollen eben segeln und lassen den Motor nur bei Flaute laufen. Bis wann kannst du ihn repariert haben – zwei Stunden?«

»Du hast wohl nicht alle Tassen im Schrank, Tye-Boy. Frag morgen mittag mal wieder nach – vorausgesetzt, ich bekomme die richtigen Bohreinsätze. Ich muß sie morgen früh mit der Maschine aus Saint T. einfliegen lassen.«

»Verdammte Scheiße! Ich habe gute Kunden an Bord, die wollen heute noch nach Tortola.«

»Lad sie zu einem Rumpunsch ein und laß sie im Club übernachten. Für die ist doch ohnehin ein Hafen wie der andere.«

»Ich habe wohl keine andere Wahl«, sagte Hawthorne und wandte sich zum Gehen.

»Tut mir leid, Kumpel«, sagte Martin, der Mechaniker. Und als er sah, wie sein Freund den Landesteg verließ, fügte er leise hinzu: »Aber ich habe nun mal meine Anweisungen.«

Dunkelheit lag über der Karibik. Es war spät, als Captain Tyrell Hawthorne, alleiniger Eigentümer der Olympic Charters, Ltd., Handelsregistereintragung U. S. Virgin Islands, seine Klienten, erst das eine Paar, dann das andere, in ihre Zimmer im Hotel des Yacht-Clubs führte. Die beiden Ehepaare hatten sich für diese Nacht zwar schon in lauschigen Schiffskojen gewähnt, statt in einem simplen Hotelbett, aber der Barkeeper hatte dafür gesorgt, daß sie zu müde waren, um Einwände zu erheben. So ging Tye Hawthorne zurück an die verlassene Bar am Strand und stattete dem Schwarzen hinter dem Tresen seinen Dank ab, indem er ihm fünfzig amerikanische Dollar in die Hand drückte.

»He, Tye-Boy, das ist doch nicht nötig – soviel Geld.«
»Warum hältst du es dann so krampfhaft fest?«
»Instinkt, Mann. Du kannst es zurückhaben.«
Beide lachten; es war ein Ritual zwischen ihnen.
»Wie gehen die Geschäfte, Captain?« fragte der Barkeeper und schenkte Hawthorne ein Glas seines gewohnten Weißweins ein.
»Nicht schlecht, Roger. Ich habe beide Boote verchartert, und wenn mein idiotischer Bruder nach Red Hook in Saint T. zurückfindet, können wir dieses Jahr sogar einen Gewinn machen.«
»He, Mann. Ich mag deinen Bruder. Ein komischer Kerl.«
»Ein richtiger Knalltyp, Roge. Wußtest du, daß der Junge ein Doktor ist?«
»Was du nicht sagst, Mann! Da kommt er immer her, und ich hab' Schmerzen überall und hätte ihn die ganze Zeit um Rat fragen können?«
»Nein, er ist kein Arzt«, sagte Tyrell. »Er hat einen Doktor in Literatur, wie unser Vater.«
»Er kann nichts machen, wenn ich mir das Bein gebrochen habe oder bei Bauchschmerzen? Wozu ist die Sache dann gut?«
»Das fragt er sich auch. Er hat sich acht Jahre abgerackert, sagt er, um diesen verdammten Doktor zu machen, und verdient jetzt weniger als ein Müllmann in San Francisco. Er hatte die Nase voll, falls du weißt, was ich meine.«
»Und ob«, sagte der Barkeeper. »Vor fünf Jahren hab' ich den Charter-Leuten die Fische ausgenommen und die Kotze der Touristen weggewischt und sie ins Bett gebracht, wenn sie besoffen waren. Das war kein Leben, Mann! Also hab' ich mich verbessert und gelernt, sie besoffen zu *machen*.«
»Ein weiser Entschluß.«
»Ein *schlechter* Entschluß«, sagte Roger, plötzlich im Flüsterton. Er langte unter den Tresen. »Zwei Männer kommen den Weg da runter. Die suchen jemanden, und du bist der einzige hier. Und irgendwie hab' ich so'n Gefühl – die gefallen mir nicht. Fummeln dauernd an ihren Jacken und Ärmeln herum und gehen zu langsam. Aber keine Angst, ich habe meinen Ballermann hier.«
»He, Roge, wovon redest du?« Hawthorne drehte sich auf seinem

Barhocker um. »Geoff!« rief er. »Bist du's wirklich, Cooke? ... Und Jacques, du auch? Was zum Teufel macht ihr hier? ...

Laß deine Hardware liegen, Roger, das sind alte Freunde von mir.«

»Ich leg sie zurück, sobald ich weiß, daß *sie* keine Hardware haben.«

»He, Jungs, das ist ein alter Freund. Es geht jetzt ein bißchen rauh zu auf den Inseln. Streckt eure Hände aus und sagt ihm, daß ihr keine Waffen habt, okay?«

»Wie sollten wir Waffen bei uns haben?« sagte Geoffrey Cooke abschätzig. »Wir sind mit einer regulären Linienmaschine eingeflogen und x-mal kontrolliert worden.«

»*Mais oui!*« fügte Ardisonne hinzu, Deckname Richelieu.

»Sie sind okay«, sagte Hawthorne, sprang vom Barhocker und schüttelte den beiden älteren Männern die Hand. »Erinnert ihr euch an unseren Segeltörn durch die ... Wieso seid ihr hier? Ich dachte, ihr seid beide längst pensioniert.«

»Wir müssen mit dir reden, Tyrell«, sagte Cooke.

»Sofort«, sagte Ardisonne. »Wir dürfen keine Zeit verlieren.«

»He, Moment mal. Plötzlich funktioniert mein Motor nicht mehr, der bis dahin völlig einwandfrei gearbeitet hat. *Plötzlich*, mitten in der Nacht, taucht Cookie mit unserem alten Freund Richelieu aus Martinique hier am Strand auf. Was ist eigentlich los, Gentlemen?«

»Ich habe dir doch gesagt, daß wir mit dir reden müssen, Tyrell«, sagte Geoffrey Cooke, MI-6.

»Da bin ich mir aber gar nicht so sicher«, entgegnete Lieutenant Commander Hawthorne, U. S. Naval Intelligence. »Denn wenn es irgendwas mit diesem Scheiß zu tun hat, mit dem Washington mich ständig anödet, könnt ihr es vergessen.«

»Du hast jeden Grund, auf Washington sauer zu sein«, sagte Ardisonne mit seinem starken französischen Akzent. »Aber du hast keinen Grund, uns nicht zuzuhören. Oder? Du hast recht, eigentlich sollten wir im Ruhestand sein, aber ›plötzlich‹, um deinen Ausdruck zu benutzen, sind wir es nicht mehr. Aber warum wohl? Ist das nicht Grund genug, uns anzuhören?«

»Jetzt hört *mir* mal gut zu, Jungs ... Das, was ihr repräsentiert, hat mich die Frau gekostet, mit der ich den Rest meines Lebens verbringen wollte. Diese verdammten Geheimdienste waren schuld, daß sie sterben mußte – damals in Amsterdam. Ich habe nicht die mindeste Lust, mit euch zu reden ... Gib diesen ›Geheimagenten‹ einen Drink, Roge, und setz ihn auf meine Rechnung. Ich muß zu meinem Boot.«

»Ich weise dich darauf hin, Tyrell, daß weder ich noch Ardisonne etwas mit Amsterdam zu tun hatten«, sagte Cooke. »Das weißt du.«

»Es waren diese gottverdammten Dienste, und das weißt *du*.«

»Keineswegs, *mon ami*«, sagte der Mann, der sich Richelieu nannte. »Hätten wir sonst zusammen segeln können?«

»Hör zu, Tye.« Geoffrey Cooke legte seine Hand schwer auf Hawthornes Schulder. »Wir sind gute Freunde gewesen, und wir müssen miteinander reden.«

»Verdammte Scheiße!« Tyrell packte seinen Arm. »Er hat mich mit einer Nadel gestochen. Es war eine *Nadel*! Die ist glatt durchs Hemd gegangen! Schnapp dir deinen Revolver, Roge ...!«

Bevor der Barkeeper zu seiner Waffe greifen konnte, hob Richelieu seinen Arm und zielte. Er krümmte den Zeigefinger; ein mit einem Narkotikum präparierter Pfeil flog aus seinem Ärmel und traf den Mann hinter der Bar am Hals.

Sonnenaufgang. Die Gesichter über ihm nahmen Gestalt an, aber es waren nicht die, an die er sich undeutlich erinnerte. Nicht das Gesicht von Geoffrey Cooke oder Jacques Ardisonne schwebte da über ihm, sondern die vertrauten Züge Martys und seines Kumpels Mikkey, der beiden Mechaniker von Virgin Gorda.

»Wie fühlst du dich, alter Junge?« fragte Marty.

»Willst du einen Schluck Gin haben, Partner?« sagte Mickey. »Manchmal hilft es, um wieder einen klaren Kopf zu kriegen.«

»Was zum Teufel ist passiert?« Tyrell zwinkerte mit den Augen und versuchte, sich an das helle Sonnenlicht zu gewöhnen, das durch die Fenster strömte. »Wo ist Roger?«

»Im Bett nebenan«, erwiderte Marty. »Wir haben diese Villa in Beschlag genommen. Haben dem Mädchen unten gesagt, daß wir ein Schlangennest gefunden hätten.«

»Es gibt keine Schlangen auf Gorda.«

»Das weiß die doch nicht«, sagte Mickey. »Die meisten von diesen Gänsen kommen aus London und sind blöder, als die Polizei erlaubt.«

»Wo sind Cooke und Ardisonne – die Kerle, die uns reingelegt haben?«

»Dort drüben, Tye-Boy.« Martin wies auf die beiden Stühle, wo, mit Handtüchern an den Lehnen gefesselt und einen Knebel im Mund, Geoffrey Cooke und Jacques Ardisonne saßen.

»Ich habe Mick schon gesagt, daß ich einfach tun mußte, was ich getan habe; das wäre meine verdammte Pflicht als britischer Staatsbürger, haben sie mir gesagt, aber *danach* habe ich dich nicht aus den Augen gelassen. Und wenn die Arschlöcher dir ernsthaft etwas angetan hätten, würden sie jetzt als Futter für die Haie vor Shark Island im Wasser treiben.«

»Dann war der Motor gar nicht kaputt?«

»Nicht die Bohne, alter Junge. Das hohe Tier aus dem Government House hat mich höchstpersönlich angerufen und gesagt, es sei nur zu deinem Besten. Die haben Vorstellungen, was, Partner?«

»Kannst du wohl sagen«, meinte Hawthorne und stützte sich auf die Ellenbogen, um zu seinen ehemaligen Freunden hinüberzusehen.

»He, Mann!« krächzte Roger und warf den Kopf von einer Seite zur anderen.

»Sieh nach, wie's ihm geht«, befahl Tyrell und setzte sich auf.

»Er ist okay, Tye«, sagte Mickey. »Ich habe aus dem alten Franzmann da rausgekitzelt, was er mit euch beiden gemacht hat. Und er hat gesagt, daß die Wirkung von dem Zeugs nach fünf, sechs Stunden nachlassen würde.«

»Die sechs Stunden sind um, Mick. Jetzt fangen sechs andere an.«

Die Frau half dem jungen Mann, die Jolle festzumachen, indem sie den Palstek über einen vorstehenden Felsen in der von Kletterpflanzen überwachsenen Klippe hinter dem schmalen Strand warf und anzurrte. »Sie kann jetzt nicht mehr abtreiben, Niccolò«, sagte sie und betrachtete das, was von dem Boot übriggeblieben war. »Es wäre ohnehin egal. Wir können das verdammte Ding nur noch als Feuerholz benutzen.«

»Du bist verrückt!« Der junge Mann begann, einige Gegenstände, darunter das Gewehr, auf dem Deck der gestrandeten Jolle zusammenzutragen. »Ohne Gottes Hilfe wären wir jetzt tot und würden auf dem Grund des Meeres liegen.«

»Nimm das Gewehr und laß alles andere liegen«, befahl die Frau. »Das brauchen wir nicht mehr.«

»Woher weißt du das? Wo sind wir? ... Warum hast du das *getan*?«

»Weil ich es tun mußte.«

»Das beantwortet nicht meine Frage!«

»Nun gut, mein Junge. Du hast wohl ein Recht auf eine Antwort.«

»*Ein Recht?* Drei Tage lang habe ich nicht gewußt, ob ich leben oder sterben würde? Ja, ich glaube, ich habe ein Recht darauf.«

»Ach, jetzt mach aber mal halblang, so schlimm war das doch nicht. Wir waren nie mehr als zwei-, dreihundert Meter von der Küste entfernt und immer an der Leeseite. Aber zugegeben, daß der Blitz ins Boot eingeschlagen hat, konnte ich auch nicht verhindern.«

»Wahnsinnig, du bist wahnsinnig!«

»Nein. Vor gar nicht langer Zeit bin ich fast zwei Jahre lang in diesen Gewässern gesegelt. Ich kenne sie gut.«

»Du hast uns beinahe umgebracht! Und warum hast du das schwarze Mädchen erschossen?«

Die Frau wies auf den Leichnam. »Nimm ihr die Waffe ab. Das Wasser steigt bis zur halben Höhe der Klippe an. Sie wird im Laufe der Nacht ins offene Meer getragen.«

»Ich bekomme nie eine Antwort von dir.«

»Laß uns einmal eines klarstellen, Niccolò. Du erfährst nur das von mir, was ich dir mitteilen will. Ich habe dein Leben gerettet, junger Mann, und dich tagelang vor dem Hafengesindel versteckt, das dich bei der ersten Gelegenheit umgebracht hätte. Außerdem habe ich Millionen von Lire für dich auf der Banco di Napoli deponiert. Und deshalb habe ich das Recht, gewisse Dinge für mich zu behalten, die ich nicht mit dir diskutieren will. Nimm die Waffe an dich.«

»Oh, mein Gott«, flüsterte der junge Mann. Er beugte sich über das tote Mädchen und stöhnte auf, als er ihr die Pistole aus der Hand wand. Wellen leckten über ihr Gesicht. »Ist sonst niemand hier?«

»Niemand, der zählt.« Der Blick der Frau streifte über den Strand, während Erinnerungen in ihr aufstiegen. »Nur ein geistig zurückgebliebener Gärtner, der ein Rudel von Kampfhunden versorgt. Der Besitzer dieser Insel ist ein alter Freund von mir, ein alter krebskranker Mann, der medizinisch betreut werden muß. Er ist gerade in Miami, Florida, zur Strahlentherapie. Das ist alles, was du wissen mußt. Komm, gehen wir die Treppe hoch!«

»Wer ist dieser Mann?« fragte der Junge, den Blick auf den Boden gerichtet.

»Mein einziger richtiger Vater«, antwortete Amaya Aquirre-Bajaratt leise, fast träumend, als sie über den Strand gingen. Ihr abruptes Schweigen gab Niccolò zu verstehen, daß sie nicht in ihren Gedanken gestört werden wollte. Und was für Gedanken waren das! Die glücklichsten zwei Jahre eines Leben in der Hölle. Der *padrone*, der *vizioso elegante*, war der Mann, den sie am meisten bewunderte. Im Alter von vierundzwanzig Jahren hatte er die Kasinos von Havanna kontrolliert, der große blonde Junge aus Kuba ... auserwählt von den Paten in Palermo, New York und Miami. Er hatte niemanden gefürchtet, doch jeden in Furcht versetzt, der seinen Befehlen zuwiderhandelte. Nur wenige hatten das gewagt, und diese wenigen wurden nie wieder gesehen. Die Baj hatte von diesen Geschichten gehört – im Beka'a, in Bahrein und Kairo.

Der *Capo dei capi* der Mafia hatte ihn auserwählt, da er überzeugt war, in ihm den befähigsten Gefolgsmann seit Capone gefunden zu haben, der Chicago beherrscht hatte, als er erst siebenundzwanzig Jahre alt war. Aber für den jungen *padrone* war alles zusammengebrochen, als der verrückte Fiedel die Berge herunterkam und alles zerstörte – einschließlich des Landes, das er geschworen hatte zu retten.

Nichts konnte jedoch den goldhaarigen *vizioso elegante* aufhalten, den Mann, den einige den ›Mars der Karibik‹ nannten. Er ging zuerst nach Buenos Aires, wo er eine Organisation aufbaute, die ihresgleichen suchte, natürlich in Zusammenarbeit mit den Generälen. Dann zog er nach Rio de Janeiro, wo er die kühnsten Träume seiner Vorgesetzten nicht nur verwirklichte, sondern übertraf. Von einer Hazienda aus operierend, die mehr als tausend Morgen Land umfaßte, trug er den Tod durch die Welt. Er stellte eine Armee aus ehemaligen Soldaten auf, Fahnenflüchtigen, Experten in der Kunst des Tötens, und vermietete sie für gewaltige Summen. Mord war sein Produkt, und überall fand er dafür Abnehmer in einer politisch turbulenten Welt. *La nostra Legione Straniera* wurde die Armee von den Paten genannt, und sie brüllten vor Lachen, wenn sie ihren *vino* in Palermo, New York, Miami und Dallas tranken und für jeden Mord Prozente einstrichen. Ja, die stille, unsichtbare Armee des *padrone* war tatsächlich ihre Fremdenlegion.

Dann zwangen Alter und Krankheit den *padrone*, sich auf seine Insel zurückzuziehen. Und plötzlich trat eine Frau in sein Leben. An der anderen Seite des Globus war die Bajaratt im zyprischen Hafen

Vasilikos schwer verwundet worden, als sie einer vom Mossad aufgestellten Einheit nachjagte, die den Auftrag hatte, jenen Palästinenser zu töten, der später ihr Mann wurde. Die Baj, Anführerin der zum Gegenschlag ausgesandten Truppen, hatte das Tötungskommando wie eine Piratenkönigin vor der Küste mit ihrem schnellen Boot in eine Falle getrieben und die eingekeilten Israeli dort mitten in der Nacht auf den Sandbänken niedergemacht. Dabei war sie selber von vier Kugeln getroffen worden, die ihr die Eingeweide zerrissen hatten. Ihr Leben schien keine Pfifferling mehr wert zu sein.

Einem auf Zypern untergetauchten Arzt gelang es, sie notdürftig wieder zusammenzuflicken und die inneren Blutungen zu stillen. Doch ließ er keinen Zweifel daran, daß sie sich nach spätestens zwei Tagen einer komplizierten Operation unterziehen müsse. Freilich gab es kein Hospital und kein Chirurgenteam im Mittelmeerraum, ja in ganz Europa, das über die erforderliche Operationstechnik verfügte und eine offensichtlich verwundete Terroristin versorgen würde, ohne die Behörden zu verständigen ... Und die Sowjetunion war kein Zufluchtsort mehr.

Wiederholte dringende Anfragen beim Beka'a-Tal ließen dann eine Möglichkeit erkennen, sie vielleicht zu retten – wenn sie zwei, besser noch drei Tage durchhalten könnte. Es gab einen Mann in der Karibik, einen einflußreichen *padrone*, der mit allem handelte, was viel Geld einbrachte, von Rauschgift bis zur Industriespionage, von militärischen Geheimnissen bis zu Waffenlieferungen. Er hatte häufig für das Beka'a gearbeitet und dabei weit über zwei Millionen amerikanische Dollar verdient. Er konnte den Hohen Rat nicht abweisen; das hätte selbst er nicht gewagt.

Zwar hatte er es mehrere Stunden lang versucht, aber der berüchtigte Freiheitskämpfer, dessen Leben die Frau gerettet hatte, blieb unerbittlich. Sollte der Mann in der Karibik seinen Forderungen nicht entsprechen, schwor er, ihm persönlich sein Messer durch die Kehle zu ziehen. Halb tot war die Baj nach Ankara geflogen worden und von dort mit einer Militärmaschine nach Martinique, wo ein zweimotoriges Wasserflugzeug den Weitertransport übernahm. Elf Stunden nach ihrem Abflug aus Zypern erreichte sie die auf keiner Landkarte verzeichnete Insel des *padrone*. Ein Chirurgenteam aus Miami, das von dem Arzt auf Zypern mit den erforderlichen Informationen versehen worden war, wartete bereits auf sie. Ihr Leben war gerettet worden; der zögerliche *padrone* hatte keine Kosten gescheut.

Als die Bajaratt und Niccolò sich der Treppe näherten, die hinauf zur Festung führte, brach die Frau plötzlich in lautes Lachen aus.

»Was ist los?« fragte Niccolò. »Ich wüßte gern, was hier wohl so lustig sein soll.«

»Es ist nichts, mein bewunderswerter Adonis. Ich habe mich nur an die ersten Tage erinnert, die ich hier verbracht habe ... Komm jetzt, die Treppe ist ein Alptraum, aber ein Vergnügen, wenn man sie rauf- und runterläuft, um wieder zu Kräften zu kommen.«

»Ich brauche so etwas nicht.«

»Ich schon. Früher einmal.« Als sie den Aufstieg begannen, erinnerte sie sich wieder an die ersten Wochen mit dem *padrone*, und während sie daran dachte, mußte sie abermals lachen. Zunächst hatten sie einander umschlichen wie zwei argwöhnische Katzen – sie empört über den Luxus, den er sich erlaubte, er frustriert von ihren Vorwürfen über sein ausschweifendes Leben. Dann war sie zufällig in seiner Küche gelandet, als er mit den Cannelloni Sambuca Fiorentine seiner Köchin nicht zufrieden war – derselben Köchin, die jetzt tot am Strand lag. Unter wiederholten Entschuldigungen bei der Angestellten hatte sie selbst Cannelloni bereitet; und sie gefielen dem ungefälligen Besitzer der Insel. Als nächstes kam Schach. Der *padrone* behauptete, darin ein Meister zu sein. Die junge Frau schlug in zweimal und ließ ihn beim drittenmal absichtlich gewinnen. Er brüllte vor Lachen, als er es entdeckte.

»Sie sind eine Prachtfrau«, hatte er gesagt. »Aber tun Sie das nie wieder.«

»Dann werde ich Sie jedesmal schlagen, und Sie werden wütend sein.«

»Nein, mein Kind. Ich werde von Ihnen lernen. Das ist es, was ich mein ganzes Leben lang getan habe. Ich lerne von jedem ... Ich wollte einmal ein großer Filmstar werden. Ich hielt mich mit meiner Figur und meinem blonden Haar für äußerst fotogen. Wissen Sie, was dann passierte? Ich erzähl's Ihnen. Rossellini sah eine Probeaufnahme, die ich für Cinecittà in Rom gemacht hatte. Erraten Sie, was er sagte? ... Ich will es Ihnen sagen. Er meinte, es sei etwas Häßliches in meinen blauen Augen, etwas Böses, das es nicht erklären konnte. Er hatte recht. Ich schlug eine andere Laufbahn ein.«

Seit jenem Abend verbrachten sie viele Stunden zusammen, beide unter gleichen Vorzeichen, denn jeder erkannte die Obsessionen des Anderen und akzeptierte sein Genie. Schließlich, als sie eines Nachmittags noch spät auf der Veranda saßen und den roten Feuerball der Sonne betrachteten, sagte der *padrone:* »Du bist die Tochter, die ich nie haben konnte.«

»Du bist mein einziger wirklicher Vater«, hatte die Bajaratt gesagt.

Niccolò, der Baj um einige Schritte voraus war, streckte den Arm aus, als sie die oberste Stufe erreichten. Der mit Fliesen ausgelegte Pfad vor ihnen führte zu einer gewaltigen, mindestens acht Zentimeter dicken Tür. »Ich glaube, sie ist offen, Cabi.«

»Durchaus möglich«, sagte die Bajaratt. »Hectra muß in Eile gewesen sein und hat vergessen, sie abzuschließen.«

»Wer?«

»Es ist nicht wichtig. Gib mir das Gewehr, falls einer der Hunde herumläuft.« Sie näherten sich der angelehnte Tür. »Stoß sie mit dem Fuß auf, Niccolò«, sagte sie.

Als sie eintraten, wurde die große Halle plötzlich von Explosionen erschüttert, die von überall her zu kommen schienen. Gewehrfeuer hallte von den steinernen Wänden wider. Die Bajaratt und Niccolò ließen sich auf den Marmorboden fallen; Amaya schoß blindlings um sich, bis sie keine Patronen mehr hatte. Dann, als die Rauchschwaden zur hohen Decke hinaufgestiegen waren, trat plötzlich Stille ein. Die beiden Eindringlinge waren unverletzt geblieben. Sie hoben den Kopf, als der Rauch sich in den Strahlen der untergehenden Sonne auflöste, die durch die kleinen Fenster fielen. Beide lebten, und keiner von ihnen wußte weshalb. Dann enthüllten die abziehenden Rauchschwaden die Gestalt eines alten Mannes in einem Rollstuhl, der sich ihnen aus dem dunklen Hintergrund näherte. Auf dem halbkreisförmigen Balkon über der geschwungenen Treppe standen zwei Männer mit den typischen sizilianischen Waffen in der Hand – den *lupos*, Schrotflinten mit abgesägtem Lauf. Sie lächelten. Sie hatten keine echte Munition benutzt, nur Platzpatronen.

»Ach, *meine* Annie!« rief der Mann im Rollstuhl. Seine Stimme klang dünn, und er sprach englisch, aber mit deutlichem Akzent. »Ich hätte nie gedacht, daß du es schaffen würdest.«

»Du bist doch in Miami – du bist immer in Miami zu dieser Zeit! Wegen deiner Behandlung!«

»Ach komm, Baj. Was können sie noch für mich tun? Aber daß du deine alte Freundin Hectra getötet hast, die dich vor fünf Jahren wieder auf die Beine gebracht hat – das war wirklich ein Verbrechen. Du bist mir eine Frau schuldig, die mir ebenso treu ergeben ist. Wirst du es selber sein?«

Die Bajaratt stand langsam auf. »Ich brauchte das Haus nur für ein paar Tage, und niemand, *niemand* durfte wissen, wo ich war und was ich vorhatte – nicht einmal Hectra. Du hast doch diesen Satellitensender – du hast ihn mir selbst einmal gezeigt!«

»Was soll das heißen, niemand weiß, was du vorhast? Du glaubst wohl, diese hinfällige Gestalt, die du hier vor dir siehst, hätte mit den körperlichen Kräften auch den Verstand verloren? Aber ich kann dir versichern, das ist nicht der Fall. Meine grauen Zellen sind noch genauso gut wie meine alten Verbindungen zum Beka'a, zum französischen Deuxième, zum MI-6 und ihren weniger bewundernswerten amerikanischen Kollegen. Ich weiß genau, was du vorhast ... ›*Muerte a toda autoridad*‹, stimmt's?«

»Das ist mein Leben – und wahrscheinlich auch dessen Ende, ich mache mir nichts vor. Aber ich werde es tun, *padrone*.«

»Ja, ich verstehe. Egal, wieviel Terror wir verbreiten – auch jeder von uns kann nur ein begrenztes Maß an Leid ertragen. Es tut mir leid um den Verlust, den du erlitten hast, Annie, ich meine natürlich den letzten, den Tod in Askalon. Man sagte mir, er sei ein hervorragender Mann gewesen, ein wirklich Führer, entschlossen und furchtlos.«

»Ich habe viel von dir in ihm gesehen, *padrone*, von dem, was du in seinem Alter warst.«

»Er war wohl eher ein Idealist, kann ich mir vorstellen.«

»Er hätte alles sein können – alles, was er wollte. Aber die Welt ließ ihn nicht zu dem werden, der er wirklich war. Genausowenig wie mich. Die Dinge, die wir nicht beherrschen können, beherrschen uns.«

»Das ist richtig, meine Tochter. Ich wollte einmal ein Filmstar werden; habe ich dir das erzählt?«

»Du wärest ein fantastischer Schauspieler geworden, mein einziger wirklicher Vater«, sagte die Bajaratt. »Aber wirst du mich meine letzte Aufgabe im Leben erfüllen lassen?«

»Nur mit meiner Hilfe, meine einzige wirkliche Tochter. Auch ich habe aller Obrigkeit den Tod geschworen – denn sie hat uns zu dem gemacht, was wir sind ... Komm und umarme mich, wie du es früher getan hast. Du bist zu Hause.«

Als die Bajaratt sich niederkniete und dem alten kranken Mann die Arme entgegenstreckte, wies er auf den Jungen, der immer noch auf dem Marmorboden hockte und die Szene mit faszinierten, erschreckten Augen betrachtete.

»Wer zum Teufel ist das?« fragte er.

»Sein Name ist Niccolò Montavi, und er ist ein wesentlicher Teil meines Plans«, flüsterte die Baj. »Er kennt mich als Signora Cabrini und nennt mich Cabi.«

»Cabrini? Wie der verehrte amerikanische Heilige?«

»*Naturalmente*. Denn durch meine Taten werde ich auch eine amerikanische Heilige werden, nicht wahr?«

»Wer seine Illusionen in die Tat umsetzen will, braucht viel Rum und noch mehr zu essen. Ich werde dafür sorgen.«

»Du wirst mich weitermachen lassen, nicht wahr, *padrone*?«

»Natürlich werde ich das, meine Tochter, aber nur, wenn ich dir dabei helfen darf. Der Tod dieser Männer – das wird das Vermächtnis sein, das wir der Welt hinterlassen.«

3

Die Luft über den Felsen und dem Sand auf Virgin Gorda flimmerte in der brennenden karibischen Sonne. Es war elf Uhr morgens. Die Leute, die Tyrell Hawthornes Yacht gechartert hatten, schützten sich unter dem Strohdach der Strandbar vor der glühenden Hitze und suchten mit allen möglichen Mitteln ihren Kater zu bekämpfen. Als der Captain ihnen gesagt hatte, daß sie wegen einer dringenden erforderlichen Reparatur nicht vor dem späten Nachmittag auslaufen könnten, waren ihm unter vier erleichterten Seufzern drei Hundert-Dollar-Scheine in die Hand gedrückt worden, und der Bankier aus Greenwich, Connecticut, hatte ihn angefleht: »Bitte, nicht vor morgen!«

Tyrell kehrte in die Villa zurück, wo Mickey sich bereit gefunden hatte, Cooke und Ardisonne zu bewachen, während Mary den Landesteg im Auge behielt. Die beiden Eindringlinge waren bis auf die Unterhosen entkleidet worden; ihre übrigen Sachen befanden sich in der Wäscherei. Hawthorne warf die Tür hinter sich zu und wandte sich an den Mechaniker. »Tu mir einen Gefallen, Mick. Geh runter und hol mir zwei Flaschen Montrachet Grand Cru – ach, vergiß es. Einfacher Weißwein genügt.«

»Welcher Jahrgang?« fragte Ardisonne.

»Frischlese, letzte Woche«, erwiderte Tyrell. Mickey verließ den Raum, und Hawthorne sagte: »Also gut, ihr beiden, jetzt also ›weiter im Text‹, wie die Engländer sagen.«

»Das ist nicht komisch«, sagte Cooke.

»Ach, es ist fantastisch, wenn ihr in euren Trenchcoats auftaucht, den Mantelkragen hochgeschlagen, und durch die Hafenviertel schleicht – aber warum seht ihr den Tatsachen nicht ins Auge? High-Tech hat euch ersetzt, wie sie mich ersetzt hat. Das hat Amsterdam mich gelehrt. Es sei denn, die haben damals Mann für Mann zufälligerweise jeder dieselben Lügen ausgespuckt, was ja wohl ziemlich unwahrscheinlich ist. Es war alles programmiert. Und ihr könnt auch nur noch tun und sagen, was der Computer euch vorgibt.«

»Das stimmt nicht, *mon ami*. Wir sind gar nicht imstande, mit dieser Technologie umzugehen. Wir gehören noch zur alten Schule. Und glaub mir, sie kommt zurück. Schneller, als du dir vorstellen kannst. Die Computer mit ihren Modems, die Satelliten mit ihren Fotos – alles *magnifique*, aber Technik kann nicht den Menschen ersetzen. In einem waren wir den Computern immer überlegen – und du warst es auch! Wenn wir einem Mann oder einer Frau Auge in Auge gegenüberstehen, sagt uns unser Instinkt, ob er oder sie ein Feind ist. Maschinen können das nicht.«

»Willst du damit andeuten, daß ihr mit euren mittelalterlichen Methoden diese reißende Wölfin, die Bajaratt, schneller finden könnt, als wenn ihr ihr Foto, ihre Personenbeschreibung und was weiß ich noch alles per Telefax auf fünfzig bewohnte Inseln übermittelt? Wenn das der Fall ist, solltet ihr sofort wieder in Pension geschickt werden.«

»Ich glaube, was Jacques meint, ist«, unterbrach ihn Cooke, »daß unsere Erfahrung, zusammen mit der zur Verfügung stehenden Technik, wirksamer sein kann als das eine ohne das andere.«

»Gut gesagt, *mon ami*. Diese Psychopathin ist weder dumm, noch fehlen ihr die Mittel für ihr Vorhaben.«

»Und wenn man Washington glauben kann, ist sie auch von einem Haß erfüllt, der seinesgleichen sucht.«

»Gewiß keine Entschuldigung für das, was sie getan hat oder zu tun beabsichtigt«, sagte der Mann von MI-6 mit Nachdruck.

»Nein«, stimmte Hawthorne zu. »Aber ich frage mich, was aus ihr geworden wäre, wenn jemand ihr vor Jahren beigestanden, ihr geholfen hätte … Du meine Güte, vor ihren Augen wird ihrem Vater und ihrer Mutter der Kopf abgeschnitten! Ich glaube, wenn das meinem Bruder oder mir zugestoßen wäre, würden wir genauso handeln wie sie jetzt.«

»Du hast eine Frau verloren, die du sehr geliebt hast, Tyrell«, sagte Cooke. »Und du bist nicht zum Mörder geworden.«

»Nein«, erwiderte Hawthorne. »Aber ich muß gestehen, daß ich oft daran gedacht habe, eine ganze Reihe von Leuten umzubringen.«

»Aber du *hast* sie nicht umgebracht.«

»Nur, weil jemand mir geholfen hat ... Glaub mir, nur weil jemand da war, der mich davon abgehalten hat.« Tyrell blickte gedankenverloren aus dem Fenster aufs Meer. Es hatte jemanden gegeben – mein Gott, wie er sie vermißte! Immer, wenn er betrunken war, hatte er ihr von seinen Plänen erzählt, hatte sogar die abgeschlossenen Schubladen auf seinem Boot geöffnet und ihr Pläne gezeigt, Skizzen von Straßen und Gebäuden, detaillierte Aufzeichnungen darüber, wie er das Leben derjenigen zu beenden gedachte, die er für den Tod seiner Frau verantwortlich machte. Dominique pflegte ihn in die Arme zu nehmen, wenn er, vom Alkohol benebelt, durch die Kajüte torkelte, flüsterte ihm ins Ohr, daß das die Tote nicht wieder zum Leben erwecken, sondern nur anderen Menschen Schmerzen bereiten würde, die unschuldig waren am Tode Ingrid Johansen Hawthornes. Am nächsten Morgen saß sie dann neben ihm, vertrieb die Schuldgefühle, die mit der Katerstimmung in ihm aufstiegen, durch ihr zärtliches Lachen, erinnerte ihn aber trotzdem immer wieder daran, wie töricht und gefährlich diese Fantasien waren. Sie wollte, daß er lebte. Mein Gott, wie er sie liebte! Aber erst, als sie ihn verlassen hatte, hörte er mit dem Trinken auf. Und er hatte sich oft gefragt, ob sie nicht vielleicht geblieben wäre, wenn er sich früher dazu durchgerungen hätte.

Ardisonne räusperte sich, beunruhigt über Hawthornes plötzliches Schweigen.

»Entschuldigung«, sagte der Captain, aus seinen Gedanken auffahrend.

»Wie ist also deine Antwort, Tye?« fragte Cooke. »Wir haben dir alles gesagt und uns sogar für das entschuldigt, was gestern abend passiert ist. Aber wir hatten keine andere Wahl. Wenn ein Barkeeper einen feindselig anstarrt und unter dem Tresen nach seinem Revolver greift – nun, Jacques und ich kennen die Inseln.«

»Schön und gut, aber was ihr da gemacht habt, war doch wohl ein Overkill. Du hast gesagt, daß wir miteinander reden müßten, daß es dringend sei. Und dann zieht ihr mich für fast sechs Stunden aus dem Verkehr.«

»Unsere Vorsichtsmaßnahmen waren nicht gegen dich oder deinen Freund, den Barkeeper, gerichtet«, sagte Ardisonne. »Um offen zu sein, sie waren für andere Leute bestimmt.«

»Was für andere Leute?«

»Ach komm, Tyrell, du bist doch nicht von gestern! Das Beka'a-Tal hat überall Verbindungen, und man muß schon sehr naiv sein, um zu glauben, daß es bei den Geheimdiensten keine Korruption gibt. Zwanzigtausend Pfund können einen Bürokraten schon verlocken, zur anderen Seite überzulaufen.«

»Ihr dachtet, ihr könntet abgefangen werden?«

»Jedenfalls konnten wir diese Möglichkeit nicht ausschließen, alter Junge, und deshalb tragen wir nur das mit uns, was wir im Kopf haben – nichts Schriftliches über die Bajaratt, keine Fotos, keine Dossiers, keine Hintergrundinformationen. Doch wenn jemand versuchen sollte, uns aufzuhalten, sei es in Paris, London oder Antigua, werden wir das zu verhindern wissen.«

»Ihr seid also wieder mal dabei, in euren Trenchcoats durch dunkle Straßen zu schleichen.«

»Warum sollten wir auf Anonymität und versteckte Waffen verzichten? Sie haben dein Leben im Kalten Krieg mehr als einmal gerettet, ist es nicht so?«

»Vielleicht ein-, zweimal, nicht öfter, und ich habe mich sehr bemüht, nicht paranoid zu werden. Bis zu den Ereignissen in Amsterdam war das kein Thema für mich. Wen könnt ihr umdrehen und zu welchem Preis?«

»Es ist eine andere Welt heute, Commander. Wir kennen den Gegner nicht mehr. Die Leute, die jetzt im Geschäft sind, sind weder Agenten noch Doppelagenten; es geht auch nicht mehr darum, die Maulwürfe auf der einen oder anderen Seite auszugraben – die Zeiten sind vorbei. Eines Tages werden wir auf sie zurückblicken und erkennen, wie einfach es früher war. Wir hatten doch alle mehr oder weniger die gleiche Grundeinstellung. Das ist jetzt alles anders geworden. Wir haben es nicht mehr mit Leuten zu tun, die so denken, wie wir gedacht haben. Wir haben es mit Haß zu tun, nicht mit Macht oder geopolitischem Einfluß – mit reinem, unverfälschtem Haß. Die Unterdrückten der Erde erheben sich, und ihr uralter Groll entlädt sich in dem Ruf nach Rache.«

»Ich glaube, du übertreibst ein wenig, Geoffrey. Washington weiß von der Frau, und solange sie nicht aus dem Weg geräumt ist, wird der Präsident sich keiner Situation aussetzen, in der er irgendwie verwundbar wäre. Ich nehme an, dasselbe gilt für London, Paris und Jerusalem.«

»Wer ist denn schon absolut unverwundbar, Tyrell?«

»Niemand natürlich, aber sie müßte schon zaubern können, wenn sie – an ganzen Heerscharen von Wachen vorbei – die raffiniertesten Sicherheitseinrichtungen der Welt überlisten wollte. Nach allem, was ich aus Washington weiß, wird das Oval Office Tag und Nacht schärfstens bewacht. Keine öffentlichen Auftritte, keine Besuchergruppen, nur Treffen innerhalb des Hauses, alles völlig isoliert. Ich frage also nochmals – wozu braucht ihr mich überhaupt?«

»Sie *kann* zaubern, sie ist eine *illusioniste*!« sagte Ardisonne. »Sie ist dem Deuxième, MI-6, dem Mossad, Interpol und jedem nur denkbaren anderen Geheimdienst entwischt. Aber eines wissen wir immerhin: Sie hält sich in einem bestimmten Gebiet auf, in einem Sektor, den wir mit unseren technischen Einrichtungen überwachen und mittels Rasterfahndung gnadenlos durchkämmen können. Und um das Maß vollzumachen, können wir menschliche Spürhunde einsetzen. Leute, die unser Gebiet wie ihre Westentasche kennen. Wir können jedes Hafenviertel, jeden Hinterhof nach ihr absuchen.«

Hawthorne betrachtete schweigend die beiden Männer, ließ den Blick von einem zum anderen wandern. »Angenommen, ich würde einwilligen, euch unter gewissen Bedingungen zu helfen«, sagte er schließlich. »Womit würden wir anfangen?«

»Mit der von dir so hochgeschätzten Technik«, antwortete Cooke. »Jedem der im Auftrag der Nato operierenden Geheimdienste, jeder Polizeistation in der Karibik wird eine genaue Beschreibung der Bajaratt und des jungen Mannes in ihrer Begleitung übermittelt.«

»Wie ungeheuer originell!« sagte Tyrell und lachte spöttisch. »Ihr setzt die ganzen Inseln in Alarmbereitschaft und erwartet eine Reaktion? Sie enttäuschen mich, Gentlemen.«

»Worauf willst du hinaus?« fragte Ardisonne.

»Darauf, daß eure Erfolgschancen höchstens eins zu drei stehen. Wenn jemand sie erkennt, wird er doch nicht zu euch laufen, um es euch zu melden. Er wird zu der Dame selber gehen, und ein paar tausend Dollar werden seine Lippen versiegeln. Ihr seid zu lange weggewesen, Freunde; dies ist nicht das Land, wo Milch und Honig fließen. Abgesehen von einigen Orten wie diesem hier, herrscht überall bittere Armut.«

»Wie würdest du denn vorgehen?« fragte Cooke.

»So wie ihr es hättet tun sollen«, erwiderte Hawthorne. »Ihr sagt, sie müsse Verbindungen zu den Auslandsbanken haben. Da habt ihr euren Schlüssel. Wenn hier größere Geldsummen den Besitzer wechseln, dann nur von Hand zu Hand. Konzentriert euch auf die Inseln, die die entsprechenden Möglichkeiten haben; das reduziert die Zahl bereits auf zwanzig oder fünfundzwanzig. Ihr kennt die meisten, wenn nicht alle, durch eure früheren Einsätze. Nehmt Verbindung mit euren V-Leuten auf, schmiert sie großzügig und überlaßt es *ihnen*, sich mit den Behörden zu arrangieren. Hier erreicht man sein Ziel besser durch die Hintertür als durch den Vordereingang. Ich wundere mich, daß ich euch das noch sagen muß.«

»Das mag ja alles richtig sein, alter Junge; aber ich fürchte, wir haben nicht genügend Zeit. Paris rechnet zwar damit, daß sie sich mindestens vierzehn Tage hier aufhalten wird, aber London meint, fünf bis acht Tage wären das Maximum.«

»Dann habt ihr das Rennen hier verloren. Sie wird euch durch die Lappen gehen.«

»Nicht unbedingt«, sagte der Mann, der den Decknamen Richelieu trug.

»London hat unsere Taktik für uns zurechtgelegt«, erklärt Cooke. »Und wir wissen genau Bescheid über die Korruption, von der du gesprochen hast. Aber außer den geschilderten Maßnahmen gibt es noch etwas anderes, was kaum seine Wirkung verfehlen wird. Die Regierungen von England, Frankreich und der Vereinigten Staaten haben je eine Million Dollar für Hinweise ausgesetzt, die zur Ergreifung der beiden Flüchtlinge führen. Umgekehrt drohen demjenigen, der solche Hinweise zurückhält, empfindliche Repressalien.«

Hawthorne pfiff durch die Zähne. »Wow«, sagte er leise. »Das haut hin. Entweder drei Millionen Dollar oder vielleicht mit einer Kugel im Kopf auf einem der Hinterhöfe enden.«

»Genau«, stimmte der Veteran von MI-6 zu.

»Die Idee habt ihr vom alten NKWD – selbst der KGB war nicht so rigoros.«

»Ach, das geht doch schon zurück auf Beowulf. Funktioniert immer.«

»Denk an die Zeit, Tyrell!«, sagte Ardisonne. »Wir müssen schnell handeln.«

»Wann wurden die Personenbeschreibungen übermittelt?«

Cooke sah auf seine Uhr. »Vor etwa sechs Stunden. Um fünf Uhr Greenwich-Zeit.«

»Wo ist die Operationsbasis?«

»Vorübergehend Tower Street, London.«

»MI-6«, sagte Hawthorne.

»Du sprachst von ›gewissen Bedingungen‹, Tyrell«, sagte Cooke. »Können wir annehmen, daß du auf unserer Seite stehst?«

»Ihr könnt überhaupt nichts annehmen. Ich habe keine Sympathien für die Arschlöcher, die diesen Planeten regieren. Wenn ihr mich haben wollt, müßt ihr dafür zahlen – ob die Kerle in die Luft fliegen oder nicht –, und zwar im voraus.«

»Das ist nicht ganz fair, alter Junge …«

»Habe ich gesagt, daß ich fair sein will? Wenn mein Bruder und ich bei diesem Geschäft auf unsere Kosten kommen wollen, benötigen wir zwei weitere Boote – gebrauchte, aber gute Einmaster, A-Klasse. Das macht sieben Komma fünf pro Boot, insgesamt eine Million fünfhunderttausend. Das Geld muß bis morgen früh auf meinem Konto sein.«

»Ist das nicht etwas happig?«

»*Happig?* Wenn ihr bereits seid, drei Millionen Dollar an einen Informanten zu zahlen, der vielleicht zufällig auf die Bajaratt und den Jungen stößt? Nein, Geoffrey. Entweder ihr zahlt, oder ich bin morgen um zehn Uhr auf dem Weg nach Tortola.«

»Du bist ein ganz krummer Hund, Hawthorne. Und auch noch eingebildet.«

»Dann vergiß es und laß mich nach Tortola segeln.«

»Du weißt, daß ich das nicht kann. Aber ich frage mich, ob du das Geld wert bist.«

»Das wirst du erst erfahren, wenn du mich bezahlt hast.«

Central Intelligence Agency, Langley, Virginia

Der grauhaarige Raymond Gillette, Direktor des CIA, blickte mit einer Mischung aus Respekt und Widerwillen den uniformierten Marineoffizier an, der vor ihm saß. »Den Leuten von MI-6 ist, mit Unterstützung des Deuxième, gelungen, was Sie nicht geschafft haben, Captain«, sagte er ruhig. »Hawthorne arbeitet für sie.«

»Wir haben es versucht«, sagte Captain Henry Stevens, Chef des Geheimdienstes der Navy. Es war nichts Entschuldigendes in seiner scharfen Erwiderung, als er sich – ein hagerer Mann von fünfzig Jahren – in seinem Sessel zurücklehnte. »Hawthorne hat sich selbst etwas vorgemacht und diese Tatsache nie akzeptiert. Mit anderen Worten – er war ein verdammter Narr. Selbst als wir ihn dann mit unwiderlegbaren Beweisen konfrontierten, wollte er uns nicht glauben.«

»Daß seine schwedische Frau eine Agentin oder zumindest eine bezahlte Informantin für die Sowjets war?«

»Genau.« – »Wessen Beweise?«

»Unsere. Peinlich genau dokumentiert.«

»Von wem?«

»Von unseren Leuten in der Szene. Sie haben es bis zum letzten Mann bestätigt.«

»In Amsterdam«, sagte Gillette – nicht als Frage, sondern als Feststellung.

»Ja.«

»Ich habe Ihre Akte gelesen.«

»Dann wissen Sie auch, daß die Tatsachen für sich sprechen. Die Frau stand unter ständiger Beobachtung. Mein Gott, zwei Monate nach ihrer ersten Begegnung mit einem Offizier des Navy-Geheimdienstes heiratet sie diesen Mann und wird gesehen, *fotografiert*, wie sie bei elf verschiedenen Gelegenheiten nachts den Hintereingang der sowjetischen Botschaft betritt! Was brauchen sie sonst noch?«

»Sie hätte es gegenchecken können. Mit uns beispielsweise.«

»Das machen die Computer automatisch.«

»Nicht immer. Und wenn Sie das nicht wissen, sollten sie wieder Dienst an Bord eines Schiffes tun.«

»Das brauche ich mir von einem Zivilisten nicht sagen zu lassen.«

»Sie lassen es sich besser von mir sagen – von jemandem, der Sie wegen Ihrer sonstigen Leistungen schätzt – als von einem Zivil- oder Militärgericht. Das heißt, wenn Hawthorne, nachdem er die Wahrheit erfahren hat, Ihnen überhaupt Gelegenheit dazu gibt.«

»Wovon reden Sie da überhaupt?«

»Ich habe *unsere* Akte über Hawthornes Frau gelesen.«

»Und?«

»Sie haben sich von jedem Ihrer V-Männer in Amsterdam unter Naval-Intelligence-Kode Zwölf – streng vertraulich – die Versicherung geben lassen, daß Hawthornes Frau, eine Dolmetscherin, die von allen Sicherheitsdiensten für unbedenklich erklärt worden war, für Moskau arbeitet. Jeder unterschrieb wortwörtlich dieselbe Erklärung: ›Ingrid Hawthorne ist für die Nato nicht mehr tragbar; sie steht in ständiger Verbindung mit den Sowjets‹. Wie eine kaputte Platte, die dauernd dieselbe Phrase wiederholt.«

»Es stimmte.«

»Es stimmte nicht, Captain. Sie arbeitete für uns.«

»Sie sind verrückt. Das glaube ich Ihnen nicht.«

»Lesen Sie unser Akte … Wie ich die Sache sehe, ließen Sie dem KGB über eine V-Mann die Information zuspielen, daß Mrs. Hawthorne eine Doppelagentin sei, die Hawthorne nicht nur zum Schein, wie die Sowjets glaubten, sondern tatsächlich geheiratet hat. Die Leute vom KGB haben sie daraufhin eliminiert und ihre Leiche in die Herengracht geworfen. Dadurch haben wir eine wertvolle Agentin und Hawthorne seine Frau verloren.«

»Mein Gott!« Stevens vergrub den Kopf in die Hände. »Warum hat uns das niemand gesagt?« Dann sah er plötzlich auf und blitzte sein Gegenüber an. »Warten Sie mal! Wenn das stimmt, was Sie sagen – warum hat sie dann Hawthorne nichts davon erzählt?«

»Darüber können wir nur Vermutungen anstellen. Sie arbeiteten beide im gleichen Geschäft. Sie wußte über ihn Bescheid, er aber nicht über sie. Wenn er von ihrer Tätigkeit gewußt hätte, hätte er sie bestimmt gezwungen aufzuhören. Er kannte schließlich die Risiken.«

»Aber wie konnte sie ihm das nur verschweigen?«

»Skandinavische Kaltblütigkeit vielleicht? Schauen Sie sich diese Tennisspieler an. Wissen sie, sie *konnte* nicht aufhören. Ihr Vater ist in einem sibirischen Gulag ums Leben gekommen. Er war ein antisowjetischer Aktivist, festgenommen in Riga, als sie noch sehr jung war. Sie hat ihren Namen geändert, sich eine eigene Legende aufgebaut, fließend Russisch, Französisch und Englisch gelernt und dann für uns in Den Haag gearbeitet.«

»Davon stand nichts in unseren Berichten!«

»Sie hätten nur zum Telefon zu greifen brauchen. Ingrid Hawthornes Daten waren nicht im Computersystem gespeichert.«

»Scheiße! Worauf kann man sich denn überhaupt noch verlassen?«

»Ich weiß, wie Ihnen zumute ist, junger Mann«, sagte Gillette. In seinen von Fleischwülsten umgebenen Augen lag zu gleichen Teilen

Verachtung und Verständnis. »Ich bin ein alter Hase und war früher bei G-2 im Vietnam, wo alles sich in einem solchen Durcheinander befand, daß ich mit einem legendären Ruf zurückkehrte – einem Ruf, den ich nicht verdiente. Im Gegenteil, ich hätte vors Kriegsgericht gehört. Ich weiß also, wie Sie in diese Bredouille geraten konnten, was weder Sie noch mich entschuldigt. Aber ich finde, Sie sollten die Wahrheit wissen.«

»Und wie sind Sie bei der Einstellung zu Ihrem jetzigen Job gekommen?«

»Sie haben mich einen Zivilisten genannt, und Sie haben völlig recht. Ich bin ein sehr reicher Zivilist. Ich habe viel Geld gemacht, das ich zum Teil jenem unverdienten Ruf verdanke. Als ich für diesen Job ausgewählt wurde, habe ich gedacht, es sei Zeit, die Schulden von damals zu begleichen. Vielleicht wollte ich auch versuchen, alte Fehler wieder gutzumachen.«

»Und wieso glauben Sie, angesichts dieser Fehler, für Ihre Stellung qualifiziert zu sein?«

»Gerade wegen dieser Fehler. Wir sind so von dem Gedanken besessen, alles geheimzuhalten, daß wir immer wieder versäumen, wichtige Dinge untereinander auszutauschen – oder sie, wie im Falle Ingrid Hawthornes, nachzuprüfen. Das wird Ihnen wohl kaum ein zweites Mal passieren.«

»Das war nicht mein Fehler! Sie haben selbst gesagt, daß ihre Daten nicht gespeichert waren.«

»Wie die Hunderter anderer auch nicht, einschließlich einiger Ihrer eigenen V-Männer.«

»Das war vor meiner Zeit«, sagte der Marineoffizier. »Ein System funktioniert nicht, wenn es stellenweise mißachtet wird. Inzwischen gibt es Programme, die für einen Unbefugten absolut nicht zu knacken sind.«

»Erzählen Sie das mal den Hackern, die in die Pentagon-Rechner eingedrungen sind.«

»Eine Chance von eins zu einer Million.«

»Etwa die gleiche wie bei einem Spermium, das ein Ei befruchtet. Und neun Monate später entsteht Leben. Und Sie haben eines dieser Leben vernichtet, Captain.«

»Ach, gehen Sie doch zum Teufel ...«

»Lassen Sie mich aus dem Spiel, Captain«, sagte der Direktor der CIA und hob, die Ellenbogen auf der Sessellehne, beide Hände. »Das alles bleibt unter uns. Wenn es Sie tröstet – ich habe einen ähnlichen Fehler in Vietnam gemacht. Und das bleibt auch unter uns.«

»Sind wir fertig?«

»Noch nicht ganz. Ich kann es Ihnen nicht befehlen, aber ich schlage vor, daß Sie Hawthorne mit allem versorgen, was er braucht. Sie haben zahlreiche Stützpunkte in der Karibik, während wir dort nur spärlich vertreten sind.«

»Er redet nicht mit mir«, sagte der Captain ruhig. »Ich habe es mehrmals versucht. Sobald er merkt, wer am Apparat ist, legt er auf.«

»Er hat mit einem Ihrer Leute gesprochen; MI-6 hat es bestätigt. Hawthorne weiß über die Bajaratt Bescheid, er weiß, daß das Oval Office streng abgeschirmt ist, der Präsident bewacht wird. Wenn Sie es ihm nicht gesagt haben – wer dann?«

»Ich habe ihn damit ködern wollen«, räumte Stevens widerwillig ein. »Als ich mit dem Kerl nicht zu Rande kam, habe ich einigen Leuten, die ihn kennen, gesagt, daß sie Tye ins Bild setzen könnten, falls sie das Gefühl hätten, damit bei ihm weiterzukommen.«

»Tye?«

»Wir kennen uns. Nicht sehr gut, aber gelegentlich haben wir ein Glas zusammen getrunken. Meine Frau hat in der Botschaft in Amsterdam gearbeitet; sie war mit Hawthornes Frau befreundet.«

»Er verdächtigt Sie, seine Frau getötet zu haben?«

»Verdammt, ich habe ihm die Fotos gezeigt, aber geschworen, daß wir nichts mit ihrem Tod zu tun hätten – was ja in gewisser Weise auch stimmt.«

»Aber Sie hatten damit zu tun.«

»Das konnte er nicht wissen. Außerdem haben die Sowjets ihre Duftmarke als Warnung für andere hinterlassen.«

»Aber wir alle entwickeln doch eine Art Instinkt, oder?«

»Was wollen Sie von mir, Mr. Director? Ich habe nichts mehr zu sagen.«

»Da er jetzt für die Briten arbeitet, sollten Sie unverzüglich eine Konferenz anberaumen und klären, was Sie für ihn tun können.« Der DCI beugte sich über seinen Schreibtisch und schrieb etwas auf einen Notizblock. »Stimmen Sie sich mit MI-6 und dem Deuxième ab. Dies sind die beiden Männer, mit denen Sie Kontakt aufnehmen sollten. Aber nur mit ihnen und nur über den Scrambler.« Der Direktor reichte ihm den Notizzettel.

»Top-Leute«, sagte der Offizier des Marine-Geheimdienstes. »Wie ist der Kode?«

»Little Girl Blood.«

»Wissen Sie«, sagte Stevens und stand auf, während er den Zettel in die Tasche steckte, »ich kann mir vorstellen, daß wir alle übertrieben reagieren. Es ist doch nicht das erste Mal, daß wir so etwas erleben – Killerkommandos aus dem Nahen Osten; Psychopathen, die auf eine Gelegenheit warten, dem Big Man eine Kugel zu verpassen; Verrückte, die Drohbriefe schreiben. Und neunundneunzig Prozent der Fälle erweisen sich als heiße Luft. Plötzlich taucht eine Frau auf, die allein mit einem Jungen durch die Welt reist, und von Jerusalem bis Washington D. C., von London bis Paris schrillen die Alarmglocken. Kommt Ihnen das nicht auch ziemlich übertrieben vor?«

»Wie gründlich haben Sie den Bericht aus London gelesen, den ich Ihnen geschickt habe?« fragte der DCI.

»Sehr gründlich. Sie ist eine Psychopathin wie aus dem Lehrbuch und ohne Frage von einer fixen Idee besessen. Aber das macht sie doch nicht zu einer Super-Amazone.«

»Das ist sie auch nicht. Dann würde sie uns ein besseres Ziel bieten. Die Bajaratt könnte das Mädchen von nebenan in Centerville, USA, oder das Mannequin auf dem Faubourg Saint-Honoré in Paris oder das unauffällige Mädchen im dritten Glied einer israelischen Infanteriekompanie sein. Sie bleibt im Hintergrund, Captain. Sie führt Ereignisse herbei und benutzt die ihnen innewohnenden Gesetzmäßigkeiten, um zu erreichen, was sie will. Wenn Sie eine Amerikanerin und von anderer Mentalität wäre, würde sie wahrscheinlich jetzt auf meinem Stuhl sitzen.«

»Darf ich fragen ...« Der Marineoffizier trat einen Schritt näher. Er atmete schwer; sein Gesicht war rot geworden. »Was ich getan habe – mein Gott ... Sie sagten, es bleibt unter uns?«

»Ja.«

»Himmel noch mal, warum habe ich das bloß *getan*?« Seine Augen waren umwölkt; er zitterte. »Ich habe Tyes Frau getötet!«

»Was geschehen ist, ist geschehen, Captain Stevens. Sie werden wohl oder übel für den Rest Ihres Lebens damit leben müssen – wie ich seit über dreißig Jahren mit dem leben muß, was in Vietnam geschehen ist. Das ist unsere Strafe.«

Tyrells Bruder Marc Anthony Hawthorne – ›Marc-Boy‹, wie er in der Karibik genannt wurde – war nach Virgin Gorda geflogen, um die Chartergeschäfte seines Bruder zu übernehmen. In mancher Hinsicht war er der typische jüngere Bruder, etwas größer als der großgewachsene Tyrell, etwas schlanker – dünn, um genau zu sein – und mit einem Gesicht, das dem des Älteren ähnelte, freilich ohne die Krähenfüße und die kühlen Augen des Bruders, den er sehr zu lieben schien.

»Ach komm, Tye!« sagte er, als sie auf dem leeren Landesteg standen. »Gib diese unsinnige Idee auf! Du kannst nicht wieder für sie arbeiten. Ich lasse es nicht zu.«

»Es muß sein, Marc.«

»Was zum Teufel soll das heißen?« Marc hob spöttisch die Brauen. »*Einmal in der Navy, immer in der Navy!* Willst du das damit sagen?«

»Keineswegs. Es geht nur darum, daß ich etwas tun kann, was andere nicht tun können. Cooke und Ardisonne haben diese Inseln abgeflogen, ich habe sie *abgesegelt*. Ich kenne jeden Fleck hier, jedes Stückchen Land, ob kartiert oder unkartiert. Und es gibt kaum jemanden von einigem Einfluß, den ich nicht schon mit einem oder fünfzig Dollar bestochen hätte.«

»Aber warum, um alles in der Welt?«

»Ich weiß es nicht, Marc. Aber vielleicht ist es das, was Cooke sagte. Er sagte, daß die ›Unterdrückten der Erde‹, nicht die Gegner, denen wir früher gegenüberstanden, sondern Fanatiker einer ganz neuen Generation, alles zerstören wollen, was sie zu dem gemacht hat, was sie heute sind.«

»Das ist wahrscheinlich sozialökonomisch richtig. Aber was hat das mit dir zu tun?«

»Ich habe es gerade gesagt: Ich kann etwas tun, was sie nicht können.«

»Das ist nur eine Selbstrechtfertigung, beantwortet aber nicht meine Frage.«

»Also gut, mein akademisch gebildeter Bruder. Ich will versuchen, es dir zu erklären. Ingrid wurde getötet – aus welchen Gründen auch immer –, aber ich habe lange genug mit ihr zusammengelebt, um zu wissen, daß sie die Gewalt beenden wollte. Ich weiß bis heute noch nicht, auf welcher Seite sie stand; aber ich weiß, daß sie den Frieden wollte. Wenn ich sie in den Armen hielt, begann sie manchmal zu weinen. ›Warum kann dieser Wahnsinn nicht aufhören?‹ Später, als man mir dann sagte, daß sie ein sowjetischer Maulwurf gewesen sei ... Nun, ich kann es immer noch nicht glauben. Aber wenn sie es war, dann hatte sie dafür die richtigen Gründe. Sie *wollte* den Frieden. Sie war meine Frau, und ich liebte sie, und sie konnte nicht lügen, wenn sie in meinem Armen lag.«

Schweigen. Schließlich sagte Marc leise: »Ich kann die Welt, in der du lebst, nicht verstehen. Ich könnte nicht darin leben. Aber ich frage dich nochmals: Warum arbeitest du wieder für diese Leute?«

»Weil es eine Frau dort draußen gibt, die die Sache der nackten Gewalt vertritt. Ihr muß Einhalt geboten werden. Und wenn ich dieser Psychopathin Einhalt gebieten kann, weil ich ein paar schmutzige Tricks kenne, werde ich vielleicht eines Tages auch wieder ohne Schuldgefühle an Ingrid denken können. Denn es waren diese schmutzigen Tricks, die sie das Leben gekostet haben.«

»Du weißt zu überzeugen, Tye«, sagte Marc.

»Ich freue mich, daß du mir zustimmst.« Hawthorne blickte seinen jüngeren Bruder an und legte ihm die Hand auf die Schulter. »Denn für die nächste Zeit wirst du die Geschäfte hier führen müssen. Das heißt, du mußt zunächst einmal nach zwei neuen Einmastern Ausschau halten, A-Klasse, möglichst viel Fläche für das Groß- und Vorsegel. Wenn dir eine zu einem guten Preis angeboten wird und ich nicht erreichbar bin, greif zu.«

»Und wie soll ich das bezahlen? Mit ungedeckten Schecks?«

»Das Geld ist morgen früh auf unserem Konto – dank der Großzügigkeit meiner vorübergehenden Arbeitgeber.«

»Ich bin froh, daß du Idealismus mit Geschäftssinn verbindest.«

»Sie schulden mir mehr, als sie je bezahlen können.«

»Was soll ich wegen des neuen Skippers machen? Wir haben zwei Buchungen für nächsten Montag.«

»Ich habe Barbie in Red Hook angerufen; sie kommt an Bord. Ihr Boot ist bei dem Hurikan beschädigt worden und wird immer noch repariert.«

»Tye, du kennst die Leute. Sie segeln nicht gern mit einem weiblichen Skipper.«

»Sag ihr, sie soll sich genauso verhalten wie bei ihren eigenen Kunden, wenn sie entdecken, daß B. Pace nicht Bruce oder Ben, sondern Barbara Pace ist. Sie schlägt ihren Steward nieder, sobald alle an Bord sind.«

»Sie bezahlt ihn aber auch regelmäßig, damit er die Schläge einsteckt.«

»Dann zahlst diesmal eben du, wozu sind wir reich?«

Plötzlich war auf dem nahe gelegenen Parkplatz hinter dem Landesteg das Dröhnen eines Motors zu hören. Ein Wagen hielt mit quietschenden Bremsen an. Cooke und Ardisonne stiegen aus und riefen Marty und Mickey etwas zu, die auf der Werft des Yacht-Clubs arbeiteten. Wenige Augenblicke später eilten sie über die Brücke und näherten sich mit raschen Schritten den beiden Brüdern auf dem Laufsteg.

»Es ist etwas passiert«, sagte Tyrell ruhig.

»Es ist etwas *passiert!*« rief Geoffrey Cooke schon von weitem. »Wir kommen gerade vom Government House ... Hallo, Marc, wir müssen mit deinem Bruder sprechen.« Der Mann von MI-6 zog Hawthorne an das Ende des Stegs; Ardisonne folgte ihnen.

»Nun mal langsam«, sagte Hawthorne. »Du bist ja völlig außer Atem.«

»Es ist keine Zeit zu verlieren«, sagte Ardisonne. »Vier Leute haben sich gemeldet, die alle behaupten, die Frau und den Jungen gesehen zu haben.«

»Alle auf derselben Insel?«

»Nein, auf dreien, verdammte Scheiße!« sagte Cooke. »Aber auf jeder gibt es eine internationale Bank.«

»Das heißt, zweimal wurden sie auf der derselben Insel gesehen ...«

»Ja, auf St. Croix, Christiansted. Eine Maschine steht startbereit für uns auf dem Flugplatz. Ich nehme St. Croix.«

»Warum?« fragte Hawthorne verärgert. »Ich will dich nicht beleidigen, Geoff, aber ich bin jünger und besser in Form als du. Laß mich nach St. Croix fliegen.«

»Du hast die Fotos nicht gesehen.«

»Nach dem, was du gesagt hast, muß es sich um drei verschiedene Personen handeln. Was nützen uns da die Fotos?«

»Aber eine der Frauen auf den Fotos kann wirklich die Bajaratt sein. Wir können nicht auf die Aufnahmen verzichten.«

»Dann gib sie mir.«

»Sie treffen erst morgen früh ein. Das Deuxième läßt sie per Kurier von Martinique einfliegen.«

»Wir dürfen keine Zeit vergeuden«, beharrte Ardisonne.

»Ich geb dir die Namen unserer Informanten, Tyrell«, sagte Cooke. »Du nimmst St. Barthélemy, Jacques kümmert sich um Anguilla.«

Als Hawthorne am nächsten Morgen in seinem Hotelzimmer auf St. Barts aufwachte, war er immer noch wütend, daß Geoffrey Cooke ihn hierhergeschickt hatte. Der Informant, mit dem er über den Sicherheitsbeauftragten auf der Insel Kontakt aufgenommen hatte, war ein bekannter Zuträger aus der Drogenszene. Er hatte eine ältere Frau gesehen, die in Begleitung eines jungen Burschen mit dem Tragflächenboot aus St. Maarten gekommen war. Wie sich bald herausstellte, handelte es sich um eine Deutsche, die ihren Enkel zu einer Reise auf die Antillen eingeladen hatte.

»*Scheiße!*« sagte Hawthorne und griff nach dem Telefon, um das Frühstück zu bestellen.

Tyrell schlenderte durch die Straßen von St. Barts, um sich die Zeit bis zum Abflug der Maschine zu vertreiben, die ihn zurück nach Britisch Gorda bringen würde. Er hatte nichts anderes zu tun. Er haßte es, allein in einem Hotelzimmer zu sitzen.

Und dann geschah es. Zwanzig Meter von ihm entfernt, vor dem Eingang der Bank of Scotland, sah er die Frau, die ihn vor dem Wahnsinn bewahrt hatte, der er vielleicht sein Leben verdankte. Sie war noch schöner geworden. Das lange, dunkle Haar; die feinen Züge des sonnenbräunten Gesichts; die Art, wie sie ging, dieser selbstsichere Gang der kosmopolitischen Pariserin – das alles, so plötzlich wieder gegenwärtig, war fast mehr, als er ertragen konnte.

»*Dominique!*« rief er und lief, die vor ihm gehenden Passanten beiseite drängend, auf die Frau zu, die er so lange, *zu* lange nicht gesehen hatte. Sie drehte sich um, ihre Augen leuchteten. Sie schenkte ihm ein strahlendes Lächeln. Er zog sie an sich, und sie umarmten einander, hielten sich zärtlich umschlungen wie früher. »Man hat mir gesagt, du seist wieder nach Paris gegangen!«

»Das bin ich auch, Liebling. Ich mußte wieder zu mir selber kommen.«

»Und dann kein Wort mehr von dir, kein Brief, nicht einmal ein Anruf. Ich bin fast *wahnsinnig* geworden!«

»Ich konnte Ingrid nicht ersetzen. Ich wußte das.«

»Wußtest du nicht, wie sehr ich dich brauchte?«

»Wir kommen aus verschiedenen Welten, Liebster. Du mußt dein

Leben hier leben, ich meines in Europa. Ich habe Verpflichtungen, die du nicht hast, Tye. Ich habe versucht, es dir zu erklären.«

»Ich erinnere mich nur zu gut. ›Kinder in Not‹, ›Hilfe für Somalia‹ – und zwei, drei Sachen mehr, über die ich mir nie ganz klar geworden bin.«

»Ich bin lange fort gewesen, viel länger, als ich vorhatte. Organisatorisch war alles ein einziges Durcheinander, und verschiedene Regierungen haben ihr Bestes gegeben, um uns in die Quere zu kommen. Aber jetzt, wo der Quai d'Orsay fest hinter uns steht, ist es einfacher.«

»Wieso?«

»Nun, als ich beispielsweise letztes Jahr in Äthiopien war ...«

Während sie von ihrer Arbeit sprach, schien sich ihr Gesicht zu verändern. Ihre großen Augen spiegelten die Begeisterung wider, die sie beseelte, die Hoffnung, aus der sie Kraft und Zuversicht bezog. Ihre Fähigkeit, sich aufzuopfern für das Wohl anderer, war fast grenzenlos und erhielt um so mehr Glaubwürdigkeit durch einen Ernst, der an Naivität grenzte – aufgewogen durch eine ausgeprägte praktische Intelligenz und große Weltgewandtheit.

»... und so sind wir mit achtundzwanzig Lastwagen durchgekommen! Du kannst dir nicht vorstellen, wie die Dorfbewohner sich gefreut haben, besonders die Kinder mit ihren vom Hunger ausgezehrten Gesichtern und die Alten, die schon fast die Hoffnung aufgegeben hatten. Und jetzt ist der Nachschub gesichert, und wir bauen überall Zweigstellen auf. Solange wir nur weiter genügend Druck ausüben.«

»Druck ausüben?«

»Ach, du weißt schon. Wir schlagen sie mit ihren eigenen Methoden. Hier und da eine kleine Drohung auf hochoffiziellem Papier. Die französische Republik läßt nicht so leicht mit sich spaßen!« Dominique lächelte triumphierend; ihre Augen leuchteten.

Wie er sie liebte! Sie durfte ihn nicht wieder verlassen!

»Trinken wir ein Glas zusammen?« fragte Hawthorne.

»O ja, bitte. Ich habe dir soviel zu erzählen, Tye. Du hast mir so gefehlt. Ich bin mit dem Anwalt meines Onkels in der Bank verabredet, aber er kann warten.«

»Das ist der Zauber der Inseln. Niemand ist hier pünktlich.«

»Ich rufe ihn an, wenn wir einen Platz gefunden haben.«

4

Sie saßen in einem Straßencafé, jeder des anderen Hände haltend, während der Kellner Dominique einen eisgekühlten Tee und Hawthorne eine Karaffe Weißwein brachte.

»Warum hast du mich verlassen?« fragte Tyrell.

»Ich habe es dir gesagt. Ich fühlte mich verpflichtet.«

»Wir hätten uns nur uns selbst verpflichtet fühlen sollen.«

»Davor hatte ich Angst. Du wurdest einfach zu wichtig für mich.«

»Und ich dachte, du empfändest dasselbe wie ich.«

»Deine Schuldgefühle gegenüber Ingrid waren zu stark, Tye. Du hast nicht getrunken, weil du ein Alkoholiker warst. Du hast getrunken, weil du dir nicht verzeihen konntest, was geschehen war.«

»Und das war's, nicht wahr?«

»Was?«

»Du wolltest mehr für mich sein als die bemutternde Ehefrau, und ich war so mit mir selbst beschäftigt, daß ich das nicht sehen konnte. Es tut mir so leid.«

»Tye, du warst zutiefst verletzt und verwirrt. Ich habe das verstanden. Wenn es so gewesen wäre, wie du gesagt hast, hätten wir nicht eine so großartige Zeit miteinander verlebt. Fast zwei Jahre, mein Liebling.«

»Nicht lange genug.«

»Fein.«

»Erinnerst du dich, wie wir uns das erste Mal begegnet sind?« fragte Hawthorne leise und blickte ihr dabei zärtlich in die Augen.

»Wie könnte ich das vergessen?« antwortete sie, seine Hand drückend. Sie lachte. »Ich hatte mir ein Boot gemietet und segelte damit in den Yachthafen von St. Thomas, und dabei hatte ich einige Schwierigkeiten, den mir zugewiesenen Liegeplatz anzusteuern.«

»*Schwierigkeiten?* Du bist unter vollen Segeln auf mich zugerast, als wolltest du ein Wettrennen gewinnen. Ich bin fast gestorben vor Angst.«

»Das hat man dir nicht angemerkt. Du hast gekocht vor Wut.«

»Dominique, meine Slup lag direkt in deiner Schußlinie!«

»Ja. Und du standest an Deck, hast wie wild mit den Armen herumgefuchtelt und mich angeschrien. Aber dann bin ich schließlich doch noch irgendwie an dir vorbeigekommen, oder etwa nicht?«

»Ich weiß immer noch nicht, wie du das geschafft hast.«

»Du warst so wütend, daß du beinahe ins Wasser gefallen wärst.« Sie lachten beide und beugten sich vor, um sich in die Augen zu blicken.

»Ich habe mich so geschämt«, sagte Dominique leise. »Aber ich habe mich entschuldigt, als du an Land kamst.«

»Ja, das hast du. Im Fishbait's Whisky Shack. Als du mich angesprochen hast, haben mich alle beneidet. Und das war der Anfang einiger der glücklichsten Monate meines Lebens. Ich erinnere mich noch an unsere vielen Segeltörns. Wir schliefen am Strand – wir liebten uns.«

»Ja, wir liebten uns.«

»Können wir nicht noch einmal von vorn anfangen? Das Vergangene vergessen? Ich bin viel ruhiger geworden. Man kennt mich als jemanden, der gern lacht und Witze erzählt. Und mein Bruder würde dir gefallen ... Können wir nicht noch einmal anfangen, Dominique?«

»Ich bin verheiratet, Tye.«

Hawthorne war einmal im dichten Nebel mit einem Ozeandampfer kollidiert; jetzt hatte er dasselbe Gefühl. Er ließ Dominiques Hand los. Doch sie legte sofort ihre Hände auf seine. »Bitte, mein Liebling.«

»Der Mann hat Glück gehabt«, sagte Tyrell, auf die Tischplatte starrend. »Ist er wenigstens nett?«

»Er ist sehr nett und liebevoll und sehr, sehr reich.«

»Dann ist er mir in zwei Dingen voraus. Aber liebevoll bin ich auch.»

»Daß er reich ist, hat meine Entscheidung mitbestimmt. Das will ich nicht leugnen. Ich brauche nicht viel zum Leben; aber ich brauche viel Geld für unsere Organisation. Als Model konnte ich mir zwar ein schönes Apartment und die wunderbarsten Kleider leisten, aber an Kreuzfahrerinnen ist man in der Branche nicht besonders interessiert. Ich war froh, als ich da raus war. Ich habe mich nie besonders wohl dabei gefühlt, in Kreationen über den Laufsteg zu stolzieren, die sich kein normaler Mensch je leisten könnte. Jetzt ist alles anders.«

»Du lebst in einer seltsamen Welt, Lady. Und nun bist du also glücklich verheiratet?«

»Das habe ich nicht gesagt«, sagte Dominique ruhig, den Blick auf die einander umklammernden Hände gerichtet.

»Dann muß ich irgendwas überhört haben.«

»Unsere Ehe ist das, was La Rochefoucault als Vernunftehe bezeichnet hat.«

»Bitte?« Hawthorne hob die Augen und betrachtete ihr unbewegtes Gesicht.

»Mein Mann ist homosexuell.«

»Dank sei dem Herrn für alle Gaben, die er uns in seiner Güte bescheret hat.«

»Das würde ihn amüsieren ... Wir führen ein eigenartiges Leben, Tye. Er besitzt enormen Einfluß und ist äußerst großzügig. Er hilft mir nicht nur, Gelder aufzutreiben, sondern auch, die Regierungsstellen auf unsere Seite zu bringen. Das ist enorm wichtig.«

»Die hochoffiziellen Papiere, was?«

Dominique lächelte. »Direkt aus dem Quai d'Orasy, und zwar von ganz oben. Er sagt, es sei wenig genug, was er für mich tue, da er viel mehr auf mich als ich auf ihn angewiesen sei.«

»Offensichtlich. Mit einer Frau wie dir an seiner Seite öffnet sich ihm jede Tür.«

»Er geht sogar noch weiter. Er behauptet, ich würde das Niveau der Kundschaft heben, denn wenn ich noch zu haben wäre, wäre ich schließlich nur für die allerreichsten von ihnen erschwinglich. Das ist natürlich nur ein Scherz.« Mit sichtlichem Bedauern löste Dominique ihre Hand aus Tyrells Umklammerung.

»Natürlich.« Hawthorne schenkte sich den Rest des Weins ein und lehnte sich zurück. »Du bist zu Besuch bei deinem Onkel auf Saba?« fragte er.

»Mein Gott, das habe ich völlig vergessen! Ich muß wirklich sofort die Bank anrufen und diesen Anwalt verständigen ... Da siehst du, wie du mich durcheinandergebracht hast!«

»Das würde ich dir gerne glauben, aber ...«

»Das kannst du mir glauben, Tyrell«, sagte Dominique leise und beugte sich vor, wobei sie ihn mit ihren großen, braunen Augen fest anblickte.

»Wirklich, mein Liebling ... Wo mag das Telefon sein?«

»Ich habe eines am Eingang gesehen.«

»Ich bin in fünf Minuten zurück. Mein Onkel spielt schon wieder mit dem Gedanken, umzuziehen. Seine Nachbarn sind ihm zu aufdringlich geworden.«

»Soweit ich mich erinnere, ist Saba von aller Welt abgeschnitten«, sagte Tyrell lächelnd. »Kein Telefon, keine Post und kaum Besucher.«

»Ich habe darauf bestanden, daß er eine Satellitenschüssel installieren läßt.« Dominique schob ihren Stuhl zurück und stand auf. »Er sieht sich gern die Fußballspiele an ... Ich beeile mich.«

»Ich werde hier sein.« Hawthorne blickte der Frau nach, von der er geglaubt hatte, daß sie für immer aus seinem Leben verschwunden sei. Die einander widersprechenden Nachrichten, die er erhalten hatte, verwirrten ihn. Ihr Bekenntnis, daß sie verheiratet war, hatte ihn niedergeworfen; ihr Eingeständnis, daß diese Ehe keine Ehe war, hatte ihn wieder aufgerichtet ... Er durfte sie nicht wieder verlieren; er *würde* sie nicht wieder verlieren.

Bis zum frühen Abend gab es stündlich eine Flugverbindung zwischen den Inseln. Doch war es vorstellbar, daß sie nach diesem Wiedersehen eine der nächsten Maschinen nehmen würde, um nach Saba zu ihrem Onkel zurückzukehren? Er konnte es nicht glauben. Er lächelte, als er an den exzentrischen Onkel dachte, dem er nie begegnet war, den Pariser Rechtsanwalt, der mehr als dreißig Jahre in der Welt der Hochfinanz zugebracht hatte, in Konferenzräumen und Gerichtssälen, mit jeder Entscheidung, die er traf, Millionen aufs Spiel setzend.

Und dabei war dieser Mann so etwas wie ein zweiter Gauguin, der nichts sehnlicher wünschte, als sich zurückzuziehen, um Blumen und Sonnenuntergänge zu malen. Als er es dann tat, hatte er eine kalte, herrische Ehefrau und zwei unerträgliche Töchter, die die Raffgier ihrer Mutter geerbt hatten, finanziell gut versorgt zurückgelassen und war mit einer ältlichen Haushälterin in die Karibik geflogen – ›auf der Suche nach meinem Tahiti‹.

Durch eine zufällige Unterhaltung, die er mit einem Fremden auf dem Flugplatz von Martinique geführt hatte, war er auf Saba gestoßen. Der Mann war ein Aussteiger, der sich entschlossen hatte, seine letzten Jahre in Paris zu verbringen. Er besaß ein Haus auf Saba, das er verkaufen wollte. Ohne dieses Haus gesehen zu haben – der Besitzer hatte ihm nur einige Fotos gezeigt –, hatte Dominiques Onkel sich spontan zum Kauf entschlossen und den Vertrag sogleich aufgesetzt, während seine Haushälterin ihm erstaunt und nicht ohne ein gewisses Unbehagen dabei zuschaute. Dann ließ er sich mit seiner Firma in Paris verbinden und wies seinen früheren Vizepräsidenten, der jetzt Präsident war, an, dem Besitzer das Geld unverzüglich zu überweisen. Er stellte nur eine einzige Bedingung – der Besitzer sollte dafür sorgen, daß sämtliche Telefone im Haus abgeschaltet und entfernt würden, und zwar sofort. Der völlig perplexe Heimwerker, der sein Glück noch gar nicht fassen konnte, rief noch vom Flughafen aus bei der zuständigen Telefongesellschaft an und brüllte seine Anweisungen nur so in den Apparat.

Die Karibik war voll von solchen Geschichten, denn die Inseln waren eine Heimstatt für die Gestrandeten, die Ausgestoßenen und Einsamen dieser Welt. Nur ein wirklich mitfühlender Mensch konnte diese Exzentriker richtig verstehen. Und Dominique mit ihrem großen Herzen hatte für sie alle Verständnis, ebenso wie für ihren exzentrischen Onkel.

»Du wirst es kaum glauben«, unterbrach Dominique Tyrells Gedanken. »Der Anwalt hat eine Nachricht für mich hinterlassen, daß er aufgehalten worden sei, und ob wir das ganze nicht auf morgen verschieben könnten. Und dann hat er noch deutlich verschnupft hinzugefügt, daß er mich *selbstverständlich* früher benachrichtigt hätte, wenn wir auf der Insel ein Telefon hätten.«

»Das entbehrt nicht einer gewissen Logik.«

»Dann habe ich noch einen Anruf getätigt, Commander – es war doch Commander, oder?« Dominique setzte sich.

»Das ist lange her«, sagte Tyrell und schüttelte den Kopf. »Inzwischen habe ich mich befördert. Ich bin jetzt Captain – auf meinem eigenen Schiff, oder besser Boot.«

»Das ist eine Beförderung?«

»Das kannst du mir glauben. Wen hast du angerufen?«

»Die Nachbarn meines Onkels – die Leute, die er als zu aufdringlich empfindet. Sie kommen ständig, um ihm Gemüse aus ihrem Garten zu bringen, und stören ihm beim Malen – oder beim Fernsehen.«

»Scheinen ganz nette Leute zu sein.«

»Sind sie auch. Ich habe sie gebeten, zu ihm hinüberzugehen und ihm zu sagen, daß es Probleme gäbe und ich erst später kommen könnte.«

»Ein Wunder nach dem anderen«, sagte Hawthorne grinsend. »Ich hatte gehofft, daß du ihn irgendwie benachrichtigen würdest.«

»Was blieb mir anderes übrig, mein Liebling? Ich habe dich so vermißt, Tye.«

»Es gibt da ein Hotel in dieser Straße«, sagte Tyrell zögernd. »Ich habe heute nacht dort geschlafen. Das Zimmer ist sicher noch frei.«

»Frag nach, Tye. *Bitte*. Wie heißt das Hotel?«

»Na ja, ›Hotel‹ ist genauso übertrieben wie der Name: Flamboyant.«

»Geh, mein Liebling. Ich treff dich dort in zehn, fünfzehn Minuten. Sag der Rezeption Bescheid, daß du mich erwartest.«

»Warum das?«

»Ich möchte dir – uns – ein Geschenk mitbringen. Wir haben etwas zu feiern«, sagte sie.

In dem kleinen Hotelzimmer hielten sie einander fest umschlungen. Dominique lag zitternd in Hawthornes Armen. Das Geschenk, das sie mitgebracht hatte, bestand aus drei Flaschen Champagner, die der Hotelpage ihnen in einem Eiskübel aufs Zimmer getragen hatte.

»Wenigstens ist er aus Weißwein«, sagte Tyrell. Er löste sich aus ihren Armen, trat an die Kommode und öffnete die erste Flasche. »Weißt du, daß ich seit Jahren keinen Whisky mehr getrunken habe. Als du mich verlassen hast, habe ich in den nächsten vier Tagen alles weggetrunken, was es auf der Insel gab, aber danach sind die Bourbonflaschen auf den Müll gewandert.«

»Dann hat mein Weggehen doch etwas Gutes bewirkt. Whisky war für dich nur eine Krücke, keine Notwendigkeit.« Dominique setzte sich an den kleinen runden Tisch vor dem Fenster.

»Ich bin nicht mehr der, der ich einmal war«, sagte Hawthorne und trug die Gläser und die Flasche an den Tisch. Dann setzte er sich in den Sessel ihr gegenüber. »Ich trinke auf dich, Dominique.«

»Auf uns, mein Liebling.« Sie leerten die Gläser. Hawthorne schenkte nach.

»Du bist mit dem Boot hier?« fragte Dominique.

»Nein.« Tyrell mied ihren Blick und sah aus dem Fenster. »Ich bin hier im Auftrag eines Hotelsyndikats in Florida. Sie rechnen damit, daß bald Spielkasinos auf Barts eröffnet werden, und wollen ein Gutachten von mir. Es ist auf allen Inseln dasselbe – ökonomisch unabdingbar.«

»Ja, ich habe davon gehört. Eigentlich traurig.«

»Sehr traurig. Aber Kasinos schaffen neue Arbeitsplätze… Ich will nicht über die Inseln mit dir reden, ich will über uns reden.«

»Was gibt es da zu reden, Tye? Du lebst dein Leben hier, ich meines in Europa oder Afrika oder in den Flüchtlingslagern, wo eben die Menschen unsere Hilfe brauchen. Schenk mir noch ein Glas ein.«

»Was ist mit deinem eigenen Leben?« Hawthorne füllte die Gläser.

»Dazu kommt es noch früh genug, mein Liebling. Eines Tages komme ich zurück, und wenn du nicht anderweitig gebunden bist, sitze ich vor deiner Tür und sage: ›Hallo, Commander, nimm mich oder wirf mich den Haien zum Fraß vor.‹«

»Wann ist früh genug?«

»Schon bald. Selbst meine Kraft erschöpft sich … Aber laß uns nicht über die Zukunft reden, Tye. Das Jetzt ist viel wichtiger.«

»Was meinst du damit?«

»Ich habe heute morgen mit meinem Mann gesprochen. Ich muß heute abend nach Paris zurück. Er hat eine Verabredung mit der Fürstenfamilie in Monaco und möchte, daß ich dabei bin.«

»Heute abend?«

»Ich kann es ihm nicht abschlagen, Tye. Er hat soviel für mich getan. Er schickt einen Jet seiner Gesellschaft nach Martinique, um mich abzuholen. Ein paar Stunden später bin ich in Paris, und nachmittags treffe ich ihn dann in Nizza.«

»Du verläßt mich wieder«, sagte Hawthorne. Der Champagner tat plötzlich seine Wirkung; er sprach schleppend. »Du wirst nicht zurückkommen.«

»Das ist nicht wahr, mein Liebling … mein Alles. Ich bin in zwei, drei Wochen wieder da. Das *mußt* du mir glauben! Aber jetzt, in diesen paar Stunden, die wir noch haben, halt mich fest. *Liebe* mich!« Dominique stand auf, zog die Jacke ihres weißen Hosenanzugs aus und begann, ihre Bluse aufzuknöpfen. Tyrell zog sich ebenfalls aus, nachdem er die Gläser nachgefüllt hatte. »Um Himmels willen, liebe mich«, rief Dominique und ließ sich mit ihm aufs Bett sinken.

Der Rauch ihrer Zigaretten stieg im Licht der nachmittäglichen Sonne zur Decke empor. Hawthorne entspannte sich, erschöpft von dem langen Liebesspiel und zuviel Champagner. »Na, wie war das, mein Liebling?« flüsterte Dominique, während sie seinen ausgestreckten, nackten Leib umschlang, die üppigen Brüste über seine Gesicht.

»Einen schöneren Himmel kann ich mir nicht wünschen«, sagte Tyrell und lächelte anzüglich.

»Aber, Tye! Ich schenk uns noch ein Glas ein.«

»Es ist die letzte Flasche. Übertreiben wir's nicht ein bißchen mit dem Trinken?«

»Und wenn schon! Es ist unsere letzte Stunde – bis ich dich wiedersehe.« Dominique griff nach der Flasche und füllte die Gläser.

»Hier, mein Liebling«, sagte sie und hielt ihm das Glas an die Lippen. Sie legte ihre rechte Brust gegen seine Wange. »Ich muß mich an jeden Augenblick mit dir erinnern.«

»Du fühlst dich an wie Seide.«

»Danke, Commander. Ach, verzeih. Ich weiß, du magst diesen Titel nicht.«

»Ich habe dir von Amsterdam erzählt«, sagte Hawthorne zusammenhanglos. »Ich hasse diesen Titel ... Mein Gott, bin ich betrunken ...«

»Das bist du nicht, mein Liebling. Wir feiern nur unser Wiedersehen.«

»Ja ... Sicher.«

»Liebe mich, Tye, mein über alles Geliebter.«

»*Was* ...?« Tyrells Kopf fiel zur Seite; der ungewohnte Alkohol hatte seine Wirkung getan – er war eingeschlafen.

Dominique stand leise auf, trat an den Sessel, auf dem ihre Sachen lagen, und zog sich schnell an. Plötzlich bemerkte sie Hawthorne braune Jacke auf dem Fußboden – eine leichte Leinenjacke mit vier Taschen, wie sie von vielen Männern auf den Inseln getragen wird. Es war jedoch nicht die Jacke selbst, die ihre Aufmerksamkeit erregte, sondern ein zusammengefalteter Briefumschlag mit blauen und roten Streifen am Rand. Genau die Sorte, wie sie von Regierungen verwendet wird oder von Privatclubs, die sich einen offiziellen Anstrich geben möchten. Sie kniete nieder, zog ihn aus der Jackentasche und entnahm ihm ein mit der Hand auf das Briefpapier eines Yacht-Clubs geschriebenes Memorandum. Sie trat ans Fenster, um es zu lesen:

Personen: Frau in den Dreißigern in Begleitung eines etwa halb so alten jungen Mannes.
Einzelheiten: Beschreibung lückenhaft; aber es könnte sich um Bajaratt und jugendlichen Begleiter handeln, wie in Marseille beobachtet. Namen auf Passagierliste des St.-Maarten-Tragflächenbootes: Frau Marlene Richter und Hans Bauer, Enkel. Bajaratt hat, soweit bekannt, deutschen Namen vorher nicht benutzt. Es ist auch nicht bekannt, ob sie deutsch spricht, doch durchaus möglich.
Kontaktadresse: Inspektor Lawrence Major, Chef der Island Security, St. Barts.

Verbindungsmann: Name auf Verlangen geheimgehalten.
Festnahme: Annäherung mit gezogener Waffe von hinten. Den Namen Bajaratt rufen und bereit sein zu schießen.

Dominique kniff in dem hellen Nachmittagslicht die Augen zusammen. Sie steckte das Memorandum in den Umschlag zurück, durchquerte den Raum und schob das Papier wieder in die Tasche der braunen Leinenjacke. Dann richtete sie sich auf und blickte die nackte Gestalt auf dem Bett an. Ihr wunderbarer Liebhaber hatte gelogen. Captain Tyrell Hawthorne, Olympic Charters, U. S. Virgin Islands, war wieder Commander Hawthorne vom Geheimdienst der Navy, Amsterdam – abkommandiert, eine Terroristin aus dem Beka'a-Tal zu verfolgen, deren Spur über Marseille in die Karibik führte. Was für eine bittere Ironie. Dominique trat an den Tisch und ergriff ihre Handtasche. Dann ging sie hinüber zum Bett, schaltete das Radio an und drehte den Lautstärkeregler bis zum Anschlag auf. Die harten Rhythmen eines Reggaes erfüllten den Raum. Hawthorne rührte sich nicht.

So schrecklich, so unnötig ... Sie wagte nicht, sich den Schmerz, der in ihr aufgestiegen war, einzugestehen. Sie hatte sich ein Leben vorgestellt, in dem sie Glück finden könnte, ein Leben ohne Verrat und Täuschung. Es hätte alles so einfach sein können! Sie liebte diesen nackten Mann auf dem Bett, liebte seinen Körper, seine Intelligenz, ja sogar seine selbstquälerischen Gedanken, denn sie verstand sie alle. Aber dies hier, dieses Hotelzimmer, war die wirkliche Welt.

Sie öffnete ihre Handtasche, zog langsam eine kleine Automatik heraus und drückte sie gegen das Kopfkissen, das sie vor Hawthornes linke Schläfe zog. Ihr Zeigefinger krümmte sich um den Abzug, nur noch wenige Millimeter ... die Reggae-Musik schwoll zu einem Crescendo an ... *Sie konnte es nicht!* Sie verachtete sich selbst dafür, aber sie *konnte es einfach nicht*. Sie liebte diesen Mann, liebte ihn, wie sie jenen Aufrührer in Askalon geliebt hatte!

Amaya Bajaratt steckte die Waffe wieder in die Handtasche und lief so schnell sie konnte aus dem Zimmer.

Als Hawthorne aufwachte, hatte er einen schweren Kopf, die Augen waren völlig verquollen. Plötzlich wurde ihm bewußt, daß Dominique nicht neben ihm im Bett lag. Wo war sie? Er sprang auf, fand mühsam sein Gleichgewicht, griff nach dem Telefon auf dem Nachttisch und wählte die Nummer der Rezeption. »Die Frau, die hier war!« rief er. »Wann ist sie abgereist?«

»Vor über einer Stunde, Mann«, sagte eine männliche Stimme. »Reizende Dame.«

Tyrell warf den Hörer auf die Gabel, ging in das winzige Badezimmer und ließ Wasser in das ebenso kleine Waschbecken laufen. Dann steckte er den Kopf hinein und ließ seine Gedanken um die Insel Saba kreisen. Sie würde bestimmt nicht nach Paris zurückkehren, ohne sich von ihrem Onkel verabschiedet zu haben ... Doch erst einmal mußte er Geoffrey Cooke auf Virgin Gorda anrufen, um ihm mitzuteilen, daß seine Suche ergebnislos verlaufen war.

»Christiansted war auch ein Reinfall, alter Junge. Und Anguilla genauso«, sagte Cooke. »Wir waren wohl alle auf der falschen Fährte. Kommst du heute nachmittag zurück?«

»Nein, ich verfolge hier noch eine andere Spur.«

»Hast du etwas gefunden?«

»Gefunden und wieder verloren, Geoff. Aber es ist nur für mich von Bedeutung. Bis später!«

»Wir haben noch zwei Berichte bekommen, denen Jacques und ich nachgehen werden.«

»Sag Marty, wo ich dich erreichen kann.«

»Dieser verdammte Mechaniker?«

»Kennst du einen besseren?«

Die Schwimmer des gemieteten Wasserflugzeugs berührten die glatte Wasserfläche und beschrieben einen Halbkreis in der von Felsen umgebenen Bucht der Privatinsel. Der Pilot steuerte die Maschine zu einem kurzen Anlegesteg, wo eine der bewaffneten Wachen der Bajaratt die Hand entgegenstreckte, um ihr beim Aussteigen zu helfen.

»Dem *padrone* geht es heute gut, Signora«, sagte der Mann fast schreiend, um sich im Lärm des Flugzeugmotors verständlich zu machen. »Das Wiedersehen mit Ihnen hat ihm besser getan als sämtliche Behandlungen in Miami. Er hat Opernarien gesungen, als ich ihn wusch.«

»Kommen Sie hier allein zurecht?« fragte die Baj hastig. »Ich hab's eilig.«

»Kein Problem. Ich lasse meinen stillen Freund hier sprechen, und dann *so long*, Herr Flugkapitän.«

»*Bene*.« Amaya eilte die steinernen Stufen empor und blieb am Treppenabsatz stehen, um tief Luft zu holen. Der *padrone* schätzte es nicht, wenn man die Selbstbeherrschung verlor. Die Tatsache, daß ihre Anwesenheit hier den auf den Inseln operierenden Geheimdiensten bekannt war, hatte ihr einen Schock versetzt. Sie konnte akzeptieren, daß der *padrone* davon gewußt hatte, schließlich war man ihm im Beka'a-Tal und unter Gleichgesinnten überall auf der Welt einiges schuldig, aber der Gedanke, daß man genug von ihren Plänen wußte, um den vor Jahren aus dem Dienst geschiedenen Hawthorne zu reaktivieren und in die Jagd einzuschalten, war für sie unerträglich. Sie ging über den mit Fliesen ausgelegten Pfad auf das Haus zu und öffnete die Tür. Die gebrechliche Gestalt im Rollstuhl winkte ihr aus der Tiefe des Raumes entgegen.

»*Ciao*, Annie!« sagte der *padrone* lächelnd. »Hast du alles erledigt, was du dir vorgenommen hast?«

»Ich bin nicht auf der Bank gewesen«, antwortete die Bajaratt knapp und trat ein.

»Warum nicht? So sehr ich dich liebe, mein Kind, aber ich werde nicht zulassen, daß dir Gelder von meinen Konten überwiesen werden. Das ist zu gefährlich, und über unsere Verbindungen im Mittelmeerraum kannst du alles bekommen, was du brauchst.«

»Es ist nicht das Geld, was mir Sorgen macht«, sagte Amaya, »sondern die Tatsache, daß die Amerikaner, die Briten und die Franzosen wissen, daß ich auf den Inseln bin.«

»Aber natürlich wissen sie das, Annie! Ich habe doch auch gewußt, daß du hier bist. Von wem, glaubst du wohl, habe ich das erfahren?«

»Ich dachte durch die Beka'a-Leute.«

»Habe ich nicht das Deuxième, MI-6 und die Amerikaner erwähnt?«

»Verzeih mir, *padrone*, aber der Filmstar in dir neigt häufig zu Übertreibungen.«

»*Molto bene!*« lachte der Kranke mühsam röchelnd. »Aber diesmal nicht. Ich habe Amerikaner auf meiner Gehaltsliste. Die haben mich informiert, daß man nach dir sucht. Aber in welchem Gebiet, auf welcher Insel? *Impossibile!* Niemand weiß, wie du aussiehst. Wer kann dir also gefährlich werden?«

»Erinnerst du dich an einen Mann namens Hawthorne?«

»Aber ja, natürlich. Ein entlassener Offizier vom Marine-Geheimdienst. Ist mit einer sowjetischen Doppelagentin verheiratet gewesen. Du hast herausgefunden, wer er war, und dir ein paar schöne Monate mit ihm gegönnt, als du dich von deiner Verwundung erholtest. Du hast gedacht, du könntest durch ihn an nützliche Informationen kommen.«

»Was ich von ihm in Erfahrung gebracht habe, war wenig wert. Aber jetzt ist er wieder im Geschäft. Sie haben zur Jagd auf die Bajaratt geblasen, und er ist mit dabei. Ich habe ihn zufällig heute nachmittag getroffen.«

»Was für ein eigenartiger Zufall, meine Tochter«, sagte der *padrone*, während seine blauen Augen das Gesicht der Bajaratt musterten. »Aber wie schön für dich. Du warst damals sehr glücklich mit ihm, soweit ich mich erinnere.«

»Man sucht sich sein Glück, so man es findet, mein Vater. Er war für mich nur ein Mittel zum Zweck.«

»Aber vielleicht ein Mittel, dessen du dich nur allzu gern bedient hast?«

»Unsinn.«

»Du bis damals herumgetanzt und gesprungen wie das Kind, das du nie hast sein können.«

»Hört sich schon wieder an wie ein Drehbuch. Ich war doch nur froh, weil meine Wunden verheilten. Das ist alles. – Aber er ist hier, verstehst du nicht? Er wird nach Saba gehen und dort nach mir suchen.«

»Ach ja, ich erinnere mich. Ein imaginärer französischer Onkel, war es nicht so?«

»Er muß aus dem Weg geräumt werden, *padrone!*«

»Warum hast du ihn nicht aus dem Weg geräumt, gleich heute nachmittag?«

»Ich hatte keine Gelegenheit dazu. Man hat mich mit ihm gesehen. Es wäre zu gefährlich gewesen.«

»Das ist nun aber noch eigenartiger«, sagte der Kranke. »Die Baj, die ich kenne, hat immer eine Gelegenheit gefunden.«

»Hör endlich damit auf, mein Vater! *Töte* ihn!«

»Nun gut, meine Tochter. Das Herz ist oft wankelmütig ... Saba, sagst du? Mit unserem Boot sind wir in weniger als einer Stunde dort.« Der *padrone* hob den Kopf. »*Scozzi!*« rief er und winkte einen der Wächter heran.

Es kam auf rasches Handeln an, denn Erinnerungen waren kurz auf den Antillen. Saba war keine der Inseln, die Hawthorne gewöhnlich mit seinem Boot anlief; aber er kannte sie von früheren Segeltörns her. In den Häfen der Inseln, die in unmittelbarer Nachbarschaft von Saint T. und Tortola lagen, kam man den Wünschen der Charter-Captains üblicherweise bereitwillig nach. Es zahlte sich aus, und Tyrell rechnete mit dieser kleinen menschlichen Schwäche.

Er charterte ein Wasserflugzeug, mit dem er in den bescheidenen Hafen der Insel flog, überzeugt, daß man ihn nach Kräften unterstützen würde. Das schien auch so, aber es machte alles keinen Sinn. Niemand kannte einen alten Mann mit einer französischen Haushälterin. Niemand hatte eine Frau gesehen, auf die Dominiques Beschreibung zutraf. Wie konnte man sie *nicht* kennen – eine hochgewachsene, schlanke weiße Frau, die so oft hierher kam, um ihren Onkel zu besuchen? Es war wirklich seltsam. Die Hafenarbeiter kannten doch normalerweise jeden. Es mußte doch irgendwelche Lieferungen geben, und Lieferungen wurden bezahlt. Aber Dominiques Onkel schien von Luft zu leben. Andererseits, wenn er wirklich zurückgezogen lebte wie ein Einsiedler, vielleicht ließ er sich ab und zu heimlich etwas einfliegen. Gerade genug für sich und seine alte Haushälterin.

Tyrell machte sich in der glühenden Hitze auf den Weg zum Postamt der Insel, wo ein arroganter Angestellter ihn mit den Worten abfertigte: »Ich müßte es doch wissen, Mann! Hier ist noch nie etwas angekommen für einen alten Mann oder eine Frau, die wie eine französische Mama spricht.«

Diese Auskunft war noch seltsamer als das, was er im Yachthafen erfahren hatte. Dominique hatte ihm gesagt, daß ihr Onkel eine ›recht anständige Pension‹ von seiner Firma beziehe, die ihm jeden Monat überwiesen werde.

Tyrell fragte den Angestellten, wo er ein Motorrad mieten könne, das bevorzugte Transportmittel der Insel. Kein Problem. Der Mann hatte ein paar Maschinen hinter dem Haus stehen. Hawthorne brauchte nur seinen Führerschein vorzuweisen, hundert Dollar als Pfand zu hinterlegen und eine Erklärung zu unterzeichnen, daß er für alle Schäden an dem Fahrzeug aufkommen werde.

Er verbrachte fast drei Stunden damit, die Straßen der Insel abzufahren, von einem Haus zum anderen zu gehen und deren abweisende, meist von einer Meute wütender Hunde umringte Bewohner zu befragen. Endlich gelangte er zu dem Haus eines pensionierten anglikanischen Priesters, dessen gerötete Nase und von zahlreichen Äderchen durchzogenes Gesicht Zeugnis einer starken Liebe zu geistigen Getränken ablegte. Nachdem er die Einladung zu einem Rum hastig abgelehnt hatte, fragte Tyrell den abgewrackten Priester, ob er einen alten Mann kenne, der sich mit seiner französischen Haushälterin hier niedergelassen habe.

»Es tut mir wirklich leid, junger Mann, aber solche Leute gibt es auf der Insel nicht.«

»Sind Sie sicher?«

»Aber ja!« erwiderte der Priester. »Das Fleisch ist schwach; doch gibt es immer noch Zeiten, in denen ich das Bedürfnis habe, das Wort Gottes zu verbreiten, wie ich es früher tat. Wie Petrus wandere ich dann von einem Ort zum anderen. In den letzten beiden Jahren habe ich hier jedes Haus besucht und mit jedem Bewohner gesprochen – ob reich oder arm, schwarz oder weiß. Es gibt niemanden auf Saba, der Ihrer Beschreibung entspricht ... Wollen Sie wirklich keinen Rum haben? Ich fürchte, ich kann Ihnen nichts anderes anbieten.«

»Nein danke, Vater. Ich bin in Eile.«

»Sie scheinen enttäuscht zu sein.«

»Ich bin nur verwirrt.«

»Wer ist das nicht, junger Mann?«

Hawthorne fuhr mit dem Motorrad zurück zu der Poststelle, nahm kommentarlos seinen Führerschein und die Hälfte seiner Kaution in Empfang und machte sich auf den Weg zum Yachthafen und seinem gechartertem Flugzeug.

Es war nicht da.

Er beschleunigte seinen Schritt, begann zu laufen. Er mußte zurück nach Gorda! Wo zum Teufel war das Flugzeug? Es hatte vor drei Stunden noch fest vertäut am Steg gelegen. Es sollte doch warten!

Dann sah er das Schild, offensichtlich in aller Eile beschriftet und an den Pfosten genagelt: ›GEFAHR. REPARATURARBEITEN. BIS ZUR BESEITIGUNG DER SCHÄDEN GESPERRT.‹

Es war fast sechs Uhr abends; es begann dunkel zu werden. Das Wasser war schon nächtlich schwarz und undurchsichtig. Niemand führte zu dieser Stunde Reparaturarbeiten an einem Steg aus, das war viel zu gefährlich. Tyrell lief an der Absperrung vorbei zu der Bootswerft am anderen Ende des Stegs. Die Halle war menschenleer.

Das war doch absurd! Wer war denn blöd genug, um zu dieser Tageszeit Unterwasserreparaturen vorzunehmen? Ohne Hilfsmannschaften, ohne Sauerstoff, ohne medizinische Versorgung für den Notfall. Er selbst hatte unter Wasser Schiffsrümpfe repariert, aber doch nicht ohne Hilfsmannschaften, die ihm beim ersten Anzeichen von Gefahr wieder hochgezogen hätten. Er hatte nicht übel Lust, diesen Wahnsinnigen nach oben zu befördern und ihm mal ordentlich die Meinung zu sagen. Doch nirgends waren Schläuche zu sehen, nirgends sah er Blasen aus dem Wasser aufsteigen. Da unten war niemand. Er war der einzige Mensch im ganzen Hafen.

Plötzlich flammten Halogenscheinwerfer auf und tauchten den Anlegesteg in grelles Licht. Dann hörte er einen lauten Knall; ein eiskalter Schmerz schnitt durch seine linke Schulter. Er preßte die Hand auf die Wunde und sprang ins Wasser. Als er untertauchte, vernahm er das Stakkato einer Gewehrsalve. Er ließ sich von seinem Instinkt leiten und schwamm unter Wasser auf die nächstgelegene Yacht zu, an die er sich erinnern konnte. Zweimal mußte er auftauchen, um seine gepeinigten Lungen mit Luft zu füllen, dann stieß er auf den hölzernen Rumpf eines kleinen Bootes. Er tastete sich an die Oberfläche, holte tief Luft und schwamm dann zur anderen Seite des Rumpfes. Er zog sich am Dollbord hoch und blickte zum Steg hinüber. Zwei Männer hockten am Ende des Anlegers und starrten ins Wasser.

»*Sue sangue!*« rief der eine.

»*Non basta!*« brüllte der andere, sprang in ein Boot, ließ den Außenbordmotor an und befahl seinem Gefährten, die Leine loszumachen und ebenfalls ins Boot zu springen. Eine AK-45 und den *lupo*, das Gewehr des Wolfes, in den Händen, fuhren sie im Zickzackkurs den Hafen ab. Hawthorne kletterte an Bord der kleinen Yacht und fand in einem Fischernetz das, was er zu finden gehofft hatte – ein Messer, wie es zum Ausnehmen und Abschuppen von Fischen benutzt wird. Er ließ sich wieder ins Wasser gleiten. Seine Schuhe hatte er verloren; jetzt zog er auch seine Hose und Jacke aus. Es war dunkel geworden. Der Steuermann des Bootes suchte mit seiner starken Taschenlampe die Oberfläche des Wassers ab. Tyrell schwamm unter Wasser weiter, bis er den Motor über sich hörte.

Unmittelbar hinter dem Boot tauchte er auf, griff vorsichtig nach dem Schaft des Außenbordmotors und drückte das Ruder zur Seite. Verwirrt durch die Tatsache, daß das Boot sich nicht mehr lenken ließ, beugte sich der Steuermann über das Heck. Seine Augen weiteten sich vor Entsetzen, als Hawthornes Hand wie die Tentakel eines Seeungeheuers aus dem Wasser fuhr. Bevor er etwas sagen konnte, stieß Hawthorne ihm die Klinge des Messers in den Hals. Dann zog er ihn mit der linken Hand in die Tiefe, drückte den Motorschaft nach Steuerbord und kletterte an Bord, um den Sitz des Steuermanns einzunehmen. Der Mann im Bug des Bootes hatte von allem nichts bemerkt; er suchte nach wie vor das Wasser mit seiner Taschenlampe ab. Hawthorne griff nach der AK-47 und sagte laut: »Wenn du nicht auch den Haien als Fraß dienen willst wie dein Freund, legst du jetzt besser die Waffe nieder.«

»*Che còsa? Impossibile!*«

»Genau darüber wollen wir uns jetzt unterhalten«, sagte Tyrell und steuerte das Boot aufs offene Meer hinaus.

5

Ruhig lag das Wasser in der Dunkelheit, der Mond war hinter der Wolkendecke kaum zu sehen, als das kleine Boot, von der Dünung des Meeres getragen, langsam Fahrt aufnahm. Der Italiener zwinkerte nervös in das grelle Licht der Taschenlampe und hielt sich schützend die Hände vors Gesicht.

»Arme runter!« befahl Hawthorne.

»Das Licht blendet mich. Bitte, machen Sie es aus!«

»Ja, das könnte ein Segen für dich sein, wenn du nicht siehst, was dich im Wasser erwartet.«

»*Che cosa?*«

»Blindheit meinte ich. Dann siehst du nicht die großen, spitzen weißen Zähne, die dich zerreißen. Da, eine Rückenflosse im Wasser hinter dir. Irgendwann müssen wir alle mal sterben. Es fragt sich nur, wie. Also dieser Hai da muß mindestens sechs Meter lang sein. Wir haben genau die richtige Saison. Warum wohl sollten sonst überall auf den Inseln Angelwettbewerbe stattfinden? Was meinst du?«

»Ich habe kein Wort davon gehört.«

»Dann liest du wohl keine Lokalzeitungen. Aber warum solltest du auch? Es steht ja nichts über Sizilien drin.«

»*Sicilia?*«

»Also hör mal, Junge, ein päpstlicher Nuntius bist du ja wohl nicht gerade. Sogar die schießen besser ... Stell dich nicht dümmer, als du bist, *paisan*. Wie wär's, wenn du auch so eine Wunde in der Schulter hättest wie ich und hilflos im Wasser treiben würdest, während unser Freund hier, also wirklich, der scheint fast nur aus Zähnen zu bestehen, ein bißchen mit dir spielt. Wetten, er kann das Blut jetzt schon riechen?«

Der Sizilianer blickte wild um sich, während er immer noch mit den Händen das Licht der Taschenlampe abwehrte.

»Wo, wo? Ich kann nichts *sehen*!«

»Na da, gleich hinter dir. Du brauchst dich nur umzudrehen.«

»Bei allen Heiligen, tun sie das nicht!«

»Warum hast du versucht, mich zu töten?«

»Befehle.«

»Von wem?« Der Killer antwortete nicht. »Es ist dein Tod, nicht meiner«, sagte Tyrell und entsicherte die AK-47. »Ich schieße. Du wirst bluten wie ein Schwein. Übrigens: Die großen weißen Haie knabbern gerne erst ein bißchen – sozusagen als Hors-d'œvre vor der Hauptmahlzeit.« Hawthorne drückte den Abzug durch. Der Schuß hallte unbarmherzig in der Nacht wider, und an der rechten Seite des Sizilianers spritzte Wasser auf.

»Hören Sie auf! Im Namen Gottes, hören Sie auf!«

»Jetzt wirst du auch noch religiös.« Hawthorne drückte ein zweites Mal ab; die Kugel streifte die linke Schulter des Mafioso.

»*Per piacere*! Bitte, ich flehe Sie an!«

»Mein Freund mit der Rückenflosse dort ist hungrig. Warum sollte ich ihm nicht etwas zukommen lassen?«

»Kennen Sie ... kennen Sie ein bestimmtes Tal?« krächzte der Sizilianer, sich offensichtlich an eine Beschreibung erinnernd, die er schon einmal gehört hatte. »Ein Tal, das an der anderen Seite eines Meeres liegt?«

»Ich kenne das Beka'a-Tal«, sagte Tyrell. »Es liegt an der anderen Seite des Mittelmeers. Und?«

»Von daher habe ich meine Befehle, Signore.«

»Wer ist der Verbindungsmann? Wer hat dir die Befehle gegeben?«

»Sie kommen aus Miami. Mehr weiß ich nicht. Ich kenne die *capi* nicht.«

»Warum nicht?«

»Ich weiß es nicht, Signore.«

»*Bajaratt!*« brüllte Hawthorne, als er in den weit geöffneten Augen des Mafioso das sah, was er zu sehen erwartet hatte. »Es ist die Bajaratt, nicht?«

»*Si, si*, den Namen habe ich schon mal gehört.«

»Aus dem Beka'a-Tal?«

»Bitte, Signore! Ich bin nur ein *soldato*. Was wollten Sie von mir?«

»Wie hast du mich gefunden? Bist du einer Frau namens Dominique Montaigne gefolgt?«

»*Non capisco*. Ich kenne den Namen nicht.«

»Lügner!« Tyrell feuerte die AK-47 ein drittes Mal ab, diesmal, ohne den Mafioso zu verletzen.

»Ich *schwöre* es!« schrie der *capo subordinato*. »Es gibt noch mehr Leute, die nach Ihnen gesucht haben.«

»Weil sie wissen, daß ich hinter der Bajaratt her bin«, sagte Hawthorne und wendete das Boot.

»Sie töten mich nicht ...?« Der Mafioso atmete erleichtert auf, als Tyrell die Taschenlampe ausknipste. »Sie werfen mich nicht den Haien vor?«

»Kannst du schwimmen?« fragte Hawthorne.

»*Naturalmente*«, antwortete der *capo*. »Aber nicht hier. Ich blute!«

»Wie gut kannst du schwimmen?«

»Ich bin ein *Siciliano* aus Messina. Als Junge habe ich nach den Münzen getaucht, die die Touristen von den Schiffen ins Wasser warfen.«

»Das ist gut. Ich setz dich eine halbe Meile vor der Küste ab.«

»Und die Haie?«

»Es gibt schon seit über zwanzig Jahren keine Haie mehr in diesen Gewässern. Sie mögen den Geruch der Korallen nicht.«

Der Sizilianer hatte gelogen: Hawthorne wußte es. Wer immer ihm nach dem Leben trachtete, hatte den ganzen Yachthafen unter Kontrolle. Für die Leute vom Beka'a-Tal war das unmöglich. Es mußte jemanden geben, der die Inseln kannte und wußte, welche Fäden er zu ziehen hatte. Und dieser Unbekannte beschützte die Bajaratt. Hawthorne, in einen ölverschmierten Overall gehüllt, den er bei der ersten Gelegenheit gestohlen hatte, beobachtete von seinem Versteck vor der Werfthalle aus, wie der Mafioso an den Strand kroch und sich erschöpft zu Boden fallen ließ. Er hatte sich seiner Schuhe und seines Jacketts entledigt, aber die Ausbuchtung seiner rechten Hosentasche wies darauf hin, daß er vorher alles dort verstaut hatte, was er für wichtig hielt. Tyrell grinste: Eine Brieftaube ohne Nachricht war ein nutzloser Vogel.

Zwei Minuten verstrichen, dann hob der Mafioso den Kopf. Er stand mühsam auf, schaute nach rechts und links und richtete dann den Blick auf die Bootswerft. Das mußte der Ort sein, an dem er und seine Gefährten ihre Operation in die Wege geleitet hatten; es gab keinen anderen. Der Schalter für die Halogenlampe war dort – und ein Telefonapparat ... von jetzt an würde der Italiener wie ein Roboter funktionieren. Er konnte sich nur noch auf seinen Instinkt verlassen, wenn er überleben wollte. Und genau das tat er.

Er lief den Strand entlang und stieg die zur Werfthalle führenden Stufen hoch, wobei er sich wiederholt an die nur leicht verletzte Schulter griff und schmerzhaft das Gesicht verzog. Tyrell lächelte; seine eigene Wunde war vom Meerwasser ausgespült worden und blutete kaum noch. Ein paar Pflaster, und der Schaden wäre behoben. Genauso wie bei dem kleinen Mafioso da drüben. Aber der war inzwischen psychisch so angeschlagen, daß er überhaupt nichts mehr richtig einordnen konnte.

Der Mafioso erreichte die Werfthalle, stieß die Tür mit dem Fuß auf und trat ein. Wenige Sekunden später erlosch das Flutlicht, und eine Schreibtischlampe leuchtete auf. Hawthorne kroch auf die offene Tür zu und hörte, wie der Sizilianer mit der Telefonvermittlung sprach.

»*Si*! Ja, *ja*. Es ist eine *numero* in Miami – eine Nummer!« Der Mafioso wiederholte die Zahlen, und Hawthorne grub sie in sein Gedächtnis ein. »*Emergènza!*« rief der Sizilianer, als er mit Miami verbunden war. »*Cerca il padrone via satellite! Presto*!« Einige Augenblicke vergingen, bevor der Mann wieder zu sprechen begann. »*Padrone, esso è incredibile! Scozzi è morto! Un diavolo da inferno ...*«

Hawthorne konnte nicht alles verstehen, aber soviel war ihm klar: Es gab jemanden, der *padrone* genannt wurde, mit einer Nummer in Miami, von wo aus er nur über Satellit zu erreichen war – jemanden, der sich hier auf der Insel aufhalten mußte und der Bajaratt half.

»*Ho capito! Nouva York. Va bene!*«

Auch das war nicht schwer zu verstehen, dachte Hawthorne, als der Mafioso den Hörer auflegte. Der Sizilianer war nach New York beordert worden, wo er bis zu seiner weiteren Verwendung unter-

419

tauchen konnte. Tyrell nahm einen der rostigen Anker auf, die vor der Halle lagen, und als der Mafioso durch die Tür trat, schleuderte er ihm das schwere Eisenstück gegen die Beine und zertrümmerte ihm beide Kniescheiben.

Der Sizilianer schrie auf und brach ohnmächtig auf den Holzplanken zusammen.

»*Ciao*«, sagte Hawthorne. Er beugte sich über den reglosen Körper und griff in die rechte Hosentasche. Dann betrachtete er die Gegenstände, die er dort fand, mit einem angewiderten Gesichtsausdruck: ein dickes Gebetsbuch auf italienisch, einen Rosenkranz und ein Portemonnaie mit neunhundert französischen Francs – dem Gegenwert von etwa hundertundachtzig Dollar. Keine Brieftasche oder andere Papiere. *Omertà*.

Tyrell nahm das Geld, richtete sich auf und entfernte sich rasch. Irgendwo mußte er ein Flugzeug und einen Piloten auftreiben.

Der alte Mann lenkte den Rollstuhl aus dem Arbeitszimmer in die Marmorhalle, wo die Bajaratt ihn erwartete.

»Baj, du mußt die Insel verlassen«, sagte er mit fester Stimme. »*Sofort!* Das Flugzeug ist in einer Stunde hier. Miami schickt mir zwei neue Wachen.«

»*Padrone*, du bist verrückt! Ich habe mit deinen Leuten Kontakt aufgenommen. Sie sind in drei Tagen hier. Du hast bestätigt, daß die Überweisung aus dem Beka'a-Tal in St. Barts eingetroffen ist. Warum also …?«

»Es ist etwas passiert, was wir nicht vorhersehen konnte. Scozzi ist tot, von deinem Hawthorne ermordet. Maggio ist völlig außer sich. Er hat von Saba aus angerufen. Dein Geliebter sei ein Teufel, meint er.«

»Er ist nur ein Mann«, sagte die Bajaratt kalt. »Warum hat er ihn nicht getötet?«

»Ich weiß es nicht. Aber du mußt unverzüglich abreisen.«

»*Padrone*, wie kommst du auf die Idee, daß Hawthorne mich mit dir in Verbindung bringen könnte? Oder glaubst du etwa, daß er herausgefunden hat, daß Dominique Montaigne und die Bajaratt ein und dieselbe Person sind? Mein Gott, wir haben heute nachmittag zusammen geschlafen, und er denkt, daß ich auf dem Weg nach Paris bin. Er liebt mich, der Narr!«

»Vielleicht ist er gerissener, als wir annehmen.«

»Ach was. Er ist ein verwundetes Tier, das auf den Blattschuß wartet. Mehr nicht.«

»Und wie steht's mit dir, meine einzige Tochter? Vor vier Jahren, ich erinnere mich gut, hast du vor Glück gestrahlt, wenn du von ihm kamst. Er war dein Ein und Alles.«

»Mach dich nicht lächerlich! Erst vor wenigen Stunden stand ich im Begriff, ihm eine Kugel durch den Schädel zu schießen. Doch dann dachte ich daran, daß der Mann von der Rezeption mich mit ihm gesehen hat ... Du hast meine Entschuldigung gebilligt. Mich sogar noch für meine Umsicht gelobt. Was soll ich denn tun?«

»Du tust gar nichts mehr, Baj. Du wirst nach St. Barts geflogen, hebst morgen früh dort dein Geld ab und tauchst in Miami unter.«

»Und was ist mit meinen Kontaktleuten? Sie rechnen damit, daß ich hier bin.«

»Ich kümmere mich um sie. Ich geb dir eine Telefonnummer, unter der du jede Hilfe bekommst, die du brauchst ... Du bist immer noch meine einzige Tochter, Annie.«

»*Padrone*! Ich weiß genau, was ich zu tun habe.«

»Ich hoffe, du informierst mich über alles.«

»Wir haben dieselben Freunde in Paris?«

»*Naturalmente.*«

»*Molto bene!*«

Hawthorne mußte möglichst schnell ein Flugzeug und einen Piloten finden; aber zuvor galt es, etwas zu klären, das Captain Henry Stevens, Geheimdienst der U. S. Navy, betraf. Alles das, was in Amsterdam geschehen war, war wieder wie ein Gespenst aus der Vergangenheit aufgestiegen. St. Barts und das plötzliche Verschwinden Dominiques – es hatte eine fatale Ähnlichkeit mit den Ereignissen, die zum Tode seiner Frau geführt hatten. Nichts ergab einen Sinn! Nachdem er seinen Namen und militärischen Rang genannt und dem Fluglotsen im Tower hundert französische Francs in die Hand gedrückt hatte, durfte er das Telefon des Flugplatzes von Saba benutzen. Er wählte die Nummer einer Dienststelle in Washington.

»Sicherheitskode Vier-Null«, sagte er, als sich eine Stimme zweitausendfünfhundert Kilometer weiter nördlich gemeldet hatte.

»Ein Notfall, Sir?«

»Sie haben es erraten, Mann.«

»I-Eins«, sagte eine andere Stimme wenige Augenblicke später. »Sie haben sich unter Vier-Null gemeldet?«

»Genau.« – »Worum geht es?«

»Das kann ich nur Captain Stevens mitteilen. Verbinden Sie mich mit ihm. Sofort!«

»Er arbeitet noch. Ich weiß nicht, ob …«

»Kennwort *Amsterdam*. Er reißt Ihnen den Arsch auf, wenn Sie mich nicht unverzüglich mit ihm verbinden.«

»Ich versuche es.« Eine halbe Minute später meldete sich Stevens. »Hawthorne?«

»Ich dachte mir, daß Sie bei *Amsterdam* richtig schalten würden, Sie dreckiges Arschloch!«

»Was soll das heißen?«

»Sie wissen verdammt gut, was das heißen soll. Ihre Roboter haben mich gefunden, und weil Sie wußten, daß Sie aus mir nichts herausbekommen würden, haben Sie sich die Frau geschnappt. Ich bringe Sie vor ein Kriegsgericht, Henry!«

»Nun halten Sie mal die Luft an! Ich habe keine Ahnung, wovon Sie reden. Ich habe gestern zwei Stunden mit dem DCI verbracht, und er hat mich zur Schnecke gemacht, weil Sie nicht einmal mit mir sprechen wollen. Und jetzt kommen Sie und behaupten, wir hätten Sie ›gefunden‹ und eine Frau gekidnappt, von der wir noch nie gehört haben.«

»Sie sind ein verdammter Lügner! Sie haben mich schon in Amsterdam belogen.«

»Ich hatte Beweise und habe Sie Ihnen vorgelegt.«

»Sie haben sie konstruiert.«

»Ich habe nichts konstruiert, Hawthorne. Wenn – dann wurden sie *für mich* konstruiert.«

»Es ist alles genau wie damals mit Ingrid.«

»*Quatsch*! Ich wiederhole – wir haben niemanden auf den Inseln, der etwas von Ihnen oder einer Frau weiß.«

»Wirklich, Captain? Ein paar von Ihren Clowns haben mich hier angerufen. Die wußten genau, wo ich war. Der Rest war einfach, selbst für euch Idioten.«

»Dann wußten sie mehr, als ich weiß.«

»Sie müssen mir nach St. Barts gefolgt sein. Sie haben mich mit ihr gesehen und sie entführt, als sie das Hotel verließ.«

»Tye, Sie sind völlig auf dem falschen Dampfer! Ich gebe ja zu, daß wir versucht haben, Sie wieder anzuheuern. Aber Tatsache ist doch, daß wir damit keinen Erfolgt hatten, oder? Den Briten und den Franzosen ist es gelungen, aber *uns* nicht. Wir haben überhaupt keine Leute da unten, die sie auch nur erkennen würden.«

»Es ist nicht schwer, mich zu finden. Ich gebe sogar Anzeigen in der Zeitung auf.«

»Und angesichts der Tatsache, daß wir Ihre Hilfe brauchen, wäre es doch absolut bescheuert, wenn wir Ihre Freundin entführen würden ... Tye, haben Sie wieder angefangen zu trinken?«

»Ein kleiner Rückfall. Nichts von Bedeutung.«

»Vielleicht doch.«

»Ich könnte mein Chartergeschäft nicht führen, wenn es so wäre. Und das wissen Sie.« Als er keine Antwort erhielt, fuhr Hawthorne ruhiger fort: »Sie war auf dem Weg nach Paris. Sie wollte nicht fort.«

»Na bitte! Sie wollte einen langen Abschied vermeiden.«

»Das glaube ich nicht. Aber ich muß zugeben, daß sie es schon zweimal gemacht hat. Sie ist einfach verschwunden.«

»Rufen Sie sie doch einfach heute abend in Paris an.«

»Das kann ich nicht. Ich kenne den Namen ihres Ehemannes nicht.«

»Kein Kommentar, Commander.«

»Ach, Sie verstehen doch gar nichts. Wir haben uns vor vier, fünf Jahren getrennt.«

»Das war die Zeit, als Sie den Dienst verließen.«

»Ja. Ich habe ihn verlassen, weil ich *spürte*, daß etwas faul an der Sache mit Amsterdam war. Und davon bin ich immer noch überzeugt.«

»Ich kann Ihnen da nicht weiterhelfen«, sagte der Chef des Navy-Geheimdienstes nach einem Augenblick des Schweigens.

»Das habe ich auch nicht erwartet.« Abermals ein Schweigen.

»Machen Sie Fortschritte mit MI-6 und dem Deuxième?« fragte Stevens schließlich.

»Ja, bis vor einer Stunde.«

»Ich habe mit London und Paris gesprochen, und auf Vorschlag Gillettes von der Central Intelligence soll ich Sie mit allem versorgen, was Sie brauchen. Ich nehme an, daß Sie mir noch Bericht erstatten werden.«

»Ich werde Ihnen das berichten, was ich für nötig erachte, Henry, damit das einmal klar ist. Sie sind nichts als ein Rädchen im Getriebe.

Sie sind auf mich angewiesen. Ich gebe hier die Befehle, und wenn Ihnen das nicht paßt, gehe ich.«

Ein weiteres Schweigen. Dann sagte der Mann vom Geheimdienst: »Wollen Sie mir trotzdem einen Zwischenbericht geben?«

»Und ob ich das will. Und ich will Taten sehen. Aber vor allem brauche ich eine Auskunft. Ich habe hier eine Nummer in Miami, die über Satellit mit einem Anschluß auf den Inseln verbunden ist. Ich brauche den Namen des Teilnehmers und den Standort, und zwar presto.«

»Bajaratt?«

»Wahrscheinlich.« Tyrell gab die Nummer durch und ließ sie sich von Stevens wiederholen. Dann nannte er die Nummer des Flugplatzes auf Saba und wollte gerade den Hörer auflegen, als Stevens sich noch einmal räusperte.

»Tyrell«, sagte er. »Vergessen wir einmal unsere Meinungsverschiedenheit. Sagen sie mir, was Sie bisher herausgefunden haben.«

»Nein.«

»Mein Gott noch mal, warum nicht? Ich bin zwar nur ein ›Rädchen im Getriebe‹, wie Sie richtig bemerkten, aber ein hochoffizielles. Sie wissen, was das heißt. Meine Leute verlangen eine Erklärung von mir.«

»Was bedeutet, daß die Lageberichte überall zirkulieren, oder?«

»Unter maximalen Sicherheitsvorkehrungen. Sie kennen die Vorschriften.«

»Na also. Meine Antwort ist nein. Für Sie mag das Beka'a-Tal ein Ferienort sein, für mich aber nicht. Die Tentakeln dieser gottverdammten Kraken reichen vom Libanon bis Bahrein, von Genf bis Marseille, von Stuttgart bis Lockerbie. Ihr Sicherheitssystem ist löcherig, Henry: Sie sehen es nur nicht ... Wenn Sie etwas in Erfahrung gebracht haben, rufen Sie mich hier auf Saba an. Später bin ich im Yacht-Club auf Virgin Gorda zu erreichen.«

Während der nächsten eineinhalb Stunden flogen drei Privatmaschinen den kleinen Flughafen von Saba ein, der praktisch nur aus einer Start- und Landebahn bestand; aber keiner der Piloten wollte Hawthorne nach Gorda fliegen. Nach Auskunft des Fluglotsen war noch eine vierte und letzte Maschine in fünfunddreißig Minuten fällig. Danach sollte der Flughafen bis zum nächsten Morgen geschlossen werden.

»Wenn der Pilot mit Ihnen Verbindung aufnimmt, möchte ich mit ihm sprechen«, sagte Hawthorne.

»Sicher, Mann. Für die Regierung tun wir doch alles.«

Einundvierzig bange Minuten später krächzte das veraltete Funkgerät im Tower: »Saba, dies ist Flug Nummer FO-Vier-Sechs-Fünf von Oranjestad. Erbitten Landeerlaubnis.«

»In zehn Minuten hätte ich den Laden hier dichtgemacht, Mann. Sie haben sich verspätet, FO-Fünf.«

»Reg dich ab da unten. Meine Leute sind gute Kunden.«

»Ich kenne Sie nicht, Mann.«

»Wir sind zum erstenmal hier. Ich kann eure Landebeleuchtung sehen. Alles normal?«

»Alles normal, Mann. Aber hier ist jemand, der Sie sprechen möchte.« Tyrell ergriff das Mikrofon. »Hier spricht Commander T. Hawthorne, U. S. Navy«, sagte er. »Wir haben einen Notfall. Sie müssen mich nach Virgin Gorda fliegen. Sie werden großzügig für Ihre Zeit und Unannehmlichkeiten entschädigt. Haben Sie noch genügend Benzin im Tank?«

»Aye, aye, Commander«, quäkte die aufgeregte Stimme aus dem Lautsprecher. Als Hawthorne aus dem großen Fenster des Towers blickte, sah er, wie die Lichter der landenden Maschine wieder abschwenkten und höher stiegen.

»Was zum Teufel macht der da?« rief Tyrell. »Was fällt Ihnen ein?« brüllte er ins Mikrofon. »Ich habe Ihnen doch gesagt, daß es sich um einen Notfall handelt.«

Er erhielt keine Antwort.

»Der will hier nicht landen, Mann«, sagte Fluglotse.

»Warum nicht?«

»Vielleicht Ihretwegen. Er sagt, daß er aus Oranjestad kommt – vielleicht, vielleicht auch nicht. Vielleicht kommt er auch aus Kuba.«

»Verdammter Scheißkerl!« Hawthorne schlug mit der Faust gegen die Wand. »Was für ein Betrieb ist das hier eigentlich?«

»Schreien Sie *mich* nicht an, Mann! Ich schreibe regelmäßig meine Berichte, aber kein Mensch kümmert sich darum. Solche Maschinen fliegen uns dauernd an.«

»Entschuldigung«, sagte Tyrell und sah den Schwarzen an. »Ich muß noch mal telefonieren. Die Navy zahlt.« Er wählte eine Nummer auf Gorda.

»Tye-Boy, wo zum Teufel steckst du?« rief Marty. »Du wolltest doch längst wieder hier sein.«

»Ich war verhindert ... Ich kriege hier auf Saba kein Flugzeug. Ich habe es drei Stunden lang versucht.«

»Diese kleinen Inseln machen ihre Landebahnen ziemlich früh dicht.«

»Wenn ich bis morgen keine Maschine auftreiben kann, mußt du mir eine schicken.«

»Kein Problem ... Aber die Rezeption hat mich vor zwei Stunden angerufen. Ich habe eine Nachricht für dich, Tye.«

»Von einem Mann namens Stevens?«

»Nein, von einer Dominique, mit einer Pariser Telefonnummer.«

»Gib sie mir.« Hawthorne nahm einen Bleistift vom Pult des Fluglotsen und schrieb die Nummer auf einen Notizblock. »Noch etwas«, sagte Hawthorne. »Warte einen Augenblick.« Tye wandte sich an den Mann im Tower. »Da ich heute keine Maschine mehr bekommen kann – wo kann ich übernachten? Es ist wichtig.«

»Sie können hier schlafen, Mann. Im Raum nebenan steht ein Feldbett. Aber ich habe nichts zu essen für Sie. Nur literweise Kaffee. Ich komme morgen früh um sechs; dann kann ich ein Frühstück für Sie mitbringen.«

»Ausgezeichnet. Ich werde mich erkenntlich zeigen. Wie ist die Nummer hier?« Der Fluglotse nannte sie ihm, und Hawthorne gab sie an Marty weiter. »Wenn jemand für mich anruft, bin ich unter dieser Nummer zu erreichen, okay?«

»Tye-Boy«, sagte der Mechaniker zögernd. »Du steckst doch nicht in der Scheiße, Junge?«

»Ich hoffe nicht«, erwiderte Hawthorne. Er legte auf und wählte die Pariser Nummer.

»*Allô, la maison de Couvier*«, sagte eine weibliche Stimme.

»*S'il vous plaît, la madame*«, sagte Tyrell. Dann auf englisch: »Madame Dominique, bitte.«

»Es tut mir leid, Monsieur. Madame Dominique war kaum angekommen, als ihr Mann aus Monte Carlo anrief und sie bat, sofort die nächste Maschine nach Nizza zu nehmen ... Madame hat mich informiert. Sind Sie der Mann von den Inseln?«

»Ja.«

»Sie hat mir aufgetragen, Ihnen zu sagen, daß alles in Ordnung ist und sie so schnell wie möglich zu Ihnen zurückkehren wird. Ich bin Pauline. Falls Madame nicht erreichbar ist, sprechen Sie bitte nur mit mir, wenn Sie hier anrufen. Sollen wir ein Kennwort verabreden?«

»Ja: ›Saba ruft Paris.‹ Und sagen Sie ihr, daß ich nicht verstehe, daß sie nicht *da* ist.«

»Es wird einen Grund geben. Ich bin sicher, daß Madame es Ihnen erklären kann.«

»Ich betrachte Sie als eine Freundin, Pauline.«

»Das können Sie, Monsieur.«

Der *padrone* lachte leise, als er sich von einem der beiden neuen Wachmännern an den Schreibtisch rollen ließ und die Nummer eines Hotels auf St. Barts wählte. »Du hattest recht, meine einzige Tochter!« rief er ins Telefon, nachdem er mit ihrem Zimmer verbunden worden war. »Er ist drauf reingefallen! Jetzt hat er eine Vertraute in Paris namens Pauline.«

»Gut, mein Vater«, sagte die Bajaratt. »Aber es gibt da etwas anderes, was mich beunruhigt.«

»Was ist es diesmal, Annie?«

»Sie haben ihr Hauptquartier vorübergehend im Yacht-Club in Britisch Gorda aufgeschlagen. Was können sie vom MI-6 erfahren haben? Oder sogar vom CIA?«

»Was soll ich tun?«

»Schick einen *animale* aus Miami oder Puerto Rico. Finde heraus, wer zu ihnen gehört und was sie in Erfahrung gebracht haben.«

»Wird erledigt, mein Kind.«

Es war vier Uhr morgens, als das Schrillen des Telefons die Stille des Towers durchdrang. Hawthorne setzte sich in dem schmalen Bett auf, rieb sich die Augen und eilte durch die offene Tür ins Nebenzimmer.

»Ja?« rief er, als er den Hörer abgenommen hatte. »Wer ist dran?« Er war noch halb im Schlaf.

»Stevens, wer sonst?« sagte der Geheimoffizier aus Washington. »Ich habe seit sechs Stunden nichts anderes getan, als mich um Ihre Angelegenheiten zu kümmern. Und irgendwann sollten Sie das besser meiner Frau erklären, sonst denkt sie noch, ich hätte ein heimliches Techtelmechtel.«

»Wer schon altmodisch genug ist, um das Wort Techtelmechtel zu benutzen, ist automatisch frei von jedem Verdacht. Was haben Sie herausgefunden?«

»Also, zunächst einmal die Nummer in Miami. Mann, was haben wir gegraben. Die ist natürlich nirgends registriert.«

»Ich hoffe, das war kein Problem für Sie«, sagte Hawthorne schadenfroh.

»Die Gebühren werden über ein Restaurant in der Vollins Avenue abgerechnet, das sich Wellington nennt«, sagte Stevens ungerührt. »Aber der Besitzer hat noch nie eine Rechnung erhalten und weiß von nichts.«

»Die Leitung läßt sich doch verfolgen.«

»Das haben wir auch getan. Bis zu einem automatischen Anrufbeantworter auf einer Yacht im Hafen von Miami. Der Skipper, ein Brasilianer, hält sich gegenwärtig in Brasilien auf und ist nicht erreichbar.«

»Dieser *lupo* hat nicht auf Band gesprochen!« sagte Hawthorne. »Da war jemand am anderen Ende der Leitung.«

»Das bezweifle ich nicht. Wir haben doch beide schon oft genug ein Telefon überwacht! Wer es auch war, der den Anruf entgegennahm – er hatte den Befehl, *da* zu sein, als Ihr *lupo* anrief.«

»Sie sind also nicht weitergekommen?«

»Das habe ich nicht gesagt«, korrigierte Stevens. »Wir haben unsere Elektronik-Fuzzies mit ihren High-Tech-Geräten eingeschaltet. Sie haben alles bis ins einzelne untersucht und setzen jetzt ein Satelliten-Laser-Suchgerät ein.«

»Was ist *das* denn?«

»Sie können damit die Koordinaten sämtlicher Satellitenübertragungen bestimmen. Sie haben das Empfangsgebiet auf etwa hundert Quadratmeilen zwischen der Anegada-Passage und Nevis eingeengt.«

»Das hilft uns nicht weiter.«

»Doch. Erstens: Die Yacht steht unter ständiger Beobachtung.«

»Und zweitens?«

»Auf der Patrick Air Force Base in Cocoa, Florida, steht eine kleinere AWACS-Version abflugbereit. Sie kann alle Satellitenübertragungen auffangen und die Empfangsantennen orten, solange gesendet und empfangen wird. Wir schicken sie rauf.«

»Dann werden sie die Übertragungen abbrechen.«

»Damit rechnen wir ja gerade. Wir haben das Gerät auf der Yacht kurzgeschlossen und brauchen nur noch zu warten, daß jemand an Bord geht, um nachzusehen, warum es sich nicht abschalten läßt. Dann haben wir ihn! Die haben doch keine Ahnung, daß wir Bescheid wissen. Absolut idiotensicher.«

»Irgend etwas ist faul an der Sache«, sagte Hawthorne. »Ich weiß nur noch nicht was.«

Das letzte Licht des abnehmenden Mondes verblich über der Skyline von Miami, als sich am östlichen Himmel der Morgen ankündigte. Eine Tele-Videokamera war auf die Yacht im Hafen gerichtet; die Bilder wurden auf einen Schirm in einem Lagerhaus hundert Meter entfernt projiziert. Drei Agenten des Federal Bureau of Investigation wechselten sich bei der Beobachtung des Bildschirms ab. Auf einem Tisch stand ein rotes Telefon, durch das sie direkt mit der CIA und dem Geheimdienst der Navy in Washington verbunden waren.

»Das ist die Pizza«, sagte der Agent am Bildschirm, als jemand an die Tür klopfte. Seine beiden Kollegen reckten sich in ihren Sesseln und gähnten, als er die Tür öffnete.

Die kurzen Feuerstöße aus der Automatik waren tödlich. Nach weniger als vier Sekunden lagen die drei Agenten blutüberströmt am Boden. Und auf dem Bildschirm explodierte die Yacht im Hafen in einem glühenden Feuerball, dessen lodernde Flammen den Himmel über Miami in tiefes Rot färbten.

6

»Mein Gott!« rief Stevens. »Es war ein einziges Massaker in Miami! Sie wissen *alles*! Sie sind über alles unterrichtet, was wir tun.«

»Dann habt ihr da oben eine undichte Stelle«, sagte Hawthorne und nahm den Hörer in die andere Hand.

»Ich kann es einfach nicht glauben.«

»Es gibt keine andere Möglichkeit. Ich bin in etwa einer Stunde auf Gorda ...«

»Vergessen Sie's! Wir holen Sie ab. Unsere Kartographen sagen, daß Saba im Zielgebiet liegt.«

»Ihre Maschine kann hier nicht landen, Henry.«

»Ich habe mich erkundigt: Die Landebahn auf Saba ist fast tausend

Meter lang. Mit maximalem Gegenschub ist es zu schaffen. Ich möchte, daß Sie die Koordinaten überprüfen – mehr können wir im Augenblick nicht tun. Wenn sie irgendwas entdecken, tun sie, was sie für richtig halten. Das Flugzeug steht unter Ihrem Kommando.«

»Hundert Quadratmeilen zwischen der Anegada und Nevis? Sind Sie denn noch zu retten, Mann?«

»Haben Sie einen besseren Vorschlag? Wir haben es mit einer Psychopathin zu tun, die zu allem fähig ist. Ehrlich gesagt, Tye, diese Frau macht mir Angst, erbarmungslose, kalte Angst.«

»Ich habe keinen besseren Vorschlag«, gab Hawthorne zu. »Also gut, ich warte hier. Ich hoffe nur, die Patrick Air Force Base hat einen guten Piloten.«

Die AWACS II tauchte am westlichen Himmel auf, ein gedrungenes, bauchiges, häßliches Flugzeug mit einem gewaltigen schüsselförmigen Gebilde über dem Rumpf. Die Maschine setzte zur Landung an, doch dann drehte sie ab und wiederholte den Anflug. Erst beim dritten Versuch berührten die Räder die Landebahn; die sofort auf Schubumkehr geschalteten Motoren heulten auf wie ein verwundetes Tier.

»He, Mann!« rief der Fluglotse, als das Flugzeug nur wenige Meter vor dem Ende der Piste zum Stehen kam, dann wendete und langsam zurückrollte. »Der Pilot ist Klasse! So was hab' ich hier noch nicht gesehen. Das Ungetüm, das er da fliegt, sieht ja aus wie eine schwangere Kuh!«

»Ich mach mich auf den Weg, Calvin«, sagte Hawthorne und wandte sich zum Gehen. »Hier. Das Geld, das ich Ihnen versprochen habe.«

»Danke, Mann. Und viel Glück!«

Tyrell eilte über das Rollfeld, als eine Seitentür der AWACS II geöffnet wurde und ein Offizier, gefolgt von einem Sergeant, die ausgefahrene Gangway hinunterkam. »Verdammt gute Leistung, Lieutenant«, sagte Hawthorne, als er den silbernen Streifen am Kragen des Offizier sah.

»Nicht der Rede wert.« Er war barhäuptig, hatte kurzgeschnittenes, braunes Haar und sprach mit dem schleppenden Akzent eines Südstaatlers. »Sind Sie der Mechaniker hier?« fragte er und musterte Tyrells ölverschmierten Overall.

»Nein. Ich bin der Mann, den Sie hier abholen sollen.«

»Was Sie nicht sagen!«

»Lassen Sie sich seinen Ausweis zeigen«, sagte der Sergeant, die rechte Hand in der Tasche seiner Fliegerjacke.

»Ich bin Hawthorne.«

»Beweisen Sie es, Freundchen«, sagte der Sergeant. »Sie sehen mir nicht wie ein Commander aus.«

»Ich bin kein Commander. Verdammt noch mal, hat Washington Ihnen das nicht erklärt? Meine Papiere liegen auf dem Grund des Hafens dort.«

»Na, ist das nicht ein Zufall«, sagte der Sergeant und zog einen 45er Colt aus der Jackentasche. »Ich bin hier für die Sicherheit verantwortlich, und ich werde nicht ...«

»Steck den Colt weg, Charlie«, sagte eine weibliche Stimme. Eine schlanke Gestalt in Offiziersuniform war in der offenen Seitentür aufgetaucht und ging jetzt langsam die Gangway hinunter. Die Frau streckte Hawthorne die Hand entgegen. »Major Catherine Neilsen, Commander ... Es ist okay, Charlie. Washington hat uns ein Foto durchgefaxt. Das ist der Mann.«

»Sie haben die Maschine geflogen?«

»Erstaunt Sie das, Commander?«

»Ich bin kein Commander. Nicht mehr.«

»Das ist es, was uns irritiert. Bei aller Kooperationsbereitschaft fällt es uns schwer zu begreifen, daß ein ehemaliger Marineoffizier, der keine Ahnung von unserer Tätigkeit hat, das Kommando über dieses Flugzeug übernehmen soll.«

»Sehen Sie, Lady ... Miss ... Major. Ich habe nicht darum gebeten. Ich wollte mich genausowenig in diesen Schlamassel hineinziehen lassen wie Sie.«

»Ich weiß nicht, was Sie mit ›Schlamassel‹ meinen, *Mr.* Hawthorne. Ich weiß nur, daß wir den Auftrag haben, die vorgegebenen Parameter eines bestimmten Gebietes abzusuchen, Satellitenübertragungen aufzufangen und Ihnen alle Daten zugänglich zu machen. Dann sagen Sie, und *nur* Sie uns, was wir zu tun haben.«

»Das ist doch Wahnsinn!«

»Ich freue mich, daß wir darüber einer Meinung sind.« Major Neilsen nahm die Mütze ab, löste zwei Haarspangen und fuhr mit der Hand durch ihr üppiges blondes Haar. »Dennoch möchte ich wissen, was Sie jetzt von uns erwarten, Commander.«

»Sehen Sie, *Major*. Ich bin vor vier, fast fünf Jahren aus dem aktiven Dienst ausgeschieden. Und plötzlich glauben drei Regierungen in drei verschiedenen Ländern, ausgerechnet ich könnte ihnen aus einer sogenannten Krise helfen. Wenn Sie nicht dieser Meinung sind, lassen Sie mich gefälligst in Ruhe und verschwinden Sie mit diesem Ungetüm von Flugzeug.«

»Das kann ich nicht.«

»Warum nicht?«

»Ich habe meine Befehle.«

»Sie sind eine Lady, die weiß, wo's langgeht, was, Major?«

»Im Gegensatz zu Ihnen, *Mister*.«

»Was machen wir also? Uns gegenseitig Beleidigungen an den Kopf werfen?«

»Ich schlage vor, wir setzen unsere Operation fort. Steigen Sie ein.«

»Ist das ein Befehl?«

»Ich kann Ihnen keine Befehle geben«, sagte die Pilotin und strich sich das blonde Haar aus dem Gesicht. »Sie haben das Kommando über das Flugzeug.«

»Gut. Setzen Sie Ihren Arsch in Bewegung, Lieutenant! Und Sie, Lady, sorgen dafür, daß wir so schnell wie möglich in die Luft kommen!«

Die AWACS II flog einen Zickzackkurs, der sie von einem Punkt eines auf der Flugkarte eingetragenen Linienmusters zum nächsten führte. Der für die komplizierte elektronische Ausrüstung der Maschine verantwortliche Lieutenant drückte geheimnisvolle Knöpfe und betätigte ebenso rätselhafte Schalter, während dann und wann ein Piepen ertönte. Zwischendurch gab er einem Computer kurze Buchstabenfolgen ein, um als Ergebnis seiner Bemühungen die jeweiligen Printouts aus dem Drucker zu ziehen.

»Was soll das eigentlich alles bedeuten?« fragte Hawthorne, der neben dem jungen Offizier angegurtet in einem Drehstuhl saß.

»Lassen sie sich nicht irritieren, Commander«, antwortete der Lieutenant. »Zur Mittagszeit sind unsere Kleinen besonders aktiv.«

»Und was soll *das* nun wieder heißen?«

»Es heißt, daß Sie gefälligst den Mund halten sollen, Sir. Ich muß mich konzentrieren.«

Tyrell löste seinen Gurt, stand auf und ging nach vorn ins Cockpit. »Darf ich mich setzen?« fragte er Major Catherine Neilsen und wies auf den leeren Sitz neben ihr.

»Sie brauchen nicht zu fragen, Commander. Sie haben das Kommando über den Vogel.«

»Wollen wir diesen militärischen Quatsch nicht beiseite lassen, Major?« sagte Hawthorne. Er setzte sich und legte den Sicherheitsgurt an. »Ich habe Ihnen gesagt, daß ich nicht mehr in der Navy bin. Ich bin auf Ihre Hilfe angewiesen.«

»Okay, wie kann ich Ihnen helfen. Warten Sie!« Die Pilotin drückte den Kopfhörer ans Ohr. »*Was*, Jackson? ... noch einmal Nordnordost von SP aus? ... Wird gemacht, Superman.« Major Neilsen legte die Maschine in eine Linkskurve. »Entschuldigung, Commander, wo waren wir stehengeblieben? ... Ach ja. Wie ich Ihnen helfen kann.«

»Sie können damit anfangen, mir zu erklären, warum wir noch einmal Nordnordost fliegen und was der ›Supermann‹ dahinten treibt.«

Sie lachte. Es war ein herzliches Lachen, ohne Prätention und Überheblichkeit. Es war das Lachen einer erwachsenen Frau über eine komische Situation. »Nun, was den letzten Teil Ihrer Frage betrifft: Jackson *ist* ein Supermann, Sir.«

»Lassen Sie das ›Sir‹, bitte. Ich bin kein Lieutenant Commander mehr. Und wenn ich es wäre, hätte ich den gleichen Rang wie ein Major.«

»Okay, Mr. Hawthorne ...«

»Nennen Sie mich Tye. Abkürzung für Tyrell.«

»Tyrell? Was für ein schrecklicher Name! Er hat die beiden kleinen Prinzen im Tower von London umgebracht. Nachzulesen in Shakespeares *Richard III*.«

»Mein Vater hatte einen etwas eigenartigen Sinn für Humor. Wenn mein Bruder ein Mädchen gewesen wäre, hätte er es Medea taufen lassen. Doch da er ein Junge war, hat Dad sich für Marcus Antonius entschieden. Meine Mutter hat wenigstens Marc Anthony daraus gemacht.«

»Ich glaube, ich hätte Ihren Vater gemocht. Meiner war der Sohn eines schwedischen Einwanderers. Wir lebten auf einer Farm in Minnesota. Ich hatte nur die Wahl, hart zu arbeiten, um eine kostenlose Ausbildung in West Point zu bekommen, oder für den Rest meines Lebens den Stall auszumisten. Er war da sehr rigoros.«

»Ich glaube, ich hätte Ihren Vater ebenfalls gemocht.«

»Um auf Ihre Frage zurückzukommen«, sagte Major Neilsen.

»Jackson Poole – von den Louisiana-Pooles, wohlgemerkt – ist nicht nur ein hervorragender Pilot, sondern ein Elektronikfachmann, der seinesgleichen sucht. Er ist mein Ersatzmann, aber wenn ich sein Spielzeug anfasse, bekomme ich eins auf die Finger.«

»Muß ein begabter Bursche sein.«

»Ist er auch. Er ging zur Armee, weil nur da so viel Geld in die Computerwissenschaft fließt und echte Begabungen gefördert werden, wo man nur kann ... Er bittet mich übrigens gerade, noch einmal von SP anzufliegen. Einfach ausgedrückt heißt das, daß wir unserem gegenwärtigen Kurs noch einmal vom Ausgangspunkt unseres Parameters über dem Zielgebiet in entgegengesetzter Richtung folgen.«

»Und was soll *das* heißen?«

»Er versucht, Ihnen ein Grundmuster der Satellitenübertragungen unter Berücksichtigung der Aberrationen zu erstellen.«

»Und das kann er mit seinen Knöpfen und Schaltern und Pieptönen?«

»Oh ja. Das kann er.«

»Ich hasse Supermänner.«

»Habe ich erwähnt, daß er auch einer der besten Karatekämpfer der Air Base ist?«

»Was das betrifft, so könnte mich ein Zwerg aus dem Ring werfen.«

»Nicht nach Ihrem Dossier.«

»Meinem Dossier? Bleibt denn gar nichts geheim?«

»Nicht, wenn Sie Vorgesetzte eines gleichrangigen Offiziers einer anderen Waffengattung werden. Die militärische Etikette erfordert, wie übrigens auch die Vorschriften, daß der untergebene Offizier sich von der Qualifikation seines Vorgesetzten überzeugt. Ich habe mich überzeugt.«

»Aus Ihrem Verhalten auf Saba war das nicht zu erkennen.«

»Ich war wütend. Sie wären genauso wütend gewesen, wenn ein Fremder sich angemaßt hätte, Ihren Leuten Befehle zu erteilen.«

»Ich habe niemandem einen Befehl erteilt.«

»Oh doch. Sie haben dem Lieutenant gesagt, er solle seinen Arsch bewegen. Da wußte ich, daß Sie noch immer Lieutenant Commander Hawthorne sind.«

»Ich hab's!« Der Ruf aus dem Rumpf der AWACS II war so laut, daß er das Dröhnen der Motoren übertönte. »Es ist absolut *idiotisch*!«

Jackson Poole stand mit erhobenen Armen vor seiner Computerkonsole.

»Ganz ruhig, mein Liebling!« befahl Major Neilsen. »Setz dich und sag uns, was du gefunden hast ... Nehmen Sie diesen Kopfhörer, Commander, dann können Sie mithören.«

»*Mein Liebling?*« fragte Hawthorne unwillkürlich. Seine Stimme klang rauh im Lautsprecher der Gegensprechanlage.

»Luftwaffen-Slang, Commander. Ziehen Sie daraus keine voreiligen Schlüsse«, sagte Major Neilsen.

»Richtig«, bestätigte Charlie, der für die Sicherheit verantwortliche Sergeant. »Sie mögen hier das Sagen haben, *Sir*, aber Sie sind immer noch ein Gast.«

»Und Sie gehen mir langsam auf die Nerven, Sergeant.«

»Belassen wir's dabei, Hawthorne«, sagte die blondhaarige Pilotin. »Was haben sie gefunden, Lieutenant?«

»Etwas, das gar nicht existiert, Cathy! Es ist nicht auf unseren Karten. Und ich habe alles noch einmal auf dem Bildschirm überprüft.«

»Drück dich bitte deutlicher aus.«

»Die Signale werden von einem japanischen Satelliten aufgefangen und ins *Nichts* gestrahlt. Ins Meer, jedenfalls nach unseren Karten. Aber es *muß* da sein. Die Übertragung ist fehlerfrei.«

»Lieutenant«, schaltete Tyrell sich ein. »Kann Ihr Computer uns sagen, woher die Signale kommen?«

»Nicht genau. Ich kann Ihnen nur eine computererzeugte Laserprojektion geben.«

»Was zum Teufel ist das?«

»Sie kennen doch diese Computer-Golfspiele, wo Sie den Weg eines Balls auf dem Bildschirm verfolgen können.«

»Nein. Aber wie lange brauchen Sie für diese Laserprojektion?«

»Ich arbeite daran ... Ausgangspunkt der Signale ist irgendein Ort im Mittelmeerraum. Die Signale selbst werden über einen japanischen Satelliten übertragen, den Noguma.«

»Wo? Italien? Süditalien?«

»Könnte sein. Oder Nordafrika. Etwa in diesem Gebiet.«

»Das ist unser Ziel!« sagte Hawthorne.

»Sind Sie sicher?« fragte Catherine.

»Ich habe eine verletzte Schulter, die das beweist. Lieutenant, können Sie mir die genauen Koordinaten dieses *Nichts* da unten geben?«

»Klar, Sie Nordstaatler. Nach dem, was der Computer sagt, sind es mehrere kleine Landmassen etwa dreißig Meilen nördlich von Anguilla.«

»Die kenne ich! Poole, Sie sind ein Genie.«

»Nicht ich, Sir. Der Computer.«

»Ich kann Ihnen mehr geben als Koordinaten«, sagte Catherine Neilsen und drückte das Steuerhorn nach vorn. Die AWACS begann zu sinken. »Wir finden dieses *Nichts*.«

»Damit die Leute unten wissen, daß wir auf sie aufmerksam geworden sind? Nein, bitte nicht.«

»Sie haben recht.«

»Wo ist der nächste Flugplatz, auf dem Sie mit diesem Monstrum landen können?«

»Wir haben strikte Anweisungen, daß dieses *Flugzeug*, an dem ich sehr hänge, nicht auf fremdem Territorium landen darf.«

»Ich habe Sie nicht danach gefragt, wo Sie landen *dürfen*, sondern wo Sie landen *können*, Major.«

»Nach meinen Karten auf St. Maarten. Es ist halb französisch, halb niederländisch.«

»Das weiß ich ... Gibt es unter all diesen High-Tech-Geräten so etwas wie ein ganz normales Telefon?«

»Natürlich. Wir nennen es Telefon, und es befindet sich links unter Ihrer Armlehne.«

Hawthorne fand es, nahm den Hörer ab und fragte: »Wie benutze ich es?«

»Wie ein gewöhnliches Telefon. Aber Sie sollten wissen, daß Ihr Gespräch von der Patrick Air Force Base aufgezeichnet und direkt an das Pentagon weitergegeben wird.«

»So etwas liebe ich«, sagte Tyrell. Er wählte und war Sekunden später mit Washington verbunden. »I-Eins. Der Kode ist Vier-Null. ich möchte mit Captain Henry Stevens verbunden werden. Nennen sie den Namen Tye – ich buchstabiere T – Y – E. Beeilen sie sich, Mann!«

»Hawthorne, wo sind Sie? Was ist los?« Stevens' Stimme war klar und deutlich zu hören.

»Das Gespräch wird aufgezeichnet und nach Arlington übermittelt ...«

»Nicht, wenn Sie aus der AWACS sprechen. Ich habe Anweisungen gegeben, keine Bandaufzeichnungen zu machen und die Weiterleitung zu unterbinden. Sie können davon ausgehen, daß alles, was Sie sagen, unter uns bleibt. Was gibt's?«

»Dieses Monstrum von Flugzeug ist ein wahres Wunder. Wir haben das Zielobjekt gefunden, und ich möchte, daß ein Lieutenant namens Poole unverzüglich zum Oberst befördert wird.«

»Tye, sind Sie betrunken?«

»Ich wünschte, ich wäre es. Außerdem gibt es hier eine Pilotin namens Neilsen, Vorname Catherine, und ich verlange, daß sie ab sofort Generalsrang erhält.«

»Sie hängen wieder an der Flasche«, sagte Stevens wütend.

»Keineswegs, Henry«, sagte Tyrell. »Ich möchte nur, daß Sie wissen, wie gut die beiden sind.«

»Okay, ich habe es zur Kenntnis genommen. Was ist nun mit dem Zielobjekt?«

»Es ist nicht auf den Karten verzeichnet; aber ich kenne diese sogenannten unbewohnten Inseln. Es müssen fünf oder sechs sein. Und dank dieses Flugzeugs hier haben wir die genauen Koordinaten.«

»Das ist fantastisch! Die Bajaratt muß dort sein. Wir schicken eine Bomberstaffel hin.«

»Noch nicht. Ich muß mich erst vergewissern, *daß* sie da ist. Und wer sonst noch außer ihr. Nur so können wir erfahren, wen die Terroristen als Maulwürfe bei uns eingeschleust haben.«

»Tye, ich muß Sie etwas fragen. Sie waren einer unserer besten Leute. Aber das ist jetzt Jahre her ... Können Sie noch mithalten, Commander? Ich möchte nicht ... schuld sein, wenn Ihnen etwas passiert.«

»Ich nehme an, daß Sie auf meine verstorbene Frau anspielen, *Captain*.«

»Ich weigere mich, darauf einzugehen. Wir hatten nichts mit ihrem Tod zu tun.«

»Warum gehen mir gewisse Gedanken nicht aus dem Kopf?«

»Das ist Ihr Problem, Tye, nicht unseres. Ich möchte nur sicher sein, daß Sie sich bei dieser Sache nicht übernehmen.«

»Sie haben niemand anderes. Also vergessen Sie's. Ich wünsche, daß dieses Flugzeug auf St. Maarten landet, auf der französischen Seite. Klären sie das also mit dem Deuxième am Quai d'Orsay und mit der Patrick Air Force Base in Florida. Wir landen, und ich bekomme alles an Ausrüstung, was ich brauche. Over.«

Hawthorne legte den Hörer auf, schloß kurz die Augen und

wandte sich dann an die Pilotin. »Nehmen Sie Kurs auf St. Maarten, Major«, sagte er müde. »Ich kann Ihnen versichern, daß wir dort Landeerlaubnis bekommen.«

»Ich habe über den Telefonkanal mitgehört«, sagte Catherine Neilsen. »Das ist Pflicht auf einem Flugzeug wie diesem. Ich bin informiert.« Dann, nach einigen Minuten: »Sie haben Ihre Frau erwähnt – den Tod Ihrer Frau.«

»Ja. Stevens und ich kennen uns schon seit langem, und manchmal bringe ich Dinge zur Sprache, die besser ungesagt blieben.«

»Es tut mir leid. Das mit Ihrer Frau, meine ich.«

»Danke«, sagte Tyrell und wandte sich ab. *Es waren die beiden einfachen Wörter ›mein Liebling‹, die ihn so getroffen hatten. Es war, also ob sie nur ihm und niemandem anderen gehörten, sicherlich nicht einem weiblichen amerikanischen Offizier, der mit einem Untergebenen sprach. Dieses ›mein Liebling‹ war ein Ausdruck, den man eigentlich nur mit einem tiefen Gefühl aussprechen durfte. Nur zwei Frauen in seinem Leben hatten ihn ihm gegenüber verwendet, Ingrid und Dominique – die beiden einzigen Frauen, die er je geliebt hatte. Die eine, seine angetraute, angebetete Frau, die andere ein Wesen, von dem er fast nichts wußte, das ihn jedoch davor bewahrt hatte, wahnsinnig zu werden. Diese beiden Wörter waren untrennbar mit ihnen verbunden. Dennoch hatte er sich wie ein Idiot benommen. Wörter waren kein persönliches Eigentum; er wußte das. Aber sie sollten auch nicht mißbraucht, trivialisiert werden – Mein Gott! Es gab Wichtigeres zu tun. Das Zielobjekt!*

»St. Maarten direkt voraus ... Tye«, sagte Major Neilsen leise.

»Was? ... Entschuldigung, was haben Sie gesagt?«

»Sie haben mit offenen Augen geträumt. Ich habe Erlaubnis bekommen, auf St. Maarten zu landen – sowohl von Patrick als auch von den Franzosen. Wir beziehen Parkposition am Ende des Flugplatzes. Charlie wird dafür sorgen, daß die Maschine bewacht wird.«

»Sie haben mich Tye genannt.«

»Sie haben es mir befohlen, Commander. Ziehen Sie daraus keine voreiligen Schlüsse, Sir.«

»Ich verspreche es Ihnen.«

»Patrick hat mir mitgeteilt, daß wir Ihnen unterstellt sind, bis die Aktion beendet ist. Man sagte mir, das könnte bis morgen dauern ... Was zum Teufel geht hier vor, Hawthorne? Sie reden von Terroristen und Verbindungen zu Terroristen; wir finden unkartierte Inseln, die die Navy in die Luft jagen will. Das ist selbst für uns etwas viel.«

»Es ist alles in Ordnung, Major ... Cathy. Ziehen Sie keine voreiligen Schlüsse.«

»Im Ernst – wir haben ein Recht, es zu wissen. Ich bin schließlich verantwortlich für diese Maschine und ihre Crew.«

»Sie haben recht – Sie sind verantwortlich für diese Maschine. Dann sagen Sie mir mal, wo eigentlich Ihr Erster Flugoffizier ist, Ihr Kopilot, wenn das keine zu laienhafte Bezeichnung ist!«

»Ich habe Ihnen gesagt, daß Poole ein ausgebildeter Pilot ist!«

»Trotzdem habe ich das Gefühl, daß hier jemand fehlt.«

»Also gut«, sagte Major Neilsen, leicht verlegen. »Ihr Captain Stevens hat heute morgen darauf bestanden, daß wir unverzüglich starten. Aber wir konnten Sal nicht erreichen, der gewöhnlich da sitzt, wo Sie jetzt sitzen. Wir wissen, daß er Eheprobleme hat, und haben nicht allzu sehr nach ihm gesucht. Wie gesagt – Lieutenant Poole ist ein hervorragender Pilot.«

»Wer ist Sal?«

»Abkürzung für Salvatore. Ein ausgezeichneter Mann, aber er hat eine Frau, die gern einmal einen über den Durst trinkt. Wir sind eben ohne ihn abgeflogen.«

»Ist das nicht gegen die Vorschriften?«

»Hören Sie – haben Sie nie einen Freund gedeckt? Wir dachten, es handle sich um einen zwei- bis dreistündigen Einsatz und wollten Mancini Gelegenheit geben, in der Zwischenzeit seine Probleme zu lösen. Ist das ein Verbrechen – für einen *Freund*?«

»Nein«, erwiderte Hawthorne. Er dachte nach. »Hat jemand auf Patrick das Gespräch mitgehört, das ich eben geführt habe?«

»Natürlich. Aber Stevens hat Ihnen doch gesagt, daß es nicht weitergeleitet wird.«

»Das ist mir klar. Aber die Air Base in Florida kann mithören?«

»Nur die paar Leute, die dazu befugt sind.«

»Nehmen Sie Verbindung mit Florida auf und verlangen Sie nach Ihrem Freund Mancini!«

»Was? Soll ich ihn etwa reinreiten?«

»Tun Sie, was ich Ihnen sage, Major. Denken sie daran, daß ich immer noch das Kommando über dieses Flugzeug habe.«

»Sie verdammter Mistkerl.«

Major Neilsen schaltete auf die Frequenz der Air Base um und sagte mit deutlich spürbarem Widerwillen: »Ich möchte mit Captain Mancini sprechen. Ist er da?«

»Hallo, Major«, sagte eine weibliche Stimme über den Lautsprecher. »Tut mir leid, aber Sal ist vor zehn Minuten nach Haus gefahren. Aber da der Funksprechverkehr nicht aufgezeichnet wird, kann ich dir ja ruhig sagen, daß er dir wirklich dankbar ist, daß du ihm geholfen hast.«

»Hier spricht Lieutenant Commander Hawthorne, Naval Intelligence«, schaltete Tyrell sich ein. »Hat Captain Mancini das Gespräch mitgehört, daß ich vorhin geführt habe?«

»Natürlich; er ist dazu befugt. Wer ist dieser Marine-Heini, Cathy?«

»Beantworte seine Fragen, Alice«, sagte Major Neilsen und blickte Tyrell an.

»Wann ist Captain Mancini zu Ihnen in die Kommandozentrale gekommen?«

»Ich weiß nicht genau. Vor drei, vier Stunden – etwa zwei Stunden nach dem Start der AWACS II.«

»Erschien Ihnen das nicht seltsam? Er sollte doch an Bord sein, oder?«

»He, Commander. Wir sind Menschen, keine Roboter. Man konnte ihn nicht rechtzeitig erreichen, und wir alle wissen, daß die Maschine ausreichend besetzt ist.«

»Ich möchte trotzdem wissen, warum er unter diesen Umständen in Ihrem Kommandozentrum war. Wie ich das sehe, müßte er doch eher ein Interesse daran haben, sich bloß nicht blicken zu lassen.«

»Woher soll *ich* das wissen, Sir? Sal ist ein sehr pflichtbewußter Mann. Vielleicht hat er ein schlechtes Gewissen gehabt oder so etwas. Er hat sich Notizen über alles gemacht, was gesprochen wurde.«

»Geben Sie Befehl, ihn sofort festzunehmen«, sagte Hawthorne.

»Was?«

»Sie haben gehört, was ich gesagt habe. Sofortige Festnahme und absolute Isolation, bis Sie von einem Mann namens Stevens, Geheimdienst der Navy, hören. Er gibt Ihnen weitere Informationen.«

»Ich glaube, ich höre nicht recht.«

»Glauben Sie, was Sie wollen, Alice. Aber wenn sie nicht unverzüglich tun, was ich Ihnen sage, freunden sie sich schon mal mit dem Gedanken ans Zuchthaus an.« Hawthorne legte das Mikrofon aus der Hand.

»Was zum Teufel soll das heißen?« rief Catherine Neilsen.

»Sie wissen genau, was das heißen soll. Ein Mann, der für die Einsatzzentrale ständig erreichbar sein muß, der laut Vorschriften sogar ein Telefon in seinem Wagen haben muß, ist unauffindbar, taucht aber plötzlich in der Kommandozentrale auf ... Ausgerechnet dort, wo er sich am wenigsten hätte sehen lassen dürfen.«
»Ich will nicht glauben, was Sie denken.«
»Dann geben Sie mir eine logische Antwort.«
»Das kann ich nicht.«
»Dann will ich Ihnen eine geben. Und lassen Sie mich einen Mann zitieren, mit dem Sie gesprochen haben und der diese Operation leitet: ›Sie sind überall, und sie sind von allem unterrichtet, was wir tun.‹ Geht Ihnen jetzt ein Licht auf?«
»Sal würde das nie machen!«
»Er ist vor zehn Minuten nach Hause gefahren. Rufen sie noch einmal Ihre Basis an und lassen Sie sich mit ihm verbinden.«
Die Pilotin folgte der Aufforderung. Über den Lautsprecher war das Läuten des Telefons im Wagen Captain Mancinis zu hören. Niemand meldete sich. »Mein Gott!«
»Wie weit ist sein Haus von der Air Base entfernt?«
»Etwas vierzig Minuten«, sagte Catherine Neilsen leise. »Er wollte weiter draußen wohnen. Ich habe Ihnen ja gesagt, daß er Probleme mit seiner Frau hat.«
»Sind Sie je dort gewesen?«
»Nein.«
»Haben sie je seine Frau getroffen?«
»Nein. Wir wollten uns da raushalten.«
»Woher wissen Sie dann, ob er überhaupt verheiratet ist?«
»Es steht in seinen Akten. Außerdem kriegt man ja so manches mit in einer so engen Gemeinschaft. Er redet, stellen sie sich vor.«
»Das soll wohl ein Witz sein, Lady. Wie oft fliegen Sie Einsätze über der Karibik?«
»Drei-, viermal in der Woche.«
»Wer koordiniert Ihre Einsätze?«
»Mein Flugoffizier natürlich – Sal.«
»Mein Befehl bleibt bestehe. Und jetzt nach St. Maarten, Major!«

Captain Salvatore Mancini, in einer weißen Leinenjacke und schwarzen Hosen, Ledersandalen an den Füßen, betrat das Wellington in der Collins Avenue in Miami. Er näherte sich der dicht besetzten Bar und wechselte eine Blick mit dem Barkeeper, der ihm zweimal kaum merklich zunickte.

Der Captain setzte seinen Weg fort und ging über einen breiten Flur in einen abgetrennten Raum. An der Wand hing ein Telefonapparat. Er warf eine Münze ein und wählte eine Nummer in Washington, D.C.

»Skorpion Neun«, sagte er, als der Hörer abgenommen wurde. »Haben Sie eine Nachricht für mich.«

»Sie müssen sofort verschwinden«, sagte die Stimme am anderen Ende.

»Sie scherzen wohl.«

»Keineswegs«, sagte die Stimme. »Sie nehmen einen Leihwagen unter dem Namen, auf den Ihr dritter Führerschein ausgestellt ist, und fahren zum West-Palm-Flughafen. Wir haben unter demselben Namen einen Flug zu den Bahamas bei den Suburst Jetlines für Sie gebucht – den Sechzehn-Uhr-Flug nach Freetown. Dort werden Sie erwartet und erfahren alles Weitere.«

»Und wer zum Teufel soll jetzt auf die Insel des alten Mannes aufpassen? Wer hält den Flieger auf Abstand?«

»Sie nicht. Wir haben eine Nachricht aus Patrick abgefangen. Sie sollen festgenommen werden. Man hat Sie entdeckt.«

»Wer ... *Wer*?«

»Ein Mann namens Hawthorne. Er hat bereits vor fünf Jahren in diesem Verein mitgemischt.«

»Er ist so gut wie tot.«

»Sie sind nicht der einzige, der das behauptet.«

7

Niccolò Montavi aus Portici lehnte sich gegen die Wand neben einem Fenster, von dem das Straßencafé des Hotels auf der Insel St. Barts gut zu überblicken war. Von unten drangen gedämpfte Stimmen zu ihm herauf, vermischt mit dem Klirren von Gläsern und leisem Lachen. Es war später Nachmittag, kurz vor den Abendstunden, in denen das Vergnügen begann und die großen Geschäfte gemacht wurden. Nicht viel anders als in den Straßencafés von Portici, dachte er ... Portici? Würde er je seine Heimat wiedersehen?

Gewiß nicht unter normalen Umständen, das wußte er. Er war von denen, die in den Häfen das Sagen hatten, verurteilt worden, *un traditore ai compagni*, ein Verräter der Hafenarbeiter. Er wäre jetzt tot, wenn die Signora ihn nicht gerettet hätte, als er mit einem Strick um den Hals am Pier stand. Und dann die Wochen danach, als sie ihn versteckt hatte, von Stadt zu Stadt mit ihm zog, dauernd auf der Flucht vor dem Gesindel, das ihn verfolgte, um Rache zu nehmen für ein Verbrechen, das er nie begangen hatte.

»Selbst ich kann dich nicht retten«, hatte sein älterer Bruder ihm bei einem ihrer heimlichen Telefongespräche gesagt. »Wenn ich dich sehe, werde ich selbst dich töten müssen – oder man tötet mich zusammen mit unserer Mutter und unseren Geschwistern. Unser Haus wird ständig bewacht. Wenn unser Vater – möge der Herr ihn in Frieden ruhen lassen – nicht so einflußreich und beliebt gewesen wäre, wären wir vielleicht alle schon tot.«

»Aber ich habe den *capogruppo* nicht umgebracht!«

»Wer dann, du Kretin. Du warst der letzte, der ihn gesehen hat. Du hast ihm gedroht, daß du ihm das Herz aus dem Leibe reißen würdest.«

»Das war doch nur eine Redensart. Er hat mich bestohlen!«

»Er hat uns alle bestohlen. Aber da wir beteiligt waren an dem, was er aus den Frachträumen der Schiffe gestohlen hat, kostet uns sein Tod jetzt Millionen von Lire.«

»Was soll ich jetzt machen?«

»Deine Signora hat mit Mama gesprochen. Sie hat ihr versprochen, sich deiner anzunehmen, als ob du ihr eigener Sohn wärest.«

»Wie eine Mutter ist sie nicht zu mir ...«

»Geh mit ihr! In zwei, drei Jahren hat sich vielleicht schon manches geändert.«

Nichts wird sich ändern, dachte Niccolò und wandte sich vom Fenster ab. Aus den Augenwinkeln beobachtete er seine *bella signora*, die am anderen Ende des Raumes vor dem Frisiertisch saß. Mit flinken Fingern nestelte sie an ihrem Haar herum; dann sah er zu seinem Erstaunen, daß sie ihre Taille in ein plumpes Korsett zwängte und einen unförmigen Unterrock darüberzog. Sie stand auf und betrachtete sich im Spiegel, ohne zu merken, daß er sie anstarrte. Sie drehte sich um sich selbst, den Blick unverwandt auf ihr Spiegelbild gerichtet. Sie war eine andere Frau geworden! Ihr langes, dunkles Haar war zu einem strengen Knoten im Nacken zusammengebunden, und ihr Gesicht war blaß, fast grau – nicht mehr so, wie er es kannte. Es war einfach häßlich, mit dunklen Ringen unter den Augen, die Haut faltig und alt ... Ihr Körper war abstoßend, eine ungestalte Masse ohne Brüste. Nichts mehr erinnerte an die aufregende Frau, die sie war.

Niccolò wandte sich wieder dem Fenster zu. Instinktiv wußte er, daß er nicht hätte sehen sollen, was er gesehen hatte. Signora Cabrini ging mit raschen Schritten durch das Zimmer und sagte: »Ich nehme jetzt ein Bad, und wenn ich fertig bin, müssen wir miteinander reden. Dir steht das größte Abenteuer deines Lebens bevor, mein Schatz.«

»*Cèrto, signora*«, sagte Niccolò und blickte auf das Straßencafé unter dem Fenster.

»Das ist eines der Dinge, über die wir reden müssen, mein Junge. Von nun wirst du nur noch Italienisch sprechen.«

»Mein Vater würde sich im Grabe umdrehen, Cabi. Er hat uns Kinder dazu angehalten, nur Englisch zu sprechen. Er sagte, sonst würden wir im Leben nicht vorankommen. Er hat uns geschlagen, wenn wir am Mittagstisch Italienisch sprachen.«

»Dein Vater war noch vom Krieg geprägt, als er den amerikanischen Soldaten Frauen und *vino* verkaufte. Die Zeiten haben sich geändert. Ich bin gleich wieder zurück.«

»Wenn du fertig bist – gehen wir dann ins Restaurant? Ich bin furchtbar hungrig.«

»Du bist immer hungrig, Nico. Aber ich fürchte, es geht nicht. Wir haben viel miteinander zu besprechen. Aber du kannst dir vom Zimmerkellner kommen lassen, was immer du willst. Ist das okay?«

»*Cérto*«, wiederholte Niccolò. Als er sich umwandte, drehte sich die Bajaratt schnell weg; offensichtlich wollte sie nicht, daß er sie in diesem Aufzug sah.

»*Va bene*«, sagte sie und öffnete die Tür zum Badezimmer. »*Solo italiano. Grazie!*«

Sie behandelt mich wie einen dummen Jungen, dachte Niccolò. Ein hübscher Bursche konnte in Italien Tausende von Lire verdienen, wenn er mit einer verliebten Touristin ins Bett ging, nachdem er zuerst ihre Koffer für ein Trinkgeld getragen hatte, das nichts im Vergleich zu dem war, was sie ihm später zahlte. *Benissimo!* Aber Signora Cabrini mußte noch etwas anderes mit ihm vorhaben. Sie hatte ihm in Aussicht gestellt, seine Ausbildung zu finanzieren, und eine beträchtliche Summe für ihn auf die Banco di Napoli eingezahlt – unter der Bedingung, daß er sie auf ihrer Reise begleitete. Hatte er eine andere Wahl? Gejagt von dem Gesindel, das ihn töten wollte? Und ständig sagte sie ihm, er sei einfach ideal ... aber für was?

Sie waren zu einer Polizeistation in Rom gegangen, auf der ihm zu nächtlicher Stunde und in einem abgedunkelten Raum Fingerabdrücke abgenommen und einige Dokumente ausgestellt worden waren, die sie jedoch sofort an sich genommen hatte. Dann hatten sie – ebenfalls zu nächtlicher Stunde – zwei Botschaften besucht und dort weitere Dokumente erhalten. *Wozu?* ... Jetzt würde er es erfahren – »Das größte Abenteuer deines Lebens steht dir bevor.« Was für ein Abenteuer? Doch was immer es sein mochte – er hatte abermals keine andere Wahl. Jedenfalls nicht im Augenblick. Es gab eine Redensart in Portici: »Küß die Stiefel eines Touristen, bis du sie stehlen kannst.« Sie nannte ihn ihr Spielzeug; und er würde ihr Spielzeug sein – bis er eine Gelegenheit hatte, die Stiefel zu stehlen, die er küßte.

Niccolò sah wieder hinunter auf die Straße und hatte wieder dasselbe Gefühl wie während jener letzten Woche in Italien – er war ein Gefangener. Wo immer sie sich aufhielten – in einem Hotelzimmer, an Bord einer Yacht oder in einem von der Cabrini gemieteten Wohnmobil –, nie durfte er sein Gefängnis verlassen. Es sei nötig, hatte sie ihm erklärt, da sie sich im Gebiet um Neapel aufhalten müßten. Irgendwann würde ein Frachter in den Hafen einlaufen, der ein wichtiges Paket für sie an Bord habe. Und tatsächlich war eines Tages in der Zeitung, deren Schiffsnachrichten sie aufmerksam zu verfolgen pflegte, die Ankunft des Frachters für kurz nach Mitternacht angekündigt worden. Lange vor Sonnenaufgang hatte die Signora das Hotelzimmer verlassen. Und als sie an jenem Morgen zurückgekehrt war, hatte sie gesagt: »Wir fliegen heute nachmittag nach Marseille, mein kleiner Liebling. Unsere Reise beginnt.«

»*Wohin*, Cabi?« Sie hatte vorgeschlagen, aus Rücksicht auf Niccolòs religiöse Gefühle den Namen abzukürzen, obwohl Cabrini doch nur der Name einer reichen Gutsbesitzerfamilie in der Nähe von Portofino war. »Vertrau mir, Nico«, hatte sie erwidert. »Denk an das Geld, das ich für dich deponiert habe, und vertrau mir.«

»Du hast kein Paket bei dir.«

»Aber ja doch.« Die Signora hatte ihre große Handtasche geöffnet und einen großen weißen Umschlag hervorgezogen. »Das ist unsere Reiseroute. Wir haben alle Papiere, die wir brauchen.«

»Und das mußte mit einem Schiff kommen?«

»Ja, Nico. Es gibt Dinge, die nur von Hand zu Hand weitergereicht werden dürfen ... Keine weiteren Fragen! Wir müssen packen – sowenig wie möglich; nur was wir tragen können.«

Der junge Italiener wandte sich vom Fenster ab und dachte daran, daß das Gespräch, das ihm gerade durch den Kopf gegangen war, vor weniger als einer Woche stattgefunden hatte. Was für eine Woche war das gewesen! Noch nie hatte er den Tod so nahe vor Augen gehabt wie bei jener stürmischen Überfahrt; und noch nie hatte er den Tod so real erlebt wie auf jener Insel, dessen Eigentümer der seltsamste Mann war, den er je in seinem Leben gesehen hatte. Noch heute morgen, als das Wasserflugzeug sich wegen des schlechten Wetters verspätete, hatte der alte, kranke *padrone* sich äußerst ungewöhnlich aufgeführt und sie immer wieder gedrängt, die Insel so schnell wie möglich zu verlassen. Und jetzt waren sie hier, auf dieser anderen, bewohnten Insel, wo Cabi von einem Geschäft ins andere gegangen war, um so viel zu kaufen, daß es zwei große Reisetaschen füllte.

»Wir werfen es später weg«, hatte sie gesagt. Und ihm selbst hatte sie einen billigen Anzug gekauft, der nicht paßte.

Niccolò trat an den Frisiertisch der Signora, verwirrt von den vielen Hautcremes und Pudern und Fläschchen, die ihn an seine drei Schwester in Portici erinnerten. Wie oft hatte sich sein Vater über diese *trucco* in Rage gebrüllt, sogar noch, als er schon auf dem Totenbett lag und man die Mädchen ein letztes Mal hereingerufen hatte, um Abschied zu nehmen.

»Was machst du da, Nico?« Die Bajaratt, in ein großes Frotteetuch gehüllt, schloß die Tür des Badezimmers hinter sich. Ihr plötzliches Erscheinen ließ den Jungen zusammenfahren.

»Nichts, Cabi. Ich habe nur an meine Schwestern gedacht – all diese Sachen auf deinem Tisch.«

»Du weißt doch, daß Frauen eitel sind.«

»Du brauchst nichts davon ...«

»Du bist ein Schatz«, sagte die Baj und setzte sich. »In einer der Taschen neben der Couch findest du eine Flasche Wein. Mach sie auf und gieß uns ein Glas ein. Für dich weniger, denn wir haben noch eine lange Nacht vor uns.«

»Ach ja?«

»Nennen wir es einen Teil deiner Erziehung.«

»Ach ja?«

»Bring uns den Wein, Schätzchen.« Als die gefüllten Gläser auf dem Tisch standen, gab die Bajaratt ihrem jungen Gefährten den weißen Umschlag, den sie auf dem Frachter in Neapel erhalten hatte. Sie forderte ihn auf, ihn zu öffnen. »Du kannst doch lesen, Nico, oder?«

»Du weißt, daß ich lesen kann«, antwortete er. »Ich hab' fast die *scuola media* abgeschlossen.«

»Dann lies diese Seiten, und während du liest, werde ich dir erklären.«

»*Signora?*« Niccolò starrte auf die erste Seite. »Was ist *das*?«

»Dein Abenteuer, süßer Apoll. Ich mache dich zu einem jungen *barone*.«

»*Che pazzia!* Ich wüßte nicht, wie ich mich als Baron zu benehmen hätte.«

»Wie du dich immer benimmst – höflich und bescheiden. Amerikaner lieben Adelige mit zurückhaltendem Auftreten. Es ist für sie so demokratisch.«

»Cabi, diese Leute ...«

»Deine Vorfahren, mein Lieber. Es ist eine adelige Familie aus der Gegend um Ravello, die bis vor etwa einem Jahr schwere Zeiten durchgemacht hat. Das Vermögen war aufgezehrt – schlechte Weingärten, Mißwirtschaft, Prasserei, anspruchsvolle Kinder. Die normalen Heimsuchungen der Wohlhabenden. Aber plötzlich – o Wunder! – sind sie wieder reich. Ist das nicht erstaunlich?«

»Wie schön für sie; aber was habe ich damit zu tun?«

»Lies weiter, Nico«, sagte die Bajaratt. »Sie verfügen jetzt wieder über Millionen, genießen größtes Ansehen und werden in ganz Italien verehrt und bewundert. Das Schicksal der Reichen vollzieht sich in Zyklen – vor langer Zeit getätigte Investitionen beginnen sich auszuzahlen, Weingärten werden *classico*, Immobilien verwandeln sich in Gold. Kannst du mir folgen, Nico?«

»Ich lese, so schnell ich kann ...«

»Sieh mich an, Niccolò!« unterbrach ihn die Baj. »Da war ein Sohn. Er ist vor achtzehn Monaten an Drogen gestorben. Auf Anordnung seiner Familie wurde seine Leiche verbrannt. Keine Todesanzeige. Man schämte sich.«

»Warum erzählst du mir das, Cabi?« fragte Niccolò erstaunt.

»Du bist fast so alt wie er. Du siehst ihm sehr ähnlich – jedenfalls dem Jungen, der noch nicht von Drogen zerstört war ... Jetzt *bist* du dieser Junge! so einfach ist das, Niccolò.«

»Ich verstehe das nicht, Cabi«, sagte der Hafenjunge aus Portici kaum hörbar.

»Du weißt nicht, wie lange ich nach dir gesucht habe, mein Kind-Mann. Nach jemandem, der der Vorstellung der Amerikaner von einem italienischen Adeligen entspricht. Du mußt jetzt alles auswendig lernen, was auf diesen Seiten steht – es ist dein Leben. Du erfährst dort, wer deine Eltern sind, was für Schulen du besucht hast, welche Hobbys du hast – selbst die Namen bestimmter Freunde und früherer Angestellter der Familie, die jetzt glücklicherweise außer Reichweite sind ... Schau mich nicht so entsetzt an. Ich werde dir helfen; ich bin nicht nur deine Tante, sondern auch deine Dolmetscherin und weiche dir nicht von der Seite. Aber denke daran, daß du nur *italiano* sprichst.«

»Bitte ... *Per piacere, signora*!« stammelte Niccolò. »Ich bin völlig verwirrt.«

»Denk einfach an das Geld auf deinem Bankkonto. Ich werde dich vielen wichtigen Amerikanern vorstellen. Sehr reichen, einflußreichen Leuten. Sie werden dich in ihr Herz schließen.«

»Weil ich jemand bin, der ich gar nicht bin?«

»Weil deine Familie in Ravello in amerikanische Unternehmen investiert. Du wirst Museen, Symphonieorchester, Wohltätigkeitsorganisationen fördern.«

»Ich werde sie fördern?«

»Ja, aber nur und stets durch mich. Kannst du dir vorstellen, eines Tages ins Weiße Haus eingeladen zu werden, um dem Präsidenten der Vereinigten Staaten die Hand zu schütteln?«

»*Il presidente?*« rief der Jüngling. »Es ist alles so *fantastico*. Ich träume das doch alles nur, oder?«

»Es ist ein wohldurchdachter Traum, mein Kind. Morgen kaufe ich dir eine Garderobe, wie sie einem der reichsten jungen Männer der Erde zusteht. Morgen fangen wir an, diesen Traum zu verwirklichen.«

»Was für ein Traum ist das, Signora? Was bedeutet er?«

»Ich sag es dir; du wirst es ohnehin nicht verstehen. Es gibt Leute, die nach dem Verborgenen, Geheimnisvollen, Obskuren suchen, wenn das, was sie zu finden hoffen, offen vor ihren Augen liegt.«

»Du hast recht, Cabi. Ich verstehe es nicht.«

»Das macht nichts«, sagte die Bajaratt.

Aber Niccolò verstand nur allzu gut, worum es ging. In den Hafenvierteln wurde es *estorsione* genannt, der Rückkauf des geküßten, gestohlenen Stiefels für ein Vielfaches seines Werts, da dieser Stiefel seinem Besitzer zum Verhängnis werden konnte. Meine Zeit wird kommen, dachte der Junge aus Portici. Aber bis dahin würde er das Spiel der Signora mitspielen und er würde sich dabei anstrengen – er hatte nicht vergessen, wie schnell sie töten konnte.

Es war 18 Uhr 45, als der Fremde die Empfangshalle des Yacht-Clubs von Virgin Gorda betrat – ein kleiner, untersetzter Mann, bekleidet mit gut gebügelten weißen Hosen und einem blauen Blazer, dessen Brusttasche das Emblem der San Diego Yachting Association zierte – jener Vereinigung, die so eng mit dem Americas Cup und den kühnsten Träumen aller Segler verbunden war.

Er trug sich als Ralph W. Grimshaw, Rechtsanwalt und Skipper aus Coronado, Kalifornien, in das Anmeldeformular ein.

»Natürlich geben wir Mitgliedern der San Diego Association einen Rabatt«, sagte der Angestellte an der Rezeption und durchwühlte nervös einige Papiere. »Aber ich bin neu hier und weiß nicht genau …«

»Vergessen Sie den Rabatt, junger Mann«, sagte Grimshaw lächelnd. »Unser Club in San Diego kann jeden Pfennig gebrauchen. Da wird es Ihnen hier nicht anders gehen. Ich zahle gern den vollen Preis. Ich bestehe sogar darauf.«

»Das ist sehr nett von Ihnen, Sir.«

»Sie sind Engländer, was?«

»Ja, Sir. Ich bin von der Savoy-Gruppe hergeschickt worden – zur Ausbildung. Sie verstehen.«

»Und ob. Sie könnten keine bessere Ausbildung bekommen. Ich besitze zwei Hotels in Südkalifornien, und glauben Sie mir, nur die besten Leute werden an solche Orte wie diesen hier geschickt, wo man die ganze Härte des Geschäftes kennenlernt.«

»Meinen Sie wirklich, Sir? Ich dachte eher …«

»Nur so lernen Sie Hotelmanagement in Reinkultur. Wir stellen die Leute auf die Probe, setzen sie ungewöhnlichen Situationen aus und schauen zu, wie sie damit fertig werden.«

»So habe ich das noch nie betrachtet.«

»Sagen Sie es nicht Ihrem Chef weiter, aber ich will Ihnen ein Geheimnis verraten, denn ich kenne die Leute von der Savoy-Gruppe, und sie kennen mich. Was vor allem zählt, ist Diskretion. Diskretion und rasches, entschlossenes Handeln.«

»Ja, Sir. Danke, Sir. Wie lange bleiben Sie, Mr. Grimshaw?«

»Nur kurz. Vielleicht ein, zwei Tage. Ich schaue mir ein Boot an, das wir für unseren Club kaufen wollen. Dann geht's weiter nach London.«

»Ja, Sir. Der Boy wird Ihnen Ihr Gepäck aufs Zimmer bringen, Sir«, sagte der Angestellte und sah sich in der Empfangshalle nach einem Pagen um.

»Das ist okay, mein Junge. Ich habe nur einen leichten Koffer; der Rest ist schon unterwegs nach London. Geben Sie mir den Schlüssel. Ich bin etwas in Eile.«

»In Eile, Sir?«

»Ja, ich bin mit unserem Schätzer unten im Yachthafen verabredet. Einem Mann namens Hawthorne. Kennen Sie ihn?«

»Captain Tyrell Hawthorne?« fragte der junge Engländer etwas überrascht.

»Ja. Genau.«

»Ich fürchte, er ist nicht hier.«

»Was?«

»Ich glaube, sein Boot ist heute nachmittag abgesegelt.«

»Das kann er doch nicht *machen*!«

»Die Umstände sind auch etwas eigenartig, Sir«, sagte der Angestellte und beugte sich vor – offensichtlich beeindruckt von dem Mann, der so gute Beziehungen zur Savoy-Gruppe hatte. »Wir haben mehrere Anrufe für Captain Hawthorne erhalten, die wir alle an unseren Hafenmeister weitergeleitet haben, einen Mann namens Martin Caine.«

»Das ist wirklich seltsam. Wir haben den Burschen bereits bezahlt! Von einem Caine weiß ich nichts.«

»Das ist noch nicht alles, Sir«, fuhr der Angestellte fort. »Captain Hawthornes Kompagnon – Mr. Cooke, Mr. Geoffrey Cooke – hat einen großen Umschlag für den Captain in unserem Safe hinterlegt.«

»Cooke …? Natürlich, er ist unser Finanzexperte. Dieser Umschlag ist für mich bestimmt, junger Mann. Er enthält die Aufstellung über die Renovierungskosten.«

»Die *was*, Mr. Grimshaw?«

»Wir kaufen doch keine Yacht für zwei Millionen Dollar, wenn die Kosten für die Renovierung der Inneneinrichtung sich auf nochmals fünfhunderttausend belaufen.«

»Zwei *Millionen* …?«

»Es ist nur ein mittelgroßes Boot. Wenn Sie mir den Umschlag geben, kann ich alles bis heute abend abwickeln und morgen den ersten Flug nach Puerto Rico nehmen, um von dort weiter nach London zu fliegen ... Wie ist übrigens Ihr Name? Einer unserer Handlungsbevollmächtigten sitzt im Aufsichtsrat der Savoy Gruppe – Bascomb. Sie kennen ihn sicher.«

»Ich fürchte nein, Sir.«

»Nun, ich werde dafür sorgen, daß er *Sie* kennt. Den Umschlag, bitte.«

»Also, Mr. Grimshaw ... Ich habe Anweisungen, ihn nur Captain Hawthorne persönlich zu übergeben.«

»Natürlich. Aber er ist nicht hier, und ich habe sowohl den Captain als auch Mr. Cooke als ... nun, praktisch als unsere Angestellten identifiziert, oder?«

»Ja, Sir. Keine Frage.«

»Gut. Mit Hilfe meiner Londoner Freunde werden Sie es noch weit bringen. Geben Sie mir Ihre Karte, junger Freund.«

»Ich ... ich habe keine Karte, Sir. Ich habe noch keine drucken lassen.«

»Dann schreiben Sie mir Ihren Namen auf eines dieser Anmeldeformulare. Ich werde es dem alten Bascomb zukommen lassen.« Der Angestellte folgte der Aufforderung, und der Fremde, der sich Grimshaw nannte, steckte das Blatt in seine Brieftasche. Er lächelte. »Eines Tages, mein Sohn, wenn ich im Savoy absteige und Sie der Manager dort sind, werden Sie sich mit einem Dutzend Austern revanchieren.«

»Mit Vergnügen, Sir.«

»Den Umschlag, bitte.«

»Natürlich, Mr. Grimshaw!«

Der Mann namens Grimshaw saß in seinem Zimmer, das Telefon in der mit einem Taschentuch umwickelten Hand. »Ich habe alles bekommen«, sagte er zu seinem Gesprächspartner in Miami. »Das ganze Dossier, darunter drei Fotos der Baj. Vermutlich hat sie noch niemand gesehen, da sie sich in einem versiegelten Umschlag befanden. Ich werde sie verbrennen und dann hier verschwinden. Ich habe keine Ahnung, wann Hawthorne oder dieser Mann von MI-6, dieser Cooke auftaucht ... Ja, ich weiß, daß ab sieben Uhr dreißig keine Maschine mehr startet. Was schlagt ihr vor? ... Ein Wasserflugzeug genau südlich von Sebastian's Point? ... Nein, ich finde es schon. Ich bin da. Genau neun Uhr ... Vorher muß ich noch etwas erledigen. Sozusagen eine Frage der Kommunikation. Der Mann, der Hawthornes Nachrichten entgegennimmt, muß eliminiert werden.«

Tyrell stand mit Major Catherine Neilsen und Lieutenant Jackson Poole in der Abfertigungshalle des Flughafens von St. Maarten und wartete auf Sergeant Charles O'Brian, verantwortlich für die Sicherheit der AWACS II.

Der Sergeant stürmte durch die Doppeltür, wandte sich noch einmal zum Rollfeld um und sagte: »Ich bleibe an Bord, Major. Niemand von der Wachmannschaft spricht englisch, und ich schätze es nicht, wenn meine Anordnungen nicht verstanden werden.«

»Charlie, es sind unsere Verbündeten«, sagte Major Neilsen. »Patrick hat die Leute überprüfen lassen, und wir bleiben wahrscheinlich noch bis morgen früh hier. Der Vogel ist völlig sicher da draußen. Komm mit ins Hotel.«

»Das kann ich nicht, Cathy – *Major*.«

»Verdammt, Charlie. Was ist los mit dir?«

»Ich weiß es nicht. Ich habe ein ungutes Gefühl.«

Sonnenuntergang. Dann Dunkelheit. Hawthorne betrachtete die Computer-Printouts, die Lieutenant Poole ihm in dem Hotelzimmer auf den Tisch legte. »Es muß also eine von diesen vier Inseln sein«, sagte Tyrell.

»Wenn wir runtergegangen wären, wie Cathy vorhatte, wüßten wir, welche.«

»Aber damit wären auch die Leute auf der Insel gewarnt worden.«

»Na und ...? Major Neilsen hatte recht. Sie sind ein sturer Hund.«

»Und Cathy?«

»Sie ist das, was wir bei uns in Louisiana eine Wuchtbrumme nennen.«

»Sie scheinen gut mit ihr zurechtzukommen.«

»Warum sollte ich nicht? Sie ist ein erstklassiger Offizier.«

»Sie hält viel von Ihnen, Lieutenant.«

»Ja sicher. Wie von einem schwachsinnigen Bruder, der zufällig weiß, wie man einen Kassettenrekorder bedient.«

»Sie mögen sie sehr, Jackson, nicht wahr?«

»Ich würde mich für sie in Stücke hacken lassen, aber ich weiß, daß ich nicht ihre Klasse bin. Ich bin halt nur ein Techniker. Aber vielleicht, eines Tages ...«

Ein heftiges Klopfen an der Tür unterbrach ihn. »Verdammt noch mal, machen Sie *auf*!« rief Major Catherine Neilsen.

Hawthorne war als erster an der Tür und drehte den Schlüssel um. Catherine stürzte in den Raum. »Sie haben unser Flugzeug in die Luft gejagt! Charlie ist *tot*!«

Der *padrone* legte den Hörer auf; sein hageres, zerfurchtes Gesicht wirkte müde und abgespannt. Wieder hatte sich einer dieser Schwächlinge an ihn gewandt – diesmal ein Mann vom französischen Deuxième –, die von der »Erbschaft« profitieren wollten, die er allen ausgesetzt hatte, die für ihn arbeiteten. Er hielt ständig nach solchen Leuten Ausschau – Leuten, die genügend Einfluß besaßen, um seinen Plänen dienlich zu sein. Wenn er sie erst in der Hand hatte, zeigte er ihnen ein bißchen die Knute und brauchte dann nur noch zuzusehen, wie sie einfach alles für ihn taten, während ihnen der Angstschweiß förmlich in Bächen herunterlief. So war es ihm gelungen, seine Stellung in der Karibik, von Miami bis St. Maarten, zu festigen. Jetzt hatte er die Fotos auf British Gorda in seinen Besitz gebracht, und die Jäger der Baj würden erstmal in Panik geraten, sie würden überall vergeblich suchen – es gab so viele schattige Ecken, in denen jemand lauern konnte. Zumindest in den nächsten drei Stunden würde kein amerikanisches Flugzeug den Luftraum über seiner Insel mehr durchfliegen. Er hatte Zeit genug, sämtliche Empfangsantennen abzuschalten, so daß alle Signale zurück ins Nichts strahlten.

Der alte Mann nahm den Hörer wieder auf, beugte sich vor und drückte eine Reihe von Tasten auf seiner Konsole. Eine flache, metallische Stimme sagte: »Geben Sie Ihren Zugangscode ein.« Der *padrone* drückte abermals fünf Tasten, und nach einem Läuten am anderen Ende der Leitung meldete sich eine Stimme. »Hallo, Karibe. Ich hoffe, Sie wissen, daß Sie mit dieser Übertragung ein großes Risiko eingehen.«

»Nicht mehr, Skorpion Zwei. Die amerikanische Maschine ist vor acht Minuten aus dem Verkehr gezogen worden.«

»Was?«

»Sie wurde auf St. Maarten zerstört. Für mindestens drei Stunden haben wir keine Eindringlinge mehr zu befürchten.«

»Davon haben wir noch nichts gehört.«

»Bleiben Sie an Ihrem Platz, *amico*, die Nachricht wird bald genug bei Ihnen eintreffen.«

»Sie haben vielleicht mehr Zeit, als Sie denken«, sagte der Mann in Washington, D. C. »Die nächste AWACS-Basis ist Andrews.«

»Das ist eine gute Nachricht«, sagte der *padrone*. »Hören Sie, Skorpion Zwei, ich habe eine kleine Bitte an Sie, die ich hier nicht weiter erläutern möchte.«

»Sie brauchen mir nichts zu erläutern, *padrone*. Ich stehe tief in Ihrer Schuld. Dank meiner ›Erbschaft‹ kann ich meinen Kindern eine Ausbildung zukommen lassen, die ich mit meinem Gehalt als Regierungsbeamter nie hätte bezahlen können.«

»Und Ihre Frau, *amico*?«

»Für die ist jeden Tag Weihnachten, und sonntags in der Kirche dankt sie Gott für das, was ein nie vorhanden gewesener reicher Pferdezüchter von Onkel in Irland uns hinterlassen hat.«

»*Molto bene*. Ihr Leben ist also in Ordnung.«

»Jawohl. Und zwar so, wie es eigentlich auch ohne Ihre Hilfe sein sollte. Seit einundzwanzig Jahren mache ich für die hier die Dreckarbeit. Aber für die bin ich ein Nichts. Die finden mich wohl nicht schön genug ... Wenn irgendwelche Verlautbarungen für die Presse veröffentlicht werden, stellt irgendein Trottel *meine* Ergebnisse vor, und mein Name wird nicht einmal erwähnt.«

»*Calma, amico*. Wer zuletzt lacht, lacht am besten.«

»Sie haben recht. Und daß ich das sagen kann, verdanke ich Ihnen.«

»Dann müssen Sie mir jetzt einen Gefallen tun. Es dürfte nicht allzu schwierig sein: In Ihrer Stellung haben Sie doch die Möglichkeit, die Einwanderungs- und Zollbehörden anzuweisen, ein Privatflugzeug einfliegen zu lassen, ohne daß die Pässe der an Bord befindlichen Passagiere kontrolliert werden, nicht wahr?«

»Natürlich. Ich brauche nur den Namen der Fluggesellschaft, der die Maschine gehört, ihr Kennzeichen, den Ort der Einreise und die Anzahl der Passagiere.«

»Die Gesellschaft ist Sunburst Jetlines, Florida. Kennzeichen NC Zwei-Eins BFN. Ort der Einreise Fort Lauderdale. An Bord sind der Pilot, eine Kopilotin und ein einzelner männlicher Passagier.«

»Jemand, den ich kennen müßte?«

»Wir haben keinen Grund, seinen Namen zu verheimlichen – ganz im Gegenteil. In wenigen Tagen wird man ihn überall kennen. Alle Welt, und besonders die Reichen, wird sich darum reißen, ihn als Gast begrüßen zu dürfen. Er möchte sich nur ein paar Tage frei bewegen können, um alte Freunde zu sehen.«

»Wer zum Teufel ist er – der Papst?«

»Nein. Aber es gibt Leute von Palm Beach bis zur Park Avenue, die ihn behandeln werden, als wäre er der Papst.«

»Das bedeutet wahrscheinlich, daß ich nie von ihm gehört habe.«

»Wahrscheinlich nicht. Wir möchten nur, daß er ungehindert den Privatflugplatz in West Palm Beach erreicht, wo seine Limousine ihn erwartet.«

»Wie ist sein Name?«

»Dante Paolo, Sohn des Barons von Ravello. Ravello ist sowohl sein Familienname als auch die Provinz, in der seine Familie seit mehreren Jahrhunderten ansässig ist.« Der *padrone* senkte die Stimme. »Im Vertrauen – er wird darauf vorbereitet, außerordentliche Aufgaben zu übernehmen. Er ist der Sohn einer der reichsten Adelsfamilien Italien.«

»Einer der Oberen Fünfhundert, was?«

»Ja, und dazu ziemlich am Anfang der Liste. In den Weinbergen der Ravellos wächst der beste Greco di Tufo, und was ihre Beteiligungen an Industrie- und Wirtschaftsunternehmen betrifft, so stehen sie denen Giovanni Agnellis nicht nach. Dante Paolo wird sich nach möglichen Anlagen in unserem Lande umsehen und seinem Vater darüber berichten. Alles völlig legal, wie ich hinzufügen möchte.«

»Wozu brauchen Sie mich dann überhaupt? Das Wirtschaftsministerium wird sich den Arsch aufreißen, um Ihrem Megakrösus gefällig zu sein.«

»Natürlich. Aber wenn *wir* ihm alle Unannehmlichkeiten aus dem Wege räumen, wird er sich *uns* verpflichtet fühlen. Tun Sie's für mich, *capisci*?«

»Wird gemacht. Ankunftszeit und Flugzeugtyp?«

»Morgen früh sieben Uhr. Eine Lear 25.«

»Verstanden ... Einen Augenblick! Mein rotes Telefon läutet. Bleiben Sie am Apparat, Karibe.« Eine Minute und sechsundvierzig Sekunden später war der Gesprächspartner des *padrone* wieder in der Leitung. »Sie hatten recht. Wir haben es gerade erfahren. Die AWACS II ist auf St. Maarten mit einem Mann an Bord in die Luft geflogen. Wir stehen in Alarmbereitschaft. Möchten Sie die Situation mit mir besprechen?«

»Es gibt nichts zu besprechen, Skorpion Zwei. Es gibt keine Situation. Die Gefahr ist vorbei. Nach diesem Gespräch blockiere ich alle Übertragungswege. Ich bin verschwunden.«

Eintausendachthundert Meilen nördlich der Festungsinsel schob ein korpulenter Mann mit schütter werdendem Haar über einem fleischigen, sommersprossigen Gesicht seinen Stuhl zurück. Er saß in einem Büro der Central Intelligence Agency in Langley, Virginia. Von der Zigarre in seinem Mund war Asche auf seine kunstseidene Krawatte gefallen. Er blies die Asche fort und stellte das abhörsichere Telefon in die unterste Schublade seines Schreibtischs. Dem unaufmerksamen, ja sogar dem scharf beobachtenden Auge mußte sie nicht als Schublade, sondern als Teil des Schreibtischsockels erscheinen. Er zündete seine Zigarre wieder an. Das Leben war gut zu ihm, richtig gut. Also, was kümmerten ihn die anderen.

8

Der mit einem weißen Laken bedeckte Körper wurde in einem Krankenwagen vom Flugplatz gefahren. Hawthorne hatte darauf bestanden, Major Neilsen und Lieutenant Poole den Anblick zu ersparen, und selber die Leiche identifiziert. Die noch schwelenden Überreste der AWACS sahen aus wie das Skelett eines riesigen Tieres; verbogene schwarze Streben ragten aus dem verkohlten Rumpf, dessen Metallverkleidung sich abgeschält hatte und den Blick ins Innere der Maschine freigab wie in einen geöffneten Brustkorb.

Jackson Poole war weinend zusammengebrochen und übergab sich konvulsivisch in jede stille Ecke, die er finden konnte. Tyrell kniete neben ihm nieder und legte ihm beruhigend die Hand auf die Schulter. Worte konnten hier nicht helfen. Er blickte hinüber zu Catherine Neilsen, Major der Air Force, und sah, daß sie nur mühsam ihre Tränen zurückhielt. Er erhob sich und trat auf sie zu.

»Wissen Sie, es ist völlig okay, wenn Sie weinen«, sagte er leise. »In den Dienstanweisungen steht nicht, daß es verboten ist. Sie haben jemanden verloren, der Ihnen nahestand.«

»Ich weiß«, sagte sie. Sie schluckte die Tränen hinunter, die in ihren Augen aufsteigen wollten, und begann zu zittern. »Ich komme mir so hilflos vor, so unzulänglich.«

»Warum?«

»Ich weiß es nicht. Ich bin für so eine Situation nicht ausgebildet worden. Ich ... ich habe noch nie einen Kampfeinsatz mitgemacht. Mein Gott! Ich habe noch nie jemanden sterben sehen.«

»Das gehört auch nicht zur Flugausbildung.«

»Ich sollte stärker sein, mich stärker *fühlen*.«

»Dann würden Sie sich selbst etwas vormachen und wären ein schlechter Offizier. Niemand hat Vertrauen zu einem Vorgesetzten, der angesichts eines persönlichen Verlustes keine Emotionen zeigt.«

»Es ist meine Schuld, daß Charlie gestorben ist.«

»Nein. Ich war dabei. Er selbst bestand darauf, an Bord zu bleiben.«

»Ich hätte ihm befehlen sollen, mit uns zu kommen.«

»Das haben Sie getan, Major. Es war sein eigener Entschluß.«

»Was?« fragte Catherine Neilsen und blickte Hawthorne an. »Sie versuchen mich zu trösten, nicht wahr?«

»Ich versuche nur, Ihnen klarzumachen, daß Sie keine Schuld an seinem Tod haben. Wenn es meine Absicht wäre, Sie zu trösten, würde ich Sie wahrscheinlich in die Arme nehmen, damit Sie sich an meiner Brust ausweinen können. Aber das tue ich nicht. Denn erstens würden Sie mich später dafür hassen, und zweitens müssen Sie sich dem amerikanischen Generalkonsulat und seinen Leuten stellen. Ich habe dafür gesorgt, daß sie noch am Eingang aufgehalten werden; aber sie berufen sich schon lauthals auf ihre diplomatischen Privilegien und werden bald hier sein. In fünf Minuten schätze ich. Also weinen Sie jetzt, Mädchen, weinen Sie um Charlie, nachher können Sie dann wieder sämtliche Paragraphen der Dienstvorschrift zitieren.«

»*Sie* haben das für mich getan?«

»Ist schon okay. Ich bin in derselben Lage gewesen wie Sie, und niemand hat mich deswegen degradiert.«

»O mein Gott, *Charlie*!« schluchzte Catherine. Sie ließ ihren Kopf auf Hawthornes Brust sinken. Er schloß sie in die Arme. Nach einiger Zeit hob er mit sanfter Bewegung ihr Kinn. »Trocknen Sie sich die Tränen, Cathy. Der Konsul und seine Leute sind im Anmarsch. Ich sehe inzwischen nach Poole. Er scheint wieder auf den Beinen zu sein.« Hawthorne wandte sich zum Gehen, als Catherines Hand ihn zurückhielt. »Was ist?« fragte er.

»Ich weiß nicht«, antwortete sie und schüttelte den Kopf. Der mit einem Wimpel beflaggte Wagen des amerikanischen Konsulats fuhr über das Rollfeld auf sie zu. »Danke, wahrscheinlich wollte ich danke sagen ... Es wird Zeit, meine Pflicht zu tun.«

»Bis gleich, Major.« Tyrell ging zu Jackson Poole, der sich gegen eine Wand lehnte, ein Taschentuch vor dem Mund, das Gesicht von tiefen Falten zerfurcht. »Wie geht's, Lieutenant?«

Poole stemmte sich plötzlich von der Wand ab und packte Hawthorne an den Schultergurten seines Overalls. »Was geht hier eigentlich vor, verdammt noch mal?« rief er. »Sie haben Charlie umgebracht, Sie Scheißkerl!«

»Nein, Poole«, sagte Tyrell, ohne den Versuch zu machen, Pooles Hände abzuschütteln. »Das haben andere getan, nicht ich.«

»Sie haben gesagt, daß mein Kumpel Ihnen auf die Nerven geht.«

»Das hatte nichts mit seinem Tod zu tun, und das wissen Sie.«

»Ja, das weiß ich wohl«, sagte Poole und löste seinen Griff. »Aber bevor Sie hier auftauchten, gab es nur Cathy, Sal, Charlie und mich, und wir waren ein fantastisches Team. Jetzt ist Charlie tot, und Sal ist verschwunden. Und die big Lady ist ein Haufen Schrott.«

»Die Big Lady?«

»Unsere AWACS. Wir haben sie nach Cathy benannt ... Warum mußten Sie sich in unser Leben mischen?«

»Das war nicht meine Absicht. Tatsächlich haben Sie sich in *mein* Leben gemischt. Ich wußte nicht einmal, daß es Sie gab.«

»Na ja, alles ist so verdammt durcheinander, daß ich mich nicht mehr zurechtfinde. Und ich verliere sonst nicht so leicht die Übersicht, das kann ich Ihnen versichern.«

»Nicht, wenn es um Computer und Laserstrahlen und Zugangskodes und dieses ganze Zeugs geht, von dem wir Laien nichts verstehen«, sagte Hawthorne scharf. »Aber ich kann *Ihnen* versichern, Lieutenant: Es gibt noch eine andere Welt. Man nennt sie die Welt der Menschen, und sie hat nichts mit Ihrem elektronischen Zauberkram zu tun. Das ist die Welt, mit der Leute wie ich sich seit Jahren herumschlagen mußten – nicht mit mathematischen Zeichen auf einem Computer-Printout, sondern mit Männern und Frauen, die unsere Freunde sein können, aber genauso gut auch Feinde, die uns töten wollen. Bringen Sie das mal in Ihre Gleichungen!«

Der Lieutenant senkte den Kopf. Dann sagte er: »Okay, Hawthorne, beruhigen Sie sich.« Der Wagen des Konsulats wendete und verließ das Rollfeld. »Cathy hat ihr Gespräch beendet. Sie sieht nicht gerade glücklich aus.«

Major Neilsen trat mit gerunzelter Stirn auf sie zu. »Sie fahren zurück in ihre Büros, um weitere Instruktionen einzuholen«, sagte sie. Dann blickte sie den ehemaligen Geheimdienst-Offizier an. »Was ist das für eine Bredouille, in die Sie uns da gebracht haben, Hawthorne?«

»Ich wünschte, ich wüßte es, Major. Ich weiß nur, daß es mehr ist, als ich ahnte. Der heutige Abend hat es bewiesen. Charlie hat es bewiesen.«

»Ach, *Charlie* …«

»Hören Sie auf, Cathy«, sagte Jackson Poole, jetzt mit fester Stimme. »Es gibt viel für uns zu tun, und ich möchte mich an die Arbeit machen. Bei Gott, das sind wir Charlie schuldig.«

Es war keine leichte Entscheidung, die auf dem Luftwaffenstützpunkt Cocoa in Florida von den Vertretern des Marineministeriums, der Central Intelligence Agency und des Weißen Hauses gefällt wurde. Der Sabotageanschlag auf die AWACS II sollte geheimgehalten werden; der Presse wurde mitgeteilt, daß ein auf französischem Territorium notgelandetes Schulungsflugzeug der Patrick Air Base infolge einer defekten Ölleitung explodiert sei. Glücklicherweise waren keine Menschenleben zu beklagen. Verwandte des unverheirateten Sergeant Charles O'Brian wurden nach Washington geflogen und vom Direktor der Central Intelligence Agency entsprechend instruiert.

Die Suche nach den Attentätern, unter dem Kodenamen ›Little Girl Blood‹, erhielt absolute Priorität. Jeder Auslandsflug wurde strengsten Kontrollen unterworfen; Passagiere wurden am Weiterflug gehindert und zum Teil stundenlang aufgehalten, während Experten ihre Papiere prüften. Die Zahl der aufgehaltenen Passagiere ging in die Hunderte, dann in die Tausende. Die *New York Times* sprach von einer ›extremen Belästigung ohne ersichtlichen Grund‹, während die *International Herald Tribune* titelte: ›Willkür oder Verfolgungswahn? Nicht eine einzige Waffe gefunden!‹ Kein Kommentar aus London, Paris oder Washington. Selbst die Kontrollmannschaften waren nicht eingeweiht. Den Namen Bajaratt bekamen sie nicht ein einziges Mal zu hören. Sie wußten nur, daß sie nach einer Frau in

Begleitung eines jungen Mannes unter zwanzig suchen sollten. Nationalität unbekannt.

Und während die Suche auf Hochtouren lief, landete die Lear 25 unbehelligt in Fort Lauderdale. Der Pilot war ein Mann, der die Route hundertmal geflogen war, die Kopilotin eine ehemals dem Israelischen Luftkommando angehörige Frau, deren dunkle Haare von einer Schirmmütze verdeckt wurden. Hinter ihnen saß ein großgewachsener junger Mann. Sie wurden von einem freundlichen Zollbeamten in Empfang genommen, der sie auf italienisch begrüßte und ihnen ihre Einwanderungspapiere aushändigte. Amaya Bajaratt und Niccolò Montavi aus Portici hatten amerikanischen Boden betreten.

»Ich habe keine Ahnung, wieso Sie über so gute Beziehungen verfügen«, sagte Jackson Poole, als er das Hotelzimmer auf St. Maarten betrat, wo Hawthorne und Catherine Neilsen die Printouts des Lieutenant studierten. »Aber sämtliche Untersuchungen sind bereits wieder eingestellt worden, und dieser Yankee, Major, kann weiterhin über uns verfügen – ob mit oder ohne unsere Einwilligung.«

»Ich besitze auch ein Sklavenschiff«, sagte Tyrell und wandte sich wieder den Karten auf dem Tisch zu.

»Drücken Sie sich deutlicher aus, Lieutenant.«

»Wir sind ihm unterstellt, Cath. Wir haben Befehl, keinen hiesigen Piloten einzusetzen, da jemand von *hier* die Big Lady in die Luft gejagt haben muß und die näheren Umstände noch ungeklärt sind. Und mit deiner Lizenz für Wasserflugzeuge bist du gleich wieder drin im Spiel, Cath. Und weil mich dieser alte Knacker mit meinen jugendlichen Kräften wahrscheinlich auch noch irgendwie gebrauchen kann, hat Patrick einfach resigniert und gesagt: ›Gebt es ihm – was immer er will.‹«

»Möchten Sie dem noch etwas hinzufügen?« fragte Hawthorne und beugte sich über den Tisch. »Soll ich mir vielleicht einen Gehstock und eine Flasche Biovital besorgen?«

»Schluß jetzt«, unterbrach Catherine Neilsen. »Wir sind längst nicht mehr hier, weil uns jemand gezwungen hat, sondern weil wir es selbst so wollen. Für Charlie. Also, was ist unser nächstes Ziel, Tye?«

»Ich kenne diese Inseln. Es sind vulkanische Atolle, die nur aus Felsen und Strand bestehen. Völlig leer.«

»Eine von ihnen nicht«, widersprach Poole. »Sie können sich auf meine Computer verlassen.«

»In Ordnung«, sagte Hawthorne. »Also müssen wir sie uns einmal näher anschauen. Wir bekommen von den Franzosen ein Wasserflugzeug – mit zwei leise laufenden Motoren – und treffen uns heute abend mit einem britischen Hovercraft aus Gorda, das fünf Meilen südlich der südlichsten Insel ein Mini-Tauchboot absetzt – gerade groß genug, um zwei Mann aufnehmen zu können.«

»Zwei Mann?« rief Major Neilsen. »Und was mache *ich*?«

»Sie bleiben bei dem Flugzeug und dem Luftkissenfahrzeug.«

»Den Teufel werde ich! Sagen Sie den Briten, sie sollen einen Piloten mitschicken ... Charlie war wie ein älterer Bruder für mich. Ich gehe mit euch. Außerdem brauchen Sie mich.«

»Darf ich fragen wieso?«

»Natürlich. Was wollen Sie mit dem Tauchboot machen, wenn Sie mit Jackson auf diese Insel gehen? Es im Schlamm versinken lassen?«

»Nein. Wir verstecken es am Strand.«

»Angesichts der Alternative, die sich bietet, ist das eine schlechte Lösung. Falls es die Insel überhaupt gibt, die Sie zu finden hoffen ...«

»Es gibt sie«, unterbrach Poole. »Auf meine Elektronik ist Verlaß.«

»Also gut«, räumte Cathy ein. »Doch so eine Insel dürfte äußerst gut geschützt sein. Es ist wirklich ein Leichtes, eine kleine Küste mit elektronischen Detektoren zu bestücken. Stimmen Sie mir zu, Jackson?«

»Ja, Cath.«

»Es wäre doch wesentlich klüger, vor der Küste aufzutauchen und euch dort abzusetzen. Dann könnt ihr an der Stelle an Land schwimmen, wo es am ungefährlichsten ist.«

»Sie überschätzen die technischen Ressourcen einer kleinen, von nur wenigen Menschen bewohnten Insel.«

»Ich weiß nicht recht, Tye«, sagte der Lieutenant. »Cathy hat recht. Ich könnte so ein computerisiertes Sicherheitssystem mit einem PC, einem Dreihundert-Dollar-Generator und zwei Dutzend Sensoren aufbauen.«

»Machen sie Witze?« Tyrell blickte Poole an.

»Also, ich erklär Ihnen das mal ganz langsam zum Mitschreiben«, erwiderte Poole. »Vor zehn, zwölf Jahren, als ich ein Teenager war, hat mein Vater sich einen Videorekorder mit Fernbedienung angeschafft. Aber er ist mit all den Zahlen und Symbolen und Tasten nicht zurechtgekommen und hat geflucht wie ein Rohrspatz, vor allem wenn er wieder mal ein Baseball-Spiel aufzeichnen wollte, und das verdammte Ding spurte einfach nicht. Und mein Vater war nicht dumm, ein ausgefuchster Anwalt.«

»Hat dieser Schwank aus Ihrer Jugend auch eine Point?« fragte Hawthorne.

»Klar«, antwortete Poole. »Mein Vater war ein fortschrittlicher Mann, hat sich für die Schwarzen eingesetzt und alles. Er haßte das Ding, weil er sich einfach nicht an diese High-Tech gewöhnen konnte. Er hatte Angst davor. Sie war nicht menschlich.«

»Worauf zum Teufel wollen Sie hinaus, Lieutenant?«

»Ich will damit sagen, daß man mit sowas problemlos zurechtkommt, wenn man wie meine kleine Schwester und ich mit PC's, Computern und Videospielen aufgewachsen sind. Wir haben nicht die geringsten Schwierigkeiten mit den Tasten und Symbolen. Meine Schwester ist jetzt Programmiererin in Silicon Valley und scheffelt mehr Geld, als ich je verdienen werde. Dafür arbeite ich mit Geräten, um die mich jeder Freak beneiden würde. – Also wirklich, so eine Insel elektronisch abzuschirmen ist keine große Sache, aber für uns könnte das ausgesprochen ungemütlich werden.«

»Wenn ich Ihnen langen Sermon richtig verstehe, meinen Sie also, daß ich Cathys Vorschlag zustimmen sollte, oder?«

»Hören Sie, Tye. Diese Lady kann eine enorme Hilfe für uns sein.«

»Kann sie ein Tauchboot fahren?«

»Ich fahre alles, was sich fahren läßt«, sagte Major Neilsen. »Geben Sie mir eine Stunde Zeit, mich mit den Bedienungselementen vertraut zu machen, und ich bringe Sie von A nach B und halte zwischendurch noch fünfundzwanzigmal an.«

»Bescheiden sind Sie nicht gerade.«

»Tye, ich bin nicht schwachsinnig. Wenn Sie mich auffordern würden, Sie und Jackson auf die Insel zu begleiten, müßte ich es ablehnen. Nicht etwa weil ich feige bin, sondern weil ich für eine solche Aufgabe nicht ausgebildet bin. Aber in diesem Tauchboot könnte ich Ihnen von Nutzen sein. Wir bleiben in Funkkontakt, und ich bin jederzeit dort, wo Sie mich haben wollen. Ich kann Sie unterstützen, falls Sie in Schwierigkeiten kommen.«

»Ist sie immer so logisch, Jackson?«

Bevor Poole antworten konnte, läutete das Telefon; und da er am nächsten stand, nahm er den Hörer ab. »Ja?« meldete er sich vorsichtig. Dann wandte er sich an Hawthorne. »Ein Mann namens Cooke will Sie sprechen.«

»Das wird auch Zeit!« Tyrell nahm dem Lieutenant den Hörer ab. »Wo zum Teufel hast du gesteckt?« fragte er.

»Dasselbe könnte ich dich fragen«, sagte die Stimme aus Virgin Gorda. »Wir sind gerade zurückgekommen und haben keine Nachricht von dir vorgefunden. Außerdem hat man uns bestohlen.«

»Wovon redest du da?«

»Ich mußte diesen Stevens anrufen, um zu erfahren, wo du bist.«

»Hast du nicht bei Marty nachgefragt?«

»Marty ist fort, zusammen mit seinem Freund Mickey. Sie sind einfach verschwunden, alter Junge.«

»Verdammte Scheiße!« brüllte Hawthorne. »Was ist gestohlen worden?«

»Der Umschlag, den ich für dich hinterlegt hatte! Alles weg – unser ganzes Informationsmaterial.«

»Um Gottes willen!«

»Es muß in falsche Hände geraten sein, da ...«

»Es ist mir scheißegal, in welche Hände es geraten ist. Ich möchte wissen, wo Marty und Mickey sind! Sie verschwinden nicht einfach, ohne uns eine Nachricht zu hinterlassen – Weiß bei Euch da drüben denn überhaupt noch irgend jemand irgend etwas?«

»Offensichtlich nicht. Ich habe gehört, daß ein Kerl, den sie Old Ridgeley nennen, in die Werkstatt gegangen ist, wo die beiden an seinem Motor arbeiteten. Als er kam, war der Motor ordentlich auseinandergenommen; aber niemand war da.«

»Das stinkt!« rief Hawthorne. »Es sind Freunde von mir. Zum Teufel, in was habe ich sie da hineingezogen?«

»Es kommt noch schlimmer«, sagte Cooke. »Der Angestellte, der den Umschlag in Verwahrung hatte, behauptet, daß er ihn einem ›Gentleman‹ namens Grimshaw ausgehändigt habe, der jeden von uns kannte. Er wartete mit einer Geschichte von einer Yacht auf, die sein Club in San Diego kaufen wollte. Klang ganz überzeugend. Unglücklicherweise hat der junge Mann ihm die Geschichte abgenommen.«

»Sorg dafür, daß er sofort gefeuert wird.«

»Er ist bereits selbst gegangen, alter Junge, beim ersten Räuspern von Kritik. Er behauptete, man habe ihm eine Stellung bei Savoy in London versprochen, er hätte sowieso genug von dieser Hinterwäldlerinsel. Er hat den letzten Flug nach Puerto Rico genommen – offensichtlich in der Hoffnung, mit derselben Maschine nach London fliegen zu können wie dieser Grimshaw. Dann nämlich, hat er dem Hotelmanager hier noch gesagt, würde es wohl nicht mehr lange dauern, bis er seinen Job loswäre.«

»Laß sofort die Passagierlisten aller Flüge überprüfen, die ...« Tyrell unterbrach sich und atmete hörbar schwer. »Das hast du bereits getan, nicht?«

»Natürlich.«

»Kein Grimshaw«, sagte Hawthorne.

»Kein Grimshaw«, bestätigte Cooke.

»Und er ist bestimmt nicht mehr im Club?«

»Sein Zimmer ist makellos aufgeräumt. Keine Fingerabdrücke. Das Telefon sauber abgewischt, genau wie die Türgriffe.«

»Ein Profi ... Verdammte Scheiße!«

»Was geschehen ist, ist geschehen. Es hat keinen Zweck, sich damit aufzuhalten, Tye.«

»Du kannst deinen Arsch darauf wetten, daß ich mich so lange damit aufhalten werde, bis ich weiß, was mit Marty und Mickey passiert ist.«

»Wir haben das Hovercraft der britischen Marine rausgeschickt ... Warte einen Augenblick, Tyrell. Jacques ist gerade hereingekommen. Er hat mir etwas mitzuteilen. Bleib am Apparat!«

»In Ordnung«, sagte Hawthorne und hielt die Hand über den Hörer. Dann wandte er sich an Catherine Neilsen und Jackson Poole. »Wir haben Probleme auf Gorda«, erläuterte er. »Ein guter Freund von mir, den ich als Kontaktmann eingesetzt hatte, ist mit seinem Partner, ebenfalls ein Freund von mir, verschwunden. Außerdem das ganze Material, das wir über diese *Schlampe* zusammengetragen haben.«

Major Neilsen und Poole sahen einander an. Keiner von ihnen verstand, wovon er redete.

»Geoff, bist du noch da?« rief Hawthorne in den Apparat, beunruhigt über das lange Schweigen. Schließlich meldete sich Cookes Stimme wieder.

»Tut mir schrecklich leid, was ich dir jetzt sagen muß, Tyrell«, sagte er leise. »Ein Patrouillenboot hat die Leiche von Michael Simms etwa neunhundert Meter vor der Küste aus dem Meer gefischt. Mit einer Kugel im Kopf.«

»O mein Gott!« sagte Hawthorne. »Wie ist er dort hingekommen?«

»Nach den bisherigen Ermittlungen wurde er erschossen und in ein Motorboot gelegt, das mit eigener Kraft ins offene Meer fuhr. Man nimmt an, daß seine Leiche über Bord hing und durch eine Welle ins Meer gespült wurde.«

»Das heißt, daß wir Marty nie finden werden – es sei denn, jemand stößt irgendwo auf das mit leerem Tank im Wasser treibende Motorboot.«

»Bei der britischen Marine ist man derselben Ansicht. Wir haben Befehl aus London und Washington, alles geheimzuhalten.«

»Verdammt. Ich habe die beiden in diese Scheiße gebracht. Sie sind als Helden aus dem Krieg zurückgekommen, und jetzt werden sie hier wegen so einem Pipifax umgebracht?«

»Entschuldige, Tye, aber Pipifax ist wohl nicht ganz das richtige Wort. Alles, das Massaker in Miami, was du selbst auf Saba erlebt hast, dieses Flugzeugunglück auf St. Maarten – alles zeigt, daß diese Frau, diese *Leute* über Ressourcen verfügen, die alles übersteigen, was wir uns vorgestellt haben.«

»Ich weiß«, sagte Hawthorne. »Hat Stevens dich über unsere Pläne hier unterrichtet?«

»Ja. Und offen gestanden, Tyrell, ich habe meine Zweifel, ob du der Sache gewachsen bist. Ich meine, du bist seit einigen Jahren nicht mehr im Geschäft und …«

»Was zum Teufel soll das heißen?« unterbrach ihn Hawthorne ärgerlich. »Ich will dir mal etwas sagen, Cooke – ich bin vierzig Jahre alt und …«

»Zweiundvierzig«, flüsterte Catherine Neilsen. »Das Dossier …«

»*Klappe halten!* … Nein, nicht du, Geoff. Die Antwort ist ja, ich bin der Sache gewachsen. Wir brechen in einer Stunde auf und haben noch viel zu tun. Ich rufe dich später an. Wer ist dein Kontaktmann?«

»Der Manager?« schlug Cooke vor.

»Nein, er ist zu beschäftigt … Frag Roger, den Barkeeper. Er ist ideal.«

»Ach ja, der Schwarze mit der Kanone. Eine gute Idee.«

»Wir bleiben in Verbindung«, sagte Tyrell und legte auf. Dann wandte er sich an Major Neilsen. »Vielleicht habe ich mich mit meinem Alter geirrt, aber ich habe mich nicht geirrt, als ich sagte, daß das Tauchboot für zwei Personen ausgelegt ist. Nicht für drei oder vier, sondern für zwei. Selbst wenn ich wollte, hätte ich keinen Platz für Sie.«

»Das Boot ist in der letzten Zeit leicht verändert worden, Commander Hawthorne«, erwiderte Major Neilsen. »Hinter dem Rücksitz befindet sich ein Abschnitt zur Aufnahme eines aufblasbaren PVC-Rettungsfloßes und einer Notverpflegungsration für fünf Tage. Ich schlage vor, daß wir den Raum benutzen, um für mich Platz zu schaffen.«

»Woher wissen Sie so gut über Tauchboote Bescheid?«

»Sie war mit einem Kerl aus der Navy befreundet, der in Pensacola auf einem dieser Boote ausgebildet wurde«, sagte der Lieutenant. »Sal und Charlie und ich waren heilfroh, als sie ihn zum Teufel schickte. Ein furchtbar arroganter Fatzke.«

»Bitte, Jackson, das steht jetzt nicht zur Debatte.«

»Aber Dossiers, was?« fragte Hawthorne.

»Das war militärische Gründlichkeit.«

»Und Sie graben wohl alles aus, und wenn es aus der Zeit der Unabhängigkeitskriege stammt ... Okay, vergessen wir's.« Hawthorne trat an den mit Papieren bedeckten Tisch. »Wir können uns mit dem Hovercraft bis auf etwa eine Meile an die erste Insel heranschleichen, natürlich bei Nacht, nur mit Radar. Nun, schauen wir uns dies einmal an.« Hawthorne wies auf die Unterlagen, die von Washington über Fax eingetroffen waren und alles enthielten, was über das Atoll bekannt war. Darunter befanden sich auch einige veraltete Seekarten mit Markierungen der unter der Wasseroberfläche liegenden Riffe und Felsen. »Hier im äußeren Riff ist ein Durchlaß«, sagte er und wies auf eine der Karten.

»Können wir den nicht mit der Sonaranlage orten?« fragte Poole.

»Nur wenn wir auf Tauchfahrt sind«, antwortete Tyrell. »Nicht, wenn wir auftauchen. Die Sonarstrahlen erfassen Hindernisse nur in einem spitzen Winkel.«

»Darf ich einen Vorschlag machen?« fragte Major Neilsen.

»Bitte.«

»Wenn wir bei einem Blindflug auf eine massive Wolkendecke stoßen, gehen wir so tief wie möglich herunter; unsere Instrumente arbeiten dann mit maximaler Sichtweite. Warum kehren wir den Vorgang nicht einfach um? Wir gehen so hoch wie möglich. Dann können wir außerdem noch das Weitwinkel-Periskop benutzen. Und wenn wir die Geschwindigkeit so weit wie möglich drosseln, kann nicht viel passieren, falls wir trotzdem gegen ein Riff laufen.«

»Das leuchtet ein«, sagte Poole. »Cathy hat recht.«

»Hoffen wir's!« sagte Hawthorne.

9

Der barone-cadetto di Ravello hatte sich in dem schäbigen Motel in West Palm Beach als Bauarbeiter eintragen lassen – in Begleitung seiner Tante, einer Hausangestellten aus Lake Worth, die ihrem Neffen half, sich in der Neuen Welt zurechtzufinden.

Am nächsten Morgen um neun Uhr dreißig schlenderten jedoch sowohl die ›Tante‹ als auch der ›Neffe‹ über die Worth Avenue von Palm Beach, um nur die alleredelsten Kleidungsstücke in den teuersten Geschäften dieser exklusiven Prachtstraße einzukaufen. Und schon begannen sich die Gerüchte zu verbreiten: Er ist ein italienischer Baron, aus Ravello heißt es – aber psst! Es darf niemand wissen. Er wird *barone-cadetto* genannt; das ist der erste Sohn, der zukünftige Träger des Titels. Und seine Tante ist eine *contessa*, eine echte Gräfin. Sie kaufen nur das Feinste vom Feinen! Sein ganzes Gepäck ist auf einem Alitalia-Flug verlorengegangen. Ist es denn zu glauben?

Natürlich glaubte es jeder in der Worth Avenue, da die Ladenkassen klingelten und die Ladenbesitzer die Zeitungen in Palm Beach und Miami anriefen, um sich ihre kleine Indiskretion durch eine vorteilhafte Erwähnung ihrer Luxus-Geschäfte bezahlen zu lassen.

Um neun Uhr abends war das Zimmer im Motel voll von Einkaufstaschen und Louis-Vitton-Koffern. Die Bajaratt befreite sich von den unförmigen Röcken und Unterröcken und ließ sich auf das Doppelbett fallen. »Ich bin völlig erledigt!« sagte sie.

»*Ich* nicht!« Niccolò befand sich in Hochstimmung. »Ich bin noch nie so zuvorkommend behandelt worden. Es ist *magnifico*!«

»Das ist erst der Anfang, Nico. Morgen ziehen wir in ein Luxushotel; es ist alles schon arrangiert. Nun laß mich in Ruhe. Ich muß nachdenken.«

»Du denkst nach, Signora, während ich ein Glas Wein trinken werde.«

»Übertreib es nicht. Wir haben morgen einen schweren Tag vor uns.«

»*Naturalmente*«, sagte der Junge. »Ich beschäftige mich weiter mit diesen Papieren. Schließlich muß ich wissen, wer ich bin, wenn ich als *barone-cadetto* auftreten will, nicht?«

Zehn Minuten später war die Baj eingeschlafen. Niccoló lag auf dem Sofa, blickte von den Papieren auf, die seine neue Identität bestätigten, und hob sein Glas. »Auf dich, Sta. Cabrini«, sagte er leise. »Und auf dich, Baron.«

Es war 23 Uhr 15, der nächtliche Himmel klar, der karibische Mond hell. Seine Strahlen tanzten auf den dunklen Wellen. Das Wasserflugzeug aus Virgin Gorda hatte um 22 Uhr 05 neben dem Hovercraft aufgesetzt. Inzwischen hatten die drei Amerikaner die Neoprenanzüge angezogen, die ihnen von den Briten zur Verfügung gestellt worden waren, hatten ihre Pistolen am Gürtel befestigt und die Leuchtkugelmunition, die Nachtferngläser und Funksprechgeräte in wasserdichten Beuteln verpackt. Major Neilsen war von einem jungen britischen Sergeant in der Bedienung des Tauchbootes unterwiesen worden. Zunächst hatte er darauf bestanden, an der Patrouille teilzunehmen – kein Mensch konnte von ihm verlangen, sein Bett einfach einer amerikanischen Pilotin zu überlassen, einer Frau. Niemand! – und seinen Widerstand erst aufgegeben, als Catherine ihn beiseite zog und eindringlich auf ihn einredete. Dann hatte er sich als hervorragender Lehrer erwiesen und war jetzt, eine Stunde später, sichtlich stolz auf seine Schülerin.

»Ich möchte nicht wissen, was Sie ihm alles versprochen haben«, sagte Tyrell, als die Pilotin nach einer letzten Übungsfahrt an Deck kletterte.

»Ich hab' ihm die Wahrheit gesagt – alles über Charlie, und daß ich ihm das irgendwie schuldig sei. Ich habe mich wohl recht überzeugend angehört.«

»Darauf möchte ich wetten.«

»Ich hab' ihm auch klargemacht, daß ich sofort aussteigen würde, wenn ich das Gefühl hätte, der Sache nicht gewachsen zu sein. Ich will schließlich nicht noch einmal zwei Menschenleben aufs Spiel setzen.«

»Ich glaube Ihnen, Major«, sagte Hawthorne nachdrücklich. »Wir haben die erste Insel erreicht. Gibt es noch etwas, was Sie dem Piloten aus Gorda mitteilen wollen, der das Wasserflugzeug übernimmt? Über die Maschine, meine ich.«

»Er sitzt unten im Bereitschaftsraum. Er darf uns nicht sehen, und wir dürfen ihn nicht sehen. Ich werde ihm eine kurze Anweisung zukommen lassen. Das linke Querruder ist etwas schwergängig. Nichts weiter Aufregendes. Er würde es wohl auch schnell genug selber merken.«

»Wir sind soweit«, sagte Poole, der über das Achterdeck auf sie zukam. »Der Captain sagt, daß er das Tauchboot jetzt an Deck hievt. Wir sollen unsere Sitzpositionen einnehmen, damit er noch einmal die Trimmung überprüfen kann.«

»Jetzt schon?« fragte Catherine.

»Wir haben nicht mehr viel Zeit, Cathy. Wir sind in zwanzig Minuten am Einsatzort.«

»*Sir!* Major Neilsens Fahrlehrer trat aus dem Schatten und nahm Haltung an. »*Sir!* Ich kann nicht zulassen, daß Sie selber das Steuer übernehmen. Wie ich höre, sind Sie zu lange aus der Übung, um über die neuesten technischen Entwicklungen informiert zu sein. Die Lady hier wird das Bordkommando übernehmen, *Sir!* Tut mir leid, *Sir!*, aber die Regierung ihrer Majestät hat immerhin fast eine halbe Million Pfund für dieses Boot bezahlt.«

»Ist ja schon gut, aber lassen Sie bloß endlich dieses ›Sir‹«, sagte Tyrell. Dann fiel sein Blick auf Catherine. »Sie haben mich reingelegt.«

»Sie werden sehen, Tye«, sagte sie. »Es ist besser so.«

»Warum sollte es besser sein?« fragte Hawthorne.

»Weil Sie sich auf das konzentrieren können, was Sie suchen, und sich nicht um die Navigation zu kümmern brauchen.«

Tyrell blickte sie an, sah in ihre großen graugrünen Augen, die Augen eines kleinen Mädchens in dem attraktiven Gesicht einer erwachsenen Frau. Er lächelte. »Haben Sie immer auf alles eine Antwort?«

Poole hatte sich während dieser kurzen Unterhaltung einige Schritte entfernt und schloß sich ihnen jetzt mit einem freundlich-verlegenen Grinsen wieder an. »Sagen Sie nicht wieder ›mein Liebling‹ zu ihm!« bat der Commander.

»Ach, das!« sagte Catherine lachend. »Ich werde Ihnen eines Tages erzählen, wie es dazu kam. Vielleicht nennen Sie ihn dann selbst so.« Ihre Augen verschleierten sich plötzlich. »Es war Sals und Charlies Idee.«

»Was?«

»Vergessen Sie's«, erwiderte Cathy. Ihre Augen waren wieder klar. »Es ist halt nur ein Ausdruck.«

»*Sir!*« Der britische Sergeant war aus dem Schatten der Vorschiffsaufbauten aufgetaucht. »Das Boot kann zu Wasser gelassen werden.«

»Also los!«

Die erste Insel glich einer Geröllhalde. Sie waren in das innere Riff eingedrungen und aufgetaucht. Vor ihnen lagen zerklüftete, von einer spärlichen Vegetation bewachsene Felsen und ein breiter, von der Sonne ausgedörrter Strand.

»Weiter!« befahl Tyrell der vor ihm sitzenden Pilotin. »Nehmen Sie Kurs auf Nummer Zwei. Sie muß weniger als eine Meile Ostsüdost liegen, wenn ich mich nicht irre.«

»Sie irren sich nicht«, sagte Catherine. »Ich habe die Karte vor mir. Schließen Sie die Luke. Wir tauchen.«

Die zweite Insel erwies sich als eine nackte Felsformation, auf der nicht der mindeste Pflanzenwuchs zu entdecken war – eine vulkanische Aberration, bar jeden Lebens. Das Tauchboot näherte sich der dritten Insel, vier Meilen nördlich der zweiten – anscheinend eine isolierte, den Elementen preisgegebene Landmasse. Da und dort war eine zwergwüchsige, von den jüngsten Stürmen zu Boden gedrückte Palme zu erkennen. Sie standen bereits im Begriff, nach Osten abzudrehen, als Hawthorne, der den Bildschirm vor Major Neilsen beobachtete, ihr die Hand auf die Schulter legte.

»Halt, Cathy«, sagte er leise. »Volle Kraft zurück! Neunzig Grad Backbord!«

»Warum?«

»Hier stimmt etwas nicht. Die Radarstrahlen werden zurückgeworfen. *Tauchen!*«

»Warum?«

»Tun Sie, was ich Ihnen sage.«

»Natürlich. Aber ich möchte wissen weshalb.«

»Ich auch«, sagte Poole, der hinter Hawthorne saß.

»Ruhe!« Tyrell starrte abwechselnd auf den Bildschirm und die Radaranzeige. »Fahren Sie das Sehrohr weiter aus.«

»Okay.«

»Das *ist* es«, sagte Hawthorne. »Ihre Computer hatten recht, Poole. Wir haben es!«

»Was?«

»Eine Mauer. Eine von Menschen errichtete Mauer, wahrscheinlich mit Stahlstreben verstärkt. Sie wirft die Radarstrahlen zurück.«

»Was machen wir jetzt?«

»Umkreisen Sie die Insel.«

So flach im Wasser liegend wie möglich, fuhren sie langsam um die Insel herum und tasteten mit dem Radar jeden Meter der Küste ab. Poole drängte sich, ein Nachtfernglas vor den Augen, in die offene Luke.

»Donnerwetter«, sagte er. »Sie haben überall Detektoren, alle zehn bis fünfzehn Meter, schätze ich. Seriell geschaltet, ohne Frage.«

»Beschreiben Sie, was Sie sehen«, sagte Hawthorne.

»Sie sehen wie kleine Glasreflektoren aus – einige in den Palmen, andere auf im Boden versenkten Pfählen. Die auf den Palmen sind durch schwarze und grüne Drähte miteinander verbunden. Die Drahtverbindungen der Pfähle kann ich nicht erkennen.«

»Die könnten Sie wahrscheinlich nicht mal sehen, wenn Sie direkt davorstünden. Sie liegen mindestens einen Meter unter dem Boden«, sagte Hawthorne, »seriell miteinander verbunden. Damit hatten Sie recht. Sie führen zu Batterien über oder unter dem Boden.«

»Wozu das?«

»Es ist eine Triggerschaltung. Ein Auslösestromkreis, wenn Ihnen das mehr sagt. Und nun kommt der Teil, der Ihnen besonders gefallen wird, Poole: Ein mit den Detektoren verbundener Computer mißt die Dichte oder die Masse eines sich nähernden Objektes – damit keine Vögel oder kleinen Tiere Alarm auslösen.«

»Sie setzen mich in Erstaunen, Tye.«

»So was gab's schon, als Sie noch Ihre Videospiele spielten.«

»Wie kommen wir da durch?«

»Wir kriechen. Kein Problem ... *Halt*, Major!« Catherine Neilsen sah von ihrem Amaturenbrett auf. »Da ist wieder die Bucht mit der Mauer.«

»Soll ich näher heranfahren?«

»Um Himmels wissen, nein. Nehmen Sie Westkurs. Noch etwa eine Viertelmeile ...«

»Und dann?«

»Dann steige ich mit Ihrem ›Liebling‹ aus ... Setzen Sie sich wieder, Poole. Überprüfen Sie Ihre Ausrüstung.«
»Okay, Commander. Zu Befehl«, sagte Poole.

Das Telefon läutete. Die Bajaratt schreckte aus dem Schlaf hoch und griff instinktiv nach der Automatik unter dem Kopfkissen. Sie setzte sich auf, hielt den Atem an. Niemand wußte, wo sie war! Nachdem sie den Flugplatz verlassen hatte, hatte sie nacheinander drei Taxis genommen, um ins Motel zu fahren – die ersten beiden in ihrer Verkleidung als ehemalige Angehörige der israelischen Luftwaffe, das dritte in ihrer Rolle als ungepflegte alte Vettel, die nur gebrochen Englisch sprach. Wer also konnte wissen, wo sie war? Das Telefon begann wieder zu läuten. Sie blickte auf Niccoló, der neben ihr lag. Er schlief fest; sein Atem roch nach Wein.

Sie nahm den Hörer ab. »Ja?« Die rot fluoreszierenden Zahlen des Radioweckers auf dem Nachttisch zeigten 1 Uhr 35 an.

»Tut mir leid, daß ich Sie aufgeweckt habe«, sagte eine sympathische männliche Stimme. »Aber wir sind angewiesen worden, Sie zu unterstützen, und ich muß Ihnen etwas mitteilen, was Sie interessieren dürfte.«

»Wer sind Sie?«

»Namen spielen keine Rolle. Vielleicht genügt es, wenn ich Ihnen sage, daß wir einem alten, kranken Mann in der Karibik verpflichtet sind.«

»Wie haben Sie mich hier gefunden?«

»Ich habe gewußt, nach wem ich zu suchen hatte ... Wir sind uns kurz bei den Zollformalitäten in Fort Lauderdale begegnet, aber das ist nicht wichtig. Hören Sie, Lady, machen Sie es nicht so kompliziert. Ich gehe mit diesem Anruf ein großes Risiko ein.«

»Ich bitte um Entschuldigung. Sie haben mich überrascht ...«

»Nein«, sagte die Stimme. »Ich habe Sie erschreckt.«

»Nun gut, wenn Ihnen etwas daran liegt. Was ist es, was Sie mir mitteilen wollen?«

»Sie haben mit Ihren Einkäufen gestern nachmittag beträchtliches Aufsehen erregt. Die Barrakudas von Palm Beach haben Blut geleckt.«

»Und?«

»Für morgen ist eine kleine Pressekonferenz einberufen worden, bei der Sie und Ihr Begleiter interviewt werden sollen.«

»*Was?*«

»Sie haben richtig gehört. Keine große Sache, aber wir haben ein paar Zeitungsleute hier, die sich für Sie interessieren. So einen fetten Brocken Gesellschaftsklatsch läßt man sich hier unten nicht so schnell entgehen. Und da es sich unschwer denken ließ, wo Sie wohl absteigen würden, sind einige automatisch auf ›The Breakers‹ gestoßen. Wir wollten, daß Sie das wissen, damit Sie nicht allzu ... nun, überrascht sind.«

»Ich danke Ihnen. Können Sie mir eine Telefonnummer geben, unter der ich sie erreichen kann?«

»Sind Sie verrückt?« Die Leitung wurde unterbrochen.

Die Bajaratt legte den Hörer auf. Sie schlug die Bettdecke zurück und stand auf. Dann ging sie einige Minuten zwischen den auf dem Boden verstreuten Koffern und Einkaufstaschen hin und her. Sie hatte bereits alle Etiketten und Preisschilder aus den neu erworbenen Kleidungsstücken entfernen lassen – das Packen morgen früh würde kein Problem sein. Etwas anderes schon.

»Niccolò!« sagte sie laut und schlug klatschend auf die nackten Füße, die unter der Bettdecke hervorragten. »Wach auf!«

»Was ...? Was ist, Cabi? Es ist noch dunkel.«

»Jetzt nicht mehr.« Die Baj knipste die neben dem Sofa stehende Lampe an. Der Junge setzte sich auf und rieb sich schlaftrunken die Augen.

»Wieviel hast du getrunken?« fragte sie.

»Zwei, drei Glas Wein«, antwortete er ärgerlich. »Ist das ein Verbrechen?«

»Nein. Aber hast du dir die Papiere noch einmal durchgelesen?«

»Natürlich. Ich hab' gestern abend noch mindestens eine Stunde darin gelesen. Ich kenne sie in- und auswendig.«

»Wo bist du zur Schule gegangen?« fragte die Baj.

»Ich erhielt zehn Jahre Privatunterricht auf unserem Gut in Ravello«, erwiderte der junge Mann fast roboterhaft.

»Und dann?«

»L'Ecole de la Noblesse in Lausanne«, sagte Niccolò sofort. »Zur Vorbereitung auf ... auf ...«

»Schnell! Zur Vorbereitung auf *was*?«

»Auf die Université de Genève ... Dann rief mein kranker Vater mich zurück nach Ravello, um mich in die Geschäfte der Familie einzuweisen ... Ja, genau, wegen der Familiengeschäfte.«

»Denk nicht so lange nach. Man wird glauben, daß du lügst.«

»Wer?«

»Nachdem dein Vater dich zurückgerufen hat?«

»Wurden Privatlehrer eingestellt, mit denen ...« Niccolò unterbrach sich, dann erinnerte er sich wieder. »Mit deren Hilfe ich mein Studium fortsetzte – jeden Tag fünf Stunden, zwei Jahre lang. Ich bestand die *esami die stato* in Mailand mit Auszeichnung.«

»Darüber liegen auch Dokumente vor.« Die Baj nickte. »Gut gemacht, Nico.«

»Aber das stimmt doch alles nicht, Signora! Wenn nun jemand, der Italienisch spricht, mir Fragen stellt, die ich nicht beantworten kann?«

»Das haben wir doch schon besprochen. Dann wechselst du einfach das Thema.«

»Hast du mich deswegen aufgeweckt?«

»Es mußte sein. Du hast es nicht gehört mit deinem schweren Kopf, aber ich habe eben einen Telefonanruf bekommen. Wenn wir morgen in das neue Hotel umziehen, werden dich Zeitungsleute interviewen.«

»Nein, Cabi! Nicht mich, sondern den *barone-cadetto di Ravello*. Ist es nicht so?«

»Hör mir zu, Nico.« Die Baj setzte sich neben den Jungen auf die Bettkante. »Du kannst wirklich dieser *barone-cadetto* werden, weißt du? Die Familie hat Fotos von dir gesehen und weiß, daß du dich bemühst, ihr alle Ehre zu machen. Sie sind bereit, dich eines Tages als den Sohn willkommen zu heißen, den sie nie hatten.«

»Das glaube ich nicht. Welche alte italienische Adelsfamilie würde je ihren Stammbaum durch einen armen Jungen aus den Hafenvierteln von Portici beschmutzen lassen?«

»Diese schon. Einen anderen Erben haben sie nicht. Du mußt mir vertrauen, dann kannst du deine elende Existenz durch ein besseres Leben ersetzen, ein Leben in Reichtum und Überfluß.«

»Aber bis dahin spiele ich die Rolle des *barone-cadetto* nur, weil du irgendwelche Absichten verfolgst, über die ich nichts wissen darf. Stimmt's?«

»Wenn ich daran denke, was ich alles für dich getan habe, schuldest du mir das wohl.«

»Ja, Cabi, aber eine kleine Belohnung habe ich doch auch verdient.« Niccolò legte ihr die Arme um die Schultern und zog sie an sich. Sie verweigerte sich ihrem Kind-Mann nicht.

10

Es war kurz nach zwei Uhr morgens, als Hawthorne und Poole in ihren Neoprenanzügen über die Felsen der bis vor kurzem völlig unbekannten Insel krochen.

»Nicht vergessen, bleiben Sie so flach am Boden wie möglich«, sagte Tyrell in sein Funksprechgerät. »Die Detektoren erfassen alles, was sich in größerer Höhe über dem Boden bewegt als ein Kaninchen.«

»Sowas Plattes wie mich haben Sie noch nie gesehen«, flüsterte Poole zurück.

»Noch etwa zehn Meter – dann sind wir außer Reichweite.«

Achtundsechzig Sekunden später hatten sie einen jener von der Sonne ausgedörrten, baumlosen Grasstreifen erreicht, die so charakteristisch für die karibischen Inseln sind. »*Jetzt!*« sagte Hawthorne und richtete sich auf. »Wir sind durch.« Sie liefen über die leere Fläche, als sie plötzlich ein Geräusch hörten, das sie abrupt stehenbleiben ließ: das entfernte Jaulen anschlagender Hunde. »Sie haben unsere Witterung aufgenommen«, flüsterte Tyrell in das Funksprechgerät.

»Gütiger Gott!«

»Es ist der Wind – er kommt aus Nordwest.«

»Was soll das heißen?«

»Daß wir uns so schnell wie möglich in südöstlicher Richtung davonmachen. Folgen Sie mir!« Hawthorne und Poole rannten auf den Küstenstreifen zu, bis vor ihnen eine Gruppe von Palmen auftragte. Keuchend standen sie unter dem Schutz der dichten Wedel, und dann sagte Tyrell: »Das ist eigenartig.«

»Was? Die Hunde jaulen nicht mehr.«

»Sie haben unsere Witterung verloren. Aber das meinte ich nicht.« Tyrell blickte sich um. »Das sind Kokospalmen. Bei schweren Stürmen werden sie gewöhnlich entwurzelt. Ein paar sind auch umgestürzt, sehen Sie? Aber die meisten nicht.« – »Na und?«

»Denken Sie an das, was wir aus dem Tauchboot gesehen haben. Fast alle Bäume waren entwurzelt, lagen flach am Boden.«

»Ich weiß nicht, wovon Sie reden. Einige Bäume überstehen einen Sturm, andere nicht. Was soll's?«

»Diese hier stehen auf ziemlich hohem Grund. Die Bucht liegt tiefer.«

»Eine Laune der Natur«, meinte Poole. »Als einmal ein Hurrikan über den Lake Pontchartrain fegte, wurde die ganze linke Seite unseres Sommerhauses weggerissen, aber die Hundehütte war stehengeblieben.«

»Vielleicht. Vielleicht auch nicht. Kommen Sie!« Sie suchten sich ihren Weg durch die Bäume, bis sie an einen Felsvorsprung oberhalb der Bucht gelangten. Tyrell zog ein Nachtfernglas aus der an seinem Gürtel befestigten Tasche und blickte hindurch. »Schauen Sie sich das einmal an, Jackson«, sagte er, dem jüngeren Mann das Glas reichend. »Was sehen Sie?«

»He, das ist sonderbar, Tye«, sagte der Lieutenant. »Schmale Lichtstreifen hinter den Bäumen, kaum zu erkennen.«

»Dunkelgrüne Jalousien. Bisher ist es noch niemandem gelungen, sie wirklich sturmfest zu machen. Es bleiben immer einige winzige Spalten offen. Ihre Computer haben den Nagel auf den Kopf getroffen, Lieutenant. Da drüben steht ein Haus, und es ist bewohnt. Vielleicht sogar von dieser Frau.«

»Hören Sie, Commander – meinen Sie nicht, daß es Zeit wird, Major Neilsen und mir einmal zu verraten, worum es bei dieser verdammten Geschichte eigentlich geht? Wir hören dauernd von ›dieser Frau‹ und von ›Terroristen‹ und ›geheimen Papieren‹, die verschwunden sind. Wir haben Befehl, keine Fragen zu stellen. Aber ich habe jetzt die Schnauze voll. Wenn ich schon mein kostbares Leben riskiere, möchte ich auch wissen wofür.«

»Du meine Güte, Lieutenant! Ich wußte nicht, daß Sie mehr als zwei Sätze auf einmal von sich geben können.«

»Ich bin eben ein richtiges kleines Genie, Commander. Also, was hat es mit dieser ganzen verdammten Geschichte auf sich?«

»In Ordnung, Poole. Ich sag es Ihnen. Es geht um die Ermordung des Präsidenten der Vereinigten Staaten.«

»*Was?*«

»Und um eine Terroristin, die eben dieses Ziel verfolgt.«

»Sie haben den Verstand verloren! Das ist doch verrückt.«

»Genauso verrückt wie Dallas und Ford's Theatre ... Wir haben aus dem Beka'a-Tal erfahren, daß nach diesem Mord drei weitere Männer getötet werden sollen – der britische Premierminister, der französische Präsident und der Regierungschef von Israel. Das auslösende Signal ist die Ermordung des amerikanischen Präsidenten.«

»Das ist unmöglich!«

»Sie haben gesehen, was mit Charlie und mit Ihrem Flugzeug passiert ist. Was Sie nicht wissen, ist, daß ein Team von FBI-Agenten bei einer Überwachungsaktion, die mit dieser Operation zusammenhängt, in Miami getötet wurde. Und ich selbst entging nur knapp einem Anschlag auf Saba. Wir wissen, daß es undichte Stellen in Washington und Paris gibt. London ist für uns noch ein Rätsel. Wie ein Freund von mir sagte, ein Mann von MI-6: Diese Frau verfügt über Ressourcen, von denen wir uns keine Vorstellung machen. Beantwortet das Ihre Frage, Lieutenant Poole?«

»Mein Gott!« krächzte die Stimme Major Neilsens aus dem Funksprechgerät in Pooles wasserdichter Tasche.

»Ja«, sagte der Lieutenant. »Ich hatte es angestellt. Ich hoffe, Sie haben nichts dagegen. So brauchen Sie nicht alles zu wiederholen.«

»Ich könnte Sie beide deswegen aus der Armee werfen lassen!« platzte Hawthorne wütend los. »Sind Sie noch nicht auf den Gedanken gekommen, daß jemand in dem Haus da einen Frequenzscanner haben könnte?«

»Ich muß Sie korrigieren«, sagte Major Neilsens Stimme. »Das Gerät ist völlig abhörsicher ... Danke, Jackson. Wir können jetzt wohl weitermachen. Und auch Ihnen, *Mister* Hawthorne, besten Dank. Jetzt wissen wir wenigstens, worauf wir uns eingelassen haben.«

»Sie benehmen sich unmöglich! Wo sind Sie, Cathy?«

»Etwa zweihundert Meter vor der Bucht. Ich dachte mir, daß Sie dorthin zurückkommen würden.«

»Fahren Sie näher ran; aber tauchen Sie, wenn Sie etwa fünfzig Meter von der Küste entfernt sind. Wir wissen nicht, wie groß die Reichweite der Detektoren ist.«

»In Ordnung. Over.«

»Over«, sagte Poole und schaltete das Gerät ab.

»Das war ein ganz gemeiner Trick, Jackson.«

»Zugegeben. Aber ich mußte an unsere Sicherheit denken. Vorher hatten wir Charlie, der sich darum kümmerte.«

»Vergessen Sie Mancini nicht, Ihren Freund Sal. Der hätte Sie vom Himmel geholt, ohne auch nur mit der Wimper zu zucken.«

»Ich will nicht an ihn denken. Ich kann es nicht ertragen.«

»Dann lassen Sie's.« Tyrell wies hinunter auf die Bucht. »Gehen wir.«

Die beiden schwarz gekleideten Gestalten stiegen auf einem gewundenen Pfad zur Bucht hinunter. »Hinlegen!« flüsterte Hawthorne, als sie den Strand erreicht hatten. »Wir kriechen jetzt zu den Büschen dort. Wenn ich mich nicht irre, ist da eine Mauer.«

»Hol mich der Teufel!« sagte Poole, als sie zu der von Reben überwachsenen Böschung gekrochen waren. Er steckte seine Hand durch die Blätter. »Es *ist* eine Mauer. Eine Betonmauer.«

»Mit Stahlstreben verstärkt«, ergänzte Tyrell. »Die ist gegen Bomben errichtet worden, nicht gegen Stürme. Bleiben sie am Boden! ... Kommen Sie; ich glaube, es erwarten uns noch weitere Überraschungen.«

Genauso war es. Als erstes entdeckten sie eine unter künstlichem Rasen verborgene Treppe, die den ganzen Hügel hinauf bis zu einem Absatz direkt unter der Kuppe führte. »Die hätten wir aus der Luft nie entdeckt«, sagte der Lieutenant.

»So ist es, Jackson. Hier wird einem kein roter Teppich zum Empfang ausgerollt. Die nehmen einen grünen.«

»Der Typ, der das alles hier inszeniert hat, muß ziemlich viel Wert auf Zurückgezogenheit legen.«

»Damit dürften Sie recht haben. Bleiben Sie an meiner linken Seite!« Die beiden Männer krochen Stufe um Stufe die Treppe hoch, bis sie zu einem von Palmen besetzten Vorsprung gelangten. »Der künstliche Rasen ist noch nicht alles«, sagte der Lieutenant. »Sehen Sie sich die Palmen an.«

»Was?«

»Das sind Attrappen.«

»Sie sind *was*?«

»Sie kommen nicht vom Lande, Tye, jedenfalls nicht aus Louisiana. Palmen sondern in den frühen Morgenstunden Flüssigkeit ab, sie ›schwitzen‹. Sehen Sie! Kein Tröpfchen auf diesen Wedeln hier. Nichts weiter als Lappen aus Baumwolle – außerdem viel zu groß für die Stämme, und die sind wahrscheinlich aus Plastik.«

»Das heißt, sie dienen nur zur Tarnung.«

»Na, ich denke, die sind wahrscheinlich computerisiert. Gar nicht schwierig, wenn man sein Radar mit der Maschinerie verbindet.«

»Eh?«

»Hören Sie, Tye. Es ist ganz einfach. Wie eine Garagentür, die sich öffnet, wenn das Licht der Scheinwerfer auf die Rezeptoren fällt. Nur umgekehrt. Die Sensoren erfassen jede Unregelmäßigkeit am Himmel oder auf dem Meer, und das System beginnt zu arbeiten. Der Laden wird dichtgemacht.«

»Einfach so?«

»Sicher. Wenn ein Flugzeug oder ein Boot sich der Insel auf, sagen wir, tausend Meter nähert, schicken die Sensoren die Informationen an einen Computer, der die Maschinerie aktiviert. Ich könnte Ihnen ein solches System für ein paar tausend Dollar aufbauen.«

»Ich wüßte nicht, was ich damit anfangen sollte.«

»Was machen wir jetzt?«

»Wir kriechen vorsichtig weiter.«

»Wonach suchen wir denn?«

»Nach allem, was wir finden können.«

»Und dann?«

»Hängt davon ab, was wir finden.«

»Ein wirklich planvolles Vorgehen.«

»Sie können nicht alles von einem Computer berechnen lassen, junger Mann. Kommen Sie.«

Sie krochen an den falschen Palmen vorbei und berührten die ›Borke‹ des ersten ›Stammes‹. Poole nickte bestätigend. Es war eine dicke Plastikröhre, einem echten Stamm zum Verwechseln ähnlich, aber wesentlich leichter. Hawthorne wies auf einen schwachen Lichtschein, der sich hinter den Palmen abzeichnete, und gab dem Lieutenant ein Zeichen, ihm zu folgen.

Das Licht drang aus den Spalten einer heruntergelassenen Jalousie. Sie richteten sich leise auf, und Tyrell schob die schweren Querleisten behutsam auseinander, um hindurchzublicken. Was sie sahen, war erstaunlich.

Das Innere des Hauses ähnelte der Renaissance-Villa eines venezianischen Dogen. Gewaltige Bögen führten von einem Raum in den nächsten; die Fußböden waren aus Marmor, die Wände mit Gobelins verkleidet, wie man sie sonst nur in Museen findet. Ein alter Mann in einem Rollstuhl durchquerte einen der Räume und verschwand aus dem Blickfeld. Ihm folgte ein blondhaariger Riese, über dessen muskulösen Schultern sich der Stoff seiner Leinenjacke bedenklich spannte. Hawthorne zeigte in die Richtung des Hauses, in die der Mann im Rollstuhl verschwunden war, und gab Poole abermals ein Zeichen, ihm zu folgen. Die Jalousien waren hier dicht verschlossen; der Commander öffnete sie einen Spaltbreit und sah hindurch.

Er blickte in ein Spielkasino – eingerichtet wie für einen an Schlaflosigkeit und Spielsucht leidenden Wahnsinnigen. Überall an den Wänden standen Spielautomaten, in der Mitte des Raumes ein Karten- und ein Roulettetisch, alles hüfthoch, damit es bequem vom Rollstuhl aus zu bedienen war. An den Rändern der Tische lagen aufgehäufte Banknoten. Wer immer der alte Mann sein mochte – er setzte für und gegen die Bank. Er konnte nie verlieren.

Der blonde Leibwächter stand neben dem hageren, weißhaarigen Greis im Rollstuhl. Er gähnte ausgiebig, während der alte Mann Münzen in die Spielautomaten warf und das Ergebnis mit Lachen oder einer ärgerlichen Grimasse quittierte. Dann erschien ein zweiter Mann, der einen Servierwagen mit Essen und einer Karaffe Rotwein neben den Kranken schob. Der Alte runzelte die Stirn und schrie den zweiten Leibwächter an, der sich verbeugte und das Essen wieder fortträumte.

»Los!« flüsterte Tyrell. »Das ist ein günstiger Augenblick. Wir müssen versuchen hineinzukommen, während der andere Gorilla weg ist.«

»Wo?«

»Was weiß ich? Kommen Sie mit!«

»Warten Sie«, flüsterte Poole. »Ich kenne diese Fenster. Sie sind aus Doppelglas; zwischen den Scheiben ist ein Vakuum. Wenn es sich mit Luft füllt, lassen sie sich ohne weiteres mit dem Ellenbogen eindrücken.«

»Und wie machen wir das?«

»Unsere Pistolen haben Schalldämpfer, nicht?«

»Ja.«

»Und wenn ein Spielautomat Münzen auswirft, klingelt es, nicht?«

»Natürlich.«

»Wir warten ab, bis er einen Treffer landet. Dann schießen wir zwei Löcher in beide Seiten und drücken die Scheiben ein.«

»Lieutenant, Sie sind tatsächlich ein Genie.«

»Sag ich doch. Sie hören mir ja nie zu. Sie schießen auf die untere rechte Ecke, ich nehme die linke. Sobald sich die Scheiben beschlagen haben, brechen wir sie ein.«

»Zu Befehl, General.«

Die beiden Männer zogen ihre Pistolen aus den Halftern.

»Bingo, Tye!« rief Poole, als die Lampen eines Spielautomaten blitzten und zuckten und der alte Mann wie wild mit den Armen in der Luft herumfuchtelte.

Sie feuerten ihre Waffen ab und schoben die Jalousie hoch, als der neblige Wasserdampf den Raum zwischen den Scheiben füllte. Während der Spielautomat noch blinkte und Münzen ausspie, brachen sie durch das Fenster und ließen sich zwischen den Glassplittern zu Boden fallen. Der völlig überraschte Leibwächter griff in seinen Gürtel.

»Das sollten Sie lieber nicht versuchen«, zischte Hawthorne leise, denn der klappernde Strom der Münzen war versiegt. »Keinen Laut, oder es war dein letzter.«

»*Impossible!*« rief der alte Mann im Rollstuhl und starrte fassungslos auf die beiden Eindringlinge in ihren dunklen Neoprenanzügen.

»Keineswegs«, sagte Poole, der als erster wieder auf die Beine gekommen war, die Pistole in der Hand. »Ich spreche etwas italienisch, dank eines Mannes, den ich für meinen Freund hielt. Aber wenn Sie und er Charlie getötet haben, werden Sie diesen Rollstuhl bald nicht mehr benötigen.«

»Wir wollen ihn lebend«, unterbrach ihn Tyrell. »Beruhigen Sie sich, Lieutenant. Das ist ein Befehl.«

»Es fällt mir schwer, ihn zu befolgen, Commander.«

»Geben Sie mir Deckung!« sagte Hawthorne. Er näherte sich dem blonden Wächter, riß ihm die Jacke auf und zog den Revolver aus dem Gürtel. »Stellen sie sich an die Tür, Jackson, und behalten Sie das Nebenzimmer im Auge«, fuhr er fort. Dann wandte er sich an den Wächter, der ihn mit haßerfüllten Augen anstarrte. »Wenn du denkst, was ich denke, daß du denkst«, sagte er, »solltest du es dir noch einmal gründlich überlegen. Den Methusalem hier wollen wir lebend haben – aber du bist mir völlig egal. Stell dich zwischen die beiden Spielautomaten da. *Mach schon*!«

Der Leibwächter quetschte sich zwischen die beiden Automaten. Schweiß rann ihm über die Stirn, seine Augen glühten. »Ihr kommt hier nicht raus«, murmelte er in gebrochenem Englisch.

»Meinst du?« Hawthorne nahm seine Waffe in die linke Hand und zog mit der rechten das Funksprechgerät aus der Tasche. Er schaltete es ein, hob das Gerät an den Mund und sagte ruhig: »Können Sie mich hören, Major?«

»Jedes Wort, Commander.« Die weibliche Stimme schien den Wächter ebenso zu überraschen wie den alten Mann in seinem Rollstuhl. Er bäumte sich auf, zitternd vor Wut. Dann beherrschte er sich und blickte Hawthorne lächelnd an. Es war das böseste Lächeln, da Tyrell je gesehen hatte. »Wie ist die Lage?« fragte Major Neilsen über das Funksprechgerät.

»Ein Volltreffer, Cathy«, erwiderte Hawthorne und wandte seinen Blick von dem Gesicht des Kranken ab. »Wir befinden uns in einer Villa, die Hadrian gefallen hätte. Wir haben zwei Bewohner in unserer Gewalt und warten auf den dritten. Wer sonst noch hier ist, wissen wir nicht.«

»Soll ich die Briten auf dem Hovercraft verständigen?« Als er die Worte hörte, beugte sich der alte Mann in seinem Rollstuhl vor. Seine Hand griff nach einem Schalter in der gepolsterten Lehne. Als er Pooles Blick auffing, ließ er die Hand sinken.

»Nein. Ich möchte nicht, daß etwas aus dem Äther aufgefangen wird, was nicht für fremde Ohren bestimmt ist. Aber wenn wir aus irgendeinem Grund die Verbindung verlieren sollten, rufen Sie sie unverzüglich an.«

»Lassen Sie Ihr Funksprechgerät eingeschaltet.«

»Mach ich.« Fußtritte. Das Geräusch schneller Schritte auf dem Marmorboden vor dem Haus. »Over, Major.« Hawthorne schob das Gerät in die offene Tasche, entsicherte seine Waffe und richtete sie auf den Kopf des blonden Riesen.

»*Arresto!*« schrie der alte Italiener und setzte sich plötzlich mit seinem Rollstuhl in Bewegung. Im gleichen Augenblick packte der Wächter einen der Spielautomaten, schleuderte ihn gegen Hawthornes Brust, so daß der Commander zu Boden ging. Sofort war der Mann mit seinem ganzen Gewicht über ihm und umklammerte Tyrells rechten Arm. Die Waffe entglitt seiner Hand. Hinter der offenen Tür war der Zerklirren von Porzellan zu hören. Als die Finger des blonden Riesen sich um Tyrells Kehle schlossen, peitschte ein Schuß durch den Raum, der den halben Schädel des Mannes wegriß. Er sackte über Hawthorne zusammen. Tyrell befreite seinen Arm aus der Umklammerung und sprang auf. Er sah, wie Andrew Jackson Poole den dritten Mann mit einer Serie schwerer Schläge eindeckte, bis dieser das Bewußtsein verlor. Der Lieutenant packte den taumelnden Körper, hob ihn in die Höhe und warf ihn auf den fliehenden Mann im Rollstuhl.

»*Hawthorne ... Jackson?*« Catherine Neilsens Stimme drang aus dem Funksprechgerät in der Tasche. »Was ist passiert?«

»Warten Sie«, sagte Tyrell, nach Atem ringend. Er ging zur Wand und zog den Anschluß des einarmigen Banditen aus der Steckdose. Als das Blinken aufhörte, lag plötzlich eine eigenartige Stille über dem Raum. Der alte Mann wand sich unter dem Gewicht des auf ihm lastenden Körpers, bis Poole ihn davon befreite und den ohnmächtigen Wächter unsanft auf den Boden fallen ließ. »Wir haben alles unter Kontrolle«, sagte Hawthorne ins Funksprechgerät. »Dank Lieutenant Poole. *Mein Gott*, er hat mir das Leben gerettet!«

»Er kann manchmal recht gefällig sein. Was nun?«

»Wir werden das Haus durchsuchen. Bleiben Sie in Verbindung.«

Tyrell und Jackson knebelten den Wächter und den alten Italiener und fesselten sie mit einer Wäscheleine, die sie in einem Schrank gefunden hatten. Dann begannen sie, sich das Grundstück näher anzusehen. Vorsichtig krochen sie um das Haus und stießen in knapp vierzig Meter Entfernung auf einen Hundezwinger. Daneben stand eine kleine, von Palmen umgebene, grün angestrichene Hütte. Aus einem winzigen Fenster drang ein schwaches, fluoreszierendes Licht. Als sie hineinschauten, erkannten sie die in einem Lehnstuhl sitzende Gestalt eines Mannes, der sich einen über den Fernsehschirm flimmernden Zeichentrickfilm ansah. Hin und wieder fuhr er mit den Fäusten durch die Luft und brach in ein wieherndes Gelächter aus.

»Er scheint nicht alle Tassen im Schrank zu haben«, flüsterte Poole.

»Offensichtlich nicht«, sagte Hawthorne. »Dennoch kann er uns gefährlich werden.«

»Was wollen Sie machen?«

»Die Tür ist an der anderen Seite. Wir fesseln ihn und setzen ihn für ein paar Stunden außer Gefecht.«

»Einen Schlag auf den Schädel«, sagte der Lieutenant.

»Genau ... Achtung! Er muß etwas gehört haben. Er geht zum Tisch und fummelt an einem roten Kasten herum. Kommen Sie!«

Die beiden dunkel gekleideten Gestalten liefen um die Hütte, brachen die Tür ein und standen einem erstaunten alten Mann gegenüber, der sie hilflos angrinste, während er das piepsende Gerät auf dem Tisch abstellte. »Das war das Signal, die Hunde freizulassen«, sagte er. Er griff nach einem Hebel an der Wand.

»Nein!« rief Hawthorne. »Das war ein falsches Signal!«

»Es ist nie falsch«, sagte der Gärtner. »Nie.« Er zog den Hebel herunter. Sekunden später war das wütende Jaulen von Kampfhunden zu hören, die an der Hütte vorbei auf das Haupthaus zuliefen. »Da sind sie«, sagte der Schwachsinnige, immer noch grinsend. »Die lieben Tiere.«

»Wie haben Sie das Signal erhalten?« fragte Tyrell. »*Wie?*«

»Vom *padrone*. Ein Schalter am Rollstuhl. Wir haben es oft geübt. Manchmal hat der *padrone* zuviel Wein getrunken und kommt an den Schalter, ohne es zu merken. Vor ein paar Minuten war das so. Erst das Signal, dann gleich wieder weg. Hat sich der *padrone* geirrt. Aber zweimal hintereinander irrt er sich nie. Ich muß gehen. Zu meinen lieben Tieren. Es ist sehr wichtig.«

»Völlig ga-ga«, sagte Poole.

»Ja. Aber wir müssen zurück zum Haus, Lieutenant ... Die *Leuchtkugeln*!«

»Was?«

»Wenn sie keine Witterung aufnehmen, jagen Hunde hinter Lichterscheinungen her. Stecken Sie sich eins von den Dingern in Ihren Anzug unter den Arm. Und dann schön hin- und herreiben. Hoffentlich haben Sie lange nicht geduscht. Na los doch, und machen Sie nicht so ein peinlich berührtes Gesicht.«

»Bin ja schon dabei.« Der Lieutenant zündete eine der Leuchtpatronen an und warf sie, so weit er konnte, links von der Hütte ins Dunkle. Die Patrone aus seinem Anzug folgte gleich hinterher. Sofort jagten die Hunde dem plötzlichen Lichtstrahl nach, und ihr Jaulen steigerte sich zu einem wilden Geheul, als sie kurz darauf den menschlichen Geruch wahrnahmen.

»Hören sie, Sir«, sagte Hawthorne, sich an den Wächter der Hunde wendend. »Das ist nur ein Spiel – der *padrone* spielt gern, nicht wahr?«

»Oh ja! Manchmal spielt er die ganze Nacht in seinem Salon.«

»Nun, jetzt spielt er mit den Hunden. Sie können sich weiter Ihren Film ansehen.«

»Danke. Vielen Dank.« Der alte Mann setzte sich und wandte sich wieder dem Geschehen auf dem Bildschirm zu.

Tyrell gab dem Lieutenant ein Zeichen, ihm zu folgen. Sie liefen zum Haupthaus zurück und schlossen die Türen. Als sie vor dem hinfälligen alten Mann in seinem Rollstuhl standen, zischte Tyrell: »Und jetzt will ich alles wissen, was du weißt, du alte Ratte.«

»Ich weiß gar nichts«, erwiderte der Italiener, und das böse Lächeln spielte wieder um seine Lippen. »Wenn Sie mich töten, haben Sie nichts.«

»Vielleicht schätzen Sie die Lage falsch ein, *padrone*. Sie werden doch mit *padrone* angeredet, oder? Jedenfalls hat der arme Idiot in der Hütte Sie so genannt. Was haben Sie mit ihm gemacht? Eine Gehirnoperation?«

»Gott hat ihn so erschaffen.«

»Ich glaube, in Ihrem Vokabular sind Sie und Gott ziemlich nahe verwandt.«

»Das ist Blasphemie, Commander.«

»Commander?«

»Ihr Kollege und die Frau haben Sie so genannt.«

Hawthorne blickte den Krüppel an. Was ging hinter dieser Stirn vor?

»Lieutenant, schauen Sie sich einmal das Zimmer mit den elektronischen Geräten näher an! Das da drüben.«

»Ich weiß genau, wo es ist«, sagte Poole. »Und soweit ich gesehen habe, ist alles dort vom Feinsten.« Der Lieutenant eilte aus dem Raum.

»Sie sollten vielleicht wissen«, sagte Hawthorne, »daß es kein Computersystem gibt, in das mein Kollege nicht eindringen kann. Er ist es, der Sie hier gefunden hat. Dank eines Senders im Mittelmeerraum, der seine Signale zu einem japanischen Satelliten abstrahlt.«

»Er wird nichts finden – *gar nichts*!«

»Warum zittert Ihre Stimme dann so? … Ich glaube, ich weiß es. Sie sind Ihrer Sache doch nicht so ganz sicher – und das macht Ihnen eine höllische Angst.«

»Unsinn.«

»Vielleicht auch nicht«, sagte Tyrell und zog seine Pistole. »Und jetzt reden wir mal Klartext. Wie kriegt man die Hunde wieder in den Zwinger?«

»Ich habe keine Ahnung …« Hawthorne drückte den Abzug ab. Die Kugel streifte das rechte Ohrläppchen des *padrone*. Blut lief ihm den Hals hinunter. »Wenn Sie mich töten, haben Sie *nichts*!« rief der alte Mann.

»Aber wenn ich Sie nicht töte, habe ich auch nichts. Oder habe ich da irgendwas falsch verstanden?« Tyrell schoß ein zweites Mal und verletzte diesmal die linke Wange des *padrone*. Das Blut spritzte über sein Gesicht. »Sie haben noch eine Chance«, sagte Hawthorne. »Hunde die auf Befehl einen Zwinger verlassen, können auch auf Befehl in ihn zurückkehren. Geben sie diesen Befehl, oder mein nächster Schuß trifft Ihr linkes Auge. *Il sinistro* – das ist doch der richtige Ausdruck, oder?«

Ohne zu antworten, bemühte sich der Kranke, mit seinem gefesselten rechten Arm an ein Schaltbrett in der Lehne des Rollstuhls zu gelangen, auf dem fünf Kippschalter in einem Halbkreis angeordnet waren. Mit zitternden Fingern betätigte er einen davon. Wenig später war wieder das Heulen der Hunde zu hören. Dann trat Schweigen ein. »Sie sind zurück im Zwinger«, sagte der *padrone*, Haß in Augen und Stimme. »Das Tor schließt sich automatisch.«

»Wozu dienen die anderen Schalter?«

»Die sind für Sie ohne Interesse. Die ersten drei sind für mein Zimmermädchen und meine beiden Helfer bestimmt. Das Mädchen ist nicht mehr bei uns, und einen meiner Wächter haben Sie getötet. Die letzten beiden sind für die Hunde.«

»Sie lügen. Durch einen der Schalter haben Sie dem Alten in der Hütte ein Signal gegeben. *Er* hat die Hunde freigelassen.«

»Er empfängt das Signal überall auf der Insel. Wenn ich Gäste habe oder neues Personal im Haus ist, muß er bei den Hunden sein. Nur er kann sie unter Kontrolle halten.«

»Ist denn neues Personal im Haus?«

»Meine beiden Helfer – darunter der, den Sie getötet haben. Sie sind erst seit weniger als einer Woche hier, und die Hunde haben sich noch nicht an sie gewöhnt.«

Hawthorne beugte sich vor und befreite den alten Mann von seinen Fesseln. Dann trat er an einen niedrigen Marmortisch, auf dem ein goldener Behälter mit Kleenex-Tüchern stand. Er zog einige Tücher heraus und gab sie dem Italiener. »Wischen Sie sich das Gesicht ab.«

»Können Sie den Anblick von Blut nicht ertragen?«

»Ganz im Gegenteil. Wenn ich an das denke, was Sie auf dem Gewissen haben, wenn ich an Miami und Saba und St. Maarten und diese Psychopathin denke, würde ich Sie am liebsten tot sehen.«

»Woher wissen Sie, daß ich damit etwas zu tun habe?« fragte der alte Mann, während er sich mit einem Kleenex-Tuch das Blut abtupfte. »Ich bin krank und verbringe meine letzten Jahre im wohlverdienten Ruhestand. Ich habe nichts Unrechtes getan; ich stehe nur mit einigen alten Freunden in Verbindung, die mich auf dieser abgelegenen Insel über Satellit erreichen können.«

»Fangen wir mit Ihrem Namen an.«

»Ich habe keinen Namen. Ich bin für alle der *padrone*.«

»Ja, das habe ich in der Hütte gehört – und vorher auf Saba, wo zwei Mafiosi mich umbringen wollten.«

»*Mafiosi?* Was hab' ich mit der Mafia zu schaffen?«

»Einer der beiden Männer auf Saba wußte eine ganze Menge davon zu berichten, als ich ihm drohte, ihn mit einer blutenden Schulter durch ein von Haien wimmelndes Gewässer schwimmen zu lassen. Ich werde Ihnen Fingerabdrücke abnehmen und sie an Interpol schicken. Dann erfahren wir schon, wer Sie sind.«

»Meinen Sie?« Der *padrone* lächelte sein böses, arrogantes Lächeln, als er beide Hände umdrehte und Hawthorne die Innenflächen zeigte. Tyrell fuhr entsetzt zurück. Die Fingerkuppen waren völlig weiß, ihre Haut verbrannt und durch ein menschliches oder tierisches Transplantat ersetzt. »Ich habe mir meine Hände im Zweiten Weltkrieg an einem deutschen Panzer verbrannt. Den amerikanischen Militärärzten werde ich ewig dankbar sein, daß sie einem jungen Partisanen geholfen haben, der mit ihren Truppen kämpfte.«

»Das wird ja immer besser«, sagte Tye. »Vermutlich sind Sie auch noch ausgezeichnet worden.«

»Leider nicht. Wir mußten uns vor den Vergeltungsmaßnahmen einiger fanatischer *fascisti* schützen. Deshalb wurden auch alle unsere Papiere vernichtet. Sie hätten dasselbe in Vietnam machen sollen.«

Weder Hawthorne noch der alte Mann hatten Poole bemerkt, der in der offenen Tür stand und den letzten Teil des Gesprächs verfolgt hatte.

»Fast nichts«, sagte der Lieutenant. »Ihr System ist fantastisch; aber jedes System ist nur so gut wie der Mann, der es bedient.«

»Was wollen Sie damit sagen?« fragte Tyrell.

»Der Computer da drin ist ein wahres Wunderding, der kann so ungefähr alles außer Eier kochen. Natürlich ist nichts mehr drin, nur leere Dateien, bis auf drei Eintragungen am Ende der letzten. Wer immer dieses Schätzchen als letzter bedient hat, hat vergessen, den Speicherkode zu löschen.«

»Und was will uns der Dichter damit sagen?«

»Ich habe drei Telefonnummern gefunden und sie zurückverfolgt. Die erste ist eine Schweizer Nummer; und ich wette jede Summe, es ist die einer Bank. Die zweite ist die Nummer in Paris und die dritte von Palm Beach, Florida.«

11

Die weiße Limousine fuhr die Auffahrt zum Hotel ›The Breakers‹ in Palm Beach hoch und kam vor dem mit einem Baldachin geschmückten Eingang zum Stehen, wo sie sogleich von einem goldbetreßten Portier und drei Pagen in roter Uniform umringt wurde. Die Szene wirkte, als würde hier eine neue Belle Époque eingeläutet, die Zeit, als noch jeder seine gesellschaftliche Stellung kannte und die Besitzenden zufrieden mit ihren Privilegien und die Dienenden dankbar waren, dienen zu dürfen. Als erste entstieg eine elegant gekleidete Dame in mittleren Jahren dem Luxusgefährt. Ihr breitrandiger Hut warf einen Schatten über ein von der Sonne gebräuntes, aristokratisches Gesicht mit scharf geschnittenen Zügen. Die Haut war glatt und weich, die in ihr sich abzeichnenden Falten kaum erkennbar. Amaya Bajaratt war nicht mehr die ungepflegte Terroristin auf einem Boot in der Karibik, nicht mehr die uniformierte Kämpferin des Beka'a-Tals oder die tantenhafte Ex-Pilotin der israelischen Air Force. Sie war jetzt die Gräfin Cabrini, eine der reichsten Frauen Europas, Schwester eines Industriellen in Ravello, der angeblich noch reicher war. Sie warf anmutig den Kopf zurück und lächelte dem großgewachsenen, äußerst gutaussehenden jungen Mann zu, der nach ihr aus der Limousine stieg. Er trug einen dunkelblauen Blazer, graue Flanellhosen und bequeme Lackschuhe.

Der Geschäftsführer des eleganten Hotels eilte mit zwei Assistenten, von denen der eine offensichtlich ein Italiener war, an den Wagenschlag, um seine Gäste in beiden Sprachen zu begrüßen. Dann hob die Tante des *barone-cadetto* die Hand und sagte: »Der junge *barone* beabsichtigt, große Investitionen in Ihrem Land zu tätigen, und ich würde es vorziehen, wenn Sie englisch mit ihm redeten, damit er die Sprache lernt. Zunächst wird er nicht viel von dem verstehen, was Sie sagen – aber ich werde für ihn übersetzen.«

»Madame«, sagte der Geschäftsführer, während die Pagen große Mengen an Gepäck aus dem Wagen luden, »ich möchte Sie keinen Unannehmlichkeiten aussetzen, aber in einem unserer Konferenzräume warten mehrere Reporter und Fotografen der hiesigen Lokalzeitungen auf Sie. Sie wollen natürlich den jungen Baron sehen. Wie sie von Ihrer Ankunft unterrichtet wurden, weiß ich nicht. Ich kann Ihnen jedoch versichern, daß es nicht durch unser Hotel geschah. Wir sind bekannt für unsere Diskretion.«

Die Contessa Cabrini lächelte resigniert. »Machen Sie sich nichts daraus, *Signor Amministratore.* Wir sind es gewohnt. Immer, wenn er nach Rom oder London kommt, ist es dasselbe. Nicht in Paris freilich, denn Frankreich ist voll von falschen Adeligen, und die sozialistische Presse interessiert sich nicht mehr für uns.«

»Sie können natürlich ungesehen Ihre Räume aufsuchen, wenn es Ihnen beliebt. Der Konferenzraum liegt im anderen Flügel des Hotels.«

»Nein, das ist in Ordnung. Ich rede mit dem *barone-cadetto.* Schließlich ist er hier, um Freundschaften zu schließen, und nicht, um sich die Journalisten zu Feinden zu machen.«

»Ich gehe voran und werde ihnen sagen, daß sie sich kurz fassen sollen, weil Sie noch unter der Zeitumstellung leiden.«

»Nein, Signore, sagen Sie das nicht. Wir sind bereits gestern eingetroffen. Es hat keinen Zweck, Informationen auszustreuen, die so leicht zu widerlegen sind.«

»Aber sie haben erst für heute die Zimmer reservieren lassen, Madame.«

»Ach kommen Sie, Signore – wir waren doch auch einmal so jung wie er, oder?«

»Ich habe nie so gut ausgesehen. Das kann ich Ihnen versichern.«

»Es gibt wenige junge Leute, die so gut aussehen. Aber das ändert nichts an der Tatsache, daß er völlig normale Bedürfnisse hat. Verstehen Sie, was ich meine?«

»Absolut, Madame. Eine vertraute Freundin für den Abend …«
»Selbst ich kenne ihren Namen nicht.«
»Ich verstehe. Mein Assistent wird Sie begleiten, und ich kümmere mich um alles Übrige.«

»Sie sind wunderbar, *Signor Amministratore.*«
»*Grazie*, Contessa.«

Der Geschäftsführer verbeugte sich und ging die mit einem roten Teppich bedeckten Stufen hinauf, während die Bajaratt sich nach Niccolò umwandte, der mit dem italienischen Assistenten sprach. »Was habt ihr beiden denn so Geheimnisvolles zu besprechen, Dante?« fragte die Gräfin auf italienisch.

»*Ma niente*«, erwiderte Niccolò und lächelte. »Ich sprach nur mit meinem neuen Freund über die herrliche Umgebung und das prächtige Wetter. Ich habe ihm von meinen Studien erzählt und daß ich nie die Zeit hatte, Golf zu lernen.«

»*Va bene.*«

»Er sagt, daß er sich nach einem Lehrer für mich umsehen will.«

»Du hast zuviel zu tun, um dich mit solchen Sachen zu beschäftigen«, sagte die Baj. Sie nahm Niccolòs Arm und ging mit ihm die Stufen hoch. Dann flüsterte sie. »Sei nicht so *übertrieben* nett zu ihm, Nico! Es schickt sich nicht für einen Mann deiner gesellschaftlichen Stellung. Sei freundlich, aber bleib dir immer bewußt, daß er unter dir steht.«

»Unter mir?« fragte der junge Mann, als sie die Eingangshalle betraten. »Manchmal verstehe ich dich nicht, Signora. Ich soll jemand sein, der ich nicht bin; aber dann soll ich mich manchmal auch wieder ganz natürlich geben.«

»Genau das«, sagte die Bajaratt, immer noch flüsternd. »Aber überlaß *mir* das Denken, verstanden?«

»Natürlich, Cabi. Entschuldige.«

»So ist es besser. Wir werden eine wunderschöne Nacht miteinander verbringen, Nico. Mein Körper sehnt sich nach dir.« Als er den Arm zärtlich um ihre Schulter legte, stieß sie ihn zurück. »*Nicht hier!* Wir müssen jetzt mit den Reportern reden.«

»Mit *wem*?«

»Ich hab' es dir gestern abend gesagt. Du wirst der Presse vorgestellt. Nichts von Bedeutung – nur die Klatschkolumnisten.«

»Ach ja. Und da ich kaum Englisch verstehe, wende ich mich mit den Fragen an dich, ja?«

»Mit *allen* Fragen.«

»Hier entlang, bitte«, sagte der Assistent des Geschäftsführers. »Der Regal Room liegt am Ende des Flurs.«

Die Pressekonferenz dauerte genau dreiundzwanzig Minuten. Es gelang dem schüchternen, sympathischen *barone-cadetto* schnell, die anfängliche Feindseligkeit der Reporter und Fotografen zu zerstreuen. Die Fragen, in schnellem Stakkato und zu Beginn mit einem negativen Unterton, wurden zunächst von der Contessa Cabrini, einer Tante des *barone-cadetto di Ravello*, beantwortet. Dann fragte ein Italienisch sprechender Reporter vom *Miami Herald* den jungen Baron in seiner Muttersprache: »Was ist nach Ihrer Meinung der Grund für das Interesse, das Sie erregen? Glauben Sie, daß Sie es verdienen? Was haben Sie eigentlich geleistet – abgesehen von der Tatsache, daß Sie von hoher Geburt sind?«

»Ich glaube, daß ich keinerlei Interesse beanspruchen darf ... Andererseits lade ich Sie ein, Signore, mich einmal zu ozeanographischen Studien auf eine Tauchfahrt ins Mittelmeer zu begleiten. Oder sich einem unserer Suchtrupps in den Alpen anzuschließen, wenn es darum geht, einen Bergsteiger vor dem sicheren Tod zu retten. Mein Leben, Signore, mag privilegiert sein; aber ich leiste meinen – wenn auch bescheidenen – Beitrag zum allgemeinen Wohl.«

Die Contessa Cabrini übersetzte die Worte sofort für das Englisch sprechende Publikum und trat beiseite, als die Blitzlichter der Fotografen aufleuchteten.

»He, *Dante*!« rief eine Korrespondentin. »Warum trittst du nicht in einer Fernsehserie auf? Du bist ein Knüller, Junge!«

»*Non capisco, signora.*«

Als das Gelächter verebbte, sagte ein älterer Reporter, der in der ersten Reihe saß: »Sie sind ein gutaussehender Bursche. Darf ich fragen, was Sie von unseren jungen Damen hier halten?«

Nachdem die Gräfin übersetzt hatte, antwortete der junge Baron: »Ich würde sehr gern amerikanische Mädchen kennenlernen, und ich kann Ihnen versichern, daß ich sie mit großer Achtung behandeln werde. In den Fernsehsendungen sind sie immer so attraktiv. Sie sehen so *italienisch* aus, wenn Sie mir diese Bemerkung verzeihen.«

»Streben Sie ein politisches Amt an?« fragte ein anderer Reporter. »Mit den Stimmen der Frauen können Sie bestimmt rechnen.«

»Ich habe keinerlei politischen Ehrgeiz, Signore.«

»Was gedenken Sie hier zu tun, Baron?« fragte der Reporter aus der ersten Reihe. »Ich habe mit Ihrer Familie in Ravello Rücksprache genommen, mit Ihren Vater, um genau zu sein, und er teilte mir mit, daß sie die Möglichkeit für Investitionen in Amerika prüfen sollen. Ist das richtig, Sir?«

Die Übersetzung erwies sich als schwierig und enthielt bereits Hinweise auf die Antwort, die der *barone-cadetto* gab. »Mein Vater hat mich über alles Nötige instruiert. Wir telefonieren jeden Tag miteinander. Ich bin sein Auge und Ohr. Er vertraut mir.«

»Werden Sie viel reisen?«

»Ich vermute, daß viele Unternehmer zu ihm kommen werden«, sagte die Contessa, ohne zu übersetzen. »Firmen sind nur so gut, wie die Männer, die sie leiten. Der *barone-cadetto* hat Betriebs- und Volkswirtschaft studiert. Er trägt eine große Verantwortung. Er wird Rentabilität und Risiko gegeneinander abwägen und die richtige Entscheidung treffen.«

»Ist sich der Baron bei dieser Entscheidung der sozialökonomischen Bedingungen bewußt, die in unserem Land herrschen?« fragte eine Reporterin mit dunklen Haaren, die ihr wirr ins Gesicht hingen. »Oder geht es ihm nur um den Profit?«

»Das ist eine – wie nennen Sie es? – tendenziöse Frage«, erwiderte die Contessa.

»Mit Vorurteilen belastet«, ergänzte eine männliche Stimme aus dem Hintergrund.

»Aber ich würde sie gerne beantworten«, fuhr die Gräfin fort. »Vielleicht macht sich die Dame einmal die Mühe, einen ihrer Kollegen in oder um Ravello anzurufen. Dann wird sie erfahren, in welch hohem Ansehen die Familie steht. In guten und in bösen Zeiten hat sie sich immer wieder für den sozialen Wohnungsbau, die medizinische Grundversorgung und die Arbeitslosen eingesetzt. Sie sieht ihren Reichtum als Verpflichtung an. Sie hat ein soziales Gewissen, das sich auch hier nicht ändern wird.«

»Kann der Junge nicht selber antworten?« fragte die Reporterin.

»Dieser *Junge*, wie Sie ihn nennen, ist viel zu bescheiden, um sich in der Öffentlichkeit über die Freigebigkeit seiner Familie auszulassen. Und wie Sie bemerkt haben dürften, versteht er nicht alles, was Sie sagen. Aber wenn Sie ihm in die Augen schauen, werden Sie sehen, wie sehr er sich durch Ihre Fragen verletzt fühlt.«

»*Mi scusi*«, sagte der Reporter vom *Miami Herald* auf italienisch. »Ich habe auch mit Ihrem Vater in Ravello gesprochen. Und ich entschuldige mich für meine Kollegin.« Er warf einen verächtlichen Blick in ihre Richtung. »Sie ist eine Nervensäge.«

»*Grazie.*«

»*Prego.*«

»Wenn wir zum Englischen zurückkehren könnten …«, sagte ein untersetzter Journalist in der zweiten Reihe. »Ich distanziere mich von den Unterstellungen meiner Kollegin, aber die Dolmetscherin des jungen Barons hat etwas angesprochen, was uns alle interessieren dürfte. Wie Sie wissen, ist die Arbeitslosigkeit in diesem Lande hoch. Wird das soziale Gewissen der Familie auch von dieser Frage berührt?«

»Wenn sich eine Situation ergeben sollte, die dieses Gewissen aufruft, wird die Familie als erste aktiv werden, Sir. Der *barone di Ravello* ist ein international angesehener Geschäftsmann, der sich der sozialen Frage in allen Ländern der Erde bewußt ist und Loyalität ebenso zu schätzen weiß wie das unvergleichlich befriedigende Gefühl, anderen Gutes zu tun.«

»Sie werden zahllose Telefonanrufe bekommen«, sagte der untersetzte Reporter. »Sobald sich die Nachricht von Ihrer Ankunft einmal verbreitet hat.«

»Danke, Ladies und Gentlemen. Ich fürchte, wir müssen jetzt Schluß machen. Es war ein anstrengender Morgen, und wir haben noch einen langen Tag zu bestehen.« Lächelnd und den Journalisten anmutig zunickend, führte die Bajaratt ihren Neffen aus dem Raum – entzückt über die schmeichelhaften Komplimente, die sie über ihn hörte. Ja ja, es würde zahllose Telefonanrufe geben. Genau wie sie es geplant hatte.

Die Buschtrommeln der High Society von Palm Beach hatten die Nachricht schneller verbreitet als die Zeitungen. Um vier Uhr nachmittags hatte die Bajaratt bereits sechzehn feste Einladungen und elf Anfragen prospektiver Gastgeberinnen erhalten, wann es Dante Paolo, dem *barone-cadetto di Ravello*, wohl genehm sein würde, sie in ihrem Haus zu besuchen.

Sie nahm fünf Einladungen an und griff dann zum Telefon, um sich bei den Abgewiesenen wortreich zu entschuldigen und der Hoffnung Ausdruck zu geben, sie bald bei den Sowiesos zu sehen, die den jungen Baron zuerst erreicht hätten. Wenn man einer Katze eine Maus vorhält, dachte sie, streckt sie die Krallen danach aus. Sie *alle* würden kommen, dachte sie. *Muerte a toda autoridad!*

Das war erst der Anfang. Die Reise würde ein voller Erfolg werden. Es war Zeit, mit London, Paris und Jerusalem Verbindung aufzunehmen. *Tod den Mördern von Askalon..*

»Askalon«, sagte die männliche Stimme in London.

»Bajaratt hier. Macht ihr Fortschritte?«

»Noch eine Woche – und wir haben jeden Winkel von Downing Street durchleuchtet. Wir haben unsere Leute in Polizeiuniformen gesteckt und als Müllmänner verkleidet. *Rache* für Askalon!«

»Vielleicht brauche ich mehr als eine Woche.«

»Um so besser«, sagte London. »Das gibt uns Gelegenheit, uns noch tiefer einzugraben. Es kann nicht schiefgehen!«

»Askalon für immer.«

»Askalon«, sagte die weibliche Stimme in Paris.
»Bajaratt. Wie sieht's aus?«
»Manchmal habe ich das Gefühl, daß alles zu reibungslos abläuft. Der Mann kommt und geht, von Wachen eskortiert, die sich an Nonchalance gegenseitig überbieten. Die Franzosen sind so arrogant, so unbesorgt. Es ist grotesk. Wir haben die Dächer überprüft – nicht einmal die sind besetzt.«
»Unterschätzt die Nonchalance nicht. Diese Dandys können wie eine Kobra zuschlagen. Denkt an die *Résistance*.«
»Wenn sie über uns Bescheid wissen, nehmen sie uns einfach nicht ernst. Verstehen Sie nicht, daß wir bereit sind zu sterben? Rache für *Askalon*!«
»Askalon für immer.«

»*Askalon*«, flüsterte die gutturale Stimme in Jerusalem.
»Du weißt, wer ich bin.«
»Natürlich. Ich habe die Gebete für dich und deinen Mann unter den Orangenbäumen gesprochen. Er wird gerächt werden, glaub mir.«
»Ich würde lieber etwas über die Fortschritte erfahren, die ihr macht.«
»Du bist so kalt, Baj. So kalt.«
»Mein Mann war nicht dieser Ansicht. Was habt ihr für *Fortschritte* gemacht?«
»Wir sind jüdischer geworden als die verdammten Juden. Mit unseren schwarzen Hüten und schwarzen Schläfenlocken und den dämlichen weißen Schals stehen wir jeden Tag mit ihnen vor dieser Scheißmauer und nicken mit den Köpfen. Wir können den Dreckskerl wegblasen, wenn er aus der Knesset kommt. Wir warten nur auf dein Zeichen.«
»Es kann noch eine Weile dauern.«
»Nimm dir soviel Zeit, wie du brauchst, Baj. Abends ziehen wir uns israelische Uniformen an und besteigen ihre Frauen. Dabei beten wir zu Allah, daß wir ihnen arabische Kinder machen.«
»Vergeßt dabei euren Auftrag nicht.«
»Nein. Rache für Askalon!«
»Askalon für immer.«

Amaya Bajaratt verließ die Telefonzelle in der Eingangshalle des Hotels, nachdem sie die verschiedenen Kreditkarten, die sie aus Bahrein erhalten hatte, wieder in ihre Handtasche gesteckt hatte. Sie fuhr mit dem Lift nach oben und ging über den langen Flur in ihre Suite. Das schwach erleuchtete Wohnzimmer war leer. Sie betrat das dunkle Schlafzimmer. Niccolò lag wie üblich nackt ausgestreckt auf dem breiten Bett. Er war tief eingeschlafen, sein herrlicher, verführerischer Körper völlig entspannt.

Als sie ihn betrachtete, mußte sie unwillkürlich an einen Toten denken, jenen Mann, mit dem sie so kurz verheiratet gewesen war. Wie Niccolò hatte er einen langen, schlanken, muskulösen Körper gehabt. Sie fühlte sich von solchen Körpern angezogen, wie sie vor kaum zwei Tagen von dem nackten Körper Hawthornes angezogen worden war. Plötzlich hörte sie ihren eigenen Atem; sie berührte die anschwellenden Knospen ihrer Brüste und spürte das fast schmerzhafte Verlangen, das in ihr aufgestiegen war. Es entschädigte sie für vieles, das sie nie haben konnte. Vor einigen Jahren hatte ein Arzt in Madrid einen einfachen Eingriff an ihr vorgenommen, der eine Schwangerschaft für immer ausschloß – das hier war alles, was sie hatte.

Sie trat ans Fußende des Bettes und zog sich aus. Jetzt war sie nackt wie der Körper vor ihr, unter ihr.

»Nico«, sagte sie zärtlich. »Wach auf, Niccolò.«

»Was ...?« stammelte der junge Mann und schlug die Augen auf.

»Ich bin hier. Für dich, mein Liebling.« *Du mußt*, dachte sie. *Es ist alles, was mir noch geblieben ist!*

»Was ist mit der Nummer in Paris?« fragte Hawthorne. Er stand vor dem *padrone*, aber er sprach mit Poole, der in der offenen Tür lehnte.

»Ich habe sie überprüft«, antwortete der Lieutenant. »Es ist jetzt zehn Uhr morgens dort.«

»*Und?*«

»Es ergibt keinen Sinn, Tye. Es ist angeblich ein Reisebüro auf den Champs Elysées.«

»Wer hat sich gemeldet?«

»Eine Dame, die etwas auf französisch sagte. Und als ich auf englisch fragte, ob das die richtige Nummer sei, fragte sie mich auf englisch, ob ich ein Reisebüro mit irgendso einem französisch klingenden Namen haben wollte. ›Na klar will ich das‹, habe ich gesagt, und da hat sie mich dann gefragt, was ich denn für eine Farbe hätte. Ich sagte natürlich weiß. Dann sagte sie: ›Und?‹. Da wußte ich nicht mehr, was ich sagen sollte, und sie hat aufgelegt.«

»Sie wußten den Kode nicht, Jackson. Das war alles.«

»Vermutlich.«

»Ich werde Stevens auf die Sache ansetzen, falls ich unseren Freund hier nicht bewegen kann, etwas kooperativer zu sein.«

»Ich weiß davon nichts!« rief der alte Mann.

»Wahrscheinlich nicht«, räumte Hawthorne ein. »Diese letzten Anrufe, deren Nummern nicht gelöscht wurden, hat jemand anders getätigt ... Was ist mit Palm Beach, Lieutenant?«

»Genauso unverständlich, Commander. Die Nummer eines Schikki-micki-Restaurants in der Worth Avenue. Man sagte mir, wenn ich nicht auf ihrer Liste stehe, müsse ich zwei Wochen im voraus einen Tisch reservieren lassen.«

»Das ist keineswegs unverständlich, Jackson. Es ist Teil eines Mosaiks. Die Liste enthält wahrscheinlich einen kodierten Namen, den wir nicht kennen. Stevens soll sich auch darum kümmern.« Tyrell blickte hinunter auf den kranken Mann. Seine Wange blutete nicht mehr. »Sie werden eine kleine Reise machen, *paisan*«, sagte Hawthorne.

»Ich kann das Haus nicht verlassen.«

»Sie werden es verlassen, mein Freund.«

»Dann schießen Sie mir eine Kugel durch den Kopf – ist mir egal.«

»Ein verlockender Gedanke, aber das werde ich nicht. Ich möchte, daß Sie einen Kollegen von mir treffen, aus einem früheren Leben gewissermaßen ...«

»Ich habe hier alle medizinischen Geräte, die ich brauche!«

»Dann nehmen wir mit, was sie für einen kurzen Flug benötigen«, sagte Tyrell. »Sie werden in wenigen Stunden in einem Krankenhaus auf dem Festland liegen. In einem Privatzimmer.«

»Ich überlebe den Transport nicht.«

»Ich gehe jede Wette ein, daß Sie ihn überleben«, sagte Hawthorne, als ein statisches Rauschen aus dem Funksprechgerät kam. Dann meldete sich Major Neilsen.

»Wir haben ein Problem«, sagte sie.

»Was ist *passiert*?« rief Poole.

»Was ist los?« fragte Tyrell.

»Der Pilot des Wasserflugzeugs hat sich bei dem britischen Patrouillenboot gemeldet, dem Hovercraft. Sein linkes Querruder klemmte. Dann ist es abgebrochen! Er ist etwa einhundertzwanzig Kilometer nördlich des Luftkissenfahrzeugs notgewassert. Sie haben

Kurs auf die Stelle genommen, um den armen Kerl aus dem Meer zu fischen, falls er noch lebt.«

»Cathy, beantworten sie mir ganz ehrlich eine Frage«, sagte Hawthorne. »Sie sind das Flugzeug geflogen und kennen es – kann es Sabotage sein?«

»Darüber habe ich mir auch schon den Kopf zerbrochen. Ich hätte daran denken sollen! Mein Gott, unsere AWACS ist in die Luft geflogen ... *Charlie*!«

»Beruhigen Sie sich. Wieso glauben Sie, daß ...«

»Die Drahtseile, verdammt noch mal!« Cathy erklärte, daß sämtliche Ruder des Flugzeuges durch doppelt geführte Drahtseile bewegt würden. Daß beide Seile gleichzeitig rissen, war undenkbar.

»Also Sabotage«, sagte Hawthorne.

»Ich habe gemerkt, daß das Ruder schwergängig war«, sagte Major Neilsen, jetzt ruhiger. »Aber an diese Möglichkeit habe ich nie gedacht. *Scheiße*!«

»Ich habe auch nicht daran gedacht, Major. Hören Sie auf, sich Vorwürfe zu machen. Es muß jemand sein, der auf St. Maarten durch die Kontrollen des Deuxième geschlüpft ist.«

»Die Mechaniker!« rief die Pilotin. »Lassen Sie jeden Mechaniker auf St. Maarten festnehmen und verhören. Es muß einer von ihnen sein!«

»Glauben Sie mir, Cathy, wer immer es gewesen ist, hat die Insel längst wieder verlassen. So ist es nun einmal.«

»Ich kann es nicht ertragen! Der Engländer, der das Flugzeug geflogen hat, ist vielleicht tot.«

»Auch das ist nun einmal so«, wiederholte Hawthorne. »Vielleicht verstehen Sie jetzt, warum so viele Leute in Washington, London, Paris und Jerusalem Angst haben, ihren Schreibtisch auch nur für einen Augenblick zu verlassen. Wir haben es mit einer besessenen Fanatikerin zu tun, die über eine äußerst schlagkräftige Organisation verfügt.«

»Mein Gott, was sollen wir jetzt machen?«

»Sie setzen erst einmal das Tauchboot an den Strand und kommen zu uns. Wir werden die Jalousien hochziehen, damit Sie das Haus besser sehen.«

»Ich sollte in Kontakt mit dem Hovercraft bleiben ...«

»Das hilft uns auch nicht weiter«, unterbrach Hawthorne sie. »Ich brauche Sie hier.«

»Wo ist Poole?«

»Er rollt gerade unseren teuren Patienten in die Halle. Setzen Sie das Boot an Land, Major. Hier ist im Augenblick alles ruhig. Das ist ein Befehl.«

Aber plötzlich, ohne die mindeste Vorwarnung, war es mit der Ruhe vorbei. Überall waren Explosionen zu hören. Mauern stürzten ein, Mamorsäulen zerbarsten und krachten auf den mit Marmor ausgelegten Fußboden. Hinter der offenen Tür zum Kommunikationszentrum hatten die elektronischen Geräte Feuer gefangen; Drahtenden schnellten zischend aneinander und lösten einen ganzen Funkenregen aus. Tyrell lief in die Halle, wobei er sich mehrmals zu Boden werfen mußte, um niederstürzenden Mauerbrocken auszuweichen. Poole lag zwischen den Trümmern einer zusammengefallenen Wand, die sein Bein unter sich begraben hatten. Hawthorne sprang hoch und wälzte die schweren Steinbrocken beiseite. Dann zog er den Lieutenant hinter sich her, während neben ihnen eine weitere Wand in sich zusammenstürzte. Hawthorne blickte auf und sah den *padrone*, der inmitten dieses Chaos in seinem Rollstuhl saß und hysterisch lachte. Dann packte er Poole unter den Armen und ließ sich rückwärts mit ihm durch die dicke Glastür und die hinter ihr aufgeborstene Jalousie fallen. Sie stürzten gegen den Stamm einer künstlichen Palme. Der Lieutenant schrie auf.

»Mein Bein! Ich kann mich nicht bewegen.«

»Sie *müssen*! Diese Palmen fliegen als nächstes in die Luft.« Hawthorne zog Poole einfach weiter, bis sie den Grasstreifen hinter den falschen Bäumen erreicht hatten.

»Lassen Sie mich endlich los. Ich kann nicht mehr. Die Schmerzen sind zu stark.«

»Ich sage Ihnen, wann Sie nicht mehr können!« rief Tyrell. Aus dem Haus hinter ihnen schlugen dichte Flammen. Dann, dreißig Sekunden später, explodierte der Ring der künstlichen Palmen mit der Gewalt von zwanzig Tonnen Dynamit.

»Es ist nicht zu glauben«, flüsterte Poole, als er sich mit Hawthorne auf das dunkle, von der Sonne ausgedörrte Gras sinken ließ. »Er hat die ganze verdammte Chose in die Luft gejagt.«

»Er hatte keine andere Wahl, Lieutenant«, sagte Tye.

Poole hörte nicht zu. »Mein Gott – Cathy!« rief er. »Wo ist Cathy?«

An der anderen Seite des Grasstreifens tauchte eine dunkel gekleidete Gestalt auf, rannte um die lodernden Flammen herum und stieß einen gellenden Schrei aus. Hawthorne sprang auf und lief auf sie zu. »Cathy, wir sind hier! Es ist alles okay.«

Im flackernden Licht des Feuers hob Major Catherine Neilsen ihr von Entsetzen gezeichnetes Gesicht und fiel Lieutenant Commander Tyrell Hawthorne in die Arme. »Gott sei Dank! Sie leben! Wo ist Jackson?«

»Hier, Cath!« rief Poole aus der Dunkelheit. »Wir sind jetzt quitt. Der verdammte Yankee hat mich da rausgeholt.«

»Mein *Liebling*!« sagte Major Neilsen in höchst unmilitärischer Weise, als sie sich vom Commander löste und auf den Lieutenant zulief. Sie warf sich neben ihm nieder und umarmte ihn.

»Irgendwie komme ich mir überflüssig vor«, murmelte Hawthorne, als er auf die beiden Gestalten am Boden zuging.

12

Die Klänge eines Streichquartetts wehten über die Terrasse vor dem Swimmingpool, dessen Wasseroberfläche, von unten beleuchtet, blau funkelte. Es war die passende Umgebung für eine Abendgesellschaft an der Gold Coast von Palm Beach. Auf dem gepflegten Rasen standen drei Bars und mehrere Buffets. Fackeln verbreiteten ein flackerndes Licht, und Kellner in gelben Jacken bemühten sich, den Ansprüchen der verwöhnten Gäste in ihren sommerlichen Abendkleidern und Dinnerjackets Genüge zu tun. Im Mittelpunkt der allgemeinen Aufmerksamkeit stand ein großgewachsener, etwas schüchterner, äußerst gutaussehender junger Mann, der statt des Kummerbundes ein breites Ordensband trug.

Nachdem er seiner Gastgeberin – einer Dame mit silberblauen Haaren und sehr weißen Zähnen, die zu groß für ihren Mund waren – vorgestellt worden war, hatte sie sofort von ihm Besitz ergriffen und führte ihn jetzt von einer Gruppe ihrer Gäste zur nächsten. Amaya Bajaratt folgte ihrem ›Neffen‹ auf dem Fuße.

»Der Mann, dem sie dich gleich vorstellt, ist ein Senator und sehr einflußreich«, flüsterte sie, während ihre Gastgeberin auf einen kleinen, dicken Mann zusteuerte. »Wenn er dich anspricht, rassel irgend etwas auf italienisch herunter – was dir gerade einfällt. Und wenn er antwortet, wendest du dich an mich. Und das ist *alles*.«

»In Ordnung, Signora. Schon verstanden.«

»Senator Nesbitt«, sagte die Gastgeberin. »Der *barone di Ravello* …«

»*Scusi*«, unterbrach Niccolò sie leise. »*Il barone-cadetto di Ravello.*«

»Ach ja, natürlich. Mein Italienisch ist etwas eingerostet.«

»Es war nie brillant, Sylvia.« Der Senator lächelte Nico freundlich zu und verbeugte sich vor der Contessa. »Sehr angenehm, junger Mann«, fuhr er fort und schüttelte ihm die Hand. »Noch tragen Sie nicht den Titel Ihres Vaters – ich verstehe.«

»*Si?*« Der Junge sah die Bajaratt fragend an; sie übersetzte. »*Non, per centi anni, Senatore!*« rief Niccolò.

»Er sagt, daß er hofft, ihn erst in hundert Jahren zu tragen«, erklärte die Baj. »Er ist ein sehr liebevoller Sohn.«

»Schön, wenn man so etwas heute noch hört«, sagte Nesbitt, die Augen auf die angebliche Contessa gerichtet. »Könnten sie den jungen Baron einmal fragen – verzeihen Sie, das ist wahrscheinlich nicht ganz korrekt …«

»*Barone-cadetto*«, berichtigte die Bajaratt lächelnd. »Es heißt einfach der Nachfolger. Die übliche Bezeichnung ist *baroncino,* aber sein Vater ist noch von der alten Schule und meint, ›barone-cadetto‹ sei weniger diminutiv und drücke mehr Autorität aus. Doch für Dante Paolo ist der Titel viel weniger wichtig als das, was er von so einem erfahrenen Mann wie Ihnen, Senator, lernen kann … Was sollte ich ihn fragen?«

»Ich habe heute morgen den Bericht über die gestrige Pressekonferenz gelesen – um ehrlich zu sein: Meine Sekretärin hat mich darauf hingewiesen. ich lese gewöhnlich nicht die Klatschspalten. Ich war sehr angetan von dem, was er über seine Familie gesagt hat, ihr soziales Gewissen, ihre Verpflichtung gegenüber den Armen.«

»Völlig richtig, Senator Nesbitt. Diese Haltung hat die Familie immer ausgezeichnet.«

»Ich bin nicht aus diesem Staat, Ma'am – pardon, Contessa …«

»Ich bitte Sie. Das ist doch völlig unerheblich.«

»Danke … Wissen Sie, ich bin so etwas wie ein Provinzanwalt, der es weiter gebracht hat, als er je erwarten konnte.«

»Die ›Provinz‹, wie Sie es nennen, ist das Rückgrat jeder Nation, Signore.«

»Das ist hübsch ausgedrückt, wirklich sehr hübsch. Ich bin einer der beiden Senatoren des Bundesstaates Michigan. Wir haben dort viele Probleme, aber nach meiner aufrichtigen Überzeugung ebenso viele Gelegenheiten zu günstigen Investitionen, vor allem, bei den heutigen Preisen. Unsere Zukunft liegt angesichts der hervorragenden Infrastruktur Michigans im produzierenden Gewerbe. Wir haben fähige Leute und den richtigen Biß.«

»*Bitte*, Senator, rufen Sie uns morgen an. Ich werde Dante Paolo sagen, wie beeindruckt ich von Ihren Sachkenntnissen bin.«

»Eigentlich mache ich hier Urlaub«, sagte der grauhaarige Mann und blickte zum dritten Mal in vier Minuten auf seine diamantenbesetzte Rolex. »Aber ich erwarte einen Anruf aus Genua, verstehen Sie?«

»Völlig, Signore«, erwiderte die Baj. »Der *barone-cadetto* und ich sind tief beeindruckt von Ihren Vorschlägen ... Wirklich eine interessante Investition.«

»Ich kann Ihnen versichern, Gräfin, daß die Familie Ravello beträchtliche Profite machen würde. Nicht weniger als sieben Prozent aller vom Pentagon vergebenen Aufträge gehen an meine Firmen in Kalifornien. Wir sind High-Tech; im Vergleich zu uns ist der Rest Low-Tech, wenn Sie verstehen, was ich meine. Die anderen werden Bankrott machen. Wir nicht. Wir haben zwölf ehemalige Generäle und acht Admiräle auf unseren Gehaltslisten.«

»Bitte, rufen Sie uns morgen an.«

»Sie werden verstehen, Ma'am, daß ich Ihnen oder dem jungen Mann hier nicht alle Einzelheiten mitteilen kann, aber der *Weltraum* ist es, auf den es ankommt, und wir sind bereits da. Alle zukunftsorientierten Mitglieder des Kongresses haben ein offenes Ohr für uns – nicht wenige von ihnen sind finanziell an unseren Forschungs- und Entwicklungsvorhaben in Texas, Oklahoma und Missouri beteiligt. Die Gewinne werden astronomisch sein! Ich kann Ihnen die Bekanntschaft von Dutzenden von Kongreßmitgliedern und Senatoren vermitteln – absolut diskret, versteht sich.«

»Bitte, rufen Sie uns morgen an.«

»Jeder in diesem Land ist nur an Parteipolitik interessiert«, sagte ein lächelnder, rothaariger Mann Anfang Dreißig, nachdem er dem *barone-cadetto* die Hand geschüttelt und sich tiefer als nötig vor der Contessa verbeugt hatte. »Das werden Sie selbst herausfinden, wenn Sie sich einmal unter den Gästen hier umschauen.«

»Oh, Sylvia hat uns bereits mit jedem bekanntgemacht, der von Einfluß und Bedeutung ist«, sagte die Baj lachend.

»Dann hat sie mich vergessen«, entgegnete der Rotkopf.

»Und wer sind Sie?«

»Nur einer der brillantesten Wahlkampfstrategen in diesem Land. Leider ist mein Ruf noch nicht über die Grenzen des Bundesstaates gedrungen.«

»Dann sind Sie nicht wirklich von Bedeutung«, meinte die Contessa. »Nur insofern, als Sie offenbar hierher eingeladen worden sind. Darf ich fragen, warum?«

»Weil die *New York Times* mir eine Kolumne eingeräumt hat, in der ich meine unorthodoxen Absichten ziemlich regelmäßig veröffentliche. Das Honorar ist beschissen; aber wenn man in meinem Beruf häufig genug von der *Times* gedruckt wird, zahlt es sich am Ende aus. So einfach ist das.«

»Hm. Also, ich danke Ihnen für das reizende und anregende Gespräch. Doch ich fürchte, der *barone-cadetto* und ich müssen uns jetzt verabschieden, *Signor Giornalista*.«

»Warten Sie einen Augenblick, Gräfin. Ob Sie es glauben oder nicht – aber ich bin auf Ihrer Seite. Wenn Sie *wirklich* eine Gräfin und er *wirklich* ein Baron ist.«

»Wieso sollten wir es nicht sein?«

»Sehen Sie den Burschen, der da drüben steht?« fragte der junge Kolumnist und nickte mit dem Kopf in Richtung eines mittelgroßen, dunkelhäutigen Mannes, der zu ihnen herüberschaute. Es war der Reporter vom *Miami Herald*, der fließend Italienisch sprach. »Reden Sie mit ihm, Lady. Nicht mit mir. Er glaubt, daß Sie beide Betrüger sind.«

Hawthorne, noch immer erschöpft von der Flucht aus dem brennenden Haus auf dem Hügel, saß mit Poole am Strand. Beide hatten ihre Neoprenanzüge ausgezogen und warteten auf Catherine Neilsen, die wieder an Bord des im seichten Wasser liegenden Tauchbootes gegangen war.

»Was macht das Bein?« fragte Tyrell.

»Es ist nichts gebrochen. Nur eine verdammt schmerzhafte Verstauchung«, sagte der Lieutenant. »Und was macht Ihre Schulter? Die Wunde hat wieder angefangen zu bluten.«

»Es hört schon auf. Cathy hat das Pflaster nicht fest genug aufgelegt, das ist alles.«

»Kritisieren Sie meine Vorgesetzte?« fragte Poole lächelnd.

»Würde ich niemals wagen – nicht vor Ihnen, mein *Liebling*.«

»He, das macht Ihnen zu schaffen, was?«

»Nein, Jackson. Ich finde es nur ein bißchen deplaziert, wenn ich an unser früheres Gespräch denke. War da nicht von einer unerwiderten Zuneigung die Rede?«

»Ich glaube nicht, daß ich mich so ausgedrückt habe.«

»Spreche ich mit einem anderen Poole?«

»Nein. Sie sprechen mit einem Mann aus Louisiana, dessen Braut nicht zur Trauung erschien.«

»Bitte?« Hawthorne blickte den Lieutenant fragend an.

»Ich verstand es genausowenig wie Sie jetzt. Es war ein Witz – wie ›mein Liebling‹.«

»Könnten Sie mir das vielleicht näher erklären?«

»Gerne.« Poole lächelte, als er sich daran erinnerte. »Sie hat mich versetzt, und ich drehte durch. Das war alles. Meine Zukünftige und ich wollten uns in der schönsten Baptistenkirche von Miami trauen lassen, und meine Familie und ihre Familie waren pünktlich dort, und nachdem wir zwei Stunden gewartet hatten, kam ihre Brautjungfer und überbrachte mir die Nachricht, daß meine Braut mit einem Gitarrenspieler durchgebrannt war.«

»Mein Gott! Es tut mir leid ...«

»Braucht es nicht. Besser vor als nach der Trauung. Aber da drehte ich durch.«

»Und?« Trotz seiner Müdigkeit hörte Tyrell aufmerksam zu.

»Ich rannte fort, kaufte mir zwei Flaschen Bourbon und fuhr mit dem Wagen, mit dem wir in die Flitterwochen fahren wollten, samt scheppernden Blechdosen in die Stadt. Dort setzte ich mich in das übelste Striptease-Lokal, das ich finden konnte, und betrank mich nach Strich und Faden. Und je mehr ich trank, desto schärfer wurde ich darauf, eine der Nutten in dem Lokal zu bumsen.«

»Und dann?«

»Nun, Cathy, Sal und Charlie hatten sich schon gedacht, daß ich durchdrehen würde, und machten sich auf die Suche nach mir. Schließlich fanden sie den Wagen vor dem Lokal. Er war ziemlich auffällig, wenn Sie verstehen, was ich meine.«

»Das liegt ja wohl auf der Hand. Und was geschah dann?«

»Eine Prügelei, Commander. Ich hatte mich ziemlich schlecht benommen und mich mit dem Pferdchen des kubanischen Lokalbesitzers eingelassen. Sal und Charlie erledigten die Angelegenheit recht cool und konnten meine Gegner überreden, mich in Ruhe zu lassen. Aber das Problem war, mich aus dem Laden herauszubekommen.«

»Wieso?«

»Ich wollte das Flittchen immer noch bumsen.«

»Ach, du meine Güte!« Hawthorne rieb sich die Augen, halb amüsiert, halb von Müdigkeit übermannt.

»Da hat Cathy die Arme um mich gelegt und mir ins Ohr geflüstert: ›Mein *Liebling*‹, ›mein *Liebling*‹, ›mein *Liebling*‹, während sie mich nach draußen zog. So ist es zum geflügelten Wort zwischen uns geworden.«

»So war das also.«

»Genau so.«

Schweigen. Schließlich sagte Tyrell müde: »Ihr seid wirklich irre – alle zusammen.«

»He, Commander – wer hat diese Insel gefunden?«

»Also gut, ihr seid nicht völlig irre ...«

»Herhören!« rief Major Neilsen und stieg in ihrem Neoprenanzug aus dem Tauchboot in das hüfthohe Wasser. »Wir haben über das britische Hovercraft neue Befehle erhalten, von Washington und Paris bestätigt. Patrick schickt uns ein Flugboot, das in drei bis vier Stunden hier sein muß. Ach, und der Pilot hat überlebt, mit einem gebrochenen Bein und halb ertrunken; aber er wird durchkommen.«

»Wohin fliegen wir?« fragte Hawthorne.

»Hat man mir nicht gesagt. Nur, daß wir abgeholt werden.«

»Was ist mit den Hunden?« fragte Poole. Das Jaulen der Tiere war aus der Ferne immer noch zu hören.

»Ein Hundeführer ist an Bord der Maschine; der wird sich um sie kümmern. Außerdem eine Aufklärungseinheit, die einen Tag oder so hierbleiben wird.«

»Noch einmal: Wohin fliegen wir?«

»Ich weiß es nicht. Wahrscheinlich zurück zum Stützpunkt.«

»Auf keinen Fall! Ich will auf Gorda abgesetzt werden – und wenn ich mit dem Fallschirm abspringen muß. Es wäre nicht das erste Mal.«

»Warum?«

»Weil zwei meiner Freunde dort getötet wurden und ich wissen will, warum und von wem. Es ist die einzige Spur, die uns weiterführt. Diese Psychopathin operiert von einer der Inseln aus.«

»Wenn wir erst an Bord des Flugbootes sind, können Sie Kontakt mit Ihren Freunden in Washington aufnehmen. Sie haben ja bereits gezeigt, daß die Leute da oben ein offenes Ohr für Sie haben.«

»Sie haben recht«, stimmte Hawthorne zu. »Entschuldigen Sie, daß ich Sie so angeschrien habe.«

»Das ist in Ordnung. Sie haben zwei Freunde verloren. Wir auch, in gewisser Weise. Wir stehen auf der gleichen Seite.«

»Ich glaube, was Major Neilsen sagen will, ist, daß wir bei Ihnen bleiben, wenn Sie auf Gorda aussteigen«, sagte Poole. »Wir sind Ihnen unterstellt worden und wollen Ihnen helfen«, fügte er hinzu und stöhnte, als er seinen Rücken an der von Kletterpflanzen überwachsenen Mauer aufrichtete.

»In Ihrem Zustand sind Sie keine große Hilfe, Lieutenant.«

»Das ist nicht der Rede wert. Nach einem heißen Bad und etwas Kortison bin ich wieder ganz der alte«, sagte Jackson.

»Also schön«, sagte Tyrell, zu müde, um sich zur Wehr zu setzen. »Angenommen, ich schicke Sie nicht zurück zu Ihrem Stützpunkt – werden Sie beide die Tatsache akzeptieren, daß ich hier die Operation leite?«

»Natürlich«, sagte Major Neilsen. »Sie haben das Kommando.«

»Das hat Sie bisher aber noch nicht weiter beeindruckt.«

»Was sie meint, Commander, ist …«

»Hörst du wohl endlich auf, ihm zu sagen, was ich meine«, sagte Catherine und blitzte Poole wütend an.

»Okay, okay«, sagte Tyrell beruhigend. »Wir sitzen alle im selben Boot, okay?«

»Da wir gerade davon sprechen«, sagte Major Neilsen. »Captain Stevens sitzt auch mit drin, und mit dem scheinen Sie nicht gerade gut zurechtzukommen, oder?«

»Das spielt keine Rolle. Ich bin ihm keine Rechenschaft schuldig.«

»Er ist Ihr Vorgesetzter …«

»*Der?* Daß ich nicht lache! Ich wurde vom MI-6, London, engagiert.«

»*Engagiert?*«

»So ist es, Lieutenant. London war mit meinem Preis einverstanden.« Hawthorne reckte seine Schultern; er war müde und abgespannt.

»Aber alles, was Sie über diese Terroristin gesagt haben, und die Fanatiker, die hinter ihr stehen, ihre Mordabsichten … Und Sie tun das nur wegen der *Bezahlung?*«

»Ganz genau.«

»Sie sind ein seltsamer Kerl, Commander Hawthorne. Ich werde nicht schlau aus Ihnen.«

»Ob Sie aus mir schlau werden oder nicht, Major, ist für diese Operation völlig ohne Belang.«

»Natürlich ... Sir.«

»Es ist belanglos, Cath, weil Du einen Nerv bei ihm getroffen hast«, sagte Poole, den Rücken gegen die Mauer gelehnt.

»Wovon reden Sie da?« fragte Hawthorne, der krampfhaft versuchte, gegen seine Müdigkeit anzukämpfen.

»Ich habe auch Ihr Gespräch in der AWACS mitgehört. Ihre Frau wurde aus Gründen getötet, die Sie nicht akzeptieren wollen. Soviel habe ich mitbekommen. Und deshalb weigern Sie sich, wieder mit Ihrer alten Mannschaft zusammenzuarbeiten.«

»Welch vortreffliche Beobachtungsgabe«, sagte Hawthorne, »auch wenn Sie nicht wissen, wovon Sie reden.« Das Kinn sank ihm auf die Brust.

»Dann ist etwas anderes geschehen«, fuhr Poole fort. »Als wir Sie auf Saba an Bord nahmen, taten Sie so, als ob Ihnen alles scheißegal sei. Aber als die ersten Funksprüche eintrafen, waren Sie wie verwandelt. Sie begannen etwas zu sehen, was Sie vorher nicht gesehen hatten, und wurden richtig wütend. Selbst hinter Sal Mancini sind Sie hergewesen wie der Teufel hinter der armen Seele.«

»Worauf willst du hinaus, Jackson?« fragte Cathy.

»Er weiß etwas, von dem er uns nichts sagen will«, entgegnete Poole.

»... Diese *Scheißkerle*«, flüsterte Tyrell mit geschlossenen Augen.

»Schlafen Sie?« fragte Catherine und setzte sich neben Hawthorne in den Sand.

»Ich bin okay ...«

»Als Pilotin würde ich eher sagen, daß Sie kurz davor sind abzutrudeln«, meinte Major Neilsen und legte ihm den Arm um die Schulter.

»*Dominique?*« murmelte Hawthorne, sich gegen Catherine lehnend.

»Wer?«

»Laß Sie ihn, Cath«, sagte Poole und hob abwehrend die Hand. »Ist Dominique Ihre Frau?«

»Nein«, röchelte Rye, halb im Schlaf. »Ingrid ...«

»Ist das die Frau, die getötet wurde?«

»*Lügen!* Sie soll von den Sowjets ... geschmiert worden sein.«

»Und stimmt das?« fragte Major Neilsen, ihn sanft hin und her wiegend.

»Ich weiß es nicht«, sagte Tyrell kaum hörbar. »Sie wollte, daß alles aufhört.«

»Was alles?« drängte der Lieutenant.

»Ich weiß nicht ... Alles.«

»Schlafen Sie, Tye«, sagte Cathy.

»*Nein!*« rief Poole. »Wer ist Dominique?« Aber Hawthorne, von tiefem Schlaf übermannt, antwortete nicht mehr. »Der Mann hat Probleme.«

»Halt die Klappe! Such lieber Feuerholz zusammen!« befahl Major Neilsen.

Achtzehn Minuten später saß Poole im Schein des flackernden Feuers Catherine gegenüber und sah sie an. Sie blickte hinunter auf den schlafenden Tyrell. »Er hat wirklich Probleme«, sagte sie.

»Mehr, als wir je hatten.«

»Er ist ein feiner Kerl, Jackson.«

»Das finde ich auch, Cath. Ich habe euch beide beobachtet. Ihr könntet ein schönes Paar abgeben.«

»Lächerlich.«

»Schau ihn dir an. Er ist doch dem Fatzken in Pensacola turmhoch überlegen. Ich meine, er ist ein wirklicher Mann, der es nicht nötig hat, dauernd in den Spiegel zu sehen.«

»Er ist nicht übel«, sagte die Pilotin der Air Force und hielt Tyrells Kopf, während sie darunter Sand zu einer Kopfstütze zusammenscharrte.

»Sagen wir, es lohnt sich, ihn in Betracht zu ziehen.«

»Du solltest ihn in Betracht ziehen, Cath. Glaub mir!«

»Er ist noch nicht so weit, Jackson. Ich auch nicht.«

»Tu mir einen Gefallen!«

»Welchen?«

»Folg deinen natürlichen Instinkten.«

Major Neilsen blickte den Lieutenant, dann das entspannte Gesicht Hawthornes an. Sie beugte sich vor und küßte die Lippen des Schlafenden.

»*Dominique?*«

»Nein, Commander. Jemand anders.«

»*Buona sera, signore*«, sagte die Bajaratt und ging, gefolgt von dem widerstrebenden *barone-cadetto*, auf den Reporter des *Miami Herald* zu, der fließend Italienisch sprach. »Der rothaarige junge Mann meinte, daß wir mit Ihnen sprechen sollten. Ihr Bericht über die gestrige Pressekonferenz war wirklich sehr schmeichelhaft. Wir danken Ihnen.«

»Leider konnten wir ihn nur im Lokalteil bringen. Aber er ist nicht geschmeichelt«, sagte der Journalist. »Sie haben beide auf mich einen tiefen Eindruck gemacht. Übrigens, mein Name ist Del Rossi.«

»Doch etwas hat Sie gestört?«

»So könnte man sagen. Aber ich bin noch nicht soweit, es drucken zu lassen.«

»Und was ist das?«

»Was wird hier gespielt, Lady?«

»Ich verstehe Sie nicht.«

»Aber *er*! Er versteht jedes Wort, obwohl er angeblich kein Englisch spricht.«

»Wie kommen Sie darauf?«

»Weil ich beide Sprachen spreche. Man sieht es an den Augen. Ein grollender Ausdruck, wenn etwas gesagt wird, was ihm nicht paßt, ein Lächeln bei einem Witz. Man sieht es.«

»Vielleicht ahnt er, was gesagt wird. Das ist doch durchaus möglich, oder?«

»Alles ist möglich, Gräfin. Aber er *versteht* und *spricht* Englisch – habe ich nicht recht, mein Junge?«

»Was – *che cosa*?«

»Das ist der Beweis, Lady!« Del Rossi lächelte triumphierend. »Aber ich mache Ihnen keinen Vorwurf daraus, Gräfin. Eine verdammt gute Taktik.«

»Und was soll *das* nun wieder hießen?« fragte die Bajaratt.

»Sie behalten sich immer die Möglichkeit eines Dementis aufgrund eines Mißverständnisses vor. Die Sowjets waren Experten darin, die Chinesen und die Pressesprecher des Weißen Hauses sind es noch immer. Er kann sagen, was er will, und es dann widerrufen, weil er angeblich die Frage nicht richtig verstanden hat.«

»Aber *wozu*?« fragte die Bajaratt.

»Das habe ich noch nicht herausgefunden.«

»Sie waren doch einer der Journalisten, die mit dem *barone* selbst gesprochen haben. Sie haben ihn in Ravello angerufen.«

»Das stimmt. Aber, offen gestanden, er war keine sehr gute Quelle. Alles, was ich von ihm hörte, war: ›*Tutto quello che dice è vero*‹ und ›*qualsiasi cosa dica*‹. Also – ›was er sagt, ist die Wahrheit‹. Welche Wahrheit, Gräfin?«

»Die Investitionen der Familie zum Beispiel.«

»Vielleicht. Aber warum hatte ich dauernd das Gefühl, mit einer Maschine zu reden?«

»Weil Ihre Fantasie mit Ihnen durchgegangen ist, Signore. Es ist spät geworden. Wir müssen gehen. *Buona notte.*«

»Ich muß auch gehen«, sagte der Reporter. »Es ist eine lange Fahrt bis Miami.«

»Verabschieden wir uns von unseren Gastgebern.« Die Baj nahm Niccolòs Arm und entfernte sich.

»Ich bleibe zwanzig Schritt hinter Ihnen«, sagte Del Rossi lächelnd.

Die Bajaratt wandte sich um und blickte den Reporter freundlich an. »Warum, *Signor Giornalista*? Das wäre sehr undemokratisch. Es würde den Anschein erwecken, als ob Sie etwas gegen uns hätten, als ob Sie unsere gesellschaftliche Stellung mißbilligten.«

»Aber nein, Gräfin. Weder billige noch mißbillige ich Ihre Stellung. In meinem Beruf fällt man keine Urteile. Man sagt nur, wie es ist.«

»Dann schließen Sie sich uns an. Ich werde zwischen euch gehen, zur Rechten und zur Linken einen gutaussehenden Italiener.«

Del Rossi trat näher und bot ihr den Arm. Zu dritt überquerten sie den Rasen, als die Gräfin plötzlich mit einem Schmerzensschrei niederkniete und sich an den Knöchel griff. Offensichtlich hatte sich ihr hoher Absatz im Gras verfangen. Die beiden Männer beugten sich zu ihr hinunter. »Mein Fuß! Ich bin umgeknickt. Zieht mir bitte den Schuh aus.«

»Ich habe ihn«, sagte der Reporter und befreite den schmerzenden Fuß von seiner Umhüllung.

»Ich danke Ihnen«, murmelte die Bajaratt, während sie sich an Del Rossis Bein festhielt, um aufzustehen. Einige Gäste waren herbeigeeilt und hatten sich um die Gruppe versammelt.

»*Au!*« Ein winziger Blutfleck breitete sich an der Hose des Reporters aus, als er und Niccolò der Gräfin auf die Beine halfen.

»Danke – ich danke Ihnen allen! Mir geht es gut. Es war nur meine Ungeschicklichkeit.« Von Ausrufen der Sympathie und des Bedauerns begleitet, setzte die Gräfin mit den beiden Männern ihren Weg fort. Sie verabschiedete sich von ihren Gastgebern, die auf der Terrasse standen und den aufbrechenden Gästen eine gute Nacht wünschten.

»Du meine Güte!« sagte die Bajaratt, als sie wenig später den Blutfleck auf Del Rossis Hose bemerkte. »Ich muß Sie mit meinem Armband verletzt haben. Es tut mir schrecklich leid.«

»Nicht der Rede wert, Gräfin. Nur ein Kratzer.«

»Schicken Sie mir die Rechnung für Ihre Hose ... Ich liebe dieses Armband, aber die Zacken sind wirklich gefährlich. Ich werde es nie wieder tragen.«

»Ach, hören Sie. Ich hab' die Hose in einem Discountladen gekauft. Vergessen Sie die Rechnung ... Aber ich werde weitergraben, Lady. Vergessen Sie *das* nicht!«

»Wonach wollen Sie graben, Signore? Nach Dreck?«

»Ich fasse keinen Dreck an, Gräfin. Das überlasse ich anderen.«

»Dann graben Sie weiter«, sagte die Baj und blickte auf das Armband an ihrem rechten Handgelenk. Es war rot von Blut – dort, wo einer der goldenen Zacken eine winzige Öffnung aufwies. »Sie werden nichts finden.«

THE MIAMI HERALD
TÖDLICHER UNFALL EINES HERALD-REPORTERS

WEST PALM BEACH, Dienstag, den 12. August – Pulitzerpreisträger Angelo Del Rossi, einer der prominentesten Journalisten dieses Landes, wurde gestern abend auf der Route 95 getötet, als sein Wagen von der Fahrbahn abkam und gegen eine Häuserwand prallte. Die Polizei nimmt an, daß Del Rossi am Lenkrad eingeschlafen war. Einige seiner Kollegen gaben nicht nur ihrer Betroffenheit, sondern auch ihrem Zweifel an der Darstellung der Polizei Ausdruck. »Er war ein Tiger«, sagte einer von ihnen. »Ein echter Reporter. Wenn er einmal Blut geleckt hatte, konnte er tagelang ohne Schlaf auskommen.« Del Rossi hatte gestern abend an einem Empfang zu Ehren des kürzlich eingetroffenen *barone-cadetto* von Ravello teilgenommen. Der junge Baron äußerte sein Entsetzen über den tragischen Unfall. Wie seine Tante sagte, hatte er sofort Freundschaft mit dem italienisch sprechenden Del Rossi geschlossen.

Mr. Del Rossi hinterläßt eine Frau und zwei Töchter.

IL PROGRESSO RAVELLO
(Übersetzung)
BARON AUF MITTELMEER-KREUZFAHRT

RAVELLO, 13. August – Baron Carlo Vittorio von Ravello hat sich an Bord seiner Yacht *Il Niccolò* begeben und tritt zur Wiederherstellung seiner angegriffenen Gesundheit eine längere Kreuzfahrt durch das Mittelmeer an. »Sobald ich mich auf den Inseln unseres herrlichen Meeres erholt habe, werde ich mich wieder meinen Aufgaben widmen«. sagte er bei einer Abschiedsfeier im Hafen von Neapel.

13

Die orangerote Sonne schickte ihre ersten Strahlen über das blaugrüne Wasser; die Vögel begannen zwitschernd, in den Palmen nach Nahrung zu suchen. Tyrell öffnete die Augen – überrascht, daß sein Kopf auf Catherines Schulter ruhte. Sie lag schlafend neben ihm. Leise stand er auf und blinzelte in das Licht des frühen Morgens. Als er das Knistern eines Feuers hinter sich hörte, drehte er sich erstaunt um. Poole kam hinkend auf ihn zu und zog einen verdorrten Ast hinter sich her, den er in die Flammen warf. Der schwarze Rauch stieg in einen wolkenlosen, klaren Himmel.

»Wozu soll denn das gut sein?« fragte Hawthorne und wiederholte die Frage im Flüsterton, als der Lieutenant seinen Zeigefinger an die Lippen legte.

»Damit der Pilot des Flugbootes uns leichter finden kann.«

»Sie können wieder laufen?«

»Ich hab' Ihnen doch gesagt, daß es nur eine Verstauchung war. Ich hab' das Bein eine halbe Stunde im Wasser gekühlt. Jetzt geht's wieder leidlich.«

»Wann ist das Flugzeug hier?«

»Gegen sechs Uhr, bei guten Wetterbedingungen«, antwortete Catherine Neilsen, die Augen immer noch geschlossen. »Ihr könnt aufhören zu flüstern.« Die Pilotin richtete sich auf, schob den Ärmel ihres Neoprenanzuges zurück und schaute auf die Uhr. »Mein Gott, es ist bereits viertel vor.«

»Na und?« sagte Poole. »Hast du einen Termin im Schönheitssalon?«

»Nein. Aber da wir gerade von Schönheit sprechen – meinen Sie nicht, meine Herren, daß es Zeit wird, sich wieder anständig anzuziehen? Zwei Männer in Unterhosen und eine Frau auf der sprichwörtlichen einsamen Insel – so möchte ich nicht in die Annalen der Patrick Air Base eingehen.«

»Der Air Base?« entgegnete Hawthorne scharf. »Wir wollen doch nach Gorda.«

»Das haben wir doch alles längst besprochen, Tye. Vielleicht erinnern Sie sich nicht mehr. Sie waren so müde, daß niemand Ihnen daraus einen Vorwurf machen kann.«

»Ja, jetzt erinnere ich mich wieder. Ich werde Stevens in Washington anrufen und mich auf Gorda absetzen lassen.«

»Nein«, sagte Poole. »Nicht Sie, sondern *wir* lassen uns auf Gorda absetzen. Auch Cath und ich haben dort noch eine Rechnung zu begleichen. Ich denke an Charlie – an *ihn* werden Sie sich doch noch erinnern, oder?«

»Worauf Sie sich verlassen können«, sagte Tyrell und blickte den Lieutenant forschend an. »Also auf nach Gorda.«

»Da ist das Flugzeug!« rief Cathy und sprang auf. »Wir müssen uns beeilen. Zieht eure Neoprenanzüge an!«

»Askalon«, flüsterte die Stimme in London.

»Für immer«, erwiderte die Baj. »In den nächsten Tagen kann ich vielleicht nicht zur verabredeten Zeit anrufen. Wir fliegen nach New York. Es wird ziemlich hektisch zugehen.«

»Das macht nichts. Wir kommen gut voran. Wir haben einen unserer Leute in die Fahrbereitschaftszentrale von Downing Street eingeschleust.«

»Das ist fantastisch!«

»Und wie steht's bei Ihnen, Baj?«

»Auch gut. Unser Aktionsfeld wird immer größer – und exklusiver. Wir werden uns rächen, mein Freund.«

»Ich habe nie daran gezweifelt.«

»Unterrichten Sie Paris und Jerusalem. Aber sagen Sie ihnen, sie sollen an unserem ursprünglichen Zeitplan festhalten – falls etwas schiefläuft.«

»Ich habe heute morgen mit Jerusalem gesprochen. Der Hitzkopf dort ist ganz außer sich.«

»Wieso?«

»Er hat in einem Restaurant in Tel Aviv die Bekanntschaft einer Gruppe von israelischen Offizieren gemacht. Es wurde ein Riesenbesäufnis, bei dem er so schön gesungen hat, daß sie Freundschaft mit ihm geschlossen haben. Er ist zu mehreren Partys eingeladen worden.«

»Er soll vorsichtig sein. Seine Papiere sind so falsch wie seine Uniform.«

»Er ist der beste Agent, den wir haben. Übrigens, Baj, er hat zwei der Offiziere erkannt – Protegés von diesem Schlächter Sharon.«

»Interessant«, sagte die Bajaratt. »Sharon könnte bei der Gelegenheit gleich mit über die Klinge springen.«

»Das hat Jerusalem auch gedacht.«

»Aber nicht auf Kosten unseres Planes. Sagen Sie ihm das.«

»Er versteht das.«

»Gibt's was Neues aus Paris?«

»Naja, sie schläft jetzt mit einem hochrangigen Mitglied der Deputiertenkammer, einem engen Freund des Präsidenten. Ein gerissenes Mädchen. Sie weiß, was sie will.«

»Noch besser, sie würde mit dem Präsidenten schlafen.«

»Könnte auch passieren.«

»Askalon«, sagte die Baj, bevor sie auflegte.

»Für immer«, sagte die Stimme in London.

Britisch Gorda lag noch im tiefen Schlaf, als das Flugboot der Air Force zwei Meilen südlich des Yacht-Clubs wasserte. Hawthorne hatte keine Hilfe angefordert, da zur Standardausrüstung des Flugzeuges mehrere Schlauchboote gehörten. Als er den Hörer des Sprechfunkgeräts wieder auflegte, rief Catherine Neilsen, die neben ihm saß, den Lärm der Motoren übertönend: »Einen Augenblick, großer Führer, haben Sie nicht etwas vergessen?«

»Was? Ich habe uns nach Gorda gebracht. Was wollen Sie sonst noch?«

»Etwas zum Anziehen. Unsere Sachen sind im britischen Hovercraft, hundert Meilen von hier, und in unseren Taucheranzügen sind wir vielleicht doch etwas zu auffällig. Und wenn Sie glauben, daß ich im Büstenhalter und Höschen neben zwei unrasierten Gorillas an Land gehe, haben Sie sich geirrt, Commander.«

»Er hat eine Vorliebe für ölverschmierte Overalls und dreckige Neoprenanzüge«, sagte Poole grinsend.

Hawthorne nahm den Hörer auf und ließ sich mit der Telefonzentrale des Yacht-Clubs verbinden. »Mr. Geoffrey Cooke, bitte.« Tyrell wartete; niemand meldete sich. Schließlich schaltete sich der Angestellte des Yacht-Clubs wieder in die Leitung ein.

»Tut mir leid, Sir. Er scheint nicht da zu sein.«

»Versuchen Sie es mit Monsieur Ardisonne. Jacques Ardisonne.«

»Wie Sie wünschen, Sir.« Wieder meldete sich niemand, und wieder schaltete sich der Angestellte in die Leitung ein. »Genau das gleiche Sir.«

»Hören Sie, hier ist Tyrell Hawthorne. Ich habe ein Problem ...«

»Captain Hawthorne? Ich dachte schon, daß Sie es sind, aber es ist so laut bei Ihnen.«

»Mit wem spreche ich?«

»Beckwith, Sir, der Nachtportier. War mein Englisch einigermaßen verständlich?«

»Wie aus dem Buckingham Palace«, sagte Tye. »Hören Sie, Beck, ich muß Roger sprechen. Ich habe aber seine Privatnummer nicht. Können Sie ...?«

»Die brauchen Sie nicht, Captain. Er vertritt den Zimmerkellner, der wegen einer Prügelei im Gefängnis sitzt. Ich verbinde Sie.«

»Wo bist du die ganze Zeit gewesen, Tye-Boy?« fragte der schwarze Barkeeper. »Wir haben versucht, dich auf St. Maarten anzurufen. Aber du warst einfach nicht zu erreichen, Mann.«

»Wo sind Cooke und Ardisonne?«

»Auf dem Festland, Tye-Boy. Sie haben gegen zehn Uhr dreißig einen Anruf bekommen, einen verrückten Anruf, Mann. So verrückt, daß sie das Government House verständigt haben. Und dann passierten die verrücktesten Sachen! Die Polizei hat sie nach Sebastian's Point gefahren, und das Küstenpatrouillenboot hat sie zu einem Wasserflugzeug gebracht, und ein Pilot wird sie nach Puerto Rico fliegen. Das haben sie mir gesagt, damit ich es dir sage.«

»Ist das alles?«

»Nein, Mann. Ich hab' mir das Beste bis zuletzt aufgespart. Ich soll dir ausrichten, daß sie jemand namens Grimshaw gefunden haben.«

»*Volltreffer!*« brüllte Hawthorne so laut, daß seine Stimme im ganzen Flugzeug zu hören war.

»Was ist passiert?« fragte Major Neilsen.

»Was ist los, Tye?« rief Poole.

»Wir haben einen von ihnen! Sonst noch was, Roger?«

»Nein, nichts weiter. Nur daß die beiden Arschlöcher mir noch einen Haufen Geld schuldig sind.«

»Du bekommst es fünfzigfach zurück, Alter!«

»Die Hälfte davon genügt mir.«

»Noch eine Kleinigkeit, Roger. Ich bin mit zwei Freunden eingeflogen, aber wir brauchen etwas zum Anziehen ...«

Roger erwartete sie am leeren Ostrand, hundert Meter vom Hafen des Yacht-Clubs entfernt, und zog das schwere Schlauchboot an Land. »Es ist noch zu früh für die Touristen, und die Skipper können uns nicht sehen. Folgt mir. Ich habe die Schlüssel für eine leere Villa, wo ihr euch umziehen könnt. Die Sachen sind dort oben ... Wartet einen Augenblick! Was soll ich mit dem Schlauchboot machen? Das Ding ist zweitausend Dollar wert.«

»Laß die Luft raus und verkauf es«, sagte Hawthorne. »Aber sorg dafür, daß die Initialen nicht mehr zu lesen sind. Gehen wir!«

Die von Roger bereitgelegten Kleidungsstücke paßten; was Major Neilsen betraf, so paßten sie sogar vorzüglich.

»He, Cathy, du siehst hinreißend aus!« Poole pfiff anerkennend durch die Zähne, als die Pilotin in einer weich fließenden *muumuu* aus dem Schlafzimmer trat, die vorteilhaft ihre Figur betonte.

Kokett drehte sich Cathy vor den Männern. »Das habe ich ja noch nie von Ihnen gehört, Lieutenant ... Vielleicht einmal, in einem Striptease-Lokal in Miami.«

»Miami zählt nicht, und das weißt du auch. Aber abgesehen von dieser Hochzeit – an die ich mich nicht gerne erinnere – habe ich dich noch nie in einem so hübschen Kleid gesehen. Was meinen Sie, Tye?«

»Sie sehen reizend aus, Catherine«, sagte Hawthorne.

»Danke, Tyrell. So viele Komplimente bin ich gar nicht gewöhnt. Ich bin ganz rot geworden, ob Sie es glauben oder nicht.«

»Ich glaube es gern«, erwiderte Tye leise. Er sah wieder das Gesicht der schlafenden Catherine vor sich – oder war es das von Dominique? – beide Bilder berührten ihn gleichermaßen, das letztere mit einem stechenden Schmerz. Warum hatte sie ihn wieder verlassen? »Wir werden bald von Cooke und Ardisonne hören, was sie in Puerto Rico herausgefunden haben«, sagte er dann abrupt und trat an das Fenster. »Ich will diesen Grimshaw haben, und ich werde ihn notfalls mit Gewalt zwingen, mir zu sagen, warum Marty und Mickey sterben mußten.«

»Und Charlie«, sagte Poole. »Vergessen Sie Charlie nicht.«

»Wer zum Teufel sind diese Leute, daß sie machen können, was sie wollen?« rief Tyrell und schlug mit der Faust gegen den Fensterrahmen.

»Sie haben gesagt, daß sie aus dem Mittleren Osten kommen«, sagte Cathy.

»Das ist richtig, aber zu allgemein. Sie kennen das Beka'a-Tal nicht. Ich kenne es. Es gibt da Dutzende von Splittergruppen, die sich gegenseitig bekämpfen. Jede beansprucht, das Schwert Allahs zu sein. Aber diese Gruppe ist anders. Es mögen Fanatiker sein, aber es geht ihnen nicht um Allah oder Jesus, Mohammed oder Moses. Ihre Infrastruktur ist viel zu verzweigt. Mein Gott – undichte Stellen in Washington und Paris, Verbindungen zur Mafia, eine Inselfestung, japanische Satelliten, Schweizer Konten, Ableger in Miami und Palm Beach und wer weiß was sonst noch alles! Nein, es sind vielleicht Zeloten, aber zugleich sind es Söldner, weltweit operierende Kapitalisten des Terrorismus.«

»Sie müssen zahlreiche Anhänger haben«, sagte Poole. »Woher kriegen sie sie?«

»Ein Geschäft zu beiderseitigem Vorteil, Jackson. Sie kaufen und verkaufen.«

»Was kaufen sie?«

»In Ermangelung eines besseren Wortes – Destabilisierung.«

»Die nächste Frage ist, warum?« sagte Major Neilsen und runzelte die Stirn. »Ich kann verstehen, daß sie fanatisch sind – aber warum sollten Leute, die nicht im mindesten an ihrer Sache interessiert sind, die Mafia zum Beispiel, mit ihnen kooperieren?«

»Weil diese Leute interessiert *sind*. Das hat nicht das mindeste mit religiösen oder philosophischen Überzeugungen zu tun. Es hat etwas mit Macht zu tun. Und mit Geld. Wo immer Destabilisierung auftritt, gibt es ein Machtvakuum. Und da sind Millionen, ach was, *Milliarden* zu verdienen! Regierungen werden unterwandert, Marionetten gelangen in Positionen, in denen sie ihren Drahtziehern nützlich werden können; ganze Länder werden von finanzstarken Profiteuren kontrolliert, die wieder im Untergrund verschwinden, wenn sie die Ressourcen dieser Länder ausgebeutet haben.«

»Und das geschieht wirklich?«

»Lady, ich habe es *gesehen*. Von Griechenland bis Uganda, von Haiti bis Argentinien, von Chile bis Panama. Im größten Teil des ehemaligen Ostblocks – ihre Herrscher waren so kommunistisch wie die Rockefellers.«

»Da soll mich doch der Teufel frikassieren!« rief Lieutenant Poole. »Ich habe noch nie darüber nachgedacht. Ich schäme mich wirklich.«

»Dazu haben Sie keinen Anlaß, Jackson. Daß ich über diese Vorgänge unterrichtet bin, lag an meinem Beruf.«

»Was machen wir jetzt, Tye?« fragte Cathy.

»Wir warten ab, was wir von Cooke und Ardisonne erfahren. Wenn es das ist, was ich glaube, fliegen wir nach Puerto Rico.«

Es klopfte an der Tür. »Ich bin's«, sagte die Stimme des schwarzen Barkeepers. »Ich muß mit dir reden, Tye-Boy.«

»Komm rein, Roger. Die Tür ist nicht abgeschlossen.«

Roger betrat zögernd den Raum und schloß die Tür hinter sich. Er ging auf Hawthorne zu, eine Zeitung in der Hand. »Das ist die Morgenausgabe des *San Juan Star*. Sie ist vor einer halben Stunde mit der ersten Maschine eingetroffen. Die Nachricht steht auf Seite drei. Hier.« Er reichte ihm die Zeitung.

ZWEI TOTE ZWISCHEN DEN MORRO CASTLE ROCKS GEFUNDEN

SAN JUAN, Sonnabend – Die Leichen zweier Männer wurden heute morgen zwischen den Felsen westlich des Hafenbeckens gefunden. Sie konnten anhand ihrer Pässe als Geoffrey Alan Cooke, britischer Staatsbürger, und Jacques René Ardisonne aus Frankreich identifiziert werden. Alle Anzeichen weisen darauf hin, daß sie ertranken, bevor sie an die Küste gespült wurden. Die Polizei hat sich an das britische und französische Konsulat gewandt, um weitere Erkundigen einzuziehen.

Tyrell Hawthorne warf die Zeitung auf den Fußboden, drehte sich um und schlug mit der Faust durch die Fensterscheibe. Seine Hand blutete, als er sie zurückzog.

Das Penthouse in Manhattan hoch über der Fifth Avenue, mit Blick auf den Central Park, war festlich erleuchtet. Schwere Kristallüster und zahllose Kerzen warfen ihr Licht auf eine Schar erlesener Gäste – Politiker, Grundstücksmakler, Bankiers, prominente Kolumnisten, Film- und Fernsehstars sowie einige etablierte Autoren, die alle in

Italien publiziert hatten. Sie waren der Einladung ihres Gastgebers gefolgt, eines Unternehmers, dessen fragwürdige Manipulationen auf dem Aktienmarkt strafrechtlich nicht geahndet worden waren, während seine Partner jetzt im Gefängnis saßen. Obwohl er tief verschuldet war, zeichnete sich ein Silberstreifen am Horizont ab: Seine Schulden sollten bald beglichen werden. Die Aufmerksamkeit der illustren Gäste galt einem jungen Mann, dessen immens reicher Vater, der Baron von Ravello, beträchtlich zur Lösung der finanziellen Probleme des Gastgebers beitragen konnte.

Der *barone-cadetto* und seine Tante, die Contessa, begrüßten die Gäste, als wären sie nahe Verwandte des Zaren und hielten hof im alten St. Petersburg. Zum Ärger der Baj sprach eine der jungen Schauspielerinnen Italienisch. Nach der Vorstellung hatte sie sich auf ein längeres Gespräch mit ›Dante Paolo‹ eingelassen. Die Bajaratt war nicht eifersüchtig – es war die drohende Gefahr, die sie beunruhigte. Eine wohlerzogene, mehrere Sprachen sprechende junge Frau konnte leicht herausfinden, daß die Bildung des jungen ›Adligen‹ beträchtliche Lücken aufwies. Alle Gefahr löste sich jedoch in Wohlgefallen auf, als Niccolò, die dunkelhaarige Schauspielerin neben sich, auf die Baj zutrat.

»*Cara Zia*, meine neue Freundin hier spricht ausgezeichnet Italienisch«, sagte er in seiner Muttersprache.

»Das habe ich bemerkt«, sagte die Bajaratt, ebenfalls auf italienisch.

»Sind Sie in Rom erzogen worden? Oder in der Schweiz?«

»Du meine Güte, nein, Gräfin. Die einzigen Lehrer, die ich nach der High School hatte, waren ein paar abgewrackte Typen in der Schauspielklasse, bevor ich die Rolle in der Fernsehserie bekam.«

»Du hast sie gesehen, Tante! Ich habe sie auch gesehen! Bei uns heißt die Serie *Vendetta delle Selle*. Sie spielt das süße Mädchen, das sich ihrer jüngeren Geschwister annimmt, nachdem die Banditen ihre Eltern umgebracht haben.«

»Aha. Und daß Sie unsere Sprache so gut beherrschen, ist …?«

»Mein Vater besitzt ein italienisches Delikatessengeschäft in Brooklyn. Dort gibt es nicht viele Leute über vierzig, die Englisch sprechen.«

»Ihr Vater verkauft den besten *prosciutto* und *provolone* in ganz New York. Und echten Käse aus Portifino. Ich würde so gerne einmal dieses Brooklyn sehen!«

»Ich fürchte, dazu ist keine Zeit, Dante«, sagte die Schauspielerin. »Ich fliege morgen wieder an die Küste.«

»Mein liebes Kind«, sagte die Baj auf italienisch, die Schauspielerin plötzlich freundlich anlächelnd. »ist es wirklich nötig, daß Sie so schnell wieder an die ... die ... «

»Die Küste«, ergänzte die junge Frau. »Wir sagen die Küste, wenn wir Kalifornien meinen. Ich muß in vier Tagen vor der Kamera stehen, und ich brauche mindestens zwei Tage, bis ich die Folgen des guten Essens bei meiner Familie wieder abgejoggt habe.«

»Wenn Sie einen Tag länger bleiben, haben Sie immer noch zwei Tage für Ihr Jogging, nicht?«

»Sicher. Aber wozu?«

»Mein Neffe ist sehr von Ihnen eingenommen ...«

»Einen Moment mal, Lady!« rief die Schauspielerin auf englisch, offensichtlich tief gekränkt.

»Nein, bitte!« sagte die Bajaratt, ebenfalls auf englisch. »Sie verstehen mich falsch. *Rispetto, rispetto totale.* Alles ganz öffentlich, und ich bin immer dabei – als Anstandsdame. Ich dachte nur, nach all diesen geschäftlichen Konferenzen mit Leuten, die soviel älter sind als er, würde es eine willkommene Abwechslung sein, wenn er einmal einen Tag mit jemandem verbringen könnte, der seinem Alter näher steht, und der Italienisch spricht. Er muß langsam genug haben von seiner alten Tante.«

»Wenn Sie alt sind, Gräfin«, sagte die junge Frau erleichtert, wieder zum Italienischen zurückkehrend, »dann bin ich noch ein Schulmädchen.«

»Bleiben Sie also noch einen Tag?«

»Nun ... Warum eigentlich nicht?« Die Schauspielerin blickte Niccolò an und begann zu lächeln.

»Wir könnten Sie in einem Zimmer in unserem Hotel unterbringen«, sagte die Bajaratt. »Dann können wir morgen in aller Frühe aufbrechen und uns New York anschauen.«

»Sie kennen Papa nicht. Wenn ich in New York bin, schlafe ich zu Hause, Contessa. Mein Onkel Ruggio fährt sein eigenes Taxi und holt mich abends immer ab.«

»*Wir* können Sie nach Brooklyn bringen«, beharrte Niccolò. »Wir haben eine Limousine.«

»Dann kann ich Ihnen Papas Laden zeigen. Den Käse, die Salami, den *prosciutto.*«

»Bitte, *cara Zia*.«

»Onkel Ruggio kann hinter uns herfahren. Dagegen dürfte Papa nichts einzuwenden haben.«

»Ihr Vater paßt sehr auf Sie auf, nicht wahr?« fragte die Bajaratt.

»Und ob! Seit ich in L. A. bin, kommt eine unverheiratete Verwandte nach der anderen, um bei mir zu wohnen. Sobald eine weg ist, taucht zwanzig Minuten später die nächste auf.«

»Ein guter italienischer Vater, der noch die alten Traditionen wahrt.«

»Angelo Capelli, Vater von Angel Capell. Mein Agent meinte, Angelina Capelli sei ein Name, bei dem man eher an eine Kellnerin in New Jersey denkt. Der strengste Papa in Brooklyn. Aber wenn ich ihm sage, daß ich einen echten Baron mit nach Hause bringe ...«

»Zia Cabrini«, sagte Niccolò. »Wir sind jedem vorgestellt worden. Können wir nicht gehen? Ich rieche schon den Käse, schmecke den *prosciutto*!«

»Ich will sehen, was sich machen läßt. Aber ich würde gern kurz unter vier Augen mit dir sprechen ... Es hat nichts zu bedeuten, Signorina. Nur ein paar Worte über einen Mann, den wir noch sehen müssen, bevor wir gehen. Geschäftlich natürlich.«

»Aber sicher! Da hinten steht ein Kritiker von der *Times*, der mal eine kleine Rolle, die ich im Village gespielt habe, fantastisch rezensiert hat. Dadurch bin ich erst zum Fernsehen gekommen. Ich habe ihm damals einen Brief geschrieben, aber ich muß mich noch persönlich bei ihm bedanken. Bis gleich!« Die junge Schauspielerin, ein mit Ginger Ale gefülltes Champagnerglas in der Hand, steuerte auf einen fetten, graubärtigen Mann mit den Augen eines Leoparden und den Lippen eines Orang-Utans zu.

»Was ist, Signora? Habe ich etwas falsch gemacht?«

»Keineswegs, mein Liebling. Du hast dich jemandem angeschlossen, der so jung ist wie du, und das ist völlig in Ordnung. Aber denk daran, daß du kein Englisch sprichst!«

»Cabi, wir sprechen nur Italienisch zusammen ... Du hast Verständnis dafür, daß ich sie attraktiv finde?«

»Natürlich, Niccolò. Die Moralvorstellungen der Spießer sind mir gleichgültig. Aber du solltest sie nicht so behandeln wie diese Frauen in Portici, die es nur auf deinen Körper abgesehen haben.«

»Aber nein! Sie mag berühmt sein, aber sie ist ein italienisches

Mädchen geblieben. Und ich achte sie, wie ich meine Schwestern achte. Sie gehört nicht zu der Welt, in die du mich eingeführt hast.«

»Ist dir diese Welt zuwider, Nico?«

»Wie könnte sie das? Ich habe noch nie so gelebt wie jetzt – es übersteigt meine kühnsten Träume.«

»Gut. Nun geh zu deiner *bellissima ragazza*. Ich komme gleich nach.«

Die Baj wandte sich um und schritt anmutig auf ihren Gastgeber zu, der sich angeregt mit zwei Bankiers unterhielt. Plötzlich legte sich eine Hand auf ihren Ellbogen. Sie drehte den Kopf um und blickte in das attraktive Gesicht eines weißhaarigen Mannes, der aussah, als sei er geradewegs einem Anzeigenprospekt für einen Rolls-Royce entstiegen.

»Kennen wir uns, Sir?« fragte die Bajaratt.

»Jetzt kennen wir uns, Gräfin«, erwiderte der Mann, hob ihre linke Hand und berührte sie mit den Lippen. »Ich bin eben erst gekommen, aber wie ich sehe, scheinen Sie sich gut zu unterhalten.«

»Es ist ein reizender Abend.«

»Kein Wunder bei diesen Gästen! Reichtum und Macht verwandeln jede Raupe in einen Schmetterling.«

»Sind sie ein Schriftsteller ... vielleicht ein Romancier? Ich habe heute abend bereits mehrere getroffen.«

»Gütiger Himmel, nein! Ich kann kaum einen Brief ohne die Hilfe meiner Sekretärin schreiben. Aber ein scharfes Auge gehört zu meinem Beruf.«

»Und was ist Ihr Beruf, Signore?«

»Die Verwaltung eines gewissen aristokratischen Erbes, könnte man sagen, erlernt im diplomatischen Dienst mehrerer Länder, meist auf Geheiß des Außenministeriums.«

»Wie interessant!«

»Ohne Frage«, bestätigte der Fremde lächelnd. »Doch da ich weder Alkoholiker noch politisch ambitioniert bin und ausgedehnte Liegenschaften besitze, stelle ich jetzt dem Außenministerium vorwiegend mein Landgut zur Verfügung – als Gästehaus für ausländische Würdenträger. Man kann nicht am Morgen ausreiten, dann Tennis spielen oder ein Bad in einem luxuriösen Swimmingpool nehmen und gepflegt zu Mittag speisen, um sich bei den anschließenden Verhandlungen wie ein Bauer zu benehmen ... Natürlich können die Gäste sich auch auf andere Weise zerstreuen, wenn Sie verstehen, was ich meine.«

»Warum erzählen Sie mir das alles, Signore?« fragte die Bajaratt und musterte ihr Gegenüber.

»Weil ich alles, was ich besitze, alles, was ich gelernt habe, einem Mann verdanke, dessen Bekanntschaft ich vor Jahren in Havanna gemacht habe«, erwiderte er. »Sagt Ihnen das etwas Gräfin?«

»Warum sollte es?« fragte Amaya mit leerem Gesichtsausdruck, doch angehaltenem Atem.

»Dann will ich gleich zur Sache kommen, bevor wir von einem dieser Salonlöwen gestört werden. Man hat Ihnen mehrere Telefonnummern gegeben, aber nicht die, die Sie fortan benötigen werden. Ich habe einen versiegelten Umschlag in Ihrem Hotel für Sie hinterlegt. Wenn das Siegel aufgebrochen ist, rufen Sie mich umgehend im Plaza an; dann wird alles geändert. Mein Name ist Van Nostrand, Suite Neun B.«

»Und wenn das Siegel nicht aufgebrochen ist?«

»Dann können Sie mich ab morgen unter den dort angegebenen drei Nummern erreichen, Tag und Nacht. Sie haben jetzt den Freund, den Sie brauchen.«

»Den Freund, den ich brauche? Sie sprechen in Rätseln, wirklich.«

»Hören Sie auf, Baj«, flüsterte der Mann aus der Rolls-Royce-Anzeige. »Der *padrone* ist tot.«

Die Bajaratt holte tief Luft. »Was sagen Sie da?«

»Es gibt ihn nicht mehr ... Lächeln Sie; wir dürfen nicht auffallen.«

»Dann hat die Krankheit ihn besiegt. Er hat den Kampf verloren.«

»Es war nicht die Krankheit. Er hat sein Haus in die Luft gejagt – und sich selbst dazu. Er hatte keine andere Wahl.«

»Aber warum?«

»Man hat ihn gefunden. Eine seiner letzten Anweisungen an mich bestand darin, mich mit Ihnen in Verbindung zu setzen und Ihnen jede Hilfe anzubieten, die Sie brauchen. Innerhalb gewisser Grenzen bin ich Ihr ergebener Diener ... Contessa.«

»Aber was ist geschehen? Sie erzählen mir nichts!«

»Nicht jetzt. Später.«

»Mein wirklicher Vater ...«

»Nicht mehr. Er ist tot. Sie können sich jetzt an mich wenden. Ich verfüge über beträchtliche Ressourcen.« Van Nostrand legte den Kopf zurück und brach – offensichtlich auf eine witzige Bemerkung der Gräfin reagierend – in ein schallendes Gelächter aus.

»Wer sind Sie?«

»Ich habe es Ihnen gesagt – der Freund, den Sie brauchen.«

»Sind Sie der amerikanische Verbindungsmann des *padrone*?«

»Ich arbeite auch für andere. Aber in einem gewissen Sinne bin ich immer nur *sein* Mann gewesen ... Ich habe Havanna erwähnt.«

»Was hat er Ihnen über mich erzählt?«

»Er hat Sie geliebt und bewundert. Sie waren ein großer Trost für ihn, und deswegen hat er mich gebeten, Ihnen in jeder Weise zu helfen.«

»In welcher Weise?«

»Ich kann Ihnen ermöglichen, unauffällig von einem Ort zum anderen zu gelangen. Ich folge Ihren Befehlen, solange sie nicht meine ... unseren Interessen widersprechen.«

»Unseren?«

»Ich bin der Führer der Skorpios.«

»Der *Skorpione*?« Die Baj sprach nicht lauter als gewöhnlich; sie hatte sich jetzt völlig unter Kontrolle. »Der Führer des Hohen Rats hat von Ihnen gesprochen. Er sagte, ich würde überwacht und geprüft werden. Und wenn ich die Prüfung bestehe, eine von euch werden.«

»Soweit würde ich nicht gehen, Contessa. Aber Sie können mit unserer Hilfe rechnen.«

»Ich wäre nie auf die Idee gekommen, den *padrone* mit den Skorpionen in Zusammenhang zu bringen«, sagte die Bajaratt.

»So ist es häufig im Leben ... Der *padrone* hat uns erschaffen, mit meiner Hilfe natürlich. Was Ihre Prüfung betrifft, so haben Sie sie in Palm Beach glänzend bestanden. Es war einfach hervorragend, was Sie da geleistet haben.«

»Wer sind die Skorpione? Können Sie es mir sagen?«

»Ohne auf Einzelheiten einzugehen, ja. Wir sind fünfundzwanzig an der Zahl; das ist unsere oberste Grenze.« Wieder lachte Van Nostrand herzlich über eine fiktive Bemerkung der Gräfin. »Wir üben verschiedene Berufe aus. jeder von uns ist sehr sorgfältig in Hinblick darauf ausgewählt worden, ob er unseren vielen Klienten von Nutzen sein kann. Der *padrone* hat immer die Meinung vertreten, daß ein Tag, der nicht mindestens eine Million Dollar Profit einbringt, ein verlorener Tag sei.«

»Ich habe diese Seite meines ... meines einzigen Vaters nie gekannt. Kann ich allen Skorpionen trauen?«

»Sie gehorchen jedem Befehl – wenn sie es nicht tun, ist der Tod das geringste, was sie erwartet. Mehr kann ich Ihnen nicht sagen.«

»Wissen Sie, weshalb ich hier bin, Signor Van Nostrand?«

»Ich brauchte unseren gemeinsamen Freund nicht, um das zu erfahren. Ich habe sehr gute Verbindungen zu hohen Regierungsstellen.«

»Und?« fragte die Bajaratt und sah Van Nostrand an.

»Es ist Wahnsinn!« flüsterte er. »Aber ich verstehe, daß der *padrone* davon begeistert war.«

»Und Sie?«

»Im Tod wie im Leben bin ich nur ihm verpflichtet. Ich war und bin nichts ohne den *padrone*. Das habe ich schon erwähnt, oder?«

»Ja. Er war ein großer Mann in Havanna, nicht?«

»Er war der goldhaarige Mars der Karibik – so jung, so voller Energie. Wenn Fidel sein Genie erkannt hätte, anstatt ihn auszuweisen, wäre Kuba jetzt ein unvorstellbar reiches Inselparadies.«

»Und die Insel des *padrone* – wie wurde sie entdeckt?«

»Durch einen Mann namens Hawthorne, einen früheren Offizier des Geheimdienstes der Navy.«

Die Farbe wich aus ihrem Gesicht. »Er wird sterben«, sagte sie leise.

Das Zwischenspiel in Brooklyn war für die Baj nur erträglich, weil es ihren Zwecken diente. Angelo Capelli und seine Frau Rosa, ein ausnehmend schönes Paar, waren von dem bescheidenen Auftreten des *barone-cadetto* entzückt, der seinerseits von der Salumeria Capelli, einem Delikatessengeschäft in bester italienischer Tradition, begeistert war. Rings im Laden waren kleine Tische verteilt, an denen man essen konnte. Überall an den Wänden hingen Fotos der berühmten Tochter der Familie mit Szenen aus ihrer Fernsehserie, und Angels jüngerer Bruder, ein sechzehnjähriger Junge, etwas kleiner, aber fast genauso gutaussehend wie Niccolò, schloß rasch mit dem *barone-cadetto* Freundschaft. Provolone wurde in Würfel, Prosciutto in hauchdünne Scheiben geschnitten. Dann wurde eine kalte Pasta mit Rosas selbstgemachter Tomatensauce nebst einigen Flaschen Chianti Classico aufgetragen, und alle taten sich an *antipasto misto* gütlich.

»Siehst du, *cara Zia*, ich habe es dir gleich gesagt!« rief Dante Paolo auf italienisch. »Ist das nicht besser als diese stocksteife Gesellschaft in Manhattan?«

»Unser Gastgeber war tief beleidigt, mein Junge.«

»Weswegen? Wem sollte ich denn sonst noch in den Arsch kriechen?«

Das brüllende Gelächter verstärkte sich, als die Bajaratt tadelnd sagte: »Aber *Dante*!«

»Sie kriechen keinem in den Arsch!« rief Angelo Capelli.

»Ich bitte dich, Papa! Deine Ausdrucksweise ...«

»Ich bitte *dich*, Tochter! Er ist der *barone-cadetto* von Ravello, und er hat es zuerst gesagt.«

»Er hat recht, Angelina ... Angel. Ich habe es zuerst gesagt.«

»So ein netter junger Mann«, sagte Rosa. »So natürlich.«

»Warum sollte ich es auch nicht sein, Signora Capelli?« fragte Niccolò. Er war in Hochstimmung. »Ich habe mich nicht danach gedrängt, mit diesem Titel geboren zu werden. Er war einfach da ... Heilige Mutter Gottes – eines Tages war er einfach da!«

Wieder brachen alle, bis auf die Baj, in ein schallendes Gelächter aus. Und dann klopfte es an der Ladentür. Die Bajaratt sagte auf englisch: »Ich muß die *famiglia Capelli* um Entschuldigung bitten, aber mein Neffe hatte den Wunsch, Erinnerungen an diesen Abend mit nach Hause zu nehmen. Deshalb hat er mich gebeten, einen Fotografen kommen zu lassen, um ein paar Aufnahmen zu machen. Wenn es Ihnen nicht recht ist, schicke ich ihn wieder fort.«

»Warum sollte es uns nicht recht sein?« rief Angelo Capelli. »Es ist eine Ehre für uns. Mein Sohn, laß den Mann herein!«

Nachdem sie an der Rezeption eine Limousine für den nächsten Morgen bestellt hatte, ging die Bajaratt durch die Eingangshalle des Hotels und betrat eine der Telefonzellen an der gegenüberliegenden Seite. Sie zog einen Zettel aus ihrer Handtasche, wählte die Nummer des Plaza und verlangte die Suite Neun B.

»Ja?« meldete sich eine männliche Stimme.

»Van Nostrand – ich bin es.«

»Sie rufen nicht aus Ihrem Zimmer an, oder?«

»Eine überflüssige Frage. Natürlich nicht. Ich bin in der Eingangshalle.«

»Geben Sie mir die Nummer. Ich gehe nach unten und rufe Sie von dort aus zurück.«

Die Baj folgte seiner Aufforderung, und sieben Minuten später läutete das Telefon in ihrer Zelle. »War das nötig?« fragte sie, nachdem sie den Hörer abgenommen hatte.

»Eine überflüssige Frage«, erwiderte Van Nostrand mit einem leisen Lachen. »Ja, es war nötig. Man weiß, daß ich gute Verbindungen zum Außenministerium habe, und es gibt viele Leute, die an meinen Telefongesprächen interessiert sind. Aber genug davon! War das Siegel intakt?«

»Völlig. Ich habe es unter einer starken Lampe genau untersucht.«

»Gut. Ich brauche Ihnen wohl nicht zu sagen, daß Sie mich, wenn irgend möglich, aus einer öffentlichen Zelle anrufen sollten. Vor allem, wenn mehrere Gespräche nötig werden sollten. Wir dürfen nicht in ein Raster geraten.«

»Nein, das brauchen Sie mir nicht zu sagen«, antwortete die Bajaratt. »Aber da Sie so gute Verbindungen zu Regierungsstellen haben – wo ist dieser frühere Navy-Offizier namens Hawthorne jetzt?«

»Ich möchte, daß Sie ihn mir überlassen. Sie haben ein anderes Ziel zu verfolgen.«

»Er ist zu gerissen für Sie, alter Mann.«

»Sie scheinen ihn zu kennen.«

»Ich kenne seinen Ruf. Er war der beste Undercover-Agent in Amsterdam – er und seine Frau.«

»Wie interessant. Zufällig weiß ich, daß seine Amsterdamer Tätigkeit aus den Akten gelöscht ist.«

»Ich habe auch meine Quellen, Signor Van Nostrand.«

»Selbst der *padrone* hat es nicht gewußt, und ich habe es ihm nie gesagt. Äußerst interessant ... Und was mein Alter anbetrifft, meine liebe Baj, so möchte ich Sie daran erinnern, daß ich über Ressourcen verfüge, die die Ihren weit übersteigen.«

»Sie verstehen nicht ...«

»Oh doch, ich verstehe sehr gut!« unterbrach er sie wütend. »Sie haben ihn Ihren einzigen wahren Vater genannt, aber für mich war er mein *Leben*.«

»Wie bitte?«

»Sie haben mich recht gut verstanden«, sagte Van Nostrand kalt. »Wir haben dreißig Jahre lang alles miteinander geteilt – alles. Havanna, Rio, Buenos Aires ... Ein gemeinsames Leben, wie es enger nicht von zwei Menschen gelebt werden kann. Bis er vor zehn Jahren erkrankte und mich wegschickte, um ihm auf andere Weise dienlich zu sein.«

»Ich hatte ja keine Ahnung ...«

»Dann möchte ich Sie einmal etwas fragen, Lady. Haben Sie in den beiden Jahren, die Sie auf der Insel verbrachten, jemals eine andere Frau gesehen – außer Hectra, der schwarzen Amazone?«

»Mein Gott!«

»Schockiert es Sie?«

»Nicht vom moralischen Standpunkt aus; der ist mir gleichgültig. Ich bin nur nie auf den Gedanken gekommen.«

»Niemand ist je auf den Gedanken gekommen. ›Mars und Neptun‹ nannte er uns. Der eine herrschte über die Karibik; der andere half ihm im Verborgenen, gab seinen gesellschaftlichen Umgangsformen jenen Schliff, der das Kennzeichen einer guten Erziehung ist ... Wahrscheinlich verstehen Sie mich jetzt, Baj? Dieser Hawthorne gehört *mir*!«

Die Limousine fuhr kreuz und quer durch Manhattan, vom Gebäude der Vereinten Nationen zu den Fernsehstudios am Hudson River, vom Battery Park zum Museum of Natural History. ›Dante Paolo‹ war von jeder der Sehenswürdigkeiten neu entzückt – sehr zur Freude Angel Capells, deren Anwesenheit ihnen alle Türen öffnete. Und seltsamerweise waren überall Fotografen dabei, was Angel keineswegs überraschte. Sie war daran gewöhnt, die Aufmerksamkeit auf sich zu ziehen, und wiederholte mehrmals: »*Anche i paparazzi devono vivere*« – auch die Paparazzi wollen leben. Weder dem jungen Fernsehstar noch ihrem Begleiter fiel freilich auf, daß nie ein Foto von Amaya Bajaratt gemacht wurde. Dafür hatte die ›Contessa‹ gesorgt.

Das Mittagessen im Four Seasons in der 52nd Street fand seinen Höhepunkt, als die beiden Besitzer des Hotels dem jungen Paar eine Schokoladentorte auftragen ließen, auf der mit Zuckerguß ein Willkommensgruß für den *barone-cadetto* und seine schöne Begleiterin aufgespritzt war. Als die beiden jungen Leute die zweite Portion verzehrt hatten, sagte die Gräfin: »Der Wagen wartet auf uns. Ich habe Dante versprochen, ihm noch vier weitere Sehenswürdigkeiten zu zeigen.«

»Dann bitte ich den Kellner, den Rest der Torte für den Fahrer einzupacken.«

»Sie haben ein weiches Herz, Angelina.«

Auf dem Weg nach draußen blieb die Baj auf der Treppe stehen, denn hinter der Garderobe hatte sie drei Fotografen entdeckt. Als das junge Paar sich selbstvergessen zulächelte, hörte man die Auslöser klicken. *Perfekt*.

THE NEW YORK TIMES
(Wirtschaftsteil)

BROOKLYN, 28. August – Dante Paolo, der *barone-cadetto* von Ravello, zur Zeit im Auftrag seines schwerreichen Vaters auf einer Reise durch die Vereinigten Staaten, hat Freundschaft mit Angel Capell geschlossen, dem beliebten Star der Fernsehserie *Saddles Ride for Revenge*. Die Fotos oben zeigen Miß Capell, die fließend Italienisch spricht, mit dem zukünftigen Baron und ihrer Familie in Brooklyn. Nach unseren Informationen suchen zahlreiche Firmen unter ihren Mitarbeitern nach Italienisch sprechenden Führungskräften.

THE NEW YORK DAILY NEWS

ITALIENISCHER ADELIGER UND AMERIKANISCHER FERNSEHSTAR EIN PAAR?

Weitere Fotos auf Seite 4. Eine stürmische Romanze.

THE NATIONAL ENQUIRER

IST ANGEL SCHWANGER?
Wer weiß? Aber sie sind mehr als nur ›gute Freunde‹!

»Das ist widerwärtig!« rief Niccolò, der mit den Zeitungen in der Hand wütend im Hotelzimmer auf und ab ging. »Wie peinlich! Was soll ich ihr bloß sagen?«

»Im Augenblick gar nichts, Nico. Sie sitzt im Flugzeug nach Kalifornien. Aber sie hat dir ihre Telefonnummer gegeben. Also ruf sie später an.«

»Sie muß mich für ein Ungeheuer halten.«

»Das glaube ich nicht. Vermutlich hat sie genug Erfahrung auf diesem Gebiet, um solche Artikel nicht ernst zu nehmen.«

»Aber all diese Fotos! Woher wußten diese Leute, wo sie uns finden würden?«

»Sie hat dir doch selbst gesagt, daß die *paparazzi* auch leben wollen. Sie versteht das. Vielleicht hat sie uns absichtlich im unklaren darüber gelassen, wie berühmt sie ist ... Ich hätte es natürlich wissen sollen.«

Die Baj verließ den Fahrstuhl und durchquerte die Eingangshalle des Hotels. Sie betrat eine der Telefonzellen an der anderen Seite der Halle und wählte Van Nostrands Nummer.

»Die Zeitungen sind voll von Berichten über den jungen Mann und seine Freundin«, sagte er. »Was für eine Publicity – fast wie damals, als Grace und Rainier Schlagzeilen machten. Die Amerikaner sind natürlich verrückt danach.«

»Dann habe ich meinen Zweck erreicht. Also ist man auch in Washington auf sie aufmerksam geworden?«

»Von der *Post* über die *Times* bis zum letzten Lokalblatt – überall stehen die beiden auf der ersten Seite! Und da in einigen Klatschspalten erwähnt wurde, daß ich selbst in New York war, habe ich mehrere Anrufe bekommen, ob ich den jungen Baron kenne – genauer gesagt, seinen Vater.«

»Und was haben Sie geantwortet?«

»Kein Kommentar. Und da, wie man in dieser Stadt sagt, kein Kommentar auch ein Kommentar ist, nimmt jetzt natürlich jeder an, *daß* ich ihn kenne.«

»Dann wird es Zeit, daß wir nach Washington fliegen – ohne Publicity.«

»Wie Sie wollen.«

»Können Sie uns bei sich aufnehmen?«

»Wie meinen Sie das? Ich kann Ihnen natürlich ein Flugzeug schicken.«

»Ich meine, ob wir in Ihrem Landhaus wohnen können.«

»Das ist völlig unmöglich«, sagte Van Nostrand abweisend.

»Warum?«

»Weil ich den ehemaligen Commander Tyrell Hawthorne eingeladen habe, als Gast bei mir zu wohnen. Ich erwarte ihn in den nächsten achtundvierzig Stunden. Zwölf Stunden später können Sie mit dem Haus machen, was Sie wollen. Dann bin ich nämlich nicht mehr da.«

14

Tyrell Hawthorne, mit einer auf dem Flughafen gekauften leichten Safarijacke und khakibraunen Hosen bekleidet, betrachtete im Licht des Mondes seine bandagierte Hand. Sie war ihm am Tage zuvor von Major Catherine Neilsen auf Virgin Gorda verbunden worden. Jetzt saßen sie im offenen, von Kerzen erleuchteten Innenhof des San-Juan-Hotels in Isla Verde, Puerto Rico, und warteten auf die Rückkehr des Lieutenants A. J. Poole von einer Konferenz, die der Geheimdienst der Navy einberufen hatte. Tyrell hatte sich geweigert, daran teilzunehmen. »Wenn ich nicht da bin, brauche ich mir auch nicht den Quatsch anzuhören, den sie da verzapfen«, hatte er gesagt. »Und wenn sie etwas beschließen, was mir nicht paßt, kann ich mich immer damit herausreden, daß ich es nicht gewußt habe.« Der Kellner hatte ein drittes Glas Chablis auf den Tisch gestellt. Vor Major Neilsen stand ein großes Glas mit eisgekühltem Tee.

»Wieso kommt es mir so vor, als ob Sie härteres Zeugs gewöhnt sind?« fragte sie mit einem Blick auf den Wein.

»Weil es stimmt. Bis ich herausfand, daß es mir nicht guttat. Genügt das?«

»Ich wollte nicht indiskret sein ...«

»Wo zum Teufel steckt er? Diese Konferenz kann doch nicht länger als zehn Minuten gedauert haben, wenn er ihnen das gesagt hat, was ich ihm aufgetragen habe!«

»Sie sind auf diese Leute angewiesen, Tye. Sie können nicht allein vorgehen – das wissen Sie.«

»Ich habe den Namen des Piloten, der Cooke und Ardisonne geflogen hat, von einem Flugzeugmechaniker erfahren. Und im Augenblick ist das alles, was ich brauche. Alfred Simon. Verdammter Scheißkerl.«

»Ach, hören Sie! Sie haben selbst gesagt, er sei angeheuert worden – ein X-Außen, wie Sie es nannten, obwohl ich keine Ahnung habe, was das bedeutet.«

»Ganz einfach. Jemand, der den Auftrag erhält, einen bestimmten Job zu tun, aber außerhalb des Kreises der Auftraggeber bleibt. Er weiß gar nicht, von wem er den Auftrag bekommen hat.«

»Was nützt Ihnen dann der Name?«

»Wenn die wenigen Fähigkeiten, die ich einmal besessen habe, mir nicht völlig abhanden gekommen sind, besteht die Möglichkeit, daß ich in den Kreis eindringe.«

»Ohne fremde Hilfe?«

»Ich bin kein Idiot, Cathy. Ein toter Held zu sein ist mir noch nie verlockend erschienen. Wenn es also unbedingt nötig wird, mobilisiere ich alles, was sonst noch schießen kann. Aber bis dahin arbeite ich lieber allein – ob mit oder ohne Genehmigung.«

»Was soll das heißen?«

»Niemand, der mir sagt, was ich zu tun und zu lassen habe.«

»Hört sich an, als ob Sie auch mich und Jackson ausschließen wollen.«

»Aber nein, Major! Sie bleiben am Ball, bis die Sache anfängt, haarig zu werden. Ich brauche ein Basislager, auf das ich mich verlassen kann.«

»Dane. Und da wir gerade dabei sind – vielen Dank auch für die Kleider. Hübsche Boutiquen, die sie hier haben.«

»Das ist das einzige, wozu unser Henry Stevens gut ist. Er überweist uns Geld, als hätte er Zugriff zu den Goldreserven von Fort Knox. Hat er wahrscheinlich auch.«

»Ich habe alle Quittungen aufbewahrt.«

»Verbrennen Sie sie! Solche Papiere sind verräterisch und äußerst gefährlich. Wissen Sie denn *überhaupt nichts*, Major Neilsen? Für Geheimoperationen sind Sie nicht gerade die ideale Besetzung. Erste Regel: nie Spuren hinterlassen.«

»Ich weiß es jetzt, Commander.«

»Sie sehen hinreißend aus, wie Poole sagen würde.«

»Danke. Jackson hat das Kleid ausgesucht.«

»Der Junge kann einem auf die Nerven gehen. Wir sollten ihn mit meinem jüngeren Bruder zusammen in eine Zelle stecken – zwei Intellektuelle, die sich gegenseitig Denksportaufgaben stellen.«

»Wenn man vom Teufel spricht ... Lieutenant Poole ist gerade gekommen. Er sucht die Tische nach uns ab.«

Andrew Jackson Poole schob einen Stuhl zurück und setzte sich kerzengerade hin. »Wenn diese Klugscheißer noch einmal eine Konferenz anberaumen, können Sie selber gehen, Tye«, sagte er. »Die Arschlöcher kriegen es nicht fertig, einen einzigen klaren Satz zu formulieren.«

»Das nennt sich Vernebelungstaktik, Lieutenant«, sagte Hawthorne lächelnd. »Da sie nie wirklich das gesagt haben, was Sie verstanden haben, müssen Sie Ihre eigenen Schlußfolgerungen ziehen. Und wenn etwas schiefläuft, ist es Ihre Schuld ... Haben Sie ihnen mitgeteilt, was ich Ihnen aufgetragen hatte?«

»Ja. Damit sind sie einverstanden. Sie können sich Ihren X-Piloten, oder wie Sie den Kerl nennen, schnappen. Aber es gibt da etwas anderes, was Ihre Pläne ändern könnte.«

»Was denn?«

»Irgend so ein hohes Tier in Washington hat Ihnen eine Nachricht hinterlassen, und Sie können Gift darauf nehmen, daß sie etwas mit der gegenwärtigen Situation zu tun hat.«

»Ich höre.«

»Etwas stimmt nicht an der Sache. Er hat Ihren alten Kumpel Stevens glatt übergangen und sich direkt an den Verteidigungsminister gewandt, der auch gleich Ihren Aufenthaltsort ermitteln ließ. Stevens ist völlig außen vor bei der ganzen Sache.«

»Was für einer Sache denn überhaupt?«

»Der Mann will nur mit Ihnen sprechen.«

»Warum? Wer ist er?«

Poole griff in die Tasche seines kürzlich erworbenen, sehr teuren Blazers und zog einen Umschlag mit einem dicken, roten, amtlich aussehenden Siegel hervor. »Das ist für Sie«, sagte der Lieutenant. »Ich muß hinzufügen, daß der Bursche, der die Konferenz leitet und von dem ich diesen Brief habe, ein Riesentheater machte, bevor er ihn mir gab. Er sagte, er habe nur Sie erwartet, und als ich ihm entgegnete, Sie seien nicht abkömmlich, sagte er mir, er würde mir den Brief nicht geben. Und da sagte ich: ›In Ordnung, dann bekommt er ihn nie.‹ Und da sagte er, er würde mich von einem Mann begleiten lassen, der bezeugen könnte, daß ich Ihnen den Umschlag übergeben habe. Wahrscheinlich sitzt er jetzt irgendwo mit einer Kamera, um den Vorgang festzuhalten.«

»Wie im Kindergarten«, sagte Hawthorne.

»Da hinten schaut jemand über den Blumenkasten«, sagte Cathy. Tye und Jackson drehten sich um; ein Kopf verschwand hinter einer Reihe von Orchideen, und wenig später strebte eine Gestalt in einem mit Schulterstücken besetzten weißen Hemd dem Ausgang zu.

Tyrell riß den Umschlag auf. Er zog ein Blatt Papier heraus, las es und schloß die Augen. »Mein Gott!« sagte er mit kaum hörbarer Stimme. Er warf das Blatt auf den Tisch und starrte vor sich hin.

»Darf ich?« fragte Catherine und griff nach dem Blatt. Als Hawthorne keine Einwände erhob, nahm sie es auf und las.

Ihnen ist großes Unrecht angetan worden. Ich beziehe mich natürlich auf die Vorgänge in Amsterdam. Sie wissen wahrscheinlich nicht, daß es eine Verbindung zwischen Ihrer Frau und dem Beka'a-Tal gab. Ihre Frau wurde im Zuge einer aufgegebenen Taktik, die jetzt wieder verfolgt wird, geopfert.

Was ich Ihnen zu sagen habe, muß unter uns bleiben. Sie wissen vielleicht mehr, als Sie ahnen. Nur Sie können entscheiden, ob Sie Gebrauch von dieser Information machen wollen oder nicht.

Sie werden diesen Brief während meiner Abwesenheit erhalten. Aber ich kehre morgen nachmittag um drei Uhr zurück. Bitte rufen Sie mich unter der unten angegebenen Telefonnummer an. Ich werde dann alle nötigen Vorkehrungen treffen, Sie in mein Landhaus bringen zu lassen.

Hochachtungsvoll
NVN

Außer einer Telefonnummer in der linken Ecke trug die handgeschriebene Notiz keinen Hinweis auf die Identität des Absenders. Unter den Initialen stand jedoch als Postskriptum:

Bitte vernichten Sie dieses Blatt, nachdem Sie sich meine Telefonnummer notiert haben.

»Was weiß er?« murmelte Hawthorne – eine Frage, die er nicht nur seinen beiden Begleitern, sondern auch sich selbst zu stellen schien. »Wer ist dieser Mann?«

»Wenn der Kerl, von dem ich den Brief bekommen habe, es wüßte, hätte er es mir gesagt.«

»Wie kommst du darauf?« fragte Cathy.

»Ich habe ihm gesagt, der Commander würde keine Briefe annehmen, die nicht vom Geheimdienst in Washington überprüft und freigegeben seien. Da rückte er gleich mit der ganzen Geschichte über den Verteidigungsminister heraus und wie er Tye aufgespürt hat. Außerdem bin ich lange genug bei der Armee, um stutzig zu werden, wenn der zuständige Mann einfach übergangen wird, nur weil irgendein Zivilist was von strengster Geheimhaltung erzählt. An der Sache ist etwas faul, darauf gebe ich dir Brief und Siegel. Und zwar nicht erst seit gestern.«

»In diesem Fall könnte es aber gute Gründe geben, Lieutenant. Meine Frau wurde in Amsterdam getötet.«

»Ich weiß. Aber warum hat dieser Kerl fünf Jahre geschwiegen, wenn er Ihnen etwas zu sagen hatte? Warum macht er erst jetzt den Mund auf?«

»Das hat er deutlich zum Ausdruck gebracht: Er glaubt, daß eine Verbindung zur gegenwärtigen Situation besteht. Meine Frau wurde *geopfert*, wie er schreibt.«

»Das tut mir aufrichtig leid; aber wir haben gesehen, was diese Arschlöcher alles anrichten können. Und was sie bereits angerichtet *haben* und über welche Verbindungen sie in Washington und Paris und London verfügen ... Und Sie sagen, das sei nur die Spitze des Eisberges, nicht?«

»Ja.«

»Diese Welt, wie wir sie kennen, könnte sich also in einer wirklichen, gottverdammten Krise befinden. Stimmen Sie mir zu?«

»Ich glaube, das habe ich schon hinlänglich klar gemacht.«

»Wie kommt es dann, daß Sie zwischen diesem hohen Tier – wer immer es sein mag – und all den Nachrichtendiensten stehen, mit denen der Mann durch geheime Drähte verbunden ist? Was hindert ihn, direkt zum Präsidenten höchstpersönlich zu gehen?«

»Ich weiß es nicht.«

»Denken Sie drüber nach! Er überläßt es sogar Ihnen, ob Sie von seiner Information Gebrauch machen wollen oder nicht. Wenn man daran denkt, was alles damit zusammenhängt, ist das doch sehr eigenartig, nicht? Ein Ex-Commander der Navy, der nicht gerade in hohem Ansehen steht, gegen das Leben des mächtigsten Führers der Welt? Denken Sie nach Tye!«

»Ich kann es nicht«, murmelte Hawthorne. Seine Hände begannen zu zittern; sein Blick schweifte ab. »Ich kann es einfach nicht ... Sie war meine Frau.«

»Keine Tränen, Commander!«

»Hör auf, Jackson!«

»Den Teufel werde ich tun, Cath. Die ganze Geschichte stinkt zum Himmel!«

»Ich muß es *wissen* ...« Tyrell verstummte, in tiefes Nachdenken versunken. Dann riß er sich fast gewaltsam aus seinen quälenden Gedanken. »Wir werden es morgen ja herausfinden, oder etwa nicht?«, sagte er und richtete sich auf. »Bis dahin werde ich mir diesen Piloten schnappen. er hält sich in der Altstadt von San Juan auf.«

»Das muß alles sehr schwer für Sie sein.« Major Neilsen legte ihre Hand auf seine Hand. »Aber Sie werden es schaffen, Tye. Sie werden sich nicht unterkriegen lassen.«

»Wenn Sie sich da mal nicht täuschen«, sagte Hawthorne und blickte sie aus müden Augen an. »Solange ich nicht mit dem Mann gesprochen habe, der mit diesen Brief geschrieben hat, bin ich der größte Feigling auf Gottes weiter Erde.«

»Also schnappen wir uns diesen X-Piloten«, sagte J. Poole. V. mit fester Stimme.

»Jackson, bitte ...«

»Ich weiß, was ich tue, Cath. Es hat keinen Zweck, hier herumzusitzen und vergangenen Zeiten nachzutrauern. Kommen Sie, Commander. Fahren wir nach San Juan.«

»Nein. Sie bleiben hier bei Cathy. Ich fahre allein.«

»Nein, *Sir*!« Poole war vom Stuhl aufgestanden und nahm Haltung an.

»Was haben Sie gesagt?« Tyrell blickte den jungen Air-Force-Offizier erstaunt an. »Ich habe gesagt, ich fahre allein. Haben Sie mich nicht verstanden?«

»Zu Befehl, Sir«, sagte Poole. »Es ist jedoch meine Pflicht als im Range niedriger Offizier, einem Vorgesetzten beizustehen, wenn dieser Beistand nicht meine dienstlichen Aufgaben beeinträchtigt. Ich beziehe mich auf die Dienstanweisung der Air Force, Artikel Sieben, Abschnitt ...«

»Ach, halten Sie den Mund.«

»Streiten Sie sich nicht mit ihm«, sagte Catherine leise und drückte Hawthornes Hand. »Er kennt sämtliche Paragraphen auswendig. Sie kommen gegen ihn nicht an.«

»Okay. Sie haben gewonnen, Lieutenant.« Tyrell stand auf. »Fahren wir.«

»Ich möchte den Vorschlag machen, daß wir uns vorher in die Herrentoilette begeben.«

»Gut. Ich warte draußen auf Sie.«

»Ich möchte, daß sie sich mir anschließen, Sir.«

»Wovon reden Sie da, verdammt noch mal?«

»Da wir unsere Waffen auf Gorda zurückgelassen haben, habe ich mir erlaubt, zwei Pistolen zu kaufen. Walther P. K. Automatik, acht Patronen, siebeneinhalb Zentimeter langer Lauf. Sehr unauffällig.«

»Er versteht auch etwas von Pistolen?« fragte Hawthorne und sah Catherine an.

»Er hat einen Kursus über Waffenanalyse mitgemacht und ihn mit Auszeichnung bestanden«, antwortete Major Neilsen.

»Wie haben Sie in Gehirnchirurgie abgeschnitten?«

»Ich beherrsche nur die Grundtechniken der Leukotomie, aber die Sache ist mir zu blutig ... Hören Sie, ich will Ihnen nicht in aller Öffentlichkeit eine Pistole und drei Ladestreifen übergeben.«

»Sehr rücksichtsvoll, Lieutenant«, sagte Tyrell. »Cathy, bleiben Sie in Ihrem Zimmer.«

»Rufen Sie mich alle Stunde an! Ich bestehe darauf.«

»Wenn es uns möglich ist, Major.«

»*Askalon!*« rief die Stimme, als die Bajaratt in einer Telefonzelle im Hay-Adams-Hotel in Washington den Hörer ans Ohr preßte.

»Hallo, Jerusalem. Was ist passiert?«

»Der Mossad hat unseren besten Mann festgenommen. Er war auf einer Party im Kibbuz Irshun außerhalb von Tel Aviv. Alle waren mehr oder weniger betrunken, und sie haben ihn erwischt, als er eine israelische Soldatin vergewaltigte.«

»Der *Idiot*!«

»Er sitzt jetzt im Gefängnis des Kibbuz und wartet auf sein Urteil.«

»Können Sie zu ihm gelangen?«

»Einer der Kibbuzniks ist bestechlich. Wir könnten es versuchen.«

»Dann tun Sie es. Töten Sie ihn. Wir können nicht zulassen, daß er unter Drogen gesetzt wird.«

»Wird erledigt. Askalon für immer.«

»Für immer«, sagte die Bajaratt und legte auf.

Nils Van Nostrand betrat sein Arbeitszimmer in seinem Landhaus in Fairfax, Virginia. Der große Raum war fast völlig leer. Kartons standen auf dem Fußboden, vollgepackt mit Büchern und Geschirr – alle mit Aufklebern versehen, denen zufolge sie für ein Möbellager in Lissabon bestimmt waren. Von dort würden sie heimlich weiter zu einer Villa am Genfer See verfrachtet werden. Der Rest des Hauses – das Mobiliar, die Ställe, die Pferde und der gesamte Viehbestand – war samt Grund und Boden an einen saudiarabischen Scheich verkauft worden, der in dreißig Tagen hier einziehen würde. Das ließ ihm mehr Zeit, als er brauchte – viel mehr sogar. Er trat an seinen Schreibtisch, hob den Hörer des roten Telefons ab und wählte eine Nummer.

»Skorpion Drei«, meldete sich eine Stimme.

»Hier spricht S-Eins. Ich fasse mich kurz. Meine Zeit ist abgelaufen. Ich ziehe mich zurück.«

»Mein Gott, das ist ein Schock! Was sollen wir ohne Sie machen?«

»So ist es im Leben. Ich weiß, wann ich aufhören muß. Heute abend, bevor ich abreise, werde ich das Telefon für Sie programmieren und unsere Auftraggeber benachrichtigen. Sie werden bald mit

Ihnen in Verbindung treten, denn Sie sind jetzt ihnen gegenüber verantwortlich. Übrigens – falls eine Frau unter dem Namen Bajaratt anruft, geben Sie ihr alles, was sie braucht. Das ist ein Befehl des *padrone*.«

»Verstanden. Hören wir noch von Ihnen?«

»Ich bezweifle es, offen gestanden. Ich habe hier noch etwas zu erledigen, und dann ziehe ich mich endgültig zurück. Skorpion Zwei steht Ihnen zur Seite. Er hat Sachverstand und ist sehr zuverlässig. Freilich hat er nicht die Möglichkeiten, über die Sie verfügen.«

»Sie meinen, er hat nicht wie ich eine Anwaltskanzlei in Washington.«

»Wie auch immer – ab morgen sind Sie Skorpion Eins.«

»Es ist eine Ehre, die ich zu schätzen weiß.«

»Hoffentlich noch auf lange Zeit.«

Die Bajaratt stieg aus dem Taxi und gab Niccolò ein Zeichen, sich zu beeilen. Der junge Mann folgte ihr, und die Baj reichte dem Taxifahrer einen Geldschein durch das offene Fenster.

»Danke, Lady. Sehr großzügig. He – ist das nicht der Junge, der in allen Zeitungen steht? Aus Italien?«

»Sie haben es erfaßt, Signore.«

»Das muß ich meiner Frau erzählen. Sie ist Italienerin. Sie hat alle Zeitschriften mit den Bildern dieser Schauspielerin gesammelt, Angel Capell. Und der Prinz hier ...«

»Sie sind nur miteinander befreundet.«

»He, ich bin doch kein Moralapostel, Lady. Sie ist ein nettes Mädchen, jeder liebt sie. Und was diese Revolverblätter schreiben, ist doch der letzte Blödsinn.«

»Ich mag sie auch gern. Danke, Signore.«

»*Ich* habe zu danken.«

»Komm, Dante.« Die Bajaratt nahm Niccolòs Arm und betrat mit ihm das im Augenblick beliebteste Café in Georgetown. Es war gedrängt voll von alten Matronen in Seide, jüngeren Frauen in Armani-Blusen und Calvin-Klein-Jeans, Yuppies, die ihren Wohlstand zur Schau trugen, und einigen Kongreßmitgliedern, die ständig auf ihre Armbanduhren schauten. »Du wirst dich an ihn erinnern, Nico«, sagte die Baj, während der Geschäftsführer sie mit servilen Gesten durch den Raum führte. »Er ist der Senator, dessen Bekanntschaft du in

Palm Beach gemacht hast, der Anwalt aus Michigan. Sein Name ist Nesbitt.«

Nachdem sie einander begrüßt hatten und der Eiskaffee auf dem Tisch stand, ergriff der Senator das Wort. »Ich bin noch nie hiergewesen«, sagte er. »Aber eine meiner Sekretärinnen wußte sofort Bescheid. Offensichtlich ist es zur Zeit ›in‹.«

»Ich habe es nur vorgeschlagen, weil unsere Gastgeberin in Palm Beach es erwähnt hatte.«

»Ja, das paßt zu ihr.« Der Senator blickte sich lächelnd um. »Haben Sie das Material bekommen, das ich Ihnen gestern abend in Ihr Hotel schicken ließ?«

»Ja, und ich habe es mit Dante Paolo gründlich studiert – *vero, Dante? Le carte di ieri sera, ti ricordi*?«

»*Certo, Zia, altro che!*«

»Sein Vater und er sind sehr interessiert. Aber es gibt da einige Fragen, über die ich mit Ihnen sprechen muß.«

»Natürlich. Es handelt sich nur um einen Überblick über die Möglichkeiten, die unsere Industrie Anlegern bietet. Wir haben noch nicht jede dieser Möglichkeiten analysiert. Aber wenn Sie daran interessiert sind, können meine Mitarbeiter Ihnen detailliertere Daten zur Verfügung stellen.«

»Das wäre natürlich Voraussetzung für jede ernsthafte Verhandlung. Aber vielleicht sprechen wir erst einmal über die allgemeinen Bedingungen.«

»Wie Sie wollen. An was haben Sie gedacht?«

»*Incentivi*, Signore ... ›Anreize‹, wie Sie sagen. Wenn Sie uns die bieten, können wir über Hunderte von Millionen Dollar sprechen. Wir akzeptieren durchaus ein gewisses Risiko – der Baron hat es nie gescheut –, aber die Rahmenbedingungen müssen stimmen. Kontrolle ist das Schlüsselwort.«

»Ein ziemlich hartes Wort in unserem Wirtschaftssystem.«

»Arbeitslosigkeit ist ein noch härteres Wort, nehme ich doch an. Aber vielleicht ist Kontrolle nicht der richtige Ausdruck. Sagen wir lieber: eine gegenseitige Übereinkunft.«

»Worüber?«

»Offen gestanden, wäre es uns höchst unangenehm, wenn die Gewerkschaften übertriebene Forderungen stellen würden.«

»Darum brauchen Sie sich keine Sorgen zu machen«, sagte Nesbitt. »Auf diesem Gebiet haben wir Pionierarbeit geleistet. Die Gewerkschaften sind sehr zurückhaltend in ihren Forderungen geworden. Viele ihrer Mitglieder sind seit zwei oder drei Jahren ohne Beschäftigung. Sie werden nicht die Gans schlachten, die goldene Eier legt. Fragen Sie die Japaner, die Fabriken in Pennsylvania, North und South Carolina und weiß der Kuckuck wo sonst noch gebaut haben.«

»Eine große Erleichterung, Signore.«

»Das alles werden wir schriftlich festlegen. Was sonst noch?«

»Es bleibt nicht alles so, wie es war, weder in diesem Land noch in unserem eigenen. Die Regierung stellt gewisse Ansprüche an die Industriellen ...«

»Denken Sie an Steuern?« fragte der Senator, die Stirn runzelnd. »Sie werden gerecht und gleichmäßig erhoben, Gräfin.«

»Nein, nein, nein, Signore. Sie verstehen mich falsch. Wie ihr Amerikaner sagt – Steuern sind unvermeidlich wie der Tod ... Nein, ich meine Einmischungen des Staates in produktionsbedingte Abläufe. Man hört wahre Horrorgeschichten von Verzögerungen, die aufgrund von Sicherheitsauflagen entstanden sind und Millionen von Dollar gekostet haben.«

»Sicherheit hin, Sicherheit her«, sagte der Senator lächelnd. »Dank der mir von unserer Verfassung übertragenen Macht werde ich dafür sorgen, daß keine staatliche Stelle sich ungebührlich in Ihre Produktionsabläufe einmischt. Auch das kann ich Ihnen schriftlich geben.«

»Ausgezeichnet ... Nur noch eine Kleinigkeit, Senator. Ich habe eine persönliche Bitte, und ich bin nicht gekränkt, wenn Sie sie mir abschlagen.«

»Worum geht es, Gräfin?«

»Mein Bruder, der Baron, besitzt eine Eigenschaft, die er mit allen großen Männern teilt: Er ist stolz. Stolz nicht nur auf seine Leistungen, sondern auch auf seine Familie, besonders auf seinen Sohn, der seine Jugend geopfert hat, um seinem Vater zur Seite zu stehen.«

»Ein prächtiger junger Mann. Ich habe die Zeitungsartikel über ihn gelesen. Seine Freundschaft mit dieser reizenden Fernsehschauspielerin, Angel Capell ...«

»Ach, *Angelina*«, sagte Niccolò zärtlich, jede Silbe ihres Namens betonend. »*Una bellissima ragazza!*«

»*Basta, mio Dante.*«

»Ich war besonders gerührt über das Foto der beiden mit ihrer Familie in dem Delikatessengeschäft in Brooklyn. Auch der bestbezahlte Wahlkampfmanager hätte nicht so ein Foto zuwege gebracht.«

»Es war reiner Zufall. Aber um auf meine Bitte zurückzukommen ...«

»Natürlich. Der Stolz des Barons auf seine Familie, besonders seinen Sohn. Was kann ich für Sie tun?«

»Wäre es möglich, eine kurze private Begegnung zwischen dem *barone-cadetto* und dem Präsidenten zu arrangieren – nur zwei Minuten? Dann könnte ich dem Baron ein Foto davon schicken. Es würde ihn so glücklich machen. Ich würde auch nicht verfehlen, ihm zu sagen, wem diese Aufnahme zu verdanken ist.«

»Möglich wäre das schon ... Obwohl, um ganz ehrlich zu sein, gerade im Moment reagiert die Öffentlichkeit sehr empfindlich auf ausländische Investitionen.«

»Oh, das verstehe ich, Signore. Ich lese auch die Zeitungen. Deswegen sagte ich kurz und privat – nur Dante Paolo und ich. Und nur für den Baron von Ravello. Keine Veröffentlichungen in der Presse ... Doch wenn ich zuviel von Ihnen verlange, ziehe ich meine Bitte zurück und entschuldige mich, sie überhaupt vorgebracht zu haben.«

»Nein, warten Sie, Gräfin«, sagte Nesbitt und dachte nach. »Es wird einige Tage dauern, aber ich glaube, das läßt sich machen. Mein Stellvertreter ist in der Partei des Präsidenten, und ich habe eine Gesetzesvorlage von ihm unterstützt, weil ich sie für richtig hielt. Aber es könnte mich Stimmen kosten ...«

»Ich verstehe nicht ganz.«

»Er ist ein enger Freund des Präsidenten und ist mir verpflichtet. Außerdem weiß er, was die Investitionen des Barons für unseren Staat bedeuten ... Ja, Gräfin, ich werde es in die Wege leiten.«

»Hört sich alles sehr italienisch an, was Sie da sagen.«

»Machiavelli wird auch bei uns gelesen, meine sehr verehrte Contessa.«

Hawthorne und Poole gingen die mit Kopfsteinen gepflasterte Straße im Armenviertel der Altstadt von San Juan hinunter. Hier gab es keine Touristenfallen wie im übrigen Teil der alten Stadt – abgesehen von billigen Bordellen, in denen Seeleute, Soldaten und Rauschgiftsüchtige ihre Bedürfnisse zu befriedigen suchten. Von fünf Straßenlaternen brannte höchstens eine, so daß die meisten der baufälligen Häuser im Schatten lagen. Die beiden Männer näherten sich dem Haus, in dem der Pilot sich aufhalten sollte, der Cooke und Ardisonne geflogen hatte. Abrupt blieben sie stehen, als sie den Lärm hörten, der aus dem alten, dreistöckigen Gebäude drang.

»In diesem Schuppen scheint es wüster zuzugehen als in der Bourbon Street, Commander. Was zum Teufel wird hier gefeiert?«

»Offensichtlich eine Party, Lieutenant. Und da wir nicht eingeladen sind, werden wir wohl die Tür eintreten müssen.«

»Hätten Sie etwas dagegen, wenn ich das mache, Sir?«

»Was?«

»Die Tür eintreten. Mein rechtes Bein ist zwar nicht ganz funktionstüchtig, aber das linke hat sich bei solchen Gelegenheiten immer bewährt.«

»Klopfen wir erst einmal an. Wir werden ja sehen, was dann passiert.«

Sie fanden es schnell heraus. Eine Klappe in der Tür öffnete sich, und sie wurden von zwei Augen unter grell geschminkten Lidern gemustert.

»Wir kommen auf Empfehlung eines Freundes«, sagte Hawthorne freundlich.

»Wie heißt ihr?«

»Smith und Jones. Man hat uns gesagt ...«

»Verpißt euch, Gringos!« Die Klappe wurde zugeschlagen.

»Ich glaube, Ihr linkes Bein sollte in Aktion treten, Poole.«

»Haben Sie die Pistole entsichert, Tye?«

»Los, Lieutenant!«

»Zu Befehl, Commander.« Poole trat die Tür mit dem linken Fuß ein. Die beiden Männer stürzten mit erhobenen Pistolen ins Haus.

»Ich jage jedem, der sich rührt, eine Kugel durch den Schädel«, rief der Lieutenant.

»Du *meine* Güte!«

Die Drohung war unnötig. Jemand hatte im Fallen den Stecker des Tonbandgeräts aus der Wand gerissen. Für einen Augenblick war es totenstill. Dann rannten einige Männer eine Treppe herunter und suchten das Weite, wobei sie sich noch im Laufen die Hosen hochzogen. In dem zu ebener Erde gelegenen, trübe erleuchteten und rauchgeschwängerten Salon blieben die meisten der jungen Männer und nicht mehr ganz so jungen Damen wie erstarrt an der Stelle sitzen oder liegen, an der sie sich gerade befunden hatten, als die Tür eingetreten wurde. Die Mädchen waren barbusig, ihre unteren Partien nur von einem winzigen Bikinihöschen bedeckt. Der einzige, der ungerührt seine Tätigkeit fortsetzte, als ob nichts geschehen sei, war ein blonder Mann in mittleren Jahren. Er kopulierte auf einer breiten Couch wie besessen mit einer dunkelhaarigen jungen Frau, die vergeblich versuchte, ihn auf die veränderte Situation aufmerksam zu machen.

»Was ... was? Bleib *hier*!«

»Schalten Sie mal den Motor ab, Simon. Hören Sie mir zu!« sagte Hawthorne, sich der Couch in der dunklen Ecke des Raums nähernd. Ein Grunzen. Dann drehte sich der Mann um und betrachtete erstaunt, aber ohne Furcht die auf ihn gerichtete Waffe.

»He, Mädchen!« rief Poole, nicht nur auf die Frauen im Salon, sondern auch auf diejenigen gemünzt, die jetzt die Treppe heruntergerannt kamen. »Ihr verschwindet hier besser. Wir haben einige persönliche Dinge zu besprechen, die euch nichts angehen ... Auch Sie, Lady.« Er blickte in Richtung der Couch.

»Gracias, señor! Muchas gracias!«

»Sucht euch eine andere Absteige«, rief der junge Air-Force-Offizier, als die Prostituierten aus dem Haus liefen.

Da auch die Männer den Raum verlassen hatten, war er jetzt leer – bis auf den betrunkenen Piloten, der sich die rote Bettdecke über die nackten Lenden gezogen hatte. »Wer sind Sie, verdammt noch mal?« fragte er. »Was wollen Sie von mir?«

»Zunächst würde ich gerne wissen, was mit Ihnen los ist«, sagte Tyrell.

»Sie sind ja nicht normal, Simon.«

»Das geht Sie gar nichts an, Baby.«

»Ich brauche nur abzudrücken.«

»Tun Sie's doch, Baby! Sie erweisen mir einen Gefallen.«

»Entschieden nicht normal ... Sie waren beim Militär, stimmt's?«

»Das ist mindestens hundert Jahre her.«

»Ich war auch da. Wer hat Sie vom Himmel geholt?«

»Warum wollen Sie das wissen?«

»Weil ich hinter einigen Leuten her bin. Sagen Sie es mir. Oder Sie sind ein toter Mann, *Baby*.«

»Okay, okay, was macht's schon? Ich war am Drogengeschäft in Vientiane beteiligt, als Pilot bei der Royal Lao Air ...«

»Eine Tochtergesellschaft der CIA«, warf Hawthorne ein.

»So ist es, mein Freund. Dann begannen die Waffenstillstands-Gespräche in Panmunjom, und der Senat fing an, Fragen zu stellen.

Die CIA wollte die ganze Geschichte loswerden und hat mir alle sechs Flugzeuge für hunderttausend Dollar verkauft. Auf Vorschuß, verstehen Sie, der dann ›vergessen‹ wurde. Eine einmalige Chance für *mich* – einen minderjährigen Piloten, der nur in die Air Force gekommen war, weil ich mit dem Namen meiner alten Dame unterschrieben hatte. Mein Gott, ich war erst achtzehn. Dann habe ich alle Maschinen bis auf eine durch Motorschäden und Sabotage verloren.«

»Aber Sie hatten immer noch eine Maschine übrig, die mindestens zwei Millionen wert war. Was haben Sie damit gemacht?«

»Sie steht hier, voll einsatzbereit und gut versteckt. Ich habe sie immer mal wieder für Flüge eingesetzt, von denen niemand zu wissen brauchte. Die Kerle vom Pentagon haben mich seit vierunddreißig Jahren in der Hand. Sie behaupten, ich hätte die U.S.-Regierung um militärisches Gerät im Wert von zehn Millionen Dollar gebracht. Damit komme ich für vierzig Jahre ins Gefängnis, Mann!«

»Und da man Sie in der Hand hatte, mußten Sie auch die beiden Männer in Sebastian's Point auf Gorda an Bord nehmen.«

»Ja, verdammt noch mal! Aber ich habe sie nicht aus dem Flugzeug gestoßen! Damit hatte ich nichts zu tun!«

»Wer dann?« brüllte Poole, dem Piloten ebenfalls seine Pistole an den Kopf setzend. »Du gehörst zu den Hurensöhnen, die *Charlie* umgebracht haben.«

»Hören Sie!« rief der Pilot und wand sich unter der roten Decke. »Der Kerl hat mir seinen Ausweis gezeigt; aber er hat gesagt, ich könnte mir schon mal mein Grab schaufeln, wenn ich je seinen Namen nennen würde!«

»Wie hieß der Mann?«

»*Hawthorne*, Tyrone Hawthorne oder so ähnlich.«

15

Der gepflegte Rasen vor dem Landhaus glitzerte im Tau des Morgens, als Nils Van Nostrand, tief in Gedanken versunken an seinem Schreibtisch sitzend, aus dem Fenster schaute. Die Zeit war knapp, und er würde den ganzen Tag brauchen, um die nötigen Vorkehrungen für sein Verschwinden zu treffen, seine neue Identität zu dokumentieren, alle Verbindungen mit seiner Vergangenheit auszulöschen. Doch was von seinem alten Leben blieb, mußte geregelt werden. Zwar gedachte er, fortan anonym zu leben, aber nicht ohne den gewohnten Komfort. Vor vielen Jahren hatten er und sein Lebensgefährte, *il vizioso elegante* – Mars und Neptun! – eine von hohen Mauern umgebene, am See gelegene Villa in Genf gekauft. Die Nutzungsrechte des Hauses waren einem argentinischen Oberst übertragen worden, einem bisexuellen Junggesellen, der gern bereit gewesen war, dem mächtigen *padrone* und seinem Vertrauten zu helfen. Eine obskure Immobilienfirma in Lausanne hatte die Verwaltung übernommen. Es gab freilich einige Bedingungen, die strikt eingehalten werden mußten. Erstens: Es durfte kein Versuch unternommen werden, die eigentlichen Besitzer des Grundstücks ausfindig zu machen. Zweitens: Mietverträge durften nur über einen Zeitraum zwischen zwei und fünf Jahren abgeschlossen werden. Drittens: Alle Zahlungen wurden einem Nummernkonto in Bern gutgeschrieben, abzüglich einer zwanzigprozentigen Provision für Verwaltungskosten. Jetzt war das fünfte Jahr eines Vertrags fast abgelaufen; die restlichen zwei Monate wollte Van Nostrand dazu verwenden, gründlich mit seiner Vergangenheit abzuschließen. Die Reise in die Zukunft würde heute abend beginnen – mit dem Tod des ehemaligen Lieutenant Commander Tyrell Hawthorne.

Van Nostrand hatte seine Geschichte gut vorbereitet. Eine Mischung aus ein ganz klein wenig Politik und viel Herzschmerz würde die Sache machen. Darauf fielen die Leute immer rein. Er hob den Hörer des roten Telefons ab und wählte eine Nummer, die ihn direkt mit dem Außenminister verband. »Ja?« sagte die Stimme in Washington.

»Bruce, hier spricht Nils. Ich störe Sie ungern, aber ich habe eine Bitte, mit der ich mich nur an Sie wenden kann.«

»Jederzeit, mein Freund. Worum geht es?«

»Haben Sie zwei Minuten Zeit?«

»Natürlich. Um die Wahrheit zu sagen, ich komme gerade von einem unangenehmen Gespräch mit dem philippinischen Botschafter und hab' mir die Schuhe ausgezogen. Was kann ich für Sie tun?«

»Es ist sehr persönlich, Bruce, und muß natürlich unter uns bleiben ...«

»Die Leitung ist abhörsicher, wie Sie wissen«, warf der Außenminister ein.

»Ja, ich weiß. Deshalb benutze ich sie auch.«

»Schießen Sie los, mein Freund.«

»Wie schön, daß Sie das sagen. Gott weiß, wie sehr ich gerade jetzt einen Freund brauche. Wissen Sie, ich habe nie darüber gesprochen, aber vor Jahren, als ich in Europa lebte, ging meine Ehe kaputt. Wir hatten beide schuld. Sie war eine Deutsche, sehr launisch, und ich wollte meine Ruhe haben und wich jeder Konfrontation aus. Dann verliebte ich mich in eine verheiratete Frau und sie sich in mich. Ihr Mann war ein Politiker, der mit viel Erfolg bei den Wählern den strengen Katholiken hervorkehrte, und widersetzte sich deshalb vehement einer Scheidung. Aber wir hatten ein Kind zusammen, ein Mädchen. Sie trennte sich natürlich von ihm, aber er wußte von dem Kind und verbot seiner Frau, mich je wiederzusehen. Ich durfte auch das Kind nicht sehen.«

»Wie schrecklich! Konnte sie nichts dagegen unternehmen?«

»Er sagte ihr, er würde sie und das Kind eher töten, als sich politisch ruinieren zu lassen. Bei seinen Verbindungen wäre es ihm ein leichtes, einen kleinen Unfall zu inszenieren.«

»Der Hurensohn!«

»Das war er, weiß Gott. Und das ist er immer noch.«

»Immer noch? Wollen Sie, daß ich Mutter und Kind unter dem Schutz diplomatischer Immunität in die Staaten kommen lasse? Nur ein Wort von Ihnen, Nils, und ich setze mich mit der CIA in Verbindung. Die Sache ist so gut wie gelaufen.«

»Dazu ist es, fürchte ich, zu spät, Bruce. Meine Tochter ist jetzt vierundzwanzig Jahre alt und liegt im Sterben.«

»Ach, mein Gott ...!«

»Worum ich Sie bitten möchte, ist, mich mit einem Diplomatenpaß nach Brüssel fliegen zu lassen. Keine Einreiseformalitäten, keine Computererfassung – der Mann hat überall seine Verbindungen. Ich muß nach Europa einreisen, ohne daß er es weiß. Ich muß mein Kind wenigstens einmal sehen, bevor es uns verläßt. Und dann möchte ich mit der Frau, die ich liebe, die letzten Jahre verbringen, die uns noch bleiben.«

»Ach, Nils – was haben Sie durchgemacht! Was steht Ihnen noch bevor!«

»Können Sie das für mich tun, Bruce?«

»Selbstverständlich. Ein Flugplatz außerhalb von Washington – damit Sie nicht erkannt werden. Militärischer Schutz hier und in

Brüssel. Sie gehen als erster an Bord und verlassen als letzter das Flugzeug. Wann wollen Sie abreisen?«

»Heute abend, wenn Sie es ermöglichen können. Ich zahle natürlich für alles.«

»Nach allem, was Sie für uns getan haben? Vergessen Sie's! Ich rufe Sie in einer Stunde zurück.«

Wie einfach das war, dachte Van Nostrand, als er den Hörer auflegte. *Das Böse, hatte Mars immer gesagt, muß sich als Güte und Mitleid ausgeben.* Natürlich hatte er das von Neptun gelernt.

Der nächste Anruf galt dem Direktor der Central Intelligence Agency, dessen Organisation eines der Gästehäuser Van Nostrands häufig als sicheres Quartier für Überläufer benutzt hatte.

»... Mein Gott, Nils, das ist ja entsetzlich! Geben Sie mir den Namen dieses Mannes. Wir werden ihn eliminieren. Wir vermeiden, bis zum Äußersten zu gehen, wann immer es irgend möglich ist; aber dieser Scheißkerl verdient es nicht, noch einen einzigen Tag weiterzuleben. Wenn ich daran denke – Ihre eigene Tochter!«

»Nein, lieber Freund. Ich glaube nicht an Gewalt.«

»Ich auch nicht. Aber ist es nicht auch Gewalt, was man Ihnen und der Mutter und dem Kind angetan hat? Unter der ständigen Drohung leben zu müssen, daß beide getötet werden?«

»Es gibt eine andere Möglichkeit. Bitte, hören Sie mir zu.«

»Und die wäre?«

»Ich kann sie außer Landes schaffen. Aber das kostet viel Geld. Ich habe es natürlich; doch wenn ich die üblichen Überweisungswege benutze, kann er davon Wind bekommen. Der Mann ist zu allem fähig.«

»Was kann ich dabei tun?«

»Mein ganzes Geld ist auf hiesigen Banken angelegt, und natürlich habe ich nicht die Absicht, Steuern zu hinterziehen. Ich werde bis zum letzten Dollar alles zahlen, was ich meinem Lande schuldig bin. Aber den Rest brauche ich, um mit der Frau, die ich liebe, in Europa zu leben. Das Geld muß auf ein geheimes Konto in der Schweiz überwiesen werden. Können Sie mir dabei helfen?«

»Schicken Sie mir eine notariell beglaubigte Vollmacht für unsere Akten und verständigen Sie mich, wenn Sie abreisen. Ich werde alles regeln.«

»Vergessen Sie die Steuern nicht ...«

»Nach allem, was Sie für uns getan haben? Darüber können wir später reden. Ich wünsche Ihnen viel Glück, Nils. Sie haben es verdient.«

Wie einfach alles war. Van Nostrand schlug sein persönliches Telefonverzeichnis auf, das er in einer verschlossenen Schublade seines Schreibtisches verwahrte. Er fand den Namen und die Privatnummer des Mannes, den er als nächsten anrufen wollte. Der Chef der Spezialeinheiten des Geheimdienstes der Army war zwar ein halber Psychopath, doch so beharrlich im Verfolgen seiner Ziele, daß selbst die konkurrierende Central Intelligence Agency ihm widerwillig Respekt zollte. Seine Leute hatten nicht nur den KGB, MI-6 und das Deuxième, sondern auch den angeblich undurchdringlichen Mossad unterwandert. Das war ihm gelungen, weil er über hochmotivierte, mehrere Sprachen sprechende Agenten verfügte, die mit außerordentlich gut gefälschten Papieren ausgestattet waren – und dank der Informationen, die der weitgereiste, stets glänzend unterrichtete Van Nostrand ihm zukommen ließ. Sie waren miteinander befreundet, und der Lieutenant General hatte manches Wochenende mit hübschen und willigen jungen Mädchen auf dem Landhaus in Fairfax verbracht, während seine Frau dachte, er sei in Bangkok oder Kuala Lumpur.

»Das ist ja unglaublich, Nils! Ich werde selbst rüberfliegen und den Scheißkerl erledigen. Mein Gott – 24 Jahre mit einer solchen Todesdrohung leben zu müssen, und dann liegt die Tochter im Sterben. Der Mann kann seine letzten Gebete sprechen.«

»Das ist nicht der richtige Weg, General. Glauben Sie mir! Wenn Sie ihn töten, machen Sie einen Märtyrer aus ihm. Seine Anhänger – echte Fanatiker – würden sofort seine Frau verdächtigen. Und dann würde der ›Unfall‹ eintreten, der schon seit Jahren geplant ist.«

»Okay. Das leuchtet mir ein. Was kann ich dann für Sie tun?«

»Ich brauche bis heute nachmittag einen falschen Paß, einen ausländischen Paß, um genau zu sein.«

»Im Ernst?« sagte der Lieutenant General. »Wozu?«

»Weil ich nicht riskieren darf, daß er mich über seine internationalen Kanäle verfolgen läßt. Außerdem beabsichtige ich, Eigentum zu erwerben. Und da ich nicht völlig unbekannt bin, würde die Presse davon erfahren. Das würde ihn geradezu einladen, mir seine Killer auf den Hals zu schicken.«

»Ich verstehe. An was haben Sie gedacht?«

»Nun, ich habe mehrere Jahre in Argentinien verbracht und einen internationalen Markt aufgebaut. Und da ich fließend Spanisch spreche, käme vielleicht ein argentinischer Paß in Frage.«

»Kein Problem. Wir haben Duplikate der Druckplatten – wie die von achtundzwanzig anderen Ländern übrigens –, und ich habe die besten Grafiker hier. Haben Sie sich schon einen Namen ausgedacht, ein Geburtsdatum?«

»Ja. Ich kannte einen Mann, der, wie so viele damals, verschwunden ist. Oberst Alejandro Schrieber-Cortez.«

»Buchstabieren Sie, Nils.«

Van Nostrand buchstabierte den Namen und gab Geburtsort und -datum an. »Was brauchen Sie sonst noch?«

»Augen- und Haarfarbe und ein nicht mehr als fünf Jahre altes Paßfoto.«

»Ich lasse Ihnen alles bis heute mittag zukommen ... Sie verstehen, General – ich könnte mich an Bruce im State Department wenden, aber ich weiß nicht, ob er der richtige Mann dafür ist.«

»Dieses Arschloch ist ja nicht einmal imstande, eine Nutte aufzureißen – wie soll der wohl einen Paß fälschen können. Und dieser *Zivilist* in der Agency würde sowieso alles vermasseln ... Wollen Sie zu mir kommen, damit meine Jungs Sie entsprechend herrichten? Haarfarbe, Kontaktlinsen?«

»Erinnern Sie sich nicht, daß Sie mir bei einem Ihrer Besuche einmal die Namen einiger Spezialisten gegeben haben?«

»Mich *erinnern*?« Der General lachte. »Ich bemühe mich, die Besuche bei Ihnen aus meinem Gedächtnis zu streichen.«

»Ich erwarte einen von ihnen innerhalb der nächsten Stunde. Einen Mann namens Crowe.«

»Der Mann versteht sein Handwerk. Sagen Sie ihm, er soll mit dem Material direkt zu mir kommen. Ich kümmere mich persönlich um alles. Das ist das mindeste, was ich für Sie tun kann, alter Freund.«

Ein letzter Anruf stand noch aus. Van Nostrand mußte mit dem Verteidigungsminister sprechen, einem hochintelligenten Mann mit erlesenen Umgangsformen, der den falschen Job hatte – eine Tatsache, die er nach jetzt fünf Monaten im Amt zu erkennen begann. Er war ein brillanter Wirtschaftsmanager gewesen, Generaldirektor des drittgrößten Unternehmens in Amerika, aber es hatte sich gezeigt, daß er den intriganten und unersättlichen Generälen und Admirälen im Pentagon nicht gewachsen war. In einer Welt, in der Gewinn- und

Verlust-Rechnungen gar nicht erst aufgestellt wurden, war er fehl am Platze. Einst ein Meister kühler Kalkulation und vernünftiger Argumentation, wurde er jetzt zwischen den konkurrierenden Waffengattungen zerrieben, da es bei ihnen nicht um Profit, sondern um Macht ging. Das Pentagon hatte seine Ernennung begrüßt.

»Sie wollen einfach *alles*«, hatte der Minister seinem Freund Van Nostrand einmal anvertraut. »Und wenn ich mich bemühe, das Budget in vertretbaren Grenzen zu halten, malen sie mir die gräßlichsten Szenarien aus und beschwören eine militärische Götterdämmerung, bis sie bekommen, was sie wollen.«

»Sie müssen härter mit ihnen umgehen, Mr. Secretary. Sie hatten doch auch früher schon mit knappen Budgets zu tun ...«

»Natürlich«, hatte Van Nostrands Gast an jenem Abend bei einem Glas Cognac gesagt. »Aber ich hatte immer die Möglichkeit, meine Mitarbeiter an die Luft zu setzen, wenn sie sich nicht an meine Anweisungen hielten. Aber diese Hurensöhne im Pentagon können Sie nicht feuern! Außerdem sind offene Auseinandersetzungen nicht mein Stil.«

»Dann holen Sie sich doch Zivilisten ins Amt, die das für Sie erledigen.«

»Das ist es ja gerade! Männer wie ich kommen und gehen, aber diese Bürokraten, diese Leute von G-7 oder 8 bleiben. Eine unmögliche Situation. Ich mache den Job vielleicht noch drei oder vier Monate, aber dann werde ich mir einen plausiblen Grund einfallen lassen, um mich zurückzuziehen.«

»Angeschlagene Gesundheit? Einer der berühmtesten Footballspieler von Yale? Niemand wird Ihnen das abnehmen. Außerdem sind Sie jedem Fernsehzuschauer als ausdauernder Jogger bekannt.«

»Der sechsundsechzigjährige Sportler!« Der Minister hatte gelacht. »Meine Frau haßt Washington. Sie wird es sein, um deren Gesundheit ich mir Sorgen mache. Und wenn ich ihren Arzt bestechen muß.«

Glücklicherweise hatte der Verteidigungsminister seinen Rücktritt noch nicht angekündigt. Und als Van Nostrand ihn gestern angerufen und den Verdacht geäußert hatte, daß ein Zusammenhang zwischen den Plänen zur Ermordung des Präsidenten und einem gewissen früheren Navy-Offizier namens Hawthorne bestehen könnte, war der Minister sofort bereit gewesen, seine Beziehungen spielen zu lassen. Die angedeuteten Verdachtsmomente waren einfach und gleichzeitig so alarmierend, daß sie jede Umgehung des üblichen Dienstweges rechtfertigten. Und Captain Henry Stevens mußte unbedingt ausgeschaltet werden. Dann mußte dieser Hawthorne gefunden werden, damit man ihm den Brief zustellen konnte ... Die Welt der Terroristin Bajaratt war ein internationales Nimmerland, das ein einflußreicher Geschäftsmann wie Van Nostrand bei seinen weltweiten Transaktionen immer im Auge behalten mußte. Und wenn er durch seine Informanten etwas darüber in Erfahrung bringen konnte, mußte ihm verdammt noch mal alle Hilfe gewährt werden, deren er bedurfte.«

»Hallo, Howard?«

»Endlich, Nils! Ich wollte Sie schon anrufen, aber Sie haben mich ja ausdrücklich gebeten, es nicht zu tun. Viel länger hätte ich es aber nicht mehr ausgehalten.«

»Ich bitte um Entschuldigung, mein Freund, aber in den letzten Tagen ist alles auf einmal gekommen – zuerst die politische Krise und dann persönliche Probleme so schmerzlicher Art, daß ich kaum darüber sprechen kann ... Hat Hawthorne meine Nachricht erhalten?«

»Der Film ist gestern abend in Washington eingetroffen und sofort entwickelt und überprüft worden. Ihr Umschlag wurde Tyrell N. Hawthorne um 21 Uhr 12 im Café des San-Juan-Hotels übergeben.«

»Gut. Dann werde ich ihn in Kürze sehen. Ich hoffe zu Gott, daß bei unserem Treffen etwas herauskommt, was für Sie von Wert sein könnte.«

»Sie wollen mir nicht sagen, worum es genau geht?«

»Ich kann Ihnen nur so viel sagen, daß mein Informant die Möglichkeit nicht ausschließt, daß Hawthorne ein Mitglied des internationalen Alpha-Kartells ist.«

»Des Alpha-Kartells? Was ist das denn?«

»Mord, mein Freund. Sie töten auf Bestellung. Es gibt jedoch noch keinen konkreten Beweis, was Hawthorne anbelangt.«

»Mein Gott! Sie meinen tatsächlich, er könnte mit der Bajaratt zusammenarbeiten?«

»Eine Vermutung, die auf logischen Annahmen beruht. Ob wir damit recht haben, wird sich heute abend erweisen. Wenn alles nach Plan verläuft, wird er zwischen sechs und sieben Uhr hier sein. Dann werden wir die Wahrheit erfahren.«

»Wie?«

»Ich werde ihn mit dem konfrontieren, was ich weiß. Warten wir ab, wie er darauf reagiert.«

»Das kann ich nicht zulassen! Ich werde Ihr Haus umstellen lassen.«

»Auf gar keinen Fall. Wenn er der Mann ist, für den wir ihn halten, wird er Späher ausschicken, die das Gelände gründlich in Augenschein nehmen. Und wenn Ihre Männer entdeckt werden, wird er nicht kommen.«

»Er könnte Sie töten!«

»Unwahrscheinlich. Meine Wachen sind überall; ich kann mich völlig auf sie verlassen.«

»Das genügt nicht.«

»Doch, mein Freund. Aber falls es Sie beruhigt, schicken Sie nach sieben Uhr einen Wagen. Wenn Hawthorne in meiner Limousine das Grundstück verläßt, wissen Sie, daß meine Information falsch war. Falls nicht, werden meine Leute Herr der Lage sein und sofort mit Ihnen in Verbindung treten. Denn ich werde keine Zeit mehr haben, Sie anzurufen. Ich verlasse das Land, Howard.«

»Ich verstehe nicht ...«

»Ich habe Ihnen doch vorhin gesagt, daß in den letzten Tagen alles auf einmal gekommen ist. Zwei Katastrophen in so kurzer Zeit! Ich bin ein tiefreligiöser Mann, aber ich habe mich gefragt, wie Gott das zulassen konnte.«

»Was ist geschehen, Nils?«

»Es begann vor Jahren, als ich in Europa war. Meine Ehe ging in die Brüche, und ...« Van Nostrand wiederholte seine Litanei und löste dieselbe Reaktion aus wie bei seinen vorigen Gesprächspartnern. »Wahrscheinlich werde ich nie mehr zurückkehren.«

»Nils, es tut mir so leid. Das ist ja schrecklich!«

»Wir werden uns ein neues Leben aufbauen – die Frau, die ich liebe, und ich.«

»Was für ein Verlust für uns alle!«

»Für mich ist es ein Gewinn. Das, was ich immer erstrebt habe, liegt nun vor mir. Leben Sie wohl, mein lieber Howard.«

Van Nostrand legte den Hörer auf. Er dachte daran, daß Howard Davenport der einzige Mann war, dem gegenüber er Hawthornes Namen erwähnt hatte, aber darüber konnte er sich jetzt keine Gedanken machen. Er hatte an sein *pièce de combat* zu denken, den Tod Tyrell Hawthornes. Er würde ihn langsam und qualvoll töten, mit chirurgischer Präzision. Die erste Kugel würde die empfindlichsten Organe des Commander treffen. Dann ein blutüberströmtes Gesicht, von Streifschüssen zerfetzt. Schließlich das linke Auge, *l'occhio sinistro*, durchbohrt von einem langen Messer ... Er, Nils Van Nostrand, würde es genießen, diesem Tod zuzuschauen, Rache zu nehmen für seinen Geliebten, den *padrone*. Und wie von weit her konnte er es raunen hören in den Korridoren der Macht: »Ein wahrer Patriot.« – »Einen besseren Amerikaner gab es nie.« – »Was muß er durchgemacht haben! Bei all den Problemen, die ihn sonst noch belasteten.« – »Er hätte es nie zugelassen, wenn dieser Hawthorne nicht so gefährlich gewesen wäre.« – »Behalten Sie es für sich! Keine unnötigen Fragen!« Mars hätte zweifellos gesagt: »*Esso! Perchè?* Warum auf diese Weise?« »*La mente di un serpente*«, wäre Neptuns Antwort gewesen. »Die List der Schlange, *padrone*. Ich schlage zu, dann verschwinde ich im Unterholz, um nie wieder in Erscheinung zu treten. Aber man muß wissen, daß die Schlange dagewesen ist, selbst wenn sie die Gestalt eines Heiligen angenommen hat. Nach meinem ›Tod‹ wird man diesen Heiligen betrauern. *Finito! Basta!*«

Doch zunächst mußte Tyrell Hawthorne sterben.

»Sein Name war *Hawthorne*?« fragte Tyrell erstaunt den betrunkenen Piloten und Bordellbesitzer in der Altstadt von San Juan. »Wie können Sie so etwas behaupten?«

»Ich habe Ihnen nur gesagt, was der Kerl mir gesagt hat«, erwiderte Alfred Simon. Er begann nüchtern zu werden, als ihm bewußt wurde, daß zwei Waffen auf ihn gerichtet waren. »Und der Name auf dem Ausweis war Hawthorne. Ich bin mir ganz sicher.«

»Wer ist Ihr Kontaktmann?«

»Was für ein Kontaktmann?«

»Wer hat Ihnen den Auftrag gegeben?«

»Woher soll ich das wissen?«

»Sie müssen doch Anweisungen bekommen haben.«

»Durch eine meiner Miezen. Irgend jemand hat sie gebumst und eine Nachricht bei ihr hinterlassen, die sie mir dann ein, zwei Stunden später gegeben hat.«

»Ich komme nicht ganz mit.«

»Wer von den *putas* erinnert sich noch, wer ihr letzter oder vorletzter Kunde gewesen ist? Bei dem Betrieb, der hier herrscht.«

»Der Kerl ist wirklich sowas von x-außen, Commander«, sagte Poole.

»Commander?« Der Pilot beugte sich vor. »So ein großes Tier?«

»Groß genug für Sie, mein Junge ... Wer von den Mädchen hat Ihnen die Anweisungen für Gorda gegeben.«

»Das war die, die ich vorhin gevögelt habe – ein süßes Ding, gerade erst siebzehn ...«

»Du verdammter Hurensohn!« rief Poole und schlug dem Zuhälter die Faust ins Gesicht. Simon fiel auf die Couch; sein Mund blutete. »Meine Schwester war auch mal so alt, und ich habe den Bastard auseinandergenommen, der versucht hat, sich an sie ranzumachen.«

»Hören Sie auf, Lieutenant!«

»Ich kriege zuviel, wenn ich solchen Abschaum vor mir habe.«

»Ich verstehe das, aber im Augenblick geht es um etwas anderes ... Sie wollten wissen, ob ich ein Commander bin, Simon, und die Antwort ist ja. Ich habe auch Beziehungen zu den höchsten Stellen des Geheimdienstes. Beantwortet das Ihre Frage?«

»Können Sie mir die Leute vom Leibe halten?«

»Können Sie mir etwas bieten, damit ich Sie Ihnen vom Leibe halte?«

»Also schön. Die meisten meiner Einsätze finden abends statt, zwischen sieben und acht Uhr, und immer vom selben Flugplatz aus. Und immer ist es derselbe Fluglotse, der mir die Starterlaubnis gibt.«

»Wie ist sein Name?«

»Ich kenne ihn nicht. Ein aufgeweckter Bursche mit einer hohen Stimme, der ständig hustet.«

»Ich möchte mit dem Mädchen sprechen, das Ihnen die Instruktionen für Gorda gegeben hat.«

»Wollen Sie mich auf den Arm nehmen? Sie sind in alle Winde verstreut. Die kommen erst wieder, wenn die Haustür repariert ist und alles sich wieder normalisiert hat.«

»Wo wohnt sie?«

»Wo soll sie schon wohnen? Hier natürlich, wo sie alle wohnen. Hier wird für sie gesorgt; ihre Zimmer werden gemacht, ihre Wäsche wird gewaschen. Und sie bekommen regelmäßig ihre Mahlzeiten. Damit das klar ist, Commander. Ich war auch einmal Offizier und weiß, wie ich meine Leute zu behandeln habe.«

»Sie meinen, so lange die Tür nicht repariert ist ...«

»Bleiben sie, wo sie sind ...«

»He, Jackson ...«

»Schon verstanden«, sagte der Lieutenant. »Hast du hier einen Werkzeugkasten, Loddel?«

»Unten im Keller.«

»Ich schaue ihn mir mal an.« Poole öffnete die Kellertür und ging die Treppe hinunter.

»Wie lange haben die Fluglotsen Dienst?«

»Von sechs Uhr abends bis ein Uhr morgens. Das heißt, mit einem schnellen Wagen haben Sie jetzt noch knapp eine Stunde Zeit, um zum Flugplatz zu kommen.«

»Wir haben keinen Wagen.«

»Ich leihe Ihnen meinen. Tausend Dollar die Stunde.«

»Geben Sie mir den Schlüssel«, sagte Hawthorne. »Oder ich drücke ab.«

»Okay, okay«, erwiderte der Pilot und zog eine Schlüsseltasche aus der Schublade des neben ihm stehenden Nachttischs. »Hinten auf dem Hof. Ein weißer Cadillac, Cabriolet.«

»Lieutenant!« rief Hawthorne und riß, die Pistole nach wie vor schußbereit, die Leitung des Telefons aus der Wand. »Wir fahren los.«

»Einen Augenblick! Ich habe hier zwei Türen gefunden, die ich mir einmal näher …«

»Kommen Sie rauf! Sofort! Wir müssen zum Flugplatz.«

»Bin bereits da, Commander.« Poole eilte die Treppe hinauf. »Was machen wir mit ihm?« fragte er und blickte Simon an.

»Ich laufe Ihnen schon nicht weg«, sagte Pilot. »Wo sollte ich denn wohl hin, verdammt noch mal?«

Der Fluglotse war nirgends zu finden. Seine Kollegen identifizierten ihn anhand der Beschreibung, die Hawthorne ihnen gab, sofort als einen gewissen Cornwall. Sie suchten bereits seit fünfundvierzig Minuten verzweifelt nach ihm, denn er hatte eigentlich Dienst und wurde dringend im Tower gebraucht.

Schließlich fand man ihn in der Küche des Flughafenrestaurants, tot, mit einer noch blutenden Schußwunde zwischen den Augen. Die Polizei wurde gerufen, und die Vernehmungen begannen. Sie dauerten fast drei Stunden. Tyrells Antworten waren eine Mischung aus Unwissenheit und Betroffenheit über den Tod eines Freundes, den er nie gekannt hatte – die Antworten eines Profis.

Als man sie endlich gehen ließ, fuhren Hawthorne und Poole zurück in das Bordell in der Altstadt.

»Dann kann ich wenigstens die Tür reparieren«, sagte der Lieutenant und ging in den Keller, während Tyrell sich erschöpft in einen Sessel fallen ließ. Der Besitzer des Bordells war auf der Couch eingeschlafen. Wenige Augenblicke später lag auch Hawthorne in tiefem Schlaf.

Der Raum war von hellem Tageslicht erfüllt, als Tyrell und der Pilot aufwachten und sich gähnend die Augen rieben. Auf einer grünen Chaiselongue an der anderen Seite des Raumes lag Poole, leise schnarchend. Die Haustür war repariert; selbst die Klappe im oberen Teil war wieder intakt.

»Wer zum Teufel ist das?« fragte Alfred Simons. Es war ihm anzumerken, daß er schwer verkatert war.

»Mein Adjutant«, erwiderte Hawthorne und stand unsicher auf. »Ich nehme an, daß Sie heute nicht fliegen werden, oder?«

»Bin ich denn verrückt? In dem Zustand! Und, werden Sie mir nun helfen?«

»Wieso sollte ich? Der Mann ist tot.«

»*Was?*«

»Sie haben mich doch gehört. Der Fluglotse wurde erschossen.«

»Mein Gott!«

»Haben Sie jemandem einen Tip gegeben, daß wir hinter ihm her waren?«

»Wie hätte ich das wohl tun sollen? Sie haben das Telefon herausgerissen.«

»Ich bin sicher, daß es nicht das einzige hier ist.«

»Es gibt noch ein zweites – in meinem Zimmer im dritten Stock. Aber wenn Sie glauben, ich hätte gestern abend noch die Treppe hochsteigen können, liegen Sie falsch. Außerdem – wozu? Ich brauche Ihre Hilfe.«

»Das entbehrt nicht einer gewissen Logik ... Dann muß uns jemand gefolgt sein. Und dieser Jemand hat angenommen, daß wir nicht Sie, sondern den Mann gesucht haben, der hinter Ihnen steht.«

»Wissen Sie, was Sie da sagen?« Simon blickte Hawthorne mit seinen kalten Augen an. »Das heißt, daß ich der nächste sein kann – mit einer Kugel im Kopf.«

»Der Gedanke ist mir auch schon gekommen.«

»Dann tun Sie etwas!«

»Was schlagen Sie vor? Im übrigen habe ich heute nachmittag

schon eine andere Verabredung. Ab drei Uhr bin ich nicht mehr hier.«

»Und lassen mich in der Scheiße sitzen?«

Tyrell sah auf seine Uhr. »Also gut. Es ist jetzt viertel nach sechs. Wir haben also noch etwa neun Stunden Zeit, um uns etwas einfallen zu lassen.«

»Sie könnten Schutz für mich anfordern.«

»Wertvolle Steuergelder ausgeben für einen ehemaligen amerikanischen Piloten, der jetzt Besitzer eines Bordells ist? Denken Sie bloß mal, was dann wohl im Kongreß loswäre.«

»Denken Sie an mein Leben.«

»Gestern abend haben Sie mich aufgefordert, abzudrücken.«

»Ich war betrunken, Herrgott noch mal! Hatten Sie noch nie den Kanal so voll, daß Ihnen alles scheißegal war?«

»Ich lasse das gelten. Aber bevor ich Ihnen helfen kann, müssen Sie mir einige Fragen beantworten … Wann wurden Sie zum erstenmal aufgefordert, für die Leute zu arbeiten?«

»Das ist Jahre her! Ich kann mich nicht mehr erinnern.«

»Versuchen Sie's!«

»Es war ein Mann etwa Ihrer Größe, aber mit grauen Haaren, gutaussehend, elegant gekleidet – wie aus einem Modejournal. Er hat mir gesagt, daß alle Anschuldigungen gegen mich aus den Akten gelöscht würden, wenn ich täte, was er von mir verlangte.«

»Und haben Sie's getan?«

»Natürlich. Es fing mit kubanischen Zigarren an, dann kamen wasserdicht verpackte Kartons, die vierzig Meilen vor den Florida Keys mit Fallschirmen abgeworfen wurden.«

»Drogen«, sagte Hawthorne.

»Sie können Gift drauf nehmen, daß es keine Malzbonbons waren.«

»Und darauf haben Sie sich eingelassen?«

»Ich will Ihnen einmal etwas sagen, Commander. Ich habe zwei Kinder in Milwaukee, die ich noch nie gesehen habe; aber es sind meine Kinder. Ich wollte ja aussteigen, aber dieser Schönling hat mir unmißverständlich klargemacht, daß ich für die nächsten dreißig Jahre ins Gefängnis wandern und nie wieder in der Lage sein würde, Geld nach Milwaukee zu schicken, falls ich je auf die Idee käme, abzuspringen.«

»Sie sind ein sehr komplizierter Mann, Simon.«

»Wem sagen Sie das? Ich brauche einen Drink.«

»Es stehen genug Flaschen in der Bar. Bedienen Sie sich. Und dann reden Sie weiter.«

»Also gut«, sagte der Pilot und ging auf die Bar zu. »Ein-, zweimal im Jahr ist hier ein Kerl aufgetaucht, immer schnieke mit Jackett und Krawatte, und hat sich einen blasen lassen.«

»Blasen lassen?«

»Oralverkehr, Mann!«

»Und?«

»Er hat die Mädchen nie angerührt, wenn Sie verstehen, was ich meine.«

»Ich bin nicht gerade ein Experte auf diesem Gebiet.«

»Er hat sich nie ausgezogen.«

»Also?«

»Das ist doch nicht normal. Ich wurde also neugierig und hab' ihm durch eines der Mädchen ein paar K.-o.-Tropfen verabreichen lassen.«

»K.-o.-Tropfen?«

»Ein im Drink aufgelöstes Betäubungsmittel, das ihn für einige Zeit ins Reich der Träume schickt.«

»Danke.«

»Und nun raten Sie mal, was wir gefunden haben. Ein Dutzend Kreditkarten, Visitenkarten, Mitgliedsausweise für Country Clubs – alles vom Feinsten. Er ist Anwalt, Syndikus einer dieser Megafirmen in Washington.«

»Und was haben Sie daraus geschlossen?«

»Ich weiß auch nicht. Aber es ist doch äußerst ungewöhnlich, daß so ein feiner Pinkel, der in den Luxusbordellen in der Stadt alles kriegen kann, was er will, ausgerechnet in diesen Schuppen kommt.«

»Er will anonym bleiben. Das ist doch verständlich.«

»Vielleicht. Die Mädchen haben mir gesagt, daß er immer alle möglichen Fragen gestellt hat – wer ihre Freier sind, ob jemand vielleicht wie ein Araber oder hellhäutiger Afrikaner aussieht. Das hat doch nichts mehr mit Sex zu tun.«

»Glauben Sie, daß er ein V-Mann ist?«

»Ich weiß nicht, was das bedeutet.«

»Ein Informant, der nicht notwendigerweise weiß, für wen er arbeitet.«

»Genau.«

»Könnten Sie ihn identifizieren? Falls seine Papiere gefälscht waren?«

»Mit Sicherheit. Ein Mann, der so aus dem Rahmen fällt.« Der Pilot schenkte sich ein halbes Glas kanadischen Whiskey ein und leerte es auf einen Zug.

»Okay. Wir haben also zwei Männer, die aus dem Rahmen fallen: den Mann, der Sie erpreßt hat, und einen Anwalt aus Washington, der sich in einem Puff nicht auszieht. Wie sind ihre Namen?«

»Der Mann, der mich erpreßt hat, nannte sich Mr. Neptun. Aber ich habe ihn seit Jahren nicht mehr gesehen. Der Name des anderen ist Ingersol. David Ingersol. Aber wie Sie schon sagten, seine Papiere können natürlich falsch gewesen sein.«

»Wir werden das überprüfen … Was war Ihr letzter Job vor Gorda?«

»Ich hab' ein-, zweimal in der Woche ein Wasserflugzeug zu einer winzigen Insel geflogen, die nicht auf den Karten verzeichnet ist.«

»Mit einer kleinen Bucht und einem auf dem Hügel liegenden Haus?«

»Woher wissen Sie?«

»Das Haus gibt es nicht mehr. Was haben sie dorthin geflogen. Oder wen?«

»Hauptsächlich Proviant. Früchte, Gemüse, frisches Fleisch. Und Besucher, Tagesgäste, die ich am späten Nachmittag wieder abgeholt habe. Sie sind nie über Nacht geblieben. Mit einer Ausnahme.«

»Was soll das heißen? Wer war das?«

»Namen wurden nicht genannt. Es war eine Frau. Ganz große Klasse.«

»Eine Frau?«

»Ja. Französin, Spanierin oder Italienerin – ich weiß nicht genau. Langbeinig, Mitte dreißig.«

»*Bajaratt!*« flüsterte Hawthorne.

»Was haben Sie gesagt?«

»Nichts. Wann haben Sie sie zuletzt gesehen? Wo?«

»Vor zwei Tagen. Ich hab' sie auf der Insel abgesetzt, nachdem ich sie auf St. Barts an Bord genommen hatte.«

Tyrell verschluckte sich und bekam für einen Moment keine Luft mehr. *Wahnsinn! … Dominique?*

16

»Sie lügen!« Hawthorne packte den Piloten so plötzlich am Hemd, daß der Mann vor Schreck sein Glas fallen ließ, das auf dem Boden zersplitterte. »Wer zum Teufel *sind* Sie? Erst lassen Sie sich von einem Mann erpressen, der Schindluder mit *meinem* Namen treibt, und jetzt wollen Sie mir auch noch weismachen, daß eine Frau, die mir sehr nahesteht, die Psychopathin ist, die in der ganzen Welt gesucht wird! Sie sind ein gottverdammter *Lügner*!«

»Was ist das für ein Lärm?« Poole schob die Decke zurück, unter der er auf der Chaiselongue geschlafen hatte, und setzte sich auf.

»Lassen Sie mich los, Sie Irrer!« Der Pilot hielt sich an der Bar fest, um nicht das Gleichgewicht zu verlieren. »Verdammt, hier ist alles voller Glassplitter. Ich habe keine Schuhe an.«

»Und? Wenn Sie mir nicht innerhalb der nächsten zehn Sekunden gesagt haben, wer Ihre Auftraggeber sind, schleife ich Sie mit dem Gesicht da durch.«

»Wovon zum Teufel reden Sie überhaupt?«

»Amsterdam! Was wissen Sie von Amsterdam?«

»Nichts. Ich bin noch nie dagewesen ... Lassen Sie mich los!«

»Die Frau auf St. Barts! Helles oder dunkles Haar?«

»Dunkel. Ich hab' ihnen doch gesagt, eine Italienerin oder Spanierin ...«

»Wie groß?«

»Mit hochhackigen Schuhen, etwa meine Größe.«

»Das Gesicht ... Hautfarbe?«

»Braun ... von der Sonne.«

»Was hat sie angehabt?«

»Ich kann mich nicht mehr erinnern.«

»Denken Sie nach!«

»Weiß, es war etwas Weißes – ein Kleid oder ein Hosenanzug. Sowas Geschäftsmäßiges.«

»Sie *lügen*!« rief Tyrell und stieß den Mann mit dem Rücken gegen die Bar.

»Warum sollte ich, verdammt noch mal?«

»Er lügt nicht, Tye«, sagte Poole. »Er hat nicht den Mumm dazu.«

»Oh mein Gott!« Hawthorne ließ die Hände sinken und drehte sich um. Fast flüsternd wiederholte er: »Oh mein Gott, oh Gott, oh Gott!« Er trat an das Fenster und sah hinaus auf die schmutzige, kopfsteingepflasterte Straße. Ein Stöhnen entrang sich seiner Brust. »Saba ... Paris ... Barts. Alles *Lügen*. Amsterdam, Amsterdam.«

»Amsterdam?« fragte der Pilot verständnislos, als er sich von der Bar entfernte und vorsichtig mit seinen nackten Füßen über die Scherben trat.

»Schnauze!« sagte Jackson leise, den Blick auf die Gestalt am Fenster gerichtet. »Der Mann ist fertig.«

»Was hab' ich damit zu schaffen? Was hab' ich getan?«

»Du hast ihm etwas gesagt, was er nicht hören wollte.«

»Ich hab' ihm nur die Wahrheit gesagt.«

Plötzlich drehte sich Hawthorne entschlossen um. »Ein Telefon!« schrie er. »Wo ist das andere Telefon?«

»Im dritten Stock. Aber die Tür ist abgeschlossen. Der Schlüssel muß ...« Der Pilot unterbrach sich, als Tyrell, drei Stufen auf einmal nehmend, die Treppe hinaufstürmte. »Ihr Commander ist wahnsinnig«, sagte Simon. »Was meinte er damit, als er sagte, daß der Mann im Flugzeug Schindluder mit seinem Namen getrieben hätte? Ich erinnere mich noch genau an seine Worte. ›Mein Name ist Hawthorne.‹ Er hat es zwei- oder dreimal wiederholt.«

»Er hat gelogen. *Das* ist Hawthorne.«

»Gütiger Himmel!«

»Der Himmel hat bestimmt nichts mit dieser verdammten Sache zu tun«, sagte Poole ruhig.

Hawthorne warf sich mit seinem ganzen Gewicht gegen die Tür im dritten Stock. Beim fünften Versuch gab das Schloß nach. Er ging hinein und war überrascht von dem, was er sah. Er hatte ein unaufgeräumtes, spärlich möbliertes Zimmer erwartet; doch die beiden ineinandergehenden Räume, die er jetzt betrat, hätten als Vorlage für einen Artikel in *Town and Country* dienen können. Die Einrichtung bestand aus kostbaren Möbeln in Leder und dunklem Holz, sehr maskulin; an den hell getäfelten Wänden dagegen hingen gute Reproduktionen impressionistischer Gemälde – diffuses Licht, leuchtende Farben, zarte Gestalten in sanften Gärten. Wer hier wohnte, hatte offenbar mehr als eine Seele in seiner Brust.

Wo war das Telefon? Tyrell durchquerte mit raschen Schritten den Raum und betrat das Schlafzimmer. Überall – auf der Kommode, auf dem Nachttisch, an den Wänden – gerahmte Fotos von zwei Kindern, immer wieder dieselben Kinder in unterschiedlichem Alter. *Da drüben, das Telefon* – auf dem Nachttisch neben dem Bett. Er zog einen Zettel aus der Jackentasche, eine Nummer in Paris. Abermals fiel sein Blick auf ein Foto, das Bild der beiden Kinder, ein Junge und ein Mädchen im Alter von etwa achtzehn Jahren. Sie sahen sich erstaunlich ähnlich. Mein Gott, es sind *Zwillinge*! dachte Hawthorne. Das Mädchen trug einen karierten Rock und eine weiße Bluse, der Junge einen dunklen Blazer und eine gestreifte Krawatte. Sie standen unter einem Schild mit der Aufschrift: University of Wisconsin.

Dann sah Tyrell einen Vermerk unten auf dem Foto. Ein Datum, das einige Jahre zurücklag, und in klarer Handschrift:

Sie sind immer noch unzertrennlich, Al, und obwohl sie sich ständig streiten, hängen sie sehr aneinander. Du kannst stolz auf sie sein – wie sie auf ihren Vater stolz sind, der für sein Vaterland sein Leben gelassen hat. Herb läßt Dich grüßen. Wir danken Dir für Deine Hilfe.

Ein wirklich sehr komplizierter Mann, dieser Pilot.

Keine Zeit!

Hawthorne nahm den Hörer ab, wartete auf das Freizeichen und wählte die Pariser Nummer.

»*La maison de Couvier*«, sagte eine weibliche Stimme fünftausend Kilometer entfernt.

»Pauline?«

»Ah, Monsieur, Sie sind es, *n'est-ce pas*? Saba?«

»Deswegen rufe ich an. Warum war sie nicht da?«

»Oh, ich habe sie gefragt, Monsieur, und Madame meinte, sie habe dieses Saba Ihnen gegenüber nie erwähnt. Sie müssen sich – wie sagt man? – geirrt haben. Ihr Onkel ist vor über einem Jahr auf eine benachbarte Insel gezogen. Seine ehemaligen Nachbarn waren ihm zu aufdringlich geworden. Und Madame sah keinen Grund, Ihnen das alles zu erklären, da sie sofort nach Paris zurückfliegen mußte und wußte, daß Sie sie dort nach ihrer Rückkehr erreichen würden.«

»Das nehme ich Ihnen nicht ab, Pauline.«

»Oh, Monsieur! Sie sind doch nicht eifersüchtig? Dazu gibt es keinen Grund. Madame denkt nur an Sie. Ich weiß es.«

»Ich möchte mit ihr sprechen. Jetzt sofort!«

»Sie ist nicht hier. Das wissen Sie doch.«

»Geben Sie mir die Nummer ihres Hotels.«

»Sie ist in keinem Hotel. Monsieur und Madame befinden sich auf einer monegassischen Yacht im Mittelmeer.«

»Auch eine Yacht ist telefonisch erreichbar. Die Nummer, Pauline!«

»Ich kenne sie nicht, glauben Sie mir. Aber Madame wird mich in einer Stunde anrufen, da wir für nächste Woche den Schweizer aus Zürich zum Abendessen eingeladen haben und noch alles vorbereiten müssen.«

»Ich muß mit ihr sprechen!«

»Dann sagen Sie mir, unter welcher Nummer Sie zu erreichen sind. Oder rufen Sie mich nach einer Stunde wieder an, dann kann ich Ihnen Madames Nummer geben. Kein Problem.«

»Mache ich.« *Auf einer Yacht im Mittelmeer, telefonisch nicht erreichbar? Wer war die Frau, die auf St. Barts in Simons Flugzeug gestiegen war? Wie weit würden die Leute, die wußten, was sich in Amsterdam wirklich abgespielt hatte, noch gehen? Wollten sie ihn zum Wahnsinn treiben? Indem sie jemanden, der sich wie Dominique zurechtgemacht hatte, ins Spiel brachten? ... Oder machte er sich selbst etwas vor? Hatte er sich bereits in Amsterdam etwas vorgemacht? Wenn das so war, mußte er sofort damit aufhören.*

Tyrell legte den Hörer auf. Widerstrebend entschloß er sich, Henry Stevens in Washington anzurufen. Die Tatsache, daß NVN – wer immer das sein mochte – den Chef des Geheimdienstes der Navy übergangen hatte, um mit ihm, Tyrell, in Verbindung zu treten, konnte nicht ohne Bedeutung sein. Aber Näheres würde er erst um drei Uhr wissen. Vielleicht hatte Stevens ihn bereits in Isla Verde angerufen? Mein Gott – *Cathy!* Er hatte sie völlig vergessen. Tyrell wählte sofort die Nummer ihres Hotels.

»Wo habt ihr beide denn die ganze Zeit gesteckt, verdammt noch mal!« rief Major Neilsen. »Ich bin schon ganz krank vor Angst. Ich war nahe daran, Ihren Freund Stevens anzurufen.«

»Das haben Sie doch nicht, oder?«

»Es war gar nicht nötig. Er hat selbst schon dreimal angerufen.«

»Haben Sie ihm etwas von der Nachricht gesagt, die ich gestern abend bekommen habe?«

»Hören Sie, Tye. Ich weiß ein Geheimnis zu hüten. Natürlich nicht.«

»Was hat er gewollt?«

»Er wollte selbstverständlich wissen, wo Sie sind. Und selbstverständlich hab' ich ihm gesagt, daß ich es nicht weiß. Dann wollte er wissen, wann Sie zurückkommen, und ich gab ihm die gleiche Antwort. Da ging er in die Luft und fragte, ob ich *überhaupt* irgend etwas wüßte. Ich hab' ihm gesagt, ich hätte gelernt, daß man Quittungen verbrennen muß ... Er fand es nicht sehr komisch.«

»Nichts ist mehr komisch.«

»Was ist passiert?« fragte Major Neilsen leise.

»Wir haben den Piloten gefunden, und er hat uns zu jemand anderem geführt.«

»Ein Fortschritt.«

»Nicht unbedingt. Der Mann war tot, als wir eintrafen.«

»Mein Gott! Sind Sie okay? Wann kommen Sie zurück?«

»So bald wie möglich.«

Hawthorne legte auf. Er versuchte, seine Gedanken zu sammeln. Eine gutaussehende Frau mit einem von der Sonne gebräunten Gesicht – ein Flugzeug, das sie von St. Barts auf die Insel des *padrone* geflogen hatte ... Es gab keine Zufälle in der Welt, die er verlassen hatte und in der er sich jetzt wieder bewegte ... *Hör auf zu grübeln! Vergiß den Schmerz!* Im Moment gab es wichtigere Dinge. Ein unbekannter NVN hatte ihm eine Nachricht zukommen lassen und erwartete um drei Uhr seinen Anruf. *Konzentriere dich!* ... Dominique ...? *Konzentriere dich!* Er nahm den Hörer ab und wählte eine Nummer in Washington. Wenige Augenblicke später meldete sich Stevens. »Diese Catherine Neilsen von der Air Force hat mir gesagt, sie wisse nicht, wo Sie sind und wann Sie zurückkämen. Was zum Teufel geht da eigentlich vor?«

»Sie erhalten später von mir einen ausführlichen Bericht, Henry. Jetzt brauche ich von Ihnen Informationen über vier Personen. Alles, was Sie ausgraben können.«

»Wie schnell?«

»Sagen wir innerhalb einer Stunde.«

»Sie sind verrückt.«

»Sie könnten mit der Bajaratt in Verbindung stehen.«

»Die Stunde ist akzeptiert. Wer sind die Leute?«

»Zunächst ein Mann, der sich Neptun nennt, Mr. Neptun. Allgemeine Kennzeichen: schlank, distinguiert, graue Haare, Mitte sechzig.«

»Damit beschreiben Sie die Hälfte der männlichen Bevölkerung in Georgetown. Der nächste?«

»Ein Rechtsanwalt aus Washington namens Ingersol.«

»Was?«

»Kennen Sie ihn?«

»Den kennt hier fast jeder. David Ingersol, Sohn eines hochangesehenen früheren Richters am Supreme Court. Mitglied der exklusivsten Golfclubs, ein Freund der Mächtigen. Sie wollen doch nicht andeuten, daß Ingersol ...«

»Es handelt sich hier nicht um Andeutungen, Henry«, unterbrach ihn Hawthorne.

»Himmel noch mal, Tye. Der Mann hat die weißeste Weste, die man sich nur denken kann. Ingersol ist der Central Intelligence auf seinen Europa-Reisen mehr als gefällig gewesen. Man hält viel von ihm in Langley. Und man mag von der Agency denken, was man will – ihre Sicherheits-Checks sind gründlicher als die jeder anderen Organisation. Ich kann mir nicht vorstellen, daß sie sich eines Mannes wie Ingersol bedienen, ohne ihn auf Herz und Nieren geprüft zu haben.«

»Sie haben seine unteren Teile ausgelassen.«

»Bitte?«

»Er wurde in einem üblen Schuppen gesehen, und zwar bei jemandem, der, wenn auch nur marginal, mit der Sache zu tun hat.«

»Okay. Ich werde mich direkt mit dem Chef der CIA in Verbindung setzen. Weiter!«

»Ein Fluglotse in San Juan namens Cornwall. Er ist tot.«

»Tot?«

»Erschossen, kurz bevor wir heute morgen um ein Uhr zu ihm kamen.«

»Wie sind Sie ihm auf die Spur gekommen?«

»Durch den vierten Mann. Und hier ist ganz besondere Vorsicht geboten. Der Mann ist untergetaucht. Irgendeiner der Oberbonzen in Ihrer Stadt hat ihn in der Hand. Wenn wir den finden könnten, wären wir ein gutes Stück weiter.«

»Wollen Sie damit sagen, daß die Bajaratt Komplizen in den höchsten Regierungsstellen hat?«

»Verlassen Sie sich drauf.«

»Wie heißt der Mann?«

»Simon. Alfred Simon. Er war als minderjähriger Pilot bei der Royal Lao in Vientiane.«

»CIA«, sagte Stevens. »Das waren noch Zeiten! Ganze Postsäcke mit Schmiergeldern wurden über dem Gebiet der Bergstämme von Laos und Kambodscha abgeworfen, um das Rauschgiftgeschäft anzukurbeln ... Wie kann jemand in Washington ihn in der Hand haben? Wenn die Sache umgekehrt wäre, gäbe das mehr Sinn.«

»Man hat ihm die Flugzeuge der Royal Lao angedreht und ihn höchst fragwürdige Papiere unterschreiben lassen – vermutlich, als er betrunken war.«

»Er braucht noch nicht einmal betrunken gewesen zu sein, nur habgierig. Wahrscheinlich dachte er, Millionenwerte zu besitzen, und wußte nicht, daß er Zeit seines Lebens damit zu erpressen ist ... Ich weiß, an wen ich mich wenden kann, um herauszufinden, was gegen einen Alfred Simon, Ex-Pilot der Royal Lao in Vientiane, vorliegt.«

»Passen Sie auf, daß niemand etwas davon merkt.«

»Sie können sich darauf verlassen«, sagte der Chef des Geheimdienstes der Navy. »Meine Informantin ist ein früherer Einsatzoffizier und inzwischen eine ziemlich große Nummer bei der Aufklärung. Sie hat damals auch bei den Geschäften der CIA mitgemischt und dabei in die eigene Tasche gewirtschaftet. Wir haben sie in flagranti erwischt. Natürlich wurde die Sache vertuscht. Aber seitdem hilft sie uns, wenn wir Informationen brauchen.«

»Rufen Sie mich im Hotel an«, sagte Hawthorne. »Falls ich nicht da bin, können Sie alles, was Sie in Erfahrung gebracht haben, Major Neilsen anvertrauen. Sie ist von der Sicherheit überprüft worden und kann jetzt auch Vier-Null-Gespräche führen.«

»Na, so wie die sich anhört, ist das aber auch das einzige, was sie kann.« Hawthorne pfefferte den Hörer auf die Gabel. Schweißtröpfchen standen ihm auf der Stirn. Was jetzt? Er mußte in Bewegung bleiben. Er konnte sich nicht erlauben, an Dinge zu denken, die besser im dunkeln blieben. Und doch kehrten seine Gedanken immer wieder zu ihnen zurück. Er konnte andere belügen, aber nicht sich selbst. Saba, ein zurückgezogen lebender Onkel, eine Vertraute in Paris – Liebesbeteuerungen. Lauter Lügen.

Dominique! Dominique Montaigne war die Bajaratt!

Er würde sie zur Strecke bringen, und wenn er selbst dabei den Tod finden müßte! Nichts konnte ihn mehr aufhalten. *Verrat!*

Im Polizeipräsidium von San Juan hatte die Frau des ermordeten Fluglotsen, eine gewisse Rose Cornwall, den Beamten, die sie vernahmen, eine prächtige Vorführung geboten. Trotz des tragischen Verlustes, der sie getroffen hatte, blieb sie gefaßt und tapfer ... Nein, nein, sie konnte ihnen nicht helfen. Ihr liebevoller Gatte hatte keine Feinde; er war der freundlichste, fürsorglichste Mann auf Gottes weiter Erde – der Priester würde es bezeugen. Schulden? Nein; sie lebten gut, aber immer innerhalb ihrer finanziellen Möglichkeiten. Ein Spieler? Nun, gelegentlich versuchte er sein Glück an einem Spielautomaten, aber wenn, dann nur mit Fünfundzwanzig-Cent-Einsätzen. Drogen? *Nie!* Er konnte ja nicht einmal ein Aspirin schlucken, und seinen Tabakkonsum hatte er auf eine Zigarette nach dem Mittagessen reduziert. Warum waren sie vor fünf Jahren aus Chicago nach Puerto Rico gezogen? Das Leben war angenehmer hier, das Klima, der Strand, der Regenwald – er liebte es, stundenlang im Regenwald umherzuwandern. Es war eben nicht so ein Streß wie früher, im O'Hare Airport in Chicago.

»Kann ich jetzt gehen? Ich möchte für eine Weile allein sein, bevor ich den Priester rufe. Ein wunderbarer Mann; er wird alles Nötige veranlassen.«

Rose Cornwall wurde zu ihrer Eigentumswohnung in Isla Verde gefahren, aber sie rief nicht den Priester an. Statt dessen wählte sie eine Nummer in Mayagüez.

»Hör zu, du Ekelpaket, ich hab' getan, was ihr Ärsche von mir verlangt habt. Jetzt will ich die Kohle sehen«, sagte die Witwe Cornwall.

Das Telefon läutete in der Suite des San-Juan-Hotels, als Catherine Neilsen gerade die Zeitungsberichte über den Mord auf dem Flugplatz las. Sie hob den Hörer ab und meldete sich.

»Ja?«
»Stevens hier, Major.«
»Anruf Nummer Fünf, wenn ich richtig gezählt habe.«
»Sie haben richtig gezählt. Ich nehme an, er ist jetzt da. Ich habe vor anderthalb Stunden mit ihm gesprochen.«
»Er steht unter der Dusche. Genau wie Poole. Und wenn Sie mich fragen, haben die beiden es auch nötig. Es stinkt hier wie im Puff.«
»Wie im was?«
»Im Puff, Captain. Kein Wunder. Da waren sie nämlich auch.«
»Was?«
»Sie wiederholen sich, Sir.«
»Holen Sie ihn. Ich muß mit ihm sprechen.«
»Bleiben Sie am Apparat.« Major Neilsen ging in Hawthornes Schlafzimmer. Dann öffnete sie die Tür zu seinem Bad. Tyrell stand nackt auf den Fliesen und trocknete sich mit einem großen Frotteetuch ab. »Entschuldigung, Commander. Washington ist am Telefon.«

»Schon mal was von Anklopfen gehört?«

»Schon mal ein Klopfen gehört, während Sie unter der Dusche standen?«

»Ach so ... na dann.«

Seine Blöße mit dem Frotteetuch bedeckend, ging Hawthorne an Catherine vorbei ins Schlafzimmer und nahm den Hörer ab. »Was haben Sie in Erfahrung gebracht, Henry?«

»Über Neptun fast gar nichts.«

»Was meinen Sie mit fast?«

»Im Computer haben wir nur eine einzige Eintragung gefunden. Offensichtlich gab es vor Jahren einen Neptun in Argentinien, der damals am Staatsstreich der Generäle beteiligt war. Aber es soll sich um einen Spitznamen gehandelt haben. Kein weiterer Hinweis – abgesehen von einem Mr. Mars, über den mehr oder weniger dasselbe vorliegt.«

»Ingersol?«

»Absolut sauber, Tye. Aber Sie hatten recht mit Puerto Rico. Er fliegt drei-, viermal im Jahr runter, im Auftrag von Klienten. Normaler Dienst am Kunden. Alles völlig legal.«

»Na, als Kunde kennt er sich ja selber gut aus, vor allem was gewisse Dienste angeht.«

»Was meinen Sie damit?«

»Lassen wir das. Was ist mit dem Fluglotsen? Cornwall?«

»Schon etwas interessanter. Er war Leiter seiner Sektion am O'Hare Airport. Ein aufgeweckter Bursche, verdiente recht ordentlich, aber auch keine Reichtümer. Und da sind wir dann beim Nachgraben auf eine ziemlich seltsame Sache gestoßen: Seine Frau war früher Mitinhaberin eines gutgehenden Steak-Hauses in Chicago, und als die beiden nach Puerto Rico zogen, hat sie ihren Anteil weit unter Wert verkauft. Und nun kommt die große Frage: Wieso kann sich ein Fluglotse, der in San Juan entschieden weniger verdient als in Chicago, eine Eigentumswohnung am Strand von Isla Verde für sechshunderttausend Dollar kaufen? Seine Frau hat höchstens ein Drittel dieses Betrages für ihr Restaurant erhalten.«

»Isla Verde ...?«

»Eine der besten Gegenden der Stadt.«

»Ich weiß. Unser Hotel liegt hier ... Haben Sie sonst noch etwas über die Cornwalls herausgefunden?«

»Nichts Konkretes.« – »Das heißt?«

»Um festzustellen, ob sie für den Job geeignet sind, müssen Fluglotsen sich einer Reihe von Tests unterziehen. Cornwall bestand seine mit Bravour – eiskalter Intellekt, schnell und methodisch. Aber er scheint es vorgezogen zu haben, nur nachts Dienst zu tun, was ziemlich ungewöhnlich ist.«

»Das ist auch meinem Informanten aufgefallen. Was hat man in Chicago darüber gedacht?«

»Daß es in seiner Ehe wohl nicht so gut lief, oder eher überhaupt nicht.«

»Das kann ja wohl kaum der Grund gewesen sein bei zwei Leuten, die gemeinsam hier runter gezogen sind und sich eine Eigentumswohnung für sechshunderttausend Dollar gekauft haben.«

»Tatsache bleibt, daß er nachts nicht gern zu Hause war.«

»Ich werde das im Auge behalten«, sagte Hawthorne. »Was ist mit unserem untergetauchten Piloten, Alfred Simon?«

»Entweder hat er Sie angelogen, oder er hat nicht alle Tassen im Schrank.« – Was?«

»Seine Weste ist blütenweiß. Wenn er je wieder auftaucht, werden sie ihn mit militärischen Auszeichnungen behängen. Es gibt keinen Hinweis darauf, daß er je Flugzeuge von der Royal Lao übernommen hat. Er war ein sehr junger Second Lieutenant der Air Force, der sich freiwillig für riskante, von Vientiane aus geflogene Operationen gemeldet hat. Wenn er morgen im Pentagon aufkreuzen sollte, würde man ihn außer den Orden einen Scheck über hundertachtzigtausend Dollar und ein paar Zerquetschte als ausstehenden Sold überreichen.«

»Ich kann Ihnen versichern, Henry, daß er keine Ahnung davon hat.«

»Woher wissen Sie das?«

»Weil ich mir ganz sicher bin, wohin er das Geld schicken würde.«

»Kann es sein, daß Sie mir einen Schritt voraus sind?«

»Das will ich schwer hoffen. Der Hammer ist, daß er sich jahrelang aufgrund einer Lüge hat erpressen lassen, und jetzt, wo die Wahrheit ans Licht kommt, kann ihn das das Leben kosten.«

»Ich verstehe immer noch nichts.«

»Er hat, ohne es zu wissen, für die falschen Leute gearbeitet. Für die Komplizen der Bajaratt.«

»Was wollen Sie jetzt tun?« fragte Stevens.

»Nicht ich, *Sie* werden etwas tun. Ich schicke Second Lieutenant Alfred Simon auf die hiesige Flottenbasis, und Sie lassen ihn unverzüglich nach Washington ausfliegen und sorgen für seine Sicherheit, bis er verhältnismäßig ungefährdet aus seinem Bau kriechen und ein stiller Held mit prallgefüllten Hosentaschen werden kann.«

»Warum so schnell?«

»Weil es zu spät sein könnte, wenn wir auch nur einen Tag damit warten. Und wir brauchen ihn.«

»Um Neptun zu identifizieren?«

»Und ein paar andere, von denen wir vielleicht noch nichts wissen.«

»Okay, wird erledigt«, sagte der Chef des Geheimdienstes der Navy. »Was weiter?«

»Die Frau des Fluglotsen Cornwall. Wie ist ihr Vorname?«

»Rose.«

»Ich denke, da wird bald eine Blume ziemlich verwelkt sein.« Hawthorne legte auf und sah Cathy an, die in der offenen Tür stand. »Ich möchte, daß Sie und Jackson wieder in die Altstadt fahren und Simon zum Navy-Stützpunkt schaffen. Sofort.«

»Hoffentlich versteht er das richtig und versucht nicht, mich für sein Unternehmen anzuwerben.«

»Sie sind nicht der Typ dafür.« Tyrell schlug das auf dem Nachttisch liegende Telefonbuch auf und durchblätterte die ›C‹-Seiten.

»Soll das ein Kompliment oder eine Beleidigung sein?«

»Nutten tragen keine Pistole. Verdirbt nur die Stromlinienformen. Sehen Sie also zu, daß man Ihre gut sehen kann.«

»Ich besitze keine Pistole.«

»Nehmen Sie meine. Sie liegt auf der Kommode … Hier: *Cornwall.* Der einzige Cornwall in Verde.«

Major Neilsen nahm die Walther-Automatik und wog sie in der Hand. »Sie ist so klein, daß sie in meine Handtasche paßt.«

»Sie haben eine Handtasche?« Hawthorne blickte auf.

»Sie meinen wohl, ein Rucksack wäre geeigneter für mich, was? Ich trage diese hübsche Handtasche schon seit vierundzwanzig Stunden mit mir herum. Sie paßt zu meinem Kleid. Jackson fand das auch.«

»Ich hasse den Kerl … Nun gehen Sie endlich! Ich möchte nicht verantwortlich dafür sein, daß noch jemand stirbt.«

»Aye, aye, Commander.«

Tyrell parkte Alfred Simons weißen Cadillac-Convertible vor dem Apartmenthaus in Isla Verde. Wie Stevens gesagt hatte, befand es sich in einer der besten Gegenden von San Juan. Jede Wohnung besaß einen breiten Balkon mit Blick aufs Meer. Vor dem Haus lag ein riesiger, von einer Terrasse eingefaßter Swimmingpool.

Hawthorne stieg aus und ging den kiesbedeckten Weg zur Eingangstür hinauf. In der Halle saß ein uniformierter Portier hinter einer dicken Glasscheibe. Als er Tyrell vor der Tür stehen sah, drückte er auf einen Knopf und sagte: »*Español o Ingles, Señor?*«

»Englisch«, erwiderte Hawthorne. »Ich muß Mrs. Rose Cornwall sprechen. Es ist äußerst dringend.«

»Sind Sie von der Polizei, Señor?«

Polizei? Tyrell erschrak. Dann sagte er geistesgegenwärtig: »Konsulat der Vereinigten Staaten. Die Polizei hat uns verständigt.«

»Treten Sie ein, Señor.« Ein Summer ertönte, und die schwere Tür öffnete sich. Tyrell trat ein.

»Die Nummer des Cornwall-Apartments, bitte?«

»Neun-Null-Eins, Señor. Sie sind alle oben.«

Alle? Was zum Teufel ging hier vor? Hawthorne durchquerte die Halle und drückte ungeduldig mehrmals auf den Knopf neben der Fahrstuhltür, bis sie sich öffnete. Er fuhr ins neunte Stockwerk, eilte über den Flur und blieb abrupt stehen, als er vor einem der Apartments mehrere Polizisten versammelt sah. Die Strahlen eines zuckenden Blitzlichtgewitters erhellten den Gang vor der offenen Wohnungstür. Plötzlich trat ein kleiner, untersetzter Mann in einem grauen Anzug aus dem Apartment und drängte sich, ein Notizbuch in der Hand, durch die uniformierten Beamten. Als er Tyrell sah, stutzte er. Dann blickte er ihn noch einmal forschend an. Es war der Inspektor, der ihn vor knapp acht Stunden auf dem Flugplatz verhört hatte.

»Seltsam, Señor! Gestern nacht wurde Mr. Cornwall und heute morgen Mrs. Cornwall getötet, und Sie tauchen jedesmal am Tatort auf. Wirklich eigenartig.«

»Wissen Sie, Lieutenant, ich habe keine Zeit, mir diesen Quatsch anzuhören. Was ist passiert?«

»Sie scheinen ein ungewöhnliches Interesse an diesem Paar zu haben. Vielleicht um den Verdacht von sich selber abzulenken.«

»Klar, erst bringe ich die beiden um die Ecke, und dann tanze ich euch die ganze Zeit als Tatverdächtiger vor der Nase rum. Es ist ja wohl nicht auszuhalten, wie raffiniert ich bin. Also hören Sie schon auf? Was ist passiert?«

»Bitte schön, wenn Sie es sehen wollen«, sagte der Inspektor und führte Hawthorne in das Wohnzimmer des Apartments. Es bot einen Anblick völliger Verwüstung. Sämtliche Möbel waren umgestürzt worden; überall lagen Glassplitter und zerbrochenes Geschirr. Es war jedoch kein Blut zu sehen. »Ist alles noch so, wie sie erwartet haben?«

»Wo ist die Leiche?«

»Sie wissen es nicht?«

»Wie könnte ich?«

»Sie waren gestern nacht in der Küche des Flughafenrestaurants, wo wir die Leiche ihres Mannes fanden. Und jetzt sind Sie hier. Wie kommt das?«

»Reiner Zufall.«

»Und wieso sind Sie jetzt hier.«

»Das ist eine vertrauliche Sache ... Wir können nicht zulassen, daß irgend etwas davon in die Zeitungen kommt.«

»Wer sind Sie, wenn ich fragen darf?«

»Sagen Sie mir, was geschehen ist, und ich beantworte Ihre Frage.«

»Ein *americano* will mir Befehle erteilen?«

»Es ist eine Bitte. Ich muß es wissen.«

»Nun gut, Señor.« Der Detektiv führte Tyrell an den nach Fingerabdrücken suchenden Beamten vorbei auf den Balkon. Die Schiebetüren standen offen; das Fliegengitter war wie von einem scharfen Messer zerschnitten. »Hier ist die Frau neun Stockwerke tief hinuntergestürzt worden. Kommt Ihnen das bekannt vor?«

»Wovon reden Sie?«

»Legt ihm Handschellen an!« befahl der Detektiv, sich an einen der hinter ihm stehenden Polizisten wendend.

»Was?«

»Sie sind der Hauptverdächtige, Señor. Ich muß doch an meinen guten Ruf denken.«

Drei Stunden und zweiundzwanzig Minuten später durfte Tyrell nach einer lautstarken Auseinandersetzung mit dem sturen und aufgeblasenen Ermittler das Telefon benutzen. Er rief eine Nummer in Washington an, und drei Minuten nachdem er aufgelegt hatte, geleitete ihn ein Polizeibeamter unter wiederholten Entschuldigungen aus dem Gefängnis. Da Hawthorne nicht wußte, wohin Alfred Simons

Cadillac abgeschleppt worden war, nahm er ein Taxi, das ihn zurück ins Hotel brachte.

»Wo sind Sie in den letzten fünf Stunden gewesen?« fragte Catherine.

»Im Gefängnis«, antwortete Hawthorne und legte sich auf die Couch. »Haben Sie Simon fortgeschafft?«

»Nicht ohne Schwierigkeiten«, sagte Major Neilsen. »Als erstes mußte ich Ihren angeschickerten Freund davon überzeugen, daß ich mich nicht als neues Pferdchen bei ihm vorstellen wollte – er äußerte ehrliches Bedauern, als er es endlich begriffen hatte. Es war sehr schmeichelhaft, jedenfalls mehr, als ich von Ihnen gewohnt bin.«

»*Mea culpa.*«

»Wir haben eimerweise Kaffee in ihn hineingeschüttet«, fuhr Cathy fort. »Aber offengestanden glaube ich nicht, daß es viel geholfen hat. Während wir ihn in seinem Rollstuhl weggekarrt haben, hat er mir zwei Heiratsanträge gemacht. Jedenfalls haben wir ihn auf der Navy-Basis abgeliefert.«

»Was machen wir jetzt?« fragte Poole.

»Wie spät ist es?«

»Zwölf Minuten vor drei«, erwiderte Major Neilsen und blickte Tyrell aufmerksam an.

»Dann haben wir noch zwölf Minuten, um das herauszufinden«, sagte Hawthorne. Er spürte, daß er schwitzte.

Mit jeder Minute wuchs seine Unruhe. Ohne es zu wollen, dachte er immer wieder an Dominique/Bajaratt. Er stand auf und begann im Hotelzimmer auf- und abzugehen. Er war fast dankbar für die Stunden, die er im Gefängnis verbringen mußte und die ihn von dem, was jetzt vor ihm lag, abgelenkt hatten.

»Es ist drei Uhr, Tyrell«, sagte Cathy. »Möchten Sie, daß wir Sie allein lassen?«

Hawthorne blieb stehen; er ließ seinen Blick zwischen den beiden Air-Force-Offizieren hin- und herwandern. »Nein«, sagte er. »Ich vertraue Ihnen.«

»Wir stehen auf Ihrer Seite, Commander«, sagte Cathy. »Das sollten Sie wissen.«

»Danke.« Tyrell hob den Hörer ab und wählte.

»Ja?« Die Stimme aus Fairfax, Virginia, klang kalt und abweisend.

»Hier spricht Hawthorne.«

»Bitte, warten Sie.« Es folgte eine Reihe kurzer Summtöne, bevor

NVN sich wieder meldete. »Jetzt können wir offen miteinander reden, Commander«, sagte er, nun wesentlich entgegenkommender.

»Nehmen Sie das Gespräch etwa auf Band auf? Was waren das für Geräusche?«

»Im Gegenteil; ich habe den Scrambler eingeschaltet. Ein Band würde jetzt nur einen unverständlichen Wortsalat aufnehmen.«

»Dann können Sie mir ja sagen, was Sie mir mitteilen wollten. Die Sache mit Amsterdam.«

»Nicht ganz. Ich brauche Ihre Augen, um die Geschichte zu vervollständigen.«

»Was meinen Sie damit?«

»Ich habe Fotos. Aus Amsterdam. Sie zeigen Ihre Frau, Ingrid Johansen Hawthorne, in Gesellschaft dreier Männer an vier verschiedenen Orten – im Zuiderkerk-Zoo, vor dem Rembrandt-Haus, an Bord eines dieser Touristenboote für Grachtenfahrten und in einem Café in Brüssel. Auf jedem Bild ist sie in ein äußerst intensives Gespräch vertieft. Ich bin davon überzeugt, daß zumindest einer der Männer für den Tod Ihrer Frau verantwortlich ist – wenn nicht alle drei.«

»Wer sind sie?«

»Das kann ich Ihnen nicht einmal über den Scrambler sagen, Commander. Offen gestanden, kenne ich nur einen der Männer. Ich bin jedoch sicher, daß Sie die beiden anderen indentifizieren können.«

»Was macht Sie so sicher?«

»Ich weiß, daß alle drei zu Ihren V-Männern in Amsterdam gehörten.«

»Es gab mehr als dreißig, vierzig von ihnen ... Sie haben mir geschrieben, daß es eine Verbindung zum Beka'a-Tal gibt.«

»In dem Sinne, daß das Beka'a sich in Amsterdam genauso ausgebreitet hat wie in Washington.«

»In Washington?«

»Zweifellos.«

»Und die ›aufgegebene Taktik, die jetzt wieder verfolgt wird‹? Wenn ich zwei und zwei zusammenzähle, beziehen Sie sich auf die gegenwärtige Situation.«

»Ja. Erinnern Sie sich, daß vor fünf Jahren, etwa drei Wochen bevor Ihre Frau getötet wurde, der Präsident der Vereinigten Staaten an einer Nato-Konferenz in Den Haag teilnehmen sollte?«

»Natürlich. Die ganze Geschichte wurde abgeblasen und für einen Monat später nach Toronto verlegt.«

»Wissen Sie noch weshalb?«

»Selbstverständlich. Wir hatten in Erfahrung gebracht, daß ein halbes Dutzend Einsatzkommandos vom Beka'a ausgeschickt worden war, um den Präsidenten zu ermorden – neben anderen.«

»Genau. Darunter den Premierminister von Großbritannien und den französischen Präsidenten.«

»Aber wo ist der Zusammenhang, die Verbindung?«

»Das werde ich Ihnen erklären, wenn Sie hier sind – nachdem Sie die beiden unbekannten Männer identifiziert haben. Mein Flugzeug wird um vier Uhr dreißig auf dem San-Juan-Flughafen sein ... Übrigens – mein Name ist Van Nostrand. Nils Van Nostrand. Und wenn Sie irgendwelche Zweifel haben, lassen Sie sich über Ihre Kontakte in der Navy mit dem Außenminister, dem Direktor der Central Intelligence Angency und dem Verteidigungsminister verbinden. Aber erwähnen Sie ihnen gegenüber um Gottes willen kein Wort von dem, was ich Ihnen erzählt habe.«

»Das sind schwere Geschütze, die Leute, die Sie da auffahren ...«

»Und seit vielen Jahren enge Freunde von mir«, unterbrach ihn Van Nostrand. »Sagen Sie ihnen nur, daß ich Sie um eine Zusammenkunft gebeten habe.«

»Ich glaube, das wird nicht nötig sein«, sagte Hawthorne. »Ich werde von zwei Offizieren begleitet, Mr. Van Nostrand.«

»Ja, ich weiß. Major Neilsen und Lieutenant Poole, die Ihnen von der Patrick Air Force Base unterstellt worden sind. Sie können gern mitkommen, aber ich fürchte, ich kann nicht zulassen, daß sie an unserem Gespräch teilnehmen. Es gibt ein gutes Motel einige Meilen von hier, in dem sie – natürlich auf meine Rechnung – unterkommen können. Mein Wagen wird sie dort absetzen.«

»Himmel noch mal!« rief Hawthorne plötzlich. »Wenn Sie die ganze Zeit über Amsterdam Bescheid gewußt haben – warum zum Teufel haben Sie sich so lange Zeit gelassen, mit mir in Verbindung zu treten?«

»Ich weiß es noch nicht so lange, Commander. Und es gibt Gründe dafür, daß ich erst jetzt offen sprechen darf.«

»Verdammt noch mal – wer *ist* der Mann auf dem Foto, den Sie identifiziert haben? Ich bin ein Profi, Van Nostrand. Ich habe die Namen von mehr Doppel- und Dreifachagenten mit mir herumgetragen, als Sie zählen können, und mich währenddessen mit allen von ihnen auf netten Dinnerpartys getroffen.«

»Sie bestehen darauf?«

»Ja.«

»Also gut. Es ist der Mann, den Sie seit fünf Jahren verdächtigen. Captain Henry Stevens, zur Zeit Chef des Geheimdienstes der Navy.« Van Nostrand schwieg. Dann sagte er: »Er hatte keine andere Wahl. Er stand vor der Entscheidung, sich entweder von Ihnen oder Ihrer Frau von den Sowjets töten zu lassen. Sie war seine Geliebte, schon seit mehreren Jahren.«

17

Der Mann auf dem von Bäumen gesäumten Weg im Rock Creek Park in Washington trat aus dem Schatten des dichten Blätterdachs in den Lichtschein der nächsten Straßenlaterne. Er hörte das Rauschen des Wassers aus der Schlucht unten und wußte, daß er den Treffpunkt erreicht hatte: eine im Dunkel liegende Bank zwischen zwei Laternen. Es gehörte zu den ehernen Geboten der Skorpione, daß sie nie zusammen gesehen werden durften. Und die beiden Männer, die sich hier trafen, waren Skorpione.

David Ingersol näherte sich der auf der Bank sitzenden Gestalt und blickte sich um. Sie waren allein.

»Hallo, David«, sagte Skorpion Zwei, ein untersetzter Mann mit schütterem roten Haar, einem vollen Gesicht und einer abgeplatteten Nase.

»Hallo, Pat. Die Luft ist feucht heute abend, nicht?«

»Es soll noch Regen geben, aber meist liegen die verdammten Wetterfrösche voll daneben. Ich hab' trotzdem einen Schirm mitgenommen, einen von diesen Taschenschirmen, die nur den einen Vorteil haben, daß man sie bequem wegstecken kann.«

»Ich habe eine Menge mit Ihnen zu besprechen.«

»Verständlich. Das letzte Mal, daß wir uns gesehen haben, war vor drei Jahren.«

»Diesmal geht es um mehr.«

»So?«

»Es ist heller Wahnsinn. Das wissen Sie doch auch«, sagte Skorpion Drei.

»Ich hüte mich vor solchen Urteilen. Ich bin ein wohlhabender

Mann, weil ich die Befehle, die man mir gibt, befolge, anstatt sie in Frage zu stellen.«

»Auch wenn sie uns gefährlich werden?«

»Ach, hören Sie, Davey. Das zu entscheiden ist Sache unserer Auftraggeber.«

»Nein. Es geht darum, das, was wir erreicht haben, zu sichern. Dieser verrückte alte Mann ist tot – und mit ihm die senile Einstellung, die zu diesem Irrsinn geführt hat ... Fragen Sie sich selbst, O'Ryan: Was können uns diese Morde nützen?«

»Nichts. Aber noch weniger nützt es uns, wenn wir uns ihnen widersetzen. Die Entscheidung ist doch klar: Wir können weiterleben – oder uns umbringen lassen.«

»Mein Gott, von wem?«

»Von den Fanatikern, die von dieser Idee besessen sind. Die Baj arbeitet nicht allein. Sie hat ihre Anhänger, genauso wie Abu Nidal und diese anderen Brüder. Vielleicht ist es nur ein kleiner Kreis, aber er ist seiner Sache absolut ergeben und verfügt über beträchtliche Ressourcen. Nein, David, wir tun, was Skorpion Eins uns befohlen hat. Und wenn etwas schiefläuft, kann uns das nicht angelastet werden.«

»Wer sollte uns das anlasten?«

»Mein Gott, Davey. Ich weiß Ihre Fähigkeiten als Anwalt zu schätzen, aber Sie müssen sich doch auch irgendwann einmal Gedanken gemacht haben, welche Rolle die Skorpione in diesem ganzen System spielen. Ich arbeite seit sechsundzwanzig Jahren im Geheimdienst, und wenn ich eine Hierarchie vor der Nase habe, dann weiß ich verdammt noch mal: Das ist eine Hierarchie! Wir stehen vielleicht ziemlich oben an der Spitze und Skorpion Eins vielleicht noch ein bißchen höher, aber da ist noch nicht Schluß. Die wirklichen Entscheidungen werden da getroffen, wo wir nie hinkommen werden.«

»Das ist mir auch bekannt, O'Ryan. Ich weiß aber auch etwas, wovon Sie nichts wissen.«

»Das würde mich überraschen, da ich neben Skorpion Eins der einzige war, der zwischen dem *padrone* und unserer kleinen Faktion hier stand. Ich war auch der letzte, mit dem er gesprochen hat, bevor er sich verabschiedet hat.«

»Einen anderen Anruf muß er wohl noch gemacht haben.«

»Wie?«

»Ab morgen bin *ich* Nummer Eins. Ich fürchte, man hielt es für besser, Sie zu übergehen. Sie brauchen nur seine Geheimnummer anzurufen, dann werden Sie feststellen, daß Sie mit mir verbunden sind. Das ist der Beweis.«

Der Analytiker der Central Intelligence Agency starrte in dem trüben Licht auf die unbewegten Züge seines Gegenübers. Schließlich sagte er: »Ich will nicht verhehlen, wie enttäuscht ich bin. Doch ich verstehe, daß Sie mit Ihrer Firma und Ihrem Namen mehr Einfluß besitzen als ich, und so gesehen, war es wohl nicht anders zu erwarten. Doch ich muß Sie warnen, Davey. Seien Sie vorsichtig, sehr, *sehr* vorsichtig. Sie stehen allzusehr im Licht der Öffentlichkeit.«

»Aber im Gegenteil, O'Ryan. Gerade das ist mein Deckmantel. Ich bin die personifizierte Wohlanständigkeit.«

»Dann hüten Sie sich, noch einmal nach Puerto Rico zu gehen.«

»Was?« Ingersol fühlte sich, als wäre er soeben von einem Vierzigtonner überfahren worden. »Was wollen Sie damit …?«

»Sie wissen, was ich damit sagen will. Sie glauben, daß man Ihnen mit Ihrer Ivy-League-Ausbildung und dem Supreme-Court-Richter als Vater nichts anhaben kann, oder? Mit dieser feinen Familie und den Mitgliedschaften in den richtigen Clubs? Das macht Sie automatisch zur Nummer Eins, was? Meinen Sie, daß ich das einfach so hinnehme? Ich habe Zugang zu Informationen, an die Sie niemals herankommen.«

»Wieso Puerto Rico?« fragte Ingersol mit leiser, entsetzter Stimme.

»Ich bin im Besitz von eidesstattlichen Versicherungen der Nutten eines Bordells in der Calle del Ocho in San Juan – nur *ich* habe sie, niemand sonst.«

»Ich habe auf Anweisungen von Skorpion Eins das Haus besucht! Um diesen Piloten zu überprüfen!«

»Sagen wir's mal so, S-Drei. Sie sind zu weit gegangen. An einem Abend waren Sie sogar völlig weggetreten …«

»Doch nur ganz kurz, nicht mal eine Minute. Und es ist nichts passiert. Mein Geld war noch da, meine Brieftasche. Ich war eben ein bißchen übermüdet.«

»Spielt das eine Rolle? Ich habe Fotos – dank meiner eigenen Verbindungen zur Calle del Ocho, die nichts mit unserer kleinen Organisation hier zu tun haben.«

Ingersol schüttelte ungläubig den Kopf. Er atmete tief ein. »Was wollen Sie, Patrick?«

»Kontrolle. Ich bin weit besser für die Position geeignet. Alles, was Sie wissen, haben Sie von mir gelernt. Ich gehöre zum Little-Girl-Blood-Kreis, Sie nicht.«

»Ich kann es nicht ändern. Man hat mich an die erste Stelle gesetzt.«

»Ach, zum Teufel, hängen Sie sich doch die Nummer Eins als Orden an, und werden Sie glücklich damit. Glauben Sie, ich würde Sie beseitigen, nur um mir hinterher die dummen Fragen anzuhören? Sie bleiben Skorpion Eins. Aber *ich* erteile die Befehle. Es ist besser so, glauben Sie mir. Sie vergeben sich nichts – Sie bleiben über alles informiert.«

»Wie großzügig von Ihnen«, sagte der Anwalt sarkastisch.

»Ich bin niemals großzügig. Aber vernünftigen Argumenten bin ich durchaus zugänglich. So stimme ich zum Beispiel mit Ihnen überein, daß dieser Wahnsinn aufhören muß. Er kann nur ins Chaos führen. Wenn diese Fanatiker ihren Plan verwirklichen, wird man jeden Stein nach ihnen umdrehen. Wir können uns das nicht leisten.«

»Aber Sie haben doch selbst gesagt, daß es gefährlich ist, uns ihnen zu widersetzen. Die Skorpione werden als erste in Verdacht geraten, wenn etwas schiefläuft. Und dann haben wir die Leute aus dem Beka'a-Tal auf dem Hals.«

»Wir werden dem Geheimdienst die Schuld zuschieben. Überlassen Sie das mir. Wissen Sie, wo die Frau jetzt ist?«

»Niemand weiß es. Sie ist mit dem Jungen untergetaucht. Sie können überall sein.«

»Ich habe die beiden in Fort Lauderdale an den Einwanderungsbehörden vorbeigeschleust. Von da aus sind sie weiter nach West Palm Beach. Berichten von S-22 zufolge wurden sie zuletzt in einem heruntergekommenen Motel gesichtet. Seitdem sind sie verschwunden.«

»Überall«, wiederholte Ingersol. »Wir wissen nicht, wie sie aussehen; wir haben keine Beschreibungen von ihnen, keine Fotos ...«

»MI-6 und das Deuxième haben uns Fotos von ihr geschickt, die jedoch völlig wertlos sind. Vielleicht ist es *eine* Frau, die auf ihnen abgebildet ist, vielleicht sind es drei verschiedene – bei ihren Verwandlungskünsten schwer zu sagen.«

»Wir wissen nicht einmal, ob sie noch zusammen oder getrennt reisen – und welche Funktion der junge Mann überhaupt hat.«

»Na, so eine Kombination aus Leibwächter und Liebhaber. Auf jeden Fall tut er, was sie will. Nach dem, was die vom Zoll in Marseilles über ihn gesagt haben, ist er ideal als ihr Begleiter: nicht der Hellste, bärenstark und als Mann nicht unansehnlich. Die Psychiater haben ein Persönlichkeitsbild von der Bajaratt erstellt, das auf dem basiert, was wir vom Mossad, aber auch aus Paris und London wissen ... Wie die meisten Fanatiker geht sie immer bis zum Äußersten. Darin findet sie eine Rechtfertigung für das, was die Seelenklempner ihre ›emotionale Maßlosigkeit‹ nennen. Nach diesem Persönlichkeitsbild ist sie sexuell äußerst aktiv, wenn nicht gar nymphoman, aber zu vorsichtig, um in fremde Betten zu springen – es sei denn, sie verfolgt eine Absicht damit. Deshalb braucht sie einen gehirnamputierten Stecher, den sie kontrollieren kann.«

»Wer weiß, ob sich die beiden nicht gerade als Touristen durch das Weiße Haus führen lassen? Oder davor stehen – als Demonstranten getarnt und mit einer Tasche voll Sprengstoff?«

»Das Weiße Haus darf zur Zeit nicht besichtigt werden – angeblich wegen Renovierungsarbeiten –, und der Präsident verläßt seinen Amtssitz nur noch unter strengen Sicherheitsvorkehrungen. Beide Maßnahmen sind, unter uns gesagt, unnötig. Es ist nicht der Stil der Bajaratt. Sie sucht nicht die offene Auseinandersetzung. Sie überlistet den Gegner und schlägt dann zu. Eine Taktik, die sich bis in ihre Kindheit zurückverfolgen läßt.«

»Ihre Kindheit?«

»Das gehört zu den Informationen, zu denen ich Zugang habe und Sie nicht, Davey-Boy. Deswegen werde ich die Skorpione führen.«

»Aber was können wir tun?« sagte Ingersol.

»Wir warten ab. Bevor sie zuschlägt, wird sie sich mit Ihnen in Verbindung setzen, Skorpion Eins. Allein schon, um sich einen Fluchtweg zu sichern.«

»Angenommen, sie hat andere Vorkehrungen getroffen?«

»Wer eine solche Operation durchführt, hält sich mehrere Wege offen. Das ist auch etwas, was Sie nicht wissen, S-3. Ich habe Erfahrungen auf diesem Gebiet, glauben Sie mir. Wenn es ums Überleben geht, ist Loyalität ein Haufen dampfender Scheiße.«

»Sie meinen also, daß sie mich anrufen wird?«

»Sie können sich drauf verlassen.«

Amaya Bajaratt, nach wie vor sehr überzeugend als *contessa* in den Vierzigern, durchquerte die Eingangshalle des Hotels, als sie plötzlich wie erstarrt stehenblieb. Der blondhaarige Mann an der Rezeption – ein frisch gebleichtes Blond – war ein Undercover-Agent des Mossad, den sie aus Haifa kannte, mit dem sie in Haifa geschlafen hatte! Nach kurzer Überlegung eilte sie auf den Fahrstuhl zu. Sie mußte sofort mit Niccolò das Hotel verlassen. Aber *wohin*? Und mit welcher Erklärung? Alle Anrufe liefen über das Hotel, Anrufe von wichtigen Leuten im Senat und im Repräsentantenhaus, von Politikern wie Nesbitt, dem Senator aus Michigan – dem Mann, der ihr das entscheidende Zusammentreffen ermöglichen würde, das Zusammentreffen mit dem Präsidenten der Vereinigten Staaten. Es war wie mit Adolf Hitler und der Wolfsschanze, aber im Gegensatz zu diesen unfähigen Generälen würde sie Erfolg haben. Jetzt war keine Zeit für solche Überlegungen. Sie stürzte in den nächsten sich öffnenden Fahrstuhl und drückte den Knopf des Stockwerkes, in dem ihre Suite lag.

»Ist sie nicht *reizend*, Cabi?« rief Niccolò. Er saß vor dem Fernsehgerät im Wohnzimmer und sah sich die Wiederholung eines Films aus Angel Capells Westernserie an. »Vor einer Stunde habe ich noch mit ihr gesprochen. Und *da* ist sie! Kaum zu glauben!«

»*Basta*, Nico! Sie ist mit dem *barone-cadetto* von Ravello befreundet, und du benimmst dich, als ob du noch immer der Hafenjunge aus Portici wärest.«

»Warum verletzt du mich so, Cabi?« fragte Niccolò und starrte sie wütend an. »Du hast gesagt, es sei in Ordnung, wenn ich mich zu ihr hingezogen fühle.«

»Jetzt nicht mehr. Wir reisen ab.«

»Warum?«

»Weil ich es dir sage, du Dummkopf«, erwiderte die Baj. Sie trat an den Schreibtisch und nahm den Telefonhörer ab. »Pack die Koffer. Sofort!« Sie wählte eine der Nummern, die sie sich eingeprägt hatte.

»Ja?« sagte die Stimme in Fairfax, Virginia.

»Ich bin es. Ich brauche eine Unterkunft. Ich kann nicht in diesem Hotel bleiben, nicht in Washington.«

»Unmöglich. Sie können nicht zu mir kommen. Nicht heute abend.«

»Ich befehle es Ihnen im Namen des *padrone*. Wenn Sie mich abweisen, werde ich nicht nur das Beka'a-Tal verständigen, sondern auch Palermo und Rom. Man wird Sie umlegen.«

Schweigen. Dann: »Ich schicke Ihnen einen Wagen. Aber wir können uns nicht sehen. Nicht heute abend.«

»Das spielt keine Rolle. Ich brauche eine Telefonnummer. Ich erwarte einige Anrufe.«

»Ich bringe Sie in einem der Gästehäuser unter. Es hat einen eigenen Anschluß. Wenn Sie hier sind, können Sie die Nummer an Ihr Hotel durchgeben. Wir sind an das Netz des Staates Utah angeschlossen; die Gespräche werden aber über Satellit übertragen, so daß Sie unbesogt telefonieren können.«

»*Grazie.*«

»*Per cento anni, signora*. Aber ich muß Sie warnen. Ab morgen sind Sie auf sich allein gestellt.«

»*Perché?*«

»Ich verlasse das Land. Und hören Sie: Sie wissen von nichts. Sie sind nur eine Bekannte aus Europa, die mich bald zurückerwartet. Sie können jedoch meinen Nachfolger über diese Nummer erreichen.«

»Alles klar. Werde ich von Ihnen hören?«

»Nein. Nie wieder.«

Der Gulfstream-Jet näherte sich der Küste der Vereinigten Staaten östlich der Chesapeake Bay über Cape Charles, Maryland. »Noch fünfzehn Minuten«, sagte der Pilot.

»Zwanzig«, sagte der Kopilot und studierte die Karte auf dem Armaturenbrett. »Eine Schlechtwetterfront kommt auf. Wir müssen sie nördlich umfliegen.«

»Können Sie mit dieser Maschine wirklich auf einem Privatflugplatz landen?« fragte Poole. »Sie brauchen doch eine Piste von mindestens dreitausend Fuß.«

Der Kopilot blickte Poole an. »Sind Sie Pilot, Mister?«

»Nun, ich hab' ein paar Flugstunden hinter mir. Nichts im Vergleich zu euch, Jungs, aber genug, um zu wissen, daß ihr dieses Ding nicht auf ein Kohlfeld setzen könnt.«

»Es ist kein Kohlfeld, Sir. Es ist eine asphaltierte Landebahn von viertausend Fuß mit eigenem Tower. Wir haben heute morgen zwei Übungsflüge gemacht. Alles erstklassig, was Mr. Van Nostrand zu bieten hat.«

»Offensichtlich«, sagte Hawthorne, der auf dem Rücksitz saß. Er war hörbar irritiert.

»Sind Sie okay, Tye?« fragte Major Neilsen.

»Mir geht's gut. Ich möchte nur endlich dort sein.«

Einundzwanzig Minuten später kreisten sie über der im Dunkeln unter ihnen liegenden Landschaft Virginias und setzten wenig später auf der von gelben Lichtern beleuchteten Landebahn auf. Der Pilot ließ die Maschine ausrollen und steuerte sie dann zu einer auf dem Vorfeld wartenden Limousine. Neben ihr stand ein motorisierter Golf-Kart.

Als sie das Flugzeug verlassen hatten, wurden die drei Passagiere von zwei Männern in Empfang genommen, von denen der eine einen schwarzen Anzug und eine Schirmmütze, der andere ein Sportjackett und braune Hosen trug.

»Commander Hawthorne?« fragte der sportlich gekleidete Mann, Tyrell anredend. »Darf ich Sie zum Haupthaus fahren? Es liegt nur ein paar hundert Meter entfernt. Wir nehmen den Golf-Kart.«

»Gern. Danke.«

»Und was die Dame und den Herrn betrifft«, sagte der Chauffeur mit der Schirmmütze, »so sind Zimmer für Sie in der Shenandoah Lodge reserviert. Natürlich auf Kosten Mr. Van Nostrands. Es sind nur zehn Minuten von hier. Wollen Sie bitte einsteigen?« Er wies auf die Limousine.

»Bis später«, sagte Hawthorne.

Der Fahrer des Golf-Karts wandte sich um und blickte Tyrell an. »Wir hoffen, daß Sie über Nacht bleiben, Sir. Es ist alles für Sie vorbereitet.«

»Sehr freundlich, aber ich habe andere Pläne.«

»Mr. Van Nostrand wird sehr enttäuscht sein, Commander«, ergänzte der Chauffeur, während er die hintere Tür der Limousine für Catherine Neilsen und Jackson Poole öffnete. »Meine Frau hat sich solche Mühe mit dem Abendessen gemacht.«

»Ich lasse mich bei ihr entschuldigen, aber ...«

»Ach, du meine Güte!« rief Poole. »Wo sind nur meine Manieren. Ich habe ganz vergessen, mich bei den beiden Piloten zu verabschieden. Sie waren so nett; sie haben mir all die Instrumente gezeigt.«

»Was ...?«

»Bin gleich wieder da!« Der Lieutenant lief auf das Flugzeug zu und stieg ein. Man konnte ihn mit den Piloten sprechen sehen, die noch im Cockpit saßen. Dann schüttelte er ihnen die Hand und kehrte zu den Wartenden zurück. Hawthorne sah ihn erstaunt an. »Ah!«

sagte Poole. »Jetzt fühle ich mich besser. Mein Daddy hat mir immer wieder eingebleut, daß ich ja höflich zu Fremden sein soll. Fahren wir, Mister! Ich freu' mich schon auf eine heiße Dusche. So lange, wie ich nicht geduscht habe – ich fühle mich richtig dreckverkrustet. Meine Mum würde mir ordentlich die Ohren langziehen, wenn sie wüßte... Bis bald, Commander.« Der Lieutenant stieg in die Limousine. Tyrell runzelte die Stirn, als der Golf-Kart sich in Bewegung setzte und zwischen den Landelampen hindurch auf das Haupthaus zufuhr.

Der große Cadillac verließ das Vorfeld und bog in eine Straße ein, die zu einem eisernen Tor mit einem links daneben liegenden Pförtnerhaus führte. Eine zweite Limousine, die das Tor gerade passiert hatte, kam ihnen entgegen und fuhr jetzt an ihnen vorbei – doch so schnell, daß sie die Insassen nicht erkennen konnten. Plötzlich sprang Jackson hoch und zwängte sich auf den Vordersitz neben dem Fahrer. Zu Cathys Erstaunen hielt er die Walther-Automatik in der Hand.

»Was sagen Sie dazu, Mister? Wir müssen sofort anhalten. Ich habe doch tatsächlich noch etwas vergessen.«

»Und was, wenn ich fragen darf, Sir?« fragte der Chauffeur, völlig verblüfft.

Der Lieutenant drückte den Lauf der Automatik gegen die rechte Schläfe des Fahrers. »Commander Hawthorne, Sie Napfsülze. Wenden Sie und schalten Sie die Scheinwerfer aus!«

»Jackson!« rief Major Neilsen. »Was *machst* du da?«

»Diese ganze Geschichte hier ist faul, Cathy. Wenden Sie, oder ich puste Ihnen das Gehirn aus Ihrem verdammten Schädel!« Die Limousine beschrieb einen unsicheren Bogen, als der Chauffeur die Hand ausstreckte – ein roter Alarmknopf! Poole schlug dem Mann den Knauf der Pistole ins Genick. Ein widerlich knirschendes Geräusch. Dann sackte der Fahrer über dem Lenkrad zusammen. Der Lieutenant wuchtete den leblosen Körper in den hinteren Teil der Limousine und zwängte sich über die Rückenlehne nach vorn. Er packte das Lenkrad und steuerte den Wagen in die Dunkelheit. Sein Fuß fand das Bremspedal. Wenige Zentimeter vor dem Stamm einer Kiefer kamen sie zum Stehen. Poole lehnte den Kopf zurück und atmete einmal tief durch.

»Ich glaube, du bist mir eine Erklärung schuldig«, ließ sich die leicht verärgerte Stimme Major Neilsens vom Rücksitz vernehmen. »*Jackson*, du willst doch nicht behaupten, daß ein Mann, der Tye offen aufgefordert hat, sich beim Außen- und Verteidigungsminister, nicht zu vergessen dem Direktor der CIA, über ihn zu erkundigen, nicht nur ein Lügner ist, sondern etwas noch viel Schlimmeres. Ich mag es gar nicht aussprechen.«

»Wenn ich mich irre, bitte ich um Entschuldigung, quittiere den Dienst und ziehe zur Strafe zu meiner kleinen Schwester nach Kalifornien und verdiene mir eine goldene Nase wie sie.«

»Das ist keine Erklärung, Lieutenant. Los, raus damit!«

»Ich bin doch vorhin zu den beiden Piloten zurückgegangen ...«

»Ja. Und du hast behauptet, daß du dich von ihnen verabschieden müßtest, was du ja nun ganz eindeutig schon getan hattest, und geduscht hättest du auch ewig nicht, dabei war das letzte Mal keine 45 Minuten her.«

»Ich hoffe, Tye hat den Hinweis verstanden.«

»Was für einen Hinweis?«

»Daß etwas faul ist. Die beiden Männer sind nicht die Piloten, die sonst für Van Nostrand arbeiten«, sagte er. »*Die* sind auf Urlaub. Erinnerst du dich, daß sie von zwei Übungsflügen gesprochen haben?«

»Na und? Es ist Sommer, die meisten Leute machen im Sommer Urlaub.«

»Was tun wir, wenn wir eine Operation geheimhalten wollen?«

»Wir ersetzen die Leute, die regulär Dienst tun, durch andere.«

»Na, bitte! Und noch etwas, Cathy: Die beiden Luftjockeys haben um Starterlaubnis für einen Zivilflug nach Douglas International, North Carolina, nachgesucht. Es wird nur ein einziger Passagier an Bord sein – ein Mann, der diplomatische Immunität genießt und von einer Militäreskorte in Empfang genommen wird.«

»Was willst du damit sagen, Jackson?«

»Dieser Passagier ist Van Nostrand, und sie starten in einer Stunde.«

»In einer Stunde?«

»Nicht viel Zeit für ein ausgedehntes Abendessen nach einer wichtigen Konferenz, was? Die beiden fliegen sonst wahrscheinlich Drogen oder weiß der Kuckuck was und haben sich nur für diese Operation anheuern lassen.«

»Sie waren so nett ...«

»Du bist ein Landei, Cathy. Ich komme aus New Orleans. Mir kann man nichts vormachen.«

»Was sollen wir jetzt tun?«

»Hast du Tyes Waffe noch?«

»Nein. Er trägt sie festgeschnallt an seinem Bein.«

»Ich sehe mal bei unserem Fahrer nach. Donnerwetter! Er hat *zwei*. Eine große Pistole und einen kleinen Revolver. Nimm die Pistole und bleib im Wagen; ich stecke den Revolver ein. Stell keine Fragen, wenn sich jemand dem Wagen nähert. Schieß einfach! Und falls sich der Kerl hier rührt, gib ihm eins über den Schädel.«

»Unsinn, Lieutenant! Ich komme mit.«

»Besser nicht, Major.«

»Das ist ein Befehl, Poole.«

»Es gibt einen Artikel in den Dienstanweisungen, der klar festlegt, daß ...«

»Vergiß es! Ich komme mit. Was machen wir mit dem Fahrer?«

»Hilf mir mal!« Jackson zerrte den Chauffeur aus der Limousine und legte ihn auf den Boden neben dem Wagen. »Zieh ihm die Sachen aus, die Schuhe zuerst«, fuhr er fort, als Cathy neben ihm niederkniete. »Jetzt die Hosen. Ich nehme die Jacke und das Hemd.«

Eine Minute später lag der nackte Körper des Chauffeurs mit dem in Streifen gerissenen Hemd gefesselt und geknebelt unter der Kiefer. Der Lieutenant schlug ihm noch einmal mit dem Revolverknauf ins Genick. Ein spastisches Aufzucken; dann blieb der Mann bewegungslos liegen.

»Du hast ihn doch nicht getötet?« fragte Major Neilsen.

»Ich hätte es tun sollen. Dieser Bastard wollte *uns* töten, Cath. Ich werde es dir beweisen.«

»Wovon redest du?«

»Komm mit zum Wagen. Wetten, da gibt's ein Telefon?«

Poole ließ den Motor an, nahm den Hörer ab und verlangte von der Auskunft die Nummer der Shenandoah Lodge. »Hier ist die Patrick Air Force Base«, sagte er dann im Kommandoton. »Verbinden Sie mich entweder mit Major Catherine Neilsen oder mit einem Lieutenant A. J. Poole. Es ist dringend.«

»Sofort, *Sir*«, meldete sich kurz darauf eine aufgeregte Stimme. »Ich sehe nach.« Die Leitung wurde unterbrochen; einunddreißig Sekunden später meldete sich die Stimme wieder. »Wir haben keinen Gast, der unter einem dieser Namen bei uns eingetragen ist, Sir.«

»Brauchst du sonst noch einen Beweis, Major?« Der Lieutenant legte den Hörer auf. »Der Scheißkerl wollte uns umbringen, bevor wir überhaupt das Motel erreichen. Wer weiß, ob man unsere Leichen je in diesen Sümpfen gefunden hätte.«

»Wir müssen zu Hawthorne!«

»Und das so schnell wie möglich«, sagte Poole.

Hawthorne wurde in die riesige Bibliothek seines Gastgebers geführt. Er lehnte den ihm von dem Fahrer des Golf-Karts angebotenen Drink ab. »Ich trinke nur Weißwein, danke«, sagte Tyrell. »Je billiger, um so besser. Und nur in kleinen Mengen.«

»Wir haben einen ausgezeichneten Pouilly-Fumé, Sir.«

»Mein Magen würde nicht mitmachen. Er ist an ein schlechteres Bouquet gewöhnt.«

»Wie Sie wünschen, Commander. Aber ich muß Sie bitten, die Waffe abzulegen, die Sie an Ihr rechtes Bein gebunden haben.«

»Mein rechtes *was* …?«

»Bitte, Sir«, sagte der Golf-Kart-Fahrer und zog einen winzigen Stöpsel aus dem Ohr. »Auf dem Weg vom Haupteingang durch die Diele bis zu diesem Raum haben Sie vier Röntgenschranken passiert. Geben Sie mir die Waffe.«

»Eine alte Gewohnheit«, sagte Hawthorne entschuldigend, als er sich in den nächsten Sessel setzte und sein Hosenbein hochzog. »Ich würde sie auch mitnehmen, wenn ich eine Audienz beim Papst hätte.« Er entfernte die Automatik und stieß sie mit dem Fuß über den Fußboden. »Zufrieden?«

»Danke, Sir. Mr. Van Nostrand wird sofort hier sein.«

»Sie sorgen für seine Sicherheit?«

»Mein Arbeitgeber ist ein vorsichtiger Mann.«

»Er muß viele Feinde haben.«

»Im Gegenteil. Ich kenne keinen einzigen. Er ist jedoch sehr wohlhabend, und als sein Sicherheitschef bestehe ich auf gewissen Maßnahmen, wenn ihn Leute besuchen, die er nicht kennt. Als ehemaliger Geheimdienstoffizier werden Sie das wohl verstehen.«

»Durchaus. Waren Sie bei der Armee, G-2?«

»Nein, Secret Service, zum Weißen Haus abkommandiert. Der Präsident wollte mich nicht gehen lassen, aber als verheirateter Mann, der die College-Ausbildung für vier Kinder bezahlen muß, habe ich finanzielle Verpflichtungen.«

»Sie machen Ihre Sache gut.«

»Ich weiß. Ich bleibe vor der Tür stehen, wenn Mr. Van Nostrand hier ist.«

»Um das einmal klarzustellen, Mr. Secret Service: Ihr Boß hat mich hierher eingeladen. Ich habe mich nicht aufgedrängt.«

»Was für ein Gast ist das, der sich eine Walther P. K. ans Bein schnallt? Eine gefährliche Waffe ...«

»Ich hab' Ihnen doch gesagt – eine alte Gewohnheit.«

»Nicht hier, Commander.« Er beugte sich nieder und hob die Pistole auf. Die Tür öffnete sich, und Nils Van Nostrand, ganz der joviale Gastgeber, betrat den Raum. »Guten Abend, Mr. Hawthorne«, sagte er, Tyrell die Hand entgegenstreckend, als dieser sich erhob. »Entschuldigen Sie, daß ich Sie nicht schon bei Ihrer Ankunft begrüßt habe, aber ich hatte ein längeres Telefongespräch mit dem Secretary of State ... Ich glaube, ich weiß, wo Sie Ihr Jackett gekauft haben – Safarics, Johannesburg. Sehr schick.«

»Nein, tut mir leid. Tony's Tropic Shop, Flughafen San Juan.«

»Verdammt gute Imitation. Jedenfalls nochmals Entschuldigung, daß ich Sie nicht selbst abgeholt habe.«

»Keine Ursache.« Hawthorne musterte seinen Gastgeber, fasziniert durch Van Nostrands Erscheinung: *Ein Mann Ihrer Größe ... mit grauen Haaren, gutaussehend, elegant gekleidet – wie aus einem Modejournal.*

»Sie tun was für Ihre Sicherheit.«

»Ach, Brian hier?« Van Nostrand lachte leise und blickte den ehemaligen Secret-Service-Mann wohlwollend an. »Manchmal nimmt mein guter Freund die Sache ein bißchen zu ernst. Ich hoffe, es gab keine Unannehmlichkeiten.«

»Nein, Sir.« Brian steckte die Automatik unauffällig in die Tasche. »Ich habe dem Commander einen Drink angeboten, Ihren Pouilly-Fumé; aber er hat abgelehnt.«

»Wirklich? Ein ausgezeichneter Jahrgang. Mr. Hawthorne zieht vielleicht einen Bourbon vor.«

»Sie haben Ihre Hausarbeiten gemacht«, sagte Tyrell. »Aber das gehört der Vergangenheit an.«

»Ja, das habe ich gehört. Würden Sie uns bitte allein lassen, Brian? Ich habe mit unserem Mann aus Amsterdam etwas unter vier Augen zu besprechen.«

»Selbstverständlich, Sir.« Der Sicherheitschef schloß die Tür hinter sich.

»Jetzt sind wir unter uns, Commander.«

»Sie haben etwas über meine Frau und Captain Stevens gesagt, was mich sehr überrascht hat. Was wissen Sie darüber?«

»Darüber reden wir noch. Bitte, setzen Sie sich. Plaudern wir ein wenig.«

»Ich habe keine Lust, mit Ihnen zu plaudern. Wie kommen Sie dazu, so etwas zu behaupten? Beantworten Sie mir diese Frage, dann können wir über andere Sachen reden. Aber es wird ein verdammt kurzes Gespräch werden.«

»Ja, man hat mir schon gesagt, daß Sie nicht zum Abendessen bleiben können.«

»Ich bin nicht gekommen, um mit Ihnen zu Abend zu essen. Ich bin gekommen, um zu hören, was Sie mir über den Tod meiner Frau in Amsterdam und Captain Stevens zu sagen haben.«

»Ich bin genauso neugierig, etwas über eine kleine Insel in der Karibik zu hören.«

Schweigen. Die beiden standen sich Auge in Auge gegenüber. Schließlich sagte Hawthorne: »Sie sind Neptun, nicht wahr?«

»Ganz recht, Commander. Ich bin Neptun. Aber das wird außer uns beiden nie jemand erfahren.«

»Sind Sie dessen so sicher?«

»Völlig. Sie werden diesen Raum nicht lebend verlassen, Mr. Hawthorne. *Jetzt*, Brian!«

18

Die Schüsse zerrissen die Stille des großen Raumes, als Poole und Catherine Neilsen ihre Waffen abfeuerten. Scheiben zerbarsten, Glas fiel splitternd in alle Richtungen. Der Lieutenant hechtete durch das Fenster und ließ sich zu Boden fallen. Dann sprang er hoch, die Automatik auf die beiden zusammengesunkenen Körper gerichtet. »Sind Sie *okay*?« rief er dem erstaunten Hawthorne zu, der sich hinter einem Sessel in Sicherheit gebracht hatte.

»Wie kommen Sie denn hierher?« fragte Hawthorne völlig überrascht. Er richtete sich mühsam auf. »Nur einen Augenblick später, und ich wäre erledigt gewesen.«

»So etwas Ähnliches hatte ich mir gedacht ...«

»Dieses eigenartige Benehmen, als Sie sich noch von den Piloten verabschieden wollten.« Hawthorne atmete tief ein; Schweißperlen standen ihm auf der Stirn. »Jetzt wird mir manches klar.«

»Cathy und ich sind um das Haus herumgegangen, und als wir sahen, daß dieser Gorilla mit einer Waffe in der Hand in den Raum kam, haben wir geschossen.«

»Danke. Sie haben mir das Leben gerettet.«

»Wir müssen hier raus!«

»Kann mir mal jemand helfen, durch das Fenster zu kommen, ohne mir alles aufzuschneiden?« fragte Cathy. »Außerdem laufen Männer auf das Haus zu.«

»Wir müssen sie loswerden«, sagte Hawthorne, als Major Neilsen mit Pooles Beistand durch das zerbrochene Fenster geklettert war. Er lief zur Tür und schloß sie ab. Wenig später hörten sie ein energisches Klopfen. Tyrell bemühte sich, Van Nostrands Stimme zu imitieren. »Alles in Ordnung. Brian hat mir nur seine neue Automatik gezeigt ... Geht zurück an eure Posten.«

»Zu Befehl, Sir.« Ein kurzes Schweigen. Dann Schritte, die sich langsam entfernten.

»Sie sind fort«, sagte Tyrell.

»Dafür haben wir zwei Leichen hier«, flüsterte Cathy.

»Das Flugzeug startet in fünfunddreißig Minuten«, sagte Poole. »Wir sollten die Gelegenheit nutzen ...«

»Nicht bevor wir die Antwort auf ein paar Fragen gefunden haben«, protestierte Hawthorne. »Van Nostrand war Alfred Simons Mr. Neptun. Damit gehörte er zum Kreis des *padrone*. Und das stellt ihn in die Nähe der Bajaratt.«

»Sind Sie sicher?«

»Er hat selbst zugegeben, daß er Neptun war, Lieutenant.«

»Als wir abfuhren, kam uns ein Wagen entgegen«, sagte Major Neilsen. »Kann da eine Verbindung bestehen?«

»Finden wir es heraus!« sagte Tyrell.

»Es gibt hier mehrere Gästehäuser, mindestens vier oder fünf«, sagte Poole, als er mit Catherine und Hawthorne durch das zerbrochene Fenster auf die Terrasse kletterte. »Sie sind mir aufgefallen, als wir in der Limousine saßen.«

»Ich kann nirgends ein Licht entdecken«, sagte Hawthorne und starrte in die Dunkelheit.

»Vor wenigen Minuten hab' ich noch irgendwo Licht gesehen.«

»Er hat recht«, sagte Cathy. »Dort drüben.« Sie wies über die weite Rasenfläche nach Südwesten. »Jetzt ist es verschwunden.«

»Vielleicht sollte ich den Piloten Bescheid sagen, daß alles okay ist. Sie waren schon vor der Schießerei nervös.«

»Eine gute Idee«, stimmte Tyrell zu. »Sagen Sie ihnen, Van Nostrand hätte uns seine Waffensammlung gezeigt.«

»Das kaufen sie uns nicht ab«, sagte Cathy.

»Die glauben alles, solange es einigermaßen plausibel klingt. Das einzige, was sie wirklich interessiert, ist der Scheck, den sie in einer halben Stunde erwarten ... Gehen Sie mit Jackson, Cathy.«

»Und was tun Sie inzwischen?«

»Ich werde mich hier mal ein bißchen umsehen. Das Licht, das ihr beide gesehen habt, beunruhigt mich. Wir können davon ausgehen, daß sich nur noch die Köchin im Haus aufhält. Und Van Nostrand hat bestimmt keine anderen Gäste erwartet, wo er doch in einer halben Stunde abfliegen wollte.«

»Hier ist Ihre Pistole«, sagte der Lieutenant und gab dem Commander seine Automatik. »Ich hab' sie dem Kerl zusammen mit seiner Magnum abgenommen. Die können Sie auch haben ... trage schon ein ganzes Waffenarsenal mit mir herum; bei dem Chauffeur habe ich auch zwei Kanonen gefunden.«

»Eine hast du mir gegeben«, sagte Major Neilsen.

»Die nützt dir nicht mehr viel, Cath. Wenn ich richtig gezählt habe, ist da nur noch eine Patrone drin.«

»Ihr beide geht jetzt rüber zur Landebahn. Sagt den Piloten, daß sich der Abflug etwas verzögert, weil Van Nostrand noch einige wichtige Telefongespräche führen müßte. Beeilt euch!«

Als die beiden Air-Force-Offiziere sich entfernt hatten, begann Tyrell das Terrain im Südwesten zu untersuchen. Er machte jetzt im schwachen Licht des Mondes zwei Gästehäuser hinter einer schmalen Straße aus und beschloß, näher heranzugehen. Er mußte sich ganz vorsichtig fortbewegen und immer wieder Deckung suchen. Erinnerungen an sein früheres Leben schossen ihm durch den Kopf, an nächtliche Begegnungen mit Männern und Frauen in dunklen Straßen und Kirchen, in Feldern und an befestigten Grenzstreifen, wo eine unvorsichtige Bewegung den Tod bedeuten konnte. *Wahnsinn*.

Er blickte zum Himmel hoch. Eine große Kumuluswolke wanderte südwärts. Als sie den Mond verdeckte, lief er über die Straße und warf sich ins Gras. Auf Händen und Knien kroch er in Richtung des rechts von ihm stehenden Gästehauses. Als die Wolke vorübergezogen war, blieb er bewegungslos liegen. Er griff nach seiner Automatik.

Stimmen! Der Wind hatte ihm zwei Stimmen zugetragen. Sie ähnelten sich, aber die eine war etwas tiefer, vielleicht rauher. Er konnte nicht verstehen, was sie sagten, aber die sprachen kein Englisch! Welche Sprache war das? Hawthorne hob den Kopf ... *Stille*. Dann wieder ein gedämpfter Wortwechsel. Die Stimmen kamen nicht von dem näher stehenden Gästehaus, sondern von dem anderen viel weiter links.

Ein Licht! Nur schwach – vielleicht eine Taschenlampe, aber kein Streichholz, denn es flackerte nicht. Da drinnen bewegte sich jemand – der Lichtstrahl schwenkte rasch und unsicher hin und her, jemand, der in Eile war, der etwas suchte. Dann näherte sich plötzlich eine Limousine mit abgeblendeten Scheinwerfern auf der Straße, die das Haupthaus von den Gästehäusern im Süden des Grundstücks trennte. Es mußte der Wagen sein, den Jackson und Catherine gesehen hatten. Wer auch immer sich in diesem Haus aufhielt, war irgendwie in die Sache verwickelt. Es waren Schüsse gefallen, und die wollten gar nicht erst wissen, was passiert war. Nur noch weg, so schnell wie möglich.

Die Limousine wendete und blieb mit quietschenden Reifen vor dem Haus stehen. Zwei Gestalten kamen herausgerannt; die größere trug zwei Koffer. Tye konnte sie nicht entkommen lassen. Er mußte sie irgendwie stoppen.

Er schoß mit seiner Automatik in die Luft. »Stehenbleiben!« rief er, während er aufsprang und auf das Haus zustürzte.

Aus der Dunkelheit blendeten die Scheinwerfer des Wagens voll auf und erfaßten den Commander. Scheinwerfer in der Nacht und fliehende Gestalten waren Teil seiner Vergangenheit. Er sah noch undeutlich, daß die beiden Gestalten in den Cadillac stiegen, dann ließ er sich zu Boden fallen, rollte sich aus dem Lichtkegel der Scheinwerfer heraus und suchte Deckung hinter einem Strauch, während ein Stakkato von Schüssen die Nacht zerriß. Der Wagen raste, eine Wolke von Staub aufwirbelnd, davon. Tye schloß die Augen und trommelte wütend mit den Fäusten auf den Boden.

»Hawthorne, wo *sind* Sie?« Es war Cathys Stimme. Sie lief über die Straße auf ihn zu.

»Sagen Sie etwas, Tye!« Poole folgte ihr dicht auf den Fersen. »Mein Gott, sie haben ihn erschossen.«

»Nein ... *Nein*!«

»Nein«, sagte Hawthorne und richtete sich langsam auf.

»Wo sind Sie?«

»Hier drüben«, antwortete Tyrell. Im Licht des Mondes sahen die beiden Air-Force-Offiziere seine Gestalt hinter dem Strauch auftauchen.

»Sind Sie verletzt?« fragte der Lieutenant und packte ihn am Arm.

»Nicht von den Schüssen«, sagte Hawthorne. Er verzog das Gesicht und bog den Kopf zurück.

»Wovon dann? Das waren Maschinengewehre«, sagte Cathy.

»Nur eine Waffe«, warf Jackson ein. »Nach dem Klang zu urteilen, eine MAC, keine Uzi.«

»Kann ein Mann einen schweren Wagen auf einer schmalen Straße fahren und zugleich eine MAC-10 bedienen?« fragte Tyrell.

»Kaum vorstellbar.«

»Dann irren Sie sich, Lieutenant.«

»Es ist doch scheißegal, womit geschossen wurde!« rief Major Neilsen.

»Ist es«, räumte Hawthorne ein. »Ich wollte nur die Unfehlbarkeit unseres Papstes hier in Frage stellen ... Was machen die Piloten?«

»Sie wollen so schnell wie möglich verschwinden«, erwiderte Cathy.

»Dann dürfte es schwer sein, sie aufzuhalten. Aber vielleicht ist es auch besser so.«

»Oh, es gibt etwas, um sie aufzuhalten, Commander.«

»Was reden Sie da? Sie brauchen doch nur mit ihrem Vogel abzuheben und das Weite zu suchen.«

»Haben Sie ein Flugzeug starten hören?« Poole grinste. »Ich habe ihnen einen kleinen Streich gespielt. Während wir so auf dem Flugfeld stehen und uns gemütlich unterhalten, ist mir doch ganz zufällig der Schlüssel zur Außentür in die Hände gefallen. Tja, und ich weiß auch nicht, wie das passiert ist, aber plötzlich war die Tür doch tatsächlich zu ... Die fliegen nirgendwo hin, Tye. Und wenn, dann nur mit uns.«

»Nicht schlecht, Lieutenant. Allerdings könnte uns das in eine üble Lage bringen.«

»Wieso?« fragte Cathy.

»Wie werden die Wachen am Tor reagieren? Sie müssen das Maschinengewehrfeuer gehört haben. Und wie wird die Köchin reagieren, wenn sie weder Van Nostrand noch ihren Mann erreichen kann? Da das Flugzeug nicht gestartet *ist*, wissen sie, daß wir noch hier sind.«

»Wenn ich mich recht erinnere«, sagte Major Neilsen, »war ihr Mann unser Fahrer.«

»Und die Limousine hat ein Telefon«, fügte Tyrell hinzu.

»Verdammt, er hat recht!« sagte Poole. »Was passiert, wenn die Wachen vergeblich versuchen, Verbindung mit dem Fahrer aufzunehmen und dann die Polizei rufen? Vielleicht haben sie sie schon gerufen. Die Bullen können jede Minute hier sein!«

»Mein Gefühl sagt mir, daß sie das nicht tun werden«, entgegnete Hawthorne. »Aber ich kann mich täuschen. Ich bin zu lange raus aus dem Geschäft.«

»Alles hängt von den Wachen am Tor ab«, sagte Poole.

»Genau«, stimmte Hawthorne zu. »Wenn ich recht habe, müßten sie jetzt das Gebiet mit Taschenlampen nach uns absuchen. Aber sie tun's nicht. Warum nicht?«

»Das sollten wir vielleicht herausfinden«, sagte Jackson. »Ich gehe hin und sehe zu, was ich in Erfahrung bringen kann.«

»Damit man dir eine Kugel durch den Kopf jagt, verdammter Idiot?«

»Na hör mal. Glaubst du, ich werde mich ankündigen mit Pauken und Trompeten?«

»Sie hat recht«, sagte Tyrell. »*Ich* werde gehen. Ich mag ja in mancher Hinsicht ein alter Knacker sein, aber auf dem Gebiet bin ich immer noch Experte. Wir treffen uns am Flugzeug.«

»Was ist hier eigentlich passiert?« fragte Major Neilsen. »Was haben Sie gesehen?«

»Zwei Männer. Der eine ziemlich groß, der andere kleiner und schlanker. Mit Hut. Sie sind in den Wagen gesprungen, als der Scheinwerfer mich erfaßte.«

»Wer trägt denn bei so einer Gelegenheit einen Hut?« fragte Poole.

»Kahlköpfige, Jackson«, antwortete Hawthorne. »Es gehört zu ihrer Gewohnheit, einen Hut zu tragen ... Gehen Sie mit Cathy zum Flugzeug und versuchen Sie, die Piloten unter Kontrolle zu halten. Und hören Sie«, fuhr Tyrell fort. »Falls ich in Schwierigkeiten gerate, gebe ich drei Schüsse ab. Das ist Ihr Zeichen, sofort abzufliegen.«

»Um Sie hier zurückzulassen?« fragte Catherine.

»Genau, Major. Ich habe Ihnen doch gesagt, daß ich kein Held bin. Diese Supermutigen sterben mir zu schnell. Wenn es Schwierigkeiten gibt, sind Sie nur eine unnötige Belastung für mich.«

»Danke für das Kompliment.«

»Bitte sehr.«

»Wie wär's, wenn ich mit Ihnen käme?« fragte Poole.

»Und wer hält die Piloten in Schach?«

»Kommen Sie, Cath!«

Der hellgraue Buick, für dessen Unterhaltung das Verteidigungsministerium aufkam, stand fast völlig verdeckt von den niederhängenden Zweigen eines Baumes am Rand der Straße, die zu Van Nostrands Grundstück führte. Die vier Männer im Wagen langweilten sich. Sie hatten den Befehl erhalten, die Straße im Auge zu behalten, ohne selbst gesehen zu werden, und sich nur zu melden, wenn etwas Ungewöhnliches geschah.

Als eine Limousine den Eingang zum Grundstück verließ und nach rechts abbog, griff der Fahrer des Buick zu seiner auf dem Armaturenbrett abgelegten Zigarettenschachtel und schaltete das Funkgerät ein. »Ich rufe den Chef an«, sagte er. »Vielleicht können wir jetzt endlich Feierabend machen.«

Die Bajaratt lehnte sich im Fond der Limousine zurück und versuchte, ihre Gedanken zu sammeln. Der Mann im Scheinwerferlicht war *Hawthorne*! Wie war das möglich? Zufall? Lächerlich. Es mußte einen Grund für seine Anwesenheit geben. Der *padrone*? War das der Grund? Mein Gott, *ja*! Der *padrone* ... Mars und Neptun! Oh, der verdammte Narr! Van Nostrand hatte Hawthorne kommen lassen, um ihn zu töten – *er gehört mir*!

Es war ein Schachspiel, in dem die Könige und Bauern einander in einem ewigen Remis gegenüberstanden, einander nie schlagen konnten ohne jenen Durchbruch, der sie alle zerstören würde ... Aber es durfte nicht sein! Sie war ihrem Ziel so nahe – nur wenige Tage noch, und Askalon würde gerächt sein. *Muerte a toda autoridad*! Sie durfte sich nicht aufhalten lassen. Durch nichts!

Paris. Sie mußte es herausfinden.

»Was ist passiert?« fragte Niccolò, immer noch schwer atmend nach den Schüssen und ihrer übereilten Flucht. »Du mußt es mir sagen.«

»Nichts, was uns betrifft«, erwiderte die Baj und griff nach dem Telefon. Sie wählte die Vorwahlnummer von Paris und dann die Nummer in der Rue de la Corniche. »Pauline?« sagte sie.

»Am Apparat«, bestätigte die Frau. »Mit wem spreche ich?«

»Hier ist die einzige Tochter des *padrone*.«

»Das genügt. Was kann ich für Sie tun?«

»Hat Saba wieder angerufen?«

»*Certainement, madame*. Er war ganz aufgeregt und hat gefragt, warum Sie nicht auf Saba waren. Ich glaube, ich habe ihn beruhigt.«

»Beruhigt?«

»Er hat mir abgenommen, daß Ihr Onkel auf eine andere Insel gezogen ist. Er meint, Sie wüßten, wo Sie ihn erreichen können, wenn Sie wieder in der Karibik sind.«

»Gut. Über seine Olympic Charters, Charlotte Amalie, nicht?«

»Das weiß ich nicht, Madame.«

»Dann vergessen Sie, daß ich es Ihnen gesagt habe.«

»Natürlich, Madame. *Adieu*.«

Die Bajaratt beendete das Gespräch mit einem Knopfdruck. Dann wählte sie die Nummer 809 auf St. Thomas und hörte genau das, was sie zu dieser Nachtstunde erwartet hatte:

»*Sie sind mit Olympic Charters, Charlotte Amalie, verbunden. Unser Büro ist zur Zeit nicht besetzt. Sie können jedoch eine Nachricht hinterlassen. Bitte sprechen Sie nach dem Signalton.*«

»Mein Liebling, hier ist Dominique. Ich rufe dich von einer Yacht vor der Küste von Portofino an. Ich langweile mich entsetzlich. Aber ich habe eine gute Nachricht für dich. In drei Wochen bin ich bei dir. Ich habe meinen Mann überzeugen können, daß ich zurück zu meinem Onkel muß – er ist jetzt auf Dog Island. Es tut mir leid, daß ich es neulich nicht erwähnt habe. Pauline hat mir deswegen richtige Vorwürfe gemacht. Aber es spielt jetzt keine Rolle mehr. Wir werden bald zusammen sein. Ich liebe dich.«

Die Baj legte den Hörer auf und begegnete Niccolòs verwirrtem Blick. »Warum hast du das gesagt, Cabi?« fragte der junge Mann. »Fliegen wir wieder in die Karibik? Was ist eigentlich los? Diese Schüsse vorhin, unsere Flucht? Du mußt es mir sagen.«

»Ich kann dir nur das sagen, was ich selber weiß, Nico. Du hast gehört, was der Fahrer gesagt hat. Daß Einbrecher auf dem Grundstück waren. Der Besitzer ist ein sehr wohlhabender Mann und muß auf der Hut sein. Deswegen der hohe Zaun und all die Wächter. Es hat nichts mit uns zu tun, glaub mir.«

»Das fällt mir schwer. Wenn er so viele Wächter hat – warum sind wir dann geflohen?«

»Die Polizei, Niccolò! Die Polizei ist gerufen worden, und wir wollen doch nicht von der Polizei verhört werden. Wir sind Gäste in diesem Land; es wäre äußerst peinlich ... Was würde Angelina denken?«

»Oh ...« Niccolòs Blick wurde sanfter. »Warum sind wir überhaupt hier?«

»Weil man uns eingeladen hat. Ich habe Hunderte von Briefen zu schreiben, und unser Gastgeber hat versprochen, mir seine Sekretärin zur Verfügung zu stellen.«

»Du hast für alles eine Erklärung, Cabi.« Der junge Mann wandte den Blick von der Frau ab, die ihm im Hafen von Portici das Leben gerettet hatte.

»Laß mich jetzt in Ruhe, mein Kleiner. Ich muß nachdenken.«

»Hast du auch schon darüber nachgedacht, wo wir heute nacht bleiben sollen?«

Die Baj drückte auf den Knopf, der die Gegensprechanlage einschaltete. »Gibt es ein Hotel hier, das Sie uns empfehlen können, mein Freund?«

»Ja, Madame. Ich habe bereits zwei Zimmer für Sie in der Shenandoah Lodge reservieren lassen. Mr. Van Nostrand wird die Rechnung übernehmen. Sie werden zufrieden sein.«

»Danke.«

Tyrell kroch im Schatten der Kiefern über den Grasstreifen. Das Pförtnerhaus lag nur dreißig Meter von ihm entfernt – auf den letzten zehn oder fünfzehn Metern gab es jedoch keine schützenden Bäume mehr, zwischen der Straße und einem drei Meter hohen Palisadenzaun nur noch offenes Gelände. Auch ein ungeschultes Auge konnte erkennen, daß der Zaun elektrisch geladen war. Die beiden Tore, die die Straße versperrten, waren aus zentimeterdickem Stahl. Nur ein Panzer hätte sie durchbrechen können. Sie waren geschlossen.

Hawthorne faßte das Pförtnerhaus selbst ins Auge. Ein quadratisches Gebäude aus festen Steinquadern; die Fenster an den beiden Seiten in seinem Blickfeld aus schußsicherem Glas. Der verstorbene Van Nostrand alias Neptun war ein vorsichtiger Mann gewesen.

Hinter keinem der Fenster war jemand zu sehen. Tye rannte über das freie Feld und warf sich an der Mauer des Pförtnerhauses zu Boden. Langsam, sehr langsam richtete er sich auf und lugte in das Innere. Was er sah, überraschte ihn. Auf einem Stuhl etwa drei Meter vom Eingang entfernt saß ein uniformierter Wächter. Der Oberkörper lag zusammengesunken über einem Resopaltisch, der Kopf war mit Blut bedeckt. Offensichtlich war er nicht durch einen, sondern durch mehrere Schüsse getötet worden.

Hawthorne ging um das Gebäude herum. Die Tür stand offen. Er trat ein und blieb erstaunt stehen. Drei Reihen von Fernsehmonitoren, alle mit flimmernden Mattscheiben, erfaßten jeden Winkel der näheren und weiteren Umgebung – nicht nur optisch, sondern auch akustisch. Das Zirpen der Vögel vermischte sich mit dem Rascheln von Blättern und dem Rauschen des hohen Grases an der Peripherie des riesigen Grundstücks.

Warum war der Wächter getötet worden? *Warum?* Was hatte man damit bezweckt? Und wo war der zweite Wächter? Ein Mann wie Van Nostrand, ganz zu schweigen von seinem paranoiden Sicherheitschef, hätte nie das Haupttor einem einzigen Mann überantwortet. Es war verrückt – und weder Van Nostrand noch Brian waren verrückt gewesen. Tye betrachtete die High-Tech-Geräte, mit denen der Raum ausgestattet war, und wünschte, daß Poole jetzt bei ihm wäre. Verschiedene Anzeigen wiesen darauf hin, daß sie Bandaufnahmen machten. Die Betätigung der richtigen Schalter hätte ihm Auskunft darüber geben können, um was für Aufnahmen es sich handelte. Aber wenn er den falschen Schalter drückte, würde vielleicht alles gelöscht werden.

Am erstaunlichsten war, daß hier nur noch der Tote lag. Weswegen hatte man ihn allein zurückgelassen? Das Gewehrfeuer? Unwahrscheinlich. Die Patrouillen waren bewaffnet, wie der 38er Revolver des Toten bewies, der noch in seinem Halfter steckte.

Das Telefon läutete. Hawthorne fuhr zusammen ... *Verlieren Sie nie die Selbstbeherrschung, Lieutenant. Bleiben Sie eiskalt. Wenn etwas Unerwartetes passiert, sagen Sie sich immer, daß es einen natürlichen Grund dafür gibt.*

Worte seines Ausbilders, als er für den Dienst im Geheimdienst vorbereitet wurde; Worte, die er selber später seinen Untergebenen weitergegeben hatte ... in Amsterdam.

Tyrell nahm den Hörer ab und räusperte sich. »Eh?« sagte er mit verstellter Stimme in unwirschem Ton.

»Was ist bei euch eigentlich los?« rief eine Frau am anderen Ende der Leitung. »Ich kann weder Mr. Van noch meinen Mann erreichen. Und Brian auch nicht. *Niemanden!* ... Und wo haben Sie in den letzten fünf Minuten gesteckt? Ich hab' dauernd angerufen.«

»Hab' mich draußen mal ein bißchen umgesehen«, antwortete Hawthorne brummig.

»Ich habe Schüsse gehört.«

»Vielleicht haben sie ein Opossum gejagt.«

»Mit einem Maschinengewehr? In der Nacht?«

»Wenn sie Spaß dran haben ...«

»Verrückt. Alle hier sind verrückt!«

»Hm.«

»Also, wenn Sie Mr. Van oder einen der anderen erreichen, sagen Sie ihm, daß ich hier in der Küche bin. Und wenn sie ihr Essen haben wollen, sollen sie mich rufen!« Die Köchin warf den Hörer auf die Gabel.

Die Situation war noch verwirrender geworden. Als ob ein Gespenst aufgetaucht wäre, um das Weltende zu verkünden. *Die Zeit ist abgelaufen, das Ende nahe. Rettet euch!* Warum hatten sie sonst alle das Weite gesucht? ... Und doch mußte es eine vernünftige Erklärung geben.

Hawthorne zog den blutbespritzten 38er aus dem Halfter des erschossenen Wächters. Er hielt ihn zwischen Daumen und Zeigefinger und trug ihn in den kleinen, offen stehenden Toilettenraum, wo er ihn mit einem Papiertuch abwischte und in den Gürtel steckte. Dann ging er zurück in das Vorderzimmer und blieb vor einer Konsole neben der Tür stehen. Offensichtlich ließen sich von hier die Eingangstore öffnen und schließen. Sechs übergroße Knöpfe bildeten zwei Dreiecke. Die Knöpfe an der unteren linken Seite waren grün, die an der unteren rechten Seite braun. Die oberen Knöpfe waren hellrot. Drei Täfelchen unter den Knöpfen trugen die Aufschrift ÖFFNEN, SCHLIESSEN und ALARM.

Tyrell drückte auf den linken grünen Knopf; das linke Tor öffnete sich. Dann drückte er auf den braunen Knopf, um es wieder zu schließen. Er wiederholte den Vorgang mit den rechten Knöpfen: Das rechte Tor öffnete und schloß sich wieder. Er sah keinen Grund, die Alarmknöpfe zu betätigen.

Hawthorne trat an den mit Blut bedeckten Resopaltisch, packte den toten Körper unter den Armen und zog ihn in das kleine Badezimmer. Er hatte gerade begonnen, sich über dem winzigen Becken die Hände zu waschen, als er das Geräusch eines aufheulenden Motors hörte. Die Polizei? Er rannte nach vorne, hob die auf dem Boden liegende Mütze des Wachmanns auf und lief ans Fenster. Erleichtert atmete er auf. Ein blauer Chevrolet stand auf der Straße – nicht vor dem Eingangs-, sondern vor dem Ausgangstor.

»Ja?« sagte er, einen Kippschalter neben dem in der Konsole eingebauten Mikrofon nach unten drückend.

»Lassen Sie mich hier raus, verdammt noch mal!« Die Stimme im Lautsprecher klang wütend. Hawthorne erkannte sie wieder – es war die Köchin. »Und wenn mein Mann kommt, sagen Sie ihm, daß ich zu meiner Schwester gefahren bin ... He, warten Sie einen Augenblick! Wer sind Sie?«

»Ich bin neu hier, Ma'am«, sagte Tyrell und drückte auf den grünen Knopf des rechten Dreiecks. »Gute Fahrt, Ma'am.«

Der Chevrolet verschwand in der Dunkelheit, als Hawthorne das rechte Tor wieder schloß. Er blickte sich um und fragte sich, ob er noch etwas übersehen hatte ... Ja. Auf dem Tisch lag ein großes, blutbeflecktes Ringbuch. Er durchblätterte es. Es enthielt die Namen der Gäste Van Nostrands mit den genauen Ankunfts- und Abfahrtzeiten. Tyrell wollte das Buch schon zurücklegen, als ihm ein Gedanke durch den Kopf schoß. Er schlug die Seite mit den heutigen Eintragungen auf. Es gab nur eine Eintragung:

Madame Lebajerône, Paris.

Lebajerône.

Die Baj.

Dominique: *Bajaratt!*

19

Tyrell ließ die Tür des Pförtnerhauses offen und lief die Straße hinunter. Nach etwa fünfhundert Metern blieb er stehen. Er hatte erwartet, die braunen Lichter der Landebahn zu sehen; aber es war alles dunkel. Er lief weiter, schneller als vorher – auf die dichte Hecke zu, die die Piste säumte.

Er hatte ebenfalls erwartet, Major Neilsen und Lieutenant Poole mit den beiden Piloten auf der Landebahn anzutreffen. Aber niemand war da. Er schob das Ringbuch des Pförtners unter einen Busch und bedeckte es mit Erde. Dann blickte er auf und musterte das Flugfeld.

Stille. Nichts. Nur die gelbweiße Silhouette des Gulfstream-Jets.

Dann eine leichte Bewegung. Wo? Er hatte es aus den Augenwinkeln wahrgenommen – rechts von ihm. Das von dem Asphaltbelag der Landebahn reflektierte Licht des Mondes warf seinen Widerschein auf den Tower – ein flaches, zum größten Teil aus Glas bestehendes Gebäude mit einer auf dem Dach befestigten Parabolantenne. Jemand hatte sich hinter einem der großen Fenster bewegt.

Eine Wolke schob sich vor den Mond, und Hawthorne rannte an der Hecke entlang, bis er sich auf gleicher Höhe mit dem Tower befand, etwa dreißig Meter von ihm entfernt. Schweiß rann ihm über das Gesicht und den Nacken hinunter; er atmete keuchend. Hatten die beiden Piloten Cathy und den bewaffneten Poole überwältigt? Sehr unwahrscheinlich. Hawthorne hätte Schüsse hören müssen; er hatte aber nichts gehört.

Wieder eine Bewegung! Eine dunkle Gestalt – der Schatten einer Gestalt – hatte sich plötzlich dem Fenster genähert und war ebenso rasch wieder verschwunden ... Man hatte ihn gesehen, als er an der Hecke entlanggelaufen war, und beobachtete ihn nun. Eine Erinnerung stieg in ihm auf, die Erinnerung an eine unkartierte Insel nördlich der Anegada Passage ... Zähnefletschende Hunde, zersplitterndes Glas und *Feuer*.

Tyrell suchte den Boden nach vertrockneten Ästen und Laub ab, brach dürre Zweige aus der Hecke und hatte nach vier Minuten einen fast dreißig Zentimeter hohen und sechzig Zentimeter breiten Haufen aufgeschichtet. Er griff in die Hosentasche, fand das seit seiner Zeit als leidenschaftlicher Raucher stets vorhandene Streichholzheftchen, ließ sich auf die Knie nieder und zündete ein Streichholz an, mit dem er den Haufen in Brand setzte. Das Feuer griff rasch auf die Hecke über. Die nächtliche Brise hatte noch nicht genug Feuchtigkeit gesammelt; die Hecke war von der glühenden Sonne Virginias ausgetrocknet und stand nach wenigen Minuten in hellen Flammen. Zwei – nein drei! – Gestalten erschienen am Fenster. Sie schienen erregt zu sein; Hände gestikulierten; Köpfe drehten sich erst in die eine, dann in die andere Richtung. Die stahlverstärkte Tür öffnete sich, und die drei Gestalten traten heraus – eine voran, die beiden anderen hinter ihr. Tyrell konnte ihre Gesichter nicht erkennen; aber er wußte, daß weder Catherine noch Jackson dabei waren. Er zog den 38er aus seinem Gürtel und wartete, während er sich drei Fragen stellte. Wo waren Major Neilsen und Lieutenant Poole? Wer waren diese Leute, und was hatten sie mit dem Verschwinden der beiden Air-Force-Offiziere zu tun?

»Mein Gott, die Treibstofftanks!« rief der Mann an der Spitze.

»Wo sind sie?« Die Stimme des zweiten Mannes war Hawthorne bekannt – es war die des Kopiloten aus dem Gulfstream-Jet.

»Da drüben!« Tye sah, wie der Mann in Richtung der Landebahn wies.

»Sie fassen hunderttausend Gallonen. Wenn die in die Luft fliegen …!«

»Die Tanks sind nur zur Hälfte voll. Wenn das Gas sich an den heißen Metallwänden entzündet, gibt's eine Explosion, die uns alle in Stücke reißt. Bloß weg hier!«

»Wir können sie nicht zurücklassen«, rief der Kopilot. »Das ist Mord, Mister!«

»Macht, was ihr wollt. Ich weiß, was ich zu tun habe.« Der Mann rannte über den Grasstreifen. Seine Silhouette zeichnete sich vor der brennenden Hecke ab. Die beiden Piloten verschwanden wieder im Tower.

Hawthorne lief in geduckter Haltung auf das Gelände zu, verbarg sich hinter der Seitenmauer und spähte um die Ecke. Plötzlich standen Jackson und Catherine in der Türöffnung, die Hände auf dem Rücken zusammengebunden, den Mund mit einem grauen Klebeband verschlossen. Ein Stoß in den Rücken ließ sie zu Boden fallen. Dann traten die beiden Piloten aus der Tür.

»Aufstehen!« befahl der Kopilot. »Gehen wir!«

»Sie bleiben, wo Sie sind!« Tyrell richtete den Revolver erst auf den Kopf des einen und dann auf den des anderen Mannes. »Bindet sie los! Und nehmt ihnen diese Klebebänder ab.«

»He, Mann. Wir wurden unter Druck gesetzt«, sagte der Kopilot, als er mit seinem Kollegen der Aufforderung nachkam. »Dieser verdammte Funker hat uns seine Kanone unter die Nase gehalten.«

»Er hat uns gezwungen, sie zu fesseln und zu knebeln«, ergänzte der Pilot. »Machen wir, daß wir hier wegkommen! Sie haben gehört, was er gesagt hat. Die Treibstofftanks!«

»Wo sind sie?« fragte Hawthorne.

»Etwa hundertfünfzig Meter weiter westlich«, sagte Poole. »Ich habe die Pumpen gesehen, als Cath und ich auf Sie warteten.«

»Ist doch scheißegal, wo sie sind«, rief der Kopilot. »Das Arschloch hat gesagt, sie könnten in die Luft fliegen – und wir mit ihnen.«

»Das ist unwahrscheinlich«, sagte der Lieutenant. »Die Pumpen sind mit Asbest isoliert. Man müßte die Tankwände schon mit einem Bunsenbrenner erhitzen, ehe sie explodieren.«

»Aber sie können explodieren?«

»Natürlich, Tye. Die Chancen stehen vielleicht eins zu hundert.«

»Dann lassen wir's darauf ankommen.« Hawthorne wandte sich an die Piloten. »Eure Brieftaschen. Ich will eure Lizenz und euren Paß sehen.«

»Was soll das? Sind Sie ein Bulle?« Der Pilot überreichte Hawthorne seine Brieftasche.

Als er auch die Papiere des Kopiloten an sich genommen hatte, gab Tyrell sie an Catherine weiter. »Stellen Sie die Personalien fest, Major.«

»Zu Befehl, Commander.« Cathy verschwand im Tower.

»Major ... Commander?« rief der Pilot. »Hast du eine Ahnung, was das bedeuten soll, Ben?«

Der Kopilot schüttelte den Kopf. »Keinen Schimmer, Sonny. Aber wenn wir hier rauskommen, lassen wir uns von der Liste streichen.«

»Was für eine Liste?« fragte Hawthorne.

Die Piloten sahen einander an. »Sag's ihm«, sagte der Ältere. »Sie haben nichts gegen uns in der Hand.«

»Sky Transport International«, sagte der Kopilot. »Es ist eine Art Arbeitsvermittlung.«

»Hm. Wo?«

»In Nashville.«

»Ausgerechnet in Nashville ...«

»Hören Sie – wir haben nie Leute geflogen, die von der Polizei gesucht wurden oder Stoff bei sich hatten.«

»Das behaupten *Sie*, Mister. Wo wurden Sie ausgebildet? Bei der Air Force?«

»Nein«, antwortete der Kopilot. »Privat. Eine der besten Flugschulen des Landes.«

Catherine Neilsen kam aus dem Tower. »Was gefunden?« fragte Hawthorne.

Cathy gab den Piloten ihre Papiere zurück. »Sie heißen Benjamin und Ezekiel Jones. Brüder. In den letzten zwanzig Monaten sind sie viel herumgekommen. Interessante Plätze wie Cartagena, Caracas, Port-au-Prince und Estero, Florida.«

»Das Rechteck unter den Everglades«, sagte Tyrell.

»Das Gebiet, in dem der Rauschgifthandel blüht«, ergänzte Poole. »Da wird das Zeugs jede Nacht tonnenweise abgeworfen.«

»Können wir endlich hier verschwinden?« Das Gesicht des Kopiloten war von winzigen Schweißtröpfchen bedeckt, als er auf die brennende Hecke starrte.

»Sofort«, sagte Hawthorne. »Aber Sie werden das tun, was ich Ihnen sage. Der Lieutenant hat mich informiert, daß Sie Starterlaubnis für einen Flug nach Charlotte, North Carolina, erhalten haben ...«

»Die Zeit ist überschritten, und wir haben keine neue Bestätigung bekommen«, wandte Benjamin Jones ein. »Wir kriegen auch keine Freigabe für diese Route mehr – sie wird zu stark beflogen.«

»Das lassen Sie nur meine Sorge sein«, sagte Poole. »Bis Sie auf fünfhundert Fuß gestiegen sind, haben Sie entweder eine neue Route oder eine Bestätigung der alten.«

»Schaffen Sie das, Poole?«

»Natürlich schafft er das«, sagte Cathy. »Mit der Funkausrüstung im Tower erreicht er jeden Flughafen von Dulles bis Atlanta.«

»Wir können doch nicht ohne den Passagier fliegen, der in Charlotte von einer Militäreskorte erwartet wird!« rief Sonny-Ezekiel Jones. »Sie müssen verrückt sein!«

»Sie sind verrückt, wenn Sie nicht tun, was ich Ihnen sage.« Tyrell griff in die Tasche und zog einen Notizblock und einen Kugelschreiber hervor. »Hier ist eine Nummer auf den Virgin Islands, die Sie nach Ihrer Landung in Charlotte anrufen. Ein Anrufbeantworter meldet sich.«

»Auf keinen Fall!« sagte Benjamin Jones.

»Sie werden in diesem Lande nie wieder ein Flugzeug fliegen, wenn Sie sich weigern. Aber wenn Sie tun, was ich von Ihnen verlange, sind Sie aus dem Schneider – unter einer Bedingung.«

»Was für eine Bedingung?«

»Ich brauche den Namen des Mannes, der Anweisung gegeben hat, Ihren Passagier von einer Militäreskorte abholen zu lassen.«

»Um abgeholt zu werden, müßte er doch an Bord sein«, sagte Ben Jones. »Wo ist Van Nostrand überhaupt?«

»Indisponiert.«

»Was sollen wir den Leuten in Charlotte denn sagen?«

»Daß es sich um eine Übung gehandelt hat. Auf Van Nostrands Anordnung. Das werden sie verstehen. Dann gehen Sie zum nächsten Telefon und wählen diese Nummer.« Hawthorne steckte dem Kopiloten einen Zettel in die Hemdtasche.

»He, Moment mal!« rief Sonny-Ezekiel. »Und was ist mit unserem Honorar?«

»Wieviel haben Sie mit Van Nostrand vereinbart?«

»Zehntausend – für jeden von uns fünftausend.«

»Für einen Tag Arbeit? Das erscheint mir maßlos übertrieben. Ich gebe Ihnen viertausend, wenn Sie den Namen in Charlotte in Erfahrung bringen. Wenn nicht, kriegen Sie gar nichts.«

»Und wie werden wir bezahlt?«

»Ganz einfach. Zwölf Stunden nach Ihrem Anruf bringt Ihnen ein Bote das Geld.«

»Und darauf soll ich mich verlassen?«

»Hören Sie, wir verlieren nur unnütz Zeit. Hat Poole Ihnen den Schlüssel zurückgegeben?«

Der Lieutenant zog grinsend den Schlüssel aus der Tasche und gab ihn dem Piloten.

»Versuchen Sie nicht, uns reinzulegen«, sagte Benjamin. »Wir wissen nicht, was hier passiert ist; aber die Geschichte mit der Waffensammlung nehmen wir Ihnen nicht ab. Die Tatsache, daß unser Auftraggeber nicht mitfliegt, ist schon eigenartig. Dieser Van Nostrand ist eine bekannte Persönlichkeit. Wir könnten die Sache an die Öffentlichkeit bringen ...«

»Wollen Sie mir drohen? Ich bin ein Offizier der Marine der Vereinigten Staaten – Geheimdienst der Navy, um genau zu sein.«

»Und wollen Sie uns bestechen? Mit Steuergeldern?«

»Verschwinden Sie! Ich rufe in zwei Stunden St. Thomas an.«

»Kreisen Sie in dreihundert Fuß Höhe«, sagte Poole. »Und bleiben Sie mit mir in Verbindung.«

»Ben«, sagte Hawthorne und blickte den jüngeren Jones fest an. »Keine krummen Dinger, oder ich reiße Ihnen den Arsch auf – wo immer Sie sein mögen. Und noch etwas: Steigen Sie aus dem Drogengeschäft aus.«

»Hurensohn!« murmelte der Kopilot, als er sich umdrehte und mit seinem Bruder über das Flugfeld ging.

»Das Feuer ist schwächer geworden«, sagte Cathy.

»Es kann sich noch weiter ausbreiten«, sagte Hawthorne.

»Nicht in Richtung der Treibstofftanks«, meinte Poole. »Zwischen der Hecke und den Pumpen liegen mindestens dreißig Meter freier Raum.«

»Ach, darum konnten die Dinger nicht hochgehen«, bemerkte Major Neilsen.

»Ich hielt es nicht für nötig, darauf besonders hinzuweisen«, grinste Poole.

»Ich muß arbeiten. Ich kenne die Leute im Tower von Andrews. In einer Minute ist der Flug freigegeben.«

»Wir treffen uns in der Bibliothek im Haupthaus«, rief Hawthorne, als Poole im Gebäude verschwand. »Kommen Sie«, sagte er, sich an Major Neilsen wendend. »Ich muß eine Möglichkeit finden, mit der anderen Limousine in Verbindung zu kommen. Die Bajaratt sitzt drin.«

»Mein Gott! Sind Sie *sicher*?«

»Ich kann es beweisen. Ich hab' das Wachbuch des Pförtners da hinten versteckt. Ich zeig' es Ihnen. Die Limousine, die Sie gesehen haben, war der letzte Wagen, der das Tor passiert hat.« Sie liefen zusammen um die noch schwelende Hecke zu dem Strauch, unter dem Tyrell das Ringbuch vergraben hatte. Er kniete nieder und schob die lose aufgehäufte Erde beiseite. Es war nicht da.

Tyrell grub tiefer – wie ein Mann, der nach eßbaren Wurzeln sucht. Schließlich gab er auf. »Es ist weg«, flüsterte er. Schweißtropfen standen ihm auf der Stirn.

»Weg …?« Major Neilsen zog die Augenbrauen hoch. »Vielleicht haben Sie es woanders vergraben?«

»Nein, das ist ausgeschlossen. Jemand muß hier sein. Jemand, der uns beobachtet.«

»Die Köchin? Wächter?«

»Verstehen Sie doch, Cathy! Sie sind alle fort. Verschwunden! Ich habe die Köchin selbst hinausgelassen. Sie hat mir gesagt, daß niemand telefonisch zu erreichen ist.«

»Aber wenn das Buch nicht hier ist …?«

»Genau. Jemand muß zurückgeblieben sein. Jemand, der weiß, daß Van Nostrand tot ist, und sich jetzt vielleicht ein paar nette kleine Souvenirs aus diesem Luxusschuppen mitnehmen will.«

»Aber warum nimmt er dann das Wachbuch? Es ist doch völlig wertlos.«

Tyrell starrte Catherine an. »Danke, Major. Sie haben mich da auf einen Gedanken gebracht. Unser Unbekannter muß wichtiger sein, als ich vermutet habe. Das Buch hat nur einen Wert für jemanden, der sich auskennt. Ich bin wirklich schon zu lange nicht mehr im Gewerbe.«

»Was wollen Sie jetzt machen?«

»Haben Sie eine Waffe?«

»Jackson hat mir die Pistole gegeben, die er dem Funker abgenommen hat.«

»Gut. Halten Sie sie so, daß sie gut sichtbar ist, und folgen Sie mir!«

Die beiden Gestalten überquerten vorsichtig, nach allen Seiten sichernd den breiten Rasenstreifen, der zum Haupthaus führte. Als sie das zersplitterte Fenster der Bibliothek erreichten, entfernte Tyrell mit dem Lauf seines 38ers die Glasreste am unteren Sims und stieg in das Innere des Hauses. »Okay«, sagte er. »Nehmen Sie meinen Arm. Ich helfe Ihnen.« Catherine schob die Automatik in den Gürtel ihres Kleides und folgte der Aufforderung. Die Körper Van Nostrands und seines Sicherheitschefs lagen noch dort, wo sie zu Boden gefallen waren. Nichts wies darauf hin, daß jemand die Bibliothek in der Zwischenzeit betreten hatte. Hawthorne ging zu der schweren Eichentür; sie war noch verschlossen.

»Ich gebe Ihnen Deckung«, sagte Tye und trat wieder ans Fenster. »Schauen Sie nach, ob Sie irgendwo ein Telefonverzeichnis finden. Ich brauche vor allem die Nummern der Limousinen.«

»Ich kann nichts finden. Die Schreibtischplatte ist völlig leergeräumt«, sagte Cathy.

»Sehen Sie in den Schubladen nach, im Papierkorb – überall.«

Schubladen wurden aufgezogen und wieder zugestoßen. »Ebenfalls leer«, sagte sie und bückte sich, um einen großen Papierkorb aus Messing auf den Schreibtischstuhl zu stellen. »Auch hier ist nichts. Ah, warten Sie!«

»Was haben Sie gefunden?«

»Es ist eine Quittung von einer Transportfirma, Sea Lane Containers. Die kenne ich. Wenn die hohen Tiere bei uns für zwei Jahre auf einen Auslandsposten geschickt werden, übernimmt die Firma gewöhnlich ihren Umzug.«

»Was steht drauf?«

»›N. Van Nostrand, Vorübergehende Lagerung in Lissabon, Portugal.‹ Dann darunter: ›27 Kartons. Persönliche Effekten.‹ Unterschrieben von G. Alvarado i. A. N. V. N.«

»Das ist alles?«

»Nur noch eine Zeile. ›Weitertransport durch Auftraggeber nach dreißig Tagen.‹ Das ist alles ... Warum wirft man eine Quittung über siebenundzwanzig Kartons weg, die nach dreißig Tagen wieder verschifft werden sollen?«

»Wahrscheinlich braucht man keine Quittung, wenn man Van Nostrand heißt. Was ist sonst noch im Papierkorb?«

»Drei Einwickelpapiere von Schokoriegeln, zwei zusammengeknüllte, leere Notizblätter und ein Computerausdruck mit den heutigen Börsenkursen.«

»Wertlos«, sagte Tyrell und blickte aus dem Fenster. »Aber vielleicht doch nicht«, setzte er hinzu. »Warum hat Van Nostrand sich überhaupt die Mühe gemacht, diese Quittung wegzuwerfen? Er hatte eine Sekretärin. Warum hat er sie nicht einfach ihr gegeben? Sie hat offensichtlich alles für ihn erledigt.«

»Keine Ahnung, Commander. Ich bin Pilotin, kein Psychologe.«

»Ich auch nicht. Aber ich kann zwei und zwei zusammenzählen.«

»Ich weiß nicht, was Sie meinen.«

»Aus irgendwelchen Gründen, die ich nicht kenne, wollte Van Nostrand, daß die Quittung gefunden wird.«

»Nach seinem Tode?«

»Natürlich nicht. Er wußte nicht, daß er sterben würde. Er war auf dem Weg nach Charlotte, North Carolina.«

»Wer sollte sie finden?«

»Jemand, der eine Verbindung herstellen würde zu etwas, was nicht eingetreten ist – vielleicht ... Sehen Sie sich weiter um. Blättern Sie die Bücher durch, durchsuchen Sie die Schränke, die Bar – alles.«

»Wonach soll ich suchen?«

»Nach allem, was aussieht, als ob es versteckt worden wäre.« Nach ...« Er unterbrach sich. »Machen Sie das Licht aus!«

Catherine schaltete die Deckenbeleuchtung aus. »Was ist los, Tye?«

»Jemand mit einer Taschenlampe – unser Unbekannter.«

»Was macht er?«

»Er kommt auf das Fenster zu ...«

»Obwohl ich das Licht gelöscht habe?«

»Gute Frage. Er ist nicht einmal stehengeblieben, als es dunkel wurde. Er bewegt sich wie ein Roboter.«

»Da war eine Taschenlampe in einer der Schubladen. Moment«, flüsterte Major Neilsen.

»Kriechen Sie vorsichtig hin und rollen Sie sie mir rüber.«

Tyrell streckte die linke Hand aus und nahm die Taschenlampe auf, während die roboterhafte Gestalt sich weiter dem Haus näherte. Plötzlich durchschnitt ein gellender Schrei die Stille.

»Verschwindet! Ihr habt kein *Recht*, seine Bibliothek zu durchwühlen! Ich werde es Mr. Van sagen. Er wird euch *umlegen* lassen!«

Hawthorne knipste die Taschenlampe an und richtete den Lauf seines Revolvers auf den Kopf der Gestalt. Zu seiner Überraschung war es eine alte Frau. Ihr Gesicht war von tiefen Falten zerfurcht, das weiße Haar sorgfältig frisiert. Unter ihrem Arm trug sie das blutbefleckte Wachbuch. Sie hatte keine Waffe, ihre rechte Hand hielt nur die Taschenlampe. Sie war geradezu mitleiderregend, wie sie da so stand, zitternd vor Wut und mit schwimmenden Augen.

»Warum sollte Mr. Van Nostrand uns wohl umlegen lassen?« fragte Tyrell ruhig. »Wir sind auf seinen Wunsch hier. Wie Sie an dem zerbrochenen Fenster sehen können, hatte er auch allen Grund, uns um unseren Beistand zu bitten.«

»Dann gehören Sie zu seiner Truppe?« fragte die alte Frau. Ihre Stimme war jetzt etwas leiser, beherrschter. Sie sprach mit einem leichten Akzent.

»Zu seiner Truppe?« Tye senkte die Taschenlampe, so daß ihr Strahl nicht mehr in die Augen der Unbekannten fiel.

»Zu der Truppe, die er mit Mars aufgestellt hat.« Die Frau verstummte. Sie atmete schwer.

»Natürlich. Neptun und Mars, stimmt's?«

»Ja. Er sagte, daß er Sie rufen lassen würde. Wir wußten beide, daß es eines Tages so kommen würde.«

»Daß was kommen würde?«

»Der Aufstand natürlich.« Wieder verstummte die Frau, schwer atmend. Ihre Augen bewegten sich seltsam unstet hin und her. »Wir müssen uns schützen.«

»Vor den Aufständischen. Na, sicher doch!« Hawthorne musterte aufmerksam ihr Gesicht. Obwohl sie offensichtlich geistig verwirrt war, hatte ihr Auftreten etwas Aristokratisches an sich. Ihr Akzent ... was war mit ihrem Akzent? Spanisch oder portugiesisch ... Rio de Janeiro? Mars und Neptun ... *Rio!*

»Vor dem Abschaum, dem Gesindel – davor!« Ihre Stimme war wieder lauter geworden. »Nils hat sein ganzes Leben versucht, ihr Los zu bessern. Aber sie wollten nur immer mehr und mehr. Sie verdienen es nicht! Sie sind faul, lasterhaft. Sie können nur Kinder in die Welt setzen. Sie arbeiten nicht!«

»Nils ...?«

»Für Sie Mr. Van!« Die Frau hustete, ein tiefes, rasselndes Husten. »Aber natürlich nicht für Sie.«

»Mein lieber junger Mann. Ich kenne die Jungs seit Jahren, von Anfang an. Damals habe ich ihnen mein Haus zur Verfügung gestellt. Sie wohnten bei mir ... Ach, diese herrlichen Feste und Bankette, die *carnavales*! Wunderbar!«

»Es muß eine großartige Zeit gewesen sein.« Tye nickte. »Aber jetzt müssen wir uns schützen – uns und unser Eigentum, nicht wahr? Deswegen haben Sie das Wachbuch an sich genommen, ja? Ich hab' es unter dem Strauch versteckt.«

»*Sie* waren das? Sie sind ein Dummkopf! Nichts darf zurückbleiben. Wissen Sie das nicht? Ich werde Nils davon unterrichten.«

»Zurückbleiben ...?«

»Wir verlassen morgen früh das Land«, flüsterte die alte Frau und hustete wieder. »Hat er Ihnen das nicht gesagt?«

»Doch. Wir bereiten alles vor.«

»Es *ist* alles vorbereitet, Sie Rindvieh! Was noch zu tun ist, wird Brian erledigen. Er ist gerade abgeflogen. Portugal! Ist es nicht herrlich? Wo ist Nils – Mr. Van? Ich muß ihm sagen, daß ich seiner Bitte nachgekommen bin.«

»Er ist oben. Er kümmert sich um seine persönlichen Dinge.«

»Das ist lächerlich. Brian und ich haben heute morgen alles leergeräumt. Damit es den Arabern nicht in die Hände fällt.«

»Den Arabern? Ach, vergessen Sie's. Um was hat Mr. Van Sie gebeten, Miß Alvarado? So heißen Sie doch, nicht wahr?«

»Ja. Madame Gretchen Alvarado. Der erste Mann meiner Mutter war ein großer Kriegsheld, ein Mitglied des Generalstabs.«

»Sie sind eine bewundernswerte Frau, Madame Alvarado«, sagte Tyrell.

»*Madre de Dios!*« fuhr sie fort. »Diese Tage mit Mars und Neptun

609

waren wirklich wunderschön. Aber natürlich sprechen wir nie darüber.«

»Was für eine Bitte war das, der Sie nachgekommen sind?«

»Für uns zu beten natürlich. Er hat mir aufgetragen, in die Kapelle dort auf dem Hügel zu gehen und unseren Heiland zu bitten, daß er uns sicher nach Portugal geleitet. Mr. Van Nostrand ist so religiös ... Ich hatte freilich Mühe, meine Gebete zu beenden, da die Klimaanlage nicht richtig funktionierte. Meine Augen begannen zu tränen, und ich konnte kaum atmen. Sagen Sie es ihm nicht, aber ich habe immer noch Schmerzen in der Brust. Es würde ihn nur beunruhigen.«

»Sie haben die Kapelle verlassen und ...?«

»Ich ging die Straße hinunter und habe Sie gesehen. Ich dachte, es wäre Brian; dann bin ich hinter Ihnen hergegangen und habe gesehen, wie Sie das Wachbuch unter den Strauch legten und es mit Erde bedeckten.«

»Und dann?«

»Ich war natürlich wütend und habe versucht, Sie auf mich aufmerksam zu machen. Aber ich konnte plötzlich nicht mehr richtig atmen – sagen Sie Nils nichts davon! –, und dann wurde alles dunkel. Als ich wieder zu mir kam, lag ich auf dem Boden, und überall brannte es. Sehe ich wieder anständig aus? Nils legt großen Wert darauf.«

»Sie sehen fantastisch aus, Madame Alvarado. Aber ich muß Sie etwas fragen. Mr. Van hat mir befohlen, eine der Limousinen anzurufen. Es ist dringend. Wie mache ich das?«

»Das ist ganz einfach ...« Die aristokratische alte Dame konnte nicht weitersprechen. Ihr Körper begann konvulsivisch zu zucken, so daß das Wachbuch auf die Erde fiel. Ihr Gesicht war geschwollen; die Augen traten aus den Höhlen.

»Madame Alvarado!« rief Tyrell und beugte sich aus dem Fenster. »Stützen Sie sich an der Mauer ab. Sie müssen es mir sagen! Wie erreiche ich die Limousine? Sie haben gesagt, es sei ganz einfach. Was muß ich tun?«

»Es ... ist ... ganz ... einfach.« Sie rang nach Luft.

»Wie ist die Nummer?«

»Ich ... weiß nicht mehr.« Ein erstickter Aufschrei entrang sich ihrer Kehle. Ihr geschwollenes Gesicht verfärbte sich im Licht der Taschenlampe zu einem dunklen Blau.

Hawthorne sprang aus dem Fenster und kniete neben ihr nieder. Catherine Neilsen tauchte im leeren Fensterrahmen auf. »Machen Sie das Licht an!« rief Tyrell. »Schnell! Wasser!«

Er hatte begonnen, die Schläfen der alten Frau zu massieren, als die Deckenbeleuchtung anging. Der Anblick des Gesichts unter seinen Händen ließ ein Gefühl der Übelkeit in ihm aufsteigen. Es war grotesk verzerrt – die Haut schwarzblau, die Augen rot, das gut frisierte weiße Haar eine Perücke, die sich über dem kahlen Kopf verschoben hatte. Madame Gretchen Alvarado war tot.

»Hier!« Cathy reichte ihm eine Karaffe mit Wasser aus dem Fenster. Dann sah sie das Gesicht unten. »Mein Gott«, flüsterte sie und wandte sich ab. »Was ist geschehen?«

»Gas. Es ist deutlich zu riechen. Die Chemiker bezeichnen es als Crash-Gas. Man braucht es nur einen Augenblick einzuatmen, dann verbreitet es sich in den Lungen und führt innerhalb einer Stunde zum sicheren Exitus.«

»Man erstickt«, sagte Poole und trat aus der Dunkelheit. »Ich habe darüber gelesen. Wurde beim Desert Storm eingesetzt ... Wer ist das?«

»Das treue Faktotum von Mars und Neptun und einst eine gefeierte Schönheit«, erwiderte Tyrell. »Sie ist in den Tod geschickt worden, während sie für Van Nostrand betete. Eine Patrone in der Klimaanlage, vermute ich.«

»Reizender Bursche.«

»Kann man wohl sagen, Jackson. Helfen Sie mir, sie in die Bibliothek zu schaffen. Und dann nichts wie weg.«

»Ich dachte, Sie wollten sich hier noch umsehen«, sagte Major Neilsen.

»Reine Zeitverschwendung.« Hawthorne hob das blutbefleckte Wachbuch auf und steckte es in den Gürtel. »Diese Lady hat vielleicht nicht alle Tassen im Schrank gehabt, aber sie war eine tüchtige Sekretärin. Wenn sie gesagt hat, daß alles leergeräumt sei, *ist* alles leer ... Cathy, nehmen Sie die Quittung mit. Vielleicht brauchen wir sie noch.«

Der Chauffeur lag noch nackt, gefesselt und bewußtlos auf dem Boden, als sie bei der Limousine anlangten. Poole setzte sich neben Major Neilsen ans Steuer, während Hawthorne im Fond Platz nahm und seine schmerzenden Beine ausstreckte. »Schauen Sie nach, ob Sie irgendwo einen Hinweis finden, wie wir die andere Limousine erreichen können, Major«, sagte er. »Sehen Sie auch im Handschuhfach nach.«

»Ich kann nichts finden«, sagte Cathy, als Poole den Motor anließ. »Scheiße.«

Nachdem der Lieutenant – den Anweisungen Tyrells folgend – das Tor geöffnet hatte, lenkte er den Wagen über die Ausfahrtstraße.

»Vielleicht hilft Captain Stevens uns weiter«, sagte Cathy.

»Ich versuche es.« Hawthorne griff nach dem Telefon und drückte die Nummer ein. »Vier-Null. Dringend!«

»Was zum Teufel machen Sie hier?« rief der Chef des Geheimdienstes der Navy. »Ich dachte, Sie sind in Puerto Rico.«

»Ich habe jetzt keine Zeit für Erklärungen, Henry. Ich brauche die Telefonnummer einer Limousine. Eigentümer ein gewisser Nils Van Nostrand. Zugelassen in Virginia.«

»*Der* Van Nostrand?« fragte Stevens erstaunt.

»Derselbe.«

»Wissen Sie, wie viele Limousinen es in Virginia gibt – besonders hier in der Nähe von Washington?«

»Aber es gibt nur eine, in der die Bajaratt sitzt.«

»*Was?*«

»Tun Sie, was ich Ihnen sage, Captain!« rief Tyrell. »Rufen Sie mich zurück. Hier ist die Nummer.« Er las die auf dem Apparat stehende Nummer ab und legte auf.

»Wohin, Commander?« fragte Poole.

»Fahren Sie einfach eine Weile durch die Gegend. Ich warte auf seinen Rückruf.«

»Falls es Sie beruhigt – der Gulfstream-Jet wird in anderthalb Stunden in Charlotte landen«, sagte der Air-Force-Offizier.

»Ich bin gespannt, was die Jones-Brüder in Erfahrung bringen. Ich wette zehn zu eins, daß der Mann, der verantwortlich für die Startfreigabe dieses Fluges ist, in dem Wachbuch steht.«

Das Telefon läutete. Tyrell griff nach dem Hörer. »Ja?«

»Hier ist die Vermittlung. Spreche ich mit der Nummer …?«

»Brechen Sie die Verbindung ab!« schaltete Henry Stevens sich ein. »Das ist die falsche Limousine.«

»Tut mir leid, Sir. Bitte, entschuldigen Sie.«

Hawthorne legte auf. »Nun, zumindest wissen wir jetzt, daß er aktiv geworden ist«, sagte Tyrell.

Sie fuhren weiter – an den parkähnlichen Grundstücken der Millionäre vorbei, die in der Dunkelheit jedoch kaum zu sehen waren. Cathy und Jackson unterhielten sich über Belanglosigkeiten, als genau achtzehn Minuten später das Telefon wieder läutete.

»Auf was haben Sie sich da eingelassen?« fragte Captain Henry Stevens mit kalter Stimme.

»Was haben Sie herausgefunden?«

»Etwas sehr Unerfreuliches. Wir haben die Nummer der Limousine ausfindig gemacht – der anderen Limousine. Doch alles, was wir hörten, war die übliche Bandaufnahme auf dem Anrufbeantworter: ›Der Teilnehmer ist zur Zeit nicht erreichbar.‹«

»Na und? Versuchen Sie's weiter!«

»Zwecklos. Unsere Vermittlung hat den Funksprechverkehr der Polizei abgehört …«

»Sie wurden von der Polizei angehalten? Nehmt sie fest!«

»Sie wurden nicht angehalten«, sagte Stevens. »Haben Sie eine Ahnung, wer Van Nostrand ist?«

»Ich weiß auf jeden Fall, daß er Sie umgangen hat, um meinen Aufenthalt zu erfahren.« Stevens versuchte, ihn zu unterbrechen; aber Tyrell schnitt ihm das Wort ab. »Er wollte mich umbringen, Henry.«

»Das glaube ich nicht!«

»Glauben Sie, was Sie wollen. Auf jeden Fall müssen wir die andere Limousine finden. Wo ist sie also?«

»Auf dem Grund einer Schlucht in Fairfax«, sagte der Chef der Naval Intelligence. »Völlig demoliert. Der Fahrer ist tot.«

»Wo sind die anderen? Es waren noch zwei andere im Wagen!«

»Man hat nur den Fahrer gefunden – erschossen … Ich frage Sie noch mal, Tye: Wissen Sie, wer dieser Van Nostrand ist? Die Polizei ist gerade auf dem Weg zu seinem Landhaus.«

»Er liegt in seiner Bibliothek, starr und kalt. Wiedersehen, Henry.«

Hawthorne legte den Hörer auf und lehnte sich zurück. Seine Augen waren müde. »Die Limousine können wir vergessen«, sagte er und strich sich über die Stirn. »Totalschaden. Der Fahrer ist tot.«

»*Bajaratt?*« Catherine drehte ihm das Gesicht zu. »Wo ist sie?«

»Wer weiß? Irgendwo in einem Radius von hundert Meilen. Aber heute werden wir sie nicht mehr finden. Vielleicht erfahren wir mehr aus dem Wachbuch. Oder durch das, was wir von den Piloten in Charlotte hören. Suchen wir uns erst einmal ein Plätzchen, wo wir schlafen und eine Kleinigkeit essen können.«

»Wir sind vorhin an einem Motel vorbeigefahren, das einen recht anständigen Eindruck machte«, sagte Poole. »Dasselbe übrigens, in dem Cath und ich untergebracht werden sollten.«

»Die Shenandoah Lodge, nicht?« fragte Major Neilsen.

»Genau«, erwiderte der Lieutenant.

»Wenden Sie«, sagte Tyrell.

20

Niccolò Montavi aus Portici ging ruhelos im Zimmer auf und ab. Schweißtröpfchen rannen ihm über das Gesicht; seine Augen waren weit geöffnet und sahen blicklos ins Leere. Vor weniger als einer Stunde hatte er ein schreckliches Verbrechen begangen, eine Todsünde in den Augen Gottes! Er hatte dazu beigetragen, einem Menschen das Leben zu nehmen. Er hatte ihn – der Heiligen Jungfrau sei Dank! – nicht selbst getötet; aber er hatte die Cabrini nicht gehindert, als sie in jenem schrecklichen Augenblick einen Revolver aus ihrer Handtasche gezogen hatte. Er war noch verwirrt gewesen von dem Schußwechsel, der ihrer Flucht aus dem Gästehaus vorangegangen war. Die Signora hatte den Chauffeur gebeten anzuhalten. Dann hatte sie ihm von hinten eine Kugel in den Kopf geschossen – eiskalt, als ob sie eine lästige Fliege verscheuchte. Und ihm, Niccolò, hatte sie befohlen, den Wagen über den Abhang neben der Straße zu schieben, wo er in der Schlucht zerschellt war. Er mußte ihr gehorchen, denn die Waffe in ihrer Hand – und mehr noch ihr Blick! – hatte ihm deutlich zu verstehen gegeben, daß sie auch ihn töten würde, falls er sich weigerte. *Madonna della tristezza!*

Amaya Bajaratt saß auf der Couch in der kleinen Suite der Shenandoah Lodge und sah Niccolò ruhig an. »Gibt es sonst noch etwas, was du mir zu sagen hast, mein Liebling? Dann sprich bitte leiser.«

»Du bist wahnsinnig! Du hast den Mann ohne jeden Grund erschossen. Du wirst uns beide in die *Hölle* bringen!«

»Wir werden also die Reise gemeinsam antreten. Es freut mich, daß du das einsiehst.«

»Du hast ihn genauso kaltblütig erschossen wie die Schwarze auf dieser Insel. Mein Gott, er war nur ein einfacher Fahrer!«

»Er war nicht nur ein einfacher Fahrer. Als ich dir befohlen habe, seine Taschen zu durchsuchen – was hast du da gefunden?«

»Eine Pistole«, erwiderte der junge Mann widerwillig.

»Tragen einfache Fahrer Waffen bei sich?«

»In Italien ja. Um ihre Arbeitgeber zu schützen.«

»Möglicherweise. Aber nicht in den Vereinigten Staaten. Hier herrschen andere Gesetze.«

»Ich weiß nichts von solchen Gesetzen.«

»Aber ich. Und ich sage dir, daß dieser angebliche Fahrer ein Verbrecher war, ein *agente segreto*. Er hat geschworen, sich unserer großen Sache entgegenzustellen.«

»Was für einer Sache?«

»Der größten, die es gibt auf dieser Welt, Niccolò. Einer Sache, die sogar den geheimen Segen der Kirche genießt.«

»*Il Vaticano?* Aber du gehörst nicht zu unserer Kirche. Du glaubst an *gar nichts*.«

»Hieran glaube ich, Niccolò. Ich gebe dir mein Wort darauf. Mehr darf ich nicht sagen. Deine Bedenken sind also unbegründet. Verstehst du das?«

»Nein, Signora.«

»Es ist auch nicht nötig«, sagte die Bajaratt. »Denk an das viele Geld, das in Neapel auf dich wartet, und an die große Familie in Ravello, die dich in ihren Schoß aufgenommen hat. Und jetzt geh ins Schlafzimmer und pack die Koffer aus.«

»Du bist eine sehr komplizierte Frau«, sagte Niccolò mit monotoner Stimme, seine Augen starr auf seine Begleiterin gerichtet.

»Das mag sein. Beeil dich. Ich muß telefonieren.« Der junge Italiener ging ins Schlafzimmer, während die Bajaratt nach dem Telefonapparat auf dem Seitentisch griff. Sie wählte die Nummer ihres Hotels und verlangte die Rezeption. Nachdem sie sich zu erkennen gegeben hatte, fragte sie, ob eine Nachricht für sie hinterlassen worden sei.

Wie sich herausstellte, hatten fünf Anrufer sie zu sprechen gewünscht. Ein Senator Nesbitt aus Michigan, verschiedene andere Leute von geringerer Bedeutung und der rothaarige junge Kolumnist der *New York Times*, den sie in Palm Beach getroffen hatte und der sie auf den gefährlich inquisitorischen Reporter des *Miami Herald* aufmerksam gemacht hatte. Die Bajaratt rief zuerst den Senator an.

»Ich habe eine gute, freilich noch unbestätigte Nachricht für Sie,

Gräfin. Mein Kollege im Senat hat ein Treffen mit dem Präsidenten arrangiert – in drei Tagen. Natürlich muß alles, unserer Verabredung entsprechend ...«

»*Naturalmente!*« unterbrach ihn die Baj. »Der *barone* wird entzückt sein und nicht verfehlen, Ihnen seine Dankbarkeit zu bezeugen, Senator.«

»Sehr freundlich von Ihnen ... Die Zusammenkunft hat keinen offiziellen Charakter. Es wird nur ein vom Stabschef des Weißen Hauses akkreditierter Fotograf zugegen sein, und Sie werden eine Erklärung unterschreiben, daß die Fotos ausschließlich für persönliche Zwecke verwendet und nicht der Presse zugänglich gemacht werden.«

»Alles bleibt völlig privat«, stimmte die Bajaratt zu. »Sie haben unser Wort – das Wort einer großen italienischen Familie.«

»Das genügt mir völlig«, sagte Nesbitt. »Sollten sich jedoch die finanziellen Interessen des Barons als vorteilhaft für bestimmte, von der Rezession besonders betroffene Gebiete erweisen, kann ich Ihnen garantieren, daß der Stabschef die Fotos im ganzen Land veröffentlichen wird. Für diesen Fall werden mein Kollege aus Michigan und ich weitere Fotos machen lassen, auf denen wir – *ohne* den Präsidenten – mit Ihrem Neffen zu sehen sind.«

»Wie interessant«, sagte die Bajaratt und lachte leise.

»Wo kann ich Sie erreichen?« fragte Nesbitt. »Das Hotel, das Nachrichten für Sie entgegennimmt ...«

»Wir reisen viel, wissen Sie«, unterbrach ihn die Baj. »Ich hoffe, daß wir bald einmal nach Michigan kommen. Aber wir haben so viele Verpflichtungen. Dante Paolo hat die Energie von sieben jungen Stieren.«

»Es geht mich ja eigentlich nichts an, Gräfin, aber es wäre bequemer für Sie, wenn Sie ein Büro und das entsprechende Personal hätten – wenigstens eine Sekretärin, die weiß, wo Sie zu finden sind.«

»Sie sprechen mir aus dem Herzen, aber das ist leider unmöglich. Mein Bruder legt größten Wert auf Diskretion. ›Unser Büro ist in Ravello und nirgendwo sonst‹, sagt er immer. Aber wir rufen jeden Tag dort an, häufig zwei-, dreimal.«

»Ein vorsichtiger Bursche«, sagte der Senator. »Und recht hat er! Das BCCI-Fiasko, nach Watergate und der Iran-Contra-Affäre, hat uns das gelehrt. Ich hoffe, daß Ihr Telefon abhörsicher ist.«

»Wir reisen mit einem Scrambler, der an jedes Hoteltelefon angeschlossen werden kann.«

»Raffiniert! Das Verteidigungsministerium hat mir gesagt, daß die Terroristen sich der gleichen Technik bedienen. Eine tolle Sache ... Haben Sie übrigens das zusätzliche Material erhalten, das mein Büro Ihnen zugeschickt hat?«

»Gerade in diesem Augenblick spricht Dante Paolo auf dem anderen Apparat mit seinem Vater über Ihre Vorschläge. Er ist ganz begeistert.«

»Wirklich ein bemerkenswerter junger Mann. So intelligent! Sein Vater muß schrecklich stolz auf ihn sein. Und Sie, Gräfin, eine Schwester, der er vertrauen kann, eine Frau von solchem Charme, solchem diplomatischen Geschick! Haben Sie je daran gedacht, in die Politik zu gehen?«

»Ich denke dauernd daran«, entgegnete die Baj mit einem leisen Lächeln.

»Ich lasse Ihnen noch nähere Angaben über Ihren Besuch im Weißen Haus zuschicken. Und wenn Sie etwas Neues aus Ravello erfahren, wissen Sie ja, wo Sie mich erreichen können.«

»Wir bleiben in Verbindung, Senator. *Arrivederci.*« Die Bajaratt legte auf. Sie hatte die Namen und Telefonnummern, die sie von ihrem Hotel in Washington erhalten hatte, auf einen Bogen mit dem Briefkopf der Shenandoah Lodge geschrieben. Drei von ihnen konnten warten; aber sie war neugierig, was der rothaarige Kolumnist aus Palm Beach ihr mitzuteilen hatte. Sie wählte seine Nummer.

»Reillys Klempnerei«, sagte die fröhliche Stimme auf dem Anrufbeantworter. »Wenn Sie einen gewinnbringenden Auftrag für mich haben, hinterlassen Sie bitte Ihren Namen und Ihre Telefonnummer. Wenn nicht, machen Sie gefälligst die Leitung frei für Anrufer, die meine Dienste mehr zu schätzen wissen.« Ein langer Signalton folgte, und die Baj sprach.

»Wir sind uns in Palm Beach begegnet, Mr. Reilly. Ich rufe Sie zurück, um ...«

»Das ist nett von Ihnen, Gräfin.« Der Kolumnist hatte sich in die Leitung eingeschaltet. »Es ist schwer, mit Ihnen Verbindung aufzunehmen.«

»Wie ist es Ihnen gelungen, Mr. Reilly?«

»Ich kenne einige der Leute, die in Washington um Ihr Lagerfeuer geschlichen sind, und habe ihre Sekretärinnen angerufen. Die haben mir gesagt, wo Sie sind.«

»So ohne weiteres?«

»Ich habe ihnen erklärt, ich sei gerade mit einer vertraulichen Nachricht für Sie aus Rom eingeflogen – und daß der Baron bekannt für seine Großzügigkeit Leuten gegenüber sei, die ihm einen Dienst erweisen.«

»Sie sind ja mit allen Wassern gewaschen, Mr. Reilly.«

»Man muß sehen, wie man zurechtkommt. Die Stadt ist voll von Profis.«

»Warum wollten Sie mich sprechen?«

»Ich fürchte, das kostet Sie etwas, Lady.«

»Was könnten Sie mir schon bieten?«

»Informationen.«

»Welcher Art und zu welchem Preis?«

»Das sind zwei verschiedene Dinge. Die erste Frage kann ich beantworten, doch was Ihnen die Antwort wert ist, müssen Sie selber bestimmen.«

»Dann beantworten Sie zunächst die erste Frage.«

»Okay. Jemand sucht nach einem Paar, das vielleicht niemand anders ist als Sie und der junge Mann. Die Betonung liegt auf dem *vielleicht*.«

»Ich verstehe.« Die Bajaratt erschrak. *So nahe am Ziel!* »Wir sind, wer wir sind, Mr. Reilly«, sagte sie mit äußerster Selbstbeherrschung. »Und wer sollen wir sein?«

»Drogenhändler von der Mafia vielleicht, die einen neuen Markt suchen, oder Sizilianer, die jemanden erpressen wollen.«

»Und mit solchem Gesindel werden wir verwechselt?«

»Nun, auf den ersten Blick erscheint es wirklich absurd. Die Frau soll viel jünger sein als Sie, und der Junge wird als Analphabet und Schläger beschrieben.«

»Das ist grotesk!«

»Ja, das finde ich auch. Aber ich habe viel Fantasie. Wollen wir uns treffen?«

»Auf jeden Fall. Allein schon, um diesen Unsinn aufzuklären.«

»Wo?«

»In einer Stadt namens Fairfax gibt es ein Hotel – die Shenandoah Lodge.«

»Kenne ich. Wie übrigens die meisten Ehemänner in Washington, die gern einmal einen Seitensprung machen. Ich bin überrascht, daß Sie noch ein Zimmer gefunden haben. Ich bin in drei Stunden da.«

»Ich warte auf dem Parkplatz auf Sie«, sagte die Baj. »Ich möchte Dante Paolo, den *barone-cadetto di Ravello*, nicht unnötig aufregen.«

Askalon!
Für immer. Was gibt's Neues?
Wir treten in Phase Zwei ein. Bereitet den Countdown vor.
Gelobt sei Allah!
Gelobt sei ein amerikanischer Senator.
Soll das ein Witz sein?
Keineswegs. Er hat uns den Weg geebnet. Die Taktik war erfolgreich!
Einzelheiten?
Sind unwichtig. Doch falls ich nicht überlebe – sein Name ist Nesbitt. Vielleicht braucht ihr ihn eines Tages. Und euer Allah weiß, daß er verwundbar ist.

Die Limousine hielt vor der Shenandoah Lodge. Der Name Van Nostrands verschaffte den Insassen trotz der vorgerückten Stunde zwei nebeneinanderliegende Zimmer.

»Was machen wir jetzt, Tye?« fragte Cathy und trat in den Raum, den Tyrell und Poole miteinander teilten.

»Wir bestellen uns etwas zu essen, ruhen uns aus und führen einige Telefongespräche ... Oh, mein Gott!«

»Was ist?«

»*Stevens!*« rief Hawthorne und nahm den Hörer ab. »Die *Polizei* ... Sie kann alles vermasseln in Charlotte. Wenn die beiden Piloten verhaftet werden, ist es aus.«

»Können Sie sie stoppen?« fragte Major Neilsen, als Tyrell die Nummerntasten drückte.

»Vielleicht ist noch Zeit ... Captain Stevens, Vier-Null. Dringend! ... Henry, ich bin es. Sie müssen dafür sorgen, daß vom Tod Van Nostrands nichts an die Öffentlichkeit gelangt.« Hawthorne wurde anscheinend unterbrochen und preßte eine Minute den Hörer ans Ohr, ohne etwas zu sagen. »Ich kann einige der Vorwürfe, die ich gegen Sie erhoben habe, nicht mehr aufrechterhalten, Captain«, sagte er schließlich, fast erleichtert. »Ich rufe Sie in zwei Stunden noch einmal an und gebe Ihnen ein paar Namen. Ich brauche alles, was Sie über sie finden können – einen lückenlosen Bericht über die letzten vierundzwanzig Stunden, Telefongespräche, Hintergrundmaterial. Einfach alles ... Gute Idee, Henry. Ich habe übrigens auch über manche Dinge nachgedacht. Vielleicht klingt es verrückt, Sie jetzt danach zu fragen, aber – wie gut kannten Sie Ingrid?« Ein trauriges Lächeln glitt über Tyrells Gesicht; er schloß kurz die Augen. »Das habe ich mir gedacht. Wir sprechen uns in zwei Stunden.« Er legte auf und hob den Kopf. »Stevens hat bereits die nötigen Vorkehrungen getroffen. Er hat absolutes Nachrichtenverbot über alles verhängt, was mit dem Tod Van Nostrands zu tun hat. Die Computer sind mit einem sogenannten ›datenorientierten Sicherheitskode‹ gefüttert worden.«

»Einfach so?«

»So wird das heute gemacht, Lieutenant. Man sagt nicht mehr: ›Schnauze halten!‹ Die Computer machen das. Wer heute in dem Geschäft mithalten will, muß sich in der High-Tech auskennen. Kein Wunder, daß ich schon zum alten Eisen gehöre.«

»Sie haben bisher großartig mitgehalten«, sagte Cathy. »Besser als jeder andere.«

»Ich wünschte, es wäre so, Und sei es auch nur, um Cooke und Ardisonne nachträglich Genugtuung zu verschaffen. Sie gehörten auch beide zum alten Eisen ... Diese gottverdammte Schlampe!«

»Sie sind ihr schon sehr nahe, Tye.«

Nahe, dachte Hawthorne und zog die Buschjacke aus, die jetzt durchschwitzt und mit Schmutz befleckt war. *Nahe ...?* Oh ja, er war ihr nahe gewesen, so nahe, daß er sie in den Armen gehalten hatte, geglaubt hatte, die Bruchstücke eines zerstörten Traumes wieder zusammenfügen, aus dunkler Nacht in die Morgenröte eines neuen Tages gelangen zu können. Gott verdamme dich, Dominique! Lügen, Lügen, *Lügen*. Alles, was du mir gesagt hast, waren Lügen. Aber ich finde dich und lasse dich den Schmerz fühlen, den ich gefühlt habe. Gott verdamme dich, Dominique. Ich habe von Liebe gesprochen und Liebe empfunden; du hast von Liebe gesprochen und meintest Verrat. Schlimmer, weit schlimmer noch – du mußt mich gehaßt haben.

»Aber wo ist sie, Jackson?« fragte Tyrell laut. »Das ist die Frage.«

»Wir wissen, daß sie hier in der Nähe sein muß, nicht weit von Washington entfernt«, sagte Major Neilsen. »Der Präsident wird inzwischen so bis ins Letzte von Sicherheitsvorkehrungen abgeschirmt sein, daß er sich kaum mehr rühren kann. Wie soll sie da durchkommen?«

»Der Mann muß weiterhin seine Arbeit tun.«

»Aber er ist völlig isoliert, praktisch ein Gefangener in seinem eigenen Haus.«

»Das weiß ich alles. Was mich beunruhigt, ist, daß sie es auch weiß, ohne sich offensichtlich von ihrem Plan abbringen zu lassen.«

»Ich verstehe, was Sie meinen. Die undichten Stellen, die Morde – Charlie, Miami; Sie selbst auf Saba und hier Van Nostrand. Wer sind die Leute, die sie unterstützen? Und warum?«

»Ich wünschte, ich wüßte es.« Hawthorne legte sich aufs Bett und verschränkte die Hände hinter dem Kopf. »Alles das erinnert mich an Amsterdam, an die verzwickten Schachzüge, die dort das Spiel bestimmten ... *A* verläßt sich aus irgendeinem Grund auf *B*, *B* aus einem anderen Grund auf *C*, *C* wiederum ist auf *D* angewiesen, und *D* schließlich nimmt Kontakt mit *E* auf, der das in die Tat umsetzt, was *A* von Anfang an wollte. Die ganze Sache ist so kompliziert, daß niemand sie mehr durchschauen kann.«

Poole saß am Tisch und fuhr sich mit der Hand durch das hellbraune Haar. »Ich habe mitgeschrieben, was Sie gerade über *A*, *B*, *C*, *D* und *E* gesagt haben. Und da ich ganz gut in Mathematik war, ist mir aufgefallen, daß die Leute in Amsterdam in unterschiedlich kalibrierten Sphären programmiert waren. Wie in unverbundenen Quadranten.«

»Ich habe keine Ahnung, wovon Sie reden.«

»Aber Sie haben es gerade gesagt.«

»Was?«

»Daß keiner der Betroffenen genau wußte, was eigentlich los war – bis auf *A* und *E*.«

»Das ist vereinfacht, aber im Grunde richtig. Wir nennen es blinde Kontakte – Agenten, die nichts voneinander wissen und gewöhnlich auch keine Einzelheiten preisgeben können.«

»Weshalb machen sie diese Arbeit?«

»Aus Habgier, Lieutenant. Letztlich ist es immer das Geld.«

»Und Sie glauben, solche Leute stehen auch hinter der Bajaratt?« fragte Cathy.

»Nein, eigentlich nicht. Der Kern ist zu gut organisiert, zu mächtig. Aber die Leute, die zu diesem Kern gehören, verwenden Mittelsmänner und achten darauf, daß sich die Befehlskette nicht bis zu ihrem Ursprung zurückverfolgen läßt.«

»Mittelsmänner wie Alfred Simon in Puerto Rico?« fragte Jackson.

»Und einen Fluglotsen, der immer da war, dessen Name Simon aber nicht kannte?« fragte Catherine.

»Beide bis zum Hals im Little-Girl-Blood-Kreis«, bestätigte Tyrell. »Jeder unter Kontrolle, jeder austauschbar.«

»Aber Simon hat Ihnen einen Namen genannt«, warf Cathy ein.

»Zwei Namen, um genau zu sein.«

»Der eine der eines hochangesehenen Anwalts, der eigentlich in psychiatrische Behandlung gehört. Der andere war ein Zufall, Major. Freilich verdanke ich die meisten meiner Erfolge einem Zufall. Ein Wort, eine hingeworfene Bemerkung, die einem irgendwie im Gedächtnis bleiben. Und dann passen sie plötzlich in ein Bild.«

»So war es mit Neptun, nicht?« sagte Andrew Jackson Poole.

»Ja. Simon meinte, daß sein Auftraggeber, dieser Mr. Neptun, ausgesehen habe wie einer der gut gekleideten Herren in einem Modejournal. Und er hatte recht. Van Nostrand war immer wie aus dem Ei gepellt.«

»Ich würde das nicht als Zufall bezeichnen«, sagte Major Neilsen. »Ich würde es ein gutes Gedächtnis nennen.«

»Ach, nennen Sie es, wie Sie wollen.« Hawthorne schloß die Augen. Er war todmüde. Seine Beine, seine Arme schmerzten; in seinem Kopf dröhnte es. Während Cathy und Poole beratschlagten, was sie zum Essen bestellen sollten, dachte er weiter über die Rolle nach, die der Zufall in seinem Leben gespielt hatte – angefangen mit jenem, der ihn in die Navy gebracht hatte. Als er das College besuchte, hatte er ständig die Wahlfächer gewechselt, bis er sich schließlich für Astronomie entschied. »Warum nicht?« hatte sein Vater, der Professor gesagt. »Hauptsache, du belegst keinen meiner Kurse. Deine Mutter würde mir nie vergeben, wenn ich dich durchfallen lasse.«

Tatsächlich hatte er Gefallen an der Astronomie gefunden. Er hatte seit frühester Kindheit gesegelt und bildete sich in astronomischer Navigation aus, bis er ohne Sextanten, nur durch einen Blick auf die Himmelskörper, seinen Kurs bestimmen konnte. Er war ein guter Sportler, aber nicht ehrgeizig genug, um auf diesem Gebiet zu reüssieren. Als er mit einem durchschnittlichen Examen das College verließ, mußte er feststellen, daß es schwer war, eine Anstellung zu finden, da sämtliche prospektiven Arbeitgeber nach Kenntnissen in Betriebswirtschaft, Verwaltungsrecht und elektronischer Datenverarbeitung verlangten und eher wenig Wert auf navigatorische Fähigkeiten legten. Dann kam Zufall Nummer Eins.

Zwei Monate nachdem seine Mutter sein nutzloses Abschlußdiplom eingerahmt an die Wand gehängt hatte, kam er in Eugene eines Tages an einem Rekrutierungsbüro der Navy vorbei. Ob es die attraktiven Plakate waren, auf denen Schiffe auf hoher See abgebildet waren, oder eine innere Unruhe, die ihn zu *irgendeiner* Entscheidung drängte, war eine Frage, über die er nie nachgedacht hatte – jedenfalls ging er hinein und meldete sich als Freiwilliger.

Seine Mutter war entsetzt gewesen. »Du hast so überhaupt nichts Militärisches an dir!« hatte sie gesagt.

»Sein jüngerer Bruder, der sich schon auf die Universität vorbereitete, hatte hinzugefügt: »Tye, ist dir klar, daß du jetzt lernen mußt, Befehle auszuführen?«

Tye lernte auf Großseglern, Befehle auszuführen, und wurde als Fähnrich zur See vom Ausbildungsstützpunkt San Diego zum Dienst auf einem Zerstörer abkommandiert. Das führte zum zweiten Zufall.

Nach zwei Jahren begann er an Klaustrophobie zu leiden und sah sich nach einem Job um, der ihn weniger einengte. Es standen ihm mehrere Möglichkeiten offen, an Land Dienst zu tun, aber es handelte sich dabei um logistische Aufgaben – um Schreibtischarbeiten, an denen er nicht interessiert war. Nur eine der angebotenen Stellungen versprach mehr Spaß: als Marine-Attaché in Den Haag.

Er wurde zum Lieutenant – Junior Grade – befördert und erhielt die Stellung. Er hatte keine Ahnung, daß sie nichts anderes war als ein Eignungstest für den Geheimdienst der Navy. Dann, nach sechs Monaten, wurde er eines Morgens in das Büro des Chargé d'affaires gerufen, über den grünen Klee für seine bisher geleisteten Dienste gelobt und in den Senior Grade erhoben.

»Und ehe ich es vergesse, Lieutenant«, hatte der Geschäftsträger gesagt. »Sie könnten uns einen kleinen Gefallen erweisen.« Zufall Nummer Drei. Er hatte sich bereit erklärt.

Tyrells Gegenpart in der Französischen Botschaft stand im Verdacht, militärische Geheimnisse an die Sowjets weiterzugeben. Würde Lieutenant Hawthorne anläßlich einer bevorstehenden Dinner Party den Mann beiseite ziehen, ihn zu einem Drink einladen und in Erfahrung bringen, ob der Verdacht berechtigt war? »Übrigens«, hatte der Chargé d'affaires gesagt und ihm ein kleines Plastikfläschchen mit ›Augentropfen‹ ausgehändigt. »Zwei Spritzer davon in einem Drink lösen die Zunge eines Taubstummen.«

Zufall Nummer Vier. Hawthorne brauchte die Augentropfen nicht anzuwenden. Der unglückliche Pierre war mit den Nerven völlig am Ende, und als Tyrell ihn mit Whisky abgefüllt hatte, gestand er, daß er hoch verschuldet sei und außerdem eine Affäre mit einer sowjetischen Spionin habe, die ihr Verhältnis aufdecken und ihn vernichten könne.

Zufall Nummer Fünf. Wahrscheinlich weil er selber schon einige Bourbons intus hatte, schlug Tyrell seinem Gegenpart einen Handel vor: Wenn Pierre ihm die Namen seiner KGB-Kontaktmänner gebe, würde er, Tyrell, die Sache so drehen, daß der Franzose nur zum Schein Geheimnisse verraten habe, um herauszufinden, ob es in der französischen Botschaft undichte Stellen gebe. Tatsächlich arbeite er aber für die Nato. So wurde der Mann zu einem wertvollen Doppelagenten und Tyrell abermals von seinen Vorgesetzten über den grünen Klee gelobt. Das führte zum Zufall Nummer Sechs.

Der Kommandierende General der Nato ließ ihn zu sich kommen, ein Offizier, den Hawthorne ehrlich bewunderte, da er keiner der üblichen Karriereehngste war, sondern ein Mann, der sagte, was er dachte. »Ich habe eine neue Aufgabe für Sie, Lieutenant. Wenn einer, dann sind Sie dafür qualifiziert. Sie hängen Ihre Verdienste nicht an die große Glocke. Ich habe die Nase voll von den Arschlöchern hier, die nur Wind machen, ohne etwas zu leisten.«

»Zu Befehl, General. Wie Sie meinen, Sir.« Tyrell fühlte sich so geschmeichelt, daß er nicht nach Einzelheiten fragte. Zufall Nummer Sechs also führte ihn nach Georgia, wo er einen anstrengenden zwölfwöchigen Kursus absolvierte. Er gehörte jetzt offiziell dem Geheimdienst der Navy an. Nach seiner Rückkehr nach Den Haag, wo er angeblich seine alte Tätigkeit wieder aufnahm, folgte dann ein Zufall dem anderen. Er wurde unersetzlich in seinem neuen, seinem wirklichen Job. Amsterdam war das Zentrum der Spionagetätigkeit geworden. Er führte Aufträge in den Niederlanden, dann in ganz Europa aus, knüpfte Verbindungen mit den Maklern des Todes an, die für Geld alles taten. Es war diese ständige Begegnung mit dem Tod, dieses sinnlose Morden, das ihn schließlich veranlaßte, eigener Wege zu gehen.

Plötzlich wurde Tyrell sich bewußt, daß Cathy vor seinem Bett stand und ihn anblickte. Er hob den Kopf. »Wo ist der Lieutenant?« fragte er.

»Er benutzt das Telefon in meinem Zimmer. Ihm ist eingefallen, daß er heute abend eine Verabredung hatte – vor vier Stunden.«

»Ich möchte wissen, wie er sich da herausredet.«

»Er wird dem Mädchen sagen, daß er unerwartet als Testpilot eingesetzt worden ist und sich bei einem Sturzflug über achtunddreißigtausend Fuß den Hals verrenkt hat.«

»Er ist schon eine Type, der Junge ...«

»Da bin ich ganz Ihrer Meinung ... Was haben Sie gemacht? Mit offenen Augen geträumt?«

»Nein. Es war nur einer dieser Augenblicke, in denen man sich fragt, warum man da ist, wo man ist – vielleicht sogar, warum man der ist, der man eben ist.«

»Ich kenne die Antwort auf die erste Frage. Sie sind hier, um diese Bajaratt zur Strecke zu bringen, weil Sie einer der besten Geheimdienstoffiziere der Navy waren.«

»Das stimmt nicht«, sagte Hawthorne und setzte sich auf, während Major Neilsen in einem Sessel neben dem Bett Platz nahm.

»Selbst Stevens hat das zugegeben – wenn auch widerwillig.«

»Er wollte Sie beruhigen, das war alles.«

»Das glaube ich nicht. Ich habe Sie im Einsatz gesehen, Commander. Warum wollen Sie es leugnen?«

»Vielleicht war ich wirklich ein paar Jahre lang nicht schlecht; aber dann geschah etwas, was meine Einstellung von Grund auf änderte. Es war mir egal, wer bei diesem dämlichen Spiel gewann oder verlor. Etwas anderes war mir viel wichtiger.«

»Wollen Sie darüber sprechen?«

»Ich glaube nicht, daß es Sie interessiert. Außerdem ist es sehr persönlich – ich habe noch mit niemandem darüber geredet.«

»In meinem Leben gibt es auch ein Problem, etwas sehr Persönliches, Tye, über das ich noch mit niemandem geredet habe. Vielleicht können wir uns gegenseitig helfen. Wir werden uns wahrscheinlich ohnehin nicht wiedersehen, wenn das alles hier vorbei ist. Wollen Sie wissen, was es ist?«

»Ja«, sagte Tye, als er den ängstlichen, fast flehenden Ausdruck auf ihrem Gesicht sah. »Was ist es, Cathy?«

»Jeder glaubt, daß ich der ideale Offizier sei, die geborene Pilotin.«

»Das glaube ich auch«, sagte Hawthorne, leise lächelnd.

»Völlig falsch«, entgegnete Major Catherine Neilsen. »Bis ich nach West Point kam, wollte ich etwas ganz anderes. Ich wollte Anthropologin werden. Jemand wie Margareth Mead. Ich wollte durch die Welt reisen, fremde Kulturen entdecken, die Bräuche primitiver Völker studieren. Manchmal träume ich immer noch davon ... Klingt dumm, oder?«

»Keineswegs. Warum tun Sie's nicht? Ich wollte immer mein eigenes Boot haben. Jetzt lebe ich davon, unter eigener Flagge zu segeln – nach einem Irrweg, der mich zehn Jahre meines Lebens gekostet hat. Aber immerhin ...«

»Das ist etwas anderes, Tye. Sie haben sich praktisch schon als Kind mit dem beschäftigt, was Sie jetzt machen. Ich müßte ganz von vorn anfangen, wer weiß wie lange auf die Universität gehen.«

»Na und? Sie können etwas, was neunzig Prozent aller Anthropologen nicht können. Sie sind Pilotin. Sie können fliegen, wohin Sie wollen.«

»Das ist verrückt«, sagte Cathy nachdenklich. Sie räusperte sich. »Ich habe Ihnen mein Geheimnis verraten, Tye. Jetzt verraten Sie mir Ihres. Fair muß fair bleiben.«

»Also schön ... Ich muß immer wieder daran denken. Es war wohl der Wendepunkt in meinem Leben ... Eines Abends wollte ich Verbindung mit einem Sowjet aufnehmen, einem KGB-Mann. Er war Seemann wie ich, vom Schwarzen Meer. Wir wußten beide, daß wir die Dinge nicht mehr in der Hand hatten. Die vielen Leichen in den Grachten ... Wahnsinn! *Wozu?* Wir wollten darüber reden. Als ich ihn fand, lebte er noch; aber sein Gesicht war von einem Rasiermesser zerfetzt worden. Es sah aus wie Hackfleisch. Als ich in seine Augen sah, verstand ich, was er von mir verlangte. Und so – erlöste ich ihn von seinen Qualen. In diesem Augenblick wußte ich, was ich wirklich zu tun hatte. Es ging nicht nur darum, der Korruption Einhalt zu gebieten, durch die Millionen verdient wurden, oder die Maulwürfe und Bürokraten zu verfolgen, die eine andere Ideologie hatten als wir. Es ging darum, die Fanatiker, die *Wahnsinnigen* zu bekämpfen, die für all das verantwortlich waren.«

»Es muß schwer für Sie gewesen sein, Commander«, sagte Cathy leise. »War das die Zeit, als Sie Stevens kennenlernten, Captain Stevens?«

»Ja. Tatsächlich kannte ich seine Frau besser als ihn. Sie hatten keine Kinder, und deshalb arbeitete sie an der Botschaft. Sie war verantwortlich für alle Auslandsreisen, traf die nötigen Vorbereitungen, und ich war viel unterwegs. Eine nette Frau. Sie hatte ihn mehr an der Kandare, als sie je zugeben wird.«

»Vor einigen Minuten haben Sie ihn nach Ihrer Frau gefragt ...«

Tyrell warf den Kopf herum und sah Catherine fest an.

»Entschuldigung«, sagte sie und wandte den Blick ab.

»Ich kannte die Antwort, aber ich mußte ihn trotzdem danach fragen«, sagte er ruhig. »Van Nostrand hat mir gegenüber eine Bemerkung gemacht – um mich zu provozieren.«

»Und Stevens hat das als Lüge bezeichnet«, sagte Cathy. »Sie haben ihm natürlich geglaubt.«

»Ohne den mindesten Zweifel.« Hawthorne blickte wieder an die Zimmerdecke. »Henry Stevens ist ein intelligenter Bursche, sehr analytisch denkend, aber er ist völlig unfähig zu lügen. Deshalb wurde er auch aus dem Verkehr gezogen und an eine höhere Stelle versetzt ... Sie wissen, wonach ich ihn gefragt habe. Seine Antwort war so kurz und eindeutig, seine Reaktion so schnell und spontan, daß ich wußte, daß er die Wahrheit sprach. Er sagte, daß er Ingrid nur einmal gesehen hat, bei der kleinen Hochzeitsfeier, die die Botschaft für uns ausrichtete – in Begleitung seiner Frau. Und wenn Sie Ingrid gekannt hätten ...«

»Ich wünschte, ich hätte sie gekannt.«

»Ihr hättet euch gemocht.« Tyrell blickte Catherine wieder an. »Sie sind jetzt etwa genauso alt wie Ingrid damals, mit dem gleichen Unabhängigkeitsdrang, der gleichen Selbstsicherheit. Aber Sie betonen sie mehr – sie hatte das nicht nötig.«

»Danke herzlich, Commander.«

»Hören Sie! Sie sind Offizier, Sie *müssen* sich Autorität verschaffen. Sie war Übersetzerin; sie brauchte es nicht. Ich wollte Sie nicht beleidigen.«

»Sie hat es mir tatsächlich abgenommen!« rief Poole und schloß die Tür zu Catherines Zimmer hinter sich.

»Was?« fragte Hawthorne.

»Daß ich mich freiwillig zu einem Schwerelosigkeitstest in einer Tauchkugel gemeldet und mir durch Sauerstoffmangel einen Lungenriß zugezogen habe. Verdammt heiße Sache!«

»Bestellen wir uns was zu essen«, sagte Cathy.

Der Zimmerkellner trat fünfundvierzig Minuten später ein. In der Zwischenzeit hatte Hawthorne sich die Eintragungen im Wachbuch angesehen, Poole die in der Hotelhalle gekaufte Zeitung gelesen und Catherine ein warmes Bad genommen. Sie hatten den Fernseher ohne Ton laufen lassen; aber es waren keine Nachrichten gesendet worden, die sich auf Van Nostrand beziehen ließen. Nachdem sie gegessen hatten, rief Tyrell Henry Stevens in seinem Büro an.

»Haben Sie den Scrambler eingeschaltet?«

»Glauben Sie immer noch, daß es eine undichte Stelle gibt?«

»Ich bin davon überzeugt.«

»Wenn Sie dafür einen Beweis haben, lassen Sie es mich wissen. Wenn es eine undichte Stelle gibt, kann sie nur bei Ihnen liegen.«

»Völlig unmöglich.«

»Wissen Sie, ich habe die Schnauze voll von Ihrer Besserwisserei.«

»Dann feuern Sie mich doch!«

»Ich habe Sie nicht eingestellt.«

»Wenn Sie uns die Gelder abschneiden, die wir brauchen, läuft es auf dasselbe hinaus. Wollen Sie das?«

»Ach, hören Sie auf ... Was liegt an? Haben Sie etwas über Little Girl Blood in Erfahrung gebracht?«

»Ich weiß nur, was Sie wissen«, antwortete Tyrell. »Sie muß sich irgendwo hier aufhalten, nur wenige Meilen von dem Ort entfernt, an dem das Attentat stattfinden wird.«

»Es wird kein Attentat geben. Der Präsident ist besser abgesichert als Fort Knox. Die Zeit arbeitet für uns.«

»Ihr Vertrauen ehrt Sie; aber diese Bewachung läßt sich nicht lange aufrechterhalten. Ein unsichtbarer Präsident ist kein Präsident.«

»Ihre Einstellung gefällt mir nicht. Was sonst noch? Sie sagen, daß Sie mir ein paar Namen geben wollten.«

»Dann lege ich mal los. Versuchen Sie alles über diese Leute herauszufinden, was nur herauszufinden ist.« Hawthorne las die Namen vor, die er im Wachbuch gefunden hatte und die ihm verdächtig erschienen waren.

»Hören Sie!« rief Stevens. »Sie sprechen von einigen der höchsten Tiere in unserer Administration.«

»Jeder von ihnen war in den letzten achtzehn Tagen auf dem Landgut. Und da Little Girl Blood untrennbar mit Van Nostrand verbunden ist, besteht die Möglichkeit, daß einer von ihnen – wenn nicht sogar mehr als einer – wissentlich oder unwissentlich mit der Sache zu tun hat.«

»Ist Ihnen klar, was Sie von mir verlangen? Der Verteidigungsminister, der Direktor der CIA, der Chef von G-2, der *Außenminister*! Sie sind verrückt!«

»Sie waren dort, Henry. Und die Bajaratt war dort.«

»Haben Sie Beweise?«

»Der Beweis liegt vor mir auf dem Tisch, Captain. Verdammt noch mal, machen Sie sich an die Arbeit! ... Übrigens werde ich Ihnen in den nächsten zwanzig Minuten noch eine Information zukommen lassen, die Ihnen die Beförderung zum Admiral einbringen kann.«

»Was für eine Information ist das?«

»Sie betrifft den Mann, der Van Nostrand die Möglichkeit verschaffte, außer Landes zu gehen.«

»Van Nostrand ist tot.«

»Ja. Aber die Leute, die seine Abreise vorbereitet haben, wissen nichts davon. Machen Sie sich an die Arbeit, Henry!« Hawthorne legte auf.

Major Neilsen und Lieutenant Poole starrten ihn mit offenem Mund an.

»Ist was?« fragte er.

»Sie spielen mit hohem Einsatz, Commander«, sagte Poole.

»Dieses Spiel ist nur mit hohem Einsatz zu gewinnen, Jackson.«

»Und wenn Sie sich irren?« fragte Cathy. »Angenommen, niemand auf der Liste hat etwas mit der Bajaratt zu tun ...«

»Das glaube ich nicht. Und wenn Stevens uns nicht weiterhilft, werde ich dafür sorgen, daß diese Liste veröffentlicht wird – zusammen mit einer Story, die so viele versteckte Andeutungen, Lügen und Halbwahrheiten enthält, daß niemand in Washington sich mehr sicher wähnen kann.«

»Das ist unverantwortlich«, sagte Catherine scharf.

»Um an Little Girl Blood heranzukommen, müssen diejenigen, die sie unterstützen, in Panik geraten. Wir wissen, daß es sie gibt, und wir wissen, daß sie in die innersten Regierungskreise sowohl in Washington als auch in London und Paris eingedrungen sind. Wenn auch nur einer von ihnen, um seine Haut zu retten, einen Fehler begeht, sind alle dran.«

»Wenn man Sie so hört, klingt das alles ganz einfach.«

»Im Grunde ist es das auch. Wir beginnen mit der Wachbuch-Liste – mit den Leuten, von denen wir wissen, daß sie in engem Kontakt mit Van Nostrand gestanden haben. Dann weiten wir den Kreis aus. Wer sind ihre Freunde, ihre Partner? Wer arbeitet in ihren Büros und hat Zugang zu geheimen Unterlagen? Wer von ihnen führt ein Leben, das seine finanziellen Mittel übersteigt? Gibt es Schwächen, die sie erpreßbar machen?« Das Telefon läutete. Tyrell meldete sich. »Stevens?« Er runzelte die Stirn, legte die Hand auf die Sprechmuschel und gab Poole ein Zeichen. »Es ist für Sie.«

Der Lieutenant nahm den Hörer. »Vor zehn Minuten also? ... Okay, Mac. Danke ... Woher soll ich das wissen? Verkaufen Sie die verdammte Mühle! Wenn sie Verstand gehabt hätten, wären sie damit nach Kuba geflogen.« Er legte auf und sah Tye an. »Der Jet ist gelandet. Offensichtlich weiß keiner, was eigentlich Sache ist. Die Militäreskorte aus Washington hat eine Auseinandersetzung mit den Jones-Brüdern gehabt. Die beiden haben behauptet, Van Nostrand habe sie entlassen. Dann sind sie einfach verschwunden.«

»Es wird Zeit, St. Thomas anzurufen«, sagte Tyrell und griff nach dem Hörer. Nachdem er gewählt hatte, drückte er die beiden Zahlen seines Abfragekodes ein und lauschte ... *Mein Liebling, hier ist Dominique. Ich rufe dich von einer Yacht vor der Küste von Portofino an* ... Hawthorne erbleichte, seine Gesichtsmuskeln verkrampften sich. Verlogen, wie alles an dieser Frau, deren Leben eine einzige Lüge war. Und Pauline in Paris war Teil dieser Lüge. Doch sie konnte ihn einen Schritt näher zur Bajaratt führen.

»Was ist?« fragte Cathy, als sie sein Gesicht sah.

»Nichts«, erwiderte Tyrell ruhig. Er hörte eine zweite Nachricht auf dem Anrufbeantworter ab, und wieder spannten sich seine Züge.

Plötzlich durchschnitt draußen vor dem Hotel ein gellender Schrei die Stille der Nacht. Er wurde lauter, hysterisch. Catherine und Jackson liefen zum Fenster. »Unten auf dem Parkplatz!« rief der Lieutenant. »Da!«

Unten auf dem Hof, im Lichtkreis einer Laterne, standen eine blonde Frau und ein etwa fünfzigjähriger Mann. Die Frau hatte sich entsetzt an ihren Begleiter geklammert, der vergeblich versuchte, sie zu beruhigen und ins Haus zu ziehen. Poole öffnete das Fenster; sie verstanden jetzt, was der grauhaarige Mann sagte.

»Hör auf zu schreien! Wir müssen weg von hier! Du weckst die Leute auf!«

»Er ist tot, Myron! Sieh dir seinen Kopf an – eine einzige blutige Masse! Mein Gott!«

»Sei ruhig, verdammt noch mal!«

Mehrere Kellner in weißen Jacken kamen aus der Hintertür auf den Hof gelaufen. Einer von ihnen hielt eine Taschenlampe, deren Strahl hin und her schwenkte, bis er sich auf die Gestalt eines Mannes richtete, der, mit dem Oberkörper auf dem Boden, aus der offenen Tür eines Porsche hing. Eine dunkle Blutlache hatte sich unter seinem Kopf ausgebreitet.

»Kommen Sie, Tye!« rief Major Neilsen. »Sehen Sie sich das an!«

»Psst!« Hawthorne drückte den Hörer fester ans Ohr.

»Da unten wurde jemand ermordet!« fuhr Catherine fort. »Ein Mann in einem Sportwagen. Sie rufen die Polizei!«

»Ruhe! Ich muß mich konzentrieren.« Tyrell benutzte die auf dem Nachttisch liegende Speisekarte, um sich eine Notiz zu machen.

Vor der Tür, auf dem Flur der Shenandoah Lodge, streifte Amaya Bajaratt ein Paar Gummihandschuhe ab, bevor sie in ihr Zimmer ging.

21

»Mein Gott! Der Außenminister«, sagte Tyrell leise. Er legte langsam den Hörer auf die Gabel. Auf dem Parkplatz war das Heulen von Sirenen zu hören. »Ich kann es nicht glauben.«

»Was können Sie nicht glauben?« fragte Cathy und wandte sich vom Fenster ab.

»Die Militäreskorte auf dem Flughafen von Charlotte – sie wurde auf direkten Befehl des Außenministers abkommandiert.«

»Es muß eine Erklärung dafür geben«, sagte Catherine. »Unvorstellbar, daß eine Verbindung zwischen ihm und der Bajaratt besteht.«

»Er stand in Verbindung mit Van Nostrand, und Van Nostrand – Mr. Neptun – hatte Little Girl Blood in einem seiner Gästehäuser untergebracht, nur wenige hundert Meter vom Haupthaus entfernt. Um es mathematisch auszudrücken: Wenn *A* gleich *B* ist und *B* gleich *C*, dann besteht ein enges Verhältnis zwischen *A* und *C*.«

»Aber Sie haben gesagt, daß Sie gesehen haben, wie zwei *Männer* in die Limousine stiegen. Einer mit einem Hut ...«

»Und ich habe zu Jackson gesagt, daß es zur Gewohnheit von Kahlköpfigen gehört, einen Hut zu tragen«, unterbrach Hawthorne sie. »Aber ein Hut bedeckt nicht nur einen kahlen Kopf. Er *verdeckt* auch das Haar einer Frau. Es waren nicht zwei Männer, sondern ein Mann und eine Frau.«

»Dann war es wirklich die Bajaratt«, flüsterte Cathy. »Wir waren ihr so nahe.«

»So nahe«, bestätigte Tyrell. »Wir haben keine andere Wahl – ich habe keine andere Wahl. Wir dürfen keine Zeit verlieren.« Er griff nach dem Telefonhörer, als ein Klopfen an der Tür ihn innehalten ließ. »Sehen Sie nach, wer da ist, Poole.«

Auf dem Flur standen zwei uniformierte Polizisten. »Sind dies die Zimmer eines Major Neilsen, eines Lieutenant Poole und eines Verwandten, eines Onkels aus Florida?« fragte einer der Beamten, der die Namen von einem Clipboard in seiner Hand ablas.

»Ja, Sir«, antwortete der Lieutenant.

»Ihr Anmeldeformular ist unvollständig ausgefüllt«, sagte der zweite Beamte und lugte in den Raum. »Die Gesetze von Virginia sind sehr strikt in dieser Hinsicht.«

»Tut mir leid«, sagte Poole. »Ich habe das Formular ausgefüllt. Wir waren in Eile.«

»Kann ich einmal Ihren Ausweis sehen?« Der Mann mit dem Clipboard schob den Lieutenant beiseite und trat ins Zimmer. Sein Kollege folgte ihm und blockierte die Tür. »Was haben Sie in den letzten beiden Stunden gemacht?«

»Wir haben den Raum seit unserer Ankunft nicht verlassen«, sagte Hawthorne und legte den Hörer auf. »Wir sind erwachsene Bürger, und Sie haben kein Recht, in unserem Privatleben herumzuschnüffeln.«

»Sie verstehen offensichtlich nicht, worum es geht«, sagte der erste Polizist. »Ein Mann wurde erschossen – ermordet. Wir befragen jeden, der sich in diesem Hotel aufhält. Vor allem Gäste, die sich nicht korrekt angemeldet haben. Es fehlt die genaue Adresse und die Nummer Ihrer Kreditkarte.«

»Wie ich Ihnen schon sagte, waren wir in Eile. Wir haben bar bezahlt.«

»Bei diesen Preisen müssen Sie viel Bargeld bei sich haben.«

»Das ist meine Sache«, sagte Tyrell scharf.

»Hören Sie, Mister. Der Mann unten auf dem Parkplatz wollte hier jemanden treffen«, sagte der Beamte mit dem Clipboard. »Er hatte eine Pralinenschachtel bei sich. Auf einer Karte stand: ›Als Dank für Ihre Großzügigkeit.‹«

»Großartig!« rief Hawthorne. »Wir haben ihn erschossen und nicht einmal die Pralinen an uns genommen.«

»Es sind schon seltsamere Dinge passiert.«

»Ohne Frage«, bestätigte der Beamte an der Tür. Er zog ein Funksprechgerät aus der Tasche seiner Uniform. »Sergeant, wir haben drei Verdächtige hier. Zimmer Fünf-Null-Fünf und Fünf-Null-Sechs. Schicken Sie Verstärkung ... Ja, was ist denn das? Beeilen Sie sich!«

Dem Blick des Polizisten folgend, richteten sich vier Augenpaare auf die Kommode am anderen Ende des Raumes, wo Poole seine Walther P. K. Automatik und Hawthorne seinen 38er Revolver abgelegt hatte.

Die Bajaratt sah aus dem Fenster auf die Menschen hinunter, die sich um den Porsche drängten und versuchten, einen Blick auf den blutigen Körper zu werfen, während die Polizisten sich bemühten, einen Anschein von Ordnung aufrechtzuerhalten. Bis zum Eintreffen ihrer Vorgesetzten mußte die verstümmelte Leiche an ihrem Platz bleiben. Das blutige Laken, das sie bedeckte, verringerte nicht im mindesten die Schaulust der Umstehenden.

Die Baj war an den Vorgängen nicht interessiert; sie versuchte verzweifelt, Niccolò auszumachen, den sie vor wenigen Minuten mit präzisen Anweisungen nach unten geschickt hatte. *Etwas Schreckliches ist geschehen; wir müssen sofort abreisen. Besorg uns einen Wagen – notfalls auch gegen den Willen seines Besitzers! Nimm die Koffer und verschwinde über die Feuerleiter!* Da stand er! Hinter den Schaulustigen, die geschlossene rechte Hand erhoben, und nickte ihr zu. Er hatte es geschafft.

Die Bajaratt warf einen Blick in den Spiegel und rückte ihre weiße Perücke zurecht. Der blasse Puder, den sie aufgetragen hatte, die dunklen Halbmonde unter den Augen und die dünn ausgezogenen Lippen gaben ihr das Aussehen einer alten Frau, einer exzentrischen alten Frau. Auf dem Kopf trug sie einen braunen Männerhut.

Sie wandte sich ab und trat auf den Flur. Als sie zum Fahrstuhl ging, kam sie an mehreren Polizisten vorbei, die mit gezogenen Waffen in eine kleine Suite stürmten.

»Ihr verdammten Hurensöhne – laßt mich los!«

»Kommen Sie mir nicht zu nahe!«

»Wagen Sie nicht, mich anzufassen!«

Die Baj blieb wie erstarrt stehen. *Ihr verdammten Hurensöhne – laßt mich los!* Diese Stimme kannte sie; sie kannte den Mann. *Hawthorne!* Instinktiv drehte sie sich um.

Tyrell stand mit erhobenen Armen an der Wand. Ihre Blicke begegneten sich – die Augen der Frau erschreckt zusammengezogen, die des Mannes ungläubig geweitet.

Howard Davenport, der angesehene Wirtschaftsmanager, der jetzt frustriert das Verteidigungsministerium leitete, schenkte sich an der Bar in seinem Arbeitszimmer einen zweiten Courvoisier ein und trat an den Schreibtisch. Er fühlte sich erleichtert. Vor zwei Stunden hatte er über Funk die Nachricht erhalten, daß Van Nostrands Limousine mit einem oder mehr Fahrgästen das Grundstück verlassen hatte.

Wenn Hawthorne in meiner Limousine das Grundstück verläßt, wissen Sie, daß meine Information falsch war.

Davenport erinnerte sich dieser Information, nach der der ehemalige Lieutenant Commander Hawthorne ein Mitglied des berüchtigten Alpha-Kartells sein sollte ... Mein Gott, was für ein Verteidigungsminister war er! Bevor Van Nostrand ihn davon unterrichtete, hatte er nie von diesem Kartell gehört.

Nein, seine Zeit war abgelaufen. Er wünschte, daß seine Frau zu Hause wäre und nicht in Colorado, wo sie ihre Tochter besuchte, die gerade von ihrem dritten Kind entbunden worden war. Er wünschte es wirklich, denn er hatte eben auf der alten Remington, die ihm seine Eltern vor einem halben Jahrhundert geschenkt hatten, einen Brief an den Präsidenten geschrieben, in dem er seinen Rücktritt erklärte. In den Medien war er häufig wegen dieser Schreibmaschine verspottet worden, die er immer noch benutzte, obwohl ihm eine Schar von Sekretärinnen zur Verfügung stand. Aber die alte ›Rem‹ war wie ein Freund für ihn, ein unentbehrlicher Freund, ohne den er keinen Gedanken formulieren konnte.

Er setzte sich vor die Schreibmaschine und las den Brief noch einmal durch. Seine Frau würde glücklich sein. Sie hatte Washington verabscheut und ihn immer gedrängt, sich irgendeine Entschuldigung auszudenken, damit er seinen Abschied einreichen konnte. Davenport nahm einen Schluck Cognac und lächelte.

Mr. President,
mit großem Bedauern muß ich Ihnen mitteilen, daß ich mich infolge eines Krankheitsfalles in meiner Familie gezwungen sehe, mit sofortiger Wirkung meinen Rücktritt zu erklären.
Ich darf Ihnen versichern, daß ich es immer als große Ehre angesehen habe, unter Ihnen ein Ministerium zu leiten, dessen Ansehen zu mehren ich mich nach besten Kräften bemüht habe. Mein Nachfolger wird ein geordnetes Haus vorfinden, auf dessen Loyalität er sich verlassen kann. Ich danke Ihnen für das mir entgegengebrachte Vertrauen.

Meine Frau Elizabeth, die Gott schützen möge, hat mich gebeten, Ihnen ihre besten Wünsche zu übermitteln, denen ich mich natürlich anschließe.
Mit vorzüglicher Hochachtung
Howard W. Davenport

Der Minister trank noch einen Schluck und kicherte leise, als er das Geschriebene noch einmal durchlas. Er fragte sich, ob es nicht ehrlicher wäre, die Phrase ›auf dessen Loyalität sich mein Nachfolger verlassen kann‹ zu streichen. ›... können sollte‹ würde die Sache wohl eher treffen. Nein, Loyalität hatte nie geherrscht in diesem Haus. Also egal. Wenn sein Nachfolger der richtige Mann war, würde er sich mit eiserner Faust durchsetzen. Wenn nicht, würde alles so weitergehen wie bisher. Er, Davenport, hatte sich nie durchzusetzen vermocht. Er hatte in seinem Amt versagt.

Er setzte das Cognacglas auf dem Schreibtisch ab, und es fiel klirrend zu Boden. Seltsam, dachte Davenport. Er hatte das Glas doch auf die Löschunterlage gestellt. Oder etwa nicht? Plötzlich wurde es dunkel vor seinen Augen; es fiel ihm schwer zu atmen. *Luft!* Er stand unsicher auf. Die Klimaanlage mußte defekt sein. Er rang nach *Luft*. Ein scharfer Schmerz schnitt ihm durch die Brust und breitete sich im ganzen Körper aus. Seine Hände begannen zu zittern; seine Beine gaben unter ihm nach. Er fiel mit dem Gesicht nach unten auf den Boden. Seine Nase blutete. Noch einmal versuchte er, sich aufzurichten, dann brach er endgültig zusammen, die Augen auf die Zimmerdecke gerichtet. Doch er sah nichts. Dunkelheit. Howard D. Davenport war tot.

Die Tür des Arbeitszimmers öffnete sich, und ein schwarzgekleideter Mann betrat den Raum. Eine Gasmaske verdeckte sein Gesicht. Er trug schwarze, seidene Handschuhe. Er kniete neben einem etwa fünfzig Zentimeter hohen Metallzylinder nieder, der an der Wandleiste befestigt war. Ein Gummischlauch führte bis zur Tür. Der Mann drehte sorgfältig einen Verschluß zu. Dann erhob er sich, durchquerte den Raum und öffnete die Terrassentür. Die feuchte, warme Nachtluft strömte in das Zimmer, den Geruch nach Erde und Blumen mit sich tragend. Der Mann trat an den Schreibmaschinentisch und las Davenports Brief. Er drehte ihn aus der Walze, zerknüllte ihn und stopfte ihn in die Hosentasche. Dann legte er einen der leeren Briefbögen Davenports in die Maschine und begann zu tippen.

Mr. President,
mit großem Bedauern sehe ich mich gezwungen, mit sofortiger Wirkung meinen Rücktritt zu erklären. Der Grund dafür liegt in meiner angegriffenen Gesundheit, die es mir nicht erlaubt, meinen Amtspflichten weiter nachzukommen.
Ich bin seit einiger Zeit bei einem Arzt in der Schweiz in Behandlung, der mich davon unterrichtet hat, daß es nur noch eine Frage von Tagen ist, bis

Der Brief brach ab, und Skorpion 24 nahm den Befehlen entsprechend, die ihm am Morgen der frühere Skorpion Eins gegeben hatte, seine tödlichen Geräte an sich und verließ den Raum durch die Terrassentür.

Die Polizisten hatten die beiden ineinandergehenden Zimmer in der Shenandoah Lodge verlassen. Captain Stevens hatte ihren Platz eingenommen. »Beruhigen Sie sich, Tye!«

»Mein Gott, Henry«, sagte Hawthorne. Er saß, immer noch bleich, auf der Kante seines Bettes. Major Neilsen und Lieutenant Poole sahen ihn besorgt an. »Es ist einfach *verrückt*! Ich habe sie erkannt, habe diese Augen erkannt. Und sie hat mich erkannt. Aber es war eine alte Frau, die kaum aufrecht stehen konnte!«

»Ich wiederhole.« Stevens blieb vor Tyrell stehen. »Die Frau, die Sie gesehen haben, war eine italienische Gräfin namens Cabarini oder so ähnlich und sehr eitel, wie man mir an der Rezeption sagte. Sie wollte nicht einmal ihr Anmeldeformular unten ausfüllen, weil sie ›nicht anständig angezogen‹ sei. Ich habe ihre Angaben mit der Einwanderungsbehörde abgeklärt. Sie ist steinreich und millionenschwer ...«

»Sie hat das Hotel verlassen – warum?«

»Mit zweiundzwanzig anderen Gästen. Ein Mann wurde auf dem Parkplatz getötet, Tye. Und die Gäste sind nicht gerade scharf darauf, ihr Bild in der Zeitung wiederzufinden.«

»Okay, okay ... Aber ich habe immer noch dieses Gesicht vor Augen«, sagte Hawthorne und schüttelte den Kopf. »Sie war so alt, aber ich habe diese Augen erkannt – ich *kenne* sie.«

»Die Genetiker haben herausgefunden, daß es genau einhundertzweiunddreißig verschiedene Augenformen und -farben gibt, nicht mehr und nicht weniger«, sagte Poole. »Das ist nicht viel, wenn man an die Gesamtbevölkerungszahl denkt. ›Kenne ich Sie nicht?‹ ist eine der häufigsten Fragen, wenn Leute einander vorgestellt werden.«

»Danke für die Belehrung.« Hawthorne wandte sich wieder Henry Stevens zu. »Bevor dieser Wahnsinn begann, habe ich Sie angerufen. Ich weiß nicht, wie weit Sie gekommen sind. Aber sagen Sie mir zuerst einmal, ob jemand wissen kann, daß Van Nostrand tot ist.«

»Nein. Die Sache unterliegt strengster Geheimhaltung. Das Haus ist bewacht. Alle, die mit der Geschichte zu tun haben, sind Profis und verstehen ihr Handwerk. Außerdem habe ich sie inzwischen vom Grundstück abziehen lassen.«

»Gut. Dann möchte ich Sie bitten, Ihre Verbindungen spielen zu lassen, um mir eine Verabredung mit dem Außenminister zu verschaffen. Noch heute nacht – heute morgen. Jede Minute zählt.«

»Sie haben wohl nicht alle Tassen im Schrank! Es ist fast Mitternacht.«

»Ich weiß. Und ich weiß auch, daß der Außenminister Van Nostrand heimlich ausreisen lassen wollte. Er hat den Weg für ihn freigemacht. Ganz offiziell.«

»Das nehme ich Ihnen nicht ab.«

»Aber so ist es. Bruce Palisser hat die nötigen Arrangements getroffen, einschließlich einer Militäreskorte am Flughafen und einer Startfreigabe nach Charlotte, North Carolina, unter maximalen Sicherheitsvorkehrungen. Ich möchte wissen weshalb.«

»Bei Gott – ich auch.«

»Es wird nicht allzu schwer sein. Sagen Sie ihm die Wahrheit. Er wird sie ohnehin bereits kennen – daß ich von MI-6 angeworben wurde und nicht von Ihnen oder sonst jemandem in Washington. Sagen Sie ihm auch, daß ich Informationen über Little Girl Blood habe, die ich nur an ihn weitergeben werde, da mein britischer Kontaktmann getötet wurde ... Da ist das Telefon, Henry. Rufen Sie ihn an!«

Der Chef des Geheimdienstes der Navy hob den Hörer ab. Sein Gespräch mit dem Außenminister wies genau die richtige Mischung aus Nervosität, Besorgnis und Respekt auf. Als er aufgelegt hatte, zog Hawthorne ihn beiseite und gab ihm einen Zettel. »Das ist eine Telefonnummer in Paris«, sagte er leise. »Nehmen Sie Verbindung mit dem Deuxième auf und lassen Sie den Anschluß überwachen.«

»Was ist das für eine Nummer?«

»Eine Nummer, die die Bajaratt angerufen hat. Mehr brauchen Sie nicht zu wissen.«

Das Taxi hielt vor einem der eleganten Häuser in Georgetown, jenem Teil von Washington, in dem die Elite der Hauptstadt wohnt. Das prächtige vierstöckige Sandsteingebäude erhob sich auf einer in drei Terrassen gegliederten und mit Rasen bedeckten Anhöhe. Die steile Treppe war weiß gekalkt, das schmiedeeiserne Geländer weiß gestrichen. Hawthorne zahlte den Fahrpreis und stieg aus dem Wagen.

»Soll ich auf Sie warten, Mister?« fragte der Taxifahrer mit einem Blick auf Tyrells offene Buschjacke. Offensichtlich wußte er, daß sie sich vor dem Haus des Secretary of State befanden.

»Ich weiß noch nicht, wie lange es dauert«, erwiderte Hawthorne. »Aber wenn Sie frei sind, kommen Sie doch in – sagen wir – einer dreiviertel Stunde wieder.« Er zog einen Zehn-Dollar-Schein aus der Tasche und ließ ihn durch das offene Fenster fallen. »Wenn ich dann nicht hier bin, fahren Sie weiter.«

»Es ist nicht viel los heute nacht. Auf ein paar Minuten kommt es mir nicht an.«

»Danke.«

Hawthorne begann, die Stufen emporzusteigen, und fragte sich, weshalb ein Mann über fünfzig in einem Haus lebte, dessen Eingangstür erst nach einer Bergwanderung zu erreichen war. Die Antwort fand er, als sein Blick auf einen elektrischen Fahrstuhl fiel, dessen Schienen neben dem Treppengeländer nach oben führten. Außenminister Palisser war kein Dummkopf, was seine persönliche Bequemlichkeit betraf. Er war auch in mancher anderen Hinsicht kein Dummkopf. Hawthorne wußte nicht viel von ihm, aber nach dem, was er in den Zeitungen über ihn gelesen und bei Pressekonferenzen im Fernsehen gesehen hatte, besaß der Minister eine rasche Auffassungsgabe, Witz und Verstand, ja sogar einen gewissen Sinn für Humor. Warum nur hatte er das für Van Nostrand getan – für einen Komplizen der Terroristin Bajaratt?

Der bronzene Türklopfer diente weniger praktischen als ornamentalen Zwecken; so drückte Hawthorne auf den erleuchteten Klingelknopf. Nach wenigen Sekunden öffnete sich die Tür, und Palisser stand vor ihm – in Hemdsärmeln und verschlissenen, an den Knien abgeschnittenen Jeans.

»Ich muß schon sagen, Sie haben Mut, zu dieser Stunde bei mir aufzukreuzen, Commander«, sagte der Minister. »Treten Sie ein. Und während wir in die Küche gehen, erklären Sie mir mal, warum Sie sich nicht an den Direktor der CIA oder den Chef des Army-Dienstes oder die G-2 oder an Ihren eigenen Vorgesetzten, Captain Stevens, gewandt haben.«

»Er ist nicht mein Vorgesetzter, Sir.«

»Ach ja«, sagte Palisser und blieb in der Diele stehen, um Tyrell zu mustern. »Er hat etwas von den Briten erwähnt, MI-6, glaube ich. Warum haben Sie sich nicht mit denen in Verbindung gesetzt?«

»Ich traue den Leuten in der Tower Street nicht.«

»Sie *trauen* ihnen nicht?«

»Ich traue auch den Geheimdiensten der Navy und der Army nicht, genausowenig der CIA. Sie sind undicht.«

»Sie scherzen.«

»Ich bin nicht hier, um Scherze zu machen, Palisser.«

»*Palisser?* ... Nun, lassen wir das. Kommen Sie. Ich brühe mir gerade einen Kaffee auf.« Sie gingen durch eine Schwingtür in eine große weiße Küche. Auf dem Tisch in der Mitte blubberte eine altmodische Kaffeemaschine. »Jeder hat jetzt diese Plastikdinger, die einem die Zeit anzeigen und wie viele Tassen man hat und weiß der Kukkuck was alles, aber abgesehen davon, daß sie ständig lecken, schafft es keine, einen Raum mit dem guten, alten Kaffeegeruch zu erfüllen. Wie mögen Sie ihn?«

»Schwarz, Sir.«

»Die erste vernünftige Antwort, die ich bisher von Ihnen gehört habe.«

Als der Kaffee in den Tassen dampfte, sagte Palisser: »So, und jetzt will ich wissen, weshalb Sie eigentlich hier sind, junger Mann. Selbst wenn Sie unseren Diensten mißtrauen, hätten Sie sich doch mit London in Verbindung setzen können, mit dem Mann an der Spitze.«

»Die Telefonleitung kann angezapft sein.«

»Ich verstehe. Und was ist es, was Sie mir über unser Little Girl mitteilen wollen?«

»Sie ist hier.«

»Das weiß ich. Wir alle wissen es. Der Präsident wird gut bewacht.«

»Das ist auch nicht der Grund, weshalb ich Sie sprechen wollte – unter vier Augen.«

»Sie gehen mir langsam auf die Nerven, Commander. Also?«

»Warum haben Sie Van Nostrand ermöglicht, das Land auf einem Weg zu verlassen, den man nur als äußerst verdächtig bezeichnen kann?«

»Sie überschreiten Ihre Kompetenzen, Hawthorne!« Der Minister schlug mit der Faust auf den Tisch. »Das geht nur das State Department etwas an.«

»Van Nostrand hat vor weniger als sieben Stunden versucht, mich zu töten.«

»*Was* sagen Sie da?«

»Das ist erst der Anfang. Wissen Sie, wo sich Van Nostrand gegenwärtig aufhält?«

Palisser starrte Tyrell an, erst ungläubig, dann mit wachsender Besorgnis. Er sprang auf, verschüttete seinen Kaffee und ging zu einem an der Wand installierten Telefonapparat. Er drückte mehrmals auf eine der zahlreichen Tasten. »Janet!« rief er. »Liegen irgendwelche Anrufe vor? ... Warum haben Sie mir das nicht gesagt? – Okay, okay, ich habe nicht nachgesehen ... Er hat *was*? Mein Gott...!« Der Minister legte langsam den Hörer auf und sah Hawthorne fassungslos an. »Er war nicht an Bord, als die Maschine in Charlotte gelandet ist«, flüsterte er. »Das Pentagon hat angerufen, als ich nicht da war ... Was ist passiert?«

»Ich werde Ihre Fragen beantworten, wenn Sie meine beantworten.«

»Dazu haben Sie kein Recht.«

»Dann gehe ich.« Tyrell stand auf.

»Setzen Sie sich!« Palisser trat wieder an den Tisch, schob seinen Stuhl zurück und wischte mit der Handkante den verschütteten Kaffee von der Tischplatte. »Beantworten Sie meine Frage!« befahl er, als er sich setzte.

»Erst antworten *Sie* mir«, sagte Hawthorne, immer noch stehend.

»In Ordnung. Setzen Sie sich – bitte.« Tye folgte der Aufforderung, als er den gequälten Ausdruck auf dem Gesicht des Ministers sah. »Wenn ich meine Stellung benutzt habe, um ihm zu helfen, dann hat das die Interessen des State Departments in keiner Weise berührt.«

»Das wissen Sie nicht, Mr. Secretary.«

»Das *weiß* ich! Aber Sie wissen nicht, was dieser Mann durchgemacht hat und was er für unser Land getan hat.«

»Sagen Sie es mir!«

»Wer zum Teufel sind Sie, daß ich ...?«

»Jemand, der Ihre Frage beantworten kann ... Wollen Sie nicht wissen, was passiert ist? Warum er nicht an Bord der Maschine war?«

»In Ordnung, Commander. Ich sage es Ihnen. Aber es muß unter uns bleiben. Ist das klar?«

»Sprechen Sie.«

»Nils war verheiratet. In Europa. Es ist Jahre her. Die Ehe war kaputt – es spielt keine Rolle, wessen Schuld es war. Dann verliebte er sich in die Frau eines angesehenen Politikers. Sie bekam ein Kind von ihm, ein Mädchen, das jetzt, zwanzig Jahre später, im Sterben liegt ...«

Hawthorne lehnte sich in seinem Stuhl zurück und hörte mit ausdruckslosem Gesicht zu, bis der Minister seine Geschichte beendet hatte. Dann lächelte er. »Mein Bruder Marc würde sagen: russischer Roman, 19. Jahrhundert. Sowas wie Tolstoi oder Tschechow. Ich drücke mich weniger literarisch aus: Es ist gequirlte Scheiße. Haben Sie je nachgeprüft, ob er verheiratet war?«

»Natürlich nicht. Van Nostrand ist einer der aufrichtigsten Männer, die ich je kennengelernt habe. Er war Berater mehrerer Präsidenten.«

»Wenn es eine Heirat gab, dann nur pro forma. Und wenn es eine Tochter gab, dann muß ihn das viel Überwindung gekostet haben. Van Nostrand ist nicht an Frauen interessiert. Er hat Sie angelogen, Mr. Secretary. Und ich frage mich, wie viele andere er hinters Licht geführt hat.«

»Das müssen Sie mir näher erklären!«

»Später. Zunächst die Antwort auf Ihre Frage: Van Nostrand ist tot, Mr. Secretary. Er wurde erschossen, als er befahl, mich umzubringen.«

»Ich glaube Ihnen kein Wort.«

»Es ist aber wahr ... Und Little Girl Blood befand sich im selben Augenblick keine hundert Meter entfernt in einem seiner Gästehäuser.«

»Was ist passiert, Signora? Warum wurde der Mann auf dem Parkplatz erschossen?« Der Junge aus Portici wandte den Blick von der Straße ab und sah die Bajaratt an. »Mein Gott! Bist *du* es gewesen?«

»Hast du den Verstand verloren? Ich habe Briefe geschrieben, während du im Schlafzimmer ferngesehen hast – den Ton so laut aufgedreht, daß ich kaum nachdenken konnte ... Die Polizei hat gesagt, daß es ein eifersüchtiger Ehemann gewesen ist. Der Tote hatte ein Verhältnis mit seiner Frau.«

»Du hast zu viele Worte, zu viele Erklärungen, *Contessa* Cabrini. Welche davon soll ich glauben?«

»Du glaubst, was ich dir sage. Sonst bist du eher wieder in Portici, als du denkst. Und dort warten sie nur darauf, dich umzulegen – zusammen mit deiner Mutter, deinem Bruder und deiner Schwester. *Capisci?*«

Niccolò schwieg. Sein Gesicht war rot geworden. »Was machen wir jetzt?« fragte er schließlich.

»Fahr in den Wald. Irgendwo, wo es dunkel ist und uns niemand sehen kann. Wir ruhen ein paar Stunden aus, und morgen früh fährst du zum Hotel und holst das restliche Gepäck. Wir spielen dann wieder unsere alte Rolle als Neffe und Tante ... Da! Nimm die Abzweigung da vorne!«

Niccolò legte den Wagen so scharf in die Kurve, daß die Bajaratt gegen die Tür gedrückt wurde. Sie warf ihm unter zusammengezogenen Brauen einen forschenden Blick zu.

Secretary of State Bruce Palisser sprang auf; sein Stuhl fiel zu Boden. »Nils *kann* nicht tot sein!«

»Captain Stevens ist noch in seinem Büro. Lassen Sie sich mit ihm verbinden. Er wird es bestätigen.«

»Ich ... ich weiß nicht, was ich sagen soll.« Palisser bückte sich und hob den Stuhl auf. Er schien um Jahre gealtert. »Es ist einfach unglaublich.«

»Gerade deswegen ist es wahr«, sagte Hawthorne. »*Alles* ist unglaublich, was diese Leute betrifft – ob hier oder in London, Paris und Jerusalem. Sie sind nicht an Atombomben oder dergleichen interessiert. Das ist kontraproduktiv. Sie sind nur daran interessiert, Instabilität, ein Chaos zu erzeugen. Und ob wir es wahrhaben wollen oder nicht – sie können es. Die Zeit ist auf ihrer Seite. Der Präsident kann nicht ständig hermetisch abgeschirmt werden. Irgendwann muß er sich in der Öffentlichkeit zeigen, und dann töten sie ihn. Die Leute sind nicht dumm. Begreifen Sie das endlich!«

»Ich bin auch nicht dumm, Commander. Was ist es? Was haben Sie mir verschwiegen?«

»Van Nostrand hätte seinen Plan nie allein ausführen können. Er war auf andere angewiesen.«

»Was meinen Sie damit?«

»Sie haben gesagt, daß er das Land verlassen und nie mehr zurückkehren wollte.«

»Das stimmt. Das hat er gesagt.«

»Und alles mußte innerhalb von Tagen für ihn geregelt werden.«

»Innerhalb von *Stunden*. Er mußte sofort nach Europa abreisen, bevor dieser Politiker, der Mann dieser Frau, davon Wind bekam. So hat er es mir dargestellt. Außerdem wollte er um jeden Preis sein Kind sehen, bevor es starb.«

»Das eben ist es, was mich wundert«, sagte Hawthorne. »Der Preis. Sein Landhaus allein ist Millionen wert.«

»Er sagte, er habe es verkauft.«

»Innerhalb von Stunden?«

»Er drückte sich nicht sehr klar aus, was das Haus betraf.«

»Und die Möbel, die Kunstschätze, die er überall angesammelt hatte. Die sind ebenfalls mehrere Millionen wert. Ein Mann wie Van Nostrand läßt so etwas nicht einfach zurück. Er muß Vorkehrungen getroffen haben, und solche Vorkehrungen kosten Zeit – mehr als nur ein paar Stunden.«

»Derartige Transaktionen werden heute von Computern erledigt, Commander. Millionen und Abermillionen wandern jede Minute um die ganze Welt.«

»Aber der Weg, den diese Millionen nehmen, läßt sich doch zurückverfolgen, oder?«

»In der Regel ja. Welche Regierung verzichtet schon freiwillig auf die ihr zustehenden Steuergelder?«

»Und doch wollte Van Nostrand verschwinden, untertauchen, ein neues Leben beginnen. Er brauchte also jemanden, der die Spuren tilgte, die zu seiner neuen Identität führten ... In meinem früheren Leben, Mr. Secretary, habe ich gelernt, daß derartige Geschäfte nicht mit Kriminellen abgewickelt werden. Nicht etwa aus moralischen, sondern aus praktischen Gründen – um einer Erpressung vorzubeugen. Dafür gewinnt man hochangesehene Leute. Entweder weil man sie überzeugt, oder weil man sie bezahlt.«

»Nun reicht's aber!« Palisser schob seinen Stuhl zurück und starrte Hawthorne wütend an. »Wollen Sie andeuten, daß ich mich bestechen lasse?«

»Nein. *Sie* waren überzeugt. Sie haben ihm den ganzen Schwindel abgekauft. Jemand anders, in ähnlicher Stellung wie Sie, muß Van Nostrand die Möglichkeit geboten haben zu verschwinden, *wirklich* zu verschwinden.«

»Und wer könnte das sein?«

»Vielleicht jemand, der genauso überzeugt war wie Sie, das Richtige zu tun ... Haben Sie ihm einen falschen Paß ausgestellt?«

»Du meine Güte, nein! Warum sollte ich? Er hat mich nie darum gebeten.«

»Ich habe – in meinem früheren Leben – häufig falsche Pässe benutzt. Ich brauchte sie, um meine wahre Identität zu verbergen.«

Palisser nickte. »Sie wollen damit sagen, daß auch Van Nostrand einen anderen Paß brauchte, nicht? Um zu verschwinden.«

»Eins zu Null für Sie.«

»Sie werden unverschämt. Aber ich verstehe, worauf Sie hinauswollen. Nur das State Department kann einen gültigen Paß ausstellen. Und da Sie Van Nostrand ja nun schon zum Verbrecher gestempelt haben: Auf welche zwielichtige Art und Weise kann er sich Ihrer Meinung nach einen Paß beschafft haben?«

»Von einer Regierungsstelle oder einer Abteilung, die ebenfalls über die nötige Technik zur Herstellung von Pässen verfügt.«

»Das ist Korruption!«

»Oder Überzeugungsarbeit.« Tyrell schwieg. Dann sagte er: »Noch eine Frage, Mr. Secretary, die ich vielleicht nicht stellen sollte, aber es ist notwendig. Haben Sie eine Ahnung, wie es Van Nostrand gelingen konnte, Sie und sämtliche Geheimdienste zu umgehen, damit ich in sein Privatflugzeug klettere und meiner eigenen Hinrichtung entgegenmarschiere? Er hat mir einen Brief geschrieben, der als Köder gedacht war, und ich habe angebissen. Jeder Schritt von mir wurde überwacht, und dennoch ist niemand aufmerksam geworden. Ich verdanke es nur zwei außerordentlichen Leuten, daß ich jetzt nicht als Leiche in Fairfax liege, während *Ihr* hochverehrter Mr. Van Nostrand diesen Augenblick in Brüssel landen würde und die Bajaratt fröhlich von seinem Anwesen aus weiteroperieren könnte.«

»Wer stand dahinter? Wer hat den Kontakt hergestellt?«

»Howard Davenport, der Verteidigungsminister.«

»Das glaube ich einfach nicht!« rief Palisser. »Er ist einer der ehrenwertesten Männer, die ich je kennengelernt habe. Sie *lügen*! Jetzt sind Sie zu weit gegangen. Verlassen Sie auf der Stelle mein Haus!«

Hawthorne griff in eine Tasche seiner Buschjacke und zog Van Nostrands Brief hervor. »Sie sind der Außenminister der Vereinten Staaten, Mr. Palisser. Warum rufen Sie nicht den Chef des Geheimdienstes der Navy in Puerto Rico an? Fragen Sie ihn, wie der Brief in meine Hände kam und wem er darüber Meldung machen mußte.«

»Oh, mein Gott ...« rief Bruce Palisser und legte den grauhaarigen Kopf in beide Hände. »Wir mögen ja vielleicht eine Regierung aus Opportunisten sein oder Hochstapler, die für ihre Ämter ein paar Nummern zu klein sind, aber Davenport! Howard hätte das nie gemacht, um einen persönlichen Vorteil daraus zu ziehen. Er hat es einfach nicht *gewußt*!«

»Genausowenig wie Sie, *Sir*.«

»Danke, Commander.« Der Außenminister richtete sich auf und sah Tyrell durchdringend an. »Ich akzeptiere, was Sie mir gesagt haben ...«

»Das möchte ich schriftlich haben«, unterbrach ihn Hawthorne.

»Warum?«

»Weil Van Nostrand unsere einzige Verbindung zur Bajaratt ist. Und da ich annehme, daß sie nicht weiß, daß er tot ist, wird sie versuchen, ihn zu erreichen.«

»Das beantwortet nicht meine Frage. Warum wollen Sie das schriftlich haben?«

»Weil ich Ihren Namen in dieser Stadt benutzen will, um zu Little Girl Blood vorzustoßen. Und ich habe keine Lust, dreißig Jahre wegen Amtsanmaßung und persönlicher Verunglimpfung in Leavenworth abzusitzen.«

Das Telefon läutete. Der Minister durchquerte die Küche und hob den Hörer ab. »Palisser. Was ist? ... *Was* hat er?« Er wurde blaß. »Das ist doch nicht möglich!« Palisser drehte sich um und sah Hawthorne an. »Howard Davenport hat Selbstmord begangen. Man hat ihn gerade gefunden.«

»Selbstmord?« sagte Tyrell leise. »Darauf würde ich keine Wette abschließen.«

22

Amaya Bajaratt, das Gesicht verdeckt von einem schwarzen Spitzenschleier, saß vor einem Sekretär im Zimmer eines billigen Motels. Sie hatte den Senator aus Michigan angerufen und ihm mitgeteilt, daß sie für einen Tag auf das Landgut einer Bekannten gezogen sei, um den vielen Anrufen in ihrem Hotel zu entgehen.

»Deswegen habe ich Ihnen ja vorgeschlagen, eine Sekretärin einzustellen«, sagte Nesbitt.

»Und ich habe Ihnen gesagt, warum das unmöglich ist.«

»Ja, natürlich, und ich kann den Baron gut verstehen. Diese Stadt ist voll von Leuten, die einem ständig auf die Pelle rücken.«

»Vielleicht könnten Sie Dante Paolo und mir behilflich sein.«

»Jederzeit, Gräfin. Das wissen Sie doch.«

»Gibt es ein Hotel, das Sie uns empfehlen können – ein Haus, das alles bietet, was wir brauchen, aber nicht allzu überlaufen ist?«

»Das Carillon!« antwortete der Senator. »Gewöhnlich ist es voll ausgebucht, aber jetzt ist Ferienzeit, und die meisten Touristen können es sich nicht leisten. Ich arrangiere das für Sie, wenn Sie wollen.«

»Der Baron wird Ihre Hilfsbereitschaft zu würdigen wissen.«

»Das ist doch selbstverständlich. Wollen Sie inkognito bleiben?«

»Ich möchte nichts Ungesetzliches tun …«

»Es ist nicht ungesetzlich, Gräfin. Unsere Hotels fragen nicht danach, warum Sie es vorziehen, anonym zu reisen. Die Reservierung durch mein Büro ist Garantie genug. Auf welchen Namen?«

»Es sollte wohl besser ein italienischer sein … Ich nehme den Namen meiner Schwester – Balzini. Madame Balzini und ihr Neffe, Senator.«

»Wird erledigt. Wo kann ich Sie zurückrufen?«

»Es … es ist mir lieber, wenn ich Sie anrufe.«

»Geben Sie mir eine Viertelstunde Zeit.«

»Sie sind ein *Schatz*!«

Das neue Hotel war perfekt. Zu den Gästen gehörten vier Mitglieder der königlichen Familie von Saudi-Arabien in Anzügen aus der Saville Row. In früheren Tagen hätte die Baj sie sofort erschossen und anschließend das Weite gesucht, aber jetzt hatte sie ihnen nur höflich zugenickt, als sie in der Halle an ihnen vorbeigegangen war.

»*Niccolò!*« rief sie und erhob sich vom Schreibtischsessel im Wohnzimmer der Suite, als sie das blinkende Lämpchen am Telefonapparat bemerkte. »Was machst du da?«

»Ich rufe Angel an, Cabi«, erwiderte die Stimme aus dem Schlafzimmer. »Sie hat mir die Nummer ihres Studios gegeben.«

»Bitte, leg auf, mein Liebling.« Die Bajaratt öffnete die Tür zum Schlafzimmer. »Tu, was ich dir sage.«

Widerstrebend folgte der junge Mann ihrer Anweisung. »Sie hat nicht abgenommen. Sie hat mir gesagt, ich soll das Telefon fünfmal läuten lassen und dann eine Nachricht hinterlassen.«

»Hast du eine Nachricht hinterlassen?«

»Nein. Nachdem es dreimal geläutet hatte, hast du mich gerufen.«

»*Bene*. Es tut mir leid, daß ich so schroff war. Aber du darfst niemals das Telefon benutzen, ohne es mir vorher zu sagen.«

»Ich rufe doch nur Angel an! Bist du eifersüchtig?«

»Du kannst mit einer Prinzessin schlafen, Nico, und wenn du Lust hast mit einer Nutte oder mit einem Esel – mir ist das egal. Aber keine Anrufe, durch die sich herausfinden läßt, wo wir uns aufhalten!«

»Im anderen Hotel durfte ich sie doch auch anrufen ...«

»Da waren wir unter anderen Namen eingetragen.«

»Das verstehe ich nicht.« – »Das ist auch nicht nötig.«

»Aber ich habe versprochen, sie anzurufen!«

»Du hast versprochen ...?« Die Baj sah den Hafenjungen aus Portici nachdenklich an. Niccolò hatte sich in letzter Zeit seltsam aufmüpfig benommen, wie ein gefangenes junges Tier, das an seinen Gitterstäben rüttelte. Das war es – die Beschränkungen, die sie ihm auferlegt hatte, mußten gelockert werden. Außerdem hatte sie einen Anruf zu erledigen, dem vielleicht andere folgen würden, so daß sich jenes ›Muster‹ herausbilden konnte, vor dem Van Nostrand sie gewarnt hatte. Es war besser, wenn sie ein Telefon außerhalb des Hotels benutzte. »Du hast recht, Nico. Ich bin zu streng. Ich muß noch einige Sachen aus der *farmacia* an der anderen Straßenseite besorgen, und du kannst inzwischen deine *bella ragazza* anrufen. Aber gib ihr nicht die Nummer dieses Hotels. Wenn du eine Nachricht hinterlassen willst, sag ihr, daß wir innerhalb der nächsten Stunde abreisen.«

»Wir sind doch gerade erst angekommen.«

»Es ist etwas passiert; wir müssen unsere Pläne ändern.«

»*Madre di Dio* – schon wieder? Wenn wir je nach Portici zurückkehren, sollte ich dich *Ennio Il Coltello* ausliefern. Vor ihm fürchten sich alle. Es heißt, daß er jedem die Kehle durchschneidet, wenn er wütend ist.«

»Ich kenne ihn, Nico«, sagte die Bajaratt ruhig, ein leises Lächeln auf dem Gesicht. »Er hat mir geholfen, dich zu finden. Aber niemand braucht sich mehr vor ihm zu fürchten.«

»*Che?*«

»Er ist tot ... Ruf deine hübsche Schauspielerin an, Niccolò. Ich bin in einer Viertelstunde wieder hier.« Die Baj hob ihre Handtasche vom Sessel auf, zupfte ihren Schleier zurecht und verließ das Zimmer.

Als sie im Fahrstuhl war, rief sie sich die Telefonnummer ins Gedächtnis, die Van Nostrand ihr gegeben hatte – die Nummer, unter der jetzt der neue Skorpion Eins zu erreichen war. Der Befehl, den sie ihm geben würde, mußte innerhalb der nächsten vierundzwanzig Stunden ausgeführt werden. Wenn er sich weigerte, würde der Zorn des Beka'a-Tales auf ihn kommen. *Tod* jedem, der sich ihr widersetzte!

Die Fahrstuhltür öffnete sich, und die Bajaratt durchquerte die kleine, geschmackvoll eingerichtete Halle. Sie trat auf die Straße und nickte dem livrierten Portier zu.

»Soll ich ein Taxi für Sie rufen, Madame Balzini?«

»Nein, *grazie*. Woher kennen Sie meinen Namen?« Die Baj musterte den Mann durch ihren Schleier hindurch.

»Es gehört zu den Gepflogenheiten des Carillon, die Namen unserer Gäste zu kennen, Madame.«

»Sehr aufmerksam ... Es ist ein so schöner Nachmittag. Ich habe mir gedacht, ein bißchen frische Luft könnte nicht schaden.«

»Ein herrlicher Tag zum Spazierengehen, Madame.«

Die Bajaratt nickte ihm noch einmal zu und ging den Bürgersteig hinunter. Sie blieb vor mehreren Schaufenstern ostentativ stehen – scheinbar, um sich die Auslagen anzusehen. Tatsächlich behielt sie jedoch den Portier im Auge. Sie traute allzu höflichen Angestellten nicht; sie hatte zu viele von ihnen in den vergangenen Jahren bestochen. Als sie aber festgestellt hatte, daß der Portier nicht ein einziges Mal in ihre Richtung blickte, ging sie erleichtert weiter und fand schließlich an der nächsten Ecke, was sie zu finden gehofft hatte: eine Telefonzelle. Sie trat ein und wählte die Nummer, die so bedeutungsvoll für Askalon war. So überaus bedeutungsvoll!

»*Scorpione Uno?*«

»Mit wem spreche ich?« erwiderte eine tonlose, zögernde Stimme am anderen Ende der Leitung.

»Bajaratt.«

»Ich habe auf Ihren Anruf gewartet. Wo sind Sie? Wir müssen uns so schnell wie möglich sehen.«

»Weshalb?«

»Unser gemeinsamer Freund, der jetzt irgendwo in Europa ist, hat ein Paket für Sie hinterlassen. Er sagte, es sei wichtig für Ihr ... Vorhaben.«

»Was ist drin?«

»Ich habe versprochen, es nicht zu öffnen. Er sagte mir, es sei besser für mich, wenn ich seinen Inhalt nicht kenne. Er sagte, Sie würden das verstehen.«

»Natürlich. Sie könnten unter Drogen gesetzt und ausgefragt werden ... Van Nostrand hat also überlebt?«

»Überlebt ...?«

»Ich habe Schüsse gehört.«

»Schüsse? Ich weiß nicht ...«

»Vergessen Sie's!« Van Nostrands Sicherheitskräfte hatten ihn also gerettet. Hawthorne war dem gerissenen Neptun nicht gewachsen gewesen. Van Nostrand hatte den Commander verfolgen und dann in der Shenandoah Lodge festnehmen lassen. Sie hatte es selbst gesehen! Wie raffiniert! »Dann ist unser ehemaliger Skorpion jetzt in einem anderen Land?« fragte sie.

»Ja. Das ist mir bestätigt worden«, sagte der neue Skorpion Eins. »Wo sind Sie? Ich schicke Ihnen einen Wagen.«

»So sehr ich daran interessiert bin, das Paket so schnell wie möglich zu bekommen«, sagte die Baj, »gibt es doch eine andere Sache, die sofort erledigt werden muß. *Sofort!* Ich habe mich mit einem jungen Mann getroffen, einem rothaarigen Journalisten und Wahlkampfmanager, über den Sie in der Zeitung lesen werden. Sein Name war Reilly. Er ist jetzt tot. Aber die Information, die er für mich hatte, ist für unser Vorhaben äußerst gefährlich. Die Quelle muß beseitigt werden.«

»Sie meinen seinen Informanten? Wer ist es?«

»Ein Anwalt namens Ingersol, David Ingersol. Er hat Anweisung gegeben, nach einer Frau und einem jungen Mann zu suchen – Ausländern, die wahrscheinlich zusammen reisen. Wer sie findet, soll hunderttausend Dollar Belohnung erhalten. Gott, dafür ermordet dieser Abschaum die eigene Mutter. Die Suche muß sofort eingestellt werden. Dieser Anwalt muß *getötet* werden! Es ist mir gleichgültig, wie das geschieht. Aber ich will morgen früh den Bericht über seinen Tod in der Zeitung lesen.«

»Großer Gott!« flüsterte die Stimme am anderen Ende der Leitung.

»Es ist jetzt vierzehn Uhr dreißig«, fuhr die Bajaratt fort. »Dieser Ingersol muß bis heute abend einundzwanzig Uhr ein toter Mann sein. Sonst können Sie sich darauf gefaßt machen, daß das Beka'a-Tal mobilisiert wird, um sämtlichen Skorpionen die Kehle durchzuschneiden ... Ich rufe Sie zurück, sobald ich die Nachricht im Radio gehört habe. *Ciao, Scorpione Uno.*«

David Ingersol, Rechtsanwalt und neu ernannter Skorpion Eins – wenn auch nur dem Namen nach –, legte den Hörer auf die Gabel des schwarzen Telefons, das in einem durch die Vertäfelung verborgenen Stahlfach in der Wand hinter dem Schreibtisch versteckt war. Er starrte aus dem Fenster auf den klaren, blauen Himmel über Washington. Unglaublich. Er hatte gerade den Befehl zu seiner eigenen Hinrichtung erhalten. Das *konnte* doch nicht wahr sein! Er hatte immer weit über jenen Niederungen gestanden, in denen die rohe Gewalt herrschte; er hatte sich nie die Hände schmutzig gemacht. Er war der Koordinator, der Feldherr, der die Ereignisse bestimmte, aber doch nicht mit dem ›Abschaum‹, wie die Baj die niederen Ränge der Skorpione so treffend bezeichnet hatte, in den Gräben lag.

Die *Skorpione*. Mein Gott, warum? Warum hatte er sich ihnen so bereitwillig angeschlossen? ... Die Antwort war einfach: Sein Vater, Richard Ingersol, der prominente Anwalt und spätere Richter am Supreme Court, war ein Betrüger.

›Dickie‹ Ingersol war inmitten eines Reichtums geboren worden, der mit beängstigender Geschwindigkeit zusammenschmolz. Die dreißiger Jahre hatten es nicht gerade gut gemeint mit den Warlords der Wall Street – jenen Erben des Wohlstands, die immer noch den Landgütern ihrer Väter nachtrauerten, den Scharen von Bediensteten, die sie sich nun nicht länger leisten konnten, genausowenig wie die teuren Limousinen, die Kotillons und die alljährlichen Reisen nach Europa. Es war eine unschöne Welt, in die sie nun eintraten, und dann kam der Krieg am Ende des Jahrzehnts. Für viele war es auch das Ende einer Ära, einer Lebensweise, die nur wenige bereit waren aufzugeben. Sie wurden Offiziere, die Regimenter und Schlachtschiffe befehligten. Und schon vor Pearl Harbor hatten sich viele freiwillig zu den britischen Truppen gemeldet, Romantiker in maßgeschneiderten Uniformen. Wie einer der Roosevelts – der Roosevelts von San Juan Hill und der Oyster Bay wohlgemerkt, nicht dieser Verräter seiner Klasse aus Hyde Park, New York – es formuliert hatte: »Mein Gott, es ist besser, als einen Ford zu fahren!«

Richard ›Dickie‹ Ingersol gehörte zu den ersten, die sich zur U. S. Army meldeten – ursprünglich mit dem Ziel, Pilot im Air Corps zu werden. Doch als man erfuhr, daß Richard Abercrombie Ingersol kurz zuvor das Jurastudium abgeschlossen hatte und im Staate New

York als Anwalt zugelassen worden war, war es vorbei gewesen mit dem Traum vom Fliegen, und er wurde zur Rechtsabteilung abkommandiert. Die Army brauchte ausgebildete Juristen, und jemand, der sich nicht wie so viele andere um die bekannt strenge Aufnahmeprüfung in New York herumgedrückt und auch noch bestanden hatte, kam ihnen gerade recht.

So verbrachte Dickie Ingersol die Kriegsjahre als Ankläger und Verteidiger an Kriegsgerichten von Nordafrika bis zum Südpazifik. Gegen Ende des Krieges hielt er sich im Fernen Osten auf. Japan war besetzt, und überall fanden Kriegsverbrecher-Prozesse statt. Viele der Angeklagten wurden aufgrund der aggressiven Strafverfolgung Ingersols verurteilt und hingerichtet. Dann erhielt er eines Samstagsmorgens in Tokio einen Telefonanruf aus New York. Der letzte Rest des Familienvermögens war dahingeschmolzen; er stand vor dem Bankrott.

Aber nach Dickies Überzeugung *schuldete* die Army, schuldete die ganze Nation ihm etwas, ihm und seiner Klasse, die das Land seit Anbeginn geführt hatte. So wurden Abkommen getroffen; ›Kriegsverbrecher‹ wurden freigesprochen oder ihre Urteile revidiert. Das Geld, das er dafür von den Großindustriellen in Tokio, Osaka und Kioto erhielt, wanderte über geheime Konten in die Schweiz – zusammen mit Dokumenten, die ihm die Teilhaberschaft an Firmenimperien bescheinigten, die schon bald wieder wie Phönix aus der Asche erstehen würden, die der Krieg in Japan zurückgelassen hatte.

Nach seiner Rückkehr in die Vereinigten Staaten wurde aus ›Dikkie‹ Richard. Dann baute Ingersol eine eigene Firma auf – mit mehr Kapital, als jeder andere Anwalt seines Alters in New York. Er reüssierte erstaunlich schnell, wurde zum Richter am Zweiten Appelationsgericht und schließlich ans Oberste Bundesgericht berufen. Er hatte seinen angestammten Platz am Himmel der amerikanischen Jurisprudenz eingenommen.

Und dann erschien eines Tages, Jahre später, abermals an einem Samstagmorgen, ein Mann, der sich als ›Mr. Neptun‹ vorstellte, im Haus des Sohnes dieses Richters in McLean, Virginia. David Ingersol, inzwischen ebenfalls Anwalt, war Partner der äußerst angesehenen Firma Ingersol and White in Washington.

Mr. Neptun fragte den brillanten jungen Anwalt höflich, ob er ihn in einer dringenden Angelegenheit sprechen könne, und als sie allein in Davids Arbeitszimmer waren, legte er ihm eine Mappe vor, die nicht nur eine Aufstellung aller japanischen Zahlungen seit 1946 auf das Nummernkonto ›Null, Null, Fünf, Sieben, Zwei‹ bei einer Berner Bank, sondern auch Dokumente enthielt, die keinen Zweifel daran ließen, daß der Inhaber dieses Kontos Richter Richard A. Ingersol vom Obersten Bundesgericht war. In einer Anlage waren die Urteile aufgelistet, die Richter Ingersol zugunsten jener Firmen gefällt hatte, von denen er Zahlungen erhalten hatte.

Neptuns ›Lösung‹ war einfach. Entweder schloß sich David ihrer Organisation an, oder er, Neptun, sehe sich gezwungen, die Unterlagen zu veröffentlichen, um dadurch sowohl den Vater als auch den Sohn beruflich zu vernichten. Es hatte keine andere Wahl gegeben. Der Sohn hatte den Vater mit den Tatsachen konfrontiert, der daraufhin sein Amt aufgegeben und sich an die Costa del Sol in Südspanien zurückgezogen hatte, wo er sich fortan damit beschäftigte, Golf zu spielen, Pferderennen zu besuchen und Dinnerpartys auszurichten. Gesellschaftlich, wenn auch nicht geographisch, hatte Dickie seinen angestammten Platz behauptet. Und David Ingersol, der Sohn, war Skorpion Drei geworden.

Jetzt, als Skorpion Eins, hatte er sein eigenes Todesurteil erhalten. *Wahnsinn!* David drückte auf eine Taste der Gegensprechanlage. »Jacqueline, sagen Sie alle meine Verabredungen ab. Und nehmen Sie die Anrufe für mich entgegen. Ich muß mich um einen dringenden Fall kümmern.«

»Selbstverständlich, Mr. Ingersol. Kann ich sonst noch etwas für Sie tun?«

»Ja. Bestellen Sie mir einen Leihwagen. Ich brauche ihn in einer Viertelstunde.«

»Ihre Limousine steht in der Garage, und Ihr Fahrer ist ...«

»Es geht um eine Privatsache, Jackie. Ich nehme den Lastenaufzug.«

»Ich verstehe, David.«

Der Anwalt griff wieder nach dem Hörer des im Wandfach verborgenen Telefons und wählte eine Nummer. Nach einem Signalton drückte er fünf zusätzliche Zahlen ein und sagte: »Ich nehme an, daß Sie meine Nachricht in den nächsten Minuten erhalten. Es liegt ein Vier-Null-Problem vor. Treffen Sie mich, wie verabredet, am Fluß. *Beeilen Sie sich!*«

In seinem CIA-Büro am anderen Ufer des Potomac spürte Patrick O'Ryan, Skorpion Zwei – dem Namen nach! –, die leichten Vibrationen des elektronischen Geräts unter seiner Jacke. Er zählte die Stromstöße und verstand: Die ›Auftraggeber‹ verlangten nach ihm. In fünfundvierzig Minuten stand eine Konferenz mit dem DCI an, und die Agency hatte Little Girl Blood höchste Priorität eingeräumt. *Scheiße!* Doch er konnte nichts daran ändern; die Auftraggeber hatten Vorrang. Sie hatten immer Vorrang. Er nahm den Hörer ab und ließ sich mit dem Büro des DCI verbinden.

»Ja, Pat. Worum geht's?«

»Ich rufe wegen der Konferenz an, Sir ...«

»Ah, ich verstehe«, unterbrach ihn der Direktor. »Sie haben einen neuen Hinweis erhalten. Ich bin gespannt, wie Sie ihn interpretieren. Nach meiner Meinung sind Sie der beste Analytiker, den wir hier haben.«

»Danke, Sir. Aber ich brauche noch einige Stunden, um alles zusammenzufügen.«

»Sie enttäuschen mich, Patrick.«

»Ich bin selbst enttäuscht, Sir. Es hat sich ein Araber gemeldet, der uns weitere Informationen geben kann. Er hat eingewilligt, mich in einer Stunde zu sehen – in Baltimore.«

»Teufel auch, dann treffen Sie sich mit ihm! Ich werde die Konferenz verschieben. Rufen Sie mich aus Baltimore an.«

»Danke, Sir.«

Die Riverwalk Bridge überspannte nicht den Fluß selbst, sondern nur einen Nebenarm des Potomac – tief im Hinterland von Virginia. Am Ostufer lag ein rustikales Restaurant, in dem Jugendliche sich mit Hot dogs, Hamburgern und Bier versorgten. Am Westufer führten mehrere Pfade in den Wald, wo, wie es hieß, mehr Jungen und Mädchen zu Männern und Frauen wurden als in den Tagen von Sodom und Gomorrha – eine offensichtlich aus überhitzter spießbürgerlicher Fantasie geborene Behauptung, die Abstände zwischen den Bäumen waren viel zu eng und der Boden über und über mit spitzen Steinen bedeckt.

Als Patrick O'Ryan auf den Parkplatz fuhr, stellte er erleichtert fest, daß nur drei andere Wagen dort standen; die meisten Gäste kamen erst nach Einbruch der Dunkelheit. Skorpion Zwei stieg aus, vergewisserte sich, daß er sein tragbares Telefon bei sich hatte, und ging auf die Brücke zu, während er sich eine Zigarre anzündete. David Ingersol hatte auf dem Anrufbeantworter äußerst erregt geklungen; das war kein gutes Zeichen. Er mochte ein brillanter Anwalt sein, aber er war ein Schwächling. Die Auftraggeber würden das früher oder später merken. Wahrscheinlich eher früher.

»He, Mister!« Ein betrunkener junger Mann torkelte aus der Tür des Restaurants. »Die Arschlöcher haben mich völlig ausgenommen. Können Sie mir einen Fünfer leihen?«

Der Instinkt des Analytikers, der immer das Mögliche gegen das Unmögliche abwägt, wurde wach. »Angenommen, ich gebe Ihnen zehn, sagen wir zwanzig Dollar. Tun Sie mir dann einen Gefallen?«

»He, Mann. Ich ziehe mich nackt aus, wenn es das ist, was Sie wollen. Ich brauche *Kohle*, Mann!«

»Nein, das ist es nicht. Vielleicht brauchen Sie auch gar nichts zu tun.«

»Ich bin Ihr Mann, Mister.«

»Folgen Sie mir, wenn ich in den Wald gehe – aber so, daß Sie nicht gesehen werden. Falls Sie mich pfeifen hören, kommen Sie so schnell wie möglich.«

»Mach' ich, Mann.«

»Vielleicht gebe ich Ihnen sogar fünfzig Dollar.«

»Fantastisch, Mann, einfach fantastisch. Für fünfzig kann ich glatt auf die große Reise gehen. Wissen Sie überhaupt, was das *heißt?*«

»Verlassen Sie sich drauf ... Mann.« O'Ryan überquerte die Brücke und betrat den zweiten Pfad von rechts. Er war kaum zehn Meter gegangen, als die Gestalt Ingersols plötzlich hinter einem Baum auftauchte.

»Patrick. Es ist idiotisch!« rief der Anwalt.

»Haben Sie von der Bajaratt gehört?«

»Es ist *Wahnsinn*! Sie hat verlangt, daß ich getötet werde! Daß David Ingersol, Skorpion Eins, getötet wird!«

»Sie weiß nicht, wer Sie sind, Davey. Warum sollte sie so etwas verlangen?«

»Ich habe Befehl gegeben, nach den beiden zu suchen ...«

»Ach, wirklich, Davey? Das war nicht sehr klug. Sie haben es nicht mit mir abgeklärt.«

»Mein Gott, O'Ryan. Wir waren beide einer Meinung, daß dieser Wahnsinn aufhören muß.«

»Ja, aber nicht so. Das war einfach dumm, Davey. Sie hätten nicht Ihren Namen ins Spiel bringen dürfen. Jesus, Maria und Joseph – man weiß, daß der Befehl von Ihnen kam? Das kann Sie teuer zu stehen kommen.«

»Was sollen wir machen ... was soll *ich* machen? Sie hat gesagt, daß sie den Bericht über meinen Tod morgen früh in der Zeitung lesen will. Sonst wird das Beka'a-Tal ... Mein Gott, es gerät alles außer Kontrolle!«

»Beruhigen Sie sich, Skorpion Eins«, sagte O'Ryan und sah auf seine Uhr. »Sie müssen so schnell wie möglich Washington verlassen. Wenn die Zeitungen morgen früh von Ihrem ›Verschwinden‹ berichten, haben wir erst einmal ein, zwei Tage Zeit gewonnen. Ich fahre Sie zum Flugplatz. Unterwegs halten wir an und besorgen Ihnen eine Sonnenbrille.«

»Ich habe eine bei mir.«

»Gut. Dann kaufen Sie sich ein Flugticket, egal wohin. In bar, nicht mit einer Kreditkarte. Haben Sie genug Geld bei sich?«

»Immer.«

»Ausgezeichnet ... Es gibt da nur ein Problem, mein Junge. Wir müssen Ihre S-Eins-Nummer auf mich umprogrammieren. Wenn die Bajaratt anruft, ohne daß sich jemand meldet, könnte das Beka'a-Tal explodieren. Der *padrone* hat mir einmal so etwas zu verstehen gegeben.«

»Ich müßte zurück ins Büro ...«

»Auf keinen Fall«, unterbrach ihn der Analytiker. »Mit wem haben Sie zuletzt gesprochen?«

»Mit meiner Sekretärin ... Nein, es war der Mann, der mir den Leihwagen gebracht hat. Ich bin allein hergefahren. Ich wollte nicht mit meiner Limousine kommen.«

»Sehr gut. Wenn der Wagen hier gefunden wird, wird man anfangen, nach Ihnen zu suchen. Was haben Sie Ihrer Sekretärin gesagt?«

»Daß es eine Privatsache sei. Sie hat das verstanden. Sie arbeitet schon seit Jahren eng mit mir zusammen.«

»Darauf möchte ich wetten.«

»Hören Sie, das ist jetzt doch wohl überflüssig.«

»Ungefähr so überflüssig wie Puerto Rico. – Haben Sie heute abend etwas vor?«

»Ach du meine Güte!« rief Ingersol. »Das habe ich ganz vergessen. Midgie und ich sind bei den Heflins zum Dinner eingeladen.«

»Sie werden nicht hingehen.« Patrick Timothy O'Ryan lächelte den Anwalt freundlich an. »Das paßt gut zu unserem Plan. Ich meine, daß Sie für ein paar Tage verschwinden ... Wo steht das S-Eins-Telefon?«

»In einem Wandfach hinter meinem Schreibtisch. Das Fach läßt sich durch einen Schalter in der rechten unteren Schublade öffnen.«

»Gut. Ich stelle das Telefon auf meine Nummer um, nachdem ich Sie am Flugplatz abgesetzt habe.«

»Das geschieht automatisch, wenn ich mich nicht nach fünf Stunden gemeldet habe.«

»Solange dürfen wir nicht warten, mein Junge. Die Bajaratt könnte Verdacht schöpfen.«

»Jacqueline, meine Sekretärin, wird Sie nicht ins Zimmer lassen.«

»Doch«, sagte O'Ryan und zog das tragbare Telefon aus seiner Jackentasche. »Sie müssen es ihr nur sagen. Rufen Sie sie gleich an.«

Ingersol wählte die Nummer seines Büros und sprach mit seiner Sekretärin. »Jackie, es kommt nachher ein Mr. ... Johnson vorbei, um einige Unterlagen für mich abzuholen. Es ist äußerst vertraulich, und es wäre mir lieb, wenn Sie ihn für zwei Minuten allein ließen. Gehen Sie inzwischen eine Tasse Kaffee trinken, okay?«

»Natürlich, David. Ich verstehe vollkommen.« Ingersol gab O'Ryan den Apparat zurück. »In Ordnung, Patrick, gehen wir.«

»Nur einen Augenblick. Ich muß mal eben hinter die Büsche. Behalten Sie die Brücke im Auge. Es wäre nicht gut, wenn wir zusammen gesehen würden.« O'Ryan entfernte sich einige Schritte; doch anstatt sein Wasser abzuschlagen, bückte er sich und hob einen fußballgroßen Felsbrocken auf. Er trat zurück auf den Pfad und näherte sich dem Anwalt, der angespannt durch das Laubwerk auf die Brücke starrte. Dann ließ er den schweren Stein mit aller Kraft auf David Ingersols Schädel niedersausen. O'Ryan zog den Körper unter ein Gebüsch neben dem Pfad und pfiff nach dem betrunkenen jungen Mann, den er vorübergehend in seine Dienste genommen hatte.

»Bin schon da, Mann!« Der Junge lief auf ihn zu. »Ich rieche die Kohle.«

Es war das letzte, was er jemals riechen sollte, bevor der Felsbrocken auch seinen Schädel zerschmetterte. Patrick O'Ryan blickte wieder auf die Uhr. Es blieb genügend Zeit, beide Leichen ins Wasser zu werfen. Und einige Gegenstände aus den Jackentaschen des einen Körpers zu entfernen, um sie in die des anderen zu stecken.

Danach war alles nur noch eine Frage der Logistik – Ingersols Büro aufzusuchen; den Direktor der CIA zu verständigen, daß der Araber seine Verabredung in Baltimore nicht eingehalten habe; und auf die anonymen Anrufer zu warten, von denen einer ihm mitteilen würde, daß er zwei Leichen am Westufer unter der Riverwalk Bridge gefunden hatte.

Es war 22 Uhr 15, und die Bajaratt ging unruhig im Salon ihrer Suite im Carillon-Hotel auf und ab, während Niccolò im Schlafzimmer vor dem Fernseher saß. Er hatte befriedigt zur Kenntnis genommen, daß sie erst morgen abreisen würden.

Auch die Baj hatte den Fernseher eingeschaltet und warf hin und wieder einen Blick auf die lokalen Zehn-Uhr-Nachrichten. Ein Lächeln kräuselte ihre Lippen, als die Moderatorin plötzlich die Übertragung unterbrach und von einem Blatt ablas, das ihr zugeschoben worden war.

»Wir haben gerade die Meldung erhalten, daß der prominente Anwalt David Ingersol vor etwa einer Stunde tot unter der Riverwalk Bridge in Falls Fork, Virginia, aufgefunden wurde. Neben ihm lag die Leiche eines Mannes, der inzwischen als Steven Cannock identifiziert worden ist. Wie ein Kellner aus dem nahe gelegenen Restaurant berichtete, war Cannock aus dem Lokal gewiesen worden, da er betrunken war und seine Rechnung nicht bezahlen konnte. Beide Leichen weisen schwere Verletzungen auf. Die Polizei geht von der Annahme aus, daß es zu einem tödlichen Zweikampf kam, als Cannock versuchte, den Anwalt auszurauben ... David Ingersol, eine der einflußreichsten Persönlichkeiten dieser Stadt, war der Sohn Richard Abercrombie Ingersols, der vor acht Jahren zur allgemeinen Überraschung von seinem Amt als Richter am Obersten Bundesgericht zurückgetreten ist ...«

Die Bajaratt schaltete das Gerät ab. Ein neuer Sieg. Aber noch war Askalon nicht gerächt.

Es war fast zwei Uhr morgens, als Jackson Poole in das Schlafzimmer stürzte, das er mit Hawthorne teilte. »Tye, wachen Sie auf!« rief er.

»Was? Ich bin gerade eingeschlafen, verdammt noch mal.« Hawthorne hob den Kopf. »Was ist los? Vor morgen können wir nichts tun. Davenport ist tot, und Stevens ...«

»Versuchen Sie's mal mit Ingersol, Tye.«

»Ingersol, der Anwalt, diese große Nummer in ...«

»›Leiche‹ wäre inzwischen wohl die passendere Bezeichnung. Ingersol ist ermordet worden. In einem kleinen Nest namens Falls Fork. Vielleicht hat unser Pilot, Alfred Simon, doch mehr gewußt, als er uns gesagt hat.«

»Woher wissen Sie, daß er ermordet wurde?«

»Ich habe gerade eine Wiederholung von *Vom Winde verweht* gesehen – fantastischer Film –, und direkt danach haben sie die Nachricht durchgegeben.«

»Wo ist das Telefon?«

»Genau neben Ihrem Kopf.«

Hawthorne setzte sich hastig auf und griff nach dem Hörer, während Poole das Licht anknipste. Er wählte die Nummer des Geheimdienstes der Navy und ließ sich mit Captain Stevens verbinden. »Henry ... *Ingersol*!«

»Ja, ich weiß.« Stevens' Stimme klang müde. »Ich weiß es seit einer Stunde. Aber ich habe noch nicht die Zeit gefunden, Sie anzurufen. Das Weiße Haus, wo Ingersol aus- und einging, spielt verrückt, und Palisser hat bereits seine eigenen Leute in Bewegung gesetzt, um den Tod aufzuklären.«

»Lassen Sie sein Büro durchsuchen!«

»Ist bereits geschehen.«

»Durch Sie?«

»Nein, nicht durch uns. Ich habe das FBI gebeten, die Durchsuchung vorzunehmen. Das ist der übliche Weg.«

»Himmel, was machen wir jetzt?«

»Morgen früh geht die Sonne wieder auf, und alles ist so verworren, wie es war.«

»Sehen Sie nicht, was sie tut, Henry? Diese Frau läßt uns im Kreis herumlaufen, und je schneller wir laufen, desto sicherer nähert sie sich ihrem Ziel.«

»Worte, Tyrell. Der Präsident wird gut bewacht.«

»Das meinen *Sie*! Wir wissen nicht, wen sie sonst noch in der Hand hat.«

»Wir lassen jeden auf Ihrer Liste gründlich überprüfen.«

»Vielleicht ist er gar nicht auf der Liste. Sie muß eine Gruppe hier haben, Leute in höchster Stellung, die ihr treu ergeben sind.«

»Das muß wohl so sein. Wenn Sie uns einen Gefallen tun wollen, versuchen Sie, sie zu finden.«

»Ich tue mein Bestes, Captain. Das ist jetzt nämlich eine Sache zwischen ihr und mir. Ich will Little Girl Blood haben, und zwar *tot*!«
Hawthorne warf den Hörer auf die Gabel.

Aber es war nicht nur die Bajaratt, die er haben wollte; es war eine lebende Lüge namens Dominique, die seine Liebe verraten hatte, die sich über seine Liebe lustig gemacht hatte. Wie oft hatte sie über ihn gelacht – über jenen Narren, der aufrichtig geglaubt hatte, in ihr die Frau seines Lebens gefunden zu haben? Ausgerechnet in dieser *Mörderin*.

Aber sie hatte eines vergessen: Auch er konnte töten.

23

Patrick O'Ryan saß im Liegestuhl und wünschte, daß die Ferien vorüber und die Kinder wieder in der Schule wären. Nicht, daß er sie nicht liebte; er hing sehr an ihnen – besonders, da sie seine Frau beschäftigt hielten und ihr weniger Zeit gaben, sich mit ihm zu streiten. Nicht, daß er seine Frau nicht liebte. In gewisser Weise liebte er sie immer noch; aber sie hatten sich entfremdet. Vorwiegend durch seine Schuld, das sah er ein. Andere Ehemänner kamen abends nach Hause und konnten dort ihren Alltagsärger abladen – über den Job, über den Boß und über die Tatsache, daß sie nicht genug Geld verdienten. Das konnte er nicht. Am wenigsten über das Geld, das er von den ›Auftraggebern‹ erhielt.

Patrick Timothy O'Ryan, geboren in Queens, New York, entstammte einer kinderreichen, irischen Familie. Dank der Nonnen und Priester, die ihn unterrichtet hatten, brauchte er nicht – wie vor ihm sein Großvater und sein Vater und drei seiner älteren Brüder – die Familientradition fortzusetzen und die Police Academy zu besuchen. Statt dessen bewarb sich der überdurchschnittlich begabte Junge um ein Stipendium an der Fordham University. Nachdem er die dortigen Professoren durch seine rasche Auffassungsgabe beeindruckt hatte, erhielt er ein weiteres Stipendium an der Syracuse University – der Ausbildungsstätte, an der die Central Intelligence Agency ihre besten Nachwuchskräfte anwarb – und verließ sie mit einem glänzenden Abschlußexamen.

Drei Wochen später trat er in die ›Firma‹ ein. Nach einem Monat hatte er gelernt, daß ungebügelte Polyester-Hosen und ein orangeroter Schlips auf einem blauen Hemd unter einem schlecht sitzenden Jackett nicht dem Stil entsprachen, der von ihm erwartet wurde. Unter Anleitung seiner jungen Frau, eines italienischen Mädchens aus der Bronx, die Reklamebilder aus der Zeitung schnitt, denen zu entnehmen war, wie ein gut gekleideter Herr auszusehen hatte, gelang es ihm, den Vorstellungen seiner Vorgesetzten näherzukommen.

Die Jahre vergingen, und in den höheren Rängen der Agency setzte sich die Erkenntnis durch, daß sie mit Patrick Timothy O'Ryan einen Mitarbeiter gewonnen hatten, der einen brillanten Verstand besaß. Wenn auch seine Manieren weiterhin zu wünschen übrig ließen, so waren seine Analysen kurz, scharf und präzise. 1987 sagte er den Zusammenbruch der Sowjetunion innerhalb der nächsten drei Jahre voraus. Zwar wurde seine kühne Beurteilung der Lage zur Verschlußsache erklärt, doch drei Tage später erhielt er eine Gehaltserhöhung und wurde befördert. Als wenn man ihn dafür belohnen wollte, daß er immerhin die richtige Einstellung vertrat.

Die O'Ryans bekamen fünf Kinder in acht Jahren – eine Situation, die den immer noch schlechtbezahlten Angestellten der CIA ökonomisch stark belastete. Patrick Timothy nahm Darlehen auf, die ihm bereitwillig von den Banken gewährt wurden. Was ihm in jenen frühen Jahren zu schaffen machte, war jedoch weniger seine ökonomische Situation als die Tatsache, daß die Ergebnisse seiner Mühen häufig in der Öffentlichkeit diskutiert wurden, ohne daß dabei auch nur das kleinste Licht auf ihn selber fiel. Seine Analysen wurden bei Kongreßanhörungen und Fernsehauftritten von Senatoren, Abgeordneten und Kabinettsmitgliedern wiederholt, die sie als ihre eigenen ausgaben. Er hatte die Arbeit geleistet, und sie ernteten den Ruhm. Als er sich darüber beim DCI beschwerte, wurde er mit den Worten abgewiesen: »Sie tun Ihre Arbeit, und wir die unsere. Wir wissen, was am besten für die Agency ist. Sie nicht.«

Arschloch!

Dann war eines Sonntagsmorgens, vor fünfzehn Jahren, ein eleganter Fatzke, der sich als Mr. Neptun vorstellte, in sein Haus in Vienna, Virginia, gekommen. Er hatte einen Aktenkoffer bei sich, der viele von O'Ryans extrem präzisen Berichten höchster Geheimhaltungsstufe enthielt.

»Woher zum Teufel haben Sie das?« hatte O'Ryan gefragt, als er sich mit dem Mann in die Küche zurückgezogen hatte.

»Das ist meine Sache. Viel interessanter ist die Frage, wie Sie sich Ihre Zukunft vorstellen. Wie weit, glauben Sie, können Sie es in Langley bringen? Vielleicht zum G-12. Aber das bedeutet nur etwas mehr Geld, während andere, die Gebrauch von dem machen, was Sie erarbeitet haben, Hunderttausende damit verdienen, daß sie Bücher darüber schreiben.«

»Worauf wollen Sie hinaus?«

»Fangen wir einmal damit an, daß Sie einer Bank in Washington dreiunddreißigtausend Dollar schulden, und zwei anderen in Arlington und McLean ...«

»Woher zum Teufel ...?«

»Ich weiß, ich weiß«, unterbrach ihn Neptun. »Das sind vertrauliche Unterlagen, aber unschwer zu erhalten. Außerdem ist Ihr Haus mit einer beträchtlichen Hypothek belastet, und die Gemeindeschulen haben schon wieder ihre Gebühren erhöht ... Ich beneide Sie nicht, Mr. O'Ryan.«

»Sie meinen, ich soll kündigen und auch ein Buch schreiben?«

»Das dürfen Sie nicht. Sie haben einen Vertrag unterschrieben, der Ihnen untersagt, irgend etwas ohne Einverständnis der CIA zu veröffentlichen. Es gibt jedoch eine andere Lösung, die Sie aus Ihren finanziellen Schwierigkeiten befreien und Ihnen einen Lebensstandard ermöglichen würde, der weit über Ihrem jetzigen liegt.«

»Und die wäre?«

»Unsere Organisation ist zwar sehr klein, verfügt aber über große finanzielle Mittel und hat nur das Interesse des Landes im Auge. Das müssen Sie mir glauben, weil es wahr ist und ich persönlich dafür bürge. Ich habe hier einen auf Sie ausgestellten Scheck von der Irish Bank of Dublin über zweihunderttausend Dollar. Ihr Großonkel, Sean Cafferty O'Ryan aus Kilkenny, der vor zwei Monaten gestorben ist, hat Ihnen diesen Betrag vermacht. Sie sind der einzige lebende Erbe.«

»Ich kann mich an keinen Onkel dieses Namens erinnern.«

»Darüber würde ich mir keine Gedanken machen, wenn ich an Ihrer Stelle wäre, Mr. O'Ryan. Er war ein erfolgreicher Züchter von Vollblutpferden. Das ist alles, woran Sie sich erinnern müssen.«

»Ach wirklich ...?«

»Hier ist Ihr Scheck, Sir.« Neptun zog einen Umschlag aus dem Aktenkoffer. »Wollen wir jetzt über unsere Organisation sprechen?«

»Warum nicht?« antwortete Patrick Timothy O'Ryan und nahm den Scheck in Empfang.

Das alles war vor fünfzehn Jahren gewesen, und seitdem hatte die Irish Bank of Dublin jeden Monat einen festen Betrag auf ein auf seinen Namen laufendes Konto bei der Banque de Crédit Suisse in Genf überwiesen. Die O'Ryans waren für ihre Verhältnisse reich, und die Legende vom Pferde züchtenden Großonkel war – wenn auch nur durch ständige Wiederholung – zu einer Wahrheit geworden. Die Kinder besuchten teure Privatschulen und die älteren noch teurere Universitäten, während Patricks Frau Stammkundin in den teuersten Boutiquen Washingtons wurde. Sie bezogen ein größeres Haus in Woodbridge und erwarben ein luxuriöses Ferienhaus in Chesapeake Beach.

Das Leben war schön, wirklich schön, und es bekümmerte Patrick immer weniger, wenn andere den Ruhm für seine Arbeit einstrichen; denn es war die Arbeit selbst, die ihm Freude machte.

Und die Auftraggeber? Er gab ihnen einfach sämtliche Informationen, die sie haben wollten. Selbstverständlich immer durch Skorpion Eins oder den *padrone*. Wer sie auch sein mochten – sie waren sicherlich keine Kommunisten, und da ihre Motive vorwiegend ökonomischer Art waren, hatten sie jeden Grund, das Land zu schützen und zu verteidigen, das ihnen so viele finanzielle Vorteile bot. Und sie sorgten dafür, daß die Gans, die goldene Eier legte, ein wohlgenährter Vogel blieb ...

Eines Abends in Langley, vor zwölf Jahren – drei Jahre nachdem er Skorpion Zwei geworden war, verließ er mit einer Gruppe anderer Analytiker einen Konferenzraum, als ein großgewachsener, gut, nein elegant gekleideter Mann ihm auf dem Flur entgegenkam und vor der Tür des Büros des DCI stehenblieb. Jesus, Maria und Joseph – es war Neptun! Ohne zu überlegen, trat O'Ryan auf ihn zu.

»Erinnern Sie sich nicht ...?«

»Ich muß doch sehr bitten«, erwiderte der Mann eisig. »Ich bin mit dem Direktor verabredet. Und wenn Sie mich noch einmal in der Öffentlichkeit ansprechen, sind Sie ein toter Mann.«

Es war eine Begegnung, die der Analytiker aus Queens, New York, nie vergessen hatte.

Aber jetzt, heute abend, dachte O'Ryan, als er von der Veranda seines Hauses in Chesapeake Beach über die Bucht schaute, war alles anders. Der verstorbene Davey Ingersol hatte recht gehabt: Die Sache mit der Bajaratt war Wahnsinn. Einige Leute hatten sich in den Entscheidungsprozeß der Auftraggeber eingeschaltet – hatten die *Macht*, sich einzuschalten. Oder waren es immer noch die Anordnungen jenes alten Mannes auf der Karibikinsel, die da befolgt wurden? Wie auch immer – eine Lösung mußte gefunden werden, die den Status quo aufrechterhielt, ohne den Skorpionen Schaden zuzufügen. Deswegen hatte er sich vor sechs Stunden entschlossen, Skorpion Eins zu werden, mit allen Rechten und Pflichten, die damit verbunden waren. Er allein konnte die Skorpione führen. Das war ihm klar geworden, als Ingersol gesagt hatte: »Sie hat verlangt, daß ich getötet werde! Daß David Ingersol, Skorpion Eins, getötet wird!«

Er hörte ein Lachen vom Strand herüberwehen. Seine Frau und die Kinder mit ihren Freunden hatten sich an einem offenen Feuer zum Muschelessen versammelt. Ja, das Leben war schön. Und nichts würde sich daran ändern. – Ein Telefon läutete. Es war ein helles Läuten, und jeder in der Familie wußte, daß nur der Vater den Hörer jenes grauen Telefons im Arbeitszimmer abnehmen durfte, das von allen scherzhaft als ›Geistertelefon‹ bezeichnet wurde. O'Ryan hatte sie in der Annahme gelassen, daß Langley ihn über diesen Apparat anrief, und manchmal melodramatische Geschichten erfunden, denen die jüngeren Kinder mit aufgerissenen Augen lauschten. Aber das graue Telefon hatte nichts mit der Agency zu tun. Patrick erhob sich aus dem Liegestuhl und ging in sein Arbeitszimmer. Er nahm den Hörer ab, drückte die erforderliche Zahlenkombination und sagte: »Mit wem spreche ich?«

»Wer sind *Sie*?« Die weibliche Stimme am anderen Ende der Leitung sprach mit einem leichten Akzent. »Ich habe vorher mit jemand anderem gesprochen.«

»Sein Stellvertreter. Kein Grund zur Aufregung.«

»Ich schätze keine Veränderungen.«

O'Ryan überlegte. »Er würde seine Gallenblase auch lieber behalten. Selbst wir werden manchmal krank, wissen Sie. Und wenn Sie meinen, daß ich Ihnen seinen Namen und das Hospital nenne, in dem er liegt, sind Sie schief gewickelt, Lady. Sie haben bekommen, was Sie wollten – Ingersol ist tot.«

»Ja, ja. Sie haben gute Arbeit geleistet.«

»Wir tun unser Bestes ... Der *padrone* hat mir aufgetragen, Sie in jeder Hinsicht zu unterstützen, und ich glaube, das haben wir.«

»Es gibt noch einen Mann, der aus dem Verkehr gezogen werden muß«, sagte die Bajaratt.

O'Ryans Stimme wurde kalt. »Wir sind kein Unternehmen, bei dem man Morde bestellen kann.«

»Es muß sein«, flüsterte die Bajaratt. »Ich verlange es.«

»Der *padrone* ist tot. Sie können nicht alles von uns verlangen.«

»Da bin ich anderer Ansicht. Wenn Sie nicht tun, was ich sage, werde ich das Beka'a-Tal verständigen. Man wird Sie bis in den hintersten Urwald verfolgen, wenn es sein muß. Und das ist keine leere Drohung, Signore. Also machen Sie hier keine Spielchen mit mir.«

Der Analytiker war ein vorsichtiger Mann. Er kannte die Mentalität der Terroristen. »Okay, okay. Ist ja schon gut. Beruhigen Sie sich. Was wollen Sie also?«

»Kennen Sie einen Mann namens Hawthorne, früher Offizier des Navy-Geheimdienstes?«

»Wir wissen alles über ihn. Er wurde von MI-6, London, aufgrund seiner karibischen Verbindungen reaktiviert. Das letzte, was wir von ihm hörten, war, daß er sich in Puerto Rico aufhält, in San Juan.«

»Er ist hier. Ich habe ihn gesehen.«

»Wo?«

»In einem Motel in Virginia, der Shenandoah Lodge.«

»Das kenne ich«, sagte O'Ryan. »Ist er Ihnen gefolgt?«

»Töten Sie ihn. Schicken Sie die *animales*!«

»In Ordnung«, erwiderte O'Ryan, der dieser Fanatikerin alles Mögliche zu versprechen bereit war. »Er ist so gut wie tot.«

»Und jetzt zu dem Paket ...«

»Was für ein Paket?«

»*Scorpione Uno* hat mir gesagt, daß sein Vorgänger ein Paket für mich hinterlegt hat. Ich lasse es durch den Jungen abholen. Wo?«

O'Ryan legte instinktiv die Hand auf die Sprechmuschel und dachte nach. *Was zum Teufel hatte Ingersol vorgehabt? Was für ein Paket?* ... Man könnte sich an den ›Jungen‹ halten. Der ließ sich eliminieren. »Sagen Sie ihm, er soll auf der Route 4 nach Süden fahren, bis er zur 260 kommt. Dann weiter nach Chesapeake Beach – der Ort ist ausgeschildert. Dann soll er mich aus einer Telefonzelle anrufen, die dort vor einem Restaurant steht. Ich treffe ihn zehn Minuten später auf der Mole vor dem ersten öffentlichen Badestrand.«

»Gut. Ich notiere es mir ... Ich hoffe, daß Sie das Paket noch nicht geöffnet haben.«

»Selbstverständlich nicht. Das ist allein Ihre Sache.«

»*Bene.*«

»Und machen Sie sich keine Sorgen wegen dieses Hawthorne. Er ist *finito*.«

»Ihr Italienisch wird immer besser, Signore.«

Niccolò Montavi stand im Regen auf den Felsen der Mole und blickte den Rücklichtern des Taxis nach, das ihn hergebracht hatte. Die Fahrt hatte fast zwei Stunden gedauert, und Nico hoffte, daß der Geschäftspartner der Cabrini, den er hier treffen sollte, nicht zu lange auf sich warten ließ. Es war Nacht geworden. Als sich ihm nach einigen Minuten eine Gestalt näherte, mußte der Hafenjunge aus Portici seine Augen anstrengen, um ihn in der Dunkelheit zu erkennen. Ein leichtes Unbehagen stieg in ihm auf: Der Mann trug kein Paket. Er hatte die Hände in die Taschen seines Regenmantels vergraben und kam langsam auf ihn zu. Dann kletterte er auf die Felsen der künstlich angelegten Mole. Plötzlich rutschte er aus und riß beide Hände aus den Taschen, um nicht das Gleichgewicht zu verlieren. In seiner rechten Hand befand sich eine *Pistole*!

Niccolò wirbelte herum und sprang mit einem Satz über die Felsen in das dunkle Wasser, während Schüsse durch die Nacht und den Regen peitschten. Eine Kugel streifte seinen linken Arm, eine zweite detonierte über seinem Kopf. Er schwamm so weit er konnte unter Wasser und tauchte dreißig Meter vom Strand entfernt wieder auf. Der Mann hielt jetzt eine Taschenlampe in der anderen Hand und trat an das Ende der Mole, um die Wasseroberfläche abzusuchen. Nico schwamm leise auf ihn zu. Er zog sein Hemd aus und wrang es so fest aus, daß es eine Minute auf dem Wasser treiben würde, bevor es versank. Dann warf er es in Richtung der Mole, während der Lichtstrahl der Taschenlampe weiter über die Wasseroberfläche strich.

Wieder hallten Schüsse durch die Nacht. Das durchlöcherte Hemd versank langsam in den Wellen. Und dann hörte Niccolò, worauf er gewartet hatte – das mehrmalige Klicken eines leeren Magazins. Er tauchte auf und klammerte sich mit zerschundenen Händen an den scharfen Felsen fest; dann schnellte er hoch und griff nach den Knöcheln des Mannes mit der leeren Automatik. Der stämmige Unbekannte versuchte sich zu befreien, doch er war dem jungen, durchtrainierten Schwimmer aus Portici nicht gewachsen. Der Italiener sprang auf, hämmerte seine Fäuste in den Magen des Mannes und packte ihn schließlich an der Kehle, um ihn die Felsen hinunterzuschleudern. Dort blieb der Körper mit zerschmettertem Schädel und weit geöffneten Augen liegen, ehe er langsam ins Wasser glitt.

Niccolò spürte, wie ein Gefühl des Entsetzens in ihm aufstieg. Kalter Schweiß rann ihm über das Gesicht. Was hatte er getan? Er hatte einen Mann getötet – aber nur, weil der Mann ihn töten wollte! Was sollte er jetzt machen? Seine Hosen waren völlig durchnäßt; er hatte sich die Haut auf der Brust an den scharfen Felsen aufgeschürft; die Wunde in seiner Schulter blutete, obgleich sie nicht tief war. Wie sollte er das der *polizia* erklären? Er hatte einen Amerikaner getötet. Man würde ihn für einen *capo-subalterno* der verhaßten sizilianischen Mafia halten. Heilige Mutter Gottes – er war nie in seinem Leben auf Sizilien gewesen. Er mußte die Cabrini erreichen. Diese verdammte Cabrini – hatte sie ihn in den Tod schicken wollen? ... Nein, er war zu wichtig für die Contessa; der *barone-cadetto* war zu wichtig. Etwas mußte schiefgelaufen sein: Ein Mann, dem sie glaubte vertrauen zu können, hatte sie vernichten wollen – indem er ihn, Niccolò Montavi, den Hafenjungen aus Portici, erschoß.

Er lief über die regennasse Mole zum Strand, dann über den Sand zu einem Parkplatz, auf dem nur ein Wagen stand, zweifellos der des Fremden, der ihn hatte töten wollen. Er fragte sich, ob er wohl die Zündung kurzschließen und den Motor anlassen könnte, wie er es so häufig in Italien getan hatte.

Nein. Der Wagen war eine teure *macchina da corsa*, einer von diesen Sportwagen der Reichen, die man auch in Neapel oder Portici nicht anrührte, weil sie mit allen möglichen Alarmanlagen gegen Diebstahl gesichert waren.

Die Telefonzelle vor dem Restaurant an der Straße! Niccolò hatte noch Münzen in der Tasche. Er begann die Straße hinunterzulaufen, immer bereit, in die Büsche am Straßenrand zu springen, wenn die Lichter eines Scheinwerfers von vorne oder hinten auf ihn zukamen.

Fünfunddreißig Minuten später tauchte die Neonreklame des Restaurants aus der Dunkelheit auf – ROOSTER'S NEST. Er verbarg sich im Schatten des Gebäudes. In der Telefonzelle stand, den Hörer in der Hand, eine junge Frau, die offensichtlich wütend auf jemanden einredete. Dann warf sie den Hörer auf die Gabel, verließ torkelnd die Zelle und erbrach sich auf dem nahe gelegenen Parkplatz. Die Leute, die sich sonst noch auf der Straße aufhielten, liefen zu ihr, um zu sehen, was passiert war. Der Augenblick war günstig. Niccolò lief über die Straße, die Münzen in der Hand.

»*Informazioni* ... die Auskunft, bitte! Geben Sie mir die Nummer des Carillon-Hotels in Washington.« Niccolò kratzte die Nummer mit einer anderen Münze in die Wand. Ein riesiger Lastwagen hielt vor der Telefonzelle an. Der Fahrer, ein muskulöser Mann mit einem ungepflegten Vollbart, kurbelte das Fenster herunter, deutete auf Niccolòs blutüberströmten Oberkörper und rief: »Was ist los mit dir?«

Der Hafenjunge öffnete die Tür und schrie: »Man hat nach mir geschossen, Signore! Ich bin Italiener und werde von *mafiosi* verfolgt. Helfen Sie mir!«

»Ach, leck mich am Arsch.« Der Lastwagen fuhr weiter, und Niccolò wählte die Nummer des Carillon.

»Er hat *was*?« fragte die Bajaratt mit rauher Stimme.

»Es ist nicht meine Schuld, Signora«, erwiderte Niccolò. »Der Mann wollte mich töten.«

»Ich kann es nicht glauben.«

»Du hast die Schüsse nicht gehört. Und du bist auch nicht verletzt worden, so wie ich; meine Wunde blutet immer noch.«

»*Il traditore! Bastardo!* ... Man hat uns reingelegt, Nico. Der Mann sollte dir ein Paket übergeben.«

»Er hatte gar kein Paket. Das kannst du mir nicht antun, und sag mir jetzt nicht wieder, das gehöre zu unserem Vertrag. Ich habe keine Lust, deinetwegen zu sterben – nicht für alles Geld der Welt.«

»Das sollst du auch nicht, mein Liebling. Habe ich dir nicht oft genug bewiesen, wie sehr ich dich brauche.«

»Ich habe gesehen, daß du zwei Menschen getötet hast, ein unschuldiges Dienstmädchen und einen Fahrer.«

»Ich habe dir doch erklärt weshalb. Hätten sie *uns* töten sollen?«

»Wir fahren von einem Ort zum anderen ...«

»Wie in Neapel und Portici ... Um unser Leben zu retten.«

»Es gibt soviel, was ich nicht verstehe, Signora Cabrini. Ich mache nicht mehr mit.«

»Das darfst du nicht sagen! Es steht zuviel auf dem Spiel! ... Wo bist du?«

»Vor einem Restaurant mit dem Namen Rooster's Nest in diesem Chesapeake Beach.«

»Bleib, wo du bist. Ich hole dich so schnell wie möglich ab. Denk an Neapel, Niccolò. Denk an deine Zukunft.«

Die Baj schmiß den Hörer hin. Die Skorpione mußten sterben, jeder einzelne von ihnen. Aber wem sollte sie den Befehl dazu geben? Der *padrone* war tot, Van Nostrand *incommunicado* irgendwo in Europa. Ein Mann, der behauptete, Skorpion Zwei zu sein, war von Niccolò getötet worden, und Skorpion Eins lag unerreichbar unter einem Namen, den sie nicht kannte, in einem Krankenhaus. An wen sollte sie sich wenden? Das Beka'a-Netzwerk erstreckte sich über den ganzen Globus, aber in Amerika hatte sie sich auf die Verbindungen des *padrone* verlassen. Die Skorpione. Mein Gott, hatten die Führer der Skorpione sich gegen sie verschworen?

Das durfte nicht sein! Der einzige Grund, weshalb sie noch lebte, weshalb sie trotz der Greuel in den Pyrenäen noch weiterlebte, war der Gedanke an ihre Rache – *Muerte a toda autoridad*! Sie ließ sich nicht aufhalten von Männern in dunklen Anzügen und großen Limousinen. Was wußten sie von den Qualen, die sie, die Bajaratt, durchgemacht hatte, als ihr eigener Vater und ihre eigene Mutter, als ihr geliebter Mann vor ihren Augen hingemetzelt worden waren? Wo blieb die Gerechtigkeit, wo die Humanität? Nein, sie mußte ihr Werk vollenden!

Die Bajaratt nahm den Hörer wieder ab und wählte die Nummer, die Van Nostrand ihr gegeben hatte. Niemand meldete sich. Sie erinnerte sich an die Worte des *padrone*.

Ich habe die Telefonanschlüsse aller Mitglieder unserer Organisation mit einer Schaltuhr ausrüsten lassen. Wenn ein Teilnehmer sich – aus welchen Gründen auch immer – nach einer bestimmten Zeit nicht meldet, werden alle Anrufe automatisch an die nächstuntere Ebene weitergeleitet. Warte zwanzig Minuten; dann versuch es noch einmal.

Und wenn sich dann immer noch niemand meldet, mein Vater?

Dann mußt du mit dem Schlimmsten rechnen. Vertraue niemandem. Heutzutage kann jeder elektronische Kode geknackt werden.

Und dann?

Ist die Baj auf sich allein gestellt, meine Tochter. Sieh dich nach anderen Möglichkeiten um.

Die Bajaratt wartete zwanzig Minuten und rief noch einmal an. *Nichts*. Wie der *padrone* ihr geraten hatte, rechnete sie mit dem Schlimmsten. Skorpion Zwei hatte versucht, Niccolò zu töten. *Warum?*

Es war 4 Uhr 36, als das Schrillen des Telefons Hawthorne in dem Zimmer, das er mit Poole in der Shenandoah Lodge teilte, aus dem Schlaf riß. Er tastete nach dem Hörer und drückte ihn ans Ohr. »Ja?«

»Sind Sie Lieutenant Commander Hawthorne?«

»Das *war* ich. Wer sind Sie?«

»Lieutenant Allen, John Allen, Geheimdienst der Navy. Ich vertrete Captain Stevens, der unbedingt ein paar Stunden Ruhe braucht, Sir.«

»Worum geht's, Lieutenant?«

»Ich bin über alles informiert worden, Commander. Aber ich hätte gern eine Einschätzung der jüngsten Entwicklung von Ihrem Standpunkt aus. Sie würden mir damit die Entscheidung erleichtern, ob ich Captain Stevens wecken soll oder nicht.«

»Können Sie sich nicht etwas weniger gewunden ausdrücken?«

»Haben Sie je Verbindung zu einem Analytiker der Central Intelligence namens Patrick Timothy O'Ryan gehabt?«

Tyrell überlegte, dann antwortete er ruhig: »Nie von ihm gehört. Wieso?«

»Seine Leiche wurde von Austernfischern im Chesapeake gefunden. Sie hatte sich in einem ihrer Netze verfangen. Ich habe es vor einer Stunde erfahren.«

»Von wem?«

»Von der Chesapeake Küstenwache, Sir.«

»Ist die Polizei informiert worden?«

»Noch nicht, Sir. Wenn so etwas passiert, versuchen wir nach Möglichkeit, nichts davon an die Öffentlichkeit dringen zu lassen.«

»Halten Sie die Sache weiter unter Verschluß, Lieutenant, bis ich bei Ihnen bin. Wo sind Sie?«

»In der River Bend Marina, etwa zwei Meilen südlich von Chesapeake Beach. Soll ich Captain Stevens verständigen?«

»Auf keinen Fall, Lieutenant. Lassen Sie den Mann schlafen.«

Hawthorne schlug die Bettdecke zurück und stand auf. Poole, der alles mitgehört hatte, war bereits auf den Beinen und schaltete die Deckenbeleuchtung an. »Endlich, Jackson«, sagte Tyrell. »Ein Durchbruch, ein entscheidender Durchbruch.«

»Wie kommen Sie darauf?«

»Ich habe gesagt, daß ich O'Ryan nicht kenne, und das stimmt auch. Ich kenne ihn nicht persönlich; aber ich weiß, daß er einer der besten Analytiker ist, den die Agency je hatte. Er war vorübergehend auch in Amsterdam tätig, vor sechs, sieben Jahren, als die CIA nach undichten Stellen im Militärbereich suchte. Leute wie ich sind ihm so weit wie möglich aus dem Weg gegangen.«

»Und was bedeutet das?«

»Die Bajaratt benutzt immer die Besten, die sie kriegen kann. Und wenn sie sie nicht mehr brauchen kann, räumt sie sie aus dem Weg – endgültig, um jede Verbindung zu ihr abzuschneiden.«

»Das sind doch bloß Vermutungen, Tye. O'Ryan hat offenbar zu den Top-Leuten beim Geheimdienst gehört.«

»Mag sein, Jackson. Aber ich fühle es, ich spüre es. Der Mann war unser Maulwurf. Wecken Sie Major Neilsen!«

In einer der vorwiegend von den Reichen und Mächtigen des Landes bewohnten Villen von Montgomery County, Maryland, summte das Telefon neben Senator Seebanks Bett. Das Geräusch war so leise, daß seine neben ihm schlafende Frau es nicht hören konnte. Seebank öffnete die Augen, drückte eine Taste, beendete das Summen, stand dann leise auf und ging nach unten in sein Arbeitszimmer. Er nahm den Hörer des auf dem Schreibtisch stehenden Telefons ab, drückte abermals eine Taste, gab den Empfangskode ein und hörte die folgenden, mit einem britischen Akzent gesprochenen Worte:

Die Verbindungen zu unseren Geschäftspartnern sind unterbrochen worden. Sie werden in Zukunft alle Anrufe entgegennehmen und sind ab sofort verantwortlich für sämtliche Operationen.

Senator Paul Seebank, Mitglied der gesetzgebenden Körperschaft, drückte mit zitternden Fingern die Zahlenkombination ein, die ihm Zugang zu den Geheimdaten der Auftraggeber gewährte. Er, bisher Skorpion Vier, war praktisch mit der Führung der Skorpione beauftragt worden.

Der Senator lehnte sich mit kalkweißem Gesicht in seinem Sessel zurück. Er konnte sich nicht erinnern, je so entsetzt gewesen zu sein.

24

Der Körper, der sich in dem Fischnetz verfangen hatte, war steif, das Gesicht so aufgeschwollen, daß die früheren Züge kaum noch zu erkennen waren. Im Lichtschein der einzigen Laterne auf dem Landesteg lagen die persönlichen Effekten, die die Männer der Küstenwache den Taschen des Verstorbenen entnommen hatten.

»Das ist alles, was er bei sich hatte, Commander«, sagte Lieutenant

John Allen. »Wir haben nichts angerührt. Wie Sie sehen, ist er von der CIA. Der Arzt, der ihn untersucht hat, meint, daß der Kopf durch Einwirkung eines oder mehrerer fester Gegenstände zerschmettert wurde. Um welche Gegenstände es sich dabei handelt, wird vielleicht die Autopsie klären können. Aber er bezweifelt es.«

»Gute Arbeit, Lieutenant«, sagte Hawthorne. Poole und Catherine standen neben ihm, beide angewidert durch den Anblick des toten Körpers vor ihnen. »Lassen Sie die Leiche wegbringen.«

»Darf ich eine Frage stellen?« sagte Poole.

»Ich habe mich schon gewundert, daß Sie so lange geschwiegen haben«, erwiderte Tyrell. »Was wollen Sie wissen?«

»Also, ich bin ja nur ein einfacher Junge vom Lande ...«

»Hör mit dem Quatsch auf«, unterbrach ihn Cathy und wandte den Blick von dem toten, aufgeschwemmten Körper ab. »*Frag schon!*«

»Fließt der Chesapeake hier ganz normal von Norden nach Süden?«

»Ich nehme es an«, sagte Allen.

»Sicher«, ergänzte ein bärtiger Fischer, der das Gespräch mitgehört hatte. »Was soll er sonst tun?« – »Nun, der Nil beispielsweise ...«

»*Vergessen Sie's!*« unterbrach ihn Hawthorne. »Was genau wollen Sie wissen?«

»Also, wenn er von Norden nach Süden fließt und ›feste Gegenstände‹ im Spiel waren ... Gibt es irgendwelche Dämme oder Molen nördlich von hier, die das Wasser stauen?«

»Worauf willst du hinaus, Jackson?« fragte Cathy und wandte sich zu ihm um.

»Sehen Sie sich den Körper an, Major.«

»Lieber nicht, Lieutenant ...«

»Nun kommen Sie schon raus damit, Poole!« sagte Tyrell.

»Also, der Kopf dieses Mannes ist an lauter verschiedenen Stellen eingedrückt. Das war doch nicht *ein* fester Gegenstand, sondern gleich eine ganze Ladung. Woher sonst die vielen Verletzungen? Gibt es hier Wellenbrecher oder so was?«

»Molen«, sagte der bärtige Fischer. »Überall am ›Peake‹. Damit die Reichen vor ihren Häusern schwimmen können.«

»Wo ist die nächstgelegene, Sir?«

»Nördlich von Chesapeake Beach«, antwortete der Fischer. »Ein bevorzugter Treffpunkt für junge Leute.«

»Das muß es sein, Tye. Gehen wir.«

Die Bajaratt beherrschte nur äußerst mühsam ihre Ungeduld. »Können Sie nicht schneller fahren?« fragte sie den Chauffeur der hoteleigenen Limousine.

»Dann werden wir von der Polizei angehalten, und es dauert noch viel länger.«

»Ich bitte Sie nur, sich zu beeilen.«

»Ich tue mein Bestes, Ma'am.«

Die Baj lehnte sich in ihrem Sitz im Fond des Wagens zurück und versuchte, ihre Gedanken zu ordnen. Sie konnte auf Niccolò nicht verzichten; er war der entscheidende Faktor in ihrem Plan, den sie so sorgfältig vorbereitet hatte. Nur noch wenige Tage, und sie hatte ihr Ziel erreicht. *Muerte a toda autoridad!*

Wenn der Hafenjunge ihr erst einmal Zugang zum Weißen Haus verschafft hatte, zum Arbeitszimmer des Präsidenten, ja, dann konnte sie sich seiner entledigen, *mußte* sie sich seiner entledigen. Er durfte nicht einen Tag länger leben, nachdem die Nachricht von der Ermordung des Präsidenten um die Welt gegangen war. Bis dahin aber mußte sie wieder Gewalt über ihn erlangen, mußte er wieder ihre Marionette werden.

»Wir sind in Chesapeake Beach, Ma'am. Das Restaurant liegt dort drüben«, meldete der livrierte Chauffeur. »Soll ich Sie begleiten?«

»Bitte, gehen Sie hinein«, sagte die Baj. »Ich brauche vielleicht eine Decke. Haben Sie eine?«

»Genau hinter Ihnen.«

»Danke. Gehen Sie jetzt.«

»Jawohl, Captain Stevens«, sagte Lieutenant Allen. Er saß im Wagen des Navy-Geheimdienstes und war telefonisch mit seinem Vorgesetzten verbunden. »Der Commander hatte mir befohlen, Sie nicht zu stören.«

»Er *ist* kein Commander und hat Ihnen keine Befehle zu erteilen«, rief Stevens. »Wo zum Teufel steckt er überhaupt?«

»Sie haben etwas von einer Mole in Chesapeake Beach erwähnt...«

»Wo O'Ryan sein Haus hat?«

»Ich glaube ja, Sir.«

»Sind die O'Ryans verständigt worden?«

»Nein, Sir. Der Commander ...«

»Er *ist* kein Commander!«

»Nun, er hat angeordnet, alles unter Verschluß zu halten. Das entspricht absolut den Vorschriften. So verfahren wir auch sonst bei solchen Vorfällen. Natürlich nur als vorübergehende Maßnahme, Sir.«

»Natürlich«, seufzte Henry Stevens resigniert. »Ich werde den DCI informieren; er kann sich darum kümmern. Und dann sorgen Sie dafür, daß dieser verdammte Hawthorne mich sofort anruft.«

»Entschuldigung, Sir. Aber wenn er kein Commander mehr ist – was ist er dann?«

»Ein Relikt, Mr. Allen. Ein Überbleibsel aus Zeiten, die wir lieber vergessen sollten.«

»Aber warum ist er dann hier, Captain?«

Schweigen. Dann erwiderte Stevens leise: »Weil es keinen Besseren gibt, Lieutenant. *Suchen Sie ihn!*«

Während der Chauffeur sich im Restaurant aufhielt, trat Niccolò mit bloßem, blutüberströmtem Oberkörper an das regennasse Fenster der Limousine. Die Bajaratt öffnete die Tür und zog ihn auf den Rücksitz. Sie warf die Decke um seine Schultern und umarmte ihn.

»Schluß damit, Signora!« rief er. »Du bist zu weit gegangen. Man hat mich beinahe umgebracht.«

»Das verstehst du nicht, Nico. Er war ein *agente segreto*. Ein Mann, der gegen uns war, gegen mich, gegen die Heilige Kirche!«

»Warum dann diese Heimlichtuerei? Warum redest du nicht offen mit mir darüber?«

»Weil es unmöglich ist. Du hast doch selbst versucht, einen korrupten Mann öffentlich bloßzustellen. Und was hast du jetzt davon? Jeder im Hafen von Portici ist hinter dir her und will deinen Tod. Siehst du das nicht ein?«

»Ich sehe nur, daß du mich benutzt, daß du einen *barone-cadetto* brauchst, um deine Pläne zu verwirklichen.«

»*Naturalmente!* Und ich habe dich ausgewählt, weil du eine angeborene Intelligenz hast, die die deiner Altersgenossen weit übertrifft. Das habe ich dir doch oft genug gesagt, oder?«

»Meist hast du mich als Dummkopf bezeichnet.«

»In Augenblicken der Verzweiflung. Was soll ich dir noch sagen? ... Glaub mir, Nico, später, wenn ich nicht mehr da bin und du dank des Geldes in Neapel ein *studioso* bist, wirst du stolz auf die Rolle sein, die du bei dieser großen Sache gespielt hast.«

»Dann sag mir, im Namen der Heiligen Jungfrau, worum es bei dieser *Sache* eigentlich geht!«

»Im Grunde um dasselbe, was du in Portici versucht hast. Ich will der Korruption Einhalt gebieten – nicht nur in einer Stadt oder in einem Land, sondern auf der ganzen Welt.«

Nico schüttelte den Kopf. Er zitterte unter der Decke, seine Zähne schlugen aufeinander. »Wieder nur Worte, wieder nur etwas, das ich nicht verstehe.«

»Du wirst es eines Tages verstehen ... Du frierst. Was kann ich für dich tun?«

»Vielleicht einen Kaffee oder ein Glas Wein aus dem Restaurant da drüben? Mir ist so kalt.«

Die Baj öffnete die Tür und ging durch den Regen auf das Restaurant zu. Plötzlich fuhren zwei Wagen auf den Parkplatz und blieben nebeneinander mit quietschenden Bremsen stehen. Eine Stimme sagte: »Commander, es ist ein *Befehl!*«

»Verpissen Sie sich!«

»Tye, tun Sie, was er sagt«, rief eine Frau, als die Gruppe der Neuankömmlinge sich der Tür des Restaurants näherte.

»*Nein!* Diese Bürokraten haben genug vermasselt. Erst Ingersol und dann dieser O'Ryan. Das war doch kein Zufall!«

Es war *Hawthorne*! Die Bajaratt, in dem matronenhaften Kleid aus der Via Condotti, riß die Tür auf und stürzte in das Restaurant. Der Chauffeur saß in einer Nische nahe dem Eingang und vertilgte ein riesiges Stück Torte. »*Weg hier!*« flüsterte sie. »*Sofort!*«

»Wer zum Teufel ...« Oh, Entschuldigung, Ma'am. Selbstverständlich.« Der Chauffeur warf drei Dollar auf den Tisch und stand auf, während eine Gruppe von fünf Personen, laut miteinander debattierend, das Restaurant betrat.

»*Runter!*« befahl die Baj und zog den Chauffeur zu Boden. Die fünf Gäste setzten sich an einen großen Tisch in der Mitte des Raumes. Der Wortwechsel war jetzt weniger heftig, aber Amaya Bajaratt sah, daß ihr einstiger Liebhaber sich nicht von seinem Standpunkt abbringen ließ. Sie hatte es zu oft gesehen: Der Geheimdienstoffizier aus Amsterdam wußte, wann er sich auf seinen Instinkt verlassen konnte. Der Tote war ein weiterer Hinweis auf Little Girl Blood. *Gut gemacht, Tye-Boy*, dachte sie, noch immer mit dem Chauffeur am Boden kauernd.

Oh, Tyrell, von gleichem Schlag wie mein Gemahl, dieser sanfte Mann, der nur das Beste wollte. Ich habe mich ihm hingegeben, wie ich mich dir hingegeben habe, mein Liebling. Warum ist alles so verdreht in dieser Welt? Hättest du nicht auf meiner Seite stehen können? Ich habe recht, weißt du, mein Liebling? Es gibt keinen Gott! Wenn es einen gäbe, würden Kinder nicht verhungern, mit verkrümmten Gliedern und geschwollenen Bäuchen. Was hat dieser Gott gegen sie? Ich hasse deinen Gott, Tyrell! Wenn es je dein Gott war – ich habe es nie gewußt, du hast es mir nie gesagt. Und jetzt muß ich dich töten, Tye-Boy. Ich will es nicht. Ich konnte es nicht auf St. Barts, obwohl es meine Pflicht gewesen wäre. Ich glaube, der padrone *hat das verstanden. Ich glaube, er hat gespürt, daß ich dich liebte; denn auch er liebte jemanden, den er nicht töten konnte, obwohl es seine Pflicht gewesen wäre. Wenn je die Wahrheit ans Licht kommt, mein Liebling, wird man wissen, daß die Skorpione vernichtet wurden, weil mein einziger Vater nicht tun konnte, was er vor Jahren hätte tun sollen. Neptun hätte ausgeschaltet werden müssen. Er war viel zu sehr von seinem Gefühl bestimmt.*

Ich aber nicht, Commander!

»Jetzt!« sagte die Bajaratt leise zu dem neben ihr hockenden Chauffeur. »Stehen Sie auf und gehen Sie langsam zur Tür. Laufen Sie zum Wagen. Erschrecken Sie nicht – ein verletzter junger Mann sitzt im Fond. Es ist mein Neffe, ein lieber Junge, der ausgeraubt worden ist. Fahren Sie den Wagen vor den Eingang. Drücken Sie zweimal auf die Hupe, wenn Sie dort sind.«

»Madam, so etwas hat bisher noch niemand von mir verlangt.«

»Jetzt schon. Und wenn Sie getan haben, was ich Ihnen sage, werden Sie um tausend Dollar reicher sein. *Gehen Sie!*«

Der Fahrer der Limousine ging rascher zur Tür, als ihm aufgetragen worden war, und stieß sie mit solcher Gewalt auf, daß die Gäste erstaunt aufblickten – unter ihnen Tyrell Hawthorne. Die Baj konnte sein Gesicht nicht sehen, den fragenden Ausdruck, der sich auf seinen Zügen breitmachte, aber eine andere hatte ihn bemerkt. »Was ist los, Tye?« fragte Catherine Neilsen.

»Was hat ein Chauffeur hier zu suchen?«

»Der Fischer hat uns doch gesagt, daß viele Reiche hier wohnen. Warum sollen sie keinen Chauffeur haben?«

Draußen vor dem Restaurant war ein zweimaliges Hupen zu hören.

»Vielleicht ist es der Chauffeur von Van Nostrand!« rief Hawthorne. »Lassen Sie mich raus!« Er stand auf und drängte sich an Poole und Cathy vorbei.

Im gleichen Augenblick erhob sich die Bajaratt aus ihrer hockenden Stellung und ging auf die Tür zu.

»Entschuldigung!« sagte Tyrell kurz angebunden, als er die Schulter der Frau streifte. Er lief hinaus in den Regen. »*Warten Sie!*« rief er dem unsichtbaren Fahrer der Limousine zu, während er die Stufen hinuntersprang. Dann blieb er unvermittelt stehen, von einem jähen Gedanken getroffen wie von einem Blitz, und drehte sich um. Die Frau, die er gerade beiseite geschoben hatte. Die Shenandoah Lodge, die alte Frau – die Augen! *Dominique! Bajaratt!*

Schüsse hallten durch die Dunkelheit; Querschläger prallten vom Straßenpflaster ab. Hawthorne spürte einen kalten Schmerz im Oberschenkel. Er war *getroffen* worden! Er ließ sich zu Boden fallen und suchte Schutz unter einem geparkten Lieferwagen, als eine zweite Frau aus dem Restaurant stürzte und ihm etwas zurief. Die Bajaratt feuerte die restlichen Kugeln in ihre Richtung ab, während sie die Wagentür aufriß und in die Limousine sprang. Catherine Neilsen brach auf den Stufen zusammen. Die Limousine verschwand im Dunkel der Nacht.

Es war fünf Uhr morgens, und Henry Stevens lag wach im Bett. Er konnte den Gedanken nicht Einhalt gebieten, die ihm durch den Kopf gingen, Fragen aufwarfen, Möglichkeiten prüften und das Wahrscheinliche gegen das Unwahrscheinliche abwägten. Er lag mit offenen Augen da und bemühte sich, jede Bewegung zu vermeiden, die seine neben ihm schlafende Frau hätte aufwecken können. Wie oft hatte sie ihm in solchen Stunden schon tröstend und helfend zur Seite gestanden. Auch wenn er es nicht wahrhaben wollte: Tief im Inneren wußte er, daß er ohne Phyllis nicht da wäre, wo er war. Sie war fast aufreizend rational, stets ruhig, ein verläßlicher Steuermann, der ihr gemeinsames Schiff auf festem Kurs hielt.

Es war seltsam, dachte er, als er leise aufstand und sich auf die Couch auf der verglasten Veranda setzte, daß er in nautischen Begriffen an sie dachte. Er war nur einmal auf See gewesen – in seinem letzten Jahr in Annapolis, als er und die anderen Kadetten seines Jahrgangs zehn fürchterliche Tage auf einem Segelschiff ertragen und irgendwie so tun mußten, als wären sie Seeleute aus dem 19. Jahrhundert. Er konnte sich kaum noch an diese zehn Tage erinnern, denn um der Wahrheit die Ehre zu geben, hatte er sie vorwiegend kotzend auf dem Klo verbracht – und der Kopf, der *Kopf*.

Glücklicherweise hatte die Navy bald seine eigentliche Begabung erkannt. Er war ein großartiger Organisator, entscheidungsfreudig und mit einem scharfen Blick für Unzulänglichkeiten und Inkompetenz. Wann immer es ein Problem zu lösen gab, hatte man ihn gerufen. Sein Urteil war unbestechlich, und er hatte fast immer recht.

Nur einmal – ein einziges Mal – hatte er sich geirrt. Auf fatale Weise geirrt. In Amsterdam hatte er Phyllis von Hawthornes Frau Ingrid erzählt, und sie hatte gesagt: *Du irrst dich, Hank. Du tust ihr Unrecht. Ich kenne Tyrell, und ich kenne Ingrid.*

Und als Ingrids Leiche aus der Herengracht gezogen worden war, war Phyllis aus der Botschaft in sein Büro gekommen.

Hast du etwas damit zu tun, Hank?

Du meine Güte, nein, Phyllis! Es waren die Sowjets. Alles weist darauf hin.

Das hoffe ich, Henry. Denn du wirst den besten Geheimdienstoffizier verlieren, den die Navy je hatte.

Phyllis nannte ihn nur Henry, wenn sie wütend auf ihn war.

Verdammt noch mal! Wie hätte er wissen können, daß ihre Daten aus dem Computersystem gelöscht worden waren. Was waren das nun wieder für Spirenzien?

»Hank?«

Stevens wandte sich um. »Ach, Phyllis, du bist es. Ich habe nur über etwas nachgedacht.«

»Du hast seit dem Telefonanruf keinen Augenblick geschlafen. Möchtest du darüber reden?«

»Es betrifft deinen alten Freund Hawthorne.«

»Ist er wieder dabei? Erstaunlich. Er schätzt dich nicht gerade sehr, Hank.«

»*Dich* hat er immer gemocht.«

»Warum auch nicht? Ich habe seine Reisen für ihn organisiert und nicht sein Leben.«

»Willst du damit sagen, daß ich in sein Leben eingegriffen habe?«

»Ich weiß es nicht. Mir hast du gesagt, du hättest mit der Sache nichts zu tun gehabt.«

»Habe ich auch nicht.«

»Dann ist das Kapitel ja abgeschlossen, nicht?«

»Ja.«

»Was macht Tyrell für euch? Oder darfst du es mir nicht sagen?« Es war kein Groll in Phyllis Stevens' Bemerkung. Je weniger die

Frauen der hochrangigen Geheimdienstoffiziere wußten, desto weniger waren sie erpreßbar. »Du hast rund um die Uhr gearbeitet. Ich nehme also an, ihr habt höchste Alarmstufe.«

»Wenn ich denke, von wie vielen Spitzeln wir unterwandert sind, ist es sowieso ein offenes Geheimnis. Eine Terroristin aus dem Beka'a-Tal hat geschworen, den Präsidenten zu ermorden.«

»Also hör mal, Hank, das ist doch schlechtes Kino. Wie soll denn ausgerechnet eine Frau an ihn rankommen. Das heißt, es gibt natürlich ein paar Punkte, wo wir Frauen bessere Möglichkeiten haben, weiterzukommen, als jeder von euch Kerlen.«

»Genau. Und unsere Freundin hier hat auf ihrem Weg bereits eine beachtliche Anhäufung von seltsamen Todesfällen und ›tödlichen Unfällen‹ zurückgelassen.«

»Und Tyrell? Was hat er damit zu tun?«

»Die Frau hat eine Zeitlang in der Karibik operiert, auf den Inseln ...«

»Und Hawthorne betreibt dort sein Charter-Geschäft.«

»Genau.«

»Aber wie ist es euch gelungen, ihn zurückzugewinnen? Ich hätte nicht gedacht, daß er jemals wieder für euch arbeiten würde.«

»Er arbeitet nicht für uns, sondern für MI-6. Wir erstatten ihm nur seine täglichen Auslagen; bezahlt wird er von London.«

»Der gute alte Tye.«

»Du hast ihn wirklich gemocht, nicht wahr?«

»Das hättest du auch, wenn du ihm eine Chance gegeben hättest, Hank«, sagte Phyllis und setzte sich ihrem Mann gegenüber in einen Korbstuhl. »Tye war ein intelligenter Kerl – nicht deine Klasse, kein Führungsoffizier mit einem IQ von hundertneunzig oder so –; aber er war ein gerissener Hund und hatte immer den richtigen Instinkt. Und er folgte seinem Riecher, auch wenn die da oben anderer Meinung waren. Er scheute sich nicht, Risiken einzugehen.«

»Das hört sich an, als ob du in ihn verliebt gewesen wärest.«

»Alle jüngeren Frauen waren das. Ich aber nicht. Ich mochte ihn, ja; ich war fasziniert von dem, was er tat – in Ordnung. Aber verliebt war ich nicht. Er war wie ein Neffe für mich, noch nicht einmal wie ein Bruder. Jemand, dessen Weg man mit Interesse verfolgte, weil er sich nicht an die Regeln hielt und sich gelegentlich auch über einen Befehl hinwegsetzte.«

»Ja, das tat er. Und mit Erfolg. Aber er hat dabei auch viel von dem kaputtgemacht, was wir mühselig aufgebaut hatten. Ich hatte dir nie von den Agenten erzählt, die die Organisation verließen, weil sie fürchteten, daß er mit unseren Gegnern unter einer Decke steckte. Keine weiteren *Morde* – das soll er gesagt haben. Dabei waren es nicht wir, die mordeten. Es waren andere.«

»Und dann wurde Ingrid umgebracht.«

»Von den Sowjets, nicht von uns.«

Phyllis Stevens schlug die Beine unter ihrem seidenen Morgenmantel übereinander und musterte den Mann, mit dem sie seit siebenundzwanzig Jahren verheiratet war. »Hank«, sagte sie leise. »Diese Zweifel fressen dich auf, und ich weiß auch, wann ich mich zurückhalten muß, aber du mußt darüber reden. Eines laß dir gesagt sein: Niemand in der Navy hätte mehr tun können, als du in Amsterdam getan hast. Du hast die ganze Organisation zusammengehalten, einschließlich der Nato. Du warst der führende Kopf hinter allen Operationen. Du hast es gesagt, Hank, mit mieser Laune und runtergezogenen Mundwinkeln, aber du hast es getan. Niemand anders hätte deine Stelle einnehmen können, Tye Hawthorne am allerwenigsten.«

»Ich danke dir, Phyllis«, sagte Henry. Plötzlich beugte er sich vor und barg den Kopf in beide Hände. Tränen stiegen ihm in die Augen. »Aber wir haben uns *geirrt* in Amsterdam. *Ich* habe mich geirrt. Ich habe Tyes Frau umgebracht.«

Phyllis stand auf und setzte sich neben ihren Mann auf die Couch. Sie legte den Arm um seine Schultern. »Hank, die Sowjets haben sie umgebracht. Nicht du. Du hast es selbst gesagt, und ich habe die Berichte gelesen.«

»Ich habe sie ihr auf die Fersen gehetzt ... Und jetzt ist er hier. Und weil ich mich geirrt habe, weil ich mich irre, weil ich mich zum Teufel noch mal immer wieder irre, kann jetzt vielleicht auch er getötet werden.«

»*Hör auf!*« rief Henry Stevens' Frau. »Schluß damit, Hank. Wenn es das ist, was dich bedrückt, laß Tyrell herbringen.«

»Er wird sich weigern. Du weißt nicht, was er für einen Haß auf mich hat. Es sind Freunde von ihm ermordet worden, zu viele Freunde.«

»Dann schick ihm ein Rollkommando und zwing ihn einfach, herzukommen.«

Ein Telefon läutete. Phyllis stand auf und trat an einen kleinen

Tisch am anderen Ende der Veranda, auf dem hinter einer Jalousie drei Telefonapparate standen – ein brauner, ein roter und ein dunkelblauer. »Stevens«, sagte sie, nachdem sie den Hörer des blinkenden roten Telefons abgenommen hatte.

»Captain Stevens, bitte.«

»Darf ich fragen, mit wem ich spreche? Der Captain ist fast zweiundsiebzig Stunden ununterbrochen auf den Beinen gewesen und braucht seinen Schlaf.«

»Ich bin Lieutenant Allen, Navy-Geheimdienst«, sagte eine jugendliche Stimme. »Ich wollte den Captain davon unterrichten, daß Commander – Ex-Commander – Hawthorne vor einem Restaurant in Chesapeake Beach, Maryland, angeschossen worden ist. Soweit wir bisher wissen, ist die Verletzung nicht lebensgefährlich, aber eine Frau, ein Offizier der Air Force ...«

»*Henry!*«

25

Hawthorne und Poole saßen sich im Flur vor dem Operationssaal des Krankenhauses gegenüber – Tyrell auf einem Stuhl, zwei Krücken neben sich, der Lieutenant, vorgebeugt und den Kopf in beide Hände vergraben, auf einer Bank. Keiner von ihnen sprach; es gab nichts zu sagen. Hawthorne war bereits medizinisch versorgt worden. Man hatte die Kugel aus dem Oberschenkel entfernt und die Wunde mit sieben Stichen vernäht. Hinter der Tür zum Operationssaal kämpfte Major Catherine Neilsen um ihr Leben.

»Wenn sie stirbt«, sagte Poole schließlich kaum hörbar, »ziehe ich diese verdammte Uniform aus. Und wenn ich den Rest meines Lebens damit verbringen müßte – ich finde die Scheißkerle, die sie umgebracht haben.«

»Ich verstehe Sie sehr gut, Jackson«, sagte Tyrell und blickte den Lieutenant an.

»Das bezweifle ich, Commander. Vielleicht sind Sie einer von ihnen.«

»Selbst das verstehe ich. So unrecht Sie mit Ihrer Bemerkung auch haben.«

»*Unrecht?*« Poole ließ die Hände sinken und hob den Kopf. »Sie sind nicht unschuldig an dem, was geschehen ist, Mr. Hawthorne. Sie haben Cath und mir erst gesagt, worum es bei dieser ganzen Geschichte geht, als ich Sie nach Charlies Tod dazu gezwungen habe.«

»Und wenn ich es Ihnen früher gesagt hätte – hätte es etwas an Charlies Tod geändert?«

»Woher soll *ich* das wissen?« rief der Lieutenant. »Ich weiß nur, daß Sie nicht offen uns gegenüber waren.«

»Ich war so offen, wie ich konnte, ohne Ihr Leben unnötig zu gefährden. Ich habe schon gesehen, wie Männer und Frauen umgebracht wurden, weil sie Dinge wußten, manchmal nur Bruchteile davon, die einem Todesurteil gleichkamen. Das ist lange her, aber diese Menschen suchen mich immer noch in meinen schlimmsten Träumen heim.«

Die Tür zum Operationssaal öffnete sich, und ein Arzt in einem blutbespritzten, weißen Kittel trat auf den Flur. »Wer von Ihnen ist Poole?« fragte er mit müder Stimme.

»Ich«, antwortete Jackson unter angehaltenem Atem.

»Sie läßt Ihnen sagen, Sie sollen sich abregen – ihre Worte.«

»Wie geht es ihr?«

»Dazu komme ich gleich.« Der Chirurg wandte sich an Tyrell. »Dann sind Sie also Hawthorne, der andere Patient?« –

»Ja.«

»Sie möchte Sie sehen.«

»Was reden Sie da für einen Unsinn?« Poole sprang auf. »Wenn sie jemanden sehen will, bin ich das.«

»Sie hat nach Mr. Hawthorne verlangt. Ich kann nur einen Besucher zu ihr lassen. Und höchstens zwei Minuten. Mehr ist medizinisch nicht vertretbar.«

»Wie *geht* es ihr, Doktor?« fragte Tye, Jacksons Frage mit Nachdruck wiederholend.

»Ich nehme an, daß Sie ein Angehöriger sind?«

»Sie können annehmen, was Sie wollen«, sagte Hawthorne ruhig. »Wir sind zusammen hier eingeliefert worden, und es ist Ihnen wohl nicht entgangen, daß wir keine gewöhnlichen Patienten sind.«

»Wie hätte mir das wohl entgehen sollen? Zwei inoffizielle Zugänge, kein Bericht an die Polizei und keine Auskünfte ... Höchst ungewöhnlich bei Patienten mit Schußverletzungen.«

»Dann beantworten Sie bitte meine Frage.«

»Die nächsten vierundzwanzig Stunden werden es erweisen.«

»*Was* beweisen?« rief Poole. »Ob sie stirbt?«

»Offen gestanden – ich kann Ihnen nicht versprechen, daß sie am Leben bleibt. Aber ich glaube, wir haben die Wahrscheinlichkeit erhöht. Ich kann Ihnen auch nicht versprechen, daß sie je wieder den vollen Gebrauch ihrer Gliedmaßen zurückerlangt.«

Poole ließ sich auf die Bank sinken und vergrub den Kopf in beide Hände. »Cath, oh Cath ...« Ein Schluchzen erschütterte seinen Körper.

»Das Rückenmark?« fragte Tyrell.

»Verstehen Sie etwas von solchen Verletzungen?«

»Sagen wir, ich bin nicht zum erstenmal im Krankenhaus. Wenn die Nervenenden nach einem Trauma ...?«

»Wenn sie reagieren«, nickte der Arzt, »kann sie sich nach einigen Tagen wieder normal bewegen. Wenn nicht – was soll ich Ihnen sagen?«

»Sie haben bereits genug gesagt, Doktor. Ich möchte sie jetzt sehen.«

»Natürlich ... Lassen Sie mich Ihnen helfen.« Hawthorne stand unsicher auf und begann auf die Tür zuzugehen. »Ihre Krücken«, sagte der Arzt und reichte sie ihm.

»Nein, danke.«

Eine Schwester führte ihn in Catherines Zimmer. Hawthorne blickte hinunter auf die im Bett liegende Gestalt. Einige Strähnen ihres blonden Haares hatten sich gelöst; das bleiche Gesicht lag im gedämpften Schein einer Nachttischlampe. Sie hatte die Fußtritte gehört, und als sie Hawthorne sah, bedeutete sie ihm mit einer Handbewegung, sich auf den Stuhl neben dem Bett zu setzen. Dann bewegten sich ihrer beider Hände langsam aufeinander zu und umklammerten sich schließlich.

»Man hat mir gesagt, daß Sie okay sind«, sagte Cathy leise mit einem angedeuteten Lächeln.

»Sie werden auch bald wieder auf den Beinen sein, Major.«

»Ach, Tye. Fällt Ihnen nichts Besseres ein?«

»Jackson ist enttäuscht, daß Sie nicht nach ihm verlangt haben.«

»Ich mag ihn wirklich gern, aber jetzt ist nicht die Zeit für Wunderkinder. Ich weiß, wie er reagieren würde, und das ist im Moment zuviel für mich.« Sie sprach stoßweise, mühsam, doch klar und deutlich und schüttelte den Kopf, als Hawthorne die linke Hand hob, um sie zum Schweigen zu bringen. »Sind wir als Offiziere nicht dazu ausgebildet worden, solche Entscheidungen zu treffen? Ich glaube, Sie haben mir etwas Ähnliches gesagt, als Charlie getötet wurde.«

»Vielleicht habe ich das gesagt, Cathy. Aber ich bin kein guter Lehrer. Und der Offizier, der ich einmal war, ist in Amsterdam auf der Strecke geblieben.«

»Ich habe Angst, Tye ...«

»Wir haben alle Angst«, unterbrach Tyrell sie sanft.

»Ich habe Angst um Sie, um das, was Sie mit sich herumtragen ... Als Sie mit Jackson aus der Altstadt von San Juan zurückkehrten, waren sie völlig verändert. Irgend etwas Schreckliches muß passiert sein.«

»Ich hatte zwei Freunde verloren«, sagte Hawthorne nervös. »Genau, wie Sie Charlie verloren hatten.«

»Später dann«, fuhr Catherine ruhig fort, »erhielten Sie eine telefonische Mitteilung in der Shenandoah Lodge. Ich habe noch nie gesehen, daß ein Gesicht so blaß wurde, von einem Augenblick zum anderen. Sie sagten nur, daß jemand einen Fehler gemacht hätte. Noch später – Sie wußten nicht, daß ich Sie hören konnte – gaben Sie Henry Stevens eine Pariser Telefonnummer.«

»*Das war ...*«

»Bitte ... Und heute abend rannten Sie wie ein Verrückter aus diesem Restaurant, als ob Sie den Chauffeur umbringen wollten ... Ich bin hinter Ihnen hergelaufen und habe gehört, wie Sie etwas schrien. Und dann hat die Frau das Feuer auf Sie eröffnet.«

»Ja, das hat sie«, sagte Tyrell und blickte Cathy fest an.

»Die Bajaratt.«

»Ja.«

»Sie wissen, wer sie ist, nicht wahr? Ich meine, Sie kennen sie.«

»Ja.«

»Sie kennen sie gut, nicht wahr?«

»Das habe ich gedacht. Aber ich habe mich geirrt.«

»Es tut mir so leid, Tye ... Sie haben es niemandem gesagt, oder?«

»Wozu? Sie ist nicht mehr die, die sie einmal war. Ihre Welt ist das Beka'a-Tal. Ich kannte sie in einer anderen Welt, die nichts mit der des Beka'a zu tun hat.«

»In jener guten Welt, in der Sie mit Ihrem Boot von Insel zu Insel fuhren und in der die Sonne jeden Abend friedlich unterging?«

»Ja.«

»Wird die Nummer in Paris Ihnen weiterhelfen?«

»Vielleicht. Ich hoffe es.«

Catherine musterte sein abgespanntes Gesicht. »Ach Gott, Tye. Es tut mir alles so leid.«

»Nach allem, was Sie durchgemacht haben, denken Sie an mich?«

»Sicher«, flüsterte sie, leise lächelnd. »Besser, als wenn ich über mich nachdenke, oder?«

Tyrell beugte sich vor, löste seine Hand aus ihrer und streichelte über ihr Gesicht. Ihre Lippen berührten sich fast. »Sie sind so gut, Cathy, so gut.«

Die Tür öffnete sich, und die Schwester trat ein. Sie räusperte sich. »Die hübscheste Patientin in diesem Krankenhaus braucht ihre Ruhe.«

»Ich wette, das sagen sie jeder, die gerade operiert worden ist«, meinte Major Neilsen.

»Aber in diesem Fall stimmt es.«

»Tye?«

»Ja?« sagte Hawthorne und stand auf.

»Setzen Sie Jackson ein, machen Sie ihn zu Ihrem Partner. Er kann alles, was ich kann – und besser.«

»In Ordnung. Aber damit bezwecken Sie doch etwas.«

»Es lenkt ihn ab.«

Phyllis Stevens verwünschte das Telefon. Es war fast zehn Uhr morgens, aber erst um 6 Uhr 16 hatte sie ihren erschöpften, von Schuldgefühlen gequälten Mann bewegen können, ins Bett zu gehen. Der weibliche Air-Force-Offizier war operiert worden, die Prognose ungewiß. Doch Tye Hawthorne war nicht ernsthaft verletzt – eine Tatsache, die Henry Stevens erleichtert zur Kenntnis genommen hatte.

»Ja?« Phyllis zog die Telefonschnur an ihre Seite des Doppelbettes.

»FBI, Mrs. Stevens. Kann ich bitte den Captain sprechen?«

»Können Sie mir nicht sagen, was anliegt? Er hat seit fast drei Tagen nicht geschlafen und ist gerade eingenickt.«

»Was ist los, Phyl?« Henry Stevens setzte sich neben ihr im Bett auf. »Ich hab' das Telefon läuten hören.«

Phyllis seufzte und reichte ihm den Hörer.

»Hier ist Stevens. Was ist los?«

»FBI, Sir. Field Agent Becker. Wir arbeiten am Fall Ingersol.«

»Gibt's was Neues?«

»Wir haben ein Telefon in seinem Büro gefunden – in einem hinter der Wandtäfelung verborgenen Stahlfach. Wir mußten es aufschweißen.«

»Welchen Grund konnte er haben, ein Telefon zu verstecken?«

»Das haben wir uns auch gefragt. Die Techniker haben fast die ganze Nacht an der Sache gearbeitet. Inzwischen haben sie eine Satellitenantenne auf dem Dach entdeckt, die mit dem versteckten Telefon verbunden ist. Aber das ist auch alles.«

»Was zum Teufel soll das heißen?«

»Wir wissen nicht, wohin oder woher die Gespräche übertragen wurden.«

»Dann finden Sie es heraus! Schließlich gibt es Computer, die die Steuerzahler eine Menge Geld gekostet haben.«

Stevens warf den Hörer auf die Gabel und ließ sich wieder in die Kissen sinken. »Sie haben ihren eigenen Satelliten dort im Weltraum«, flüsterte er. »Nicht zu fassen!«

»Ich weiß nicht, wovon du sprichst, Hank. Aber wenn es das ist, was ich glaube, haben wir alle das erst möglich gemacht.«

»Fortschritt«, sagte Stevens. »Ist es nicht wundervoll?«

»Das hängt davon ab, wer ihn kontrolliert«, sagte seine Frau. »Wir haben immer gedacht, wir wären es. Offensichtlich sind wir es nicht.«

Es war später Morgen. Catherine Neilsens Zustand war weiterhin kritisch; aber sie schlief, und ihre lebenswichtigen Funktionen hatten sich stabilisiert. Im Schlafzimmer der Shenandoah Lodge prüfte Hawthorne unter Pooles Aufsicht, wie weit er sein verletztes Bein belasten konnte.

»Es tut noch weh, was?« fragte der Lieutenant.

»Nicht so schlimm«, erwiderte Tyrell. »Ich habe besser geschlafen, als ich erwartet hatte. Es kommt nur darauf an, das Gewicht auf die rechte Seite zu verlagern.«

»Es wäre besser, wenn Sie das Bein ein paar Tage überhaupt nicht belasten würden«, sagte Poole.

»Soviel Zeit haben wir nicht. Können Sie den Verband etwas fester anziehen?« Das Telefon läutete. »Das ist wahrscheinlich Stevens. Phyllis hat mir versprochen, daß er mich anrufen würde.«

»Das werden wir gleich wissen.« Poole trat an den Tisch und hob den Hörer ab. »Hallo? ... Ja, ja, er ist hier. Einen Augenblick.« Der Lieutenant blickte Hawthorne an. »Er sagt, er sei Ihr Bruder, und er hört sich auch so an. Die gleiche Stimme wie sie – nur netter.«

»Das ist Verstellung.« Tyrell humpelte zum Bett und setzte sich auf die Kante. »Ich habe St. Thomas gestern vom Krankenhaus aus angerufen.« Er nahm den Hörer von dem auf dem Nachttisch stehenden Apparat ab. »Hallo, Marc. Ich habe mir gedacht, daß du heute einlaufen würdest.«

»Ich bin vor etwa einer Stunde angekommen. Nett, daß du dich überhaupt mal wieder meldest«, sagte Marc Anthony Hawthorne sarkastisch.

»Ich hatte viel zu tun, Bruderherz. Hast du den Anrufbeantworter für mich abgehört?«

»Ein Mr. B. Jones hat gestern um 16 Uhr 12 angerufen und eine Nummer in Mexico City hinterlassen. Er bittet dringend darum, daß du ihn innerhalb der nächsten vierundzwanzig Stunden zurückrufst.«

»Gib mir die Nummer.« Tyrell notierte sie sich. »Sonst noch jemand?«

»Eine Frau namens Dominique aus Monte Carlo. Der Anruf kam um 5 Uhr 02 heute morgen.«

»Die *Nachricht*!«

»Ich schalte den Anrufbeantworter für dich ein. Was sie sagt, ist nicht gerade das Richtige für einen unschuldigen kleinen Bruder wie mich ... Du hast es faustdick hinter den Ohren, Mann.«

»Spiel das Band ab und erspar mir deine Kommentare.«

»Aye, aye, Sir.«

»*Tyrell, mein Liebling. Hier ist Domie. Ich rufe aus Monte Carlo an. Ich weiß, daß es sehr spät ist. Aber ich habe solche Sehnsucht nach dir, und mein Mann ist gerade im Kasino. Ich habe ihm gesagt, daß es meine Pflicht wäre, meinem Onkel in seinen letzten Lebenstagen beizustehen. Und du kannst dir nicht vorstellen, wie er darauf reagiert hat. Er hat gesagt: ›Ja. Er braucht dich. Fahr zu ihm. Er braucht dich, wie du deinen Liebhaber brauchst.‹ Ich kann dir gar nicht sagen, wie überrascht ich war. Ich habe ihn gefragt, ob er wütend sei, aber er hat geantwortet: ›Nein, überhaupt nicht. Ich habe meine eigenen Pläne für die nächsten Wochen. Im Gegenteil, ich freue ich für dich.‹ Ist es nicht wunderbar? Ich habe dir ja gesagt, daß er sehr großzügig ist. Ich nehme den ersten Flug von Nizza und bin morgen in Paris. Es gibt noch eine Menge für mich zu erledigen, und ich werde viel unterwegs sein. Wenn ich nicht zu erreichen bin, sprich mit Pauline. Ich rufe dich dann zurück ... Ich fühle, wie du deine Arme um mich legst, ich spüre deinen Körper. Mein Gott, ich rede wie ein verliebtes Schulmädchen.*

Ich bin in zwei, höchstens drei Tagen bei dir ... Mein Liebling, mein einziger Schatz.«

Hawthorne hätte aufschreien mögen vor Empörung, aber er beherrschte sich. Der Anruf war um 5 Uhr 02 auf Band gesprochen worden – eine Stunde nachdem die Anruferin versucht hatte, ihn zu töten! Und dabei hatte sie nicht an Bord einer Yacht im Mittelmeer gestanden, sondern auf den Stufen eines Restaurants in Maryland, in voller Lebensgröße ... Erinnerungen an Amsterdam stiegen in ihm auf: Little Girl Blood spielte mit falschen Karten. Aber er würde auf ihr Spiel eingehen und die allgegenwärtige ›Pauline‹ in Paris anrufen. Vorher jedoch würde er das Deuxième verständigen.

»Okay, Tye«, hörte er die Stimme seines Bruders. »Mehr ist nicht auf dem Band.«

»Danke, Marc.« Hawthorne schwieg einige Sekunden, dann sagte er: »Zum Geschäftlichen – ist das Geld angekommen, und kümmerst du dich um die A-Boote?«

»Hör mal, Tye. Ich bin gerade vor einer Stunde in Red Hook eingelaufen! Aber ich habe bei der Bank in Charlotte Amalie nachgefragt, und Cyril hat mir gesagt, daß wir eine geradezu astronomische Summe aus London bekommen haben. Er wollte unbedingt wissen, wie denn unsere Kontakte zur alten Noriega-Gang wären ...?«

»Das Geld ist so sauber wie die Unterwäsche der Queen. Kümmere dich um die Boote.«

»Ohne dich?«

»Du brauchst das Geschäft noch nicht abzuschließen. Aber wenn du etwas Passendes findest, laß dir ein Vorkaufsrecht einräumen.«

»Mach ich. Wann kommst du zurück?«

»Kann nicht mehr lange dauern – so oder so.«

»Was meinst du damit – so oder so?«

»Das kann ich dir noch nicht sagen. Ich rufe dich morgen oder übermorgen an.«

»Tye ...«

»Ja?«

»Sei vorsichtig, hörst du?«

»Klar, Bruderherz. Du weißt doch, was ich immer sage: Ich kann Draufgänger nicht leiden.«

»Was du nicht sagst.«

Hawthorne legte den Hörer auf und stöhnte leise, als er sich nach links beugte. »Wo sind die Notizen, die ich in der Hosentasche hatte?«

»Hier«, erwiderte Jackson und trat an die Kommode, um mehrere unordentlich zusammengelegte Zettel aus der Schublade zu nehmen. Hawthorne ergriff die Blätter, zog eines davon heraus und legte es flach auf das Bett. Er hob den Hörer ab und wählte eine Nummer. »Secretary Palisser, bitte«, sagte er höflich. »Hier spricht T. N. Hawthorne.«

»Ja, Sir«, sagte die Sekretärin. »Ich verbinde.«

»Danke.«

»*Commander?*« Palissers Stimme war wie er selber – bestimmt, aber nicht aggressiv. »Was gibt's Neues?«

»Ein weiterer Mord. Und fast wäre ich selber draufgegangen.«

»Du meine Güte! Sind Sie verletzt?«

»Nicht der Rede wert. Ich habe es mir selbst zuzuschreiben.«

»Was ist passiert?«

»Später, Mr. Secretary. Ich habe noch etwas anderes auf dem Herzen. Kennen Sie einen CIA-Analytiker namens O'Ryan?«

»Ich glaube ja. Er hat mit dem DCI an unserer letzten Besprechung teilgenommen. Ist schon ewig dabei. Einer von diesen Wunderknaben, die in ihren Hinterzimmern sitzen und trotzdem mehr wissen als alle andern zusammen. Ja, ein Ryan oder O'Ryan, wenn ich mich nicht irre.«

»Sie irren sich nicht. Er ist tot. Und das haben wir ebenfalls Little Girl Blood zu verdanken.«

»Mein Gott!«

»Wenn ich die Sache richtig sehe, war er die undichte Stelle im CIA.«

»Widersprechen Sie sich nicht selbst?« unterbrach ihn Palisser. »Wenn er für die Bajaratt von so großem Wert war – warum sollte sie ihn dann umbringen?«

»Vielleicht hat er einen Fehler gemacht, der uns zu ihr führen konnte. Oder vielleicht hat er auch nur seinen Zweck erfüllt und mußte eliminiert werden, weil er zuviel wußte. Jedenfalls war die Bajaratt nicht weiter als eine Meile entfernt, als er getötet wurde.«

»Woher wissen Sie das?«

»Ich habe Ihnen doch gesagt, daß sie versucht hat, auch mich auf ihre Liste zu setzen.«

»Sie haben sie *gesehen*?«

»Ja. Und sie mich leider auch ... Bitte, Mr. Secretary. Wir vergeuden unsere Zeit. Haben Sie die Papiere, um die ich Sie gebeten habe?«

»Sie sind in einer halben Stunde hier. Obwohl mir bei der Sache immer noch nicht ganz wohl ist.«

»Haben Sie eine andere Wahl? – Haben wir eine andere Wahl?«

»Nicht wenn die Angaben stimmen und nicht von Ihrer liebenden Mutter gefälscht wurden. Nach dem Foto, das ja wohl ein paar Jahre alt ist, haben Sie sich seit Ihrem Ausscheiden aus der Navy kaum verändert.«

»Das liegt am besseren Leben, fragen Sie meine Mutter.«

»Herzlichen Dank, aber einer aus der Familie Hawthorne ist mir genug, so charmant ihre Frau Mutter auch sein mag. Lassen Sie die Papiere vom Lieutenant abholen. Er soll nach dem Referenten für Angelegenheiten der Karibik fragen. Er wird ihm einen versiegelten Umschlag übergeben, mit der Aufschrift: Geological Survey, North Coast – Montserrat. Und, Hawthorne?«

»Ja, Sir?«

»Wie wollen Sie vorgehen?«

»Direkte Konfrontation. Ich werde behaupten, daß es eine Krise im State Department gibt, die uns keine Zeit läßt, die übliche Trauerfrist einzuhalten.«

»Sie werden vielleicht auf Widerstand bei den Familienangehörigen stoßen.«

»Ich werde ihn zu überwinden wissen. Niemand ist so an einer Aufklärung interessiert wie ich. Im Krankenhaus liegt eine gute Freundin von mir, die vielleicht nie wieder gehen kann.« Tyrell legte auf und wandte sich an Poole, der nachdenklich aus dem Fenster starrte. »Ich habe einen Auftrag für Sie, Jackson«, sagte er. »Besuchen Sie den Referenten für Angelegenheiten der Karibik. Er hat einen Umschlag für mich ... Was ist los?«

»Es geht alles so schnell, Tye«, erwiderte der Lieutenant. »Wie viele mußten schon sterben? ... Van Nostrand und sein Sicherheitschef, dann der Mann im Wachhaus, die alte Frau, ein Chauffeur, dieser rothaarige Bursche auf dem Parkplatz, Davenport, Ingersol. Und jetzt O'Ryan.«

»Haben Sie nicht ein paar vergessen, Lieutenant?« fragte Hawthorne. »Wenn ich mich recht erinnnere, waren es enge Freunde von mir, und einer war ein Freund von Ihnen. Es ist jetzt nicht die Zeit, Trübsal zu blasen.«

»Sie verstehen mich nicht, Commander.«

»Was gibt's da zu verstehen?«

»Wir sind nicht tausend Meilen entfernt von der Karibik, wo Sie und ich die Dinge noch in der Hand hatten. Wir haben es jetzt mit einer Menge von Leuten zu tun, von denen wir nichts wissen.«

»Das stimmt. Aber wir kennen den Boden, auf dem wir uns bewegen. Und wir wissen, daß die Bajaratt systematisch jeden beiseite räumt, der uns zu ihr führen kann.«

»Wir wissen, woher sie kommt. Aber wer ist auf unserer Seite? Wo sollen wir ansetzen?«

»Wieder in San Juan«, antwortete Hawthorne. »Sie werden Cathys Platz einnehmen und von hier aus meine Bewegungen koordinieren, sobald weitere Instruktionen eintreffen.«

»Wie?«

»Mit Hilfe jener High-Tech, die Leute wie mich angeblich überflüssig gemacht hat.«

»Was für Geräte?«

»Zunächst bekommen wir etwas, das als Transponder bezeichnet wird.«

»Ein UHF-Relaissender«, erklärte Poole. »Innerhalb einer bestimmten Entfernung kann er Ihre Position auf ein Koordinatennetz übertragen.«

»Ja. So was Ähnliches habe ich mir gedacht. Er ist integriert in einen Gürtel, der auch in diesem Umschlag liegt. Das zweite ist eine Vorrichtung, die kleine elektrische Stromstöße aussendet und mir sagt, wenn jemand mich telefonisch erreichen will. Zwei Stöße signalisieren einen weniger wichtigen, drei Stöße einen dringenden Anruf. Das Ding arbeitet mit Lichtleitfasern und ist in ein Feuerzeug aus Plastik eingebaut, so daß es von Metalldetektoren nicht aufgespürt werden kann.«

»Wer aktiviert es?«

»Sie.«

»Lassen Sie es so einstellen, daß ich anhand wechselnder Kodes weiß, wer in der Agency oder im State Department Sie sprechen will. Wir können es nicht riskieren, falsche Informationen zu bekommen. Und sorgen Sie dafür, daß die Leute, die Ihnen Informationen zukommen lassen, zuverlässig sind.«

»Leiden Sie schon an Verfolgungswahn? Palisser hat mir versichert, daß nur die vertrauenswürdigsten Leute im CIA für uns arbeiten werden.«

»Leute wie der verstorbene Mr. O'Ryan?«

»Also gut. Ich rede mit Palisser«, sagte Hawthorne. Er erhob sich unsicher vom Bett und wies auf seine Hüfte. »Ich habe Ihnen doch gesagt, Sie sollen den Verband fester anlegen.«

»Was ist mit Ihrer Kleidung?« fragte Poole. Hawthorne zog seine Shorts aus und sah zu, wie der Lieutenant den Verband erneuerte. »Sie können doch nicht in Unterhosen Jagd auf die Bajaratt machen.«

»Ich habe Palissers Sekretärin meine Maße gegeben. In einer Stunde soll alles hier sein – Anzug, Hemd, Krawatte, Schuhe.« Das Telefon läutete, und Hawthorne ließ sich, abermals leise stöhnend, aufs Bett fallen.

»Ja?«

»Hier ist Henry, Tye. Wie geht es Ihnen? Was macht die Wunde?«

»Die Nähte halten. Danke der Nachfrage, Hank.«

»Danke für das Hank.«

»Bedanken Sie sich nicht zu früh. Ich habe Sie immer noch im Visier, und vielleicht erfahre ich eines Tages von Ihnen, was in Amsterdam wirklich geschehen ist. Aber jetzt arbeiten wir zusammen. Haben Sie etwas Neues für mich? Was ist mit dem Telefon in Paris?«

»Es ist eine Villa in Parc Monceau, die einer Familie namens Couvier gehört. Alte französische Dynastie, glaube ich; sehr großes Vermögen. Nach dem, was ich vom Deuxième erfahren habe, ist der Besitzer einer der letzten großen Boulevardiers. Geht auf die Achtzig zu, zum fünften Mal verheiratet. Mit einer Frau übrigens, die letztes Jahr noch als Strandhostess in Saint-Tropez gearbeitet hat.«

»Ist das Telefon abgehört worden? Mich interessieren nur die internationalen Verbindungen.«

»Vier Anrufe von der anderen Seite des großen Teiches. Zwei aus der Karibik und zwei vom Festland während der letzten zehn Tage. Sind alle auf Band.«

»Wird das Haus von den Couviers bewohnt?«

»Zur Zeit nicht. Sie sind in Hongkong.«

»Dann nimmt die Haushälterin die Anrufe entgegen?«

»Ja. Ihr Name ist Pauline. Das Deuxième observiert sie. Wir werden informiert, sobald sich etwas tut.«

»Mehr können wir nicht verlangen.«

»Darf ich fragen, wie Sie auf die Couviers gestoßen sind?«

»Später, Henry, vielleicht später einmal ... Sonst noch etwas?«

»Wir haben jetzt den definitiven Beweis, daß Ingersol bis zum Halskragen im Bajaratt-Kreis steckte.« Der Captain sprach von dem geheimen Telefon im Büro des toten Anwalts und von der Satellitenantenne auf dem Dach. »Er stand offensichtlich in Verbindung mit der Yacht in Miami Beach und der Insel des verrückten alten Mannes.«

»Verrückt ist das richtige Wort, Henry. Und es paßt nicht nur auf den alten Mann. Ich kann Van Nostrand verstehen – aber warum Männer wie Ingersol und O'Ryan? Warum haben sie sich einspannen lassen? Das ergibt keinen Sinn.«

»Doch«, sagte der Chef des Navy-Geheimdienstes. »Denken Sie an diesen Piloten in Puerto Rico, Albert Simon. Er dachte, sie hätten etwas gegen ihn in der Hand, was ihm vierzig Jahre in Leavenworth einbringen würde. Vielleicht trifft das auch auf O'Ryan und Ingersol zu.«

»Wo ist Simon übrigens? Was ist mit ihm geschehen?«

»Er lebt wie die Made im Speck. Das entzückte Pentagon hat ihn in einer Suite im Watergate untergebracht. Bei einer privaten Zeremonie, und zwar nirgends anders als im Oval Office selbst, hat man ihn mit ein paar Medaillen behängt. Außerdem erhält er eine beträchtliche Nachzahlung für die vergangenen Jahre.«

»Ich denke, der Präsident tritt zur Zeit nicht öffentlich in Erscheinung ...«

»Ich habe von einer *privaten* Zeremonie gesprochen. Keine Presse, keine Fotos, eine Sache von fünf Minuten.«

»Und wie hat Simon seine lange Abwesenheit erklärt?«

»Recht geschickt, wie ich gehört habe. Seine Entlassungspapiere seien ihm in die australischen Outbacks nachgeschickt worden und dort verlorengegangen. Seitdem habe er als Pilot in allen möglichen Ländern einen Job nach dem anderen angenommen. Niemand wollte Näheres wissen.«

»Simon war eine verkrachte Existenz«, meinte Hawthorne. »Aber ein einflußreicher Rechtsberater des Weißen Hauses? Ein erstklassiger Analytiker der Central Intelligence Agency? Ingersol und O'Ryan waren aus anderem Holz geschnitzt.«

»Vielleicht nur aus einem Holz besserer Qualität, aber im Grunde ...«

Ein leises Läuten war am anderen Ende der Leitung zu hören.

»Warten Sie, Tye. Da ist jemand an der Tür, und Phyll steht gerade unter der Dusche.«

Stille.

Captain Henry Stevens kehrte nicht wieder ans Telefon zurück.

26

»Wir reisen ab!« sagte die Bajaratt laut. Sie öffnete die Tür zum Schlafzimmer und riß Niccolò aus tiefem Schlaf. »Du mußt packen.«

Der junge Mann richtete sich in den Kissen auf und rieb sich die Augen in dem hellen Licht des Nachmittags, das durch die offenen Fenster strömte. »Ich habe gestern nacht meinem Gott gegenübergestanden und kann glücklich sein, daß ich noch lebe. Laß mich schlafen.«

»Steh auf und tu, was ich dir sage. Ich habe eine Limousine bestellt. Sie ist in zehn Minuten hier.«

»Warum? Ich bin so müde und fühle mich völlig zerschlagen.«

»Unser Chauffeur hat vielleicht das Bedürfnis zu reden und läßt sich auch durch tausend Dollar nicht davon abhalten.«

»Wohin fahren wir?«

»Ich habe alles arrangiert. Mach dir deswegen keine Sorgen. *Beeil dich!* Ich muß noch jemanden anrufen.« Die Baj eilte zurück in den Salon der Suite und wählte die Nummer, die sie sich so gut eingeprägt hatte.

»Identifizieren Sie sich«, sagte die fremde Stimme.

»Sie sind nicht der Mann, mit dem ich schon einmal gesprochen habe«, sagte die Bajaratt.

»Es sind Veränderungen eingetreten …«

»Hier gehen entschieden zu viele Veränderungen vor sich«, unterbrach ihn die Baj mit drohender Stimme.

»Es mußte sein«, sagte der Mann am Apparat von Skorpion Eins. »Und wenn Sie die sind, für die ich Sie halte, sollten Sie sich besser darauf einstellen.«

»Ein solches Chaos würde in Europa nicht geduldet werden. Und im Beka'a-Tal wäre jeder von euch schon längst eliminiert worden.«

»Skorpion Zwei und Drei sind nicht mehr da. Sind sie auch eliminiert worden, Little Girl Blood?«

»Was soll das heißen?«

»Lassen wir das ... Sie wollen Beweise, daß Sie mit dem richtigen Mann sprechen? Okay, ich verstehe das. Ich gehöre zum inneren Kreis und bin über jeden Schritt informiert, der unternommen wird, um Sie zu finden. Zu den Männern, die hinter Ihnen her sind, gehört ein Captain H. R. Stevens, Chef des Geheimdienstes der Navy. Er arbeitet mit einem ehemaligen Geheimdienstoffizier namens Hawthorne zusammen.«

»Hawthorne? Sie kennen diesen ...?«

»Ganz recht. Man hat Ihre Spur bis zu einem Ort namens Chesapeake Beach verfolgt. Captain Stevens wird Sie nicht weiter verfolgen. Er ist tot. Früher oder später wird man seine Leiche in einer dichten Hecke hinter seiner Garage finden. Vielleicht wird schon in den Abendnachrichten darüber berichtet, wenn sie die Sache nicht unter Verschluß halten.«

»Das genügt, Signore«, sagte die Bajaratt leise.

»So schnell sind Sie zufriedengestellt?« fragte der Führer der Skorpione. »Nach allem, was ich über Sie gelesen und gehört habe, sieht Ihnen das gar nicht ähnlich.«

»Ich habe meinen Beweis.«

»Mein Wort?«

»Nein. Einen Namen.«

»Stevens?«

»Nein.«

»*Hawthorne?*«

»Es reicht, *Scorpione Uno.* Ich brauche eine Ausrüstung. Die Zeit ist gekommen.«

»Alles, was nicht größer ist als ein Panzer – kein Problem.«

»Was ich brauche, ist nicht groß, aber hochempfindlich. Ich könnte es aus dem Beka'a über London oder Paris einfliegen lassen, aber ich traue unseren Technikern nicht. Bei allem, was die je zusammengebaut haben, hat es immer wieder Aussetzer gegeben. Und eine Panne kann ich mir nicht leisten.«

»Das kann keiner von uns, und wir sind nicht gerade wenige. Denken Sie mal an Dallas vor dreißig Jahren. Wie soll's weitergehen?«

»Ich habe einen detaillierten Konstruktionsplan bei mir ...«

»Schicken Sie ihn mir«, unterbrach sie der Skorpion.

»Wie?«

»Ich nehme an, Sie wollen mir nicht sagen, wo Sie sich aufhalten.«
»Natürlich nicht«, sagte die Baj. »Ich werde eine Kopie für Sie an der Rezeption eines Hotels meiner Wahl hinterlegen und rufe Sie dann umgehend an.«
»Welcher Name?«
»Denken Sie sich einen aus.«
»Racklin.«
»Der ist Ihnen aber schnell eingefallen.«
»Er war ein Lieutenant, ein Kriegsgefangener, den es in Vietnam erwischt hat. Er dachte wie ich. Er haßte die Vorstellung, daß wir Saigon aufgeben mußten, haßte diese warmen Brüder in Washington, die sich weigerten, uns militärisch zu unterstützen.«
»Also gut. Racklin. Wie erreiche ich Sie? Unter dieser Nummer?«
»Ich werde noch zwei Stunden da sein. Dann muß ich zurück ins Büro, zu einer Konferenz ... Es geht dabei um Sie, Little Girl Blood.«
»Was für ein reizender Name – so niedlich und dabei so tödlich«, sagte die Baj. »Ich rufe Sie innerhalb der nächsten halben Stunde an.« Sie legte auf. »*Niccolò!*«

»*Henry?*« schrie Tyrell in das Telefon. »Wo zum Teufel stecken Sie?«
»Ist was nicht in Ordnung?« fragte Poole.
»Ich weiß es nicht«, erwiderte Hawthorne und schüttelte den Kopf. »Henry läßt sich immer leicht ablenken. Vielleicht hat er einen Bericht von einem seiner Agenten erhalten; den würde er natürlich sofort lesen und dabei vergessen, daß er ein Telefongespräch geführt hat. Ich rufe ihn später wieder an.« Hawthorne legte den Hörer auf und sah zu dem Air-Force-Offizier auf. »Setzen Sie Ihren Arsch in Richtung State Department in Bewegung. Ich kann es nicht erwarten, die trauernden O'Ryans und Ingersols zu vernehmen.«
»Sie werden nirgends hingehen und niemanden vernehmen, bevor Sie nicht Ihre Papiere und Ihre Sachen haben. Bis dahin sollten Sie sich hinlegen und ein wenig ausruhen. Darf ich Sie respektvoll daran erinnern, daß ich einen Kursus über Wundbehandlung und ...
»Halten Sie die Klappe, Jackson, und verschwinden Sie!«

Nachdem sie dem Skorpion den Namen des Hotels mitgeteilt hatte, hinterlegte die Bajarratt den Umschlag mit der Blaupause an der Rezeptur des Carillon. Auf dem Umschlag stand in großen Buchstaben: *Racklin, Esq. Wird durch Kurier abgeholt.*

»*Sono desolato!*« flüsterte Niccolò, als das Gepäck in der Limousine verstaut wurde. »Wo war ich nur mit meinen Gedanken. Ich hatte ja Angel versprochen, sie von unserem neuen Hotel aus anzurufen. Sie wartet darauf.«

»Ich habe keine Lust, mir diesen Unsinn anzuhören«, sagte die Bajaratt und ging auf das große, weiße Fahrzeug zu.

»Aber das mußt du!« rief der Hafenjunge und verstellte ihr den Weg. »Ich kann etwas mehr Rücksicht verlangen.«

»Wie kannst du es wagen, so mit mir zu reden?«

»Jetzt hör mal zu, Signora. Ich habe schreckliche Dinge mit dir erlebt. Ich habe einen Mann umgebracht, der mich umbringen wollte. Aber du hast mich in diese Lage gebracht, und du warst es auch, durch die ich Angel kennengelernt habe. Ich liebe sie, und du kannst es mir nicht verbieten. Sie ist *anders* als alle Frauen, die ich kenne.«

»Du kannst sie von der Limousine aus anrufen, wenn es unbedingt sein muß.«

Als sie im Wagen saßen, ließ der ältliche schwarze Fahrer den Motor an und drehte sich um, während Niccolò nach dem Telefon griff. »Wohin soll ich fahren, Ma'am?«

»Einen Augenblick, bitte.« Die Bajaratt berührte Nicos Wange. »Wenn du noch eine halbe Stunde wartest, kannst du ungestört mit ihr telefonieren«, sagte sie auf Italienisch. »Bevor wir zu unserem Hotel fahren, müssen wir noch einmal anhalten. Ich lasse dich dann mindestens zwanzig Minuten allein.«

»Dann warte ich bis dahin. Glaubst du, daß der Chauffeur beleidigt ist, wenn ich ihn bitte, die Trennscheibe zwischen uns hochzufahren?«

»Warum sollte er?« Sie blickte ihn forschend an. »Aber ich bin sicher, daß er nicht Italienisch spricht. *Du* sprichst doch mit deiner Schauspielerin nur italienisch, oder?«

»Bitte, Signora. Sie weiß, daß ich Englisch verstehe. Sie hat mir gesagt, daß sie es an meinen Augen sieht – sie lachen, wenn jemand etwas Komisches sagt.«

»Dann hast du *zugegeben*, daß du Englisch kannst?«

»Wir sprechen immer Englisch am Telefon. Was ist dabei?«

»Jeder glaubt, daß du nur Italienisch kannst.«

»Der Journalist in Palm Beach hat auch gewußt, daß ich Englisch spreche.«

»Das spielt keine Rolle. Er ist ...«

»Er ist was?«

»Vergiß es.«

»Die Adresse, Ma'am?« fragte der Chauffeur, als Niccolò schwieg.

»Ja. Hier ist sie.« Die Baj öffnete ihre Handtasche und entnahm ihr einen zusammengefalteten Zettel mit verschlüsselten arabischen Schriftzeichen. Sie entschlüsselte sie aus dem Gedächtnis und nannte eine Straße in Silver Spring, Maryland. »Wissen Sie, wo das ist? fragte sie.

»Ich finde es schon, Ma'am«, antwortete der Fahrer. »Kein Problem.«

»Lassen Sie die Trennscheibe hoch, bitte.«

»Gerne, Ma'am.«

»Spricht deine Angel mit anderen über dich?« fragte die Bajaratt und sah Nico mit kalten Augen an.

»Ich weiß es nicht, Cabi.«

»Schauspielerinnen sind nur auf Publicity aus.«

»Angelina nicht.«

»Du hast doch die Bilder in den Zeitungen gesehen, den ganzen Klatsch gelesen, den sie über euch verbreitet haben ...«

»Ja. Es war schrecklich.«

»Und wie ist es wohl da hineingekommen?«

»Sie ist berühmt. Das haben wir doch gewußt.«

»*Sie* hat alles ins Werk gesetzt! Sie ist nur an der Publicity interessiert, die du ihr verschaffst.«

»Das glaube ich einfach nicht.«

»Du bist nichts weiter als ein dummer Junge. Was weißt du schon? Wenn sie wüßte, wer du wirklich bist, würde sie dich keines Blickes würdigen.«

Niccolò verstummte. Schließlich sagte er: »Du hast recht, Cabi. Ich habe mir selbst etwas vorgemacht. Ich bin ein Nichts, ein Niemand.«

»Du hast noch das ganze Leben vor dir, mein kleiner Geliebter. Und diese Erfahrung wird dir helfen, ein Mann zu werden ... Nun sei ruhig. Ich muß nachdenken.«

»Worüber mußt du nachdenken?«

»Über die Frau, die ich in Silver Spring treffen werde.«

»Ich muß auch nachdenken«, sagte der Hafenjunge aus Portici.

Hawthorne hatte sich mit Pooles Hilfe angezogen, der ihm jetzt die neue Krawatte umband und zurücktrat, um ihn zu mustern. »Für einen Zivilisten sehen Sie gar nicht so übel aus.«

»Ich komme mir wie eingezwängt vor«, sagte Tyrell und reckte den Hals unter dem eng anliegenden Kragen.

»Wann haben Sie das letzte Mal eine Krawatte getragen?«

»Als ich meine Uniform an den Nagel hängte.« Das Telefon läutete, und Hawthorne drehte sich, leise aufstöhnend, um.

»Bleiben Sie, wo Sie sind«, sagte Poole. »Ich nehme schon ab.« Er trat an den Tisch und hob den Hörer auf. »Ja? ... Bitte, bleiben Sie am Apparat.« Er legte die Hand über die Muschel und wandte sich an Tyrell. »Das Büro des DCI. Er will Sie sprechen.«

Hawthorne setzte sich umständlich auf die Bettkante und griff nach dem Hörer. »Hawthorne.«

»Ich verbinde Sie mit Mr. Gillette.«

»Guten Tag, Commander.«

»Guten Tag, Mr. Director. Ich nehme an, Sie wissen, daß ich nicht mehr bei der Navy bin.«

»Ich weiß viel mehr als das, junger Mann. Und was ich weiß, macht mich nicht gerade glücklich.«

»Was meinen Sie damit?«

»Ich habe mit Secretary Palisser gesprochen. Ich bin ebenfalls auf Van Nostrands Schwindel hereingefallen. Mein Gott, ich habe ihm völlig vertraut.«

»Was haben Sie für ihn getan?«

»Geld, Commander. Über achthundert Millionen Dollar, die jetzt auf verschiedenen europäischen Konten liegen.«

»Und wer bekommt das jetzt alles?«

»Bei einer derartigen Summe wird es wohl einen internationalen Rechtsstreit geben. Zunächst werden wir den richtigen Zeitpunkt abwarten, um die illegalen Überweisungen an die Öffentlichkeit zu bringen. Ich trete dann natürlich zurück, und damit gehen alle Illusionen, die ich mir bei Übernahme dieses Jobs gemacht habe, den Bach runter.«

»Haben Sie durch die Überweisungen persönlich profitiert?«

»Du meine Güte, nein!«

»Warum treten Sie dann zurück?«

»Weil sie trotz guter Absichten illegal waren. Wie man es auch dreht und wendet, ich habe mein Amt benutzt und das Gesetz umgangen, um einer Privatperson Vorteile zu verschaffen.«

»Dann kann man Ihnen nur Ihr schlechtes Urteilsvermögen vorwerfen. Und damit stehen Sie nicht allein da. Daß Sie bereit sind, Ihre Schuld und die Gründe für Ihr Handeln einzugestehen, ist in meinen Augen Anlaß genug zum Freispruch.«

»Eine erstaunliche Feststellung für einen Mann Ihrer Vergangenheit. Können Sie sich nicht vorstellen, was für einem Druck der Präsident ausgesetzt wäre? Ein Mann, den er berufen hat, nützt seine einflußreiche Position, um achthundert Millionen Dollar illegal außer Landes zu schaffen. Die Opposition würde brüllen vor Empörung – *Korruption!* – genau wie damals bei der Uran-Geschichte.«

»Vergessen Sie diesen Unsinn, Mr. Director«, sagte Hawthorne, eine Mischung von Wut und Angst in den Augen. »Was ist mit meiner *Vergangenheit*? Was meinen Sie damit?«

»Nun ... das ist doch wohl klar.«

»Amsterdam?«

»Ja. Überrascht Sie das?«

»Was wissen Sie von Amsterdam?« fragte Tyrell mit rauher Stimme.

»Eine schwierige Frage, Commander.«

»Beantworten Sie sie!«

»Ich kann Ihnen nur sagen, daß Captain Stevens nicht für den Tod Ihrer Frau verantwortlich war. Daran war das System schuld, nicht ein einzelner.«

»Er hat nur Befehle befolgt, was?«

»So ist es, Hawthorne.«

»Niemand ist für irgendwas verantwortlich. Es ist immer nur das System, oder?«

»Das zu ändern war eine der Illusionen, die ich mir gemacht habe. Vielleicht wäre es mir auch gelungen, wenn nicht Sie und die Bajaratt aufgetaucht wären. Und damit Sie es wissen: Ich schätze keine amerikanischen Offiziere, die mit dem Geld der Steuerzahler eine hervorragende Ausbildung genossen haben und sich dann an eine ausländische Regierung verkaufen. Habe ich mich klar genug ausgedrückt?«

»Was Sie denken, ist mir völlig egal. Leute wie Sie haben meine Frau umgebracht, und Sie wissen es. Ich schulde Ihnen und Ihrem System gar nichts.«

»Dann verschwinden Sie. Ich habe ein Dutzend Agenten, die ich sofort einsetzen könnte und die besser sind als Sie.«

»Das möchten Sie wohl gern, was? Freunde von mir wurden getötet – gute Freunde –, und jemand, der mir sehr nahesteht, wird vielleicht nie wieder laufen können. Sie und Ihresgleichen haben sich als völlig ungeeignet erwiesen, sie zu schützen. Ich werde weitermachen, und ich rate Ihnen, mich gut im Auge zu behalten, denn ich werde Sie zu Little Girl Blood führen.«

»Das halte ich durchaus für möglich, Commander; denn wie ich schon sagte, haben Sie eine hervorragende Ausbildung genossen. Doch sprechen wir vom Geschäftlichen. Ich bin bereit, Ihnen die Ausrüstung zu liefern, die Sie bei Palisser angefordert haben. Das Kommunikationsgerät und der Transponder sind mit unserem Zentralcomputer verbunden, zu dem nur unsere Experten Zugang haben. Sie gehören zu den besten und vertrauenswürdigsten Leuten, die wir haben.«

»So wie O'Ryan? Haben Sie ihnen von ihm berichtet?«

»Ich weiß, was Sie meinen.« Der Direktor schwieg einige Sekunden, dann sagte er: »Vielleicht tue ich's noch, obwohl wir keinen konkreten Beweis dafür haben, daß er auf der anderen Seite stand.«

»Was für Beweise brauchen Sie noch? Er war da, und die Bajaratt war da. Und nur einer von beiden hat es überlebt. Reicht das nicht?«

»Das ist nicht zwingend, Mr. Hawthorne ...«

»Nicht weniger zwingend als die Umstände, die zum Tode meiner Frau geführt haben, Mr. Director. Aber Sie wissen Bescheid, und ich weiß Bescheid! Wir brauchen nicht darüber zu diskutieren, wir *wissen* es. Wenn Sie das nicht begreifen, sitzen Sie an der falschen Stelle.«

»An der Stelle, an der ich sitze, geht es nicht um das, was ich zu wissen glaube. Es gibt vieles, was ich ändern möchte. Aber das kann ich nicht dadurch, daß ich anderen meine Meinung aufzwinge. Doch wie dem auch sei – Sie und ich ziehen jetzt am gleichen Strang.«

»Nein, Mr. Director. Ich ziehe nicht an Ihrem Strang. Um es zu wiederholen: Ich schulde Ihnen und Ihresgleichen nichts. Aber Sie schulden *mir* etwas, das Sie nie begleichen können.« Hawthorne warf den Hörer auf die Gabel.

Raymond Gillette, Direktor der Central Intelligence Agency, beugte sich über den Schreibtisch und massierte mit den Fingern seine schmerzenden Schläfen. Die Erinnerung an seine Tätigkeit in Saigon war wieder in ihm aufgestiegen und erfüllte ihn mit einem Gefühl des Zornes und der Trauer, ohne daß er wußte weshalb. Dann war es ihm plötzlich klar: Es war Tyrell Hawthorne – das, was er dem ehemaligen Navy-Offizier *antat*. Die Duplizität der Ereignisse war verblüffend.

Damals in Vietnam war ein junger Offizier der Air Force an der Grenze zu Kambodscha, weniger als fünf Meilen vom Ho-Tschi-Minh-Pfad entfernt, mit seiner Crew abgeschossen worden. Er hatte sich mit dem Fallschirm aus dem brennenden Flugzeug retten können und sich an den Truppen des Vietcong vorbei durch den dichten Dschungel und die Sümpfe geschlagen – Gott allein wußte, wie ihm das gelungen war –, von Beeren und Baumrinde und Nagetieren lebend, bis er sicheres Territorium erreichte. Und die Geschichte, die er den Geheimdienstleuten erzählte, war fast unglaublich.

Es gab einen verborgenen, zwanzig Fußballfelder großen Komplex, der aus einer Bergflanke ausgehöhlt worden war und in dem regelmäßig bei Tageslicht Hunderte von Lastwagen und Panzern, Tankwagen und anderen Fahrzeugen verschwanden, um bei Nacht wieder zum Vorschein zu kommen. Wie der junge Offizier berichtete, mußte sich in diesem Komplex auch ein Munitionsdepot befinden, da häufig mit Granaten beladene Fahrzeuge hineinfuhren, die dann leer wieder herauskamen.

Den Geheimdienstoffizier, der damals die Vernehmung leitete und jetzt als Direktor der Central Intelligence an seinem Schreibtisch saß, erinnerten diese Erzählungen an die deutsche Raketenbasis in Peenemünde. Den gewaltigen Komplex zu bombardieren und völlig zu zerstören – es wäre nicht nur ein Schlag von beträchtlicher strategischer Bedeutung, sondern würde auch den GIs neuen Auftrieb geben, die von dem unverbrüchlichen Widerstandswillen ihrer Feinde wie zermürbt waren.

Aber wo lag dieser Berg, der einer ganzen Division Schutz bot? *Wo?*

Der junge Air-Force-Offizier konnte seine Lage auf den Luftbildkarten nicht genau angeben. Er hatte sich verstecken und um sein Leben kämpfen müssen. Aber er wußte, wo seine Maschine abgeschossen worden war, kannte die entsprechenden Koordinaten und glaubte, seine Fluchtroute zurückverfolgen zu können, wenn er an der gleichen Stelle noch einmal mit dem Fallschirm absprang. Es hatte dort nur eine Gruppe von Bergen gegeben, die sich ›wie grüne Speiseeiskugeln aufeinandertürmten‹. Er war überzeugt, sie wiederfinden zu können.

»Ich kann Ihnen das nicht zumuten, Lieutenant«, hatte Gillette gesagt. »Sie haben mehr als fünfundzwanzig Pfund Gewicht verloren, und Ihr körperlicher Zustand ist miserabel.«

»Ich schaffe es«, erwiderte der Pilot. »Je länger wir warten, desto mehr verblaßt meine Erinnerung.«

»Mein Gott, es ist nur ein Waffendepot von vielen ...«

»Ich muß Sie korrigieren, Sir. Es ist *das* Depot. So etwas habe ich noch nicht gesehen. Bitte, Captain, lassen Sie mich gehen.«

»Da ist doch ein Haken an der Sache, Lieutenant. Warum sind Sie so scharf darauf?«

»Ich habe einen persönlichen Grund, Captain. Meine beiden Kameraden sind mit mir ausgestiegen. Sie sind auf einem freien Feld runtergekommen, während ich etwa eine Viertelmeile entfernt zwischen den Bäumen landete. Ich habe meinen Fallschirm unter den Zweigen versteckt und bin auf sie zugelaufen. Ich habe den Rand des Feldes zur gleichen Zeit erreicht wie eine Gruppe von Soldaten, die von der anderen Seite kamen – Soldaten *in Uniform,* keine Kids in Pyjamas. Und ich habe im Gras gekniet und zugesehen, wie die Scheißkerle meine Crew mit Bajonetten niedermachten! Es waren nicht nur meine Freunde, Captain; einer von ihnen war mein Vetter. *Soldaten,* Captain! Soldaten stechen nicht mit Bajonetten auf Kriegsgefangene ein. Ich muß zurück.«

»Also gut. Sie kriegen von mir jeden Schutz, den Sie brauchen. Sie bleiben mit uns durch einen Sender in Verbindung, den Sie am Körper tragen. Ich setze Cobra-Hubschrauber ein, die nie mehr als drei Meilen von Ihrem jeweiligen Aufenthaltsort entfernt sind und auf Ihr Signal sofort landen und Sie an Bord nehmen.«

»Mehr kann ich nicht verlangen, Sir.«

Sehr viel mehr hättest du verlangen können, junger Mann, denn ich wußte damals noch nicht, daß verdeckte Operationen niemals so ablaufen. Es herrscht dabei eine andere Moral, eine andere Ethik, deren Credo lautet: Der Job muß getan werden, zu welchem Preis auch immer.

Der junge Offizier wurde mit einem Überläufer vom Vietcong, der an der kambodschanischen Grenze lebte, am gleichen Ort abgesetzt, an dem die Maschine des Piloten abgeschossen worden war, und zusammen machten sie sich auf den Weg. Gillette, der Geheimdienstoffizier, der für den Einsatz verantwortlich war, flog in die Nähe von Han Minh, wo er sich der Einheit anschloß, die mit den beiden Männern in Funkverbindung stand.

Wo sind die Cobras? hatte er gefragt.

Keine Sorge, sie sind unterwegs, war die Antwort des Colonel.

Sie sollten schon lange hier sein. Unser Pilot und der Überläufer nähern sich dem Zielgebiet. Hören Sie!

Wir hören, sagte ein Major, der vor einem Funkgerät hockte. *Wir haben ihre Position genau erfaßt.*

Wenn sie das verabredete Signal geben, sind sie noch etwa tausend Meter vom Ziel entfernt, fügte der Colonel hinzu.

Dann setzen Sie endlich die Cobras ein! rief der Captain aus Saigon. Plötzlich war ein statisches Rauschen zu hören und dann mehrere Schüsse. Danach Stille – eine schreckliche Stille.

Das war's! schrie der Major. *Sie sind angegriffen worden! Nehmen Sie Verbindung mit den Bombern auf. Hier sind die Koordinaten des Zielgebiets!*

Was meinen Sie damit, daß sie angegriffen worden sind? rief Gillette.

Sie sind offensichtlich entdeckt und von den Patrouillen der Nordvietnamesen erschossen worden. Sie haben ihr Leben für eine große Sache geopfert.

Wo zum Teufel waren die Cobras? Die Hubschrauber sollten sie rausbringen.

Welche Cobras? fragte der Major sarkastisch. *Sie haben doch nicht etwa geglaubt, daß wir die Operation durch Hubschrauber gefährden würden, die nur wenige Meilen vom Zielgebiet durch die Luft schwirren? Sie wären durch Radar erfaßt worden, und wir hätten diesen gottverdammten Berg nie bombardieren können.*

So war es nicht ausgemacht! schrie der Captain. *Ich habe dem Piloten mein Wort gegeben.*

Ihr Wort, sagte der Colonel. *Nicht unseres. Wir versuchen hier einen Krieg zu gewinnen.*

Ihr Scheißkerle! Ich habe dem Piloten versprochen ...

Es war Ihr Versprechen, nicht unseres, mein Lieber. Wie heißen Sie übrigens, Captain?

Gillette, antwortete der Geheimdienstoffizier erstaunt, *Raymond Gillette. Ich sehe es schon vor mir: »Gillette schneidet wie mit einer Rasierklinge Versorgungsweg ab!« Unsere Presseabteilung läßt sich immer etwas Hübsches einfallen.*

Raymond Gillette, Direktor der Central Intelligence Agency, hob den Kopf und drückte wieder die Finger gegen seine Schläfen. Die Schlagzeile hatte ihm den Weg zu seiner Karriere geöffnet – auf Kosten eines jungen Piloten und seines vietnamesischen Begleiters. Geschah jetzt etwas Ähnliches? Mit Hawthorne? War es möglich, daß ein weiterer O'Ryan in der Chefetage der CIA saß?

Alles war möglich, dachte Raymond Gillette, als er sich aus seinem Sessel erhob und zur Tür ging. Er würde persönlich mit jedem Mann und jeder Frau der Einheit sprechen, die die Verbindung zu Hawthorne aufrechterhielt, ihnen in die Augen blicken und sie auf ihre Vertrauenswürdigkeit prüfen. Er schuldete das nicht nur jenem toten Air-Force-Offizier und seinem Begleiter, sondern auch Tyrell Hawthorne, dem er erst vor wenigen Minuten seine Hilfe zugesichert hatte. Er öffnete die Tür und sprach mit seiner Sekretärin.

»Helen, rufen Sie die Little-Girl-Einheit zusammen. Ich möchte sie in zwanzig Minuten im Konferenzsaal sprechen.«

»Ja, Sir«, sagte die grauhaarige Frau und stand auf. »Aber ich habe Mrs. Gillette versprochen, darauf zu achten, daß Sie ihre Nachmittagstablette nehmen.« Die Sekretärin goß Wasser aus einer Thermosflasche in einen Pappbecher und reichte es ihrem Chef zusammen mit einer Tablette. »Mrs. Gillette besteht darauf, daß Sie dieses Wasser nehmen. Es ist salzfrei.«

»Mrs. Gillette kann einem manchmal auf die Nerven gehen, Helen«, sagte der DCI, bevor er die Tablette mit mehreren Schlucken Wasser hinunterspülte. Er lächelte und setzte sich auf den Stuhl seiner Sekretärin. »Ich hasse diese verdammten Pillen. Ich habe hinterher immer das Gefühl, drei Bourbons getrunken zu haben. Aber Bourbon schmeckt besser.«

Plötzlich, ohne das Anzeichen eines vorangegangenen Unwohlseins, sackte Raymond Gillette in sich zusammen, verzog das Gesicht und rang nach Luft. Er griff mit den Händen nach seinem Hals und fiel zu Boden, die Augen weit geöffnet. Er war tot.

Die Sekretärin trat rasch an die Tür, schloß sie ab und zog den Körper in Gillettes Büro, wo sie ihn vor der Couch unter dem Fenster niederlegte. Sie kehrte in das Vorzimmer zurück, schloß die Tür hinter sich und hob den Hörer des abhörsicheren Telefons ab. Sie drückte die Nummer ein, die sie mit dem Leiter der Sondereinheit Little Girl Blood verband.

»Ja?« sagte eine männliche Stimme am anderen Ende der Leitung.

»Hier ist Helen, Büro des DCI. Er hat mich gebeten, Sie anzurufen. Sie sollen die Ausrüstung Ihrer Einheit testen, sobald Sie von Commander Hawthorne gehört haben, daß er seinen Einsatzort erreicht hat.«

»Das weiß ich. Wir haben es vor einer Viertelstunde besprochen.«

»Vermutlich wollte er es nur bestätigen. Er wird den größten Teil des Nachmittags nicht erreichbar sein. Es stehen mehrere Konferenzen an.«

»In Ordnung. Wir sind einsatzbereit.«

»Danke«, sagte Skorpion 17 und legte auf.

27

Es war 16 Uhr 35, und Andrew Jackson Poole war tief beeindruckt, als er am Schreibtisch in der Shenandoah Lodge saß und die Geräte betrachtete, die die Central Intelligence Agency ihnen zur Verfügung gestellt hatte. Er war mit Hawthorne durch eine abhörsichere, nicht in das Netz der CIA integrierte Leitung verbunden. Falls ein Unbefugter sich in die Leitung einschaltete, leuchtete ein gelbes X auf dem Bildschirm auf. Auf einem zweiten Bildschirm zeigte ein blinkender Cursor die Signale an, die Hawthornes Transponder ausstrahlte. Die Angehörigen der Sondereinheit in Langley waren über die nach ihrer Meinung unnötigen Vorsichtsmaßnahmen empört gewesen, aber Tye hatte dem DCI klargemacht, daß es in der Agency einen zweiten O'Ryan geben könne, gegen den er sich absichern müsse.

»Hören Sie mich, Tye?« fragte Poole und legte einen Kippschalter auf der kleinen Konsole um.

»Ja«, erwiderte Tyrell in seinem Wagen. »Sind wir allein?«

»Völlig isoliert«, sagte der Lieutenant. »Niemand hört mit.«

»Gibt's was Neues aus dem Krankenhaus?«

»Nein. Sie sagen nur, Cathys Zustand sei stabil, was immer das heißen mag.«

»Die Alternative wäre schlimmer, Jackson.«

»Mann, Sie sind kalt wie eine Hundeschnauze.«

»Tut mir leid, wenn Sie das denken ... Wo bin ich?«

»Nach den Koordinaten auf der Route 270. Sie nähern sich einer Abzweigung, die zur 301 führt. Das Mädchen am Bildschirm in Langley sagt, sie kennt die Gegend. Links von Ihnen liegt ein drittklassiger Lunapark mit einem Riesenrad, das ständig stehenbleibt.«

»Ich bin gerade daran vorbeigefahren. Das scheint ja prima zu funktionieren.«

Das rote Telefon auf der Konsole läutete. »Bleiben Sie dran, Tye. Langley hat Alarm gegeben. Ich bin gleich wieder da.«

Hawthorne saß in dem Wagen mit dem Nummernschild des State Department. Er wandte den Blick nicht von der Straße ab, aber mit seinen Gedanken war er woanders. Was war geschehen, daß die CIA Alarm gegeben hatte? Er hatte noch etwa fünfundvierzig Minuten bis Chesapeake Beach und dem Sommerhaus der O'Ryans zu fahren. War dort etwas passiert? Tyrell tastete nach dem Feuerzeug in seiner Hemdtasche, das elektrische Impulse aussandte, wenn er sich außerhalb des Wagens befand und verlangt wurde. Poole hatte es geprüft; es arbeitete einwandfrei.

»Mein Gott, es ist schrecklich!« rief Jackson. Seine Stimme klang erregt. »Aber das ändert nichts. Wir machen trotzdem weiter.«

»Jesus, Maria und Josef, was ist schrecklich?«

»Man hat Direktor Gillette tot in seinem Büro aufgefunden. Es war sein Herz. Er hatte schon lange Probleme damit und stand unter Medikamenten.«

»Wer behauptet das?« fragte Hawthorne.

»Sein Arzt, Tye«, erwiderte Poole. »Er hat den Medizinern des CIA gesagt, daß er damit gerechnet habe – aber nicht so schnell.«

»Hören Sie mir zu, Lieutenant. Hören Sie mir gut zu. Ich verlange, daß Gillette sofort – und ich meine *sofort* – obduziert wird. Man soll sich auf Substanzen konzentrieren, die sich in der Luftröhre und den Bronchien, aber auch im Magen befinden können. Die Obduktion muß innerhalb der nächsten paar Stunden stattfinden. Veranlassen Sie das, sofort!«

»Wovon reden Sie da …?« stammelte Poole. »Sie haben doch gehört, was sein eigener Arzt gesagt hat.«

»Und ich sage Ihnen, daß der Tod des Direktors der Central Intelligence, der letztlich für diese Operation verantwortlich ist, kein Zufall sein kann. Sagen Sie ihnen, sie sollen nach Anzeichen einer Vergiftung durch ein Digitalispräparat suchen. Selbst eine kleine Dosis genügt, um Herzrhythmusstörungen auszulösen. Aber es läßt sich nur kurze Zeit nachweisen.«

»Woher wissen Sie das?«

»Verdammt noch mal«, rief Hawthorne. »Ich *weiß* es eben. Und nun beeilen Sie sich! Bis wir eine Analyse von einem unabhängigen

Labor haben, bleibt diese Verbindung unterbrochen. Wenn Sie den Bericht haben, melden Sie sich mit fünf Stromstößen über Ihren Sender. Ich warte – und wenn es die ganze Nacht dauert.«

»Tye, Sie scheinen mich nicht zu verstehen. Gillette wurde vor etwa zwei Stunden gefunden. Die Leiche ist ins Walter-Reed-Hospital geschafft worden.«

»Ein Krankenhaus, dessen Ärzte von der Regierung bezahlt werden!« schrie Hawthorne. »Ich breche die Verbindung ab.«

»Das wäre unklug«, sagte Poole. »Ich kenne dieses Gerät. Und die in Langley wissen das auch. Niemand kann uns abhören. Ich hab's getestet. Und selbst wenn es einen zweiten O'Ryan in Langley geben sollte, und es gelingt ihm irgendwie, sich einzuschalten, auch wenn das, wie gesagt, unmöglich ist, selbst dann erscheint es mir vernünftiger, nur auf die Übermittlung der Koordinaten zu verzichten, aber nicht die Funkverbindung abzubrechen.«

»Ich werfe meinen Gürtel mit diesem in der Schnalle eingebauten Transponder aus dem Fenster«, sagte Tyrell.

»Dürfte ich vielleicht vorschlagen, daß Sie zurück zum Lunapark fahren und das Ding neben dem Geisterhaus ablegen, Sir? Oder vielleicht am Riesenrad?«

»Poole, Sie stecken wirklich voll ungeahnter Qualitäten. Ich freue mich schon, wenn wir erst die Nachricht bekommen, daß sich ein Trupp betont unauffälliger Under-Cover-Agenten im Spiegelkabinett verlaufen hat.«

»Oder wir haben Glück, und die sitzen gerade in ihrer Gondel ganz oben auf dem Riesenrad, wenn das Ding mal wieder stehenbleibt.«

Der mit Fliesen ausgelegte Weg führte zum Eingang einer Villa, die an eines jener Herrenhäuser aus der Zeit vor dem Bürgerkrieg erinnerte, in denen die Plantagenbesitzer des tiefen Südens zu residieren pflegten. Die Bajaratt blieb vor der mächtigen Doppeltür stehen, auf der in Basrelief die Reisen Mohammeds abgebildet waren, als er die Lehren des Koran von den Propheten der Berge empfing. »*Quatsch!*« dachte sie. Es gab keine erhabenen Berge, keinen Mohammed, und die Propheten waren unwissende Ziegenhirten! Es gab auch keinen Christus. Er war ein radikaler, jüdischer Unruhestifter, aufgewachsen im Geist der halbgebildeten Essener, die nicht einmal imstande waren, ihr Land zu bestellen. Es gab keinen Gott – nur die Stimme in jedem Einzelnen, die einem Mann oder einer Frau sagte, was er oder sie zu tun hatte, um für Gerechtigkeit zu kämpfen und den Unterdrückten zu helfen. Was gab es sonst? Die Baj spie auf den Boden, dann nahm sie sich zusammen, hob mit damenhafter Bewegung die Hand und drückte auf den Klingelknopf.

Wenige Augenblicke später wurde die Tür von einem in einen Burnus gehüllten Araber geöffnet. »Sie werden erwartet, Madame. Sie haben sich verspätet.«

»Wenn ich noch später gekommen wäre – hätten Sie mir dann den Eintritt verweigert?«

»Das ist möglich.«

»Dann gehe ich wieder – sofort«, sagte die Bajaratt. »Wie können Sie es wagen, so mit mir zu sprechen?«

Eine weibliche Stimme sagte aus den Inneren des Hauses: »Laß die Dame eintreten, Ahmet Ashad. Und steck die Waffe weg. Das ist sehr unhöflich.«

»Sie ist nicht zu sehen, Madame«, rief der Diener.

»Das ist noch unhöflicher. Führ unsere Besucherin zu mir.«

Der Raum war ein völlig normales Wohnzimmer, soweit es die Fenster, die Vorhänge und die Tapete betraf. Aber es wies weder Stühle noch Sessel auf – nur große Kissen, die überall auf dem Fußboden verstreut vor niedrigen, kleinen Tischen lagen. Und auf einem dieser Kissen aus scharlachroter Seide saß halb zurückgelehnt eine dunkelhäutige Frau unbestimmten Alters von außerordentlicher Schönheit. Ihr klassisch geschnittenes Gesicht trug so ideale Züge, daß man es für eine Maske gehalten hätte, wäre es nicht alles andere als maskenhaft gewesen; wenn sie lächelte, leuchteten ihre Augen auf wie Opale und verrieten echtes Interesse und unverhüllte Neugier.

»Setzen Sie sich, Amaya Aquirre«, sagte sie mit leiser, melodiöser Stimme. Sie trug einen smaragdgrünen, seidenen Hosenanzug. »Sie sehen, ich kenne Ihren Namen und weiß auch sonst noch einiges über Sie. Und wie Sie weiterhin sehen, pflege ich die alte arabische Sitte, mich nicht über Sie zu erheben, sondern Ihnen auf gleicher Ebene – ursprünglich dem Wüstensand, jetzt dem Fußboden – zu begegnen.«

»Wollen Sie damit sagen, daß ich Ihnen nicht ebenbürtig bin?«

»Keineswegs. Aber Sie sind keine Araberin.«

»Ich habe für Ihre Sache gekämpft. Mein Mann hat dafür sein Leben gelassen!«

»Bei einem törichten Einsatz, der weder den Juden noch den Arabern genützt hat.«

»Die Beka'a hat ihn abgesegnet.«

»Die Beka'a hat sich diesem Einsatz nicht widersetzt, weil Ihr Mann ein Aufwiegler, ein Held des Volkes war und sein Tod ihn zu einem Märtyrer, einem Symbol machen würde. *Denkt an Askalon!* Sie werden den Ruf oft genug gehört haben. Alles Unsinn, abgesehen von den Emotionen, die dadurch geweckt werden.«

»Und das sagen Sie *mir?* Mein Leben, mein Mann – sind wir *nichts?*« Die Baj sprang vom Kissen auf, als Ahmet in der Tür erschien. »Ich bin bereit, für die größte Sache in der Geschichte der Menschheit zu sterben! Tod allen Vertretern der Obrigkeit!«

»Das ist es, worüber wir sprechen müssen, Amaya ... Laß uns allein, Ahmet; sie hat keine Waffe ... Ihre Bereitschaft zu sterben ist nicht der Rede wert. In der ganzen Welt gibt es Männer und Frauen, die bereit sind, für das zu sterben, woran sie glauben. Und von den meisten hört man hinterher nie wieder etwas. Nein, ich verlange mehr von Ihnen.«

»*Was* verlangen Sie von mir?« fragte die Bajaratt und ließ sich langsam wieder auf das Kissen nieder, den Blick auf die schöne, alternde und doch alterslose Frau gerichtet.

»Sie haben es weit gebracht – mit gewisser Hilfe von anderen natürlich, aber vor allem aufgrund Ihrer eigenen außerordentlichen Begabung. In wenigen Tagen sind Sie zu einer einflußreichen Kraft geworden. Das ist allein der Idee, der Vorstellung zu verdanken, die Sie von sich zu erwecken wußten. Absolut brillant. Der jungen Baron, ein zukünftiger Erbe, und eine Familie in Ravello, die Millionen investieren will. Selbst die junge Schauspielerin – rührend. Sie verdienen den Ruf, der Ihnen vorangeht.«

»Ich tue, was ich zu tun habe. Was andere darüber denken, ist mir, offen gesagt, gleichgültig. Was verlangen Sie also von mir? Der Hohe Rat hat mich aufgefordert, mit Ihnen in Verbindung zu treten.«

»Sie wissen, daß wir ... daß ich Ihnen keine Anweisungen geben kann. Das ist allein Sache des Hohen Rates.«

»Das weiß ich. Aber ich schulde Ihnen die Achtung, die jedem unserer wahren Freunde zukommt, und höre mir an, was Sie mir zu sagen haben. Reden Sie!«

»Einem wahren Freund – ja, Amaya, aber nur bis zu einem gewissen Grad, meine Liebe. Wir gehören nicht zu Van Nostrands Skorpionen, diesen Opportunisten, die nur ihren Profit im Auge haben, nur an Reichtum und Macht denken. Ich ... wir haben genug von beidem.«

»Wer seid Ihr denn? Sie wissen offenbar eine ganze Menge.«

»Das ist schließlich unser Job. – Die Deutschen hatten im Zweiten Weltkrieg einen Nachrichtendienst aufgebaut, die sogenannte ›Abwehr‹. Ein elitärer Geheimdienst, von dem selbst das Oberkommando der Wehrmacht wenig wußte. Seine Angehörigen waren nicht einmal ein Dutzend alter Männer, vor allem Preußen, jeder einzelne von Adel, die zusammen an die 800 Jahre Erfahrung und Einfluß mitbrachten. Sie waren deutsch bis ins Mark, aber sie hatten erkannt, wie schlecht es für ihr Land war, von Hitler und seinen Schergen geführt zu werden ... Und wir haben erkannt, wie wenig es unserer Sache dient, wenn Terroristen in Israel Frauen und Kinder ermorden. Es ist kontraproduktiv.«

»Das reicht!« sagte die Baj und stand auf. »Haben Sie und Ihre elitäre Gruppe je daran gedacht, daß da ein ganzes Volk vertrieben wurde? Seid ihr je in einem Flüchtlingslager gewesen? Habt ihr je zugeschaut, wenn die Israelis unsere Häuser mit Bulldozern niederwalzten? Habt ihr das Blutbad in Shatila und Sabra vergessen?«

»Wir haben erfahren, daß Sie morgen abend gegen acht Uhr den Präsidenten treffen«, sagte die Frau ruhig und lehnte sich auf ihrem Kissen zurück.

»Morgen also? Um acht Uhr.«

»Das Treffen sollte ursprünglich um drei Uhr nachmittags stattfinden, aber angesichts der Absichten, die die ›Contessa‹ mit ihrer Reise nach Amerika verbindet – die Investitionen zu fördern, ein heikles Thema für dieses stolze Land –, wurde die Frage erwogen, ob eine spätere Stunde nicht angemessener sei. Die Presse soll nach Möglichkeit nicht erfahren, daß der Präsident eine ehrgeizige ausländische Aristokratin empfängt, die sich Vorteile von der augenblicklichen wirtschaftlichen Lage des Landes verspricht.«

»Und wie hat das Weiße Haus reagiert?« fragte die Bajaratt.

»Der Stabchef hat sofort zugestimmt. So haben Sie jetzt eine weit bessere Chance, nach Ihrem Attentat zu entkommen. Um acht Uhr werden die Wachen im Weißen Haus abgelöst. Drei Männer, einer von ihnen in der Livree eines Chauffeurs, werden Sie unter dem Vorwand, Sie vor der Presse zu schützen, durch einen Hintereingang zu einer Limousine führen. Es sind unsere Männer. Sie identifizieren sich mit dem Namen *Askalon*. Ich hoffe, Sie stimmen unserem Plan zu.«

»Ich verstehe nicht ganz«, sagte die Bajaratt. »Warum machen Sie das? Ich dachte, Sie mißbilligen unsere Aktion?«

»Nur den *Zweck*, den Sie damit verbinden«, sagte die Araberin. »Was Ihr Leben betrifft, so erwarten wir von Ihnen noch etwas. Wir haben nichts dagegen, daß der amerikanische Präsident ermordet wird; er wird von Opportunismus, nicht von Prinzipien geleitet. Die Leute spüren das; er erweckt in ihnen keine Sympathie. Der Vizepräsident ist weitaus beliebter. Und obwohl wir sie für überflüssig halten, können wir auch die Morde in England und Frankreich akzeptieren, wenn Sie darauf bestehen. Aber es sind fortschrittliche Regierungen – europäische Regierungen –, die ihre politischen Führer nicht idolisieren. Sie sehen den Realitäten ins Auge und verhandeln. Ich will nicht verhehlen, daß wir durch das Machtvakuum, das in Amerika eintritt, unseren Einfluß zu verstärken hoffen. Wir werden wohl nicht die Unterstützung der jüdischen Wähler erhalten, aber dafür haben wir etwas anderes, eine Organisation, die dem berühmten Mossad gleichwertig ist. Wir sind kein Mythos. Wir sind real. Und wir werden dafür sorgen, daß niemand mehr in den Korridoren der Macht den Israelis die Stiefel küßt. Dann wird auch Amerika eine fortschrittliche Regierung haben.«

»Was erwarten, was verlangen Sie von mir?«

»Geben Sie den Plan auf, den Juden zu töten. Ziehen Sie Ihre Leute aus Jerusalem und Tel Aviv ab.«

»Wie können Sie das von mir fordern? Das ist unsere Rache für Askalon!«

»Und bedeutet den Tod von Tausenden unseres Volkes, Amaya. Israel betreibt eine einseitige Politik; es handelt aus persönlichen Gründen, wenn Sie so wollen. Es kümmert sich nicht um das, was jenseits seiner Grenzen geschieht, solange es nicht bedroht wird. Wir sehen die Sache ganz objektiv. Wenn ihr einen jüdischen Führer ermordet, fliegen jüdische Flugzeuge wochenlang einen Einsatz nach dem anderen und bombardieren unsere Lager und Siedlungen, bis sie dem Erdboden gleichgemacht sind. Denken Sie an das, was erst kürzlich passiert ist: Die Juden haben *zwölfhundert* Gefangene gegen *sechs* israelische Soldaten ausgetauscht und später über vierhundert Palästinenser ausgewiesen, weil einer ihrer Soldaten getötet wurde.«

»Sie verlangen einen hohen Preis von mir«, sagte die Bajaratt leise.

»Einen Preis, den ich nicht bereit bin zu zahlen. Ich habe mein ganzes Leben auf diesen Augenblick gewartet.«

»Mein Kind …«, begann die Frau.

»*Nein!* Ich bin nicht Ihr Kind, ich bin niemandes Kind«, sagte die Bajaratt wie aus weiter Ferne. »Ich war nie ein Kind. Nie. *Muerte a toda autoridad.*«

»Ich verstehe Sie nicht …«

»Das brauchen Sie auch nicht zu verstehen. Wie Sie selbst sagten: Sie können mir keine Anweisungen geben.«

»Sicher nicht. Ich versuche nur, vernünftig mit Ihnen zu reden, Sie zu schützen.«

»*Vernünftig?*« flüsterte die Baj. »Was hat Vernunft damit zu tun? Ihre Leute leben wenigstens in Lagern, aber meine werden wie Tiere gejagt, hingerichtet, abgeschlachtet – *geköpft. Muerte a toda autoridad!* Nein, sie müssen *sterben*.«

»Bitte, meine Liebe«, sagte die dunkelhäutige Frau. Ihre Stimme klang besorgt. »*Bitte*. Ich bin nicht Ihre Feindin, Amaya.«

»Jetzt begreife ich«, sagte die Bajaratt. »Sie versuchen, mich aufzuhalten, nicht wahr? Sie haben einen bewaffneten Diener, der mich leicht töten kann.«

»Damit ich mir den Zorn des Beka'a zuziehe? Sie sind ein lebendes Fanal, die Frau des toten Helden von Askalon, eine Frau, die von allen verehrt wird. Der Hohe Rat hört auf Sie. Ich versichere Ihnen, daß Ihnen hier kein Haar gekrümmt wird. Und nochmals – ich bin nicht Ihre Feindin, ich bin ein Freund.«

»Und doch fordern Sie mich auf, meine Leute aus Jerusalem abzuziehen, den Juden am Leben zu lassen.«

»Um damit das Leben von zahllosen Palästinensern zu retten.«

»Wie können Sie mir sagen, was ich zu tun habe? Sie, die Sie hier in diesem Reichtum und Luxus leben?« Die Bajaratt blickte sich in dem üppig eingerichteten Raum um.

»Ach, das«, sagte die alterslose Frau und lachte leise. »Reichtum und Luxus bedeuten in dieser materialistischen Welt Macht und Einfluß. Wir alle stellen gerne zur Schau, was wir haben, um zu zeigen, wer wir sind. Das müßten Sie doch wissen, Amaya Aquirre. Wir sind uns gar nicht so unähnlich.«

»Ich bin dem Tode entkommen; ich habe dem Tod ins Auge gesehen.«

»Das, was Sie dort gesehen haben, ist nichts im Vergleich zu dem, was ich gesehen habe. Sie haben von Shatila und Sabra gesprochen, aber Sie waren nicht dort. Ich war es! Sie glauben, Sie müßten Rache nehmen, mein Kind? Ich will es nicht weniger.«

»Warum versuchen Sie dann, mich davon abzuhalten, den Juden zu töten?«

»Weil dieser Mord Tausende von Luftangriffen auf mein Volk auslösen würde – *mein* Volk, nicht das Ihre.«

»Ich stehe auf eurer Seite, und das wissen Sie! Ich habe es bewiesen. Ich habe euch meinen Mann gegeben. Und ich bin bereit, euch mein Leben zu opfern.«

»Es ist nicht schwer, etwas zu opfern, was man verachtet, Amaya.«

»Und wenn ich nicht auf Ihre Forderung eingehe?«

»Dann kommen Sie nie ins Weiße Haus, geschweige denn ins Oval Office.«

»*Lächerlich!* Mein Zugang zum Weißen Haus ist gesichert. Der Mann, der mir dazu verhilft, ist an den Millionen aus Ravello interessiert. Und er ist nicht dumm.«

»Und was wissen Sie von diesem Mann, diesem Senator Nesbitt aus Michigan?«

»Sie wissen also, wer er ist?«

Die Frau zuckte mit den Schultern. »Der Termin wurde verschoben, Amaya.«

»Ja, natürlich ... Ich habe mich gründlich nach ihm erkundigt. Er scheint der übliche amerikanische Politiker zu sein. Er muß sich in einem Staat zur Wiederwahl stellen, in dem die Arbeitslosigkeit grassiert wie eine Seuche. Wie kann er seine Wähler besser überzeugen als durch Investitionen in Millionenhöhe?«

»Und wenn Sie sich noch so gründlich nach ihm erkundigt haben, meine Liebe – was wissen Sie von dem Mann selbst? Ist er ein guter Mann, ein ehrlicher Mann?«

»Ich habe keine Ahnung, und es ist mir auch egal. Man hat mir gesagt, er sei Anwalt oder Richter. Falls das etwas bedeutet.«

»Nicht viel. Es gibt solche Richter und solche ... Ist Ihnen je der Gedanke gekommen, daß er ein Skorpion sein könnte? Daß er Ihnen behilflich ist, weil man es ihm befohlen hat?«

»Nein, auf die Idee bin ich nie gekommen ...«

»Wir wissen, daß es einen Skorpion im Senat gibt.«

»Er hätte sich zu erkennen gegeben«, sagte die Bajaratt. »Van Nostrand hat es auch getan. Er hat mir die geheime Telefonnummer gegeben, unter der ich die Skorpione erreichen konnte.«

»Die Satellitenverbindung. Wir sind über alles informiert.«

»Es fällt mir schwer, das zu glauben.«

»Wir haben fast drei Jahre dazu gebraucht, aber dann haben wir einen Skorpion gefunden, den wir auf unsere Seite ziehen konnten. Sie kennen ihn – oder besser sie. Es ist Ihre Gastgeberin in Palm Beach. Ein hübsches Anwesen, nicht? Sylvia und ihr Mann könnten es ohne unsere Hilfe nicht unterhalten. Der Mann hat ein ererbtes Vermögen von siebzig Millionen Dollar in weniger als dreißig Jahren durchgebracht. Sie ist der Skorpion, der für gesellschaftliche Angelegenheiten zuständig ist. Sehr nützlich. Wir haben sie über Van Nostrand gefunden, ihr mehr geboten als diese Auftraggeber und so eine Verbündete gewonnen. Ganz einfach.«

»Sie hat mir Nesbitt vorgestellt. Dann sind *beide* Skorpione!«

»Sie ja. Der Senator bestimmt nicht. Es war meine Idee, ihn zu bewegen, nach Palm Beach zu fliegen. Er hat keine Ahnung, wer Sie wirklich sind. Für ihn sind Sie die Gräfin Cabrini, die Schwester eines unerhört reichen Bruders in Ravello.«

»Damit bestätigen Sie meine Einschätzung der Lage. Sie können mich nur aufhalten, wenn Sie mich töten. Aber Sie haben selbst die Konsequenzen beschrieben, die sich daraus ergeben würden. Ich glaube, es gibt nichts mehr zu sagen. Ich habe meine Verpflichtung dem Hohen Rat gegenüber erfüllt. Ich habe Ihnen zugehört.«

»Hören Sie mir noch einige Minuten weiter zu, Amaya. Es dürfte für Sie sehr instruktiv sein.« Die Araberin erhob sich langsam, mit der Anmut einer Katze. Die Bajaratt war erstaunt, wie klein sie war, nicht größer als 1,60 Meter – eine elegante, puppenhafte Gestalt, ungeachtet der Autorität, die sie ausstrahlte. »Wir wußten, daß Sie mit den Skorpionen zusammenarbeiten; unsere Verbündete in Palm Beach hat es durch den Einwanderungsbeamten in Fort Lauderdale erfahren. Und da Ihr Besuch im Weißen Haus unmittelbar bevorstand, mußte ich sicherstellen, daß Sie vorher zu mir kamen.«

»Sie wußten doch, das ich das tun würde«, unterbrach sie die Bajaratt. »Unser Treffen war schon vor Wochen vom Beka'a arrangiert worden. Ich habe die entsprechende Information in kodierter arabischer Schrift bekommen. Adresse, Datum und genaue Tageszeit.«

»Ich hatte Vertrauen zu Ihnen, aber ich *kannte* Sie noch nicht. Sie werden verstehen, daß ich gewissen Vorkehrungen getroffen habe:

Wenn Sie heute abend nicht gekommen wären, wäre morgen früh eine Madame Balzini im Carillon-Hotel abgeholt worden.«

»Balzini ... das Carillon? Das *wußten* Sie alles?«

»Selbstverständlich«, erwiderte die Frau. »Freilich nicht durch die Skorpione.« Sie ging durch das Zimmer zu einer goldplattierten Gegensprechanlage in der Wand. »Denn die wußten es auch nicht«, fuhr sie fort, sich zur Bajaratt umwendend. »Unsere Freundin in Palm Beach hat mich angerufen und mir gesagt, sie hätte Probleme, ihren vorgesetzten Skorpion telefonisch zu erreichen. Sie hat es schließlich aufgegeben, da sie Angst hatte, sich zu verraten.«

»Es hat mehrere Probleme gegeben«, sagte die Baj, ohne weiter darauf einzugehen.

»Offensichtlich ... Aber wie Sie sehen werden, brauchten wir die Skorpione nicht.« Die schlanke, zerbrechlich wirkende Frau drückte auf eine silberne Taste der Gegensprechanlage. »Jetzt, Ahmet«, sagte sie, die Augen immer noch auf die Bajaratt gerichtet. »Sie werden einem Mann begegnen, der zwei Persönlichkeiten in sich vereint – ja, zwei Identitäten, wenn Sie so wollen. Die eine, die Sie bereits kennen, ist so real wie die andere. Die erste ist die eines ehrlichen, aufrechten Mannes, der ein öffentliches Amt bekleidet. Die zweite ist die eines Menschen, der ein äußerst unglückliches Leben führt ... Vielleicht ist unglücklich nicht das richtige Wort: Unerträglich wäre treffender.«

Verblüfft beobachtete die Bajaratt, wie ein Mann, den sie kaum wiedererkannte, die Treppe herunterkam, gestützt von Ahmet und einer blonden Frau, die ein durchsichtiges Négligé trug, das ihre schwellenden Brüste und die lasziven Bewegungen ihrer Hüften eher betonte als verbarg. Der Mann war Nesbitt! Sein Gesicht war blaß, fast weiß, seine Augen zwei leblose Porzellankugeln. Er bewegte sich wie in Trance. Er trug einen Bademantel aus blauem Samt; seine Füße, deren Adern stark hervortraten, waren nackt.

»Er hat eine Injektion erhalten«, sagte die Araberin leise. »Er erkennt Sie nicht.«

»Er steht unter Drogen?«

»Verabreicht von einem ausgezeichneten Arzt. Nesbitt hat eine gespaltene Persönlichkeit, Amaya. Ein Jekyll und ein Hyde, ohne dessen Aggressivität allerdings – nur von einer unerfüllten Begierde getrieben ... Kurz nach seiner Heirat vor nunmehr vierzig Jahren fand ein tragisches Ereignis statt, ein Überfall auf seine Frau, der so schwere körperliche wie psychische Schäden hinterließ, daß sie fortan absolut frigide war. Der Geschlechtsakt war ihr widerlich; der bloße Gedanke daran ließ sie hysterisch werden. Und das aus gutem Grund. Sie war von einem Psychopathen vergewaltigt worden, von einem Einbrecher, der in ihr Haus eingedrungen war, den jungen Anwalt gefesselt und ihn gezwungen hat, der Vergewaltigung zuzuschauen. Von dieser Nacht an konnte seine Frau ihre ehelichen Pflichten nicht mehr erfüllen. Doch er war ein liebevoller Gatte und, mehr noch, ein tiefreligiöser Mann. Er unterdrückte seine Sexualität. Als sie vor drei Jahren starb, hatte der Druck, der all die Jahre auf ihm gelastet hatte, ihn – oder besser einen Teil von ihm – zerstört.«

»Wie haben Sie ihn gefunden?«

»Es gibt hundert Senatoren, und wir wußten, daß einer von ihnen ein Skorpion ist. Wir haben sie alle unter die Lupe genommen, einen nach dem anderen ... Leider haben wir den Skorpion nicht gefunden; aber wir haben einen offensichtlich psychisch gestörten Mann gefunden, dessen häufige und geheimnisvolle Abwesenheit von dem einzigen Menschen gedeckt wurde, der ihm nahestand – seiner Haushälterin, die seit achtundzwanzig Jahren bei ihm arbeitet und jetzt über siebzig ist.«

Nesbitt hatte mit seinen beiden Begleitern den Fuß der Treppe erreicht und trat jetzt durch die Tür ins Wohnzimmer. »Er sieht nichts«, flüsterte die Baj.

»Nein«, sagte ihre Gastgeberin. »Aber in ein, zwei Stunden ist er wieder bei sich, obwohl er sich nicht an das erinnern wird, was heute abend geschehen ist. Er wird nur spüren, daß er befriedigt, daß er von seinem unseligen Drang erlöst ist.«

»Macht er das oft?«

»Ein-, zweimal im Monat – und gewöhnlich in den späten Abendstunden. Es begann zunächst damit, daß er eine Melodie summte, die ihm aus der Vergangenheit vertraut war. Dann zog er sich wie ein Schlafwandler Sachen an, die er im Schrank seiner verstorbenen Frau verwahrte. Es waren nicht die Sachen, die ein Senator gemeinhin trägt. Eine Wildlederjacke, häufig eine Perücke oder eine Baskenmütze, und immer eine Sonnenbrille. Das war eine schreckliche Zeit für die Haushälterin. Wenn es jetzt passiert, ruft sie uns an, und wir holen ihn ab.«

»Sie kooperiert mit Ihnen?«

»Sie hat keine andere Wahl. Sie wird gut bezahlt – wie auch sein Fahrer und Leibwächter.«

»Und so können Sie ihn für Ihre Zwecke benutzen.«

»Wir sind da, wenn er uns braucht. Und manchmal, wie jetzt, brauchen wir ihn, brauchen wir die Macht, die er kraft seines Amtes besitzt.«

»Ich verstehe.«

»Das Optimale wäre natürlich, wenn wir erfahren könnten, wer im Senat der Skorpion ist. Denn wenn die Auftraggeber ihn kontrollieren, können wir ihn auch kontrollieren. Aber es ist nur eine Frage der Zeit, bis auch wir die Schwachstellen entdeckt haben, die Van Nostrand ausgenutzt hat.«

»Ist das so wichtig für Sie?«

»Es ist von enormer Wichtigkeit, Amaya. Wie ich schon sagte, haben wir große Sympathien für den Hohen Rat und sind ihm eng verbunden; aber der Einfluß des Beka'a erstreckt sich nicht auf die Skorpione. Sie sind das Werk Van Nostrands und seines verrückten Gefährten in der Karibik. Sie werden durch Geld bei der Stange gehalten – Geld, das in keinem Verhältnis zu den ungeheuren Summen steht, die die Auftraggeber an ihnen verdienen. Und die Auftraggeber sind Van Nostrand und der *padrone*, niemand sonst. Die Skorpione sehen in dem, was sie tun, keine höhere Aufgabe. Sie haben nur zwei Motive: die Gier nach Geld und die Angst, entdeckt zu werden. Wenn es uns nicht gelingt, sie vor unseren Karren zu spannen, müssen sie vernichtet werden.«

»Ich darf Sie daran erinnern«, unterbrach sie die Baj, »daß die Skorpione mir und damit dem Beka'a große Dienste erwiesen haben.«

»Es ist ihnen von Van Nostrand befohlen worden. Er kann ihnen durch einen Telefonanruf die Gelder abschneiden oder sie den Behörden ausliefern. Glauben Sie, sie scheren sich im mindesten um uns, um unsere Sache? Wenn Sie das denken, sind Sie nicht die Frau, für die ich Sie gehalten habe.«

»Van Nostrand hat sich zurückgezogen. Er ist irgendwo in Europa. Oder er ist tot. Jedenfalls ist er nicht mehr Skorpion Eins.«

»... Palm Beach hat Probleme mit der Telefonverbindung«, sagte die katzenhafte Araberin kaum hörbar. »Das ist seltsam.«

»Ich weiß nicht, ob er noch lebt. Jemand anders, von dem ich dachte, er sei eliminiert worden, ist jedenfalls noch am Leben – ein früherer Geheimdienst-Offizier namens Hawthorne. Aber Nils Van Nostrand ist nicht mehr da; er hat mir selbst gesagt, daß er sich absetzen wollte.«

»Das ist unangenehm. Solange Van Nostrand da war, konnten wir ihn überwachen. Wir hatten unsere Informanten auf seinem Landgut ... Mit wem arbeiten Sie jetzt zusammen? Sie müssen es mir sagen.«

»Ich weiß es nicht.«

»Denken Sie ans Weiße Haus, Amaya!«

»Ich belüge Sie nicht. Sie haben doch die Kodes – rufen Sie selber an! Dann werden Sie sehen, daß der, der sich meldet, seine Identität nicht preisgibt.«

»Sie haben recht ...«

»Ich weiß jedoch, daß der Skorpion, mit dem ich zuletzt gesprochen habe, so privilegiert ist, daß er mir die geheimsten Informationen zukommen ließ. Er war genau darüber unterrichtet, daß ich gesucht werde, und kannte Einzelheiten, die nur wenige kennen können. Er sprach von einem inneren Kreis.«

»Der innere Kreis ...?« Die schöne Palästinenserin runzelte die Stirn. »Der innere Kreis«, wiederholte sie, während sie nachdenklich in dem großen Raum auf- und abging und die lackierten Fingernägel an das zierliche Kinn legte. »Es gibt nur eine Organisation, die Zugang zu solchen Informationen hat: das Intelligence Committee, der Geheimdienst des Senats. Natürlich! Seit Watergate und dem Iran-Kontra-Skandal steht jeder Nachrichtendienst in Washington mit dem Intelligence Committee in Verbindung. Keiner kann es sich erlauben, vor dem Kongreß der Illegalität beschuldigt zu werden ... Das hilft uns *entschieden* weiter.«

»Außerdem ist er ein Mann, der bereit ist zu töten. Jedenfalls hat er mir das gesagt. Er hat einen Mann namens Stevens eliminieren lassen, den Chef des Geheimdienstes der Navy. Dafür schulde ich ihm Dank.«

»Sie schulden ihm gar nichts! Er hat nur Befehle befolgt ... Ob er Ihnen die Wahrheit gesagt oder Sie angelogen hat, um Ihnen – aus welchem Grund auch immer – Sand in die Augen zu streuen, spielt dabei keine Rolle. Es gibt nur einen Mann im Senat, der sich so ausgedrückt hätte: General Seebank, der unleidliche, stets schlechtgelaunte Haudegen Seebank. Ich danke Ihnen, Baj.«

»Wenn er es ist, sollte ich Ihnen auch sagen, daß ich ihn auf die Probe gestellt habe. Wie Sie vielleicht wissen, ist es in gewissen militärischen Situationen unerläßlich, ein Hindernis, etwa einen Wachtposten, aus dem Wege zu räumen. Dazu wählen wir einen

Mann aus, der in feindliches Gebiet eindringt und weiß, daß er nicht zurückkehrt. Er trägt dabei eine besondere Art von Schuhwerk.«

»Allahs Stiefel!« rief die Palästinenserin. »In der Sohle und dem Absatz verborgener Sprengstoff, der explodiert, wenn der Träger mit der Zehe gegen einen festen Gegenstand tritt.«

»Ja. Ich habe ihm eine Blaupause zukommen lassen.« Die Baj nickte. »Wenn er mir den Stiefel schickt, weiß ich, daß ich ihm vertrauen kann – und Sie haben Ihren Skorpion. Wenn nicht, werde ich jede Verbindung zu ihm abbrechen.«

»Haben Sie sonst noch etwas in petto, Amaya?«

»*Muerte a toda autoridad.* Das ist alles, was Sie zu wissen brauchen.«

28

Senator Paul Seebank ging die Straße hinunter, die aus den Außenbezirken von Rockville, Maryland, ins offene Land führte. Der Himmel an diesem späten Nachmittag war mit dunklen Wolken bezogen. Er trug eine Taschenlampe in der Hand, die er ständig an- und abschaltete. Eine Sportmütze bedeckte sein kurzgeschnittenes graues Haar; die scharfen Züge seines Gesichts lagen halb verborgen unter dem hochgeschlagenen Kragen eines leichten Sommermantels. Der hagere ehemalige Brigadier General Seebank und jetzige Senator Seebank war nervös. Seine Hände zitterten; seine Unterlippe zuckte unkontrollierbar.

Er mußte sich zwingen, seine Gedanken zu sammeln. Er durfte sich nicht gehenlassen. Doch immer wieder dachte er mit Schrecken daran, daß er jetzt Skorpion Eins war.

Alles hatte vor acht Jahren auf eben dieser Straße begonnen – da drüben an der zerfallenen Scheune einer längst aufgegebenen Farm, deren Felder nun zu einem Anwesen gehörten, dessen Besitzer mehr an Gärten als an Ernteerträgen interessiert war.

Der gerade vor wenigen Tagen gewählte Senator hatte damals einen Telefonanruf über eine Leitung in seinem neu eingerichteten Büro erhalten, die nur seinen Familienangehörigen und einigen engen Freunden vorbehalten war. Doch der Anrufer war kein Mitglied seiner Familie gewesen und alles andere als ein Freund. Er war ein Fremder, der sich als Mr. Neptun vorstellte.

»Wir haben Ihre Wahlkampagne mit besonders großem Interesse verfolgt, General.«

»Wer zum Teufel sind Sie, und woher haben Sie diese Nummer?«

»Das spielt keine Rolle. Was wir miteinander zu besprechen haben, dafür um so mehr. Ich möchte Ihnen deshalb vorschlagen, daß wir uns so bald wie möglich treffen.«

»Und ich schlage Ihnen vor, mich am Arsch zu lecken.«

»Nicht so schnell! Vielleicht denken Sie einmal darüber nach, welchen Umständen Sie Ihre Wahl zum Senator verdanken. Der heldenhafte Kriegsgefangene in Vietnam, der seine Männer unter unerträglichen Bedingungen zusammenhielt – nur kraft seiner Persönlichkeit und seines unerschütterlichen Mutes. Wir haben Freunde in Hanoi, Senator. Muß ich noch mehr sagen?«

»Was zum Teufel ...?!«

»Da steht eine alte Scheune an einer Straße fünf Meilen vor Rockville ...«

Verdammt! Was wußten diese Leute?

Seebank war vor acht Jahren zu dieser Scheune gegangen, wie er jetzt aufgrund eines anderen Telefongesprächs mit einem anderen Fremden zu ihr ging. Aber damals hatte er im Schein einer alten Laterne, während der elegante Neptun neben ihm stand, die eidesstattlichen Versicherungen der Kommandanten jener fünf Kriegsgefangenenlager gelesen, in denen er und seine Männer interniert gewesen waren.

»*Colonel Seebank war äußerst kooperativ und hat oft mit uns zu Abend gegessen ...*«

»*Der Colonel hat uns regelmäßig die Fluchtpläne beschrieben, die seine anderen Offiziere ausgearbeitet haben ...*«

»*Wir haben mehrmals vorgegeben, ihn physischen Torturen auszusetzen, während er in Hörweite seiner Kameraden laut schrie ...*«

»*Wir haben eine verdünnte Säure verwendet, um Verbrennungen vorzutäuschen – gewöhnlich befand er sich dabei im Zustand völliger Trunkenheit – und ihn später mit zerrissener Kleidung in seine Baracke zurückgeschickt ...*«

»*Er war kooperativ, aber wir hatten keine Achtung vor ihm ...*«

Es stand alles da, schwarz auf weiß. Brigadier General Paul Seebank war kein Held. Er war ein Verräter.

Und er war wertvoll für die Auftraggeber – so wertvoll, daß er sofort eine Führungsposition eingeräumt bekam: Skorpion Vier. Damit war seine Wiederwahl für die nächsten Jahre gesichert, denn welcher Gegenspieler konnte schon gegen seine unerschöpfliche Kriegskasse aufkommen. Er ertränkte sie einfach in Geld. Als Gegenleistung brauchte der Senator nur dafür zu sorgen, daß alle militärischen Geheimnisse, die über seinen Tisch gingen, in die Hände all derjenigen gelangten, die ihm die Auftraggeber nannten.

Die alte Scheune zeichnete sich vor dem wolkenverhangenen Himmel ab. Seebank verließ die Straße und stieg im Schein seiner Taschenlampe einen sanften Hügel hinauf. Sechs Minuten später stand er vor dem verfallenen Tor und rief: »Ich bin hier. Wo sind Sie?«

Eine zweite Taschenlampe leuchtete auf. »Treten Sie ein«, sagte eine Stimme aus der Dunkelheit. »Es ist mir ein Vergnügen, meinen Vorgesetzten kennenzulernen – auch wenn Sie jetzt einer anderen Truppe dienen ... Schalten Sie Ihre Taschenlampe aus.«

Seebank folgte der Aufforderung. »Haben wir zusammen im Feld gestanden? Kenne ich Sie?«

»Wir sind uns nie persönlich begegnet. Aber vielleicht erinnern Sie sich an eine bestimmte Einheit, an ein bestimmtes Lager – das ›Südlager‹.«

»Wir waren als Kriegsgefangene zusammen in Vietnam!«

»Es ist lange her, Senator«, sagte die Stimme. »Oder ist Ihnen ›General‹ lieber?«

»Vor allem möchte ich wissen, warum Sie mich angerufen und warum Sie diesen Ort gewählt haben.«

»Ist es nicht derselbe, an dem Sie rekrutiert worden sind? Genau wie ich übrigens.«

»Rekrutiert ...? Sie? Dann sind Sie ...?«

»Natürlich. Warum sonst sollte ich hier sein? Ich bin Skorpion Fünf, General, der letzte Führungsskorpion außer Ihnen, da die übrigen zwanzig keine Befehlsbefugnisse haben.«

»Mir fällt ein Stein vom Herzen.« Seebanks Hände zitterten noch. »Offen gestanden, ich habe gedacht, ich würde einen unserer ... unserer ...«

»Sie meinen einen Auftraggeber, Senator. Habe ich recht?«

»Ja ... einen Auftraggeber treffen.«

»Wenn ich an die außergewöhnlichen Ereignisse der letzten beiden Tage denke, überrascht es mich, daß das nicht schon geschehen ist.«

»Was meinen Sie damit?«

»Nun, soweit es den Telefonkode betrifft, ist Skorpion Vier jetzt praktisch Skorpion Eins. Oder?«

»Ja, ja. Vermutlich.« Seebanks Tic hatte sich verstärkt.

»Wissen Sie warum?«

»Nein, eigentlich nicht.« Der Senator umklammerte die erloschene Taschenlampe, um das Zittern seiner Hände zu verbergen.

»Das können Sie auch nicht wissen. Sie haben keinen Zugang zu den nötigen Informationen. Glücklicherweise ist das bei mir anders, und ich habe entsprechend gehandelt.«

»Sie sprechen in Rätseln, Skorpion Fünf. Können Sie sich nicht klarer ausdrücken?«

»Skorpion Zwei und Drei sind aus dem Verkehr gezogen worden. Sie haben Schiß bekommen. Little Girl Blood hat sie eliminieren lassen, und das ist auch gut so.«

»Ich verstehe nicht. Wer ist Little Girl Blood?«

»Ich wollte wissen, ob Sie sie kennen. Sie kennen sie nicht. Sie arbeiten auf einem anderen Gebiet für die Auftraggeber – einem sehr profitablen sicherlich, aber das hier ist etliche Nummern zu groß für Sie. Dazu haben Sie nicht das Format. Sie sind ein Versager, Skorpion Vier. Man hat mir schon vor Jahren befohlen, Sie im Augen zu behalten. Jetzt sind Sie dran.«

»Wie können Sie es wagen, so mit mir zu reden«, brüllte Seebank. »Sie sind mir unterstellt!«

»Das wird sich schneller ändern, als Sie denken. Wenn Sie jetzt Ihre Frau anrufen könnten, würde sie Ihnen sagen, daß sich heute morgen um acht Uhr zehn, zwölf Minuten nachdem Sie das Haus verlassen haben, ein Fernmeldetechniker an dem Telefon in Ihrem Arbeitszimmer zu schaffen gemacht hat. Er hat den Kode geändert. Ich werde Sie ersetzen, General, und dazu beitragen, dieses Land wieder zu dem zu machen, was es einmal war. Wir haben unsere Vormachtstellung verloren; unser Militärbudget ist in unverantwortlicher Weise beschnitten, unsere Truppenstärke reduziert worden. In Europa und Asien sind zwanzigtausend nukleare Gefechtsköpfe auf unser Territorium gerichtet ... Nun, das wird sich ändern, wenn Little Girl Blood ihre Operation beendet hat. Unser Land wird wieder so regiert werden, wie es regiert werden muß.«

»Ich bin völlig Ihrer Meinung, Skorpion Vier«, sagte der Senator mit zitternder Stimme. »Sie sprechen mir aus dem Herzen.«

»Das sind nur Worte, General. Sie können nur große Worte machen, aber nicht handeln. Sie sind ein Feigling. Angesichts dessen, was auf uns zukommt, sind Sie untragbar geworden.«

»Was auf uns zukommt …?«

»Die Ermordung des Präsidenten. Nun, wie schmeckt Ihnen das?«

»Mein Gott, Sie müssen verrückt sein«, flüsterte Paul Seebank. »Ich kann nicht glauben, was Sie da sagen. Wer sind Sie?«

»Es wird wohl Zeit, daß ich mich vorstelle.« Hinter einem Mauervorsprung tauchte die Gestalt eines Mannes auf. Der leere rechte Ärmel seiner Uniformjacke war unter der Schulter zusammengesteckt. »Erkennen Sie mich, General?«

Seebank starrte auf sein Gesicht, das er nur zu gut kannte. »*Sie?*«

»Ruft mein fehlender Arm Ihnen etwas ins Gedächtnis zurück? Man hat Ihnen doch davon berichtet, oder?«

»Nein! Ich erinnere mich an gar nichts. Ich weiß nicht, wovon Sie reden.«

»Doch, das wissen Sie, General, obwohl Sie mich damals nicht gesehen haben. Ich war nur Captain X, soweit es Sie betraf – aber ein ganz besonderer Captain X.«

»Nein, nein … Sie müssen sich irren. Ich kenne Sie nicht.«

»Nicht persönlich, das ist richtig. Aber ich habe oft bei Ihren Hearings mit am Tisch gesessen und mir Ihre endlosen Ausführungen angehört – Blödsinn vom ersten bis zum letzten Wort. Die Army hat freundlicherweise dafür gesorgt, daß ich eine Prothese bekam, und mir eine Stellung im Pentagon verschafft, bei der es nicht auf zwei Arme, sondern auf ein gut funktionierendes Gehirn ankommt.«

»Ich schwöre bei Gott, daß ich Sie nie vorher gesehen habe.«

»Dann will ich Ihnen auf die Sprünge helfen. Erinnern Sie sich an das Südlager? Erinnern Sie sich, daß ein obskurer Captain einen narrensicheren Fluchtplan ausgeheckt hatte? Wir hätten alle fliehen können, aber ein amerikanischer Offizier hatte dem Lagerkommandanten einen Tip gegeben. Die Wachen kamen in unsere Baracke, legten meinen rechten Arm auf den Tisch und schlugen ihn mit einem ihrer gottverdammten Säbel ab. Und der Übersetzer sagte in beinahe perfektem Englisch: ›Jetzt können Sie versuchen zu fliehen.‹«

»Ich hatte damit nichts zu tun.«

»Sie sitzen in der Schlinge, General. Als ich angeworben wurde, hat Neptun mir die Zeugenaussagen aus Hanoi gezeigt – einschließlich eines Dokuments, das Sie nie gesehen haben. Er war es auch, der mir befohlen hat, Sie im Auge zu behalten. Und Ihr Telefon umzukodieren, falls es sich als nötig erweisen sollte.«

»Das gehört doch alles der Vergangenheit an! Es spielt doch *jetzt* keine Rolle mehr!«

»Für mich schon. Ich habe fünfundzwanzig Jahre darauf gewartet, es Ihnen heimzuzahlen.«

Zwei Schüsse peitschten durch die Stille des Nachmittags, während ein leichter Nieselregen auf die alte, verfallene Scheune in Rockville, Maryland, fiel.

Und der Vorsitzende der Joint Chiefs of Staff ging durch das hohe Gras auf den hinter einem Gebüsch geparkten Buick zu. Little Girl Blood war ihrem Ziel einen Schritt näher gekommen.

Hawthorne saß im Wagen des State Department und näherte sich der Ortschaft McLean in Virginia. Er dachte über die Familienangehörigen des verstorbenen O'Ryan nach. Entweder waren sie die blauäugigsten Toren oder die ausgekochtesten Schlitzohren, denen er je begegnet war. Er war kurz nach 17 Uhr 30 im Sommerhaus der O'Ryans eingetroffen und gegen 19 Uhr zu der Überzeugung gelangt, daß Patrick Timothy O'Ryan es wie kein anderer Ire in der Geschichte dieser gälischen Rasse verstanden hatte, das für sich zu behalten, was er für sich behalten wollte. Aus den Personalakten der CIA, die ihm eine Stunde vor seiner Abfahrt ausgehändigt worden waren, hatte Tyrell erfahren, daß die Familie durch den Tod eines reichen, Pferde züchtenden Erbonkels in Irland zu plötzlichem Reichtum gelangt war und es sich nicht nur erlauben konnte, aus einem bescheidenen Haus in eine wesentliche größere Villa umzuziehen, sondern überdies noch ein luxuriöses Sommerhaus am Strand erworben hatte. Die Agency war der Sache nicht weiter nachgegangen. So war auch die Frage ungeklärt geblieben, warum O'Ryans ältere Brüder, die Dienst bei der New Yorker Polizei taten, von dem reichen Onkel übergangen worden waren, der nach Aussage von Mrs. O'Ryan keinem der Familienangehörigen je begegnet war.

»Onkel Finead war ein *Heiliger*!« hatte Maria Santoni O'Ryan unter Tränen ausgerufen. »Er hat gewußt, daß mein Paddy gottesfürchtig war wie keiner seiner Brüder. Und zur Stunde meines tiefsten Schmerzes kommen Sie, um solche Fragen zu stellen?«

Das zieht bei mir nicht, Mrs. O'Ryan, dachte Tyrell. *Aber ich sehe, daß Sie meine Fragen tatsächlich nicht beantworten können.* Das konnten auch die drei Söhne der beiden Töchter nicht. Irgend etwas war faul, aber Hawthorne konnte nicht sagen, was.

Es war fast 21 Uhr 30, als er McLean, Virginia, erreichte und in den Privatweg einbog, der zu dem großen, im Kolonialstil erbauten Haus der Ingersols führte. Die Auffahrt war gesäumt von dunklen Limousinen und teuren Sportwagen – Jaguars, Porsches, Cadillacs und Lincolns.

An der Tür wurde er von David Ingersols Sohn begrüßt, einem sympathischen jungen Mann. Offensichtlich hatte ihn der Tod seines Vaters tief getroffen. Tyrell wies sich aus.

»Vielleicht sprechen Sie besser mit dem Partner meines Vaters«, sagte der Sohn des Toten. »Ich kann Ihnen ohnehin nicht helfen.«

Edward White, von Ingersol & White, war ein untersetzter, mittelgroßer Mann mit schütter werdendem Haar und stechenden braunen Augen. »Ich kümmere mich darum«, sagte er, als er Hawthornes Ausweis geprüft hatte. »Bleib an der Tür, Todd. Ich gehe mit Mr. Hawthorne ins Haus.« Er führte Tyrell in die Diele und sagte: »Ich bin über Ihr Erscheinen äußerst erstaunt. Eine Untersuchung des State Department, wo David noch nicht einmal unter der Erde liegt ...«

»Die sofortige Klärung gewisser Fragen ist in solchen Fällen unerläßlich, Mr. White«, sagte Tyrell.

»Aber warum?«

»Weil Ingersol wahrscheinlich an einer massiven Geldwäsche beteiligt war. Er hat vermutlich nicht nur für das alte Medellin-, sondern auch für das neue Cali-Drogen-Kartell gearbeitet, die beide von Puerto Rico aus operieren.«

»Das ist völlig absurd! David hatte zwar Mandanten in Puerto Rico, aber es war alles völlig legal. Sonst hätte ich als sein Partner davon gewußt.«

»Vielleicht wissen Sie weniger, als Sie denken. Und wenn ich Ihnen nun sage, daß David Ingersol Konten in Zürich und Bern hatte, auf denen nach unserer Information Summen in achtstelliger Höhe liegen. Das sind keine Firmengelder, Mr. White. Sie sind zwar reich, aber nicht *so* reich.«

»Dann sind Sie entweder ein Lügner, oder Sie haben eine ausschweifende Fantasie ... Gehen wir in Davids Arbeitszimmer. Hier ist nicht der geeignete Ort, darüber zu sprechen. Kommen Sie!« Die beiden Männer drängten sich durch die Trauergäste im Wohnzimmer und gingen einen Flur hinunter, wo Edward White eine Tür öffnete, die in das von Bücherregalen umgebene, holzgetäfelte Arbeitszimmer führte. Sämtliche Sitzgelegenheiten waren mit dunkelbraunem Leder bezogen – die Sessel, zwei Sofas und ein hoher Drehstuhl, der mit dem Rücken zum Eingang vor dem riesigen Schreibtisch stand. »Ich glaube Ihnen kein Wort«, sagte White, als er die Tür schloß.

»Dann rufen Sie das State Department an. Ich bin sicher, daß Sie die richtigen Leute dort kennen.«

»Wie können Sie nur so kaltschnäuzig sein? Denken Sie doch an Davids Familie!«

»Ich denke an ausländische Konten, die von einem amerikanischen Staatsbürger eröffnet wurden. Er hat seinen Einfluß benutzt, um das Drogengeschäft in Gang zu halten.«

»Woher wollen Sie das wissen? Haben Sie je daran gedacht, wie leicht es ist, ein ›ausländisches Konto‹ zu eröffnen? Daß nur eine Unterschrift dazu nötig ist?«

»Nein. Aber Sie offensichtlich.«

»Jawohl, das weiß ich. Fast jeder Mandant unserer Firma hat ein gesundes Interesse an diesen Dingen. Und nicht selten werden wir sogar über ein solches Konto bezahlt.«

»Das ist eine Welt, von der ich nichts weiß«, log Tyrell. »Aber wenn es wahr ist, was Sie sagen, brauchen wir nur David Ingersols Unterschrift nach Zürich und Bern zu faxen.«

»Die Banken akzeptieren keine gefaxten Unterschriften. Ich bin überrascht, daß Sie das nicht wissen.«

»Na, dafür sind Sie ja hier der Experte. Ich sehe Leuten wie Ihnen dabei zu, wie sie sich in ihrer Respektierlichkeit baden, während sie in aller Heimlichkeit ihren Einfluß an den Meistbietenden verkaufen. Und wenn Sie zu weit gehen, komme ich und buchte Sie ein.«

»Nette Ausdrucksweise für einen Officer vom State Department. Spielen Sie sich doch hier nicht als edler Ritter auf. Ich …«

»Lassen Sie's gut sein, Edward«, sagte eine Stimme. Der hohe Lehnstuhl vor dem Schreibtisch drehte sich langsam um seine Achse und enthüllte die Gestalt eines alten Mannes. Er war schlank, offensichtlich recht groß und so makellos, so elegant gekleidet, daß Tyrell für einen Augenblick glaubte, Nils Van Nostrand vor sich zu haben.

»Mein Name ist Richard Ingersol, Mr. Hawthorne, ehemaliger

Richter am Obersten Bundesgericht. Ich denke, wir sollten miteinander reden. Aber unter vier Augen, nicht in diesem Haus.«

»Ich verstehe nicht ganz, Sir«, sagte Edward White erstaunt.

»Wie sollen Sie auch, alter Junge. Vielleicht helfen Sie meiner Schwiegertochter und meinem Enkel, die Gäste zu unterhalten. Mr. Hawthorne und ich nehmen den Weg durch die Küche.«

»Aber Mr. Ingersol ...«

»Mein Sohn ist tot, Edward. Und ich glaube, es ist ihm jetzt egal, was in den Gesellschaftsspalten der *Washington Post* über ihn und diese wohlsituierten Trauergäste berichtet wird, von denen einige ihm zweifellos die Mandanten zugeführt haben, die er persönlich betreut hat.« Der alte Mann erhob sich umständlich aus dem Sessel. »Kommen Sie, Hawthorne. Es ist ein schöner Abend. Machen wir einen kleinen Spaziergang!«

Der völlig entgeisterte White öffnete ihnen die Tür, und Tyrell folgte dem ehemaligen Richter durch den Flur und die Küche in den von hohen Hecken umgebenen Garten, dessen mittlerer Teil von einem erleuchteten Swimmingpool eingenommen wurde. Ingersol trat an den Rand des Bassins und sagte: »Warum sind Sie wirklich hier, Mr. Hawthorne, und was wissen Sie?«

»Sie haben gehört, was ich dem Partner Ihres Sohnes gesagt habe.«

»Geldwäsche? Drogenkartelle? ... Hören Sie, Sir, David war weder interessiert noch couragiert genug, sich an solchen Aktivitäten zu beteiligen. Ihr Hinweis auf Schweizer Bankkonten ist jedoch nicht völlig aus der Luft gegriffen.«

»Dann sollte ich Sie vielleicht fragen, was Sie wissen, Richter.«

»Sie haben mich so eigenartig angeschaut da drinnen«, sagte Ingersol, ohne auf Tyrells Frage einzugehen. »Sie waren nicht nur überrascht mich zu sehen – es war noch etwas anderes, oder?«

»Sie haben mich an jemanden erinnert.«

»Das dachte ich mir. An Nils Van Nostrand – Mr. Neptun, nicht wahr? Aber es ist nur eine oberflächliche Ähnlichkeit.«

»Ich bin überrascht, daß Sie ihn kennen.«

»Ach, das ist eine lange Geschichte«, sagte Ingersol und betrat einen Laubengang, der in den hinteren Teil des Gartens führte. »Nils reiste mehrmals im Jahr an die Costa del Sol. Ich wußte natürlich nicht, wer er wirklich war; aber wir haben uns angefreundet. Er schien einer von uns zu sein – einer dieser wohlhabenden älteren

Männer, die Geld genug haben, um auf der Suche nach seichtem Vergnügen von einem Ort zum nächsten zu jetten.«

»Wann haben Sie erfahren, daß er Neptun war?«

»Vor fünf Jahren. Ich merkte, daß etwas mit ihm nicht stimmte. Dieses plötzliche Auftauchen und Verschwinden war mir seltsam vorgekommen. Und dann war da noch sein Reichtum, von dem ich nicht wußte, woher er kam.«

»Komisch, daß Sie das sagen«, unterbrach ihn Tyrell. »Es gibt doch kaum Leute Ihrer Herkunft, die anderen ihre Vermögensverhältnisse offenlegen würden.«

»Natürlich nicht. Aber man kennt doch den allgemeinen Hintergrund. Der eine hat vielleicht eine Erfindung gemacht oder irgendeine Marktlücke entdeckt, ein anderer hat mit Immobilien gehandelt oder zum richten Zeitpunkt eine Bank eröffnet. Ich zum Beispiel war der Gründer und Seniorpartner einer äußerst lukrativen Anwaltskanzlei – mit Büros in Washington und New York. So konnte ich es mir leisten, als Richter an das Oberste Bundesgericht zu gehen.«

»Ja, das konnten Sie«, sagte Hawthorne und erinnerte sich an das Dossier über David Ingersol, das auch detaillierte Angaben über dessen Vater enthalten hatte.

»Ach, Neptun«, sagte Ingersol und setzte sich auf eine gußeiserne weiße Bank vor der rückwärtigen Hecke des Gartens. »Eines Abends auf der Veranda des Yacht-Clubs sagte er zu mir: ›Sie werden nicht ganz schlau aus mir, Mr. Justice – stimmts?‹ Ich antwortete, daß ich ihn für einen Homosexuellen hielt, aber das war nichts Besonderes in diesem internationalen Jet-set. Plötzlich sagte er, mit dem diabolischsten Lächeln, das ich je gesehen habe: ›Ich bin der Mann, der Sie ruiniert hat. Der Mann, der Ihren Sohn in der Hand hat. Ich bin Neptun.‹«

»Einfach so?«

»Ich war natürlich schockiert und fragte mich, was er mit dieser Mitteilung bezweckte. Ich war einundachtzig Jahre alt; meine Frau war vor kurzem gestorben, und wenn ich abends zu Bett ging, wußte ich nicht, ob ich den nächsten Tag noch erleben würde. ›Warum sagen Sie mir das, Nils?‹ fragte ich ihn.«

»Hatte er eine Antwort?«

»Ja, Mr. Hawthorne, er hatte eine Antwort ... Mein Sohn wurde nicht von einem Drogensüchtigen umgebracht, wie man mir weismachen wollte. Er wurde äußerst methodisch von den Leuten getötet, die mich ›ruiniert‹ und ihn ›in der Hand‹ hatten, um Van Nostrands Worte zu gebrauchen. Ich bin jetzt sechsundachtzig, und daß ich überhaupt noch lebe, ist für meine Ärzte ein Rätsel. Aber eines Tages werde ich nicht mehr aufwachen. Ich akzeptiere das. Was ich nicht akzeptieren kann, ist die Tatsache, daß ich das Geheimnis meines zerstörten Lebens mit ins Grab nehmen soll.«

»Seine Antwort?« drängte Tyrell.

»Ich erinnere mich noch genau an die Worte; sie sind mir unvergeßlich ins Gedächtnis gebrannt. ›Um zu beweisen, daß wir so etwas können, alter Junge – über zwei Generationen hinweg. Wenn wir genug Zeit haben, können wir die Regierung der Vereinigten Staaten stürzen – Mars und Neptun. Ich wollte, daß Sie das wissen, und einsehen, daß Sie nichts dagegen unternehmen können.‹ Das war sein Triumph, darin fand er seine teuflische Befriedigung: Es mir ins Gesicht zu sagen, in das Gesicht eines hilflosen alten Mannes, dessen Reichtum auf Korruption beruht. Aber als sie meinen Sohn töteten, wußte ich, daß es Zeit war, den luxuriösen Himmel meiner Hölle zu verlassen und jemanden zu finden, dem ich die Wahrheit sagen konnte. Dann hörte ich Sie im Arbeitszimmer, Mr. Hawthorne, und habe Sie mir angesehen. Sie haben den nötigen Biß. Ich habe Vertrauen zu Ihnen.« Ingersols Augen bohrten sich in die seines Gegenübers. »Ich bin bereit, Ihnen gewisse Informationen zu geben, wenn Sie mir garantieren, daß mein Name nicht genannt wird. Ich bin Ihre ›unbekannte Quelle‹.«

»Das überschreitet meine Befugnisse.«

»Nach der Beerdigung kehre ich an die Costa del Sol zurück. Und wenn Van Nostrand dort auftaucht, werde ich ihn erschießen und mich den spanischen Gerichten überantworten.«

»Van Nostrand wird nicht kommen. Er ist tot.«

Der alte Mann starrte Tyrell an. »In den Medien ist nichts darüber berichtet worden.«

»Man hat sie nicht unterrichtet.«

»Weshalb nicht?«

»Um die Gegenseite in die Irre zu führen.«

»Die ›Gegenseite‹? Dann wissen Sie, daß es eine Organisation gibt?«

»Ja. Aber außer denen, die wir gefunden haben – jetzt alle tot –, wissen wir nicht, wer ihr angehört. Können Sie uns weiterhelfen?«

»Sie meinen, ob ich *Ihnen* weiterhelfen kann?

»Freunde von mir wurden umgebracht. Eine Frau, die mir sehr nahesteht, wird wahrscheinlich den Rest ihres Lebens im Rollstuhl verbringen. Ich glaube, mehr muß ich nicht sagen.«

»Ich verstehe ... Sie nennen sich die Skorpione. Eins bis Fünfundzwanzig. Die ersten fünf stehen insofern über den anderen, als sie ihnen die Befehle der sogenannten Auftraggeber übermitteln.«

»Wer sind sie?«

»Gehen Sie auf meine Bedingung ein? Mein Name bleibt ungenannt.«

»Wie können Sie das von mir verlangen? Sie wissen nicht, worum es hier geht.«

»Mein Enkel hat noch sein ganzes Leben vor sich. Ich möchte nicht, daß er mit dem Makel behaftet ist, der Nachkomme eines korrupten Vaters und Großvaters zu sein. Ich weiß natürlich, daß Sie mich belügen könnten, aber dazu sind Sie nicht der Mann. Wenn Sie mir Ihr Wort geben, lasse ich es darauf ankommen. Nun?«

»Also gut. Sie haben mein Wort«, sagte Hawthorne, und dann mit sanfter Stimme: »Und ich belüge Sie nicht. Fahren Sie fort.«

»Van Nostrand besaß eine dieser kleinen, aber feinen Villen, die für einen einzelnen Bewohner eingerichtet sind, der sich nichts aus Besuchern macht, abgesehen vielleicht von einem Liebhaber hier und da. Nachdem er mir gesagt hatte, wer er war und was er getan hatte, nahm ich, wie ihr vom Geheimdienst sagt, diese Villa unter die Lupe. Ich bestach seinen Diener und ließ sein Telefon überwachen. Ich wußte, daß ich den Mann nicht töten konnte, ohne Konsequenzen befürchten zu müssen, die ich nicht bereit war, auf mich zu nehmen. Aber ich hoffte, soviel wie möglich über ihn in Erfahrung bringen zu können.«

»Um ihn zu erpressen?« unterbrach Tyrell.

»Genau ... Zusammen mit dem, was mein Sohn über ihn wußte. Wir mußten außerordentlich vorsichtig sein. Keine Briefe, keine Telefonanrufe, nichts, was uns verraten konnte ... David war damals viel auf Reisen. Seltsamerweise ließ er auch der Central Intelligence Agency gelegentlich Informationen zukommen.«

»Das ist mir bekannt«, sagte Hawthorne. »Der Chef des Navy-Geheimdienstes hat mir so etwas angedeutet.«

»Eine verrückte Welt, nicht war? ... Wie dem auch sei – wir trafen uns heimlich und achteten akribisch darauf, nicht zusammen gesehen zu werden. Auf dem belebten Trafalgar Square, in einem der überfüllten Cafés der Rive Gauche oder in abgelegenen Gasthäusern auf dem Lande. David gab mir die Telefonkodes. Sie haben übrigens eine Satellitenübertragung …«

»Das wissen wir.«

»Sie machen Fortschritte.«

»Nicht genug. Weiter.«

»Er traf Van Nostrand gelegentlich auf Gesellschaften in Washington, aber sie sprachen in der Öffentlichkeit kaum miteinander. Dann gab Nils meinem Sohn eines Tages den Auftrag, eine Nachricht von äußerster Dringlichkeit – die CIA betreffend – an Skorpion Zwei weiterzugeben.«

»Skorpion Zwei …? O'Ryan?«

»Ja. David war Skorpion Drei, wissen Sie.«

»Dann gehörte er zu den oberen Fünf.«

»Ja, gegen seinen Willen, wie ich Ihnen versichern kann.«

»Wer sind die beiden anderen? Von den oberen fünf Skorpionen, meine ich.«

»Er hat es nie mit Sicherheit in Erfahrung bringen können. Aber er vermutete, daß einer ein Senator war, da Van Nostrand ihm einmal gesagt hatte, daß das Intelligence Committee des Senats eine ausgezeichnete Informationsquelle sei. Was den fünften Mann betrifft, so hatte O'Ryan David gegenüber nur erwähnt, daß er ein ›hohes Tier im Pentagon‹ sei.«

»Das stimmt. Aber es bestätigte das, was ich an der Costa del Sol herausgefunden habe. Wann immer er sich dort aufhielt, führte Van Nostrand Dutzende von Telefongesprächen mit Washington, auch mit dem Pentagon. Wir haben die Anrufe protokolliert, aber die Liste nützt uns nicht viel. Wenn Neptun einen Skorpion erreichen wollte, trat er über den Satelliten mit ihm in Verbindung.«

»Haben Sie sonst noch etwas in Erfahrung bringen können?«

»Ja. Ich habe eine Korrespondenz mit einer Immobilienfirma in Lausanne gefunden. Offensichtlich besaß Van Nostrand dort ein Grundstück unter einem anderen – einem spanischen Namen. Er selbst war nur als Verwalter eingetragen.«

»Noch etwas?«

»Ja.« Ingersol verzog den Mund zu einem schmalen Lächeln. »Eine Liste mit zwanzig Namen und Adressen auf einem Briefbogen der Genossenschaftsbank in Zürich. Sie lag vor achtzehn Monaten in Van Nostrands Safe. Ich habe ihn für zehntausend Dollar von einem Einbrecher öffnen lassen, der zur Zeit in Estepona im Gefängnis sitzt. Zwanzig Namen, Mr. Hawthorne. *Zwanzig!*«

»Die übrigen Skorpione«, flüsterte Tyrell. »Wußte Ihr Sohn davon?«

»Ich bin ein erfahrener Jurist, Hawthorne. Ich weiß, wem ich ein so brisantes Dokument aushändigen kann und wem nicht.«

»Was soll das heißen?«

»David war ein guter Anwalt, aber für die Rolle, die die Skorpione ihm zugedacht hatten, überhaupt nicht geeignet. Er lebte in ständiger Angst und geriet leicht in Panik. Wenn ich ihm die Liste gegeben hätte, wäre es durchaus möglich gewesen, daß er versucht hätte, sie gegen die Leute zu verwenden, die ihn in der Hand hatten. Und wer weiß, was dann passiert wäre?«

»Was ist mit der Satellitenverbindung?«

»Sie kann sofort von den Skorpionen unterbrochen werden, die befugt sind, Alarm auszulösen.«

»Warum ist Ihr Sohn getötet worden?«

»Er muß in Panik geraten sein. Weshalb, weiß ich nicht. Er war überzeugt davon, daß sein Haus und sein Büro von den Auftraggebern überwacht wurden.«

»Wurden seine Telefonleitungen angezapft?«

»Möglicherweise im Büro. Wie Sie wissen, ist es in einem Privathaus schwierig, Wanzen so zu verstecken, daß sie nicht gefunden werden.«

»Wer sind die Auftraggeber?«

»Ich weiß es nicht. Ich habe durch Bestechung der Zollbeamten in Erfahrung gebracht, was für Privatflugzeuge auf dem Flugplatz von Marbella landeten, und kenne die Namen aller Leute, die Van Nostrand besucht haben. Aber ob unter ihnen einige der Auftraggeber waren, kann ich nicht sagen. Es gab jedoch einen Mann und eine Frau – er aus Mailand, sie aus Bahrein –, die häufiger als die anderen kamen. Zuerst dachte ich, daß es sich um ein heimliches Liebespaar handelte, das die Gastfreundschaft Van Nostrands in Anspruch nahm. Aber das war viel zu naiv gedacht. Sie waren schon ziemlich alt und beide enorm dick. Selbst wenn sie gewollt hätten, hätten sie ohne die Hilfe eines Krans nicht miteinander schlafen können ... Nein, Hawthorne, das war kein Liebespaar.«

»Mailand – die nördliche Operationsbasis der Mafia in Palermo«, sagte Tyrell leise. »Und Bahrein mit seinem vielen Geld – ein Hauptstützpunkt des Beka'a-Tals. Können Sie sie identifizieren? Wissen Sie, wer sie sind?«

»*Psst!*« Ingersol hob abwehrend seine rechte Hand. »Da kommt jemand.«

Hawthorne wollte sich umdrehen; aber es war zu spät. Ein Schuß zerschnitt die Luft. Die Kugel zerschmetterte die Stirn des alten Mannes. Tyrell ließ sich hinter einem Rosenbusch zu Boden fallen, während er mit der Hand nach der Waffe in seinem Gürtel tastete. Wie ein gewaltiger Raubvogel beugte sich die Silhouette einer dunklen Gestalt über ihn. Dann krachte ein schwerer Metallgegenstand auf seinen Schädel, und er verlor das Bewußtsein.

29

Hawthorne spürte zunächst nur den heftigen Schmerz, der seinen Kopf zu zersprengen schien, dann das Blut, das über sein Gesicht lief. Er rang nach Luft und versuchte, den Kopf zu heben. Sein Haar hatte sich in dünnen Zweigen verfangen. Er lag unter einem Rosenstrauch, dessen Dornen ihm ins Fleisch schnitten.

Vorsichtig befreite er sich aus dem dichten Geflecht und stand auf. Dann bemerkte er, daß er eine Waffe in der Hand hielt – nicht seine eigene, sondern eine 38er Magnum mit einem aufgesetzten perforierten Schalldämpfer. Es war dieselbe Waffe, die Richard Ingersol getötet hatte. Noch immer benommen, nahm er ein regelmäßig pulsierendes Summen wahr, das aus seiner Jacke zu kommen schien – *eins, zwei, drei ... eins, zwei, drei*. Poole versuchte, ihn zu erreichen!

Hawthorne bemühte sich, seine Gedanken zu ordnen, während er sein Hemd auszog und mit den Enden das Blut auf seinem Gesicht abwischte. Er war allein – allein mit Ingersols Leiche, die mit zerschmettertem Schädel auf der Erde vor der weißen, gußeisernen Bank lag, das Gesicht eine schimmernde, scharlachrote Maske. Tyrell beugte sich nieder und zog den Körper unter die hohe Hecke, die den Garten abschloß. Er durchsuchte die Taschen des alten Mannes, fand aber nichts als ein mit Kleingeld und Kreditkarten gefülltes Portemonnaie, das er wieder zurücksteckte, und ein sauberes Taschentuch, das er an sich nahm. Das Licht vom Swimming-pool – *Wasser!*

Hawthorne ging durch den Laubengang und spähte vorsichtig um die Ecke, während er die Magnum in den Gürtel steckte. Ein gedämpftes Murmeln bestätigte die Anwesenheit mehrerer Personen, die sich hinter der großen Verandatür des Wohnzimmers abzeichneten. Er tauchte das Taschentuch ins Wasser und säuberte sein Gesicht. Er mußte ungesehen in Ingersols Arbeitszimmer gelangen, um mit Jackson zu reden! Auf einem der Liegestühle lag ein Frotteetuch, das er instinktiv ergriff. Plötzlich fiel ihm ein, was ihn aus seiner Ohnmacht erweckt hatte: Es war das leise Summen in dem Plastikfeuerzeug in seiner Brusttasche gewesen. Ohne dieses Geräusch wäre er neben Ingersols blutüberströmtem Körper gefunden und von der Polizei festgenommen worden. Damit wären die beiden einzigen Menschen eliminiert gewesen, die außer der Bajaratt von den Machenschaften der Skorpione wußten. Setz dich in Bewegung, *jetzt*!

Tyrell hielt sich das Frotteetuch vor das Gesicht und eilte über den mit Steinplatten ausgelegten Weg zur Küchentür. Er trat ein, indem er sich den Anschein gab, ein verspäteter Trauergast zu sein – ein Gast, der vielleicht etwas zuviel getrunken hatte. Die weißbeschürzte Küchenbrigade beachtete ihn nicht. Er ging über den Flur, öffnete die Tür zu Ingersols Arbeitszimmer und schlüpfte hinein. Nachdem er die Tür abgeschlossen hatte, trat er ans Fenster und zog die Vorhänge zu. Die Wunde am Kopf war wieder aufgegangen, aber die Nähte im Oberschenkel hatten dank Pooles festem Verband gehalten. Eine Tür stand offen, die in ein angrenzendes Badezimmer führte, doch bevor er irgend etwas unternahm, um das Blut zu stillen, mußte er A. J. Poole V. erreichen, Lieutenant der U. S. Air Force.

»Wo sind Sie *gewesen*?« rief Poole. »Ich versuche schon seit fünfundvierzig Minuten, mit Ihnen Kontakt aufzunehmen.«

»Später, Jackson. Erst *Sie*. Geht es um Cathy?«

»Nein. Die Ärzte sagen, ihr Zustand sei unverändert.«

»Was ist es dann?«

»Ich würde es Ihnen lieber nicht sagen, Tye, aber Sie müssen es wohl erfahren ... Henry Stevens ist tot aufgefunden worden, hinter seiner Garage. Mit einer riesigen Stichwunde in der Brust.« Der Lieutenant verstummte, dann sagte er: »Mrs. Stevens hat Secretary Palisser bearbeitet, bis er ihr diese Nummer gab. Sie hat eine Nachricht für Sie. Ich habe sie aufgeschrieben und ihr geschworen, sie wortwörtlich an Sie weiterzuleiten. Sie lautet: ›Erst Ingrid, jetzt Henry, Tye.

Wie lange soll es noch so weitergehen? Steigen Sie aus, bevor es zu spät ist‹ ... Was soll das bedeuten, Commander?«

»Sie hat zwei Dinge miteinander in Zusammenhang gebracht, die nichts miteinander zu tun haben.« Tyrell konnte sich nicht erlauben, über Phyllis Stevens' Schmerz nachzudenken. Die Zeit drängte. »Was sagt die Polizei dazu?« fragte er.

»Nur, daß es sich um eine ungewöhnliche Verletzung handelt. Die Sache soll erstmal vertuscht werden. Keine Mitteilungen an die Presse.«

»Was ist ungewöhnlich an der Verletzung?«

»Sie muß durch eine außerordentlich große und breite Klinge hervorgerufen worden sein.«

»Woher haben Sie diese Information?«

»Von Secretary Palisser. Seit Gillettes Herzanfall hat er sich eingeschaltet – mit der Begründung, daß Sie für das State Department arbeiten. Alles hört jetzt auf sein Kommando.«

»Dann stehen Sie in direkter Verbindung mit ihm?« fragte Tyrell.

»Ja, und das mir, wo ich noch so gar nichts Anständiges dran habe an meinen Epauletten. Er hat mir seine Geheimnummer gegeben. Zu Hause und im Büro.«

»Hören Sie mir gut zu, Jackson, und machen Sie sich Notizen, falls nötig.« Hawthorne berichtete dem Lieutenant alles, was geschehen war, und wiederholte detailliert das Gespräch, das er mit Richard Ingersol vor dessen plötzlichem Tod geführt hatte. »Rufen Sie unverzüglich Palisser an und teilen Sie ihm mit, was ich Ihnen gesagt habe. Ich brauche von ihm die CIA-Unterlagen über jeden Senator im Intelligence Commitee und jeden hochrangigen Offizier in Pentagon. Haben Sie das?«

»Ich schreibe mit wie der Teufel, Tye. *Meine Güte*! Was für ein Horrorszenario ... Übrigens – Ihr Bruder Marc hat angerufen. Er war wütend.«

»Er ist meistens wütend. Weswegen diesmal?«

»Die Piloten von Van Nostrand, diese Jones-Brüder, wollen an die Öffentlichkeit gehen, wenn Sie nicht innerhalb der nächsten zwölf Stunden mit ihnen Kontakt aufnehmen.«

»Zum Teufel mit ihnen. Sollen sie an die Öffentlichkeit gehen. Das wird die Skorpione ein bißchen aufmischen. Und einer von ihnen hält sich in diesem Haus auf! Er muß mich mit dem alten Mann gesehen haben, dem Vater von Skorpion Drei. Von den oberen fünf gibt es nur noch zwei. Drei sind eliminiert worden, ebenso wie O'Ryan und Van Nostrand. Sie scheinen in Panik zu geraten.«

»Tye, was macht Ihr Kopf? Sie sollten die Wunde so schnell wie möglich verbinden.«

»Danke für den guten Rat, Doktor ... Ich muß sehen, daß ich hier rauskomme. Sagen Sie Palisser, daß ich auf dem Weg nach Langley bin, um Einsicht in die CIA-Unterlagen zu nehmen. Er soll dafür sorgen, daß sie mir in einer halben Stunde zur Verfügung stehen. Sagen Sie ihm, er soll seinen Arsch bewegen. In diesen Worten. Sie können ihm ja klar machen, daß Sie nur auf Befehl handeln.«

»Es macht Ihnen richtig Freude, hohen Tieren auf die Füße zu treten, oder?«

»Ein bißchen Spaß muß der Mensch doch haben.«

Die beiden Ärzte, die im Obduktionssaal des Walter Reed Hospital die Leiche Captain Henry Stevens' untersuchten, sahen sich überrascht an. Auf dem sterilen Edelstahltisch neben dem Operationstisch lagen nach Größe geordnet etwa vierzig verschiedene Klingen.

»Mein Gott, es war ein Bajonett«, rief der jüngere von ihnen.

Der ältere nickte. »Vermutlich irgendein Irrer«, sagte er.

Amaya Bajaratt betrat die Abflughalle der El Al, durchquerte sie und blieb vor den Schließfächern an der den Abfertigungsschaltern gegenüberliegenden Seite der Halle stehen. Sie öffnete ihre Handtasche und entnahm ihr einen kleinen Schlüssel, der ihr in Marseille ausgehändigt worden war. Als sie das Fach mit der Nummer 116 gefunden hatte, schloß sie es auf und langte hinein. An der Oberseite fand sie einen mit Klebeband befestigten Umschlag. Sie riß ihn ab und öffnete ihn, um einen Gepäckschein herauszuziehen, steckte den Schein in ihre Handtasche und legte den Schlüssel in das leere Fach.

Dann trat sie an einen der Schalter, wo sie den Schein wie beiläufig aus der Tasche zog und ihn der Bodenstewardeß überreichte. »Ich glaube, einer unserer Piloten hat ein Paket für mich hinterlegt«, sagte sie, freundlich lächelnd. »Je älter man wird, um so mehr freut man sich über Parfum aus Paris, stimmt's?«

Das Mädchen nahm den Gepäckschein. Fünf Minuten verstrichen, in denen die Baj sich besorgt mehrere Male umblickte. Dann kehrte die Stewardeß zurück.

»Tut mir leid«, sagte sie. »Aber Ihr Freund muß sich im Land geirrt haben.« Sie händigte der Baj ein fest verschnürtes, etwas dreißig Zentimeter großes Paket aus. »Es kommt nicht aus Paris, sondern aus Tel Aviv. Unter uns gesagt, wir verwahren die Pakete aus Israel in einem anderen Raum, die Leute sind immer so überängstlich, Sie wissen schon.«

»Eigentlich nicht, danke.« Die Baj nahm das Paket. Es war leicht; sie schüttelte es. »Typisch, wahrscheinlich ist er erstmal nach Hause geflogen und hat die Hälfte an eine andere Frau verschenkt.«

»Männer«, sagte die Stewardeß. »Welchem Mann kann man schon trauen? Noch dazu einem Piloten.«

Die Bajaratt lächelte; dann wandte sie sich um und schritt dem Ausgang zu. Sie war erleichtert. Es hatte funktioniert! Wenn die israelischen Sicherheitskräfte den Plastiksprengstoff nicht gefunden hatten, würde sie ihn auch unentdeckt ins Weiße Haus schaffen können. Nur noch vierundzwanzig Stunden! *Askalon*!

Sie ging durch die sich automatisch öffnende Glastür nach draußen. Die Limousine war nicht da. Offensichtlich suchte der Fahrer nach einem Parkplatz. Sie war enttäuscht, aber nicht verärgert. Die Tatsache, daß sie das Paket unbeanstandet durch die Sicherheitskontrollen des Flughafens gebracht hatte, erfüllte sie mit Stolz. Niemand außer ihr wußte, daß sie durch Verstellen des Zeigers der beigelegten Armbanduhr auf Zwölf und das dreimalige Drücken des Kronenaufzugs die Lithiumbatterien im Sprengstoffbehälter aktivieren konnte, um eine Explosion auszulösen, die der mehrerer Tonnen Dynamit entsprach. Sie fühlte sich wieder wie das zwölfjährige Mädchen, das dem spanischen Soldaten, der sie so brutal entjungfert hatte, ein Jagdmesser in den Rücken stieß.

»Wenn das nicht die Sabra aus dem Kibbuz Bar-Shoen ist!« Die Worte ließen sie erschreckt zusammenfahren. Sie blickte auf und sah einen Fremden, der alles andere als ein Fremder war. Es war der ehemals dunkelhaarige und jetzt erblondete Mossad-Agent, mit dem sie vor Jahren geschlafen hatte – der Mann, den sie an der Rezeption des Carillon-Hotels gesehen hatte. »Nur glaube ich nicht, daß der Name wirklich Rachela ist«, fuhr er fort. »Fängt er nicht mit B an, wie in Bajaratt! Und wo kann man besser ein Paket in Empfang nehmen als an einem Ort, an dem man am wenigsten vermutet wird? Aber ich hatte so eine Ahnung, daß ich dich hier treffen würde.«

»Es ist so lange her, mein Liebling!« rief die Baj. »Küß mich, halt mich fest. Wie ich mich freue!« Die Bajaratt legte die Arme um den

Hals des Mossad-Offiziers, während die Umstehenden sich umwandten und lächelnd zusahen. »Komm! Gehen wir ins Flughafen-Café. Es gibt soviel zu erzählen.«

Die Baj ergriff seinen Arm und zog den Agenten in das Gebäude, die ganze Zeit in hebräischer Sprache auf ihn einredend. Sie führte ihn durch die Eingangshalle, doch als sie sich einer der Menschenschlangen vor den Ticketschaltern näherten, riß sie sich von ihm los und begann gellend zu schreien.

»Er *ist* es!« rief sie hysterisch, die Augen weit geöffnet. »Es ist *Ahmet Soud* von der *Hisb Allah*! Seht euch sein Haar an! Er hat es gefärbt, aber er *ist* es! Er hat meine Kinder umgebracht und mich vergewaltigt. Ruft die Polizei, haltet ihn!«

Während einige Männer sich aus der Schlange lösten und den Mossad-Offizier umringten, lief die Baj nach draußen. Sie trommelte gegen die Fenster der vor dem Eingang ausrollenden Limousine, und als Niccolò die Tür für sie öffnete, ließ sie sich erschöpft auf den Rücksitz fallen.

»Fahren Sie! Geben Sie Gas!«

»Wohin, Ma'am?« fragte der Chauffeur.

»Ins nächste Hotel«, antwortete die Baj, tief Luft holend.

»Es gibt mehrere hier am Flughafen.«

»Das beste, das Sie finden können.«

»*Basta*, Signora!« sagte Niccolò, die Bajaratt mit seinen großen, dunklen Augen fest ansehend. Nachdem der Fahrer die Trennscheibe geschlossen hatte, fuhr er auf italienisch fort: »Ich habe die ganze Zeit versucht, mit dir zu reden; aber jetzt wirst du mir endlich zuhören.«

»Ich muß nachdenken, Nico. Später.«

»Jetzt! Oder ich lasse den Wagen anhalten und steige aus.«

»Wie kannst du es wagen …? Also gut. Was hast du auf dem Herzen?«

»Ich habe mit Angelina gesprochen.«

»Ja, ja, ich weiß. Die Schauspieler in Kalifornien streiken, und sie fliegt morgen nach Haus.«

»Sie fliegt erst nach Washington, und wir treffen uns um zwei Uhr nachmittags am National Airport.«

»Kommt nicht in Frage«, sagte die Bajaratt fest. »Ich habe für morgen andere Pläne.«

»Dann mußt du sie ohne mich ausführen, *Tante* Cabrini.«

»Das ist unmöglich.«

»Ich bin nicht dein Eigentum, Signora. Du erzählst mir dauernd, daß es um eine große Sache geht. Und Menschen müssen sterben, weil sie dich daran hindern, diese große Sache zu verwirklichen. Aber ich verstehe nicht, wieso ein Dienstmädchen auf einer abgelegenen Insel und ein Fahrer so wichtig sein können, daß sie ...«

»Sie hätten mich verraten«, fiel die Baj ihm ins Wort. »Sie hätten mich *getötet*!«

»Das höre ich immer wieder. Aber wenn diese große Sache so gut und so edel ist, daß sie von der Kirche unterstützt wird – warum müssen wir uns dann als Leute ausgeben, die wir gar nicht sind? ... Nein, ich glaube, ich verzichte auf die Lire in Neapel, ich lasse mir von dir keine Befehle mehr geben. Ich bin stark, und ich bin nicht dumm. Ich werde Arbeit finden. Vielleicht hilft Papa Capelli mir, wenn ich ihm die Wahrheit sage.«

»Er wird dich aus dem Haus werfen.«

»Nicht, wenn ich ihm alles erzähle.«

»Du willst mit ihm über *mich* reden?«

»Ich werde ihm sagen, daß du keine Gräfin bist.«

»Das kannst du nicht tun, Niccolò!«

»Ich werde ihm nichts von den schlimmen Dingen sagen. Ich weiß davon nichts. Und ich schulde Dir Dank dafür, daß du Angelina Capelli in mein Leben gebracht hast.«

»Nico, hör mir zu. Nur noch *einen* Tag, und du bist reich und frei.«

»Was sagst du da?«

»Morgen – nur noch morgen abend. Das ist alles, worum ich dich bitte. Dann gehört dir das Geld in Neapel, und eine große Familie in Ravello nimmt dich bei sich auf. Ist es nicht das, wovon Tausende von armen Kindern in Italien träumen? Wirf es nicht fort!«

»Morgen abend?«

»Ja, ja. Nur eine Stunde ... Und natürlich kannst du Angel am Nachmittag treffen. Ich bringe dich selbst zum Flughafen. Abgemacht?«

»Keine Lügen mehr, Signora. Denk daran – ich bin in den Straßen aufgewachsen. Ich finde die Wahrheit schneller heraus, als du glaubst.«

Hawthorne legte den Hörer auf und sah sich in Ingersols Arbeitszimmer um. Er ging in das Badezimmer und öffnete das Arzneischränkchen, wo er eine Rolle Heftpflaster fand. Auf dem Bord stand ein Behälter mit Papiertüchern. Er nahm fünf oder sechs heraus, hielt den Kopf so, daß er die Wunde im Spiegel betrachten konnte, und legte die Tücher darauf. Dann riß er mehrere Streifen Heftpflaster ab und klebte sie kreuzweise über die Papiertücher. Das mußte erstmal reichen. Er ging zurück ins Arbeitszimmer, fand im Schrank des toten Richters einen Burberry-Hut und setzte ihn auf.

Er trat hinaus auf den Flur. Sein Blick fiel auf das Gästebuch, in das sich die Trauernden eingetragen hatten. Sollte er es an sich nehmen? Van Nostrands Wachbuch hatte ihm entschieden weitergeholfen – und jemand in diesem Haus war ein Skorpion! Der Gedanken erübrigte sich, als er ein paar Schritte weitergegangen war.

»Wollen Sie schon gehen, Sir?« fragte der junge Todd Ingersol und trat auf ihn zu.

»Ich muß«, sagte Hawthorne. »Ich war nur dienstlich hier. Aber erlauben Sie mir nochmals, Ihnen mein Beileid auszusprechen.«

»Danke. Ich weiß, daß Sie es aufrichtig meinen. Aber sehen Sie sich all diese Leute an. Nach einem kurzen Satz über meinen Vater reden sie alle nur von sich. Nehmen Sie diesen Neandertaler, General Meyers. Ein fürchterlicher Angeber. Dad konnte ihn nicht ausstehen.«

»Das ist nun einmal Washington.« Ein kräftig gebauter, untersetzter Mann in einem blauen Anzug drängte sich an Hawthorne und Ingersols Sohn vorbei und ging rasch auf Meyers zu, um ihm etwas ins Ohr zu flüstern. »Wer ist das?« fragte Tyrell.

»Maximum Mikes Fahrer. Er versucht schon seit einer halben Stunde, ihn zum Gehen zu bewegen. Ich habe selbst gesehen, wie er vorhin den General am Ärmel ergriffen hat ... Wo ist mein Großvater? Mr. White sagte, daß er mit Ihnen gesprochen hätte. Er kann diese Nervensägen leichter rauswerfen als ich. Wenn ich es täte, würde meine Mutter mir die Hölle heiß machen.«

»Ich verstehe.« Hawthorne blickte den jungen Mann an. »Hören Sie, Todd – Ihr Namen ist doch Todd, nicht wahr?« – »Ja, Sir.«

»Sie werden jetzt noch nicht verstehen, was ich Ihnen sage, aber Ihr Großvater liebt Sie sehr. Er ist ein ungewöhnlicher Mann.«

»Das weiß ich.«

»Lassen Sie sich nicht abbringen von dieser Gewißheit, Todd. Was auch geschehen mag.«

»Was soll das heißen?«

»Ich möchte nur, daß Sie ihm ein gutes Andenken bewahren.

Und daß Sie wissen, daß ich dieses Haus mit sauberen Händen verlasse.«

»Ihr Gesicht, Sir! Was ist mit Ihrem Gesicht?«

Tyrell spürte das Blut, daß ihm über die Wange lief. Er drehte sich um und lief so schnell es ging zur Tür hinaus.

Hawthorne hatte bereits die halbe Strecke nach Langley zurückgelegt, als er auf die Bremsen trat und den Wagen des State Department am Straßenrand zum Stehen brachte. Meyers! *Maximum Mike* Meyers, Vorsitzender der Joint Chiefs of Staff. Ein ›hohes Tier‹ im Pentagon – O'Ryans Bezeichnung. War es möglich? Der Name hatte ihm zuerst nichts gesagt; er hatte sich nie für die Männer an der Spitze der Militärhierarchie interessiert. Aber der Spitzname Maximum Mike war ihm im Gedächtnis geblieben. *Meyers*! Das höchste der hohen Tiere!

Tyrell drückte den Knopf, der ihn mit Poole verband.

»Ja?«

»Wie geht's Cathy?«

»Sie hat ihr linkes Bein bewegt. Vielleicht ein gutes Zeichen, aber noch kein Grund zum Jubeln. Was ist mit Ihnen?«

»Streichen Sie Langley. Rufen Sie Palisser zu Hause an und sagen Sie ihm, daß ich auf dem Weg zu ihm bin. Ein neuer Sturm braut sich zusammen.«

30

»Fahren Sie weiter!« befahl die Bajaratt, als der Fahrer die Limousine vor der Auffahrt eines Flughafen-Hotels abbremste.

»Dies hier gefällt mir nicht.«

»Sie sind alle ziemlich gleich, Ma'am«, sagte der Chauffeur.

»Versuchen Sie's trotzdem.« Die Baj sah in den Rückspiegel und beobachtete den Verkehr. Folgte ihnen ein anderer Wagen? Sie fühlte, wie ihr Puls schneller schlug, als sie nach dem Paket auf ihrem Schoß griff. Der Mossad hatte sie gefunden, obwohl sie alle Spuren sorgfältig verwischt hatte! Jerusalem hatte sich eingeschaltet und den einzigen Mann herübergeschickt, der sie mit Sicherheit identifizieren konnte, ihren ehemaligen Liebhaber, der ihren Körper und jede ihrer kleinen Gesten kannte, der wußte, wie sie ging und wie sie sich bewegte. All diese kleinen Einzelheiten, die sich ein Agent automatisch merkt, wenn er eine verdächtige Zielperson flachlegt.

Wie paßte der Mossad ins Bild? *Wie*? Was war die Verbindung zum Little-Girl-Blood-Kreis in Washington? ... Der neue Führer der Skorpione – wußte er davon? Er hatte zu verstehen gegeben, daß er nicht nur von ihrem Auftrag wußte, sondern ihn *billigte*. Er hatte von den *warmen Brüdern in Washington* gesprochen, die er haßte, weil sie ihm und seinen Kameraden in Vietnam die militärische Unterstützung verweigert hatten. Es war einen Versuch wert.

»Fahrer!« rief die Bajaratt. »Halten Sie bitte auf dem nächsten Parkplatz an. Ich muß ein paar Sachen aus meinem Koffer holen und würde gern telefonieren.«

Ein öffentlicher Parkplatz war ein Gelände, das sich leicht überschauen ließ. Wenn sie verfolgt wurde, würde sie wissen, wie sie sich zu verhalten hatte. Sie langte nach ihrer Handtasche und spürte unter dem Leder den harten Stahl der Automatik. Sie war durchgeladen.

»Wie Sie wünschen, Ma'am.«

Der einzige Wagen, der nach ihnen auf den Parkplatz fuhr, war ein hell lackierter Jeep, der Fahrer ein junger Mann in Begleitung eines kichernden jungen Mädchens. Die Einfahrt lag mehrere hundert Meter von der Telefonzelle entfernt.

»Ich bin es«, sagte die Baj. »Können wir reden?«

»Ich sitze in meinem Dienstwagen. Warten Sie einen Augenblick – ich lasse das Gespräch über den Scrambler laufen.« Acht Sekunden später lasse war der Vorsitzende der Joint Chiefs wieder in der Leitung. »Sie haben es aber eilig, Lady. Ich habe die Blaupause einem G-2-Spezialisten gegeben, der sich mit der Sache auskennt. Er hat im Mittleren Osten gearbeitet. Der bewußte Gegenstand wird Ihnen morgen früh bis spätestens sieben Uhr ausgehändigt.«

»Sehr professionell, Skorpion Eins. Aber deswegen rufe ich nicht an. Wird die Leitung überwacht?«

»Niemand kann uns hören.«

»Aber Sie sprechen von Ihrem Wagen aus.«

»Er ist abhörsicher. Ich komme gerade von einem Kondolenzbesuch, den ich der Witwe eines Waschlappens abgestattet habe, der freundlicherweise von Ihnen aus dem Weg geräumt wurde. Er hätte uns alle in die Bredouille bringen können.«

»Vielleicht hat er es schon. Der Mossad hat sich eingeschaltet. Was wissen Sie darüber?«

»Hier? Bei uns?«

»Genau.«

«Ich hätte davon erfahren müssen. Ich habe ein paar gute Freunde in Jerusalem – die richtigen, nicht diese verdammten Linken.«

»Das stärkt nicht gerade mein Vertrauen.«

Die Bajaratt legte auf und runzelte nachdenklich die Stirn. Der Mann war ein Fanatiker; sie schätzte das. Oder tat er nur so? Sie würde es morgen früh wissen, wenn Sie Allahs Stiefel auseinandergenommen und die einzelnen Bestandteile untersucht hatte. Ein erfahrener Techniker konnte ein täuschend echtes Faksimile herstellen, aber es gab drei Kontaktpunkte, die nicht ohne tödliche Folgen kopiert werden konnten. Doch ob Freund oder Feind – es spielte keine Rolle. Sie hatte ihm nichts gesagt, was ihr schaden konnte.

Die Baj warf eine weitere Münze ein und rief das Carillon an, um sich bei der Rezeption zu erkundigen, ob Anrufe für sie entgegengenommen worden seien. Wie sich herausstellte, hatte Senator Nesbitt eine Nachricht hinterlassen. *Das Treffen im Weißen Haus ist auf morgen abend acht Uhr festgelegt worden. Der Senator wird die Gräfin am Morgen anrufen.*

Die Bajaratt ging zurück zur Limousine und ließ instinktiv den Blick prüfend über den Parkplatz schweifen. Alles war unverändert.

»Fahren Sie uns zurück zum ersten Hotel«, sagte sie zum Chauffeur. »Ich habe es mir anders überlegt.«

Hawthorne stand in der Küche des Außenministers; der Hausherr saß am Tisch, wie immer eine Tasse Kaffee vor sich. Beide waren erregt.

»Lassen Sie uns einmal eines klarstellen, Commander«, sagte Palisser. »Woher wollen Sie wissen, ob der alte Ingersol noch alle Tassen im Schrank hat? Der Mann ist fast neunzig, sein Sohn wurde brutal ermordet, er war den ganzen Tag unterwegs und hat sechs oder sieben Zeitzonen überflogen. Unter den gegebenen Umständen ist es doch durchaus möglich, daß er sich das alles zusammenfantasiert hat ... Du meine Güte! Ein Netz von *Skorpionen* mit elitären Führern, die die Befehle einiger mysteriöser Auftraggeber ausführen! Das ist doch absurd!«

»Denken Sie an die Sturmabteilung der Nazis, die SA, eine straff geführte, paramilitärische Organisation – aufgestellt zu einer Zeit, als man für eine Schubkarre voller Geldscheine nicht einmal ein Brot kaufen konnte, und bezahlt von Leuten, die das Land beherrschen wollten. Die Auftraggeber wollen nichts anderes. Sie wollen die Regierungsgewalt, und ein Weg, das zu erreichen, besteht darin, den Präsidenten zu ermorden und das Land ins Chaos zu stürzen. Sie sind im Senat und im Pentagon vertreten, soviel wissen wir.«

»Woher wollen Sie das wissen?«

»Von dem, was David Ingersol als Skorpion erfahren hat, und dem, was Van Nostrand dem alten Ingersol an der Costa del Sol erzählt hat.«

»Van Nostrand?«

»Sie haben richtig gehört. Diese feine Pinkel war der Drahtzieher. Er hat dem alten Mann gesagt, daß er und seine Leute die Regierung stürzen wollten und daß weder Ingersol noch sein Sohn etwas daran ändern könnten.«

»Das ist grotesk.«

»Und so überzeugt ich davon bin, daß Sie und der verstorbene Verteidigungsminister Howard Davenport sauber sind, so sicher bin ich mir, daß der Vorsitzende der Joint Chiefs es nicht ist.«

»Sie sind vollkommen verrückt geworden.«

»Sicher bin ich verrückt, aber ich bin ein besonders klarsichtiger Irrer. Die Wunde hier beweist es.« Hawthorne riß sich den Hut herunter, den er im Schrank von David Ingersol gefunden hatte, beugte sich vor und zeigte Palisser den blutdurchtränkten Verband auf seinem Kopf.

»Das ist in Ingersols Haus passiert?«

»Vor etwa zwei Stunden, und Maximum Mike Meyers, der allmächtige Vorsitzende der Joint Chiefs, war dort. Einer der Skorpione wurde als ›hohes Tier im Pentagon‹ bezeichnet. Brauchen Sie einen Rechenschieber, um zwei und zwei zusammenzuzählen, Mr. Secretary?«

»Ich lasse den alten Mann herkommen und werde ihn selbst befragen«, sagte Palisser.

»Sie können ihn nicht kommen lassen, Justice Ingersol ist tot. Eine Kugel aus einer 38er Magnum hat ihm den Schädel zertrümmert, und mir sollte der Mord in die Schuhe geschoben werden.«

Palisser lehnte sich ungläubig vor. »Was sagen Sie da?«

»Das sind die Tatsachen, Mr. Secretary.«

»Es wäre in den Nachrichten gesendet worden. Man hätte mich unverzüglich verständigt.«

»Es ist durchaus möglich, daß noch niemand die Leiche gefunden hat.«

»Aber wer hat ihn erschossen – und *warum*?« Palissers Gesicht war aschfahl.

»Ich kann es nur vermuten. Aber ich habe gesehen, daß Meyers' Fahrer mit allen Mitteln versucht hat, seinen Chef zum Gehen zu bewegen. Das gleiche hatte er bereits eine halbe Stunde vorher versucht, wie Ingersols Enkel mir sagte. Das würde mit der Zeit übereinstimmen, zu der Ingersol getötet wurde.«

»Das gibt doch keinen Sinn. Warum sollte jemand den alten Mann umbringen?«

»Weil es die Skorpione wirklich gibt! Ich weiß nicht, was der Mörder gehört hat, aber Ingersol hatte mir gerade von zwei Leuten berichtet, die Van Nostrand häufig an der Costa del Sol besucht hatten – zwei hochrangige Skorpione, wie er glaubte.«

»Dann meinen Sie, daß Meyers' Fahrer Ingersol erschossen hat?«

»Davon müssen wir ausgehen.«

»Aber wenn Sie ihn sahen, muß er auch Sie gesehen haben. Warum hat er nicht entsprechend reagiert?«

»Es war dunkel im Flur, und ich hatte diesen Hut auf. Außerdem hatte er es eilig. Er hatte nur eines im Sinn – mit seinem Chef so schnell wie möglich aus dem Haus zu verschwinden.«

»Und aufgrund dieser vagen Vermutungen soll ich die Integrität des Vorsitzenden der Joint Chiefs in Zweifel ziehen, eines Mannes, der vier Jahre als Kriegsgefangener in Nordvietnam verbringen mußte, und ihn festnehmen lassen?«

»Auf keinen Fall«, sagte Tyrell mit Nachdruck. »Sie sollen mir helfen, sein Vertrauen zu gewinnen ... Er gehört zu jenem ›Inneren Kreis‹, der tagtäglich, ja stündlich über die Aktionen gegen Little Girl Blood unterrichtet wird, ja?«

»Natürlich. Er ist ...«

»Ich weiß, wer er ist«, fiel Hawthorne ihm ins Wort. »Aber er weiß nicht, daß ich weiß, daß er ein Skorpion ist.«

»Also?«

»Bringen Sie uns zusammen. Noch heute abend.«

»Mein Gott, wenn Sie recht haben, hat *er* vielleicht versucht, Sie zu töten.«

»Aber *ich* weiß doch von nichts, ich verdächtige ihn nicht einmal«, sagte Tyrell grinsend. »Ich glaube, daß es jemand anders im Haus war. Und da *er* sich zufälligerweise auch im Haus aufhielt, soll er mir helfen, herauszufinden, wer.« Hawthorne drehte sich abrupt um und sagte, sich an ein fiktives Gegenüber wendend, mit harter, inquisitorischer Stimme: »*Denken Sie nach,* General! Versuchen Sie sich an jedes Gesicht zu erinnern! Einer von diesen Leuten arbeitet für Little Girl Blood!« Tyrell blickte Palisser an. »Sehen Sie? So läuft die Sache ab, Mr. Secretary.«

»Er wird Sie durchschauen.«

»Nicht, wenn ich es richtig mache. Übrigens – ich brauche eines dieser kleinen Tonbandgeräte, die man in die Tasche stecken kann. Ich möchte jedes Wort aufnehmen, das der Kerl sagt.«

»Wenn Meyers Verdacht schöpft, daß Sie das Gespräch auf Band aufnehmen, wird er Sie umbringen.«

»Wenn er das versucht, ist er geliefert.«

General Michael Meyers, Vorsitzender der Joint Chiefs of Staff, stand mit bloßem Oberkörper vor seinem Fahrer, der ihm die Prothese abnahm. Der General schüttelte den Armstumpf, der unter seiner rechten Schulter vorragte. Verärgert blickte er auf die roten Stellen, wo die Prothese die Haut wundgerieben hatte. Es war Zeit, dieses Folterinstrument durch eine neue Prothese zu ersetzen.

»Ich hole die Salbe«, sagte der Fahrer.

»Hol mir zuerst einen Drink und denk daran, morgen die Ärzte vom Walter Reed anzurufen. Und sag ihnen, daß sie ihre Sache diesmal gefälligst richtig machen sollen.«

»Als ob ich ihnen das nicht schon beim letzten Mal gesagt hätte. Aber ich habe dir schon hundertmal erklärt, daß diese Biester sich mit der Zeit ausdehnen. Ist doch klar, daß sie dann nicht sitzen«, erwiderte der Master Sergeant. »Aber du hörst mir ja nicht zu.«

»Du kannst mich mal.«

»Sei vorsichtig, du alter Sack. Du stehst ziemlich in meiner Schuld wegen heute nachmittag.«

»Nimm dich in acht!« Der General lachte. »Sonst bist du den Porsche los, den du in Easton beiseite geschafft hast.«

»*Nimm* ihn. Dann fahre ich den Ferrari, den du in Annapolis stehen hast. Der läuft auch auf meinen Namen.«

»Du bist ein abgefeimter Gauner, Johnny.«

»Ich weiß«, sagte der Master Sergeant. Er trat an die Bar, um zwei Gläser einzuschenken, und blickte Meyers an. »Es ist ein langer Weg, den wir miteinander gegangen sind, Michael.«

»Ja«, sagte der General und setzte sich in einen Lehnstuhl, die Füße weit von sich gestreckt. »Und er führt uns wieder dahin, wo wir hingehören.«

»Deshalb die Geschichte heute?«

»Die Ingersols waren Feiglinge, alle beide. Sie steckten mit diesem Hawthorne unter einer Decke – wenigstens einer von ihnen.«

»Hawthorne …? Ist das der Kerl, dem du den Mord an dem alten Knacker in die Schuhe schieben willst? Du brauchst es mir nicht zu sagen, wenn du es nicht willst. Ich bin nicht weiter neugierig. Ich führe nur Befehle aus.«

»Ed White hat mir gesagt, daß er mit ihm im Garten war. Er wollte wissen, ob ich etwas von einer Ermittlung des State Department gegen seinen Partner weiß. Ein Ablenkungsmanöver. Hawthorne ist hinter etwas anderem her. Der Mann ist gefährlich.«

»Nicht mehr, M. M. Die beiden sind Geschichte.« Das Telefon läutete. Der Master Sergeant nahm den Hörer ab und meldete sich. »Ja, Sir«, sagte er einige Sekunden später und warf Meyers einen erstaunten Blick zu. »Der General steht gerade unter der Dusche, Mr. Secretary. Aber ich werde veranlassen, daß er Sie sofort zurückruft.« Er hob einen Bleistift auf und machte sich eine Notiz. »Ja, Sir, ich hab's aufgeschrieben. Ich werd's ihm sagen.« Johnny legte den Hörer auf, immer noch mit Blick auf den General. Er schluckte, bevor er sprach. »Es war der Außenminister! Sie müssen die Leichen gefunden haben … Mein Gott, und du wolltest noch länger bleiben!«

»Bist du sicher, daß man dich nicht erkannt hat?«

»Absolut. Ich mache so was ja nicht zum erstenmal. Denk an Hon Chow. Ich habe neun von den gelben Spitzeln umgelegt, ohne auch nur eine einzige Spur zu hinterlassen.«

»In Ordnung. Was hat Palisser gesagt?«

»Nur, daß etwas Schreckliches passiert sei und daß man – er sagte ›man‹ – deine Hilfe braucht … Ich will damit nichts zu tun haben, Max. Ich werde dich nicht fahren. Ich will heute abend nicht mit dir zusammen gesehen werden.«

»Verständlich. Ruf Everett vom Wagen aus an. Er kann dich vertreten. Sag ihm, er soll einen dunklen Anzug anziehen, und hol ihn ab. Auf dem Rückweg informierst du ihn über alles, was du im Haus gemacht hast, wen du gesehen, wem du zugenickt hast.«

»Bin schon unterwegs«, sagte Johnny. Er reichte Meyers das zweite Glas und schloß die Tür hinter sich.

Maximum Mike Meyers schlürfte seinen Whiskey und dachte nach. Bruce Palisser war intelligent, im Krieg hochdekoriert und wahrscheinlich der anständigste Mann in der ganzen Regierungsmannschaft, wie die Medien nicht müde wurden zu betonen. Er wußte sich gegenüber seinen Kabinettskollegen durchzusetzen, und es gab – natürlich stets dementierte – Gerüchte, daß er dem Präsidenten über gewisse Fragen ins Gewissen geredet habe. Er war der George Shultz dieser Administration, wie die Presse einmal schrieb; und ein Mann wie er spielte nicht mit falschen Karten. Wenn er um Hilfe bat, brauchte er sie auch. Meyers schätzte den Außenminister nicht besonders – wie alle diese studierten Laffen neigte er dazu, endlose Debatten zu führen, ohne sich klar entscheiden zu können –, aber er respektierte ihn.

Der General stützte sich mit der linken Hand auf die Lehne des Ledersessels und stand langsam auf. Dann beugte er sich nieder, hob das Glas vom Boden auf und trat an die Bar. Er setzte das Glas auf die schwarze Marmorplatte und warf einen Blick auf seine Armbanduhr. Sieben Minuten waren vergangen, seit Johnny das Zimmer verlassen hatte. Er nahm den Hörer ab und wählte die Nummer, die auf dem Notizblock stand.

»Palisser am Apparat«, meldete sich der Außenminister.

»Entschuldigen Sie, Bruce, daß ich erst jetzt anrufe. Der Sergeant ist ein ausgezeichneter Fahrer, aber seine Handschrift ist miserabel. Ich habe drei andere Nummern ausprobiert, ehe ich diese entziffern konnte.«

»Ich wollte Sie gerade zurückrufen, Michael. Etwas Schreckliches ist passiert. Wahrscheinlich steht es im Zusammenhang mit dieser Bajaratt.«

»Gütiger Himmel! Was ist los?«

»Sie waren heute abend bei den Ingersols, nicht wahr?«

»Ja. David war ein Freund des Pentagons; wir haben ihn häufig um Rat gefragt.«

»Das war vielleicht nicht sehr klug von Ihnen, aber das konnten Sie nicht wissen.«

»Ich verstehe nicht ganz ...«

»Sie haben doch die letzten Berichte über Little Girl Blood gelesen, nicht?«

»Natürlich.«

»Dann wissen Sie ja, daß wir zu dem Schluß gelangt sind, daß eine einflußreiche Organisation hinter ihr stehen muß.«

»Das überrascht mich nicht«, sagte der General. »Es wäre ihr sonst wohl kaum gelungen, uns immer wieder durch die Maschen zu schlüpfen.«

»Eine neue Entwicklung ist eingetreten. Seit heute abend wissen wir, daß Ingersol zur Bajaratt-Gruppe gehört hat.«

»*David?*« rief Meyers in gespieltem Erstaunen. »Auf den Gedanken wäre ich nie gekommen!«

»Nicht nur er. Auch sein Vater, der Richter.«

»Kaum zu glauben. Wer hat das herausgefunden?«

»Commander Hawthorne.«

»*Wer?* … Ach, der ehemalige Geheimdienstoffizier der Navy, der jetzt für die Engländer arbeitet. Ich erinnere mich.«

»Er hat Glück gehabt, daß er noch lebt. Er war auch bei den Ingersols.«

»Daß er noch lebt …?« Meyers schwieg einen Augenblick, dann sagte er: »Was ist geschehen?«

»Er war draußen im Garten, hinter dem Pool, und hat mit dem alten Mann gesprochen. Offensichtlich ist ihnen jemand gefolgt und hat Richard Ingersol erschossen. Er war sofort tot. Bevor Hawthorne eingreifen konnte, wurde er niedergeschlagen und bewußtlos liegengelassen – die Tatwaffe in der Hand.«

»Unglaublich!« sagte der General tonlos.

»Wir haben eine CIA-Einheit hingeschickt, die die Leiche unauffällig entfernt hat. Mrs. Ingersol und ihrem Sohn wurde gesagt, daß der alte Mann es nicht mehr ausgehalten hätte bei dieser Trauerparty und in sein Hotel gefahren sei.«

»Haben sie es geglaubt?«

»Der Sohn ja. Er meinte, wenn der Alte ihm Bescheid gesagt hätte, wäre er mit ihm abgehauen. Da der Mord mit Little Girl Blood in Zusammenhang steht, haben wir erstmal eine Nachrichtensperre verhängt.«

»Mich wundert, daß ich keine Schüsse gehört habe. Und ich bin ein alter Hase. Sowas entgeht mir doch nicht.«

»Die Waffe – eine 38er Magnum – wer mit einem Schalldämpfer

versehen. Näheres erfahren Sie von Commander Hawthorne. Er möchte Sie ohnehin sprechen – Moment.«

Bevor der General Einwände erheben konnte, war Hawthorne in der Leitung.

»General Meyers?«

»Ja?«

»Es ist mir eine Ehre, Sir. Ich bin ein großer Bewunderer von Ihnen.«

»Danke, danke.«

»Wir müssen so schnell wie möglich miteinander reden, Sir. Aber nicht am Telefon. Wir waren beide im Haus. Aber ich kannte niemanden von diesen Leuten. Sie müssen mir weiterhelfen. Ich weiß nur, daß einer von den Anwesenden für die Bajaratt arbeitet.«

»Wo sollen wir uns treffen?«

»Ich komme zu Ihnen.«

»Ich warte, Commander.« General Michael Meyers legte den Hörer auf. Sein Blick fiel auf den nackten Armstumpf. Er hatte sich nicht soweit hochgearbeitet, um sich nun von einem abtrünnigen Geheimdienstoffizier aufhalten zu lassen.

31

*Hauptquartier des Mossad,
Tel Aviv*

Oberst Daniel Abrams, Leiter der mit dem Fall Bajaratt befaßten Antiterror-Truppe, saß am Kopfende des Konferenztisches. Zu seiner Rechten saß eine Frau Ende dreißig mit scharfen Zügen und von der israelischen Sonne gebräunten Haut. Sie hatte das Haar im Nacken zu einem Knoten zusammengebunden. Zu seiner Linken saß ein jungenhaft aussehender Mann mit schütter werdendem blonden Haar, hellblauen Augen und einer mittels plastischer Chirurgie wieder hergestellten Nase, die ihm während seiner Gefangenschaft bei der Hisb Allah im Libanon gebrochen worden war. Die Frau war ein Major, der Mann ein Hauptmann im Dienste des Mossad, beide erfahren in Undercover-Operationen.

»Yakov, unser Mann in Washington, ist von der Bajaratt aufs

Kreuz gelegt worden«, sagte der Oberst. »Er hat sie in der El-Al-Abflughalle im Dulles Airport entdeckt; aber sie hat den Spieß umgedreht. Sie hat ihn beschuldigt, ein verkleideter palästinensischer Terrorist zu sein. Er ist beinahe von den aufgebrachten Fluggästen gelyncht worden – die meisten von ihnen Amerikaner –, bis unsere Leute ihn schließlich befreien konnten.«

»Er hätte sich ihr nicht allein nähern dürfen«, sagte der weibliche Major. »Sie hatte früher eine Affäre mit ihm. Da mußte sie ihn ja wiedererkennen.«

»Oder er sie«, meinte der junge Hauptmann. »Als er ihr im Bar-Shoen-Kibbuz begegnete, hat Yakov nicht gewußt, daß sie Bajaratt war.«

»Jedenfalls hat sich inzwischen herausgestellt, *daß* sie es war«, sagte Abrams. »Warum hat Yakov den Umgang mit ihr aufgegeben?«

»Hat er gar nicht. Er ist ein paarmal mit ihr ausgegangen, um zu sehen, ob er mehr über sie in Erfahrung bringen könnte. Offensichtlich hatte sie ihre eigenen Vorstellungen und hat mehr über ihn herausgefunden als umgekehrt. Eines Tages war sie einfach verschwunden.«

»Dann war es dumm von ihm, sie alleine zu stellen.«

»Ach, hören Sie, Major«, sagte der Hauptmann. »Wäre es besser gewesen, sie mit Gewalt von bewaffneten Agenten entführen zu lassen und vielleicht ein Blutbad unter unbeteiligten Leuten anzurichten – die meisten davon Amerikaner? Wir haben uns entschlossen, ihn allein loszuschicken und auf eigene Faust handeln zu lassen. Außerdem hat Yakov sein Aussehen verändert; seine schwarzen Haare waren blonder als meine – was von ihnen übriggeblieben ist –, seine Augenbrauen gebleicht. Es war nicht perfekt, aber selbst auf kurze Entfernung war er nicht wiederzuerkennen.«

»Männer schauen zuerst auf das Gesicht, dann auf die Figur. Frauen mustern zuerst die Figur, dann das Gesicht.«

»Bitte!« Oberst Abrams hob abwehrend die Hand. »Keine psychologischen Spekulationen.«

»Das ist bewiesen, Sir«, beharrte sie.

»Mag ja sein. Aber wir müssen jetzt sehen, was wir aus diesem Fehlschlag machen können ... Wir haben den gefangenen Palästinenser gefügig gemacht, diesen Liedersänger, der unsere Offiziere so amüsiert hat. Ein Wächter hat gemeldet, daß man ihn bestechen wollte, damit er ihm zur Flucht verhilft. Darum haben wir ihn in den Negev geschafft und den Wächter zu einer anderen Einheit abkommandiert.«

»Ich dachte, Bajaratts Askalon-Brigade hätte geschworen, eher zu sterben, als unter der Folter auszusagen«, sagte der weibliche Offizier verächtlich. »Da sieht man mal, was vom berühmten Mut der Araber übrigbleibt, wenn's drauf ankommt.«

»Das ist eine dumme Bemerkung, Major«, fuhr sie der Oberst an. »Er hätte selber unter der Folter nichts gesagt – die wir übrigens gar nicht angewendet haben. Wir müssen endlich lernen, daß diese Leute genauso loyal sind wie wir. Erst dann wird es Frieden geben. Wir haben ihn unter Drogen gesetzt.«

»Verzeihung, Colonel Abrams. Und was haben wir erfahren?«

»Wir haben ihm alle Telefongespräche, die die Bajaratt in den Staaten geführt hat, auf Band vorgespielt – jedes nach einem Wort, einem Namen, einer Bemerkung abgehört, die uns weiterführen könnte. Vor etwa zwei Stunden sind wir fündig geworden.« Der Mossad-Offizier zog ein Notizbuch aus seiner Hemdtasche und öffnete es. »Dies sind die Worte: ›Ein amerikanischer Senator ... Strategie erfolgreich ... arbeitet für uns ... Sein Name ist Nesbitt.‹«

»Wer?«

»Ein Senator aus dem Staate Michigan namens Nesbitt. Er spielt eine Schlüsselrolle. Wir werden es natürlich an Washington weitergeben, aber nicht auf dem üblichen Weg. Offen gestanden, ich habe kein rechtes Vertrauen mehr in unsere Sicherheitsorgane. Es ist zuviel schiefgelaufen.«

»Wir hätten diese Frau längst aus dem Verkehr ziehen können«, sagte der jungenhaft aussehende Mossad-Offizier. »Es ist lächerlich.«

»Ihre Arroganz ist völlig fehl am Platz, Hauptmann. Wir sind nicht drüben, und sie ist mit allen Wassern gewaschen. Und besessen von ihrer Aufgabe wie niemand sonst, der mir je untergekommen ist. Es geht alles auf ihre Kindheit zurück. Nur so läßt sich dieser Fanatismus erklären.«

»Und wie wollen Sie Washington unterrichten, Sir?« fragte der weibliche Major ungeduldig.

»Durch Sie«, erwiderte der Oberst. »Sie beide fliegen noch heute abend ab. Sie sind morgen früh da – Washington-Zeit. Unmittelbar nach Ihrer Ankunft setzen sie sich mit Außenminister Palisser in Verbindung, mit niemandem sonst. Wir sorgen dafür, daß Sie sofort empfangen werden.«

»Warum mit *ihm*?« fragte der Hauptmann. »Warum nicht mit der CIA oder dem Secret Service?«

»Ich kenne Palisser. Ich vertraue ihm. Ich wüßte wirklich nicht, wem sonst ich noch vertrauen kann. Klingt paranoid, was?«

»Ja, Sir. In der Tat«, sagte der weibliche Offizier.

»Dann bin ich eben paranoid«, meinte der Oberst.

Die Bajaratt stand am Fenster des Airport-Hotels, dessen dicke Scheiben den Lärm der landenden und startenden Düsenflugzeuge abdämmten. Die Sonne brach durch den Nebel und kündigte den bedeutendsten Tag in ihrem Leben an. Sie fühlte sich wieder wie damals, als sie, ein langes Messer unter dem Kleid verborgen, einen spanischen Soldaten in den Wald geführt hatte. Er war der erste, den sie getötet hatte. Der heutige Tag freilich würde der Triumph einer erwachsenen Frau sein, der es gelungen war, die Prätorianergarde der mächtigsten Nation der Welt zu überlisten. Sie würde in die Geschichte eingehen, sie würde die Geschichte *verändern*. *Muerte a toda autoridad*!

Das Kind, das sie einmal gewesen war, lächelte ihr zu, und in diesem Lächeln lag Liebe und Dankbarkeit. *Wir gehen zusammen – du, mein jüngeres Selbst, und ich. Wir nehmen gemeinsam Rache für das, was uns angetan worden ist. Fürchte dich nicht, mein Kind. Du hast dich damals nicht gefürchtet, und wirst dich auch heute nicht fürchten. Der Tod ist nur ein friedlicher Schlaf. Das Schlimmste, was uns zustoßen kann, ist vielleicht, daß wir überleben. Bewahre das Feuer in deinen Augen und den Zorn in deiner Brust, mein Kind.*

»Signora!« rief Niccolò und richtete sich im Bett auf. »Wie spät ist es?«

»Zu früh zum Aufstehen«, erwiderte die Baj. »Deine Angel ist noch nicht einmal aus Kalifornien abgeflogen.«

Der junge Mann gähnte und reckte sich ausgiebig. »Ich kann nicht länger schlafen.«

»Dann ruf den Zimmerkellner an und bestell dir dein Frühstück. Und wenn du fertig bist, habe ich einen Auftrag für dich. Ich möchte, daß du ein Taxi nimmst und ins Carillon fährst. Dort holst du unser restliches Gepäck ab und läßt dir ein Paket aushändigen, das an der Rezeption für mich abgegeben worden ist.«

»Gut. Was soll ich für dich bestellen?«

»Nur Kaffee, Nico. Ich trinke eine Tasse und mache dann einen Spaziergang. Einen langen Spaziergang ...« Sie wandte sich um und blickte den Hafenjungen aus Portici an. »Das Ende ist nahe, Niccolò, das Ende einer langen und schweren Reise.«

»Du hast gesagt, daß ich nach dem heutigen Abend tun und lassen kann, was ich will, ja?«

»Ja.«

»Natürlich möchte ich zurück nach Italien – allein schon wegen der Familie in Ravello, die mich bei sich aufnehmen will. Aber hat das nicht noch einige Tage Zeit?«

»Wozu?«

»Was für eine Frage, *bella signora*! Ich möchte sie mit Angelina verbringen.«

»Mach, was du willst.«

»Aber du hast gesagt, du würdest heute abend abreisen ...«

»Das habe ich gesagt.«

»Dann brauche ich viel Geld. Ich bin immerhin der *barone-cadetto di Ravello*.«

»Was willst du damit sagen, Niccolò?«

»Genau das, was du gehört hast, *mia bella signora*.« Der junge Mann warf die Bettdecke ab und stand auf. Er war nackt. »Etwas in mir wird immer der Hafenjunge aus Portici bleiben, Cabi, so sehr ich mich auch bemüht habe, ihn zu vergessen. Ich habe mir einmal die *fari al casos* angesehen, die Rechnungen, die du in den Hotels und den *ristorantes* bezahlst. Und ich habe dich beobachtet ... Du führst ein Telefongespräch, und dann bekommst du Geld, meist spät am Abend, und immer in einem dicken Umschlag. Palm Beach, New York, Washington – es war immer dasselbe.«

»Was glaubst du denn, wovon wir leben«, fragte die Bajaratt ruhig und lächelte freundlich. »Irgendwie müssen die Rechnungen doch bezahlt werden.«

»Und wovon soll ich leben, wenn du fort bist?«

»Willst du mir damit sagen, daß du *Geld* brauchst?«

»Ja. Und ich möchte es noch heute haben – vor dem Abend.«

»Dem Abend ...?«

»Lange vor dem Abend. In einem dieser dicken Umschläge. Ich werde ihn Angelina geben, wenn ich sie heute nachmittag am Flughafen treffe. Ich habe mir auch schon die Summe ausgerechnet, die nötig sein wird, um so weiterleben zu können wie bisher«, fuhr Niccolò fort, ohne den zornigen Ausdruck zu beachten, der sich auf dem

Gesicht der Bajaratt abzuzeichnen begann. »Fünfundzwanzigtausend amerikanische Dollar. *Naturalmente* kannst du sie von dem Geld in Neapel abziehen. Wenn du willst, quittierte ich dir den Empfang schriftlich.«

»Du bist ein *Wurm*, ein Nichts! Wie kannst du es wagen, so mit mir zu reden? Ich habe dir ein neues Leben eröffnet! Ich weigere mich, dieses Gespräch fortzusetzen.«

»Dann weigere ich mich, dich heute abend zu begleiten. Du kannst allein gehen. Eine große Dame wie du braucht keinen Wurm wie mich.«

»Niccolò, du wirst heute abend den mächtigsten Mann der Welt treffen. Den Präsidenten der Vereinigten Staaten!«

»Ich bin nicht an ihm interessiert. Er interessiert sich doch auch nicht für mich, sondern nur für den *barone-cadetto di Ravello*.«

»Tu mir das nicht an!« rief die Baj. »Alles, wofür ich gearbeitet, wofür ich gelebt habe – verstehst du nicht, was auf dem Spiel steht?«

»Vielleicht verstehe ich es, wenn du mir den Umschlag gibst. Angelina wird ihn nicht öffnen, bevor wir zusammen in Brooklyn sind. Und in einem bin ich mir ganz sicher: *Sie* wird mir wirklich helfen, den Hafenjungen aus Portici hinter mir zu lassen.« Niccolò stand aufrecht vor ihr und wankte nicht unter ihrem wütenden Blick. »Tu es, Cabi. Oder ich bin nicht mehr hier, wenn du von deinem Spaziergang zurückkommst.«

»Du *Dreckskerl*!«

»Das hast du mich auch gelehrt, *bella signora*. Als wir damals nach dem schrecklichen Sturm zu dieser Insel kamen, habe ich dich für ein Ungeheuer gehalten ... Du bist schlimmer als ein Ungeheuer. Du bist schlichtweg *böse*. Geh zum Telefon und ruf einen deiner *subalterni* an. Wenn das Geld bis heute mittag nicht hier ist, siehst du mich nie wieder.«

Hauptquartier des MI-6, London

Es war nach Mitternacht, als der schwarzhäutige Mann mit dem Afro-Look den Strategieraum betrat, die Tür hinter sich schloß und rasch auf den ersten Sessel an der linken Seite des runden Tisches zuging. Er trug eine braune Wildlederjacke mit Fransen an den Ärmeln und eine rostfarbene Hose. Drei Männer saßen am Tisch – Sir John

Howell, der Vorsitzende, neben ihm ein Mann im dunklen Nadelstreifenanzug und, dem Neuankömmling am nächsten, ein mit einem Kaftan bekleideter Araber von unbestimmbarer Hautfarbe. Er hatte seine Kopfbedeckung, die *ghotra*, abgenommen und neben den Aktenordner auf den Tisch gelegt.

»Ich glaube, wir haben einen Hinweis«, sagte der Neuankömmling. Sein Englisch war makellos – etwas näselnd, mit einem leichten Oxford-Akzent.

»Was für einen Hinweis?« fragte der Mann im Nadelstreifen.

»Einem der Automechaniker in der Downing Street ist aufgefallen, daß die Kühlerhauben von zwei Diplomatenwagen wiederholt offengestanden haben.«

»Und?« fragte Sir John. »Vielleicht hatten sie einen Motorschaden. Wie soll man das feststellen, wenn man die Haube nicht öffnet?«

»Es sind Diplomatenwagen, Sir«, sagte der Leiter des Mittelost-Ressorts. »Niemand darf unbeaufsichtigt an ihnen herumhantieren.«

»Das ist der Punkt, Mr. Chairman«, bestätigte der Schwarze mit dem Oxford-Akzent. »Jede Motorpanne muß der Fahrbereitschaft gemeldet werden. Und keiner der fraglichen Wagen hatte Probleme mit dem Motor. Die Fahrer sind zwar alle von der Sicherheit mehr als einmal gescheckt worden ...«

»Vielleicht ist einer dabei durch die Maschen geschlüpft«, unterbrach ihn der Mann im Nadelstreifenanzug und lächelte schmallippig.

»Offensichtlich. Er gibt sich als naturalisierter Ägypter aus, als ehemaliger Fahrer Anwar Sadats. Aber seine Papiere sind zweifellos gefälscht.«

»Warum ist er naturalisiert worden?« fragte der Mann im Nadelstreifen.

»Die Armee-Offiziere, die den Coup gegen Sadat führten, wollten auch die Mitglieder seines persönlichen Stabs umbringen. Ihm wurde Asyl gewährt.«

»Verdammt clever«, sagte Howell. »Sadat war ein spezieller Freund des Foreign Office. Die Burschen taten alles für ihn. Fahren Sie fort.«

»Er nennt sich Barudi. Ich bin ihm fast den ganzen Abend gefolgt. Er hat vier verschiedene Leute in vier verschiedenen Bars in Soho getroffen ... Ich muß hier den Schulungskurs auf dem Landgut in Sussex erwähnen, Sir.«

»Ich verstehe nicht recht ...«

»Der Kurs war einfach hervorragend, Sir. Ich denke an das ›Entwenden persönlicher Gegenstände zwecks Erhaltung von Informationen, die anders nicht erbracht werden konnten‹.«

»Bitte?«

»James meint, glaube ich, Taschendiebstahl«, sagte der Mann im Nadelstreifenanzug. »Anscheinend hat er seinen Lehrstoff zur Kunstform entwickelt.«

»Es ist mir gelungen, zweien der Herren die Brieftasche zu klauen. Ich habe ihren Inhalt auf dem WC mit meinem Taschengerät kopiert und sie ihren Eigentümern unbemerkt wieder zugesteckt. Eine davon leider nicht in dieselbe Tasche wie vorher. Aber das ließ sich nicht vermeiden.«

»Und was haben Sie in den Brieftaschen gefunden?«

»Die üblichen Ausweispapiere und Kreditkarten. Anscheinend echt, abgesehen von den Namen. Aber in beiden Brieftaschen, auf Briefmarkengröße zusammengefaltet, befand sich dies hier.« Der MI-6-Offizier zog vier Papierstreifen aus der Tasche seiner Wildlederjacke und breitete sie auf dem Tisch aus.

»Was ist das?« fragte Howell, während er und die beiden anderen Männer die Streifen aufhoben und betrachteten.

»Die getippten Zeilen sind arabische Schriftzeichen«, sagte der Leiter des Mittelost-Ressorts. »Die handschriftlichen Einfügungen sind Übersetzungen.«

»Arabische Schriftzeichen?« fragte Howell. »Bajaratt!«

»Wie Sie sehen, handelt es sich um eine Liste von Daten, Zeitangaben und Orten ...«

»Verdammt gute Übersetzung«, bemerkte der Araber. »Denn einige dieser Orte sind eigentlich gar nicht zu übersetzen. Von wem ist sie?«

»Ich habe unseren Chef-Arabisten in Chelsea um seine Hilfe gebeten.«

»Was für Ortsangaben sind das?« fragte der Vorsitzende. »Briefkästen?«

»Deswegen bin ich zu spät gekommen, Sir. In den letzten drei Stunden habe ich eine Angabe nach der anderen abgeklappert. Zuerst wurde ich nicht schlau daraus. Dann, bei der fünften, wurde es mir klar: Es sind öffentliche Telefonzellen.«

»Unsere Verdächtigen erhalten also Anrufe, die sie offensichtlich nicht auf einer Privatleitung empfangen sollen«, sagte der Araber.

»Das weist ebenfalls auf die Bajaratt hin. Sie ist besessen von der Vorstellung, abgehört zu werden. Und wann immer möglich, lehnt sie es ab, mit Mittelsmännern in Verbindung zu treten. Sie spricht lieber direkt mit ihren Leuten.«

»Das überzeugt mich«, sagte Sir John. »Wo und wann soll der nächste Kontakt stattfinden?«

»Morgen mittag, Brompton Road, Knightsbridge, vor Harrods«, erwiderte der schwarze Geheimdienstoffizier. »Sieben Uhr morgens, Washington-Zeit.«

»Dann ist die Straße voll von Leuten, die ihre Einkäufe erledigen«, bemerkte der Mann im Nadelstreifenanzug. »Eine alte IRA-Taktik.«

»Und der Kontakt danach?«

»Zwanzig Minuten später an der Ecke Oxford Circus und Regent.«

»Ebenfalls eine belebte Gegend«, sagte der olivhäutige Offizier. »Viel Verkehr.«

»Ich brauche Ihnen wohl nicht erst zu sagen, was Sie zu tun haben, James«, sagte der Vorsitzende. »Je eins unserer als Lieferwagen getarnten Spezialfahrzeuge an beide Standorte, offene Leitungen sowohl nach Washington als auch zu den Telefoncomputern, die die beiden Nummern gespeichert haben. Wir müssen uns sofort einschalten können. Und ich meine: *sofort*.«

»Ja, Sir. Ich fürchte nur, Sie werden eine Genehmigung einholen müssen. Wir brauchen dafür einen Gerichtsbeschluß.«

»Einen Gerichtsbeschluß, du meine Güte!« rief der Leiter von MI-6 und schlug mit der verkrüppelten rechten Hand auf den Tisch. »Ich habe Geoffrey Cooke von eben diesem Zimmer aus in den Tod geschickt. Die Karten lagen auf diesem Tisch hier; er mußte die Seiten für mich umschlagen und mir erklären, was ich nicht verstand ... Ich muß diese Wahnsinnige zur Strecke bringen – koste es, was es wolle! Tun Sie es für mich, für Geoffrey Cooke!«

»Jawohl, Sir.« James stand auf.

»Warten Sie!« Sir John Howell blickte nachdenklich zu Boden. »Ich habe gesagt, offene Leitungen nach Washington – das ist mir zu gefährlich. Die Bajaratt hat überall ihre Maulwürfe sitzen. Wir müssen uns auf eine Leitung beschränken.«

»Zu wem?« fragte der Mann im Nadelstreifen.

»Wer hat Gillettes Posten bei der CIA übernommen?«

»Vorübergehend sein Stellvertreter. Handverlesen. Ein guter Mann, wie unsere Leute drüben meinen«, erwiderte James.

»In Ordnung. Ich rufe ihn über den Scrambler an. Auch den Führungsoffizier von Hawthorne. Wie ist sein Name?«

»Stevens, Sir. Captain Henry Stevens, Geheimdienst der Navy.«

»Nichts von dem, was wir hier besprochen haben, darf an die Öffentlichkeit gelangen. Es bleibt absolut unter uns, verstanden?«

Die nächtliche Konferenz hatte zehn Stunden und dreißig Minuten früher stattgefunden. Inzwischen standen die Lieferwagen in der Brompton Road und am Oxford Circus. Am Dulles Airport war es fast sieben Uhr morgens.

32

Die Bajaratt verließ das Airport-Hotel und schlenderte über den Grasstreifen bis zum Ende des Gebäudes. Sie bog um die Ecke, blieb stehen und blickte auf ihre diamantenbesetzte Armbanduhr. Es war 6 Uhr 32. Sie war im Hotelzimmer geblieben, bis Niccolò sich angezogen und wie ein hungriger Wolf sein Frühstück verschlungen hatte.

Die Baj spähte um die Ecke und beobachtete, wie der Junge aus Portici jetzt in seinem teuren blauen Blazer und den grauen Flanellhosen aus dem Eingang trat und in das wartende Taxi stieg – ein Adonis, jung, schön und voller Lebenslust.

Es war 6 Uhr 47. Sie konnte ins Hotel zurückkehren. Sie mußte fünf Telefongespräche führen – zwei mit London, eins mit Paris, eins mit Jerusalem und das letzte mit der Bank, auf der das Geld aus dem Beka'a-Tal lag. Sie konnte ruhig das Hoteltelefon benutzen; es spielte keine Rolle mehr. In einer Stunde würde sie das Haus verlassen und in ein anderes Hotel in Washington ziehen, sich dort mit Niccolò treffen und ihm die geforderte Summe übergeben. Er würde keine Gelegenheit haben, dieses Geld je auszugeben.

Knightsbridge, London

Auf der Brompton Road, gegenüber dem Eingang zu Harrods, warteten drei Männer in einem mit elektronischen High-Tech-Geräten vollgestopften Lieferwagen, der in verschnörkelten Buchstaben die

Aufschrift The Scotch House trug. Die drei Fenster zu beiden Seiten des Fahrzeugs hatten getönte Scheiben und waren so präpariert, daß man von innen nach außen, aber nicht von außen nach innen sehen konnte. Einer der Männer war der schwarze MI-6-Offizier namens James. Er ließ seinen Blick über die belebte Straße vor der Telefonzelle schweifen, während seine Begleiter, beide mit aufgesetzten Kopfhörern, die vibrierenden grünen Linien auf ihren Frequenzanzeigern prüften.

»Da ist er«, sagte James ruhig.

»Welcher?« Einer der beiden Techniker, ein grauhaariger Mann in Hemdsärmeln, stand auf und blickte aus dem Fenster.

»Der Kerl im grauen Anzug mit der Zeitung unter dem Arm.«

»Er sieht keinem der Burschen ähnlich, die Sie in den Soho-Kneipen beobachtet haben«, meinte der zweite Techniker, sich halb aus seinem Stuhl erhebend. »Eher wie ein Bankangestellter.«

»Jetzt schaut er auf seine Uhr und geht auf die Telefonzelle zu ... Sehen Sie! Er versucht, sie vor der Frau zu erreichen, die offensichtlich auch telefonieren will.«

»Er hat sie fast über den Haufen gerannt.«

»Wenn Blicke töten könnten«, sagte der Graukopf und grinste.

»Sie hat's aufgegeben und sucht sich eine andere Telefonzelle.«

»*Noch neunzig Sekunden*«, ertönte eine Stimme aus dem Lautsprecher. »Überprüfen Sie unsere Verbindung nach Washington«, befahl der schwarze MI-6-Offizier.

»D. C. Sondereinheit. Hören Sie mich?«

»Klar und deutlich, London.«

»Ist unsere Frequenz freigegeben?«

»Ja. Wir haben nochmals alles gecheckt. Die Verbindung ist absolut abhörsicher. Wir werden, wie verabredet, Priority Red geben, damit wir so schnell wie möglich die Polizeikräfte in den betreffenden Gebieten verstärken können.«

»Verstanden, D. C.«

»Danke, London. Ende.«

»Alle Kanäle frei!« sagte James. »Die Aktion hat begonnen.«
Stille.

Siebenundachtzig Sekunden verstrichen, in denen nur die Atemzüge der drei Männer zu hören waren. Dann drang ein leises statisches Rauschen aus dem Lautsprecher und unmittelbar danach die Stimme einer Frau.

»*Askalon*, ich bin es.«

»Ich höre, Tochter Allahs«, sagte die Stimme aus der Telefonzelle in der Brompton Road, zehn Meter von dem Lieferwagen entfernt.

»Heute abend ist es soweit.«

»Wir sind bereit. Du hast erstaunlich schnell gearbeitet.«

»Überrascht dich das?«

»Was dich betrifft, überrascht mich überhaupt nichts. Gibt es irgend etwas, was wir beachten müssen?«

»Nein. Hört die Nachrichten im Radio ab. Und wenn die Meldung gesendet wird, schlagt ihr zu. Überall in der Welt werden die Regierungen zu Sondersitzungen zusammentreten. In den Hauptstädten wird Chaos ausbrechen …«

»*Warte!*« Der Mann in der Telefonzelle blickte angespannt in Richtung des Lieferwagens.

»Mein Gott!« rief James. »Er hat uns gesehen!«

»Wo immer du auch bist – mach sofort, daß du da wegkommst!« rief die Stimme des zehn Meter entfernt stehenden Mannes über den Lautsprecher. »Die Wagenfenster! Sie sind undurchsichtig! Du wirst *verfolgt*!« Er ließ den Hörer fallen, eilte aus der Zelle, lief durch den dichten Verkehr auf der Brompton Road und verschwand in der Menschenmenge auf der anderen Seite der Straße.

»*Verdammt!*« schrie der schwarze Geheimdienstoffizier. »Er ist uns entwischt.«

»D. C., *D. C.*!« wiederholte der grauhaarige Techniker. »Bitte melden!«

»Wir haben alles mitgehört, London«, sagte die Stimme aus Amerika.

»Und?«

»Die Fangschaltung steht. Wir haben gerade herausgefunden, von wo das Gespräch geführt wurde. Es ist ein Hotel am Dulles Airport.«

»Ausgezeichnet, alter Junge. Dann setzt eure Leute in Bewegung.«

»So einfach ist das nicht«, erwiderte der Amerikaner. »Der Hotel hat zweihundertfünfundsiebzig Zimmer, das heißt zweihundertfünfundsiebzig Telefonapparate, mit denen man London und jeden Ort in der Welt direkt anwählen kann.«

»Das kann doch nicht Ihr *Ernst* sein!« brüllte James. »Es muß sich doch in der Vermittlung des Hotels feststellen lassen, aus welchem Zimmer zuletzt telefoniert worden ist!«

»Die Dulles-Sicherheitskräfte sind bereits unterwegs.«

Der Geschäftsführer des Hotels am Dulles Airport stand vor seinem Schreibtisch, den Telefonhörer in der Hand. Er war gerade vom Chef des Airport-Sicherheitsdienstes angerufen und aufgefordert worden, alle Fahrstühle außer Betrieb zu setzen und jeden abreisenden Gast bis zum Eintreffen der Polizei aufzuhalten.

Zwei Häuserblocks entfernt näherte sich der erste von drei Einsatzwagen dem Hotel. »Wonach suchen wir eigentlich?« fragte der Fahrer. »Ich verstehe kein Wort.«

»Nach einer Frau zwischen dreißig und vierzig in Begleitung eines Jungen, der kein Englisch spricht«, erwiderte der Polizeibeamte auf dem Beifahrersitz, das Ohr so nah wie möglich am Lautsprecher. Es war wirklich schwer, inmitten des Straßenlärms und des Sirenengeheuls die Anweisungen des Einsatzleiters zu verstehen.

»Das ist alles?«

»Ja ... Warte mal.«

Er griff zum Mikrofon. »Bitte, wiederholen Sie«, sagte er. »Ich bin nicht sicher, ob ich alles mitbekommen habe.« Er lauschte. »Verstanden. Ende.« Dann wandte er sich zum Fahrer um und sagte: »Die Verdächtigen sind bewaffnet und werden als äußerst gefährlich beschrieben. Wir besetzen den Eingang; die Jungs in den anderen Wagen behalten Fenster und Feuerleitern im Auge. Also, wenn ich einen von den beiden sehe, werde ich mich nicht lange vorstellen. Die knalle ich einfach ab. Gib Gas!«

Im Büro des kommissarischen Direktors der Central Intelligence Agency läutete das weiße Telefon. Der Leiter der Little-Girl-Blood-Einheit war am Apparat und verlangte, unverzüglich mit dem neuen DCI verbunden zu werden. Die Privatsekretärin versicherte ihm, das sei unmöglich. Der Direktor führe gerade über eine Konferenzschaltung ein Gespräch mit den Sicherheitschefs der drei befreundeten Regierungen – ein Gespräch, das vom Präsidenten persönlich veranlaßt worden sei.

»Sagen Sie mir, was Sie zu sagen haben. Ich gebe es an ihn weiter.«

»Vergessen Sie's nicht! Es ist äußerst dringend.«

»Hören Sie! Ich arbeite schon seit achtzehn Jahren hier, junger Mann.«

»Okay. Also: Little Girl schlägt heute abend zu. Benachrichtigen Sie das Weiße Haus.«

»Schicken Sie mir ein Fax, damit wir beide gedeckt sind.«

»Ist bereits unterwegs.«

Eine halbe Stunde später entnahm Skorpion Siebzehn dem Faxgerät im Büro des DCI die Information der Little-Girl-Blood-Einheit, zündete ein Steichholz an und verbrannte das Blatt über einem leeren Aschenbecher.

Die Bajaratt schloß die beiden Koffer, eilte in das Badezimmer, befeuchtete ein Handtuch und rieb sich mit schnellen Bewegungen das Make-up vom Gesicht. Dann suchte sie unter den Toilettenartikeln auf dem Bord eine Tube mit heller Grundcreme heraus und verstrich die Creme gleichmäßig über Wangen, Stirn und Augenlider, eilte zurück ins Schlafzimmer und griff nach dem Hut auf der Kommode. Sie setzte ihn auf, zog den Schleier über das Gesicht, schulterte eine große Tasche und nahm die Koffer auf. Sie durchquerte den Raum, betrat den Flur und sah sich um. Neben der Treppe befand sich ein leerer Verkaufsstand.

Eis. Getränke.

Sie stellte die beiden Koffer in einer Ecke des Verkaufsstandes ab, strich über ihr Kleid und ging die Treppe hinunter.

In der Eingangshalle hatten sich vor den Rezeptionsschaltern lange Schlangen gebildet; neben der Drehtür stapelte sich das Gepäck der abreisenden Gäste. Die Baj überschaute die Lage mit einem Blick.

Beschwerden wurden laut. Einige Gäste warfen wütend ihre Zimmerschlüssel auf den Boden, ließen Bemerkungen fallen wie »Verklagen Sie mich doch!« und »Sprechen Sie mit meinem Anwalt!« und »Ich versäume mein Flugzeug« und »Lassen Sie den verdammen Fahrstuhl reparieren!«

Perfekt, dachte die Bajaratt, als sie den Kopf senkte und gebeugt zu dem Taxistand vor dem Hotel humpelte – eine gebrechliche, hilflose alte Dame. Sirenen heulten. Ein Polizeiwagen kam mit quietschenden Bremsen vor dem Kantstein zum Stehen; zwei Polizisten sprangen heraus, blickten in das vordere Taxi und liefen auf den Hoteleingang zu, die Menschen, die ihnen im Wege standen, rücksichtslos beiseite drängend. Wütende Rufe folgten ihnen. Dann trafen zwei weitere Einsatzwagen ein; Polizisten mit Gewehren in den Händen rannten in alle Richtungen. *Wirklich perfekt*, dachte die Bajaratt, während sie auf ein Taxi zuhumpelte, das am Ende der Reihe stand.

»Fahren Sie mich zur nächsten öffentlichen Telefonzelle«, sagte sie und steckte einen Zwanzig-Dollar-Schein durch den Schlitz in der Trennscheibe. »Ich muß ein Gespräch führen; dann sage ich Ihnen, wohin es geht.«

»Zu Ihren Diensten, Lady«, sagte der langhaarige Fahrer und griff nach dem Schein.

Zwei Minuten später hielt das Taxi vor einer Reihe von Telefonzellen. Die Bajaratt stieg aus und betrat eine von ihnen. Aus dem Gedächtnis – ihrem unvergleichlichen Gedächtnis – wählte sie die Nummer des Carillon-Hotels und verlangte die Rezeption. »Hier spricht Madame Balzini«, sagte sie. »Ist mein Neffe eingetroffen?«

»Noch nicht, Madame«, sagte die ölige Stimme am anderen Ende der Leitung. »Aber vor einer Stunde wurde ein Paket für Sie abgegeben.«

»Ja, ich weiß. Wenn mein Neffe kommt, sagen Sie ihm, er soll auf mich warten. Ich treffe ihn dort.«

Die Bajaratt legte den Hörer auf und ging, in Gedanken verloren, zurück zum Taxi. Wie hatte London von der Telefonliste erfahren? Wer hatte versagt, wer – schlimmer noch! – war entdeckt worden?

Nein, sie durfte sich nicht erlauben, Fragen nachzugrübeln, die sich nicht beantworten ließen. Nur noch heute, nur noch *heute abend*! Ein Fanal würde die Welt erschüttern wie ein gewaltiger Blitz. Nichts anderes zählte. Es galt, nur diesen einen Tag noch durchzuhalten.

Es war 2 Uhr 48 gewesen, als Hawthorne General Michael Meyers in seiner Eigentumswohnung in Arlington, Virginia, verlassen hatte. Während er die Auffahrt hinunterfuhr, zog er das Tonbandgerät aus der Innentasche seiner Jacke. Er war erleichtert, als er sah, daß das kleine rote Lämpchen noch leuchtete. Er ließ das Band einige Sekunden zurücklaufen, drückte auf den ›Replay‹-Knopf und hörte ihrer beider Stimmen. Alles hatte funktioniert. Das über anderthalbstündige Gespräch zwischen ihm und dem Vorsitzenden der Joint Chiefs – dem letzten der fünf obersten Skorpione – war auf Band festgehalten.

Meyers hatte ihn aufmerksam gemustert, als er ihm die Hand zur Begrüßung reichte – sein Blick eine Mischung aus widerwilligem Respekt und offener Wut. Tyrell kannte diesen Typ nur zu gut aus Amsterdam, wo er ihm allenthalben begegnet war, stets aufgebläht von einem ungeheuren Geltungsbewußtsein. Und Hawthorne hatte verstanden, sich dieses Geltungsbedürfnis zunutze zu machen. Er hatte sich unterwürfig gegeben, bewundernd, und Maximum Mike Fragen gestellt, die seiner Eitelkeit schmeichelten und zugleich seine Verteidigungsstrategie unterliefen.

Denn der General hatte etwas zu verbergen. Hawthorne wußte es in dem Augenblick, in dem die Ordonnanz des Generals ihm die Tür geöffnet hatte. Es war nicht mehr derselbe Mann, den er in Ingersols Haus gesehen hatte. Es war jemand anders.

Hawthorne erreichte die Shenandoah Lodge um 3 Uhr 30. Er stellte den Wagen auf dem Parkplatz ab und betrat zwei Minuten später das Zimmer, in dem Poole vor der elektronischen Miniaturausrüstung am Tisch saß.

»Was Neues von Cathy?« fragte Tyrell.

»Nicht seit unserem letzten Gespräch, und danach habe ich mindestens ein dutzendmal angerufen.«

»Sie sagten, sie hätte ein Bein bewegt. Das ist doch schon etwas, oder?«

»Das ist das letzte, was ich von den Ärzten gehört habe. Außer daß ich aufhören soll, sie zu nerven, sie würden mich schon anrufen. Um mich abzulenken, habe ich Langley ein bißchen in Verwirrung gebracht.«

»Was meinen Sie damit?«

»Jemand hat Ihren Transponder gefunden, und seitdem spielen sie dort verrückt. Sie rufen mich dauernd an, um mich zu fragen, ob ich noch Verbindung mit Ihnen hätte. Und ich sage: ›Natürlich.‹ Und dann wollen sie wissen, warum Sie in Wilmington, Delaware, angehalten haben und später nach New Jersey gefahren sind.«

»Was haben Sie ihnen gesagt?«

»Daß die Air Force ganz offensichtlich über eine viel bessere Ausrüstung verfügt als sie in Langley und daß Sie wahrscheinlich jetzt auf dem Weg nach Georgia sind.«

»Hören Sie auf, die Leute verrückt zu machen. Wenn sie noch einmal anrufen, sagen Sie ihnen die Wahrheit – daß ich hier bin und wir zu arbeiten haben. Haben wir nämlich.«

»Das Tonband?« Pooles Augen weiteten sich.

»Holen Sie Papier und Bleistift, damit wir uns Notizen machen können.« Hawthorne hatte das Band im Wagen zurücklaufen lassen. Er stellte das Tonbandgerät auf den Tisch. »Fangen wir also an«, sagte er, als der Lieutenant mit einem Notizblock zurückkam. Er ging zum Bett und lehnte sich vorsichtig zurück.

»Was macht Ihr Kopf?« fragte Poole.

»Palissers Dienstmädchen hat mir einen neuen Verband verpaßt. Nun stellen Sie endlich das verdammte Ding an.« Die beiden Männer lauschten dem Gespräch, das genau eine Stunde und dreiundzwanzig Minuten dauerte. Beide machten sich Notizen, und als das Band abgelaufen war, wollte jeder von ihnen bestimmte Abschnitte noch einmal hören.

»Okay, fangen wir mit dem Abschnitt an, den Sie hören wollen«, sagte Poole. Er betätigte den Vorlauf und hielt das Band an einer beim ersten Durchlauf markierten Stelle an.

(HAWTHORNE) *War heute abend jemand in Ingersols Haus, den Sie nicht dort erwartet hatten, Sir?*
(MEYERS) *Schwer zu sagen, Mr. Hawthorne. Es war verdammt voll und ziemlich dunkel. Eigentlich waren die Kerzen auf dem Buffet die einzige Lichtquelle. Aber da ich aus Prinzip nicht zwischen den Mahlzeiten esse, habe ich mich nicht dort aufgehalten. Ein Soldat sollte sich beim Essen zurückhalten, finden Sie nicht? Mit vollem Bauche kämpft sich's schlecht.«*
(HAWTHORNE) *Völlig Ihrer Meinung, Sir. Aber war nicht doch jemand da, dessen Anwesenheit Ihnen ungewöhnlich vorkam? Ich habe gehört, Sie hätten ein unglaubliches Gedächtnis. Ihre Erfolge im Vietnamkrieg, heißt es, basierten auf Luftfotos, an die sich niemand sonst erinnern konnte.*
(MEYERS) *Wohl wahr. Wohl wahr. Ich hatte natürlich immer meine Adjutanten, wollen wir ihre Verdienste nicht schmälern. Aber, ja, wenn ich so darüber nachdenke ... Es waren einige Mitglieder des Senats da, deren Anwesenheit mich schon überraschte. Politisch ganz links, wenn Sie verstehen, was ich meine. Und es war allgemein bekannt, daß David Ingersol ein Freund des Pentagons war.*
(HAWTHORNE) *Könnten Sie das vielleicht näher spezifizieren, General?*
(MEYERS) *Doch ja – das kann ich wohl. Dieser Senator aus Iowa, der dauernd darüber jammert, daß die Farmer die Lasten der Verteidigung zu tragen hätten – er hat sich wieder als Anwalt der Armen aufgespielt. Auch zwei oder drei andere Linke, an deren Namen ich mich nicht erinnere. Ich gehe noch mal das Verzeichnis der Kongreßmitglieder durch und rufe Sie dann an.*
(HAWTHORNE) *Das würde mir sehr weiterhelfen, Sir.*

(MEYERS) *Ich kann mir nicht vorstellen, was Ihnen das bringen soll.*
(HAWTHORNE) *Alles, was aus dem Rahmen fällt, ist ein Schritt nach vorn. Vielleicht versuchen diese Leute, den Verdacht von sich abzulenken, indem sie bei den Ingersols auftauchen. Wir haben erfahren, daß es zu Meinungsverschiedenheiten in den Bajaratt-Kreisen gekommen ist.*
(MEYERS) *Meinungsverschiedenheiten? ... Wirklich?*
(HAWTHORNE) *Ja, und die Auseinandersetzungen nehmen zu. In wenigen Tagen werden wir Namen haben.*
(MEYERS) *Das überrascht mich, Commander ... Hoffentlich behalten Sie recht.*

»Okay, das war's«, sagte Poole und stellte das Gerät ab. »Irgendein Kommentar? Sie wollten diese Passage noch einmal hören, Tye, nicht ich.«

»Weil ich vom Flur aus gesehen habe, wie Meyers das halbe Buffet leergefressen hat. Übrigens war es keinesfalls so dunkel, wie er behauptet hat. Die hatten so viele Kerzen an, daß man sich vorkam wie unter einer Flutlichtanlage. Ist mir doch egal, wer ihm aufgefallen ist, ich wollte nur wissen, wen er mir zum Fraß vorwerfen würde.«

»Und ihm nebenbei ein bißchen Angst einjagen mit Ihrer Bemerkung über die Meinungsverschiedenheiten, oder?«

»Heutzutage bezeichnet man so etwas als psychologische Indoktrination, Lieutenant. Ich würde sagen, ich habe ihm Schiß gemacht. Hören wir die zweite Passage.«

(HAWTHORNE) *Hat David Ingersol, von dem wir heute wissen, daß er für Little Girl Blood gearbeitet hat, Sie jemals juristisch falsch beraten?*
(MEYERS) *Ich hatte tatsächlich so meine Zweifel über einige seiner Gutachten. Mein Gott, ich bin ja kein Jurist, aber irgendwas daran war faul. Das kann ich Ihnen versichern.*
(HAWTHORNE) *Haben Sie jemals diesen Zweifeln Ausdruck gegeben, Sir?*
(MEYERS) *Natürlich! Zwar nicht schriftlich, aber doch gesprächsweise. Vergessen Sie nicht – er war der Golfpartner des Präsidenten!*

»Typische Vernebelungstaktik«, sagte Poole. »›Gesprächsweise‹ läßt sich alles behaupten.«

»Da stimme ich Ihnen zu«, sagte Tye. »Weiter!«

(HAWTHORNE) *Edward White, Ingersols Partner, hat uns gesagt, daß er Sie fragte, ob Sie etwas von Ermittlungen des State Department in bezug auf David Ingersol wüßten. Darüber müssen Sie doch Bescheid gewußt haben. Sie werden ständig über die Aktionen gegen Little Girl Blood unterrichtet ...*
(MEYERS) *Und wie lautet Ihre Frage?*
(HAWTHORNE) *Es ist weniger eine Frage, Sir, als ein Dank dafür, daß Sie meine Undercover-Aktion so gut gedeckt haben. Andere Männer wären der Situation nicht gewachsen gewesen.*
(MEYERS) *Geheimnisse der höchsten Sicherheitsstufe ausplaudern? Keiner von meinen Leuten würde es wagen. Ich würde den Kerl standrechtlich erschießen lassen. Natürlich wußte ich davon, aber von mir hätte niemand etwas erfahren.*

»Volltreffer«, sagte Tyrell. »Kein Mensch ist von der Aktion informiert worden. Palisser hat mir die Papiere besorgt, und das war's.«

Poole nickte. »Gehen wir zum nächsten Abschnitt über, okay?«

(MEYERS) *Was ist Ihrer Ansicht nach wirklich passiert, Commander?*
(HAWTHORNE) *Ich kann Ihnen zeigen, was mit mir passiert ist, Sir. Schauen Sie sich meinen Kopf an. Kein schöner Anblick, was?*
(MEYERS) *Schrecklich, einfach furchtbar ... Ich habe natürlich schon Schlimmeres gesehen, aber das waren Kriegsverletzungen. So was holt man sich doch nicht bei einer Trauerfeier in der Vorstadt!*
(HAWTHORNE) *Im Kriegseinsatz waren Sie der beste Offizier, den die Armee hatte.*
(MEYERS) *Nein, nein. Die Besten waren meine Jungs ...*
(HAWTHORNE) *Ihre Bescheidenheit ehrt Sie. Ein Mann, der so hoch ausgezeichnet wurde ...*
(MEYERS) *Man soll sich nicht dauernd selbst auf die Schulter klopfen. Reicht doch, wenn andere das tun. Stimmt's?*
(HAWTHORNE) *Abermals ganz Ihrer Meinung, Sir ... Aber jemand hat Richard Ingersol erschossen und mich niedergeschlagen, bevor ich ihn erkennen konnte. Und wir müssen herausfinden, wer das war.*

(MEYERS) *Sie hätten eine Ranger-Ausbildung absolvieren sollen, Commander. Davon kriegt ihr in der Navy nicht viel mit. Allerdings habe ich gehört, daß Sie bei der Verfolgung von Little Girl auf den Inseln gute Arbeit geleistet haben. Soweit ich weiß, wurden zwei Ihrer Kollegen dabei getötet, ein Brite und ein Franzose. Sie sind selber kein ganz schlechter Kämpfer, Commander ...*

»Halt, Jackson!« sagte Tyrell und beugte sich vor, als Poole das Band gestoppt hatte. »Ich wollte mich vergewissern, ob ich das richtig gehört habe. Noch ein Volltreffer. Zu keiner Zeit hat London oder Paris je verlauten lassen, daß Cooke und Ardisonne für MI-6 und das Deuxième arbeiteten. Meyers muß diese Information von den Skorpionen erhalten haben. Washington hat es nie in den Bajaratt-Berichten erwähnt.«

»Na es läppert sich doch. Unser guter alter Maximum sammelt Nägel für seinen Sarg wie andere Leute Briefmarken«, sagte Poole.

»Und nun wollen wir mal einen Blick in das komplizierte Seelenleben des Generals werfen. Gar nicht schön, was wir da sehen werden. Der Mann hat offenbar eine völlig verdrehte Psyche. Sie haben das wirklich großartig gemacht, Tye ... Hier ist die Stelle.«

(HAWTHORNE) *Ihre militärische Laufbahn kann jedem Soldaten in diesem Lande als Vorbild dienen, Sir.*
(MEYERS) *Das ist sehr freundlich von Ihnen, aber wie ich schon sagte, war ich nie allein. Selbst in den Folterkäfigen und Tigerlöchern des Vietcong wußte ich, daß das amerikanische Volk hinter mir stand. Ich habe diese Überzeugung nie verloren.*
(HAWTHORNE) *Wie können Sie dann zulassen – und dies ist eine persönliche Frage, die nichts mit den Vorgängen heute abend zu tun hat, es interessiert mich, gerade weil ich Sie aufrichtig bewundere – wie können Sie es zulassen, daß dieses Land so völlig seiner militärischen Ressourcen beraubt wird?*
(MEYERS) *Das wird nicht geschehen! Es darf nicht geschehen! Überall auf der Welt gibt es Abschußrampen, deren Interkontinentalraketen auf unser Land gerichtet sind. Wir müssen unsere Streitkräfte stärken! Die Sowjets mögen erledigt sein, aber andere haben ihren Platz eingenommen. Wir müssen wieder so stark werden, wie wir einmal waren.*

(HAWTHORNE) *Ich bin natürlich völlig Ihrer Meinung, Sir, aber wie soll das geschehen! Die Politiker beider Parteien fordern Kürzungen des Militäretats.*
(MEYERS, leise) *Wie das geschehen soll? Ich will es Ihnen sagen, Commander, und jetzt sprechen wir von Mann zu Mann – okay?*
(HAWTHORNE) *Es bleibt unter uns, General. Bei meinem Wort als Offizier der Marine unserer Vereinigten Staaten. Gott ist mein Zeuge.*
(MEYERS, kaum hörbar) *Wir müssen das Land zunächst destabilisieren, Hawthorne, um die Nation wachzurütteln. Die Leute müssen wissen, daß wir überall von Feinden umgeben sind. Und dann werden wir wieder unseren rechtmäßigen Platz als Hüter amerikanischer Werte einnehmen. Was wir brauchen, ist eine starke Führung.*

»Ein Witz«, sagte Poole und stellte das Tonbandgerät ab. »Der geborene Komiker. Leider hat er nicht den geringsten Sinn für Humor.«

»Der Mann ist paranoid«, sagte Tyrell ruhig. »Für die Auftraggeber der ideale Skorpion. Er glaubt tatsächlich an das, was er da vor sich hin schwadroniert. Aber was so erschreckend ist – es kann jeden Augenblick Wirklichkeit werden ... Wo ... wo ist die Bajaratt?«

33

Es war 8 Uhr 12, als Madame Balzini und ihre Neffe erneut als Gäste im Carillon-Hotel begrüßt wurden. Um 8 Uhr 55 rief die Bajaratt eine Bank auf den Cayman Islands an, nannte ihr Kennwort und erhielt die Zusicherung, daß ihr die Summe von fünfzigtausend amerikanischen Dollar innerhalb der nächsten Stunde im Hotel übergeben werden würde.

Das Geld traf in einem versiegelten Umschlag ein.

»Ist das für mich?« fragte Niccolò, als der Beauftragte der Bank das Zimmer verlassen hatte.

»Du bekommst das, was ich dir gebe. Ich hatte Ausgaben, die ich abziehen muß. Fünfundzwanzigtausend Dollar für dich, der Rest ist für mich. Warum siehst du mich so seltsam an?«

»Was hast du vor, Cabi?«

»Das wirst du heute abend erfahren, mein Kind, mein angebeteter kleiner Götterknabe.«

»Wenn du mich angeblich so anbetest, warum sagst du mir nicht, was du vorhast? Du hast gesagt, daß du mich heute abend verlassen wirst. Dann bin ich allein ... Kannst du mich nicht verstehen, Cabi? Ich war ein Nichts, ein Niemand. Ich bin erst durch dich zu dem geworden, der ich heute bin. Du kannst mich nicht einfach allein lassen.«

»Du hast doch deine Angel.«

»Das ist nur eine vage Hoffnung.«

»Genug davon!« Die Bajaratt trat an den Tisch, öffnete den Umschlag und entnahm ihm sechsundzwanzigtausend Dollar. Sie gab Niccolò tausend Dollar und legte fünfundzwanzigtausend auf die Tischplatte, so daß vierundzwanzigtausend im Umschlag blieben. Sie drückte die Siegel wieder zusammen und händigte Niccolò das Kuvert aus. »Das dürfte deine Ausgaben in New York decken«, sagte sie. »Kann ich dir gegenüber fairer sein?«

»*Grazie*«, sagte Niccolò. »Ich werde das Geld heute nachmittag Angelina geben.«

»Kannst du ihr trauen, mein Junge?«

»Ja. Sie gehört nicht zu deiner Welt, noch weniger zu meiner. Ich habe vor wenigen Minuten mit ihr gesprochen. Sie war auf dem Weg zum Flugplatz. Um 14 Uhr 25 kommt sie an, Gate 17. Ich freue mich so, sie wiederzusehen.«

Bruce Palisser, Außenminister der Vereinigten Staaten, war um 5 Uhr 46 durch eine Nachricht vom Weißen Haus aus dem Schlaf gerissen worden und saß jetzt in seiner Limousine. Die Gespräche zwischen Syrien und Israel hatten sich festgefahren, und wenn es trotz der gemeinsamen Bemühungen der Vereinigten Staaten, Großbritanniens, Frankreichs und Deutschlands nicht gelang, die Hardliner in beiden Ländern zu besänftigen, war ein Ausbruch offener Feindseligkeiten – möglicherweise unter Einsatz nuklearer Waffen – nicht mehr auszuschließen. Um 6 Uhr 13 nahm Palissers Frau den Anruf Commander Hawthornes entgegen, der umgehend den Außenminister zu sprechen wünschte. Es sei dringend.

»Andere Sachen sind offensichtlich genauso dringend«, antwortete Janet Palisser. »Er ist im Weißen Haus.«

»Es tut mir leid, aber wir sind angewiesen worden, die Konferenz des Sicherheitsrates unter keinen Umständen zu unterbrechen ...«

»Angenommen«, sagte ein frustrierter Hawthorne, »nur einmal angenommen, eine Interkontinentalrakete ist in diesem Augenblick abgefeuert worden und fliegt direkt auf das Weiße Haus zu – könnten Sie mich dann mit ihm verbinden?«

»Wollen Sie sagen, daß ein Flugkörper ...?«

»Nein, das sage ich nicht. Ich sage nur, daß ich den Secretary of State in einer äußerst dringenden Angelegenheit sofort sprechen muß.«

»Rufen Sie das State Department an.«

»Ich will nicht mit dem State Department sprechen! Ich muß mit *ihm* sprechen.«

»Dann rufen Sie ihn über seinen Pieper an.«

»Ich weiß nicht, wie ...«

»Wenn Sie die Nummer nicht haben, kann die Sache nicht sehr wichtig sein.«

»Sie ist von entscheidender Bedeutung, und Secretary Palisser muß unverzüglich verständigt werden. Ich habe eine Nachricht für ihn.«

»Warten Sie einen Augenblick. Wie, sagten Sie, ist Ihr Name?«

»*Hawthorne!*«

»Oh Gott, Entschuldigung, Sir. Ihr Name ist als letzter auf die Computerliste gesetzt worden. Die Buchstaben sind so klein – Sie verstehen? Was für eine Nachricht haben Sie für ihn?«

»Er soll mich sofort anrufen. Er weiß, wo er mich erreichen kann.«

»Ich kümmere mich darum.« Ein Klicken, und die Leitung war tot.

Hawthorne drehte sich zu Poole um, der in einem Sessel saß und zugehört hatte. »Er ist in einer Konferenz, und das Mädchen in der Vermittlung mußte erst das Kleingedruckte entziffern, damit Palisser erfahren kann, daß ein verrücktgewordener General, der wahrscheinlich mit ihm im selben Raum sitzt, an der Vorbereitung zur Ermordung des Präsidenten beteiligt ist.«

»Was machen wir jetzt?«

»Warten«, sagte Tyrell.

Das Paar hatte die Paßformalitäten hinter sich gebracht und betrat jetzt die Haupthalle des Dulles International Airport. Sein Verhalten war völlig normal, seine Anwesenheit in den USA war es nicht. Beide waren Agenten des Mossad, und ihr Auftrag bestand darin, den Mann zu identifizieren, der zur Schlüsselfigur des vielleicht folgenreichsten Terrorunternehmens der jüngsten Geschichte geworden war – einen Senator namens Nesbitt.

Sie waren mit dem El-Al-Flug 8002 aus Tel Aviv eingetroffen und hatten dem Zollbeamten erklärt, daß ihr Aufenthalt in den Vereinigten Staaten voraussichtlich nur von kurzer Dauer sein würde. Sie seien Ingenieure, die im Auftrag der israelischen Regierung an einer in Washington stattfindenden Konferenz zur Förderung von Bewässerungsprojekten in der Negev-Wüste teilnehmen wollten. Der gelangweilte Beamte hatte seinen Stempel in ihre Pässe gedrückt, ihnen einen guten Tag gewünscht und die Hand ausgestreckt, um den nächsten Paß in Empfang zu nehmen.

Die Mossad-Agenten, ein Mann und eine Frau, waren beide unauffällig gekleidet. Ihr Gepäck bestand aus zwei stoffbezogenen Reisetaschen und zwei identischen Aktenkoffern. Gemeinsam näherten sie sich einer Reihe von öffentlichen Telefonzellen. Die dunkelhaarige Frau sagte: »Ich rufe die Nummer des State Department an, die Oberst Abrams uns gegeben hat.«

»Okay«, sagte ihre Kollege, ein Mann mit schütterem blonden Haar.

»Aber denk daran, nach dem fünften Läuten aufzulegen, wenn sich niemand meldet.«

»Ich weiß.« Nach dem fünften Läuten legte der weibliche Major den Hörer auf. »Es meldet sich niemand.«

»Dann sollen wir ihn zu Hause anrufen.«

»Ich habe seine Nummer hier.« Die Frau steckte die ausgeworfene Münze wieder in den Schlitz und wählte.

»Hallo?« sagte eine weibliche Stimme.

»Den Secretary of State, bitte. Es ist dringend.«

»Er wird heute ständig verlangt«, antwortete die leicht verärgerte Stimme. »Wenn es so dringend ist, rufen Sie das Weiße Haus an. *Ich fahre jetzt in unser Wochenendhaus in St. Michaels.*«

»Eine ziemlich verärgerte Frau, hat doch glatt einfach aufgelegt«, sagte der weibliche Mossad-Offizier verdutzt und sah ihren Kollegen an. »Ich soll das Weiße Haus anrufen.«

»Das ist uns verboten worden«, sagte ihr Untergebener. »Wir sollen nur mit dem Außenminister persönlich sprechen.«

»Und der ist offensichtlich im Weißen Haus.«

»Wir können doch nicht über die Vermittlung gehen. Palisser ist der einzige vertrauenswürdige Mann da drin. Abrams hat ihn von unserer Ankunft unterrichten lassen. Er wird wissen, wie dringend es ist.«

»Ich bin anderer Ansicht. Wir müssen uns über unsere Instruktionen hinwegsetzen. Da Palisser im Weißen Haus ist, bleibt uns nichts anderes übrig, als ihm durch die Vermittlung eine Nachricht zukommen zu lassen. Abrams hat gesagt, daß es auf jede Stunde ankommt.«

»Was für eine Nachricht? Wir dürfen uns nicht zu erkennen geben.«

»Wir lassen ihm ausrichten, daß die Verwandten seines Freundes David angekommen seien und ihn wieder anrufen würden. Falls nötig, in seinem Büro ...«

»In seinem Büro?« sagte der Hauptmann und runzelte die Stirn.

»Es kommt auf jede Stunde an«, sagte der weibliche Major. »Er muß so schnell wie möglich erfahren, was wir über Nesbitt wissen ... Suchen wir uns einen Wagen, von dem aus wir telefonieren können.«

Der anscheinend gelangweilte Zollbeamte wartete einige Minuten. Als er überzeugt war, daß das Paar sich entfernt hatte, hängte er ein Schild mit der Aufschrift ›GESCHLOSSEN‹ vor seinen Schalter und nahm den Telefonhörer ab. Er drückte drei Nummern ein und war sofort mit dem Chef der Flughafensicherheit verbunden, der ein Stockwerk höher in seinem Büro saß.

»Wahrscheinlich die beiden Israelis«, sagte der Zollbeamte. »Ein Mann und eine Frau, ungefähr gleichaltrig.«

»Beruf?«

»Angeblich Ingenieure.«

»Zweck der Einreise?«

»Besuch einer Konferenz zur Förderung eines Projektes in der Negev-Wüste. Sie müßten jetzt in der Eingangshalle sein. Die Frau ist etwas größer, schwarzes Kostüm. Er trägt einen grauen Anzug. Beide mit Reisetasche und Aktenkoffer.«

»Wir schauen sie uns auf dem Monitor an. Danke.«

Der Sicherheitschef, ein dicker Mann mit einem vollen Gesicht und ausdruckslosen Augen, erhob sich aus seinem Sessel und ging hinaus in den angrenzenden Raum, der von seinem Büro durch eine große Glasscheibe abgetrennt war und in dem fünf Leute vor zwei Reihen von Monitoren saßen.

»Haltet Ausschau nach einem Paar«, befahl er. »Die Frau ist etwas größer, trägt ein schwarzes Kostüm, der Mann einen grauen Anzug.«

»Ich habe sie.« Die junge Frau auf dem vierten Stuhl wies auf ihren Bildschirm. »Die telefonieren gerade.«

Der Chef der Sicherheitskräfte trat an den Monitor. »Näher ran«, sagte er. Die junge Frau drehte an einem Knopf an ihrer Konsole, der das Teleobjektiv einer in der Eingangshalle installierten Kamera aktivierte. »Sie sehen überhaupt nicht aus wie auf den Fotos«, murmelte der Sicherheitschef. Er wandte sich um und durchquerte den Raum, öffnete die Außentür und trat hinaus auf einen schmalen Balkon, der ihm einen Blick auf den größten Teil der Eingangshalle bot. Er zog ein kleines Funksprechgerät aus seiner Jackentasche und schaltete es auf eine andere Frequenz. Er hielt es an den Mund, und als er in der Menge unten das Paar entdeckt hatte, das er auf dem Monitor gesehen hatte, sagte er: »Hier ist Spottdrossel. Klapperschlange, bitte melden.«

»Klapperschlange. Was ist los?«

»Zielobjekte gesichtet.«

»Das M-Paar? Wo?«

»Sie nähern sich den Taxis. Er im grauen Anzug; sie etwas größer. Schwarzes Kostüm.«

»Ich sehe sie«, flüsterte eine dritte Stimme über das Funkgerät. »Ich stehe keine fünfzehn Meter entfernt. Scheinen es eilig zu haben.«

»Nicht so eilig wie wir, Kupferkopf«, sagte der Chef der Sicherheitskräfte, der auf der Liste der Skorpione die Nummer vierzehn einnahm.

Die beiden Mossad-Offiziere saßen mit ihren Aktenkoffern auf den Knien im Fond der Limousine. Der Koffer des blonden Undercover-Agenten war geöffnet. In der linken Hand hielt er eine eng beschriebene Karte, auf der jede Telefonnummer verzeichnet war, die ihm möglicherweise in den Vereinigten Staaten von Nutzen sein konnte – die Nummern von Botschaften und Konsulaten, von verbündeten und feindlichen Geheimdiensten, von Restaurants, Bars und von einigen Frauen, die er kannte.

»Woher hast du das?« fragte der weibliche Major.

»Habe ich mir selbst zusammengestellt«, antwortete der Hauptmann. »Ich hasse es, dauernd in Telefonbüchern nachschlagen zu müssen. Wie du weißt, war ich achtzehn Monate hierher abkommandiert.« Er schob eine Kreditkarte in den Schlitz des Telefonapparates und wartete, bis das Wort ›WÄHLEN‹ aufleuchtete. Dann drückte er die Nummer ein, die in seinem Verzeichnis stand. »Das Weiße Haus«, sagte er. »Telefonzentrale … Da stellen sie keine Fragen. Sie nehmen nur Nachrichten entgegen.«

»Hast du das schon mal gemacht?«

»Oft. Ich kannte damals ein süßes Ding, Hausmädchen oben im dritten Stock, in den Privaträumen … *Pssst*!«

»Das Weiße Haus«, sagte eine müde weibliche Stimme.

»Entschuldigen Sie, Miß. Ich habe gerade mit der Frau des Secretary of State gesprochen, Mrs. Bruce Palisser, die mir sagte, daß ihr Mann beim Präsidenten sei. Ich würde gern eine Nachricht für Mr. Palisser hinterlassen.«

»Ja, Sir.«

»Sagen Sie ihm, daß die Verwandten seines alten Freundes, Oberst David, in der Stadt sind und so oft wie möglich bei ihm zu Hause und in seinem Büro anrufen werden. Vielleicht sagen Sie ihm, er möchte eine Nachricht hinterlassen, wo wir ihn am besten erreichen können.«

»Ich werde es ihm so bald wie möglich ausrichten.«

Der Mossad-Offizier legte den Hörer auf und beugte sich vor, um seine Telefonliste wieder in den Aktenkoffer zu legen. Dann blickte er auf und schaute aus dem Wagenfenster. Eine zweite Limousine fuhr dicht neben ihnen. Ihre hinteren Fenster standen offen. Und aus den Öffnungen ragten Gewehrläufe!

»Deckung!« rief er und warf sich über seine Begleiterin. Ein Kugelhagel zertrümmerte Glas und Metall und durchsiebte die Körper im Inneren des Wagens. Dann flog eine Granate durch das zersplitterte Fenster. Die Limousine geriet ins Schleudern, überschlug sich mehrmals und explodierte in einem einzigen Feuerball.

34

Auf dem Highway vom Dulles Airport herrschte ein einziges Chaos. Siebenunddreißig Wagen waren ineinandergefahren, als der Benzintank der Limousine auslief und das Feuer sich über die ganze Straße ausbreitete. Wenige Minuten später war die Luft erfüllt vom Sirenengeheul der Rettungswagen und dem Röhren der Polizeihubschrauber.

Nicht nur die beiden Mossad-Offiziere aus Tel Aviv starben bei diesem Unfall – er kostete auch zweiundzwanzig unschuldige Männer und Frauen das Leben, die nach einem anstrengenden Flug nichts weiter wollten, als heimzukehren zu ihren Familien. Und alles das war die Folge eines Verbrechens, bei dem Jahre zuvor in den Pyrenäen ein Kind gezwungen worden war, der Enthauptung seiner Mutter und seines Vaters zuzusehen. Der Wahnsinn eines Sommertages morgens um 10 Uhr 52.

11 Uhr 35

Die Bajaratt begann in Panik zu geraten. Sie konnte Senator Nesbitt nicht erreichen. Zuerst wurde sie mit einer Sekretärin, dann mit dem Privatsekretär und schließlich mit dem persönlichen Referenten des Senators verbunden.

»Hier spricht Gräfin Cabrini«, sagte sie. »Der Senator wollte mich heute morgen anrufen.«

»Er ist leider nicht im Büro, Gräfin.«

»Dann versuchen Sie, ihn zu finden.«

»Wir wissen nicht, wo er sich aufhält, Gräfin. Vielleicht ist er auf dem Golfplatz, oder er besucht Freunde ...«

»Er hat eine Haushälterin und einen Fahrer, junger Mann. Die müssen doch wissen, wo er ist.«

»Die Haushälterin weiß nur, daß der Senator mit dem Wagen weggefahren ist. Und der Anrufbeantworter wiederholt nur immer, daß der Besitzer das Fahrzeug verlassen hat.«

»Ich *muß* ihn aber sprechen!«

»Wenn es um Ihre Verabredung im Weißen Haus geht, Gräfin, so kann ich Ihnen versichern, daß der Termin nicht geändert worden ist. Sie werden heute abend um 19 Uhr 15 im Carillon abgeholt.«

»Das wollte ich wissen. Ich danke Ihnen sehr.«

12 Uhr 17

Hawthorne durchquerte das Zimmer in der Shenandoah Lodge und nahm den Hörer ab. »Ja?« sagte er.

»Palisser. Ich bin erstaunt, daß ich nichts von Ihnen gehört habe.«

»Nichts *gehört?* Ich habe mindestens fünfmal angerufen.«

»Seltsam. Man hat mir nichts davon gesagt. Andererseits hat hier den ganzen Morgen über ein heilloses Durcheinander geherrscht. Der Präsident hat eine Krisensitzung einberufen. Wir hoffen jedoch, mit etwas Glück und einigen Drohungen den Konflikt beilegen zu können ... Was ist eigentlich mit General Meyers los? Er hat sich bei der Konferenz wie ein Idiot benommen. Seine einzige Antwort auf alles war, die Hauptquartiere der beteiligten Parteien mit ballistischen Raketen zu beschießen. Er meinte das völlig ernst.«

»Er meinte es mehr als ernst. Er ist ein Skorpion. Wir haben alles auf Band. Er besitzt Informationen, die er nur vom Nachrichtendienst der Skorpione bekommen haben kann.«

»Wir haben auch etwas in Erfahrung gebracht. Einer meiner israelischen Freunde, ein Oberst im Mossad, hat zwei seiner Leute rübergeschickt. Sie müssen äußerst wichtige Informationen für uns haben, sonst hätte er nicht zu so drastischen Maßnahmen gegriffen. Warten wir ab, was sie uns mitzuteilen haben. Dann können wir zuschlagen.«

»Und diese Bajaratt endlich zur Strecke bringen!«

»Ihr Wort in Gottes Ohr, Commander.«

Als Hawthorne auflegte, fiel sein Blick auf den laufenden Fernseher im Zimmer. Es wurden Bilder von der Massenkarambolage auf dem Dulles-Highway gezeigt: brennende Flugzeuge, verkohlte Leichen – Bilder einer Tragödie.

Der Chef der Sicherheitskräfte des Dulles Airport hörte das rhythmische Summen des kleinen Empfangsgeräts, durch das er mit den Skorpionen verbunden war, verließ sein Büro und betrat die öffentliche Telefonzelle auf dem Flur.

»Nummer Vierzehn«, sagte er, nachdem er gewählt hatte.

»Hier ist Nummer Eins«, sagte die harte Stimme am anderen Ende der Leitung. »Ausgezeichnet, Vierzehn. Sie haben gute Arbeit geleistet. Ich habe es gerade in den Nachrichten gesehen.«

»Ich hoffe nur, daß es das richtige Paar war«, sagte Skorpion Vierzehn. »Die Förderung der Bewässerungsprojekte in der Negev-Wüste war doch das Schlüsselwort, nicht wahr?«

»Ja. Ich habe es von meinem Verbindungsmann in Jerusalem. Ich werde ihn anrufen und ihn umgehend unterrichten. Er will dasselbe, was ich will – diese verdammte Regierung zum Teufel jagen.«

»Ich will davon lieber nichts wissen, Nummer Eins.«

»Aber Sie können sich darauf verlassen.«

Zwölftausend Kilometer entfernt, in der Ben-Yehuda-Straße in Jerusalem, saß ein untersetzter, etwa siebzigjähriger Mann vor seinem Schreibtisch und studierte den Inhalt einer vor ihm liegenden Aktenmappe. Sein Gesicht war wie aus Leder, seine Augen klein und kalt. Das Telefon neben ihm läutete.

»Ja?« sagte er kurz.

»*Shalom*, Mustang«, sagte die Stimme am anderen Ende.

»Verdammt, warum rufen Sie mich jetzt erst an, Zebra?«

»Ist die Leitung sicher?«

»Hören Sie mit diesen dämlichen Fragen auf. *Reden Sie*!«

»Die Boten sind aus dem Verkehr gezogen worden.«

»Drücken Sie sich deutlicher aus.«

»Ihre Limousine ist in die Luft geflogen.«

»Dokumente?« fragte der Israeli. »Instruktionen, Ausweise?«

»Bei der Explosion ist nichts übriggeblieben. Und selbst wenn – die Untersuchungen werden Tage dauern. Dann ist es zu spät.«

»Gut. Haben Sie mir sonst noch etwas zu sagen?«

»Wir haben von unserer Kontaktperson in der Agency erfahren, daß die Operation heute abend stattfindet. London hat das Gespräch abgehört.«

»Mein Gott! Dann wird das Weiße Haus alarmiert.«

»Nein. Unsere Kontaktperson hat dafür gesorgt, daß nichts nach außen dringt.«

»Bravo, Zebra. Alles so, wie wir es haben wollten, nicht?«

»Dank Ihrer Vorarbeit, Mustang.«

»Der Terror wird sich über die ganze Welt ausbreiten, und wenn die Aktionen in London und Paris ebenso erfolgreich verlaufen, werden wir, die *Soldaten*, wieder an die Macht gelangen.«

»Das gleiche habe ich vor kurzem auch gesagt, mein Freund.«

»*Freund*?« wiederholte der Israeli. »Nein, wir sind keine Freunde, General. Ich kenne doch Ihre antisemitische Einstellung. Wir brauchen einander nur – Sie aus Ihren Gründen, ich aus meinen. Sie wollen Ihr militärisches Spielzeug wiederhaben, und ich will, das Israel seine Stärke bewahrt – was nur mit einem starken Amerika möglich ist. Wenn dies alles vorbei ist und wir die Araber im Beka'a-Tal für ihre schrecklichen Taten zur Verantwortung gezogen haben, wird euer Kongreß seine Schatzkammern für uns öffnen, denn die, die *uns* zerstören wollten, haben *euch* diese entsetzliche Sache angetan, diese schreckliche, *beschämende* Sache.«

»So sehe ich das auch, Mustang. Und Sie glauben nicht, wie dankbar ich Ihnen bin, daß Sie mich angerufen haben.«

»Wissen Sie auch *warum*?«

»Sie haben es doch eben klargemacht.«

»Nein, nein – ich meine den tieferen Grund.«

»Ich verstehe nicht ganz.«

»Dieser Kompromißler, Oberst Abrams vom Mossad, hat sich mir anvertraut. Können Sie sich das vorstellen? Er glaubt, ich stünde auf *seiner* Seite! Nur weil ich jetzt den Idioten in der Regierung nach dem Munde rede, um meine Stellung zu halten, meint er, ich wäre für einen Frieden mit den Arabern ... Er hat zu mir gesagt: ›Es gibt zu viele undichte Stellen; ich kann niemanden bei uns mehr trauen.‹ Und ich habe gefragt: ›Wem können Sie dann trauen?‹ ›Nur Palisser‹, hat er geantwortet. ›Als ich Militärattaché an der Botschaft war, haben wir häufig miteinander geredet. Ich habe sogar ein Wochenende in seinem Haus am Meer verbracht.‹ Dann habe ich ihm gesagt: ›Schikken Sie zwei Kuriere zu ihm. Nicht einen, sondern zwei – falls etwas Unvorhergesehenes geschieht. Geben Sie sie als Ingenieure aus. Ich beschäftige mich gerade mit einem Bewässerungsobjekt in der Negev-Wüste, das ihnen einen guten Vorwand liefert, in die Staaten zu reisen.‹ Er hat sofort angebissen.«

»Und dann haben Sie mich angerufen«, sagte die Stimme am anderen Ende.

»Ja, ich habe Sie angerufen«, bestätigte der alte Mann. »Wir sind uns zweimal begegnet, *mein Freund*. Und ich habe in Ihnen einen Mann gefunden, der wie ich – freilich aus anderen Gründen – von Haß erfüllt war. Ich bin das Risiko eingegangen und habe Ihnen die Fakten mitgeteilt, ohne Schlußfolgerungen daraus zu ziehen. Das blieb Ihnen überlassen.«

»Sie haben sich in mir nicht getäuscht.«

»Hervorragende Soldaten – besonders wenn sie im Kampf erprobte Führer sind – wissen, was sie voneinander zu halten haben, nicht wahr?«

»Aber *eines* sehen Sie falsch. Ich bin kein Antisemit.«

»Natürlich sind Sie das. Ich bin es auch. Für mich zählt vor allem der Kämpfer, und dann erst der Jude. Tempel und Kirchen verwehren uns allzuoft den Blick auf die wahren Werte.«

»Da mögen Sie recht haben.«

»Was wollen Sie jetzt machen – heute abend?«

»Ich werde mich im oder zumindest in der Nähe des Weißen Hauses aufhalten. Schließlich muß ich so schnell wie möglich das Kommando übernehmen.«

»Ist das der Ort, wo die Aktion stattfindet?«

»Wo sonst? ... Ich glaube nicht, daß wir noch einmal miteinander sprechen werden.«

»Ich auch nicht. Alles Gute, Zebra.«

»*Shalom*, Mustang.« General Meyers, Vorsitzender der Joint Chiefs of Staff, legte den Hörer auf.

35

14 Uhr 38

Angel Capell ging durch Gate 17 des National Airport. Paparazzi umringten sie und bedrängten sie mit Fragen. Sie entdeckte den *barone-cadetto* und seine Tante. Ein Angestellter der Fluglinie geleitete sie in eine Privat-Lounge.

»Es tut mir leid, Paolo. Dieser Trubel muß dir auf die Nerven gehen.«

»Alle lieben dich. Wie soll mir das auf die Nerven gehen?«

»Mir wird's jedenfalls zuviel. Ich tröste mich damit, daß die Serie in einem Monat abgedreht ist. Dann bin ich weg vom Fenster, und die Leute werden sagen: ›War das nicht einmal diese Angel Capell?‹«

»Nie und nimmer!«

Die Bajaratt trat zwischen die beiden jungen Leute und gab Angel den versiegelten Umschlag. »Dante Paolos Vater möchte, daß er die Instruktionen erst morgen sieht.«

»Warum?«

»Ich weiß es nicht, Angelina. Mein Bruder tut, was er für richtig hält, und ich mische mich nicht in seine Angelegenheiten. Ich weiß nur, daß ich anderweitig beschäftigt bin, und Dante Paolo hat mir gesagt, daß er morgen früh nach New York fliegen will, um Sie und Ihre Familie zu sehen.«

»Wenn es dir recht ist, Angel«, sagte Niccolò hastig und schaute sie fragend an.

»*Recht* ist? Mein Gott, es ist *fantastisch*! Ich habe meinen Leuten ein

Haus an einem See in Connecticut gekauft. Wir können alle übers Wochenende hinfahren, und du wirst eine Schauspielerin kennenlernen, die kochen kann!«

Der Angestellte der Luftlinie, der sie in die Lounge geführt hatte, öffnete plötzlich die Tür. »Miß Capell, wir haben uns mit Ihrem Studio in Verbindung gesetzt, und man ist einverstanden. Wir stellen Ihnen einen Privatjet zur Verfügung, der Sie nach New York fliegt. So werden Sie nicht länger belästigt.«

»Es ist mir nicht lästig, belästigt zu werden. Diese Leute sind mein Publikum, Mister.«

»Nun, die Leute gefährden die Sicherheit, wenn sie während des Fluges ihre Plätze verlassen und neugierig im Gang rumstehen.«

»Ach so! Na, wenn es der Sicherheit dient.«

»Danke. Wenn es Ihnen nichts ausmacht, wäre es uns lieb, gleich zu starten.«

Angel drehte sich zu Niccolò um. »He, Herr von und zu. Du kannst mich küssen, wenn du willst. Es sind keine Fotografen hier.«

»Danke, Angel.« Sie umarmten und küßten sich. Dann verließ der junge Fernsehstar – in ihrer Handtasche einen dicken braunen Umschlag mit vierundzwanzigtausend Dollar – den Raum.

15 Uhr 42

»*Haben* Sie ihn?« fragte Hawthorne und preßte den Telefonhörer ans Ohr. »Seit fast drei Stunden haben wir nichts mehr von Ihnen gehört. Nicht gerade fair von Ihnen!«

»Und ich habe nichts von den beiden Israelis gehört. Das ist noch weniger fair, Commander«, sagte Außenminister Palisser. Seine Stimme klang wütend.

»Was ist mit Meyers?«

»Er steht unter strenger Bewachung. Mehr wollte der Präsident uns nicht zugestehen. Er hat uns unmißverständlich klargemacht, daß er handfeste Beweise braucht, bevor er einen so populären Kriegshelden wie Meyers festnehmen läßt. Im übrigen wäscht er seine Hände in Unschuld.«

»Wo ist Meyers jetzt?«

»In seinem Büro.«

»Wird sein Telefon abgehört?«

»Er würde es sofort merken. Gar nicht daran zu denken.«

»Etwas Neues von der CIA?«

»Nichts. Ich habe selbst mit dem kommissarischen Direktor gesprochen, und er hat auch nichts gehört. Die Sache mit London war offensichtlich ein Flop, sonst hätten MI-6 und unsere eigenen Einheiten schon längst Alarm geschlagen. Außerdem scheint es drüben so viele undichte Stellen zu geben, daß ich es nicht riskieren werde, weitere Erkundigungen einzuziehen.«

»Es gibt ein altes Sprichwort, Mr. Secretary. Wenn etwas sich als Flop erweist, rede nicht darüber. Und wenn jemand anders es erwähnt, weißt du nicht, wovon er spricht.«

»Was sollen wir jetzt tun, Hawthorne? Genauer gesagt: Was *können* wir tun?«

»Etwas, was ich lieber nicht täte. Ich werde Phyllis Stevens einen Besuch abstatten.«

»Glauben Sie, daß sie uns etwas sagen kann?«

»Vielleicht ohne zu wissen, daß es für uns wichtig ist. Sie war immer sehr um Henry besorgt. Sie war die Mauer, die ihn von allem abschirmte. Niemand kam an ihr vorbei. Es ist eine Quelle, die wir noch gar nicht angezapft haben.«

»Die Polizei hat bisher noch keine Spur gefunden ...«

»Die Leute, mit denen wir zu tun haben, hinterlassen keine Spuren«, fiel ihm Tyrell ins Wort. »Jedenfalls nicht solche, die die Polizei findet. Was Henry Stevens zugestoßen ist, hatte etwas mit mir zu tun.«

»Sind Sie sicher?«

»Nein. Aber es spricht manches dafür.« – »Wieso?«

»Hank hat einen Fehler gemacht – denselben Fehler wie in Amsterdam. Er hat zuviel geredet.«

»Könnten Sie das näher erklären?«

»Ja. Ihr Direktor, Gillette, hat gewußt, daß Unstimmigkeiten zwischen uns herrschten. Er hat es mir selbst gesagt. Aber er wußte nicht, daß sie persönliche Gründe hatten.«

»Das verstehe ich nicht ganz. Wenn ich mich richtig erinnere, haben Sie nie einen Hehl aus Ihrer Abneigung Captain Stevens gegenüber gemacht. Jeder wußte, daß es ihm nicht gelungen war, Sie für unsere Sache zu gewinnen. Das blieb den Briten vorbehalten.«

»Abneigung ist vielleicht zuviel gesagt. Ich habe nur klargemacht, daß er nicht mein Vorgesetzter ist.«

»Ich glaube, das ist Haarspalterei.«

»Sicher. Aber gerade darum geht es hier. Es gibt ein anderes altes Sprichwort aus der Zeit der Pharaonen, als sie ihre Spione nach Makedonien schickten: Der, dem Schaden zugefügt wurde, kann sagen, was er will. Alle anderen sollten den Mund halten. Henry hat den Fehler begangen, Gillette etwas über unsere Probleme zu erzählen. Der springende Punkt ist: Wem hat er sonst noch davon berichtet? Wer hat Henry ausgeschaltet, weil er an mich nicht herankonnte? Wer wollte mir den Boden unter den Füßen wegziehen?«

»Boden unter den Füßen?«

»Henry war der Mann, der mir die Insider-Informationen lieferte, bevor ich Sie fand, Mr. Palisser.«

»Ich verstehe immer noch nicht ...«

»Ich auch nicht«, sagte Tyrell. »Vielleicht kann Phyllis uns weiterhelfen.«

16 Uhr 29

Der Dampf war so dicht, daß die Gestalt in der Ecke der Sauna kaum zu erkennen war. Das Zischen hörte auf, die Tür öffnete sich, und ein Mann mit einem großen Frotteetuch betrat den Raum. Die Dampfschwaden zogen ab, so daß der mit Schweiß bedeckte Körper Senator Nesbitts sichtbar wurde. Sein Blick war starr, der Mund weit geöffnet. »Bin ich wieder ohnmächtig geworden, Eugene?« fragte er und erhob sich unsicher, während sein Fahrer und Leibwächter ihm das Frotteetuch um die Schultern legte.

»Ja, Sir. Gleich nach dem Lunch.«

»Mein Gott, ist es schon *Nachmittag*?«

»Ja, Sir.« Der Leibwächter führte ihn in die angrenzende Duschkabine. »Gott sei Dank, daß Parlamentsferien sind. Habt ihr mich wieder nach ... Maryland gebracht?«

»Wir hatten nicht genug Zeit. Aber der Arzt war hier und hat Ihnen zwei Spritzen gegeben.«

»Nicht genug Zeit ...?«

»Sie haben eine Verabredung im Weißen Haus, Senator. Wir müssen die Gräfin und ihren Neffen um viertel nach sieben im Carillon abholen.«

»Ich fühle mich hundeelend.«

»Nach dem Duschen wird Maggie Sie massieren und Ihnen eine Vitaminspritze geben. Dann sind Sie wieder topfit.«

»Topfit, Eugene?« Nesbitt schüttelte traurig den Kopf. »Das werde ich nie wieder sein. Ich lebe mit einem schrecklichen Alptraum, *in* diesem Alptraum. Er ergreift plötzlich Besitz von mir, ohne daß ich mich dagegen wehren kann. Manchmal denke ich, Gott will meine Leidensfähigkeit prüfen, nur um zu sehen, ob ich wohl die Todsünde begehen und meinem Leben ein Ende setzen werde.«

»Nicht, solange wir hier sind, Sir«, sagte der Leibwächter liebevoll. Er setzte den Senator auf einen weißen Plastikstuhl, der unter der Dusche stand, und drehte den Warmwasserhahn auf. Dann schloß er ihn langsam und mischte dem Duschstrahl immer kälter werdendes Wasser zu.

»*Brrr!*« rief Nesbitt. »Das genügt, Eugene.«

»Nur noch fünfzehn Sekunden. Der Arzt hat es angeordnet.«

»Es ist eiskalt!«

»Vier, drei, zwei, eins … Das wär's, Sir.« Wieder hüllte der Leibwächter den Senator in ein schweres Frotteetuch und half ihm aufzustehen. »Jetzt sind Sie wieder im Land der Lebenden, Senator.«

»Man hat mir gesagt, daß ich nichts dagegen tun kann, Eugene«, sagte Nesbitt leise, als er aus der Dusche heraustrat. »Ich werde auch weiterhin auf Medikamente angewiesen sein, die allmählich die Gehirnzellen angreifen.«

»Solange wir bei Ihnen sind, brauchen Sie sich keine Sorgen zu machen, Sir.«

»Das weiß ich, Eugene. Und ich bin Ihnen und Margaret auch sehr dankbar. Aber, mein Gott!, ich habe zwei Persönlichkeiten, und ich weiß nie, welche der beiden im nächsten Augenblick die Oberhand gewinnt. Es ist die *Hölle*!«

»Wir verstehen das, Sir. Ebenso wie Ihre Freunde in Maryland.«

»Können Sie sich vorstellen, Eugene, daß ich keine Ahnung habe, wie diese Freunde in Maryland überhaupt in mein Leben gekommen sind?«

»Aber sicher wissen Sie das, Sir. Als wir dieses kleine Problem in dem Porno-Kino in Bethesda hatten – Sie haben ja nichts getan, aber ein paar Leute wußten halt, wer Sie waren –, haben sie ihren Arzt geschickt.«

»Ich erinnere mich nicht mehr daran.«

»Jetzt sind Sie jedenfalls wieder okay. Und heute abend werden

Sie den Präsidenten treffen. Denken Sie daran, wie viele Wählerstimmen Ihnen das einbringt, wenn Sie ihm diese reiche Gräfin und ihren noch viel reicheren Neffen vorstellen!«

17 Uhr 07

Die Sekretärin des kommissarischen Direktors der Cental Intelligence Agency hatte zum dritten Mal den Anruf aus London entgegengenommen und versichert, daß der DCI den Leiter der Sondereinheit von MI-6 zurückrufen werde, sobald er Zeit habe. Noch jage eine Konferenz die andere; im Augenblick nehme er an einer Kabinettssitzung im Weißen Haus teil. Sie hatte keine andere Wahl. Sie mußte verhindern, daß der DCI von dem Anruf erfuhr. Sie blickte auf die Uhr auf ihrem Schreibtisch. In wenigen Minuten würde sie das Büro verlassen, um nie mehr zurückzukehren.

Skorpion Siebzehn nahm einen Stoß Papiere an sich, stand auf und klopfte an die Tür ihres Chefs. »Herein«, sagte die Stimme im Inneren des Raumes.

Die Sekretärin öffnete die Tür und trat an den Schreibtisch des DCI. »Hier sind die Unterlagen, die Sie haben wollten. Und eine Liste der Anrufe, die eingegangen sind, während Sie telefonierten. Ein richtiger *Who's Who in Washington*. Alle Welt versucht, Sie zu erreichen.« Sie legte die Papiere auf die Schreibtischplatte.

»Gibt's was Neues von der Little-Girl-Einheit?«

»Sie finden die Nachricht unter den Papieren, Sir. Sie telefonierten gerade mit dem Vizepräsidenten, als sie eintraf.«

»*Verdammt*! Sie hätten das Gespräch unterbrechen müssen.«

»Dazu gab es keinen Grund. Ich kenne die näheren Umstände nicht, aber die Operation ist offensichtlich fehlgeschlagen.«

»Sie hätten mich trotzdem sofort davon in Kenntnis setzen sollen ... Wo ist dieser Wie-heißt-er-noch, der Mann, der die Einheit befehligt?«

»Er war mit den anderen seit drei Uhr im Einsatz – fast fünfzehn Stunden. Mir hat er gesagt, er wolle jetzt erst mal den Laden dichtmachen – seine Worte. Er hofft, daß er morgen mehr Erfolg hat.«

»In Ordnung. Ich werde morgen mit ihm sprechen.«

»Brauchen Sie mich noch?«

»Wozu? Wollen Sie zusehen, wie ich meine Wunden lecke? Fahren Sie nach Haus.«

»Einen schönen Abend noch, Mr. Director.«

»Ihnen auch, Helen.«

Die Sekretärin stellte ihren Wagen im nächsten Einkaufszentrum in Langley, Virginia, ab und betrat die Telefonzelle neben einem Supermarkt. Sie warf eine Münze ein, wählte eine Nummer und wartete auf die üblichen Summtöne. Dann drückte sie fünf zusätzliche Zahlen ein.

»Utah?« meldete sich eine Stimme.

»Nummer Siebzehn ... Es ist soweit. Ich muß das Land verlassen.«

»Ich sorge dafür, daß Sie unbehelligt rauskommen. Nehmen Sie so wenig Gepäck mit wie möglich.«

»Alles, was ich brauche, ist praktisch schon in Europa.«

»Wo?«

»Das werde ich noch nicht einmal Ihnen sagen.«

»Ich verstehe. Wann wollen Sie abfliegen?«

»Sobald ich kann. Ich muß nur noch den Paß und einige Schmuckstücke aus der Wohnung holen. Ich nehme ein Taxi. Ich kann in fünfzehn bis zwanzig Minuten fertig sein.«

»Fahren Sie anschließend mit dem Taxi nach Andrews. Ich werde einen Platz im Diplomaten-Shuttle nach Paris für Sie reservieren lassen.«

»Gut. Wann muß ich an Bord sein?«

»In anderthalb Stunden. Alles Gute, Siebzehn.«

»Danke. Ich habe es mir verdient.«

36

Nachdem er Poole angewiesen hatte, am Telefon in der Shenandoah Lodge zu bleiben – hauptsächlich, um die Verbindung mit Catherine Neilsens Ärzten nicht abreißen zu lassen –, fuhr Hawthorne ins Haus von Captain Henry Stevens, des ermordeten Chefs des Geheimdienstes der Navy. Vor der Auffahrt stand ein Einsatzwagen der Sicherheitskräfte. Ein bewaffneter Offizier prüfte Tyrells Papiere und gab ihm den Weg frei.

Phyllis und Hawthorne begrüßten einander wie zwei alte Freunde, die sich lange nicht gesehen haben und nun durch die Umstände ihres Wiedersehens schmerzlich an den Verlust erinnert werden, den sie beide erlitten haben – sie durch den Tod ihres Mannes, er durch eine Tragödie, die sich vor Jahren in Amsterdam abgespielt hatte. Hawthorne schloß sie in die Arme. Tränen liefen ihr über das Gesicht. »Es ist alles so beschissen, so verdammt *beschissen*!« sagte sie.

»Ich weiß, Phyll, ich weiß.«

Sie hielten einander – einen langen Augenblick. Dann gab Hawthorne sie sanft frei.

»Möchtest du etwas trinken, Tye? Tee, Kaffee?«

»Nein danke«, sagte Hawthorne.

»Dann setz dich, bitte. Weswegen bist du gekommen?«

»Wieviel weißt du, Phyll?«

»Ich war mit einem Geheimdienstoffizier verheiratet, und ich habe mir natürlich manches zusammengereimt – mehr als Henry vielleicht ahnte. Mein *Gott*, dieser Mann hat fast vier Tage nicht geschlafen. Und er hat sich um *dich* Sorgen gemacht, Tye.«

»Du weißt, daß wir hinter jemandem her sind?«

»Ja. Einer äußerst gefährlichen Frau.«

»Du weißt, daß es eine Frau ist?«

»Soviel hat Hank mir gesagt. Eine Terroristin aus dem Beka'a-Tal.«

»Phyll«, sagte Hawthorne und beugte sich vor, den Blick fest auf ihre Augen gerichtet. »Ich muß dir einige Fragen stellen über die Tage, bevor Hank getötet wurde. Ich weiß, daß jetzt nicht die richtige Zeit dafür ist, aber morgen kann es schon zu spät sein.«

»Nimm auf mich keine Rücksicht.«

»Bist du allein hier?«

»Nicht mehr. Meine Schwester ist aus Connecticut gekommen, um mir beizustehen. Sie ist für ein paar Minuten fortgegangen.«

»Ich meine – hast du mit Hank hier allein gelebt?«

»Wie man's nimmt. Da war natürlich das übliche Sicherheits-Drum-und-Dran; gepanzerte Fahrzeuge, die vor dem Haus auf- und abfuhren; eine Limousine, die ihn morgens abholte und abends wieder heimfuhr; ein Alarmsystem wie in Fort Knox. Wir waren von allen Seiten abgeschirmt, wenn es das ist, was du meinst.«

»Entschuldige, aber das wart ihr offenbar nicht. Jemand ist hereingekommen und hat Hank umgebracht, während er mit mir telefonierte.«

»Mein Gott, ich wußte, daß er telefoniert hatte, der Hörer hing noch runter, aber ich hatte keine Ahnung, mit wem er gesprochen hat ... Es kamen natürlich Leute her, wenn etwas abzuliefern oder zu reparieren war. Sonst hätten wir uns ja nicht einmal eine Pizza bestellen können. Hank hat in der Regel die Wachen verständigt, wenn wir Gäste erwarteten. Aber im Laufe der Zeit hat er es manchmal vergessen.«

»Mit anderen Worten – jeder, der eine Uniform trug oder mit einer Werkzeugkiste oder einer Aktentasche hier auftauchte, hatte praktisch Zugang zum Haus«, sagte Tyrell.

»Mehr oder weniger ja«, sagte Phyllis. »Aber die diensthabenden Wachen sind bereits von der Polizei und der Navy verhört worden. Außer dem Zeitungsjungen ist niemand hiergewesen.«

»Und sie saßen die ganze Zeit vor dem Haus in ihrem Wagen?«

»Nein. Hank hat darauf bestanden, daß mit Rücksicht auf die Nachbarn keine Wagen vor dem Haus standen. Sie fuhren um den Block – für die Strecke brauchen sie exakte eine Minute und zehn Sekunden.«

»Dann kann jeder, der davon wußte, Henrys Mörder gewesen sein. Eine Minute und zehn Sekunden addieren sich auf eine Stunde und zehn Minuten taktischer, nicht-chronologischer Zeit.«

»Du meinst jemand aus der Navy?«

»Oder eben jemand, der hoch genug in der militärischen Hierarchie steht, um sich Zugang zu geheimen Sicherheitsinformationen zu verschaffen.«

»Bitte, drück dich deutlicher aus«, sagte Phyllis.

»Das kann ich nicht, noch nicht.«

»Er war mein Mann, Tye!«

»Ich kann es nicht, ich darf es nicht, Phyll.« Hawthorne nahm Phyllis' Hände und umschloß sie mit einem festen Griff. »Henry würde genauso handeln, wenn er jetzt an meiner Stelle wäre. Im Gegensatz zu dem, was ich ihm häufig gesagt habe, war er ein hervorragender Analytiker. Ich hatte ihn immer bewundert – und beneidet, daß er eine Frau wie dich hatte.«

»Hör auf, mir zu schmeicheln«, sagte Phyllis Stevens. Sie verzog die Lippen zu einem kurzen, traurigen Lächeln, als sie seine Hände drückte. »Hast du noch weitere Fragen?«

»Wann und wie oft hat er meinen Namen erwähnt?«

»Als du vor diesem Restaurant in Maryland angeschossen wurdest. Er fühlte sich wieder dafür verantwortlich.«

»Wieder?«

»Nicht jetzt, ich bitte dich, Tye.«

»*Ingrid?*«

»Es ist alles so kompliziert. Nicht jetzt, bitte.«

»In Ordnung.« Hawthorne schluckte. Sein Gesicht war blaß geworden. »Hat er meinen Namen noch häufiger erwähnt?«

»Drei-, viermal noch. Er verlangte, daß du die bestmögliche medizinische Versorgung bekommst.«

»Von wem hat er das verlangt?«

»Mein Gott, ich weiß es nicht. Von irgend jemandem, der eng mit dir zusammenarbeitete. Hank hat einen genauen Bericht angefordert.«

»Das bedeutet, daß jeder, der mit Little Girl Blood zu tun hat, ihn bekommen hat – einschließlich einiger hoher Tiere.«

»Wovon redest du?«

»Vergiß es!«

»Ich wünschte, du würdest das nicht mehr sagen. Immer, wenn du in Amsterdam mit einem Arm in der Schlinge oder einem geschwollenen Gesicht von einem Einsatz zurückkamst und man dich fragte, was passiert sei, hast du geantwortet: ›Vergiß es.‹«

»Es tut mir leid, ehrlich.« Tyrell runzelte die Stirn und schüttelte den Kopf.

»Willst du sonst noch etwas wissen?« fragte Phyllis.

»Im Augenblick nicht. Falls es nicht noch etwas gibt, *irgend etwas*, das du mir nicht gesagt hast, Phyllis.«

»Da sind nur noch diese Anrufe aus London ...«

»*London?*«

»Der erste kam heute morgen um sieben oder acht Uhr. Meine Schwester hat sie entgegengenommen. Ich habe mich geweigert, mit jemandem zu sprechen.«

»Warum?«

»Weil ich genug habe, alter Freund! Henry hat sein Leben für diese Sache, diese *Scheißsache* gegeben, und ich will nichts mehr wissen von Anrufen aus London oder Paris oder Stützpunkten in Istanbul oder Kurdistan oder auf irgendeiner Insel im Mittelmeer. Mein Gott noch mal! Der Mann ist tot! Laßt ihn – und mich – in Ruhe!«

»Phyl, diese Leute *wissen* nicht, daß er tot ist!«

»Na und? Ich habe meine Schwester gebeten, ihnen zu sagen, sie sollen das Navy Department anrufen. Sollen die Kerle dort doch neue Lügen erfinden. Ich *kann* es nicht mehr.«

»Wo ist das Telefon?«

»Auf der Veranda – genauer gesagt sind es drei, in verschiedenen Farben. Henry wollte sie nicht im Wohnzimmer haben.«

Hawthorne stand auf, durchquerte mit raschen Schritten den Raum und trat auf die Veranda. Auf einem Tisch in der Ecke standen drei Telefonapparate: ein brauner, ein roter und ein dunkelblauer. Er nahm den Hörer des roten Apparats ab, drückte die O-Taste und sagte: »Commander Hawthorne. Ich rufe im Auftrag Captain Stevens' an. Verbinden Sie mich mit dem diensthabenden Offizier.«

»Sofort, Sir.«

»Captain Ogilvie«, sagte die Stimme im Hauptquartier des Navy-Geheimdienstes. »Ihr Name ist Hawthorne?«

»Richtig, Captain. Ich habe eine Frage an Sie.«

»Auf dieser Leitung beantworte ich jede Frage.«

»Ist ein Anruf für Captain Stevens' Büro in London angekommen?«

»Nicht, daß ich wüßte, Commander.«

»Fragen Sie nach! Ich brauche ein klares Ja oder Nein.«

»Warten Sie.« Nach zehn Sekunden meldete sich Ogilvie wieder. »Kein Anruf aus London, Commander. Auch sonst kein Anruf.«

»Danke, Captain.« Tyrell legte den Hörer auf und ging zurück ins Wohnzimmer. »In seinem Büro weiß man von nichts«, sagte er.

»Das ist idiotisch«, sagte Phyllis und hob den Kopf. »Sie haben mindestens fünfmal hier angerufen.«

»Weißt du, auf welchem Apparat?«

»Nein. Wie ich schon sagte, hat meine Schwester die Anrufe entgegengenommen. Sie hat mir nur gesagt, daß es immer dieselbe Stimme war – die eines sehr distinguiert klingenden Engländers. Und jedesmal hat sie ihm gesagt, er soll das Navy Department anrufen.«

»Das hat er aber nicht«, sagte Hawthorne. »Was hat deine Schwester dir sonst noch gesagt?«

»Nichts.«

»Wo ist sie?«

»Sie macht Einkäufe. Sie muß übrigens jede Minute zurück sein.« Vor dem Haus war ein kurzes Hupen zu hören. »Das ist sie.«

Phyllis' Schwester betrat, mit Paketen beladen, den Flur. Nachdem sie sich ihrer Last entledigt hatte und Phyll sie mit Hawthorne bekanntgemacht hatte, sagte er: »Mrs. Talbot, ich ...«

»Nennen Sie mich Joan. Phyll hat mir schon so viel von Ihnen erzählt. Mein Gott, was ist passiert?«

»Das wollen wir gerade von Ihnen erfahren ... Diese Anrufe aus London – von wem kamen sie?«

»Sie waren einfach schrecklich!« rief Joan. »Der Mann hat dauernd nach Henry gefragt. Er sagte, es wäre dringend, und wo er ihn erreichen könnte. Und *ich* mußte ihm sagen, daß wir es nicht wüßten und er bei der Navy nachfragen sollte. Und er wiederholte ständig, daß die Navy ihm gesagt hätte, Henry sei nicht zu erreichen – nicht zu erreichen! Mein Gott, der Mann ist *tot*, und die Navy gibt es nicht zu, und ich kann es ihm nicht sagen!«

»Dafür gibt es gute Gründe, Joan, sehr gute Gründe ...«

»Meine Schwester in die Sache hineinzuziehen? Warum will sie wohl nicht mehr ans Telefon gehen? Ich werde es Ihnen sagen. Die ganze Zeit haben Leute angerufen, um mit Henry zu sprechen, und sie mußte sie abwimmeln. ›Oh, er steht gerade unter der Dusche‹ oder ›Er ist weggefahren, um Golf zu spielen‹ oder ›Er ist gerade in einer Konferenz‹ – als ob er jeden Augenblick hereinkommen könnte, um zu fragen, was es zum Abendessen gibt. Was für Menschen seid ihr eigentlich?«

»Joannie, hör auf«, sagte Henry Stevens' Frau. »Tye tut nur seine Arbeit. Beantworte seine Frage. Von wo kamen die Anrufe?«

»Ich habe überhaupt nicht verstanden, was der Mann eigentlich wollte, zumal er mit diesem gräßlichen englischen Akzent sprach.«

»Wer war es, Joan?«

»Er hat keinen Namen genannt. Nur M-Soundso und Soundso-Einheit.«

»MI-6?« fragte Hawthorne. »Sondereinheit?«

»Ja. So hat es sich angehört.«

»Können Sie mir sagen, auf welchem Apparat die Anrufe kamen?«

»Auf dem blauen. Immer auf dem blauen.«

»Der ›Blue Boy‹ – das ist es. Eine direkte, abhörsichere Verbindung ...«

»Wenn Hank mit seinem Kollegen in Europa oder dem Mittleren Osten sprechen wollte«, sagte Phylls, »hat er immer das blaue Telefon benutzt.«

»Die Chefs der befreundeten Geheimdienste sind weltweit über den ›Blue Boy‹ miteinander verbunden. Die Leitung ist absolut abhörsicher, wenn man die richtige Nummer wählt. Und die habe ich nicht. Ich werde Palisser bitten, mir ...«

»Meinen Sie die Nummer in London?« unterbrach Joan Talbot ihn. »Sie steht auf dem Notizblock neben dem Telefon.«

»Er hat sie Ihnen gegeben?«

»Erst nachdem er zweimal wiederholt hatte, daß sie morgen geändert werden würde.«

»Das ist vielleicht nicht mehr nötig.« Hawthorne ging wieder auf die Veranda, fand den Notizblock und begann, die vierzehnstellige Nummer zu wählen. Er spürte einen stechenden Schmerz in der Brust – ein Warnsignal, das nichts mit seiner physischen Gesundheit zu tun hatte, ihm aber schon oft angezeigt hatte, daß er sich auf der richtigen Spur befand. Als er Phyllis seine Fragen gestellt hatte, hatte er gehofft, einen Hinweis zu finden, der zu einer Verbindung zwischen ihm und dem Tod Henry Stevens' führen würde. Und er wußte, daß er diesen Hinweis gefunden hatte, als Phyllis von dem detaillierten Bericht sprach, den Stevens nach den Ereignissen in Chesepeake Beach angefordert hatte. Jeder, der mit Little Girl Blood befaßt war, hatte diesen Bericht gelesen – einschließlich eines Skorpions namens Meyers, der leicht in Erfahrung bringen konnte, welche Sicherheitsvorkehrungen zum Schutz des Stevens-Hauses getroffen worden waren. Zusammen mit dem, was er eben von Phyllis' Schwester über den Anruf von MI-6 gehört hatte, ergab sich ein beängstigendes Muster – Grund genug für den Schmerz in Tyrells Brust.

»Ja?« meldete sich eine aufgebrachte Stimme in London.

»Stevens hier«, log Hawthorne.

»Um Himmels willen, Captain, was ist mit Ihren Leuten los? Ich komme nicht zu Ihrem DCI durch und versuche schon seit fast zehn Stunden, Sie zu erreichen. Übrigens – mein Name ist Howell, John Howell. Mit einem Sir davor, aber den können Sie weglassen.«

»MI-6, Sondereinheit?«

»Nein, der Stallmeister der Königin. Im Ernst: Ich hoffe, daß Sie alle Sicherheitsmaßnahmen getroffen haben. Wir haben es jedenfalls, Paris ebenso. Jerusalem hat sich noch nicht gemeldet, aber die Burschen da unten sind uns ohnehin immer um einiges voraus.«

»Ich habe den ganzen Tag an Konferenzen teilgenommen und bin vielleicht nicht ganz auf dem laufenden. Was liegt an?«

»Wollen Sie mich auf den Arm nehmen?« rief Howell. »Sie *sind* doch der Führungsoffizier von Commander Hawthorne, oder?«

»Ja, natürlich«, antwortete Tyrell, ohne den Sinn der Frage zu verstehen. »Vielen Dank übrigens, daß Sie ihn angeworben haben.«

»Das ist Geoffrey Cooke gutzuschreiben, nicht mir.«

»Ja, ich weiß. Ich habe erst hier von Ihren Anrufen erfahren. Warum haben Sie keine Nachricht für mich in meinem Büro hinterlassen?«

»Ihr neuer Direktor und ich sind übereingekommen, die ganze Geschichte geheimzuhalten und Informationen nur zwischen uns dreien auszutauschen. Wir haben Sie eingeschlossen, da Sie Hawthornes Führungsoffizier sind. Was zum Teufel ist *passiert*? Hat der DCI Sie nicht angerufen? Seine Sekretärin – eine arrogante Ziege übrigens, wenn ich so sagen darf – hat mir versichert, daß ihr Chef von der Einheit informiert worden und über alles unterrichtet sei. Aber wie konnte er das, ohne mit Ihnen in Verbindung zu treten?«

»Es hat Probleme zwischen Israel und Syrien gegeben«, sagte Tyrell.

»Inzwischen haben auch die Medien darüber berichtet.«

»Völliger Blödsinn!« rief Sir John Howell. »Die spielen sich nur auf – beide Seiten. Sollen sie sich doch gegenseitig in Stücke reißen! Verglichen mit den Problemen, mit denen wir hier zu tun haben, ist das doch nichts als Mummenschanz.«

»Einen Augenblick, Howell«, sagte Hawthorne. Ein Gefühl von Panik begann in ihm aufzusteigen. »Sie haben eben eine Einheit erwähnt ... Meinen Sie die koordinierte Abhöraktion zwischen euch und der Agency?«

»Das ist ja unglaublich! Wollen Sie damit sagen, daß Sie von allem keine Ahnung haben?«

»Wovon, John?« Hawthorne hielt den Atem an.

»Es findet *heute abend* statt! Die Bajaratt hat verkündet, daß sie heute abend zuschlagen wird. *Eure* Zeit!«

»Mein Gott!« sagte Tyrell kaum hörbar. Er atmete langsam aus. »Und Sie sagen, daß die Agency-Einheit den Direktor davon unterrichtet hat?«

»Natürlich.«

»Sind Sie *sicher*?«

»Mein lieber Mann, ich habe selbst mit seiner Sekretärin gesprochen. Das letzte Mal, als ich anrief, hat sie gesagt, daß ihr Chef an einer Kabinettssitzung im Weißen Haus teilnehme.«

»An einer Kabinettssitzung? Wozu?«

»Es ist *Ihr* Land, alter Junge, nicht meines. Wir haben dafür gesorgt, daß unser Premierminister von Scotland Yard bewacht wird und sich nicht mit seinem Kabinett in Downing Street 10 trifft. Einige Mitglieder sind zu sehr daran interessiert, seinen Platz einzunehmen.«

»Diese Möglichkeit besteht auch hier.«

»Bitte?«

»Vergessen Sie's ... Und sie behaupten, daß der Direktor der Central Intelligence Agency von der Information wußte und sie an die verantwortlichen Stellen in Washington weitergeleitet hat?«

»Sehen Sie, alter Junge, er ist neu im Amt. Seien Sie nicht zu streng mit ihm. Vielleicht hätte ich vorsichtiger sein sollen. Ich habe auf einige unserer Leute hier vertraut, die mir versicherten, daß er ein zuverlässiger Mann sei.«

»Wahrscheinlich haben sie recht damit. Es gibt da nur eine Kleinigkeit.«

»Welche?«

»Ich glaube nicht, daß er die Information jemals erhalten hat.«

»*Was?*«

»Sie brauchen diese Nummer nicht zu ändern, Sir John. Ich werde sie verbrennen, und wir benutzen wieder unsere normalen Verbindungswege.«

»Um alles in der Welt – sagen Sie mir bitte, was da vor sich geht!«

»Ich habe jetzt keine Zeit. Ich rufe Sie später an.« Tyrell legte den Hörer auf den blauen Telefonapparat, nahm den roten Hörer ab und drückte die O-Taste. »Hier ist Commander Hawthorne.«

»Ja, Commander. Wir haben vorhin miteinander gesprochen«, sagte der Mann in der Vermittlung. »Ich hoffe, Sie haben den diensthabenden Offizier erreicht.«

»Ja, danke. Jetzt brauche ich den Secretary of State. Nach Möglichkeit auf dieser Leitung.«

»Ich versuche es, Sir.«

»Ich bleibe am Apparat. Es ist dringend.« Während er wartete, dachte Tyrell über das Unglaubliche nach, das er dem Außenminister mitzuteilen hatte. Die koordinierte Telefonüberwachungsaktion zwischen London und Washington war kein Fehlschlag gewesen, sie hatte funktioniert! Die Bajaratt war abgehört worden, was sie gesagt hatte, war auf Band aufgezeichnet. Sie würde heute abend zuschlagen, und niemand wußte davon! Nein, das ist nicht ganz richtig, dachte Hawthorne. Es gab jemanden, der davon wußte, und dieser Jemand hatte die Information zurückgehalten. Wo zum Teufel war Palisser?

»Commander?«

»Ich höre. Wo ist der Secretary?«

»Wir haben alles versucht, aber wir können ihn nicht erreichen, Sir.«

»Wollen Sie mich auf den Arm nehmen?« rief Tyrell, unbewußt Sir John Howells Worte wiederholend.

»Wir haben mit Mrs. Palisser in St. Michael, Maryland, gesprochen, und sie hat gesagt, seine Sekretärin habe angerufen und ihr mitgeteilt, daß er noch in die Israelische Botschaft müsse und eine Stunde später nach Hause kommen werde.«

»Und?«

»Das ist uns auf Rückfrage vom Ersten Attaché der Botschaft bestätigt worden – der Botschafter selbst hält sich zur Zeit in Jerusalem auf. Secretary Palisser war etwa eine halbe Stunde dort. Sie haben über ›Staatsangelegenheiten‹ gesprochen, wie er sich ausdrückte. Dann ist Secretary Palisser wieder weggefahren.«

»Seit wann besucht der amerikanische Außenminister die israelische Botschaft, um über Staatsangelegenheiten zu reden? Solche Gespräche finden doch wohl eher im State Department statt.«

»Diese Frage kann ich nicht beantworten, Sir.«

»Aber ich vielleicht. Verbinden Sie mich mit dem israelischen Attaché, und sagen Sie ihm, es sei äußerst dringend.«

»Ja, Sir.«

Neununddreißig Sekunden später meldete sich eine tiefe Stimme. »Asher Ardis, Israelische Botschaft. Mir wurde gesagt, daß ein Offizier des Navy-Geheimdienstes mich in einer dringenden Angelegenheit sprechen wolle. Ist das richtig?«

»Mein Name ist Hawthorne. Ich arbeite eng mit Secretary of State Palisser zusammen.«

»Ein reizender Mann. Was kann ich für Sie tun?«

»Wissen Sie etwas von einer Operation Little Girl Blood? Wir sind auf der roten Leitung miteinander verbunden. Sie können offen reden.«

»Davon weiß ich nichts, Mr. Hawthorne. Ist diese Operation mit meiner Regierung abgestimmt?«

»Ja, Mr. Ardis. Mit dem Mossad. Hat Palisser mit Ihnen über zwei Mossad-Agenten gesprochen, die ihm ein Paket übergeben sollten? Es ist sehr wichtig, Sir.«

»Ein Paket kann alles mögliche enthalten, Mr. Hawthorne. Eine Blaupause ebenso wie eine Warenprobe unserer besten Orangen, nicht?«

»Ich habe nicht die Zeit, zwanzig Fragen zu beantworten, Mr. Ardis.«

»Ich auch nicht, aber ich bin ein neugieriger Mann. Wir haben bereits unsere Kooperationsbereitschaft bis zum äußersten getrieben, indem wir Ihrem Außenminister eine abhörsichere Leitung zur Verfügung stellten, über die er mit Oberst Abrams vom Mossad sprechen konnte. Sie werden zugeben, daß wir damit einer äußerst ungewöhnlichen Bitte entsprochen und ein ebenso ungewöhnliches Entgegenkommen gezeigt haben.«

»Ich bin kein Diplomat. Ich verstehe nichts davon. Ich bin nur an Secretary Palissers Besuch in Ihrer Botschaft interessiert. Was hat er mit Oberst Abrams besprochen? Da wir auf einer roten Leitung miteinander verbunden sind, können Sie davon ausgehen, daß ich zu dieser Frage berechtigt bin. Wir arbeiten *zusammen*, verdammt noch mal!«

»Sie sind sehr leicht erregbar, Mr. Hawthorne.«

»Ich habe die Schnauze voll von Ihrer Geheimnistuerei! Was geschah, als Palisser mit Abrams gesprochen hatte?«

»Er hat ihn gar nicht erreicht. Aber der Oberst wird Ihren Außenminister zurückrufen, sobald er wieder in seinem Büro ist. Beantwortet das Ihre Frage?«

Wütend warf Hawthorne den Hörer auf die Gabel und ging zurück ins Wohnzimmer. Phyllis kam ihm entgegen. »Ein Lieutnant Poole hat auf der regulären Leitung angerufen. Ich habe gerade in der Küche mit ihm gesprochen.«

»*Cathy*? Major Neilsen? Was ist mit ihr?«

»Nein. Es geht um General Meyers, den Vorsitzenden der Joint Chiefs of Staff. Er möchte dich sofort sehen. Er sagte, es sei dringend.«

18 Uhr 47

Die Limousine mit dem Nummernschild DOS1 raste über die Route 50 entlang der Ostküste Marylands nach Süden auf das Städtchen St. Michael zu. Im Fond saß der Außenminister und drückte mit wachsendem Ärger die Tasten seines abhörsicheren Mobiltelefons. Schließlich ließ er die Trennscheibe herunter und sprach mit seinem Fahrer.

»Nicholas, was zum Teufel ist mit dem Apparat los? Ich bekomme keine Verbindung.«

»Ich weiß es nicht, Mr. Secretary«, erwiderte der Chauffeur. »Ich habe ebenfalls Schwierigkeiten mit meinem Gerät. Ich kann die Zentrale nicht erreichen.«

»Einen Augenblick! Sie sind nicht Nicholas. Wo ist er?«

»Er mußte abgelöst werden, Sir.«

»Abgelöst? Weshalb? Wo ist er geblieben? Er war noch da, als wir die Israelische Botschaft erreichten.«

»Vielleicht ein Krankheitsfall in seiner Familie. Ich weiß nur, daß ich ihn ablösen sollte.«

»Das ist gegen die Vorschriften. Mein Büro hätte mich informieren müssen.«

»Ihr Büro wußte nicht, wo Sie waren, Sir.«

»Es hat diese Nummer.«

»Das Telefon funktioniert nicht, Mr. Secretary.«

»Moment mal, Mister! Wenn mein Büro nicht wußte, wo ich war – woher wußten *Sie* es denn?«

»Wir haben unsere eigenen Verbindungswege, Sir.«

»Beantworten Sie meine Frage!«

»Ich bin nur verpflichtet, Ihnen meinen Namen, Rang und Dienstnummer zu nennen.«

»*Was* sagen Sie da?«

»Sie haben den General gestern abend unter Bewachung stellen lassen. Das ist schändlich. Ein großer Mann wie General Meyers verdient das nicht.«

»Ihr Name?«

»Johnny genügt, Sir.« Der Fahrer lenkte den Wagen plötzlich nach links, bog in einen kaum erkennbaren Nebenweg ein, beschleunigte und raste auf eine kleine Lichtung zu, auf der ein Cobra-Hubschrauber stand. »Sie können jetzt aussteigen, Mr. Secretary.«

Palisser öffnete die Wagentür und taumelte hinaus. Vor ihm stand der Vorsitzende, der Joint Chiefs. Der rechte Ärmel seiner Uniform war ordentlich unter der Schulter zusammengefaltet.

»Sie waren ein guter Soldat, Bruce«, sagte der General. »Aber Sie haben vergessen, wie man sich bei einem Kampfeinsatz verhält. Wenn Sie feindliches Territorium betreten, sollten Sie sich vergewissern, wem Sie trauen können. Das haben Sie bei Ihrem letzten Besuch im Weißen Haus versäumt.«

»Mein Gott«, sagte Palisser. »Hawthorne hatte recht. Sie sind nicht nur bereit, ruhig zuzuschauen, wie der Präsident ermordet wird – Sie helfen dem Mörder sogar dabei.«

»Er ist nur ein fehlgeleiteter Politiker, unter dessen Ägide die militärische Macht der Vereinigten Staaten mehr und mehr dezimiert wurde. Das wird sich heute abend ändern.«

»*Heute abend?*«

»In etwas mehr als einer Stunde.«

»*Was* sagen Sie da?«

»Sie haben richtig gehört. Sie hätten es wissen können, aber die Mossad-Agenten haben nie Verbindung mit Ihnen aufgenommen, nicht wahr?«

»Abrams«, sagte Palisser. »Oberst Abrams.«

»Ein gefährlicher Mann.« Meyers nickte. »Er traut niemandem so recht. Deshalb hat er zwei seiner Leute zu Ihnen geschickt, um Ihnen den Namen eines unbedeutenden kleinen Senators zu nennen, der alles erst ermöglichte.«

»Woher wissen Sie das?«

»Durch jemanden, den Sie vermutlich nie bemerkt haben – einen unauffälligen Mann, der im Sicherheitsrat arbeitet. Es ist derselbe, der die Nachricht abfing, die Hawthorne Ihnen heute morgen zukommen lassen wollte. Der Präsident schätzt ihn sehr. Er ist ein früherer Adjutant von mir, ein Lieutenant Colonel. Ich habe ihm den Job verschafft.« Der General schaute auf seine Armbanduhr. »In etwas mehr als einer Stunde wird der Präsident, um diesem kleinen Senator einen Gefallen zu tun, jemandem eine Privataudienz geben. Raten Sie einmal, wem, Bruce. Ja, ja, Sie haben recht. Little Girl Blood ... Und dann *peng!* Eine Explosion, die die Welt erschüttern wird.«

»Sie gottverdammter Hurensohn!« rief Palisser und stürzte mit ausgestreckten Armen auf den General zu.

Der Vorsitzende der Joint Chiefs zog mit der linken Hand ein Bajonett aus dem Gürtel. Als der Secretary of State den Hals des Generals umklammerte, stieß Meyers ihm die lange Klinge in den Bauch und schlitzte ihm mit einer heftigen, ruckartigen Bewegung den Leib bis zur Brusthöhle auf.

»Schaff die Leiche fort«, befahl er seinem Master Sergeant. »Und versenk die Limousine im Meer.«

»Zu Befehl, Maximum.«

»Wo ist der Fahrer?«

»Wo niemand ihn finden kann.«

»Gut. Ich fliege ins Weiße Haus. Du findest mich in der Lounge im zweiten Stock.«

»Beeil dich. Jemand muß dort das Kommando übernehmen.«

In einer dunklen Straße in Jerusalem lag eine bewegungslose Gestalt auf dem Boden. Das aus dem Körper fließende Blut hatte sich mit dem aus den dichten Wolken strömenden Regen vermischt und sickerte in den Rinnstein. Oberst Daniel Abrams, Leiter der Bajaratt-Operation, war von sechs Kugeln aus einer mit einem Schalldämpfer versehenen Pistole getötet worden. Und ein alter, untersetzter Mann ging die Sharafat hinunter – erfüllt von dem unerschütterlichen Bewußtsein, das Richtige getan zu haben.

37

18 Uhr 55

Die Bajaratt strich ihr Kleid glatt. Der wichtigste Augenblick ihres Lebens stand nahe bevor. Als sie sich im Spiegel betrachtete, sah sie das Gesicht eines zehnjährigen Kindes, das staunend und bewundernd zu ihr aufzuschauen schien.

Wir haben es erreicht, mein Liebstes. Niemand kann uns jetzt aufhalten; wir werden die Welt verändern. Der Schmerz wird verschwinden, und wir werden gerächt sein für das, was man uns damals in den Bergen angetan hat ... Erinnerst du dich, wie die Köpfe von Mama und Papa in den Staub rollten, die Augen weit geöffnet, als ob sie Gott anklagten, der so etwas zuließ – ihn vielleicht anklagten um deinet- und meinetwillen, die wir mit der Erinnerung an diesen Augenblick weiterleben mußten? Muerte a toda autoridad! ... *Wir werden es vollbringen, du und ich. Denn wir sind unbesiegbar.*

Das Gesicht verblaßte, als die Baj jetzt näher an den Spiegel herantrat, um die silbernen Strähnen im Haar und das dazu passende helle Make-up mit den leichten Schatten unter den Augen zu mustern. Alles um sie älter erscheinen zu lassen, als sie war. Sie trug ein elegantes marineblaues Seidenkleid mit eingenähten Polstern, die den Raum zwischen den Brüsten und der Hüfte ausfüllten und ihr das Aussehen einer Frau gaben, die Probleme mit ihrem Gewicht hatte. Die doppelte Perlenkette, die hellblauen Seidenstrümpfe und dunkelblauen Ferragomo-Schuhe waren auf die Farbe des Kleides abgestimmt. Die Gesamterscheinung war die einer jener reichen italienischen Aristokratinnen, wie man sie jeden Tag in der Via Condotti – Roms Antwort auf den Pariser Faubourg Saint-Honoré – sehen konnte. Eine kleine schieferblaue Abendtasche mit einem erlesen gearbeiteten Verschluß komplettierte das Outfit; niemand konnte daran zweifeln, daß die beiden kostbaren Perlen am Verschluß ebenso echt waren wie die der Kette.

Am Handgelenk trug sie eine mit Diamanten besetzte Armbanduhr, die von Piaget zu stammen schien, eine hervorragend gemachte Fälschung mit einem Mechanismus, der durch dreimaliges Drücken des Aufzugs starke elektrische Impulse an einen Sender schicken konnte. Dieser Sender befand sich im Seidenfutter der schieferblauen Handtasche – eine winzige runde Kapsel, die mit einer dünnen Scheibe Plastiksprengstoff verbunden war, deren Zerstörungspotential der Detonationskraft von 737 Gramm Nitroglyzerin entsprach. *Muerte a toda autoridad!*

»Cabi!« rief Niccolò aus dem Schlafzimmer. Die Bajaratt wandte sich vom Spiegel ab und öffnete die Tür.

»Was ist?«

»Diese verdammten Manschettenknöpfe! Den linken habe ich ja geschafft, aber mit dem rechten habe ich Schwierigkeiten.«

»Weil du Rechtshänder bist, Nico«, sagte die Baj und trat ein. »Mit dem rechten Manschettenknopf hast du doch immer Probleme, erinnerst du dich nicht?«

»Ich erinnere mich an gar nichts. Ich kann nur an morgen denken.«

»Nicht an heute abend? Bedeutet es dir denn gar nichts, daß du den Präsidenten der Vereinigten Staaten triffst?«

»Nicht soviel wie Angel. Hast du gehört, was sie am Flughafen gesagt hat? Wir werden ein Wochenende – ein *fine di settimana* – an einem *lago* mit ihrer Familie verbringen!«

»Dann wirst du sie besser kennenlernen, Nico.« Die Bajaratt befestigte den Manschettenknopf und trat zurück. »Du siehst großartig aus, mein schöner Hafenjunge. Mit deinen breiten Schultern, deiner schlanken Taille, dem vollkommen geschnittenen Gesicht. *Splendido*!«

»Hör auf! Du machst mich verlegen. Mein Bruder hat viel breitete Schultern und ist mindestens drei Zentimeter größer als ich.«

»Ich habe ihn einmal gesehen. Er ist ein *animale*. Sein Gesicht ist flach, seine Augen sind stumpf, und sein Geist ist träge.«

»Er ist ein *guter* Junge, Signora, und viel stärker als ich. Wenn jemand anzügliche Bemerkungen über unsere Schwester macht, schmeißt er ihn an die Wand.«

»Bewunderst du ihn, Nico?«

»Meine Schwestern, alle drei, bewundern ihn. Seit Papa gestorben ist, ist er der *padrone*, der Beschützer unserer Familie.«

»Aber du, Nico? Bewunderst *du* ihn?«

»Hör auf, Cabi. Es ist *non importante*.«

»Für mich ist es schon wichtig. Was bedeutet dir dein älterer Bruder?«

»Ach.« Niccolò zuckte die Schultern. »Wenn du es unbedingt wissen willst: Er ist stark, aber er hat keinen Verstand. Er verläßt sich nur auf seine Muskeln. *Stupido*!«

»Dann weißt du jetzt, warum ich dich ausgewählt habe und nicht jemanden wie deinen Bruder. Ich habe nach Vollkommenheit gesucht, und ich habe sie gefunden.«

»Und ich glaube, du bist verrückt – *pazza*. Kann ich jetzt Angelina in Brooklyn anrufen? Sie muß inzwischen eingetroffen sein.«

»Ruf sie an. Aber denk daran, daß wir in zwanzig Minuten vom Senator abgeholt werden.«

»Ich würde gern mit ihr allein sprechen.«

»*Naturalmente*«, sagte die Baj, verließ das Schlafzimmer und schloß die Tür hinter sich.

19 Uhr 09

Hawthorne begann nervös zu werden. Wen immer er aus Captain Stevens' Haus in Washington angerufen hatte – er war entweder ›gerade fortgegangen‹, ›nicht zu erreichen‹ oder für einen Commander, dessen Namen man ›noch nie gehört‹ hatte, nicht zu sprechen. Es gab niemanden, der mit dem Begriff *Little Girl Blood* etwas anzufangen wußte; und keiner wollte die Verantwortung übernehmen, eine höhere Stelle zu informieren, da keiner dazu autorisiert war. Den größten Schwierigkeiten begegnete er in der Telefonvermittlung des Weißen Hauses.

»Wir bekommen solche Anrufe zehnmal am Tag, Sir. Wenn Sie etwas Wichtiges mitzuteilen haben, rufen Sie den Secret Service oder das Pentagon an.«

Die Antwort des Secret Service war kurz und bündig. »Wir haben Ihren Anruf zur Kenntnis genommen, Sir. Wir können Ihnen versichern, daß der Präsident rund um die Uhr streng bewacht wird. Auf Wiederhören.« Das Pentagon konnte Tyrell nicht anrufen. Maximum Mike Meyers war mit Sicherheit gewarnt worden; der Führer der Skorpione hatte zweifellos alle Kommunikationswege abgeschnitten.

Bruce Palisser, der Secretary of State, war genausowenig zu erreichen wie sein Kontaktmann in Israel, Oberst Daniel Abrams vom Mossad. Ein Telefon läutete auf der Veranda; Phyllis Stevens hob den Hörer ab. »Tye!« rief sie. »Es ist Israel. Das rote Telefon!«

Hawthorne sprang aus dem Sessel und eilte auf die Veranda. Er riß Phyllis den Hörer aus der Hand. »Ja?« sagte er. »Mit wem spreche ich?«

»Zunächst einmal«, sagte die Stimme in Jerusalem, »möchte ich wissen, wer Sie sind.«

»Lieutenant Commander Tyrell Hawthorne, zur Zeit Attaché des Secretary of State Palisser und Verbindungsmann zu Captain Henry Stevens, Geheimdienst der U. S. Navy. Was liegt an, Jerusalem?«

»Schlechte Nachrichten. Oberst Abrams wurde vor wenigen Minuten tot aufgefunden. Erschossen.«

»Ein großer Verlust für uns alle. Aber Abrams hat zwei Mossad-Agenten mit Informationen für Palisser rübergeschickt …«

»Ich weiß. Ich bin – ich *war* Oberst Abrams Adjutant. Secretary Palisser hat dem Oberst sechs Telefonnummern gegeben, unter denen er zu erreichen ist. Eine davon war die, unter der ich jetzt anrufe.«

»Wissen Sie etwas Näheres über die Information, die Ihre Agenten für Secretary Palisser hatten?«

»Ja. Die Schlüsselfigur ist ein Senator Nesbitt aus dem Staat Michigan.«

»Ein Senator aus Michigan? Was zum Teufel soll das heißen?«
»Ich weiß es nicht, Commander. Aber die Nachricht muß so wichtig gewesen sein, daß Oberst Abrams sie nicht den diplomatischen Kanälen anzuvertrauen wagte.«

»Danke, Jerusalem.«

»Keine Ursache, Commander. Wenn Sie etwas über unsere Agenten erfahren, setzen Sie sich bitte so schnell wie möglich mit uns in Verbindung.«

»Selbstverständlich.« Tyrell legte den Hörer auf. Er war völlig verwirrt.

19 Uhr 32

Etwas war schiefgelaufen! Nesbitts Limousine war seit mehr als einer Viertelstunde überfällig! So verhielt sich kein Politiker, der durch einen kurzen Besuch im Oval Office der Wirtschaft seines Staates Investitionen in Millionenhöhe verschaffen konnte und wieder in den Senat gewählt werden wollte ... *Sie werden um 19 Uhr 15 im Carillon abgeholt.* Die Worte des persönlichen Referenten Nesbitts ... Mein Gott! Hatte Nesbitt wieder einen seiner *Anfälle?* War er seinen Wärtern entkommen, um wieder mit seltsamen Kleidern und einer schlechtsitzenden Perücke durch die Straßen der Stadt zu streifen? Hatte sein zerrüttetes zweites Ich wieder Gewalt über ihn gewonnen in diesem Augenblick, der so entscheidend für ihr Leben war? Sie konnte es nicht hinnehmen, sie *würde* es nicht hinnehmen!

»Niccolò, mein Liebling«, sagte die Bajaratt. »Warte hier. Ich muß noch einmal telefonieren.«

»*Per certo*«, erwiderte der große, schlanke Hafenjunge, der unter den vielen Menschen in der Eingangshalle so auffallend war, daß er die Blicke auf sich zog.

Die Baj betrat eine Telefonzelle an der anderen Seite der Halle und wählte die Nummer der Araberin in Silver Spring. »Ich bin es«, sagte sie. »Wir haben Probleme.«

»Sie können offen reden, Amaya«, sagte die Frauenstimme am anderen Ende der Leitung.

»Nesbitts Limousine ist nicht gekommen. Ist er *gesund?*«

»Er hatte heute nachmittag einen Rückfall. Aber der Arzt war schon bei ihm ...«

»Das darf nicht sein!« flüsterte die Baj. »Dann fahre ich ohne ihn. Ich habe eine feste Verabredung.«

»Ich fürchte, Sie kommen ohne Nesbitt nicht ins Weiße Haus.«

»Ich *muß*. Die Skorpione haben sich gegen mich gewendet. Sie versuchen, mich *aufzuhalten*. Sie haben Nesbitt.«

»Das ist durchaus möglich, meine Liebe. Sie möchten gern den Status quo beibehalten, und Sie gefährden ihn. Aber übereilen Sie nichts. Bleiben Sie am Apparat. Ich versuche, Nesbitts Limousine auf einer anderen Leitung zu erreichen.«

Die Bajaratt wartete, den Hörer in der Hand. Plötzlich bemerkte sie eine Gestalt, die sich der Telefonzelle näherte. Sie erschrak. Es war die Frau aus Palm Beach, ihre damalige Gastgeberin, elegant gekleidet, mit silberblauem Haar und Zähnen, die zu groß für ihren Mund waren. In der linken Hand hielt sie eine halb geöffnete Tasche aus grünem Leder. Die rechte Hand umklammerte den Griff einer in der Tasche steckenden Automatik. »Ende der Vorstellung«, sagte Skorpion Zwanzig.

»Was nützt Ihnen das?« fragte die Baj kalt. »Mein Tod wird hundertfach gerächt werden.«

»Wir können nicht zulassen, durch Ihre Aktion alles zu verlieren, Miß Beka'a-Tal.«

»Sie *irren* sich. Die Beka'a steht auf Ihrer Seite, hat immer auf Ihrer Seite gestanden. Der *padrone* hat es bewiesen ...«

»Er ist tot«, unterbrach sie Skorpion Zwanzig. »Keiner der oberen Fünf ist mehr zu erreichen. Der einzige Grund dafür sind *Sie*!«

»Reden wir miteinander. Aber nicht hier.« Die Baj legte den Hörer auf.

»Sie wissen ebensogut wie ich, daß Sie mich nicht hier in der Halle erschießen können. Gehen wir dort zum Nebeneingang. Ich versichere Ihnen, daß ich nicht fliehen werde. Ich bin unbewaffnet.« Als sie die Halle durchquerten, fragte sie: »Wie haben Sie mich gefunden?«

»Es wird Sie nicht überraschen zu hören, daß ich recht bekannt in Washington bin«, antwortete die Frau. Sie hielt die in der Tasche verborgene Waffe weiterhin auf die Baj gerichtet.

»Soweit es Sie betrifft, überrascht mich gar nichts.«

»Auch nicht die Tatsache, daß ich ein Skorpion bin?«

»Nein«, sagte die Bajaratt. »Aber wie haben Sie mich gefunden?«

»Ich wußte, daß Sie mit dem Jungen untergetaucht waren und Ihren Namen gewechselt hatten. Aber ich habe meine Sekretärin beauftragt, sich in allen eleganten Hotels der Stadt nach zwei Personen zu erkundigen, die meiner Beschreibung von Ihnen entsprachen. Der Rest war einfach – Madame Balzini.«

»Einfach genial!« sagte die Bajaratt und öffnete die zu der Laderampe eines Hinterhofs führende Tür. »Kein Wunder, daß Sie in den Kreis der Skorpione aufgenommen wurden.«

»In dem ich auch bleiben will«, sagte die Frau. »Wir alle wollen, daß er weiterbesteht. Wir wissen, was Sie vorhaben, und werden es verhindern.«

»Was um alles in der Welt sollte ich *vorhaben*?«

»Lügen Sie mich nicht an, Miß Beka'a! Ein anderer Skorpion ist – war – die Sekretärin des DCI in Langley. Helen ist jetzt in Europa; aber vor ihrer Abreise hat sie mich angerufen und mir erzählt, was passiert ist … Sie glauben, daß mein alter Freund Nesbitt Sie hier abholt? Sehen Sie mich nicht so erstaunt an. Er nennt mich Sylvia, und ich habe Sie ihm vorgestellt, wissen Sie das nicht mehr? Ich fürchte, er hat einen Verkehrsunfall gehabt. Und etwas Ähnliches wird auch Ihnen zustoßen.«

Die Frau namens Sylvia blickte sich um und zog ihre Automatik aus der Handtasche.

»Ich an Ihrer Stelle würde das nicht machen«, sagte die Baj. Sie sah, daß ein großer Müllwagen sich der Rampe näherte.

»Sie sind nicht an meiner Stelle.«

»Mein Leben bedeutet mir nichts«, fuhr die Bajaratt fort. »Aber Sie schätzen das Ihre so hoch ein, daß Sie bereit sind, selbst die Skorpione zu verraten.«

»Wovon reden Sie da?«

»Silver Spring, Maryland. Ich habe die Araberin besucht. Sie stehen auf ihrer Gehaltsliste. Sie haben die Skorpione verraten. Allein des Geldes wegen.«

»Das ist *absurd*!«

»Dann erklären Sie es Skorpion Eins. Sie können ihn nicht erreichen, aber ich kann es. Wenn ich heute abend nicht im Weißen Haus erscheine, liegt morgen ein Bericht über Ihren Verrat auf seinem Schreibtisch. Vergessen Sie nicht – ich bin die Baj!« Sie trat einen Schritt zurück, während die Frau als Palm Beach sie mit weit geöffneten Augen anstarrte. »Nun sagen Sie mir, Signora: Wollen Sie mich immer noch töten?«

Die Antwort blieb aus, denn die Baj warf sich mit der Schulter gegen die Frau, so daß diese direkt vor den auf die Rampe zufahrenden Müllwagen fiel. Die quietschenden Bremsen konnten nicht verhindern, daß der Körper von den Vorderrädern überrollt wurde.

»Ich rufe einen Krankenwagen!« rief die Bajaratt und lief ins Innere des Gebäudes. Dort verlangsamte sie ihren Schritt und betrat wieder die Telefonzelle. Sie warf eine Münze ein und wählte dieselbe Nummer wie zuvor.

»Ja?« sagte die Araberin.

»Sie haben mich *gefunden*«, sagte die Baj ruhig. »Nesbitt hat einen Verkehrsunfall gehabt.«

»Wissen wir. Ich habe eine Limousine auf den Weg geschickt. Sie muß in wenigen Minuten bei Ihnen sein.«

»Die *Skorpione*! Sie haben sich gegen mich gestellt.«

»Das war zu erwarten, mein Kind.«

»Diese Schlampe aus Palm Beach. Sie war es!«

»Das überrascht mich nicht. Sie hat besonders gute Verbindungen zum Nachrichtennetz der Skorpione.«

»Jetzt nicht mehr. Sie ist tot. Sie liegt dort, wo sie hingehört – unter einem Müllwagen.«

»Danke, daß Sie uns die Arbeit abgenommen haben. Das Ende der Skorpione ist nahe, und wir werden an ihre Stelle treten ... Warten Sie auf unsere Limousine und fahren Sie wie vorgesehen zum Weißen Haus. Um acht Uhr werden zwei Agenten vom Federal Bureau of Investigation die Lounge im zweiten Stock verlassen und nach unten kommen. Dort treffen sie einen livrierten Chauffeur, der eine Schußwaffe bei sich trägt – falls es Probleme gibt. Die drei beziehen im Flur vor dem Oval Office Posten, um Sie nach der Audienz sicher aus dem Haus zu bringen. Wie ich Ihnen schon sagte: Das Kodewort ist ›Askalon‹.«

»Agenten vom Federal Bureau ...?«

»Wir haben überall unsere Leute eingeschleust, Amaya Aquirre. Mehr brauchen Sie nicht zu wissen. Und jetzt gehen Sie, Kind Allahs.«

»Ich bin weder sein Kind noch das irgendeines anderen«, sagte die Baj.

»Ich bin ich selbst.«

»Wie dem auch sei. Gehen Sie und beenden Sie Ihre Mission.«

Die Bajaratt und Dante Paolo, *barone-cadette di Ravello*, stiegen in die Limousine und setzten sich neben den Senator aus Michigan in den geräumigen Fond. »Es tut mir leid, daß ich mich verspätet habe«, sagte Nesbitt. »Aber wir hatten einen Unfall. Der Fahrer des anderen Wagens ist einfach von der Bildfläche verschwunden – können Sie sich das vorstellen? Mein Büro hat jedoch sofort einen Ersatzwagen geschickt.«

»Mein Kompliment, *Signor Senatore*. Sie haben tüchtige Leute.«

»Sie sind in Ordnung. Der Präsident freut sich darauf, Sie beide zu sehen. Er hat mir gesagt, daß er glaubt, den Baron – Ihren Vater – zu kennen. Der Präsident gehörte zu der Division, die im Zweiten Weltkrieg in Anzio an Land ging. Er erwähnte, daß viele der großen Landbesitzer damals sehr hilfreich waren. Er war zu dem Zeitpunkt noch ein junger Lieutenant.«

»Durchaus möglich«, bestätigte die Contessa. »Die Familie war von Anfang an gegen die *fascisti*. Sie hat mit den Partisanen zusammengearbeitet und vielen abgeschossenen Piloten zur Flucht verholfen.«

»Dann haben Sie ja ein gemeinsames Gesprächsthema.«

»Entschuldigen Sie, Senator. Aber ich wurde denn doch erst nach dem Krieg geboren.«

»Ich hatte keineswegs die Absicht, Sie älter zu machen, als Sie sind.«

»*Non importa*«, sagte die Bajaratt. Sie blickte Niccolò an und lächelte.

»So jung bin ich ja auch nicht mehr.«

Die Dämmerung senkte sich über Washington. In spätestens fünfzehn Minuten würden sie das Weiße Haus erreichen.

19 Uhr 33

Die Vermittlung am anderen Ende der roten Leitung hatte Hawthorne Nesbitts Privatnummer gegeben. Eine Frau meldete sich, die entweder nichts wußte oder nichts wissen wollte. »Ich bin nur die Haushälterin, Sir. Der Senator teilt mir nicht mit, wohin er geht. Ich sorge nur dafür, daß er etwas zu essen hat, wenn er nach Hause kommt.«

»*Verdammt!*« Tyrell warf den Hörer auf die Gabel.

»Hast du es mit seinem Büro versucht?« fragte Phyllis und trat auf die Veranda.

»Natürlich. Dort meldet sich nur ein Anrufbeantworter. ›Der Senator oder einer seiner Mitarbeiter wird Sie zurückrufen, wenn Sie Ihren Namen, Ihre Adresse und Ihre Telefonnummer hinterlassen. Der Senator ist stets für Sie …‹ und so weiter.«

»Was ist mit seinen Mitarbeitern?« fragte Phyllis. »Wenn Hank eine Information brauchte, hat er oft einen der höhergestellten Mitarbeiter eines Senators oder Kongreßabgeordneten angerufen.«

»Ich habe keine Ahnung, wer zu Nesbitts Stab gehört.«

»Aber Hank hat es gewußt«, sagte Phyllis. Sie wies auf einen etwa achtzig Zentimeter hohen und sechzig Zentimeter breiten, reich mit orientalischem Schnitzwerk verzierten Schrank, auf dem eine schwere Lampe stand. »Hierin hat er seine Geheimakten verwahrt«, fuhr sie fort. Sie trat an den Schrank und begann, mit den Fingern die rechte Seite abzutasten. »Wir haben ihn vor Jahren in Hongkong gekauft. Man muß nacheinander auf mehrere dieser Schnörkel drücken, um ihn zu öffnen. Aber ich habe die Kombination vergessen.«

»Und was hilft es uns, wenn wir ihn öffnen?«

»Henry hat eine Liste geführt, in der jeder verzeichnet ist, der ihm von Nutzen sein konnte – einschließlich der Mitarbeiter aller Senatoren und Kongreßabgeordneten. Sie liegt im Schrank.«

»Dann müssen wir ihn aufschlagen.« Hawthorne ergriff die Lampe und zog die Schnur aus der Steckdose. Dann schlug er mehrmals mit dem schweren Fuß auf die Oberseite des Möbelstücks. Beim siebenten Schlag fiel der Schrank auseinander. Tyrell und Phyllis knieten nieder und durchwühlten die zu Boden gefallenen Papiere.

»Hier ist es«, rief Phyllis. »›*Weißes Haus und Senat*‹. Das ist die Liste!«

Der erste, den Tyrell Hawthorne erreichte, war einer der Referenten des Senators.

»Es gab Gerüchte, daß er heute abend ins Weiße Haus fährt, Commander. Aber ich bin erst seit kurzem hier beschäftigt und mit den näheren Umständen nicht vertraut.«

»Danke.« Tyrell legte auf. »Wir müssen jemanden finden, der sich besser mit Nesbitts Terminkalender auskennt.«

»Hier«, sagte Phyllis. »Sie hat seine Diktate aufgenommen.«

Die Frau, die sich meldete, war Nesbitts Privatsekretärin. Was sie sagte, ließ Hawthorne das Blut in den Adern gefrieren.

»Es ist wirklich fantastisch, Commander. Der Senator ist heute abend beim Präsidenten. Er begleitet die Gräfin Cabrini und ihren Neffen, den Sohn eines reichen italienischen Barons, der Investitionen ...«

Tyrell fiel ihr ins Wort: »Eine Gräfin und ihr Neffe? Eine Frau und ein junger Mann?«

»Ja, Sir.« – »Wann findet das Treffen statt?«

»Zwischen acht und acht Uhr dreißig, glaube ich. Das Weiße Haus ist immer etwas flexibel, wenn es sich um inoffizielle Audienzen handelt.«

»Dann findet die Zusammenkunft in den Privatgemächern statt?«

»Oh nein, Sir. Die First Lady ist sehr eigen, was das anbelangt. Nein, im Oval Office.«

Hawthorne legte den Hörer auf. Er war blaß geworden. »Die Bajaratt ist auf dem Weg ins Weiße Haus«, flüsterte er. Dann rief er: »Der Junge ist bei ihr! Sie hat es geschafft – trotz aller Sicherheitsvorkehrungen! Die Einsatzwagen draußen, Phyllis ...«

»Sie dürfen das Grundstück nicht verlassen, Tye.«

»Dann muß ich den Wagen des State Department nehmen, mit dem ich hergekommen bin. Ich habe gesehen, daß er mit Blaulicht und Sirene ausgestattet ist.«

»Du willst *allein* fahren?«

»Ich habe keine andere Wahl. Ich kann Palisser nicht erreichen; die CIA kommt ebensowenig in Frage wie das Pentagon; der Secret Service hört nicht auf mich; und die Polizei steckt mich in eine Zwangsjacke.«

»Was kann ich tun?«

»Es muß doch jemanden geben, der Hank verpflichtet ist. Versuch, mit ihm Verbindung aufzunehmen und mir Zugang zum Weißen Haus zu verschaffen.«

»Ich kenne einen Admiral, dem Hank einmal aus der Klemme geholfen hat. Er spielt Poker mit dem Sicherheitschef des Weißen Hauses.«

»Ruf ihn an, Phyll!«

19 Uhr 51

Die Limousine des Senators hielt vor dem Südtor des Weißen Hauses. Ein Wachtposten in Uniform der Marineinfanterie salutierte und prüfte die Papiere. Wenige Sekunden später fuhr der Wagen durch den Haupteingang und blieb vor einer Treppe im Ostflügel stehen. Nesbitt half der Gräfin und ihrem Neffen beim Aussteigen, wechselte einige Worte mit den beiden Wachtposten, die die Tür flankierten, und führte seine Gäste in das Gebäude.

»Das ist mein Kollege aus Michigan«, sagte er. »Der zweite Senator unseres Staates.« Hände wurden geschüttelt und Namen gemurmelt. Ein Fotograf trat mit aufnahmebereiter Kamera aus einer Tür. »Wie ich schon erwähnte, Gräfin, ist mein Kollege ein Parteifreund des Präsidenten. Er hat entschieden dazu beigetragen, dieses Treffen zu arrangieren.«

»Ja, ich erinnere mich«, sagte die Bajaratt. »Sie wollten sich zusammen mit ihm und Dante Paolo fotografieren lassen.«

»Nicht ohne Sie, Gräfin.«

»Nein, Signore. Mein Neffe ist Ihr Ansprechpartner, nicht ich. Aber bitte, beeilen Sie sich.«

Der Fotograf hatte gerade vier Aufnahmen gemacht, als ein Mann im dunklen Anzug im Flur auftauchte und auf sie zueilte. »Ich muß mich entschuldigen!« rief er. »Nach dem Protokoll sollten Sie am *West*flügel empfangen werden.«

»Um uns vom Chief of Staff die Aufnahmen verbieten zu lassen, was?« flüsterte der zweite Senator aus Michigan seinem Kollegen zu.

»*Psst!*« murmelte Nesbitt.

»Wenn die Wache uns nicht verständigt hätte, würden Sie sich hier die Beine in den Bauch stehen«, sagte der Mann im dunklen Anzug. »Kommen Sie, ich zeige Ihnen den Weg.«

Sechsundvierzig Sekunden später betrat die kleine Gesellschaft das Oval Office. Die Gräfin und ihr Neffe wurden dem Chief of Staff vorgestellt. Er war ein schlanker Mann, mittelgroß, mit einem blassen, von tiefen Falten zerfurchten Gesicht.

»Ich freue mich, Ihre Bekanntschaft zu machen«, sagte er und schüttelte der Baj und Niccolò die Hand. »Der Präsident wird gleich hier sein. Ich hoffe, Sie haben Verständnis dafür, Gräfin, daß seine Zeit begrenzt ist.«

»Wir werden sie nicht über Gebühr in Anspruch nehmen. Nur ein Foto für meinen Bruder, den *barone di Ravello*.«

»Es sind nicht nur die Staatsgeschäfte – in dieser Woche ist auch seine Familie, darunter elf Enkelkinder, zu Besuch im Weißen Haus. Und die First Lady hat ein festes Programm.«

»Ich habe volles Verständnis dafür. Wir Italiener *lieben* große Familien.«

»Zu liebenswürdig, Contessa. Bitte, setzen Sie sich.«

»Was für ein prächtiger Raum, nicht wahr, Dante Paolo?«

»*Non ho capito.*«

»*La stanza, Magnifica.*«

»*Ah, sì, meravigliosa.*«

»Der Ort, von dem aus die Welt beherrscht wird ... Wir fühlen uns sehr geehrt.«

»Zumindest ein großer Teil der Welt, Gräfin ... Wollen Sie sich nicht setzen, meine Herren?«

»Danke, Fred«, sagte der jüngere Senator. »Ich bleibe lieber stehen.«

»Junger Mann ...? Baron ...?«

»Mein Neffe ist zu nervös, um sich zu setzen, Signore.«

»*Ah, bene*«, sagte Niccolò, als ob er nur vage verstanden hätte, was seine Tante gesagt hatte.

Plötzlich war eine lärmende Stimme draußen im Korridor vor dem Oval Office zu hören. »Noch eine Minute länger mit den Gören, und ich trete öffentlich für Geburtenkontrolle ein! Ich habe genug davon, mir in den Bauch pieksen und Marmelade ins Gesicht schmieren zu lassen!«

Präsident Donald Bartlett betrat den Raum und schüttelte den Senatoren beiläufig die Hand. Er war ein Mann Ende sechzig, knapp einen Meter achtzig groß, mit glattem grauen Haar und den scharfgeschnittenen Zügen eines alternden Schauspielers, der vom Ruhm vergangener Jahre zehrt.

»Die Gräfin Cabrini und ihr Neffe, der Baron von ... der *barone*, Mr. President«, stotterte der Chief of Staff.

»Du meine Güte, es tut mir schrecklich leid!« rief Bartlett. »Ich dachte, ich wäre zu früh ... *Scusi, Contessa. Non l'ho vista! Mi perdoni.*«

»*Parlate Italiano, Signor Presidente?*« fragte die Bajaratt erstaunt und stand auf.

»Nur ein bißchen«, sagte der Präsident und schüttelte ihr die Hand.

»*Per favore, si sieda.*« Die Baj setzte sich. »Ich habe es im Krieg gelernt. Ich war Versorgungsoffizier in Italien, und ich kann Ihnen versichern, daß wir von einigen Ihrer großen Familien enorm unterstützt wurden. Das waren Leute, die nichts im Sinn hatten mit Mussolini.«

»*Il Duce.* Dieses Schwein!«

»Ich habe dem Senator hier bereits gesagt, daß ich Ihren Bruder in Ravello getroffen habe.«

»Ich glaube, es war unser Vater, Mr. President. Ein Mann von Ehre, der die *fascisti* haßte.«

»Sie haben recht. *Scuzzi di nuovo.* Ich werde alt. Jahrzehnte erscheinen mir wie Jahre. Natürlich war es Ihr Vater. Sie müssen damals noch ein Kind gewesen sein, wenn Sie überhaupt schon auf der Welt waren.«

»In mancher Hinsicht bin ich immer noch ein Kind, Sir – ein Kind, das sich an viele Dinge erinnert.«

»Ach ja?«

»*Non importa.* Darf ich Ihnen meinen Neffen vorstellen, den *baronecadetto di Ravello.*« Die Bajaratt stand wieder auf, als Bartlett sich umdrehte und Niccolò die Hand gab. »Mein Bruder ist bereit, bedeutende Summen in die amerikanische Industrie zu investieren. Er bittet Sie nur um ein Foto – ein Bild, auf dem Sie mit seinem Sohn zu sehen sind.«

»Kein Problem, Gräfin ... He, der Junge überragt mich ja um mindestens einen Kopf. Soll ich mich auf eine Kiste stellen?«

»Ich schlage vor, daß Sie sich nebeneinander auf zwei Sessel setzen«, sagte der Fotograf. »Dabei schütteln Sie sich natürlich die Hand.«

Während der Fotograf und der Chief of Staff die Sessel zusammenrückten, gelang es der Bajaratt, ihre perlenbesetzte Handtasche unter das Sofakissen zu schieben und beim Aufleuchten des Blitzlichts völlig verschwinden zu lassen.

»Das ist *wunderbar*, Mr. President! Mein Bruder wird begeistert sein.«

»Und ich würde mich freuen, wenn er hier in unserem Land eine Basis für seine Investitionen finden könnte.«

»Er wird Sie nicht enttäuschen, Mr. President.«

Bartlett stand zusammen mit Niccolò auf. »Grüßen Sie Ihren Bruder von mir.« Er reichte ihr die Hand.

»*Ma guardi*«, sagte die Baj und blickte auf ihre mit Diamanten besetzte Uhr. Es war kurz nach acht. »Ich muß meinen Bruder unbedingt in der nächsten halben Stunde über unsere Sonderleitung anrufen.«

»Mein Wagen bringt Sie zurück ins Hotel«, sagte Nesbitt.

»Wir haben Ihre Zeit genug in Anspruch genommen, Mr. President.«

»Sonderleitungen, Sonderfrequenzen, Satellitenverbindungen ...« Der Präsident schüttelte den Kopf. »Ich glaube nicht, daß ich mich jemals an diesen elektronischen Kram gewöhnen werde.«

»Sie haben die *fascisti* geschlagen, *Tenente* Bartlett! Das ist ein Sieg der *Humanität!* Welchen größeren Triumph könnte es geben?«

»Wissen Sie, Gräfin. Man hat mir schon vieles gesagt, Gutes und Böses. Aber das ist wohl das Netteste, was ich je über mich gehört habe.«

»Wir alle auf dieser Erde sollten dafür kämpfen, Mr. President: Humanität ... Komm, Paolo. Wir müssen an deinen Vater denken.«

20 Uhr 02

Hawthorne fuhr den Wagen des State Department durch das Südtor des Weißen Hauses, ohne daß er sich auszuweisen brauchte. Phyllis Stevens hatte ganze Arbeit geleistet. Mit quietschenden Bremsen brachte er das Fahrzeug vor dem Eingang des Westflügels zum Stehen, sprang heraus und lief die Marmorstufen hinauf. »Das Oval Office!« rief er einem Captain der Marineinfanterie zu, der mit einer vierköpfigen Einheit den Eingang bewachte.

»Einen Augenblick mal!« sagte der Captain, die Hand auf dem geöffneten Pistolenhalfter. »Wieso das Oval?«

»Dort findet ein Treffen statt, das ich unter allen Umständen verhindern muß. Wo geht's lang?«

»Nirgends!« Der Offizier trat einen Schritt zurück und zog seinen 45er Colt aus dem Halfter. Er nickte den Soldaten zu, die seinem Beispiel folgten.

»Was zum Teufel soll das heißen?« rief Hawthorne. »Sie haben Ihre Befehle!«

»Die sind hinfällig geworden. Sie haben mich belogen.«

»*Was?*«

»Es *gibt* kein Treffen im Oval Office. Ich habe selbst mit dem Chief of Staff gesprochen und weiß, daß der Präsident heute abend keine Gäste empfängt. Er hat Besuch von seiner Familie und hält sich in seinen Privaträumen auf.«

»Das entspricht nicht den Informationen, die ich habe«, sagte

Hawthorne. »Ich weiß nicht, was hier gespielt wird; aber ich weiß, daß ich keine Sekunde verlieren darf. Ich laufe jetzt den Flur hinunter, Captain. Sie können das Feuer auf mich eröffnen, wenn Sie wollen. Aber ich muß verhindern, daß der Präsident *getötet* wird!«

»*Was* haben Sie gesagt?« Der Offizier der Marineinfanterie starrte Hawthorne ungläubig an.

»Sie haben richtig verstanden, Captain. Kommen Sie!«

Hawthorne drehte sich um und rannte den langen Korridor hinunter, während der Führer der Einheit seinen Männern zunickte. Nach wenigen Sekunden hatten die Marineinfanteristen Tyrell eingeholt.

»Wen suchen wir eigentlich?« fragte der Captain atemlos.

»Eine Frau und einen Jungen.«

»Einen Jungen – einen kleinen Jungen?«

»Einen jungen Mann, achtzehn oder neunzehn Jahre alt.«

»Wie sehen die beiden aus?«

»Das spielt keine Rolle. Ich erkenne sie, wenn ich sie sehe ... Wie weit ist es noch?«

»Rechts um die Ecke, eine große Tür an der linken Seite«, erwiderte der Captain und wies auf einen T-förmigen Flur, der acht Meter vor ihnen vom Hauptgang abzweigte. Plötzlich waren Stimmen zu hören, ein Durcheinander von »*Ciao*«, »*Arrividerci*«, und »Auf Wiedersehen.« Drei Männer standen auf dem Flur, zwei von ihnen in dunklen Anzügen, der dritte in der grauen Uniform eines Chauffeurs, alle mit den Sicherheitsausweisen des Weißen Hauses am Revers.

»*Askalon!*« rief der Chauffeur jemandem an der anderen Seite des Flures zu.

»Wer zum Teufel sind Sie?« fragte der völlig perplexe Captain der Marineinfanterie-Einheit.

»FBI, zum State Department abkommandiert«, sagte der nicht weniger erstaunte Mann, der neben dem Chauffeur stand. Seine Blicke wanderten zwischen dem Offizier und den Gestalten hin und her, die jetzt aus der Tür des Oval Office traten. »Wir begleiten die Gräfin ins Hotel. Hat die Einsatzzentrale Sie nicht unterrichtet?«

»Er lügt«, murmelte Hawthorne. Er stellte sich halb hinter den Captain und zog seine Automatik aus dem Gürtel. »Sie haben ein Losungswort benutzt – Askalon –, und das kann nur eines bedeuten: *Bajaratt!*« Er gab zwei Warnschüsse ab – nur um sich sofort darüber klar zu werden, wie töricht das war. Das Stakkato einer aus einer Maschinenpistole abgefeuerten Salve hallte durch den Flur. Der Captain wurde als erster getroffen und sank blutüberströmt auf dem Boden zusammen, während die anderen Marineinfanteristen sich gegen die Wand preßten. Die Männer der Askalon-Einheit sprangen zurück, schossen und schrien einander unverständliche Befehle zu. Ein Marineinfanterist hatte hinter der Ecke Deckung gefunden und feuerte fünf Salven ab, die die beiden Männer, die sich als FBI-Agenten ausgegeben hatten, niederstreckten. In diesem Augenblick lief eine Frau auf den Flur. »*Tötet ihn!*« schrie sie. »Erschießt den Jungen! Er darf nicht am Leben bleiben!«

»Cabi ... *Cabi!*« rief Niccolò, der noch in der offenen Tür stand. »Was *sagst* du da? ... *Ohh!*«

Ein zweiter Marineinfanterist sprang nach vorn, feuerte zwei Salven ab und zertrümmerte dabei den Schädel des Chauffeurs, der vor der Bajaratt auf den Boden fiel. Tyrell bekam den Mann zu fassen und schrie ihm ins Ohr: »Holen Sie den Präsidenten hier raus! *Jeden,* der noch im Office ist!«

»*Was*, Sir?«

»*Los*, Mann!«

Die Bajaratt schob den Körper des toten Chauffeurs beiseite, ergriff seine Pistole und lief den Flur hinunter, während der Soldat mit seinen Kameraden ins Oval Office eilte.

Hawthorne drehte sich um; sein Blick verfolgte die Frau, die er einst zu lieben geglaubt hatte und jetzt haßte wie niemanden sonst auf der Welt. Sie näherte sich dem Ende des Flurs! Er setzte ihr nach, und während er hinter ihr herrannte, bemerkte er, daß seine Hose blutdurchtränkt war. Die Wunde im Oberschenkel war wieder aufgeplatzt.

Als er fast das Ende des Flurs erreicht hatte, erschütterte eine heftige Explosion das Gebäude. Hawthorne blieb stehen. Hinter den Rauchschwaden, die aus der Tür des Oval Office hervorquollen, erkannte er schemenhaft einige Gestalten, denen es offenbar gelungen war, den Raum rechtzeitig zu verlassen. Die Marineinfanteristen hatten seinen Befehl ausgeführt. Der Präsident befand sich in Sicherheit! Tyrell wandte sich um. Wo war die Bajaratt? Verschwunden! Er nahm die Verfolgung wieder auf und gelangte zu einem großen, kreisrunden Raum, von dem hinter einer Treppe drei Korridore abzweigten. Welchen Weg hatte sie genommen? Plötzlich heulten Sirenen auf, das Schrillen von Alarmglocken hallte in den Fluren wider. Dann hörte er Stimmen – Rufe, Kommandos, hysterische Schreie. Und inmitten des Chaos kam eine großgewachsene Gestalt die Treppe herunter, eine einarmige Gestalt, das Gesicht zu einem Grinsen verzogen.

»Nun haben Sie erreicht, was Sie wollten, General!« rief Hawthorne. »Sie haben es wirklich geschafft, nicht wahr?«

»*Sie!*« schrie der Vorsitzende der Joint Chiefs, während Marineinfanteristen und Zivilisten durch den großen, kreisförmigen Raum liefen und sich in den Fluren zum Oval Office drängten, ohne den berühmten General und den blutenden Mann am Fuß der Treppe zu beachten.

»Und Sie sind zu spät gekommen, *Mister*.« Meyers legte den Arm auf den Rücken, während er auf die Pistole in Tyrells Hand starrte. »Ich habe dem Tod schon hundertmal ins Auge geblickt. Ich fürchte Ihre Waffe nicht.«

»Das brauchen Sie auch nicht, General. Ich könnte Sie erschießen; aber ich will Sie lebend haben. Ich bin nämlich nicht zu spät gekommen. Sie haben *verloren*.«

Unvermittelt hob Meyers den Arm. Ein Bajonett blitzte auf, dessen Klinge fast im gleichen Augenblick die Luft durchschnitt und Hawthornes Brust aufschlitzte. Tyrell sprang zurück, feuerte seine Waffe ab, während das Blut sich auf seinem Hemd ausbreitete. Und General Meyers stürzte die Treppe herab, das Gesicht eine blutige Masse roten Fleisches.

Bajaratt! *Wo?*

Ein Schuß – ein Schrei! Dominique, unten im rechten Flur, hatte einen weiteren Menschen getötet – nein, die *Bajaratt!*

Hawthorne zog sein Hemd aus der Hose, um mit den Enden das Blut zu stillen. Dann hinkte er in den Gang, aus dem der Schuß und der Schrei gekommen waren. Es war ein kurzer Flur, die Wände vom Licht eines Kristallüsters erleuchtet, mit zwei Türen an der rechten und zwei Türen an der linken Seite. Es war keine Leiche zu sehen; aber rote Streifen auf dem Fußboden wiesen darauf hin, daß ein blutender Körper durch die zweite Tür an der rechten Seite gezogen worden war. Die Spur war zu auffällig, um Hawthorne täuschen zu können. Mit dem Rücken an der Wand näherte er sich der ersten Tür auf der linken Seite. Er sammelte seine Kräfte, dann drückte er die Klinke nieder, während er sich zugleich mit der Schulter gegen die

Tür warf. Der Raum war leer; ein Spiegel an der Wand reflektierte Tyrells eigene Gestalt. Er stolperte zurück in den Flur, zurück in das Pandämonium heulender Sirenen und schrillender Alarmglocken. Dann ging er auf die zweite Tür zu. Hier mußte die Bajaratt sein – er wußte es, fühlte es.

Wieder drückte er die Klinke nieder und warf sich mit aller Kraft, die ihm geblieben war, gegen die Tür. *Nichts*! Plötzlich begriff er die unlogische Logik der verräterischen Spur. Die Bajaratt, die ihren Verfolger kannte, hatte ihn in eine Falle gelockt! Sie rannte aus der offenen Tür an der anderen Seite des Flurs auf ihn zu, das Gesicht das einer Besessenen, die Augen weit aufgerissen, die Züge verzerrt. Sie feuerte zweimal. Der erste Schuß streifte Tyrells linke Schläfe, der zweite zertrümmerte den Wandspiegel in dem Raum, den er gerade verlassen hatte. Sie betätigte den Abzug ein drittes Mal ... *klick*. Das Magazin der Pistole, die sie dem toten Chauffeur entrissen hatte, war leer.

»*Schieß!*« schrie die Bajaratt. »*Töte mich!*«

Widersprüchliche Gefühle stürmten auf ihn ein, Haß und Abscheu zusammen mit den Erinnerungen an eine verlorene Liebe, wie ein Gewitter stürmten diese Gedanken auf ihn ein, als er die verzerrten Züge dieser Bestie vor sich sah, die er in seinen Armen gehalten hatte – zu einer anderen Zeit, in einem anderen Leben. »Wer ist es, den ich töten soll?« fragte er, angestrengt atmend. »Dominique oder die Terroristin, die man Bajaratt nennt?«

»Was spielt es für eine Rolle? Keine von uns kann weiterleben, verstehst du das nicht?«

»Ein Teil von mir versteht es, ein anderer nicht.«

»Du bist ein *Schwächling!* Du bist immer ein Schwächling gewesen, voll von Selbstmitleid. Ich *verachte* dich. Schieß! Hast du nicht den Mut dazu?«

»Es bedarf keines Mutes, einen wilden Hund zu erschießen. Vielleicht braucht man mehr Mut, ihn zu fangen, ihn am Leben zu lassen, um zu erfahren, was ihn zu einem wilden Hund gemacht hat.«

»*Niemals!*« Die Bajaratt nestelte an dem goldenen Armband an ihrem Handgelenk und stürzte auf Hawthorne zu. Tyrell fiel unter der Wucht des Angriffs auf die Knie. Seine Kräfte waren erschöpft; er hatte der fast unmenschlichen Stärke der Fanatikerin nichts mehr entgegenzusetzen. Das Armband näherte sich seiner Kehle, nur zurückgehalten von dem Griff, mit dem er ihr Handgelenk umschloß.

Dann sah er das offene Loch in dem spitzen goldenen Dorn. Eine Flüssigkeit rann heraus. Er drückte ab. Mitten in die Brust.

Die Bajaratt brach, tödlich getroffen, zusammen. »*Muerte a toda* …« Amaya Aquirres Kopf fiel zur Seite. Ihr Gesicht wurde auf seltsame Weise jünger, die von Haß verzerrten Züge glätteten sich. Ein zehnjähriges Kind hatte Frieden gefunden.

EPILOG

THE INTERNATIONAL HERALD TRIBUNE
Pariser Ausgabe (Seite 3)

ESTEPONA, Spanien, 31. August – Wie uns berichtet wurde, haben gestern Polizeibeamte in Anwesenheit des amerikanischen Botschafters die Villa versiegelt, die dem früheren Richter am Obersten Gerichtshof der Vereinigten Staaten Richard A. Ingersol gehörte. Ingersol erlitt einen tödlichen Herzanfall, als er an der Beerdigung seines Sohnes in Virginia teilnahm. Der Richter war ein prominentes Mitglied der Gemeinde Playa Cervantes. Die Anwesenheit des amerikanischen Botschafters hatte sich als nötig erwiesen, da Ingersols Erben den Wunsch geäußert hatten, sämtliche Papiere und persönlichen Aufzeichnungen des Richters – darunter vertrauliche Informationen an verschiedene Mitglieder der derzeitigen amerikanischen Regierung – aus dem Gebäude zu entfernen und in die Vereinigten Staaten zu schaffen.

THE WASHINGTON POST
(Titelseite)

GENERAL MEYERS TOT AUFGEFUNDEN
Offensichtlich Selbstmord

WASHINGTON, D. C., 5. September – Die Leiche von General Michael Meyers, Vorsitzender der Joint Chiefs of Staff, wurde heute morgen unweit des Vietnam Memorial in einem Gebüsch gefunden. Sein Tod ist auf eine schwere Schußverletzung zurückzuführen. Die Waffe, aus der der verhängnisvolle Schuß abgefeuert wurde, befand sich in Meyers Hand. Das Motiv für den Selbstmord hat der General selbst im Mai dieses Jahres in einer Rede vor dem ›Forever America‹-Konvent genannt: »Soll-

te die Zeit kommen, in der ich meinen Pflichten aus gesundheitlichen Gründen nicht mehr voll nachkommen kann, werde ich meinem Leben selbst eine Ende setzen. Der Gedanke, einem Land zur Last zu fallen, das ich so sehr liebe, ist mir zuwider.«
Der General, ein ehemaliger Gefangener des Vietcong, wurde im Vietnamkrieg mehrmals schwer verwundet.
Ein Sprecher des Pentagon hat angekündigt, daß die Flaggen im Pentagon für eine Woche auf Halbmast gesetzt werden.

THE NEW YORK TIMES
(Seite 2)

EINE SÄUBERUNGSAKTION?

WASHINGTON, D. C., 7. September – Wie wir aus zuverlässigen, der CIA, dem Geheimdienst der Navy und dem Immigration Service nahestehenden Quellen erfahren, werden die zahlreichen Angestellten und freiberuflichen Mitarbeiter der drei Abteilungen gegenwärtig einer strengen Prüfung unterzogen. Offiziellen Berichten zufolge sind bereits mehrere Verhaftungen vorgenommen worden.

THE LOS ANGELES TIMES
(Seite 47)

MEXICO CITY – Zwei amerikanische Piloten, Ezekiel und Benjamin Jones, sind in den Redaktionsräumen der mexikanischen Boulevardzeitung *La Ciudad* mit der Behauptung erschienen, daß sie Informationen über das ›Verschwinden‹ Nils Van Nostrands hätten, eines internationalen Finanzmannes und Beraters der letzten drei U. S.-Regierungen. Ein Sprecher Van Nostrands sagte, er habe nie von den beiden Brüdern gehört und mit Erstaunen vernommen, daß Van Nostrand ›verschwunden‹ sei. Dieser habe vielmehr eine dreimonatige Reise angetreten, die ihn durch die ganze Welt führen werde. Die Chartergesellschaft in Nashville, Tennessee, bei der die Piloten angeblich angestellt waren, ließ verlauten, daß ein solches Beschäftigungsverhältnis nie bestanden habe. Heute morgen wurde berichtet, daß zwei Männer, auf die die Beschreibung der Jones-Brüder zutrifft, sich widerrechtlich in den Besitz eines Rockwell-Jets gesetzt haben und mit ihm nach Süden, vermutlich nach Lateinamerika, geflogen sind.

»Jetzt kennt ihr die Wahrheit, *famiglia Capelli*«, sagte Niccolò. Er beugte sich nervös in seinem Sessel vor, den linken Arm in einer Schlinge. Sie saßen in dem geräumigen Wohnzimmer über dem Delikatessengeschäft. »Ich bin nur ein Hafenjunge aus Portici, obgleich es eine große Familie in Ravello gibt, die mich adoptieren will ... Aber das kann ich nicht tun. Ich habe lange genug ein falsches Leben geführt und die Menschen belogen.«

»Sei nicht so hart gegen dich, Paolo – *Nico*«, sagte Angel Capell, die ihm gegenüber saß. »Mein Anwalt hat mit verschiedenen Regierungsstellen gesprochen ...«

»Ihr ›Anwalt‹, Papa!« rief der jüngere Bruder der Schauspielerin und lachte. »Angelina hat einen *Anwalt*!«

»*Basta!*«, sagte der Vater. »Wenn du fleißig genug bist, wirst du vielleicht selber einmal der *avvocato* deiner Schwester. Was hat dieser Anwalt gesagt, Angelina?«

»Es ist alles streng vertraulich. Niccolò ist in den letzten vier Tagen von Dutzenden von Leuten verhört worden und hat ihnen alles gesagt, was er weiß. Man wollte ihn ins Gefängnis stecken, aber ich hätte dafür gesorgt, daß er die besten Verteidiger bekommt, die es in diesem Lande gibt.« Angel Capelli errötete leicht, als sie Nico anlächelte. »Natürlich wird es viel Publicity geben, schließlich waren Mitglieder der Regierung in die Sache verwickelt. Sie haben der Terroristin geholfen und gehofft, viel Geld dafür zu kriegen.«

»*Was?*« rief Capelli. »Das ist ja *incredibile*!«

»Ein paar von den Marineinfanteristen und dieser Geheimoffizier haben deutlich gehört, daß die Frau befohlen hat, Niccolò zu töten – zu *töten*, Papa!«

»*Madre di Dio*«, flüsterte Mrs. Capelli und sah Nico an. »Er ist so ein guter Junge. Er ist nicht *cattico*.«

»Nein, Mama. Er kommt von der Straße, wie so viele unserer jungen Leute, die sich zu Banden zusammenrotten und Dummheiten begehen, aber er will sich bessern. Wer von den Hafenjungen in Italien hat schon die Schule besucht? Nico hat es!«

»Und er wird nicht ins Gefängnis kommen?« fragte der Bruder.

»Nein«, erwiderte Angel. »Man hat erkannt, daß er nur eine Marionette – *un fantoccio*, Papa – dieser schrecklichen Frau war. Mein Anwalt hat schon die nötigen Papiere vorbereitet, und Nico wird sie heute nachmittag unterschreiben.«

»*Scusa*«, sagte der ältere Capelli. »Der *barone-cadetto* – dein Freund Niccolò hat von Geld gesprochen, das in Neapel auf ihn wartet. Abgesehen von dem Umschlag, der bereits soviel *denaro* enthält, daß ich sechs Monate dafür arbeiten müßte …«

»Das stimmt, Papa«, erwiderte Angel. »Mein Anwalt hat die Bank in Neapel angerufen. Die Instruktionen sind völlig klar: Wenn Niccolò Montavi aus Portici sich als solcher ausweisen kann, gehört das Geld ihm. Wenn er keinen Anspruch darauf erhebt, wird es auf ein Nummernkonto in Zürich überwiesen …«

»Und dieses Geld steht ihm jederzeit zur Verfügung?«

»Eigentlich hatte sie andere Pläne«, sagte Niccolò, einen Ausdruck von Zorn in den Augen. »Wie Angelina schon gesagt hat, wollte die Cabrini mich umbringen lassen.«

»Aber jetzt gehört es Nico!« rief Angel. »Mein Anwalt hat gesagt, daß wir nur nach Neapel zu fliegen brauchen, um das Geld abzuheben.«

»*Wir?* Ihr wollt beide zusammen fliegen?«

»Er ist ein *innocente*, Papa. Er würde ins falsche Flugzeug steigen.«

»Und wieviel Geld liegt auf dieser Bank?«

»Eine Million amerikanische Dollar.«

»Nimm deinen *avvocato* mit, Angelina«, sagte Angelo Capelli und fächelte sich mit einer Zeitung Luft zu.

Liebe Cath,
ich habe mich riesig gefreut, Dich wiederzusehen – vor allem, als Du mir gesagt hast, daß alles wieder in Ordnung kommt. Du hast übrigens fantastisch ausgesehen. Aber das ist ja nichts Neues: Du siehst immer fantastisch aus. Ich schreibe Dir diesen Brief, damit Du nicht wieder die Vorgesetzten-Platte auflegen kannst: »*Nehmen Sie sich zusammen, Lieutenant!*« *Ich habe ein paar Wochen Urlaub bekommen, und das ist ja nett gemeint von den Leuten, aber ich weiß überhaupt nicht, was ich damit anfangen soll. Daddy hat sich im letzten Jahr pensionieren lassen, und jetzt reist er mit Mom in Europa herum; und wenn die beiden genug von Europa haben, wollen sie nach Au-*

stralien. *Das letzte Mal, als ich sie sah, haben sie etwas von Adelaide gesagt, wegen des Spielkasinos dort. Mom spielt gerne, und für Daddy gibt es nichts Schöneres, als ein paar Bourbons mit Leuten zu kippen, die daran genausoviel Spaß haben wie er. Vielleicht besuche ich meine kleine Schwester. Wir beide waren früher ein Herz und eine Seele. Aber jetzt hat sie einen Verehrer, der seine eigene Computerfirma leitet und sie anwerben will. Als ich bei ihr angerufen habe, hat sie gesagt, ich soll ja bleiben, wo ich bin, sonst bietet er mir noch den Job an. Also, damit meine kleine Schwester nicht frustriert wird, denn ich bin natürlich wirklich besser als sie, ist ja klar, oder? fahre ich jedenfalls erst mal nicht zu ihr hin. Was soll ich also tun? Ich werde mich wieder zum Dienst melden, und ich hoffe, Du nimmst es mir nicht übel, wenn ich nicht noch einmal aufkreuze, um mich persönlich von Dir zu verabschieden. Aber darf ich etwas sagen, was Dich betrifft, Major? Ich glaube, es gibt etwas, über das Du in den letzten Tagen viel nachgedacht hast. Ich meine, Du hast so viele Möglichkeiten, viel mehr als ich. Ich liebe Dich wirklich, aber ich weiß, wann ich aufgeben muß. Dieser Bursche – den ich sehr achte – ist ein wirklicher Mann, weil er es nämlich nicht nötig hat, das ständig zu beweisen. Das wurde mir klar, als Charlie getötet wurde. In solchen Zeiten erfährt man erst, was ein Mensch wert ist, wenn Du verstehst, was ich meine. Und Tye ist ›ein Offizier und ein Gentleman‹ – wenn sie ein Model für diese abgedroschene Phrase gebraucht hätten, hätten sie keinen Besseren finden können.*
Tye hat mir mal erzählt, daß Du gern auf ein College gegangen wärst. Vielleicht kannst du das jetzt nachholen – obwohl ich ja immer behauptet habe, daß Du der geborene Air-Force-Offizier bist. Muß ich eben hier den Laden schmeißen.
Ich liebe Dich wie ein jüngerer Bruder seine Schwester, Cath, und werde Dich immer lieben. Vielleicht braucht Ihr einmal einen Patenonkel für Eure Kinder. Ich könnte ihnen bei den Schularbeiten helfen. Wer hat für so was schon ein echtes Genie an der Hand. (Sollte ein Witz sein – haha!)

Jackson.

Major Catherine Neilsen saß allein in einem Rollstuhl vor einem Tisch in der Cafeteria des Krankenhauses. Sie trug ihre blaue Air-Force-Uniform. Vor ihr stand ein Glas mit Eiskaffee und an der anderen Seite des Tisches ein Eiskübel, der eine halbe Flasche Weißwein kühlhielt. Es war später Nachmittag; die Sonne – ein orangeroter Ball – stand am westlichen Horizont und warf lange Schatten über die Wasser des Potomac, der in einer breiten Windung vor dem Gebäude vorbeizog. Eine Bewegung hinter der Glastür ließ sie aufschauen. Tyrell Hawthorne trat ein, suchte sich seinen Weg zwischen den sitzenden Besuchern und Patienten und hinkte auf ihren Tisch zu.

»Hi«, sagte er und setzte sich. »Schön, Sie wieder in Uniform zu sehen.«

»Ich hatte die Krankenhauskleidung satt ... Ich habe Ihnen einen Chardonnay bestellt. Ich hoffe, das war richtig.«

»Goldrichtig. Wenn mein Magen nicht revoltiert.«

»Da Sie gerade davon sprechen ...«

»Oh, mir geht's gut. Die neuen Nähte halten.«

»Wie ist die Konferenz verlaufen?«

»Stellen Sie sich einen Käfig voller Leoparden vor, die aufgeregt durcheinanderrennen ... Keiner weiß, wie es dazu kam, daß die Baj trotz aller Sicherheitsvorkehrungen bis zum Präsidenten gelangen konnte.«

»Geben Sie's zu, Tye. Ihre Taktik war genial.«

»Ja. Aber sie konnte nur funktionieren, weil unsere Abwehr so viele Löcher hatte. Und die waren so groß, daß sogar ein Sattelschlepper mühelos hätte durchfahren können. Verflixt noch mal! Dieser Bubi war metergroß auf allen Titelseiten abgebildet ... Wie dem auch sei – Howell, Sir John Howell vom MI-6, war über Konferenzschaltung mit dem Besprechungszimmer im Weißen Haus verbunden. London hat vier Komplizen der Bajaratt festgenommen; die übrigen – wenn es welche gab – sind wahrscheinlich ins Beka'a-Tal geflohen. Paris war *wirklich* gut. Das Deuxième hat über Rundfunk und Fernsehen die Nachricht verbreiten lassen, daß die Deputiertenkammer zu einer außerplanmäßigen Sitzung zusammentrete. Die Terroristen haben das für das erwartete Signal gehalten. Sie wurden alle geschnappt.«

»Was ist mit Jerusalem?«

»Keine offiziellen Verlautbarungen. Nur, daß alles unter Kontrolle sei. Van Nostrands Tod wird ebenfalls geheimgehalten. Eines Tages wird man bekanntgeben, daß er an einem Herzanfall oder bei einem Unfall gestorben sei.«

»Das Weiße Haus?«

»Man hält an der Geschichte fest, daß das Oval Office renoviert werden muß, und hat für die nächsten zwei Wochen das Gebäude für Besucher gesperrt.« Eine Kellnerin trat an den Tisch, öffnete die Weinflasche und schenkte ein. »Danke«, sagte Tyrell. »Wir bestellen später.«

»Das war's also«, sagte Major Neilsen und blickte Hawthorne an. Er hob sein Glas, leerte es fast auf einen Zug. Sein Gesicht sah müde aus.

»Das war's«, bestätigte Tyrell. »Aber das ist nicht das Ende, wissen Sie. Es ist erst der Anfang. Die Nachricht, wie nahe die Baj ihrem Ziel gekommen ist, wird sich rasch verbreiten. Der Ruf ›Askalon‹ wird bald ersetzt werden durch den Ruf ›Bajaratt – Rache für *Bajaratt!*‹. Auch bekannt als Dominique, Dominique Montaigne.« Hawthornes Stimme zitterte. Er leerte ein zweites, dann ein drittes Glas. »Ich hoffe, wir haben etwas daraus gelernt«, sagte er leise.

»Und was wäre das?«

»An die Öffentlichkeit zu gehen. Im Krieg wird ein bevorstehender Luftangriff durch Sirenen angekündigt; die Bürger suchen ihre Schutzräume auf und wissen, daß diejenigen, die dazu ausgebildet sind, das Beste tun werden, um sie und das Land zu schützen. Wenn das FBI zusammen mit der CIA eine landesweit ausgestrahlte Pressekonferenz einberufen und eine Erklärung abgegeben hätte, daß eine Frau und ein junger Mann das Land illegal betreten haben, um im Auftrag des Beka'a-Tales ... und so weiter, und so weiter. Glauben Sie dann, daß Dominique ...« Hawthorne unterbrach sich. »Daß die Bajaratt so weit gekommen wäre? Ich bezweifle es. Irgendein findiger Reporter hätte ihr bald einige unangenehme Fragen gestellt.«

»Vielleicht haben Sie recht.«

»Jedenfalls war das die Empfehlung, die ich heute nachmittag gegeben habe ... Ich hätte gern noch eine Flasche Wein.« Tyrell gab der Kellnerin ein Zeichen und wies auf den Eiskübel. Sie nickte und ging hinaus.

»Haben Sie ...?« Cathy zögerte. »Haben Sie ihnen gesagt, wer die Bajaratt war?«

»Nein«, erwiderte Hawthorne. Er hob den Blick und sah Catherine an.

»Es gab nichts, was dafür, aber viel, was dagegen sprach. Alle Spuren weisen auf das Beka'a-Tal hin. Alles andere hätte nur den vielen Leuten geschadet, die von ihr benutzt worden sind – wie ich benutzt wurde.«

»Ich wollte Ihnen keinen Vorwurf machen.« Cathy legte ihre Hand auf seinen Arm. »Sie haben die richtige Entscheidung getroffen. Schauen Sie mich nicht so wütend an.«

»Ich bin nicht wütend – am wenigsten auf Sie. Ich möchte nur wieder zurück in mein altes Leben, ein Boot unter den Füßen, zuschauen, wie der Wind die Segel bläht …«

»Ein schönes Leben, nicht wahr?«

»Unvergleichlich.« Hawthorne lächelte versonnen.

»Das kann ich mir vorstellen«, sagte Cathy. »Es tut mir so leid, so *unendlich* leid um alles, was Ihnen angetan worden ist.«

»Mir auch. Aber was soll's? Offensichtlich habe ich ein besonderes Talent, von Frauen angezogen zu werden, deren Leben gewaltsam endet.«

»Das ist nicht sehr nett, was Sie da sagen. Ich glaube, Sie meinen es auch nicht so.«

»Nein. Aber ich möchte nicht, daß wir dauernd von mir sprechen. Ich möchte über Sie sprechen.«

»Warum?«

»Weil ich Sie mag.«

»Und warum, Commander Hawthorne? Weil Sie verletzt worden sind und jetzt Trost bei einer Frau suchen, an die Sie sich wenden können – wie an Ihre Dominique?«

»Wenn Sie das glauben, Major«, sagte Tyrell, sich halb aus seinem Stuhl erhebend, »betrachte ich das Gespräch als beendet.«

»*Setzen* Sie sich, Sie Idiot!«

»*Was?*«

»Sie haben genau das gesagt, was ich hören wollte, verdammter Narr!«

»Was zum Teufel habe ich denn gesagt?«

»Daß ich *nicht* Dominique oder die Bajaratt bin. Und *nicht* der Geist Ihrer Ingrid … Ich bin *ich!*«

»Ich habe Sie nie für etwas anderes gehalten.«

»Aber ich wollte es von Ihnen hören.«

»Nun haben Sie es gehört«, sagte Hawthorne und setzte sich. »Was jetzt?«

»Die Air Force hat mir Urlaub bis zu meiner völligen Genesung gegeben. Die Ärzte meinen, in drei, vier Monaten müßte ich wieder auf den Beinen sein.«

»Wie ich gehört habe, hat Poole seinen Urlaub abgelehnt.«

»Weil er niemanden hat, zu dem er gehen kann, Tye. Die Air Force, die Computer – das ist sein Leben. Aber ich bin nicht Jackson.«

Hawthorne beugte sich vor und suchte Cathys Blick. »Mein Gott«, sagte er leise. »Wollen Sie vielleicht die Uniform ablegen? Wollen Sie Ihren Kindertraum erfüllen – vielleicht doch noch Anthropologie studieren?«

»Ich weiß es noch nicht, Tye.«

»Wissen Sie, daß die Karibik voller unentdeckter anthropologischer Rätsel ist? Zum Beispiel die verlorenen Kolonien der Ciboney- und Couri-Indianer, die sich bis zum Amazonas zurückverfolgen lassen. Und die primitiven Arawaks, deren Gesetze zur Friedenserhaltung ihrer Zeit um zweihundert Jahre voraus waren. Oder die kriegerischen Kariben, die sich einst bis zu den Antillen ausgebreitet hatten. Ihre Guerillataktiken waren bei den spanischen Konquistadoren so gefürchtet, daß sie sich hüteten, ihnen in die Quere zu kommen. Das alles geschah lange vor dem Sklavenhandel. Weit auseinanderliegende Kulturen wurden von Häuptlingen zusammengehalten, die von Insel zu Insel reisten, um Recht zu sprechen – wie die Richter damals im Wilden Westen. Es war eine faszinierende Zeit, von der kaum etwas wirklich bekannt ist.«

»Sie können einen anstecken mit Ihrer Begeisterung. Aber ich müßte wieder völlig von vorne anfangen, eine Universität besuchen …«

»Wir haben großartige Universitäten, von Martinique bis Puerto Rico, und wie ich gehört habe, sind einige Lehrstühle von den besten Anthropologen besetzt.«

»Wollen Sie damit sagen …?«

»Ja, Major. Ich will damit sagen: Kommen Sie mit mir! Was wollen Sie sonst machen? Zurück auf Ihre Farm?«

»Vielleicht für ein paar Tage. Bis Dad mich wieder in den Stall schickt, um die Kühe zu melken.«

»Warum versuchen wir's nicht, Cath? Sie sind frei. Sie können jederzeit wieder gehen.«

»Ich mag es, wenn Sie mich Cath nennen. Geben Sie mir Ihre Telefonnummer.«

»Ist das alles, was Sie von mir wollen?«

»Nein, Commander. Ich werde zu Ihnen kommen. *Mein Liebling.*«

»Danke, Major.«

Beide lächelten. Dann brachen sie in ein lautes Gelächter aus, während jeder nach der Hand des anderen griff.

Alistair MacLean

Todesmutige Männer unterwegs in gefährlicher Mission.

Action und Spannung von der ersten bis zur letzten Seite.

Eine Auswahl:

Souvenirs
01/5148

Dem Sieger eine Handvoll Erde
01/5245

Die Insel
01/5280

Golden Gate
01/5454

Partisanen
01/6592

Die Erpressung
01/6731

Einsame See
01/6772

Das Geheimnis der San Andreas
01/6916

Tobendes Meer
01/7690

Der Santorin-Schock
01/7754

Die Kanonen von Navarone
01/7983

Geheimkommando Zenica
01/8406

Nevada Paß
01/8732

Agenten sterben einsam
01/8828

Simon Gandolfi
Alistair MacLean's Golden Girl
01/9687

Simon Gandolfi
Alistair MacLean's Goldenes Netz
01/9854

Simon Gandolfi
Alistair MacLean's Goldene Rache
01/10027

Heyne-Taschenbücher

Colin Forbes

Harte Action und halsbrecherisches Tempo sind seine Markenzeichen.

Thriller der Extraklasse aus der Welt von heute - »bedrohlich plausibel, mörderisch spannend.«
DIE WELT

Eine Auswahl:

Endspurt
01/6644

Das Double
01/6719

Fangjagd
01/7614

Hinterhalt
01/7788

Der Überläufer
01/7862

Der Janus-Mann
01/7935

Der Jupiter-Faktor
01/8197

Cossack
01/8286

Incubus
01/8767

Feuerkreuz
01/8884

Hexenkessel
01/10830

Kalte Wut
01/13047

01/10830

HEYNE-TASCHENBÜCHER

Tom Clancy

Kein anderer Autor spielt so gekonnt mit politischen Fiktionen wie Tom Clancy.

»Ein Autor, der nicht in Science Fiction abdriftet, sondern realistische Ausgangssituationen spannend zum Roman verdichtet.«
Der Spiegel

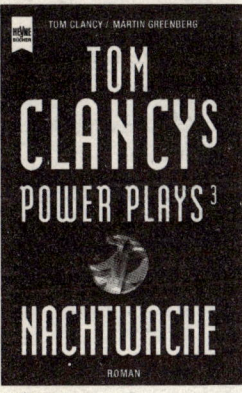

01/13041

Eine Auswahl:

**Tom Clancy
Gnadenlos**
01/9863

Ehrenschuld
01/10337

Der Kardinal im Kreml
01/13081

Operation Rainbow
Im Heyne-Hörbuch als MC oder CD lieferbar

**Tom Clancy
Steve Pieczenik
Tom Clancys OP-Center 5
Machtspiele**
01/10875

**Tom Clancys OP-Center 6
Ausnahmezustand**
01/13042

**Tom Clancys Net Force 1
Intermafia**
01/10819

**Tom Clancys Net Force 2
Fluchtpunkt**
01/10876

Tom Clancys Power Plays 2
01/10874

**Tom Clancys Power Plays 3
Nachtwache**
01/13041

HEYNE-TASCHENBÜCHER

Robert Ludlum

»Ludlum packt in seine Romane mehr an Spannung als ein halbes Dutzend anderer Autoren zusammen.«
THE NEW YORK TIMES

Die Matlock-Affäre
01/5723

Das Osterman-Wochenende
01/5803

Das Kastler-Manuskript
01/5898

Das Jesus-Papier
01/6044

Der Gandolfo-Anschlag
01/6180

Der Matarese-Bund
01/6265

Der Borowski-Betrug
01/6417

Das Parsifal-Mosaik
01/6577

Die Aquitaine-Verschwörung
01/6941

Die Borowski-Herrschaft
01/7705

Das Genessee-Komplott
01/7876

Das Borowski-Ultimatum
01/8431

Das Omaha-Komplott
01/8792

Der Holcroft-Vertrag
01/9065

Das Scarlatti-Erbe
01/9407

Die Scorpio-Illusion
01/9608

Die Halidon-Verfolgung
01/9740

Der Rheinmann-Tausch
01/10048

Heyne-Taschenbücher